Rainald Goetz
Abfall für alle

Suhrkamp

3. Auflage 2001

Druck: sachsendruck GmbH, Plauen
Printed in Germany

Abfall für alle

Roman
eines Jahres

But early sunday morning,
for reasons that are in ligitation,
he died.

Pat Hackett

THE
ANDY WARHOL
DIARIES

I

Los gehts. Mittwoch, 4.2.98, Sonnentag, Berlin. Anruf von Herrn Häberlen. Ich soll jetzt mal mit Texten rüberkommen.

ganz am Anfang
trete hier also ein in diese Institution – siehe Foucault –
alles bisher Gesagten – und dann gleich aber natürlich das ABREISSEN sofort – loslegen – irgendwas von außen intervenieren lassen –
bloß nicht rumsuhlen im Alten
PRAXIS

Heute morgen, für Albert
diese Schriftzeichen Kyubi bedeuten STREBEN NACH SCHÖNHEIT
öffentlich nackt baden
kleine Skizze
mein Bruder Horst. Ein Vermächtnis
wir haben geweint WIE ALTE FRAUEN
ALBERT

IBM SMART WORD
naturally speaking
-und das geht auch Deutsch?
-ja ja
-und kostet?
-Moment, das ist ganz günstig
-aha
-das kostet 350 Mark
-stimmt, das ist günstig, das ist ja toll
war gerade am Notieren
Titel des es-Bändchens
CELEBRATION
logisch, was denn sonst
und dann mit oder ohne: Texte zur Nacht
oder sowas ähnliches – oder: nee?, nicht gut?

hatte gerade geschrieben diesen Faxbrief an Regina

1532.51 aha:
jetzt also doch: im Briefkasten unten lag der EMS-Kurierbrief, auf den ich den ganzen Morgen gewartet hatte. Jetzt also panikartiges Scannen der letzten Korrekturen für Rave; des neuen, korrigierten Umschlagumbruchs. Intern: freundlich matte Rebellion; Dienst nach Vorschrift; immer nur die Hälf-

te der Korrekturren machen; kann ja noch mal kommen, wenns ihm nicht paßt – geile Art seine Arbeit zu sehen, die eigene Existenz zu bekämpfen; von innen her; Gemütlichkeitsterror gegen sich selber.

1555 Hans-Ulrich
angerufen – Sekretariat
er ist in einer Lektoratsbesprechung
er probierts oder ich auch

1556 jetzt
geht also dieser ZIFFERNWAHNSINN wieder los
und mit welchem Vergnügen
für mich

dann heute Nacht
Brief
kaputte Szene
dann heute mittag
soll der und der vorkommen?
Verrat?
WIE vor allem
das meiste muß schweigen, sonst gehen riesige Lügen los, Spastereien, im Grunde Literatur
und das wollen wir ja gerade VERMEIDEN
hier

1602 Salut
an Hubert Fichte
an seine Alte Welt
die da eröffnete FORM
an Diedrichs Empfehlung damals, vor Jahren
eternal Hamburg, Stadt aller Städte
neulich
auf der Zeit-Relaunch-Party
mit Raddatz
er: ich wollte nicht Wasser in Ihren Wein gießen
oder hieß das umgekehrt?
ich wußte erst gar nicht, was damit gemeint ist
stellte sich dann raus: was Negatives
der zweite Teile von Krieg hatte ihm nicht so gut gefallen, und er wollte dann auf der Premierenfeier, wir alle voll im Glücksrausch, – da nicht rumnörgeln
meinte: Sie sind also Hegelianer?!
ich: ja, natürlich!
er: da müssen wir mal in Ruhe darüber diskutieren

selbstverständlich, gerne, immer
verständigten wir uns dann auf unsere Uraltbekanntschaft von meinem Transatlantik-Interview her -
alles so extrem angenehm
GESELLSCHAFT

1624 Anruf von
Hans-Ulrich
die Korrekturen alle durchgegeben
in der Lektoratssitzung wurde das Herbstprogramm noch mal durchgesprochen; da steht Jeff Koons jetzt vorerst also noch da
bin ja ganz guter Dinge eigentlich
noch
jedenfalls -
die kucken sich heute Ilja Richters Stripteasenummer an, in der Alten Oper
wo hatte ich den nur wieder neulich im Fernsehen gesehen, ganz ausführlich über seine Mutter erzählend, wahrscheinlich bei Biolek natürlich; wahrscheinlich hieß der Abend Muttersöhnchen, bzw. natürlich bißchen anders
gestern, dort: Dieter Bohlen. Wahnsinn.
danach: Günter Jauch bei Harald Schmidt, absolutes Highlight. Saßen einfach nur blöd da, mehr oder weniger, redeten über Tiere, die Jauch HASST, aber er hat ja Kinder usw – und aßen dazu Hundefutter aus Dosen. Unglaublich gut.

machte morgens auch Notizen für Schumanns

hatte zwischendurch
auch gewaschen und aufgehängt
morgens wieder am Küchentisch Büro
alles was ganz leicht geht: ja
alles andere: nicht

1704 wieder daheim
Kopierladen – Briefkasten – Zeitungen und Geld gekauft
im Hof eben: die Vögel
wie heute morgen, als ich vor 6 wach lag
ach was: zwei Stunden lang rumgeackert und rumgerödelt habe wie blöd -
WAS
sind das für Tage, die –
was ist das für ein Land, in dem –
wer bin ich, um hier zu –

VORSICHT
Literatur

alles aussteigen bitte
geil auch:
neulich mit Maxim die Debatte über Tagebücher, Krausser, wer war da noch?, ach ja: der Andreas Bernard Artikel in der SZ: ob er den gelesen hat, der war toll – nee, hat er nur angefangen, war ihm dann zu langweilig – zu LANGWEILIG?! –
Tagebücher also: kann er nicht, mag er nicht, langweilt ihn; darf dann im Grunde natürlich auch sonst niemand machen; ob ich denn Tagebuch schreiben würde –
nö –
wie das schon klingt: »Tagebuch schreiben« – Blödsinn -
meine Minutendinger sind ja was anderes – findet er auch – wenn ich ihn richtig verstanden habe – der Streß-Maxim, wie ich neulich mit Moritz –
ist das fies?
ist das normal?

1718 time time time – time marches on –

während ich hier Stunden wachliege, gequält von scheußlichen Gedanken, die anfingen, als ich gestern kurz Karla Brembacher im Fernsehen gesehen habe, wieder dachte, wie damals im Zusammenhang mit den Strengberg Aktionen: ich kann heute verstehen, daß – innerhalb zweier Abende kam man jetzt neulich wieder zu dem Punkt, wo –

ich kann nur fragen: woher ein solcher absoluter –
woher das Defizit an Takt, Gefühl, an simpelstem Benehmen?

ganz konkret: die –

am Klo
und
und letztlich
und unzulässig interessiert

das Intrigante, Verlogene und Verschlagene –
gesehen, gefürchtet, verachtet und gehaßt. Und nicht nur aufgrund irgendeiner Pathologie, sondern sicher auch genau DESHALB –

wenn ich jetzt diese beiden Abende in der Trachine nehme, und die Gespräche, – über alles mögliche Inhaltliche, aber auch über diesen absoluten Irrsinn der Telefonanrufe damals bei Strengberg und Graf Wetter zum Strahl – und das Resultat von alledem ist nichts anderes, als daß es wieder so eine entscheidende und eindeutige – ich kann es einfach nicht begreifen.

wütendes Gift –

solange reinbohren in irgendwas ursprünglich Freundliches, Nettes, Zugewendetes, bis wirklich alles in Grund und Boden zerstört und kaputt zerbohrt ist. Warum nicht mal innehalten vielleicht, bei einem irgendwie komplizierten, schönen Moment? Geht nicht.

1734
wir biegen ein in die Endkurve:
weicher Karton
beware of Gestank
matter Schutzumschlag

1739 guten Tag
Goetz hier
-ich wollte fragen, wann die Vorstellung in der Baracke bei Ihnen heute beginnt?
-immer um zwanzig Uhr
-immer um zwanzig Uhr, vielen Dank
-bitteschön
-aufwiedersehen
-wiedersehen

1740 jetzt
aber noch schnell
die Durchdrehbremse reinhauen
und die Jeff Koons Datei öffnen

1800 ausgedruckt
der Drucker macht schlapp
und ich habe keine neue Patrone
morgen: Patrone, Faxpapier, evtl Überweisung und Paß?

1809 ersticke
im Wahnsinn meiner Papiere
schönes Gefühl

2319 wieder daheim
zurück aus Shoppen und Ficken
obergeil
morgen mehr

HASSE SIE ALLE

Ich muß mich KONZENTRIEREN
dachte ich eben ganz panisch – zum Problem Sozialaktion, Zeitdruck, Textmaschine – und dann gleich: bzw genau UMGEKEHRT: und das ist ja genau die Schwierigkeit, sich zu dezentrieren – und das kann man so schwer MACHEN, diesen Zustand herbeiführen, der muß sich einstellen, der Schriftvoraussetzungszustand – gilt ja eigentlich auch fürs Lesen, fürs Musikhören Verlorenheit, Selbstverlorenheit
PRAXIS

Trödeln – Daddeln – Spielen – Donnerstag, 5.2.98 – FOR ALL

1342 eigentlich
bräuchte ich jetzt hier wirklich einen zweiten Schreibtisch, sonst lassen sich diese verschiedenen Arbeitsebenen nicht mehr lässig nebeneinander her bespielen

1429 wir
haben doch keinen PAPIERMANGEL, Mann! – als ich eben eine neue Zeilenform ausprobieren wollte fürs Stück

1443 vergesse
ich immer wieder: Bücher einfach IRGENDWO aufschlagen – und dann zu lesen anfangen – es gibt so einen freien, klaren, unbeeinträchtigten, vom eigenen Problem losgelösten Blick auf die Sache – frei auch von der unweigerlichen Urteilsabsicht, die automatisch mitliest (eigentlich eine Art Urteilszwang, ein Urteilsautomatismus, den man oft nur ganz schwer ausbremsen kann), wenn man so ganz neugierig von vorne zu lesen anfängt –

eben, ganz toll: Dietmar Dath, Cordula killt dich, Seite 67, 68: völlig klarer Text – was für mich komischerweise, merke ich da, heißt: Denktext, analytischer Vorgang der Klarheitsgewinnung – ohne jeden erzählerischen Firlefanz, der mich immer so krank macht, langweilt, durch den ich immer erst so mühsam hindurch lesen, mich durch quälen muß, bis ich vor Ort bin – was ich jetzt so diffus als Problem mit diesem Buch in Erinnerung hatte – stimmt gar nicht – zeigt sich jetzt – Energieschub
PRAXIS

genau das Gegenteil
neulich bei Streeruwitz, Bein und Stein, Sein und Schein, was ich ja schon ganz durchgelesen hatte – wo ich aufschlug, um das Ding mit der Sprache, die die Frauen angeblich nicht haben, zu suchen – und dann innerhalb weni-

ger Zeilen sofort wieder einen solchen Haß und so wahnsinnig schlechte Laune davon kriegte – von diesem ganzen UNSINN – schnell zumachen mußte –
vom Leben mit Büchern. PRAXIS

Dietmar Dath, in der Ankündigung:
»Dieses Buch ist der Beginn einer Hexalogie, das heißt, einer Serie von insgesamt sechs Büchern. Der Gesamttitel der Arbeit lautet: ›TENSOR oder die sehr anstrengende Reise in die mehr als ausreichende Verständlichkeit.‹ Es geht um eine Untersuchung des Problems der Verständigung zwischen Leuten und den Nichtleuten (»Dingen«?) des täglichen Lebens in den nächsten 15 Jahren. Es ist so geplant, daß die Hexalogie zusammen mit mir, dem Autor, älter und leider auch dümmer wird, zugleich aber auch entspannter und vielleicht lehrreicher oder sowas. Die Titel und vorraussichtlichen Fertigstellungs- sowie Erscheinungsdaten (es kann allerdings eine Menge dazwischenkommen, wie z.B. Tod, Apokalypse, Lustlosigkeit, plötzlicher Reichtum usw.) aller Bände der Hexalogie sind diese: –«
dann kommen die alle, die Titel –
»Roman, 2002«: steht dann da da, zum Beispiel, ha ha ha, unter »TEILCHEN UND TEILCHEN UND TEILCHEN«
finde ich heute absolut geil, sowas
hätte ich früher total gehaßt
verstehe ich nicht
Was folgt daraus, fürs Urteil? Das Urteilen? Die ganze Art wie man denkt und sieht?
optimism, somehow
PRAXIS

1556 es hilft
nichts: ich kann das einfach nicht ernst nehmen, daß sich irgendwer zum HERRN macht und aufschwingt, über ein TIER – trotz Marlen Haushofers Sicht darauf, in der »Wand«, und das Verstehen dieser Geschichte dadurch – wie ich eben wieder aus dem Fenster schaue – und so eine Anorakfrau sich von so einem Hund so sehnsüchtig anschauen läßt – bitte spiel mit mir! – ja, gut, mach ich –
andererseits: Externalisierung der Kreatur
des einem selbst sonst Verschlossenen
in einem Verschlossene
des Kreatürlichen
siehe auch Frau Rau
DIE ENTTÄUSCHTE FRAU

1608 zugeschissen
mit Papieren

Bombenangriff: Arbeitszimmer
macht mich KRANK

1616 keine Urteile
zur aktuellen Arbeit, klar
das wirkt immer so furchtbar -
zuletzt bei Rühmkorf
bei Krausser
weil ich eben dies und das dachte, zum Stück
JA UND!
get on with it
ist ja gut, ist ja gut

bremsenlos
fahren
und trotzdem irgendwie steuern
kontrolliert, klar
(schon beim zweiten Mal ist es ein MANIERISMUS: Problem der Form – lächerlich)
PRAXIS

geil auch,
wie der Schlafes Bruder Schneider gestern in der SZ seinen Pathetikstil verteidigt: wäre doch genau so wie beim letzten Mal –
JA EBEN!
will man schreien
deshalb funktioniert es vielleicht diesmal nicht mehr so gut – eine ausgeleierte Pathetik ist wahrscheinlich so ausgeleiert, wie das neulich im Fernsehen gezeigte ausgeleierte, 20 Jahre alte HÜFTGELENKSIMPLANTAT von – Prothetik und Pathetik.

1645 Anruf
von Moritz: die Schumanns-Geschichte planen:
ich müßte nächste Woche Freitag und Samstag nach München kommen
verschiedene gestern notierte Sachen besprochen, ihre Pläne, daß auch Promis, die eigens gecastet werden, da auflaufen würden – oje oje
je konkreter sowas wird, desto mehr Normalität -
Horror

wollte gerade noch
was ich eben im Ohr hatte
meinen »Prothetik und Pathetik«-Aufsatz-Titel durch irgendeinen lustigen Untertitel präzisieren –
vom Telefon jetzt natürlich wieder ausgelöscht

vergessen – war sicher wahnsinnig wichtig

1707 drucke
gerade – jetzt hier – vorhin Jeff Koons
grau heute, Dämmerung jetzt
kalte Füße
und das Datum fehlt noch
oder gehört das auf jeden Fall vorne hin?
eigentlich schon
vergaß auch wieder zu trennen
wie trennen Sie denn?
manuell oder von Hand?
och, wissense, wir trennen automatisch
STIMMT GAR NICHT
ich trenne immer von Hand

1711 und Goethe
müßte ich anrufen
Thorsten Beckers Mitte selig
in TOKIO
und die Spirits besuchen
und die Umsatzsteuerrate zahlen
und die neuen Ausweispapiere in Charlottenburg abholen
und Bombenangriff Schlafzimmer aufräumen
und Zeitungen aussortieren in der Küche
und die irgendwo vergrabenen Notizen zum Stück endlich mal suchen und finden
und Bürozeug kaufen
und das Meier-Buch kaufen
Artforum
Shoppen und Ficken
das Jelinek Stück
was war denn noch?

gestern
im Theater
traf ich Peter Steiner – auf der Straße – ich rief – er: a!, hallo!, ja, sie kommen nachher auch da in die Baracke – bis nachher –
redeten wir dann in der Pause – war so ein supermarkantgesichtiger Wedel-Schauspieler dabei, und eine hübsche ältere Frau –
davor, auf der Suche nach Ostermeier
grüßte mich wer – ich so fragend zurück: sind Sie vielleicht der Herr Ostermeier?
er: Michael Merschmeier, guten Abend

ich so: a, entschuldigung, ich dachte, wissen Sie, ich soll den Herrn Ostermeier hier irgendwo treffen, wissen Sie vielleicht, wie schaut denn der aus?, schaut der aus wie Sie?, so ähnlich? – ja, ä, hm –
voll prall
dann nahm mich wer mit in die Kantine
saßen die da am Tisch – zwei Jungs und der Dramturg mit grauem Bart – Sympathie, Irritation – die scheinen unter ihrem Erfolg schon zu leiden –
wie ist das?
wie war das?
kann mich da gar nicht daran erinnern –
fand man das FALSCH, als was erfolgreich war?
einfach vergessen
erinnere mich nur an diese Begegnung mit dem Ehepaar Rutschky, nach der großen Gesamt-Aufführung von Krieg hier in Berlin, beim Theatertreffen, Mai 88 oder so –
wie ich auf die Frage, was ich jetzt machen würde, sagte: endlich GESCHEITE Theaterstücke schreiben – weil mich die Unbeholfenheiten in Krieg so wahnsinnig NERVTEN – und Kontrolliert war ja gerade fertig geworden – und ich fing an, die verlorenen Fetzen (mich) wieder zusammenzuklauben – in der Hoffnung, jetzt ginge es dann gleich weiter – mit den NEUEN, endlich gescheiten STÜCKEN –
next stop: 1993! – da war das denn erst fertig, Festung
Wahnsinn – Folter
ja
ä dingens:
beim Reingehen an der Türe traf ich dann noch Bruno
ich: he!, du hier?!
er: ja, schon zum zweiten Mal
ECHT?! Aber dann muß es ja wohl gut sein, wie?
ja ja, total –
er: wir sehen uns auf jeden Fall Freitag
ich: ja, genau, Freitag

1736 und vom Stück
selber jetzt noch gar NICHTS gesagt
vorhin da in der Baracke angerufen
nein, der Herr Ostermeier ist in einer Besprechung
aha
kann ich was ausrichten?
ja, ich wollte nur sagen, ich habe gestern mit ihm geredet, ich reihe mich ein in den Chor der Begeisterten
er, am Telefon: notiere, reihe mich ein in den Chor der Begeisterten –
ja, ha ha ha, genau, vielen Dank

1748 los

1846 wieder daheim

VERSCHISSENE STADT – beim Cruisen am Gehweg, auf der Suche, in den kleinen Straßen hier, nach einem Laden, wo man Butter kaufen kann – alles nur voll SCHWADEN VON KOT – in leicht geschwächtem Zustand: so lächerlich das klingt: das ist der Grund, warum ich hier letztlich dann doch wieder weg ziehen muß – und die ewigen Herrchen, mit ihren Nazifressen – jung, alt, Ausländer, Deutsche – weil das einfach so WIDERLICH ist alles – ich hasse sie alle

davor am Leopoldplatz
im Kaufhof Zeitungen und Papier für Drucker, Fax, Patronen gekauft

in der Post
ein dicker Brief vom Finanzamt
Bescheid
sofort zu zahlen
verstehe kein Wort: ob gut jetzt – oder schlecht?
dann am Rad:
um nun endlich also doch auch EINZUTRETEN
in diese FUCKING Gesellschaft
da Mitglied zu werden: Steuerzahler: lächerlich
Rentner
wie die Krieg-Kritikerin in der jungen Welt so richtig schrieb –
es fühlt sich dann aber plötzlich irgendwie zumindest AUCH
TOLL an – verrückt – das Kaputte
nachdem man –
nach all diesen Jahren –
KAPUTTE SZENE

riß den Brief vom Finanzamt im Hof auf, neben den stinkenden Tonnen,
las, blätterte, versuchte zu verstehen –
und steckte ihn dann wieder zurück in den Briefkasten
VERSCHISSENE STADT

1907 versuche
überall Albert zu erreichen – ob ich meine Faxe da ins leere Haus auf der leeren Insel schicke – Köln, Hamburg, Gisela, Max – niemand da
die komische Käthe: Daniel wäre schon nach Berlin gefahren – ja, gut, vielen Dank

will noch

Butter kaufen
runter kommen
Klarheit
über die Probleme im Stück kriegen
was ich tun muß
was los ist
bin absolut WIRR

1919 noch mal raus

1943 wieder daheim – mitten im Krieg

ich hasse sie alle
wie jeder
alle hassen alle
auch ein großer Motor des Sozialen
ARMUT MACHT AGGRESSIV
MACHT MACHT MILD GESTIMMT
UND MILDE MACHT EINEN FERTIG
FOREVER
FOR GOOD

hungrig, traurig, dumm – altes Lied

UNSERE GEDULD IST ZUENDE
im Demonstrationsschreiton
irgend ein Arbeitslosenfunktionär
in der Tagesschau
ich weiß
ich auch
ja ja
ja und
Ton ab

was ist
der Kerl für dich?
nur ein Psychopath?
oder die gewöhnliche Krankheit
der Gesellschaft?
meldet wer im WDR

gegessen und Spiegel gelesen

2038 Albert

auf der Insel erreicht – der war in Madrid – ist jetzt noch zwei Wochen da

2327 nervige Telefone
zu dämmern versucht
heiß geduscht
nochmal am Stück

wo immer wieder
wilder Schabernack
getrieben wird

hallo meine Damen und Herren
bitte beruhigen Sie sich
ich weiß
die Werbung war sensationell
aber sie wird noch besser

für die nächsten Tage
erwarten die Meteorologen
weitere Stürme

REDEMOKRATISIERUNG

Freitag, 6.2.98, 1109 Abfall
bekämpfen
überrollt von Abfall
von Abfall überschüttet
vom Abfall verschüttet – dachte ich unter der Dusche: ich kann mich überhaupt nicht mehr richtig auf das Stück konzentrieren – als wäre ich unfähig, zwei Dinge gleichzeitig zu machen – das heißt: gleichzeitig im Sinn von: hintereinander, nebeneinander her – das ist doch wohl lächerlich

ich kann nicht
aus der eigenen Konfliktpraxis herausschöpfen – das wird dann immer eng, verkrampft, blöd, platt – deswegen brauche ich die Ruhe und Distanz, um die objektiven Aspekte, die Einzelaspekte in vielfältiger, widersprüchlicher Form und Anordnung, in einer Art objekiven Gestalt eben sehen und erkennen und darstellen zu können – kann immer nur ganz direkt schreiben, was ich gerade denke – weswegen ich so umsichtig letztlich für Bedingungen sorgen muß, unter denen ich nicht zu viele falsche Sachen dauernd im Kopf habe und denken muß –

heute Nacht, bei diesem absolut irren Wutanfall:
ATME
GANZ RUHIG
ICH ATME
GANZ RUHIG
ATME GANZ
RUHIG ATME
GANZ RUHIG
ICH ATME
GANZ RUHIG
ATME GANZ RUHIG
ICH ATME GANZ RUHIG
da dauernd dann drauf konzentriert, auch auf die wandernde Ordnungsbewegung der Wortfolgenbezüge, sozusagen der Zeilenbrüche – und wurde dann tatsächlich ruhiger – beim Aufwachen morgens, unglaublich erleichtert, daß das gelungen war, wieder einzuschlafen, sich zu beruhigen, besänftigt

1138 »etwas machen«
»falls« ihr »die Erzählung gefällt«: leider im Moment schlecht: denn ringend um Konzentration und unter großem Zeitdruck sitze ich am nächsten Büchlein: denn die Erzählung ist das erste kleine Ding einer größeren Sache, die in möglichst dichter Folge weiter fortgeführt werden soll. Wenn sie über die Erzählung ohne meine Porträt-Mithilfe – bla bla bla
DIE ENTTÄUSCHTE FRAU

1148 für Moritz
wir haben nichts zu verlieren, außer unser GESICHT – und daß wir noch keines haben, medientechnisch gesehen, ist unser KAPITAL –
keiner darf die Rolle WISSEN, die er besetzt – das muß natürlich auch offen sein, changieren können – gehört zum sozialen »Spiel«, daß jeder in den Augen eines jeden anderen, jeder für jeden anderen eine ANDERE, und außerdem ja auch noch dauernd wechselnde Rolle besetzt, spielt –
Zuweisung, Festlegung, Offenheit, Annahme, Verdeckung, Geheimnis – diese Grundregel, daß man über die nahen Menschen nicht wirklich präzise, analytisch nachdenkt, nachdenken darf, um sich offen, zart und handlungsfähig zu halten – man bohrt einfach nicht rum, im nahen anderen Menschen, man nimmt ihn, wie er sich geben will, ganz praktisch, äußerlich, situativ –
all das, also das Gelingen auf dieser Ebene der Rollenbesetzung, Annahme und doch auch dauernden Offenheit, bestimmt auch mit darüber, wieviel SPASS ein bestimmtes Agieren in einem definierten sozialen Feld macht – wieviel gute Laune eine Gruppe als Ganzes produziert, den einzelnen Beteiligten macht – nach außen ausstrahlt –
SCHUMANNNS

1200 Terror
durch extrem stumpf, hohl, billig klingende, und hier im fucking »roten« Wedding terrormäßig ununterbrochen läutende und ihren fucking Katholenterror verbreitende absolut scheußliche KIRCHENGLOCKEN – um 9, um 12, um 10, um 6 – dauernd – sonntags hoch zehn
VERSCHISSENE STADT

1208 Büro
Büro Abfall – absurd
plötzlich: das wird ja so ähnlich wie Achternbuschs letztes Horrorbuch – wie heißt das gleich? – in dem ich vorgestern dann doch wieder mit Spaß und Vergnügen und dann aber auch sofort wieder ENTSETZEN – so rumgelesen habe – an der Stelle wo er seine Filme alle rekapituliert – davor – blättere immer ZURÜCK in diesem Buch, steige irgendwo ein, denke, wo kommt das her, blättere zurück, zurück – bis man wieder aufgibt, erschöpft, abgestoßen von so viel Privatem -
genau: der letzte Schliff – und wirklich und in Wirklichkeit das totale und absolute und programmatische und foltermäßig konsequent durchgehaltene GEGENTEIL von irgendsowas Ähnlichem wie Schliff, Bearbeitung, Gestaltung – die reine Urform – Dokument der Qual
wers furchtbar findet – wie ich – brauchts ja nicht zu lesen – und sicher finden es viele Leid-Suhl-Menschen ganz TOLL, nehme ich mal an
DIE ENTTÄUSCHTE FRAU

1234 Kaffee
ist aus – Tee gekocht – Perversion
Verhakungsprobleme – das sowieso Erbe gedacht –
dann: a ja! – DAS sollte doch das Motto werden, morgens, gestern, für den zweiten Tag – in der FAZ, im Monika Maron Bericht gelesen – bloß wo ist der jetzt?! – ganz am Anfang sollte das kommen –
wollte ja das und das noch ausschneiden
für Albert
das und das noch lesen
das und das noch aufräumen
aussortieren
ordnen
aufräumen
die große RAUM obsession
KRANK

1251 suche
und baue
den Berg des Wahnsinns ab
aber was solls

habe schon so viele
so viel schlimmere Zustände der –

alles das
gibt es nur
weil es die ganz andere
Zielrichtung, Absicht, Geistorientierung
Arbeit gibt – ganz klar das
wissen, sehen, erkennen
lächerlich finden
und alles das
KRANK

1256 Albert
Bildchen gefaxt
Foto aus der taz, von AP oder so
Gemälde
Straßenszene in New York
Autos, Fußgänger, Fassaden, Werbungen, Lichter
und hinten hoch oben
zwischen Schriften, Zeichen, Linien
riesig der öffentliche BILDSCHRIM
mit Clinton drauf
ganz hell und scharf leuchtend
vor den Streifen der Flagge
im Kongreß, flankiert vom Vizepräsidenten und
diesem einen anderen, Speaker oder so
aber im Rahmen des Bildes, des Fotos, eigentlich
ganz klein, oder relativ klein das Fernsehbild
GROSSE ROMANTIK, 13,5 auf 10,8 cm

in ERREGUNG
geraten
sich losreißen
sich verhaken, verbohren
verbohrt verlieren
da sitzen
aufspringen
durchatmen am Fenster
ans Fenster stürzen
in der Küche
mit der Tasse in der Hand am Fenster
trinken
aufstöhnen

wieder am Schreibtisch
planvoll und ruhig
neue Idee
das Alte schnell aufgeben
ruhen lassen zumindest
ABSTURZ
des Computers
Abschrift, Neustart
das Verlorene rekonstruieren
das Zerstörte alles da
KRANK

Später:
Affären hatte er immer
nun ist er verliebt
LESERPOLL 97
suche wie ein Depp in den Papieren
nach den genauen Namen
für die Maildateien
im Leibniz Rechenzentrum

nochmal: die Aufwühlung
liegt in der SACHE
kann nicht in mir sein
darf nicht in mir sein

(wenn sie in MIR ist
verschwindet die Sache
geht sie unter
wird sie unsichtbar
geht verloren)
das ist doch ganz einfach alles
KRANK

sich vorne –

Blick
aus dem Fenster
unten
die Mädchen
bunt
groß karierte Hose in
orange und beige
warum

oll es das nicht geben: die Helden des Feuilletons – meisterhaft inszeniert Robert Wilson Brecht in Berlin: heißt es da in der Überschrift – die POESIE, nach der sich die ewige Prosa des Feuilletons so unausrottbar und automatengleich fix immer wieder sehnt – vielleicht sehnt sich ja auch wirklich das Publikum genauso danach, wahrscheinlich sogar – die SCHNULZE – natürlich MEISTERHAFT – wie anders denn sollte Robert Wilson inszenieren – das ist wie Kohl: das stirbt dann erst durch Aussterben aus, durch Altenteil, durch neue Leute, die dann das Sagen kriegen und wieder zwanzig Jahre lang IHREN speziellen, ganz anderen Terror ablassen – vielleicht POP oder sowas – aber daß das in SICH mal bißchen beweglicher wäre, würde, abwechslungsreicher, – das darf wahrscheinlich nicht erwartet werden, das wäre zu viel verlangt wahrscheinlich – die ewige Leier – wobei ja in DEREN Augen die Kunst dasselbe Problem hat: irgendwas bestimmtes NICHT zu leisten, auf was Bestimmtem zu starr immer wieder zu bestehen, das immer wieder zu reproduzieren – vermute ich
PRAXIS

bin schon
ganz WUNDGEHÖRT – Musik: beim Musikhören als Lauschen, um zu verstehen, was los ist, was vorgeht, wie es gemacht ist

denke eigentlich
an einen noch viel SPARSAMEREN, reduktionistischeren, puristischeren – und gleichzeitig poetischeren, melancholischeren, eingängigeren, und letztlich aber vorallem ABSTRAKTEREN Funk –
beim Hören von Stampfen
die 808 letzlich noch radikler programmieren
klarer, funkiger
MUSIK

so weit
kommts noch, daß ich auf einen Brief des Herrn Spiegel von der Faz, den ich überhaupt nicht kenne, antworten muß und dem mitteilen muß, ob ich denn jetzt über Brecht was schreiben würde oder nicht – ganz so als wäre ich dem sein Angestellter – daß er besser planen kann – die haben alle einen derartigen DACHSCHADEN, in ihren Redaktionen – den mehr oder weniger automatischen Redakteursdachschaden – auch den Tonfall, in dem ich früher immer POSTKARTEN von Frau Radieschen gekriegt habe – ob ich das und das machen würde für sie – im Kumpelsound, in groß gemalter Mädchenhandschrift – als wäre man sonstwie vertraut miteinander – obwohl ich mit der, glaube ich, ein einziges Mal nur etwa eineinhalb Sätze gewechselt habe, auf einem Österreicherempfang, glaube ich, auf einer dieser lustigen – für uns jedenfalls so lustigen (Diedrich, Maxim, Andrian) Buchmessen, – sonst nichts, mehr nicht – Frage: ob die das gar nicht mehr HÖREN, wie sie da so

klingen, für einen, als Außenstehenden, Fremden? – man weiß es nicht – sehr komisch jedenfalls
DEKONSPIRATIONE

wobei man ja weiß
natürlich, daß man selber eben den automatischen, ebenso unweigerlichen und obendrein natürlich komplett und genauso standardisierten Isoliertschreiberdachschaden hat – klaro – siehe oben – also wat soll sein
PRAXIS

Dachschadenformen unterscheiden

man darf
ja wenigstens frei wählen
welchen man gerne hätte
welchen hätten Sie denn gerne?
ach, ä, ich ä
NA?! NU?!
okay, dann nimm ich Prolldachschaden
echt?, der ist aber besonders anstrengend
ach so, ich dachte –
Sie sollen nicht denken
sondern wählen
mein Herr
okay
dann ä, dingens –
KRANK

1510 Blick
auf die Uhr
Panik
so wird das nichts

1734 sehr
gut am Stück – raus jetzt

1930 eingekauft
Notizen für Abfall
in alten Notizbüchern nach LRZ-Angaben gesucht
Notizen fürs Stück
dann mit dem Computer gestritten
Mail-Programm
eigentlich erfolgreich
eingecheckt im LRZ

aber trotzdem dann die Daten an Herrn Häberlen nicht übergebbar, keine Ahnung, warum – aber immerhin bekam ich die Rückmeldung vom sogenannten bösen MAILERDÄMON, daß irgendwas nicht geklappt hat
das wird schon

1934 ganz schnell jetzt los

2328 wieder daheim
bei Bruno
tolle Eröffnung
Ruff: FUCK CONTEMPORARY ART
danach oben in der Wohnung
Dabatte mit ALLEM
deswegen bin ich in Berlin

neu
was du nicht weißt
Günther Jauch hat tierisch
Angst vor Hunden
ich will nicht sagen
daß er Hunde HASST
aber wenn er nicht sehr aufpaßt
dann haßt der bald Hunde

neue
Enthüllungen
morgen
in Bild!
Bild dir deine Meinung

ALL IN ALL

Sonnentag, 7.2.98
geht auf über Berlin, milchig ver –
AUFHÖREN mit dem Scheiß
las
der Plattenspieler singt
der Wasserkessel schreit
komm ja schon
der Wecker fiept
ist ja gut

also
mit dem zweiten Pott Kaffee neben mir
CONCOR nennt sich die Tasse
ewige Welt der pharmazeutischen Werbung
durchaus und immer schon geliebt
von Kindertagen an
was ich also sagen wollte
las in Dietmar Daths Cordula
voll angenehm
und wie ich dann dachte
das könnte jetzt eine Geschichte werden
peinlicherweise dachte ich sogar: Liebesgeschichte
was ja ganz abstrakt und intellektuell
natürlich gemeint war aber
so scheußlich kulinarisch klingt
also zwischen mir und Daths Cordula Buch
da wollte ich dann also ganz schnell
hier loslegen, losbrettern, auftexten
und hatte zuvor mit Lied im Ohr
von dem ich nicht wußte welches es war
die entsprechende Platte gesucht
und das war dann tatsächlich
MUSIC FOR PLEASURE
Monaco
What do you want from me
und das lief also
und dann war das Wasser in der Küche fertig
und das Pfeifen des Topfes wurde immer lauter
ich rannte rüber
und da sprengte schon der bla bla bla
so war das alles also
wieder mal voll
KRANK

914 Dath
erklärt, er hätte sich beim Ausgehen – was er natürlich nicht mit diesem Wort benennt – mit jemandem über Ken Kesey streiten müssen, über den er »neulich irgendwo« was geschrieben hatte – und dann heißt es da auf Seite 9 also so superlustig aufgedreht:
»Mein Gott, immer diese Diskutiererei. Schreib halt selber was. Es muß ja nicht so eklig überproduktiv sein wie ich, mit so einem Riesen-Mist-Quotienten, den ich einfach brauche, um ein bis zwei mal im Jahr was Gescheites zu schreiben, aber IRGENDWAS könnten sie schon mal selber machen, bevor sie auf Partys ihnen persönlich bekannte Selbermacher volllabern. Aber viel-

leicht bin ich nur neidisch auf des Streiters Unabhängigkeit. Unabhängigkeit ist ein Geschenk, das Gott den Untätigen gibt. Und denen, die Böses tun, so wie ich, wieder wegnimmt.«

TOPF
war ich das?
habe ich wirklich TOPF gesagt?
des TOPFES?
was ist denn das überhaupt für ein Wort?
Todeskopftopf
KRANK

überhaupt muß überhaupt auch viel öfter vorkommen

939 sich
kurz ans Spektrum des Möglichen, ALLES MÖGLICHEN erinnern:
Radio
Fernseher
Musik
andere Musik
Bücher
Zeitungen
Zeitschriften –
um nur mal die wichtigsten zuhause mit einem dauernd so mit lebenden Geister zu nennen – Geisthaber, Kunstdinger, Speicher, Baller, Halter, Träger, Dinger –
abstrakte Masse
schwer, reich, dicht
was von den meisten eher als Bedrohung erlebt wird, diese Möglichkeitenflut – und von einem selber oft ja auch, in Momenten der Schwäche – wo doch eher gemeint ist davon:
Freiheit
gute Laune
Offenheit
ALLES steht dir zu, alles ist möglich -
Reichtum, Überfluß, Paradies
PRAXIS

Nehme
jede
Arbeit
an
heißt es in so einer Nazirunenschrift auf Umhängeschildern unter Geknechtetenfressen von so Ausstellungsstück-Prollleuten unter der SZ-Überschrift

»Massenproteste gegen Arbeitslosigkeit« auf der der ersten Seite – das stellen die sich als Politikmachen vor – aber das Kalkül auf den ästhetischen Mehrwert – geil: die schauen so zerstört, geknechtet, kaputt aus – ruiniert einfach die Wirkung – jedenfalls für mich – ich kann mir solche Nazipropaganda für soziale Gerechtigkeit einfach nicht anschauen, ohne automatisch zu sagen: he, Nazischwein, mach mal dein Volksempfängergekrächze leiser, mich stört dieses Hetzgeschrei – andererseits, völlig klar: die sehen sich da in so einer Zeitung eben in einem öffentlichen Kampf um Gehör, um richtige Positionen, um ganz reale POLITIK – und DAS bringe ich eben nie wirklich vernünftig zusammen, in mir, für mich: Schrift und Politik, Wahrheit und Interesse – weshalb ich es mir ja auch immer wieder vorhalte: NICHTS dazu zu sagen.
und so will ich es fortan
hier auch wirklich halten und tun
DEKONSPIRATIONE

geil war auch
in dem Gespräch mit Andreas Bernard neulich, im Gnosa in Hamburg – überhaupt dieses Treffen! – wie er sagte, auf meine Frage, was er vom Feuilleton der Faz hält: er liest das nicht, nur manchmal, selten, wochenends oder so – und mir diese Idee wirklich NEU war, daß man als jemand, der im Feuilleton und fürs Feuilleton schreibt, selber nicht wirklich ALLE einem erreichbaren Feuilletons scannt und liest und wahrnimmt, um sich damit auseinanderzusetzen, um sein eigenes Sprechen in diesem Raum notwendig, objektiv situieren zu können – und er meinte, er liest eben andere Sachen – und mir das zum ersten Mal so einleuchtete – als eine nichtdefensive (ach, wissen Sie, die Zeit lesen wir ja schon lange nicht mehr – genau: WIR, schon lange, nicht mehr – endlich gesundet von so einer früheren Krankheit der Offenheit, Neugier – zum Gesundschwachsinn des ganz sicheren Wissens, was alles einen nicht »mehr« zu interessieren braucht usw usw) und also wirklich nichtschwachsinnige Position – daß man vielleicht einfach bessere Artikel fürs Feuilleton schreiben kann, zumindest eine Zeitlang, wenn man geistig nicht komplett ZUGEMÜLLT ist von dem kollektiven Gelalle und Gerede in diesem Raum da – PRAXIS

wie Tommi
mir gestern vom Dr. Mabuse Film erzählte – den ich noch nie gesehen habe – der am Schluß also offenbar in so einer Irrenanstalt sitzt und WIE EIN IRRER da Papier voll schreibt, schreibt und schreibt – und er wirft die Papiere dann angeblich immer so hinter sich – schreibt, schreibt, schreibt – als Inbegriff des Bilds vom Irrsinn: da so vor sich hin kritzeln, wie ein Irrer eben – weil so viel DRIN ist, was RAUS muß –
leuchtet einem völlig ein

weil Bruno erzählt hatte, ich wäre in Shoppen und Ficken auch so drin gesessen und hätte dauernd Notizen gemacht – und ich dann erzählen wollte, daß ich manchmal ja schon extra aufs Klo gehe, um damit nicht zu nerven – und dann andererseits immer denke: fuck it, blow it, suck my dick – das ist mein Beruf – wie das wirkt, ist mir letztlich dann eben doch scheißegal – und wenn ich allein bin, zuhause, gehts diesbezüglich im Zweifelsfall nochmal ganz anders ab, was Hektik, Madness, Obsession und den dabei gehabten SPASS betrifft –

dann auch die Erinnerung: wie ich mal vor vielen Jahren in Graz mit Albert in einem Café saß, spät nachts, trinkende und vermutlich auch schon leicht betrunken Runde – und er dann, blätternd in einer Zeitung, ein SKALPELL aus der vorderen Brusttasche zog und mit diesem Skalpell – das wird dann so umgesteckt – ein Bildchen aus der Zeitung ausschnitt – und das einsteckte und irgendwas dazu meldete, warum er das gut findet und für irgendwas brauchen könnte –

und ich nur dachte: GENAU, genau so wirds gemacht, so wird gelebt und gearbeitet – in jedem Zustand, an jedem Ort, zu jeder Zeit – und letztlich eben auch schamlos genug, ohne sich zu scheren darum, wie das blöd wichtigtuerisch wirken könnte – weil es so nicht gemeint ist und es deshalb auch nicht IST – fertig, aus, Äpfel, Amen – das dann aber nicht mehr erzählte dort, gottseidank, weil das Gespräch schon so freundlich eilig wieder weitergeeilt war, zu irgendwas Neuem
PRAXIS

andererseits ist durch dieses ganze Gegrübel – ach ja

1108 für Moritz
muß mich aus all den konzeptionellen Sachen und Gedanken wirklich VÖLLIG raushalten – sonst kriege ich so wahnsinnig schlechte Laune davon – weil das ja alles absolut nichts bewirkt, was man da meldet, im Kontext so einer Sozialveranstaltung, so eines kollektiv hergestellten Produkts – es ist ja das nicht MEIN Ding – ich darf da ja ganz definiert als ein so ein Rädchen fungieren mit meinem Ich – ist doch auch mal eine tolle Rolle, oder?
SCHUMANNS

ich darf nur
meinen Jungs nichts davon erzählen, vorallem dem Uli natürlich – sonst wird das im Vorfeld schon derart in Grund und Boden geredet und einem MADIG gemacht – madig: Lieblingswort der Stuttgarter Sabine, Pulverturm-Wiesen-Zeit – diese Nähen – und wie ich sie dann in SAN FRANCISCO out of all places plötzlich wieder sah – beim Gabba-Gig – als Max gerade zu spielen angefangen hatte – und sie winkte mir von ganz vorne zu, ganz in Weiß, echt,

und ich sprang hin und fand das so irr, die da am anderen Ende der Welt wieder zu treffen – einfach nur durch den Feierkontext –

geil wäre
natürlich auch, zu sagen: Sonntag: Ruhetag – ich glaube, das macht gute Laune – oder das ganze Wochenende vielleicht? – Abfall gibts nur an Bürotagen – das wäre doch lustig – entstehen dann so Wochenpäckchen – innerlich Freiheit, Energie, neue Lust

nur eines
muß ich noch schnell sagen: wie Maxim neulich – wie ich wieder mal das Theaterstückeschreiben so anpries, daß das doch JEDER Schreiber eigentlich machen müßte, und er natürlich auch usw usw – daß ich auch irgendwann Drehbücher schreiben werden würde, natürlich, klaro, weil: wieso NICHT?! – wieso irgendeine mögliche Form sich nicht zuweisen als besondere, andere Problemstellung usw – und er dann von mir wissen wollte, worüber er ein Theaterstück schreiben soll – und schon so ein aufgekratztes Lauern in seinem Gesicht war – er wollte gar nicht wissen, was ich darauf sage, sondern war nur so erheitert von seiner eigenen Frechheit, mir diese Frage zuzumuten, in der Gewißheit, ich würde da gleich drauf einsteigen und ihn damit noch mehr ERHEITERN – wobei man dann eben sagt: okay, wenn du an sowas Spaß hast, – ich nicht, ich geh da weg, servus, bis dann
DEKONSPIRATIONE

mit Max
in einem Art Ferienlager, Schweizer Hotels, wir steigen durch ein Fenster im Parterre ins Freie, laufen auf eine Wiese, wo die anderen feiern. »Wie fandst du die Nummer?«, bezogen auf etwas, was ich und eventuell Woody gemacht hatten. »Okay«, sagte ich und sah, wie eine der Frauen, eventuell Bea, nee Rabea, die Aufrichtigkeit prüfend mich anschaute. Max hatte mir eine Schlüsselanhängermünze gezeigt, irgendwas mit Sven, Diebstahl, Geld sparen – bevor wir aus dem Fenster kraxelten – Ende eines langen –
MUSIK

DIE GEBÜCKTEN
am Görlitzer Bahnhof – wir
alle
hatte notiert
let's create a new ensemble of Sanftnesses
tiefe Hubschrauber, Tuba, Bass
was noch?
ja, nein, gar nicht
oder doch doch?
KRANK

ABFALL FÜR ALLE

Sonntag: Ruhetag

DIE EROTIK DES PFIRSICHS

welches ichs?
des Pfirsichs, Depp

2.1

Montag, 9.2.98
frühlingshafter Ja – ach, was: Februartag
ja: jedes Jahr beginnt mit einem Ja im Januar
wußte ich bisher gar nicht
ach: jedes Jahr ist ja Jajahr – aha, soso
FARBENLEHRE
bloß nicht davon verrückt machen lassen
dann ist es schon recht
also: Februartag: Sonne, Kühle, Zirpen der Vögel – oder genau genommen: eines Vogels – und fast so etwas – wie ich die Balkontüre aufmache – wie nicht total schlechte, bißchen frisch, unberlinerische Luft – und die Sonne scheint einem ins Gesicht und spiegelt sich so stark im Laptop-Bildschirm, daß man die Buchstaben praktisch kaum erkennen kann – und das fucking schiefe Klapptischchen steht auf dem scheißschiefen Bohlenboden schief, Computer schief, Tastatur schief, Kopf schief, Rücken schief, ganzer Mensch schief –
ich halte diesen ganzen provisorischen Scheiß hier nicht mehr AUS
(stimmt gar nicht)
KRANK

sich Stille anschlafen
Ruhe, Ordnung, Zuversicht
später dann: durch Blättern in Texten
Wirrnis wieder aktivieren, gegen zu verhakte Klarheiten
Moment, ich muß mir schnell Mut anlesen
PRAXIS

Sorry, aber diese Seite hat Frames.

wieder
mit dem Computer gestritten – aber Herrn Häberlen auch mit ae die Mail wieder nicht übergeben können, wie der Mailer-Daemon wieder meldete –

Fax von Tokyos Goethe, mit Terminen. 13.4. bis 22.4.98. Der DJ-Gipfel wird entweder am 18. oder 21. April stattfinden, schreibt Markus Wernhard. Ich kriege gleich so einen ZUSTAND, wegen dem Stück

Zeitvorgriffspanik – krank

1348 wie
Ordnung entsteht
mit der Zeit
hier: die Wochen also durchnumerieren, römisch – DANN DIE ÜBERSCHRIFT, auf Mitte alles natürlich – und darunter, die Tage der Woche: arabisch – römisch, arabisch: wie toll das klingt – dabei muß ich immer erst zweimal überlegen, welches welches ist – so wie mit französisch – italienisch? – italienisch kostet 20 – arabisch nur 4 – echt? – was isn das, arabisch? – dann nimm ich japanisch bitte
PFIRSICH

wenns nervt, kann ich es ja wieder weglassen – schon passiert

wollte nur
ganz kurz duschen
dann wurde es doch gleich wieder so ein ORGIE
Wärmeorgie, Wasserexzeß, rot
entflammt, der ganze
PFIRSICH

gestern, so
geil: Schlingensief auf Arte über Brecht: das sind heute so Wichsvorlagen, wo alle zeigen können –
(und ich hatte eben davor alle im ZDF erlebt, in der großen offiziellen Brecht-Gala, wo einem dann alles, was Brecht ist, ha ha ha, wirklich so richtig sympathisch wird, diese KULTUR, die –, der –)
DEKONSPIRATIONE
zeigen können, ob sie noch, schon, wieder können, einen hochkriegen, meinte Schlingensief, oder schon gekommen sind oder gleich kommen – (wobei so Metaphern – oder wie heißt das? – aus dem Sexbereich immer irgendwie so leicht gestört wirken – denkt man: was hat denn der für ein Problem – mit seinen BILDERN?) – wie er in seinem Brecht-Porno ASOZIALE PLASTIK sagen würde –

also, jedenfalles:
meinte Schlingensief dann irgendwas von Groß und Klein, was ich sofort plausibel fand, irgendwie einleuchtend, aber nicht richtig verstand – man könne also das Ganze des großen Ganzen wahrscheinlich nicht so leicht auf die Bühne des Berliner Ensembles bringen – wie umgekehrt – das Kleine vergößern – hm? – dazu war dann die Puppentheaterbühne zu sehen, die er in seiner Brecht-Inszenierung verwendet hatte – auch diese wahnsinnig Begeisterung des Publikums in Hartmanns Käthchen in Hamburg, wo die Rit-

terkampfszene auch Puppenbühne war – warum wird das so wahnsinnig geliebt? – das ist doch total eklig –
vielleicht also: man muß die Sache klein machen, nebensächlich, lächerlich, märchenhaft, puppig niedlich – und zwar auf der Bühne – so daß sie sich im Kopf des Zuschauers zum großen Ganzen des Allgemeinen vergrößern kann – so funktioniert ja auch, auf eine Art, Beckett – oder Bernhard, dessen Theatermacher als Lachfigur DAS RAD DER GESCHICHTE aufführen wird
was heißt das für die Arbeit am Stück?

entfalmt: schönes Wort

1545 Herrn
Häberlen angerufen – der hat beide vom Mailer-Dämon als nicht übergebbar gemeldete Mails doch bekommen – dann ist es ja alles ganz wunderbar - ewige STEINZEIT der elektronischen Welt
davor Brieflein an Diedrich
Musik: Carl Craig: DJ-Kicks

ja, mein
Rainaldo,
du weißt doch,
wir fliegen da mal eben rüber,
falten die Bergbauern zusammen,
und sprechen nicht weiter darüber.

UNKRANK
so Max
in Sachen wir für Goethe
in Tokyo
hier eben am Telefon
Beckenbauer paraphrasierend
zu mir

1606 Anruf
von Moritz: Freitag, möglichst spät.
Termin für den Rückflug bitte offen, wenns geht.
Es geht.

Carl Craig nervt – entschuldigung

KRANK
ist ein Titel
Krankheit eher nicht
AUTOREN OHNE OHREN

1839 am Stück

wollten Sie nicht
schon immer
Ihr Leben ändern?
ehrlich gesagt: nicht
fragte die Werbung
antwortete ich
UNKRANK

Genscher schien unbeeindruckt.
In der Menge erspähte ich Diedrich Diederichsen,
ich rief nach ihm,
aber der Schnee fiel zu laut,
mitten im Raum.
DATH, Seite 10, in einem vielleicht bißchen zu sehr
seiner Traumtollheit selbst bewußten Traum.
Echte Träume sind unschlagbar.

1856 die Abende werden
schon wieder
kürzer
schnell raus, zum Einkaufen

fummeln und machen
dann wird es schon Quatsch
Mysterium Zeilenbruch
perverse Obsession
Länge der –
PRÄZISION im Unbestimmten
Vagen
wäre das Traum?
UNKRANK

1954 wieder daheim
wie geboren
Dath 1970
WELT DER LANGEN TITEL
beim Stempelmacher 2 Stempel bestellt
Paperworks
Essen und Zeitungen
UNKRANK
ganz ohne irgendwelche GEDANKEN
ohne daß irgendetwas Bestimmtes klar WORT

geworden wäre

he, Stempelmacher, mach mir neue Stempel

Diese Leitung ist besetzt. Wiederholen Sie den Vorgang später. 2039
ja ja
ich weiß
Hunger und müde
hungermüde, hundemüde,
Travemünde
KRANK

was ist heute eigentlich für ein Tag?

Psychiatrie
wo befinden Sie sich?
ja, also, ä –
da ist man schon fällig
wieviel stehts? wie heißt du? wer bin ich?
keine Ahnung
zu Zeit,
Person und Ort nur eingeschränkt ORIENTIERT
das wars dann, servus, machs gut
KRANK

Nagano: mir doch egal

Wilkinson SWORD Protector
silber, metal, neu
blau und schön schwer
für 14,90 etwa
mit extra tollem Sound beim Klappern
dieses Schwingdings oben
UNKRANK

Am vergangenen Freitagnachmittag aber setzte sich Falco, der seit zwei Jahren in der Dominikanischen Republik lebte, in seinen Jeep; es wurde die letzte Fahrt seines Lebens. Um Zigaretten zu kaufen, hielt er an einem Supermarkt; als er ausparken wollte, erwischte ein Bus sein Auto. Hansi Hölzel war sofort tot, dreizehn Tage vor seinem 41. Geburtstag. In Wien herrschte am Wochenende Entsetzen. Erzählt Christoph Amend in der SZ.

rätselhaftes Naturschauspiel

und sagen können
wir haben eine ordentliche Arbeit gemacht
vielen Dank
sagt
Schröder ins Mikrophon
dreht sich um
und geht ab
KRANK

ein Symposion der Bertelsmann-Stiftung

Texte schreiben
die man NICHT SCHREIEN kann
hier für Jürgen Vogel
der als schreiender Junkie
in einem ununterbrochen schreienden Junkiefilm
dieses ganze Junkielügenleben
vor sich hin schreit
alles Lüge
KRANK

der feingeistige Stumpfsinn, eine Art gehobene Blödmann-Arabeske für die allerbiederste Idee davon, was geistiges Leben wäre, als genüßlich kulinarische Inszenierung von Lebensart – die Willemsen-Kultur.
DEKONSPIRATIONE.

ich darf Sie gleich noch einladen
mit rüber zu kommen in die Runde

ja danke sehr gerne

FESTAKT
ZUM GEBURTSTAG VON
BERT BRECHT

2.2

Dienstag, 10.2.98, Bernhards Geburtstag, der wievielte eigentlich?, 57 dachte ich, aber es ist der 67., das ist viel wichtiger als Brecht, viel trauriger.

mit wund

gekauten Zähnen
wachte ich auf
pervers
die Mühsal mit den Korrekturen am gestrigen Abfall
so kann das nicht weiter gehen
KRANK

Herr Ortmann rief an: ob die Hamburger die Rave-Veranstaltung jetzt ankündigen können, wie besprochen – klaro, gerne – dann zum Stück: ich soll mich da nicht wieder so unter Druck setzen oder setzen lassen, Stücken bekäme das nicht so gut, das ginge nicht so gut, wie bei Prosa, wo man sich einzelne Szenen und Handlungsvorgänge so ganz bürokratisch brav vornehmen könnte, und das dann so runterschreiben und abhaken, jetzt die Ibiza-Szene, dann die Flughafen-Szene, usw usw. Er hätte das immer wieder beobachtet, Stückeschreiber würden also dauernd nichts tun, aufsaugen, kucken – und dann plötzlich, zack, wären die Stücke praktisch da. Stimmt alles, und ist ein guter Hinweis zur Abregung für mich. Andererseits habe ich ALLE meine Stücke relativ langsam geschrieben und genau eben doch unter diesem letztlich selbsterzeugten Druck: jetzt muß das Ding endlich wirklich NIEDER geschrieben werden. Es ist fertig. Genug bedacht, genügend Notizen gemacht, lange genug gezaudert. Es ist so weit. Los gehts. OHNE diesen Selbstbefehl käme bei mir gar nichts zustande. Außer ununterbrochen ABFALL natürlich, ohne Ende. Abfall ohne Ende. PRAXIS.

Mein Vater und meine Mutter verstanden sich als Freidenker. Das war ein Witz, denn sie waren weder frei noch Denker.
erzählt
der Erzähler Alan Isler
im Spiegel

große Kaffeeverschüttungsarie
auf dem Teppich
im Computer
eine Post von Diedrich
Herrn Häberlen Abfall 3 geschickt
Telefone mit Moritz wegen Talkprobe am Samstag
im Kopf: alles wirr und KRANK

1548 am Stück
dann im Kippenberger-Buch geblättert und gelesen und davon total traurig geworden
MANIE UND MELANCHOLIE

1551 Anruf

von Max
eine Theorie über gerade und und ungerade Beats
die er den Japanern in die Krippe legen will
heute zu besprechen, abends
bei einem Essen
19 Uhr Büro

1626 Zeitungen gekauft
unterwegs, im Gehen: eigentlich hört, streng genommen, JEDES Urteilen auf, wenn man selber in der Produktion steht – gerade WEIL man dauernd so übernervös urteilt, um im Probierten zu prüfen, ob es stimmt – für einen – was man dann auch automatisch an anderen Sachen prüft, wo das aber in echt gar nicht interessiert, als Urteilsmaßstab gar nicht taugt – deswegen ist praktisch ALLES, was Autoren kritisch über andere Autoren zu melden haben, Unsinn – uninteressant letztlich, eigentlich, im Grunde – und meist auch noch irgendwie ein Armutszeugnis – siehe oben
als ich
im Tagesspiegel in die Brecht-Szenen
von Moritz Rinke reinschaute
PRAXIS

aß
und dämmerte mich blöd – am Schluß ist alles UNSINN – und ALLES Unsinn – und Lähmung resultiert
sortiere Zeitungen
SZ, Seite 3: Vielleicht hat der Pastor seine Frau getötet.
Eva Hesse, gestern bei Kluge: sie sagte immer ein »ja« zwischen den Worten, als automatisches Redeeinsprengsel, zwischen Sinneinheiten, was automatisch sympathisch wirkt, angenehm, vernünftig, und einfach sinnvoller, als wenn jemand dauernd sein eigenes Gesagtes mit einem »net«, »nicht« oder »nicht wahr« kommentiert. Andererseits –

THIS IS A CHORD
this is another
this is a third
NOW FORM A BAND –
ewige Weisheit des Punkrock

totale Finsternis

BARACKE

2.3

Mittwochabend, 11.2.98, vormittags im Bett, mit kaputt gerauchtem Kopf, den Nachmittag am Schreibtisch, am Stück. Diese Worte darf ich nur sagen, wenn auch wirklich was weitergegangen ist. Kam mir gestern plötzlich. Erst bei den Spirits, Max' Texte für Mayday und die neuen Theorien über ungerade und gerade Beats, für die Japaner verfaßt, gelesen. Dann mit Lupo zu Max, Cora kochte. Wir kuckten auf dem neuen riesigen Fernsehbildschirm eine ZDF-Tiersendung über Polarbären, irre Aufnahmen und Erzählungen. Immerzu Hunger, Suche nach Nahrung. Totale Grazie aller Bewegungen, klar, natürlich, aber bei diesen riesigen Tieren wirkt das so zeitlupig überschwer und unfaßbar geil. Nach dem Essen, auf Pro 7, saß Herr Puttkammer im Anzug mit Nasa-Aufnäher neben einem Pro 7 Heini in Weltraumklamotten und sie redeten über Weltraumreisen in der Zukunft. Um halb 11 fuhr ich ins Berliner Ensemble. Godard hatte sich den Arm gebrochen, beim Tennisspielen, und konnte deshalb nicht kommen. Die Leute fluteten gerade aus dem Theaterfoyer, der Film war aus, keine Diskussion. Schöne Menschen, die sich Zigaretten anzündeten und miteinander redeten. Ich weiß gar nicht, wieso ich immer so hetze gegen das Theaterpublikum. Das hat sich alles total geändert, in den letzten zehn Jahren. Oder bilde ich mir das nur ein? Ich ging rein, fragte eine superhübsche junge Garderobiere nach Hegemann. Der würde hier schon irgendwo rumlaufen und gesichtet worden sein. Oder in der Probebühne. Und die ist wo bitte? Da drüben. Ah, da drüben, vielen Dank. Dann ging ich in die Kantine, brutal voll. Drängte mich da durch. Am Mikrophon: Carl Hegemann, der ansagte, daß das Buffet jetzt geöffnet wäre usw. Ich sagte hallo. Er: ah!, hallo. Dann wurde kurz geredet. Später stellte er mir Schlingensief vor und ich erzählte ihm, ich hätte ihn gestern mit seinen tollen BRECHT PORNO Statements auf Arte gesehen. Leuchtende Gestalt, sympathisch, wie im Fernsehen. Zuvor war ein anderer Typ herbei getreten, wie sich rausstellte ein Schauspieler des Berliner Ensembles. Mit dem dann geraucht und geredet wie verrückt. Dann kam seine Frau dazu, dann wurde es noch besser. Es ging eigentlich um alle wichtigen Sachen: Theater, Texte, Musik, Politik, Sexismus, Werbung und und und. Kurz vor eins wollte ich panisch los, um die letzte U-Bahn zu kriegen. Sie boten an, mich mit zu nehmen und mit einem kleinen Umweg für sie nachhause zu fahren. Ja? Nein? Weiß nicht. Wieso? Also gut, ja. Im Auto ging es noch über Medizin, Werdegang, Handoperation, kaputte Sehne. Jeder hat viel zu erzählen. Normal. Dann sprang ich raus, winkte und lief nach Hause. Fernseher an. Auf Berlin House die Franzosen von Air, dann das Electrolux-Porträt. Alex, als sympathisch zerstreut professorales Mastermind vielfältigster Aktivitäten. Kurz die letzten Takte von Domian wieder gekuckt. Eine Aidsfrau. Dann eine, die ihrem Erniedriger, also dem Mann, mit dem sie zusammen war, der sie aber so wahnsinnig dauernd gequält und erniedrigt hat, Scheiße in die Jackentaschen gefüllt hat, was sie superasozial von sich selber und lustig und notwendig fand. Der Freund hat sie dann aber angezeigt. Sie aber stritt ab und kam durch. Erzählung nach einer Novelle von Heinrich von Kleist. Dann machte ich das Licht aus und rasend pochte das viele Nikotin in meinem Kopf an alle möglichen Gedanken. Richtig: Ostermeier hatte ich auch kurz noch getroffen. Er fand die Aufführung an dem Abend auch sehr gelungen. Und wir verabredeten uns auf ein Telefon demnächst.

ICH HABE NIE
MIT KOKAIN EXPERIMENTIERT
ICH HABE ES IMMER
NUR GENOMMEN

2.4

Donnerstagabend, 12.2.98. Das verschwundene Motto ist aufgetaucht, aus der Monika Maron Geschichte in der Faz: »Nur wer nicht weiter weiß, murren sie, will wissen, woher er kommt.«

heute
war ein guter
Tag

hatte ich gestern nach dem Licht ausmachen noch notiert. Nachts wachte ich dann aus einem superpräzisen Traum auf, in dem ich einen Selbstmörder, der sich eben erst aufgeknöpft hatte, von der Gardinenträgerstange runterschnitt und dann am Boden reanimierte. Seine Freundin war mit mir gewesen und hatte mich am Arm zurückgehalten, als sie sagte: ob man da wohl noch was machen kann? Sie wollte das eigentlich gar nicht, was ich voll asozial fand. Das Gesicht des Typen, wie er da hing, war so gräßlich sackhaft und entleert, erst am Boden kam noch so ein Röcheln aus dem schlaff daliegenden, leblosen Körper, was mir Hoffnung machte, daß er noch nicht endgültig tot ist. Dann wachte ich auf, erleichtert und verstört. Bevor ich wieder einschlief, hatte ich dann so komische Halbschlaf-Grübelgedanken zu der Frage, warum der Erhängte nicht mit den Händen nach dem Strick greift, um sich am Hals Luft zu verschaffen, in seiner Todesangstnot? Also natürlich nur für den Fall, der auch in diesem Traum sichtlich vorgelegen hatte, daß nicht sofort das Genick bricht, daß der Hängende sich also mit seinem eigenen Gewicht via Strick wirklich erwürgt. Und ob da irgendwelche Nerven zu den

Armen so abgedrückt werden, daß man zwar wohl in letzten Momenten die Arme würde heben wollen, das aber wegen der gelähmten Nerven nicht mehr ginge? Der Typ in dem Traum hatte sich also eben erst, kurz bevor wir dazu kamen, offenbar aufgehängt, denn er baumelte noch so und schien noch nicht tot zu sein, sondern irgendwie da so zu zappeln. Erst jetzt fällt mir ein, daß vielleicht die kurz zuvor gehörte Nekrophiliegeschichte, die bei Domian ein Medizinstudent aus dem 5. Semester zum Besten gegeben hatte, den Traum mit ausgelöst haben könnte. Der Student erzählte, er hätte sich neulich, ich glaube letzte Woche, im Pathologiesaal seiner Universität, wo er allein Zutritt hätte, weil er sich auf Pathologie spezialisert hat, er hat sogar die Stadt genannt, in der er studiert, die habe ich vergessen, und da hätte er jedenfalls im Pathologiesaal neulich also versucht, mit der Leiche einer vieleicht 27jährigen jungen Frau zu schlafen. Anfang des Semesters, letzten Herbst, hätte er zum ersten Mal eine ihn diesbezüglich irritierende Wahrnehmung gemacht: da habe er sich schon einmal zu einer Leiche, aber dieses Wort wäre ihm nicht so angenehm, er würde lieber von Toten sprechen, aha, na gut, einer sehr hübschen vielleicht 19jährigen Frau hingezogen gefühlt. Da wäre aber nichts passiert. Aber diesmal wäre er also da alleine mit der in dem Saal gewesen. Und was genau ist denn jetzt passiert?, wollte Domian wissen, dieses Mal. Ja, er hätte sie angelangt, hätte da das Totenhemd, so würde das heißen, zur Seite gemacht, hätte dann versucht, wie er sagte, in sie einzudringen, was aber nicht gelungen wäre. Und jetzt? Ja, jetzt ist er also von sich selber sehr schockiert. Domian natürlich auch, auch die nächsten Anrufer. Was muß jetzt geschehen? Domian: Er muß also morgen zum sogenannten Psychiater, oder zum Therapeuten, sofort. Ob ihm das klar wäre, was das jetzt alles bedeuten würde, für sein Leben, sein Studium, seinen Beruf usw usw. Er sollte dann am Apparat bleiben und mit der eventuell sogenannten Elke, eventuell Psychologin, noch genaueres besprechen. Alles total sympathisch und zugleich komplett grotesk. Davor der Typ mit acht Millionen Lottogewinn. Da konnte ich gar nicht zuhören, weil ich durch Sabines Zweifel an der Echtheit der Mörderstory von neulich, so ganz auf Zweifel und Erfindung geeicht war. Aber wenn man so zweifelt, macht das Zuhören keinen richtigen Spaß. Ich weiß gar nicht, wie Domian selber dieses Echtheitsproblem für sich verdrahtet. Vielleicht geht es ihm im Prinzip auch so, daß er zunächst erstmal alles so ungefähr GLAUBT meistens. Sonst könnte man die Sendung wahrscheinlich gar nicht machen. Wenn er von Anrufern für seine Antworten gelobt wird, ist ihm das auf völlig vernünftige Art peinlich, auch stört das dabei entstehende Rückkopplungspfeifen den normalen Fortgang des Hin und Hers der Rede. Wer sind die blöden Idioten, die jedem dauernd ungefragt ihr blödes Urteil, ihr scheiß Lob ins Gesicht spucken? He, Depp, du warst gar nicht gefragt, bist für Lob und Tadel hier überhaupt nicht zuständig, halts Maul, Blödmann. Aber diesen Zweifel, daß er für irgendwas vielleicht nicht zuständig sein könnte, daß ihm irgendwas vielleicht überhaupt nicht zustehen könnte, kennt der normale Blödmann natürlich überhaupt nicht. Anyways. Hatte den ganzen Abend in alten Zeitungen gelesen und im Fernsehen so einen Gero-Gemballa-Bericht über Manager-Abfindungen gesehen. Mit natürlich tadelndem, dauernd leicht anprangerndem Unterton. Aber wieso soll so ein Riesenmanager in des Lebens Abendtagen nicht paar Millionen kriegen, am Schluß, wenn es ihn waffelt, durch eigene Fehler, Umstände, großes Blutvergießen, oder warum auch immer? Vorallem der eine Rechtsanwalt, der diese dann sogenannten goldenen Handschläge aushandelt, war so lässig und down to earth. Dann kam ein Ostler-Bericht über DDRler im Grenzgebiet zu DDR-Zeiten, dann über die Moskauer Schauprozesse 36-38, immer mit den Zeugen, den Erzählungen der Betroffen, was sie gesehen und gehört haben. Prinzip der Zeugenschaft: einer erzählt sein Erlebtes, das von ihm erlebte Leben. Nie war so viel Schrecken und Leid so nah für so viele, so plausibel, unabweisbar, personal gedeckt. Davor bei Pygmäen. Und nebenher Harald Schmidt. Statt Geißler lieber Schauprozeß, dann aber Sönke Wortmann eher als die Urteile in Moskau. Nebenher machte ich Notizen für hier. So wie auch heute Morgen. Das so schon Notierte müßte man dann noch mal Wort für Wort extra hier einschreiben. Bißchen ABSURD. Andererseits versinke ich im Abfall, wenn ich nur erst anfange, morgens, die Datei Abfall zu öffnen. Notierte in alle Richtungen, probierte am Stück. Ging Zeitungen holen abends. Schickte Herrn Häberlen Abfall 4 und telefonierte davor mit ihm. Telefonierte mit Cora, der Film wäre heute abend um 12 Uhr, im Delphi. Ich soll mich nachher noch mal mit Max verabreden. JAHRZEHNT DER SCHÖNEN FRAUEN.

macht das Spaß
wenn das alles so im Block
da steht?

Gedenktag heute
zu Ehren von Falco
Wiener Schmäh und Wien

IM TREIBHAUS DES ERFOLGS

2.5

Freitag, 13.2.98. Nieselregen und Halsweh morgens. Gut an allem: Abfall, Stück. Neues, Korrekturen. Telefon mit Hans-Ulrich wegen Fonds, Praxis, Schutzumschlag fürs Stück.

Davor Anruf von Moritz: 1. Wir treffen uns Samstag um 9 im Roma. 2. Das eigentliche Ding fällt aus, die Generalprobe. Finde ich extrem angenehm. Fünfzig gestörte SZ-Redakteure hatten sich zum Betriebsausflug als Schumanns-Komparsen ins eigentlich geschlossene Schumanns verabredet. Und die wird man jetzt nicht mehr los, es sei denn, man sagt das ganze Ding ab. Dann sagt man eben das ganze Ding ab. Ist doch kein Akt. Absolut angenehme und schnelle und vernünftige Verständigung über alles mit Moritz. Er agiert so geil im extrem komplizierten und konfliktreichen Feld, wo das Soziale und kreativ Produktive sich berühren. Er hat da schon so viel erlebt und immer die richtige IDEE gehabt, wie diese Dinge zu traktieren wären. Und inzwischen ist er dabei auch noch ein, das Handwerk der Problembändigung so cool beherrschender Profi geworden.

Schrieb eine Szene fürs Stück, während Westbams WE'LL NEVER STOP LIVING THIS WAY Musik lief, plötzlich wurde das ein Rap, für die WORD Serie. Musik machen wollen wieder sofort. Kam mir dann noch die Idee für Anselm, unser Residenz-Theaterprojekt mit der Filmsache zu verbinden, das genau auf die Bühne zu bringen: NEUE DEUTSCHE KOMÖDIE. Das wäre doch ein Kracher. Rechnete dann an den Monaten rum, ob man das schaffen könnte. Wir werden es erleben. Vielleicht. Hoffentlich.

Frage mich, ob ich morgen hier vielleicht frei habe? Für Abfall, von Abfall?

Apropos, das Ding. Folgende Bücher soll ich für mich besorgen:
Mark Ravenhill, Shoppen und Ficken, Rowohlt
Jelinek, Sportstück
Blixa Bargeld, Einstürzende Texte, Gestalten
Wagner, Das Ding und Big Story
Kurt Löcher, Malerei des XVI. Jahrhunderts, Hatje
Artforum, Diedrich Artikel
Patrick Marber, Hautnah
Ballard, Crash
Leonard Michals, Shuffle, Suhrkamp
Richard Maier, Building the Getty
Thomas Bernhards Andere Häuser
Blanchot, Der Gesang der Sirenen
Autonome Afrika Gruppe, Komm. Guerilla, Schwarze Risse
Kerr, Berlin Buch

rocken
donnern
Stringenz

Stabsabteilung Strategische Unternehmensplanung
Buch aus schönen Worten

ÜBER DAS ÜBER

2.6

Samstag, 14.2.98. Von draußen vom Walde komm ich her, ich muß euch sagen, der Frühling ist sehr –

Kurz also doch noch schnell paar Splitter und Scherben der letzten Woche hier zusammenfegen und fügen und Fetzen und Lumpen aufklauben und sammeln. Wat wa denn nu allet jewesen, an nicht jelesenem und jewesenem? – Wie bitte?

Noch mal in die Ja-Kerbe schlagen, während man in Wirklichkeit längst schon zurückrudert in echt. CELEBRATION.

Zeitaufwendig ist ja nicht das Schreiben – sondern, ewig gleiches altes Lied – das Definieren des Nichtzuschreibenden.
Mathias Oswald – der heißt doch so?, Quatsch: Georg M. Oswald – war auf ntv, in dem durchgeknallten Büchermagazin, und im Zeitmagazin als Partyboy aufgetreten, und sagte lauter lässige Sachen. Er schreibt jeden Tag von halb 5 bis halb 7. Dann ruft der Rechtsanwaltberuf.
Schreiben kann man in zwei Stunden pro Tag natürlich wirklich mehr als genug. Aber das AUFNEHMEN von anderem, die Einsicht ins Gegebene, in die Natur der – entschuldigung – Schrift, den aktuellen Status des Wortsinns, des vom Gebrauch der Sprache dauernd neu bestimmten Sinnes von jedem Wort, das Lesen, Zuhören, Sprechen, und dauernde Kritzeln und quasi atmende Schreiben – all das und die davon aufgeworfenen Probleme auf irgendeine Art zu behandeln, in sich zu bewegen – und gleichzeitig immer doch auch wieder genügend VERGESSEN zu können, um weit offene Handlungfreiheit und wirklich JEDE Möglichkeit im Text für sich zu sehen und zu haben – und so weiter undsoweiter usw – das DAUERT einfach. DAS kostet die Zeit. Dazu braucht man Konzentration und Hautlosigkeit, Verlorenheit, Ziellosigkeit, Taumeln und Santeln in Papieren und Texten, im Gehörten und Gelesenen.
Aha. So ist das also?
Nicht ganz. Denn so allgemein gesagt, kann man das alles in Wirklichkeit wahrscheinlich gar nicht sagen. Es gibt Schreiber, die lösen diese Probleme im Schlaf, beim Zähneputzen oder – und, meine Damen und Herren, warum auch nicht? – beim Studium ihrer Rechtskanzleiakten oder während der Staatsanwalt vorträgt oder während ihrer eigenen Plädoyers. Was weiß denn ICH?
PRAXIS

Diese hochprivate Zuspitzung also, auch wenn man dauernd »man« sagt: gemeint ist immer diese extrem persönliche Erfahrung. Auch wichtig, um sich klar gegen als THEORIE ernst zu nehmende Versuche IN Theorie abzusetzen, mit den eigenen theoretischen Gedanken, die wirklich NIE realen Theoriecharakter erreichen können. Es bleibt immer ein selber gedachtes Denken, selbstgestrickt, wie Heideggers Socken und Denken in Bernhards Attacke, selbstgekocht, selbstgeschreinert und also letztlich theorietechnisch gedacht: Autismus. Lächerlich. Das macht für mich so Leute wie Valery oder Canetti oder wie diese Pseudophilosophen auf dem Dichterthron alle so heißen – so läppisch, letztlich abstoßend. Daß die Einsicht in diese Verhältnisse erkenntnistheoretischer, textkritischer, wissenssoziologischer Art so absolut NICHT da ist. Daß die sich selber für ernstzunehmende DENKER halten, anstatt für private Spinner, die von Gedanken heimgesucht werden. Und von dieser Heimsuchung Rechenschaft ablegen, Zeugnis geben, Kunde tun. Das ist einfach dann eine ganz andere Perspektive auf jeden notierten Gedanken. Wenn man völlig ernsthaft bei jedem Satz so mitdenkt: Ich habe nichts gesagt, ich mein ja bloß.
PRAXIS

Dachte über Kraftprobleme beim Stückeschreiben: das Wegwerfen und Verwerfen der Ideen und Konzepte, das Nonextensive, Reduktionistische, Hingespuckte, Hingeworfene: das ist das Schwierige. Und wenn ich an Heldenplatz denke, oder Germania 3: was einen daran so traurig macht: daß diese Verwerfungsenergie offenbar nicht mehr stark genug war, um zum Konzept zu sagen: he, Depp, WEG. Und es zu zerschlagen und zu zertrümmern, und es darüber und in der Form erst zur Sprache zu bringen. Aus dieser Schwäche im Prozedere der Produktion entsteht der Selbstplagiatscharakter beider letzten Stücke. Was ich bei den anderen immergleichen, sich selbst gleichenden und die persönliche Struktur und Manier fortsetzenden und auch im Stillstand immer neu belebenden Stücken davor – ganz anders empfinde. Das verstehen die Nachmacherschreiber, wie etwa Meinecke, nicht. Bernhard wollte ja nicht schreiben wie Bernhard. Er wollte jedesmal neu ANDERS schreiben. Bis er sich schließlich doch seiner Natur fügen mußte, und seine Musik wieder durchbrechen lassen konnte. Aber nur aus dem Widerspruch und Widerstand gegen deren Verführung kommt das Neue, Schöne, Großartige und letztlich eben dann doch Immergleiche, auch im anderen wieder Gleiche als SENSATION daher: He did it again. Again and again and again.
PRAXIS

1456 schrieb
jetzt hier ziemlich genau eine Stunde, mit dauerndem Blick auf die Uhr, weil die Zeit drängt. Um 16 Uhr 50 geht das Flugzeug nach München. Muß hier noch Büro machen und packen und aufräumen und mich sammeln und ja nichts vergessen. Hinter mir, im Rücken, bricht jetzt eben die Sonne hervor.

Und das Zimmer vor mir flammte hell auf.

SONNTAG

2.7

Sonntag: Ruhetag

KASCHMAR

3.1

Montag, 16.2.98, Berlin. Schwerer, dicker, sommerregen-artiger Regen mit tiefdunkler Gewltterverdüsterung des nachmittäglichen Lichts, während fast gleichzeitig, während das Geplatsche des niederplatschenden Wassers schon wieder nachläßt, vom Horizont her in allen einschlägigen Pastellfarben die Sonne ihr riesiges Antiding da aufzieht, giftgelb, optimistisch, überheroisch – geil.
VERSCHISSENE STADT

Der schönste, bekannteste Beginn einer Vorlesung – jedenfalls für paar so Leute wie unsereinen – ist natülich Michel Foucaults Beginn der Antrittsvorlesung am College de France; der sein Leuchten auch aus dem Widerspruch bezieht, daß hier jemand am Beginn des Endes einer hochambitionierten und geradezu französisch institutionengläubig und superehrgeizig betriebenen Denker-KARRIERE, alle Konsequenzen und Lasten dieses Wegs wie mit einem Zauberspruch zu verscheuchen versucht und sich zugleich, im Wissen, daß das nicht geht, all diesen Gespenstern und Dämonen stellt. Dieser Anfang sagt: Nein, bitte nicht. Ich will nicht. Ich selbst habe es so gewollt. Hilfe. Nun gut. So fangen wir also an.
PRAXIS

Politik: Ich hatte vergessen, daß ich KEIN REDERECHT habe, auf diesem Feld.
CELEBRATION

In München, gestern, war Frühling gewesen. Im Flugzeug zurück las ich den Schluß von Marlen Haushofers Wand. Daß die ganze Weisheit dieser Weltsicht von 1963 aufgegeben werden mußte vielleicht, wegen ihrer auch resignativen, sich fügenden, beugenden und hinnehmenden Momente, um rebellischeren, erobernden, auf- und an-sich-reißenden Gesten und Plänen vom Weltaufstand und Umsturz Platz zu machen, für EINE ZEIT: wahrscheinlich ganz klar. Nur, daß das immer so lange DAUERT, bis diese Dinge wieder zurückkehren können, in veränderter Gestalt, in eine veränderte Welt: seltsam. Man würde sich einfach mehr GLEICHZEITIGKEIT der ganzen Widersprüche wünschen, einen viel offeneren Krieg der Positionen, eine schnellere Wucht der Kollisionen der gegensätzlichen Sichten, Haltungen, Ideen, Perspektiven. Andererseits besteht genau dieses Imaginarium ja in der ganz realen Tatsache des Vorliegens und Vorhandenseins aller dieser Texte IN ECHT. Man muß es ja nur bestellen und lesen, fertig. Und dann speist sich das zurück, über den eigenen Kopf, in die Realität des Dikurses, via Abfall

zum Beispiel, so wie hier. Und der Frau Radischen, die pro Saison vielleicht 20 oder 40 neu erschienene Bücher liest, lesen muß, kann man nicht so richtig sinnvoll vorwerfen, daß sie nicht nebenher auch noch so eine intuitiv verschlungene, dunkle, ganz andere Leseweltseite hat, wo dauernd irgendwelche Entdeckungen gemacht werden von irgendwas Versunkenem oder Vergessenen, oder? Überhaupt hat das einen Hau ins sehr Scheußliche: Abgelegenes entdecken und toll finden. Entschuldigung, daß es ausnahmsweise mal passiert ist. Was war also die Klage? Nein. Ich möchte mal genauere Interviews zum Leseverhalten von Kulturarbeitern in Redaktionen und Positionen machen. Die alte Idee, die Tagerzählung wirklich im Vorfeld ganz realistisch zu recherchieren. Aber dann kennt man die Leute plötzlich wirklich. Und hat tausend zusätzliche Probleme am Hals, die allerscheußlichsten obendrein.
DEKONSPIRATIONE

Gestern Abend, vor dem Zoo-Palast-Kino. Die Aufregung, wenn man plötzlich sieht, daß man die Berlinale natürlich als EVENT erleben kann, daß sie das IST. Sowas wie Mayday für uns. Der SPASS, Zutritt zu haben, einen PASS, der Paß-Spaß, dabei zu sein, Zuschauer, Macher, Mitmacher. Romuald Karmarkars Frankfurter Kreuz war ausverkauft. Man durfte also NICHT mit rein, stand davor, rauchte, und freute sich an dieser überdrehten Stimmung und Hysterie. Da rauschte der Regisseur selbst heran, in einem Pulk, grüßte nett und gestreßt die, die er kannte, und eilte nach innen, hinein, zur Premiere. Geile Szene. Großes Versprechen.
VERSCHISSENE STADT

Aufmerksamkeit fürs Wetter. Das ist schon DEPRESSION an sich, in Reinform. Krank. Wenn man sich das durchgehen läßt, wenn das mit einem durchgeht, diese Art Präzision dem Allervergänglichsten und zugleich Hyperpräsentesten gegenüber. Ich glaube, diesen Gedanken habe ich mal vor vielen Jahren bei Julie Burchill gelesen, in irgendeiner Kolumne. Der andere Punkt: daß gerade von den intensivsten Wettereindrücken, vom Versuch wirklich präziser Wiedergaben der sinnlich überwältigenden Daten nur so ein komisch poetisch-sentimentalischer, sehr traditionell kodierter WORTMÜLL schönster Worte übrig bleibt. Überhaupt nichts Vorstellbares. Man liest ein beschriebenes Wetter und denkt sich: Er hat ein Wetter erlebt. Es hat ihn beeindruckt. Er hat sich Mühe gegeben, das darzustellen. Die arme Sau. Was hat der denn für ein Problem?
KRANK

ERNST JÜNGER IST HEUTE MORGEN GESTORBEN

3.2

Dienstag, 17.2.98, Berlin. Strahlend, kalt.

1217. Claudius Seidl ruft an. – Stör ich? – Nein, gar nicht. – Der wievielte Anrufer bin ich? – Der Erste. – Ach, komm, das gibts nicht. – Doch, echt. – Also, Rainald, Ernst Jünger ist gestorben, und wir – WAS? ECHT? – ja, und wir – o nein, ist das TRAURIG – ach, entschuldigung, ich dachte, das ist für dich –

1236. Herr Ortmann ruft an, liest die gestern besprochene Präzisierung der neuen Regelung mit den Stücken vor. Genau. Dann ich: Haben Sie gehört, daß Ernst Jünger gestorben ist? – Nein. – Ja, mich ruft gerade ein Redakteur aus der Süddeutschen Zeitung an. – Aha. Man hat nicht mehr erwartet, daß er überhaupt stirbt. – Mhm. – Genau das aber habe ich seit vielen Jahren ununterbrochen erwartet und doch gehofft, daß es NICHT geschieht.

Sein Weiterleben war für die vielen Leute, die ihn scheußlich fanden, eine irgendwie dumpf anhaltende Belästigung. Jetzt ist der Mann des Todes doch gestorben.
Er war ein ängstliches Männchen, wollte sich verpulvern, verglühen, vergehen. Mit allen Sinnen hat er sich der finsteren Letzttatsache des sinnlichen Erlebens gestellt, fühlte sich ganz einfach angezogen vom Tod. Und er konnte später von dieser Jahrhunderterfahrung wirklich sprechen in Texten, vielleicht der Einzige. Daß der Tod ihn zurückwies und zurückstieß in die Schuld des Lebens, hat er mit einer Art offiziersmäßigen Würde hingenommen, erlitten und durchgelebt, als das eben nun mal Unabänderliche, Befehl von oben. Eine gewaltige Melancholie geht durch seine auf all das antwortende Obsession für Natur, Kreatur, Getier und Leben. Gebückt und gebeugt sieht man ihn da suchen, forschen und abschreiben. Und dann immer neu sich aufrichten und hinrichten als Figur, treu der Etikette einer längst versunkenen Zeit.
Er war der schlechteste Schriftsteller, wie man so sagt, von Rang, das fand ich immer besonders toll. Der Nonstilist, gefoltert von stilistischen Handwerksideen zu den Vokalen, zum kleinsten Komma. »Das Komma gehört zum Duktus; der Gedankenstrich kündigt eine Schwelle an.« Soso, aha, na wenn Sie es sagen! Da lacht man, da entsteht gute Laune, fast schon so etwas wie Mitleid, zugleich Respekt. Im Kleinsten, Banalsten, Biedersten und Kleinbürgerlichsten wollte er versinken, der Kleinbürger als Philosoph. Jenseits der Heroik des Arbeiters, modern im Wissen, daß dessen Zeit vorbei ist, genauso wie die des Bürgertums. Das Abenteuernde: das war eh klar, ge-

schenkt. Biederkeit und Bürokratismus hat er gesucht und gelebt, davon superbieder Rechenschaft abgelegt: groß.
Daß der Tod, den er im Übermut der Jugend herausgefordert hatte, ein überlanges Leben lang nicht von ihm weichen wollte – das vielleicht schrecklichste, traurigste und menschlichste Bild dieses Lebens. »Ernstls Geburtstag«, heißt es immer wieder, da ist der geliebte älteste Sohn schon viel Jahre lang tot, »gefallen«. Jahrzehnte später war auch der zweite Sohn der Schwärze und Eiseskälte, die um seinen Vater waren, nicht mehr gewachsen, hat sich »erschossen«. In Träumen und Reflexionen ist Jünger seiner Schuld immer wieder nachgegangen, hat so Zeugnis gegeben von einem Zwischenreich zwischen Leben und Tod. Keine beruhigenden Nachrichten. Dort, im Furchtbaren, Angstmachenden, wollte der Ängstliche immer wieder Mut zeigen, offenen Auges schauen.
Jetzt ist er da, endlich angekommen. Die Götter und Geister, die um ihn waren, denen er diente und sich verantwortlich fühlte, werden ihn führen, in diesen Stunden und Tagen. Es ist ein herrlicher, kalter Tag über Berlin. Er geht jetzt da hinaus. Traurig sind nur wir, die Sterblichen.

1448 schrieb
nun also doch, nachdem ich Claudius abgesagt hatte, einen Text zu Jüngers Tod. Ein Nachruf? Rief da eben in der SZ an, die netten Sekretärinnen: Claudius holt eben Semmeln. Nein, da ist er. Ja, ich soll das gleich schicken. Nein, ich will es ihm bitte lieber vorlesen zuerst. Vielleicht ist das alles von den anderen ja auch schon gesagt, so in etwa. Okay, er ruft mich in einer Viertelstunde noch mal an. Jetzt essen sie alle zusammen, die da sind, erst mal Leberkässemmeln. Helmut Krausser ist auch da. Den hat Claudius eben an der Pforte, wie er seinen Text abgeben wollte, getroffen und mit hochgebracht.

1535 Korrekturen
am Text gemacht, dann einer genervten Frau Mehlkorn in einem unglaublichen Tempo den Text durchgegeben. Zwischendurch meinte sie immer, ganz ungehalten: es geht bitte schneller! – Entschuldigung, Frau Mehlkorn.

1609 Anruf
von Herrn Häberlen: es ist Weihnachten. Abfall ist fertig. Ich bekomme mein Paßwort. Kann nur leider die Seite immer noch nicht aufrufen. Wie gibts denn das? Mal kucken.

1611 Fax
von der Süddeutschen. Text meines Textes.

1621 Frau
Julia Fischer im Feuilleton angerufen und die minimalen Korrekturen durch-

gegeben. Gut, meint sie, die Änderungen werden gemacht. Alles so cool und lässig, das ganze Prozedere. Danke, SZ.

1701 Birgit
ruft an. Sie wollen das kleine Textlein aus Rave im Mayday-Booklet bringen, es wird gerade auch übersetzt, ins Englische und Französische. Ob man nun in den Übersetzungen den Eigennamen WIRR lieber übersetzen oder lassen sollte? Lieber lassen, eigentlich. Ja, das hätten die Übersetzer auch vorgeschlagen. Okay. Kurz dann noch über die Gema-Anmeldung für die Krieg-Musik.

1733 Claudius
ruft an: es hätten jetzt doch so viele Leute zugesagt, daß sie übermorgen nochmal Texte zu Jüngers Tod bringen würden. Er liest die Namen derer vor, die heute für morgen dabei sind. Liest Ilse Aichinger vor, Theweleit. Er hätte noch einen Absatz reingemacht bei mir, sonst wäre alles unverändert. Die Überschrift wäre: Die Schwelle. Finde ich bißchen sexuell. Also: Mann des Todes. Banal, aber wahr.

2014 installierte von
den LRZ-Disketten Netscape Gold 3.1. Kriegte es aber nicht zum Laufen. Netscape is unable to locate the server proxy.lrz-muenchen.de:8080. Schade.
STEINZEIT

PARTEI DER LETZTEN CHANCEN

3.3

1035 Anruf
von Carl Hegemann. Die Partei der letzten Chancen geht jetzt in Gründung, wann ich wie auflaufen, mitmachen kann. Sie sind da immer am Prater, proben in dem Zirkus da. Die Zirkusfamilie sei so nett. Schlingensief ist morgen mit einem Prokschdarsteller beim Opernball in Wien. Sonst immer da.

1043 Anruf
von Hans-Ulrich: er habe eben »Feindberührung« gehabt, Herr Schoeller vom Hessischen Rundfunk hätte angerufen. Nachdem Frau Streeruwitz also im letzten Moment abgesagt hätte, wollten sie jetzt wissen, ob ich die Poetikvorlesungen filmen lassen würde. Hans-Ulrich: ja, prinzipiell schon, aber es

bestehen da genaue Vorstellungen wie, von wegen starrer Kamera. Schoeller: NEIN, kommt nicht in Frage, da lassen sie sich nicht reinreden, ich hätte schon früher mit Podak solchen Ärger gemacht, wir haben Berichterstattungsfreiheit in Deutschland usw usw. So so. Na gut. Dann eben nicht.

1513 Anruf
von Wolfgang Höbel, der Spiegel, Hamburg. Ob ich ihnen das Buch zuschicken könnte, zur Besprechung. Er werde es diesmal auch nicht selber besprechen. Nach allem, was man hören würde, worüber es gehen würde, würde er davon ja noch weniger Ahnung haben, als von den Sachen, von denen die früheren Bücher gehandelt hätten. Ich: Die Spekulationen über das Ausmaß deiner Ahnungen von den Sachen, über die du schreibst und geschrieben hast, möchte ich eigentlich ganz dir selber überlassen, ha ha. Er: Er hätte gehört, ich selber würde das Buch an ausgewählte Leute verschicken. Ich: Nee, überhaupt nicht, es erscheint, wenn es erscheint. Er: Ach so, gleiche Chance für alle. Ich: Nein, Ruhe für mich. Ich bin heilfroh, daß ich noch bis Ende März Ruhe habe für das neue Büchlein, an dem ich sitze. – Anschließend und abschließend wünscht man sich gegenseitig noch frohes Schaffen. – Ich hatte ihn neulich bei der Krieg-Premiere in Hamburg darauf angesprochen, daß ich schon wieder ganz gespannt wäre, auf seinen nächsten Verriß meines nächsten Buches. Er: wieso? Der wußte das natürlich gar nicht mehr, daß er alle Bücher von mir besprochen und verrissen hat, außer das erste, immer im Hinblick darauf, daß alle nichtersten nicht so geworden waren wie das erste. – Früher fand ich es eine ein bißchen anstrengende Zumutung, daß er in der persönlichen Begegnung die Erwartung signalisierte, daß ich ihn einen wahnsinnig netten, interessanten, interessierten und intelligenten Zeitgenossen finden sollte, der zwar alles, was ich wirklich mache, schriftlich öffentlich scheiße findet, aber das sollte uns doch nicht hindern, einfach so bißchen locker und lässig gute Freunde zu sein, im unmittelbaren Umgang, wenn man sich zufällig mal so trifft. Bei Maxims Geburtstagen saß man dann da so rum, und ich quälte mich ab mit dem Gefühl, gequält zu sein von der Frechheit dieser Erwartung, daß das Schriftliche doch auf einem ganz anderen Blatt stehe als das direkt Persönliche, davon dann auch noch ganz direkt belästigt zu werden, vom Herrn Höbel. – Dann habe ich mich irgendwann damit abgefunden, mit diesem Verfolgungszusammenhang, auch weil es ja keinem anderen Schreiber anders geht. Weil jeder von irgendsoeinem Immergleichen über all die Jahre hinweg immer wieder besprochen wird. Seither ist das Problem komischerweise weg. Er selber ist inzwischen beim Spiegel in so ein POSITION eingerückt. Für mittelmäßige Leute immer ein Segen. Die werden dann einfach netter dadurch, das Nervensägenmäßige geht weg, etwas fast Demütiges kommt. Sie wissen ja selber inzwischen, wie weit es her ist mit ihren Talenten, mit ihrem Können und Wissen. Wie das im Verhältnis steht zu dem ihnen von ihrer Position Geliehenen. Sind das alles komplett asoziale Überlegungen? Es ginge eben da-

rum, eine unnörglerische Perspektive auf all diese Schreiber-Realitäten und Verhältnisse zu finden. Eine Darstellungsweise, die stimmt und gute Laune macht. Und trotzdem die ganze Melancholie der irgendwie immer irgendwie gescheiterten – IMMER? – GESCHEITERT? – was rede ich denn da?
DEKONSPIRATIONE

1631 das Wunder
ist geschehen: ich bin eben mit meinem Netscape Programm auf meiner Abfall Seite gelandet. ES GEHT! Ein kleiner kleiner Schritt für die Menschheit, ein riesen Schritt für mich. Wollte eben schon die LRZ-Hotline anrufen, um zu fragen, warum mein Netscape Programm den Host nicht locaten kann. Startete das Programm, und da ging es jetzt plötzlich. Wunder der Schöpfung.
STEINZEIT DER ELEKTRONISCHEN WELT

1719 jetzt
steht also der erste Abfall im Netz – beim Versuch den zweiten gleich hinterher zu schicken meldete das Programm in riesigen Buchstaben:
Error: script
http://www.suewestnet.de/rainaldgoetz/scripts/add.pl
encountered FATAL ERROR
okay, Steinzeit, immerhinchen geht es ja so bißchen
22 Zeilen
70 Anschläge
Datum und Ort oben: weg
Schlüßel unten: weg
Einzug: kleiner
auf Mitte: wie?

1857 eingekauft
und Nachrichten gekuckt. Wie scheußlich das Ganze natürlich werden kann, wenn da dauernd auf die Art ins Blau dahergelabert wird. Andererseits geht es ja genau um diese Art von Dreck, absurderweise nochmal andererseits genau um eine FORM dafür. Es gibt ja nichts, was ich nicht sagen würde wollen, was ich denke, finde, tue. Die Frage ist nur, WIE kann es rauskommen, ohne zu nerven. Ohne forciert wahrhaftig zu sein.
PRAXIS

1915 Anruf
von Claudius. Nochmal über die gestrige Arbeit.

2312 Fernsehen
Das Grundnahrungsmittel.
Hunger, Freude, Alltag, Reichtum.

DIE SPIELER
reichen sich die Hände
tauschen die Trickots
es muß niemand traurig sein
es war ein großer Abend

die SPD nannte dies einen Faschingsscherz

EIN MANN VON 43 JAHREN

3.4

einen
Moment lang
ist alles Hoffnung
Auftrieb, Energie, dann –
fällt es aber auch schon wieder
in sich zusammen
KRANK

1155

hja
es ist eine
sehr komplizierte Situation
aber
ich denke
es geht weiter

meldet Franzsika Schenks Trainer, sie selber will natürlich sofort wieder im Sportstudio auftreten heute Abend, nach ihrem Sturz eben, merkt gar nicht, wie sie ihre komische Imagekiste da überreizt – oder spinn ich?

1448
Anruf von Anselm. Besprechung der Pläne für München. Der Auswahl zum Theatertreffen. Die Ästhetik der Baracke. Unsere Lage, unsere Probleme, unser Ding. Er beginnt damit: hast du zwei Minuten? – Klar. – Wenns schnell geht, dauert es dann zwanzig. – Und ich komme unter den Bedingungen dieser dauernden kleinen Unterbrechungsvorgänge einfach zu keiner richtigen geschlossenen, ruhigen Konzentration. – Wut auch, weil Wilfried das Rave Manuskript natürlich doch wieder weitergegeben hat, entgegen allen Ab-

sprachen – . KRANK

1452
Direkt danach Anruf von Fabian. Ob ich die Übersetzungen fürs Booklet sehen möchte? Nein. Ideen für die Gestaltung hätte? Nicht wirklich. Ich soll doch morgen vielleicht mal ins Büro kommen und einen Blick auf die Seite werfen. Gerne.

1514
so geht es auch nicht weiter: Liste der Anrufe: Referat des Besprochenen: Blödsinn, Quatsch, KRANK.

hierzu ergibt sich kein Widerspruch
und somit eröffne ich die zweite Lesung

das sind immer wunderschöne Momente

1637
Sabrina Setlur, mit ihrer komischen Mundhaltung, hier im Freisein-Video: die Lippen ganz streng zusammengepreßt und aufgeworfen zugleich. Cool, böse, ernst. Aber natürlich nur als ausgedachtes Ding, angestrengt, so daß es ganz uncool und lächerlich wirkt, das Cool- und Bösesein. Der einzig aus dem 3P-Stall, bei dem das normal und echt rüber kommt, ist Moses Pelham selber. Die anderen MÜHEN sich da alle so ab, so gestört.

1712
jetzt also mit Wilfried telefoniert. Der Rave-Verrat. Regt mich so auf. Komme nicht zur Ruhe heute. Was ist bloß los in meinem Kopf?

1715
suche nach einer neuen Satzform ohne Einzug. Wohin mit den schönen Zeitziffern? Das Blättrige, Flattrige erhalten. Wie? Habe tatsächlich noch keinen einzigen klaren Gedanken gefaßt heute. Das nervt. Ist das krank? Ist das normal? Krank, krank, KRANK.

ich will freisein
nur freisein
freisein
nur freisein
ich will frei sein

Toller Track. Komische Melodie, catchy und strange, wie die S-Klasse-Hits davor, ein irgendwie neuer Melodie-Style, finde ich. Die Sound-Welt von 3P. Mit allen Registern, konventionell, nach den Regeln der Kunst der Sache, kommerziell, und trotzdem irgendwie eigen. Irritierend, angenehm.

ein selten schöner Tag
neigt sich dem Ende zu

da gibt es in Hauptstädten
eine alte Regel
die besagt
die die etwas wissen
reden nicht
und die die reden
wissen nichts

so begannen
mit reichlich Geschunkel und Gesang
die tollen Tage

KRANK

alles Walzer
und viel Vergnügen

MEER DES FRIEDENS

3.5

Freitag, 20.2.98, Berlin. Wachte mit gräßlicher Panik auf, wegen Zeit, Termin, Wirrnis der Verhältnisse, arbeitsmäßig praktisch völlig verlorener Woche, wildesten Umsturzphantasien für alles, Unglück, Hoffnungslosigkeit, Angst usw usw – und ich redete dann auf den Verrückten besänftigend ein mit den Worten:

Meer des Friedens
in mir mehr des Friedens
Meer des Friedens in mir Meer
des Friedens mehr des
Friedens in mir
Meer
des Friedens

und tatsächlich, als wäre man wirklich nicht ganz dicht, stellte sich wieder, wie durch die Ruhesuggestion mit der Atmung neulich, ein fast instantmäßig veränderter Geisteszustand ein, einen ersten Moment lang jedenfalls, dann merkte das Gehirn den Betrug, und die Panik schoß ganz ungehindert wieder hoch. Dann aber war, durch die kurze Erfahrung der Möglichkeit des Wechsels des Erregungslevels, der Freiheitsgrad gewachsen, anders zu empfinden, als vom Panikdiktat diktiert. Man sah eine Lernmöglichkeit, vernünftig zu werden und bemühte sich, die zu nutzen. Schwierig. Ruhe, Panik, Ruhe, Panik, Ruhe, Ruhe, Panik, Ruhe. Ruhe. Ruhe bitte. Bitte Ruhe. Ruhe, Ruhe, Ruhe, Ruhe.

Dann auf. Und mit dem Computer gestritten. Mit Herrn Häberlen telefoniert. Gefroren und Kaffee getrunken. Und in Baden-Baden ist natürlich schönstes Frühlingswetter. Die gestrige Post an Diedrich konnte wieder mal nicht zugestellt werden. Die Götter der STEINZEIT DER ELEKTRONISCHEN WELT wissen oder wissen auch nicht, wer weiß, warum. Finster, diesig, verhangen.

LETZTER RITTER VON DER TRAURIGEN GESTALT

3.6

Das Meer des Herzens
geht in tausend Wogen

dichtet Arte
in einer Sendung
über den Sufismus

Samstag, 21.2.98, der erste richtige Frühlingstag hier in Berlin. Ich räumte in der Küche, im Schlafzimmer, im Arbeitszimmer: Zeitungen, Zeitungen, Zeitungen. Las alles, was nicht – ja, ich weiß gar nicht, alles eben. Rolf Winter schreibt in der Woche über bunte Zeitungen und das neue Gesicht der Zeit. Herr Ott setzt in der Süddeutschen Zeitung seinen heiligen Krieg gegen Kirch fort. Was hat der füchterliche böse Kirch dem armen Herrn Ott angetan? Wir werden es nie erfahren. Auch Todesanzeigen müssen wieder auswendig gelernt werden. Thomas Assheuer über Celan bei Heidegger, vorgestern über das neue Handke-Buch. Wie ich gestern an der Jungfernheide auf den Expreßbus wartete, kamen mir dann plötzlich Ideen zu einer Handke Besprechung, in der Assheuer Art, nur vielleicht noch schärfer in beide Richtungen: verstehend und kritisierend. Dann machte ich paar Notizen dazu, und spürte sofort, wie ich mich da wieder HEILLOS verrennen würde, wenn ich das wirklich versuchen würde, das darzustellen, was ich da dazu denke, finde, meine etc. LÄSCHERLISCH. Ich las Suicidels Artikel über das Suicide-Heft von Benetton. Neulich haben sie irgendwo wieder gemeldet: die zweithäufigste Todesursache unter Jugendlichen. Ich las Beaucamp über Heisig. Machte Tüten: Abfall aus Abfall und Jeff Koons. Im Fernsehen kam Madonnas neues Lied FROZEN. Dachte, wie geil das ist: die lässige Luftigkeit des rhythmischen Basistracks, und dazu das Italo-Mafiafilm-Opern-Sentiment der Streichermelodie, und dazu ihr Gesang. Dann: als Idee fürs Stück. Was würde das heißen? So eine Struktur anzustreben? Was würde das in einem Theatertext heißen? Welches Formabstraktum sozusagen wäre diese Mischung ganz konkret? Dann schaute ich auf Vivas Videotext die Charts an, von 1 bis 100. Vorallem um zu kucken, ob Crash Course schon eingestiegen ist. Freisein steigt von 30 auf 28. Tom Novy, Superstar, auf 31. Missy Elliot, wo ich immer mitzähle, um zu hören, wann was wo kommt, und vor allem wo was NICHT kommt, um zu verstehen, warum das so FETT wirkt, obwohl so wenig los ist eigentlich, wie das gemacht ist. DER LUFTGEIST DER KRITIK, von Ulrich Raulff, hundertmal schon angefangen, immer wieder von einem Zimmer ins andere mitgezogen, über Günter Metken, 70. Dann zum 60. Geburtstag von Hödicke. Das ist die GRAUSAMKEIT der Faz: den Leuten schon zum 60. Geburtstag so einen Würdigungsprügel überzuziehen. Brutal. Dann blätterte ich in Allegra, im Sonderheft über »love & sex«. Super vorallem das Editorial, mit der Fotogalerie der Macher. Besonders schön geworden: Harald Braun. Schaut es euch selber an, es ist mir fast zu mühsam, das zu beschreiben, er schaut einen jedenfalls an wie so ein Flatz für Arme, der Bart, die Brille, dann der Text: »Harald Braun ist bei Allegra für Kultur & Sex zuständig.« Schöner kann man es doch kaum sagen. Zuständiger. Dann der erste Text von Stefanie Hellge, die mich mal bei einer Geburtstagsparty von Moritz so koksmäßig überdreht angesägt hat, was ich voll lustig fand damals, total gestört. Dann las ich Wiglaf Droste als Christiane Sabinsen über irgendeine abstruse Unterlassungs-Klage. Im Fernsehen: Narren ohne Ende. Eben küßte Herzog mit Narrenkappe eine Närrin, ganz fest, zweimal, oder dreimal. Toll war Tommy Ohrner vorhin, im Eröffnungsmonolog zur Jahressendung der versteckten Kamera. Bis in die Gestik und Sprachmelodie hinein hat er wirklich das amtliche Sonnyboy-Erbe angetreten, auf dem Gottschalk-Thron. Dann las ich den Brief von der Honorarbuchhaltung, z. B.: »-13 Expl. (3 verkauft, 16 remittiert)«. Umgekehrt wärs schöner. Dann las ich, wieder in der taz, Detlef Kuhlbrodts Internet-Surfbrett über die Berlinale-Netzadresse, nett, besonders der letzte Satz: »Desgleichen der Ton zuweilen.« Dann rief Uli an und sagte, ich soll endlich wieder nach München kommen. Das Wetter wäre so geil, schon die ganze Zeit, und ÜBERHAUPT. Dann schaute ich im Deutschlandbilder-Katalog Bilder von Heisig an. Jetzt ist hier Feierabend. Ich muß nämlich noch bißchen LESEN.

abgefertigt, ausgebeutet

und erniedrigt

GESPRÄCHE IN BAGDAD

3.7

Armut: man fängt an, mit zwei Fingern im halbvollen Staubsauger-Papiersack nach den Staubballungen zu tasten, ob man das Ding schon wegschmeißen muß, oder ob es eigentlich noch geht, gehen müßte, obwohl die Saugkraft schon so schwach ist, beim laufenden Staubsauger usw usw, und ehe man sich versieht, puhlt man da so konzentriert wollige Staubballen aus dem engen Staubansaugeloch, wie so ein Gestörter, total Kranker – wirklich Armut? Oder ist das nicht eher schon Geiz, Angst, Angstgeiz, totale Perversion? Kaputte Szene. Krank.

Große Haushaltsoper, riesen Spaß.

ich will lesen, arbeiten, allein sein
fernsehen, reisen, mich bewegen
frei

ich will frei sein
nur frei sein

nicht die vom mündlichen Erzählen schon ganz abgeschliffenen, fertig gemachten Geschichten auftischen und verzapfen wollen, im Schriftlichen, im erzählenden Text, – aber eben umgekehrt auch nicht aus den finster geheimnisvollen Tiefen des ganz und gar STUMMEN der Dinge und den menschenfernen freien Höhen der Abstrakta her sprechen wollen – sondern so einen Mittelort suchen, wo das ausgesprochene Wort sensationell ist, Diskretionsgrenzen berührt, das Denken verändert, Bilder schafft und präzisiert – wo also die gesprochene Sprache als was Tolles erlebt wird, Vergnügen spendend, banal, alltäglich und doch sehr MÄCHTIG, aber nicht zu was Heiligartigem hinstilisiert wird, sondern in ihrer Gebrauchsgestalt sozusagen heimlich nur verehrt wird – und wo die Erzählungen im Mündlichen so Eichmesser und Naturalhorizonte sind für Klang und Stimmigkeit der schriftlichen Erzählungen – erzählen wie erlebt und erzählt – .
PRAXIS

entschuldigung –
als mir Jüngers Siebzig verweht V eben vom Stuhl auf den Boden fiel – zum

Buch, zu Jünger, zum Ganzen der Situation, in der ich ungeschickt war – und gleich danach versuchte ich eine Mücke, die mir zwischen Bild der Schrift am Laptopbildschirm und meinen Augen umhertanzte – die erste dieses Jahres – zu ERSCHLAGEN – mit den gedachten oder gesagten Worten: also DAS geht ja nun jetzt zu weit – zwei mal schlug, nicht sah, ob ich sie traf – und dann dachte: was war denn DAS jetzt wieder für ein Anfall? Wieso darf denn diese Mücke hier nicht bißchen vor mir tanzen? Was geht denn da zu weit?

Heute morgen, im Bett, beim Lesen im Jünger Buch: der Text war nicht tot und verriegelt, von der plötzlichen realen Leblosigkeitstraurigkeit – wie ich es bei den anderen Toden so stark empfunden habe: Warhol, Bernhard, Foucault, Heiner Müller – sondern plötzlich sogar viel freier, leichter, zugänglicher – eine Art offene Ruhe – total schön

-ist das alles?
-ja
-neun Mark zwanzig bitte
-bitte
-und elf
-danke
-einen schönen Sonntag wünsche ich noch
-danke, Ihnen auch
-auf wiedersehen
-wiedersehen

im Zeitungsladen, und wieder hoch, mit:
Bild am Sonntag (Modern Talking wieder vereint)
BZ am Sonntag (Deutschland im Gold Rausch)
Welt am Sonntag (Abschied von Ernst Jünger)
Tagesspiegel (Robert de Niro auf der Berlinale)

hatte die Brecht Umfrage der Zeit, irgendeine soundsovielte Seite dazu, schon zum Zeitungs Abfall gelegt gestern Abend, dann doch wieder zur Hand genommen und hoch getan, auf den Kühlschrank – und las da heute morgen, von Doris Schade, diesen wunderbaren Satz zum Problem: »Er will einfach, daß klug ein gutes Theater gespielt wird.« Das wäre ihr Ergebnis ihrer Beschäftigung mit Brechts Theorien übers Theater. Genau, genau, genau, finde ich auch. Und sie fügt hinzu: »Doch scheint mir gefährlich, dies so genau zu beschreiben.« Auch das stimmt ja. Hindert aber andererseits auch nicht, daß Leute wie sie diese Theorien lesen und genau richtig verstehen wahrscheinlich. Und gefährlich ist auf eine Art JEDE Theorie, die von Praktikern und Nichttheoretikern gemacht wird, siehe oben, bzw unten.
PRAXIS

die MAROTTIFIZIERUNG des Stils: der »Berliner Anthropologe Michael Rutschky« berichtet in seiner Berlinale-Anthropologie in der Taz wieder mal aus der Welt seiner Feldforschung, locker auferzählt. Aber was gibts denn da zu meckern? Dagegen zu sagen? Ich finde, der einzige der so schlaff vor sich hinlallen darf, öffentlich, gedruckt, ist Harald Schmidt, der große Focus-Kolumnist. Ich lese das zwar fast nie, macht aber nichts. Harald Schmidt selber liest die Kolumne auch nicht, weiß ich genau, der schreibt sie nur schnell, im Taxi. Oder spricht sie gleich auf Band, während er am Kinderspielplatz auf der Bank sitzt, anstatt mit blöden Mitmüttern zu fraternisieren. Oder er pappt am Schreibtisch geistig bißchen Brainpool-Abfall zusammen schnell. Wo die Kolumne so ein wurschtig amerikanischer Nebenzustand ist, nicht der gravitätische Ort der politischen Kämpfe wie bei Maxim oder so ein poetisch provinzieller Provinz-Poesie-Freiraum wie bei Frau Venusberg, entschuldigung Rainer. Letztlich geht es um den Status des GEDRUCKTEN. Wie locker man sich da machen will. Am besten natürlich unendlich locker. Bloß: was macht einen lässigen Lockerstil aus, was einen blöden, einen, der einen nervt? Wahrscheinlich irgendsowas Diffuses und doch Entscheidendes wie der geistige Duktus eines Menschen, des Schreibers, des Erzählers, des Menschen, der da in lockerer Weise und also ganz ungeschützt direkt zu einem spricht, schriftlich. Und da kommt dann Stil als Marotte ins Spiel: das heißt, wie schnell einen eine eigene Form nervt, die eigene Melodie abstößt, das sich im Nu Einschleifende anwidert, das bißchen Gekonnte einfach nur noch ankotzt. Daß man darauf keinen Bock mehr hat. Daß einem das schlicht zu hohl ist, fünfzehn Jahre lang auf EINER Sounderrungenschaft rumzuturnen. Das nenne ich Depression, die Art marottifizierter Stil-Stillstand.
PRAXIS in AUTOREN OHNE OHREN.

gestern, von 5 an: dauernd alle Nachrichten gekuckt, auf allen Sendern, um was von der Jünger Beerdigung zu sehen. Kamen dann sekundenkurze Beiträge. Man sah einen offenen Holzwagen, mit dem Sarg, wovon eigentlich gezogen? Von Pferden? Unten schwankte so ein Eimerchen. Bunte Uniformträger gingen daneben. Oder trugen die den Sarg? Ging alles zu schnell, wirklich nur Sekundenbilder. Und dann, Gipfel des Schwachsinns der Kameraleute: den komischen Teufel, den Ministerpräsidenten und noch so einen Politiker, die man eh dauernd sieht, die mußten jetzt hier also auch wieder als die fast einzigen Trauergäste länger gezeigt werden, dringend. Die Hohlheit der Leute vom Fernsehen ist wirklich absolut unübertroffen. Strafe, Haß, Niedertracht, böseste Wünsche und Verwünschungen. – Jetzt lese ich im Seite 1 Bericht der Welt am Sonntag. »Nach der Feier wurde Jüngers Sarg, begleitet von Abordnungen von Bürgerwehren aus Oberschwaben, zum Familiengrab auf dem örtlichen Friedhof gebracht. Dort liegen auch Jüngers erste, 1960 verstorbene Ehefrau Gretha sowie seine beiden Söhne Ernst und Alexander begraben.«

der fliegt wie ein Adler
frei und verwegen

das wollte er auch
nannte sich ab sofort Falco

Glockenläuten, 18 Uhr: PANIK, Angst, Horror. Verschissene Stadt. Terror der Kirche. Davor im Internet eineinhalb Stunden nach Jünger und Luhmann gesucht. Der resultierende Geisteszustand: totale WIRRNIS. Da ist lapprigstes Zeitungslesen und Zeitschriftenblättern ganz strenge Sammlung dagegen. Aua. Immerhin fand ich ein Luhmann-Interview, das ich noch nicht kannte, aus dem sogenannten Sonntagsblatt, über das Medienbuch, wo er sagt: »Selbst daß Serbien und Bosnien überhaupt existieren, weiß Handke doch nur aus der Zeitung.‹ Und schöne Sachen dieser Art mehr. Auch wenn das Beispiel nicht ganz stimmt.

SPONTANER JUBEL

4.1

Könnte das Herz denken
stünde es still

Stimmt ganz bestimmt nicht. Ganz im Gegenteil. Der Satz kommt von Joachim Kaiser, der sogenannte Fernando Pessoa hätte das gesagt. Was war oder ist der Mann von Beruf? Dichter wahrscheinlich. Die Grenzen des metaphorischen Sprechens; oder auch nur, daß ich daran keinen richtigen Spaß haben kann, weil das Material eine andere Sprache spricht, der Mensch, die Medizin, eine viel vernünftigere, reichere, ernstere, richtigere – für mich halt, klar. Kaiser war in London im Museum und war, bei ihm ein absoluter Sonderfall, weil er optisch ziemlich unterbelichtet ist, von einem Gemälde richtig angeschaut, betroffen, erschreckt, bewegt: ein sehr spätes Selbstporträt des sehr alten Bonnard. Ich notierte mir: Hamsun, Auf überwachsenen Pfaden, Altersaufzeichnungen, an die Kaiser sich von dem Bild erinnert fühlt. Aus dem ewigen Bildungsschatz des Feuilletons.
PRAXIS

aber mich
interessiert immer noch
DIE BOTSCHAFT DER STRASSE

man kann nicht in die Geheimnisse von mehr als EINER Kunst wirklich eindringen – leider. Wie ich eben die Jeff Mills CD einlege und denke: schade, daß ich nicht mehr Musik machen kann – um wirklich zu dem Punkt zu kommen, ein Präzisionspunkt, der nur aus ununterbrochener Produktion hervorgeht – wo ich da Aussagen machen könnte, auf diesem Feld, in dieser Form, auf der Ebene DIESER Sprache, der Musik eben – und wie immer in dem Zusammenhang sofort an Achternbusch dachte – auch wegen der Fan-Besprechungen überall für seinen neuen Film (Detlef, Claudius) – es immer als eine Art Beleidigung der speziellen Kunstform empfinde, des Films also bei Achternbusch, der Malerei – wenn jemand, insistierend auf dem Dilettanten-Bonus und ja aber in Wirklichkeit (33. Film oder so) doch längst NICHT mehr Dilettant – sich einer Kunst nur so bedient, ohne sie sozusagen zu erfüllen – ohne Respekt vor ihr, vor ihren Geheimnissen und Gesetzen, ihrer speziellen Wahrheit und ihren Weisheiten usw usw – nur so für sich – ANDERERSEITS aber natürlich – .
PRAXIS

am nächsten Morgen

unten am Fluß

wir sind müde und abgekämpft
wir frieren
und wir sind hungrig

MIT SCHWEREN SCHATTEN AUF DER SEELE

4.2

Dienstag, 24.2.98, sehr trüber Tag. Schrieb am Stück. Auf der Suche nach der dramatischen Ballung im ersten Akt. Gestern machte ich Korrekturen am zweiten. Heute kam dann wieder so ein komischer Poesieirrsinn dabei raus, anstatt Personal, Plot, Ballung, Konflikt. Trotzdem. Wie heißt es doch so schön in Rossini, aus berufenem Deppenmund: Ich habe ein GUTES Gefühl. Genau. Ich auch.

Ich hatte das Telefon ausgemacht, um mich besser konzentrieren zu können. Jetzt zeigte sich aber, daß der Faxapparat doch noch so leise schnurrt. Und wenn ich die Information erst mal HABE, gelingt es mir nicht, NICHT hinzugehen. So bekam ich also doch Anrufe von Frau Tiedke vom Residenztheater. Und von Herrn Raddatz vom Schauspielhaus. Es geht um die Modalitäten der Rückzahlung des Geldes, das sie mir versehentlich zu viel überwiesen hatten: 15 000,- Mark zu viel. Ich hatte bei Wilfried angerufen, am Freitag, und gemeldet: ich glaube, ich muß das leider melden: ihr habt mir leider bißchen zu viel Geld geschickt. Wilfried: du könntest es natürlich auch so machen wie Achternbusch, der statt 500.000 Schilling versehentlich 500.000 Mark von Österreich bekommen und dann auch gleich für den nächsten Film ausgegeben hat. Angeblich müßte man so was auch nicht mehr zurückzahlen. Das wäre dann quasi die Gespenst-Rate, die Zimmermann selig dem Achternbusch wegen Blasphemie vorenthalten hat. Oder wie war das?

Romuald Karmarkar hat in der Süddeutschen Zeitung berichtet, daß sein Frankfurter Kreuz von den Berliner Berlinale Behörden nicht zum Wettbewerb zugelassen worden ist, praktisch kommentarlos. Da wäre er in Venedig besser behandelt worden. Und sein neuer Film wäre von der Förderkommission auch abgelehnt worden. Frechheit. Ein sogenanntes Originaldrehbuch von Bodo Kirchhoff, Deutsche auf dem Flughafen von Manila, mit berühmten Schauspielern usw usw. Irgendwie denkt man automatisch: wenn mal was

gelungen ist, man sich so bißchen durchgesetzt hat, müßte es in Zukunft mit den neuen Sachen auch irgendwie leichter und besser gehen. Stimmt aber nicht. Die Erfahrung sagt was anderes. Es ist immer neu gleich schwierig, irgendwas realisiert zu kriegen. Und es wirkt immer bißchen komisch, wenn sich Leute darüber beschweren, daß sie schlecht behandelt werden, nicht ihrem Status entsprechend gewürdigt würden. Mit jedem Erfolg öffnen sich Türen, und gehen gleichzeitig auch welche zu, aus Trotz, zum Ausgleich, einfach so, aus Zufall. Fallen aus Zufall zu. Ja. Macht doch nichts. Muß doch nicht alles immer nur immer besser werden. Es wird halt vielleicht besser UND schlechter meistens, oder? Oder ist das der totale Schwachsinn?
PRAXIS

Stimmt: Krausser fällt mir dazu auch ein. Er jammert darüber, in September war das glaube ich, daß der Lektor so komisch distanziert oder desinteressiert auf sein neues Buchmanuskript, die Callas-Story, reagieren würde. Immer was anderes zu tun hätte. Nicht erreichbar wäre. Nicht zurückrufen würde. Und ich immer denke, daß das so ein Zielpunkt für das Sozialprozedere als sozusagen freier Schreiber wäre, daß man das immer einzurechnen versucht: diesen riesen Unterschied, daß die anderen alle in ihren Institutionen und Sozialmaschinerien sitzen, in den Redaktionen und Verlagen, Dramaturgien und Agenturen. Und man selber einfach nur so bei sich, allein, daheim. Auch DESHALB ist es so wichtig, dann und wann in diese anderen Außenproduktionsstätten reinzugehen, als unsereiner, um das da wirklich mal mitzukriegen: wieviele zig und hunderte Sozialkontakte, Einzelereignisse, Zerstreuungsmomente und Entscheidungssituationen da jeden Konzentrationsakt durchschießen und überlagern, durchkreuzen, grundieren und mitbestimmen. Daß das wirklich TOTAL andere Vorgänge des Produzierens von Entscheidungen und Produkten sind, als eben die in der Stille der Klause der Schrift des einzelnen Schreibers usw usw.
PRAXIS

als erstes
zerstören wir
ihre Augen und Ohren

hatte in Spiegel TV vorgestern lüstern der amerikanische Kriegsspezialist gemeldet und dabei auf die Karte des Irak gedeutet. Wahrscheinlich aber kommt es jetzt doch anders. Ich war dann gleich wieder ganz dabei, im Theatre of War, wie 91, in London. Die Berichterstattung darüber, was geschehen könnte, schafft so eine Gier, daß irgendwas dann auch wirklich geschieht, IRGENDETWAS, ganz egal was. Und ich rede da nicht von irgendwelchen anderen Deppen, sondern von mir selber. Sofort springt die Irritation an: wie asozial, kaputt oder normal ist so ein Reaktionsgefühl. Großer abstrakter Moralprozeß, von der Art wie man ihn in der Kindheit dauernd gegen sich führt, im Inneren der Emotionen und Intuitionen. Jeder für sich, gleichzeitig bei ganz vielen. Unio Mystica der planetarischen Events. Vielleicht habe ich auch nur bißchen zu viel Jünger gelesen gerade. Tschuldigung.

they don't know
what it is
but they enjoy
all the pleasures of it

POLITISCHE PLANUNG

4.3

das Denken des Herzens: badum badum
seine Sprache: badum badum
sein Tun: badum badum
sein Wollen, sein Streben,
sein Sein und sein Glück: badum badum badum
das ist das Herz: Herzschlag
solange es lebt

KRANK

Abends. Schwer. Mittwoch, 25.2.98. Gestern in der HdK bei einem Brecht-Abend. »Käte, du sollst blau tragen«. Am Anfang hat der Slapstick genervt, nach einer viertel Stunde fand ich es ganz toll. Das Komische, Parodistische, hysterisch Überdrehte wurde so eine extrem vielfältige, reiche Palette.
PRAXIS

Im Internet war ich auf einen Luhmann-Aufsatz zum GEWISSEN gestoßen, dessen erste Seite ich mir ausdruckte. Das klang so toll. Dann suchte ich in den Bänden der Soziologischen Aufklärung, ob der da abgedruckt ist. Ich dachte, ich hätte auch Band 1 da, den fand ich aber nicht und landete dann in Band 3 an so einer Altlieblingsstelle, aus einem Aufsatz von 1979, wo es um Wissenschaftssprache geht, Seite 176:

»Zum Schluß noch eine Bemerkung: Ich denke manchmal, es fehlt uns nicht an gelehrter Prosa, sondern an gelehrter Poesie. Wissenschaftliche Theorien haben einen eigenen Weltstimmungsgehalt, den sie selbst (bei allem Einbau von Selbstreferentialität) nicht formulieren, vielleicht nicht einmal wahrnehmen können. Die so unzulänglichen Versuche einer politischen Interpretation der ›eigentlichen‹ Aussage von Theorien zeigen diesen Bedarf nach einer Zweitfassung an, ohne ihn angemessen befriedigen zu können. Vielleicht sollte es statt dessen für anspruchsvolle Theorieleistungen eine Art Parallelpoesie geben, die alles noch einmal anders sagt und damit die Wissenschaftssprache in die Grenzen ihres Funktionssystems zurückweist.«

Weltstimmungsgehalt
Parallelpoesie

Dann schrieb ich einen Aufschrei-Brief und brachte ihn zum Briefkasten. Dann rief ich bei Herrn Häberlen an, und er sagte, der Fehler wäre behoben.

am Ende
war das Wort

hatte es vorgestern in dem Schwab-Porträt geheißen. Der Film war von 1994, kurz nach seinem Tod gemacht, ich hatte den damals schon mal gesehen. Das Schockhafte, empörend Vitale seines Todes, das damals so stark war, ist jetzt natürlich weg. Es war dann nur noch komplett ABSURD, daß jemand sich so wegsaufen muß, vor der Zeit. Ein Fehler, ein Unsinn, ein Blödsinn. Viel sinnloser, als direkt danach kam es mir vor. Ganz seltsam. Er selber war in den Interviewszenen wirklich supersympathisch, hell, fast grazil, obwohl der Kiefer bei ihm so derb und kantig geschnitten war.

ich will wissen
was für ein Mensch ich bin
warum ich so aggressiv bin

soll der sogenannte GEWALTTÄTER RUNG laut Spiegel zum Psychiater gesagt haben, der ihn begutachten sollte, auf eigenen, auf Rungs Wunsch. Später hat sich der Psychiater erhängt. Vielleicht auch ein anderer.

ein widersprüchlicher Moment
der Wahrheit

Stille

gefühlsintensive Momente
sind keine Seltenheit
wie Lachen, Weinen
oder auch Erinnerungen

stand als Schrift auf dem Bildschirm, während man eine fast nackte, sehr weiße Frau sich von einem indischhäutigen Muskelmann sich massieren lassen sah. Und der turnte dabei so auf und an der herum.

ZIELLOS
MUSS DIE STILLE WACHSEN

4.4

trüb ist gar kein Ausdruck
Donnerstag, 26. Februar 1998

Herr Doktor Wobbe erzählt beim Blutabnehmen von einem von ihm sogenannten Neger, den er im Fernsehen gesehen hätte, der am Kopf oben eine riesige klaffende unversorgte Kopfschwartenschnittwunde gehabt hätte – Illustration dafür, daß es woanders anders zugeht – allgemeine Schlußfolgerung aus der Beobachtung, daß manche Leute mit ihren Autos von ganz weit her auf unseren Straßen rumfahren würden, die wären in einem absolut gemeingefährlichen Zustand, auch das wäre im Fernsehen gekommen neulich – Assoziation dazu, daß man ja irgendwelche Regeln wohl schon braucht, im Straßenverkehr, sonst wird es für alle zu gefährlich – Abschweifung dazu, daß die Prozedur zur Wiedererlangung meines Führerscheins sich ja schon ganz schön in die Länge ziehen würde, oder? – Ich sagte nur, ja genau, Wahnsinn. Und er redete dann da so los, von hier nach da. Ich nickte dauernd, ganz seiner Meinung. Nebenher lobte er meine Venen. »Aber das wissen Sie ja sowieso.« – Um viertel vor acht kam ich in die Praxis, da saßen etwa sechs, sieben Leute vor mir im großen Wartehallengang, das beste Wartezimmer, das ich kenne, so zentral, groß, mittig, offen, und um sieben nach acht war ich schon wieder oben in der Wohnung. Perfect Wedding.
VERSCHISSENE STADT.

Debattenfeuilleton
Professionalisierungsschwelle

Worte, an denen Argumente hängen würden. Ich denke dann nur immer oder manchmal: dauernd dieses blöde Argumentieren, ist doch eh klar alles.
DEKONSPIRATIONE

»Zuletzt triumphieren die Viren.« Behauptet Durs Grünbein im Zeit-Magazin. Ich glaube, er denkt, es ist ein Gedanke, ein Befund, eine Prognose, ganz was abgeklärt Illusionsloses, der kühle klinische Blick, Diagnose: »Zuletzt triumphieren die Viren.« Aua. Wirklich die Viren? Nicht wir, nein, die Viren. Ich glaube zwar, daß in Wirklichkeit wir, die wirren, wirmäßig wirigen Menschen-Wire triumphieren, nicht die Viren. Aber der Dichter läßt sich lieber so bißchen vom Reim verführen, via triumphieren, zu den Viren. Eigentlich ja total okay. Nur: ich glaube, er merkt es nicht. Er nennt unser Jahrhundert, auf Sorokins Frage hin: »besonders schäbig«. Schäbig. Auf den Begriff muß man auch erst mal kommen, für dieses Jahrhundert, in dem doch die Schaben wahrscheinlich eher das kleinere Problem waren. Und wäre es nur bißchen schäbiger gewesen, bißchen weniger großartig und herrlich und unschäbig. Aber soll man SO die Sprache befragen? Es passiert eben dann, wenn jemand selber eine Sprache verwendet, die was signalisieren will, die so einen leichten Stich ins Ausgefallene, Gewählte, und für mich dann gleich natürlich auch scheußlich Prätentiöse hat. Botho Strauß ist ja auch so ein Fall, in den essayistischen Sachen. Wo ich immer denke, der merkt das gar nicht, der hört das gar nicht, wie läppisch gestelzt, oft schief und schlicht und einfach auch ganz schlecht sein Deutsch ist. Der maßgebliche Artikel dazu von Michael Maar, der heißt doch so?, damals beim komischen Bocksgesang – allein dieser Titel, er will mir kaum durch die Finger, über die Lippen, während ich hier tippe. Nur das Problem: Sprachkritik bei anderen fördert unweigerlich Sprachaufmerksamkeit bei einem selber. Und das ist für den Schreiber einfach nicht so richtig gesund. Das macht einen fertig, wenn man auf die Sprache zu achten anfängt. Ich komme mir schon vor, wie der arme Herr Gremliza selber. Entschuldigung. Ich mache das nie wieder. PRAXIS.

alles riecht –
Heraklit – Klitkritik –

Regale in Aufruhr. Dabei habe ich noch nicht mal die extra aus München neu mitgebrachten Bücher ausgepackt. Ich wollte die Schallplatten im Arbeitszimmer wegräumen, weil die Sonne auf die immer so böse stichig draufbrennt. Es war zwar total diesig und ultratrüb den ganzen Tag lang. Trotzdem. Räumen, schleppen, packen. Das System meiner Tüten, die immer irgendwo anwachsen, unauffindbar werden, dann werden neue angelegt, ähnliche, gleiche. Dann funktioniert die Ordnung wieder kurz, dann wuchern sofort die neuen Zeitungsmassen darüber hinweg, urwaldmäßig. Ich beruhige mich mit dem Gedanken, daß ich zwar nicht weiß, warum ich das tue, dieses Aufheben, Ordnen, Beschriften, Rumziehen und Bändigen, daß es mich aber während ich es tue einfach BERUHIGT. Wie das kritzelnde Notieren, im Kino, im Theater, beim Fernsehen. Es ist absurd, es kommt etwas Unverwaltbares dabei raus, aber es wird Erregung und Unruhe abgebaut, komischerweise transformiert in Kummer. Dem beuge und füge ich mich eben. Andere müssen ja auch Arbeiten machen, die sie absurd oder sinnlos finden.

Punkt – Loch – Kugel – Kreis –
schön krank

wir sind hier live
in der Stadthalle in Bremen

Ich glaube, Nena ist komplett betrunken. Die torkelt da rum, voll hysterisch. Die Grand Prix Vorausscheidung beginnt. Mit Guildo Horn, der war gestern auch bei Harald Schmidt gewesen. Behauptete, 35 zu sein. Das war ein geiler Moment, weil man nicht klar sehen konnte, in dem ganzen Gestörtheitstheater, das er dauernd aufführt, ob er von der Frage jetzt wirklich irritiert war, Irritiertheit gespielt hat, oder eben überhaupt nicht irritiert war. Ich hatte mich das noch nie gefragt, wie alt er ist. Plötzlich kam es mir vor, daß er doch vielleicht eher 42 oder 43 ist als 35. Darauf eine Nußecke. Das Publikum bei Harald Schmidt tobte, er ging auf die Knie, küßte papstmäßig den Boden, zum Dank. Machte eine Rolle vorwärts. Konnte sich kaum auf Harald Schmidt konzentrieren, völlig obsessed von seiner eigenen Mission im Moment, von sich selber. Harte Suppe.

ich bin auf jeden Fall im Grand Prix Fieber
es macht hier riesen Spaß

das ist sicher das Größte
was man sich vorstellen kann

die Musik ist
pure Leidenschaft und Bauch
das wird absolut phantastisch sein

Ich machte vormittags Notizen für den 1. Akt. Und schrieb am Nachmittag die Pennerarie für den 3. Dann Essen, Zeitungen, Fernsehen. So leben wollen. Und das zugleich unendlich traurig und falsch finden.

WAHN
ALS DYSFUNKTION NEURONALER NETZE

4.5

another gray day. Freitag, 27.2.98, Berlin. Dichtet die englische Sprache so? Wahrscheinlich nicht wirklich.

die Klage konnte
nicht zugestellt werden

weil sich die Bewohner verbarikadiert hätten, im letzten besetzten Berliner Haus, deshalb wurde es jetzt geräumt. Ich mache da weiter, wo ich gestern aufgehört habe, und hebe einzelne Blätter des Zeitungsteppichs in der Küche vom Boden auf, schaue was drauf steht, lese paar Überschriften, versuche schnell zu wissen, ob ich das noch brauche, und habe Bernd Schulze-Schulze in der Hand. Gruner und Jahr läuft super. Foto von Christian von Alvensleben. Das Gespräch führte Axel Schnorbus. Einer dieser Porträt-Sach-Artikel aus dem Wirtschaftsteil der Faz. Ich kann mich an der SPRACHE dieser Bosse nicht satt hören. Neulich in Focus auch, so ein Hoechst-Manager. Ich übertrage die Effizienz- und Aufwand-Nutzen-Metaphorik immer automatisch auf die Produktionsprozesse und -Probleme im künstlerischen Bereich. Es wird alles mit so komischen klaren und doch blumigen Worten beschrieben. Vorallem aber schafft die ewige Ungewißheit, wie über die Entscheidungen der Mächtigsten da letztinstanzlich von der letzten Macht selbst, vom großen rätselhaften Unbekannten, dem geheimnisvollen unberechenbaren Souverän, dem PUBLIKUM, am Markt, entschieden wird, entschieden werden wird, entschieden worden ist, – so eine irre Mischung aus Spekulation, Demut, Überheblichkeit, es immer schon gewußt haben, stumpfesten Ausreden und stolz geschwellter Brust. Deswegen DRÖHNEN diese Typen immer so. Auch das Prollige, das die meistens an sich haben und ausstrahlen, gefällt mir natürlich. Das so ganz definitiv, entschieden und offensiv UNFEINSINNIGE dieser Welt. Saufen, Sex, Geld, Zahlen, Macht. Das schaut mich an, wenn ich dieses schöne Foto sehe und den Typen reden höre, dröhn dröhn. Bei der Berliner Zeitung setzt der Verlag konsequent auf Qualität. Super. Wir hatten eben alle gedacht, da geht es jetzt ganz konsequent um unterstes Niveau. NEIN. Um Qualität. Ach so. Natürlich. Vielen Dank für das Gespräch Herr Schulze-Schulze.
DEKONSPIRATIONE.

1452

ich habe ein Messer
das ist so bissig
vor dem habe ich Angst

so oft hat mich das
schon geschnitten, da
das ist mein bestes Messer
klar

hast du vielleicht auch
so ein Messer?

KRANK

1527. Dann – mein Messer ist mein Gedicht – war ich also einkaufen. Hatte vormittags von Herrn Häberlen einen Anruf bekommen, daß der Süwestnet-Zugang, über den ich die letzten Tage auf meine Seite konnte, jetzt wieder GELÖSCHT wäre. Aha, sehr schön. Kann man nichts machen. Ich machte dann mit neuen und alten Abfällen rum. Dann änderte ich wieder alle internen Einstellungen in meinem Netscapeprogramm, die ich mit Herrn Häberlen zusammen letzte Woche alle auf Südwestnet umgestellt hatte, zurück auf Leibniz Rechenzentrum. Schritt für Schritt. Probierte, ob ich rein komme: ja. Danke. Meine Seite war von dort aus aber natürlich immer noch nicht erreichbar. Anruf bei der LRZ-Hotline. Ja, nein, unerklärbar. Kann man auch nichts machen. Der Server aktualisiert sich automatsich, jeden Tag, spätestens jede Woche. Kann man die Domain vielleicht direkt, sozusagen von Hand eingeben? Nein. Daß er sie einmal und dann dadurch vielleicht immer weiß? Nein. Das geht also nicht. NEIN. Ich sage Ihnen doch, es geht nicht. Da kann man also gar nichts machen? Nein. Aha, das ist ja schade. Ja. Aha, schade. JA. War dann natürlich echt genervt, der Typ. Tschuldigung. Gut. Dann wieder bei Herrn Häberlen angerufen. Entschuldigung, Herr Häberlen. Lange Erklärung, was das Leibniz Rechenzentrum via Hotline so zu melden hat. Große Ratlosigkeit. Ob ich vielleicht da in der Domain-Zentrale anrufen kann, direkt, ob man die Domain vielleicht noch mal anmelden kann oder muß oder was? Ausgeschlossen. Da müßte man die erst löschen, dann wieder anmelden. Dann käme da vielleicht sogar noch wer oder was dazwischen. O je, um Gottes Willen, bloß nicht. Und jetzt? Hm? Tja. Ä. Aber vielleicht könnte ich den Herrn Haubrich anrufen, bei Südwestnet, der das da alles verwaltet, vielleicht weiß der noch irgendeinen Rat oder Ausweg. Wunderbar, vielen Dank Herr Häberlen und einen schönen Tag noch. Ihnen auch. Gut. Dann da angerufen. Supersympathisch und freundlich: der Herr Haubrich. Stelle mich vor, erläutere mein Problem. Ja, er erinnert sich, die wäre doch schon ewig angemeldet, mindestens fünf Wochen, die Adresse. Genau, das dachte ich auch. Er sagt dann, er schaut mal nach, in der nationalen Vergabestelle für Domainnamen in Frankfurt. Sein Computer rödelt und lädt sich das runter, er sagt, daß dauert jetzt bißchen, und gibt eine Megabytegröße an, die da jetzt schnell geladen werden muß. Schreibung des Namens, ei, ai, oe, mit Bindestrich, ohne. Und dann, Wunder der Technik, Zauber der Forschung, sagt er: aha, ja, registriert und erreichbar. Jetzt sehe ich das Problem. Er sieht das Problem, Jubel. Er erklärt mir, was ich so schnell nicht verstehe, sie hätten ein anderes sogenanntes Formular ausgefüllt, das wäre ihr Fehler gewesen, würde sofort korrigiert, heute Abend würde es dann auch funktionieren. Bin absolut begeistert. Ob heute, oder morgen, oder in zwei Tagen. Wenn es nur überhaupt ein irgendwie lokalisierbares Problem war, lösbar. Bedanke mich tausendmal beim netten Herrn Haubrich und hupfe danach hysterisch euphorisiert durch die Wohnung. Entschuldigung, Leute, ich weiß. STEINZEIT.

1559. Albert ruft an. Er kommt morgen um 5. Wir treffen uns in der Galerie, danach bei Max. Ob ich die Schlick CD dabei hätte. Nee, scheiße, die ist in München. Er hat ein komplettes Studio im Laptop, wir könnten die Schlick-Nummer jetzt machen. Ohne Schlick natürlich schlecht. Tja, hm. Aber er soll den Computer doch trotzdem vielleicht mitbringen, dann könnten wir endlich den Track für die Tüte machen, den wir schon ewig zusammen machen wollen. Okay, er schaut mal. Er hat sich den Sonntag frei gehalten. Wunderbar. Dann ich natürlich auch. Bis dann.

die Fans
in Ekstase
und der Meister
gibt ihnen alles

es ist
der Anbruch
einer neuen Zeit
Guildo Horn
hat irgendwie überzeugt

er vertritt Deutschland
beim großen
Grand Prix

Zugaben, Andacht, Sanftmut

das entschied heute
die russische Regierung

46. POLITISCHER ASCHERMITTWOCH IN BERLIN

4.6

Regen
Sa 28.2.98

Interview: aber man schreibt doch eh, als Schreiber. Also wozu? Aber man will eben Zugriff auf Regionen, Orte, Positionen und Äußerungsweisen kriegen, die einem sonst und so nicht direkt zugänglich sind, am Schreibtisch, allein. Fiktive Gespräche, erfundene Interviews sind ja auch die Hölle. Ande-

rerseits zerstört man dadurch in sich Motoren und Energien. Es ist auch was pervers Asoziales dabei, sich irgendeinem Fremden so intim zu öffnen, im Geistigen, wie das bei guten Interviews geschieht, was diffus Promiskes. Ich rede ja auch wie ein gestörtes Heimkind auf jeden gleich wild und herzlich ein, wenn mich wer irgendwas fragt. Danach Scham, als lächerliches, blödes, aber auch ganz richtiges Gefühl. Vor allem von seiten der Interviewer her hört man das immer wieder ganz deutlich durch: ich habe sie alle gehabt. Die Willemsen-Perspektive auf die Welt, nur mit Arafat will er noch, oder hat er schon? Gestern mit Sophie Mautner. Die Art der Fragen von dem Typ sind so eklig, so wahnsinnig widerlich. Wobei Fernsehen ja noch mal ganz was anderes ist. Ausgangspunkt hier war ein Spiegel Interview mit Martin Walser, das ich bei den Hamburger Krieg-Papieren hatte, die ich morgens umräumte. »Triumphieren nicht gelernt« meldet die Überschrift triumphierend. Dieser faszinierende Fallfall Walser. Jetzt mit Metainterview: nie mehr Interviews. Wie Frau Jelinek, von der ich mehr Interviews gesehen, gelesen, gehört habe, als auf eine Kuhhaut geht, nicht ohne daß jedes das LETZTE war, oder das ERSTE seit Jahren, weil sie keine Interviews mehr gibt, keine mehr geben wird, seit ewigen Zeiten keines mehr gegeben hat, außer die paar von vorgestern, aber die gelten nicht. Warum? Weil, ja, das war doch nur für die Emma, das war doch nur im dritten, das war doch nur der Stern. Verstehe. – Es macht andererseits aber eben auch Spaß, interviewt zu werden. Zum Beispiel, wie wir als Merve-Mix-Band für das Westbam-Interview-Büchlein Interviews gegeben haben, Westbam und ich. Danach will man nie mehr allein interviewt werden, das kommt einem dann irgendwie läppisch vor. Nur noch als Gang, Team, Band auftreten. Wenn man was zusammen gemacht hat. Das Soziale des zu Präsentierenden hat in der Interview-Situation seine Entsprechung, das paßt. Und das allein in der Stille Gemachte, soll man dann da auch so bißchen in Ruhe lassen und auf stillere Art wirken lassen. – Trotzdem habe ich schon wieder jede Menge geile Ideen für neue Interviews gesammelt. Alles für nach Heute Morgen.
PRAXIS

ja so etwas
muß auch Platz haben
in einer Unterhaltungssendung

1429

Sturm
grelle Sonne
Düsternis
in fliegendem Wechsel
als wäre es April

KRANK

Beim Einkaufen gewesen am Leopoldplatz, mit Lektüre. Zu Fuß hin, zu Fuß zurück. Gehen und Denken. Gestern hatte ich unterwegs in einer kleinen Weddinger Trashbuchhandlung (Reise, Kochen, Gesundheit, aber auch ein Tisch mit Kempowskis Bloomsday und Ortheils Faustina, und sogar ein Regal mit Taschenbuch-Biographien und geisteswissenschaftlichen Resten) eine kleine Geschichte der antiken Philosophie gekauft, erschienen in einer neuen bunten Reihe bei Beck, von Wolfgang Röd, Innsbruck. Ich glaube, das ist der Typ, bei dem Clemens viel gehört und studiert und gemacht hat. Am Hinweg las ich in der Einleitung, sofort so wohltuend geflasht von diesem philosophie-geschichtlichen Altsound. Immer wieder neu muß das auferzählt werden, für mich jedenfalls, wie das war, mit dem Denken und den Mythen, in der Menschheit Jugendtagen. Zwischendurch blätterte ich im Party Boy, das Oswald Buch, das ich mir nach kurzem Zögern jetzt doch gleich gekauft habe. Das war direkt da an der Kasse ausgelegen. Von solchen Werbemaßnahmen lasse ich mich besonders gerne führen. Kauf mich! Kauf mich, bitte! Stimmt, wieso nicht, gute Idee. Am Rückweg hatte ich dann so ein Geratter im Kopf zu:

Rücksicht
Außenorientierung
Kontrollterror
Asozialität
blindes Agieren, fassungslos

Geratter heißt hier: aus dem diffusen Denkgefühl, das halbdeutlich immer nebenher irgendwie mitläuft, wie die Gleichgewichts-Wahrnehmungen oder so, stakten plötzlich ganz kohärent präzise Gedanken heraus, bißchen anstrengend, wichtigtuerisch, die mir neu waren, mich aufgeregt haben, sehr schnell gingen und mir gerade zu hin-und-her-mäßig verwickelt waren, um sie unterwegs schnell zu notieren. In Alexa Hennig von Langes Relax, fällt mir bei dem Wort Geratter eben ein, ist Rattern sexuell gemeint, toller Ausdruck. Da geht es dann auch dauernd darum, das ist so geil.

Große Huporgie, unten, auf der Straße. Das gehört hier zum guten Ton. Bloß nicht aussteigen und irgendwo läuten, um Bescheid zu geben, daß man da ist. Ganz oft ganz laut hupen. Man selber ist ja schließlich auch auf der Welt. Oder hast du was gegen Ausländer? Hast du Meinung? Wichtig ist auch, daß man das Auto mitten auf der einspurigen Straße stehen läßt, daß sonst niemand mehr vorbei kommt. Dann ganz langsam, wenn sich genügend Wartende und Hupende hinter einem aufgestaut haben, auf das Auto zugehen, nachsichtig nicken, in-der-Ruhe-liegt-die-Kraft-mäßig ums Auto rumgehen, wenn nötig die Wartenden noch bißchen beschimpfen und lässig und wichtig in seinen tollen schwarzen BMW einsteigen, brumm brumm. Anlassen, aufheulen lassen, abzischen. Und warum auch nicht?

KLEINE GESCHICHTE DER ANTIKEN PHILOSOPHIE

4.7

Ich freue mich so an den gelben Tulpen, die ich gestern gekauft habe. Die jetzt in meiner Asselküche auf dem Kühlschrank stehen. Kriegt man so ein mädchenmäßiges Rohmer-Welt-Gefühl davon. Da bin ich erst im Frühjahr 91 drauf gekommen, in London, daß man sich auch als Mann Blumen kaufen kann, für den eigenen Flat. Daß das was Freundliches und Tröstliches hat.

Ich schaue beim Speichern auf meine RADIO CONTROLLED Elite Uhr aus dem Münchner Kaufhof am Marienplatz, kneife die Augen zusammen und – ja, fuck, es ist soweit: der März ist da. 1.3. SON 7:49. Steht da. Gott o Gott. Himmel hilf.

Sonntag, 1.3.98, Berlin.

1326. Anruf von Albert. Der kommt jetzt dann her. Gestern erst die Kippenberger Bilder in der Galerie angeschaut, dann Herold im Café Adler getroffen, zurück zur Galerie. Mit dem Taxi zu Max. Dort ein richtiger EMPFANG in der neuen Wohnung, richtige GESELLSCHAFT, große offene Räume, fett. Mit Daniel über Kungfu geredet, mit Albert über Politik und Musik. Nach zwei Stunden war ich KOMPLETT erledigt und fuhr wieder heim. Unterwegs wieder weiter im Partyboy Buch. Daheim Gottschalk und Konsorten bei Wetten daß. Zu k.o. um Fersehen zu schauen. Beziehungsweise: schauen ging schon noch, aber jeder Ton Sprache war zu viel. Auf Videotext: Bayern hat daheim gegen Köln 0-2 verloren. Dann gegessen und dann kam eine ganz ruhige Architektursendung im BR. Neue moderne Holzhäuser für den sozialen Wohnungsbau. Dann kam im WDR ein absolut irrer Dokumentarfilm über Polizeieinsätze in Köln während der Karnevalstage. Eine neue Art zu feiern: Leute grundlos zusammenschlagen, verprügeln oder gleich niederstechen. Hast du mich angeschaut? Bin ich schwul? DEKONSPIRATIONE.

DER GROSSE ARCHITEKT LE CORBUSIER
schreibt
DIE ARBEITER
singen

göttlichen Segen herbei

Protestschund gibt es ja genauso und genau so viel wie ZUSTIMMUNGS-KITSCH. Bloß der Kitsch nervt irgendwie mehr. Der kreischt greller.
PRAXIS

bislang bestreite ich
jede Schuld

ja
so weit
die Prognose hier

der Gewinner ist also die SPD

noch eine Frage
als Niedersachse an Sie

wie haben die Arbeitslosen gewählt

ich mach einfach mal weiter
ich tu jetzt so als ob die
noch da wären

die letzten Hochrechnungen
erscheinen übrigens immer
am unteren Rand des Bildschirms

das sind Szenen
die man selten gesehen hat

UHL
WILL AGGRESSIVE BETTLER ZUR ARBEIT ZWINGEN

5.1

Neue Bücher, neue Woche, neues Glück.
Montag, 2.3.98, Berlin.
Gestern Abend gab es noch Schnee.
Das ist doch absurd.

Helmut Krausser, Thanatos
The Making of Bandits, Eine Collage vom Bandits-Team
Peter Handke, Am Felsfenster morgens
Sibylle Berg, Sex II
Knut Hamsun, Auf überwachsenen Pfaden

In der Reihenfolge ihres gekauft worden seins. Kiepert sei dank. Ja, diese Buchhäuser, vorallem natürlich der Hugendubel am Marienplatz in München, Thalia in Hamburg, diese geilen Bunker und Tempel des Geistes, eigentlich Party locations. Wie die Leute im Hugendubel auf den Treppen am Boden und in Sitzecken abhängen und Comics und sonstwas blättern und auch ganz konzentriert lesen.

Jedem gefallen andere Geheimnisse. Mir eben die des Geraden, zum Beispiel in der Musik. Gestern baute Albert hier also sein zehn tausend Mark Powerbook auf, was heißt aufbauen, stellte es hin, stöpselte den Strom an, und los gings. Das telefonisch angekündigte Studio inside war dann leider aber nur eine 303 Rebirth. Ich will aber die Musik, die ich mache, bitte auch SEHEN, nicht nur eingeben und knöpfchenmäßig an den Sounds bißchen rumspielen. Albert wollte ausprobieren, ich konstruieren, also rhythmische Verdachtsorte belegen und DANN erst kucken, wie sich das anhört. Nicht einfach irgendwas drücken. Wobei dann in einem Fall genau die Kombination der Gegensätze natürlich doch gerade wieder einen geilen Effekt brachte. Musik machen: zusammen was machen. Alle fünfzehn Minuten muß Albert aufstehen und sich von der wahnsinnigen Anstrengung erholen. Ich ging ihm leider gleich wieder derart auf die Nerven, daß er davon noch zusätzlich erschöpft war. So kam es auch nicht mehr dazu, daß wir unser kleines Layout noch schnell hintereinander weg arrangieren konnten. Nur der Titel steht natürlich schon fest: Nightcrawlers. Push the feeling on. Das hatte ein Derrick-Lookalike auf der Insel neulich auf so einem T-Shirt stehen, diesen Text.

Franka Potente. Die muß natürlich auch mitspielen, in unserer NEUEN DEUTSCHEN KOMÖDIE. Die tauchte heute im jetzt-Magazin auf und auf einer Einladung zu irgendeiner Lesung, die ich zugeschickt bekam aus München. Geil auch die Einladung zu »Des Künstlers Hirn« in Bonn: Messer, Pinzette, Säge, Skalpelle, Meißel und Hammer, vermutlich Pathologie, und ein halbes Gesicht. Gesponsert von: Thomapyrin. Wir wünschen viel Vergnügen, mit einer Lesung von Sascha Anderson.

ich kenne keine Gnade
bei Protesten
gegen mein Regime

unterdessen warnte ich
den Westen davor
in den Konflikt einzugreifen

mir wird sexueller Mißbrauch
von Schülern und Mönchen vorgeworfen

ich habe bis heute
zu den Vorwürfen geschwiegen

was man mir vorwirft
habe ich nie getan

Massenimpfungen werden erwogen

ich habe sogenannte
ERINNERUNGSFENSTER

und jetzt gibt es Kulturzeit
und da geht es um den Regisseur Schlingensief
einen schönen Abend noch

das bricht alle Rekorde

Gestern, in der Bild am Sonntag, das Gesicht von Barbara Eligmann. Acht Millionen Einschaltquote, oder so. Für mich fast so anziehend wie Sabine Christiansen. Wie soll das je was werden, mit den eigenen Sachen?

ich begrüße nun im Studio
Doktor Erwin Scheuch

auf jeden Fall eine Kultur

die anspruchslose Wärme anbietet

RAUS RAUS RAUS
ALKOHOL MÄNNER DROGEN
ICH BIN SO WILLENLOS
DAS IST SO GEIL

5.2

Mit dem Bauch nach unten liegen aufgeschlagen die gestrigen Bücher ums Bett, zwischen den Zeitungen. Ernst Jünger, Georg M. Oswald, Knut Hamsun, Sibylle Berg: »Zu deutlich ist der vorangegangene Geschlechtsverkehr erkennbar.« Seite 14. Sex II. Im Buch hinten, ja, heißt es, daß sie in Weimar geboren ist. Ich hätte nach den Kolumnen immer auf so einen mittleren Vorort von Saarbrücken oder Paderborn oder so was Ähnliches getippt.

Dienstag, 3.3.98, Berlin.

Immer noch bei ausgestelltem Telefon, wie letzte Woche, wo ich dann aber auch wirklich im Stück jeden Tag einen entscheidenden Schritt weiter kam.

Die IDEE Paul Weller finde ich so toll, also die Gerüchte, Geschichten, Fotos, sogar immer noch den Style, die ganze ewige Fortsetzungsgeschichte – bloß die MUSIK nervt so brutal. Das ist natürlich bitter, bei einem Musiker. Weil ich eben die letzte Platte noch mal aufgelegt habe, Heavy Soul. Ich halts kaum aus, seine schwere Seele. Gesucht habe ich ursprünglich nach Bob Dylans MIND, weil in Detlef Kuhlbrodts Berliner Ökonomie ein Anfang Vierzigjähriger Kiffer, der den ganzen Tag kifft und Zeitungen liest und sich durch das Heizen mit Briketts furchtbar genervt und an der sinnvollen Entwicklung seiner Produktivkräfte gehindert fühlt, nicht nur tagelang über manche Zeitungsartikel nachdenkt, sondern auch »viel« über Ovid und gerne Songs von Bob Dylan hört. Von Ovid habe ich noch nie eine Zeile gelesen. Vor dem hat mir allein wegen Ransmayer immer schon so geekelt. Obwohl Michi auch oft gemeldet hat, er liest Ovid, das wäre ganz toll. PRAXIS.

1206. Kommt ein Fax vom Goethe Institut in Tokio. Wegen des Termins für die Flüge. Ich rufe sofort dort an, ob Herr Wernhard zu sprechen ist. Die japanische Maus: nein, es ist hier acht Uhr. Ich: Ich weiß, aber ich habe eben ein Fax von ihm bekommen. Sie: Ich weiß, ich habe es geschickt. Ach so, alles klar. Bitte sagen Sie ihm, daß ich ihm wegen des Termins noch eine Mail schicke. Dann Anruf bei Max, ob er den genauen Termin von Alberts Eröffnung in Los Angeles weiß. Ja, also, hm. Moment. Am 22. Ist das totaler Irrsinn, dieser Plan? Ist doch scheißegal.

Andere Leute hättens immer gerne GEMÜTLICH. Ich hätte es gerne sauber, frisch, leer, poliert und unpersönlich, wie in richtig guten Hotels. Wohlriechend natürlich, hell, weit, offen, leer, immer wieder neu. Jeden Tag alles frisch bezogen, frische Handtücher, frische Wäsche, frische Luft. Ha ha ha. Bin ich ein Kind der 80er Jahre? Wie ich in meinem voll angesifften Schlafzimmer, im vom älteren Bruder geerbten Drecksteppichboden knöcheltief in den Papieren stehe. Herr, gib Schatten.

Der traurigste Brief, der gestern in der Post aus München dabei war, kam von der Uni. Rückmeldetermin verpaßt, ich könnte mich aber noch mal rückmelden, einfach durch Überweisung »unter ausschließlicher Verwendung der den Studienpapieren anhängenden Überweisungsformulare«. Die aber habe ich irgendwo zwischen München und Berlin verloren, bei dem dauernden Hin und Her.

Ich frage mich dauernd, wie andere Leute das machen: Beruf und Haushalt. Gottseidank hat man wenigstens keine Kinder. Bei Rutschkys, wo alles so intellekutell und toll ist, macht alles die Frau, ganz traditionell. Und er sitzt als Pascha da und schwadroniert rum und kennt sich aus. Streichelt den Hund, spricht mit der Katze. Auch super.

Das Studium. Was war das für eine irre Freude, vor 6 Semestern, die Neuanmeldung in Soziologie und der Plan, noch mal richtig scheinemäßig auf Abschluß hin zu studieren, mit allem Scheiß. Aber dann merkte ich, daß ich neben der eigentlichen Arbeit NICHT WIRKLICH etwas so ganz anderes auch noch machen konnte, nebenher. Ich kriegte keine richtige Motivation zustande. Ich fuhr immer in dieses große rote Mietshaus in der Konradstraße in Schwabing, hatte da Erledigungen und fand alles ganz toll. Aber ein richtiges Studium kam eben doch genau nicht mehr zustande. Im letzten halben Jahr habe ich dann auch innerlich und endgültig kapituliert. Ich bin KEIN Student mehr. Ich finde das blöd, aber es ist so. Ich bleibe lebenslänglich Student, habe ich immer gedacht, einfach weil ich ALLES Studentenmäßige immer so geil gefunden habe. Die Uni, das Lernen, das Sinnlose und Sinnvolle, diese Lebensfiktion, das Ganze einfach. Nicht wirklich zu wissen, wozu und wieso und warum. Und doch genau das dann ganz konzentriert betreiben, das Ziellose. It's over.

1321. Ich rief in der Baracke an und fragte nach Herrn Hillje. Der Dramaturg neulich, der Herr Ebert hätte zu mir gesagt: es gäbe Shoppen und Ficken als Buch, bei Rowohlt. Ich kriege das nirgends, die haben das gestern bei Kiepert in ihren Computern nicht gefunden. Ja, nein, da müßte ich im Rowohlt

Theaterverlag anrufen, die schicken einem das dann zu. Ach so, das habe ich ja noch nie gemacht. Ob er mir die Nummer geben soll. Gerne. Es würde jetzt aber auch im März Heft von Theater Heute erscheinen. Ach, das ist ja noch besser. Bis bald mal, vielen Dank. Und ein HOCH auf Mercedes, die die Baracke sponsern.

1421. Brief an Herrn Wernhard. Langes Telefon mit Herrn Häberlen. Den Neuaufbau der Seite besprochen. Wenn es so würde, wie ich es mir denke, wird es so GEIL.

wirr und lapprig

1530. Streiten mit dem Mailerdämon. Unzustellbaren Mails. Nichtlokalisierbaren URLs. Draußen brutaler Regen.

Abfall
Telefone
Faxe
Lektüre
Büro

1718. Wieder daheim. Alles trieft. Und der Gestank der Feuchtvariante des aufgeweichten Hundekots überall. Dabei spitzen an allen Sträuchern die grünen Blättchen hervor, aber ohne für mich fühlbaren Frühlingsflash. So stelle ich mir das Heimweh irgendwelcher Aussiedler aus Rußland oder Auswanderer nach Amerika vor. München, mein Mädchen. Luft und Duft. Knospe, Frühling, Jugendzeit. DER SÜDLÄNDER.

2224. Sie nennen es Feierabend. Klingt doch gut. Ich öffne den Abfall. Notiere das letzte.

las
aß
fernsehte
dämmerte
duschte

trank Tee
schrieb am Stück

dann war Feierabend
das klingt gut

KRANK

Korrekturen am Abfall
Namen beheizen

und dennoch sei die Truppe verunsichert

doch darunter
versteht jeder
etwas anderes

UND HIER DIE ANGEKÜNDIGTE UNWETTERWARNUNG

5.3

es geht nicht um Stunden
es geht ums Lauschen

es geht ums Gehör
es geht um die Ohren
die Stille
die Worte
den Klang
die Musik
es geht halt um Ordnung und geht

um den Fluß
des es geht
es geht

KRANK

Heute ist Mittwoch, der 4. März 1998. Berlin. Der Himmel ist diesig. Die Uhrzeit ist 12 Uhr 54. Ich wasche dunkle Socken, ohne Vorwäsche, mit 40 Grad. Die Nacht war unruhig, gejagt und rastlos ging es dahin, schwitzend. Dann Tiefschlaf, zwischen 7 und 9, Wohltat. Ich räumte in der Küche Zeitungen weg und machte Notizen in verschiedene Richtungen. Geriet quasi absichtlos rein ins Schreiben am Stück. Und hatte neue Ideen für PRAXIS.

Dann kam die Sonne hervor, jetzt.

Seit heute Morgen riechen die Tulpen in der Küche nach Blüte. Blumen, die

Boten des Todes.

Brüderlein
Schwesterlein
sprich

Dann kam Regen.

1604. Handke will »verehren können!«, mit Ausrufezeichen natürlich, am Felsfenster morgens, auf Seite 530. Aber: »Aber ich kann fast niemand jetzt Lebenden verehren. Liegt das an mir?« – Ja, Schatz, das liegt an dir.

Einer meiner auch sofort ganz sacht auf Sand gelaufenen Gesprächsanfänge beim Empfang neulich: Habt ihr auch gelesen, Christian Klar soll noch elf Jahre im Gefängnis bleiben, frühestens 2008 frei kommen? Nö. Aha. Das stand in der Taz gestern. Hmhm. So so. Hart, oder? Hja, also.

1928. Wieder daheim, schwer bepackt.

aber der Pfeil
auf dem Buch
von Peter Handke
ist nicht von Walter Pichler
sondern von Peter Handke selbst
und damit zu Walter Pichler

ZUSTAND ist kaum noch ein Ausdruck.

Fascho
Nazi
Angeber
Bürokrat

ich will mich dazu
aber nicht konkret äußern

ich forderte
von der Universität
das Einverständnis zur Zerstörung
des Buches
ich lehnte die Forderung ab

ER HAT KEINE VISIONEN ER LIEST ZEITUNG

5.4

Donnerstag, 5.3.98. Sturm.

Welche Formen gibt es noch? Oder eher: gibt es denn wirklich irgendwelche NICHT mehr? Das gegenständliche Porträt, den Roman, die E-Musik-Oper. Den Stummfilm gibt es ja nun nicht mehr. Wobei ich das eigentlich gar nicht so genau weiß. – Der Punkt ist: die meisten Deklarationen zur Gegenwart und Befunderhebungen am Status der Zeit und die daraus gefolgerten Konsequenzen sind eigentlich eher – nee, anders: es wird immer so locker auferzählt von den Aktualitäts-Beobachtern, was die Gegenwart gebieten würde. Und mir kommt das immer sowohl ohne wirklichen Blick auf die Vergangenheit vor, wie ohne jegliches Verstehen der Gegenwart. Der Witz ist vielleicht, daß genau das schon der Fehler ist: sich als Beobachter der Gegenwart zu sehen. Daß das genau der Unterschied zur Vergangenheit wäre: daß man die nur beobachten kann, die Gegenwart aber selber nur sein kann, leben muß. Und daß das das Anstrengende und Schwierige ist, die Zeit mehr oder weniger einfach durch sich durch zu lassen. Für die Gegenwart kann man sich nicht interessieren. Die Gegenwart ist ein Zerstörungs- und Erschöpfungsvorgang in einem, dem man ausgeliefert ist, sich hingibt, der man dadurch WIRD. Und von da aus ausgehend geht es immer um Vergangenheit, die Schwierigkeit, die Ferne des Vergangenen wirklich zu erkennen, zu sehen, zu verstehen. Wie es damals war. In dieser geistigen Arbeit verglühen alle blöden, läppischen, zu kurz gedachten Gedanken über die Gegenwart. Und die Konstruktion der Vergangenheit positioniert einen zurück in die Gegenwart, aus der heraus man natürlich agiert. Klaro, Banalität. Aber der Ausgangspunkt: durch diese Entfernungs-Bewegungen werden alle direkten Beobachtungen der Gegenwart gebrochen, problematisiert, fraglich, entdirektifiziert. Als Beispiel: daß man aus Foucaults Untersuchungen zum XVII. Jahrhundert vielleicht mehr über die Zeit der 1960er Jahre erfährt, als aus Roland Barthes Mythen des Alltags über die ausgehenden 1950er? Falsche Zuspitzung, Idee richtig.

Nochmal der Hauptpunkt: Ich hätte absolut keine Lust, eine sogenannte Novelle zu schreiben, allein das Wort ekelt mich schon so sehr, wie vielleicht nur noch das Wort: Stories, oder gar Short Stories. Aber ich zweifle überhaupt nicht, daß irgendwer, den diese vom diesem Wort vorgegebene Formphantasie so richtig kickt, eine vollamtliche sogenannte Novelle würde schreiben können, heute. Eine wahrscheinlich bessere, als irgendein blöder Tieck, oder wie hießen oder heißen diese klassischen Novellenheinis? So wie Kippenbergers Leidensmann-Zeichnungen auf Hotel-Briefpapier jetzt schon, weniger als ein Jahr nach seinem Tod, völlig jenseits der Frage stehen, ob man so gegenständlich realistischen Direktheitsschund denn überhaupt machen könnte noch, heute. Ja. Und wie. Man konnte, er jedenfalls konnte es. Es gilt, es stimmt. Und ist vielleicht eine stärkere Fassung der Gegenwart, als eine Installationskasperei von – nee, andersherum: ist etwa so toll, wie eine Realmercedes-Installation von Vito Acconci.

Alles, weil ich in der Berliner Zeitung einen Artikel zum 90. Geburtstag von Balthus las. Oder Janssen, der wirklich allen Leuten, die ich kenne, als das absolut Allerletzte gilt. Oder Hochhuth, der – nur weil er so ein komisch bürokratisches, fast schon außerzeitliches Theaterformat für seine Texte im Kopf hat und vielleicht auch weil er ausschaut wie der Sparkassenfilialleiter von Niederenslingen, aber wie schaut eigentlich Schirrmacher aus? – sich kürzlich von Schirrmacher genauso schwach ankübeln lassen muß wie von Willms. Mit hämischen Bemerkungen, denn er war also der angeblich einzige Autor, der auf der Beerdigung von Jünger war. So, als würde das nicht gelten bei ihm, als wäre ausgerechnet der nun genau KEIN Schriftsteller. Oder eben Hrdlicka, dessen geschundener Vitalismus vielleicht scheußlich ist, aber wieso ist so völlig klar, daß es keine gegenwärtige Kunst sein kann? Nur weil Beuys abstraktere Räume geöffnet hat, für Plastik?
PRAXIS

Der Sturm, der gestern über Deutschland ging, hat eine bisher nie gesehene STAUBWOLKE aufgewirbelt. Die Staubwolke verdüsterte die Autobahn. Die Autofahrer wurden dadurch geblendet, es kam zu einer mittleren Massenkarambolage. Hier, in meinem Zimmer, hat dieser Sturm Blatt für Blatt Manuskript angeweht, für das Stück. Ich saß einfach da und schrieb. Und das Haus wackelte und alles ächzte.
DER SÜDLÄNDER

Treibstoff. Zur Arbeit. Trinkerprosa. Kokainkunst. Bei Musikern finde ich alles okay, aber bei allen anderen ist doch JEDE extern induzierte Beseitigung von Hemmnissen und Schwäche und Mutlosigkeit: ein Fehler, falsch, zerstörerisch für die Arbeit. Gerade auch der Abbau der Einstiegs-Schwierigkeiten ruiniert irgendwie die ganze Motorik. Ich habe noch keine wirklich GUTE Drogenkunst gesehen, keine gute Alkoholikerproduktion. Man kann weit weg abtauchen müssen oder wollen, in diese Welten und Erfahrungen. Aber um davon berichten zu können, muß man ganz zurückkommen in die Nüchternheit. Zeig mir ein Gegenbeispiel, wenn ich irre. – Weil alle immer vom Lockermachen und sich Lockertrinken fürs Schreiben erzählen. Oder, härtestest Beispiel, von dem ich neulich hörte, vom Fitkoksen fürs Malen. Mit flatternden Kiefern, zitternden Händen. Sich nach der Arbeit wirr saufen: mein Ding eigentlich. Da stehen, trinken und dem Gemachten hinterherträumen.

Mir im Moment vom Staat allerdings verboten, wegen Führerschein. Seit der Ibiza Reise mit Uli, nach der Love Parade letztes Jahr, habe ich keinen, wie es heißt, Tropfen Alkohol mehr getrunken. Harte Suppe. Danke, Staat.
PRAXIS

Ich konnte wieder nicht schlafen gestern nacht, nach Harald Schmidt, Zeitungen, Hamsun. Machte das Licht wieder an und las weiter im Krausser, wo Johanser jetzt bei den Verwandten in Niederenslingen angekommen ist. Dann las ich weiter im Buch von Frau Venusberg, wo sie Maxim Biller beschimpft, und Geschichten, die ich schon aus der Kolumne so ähnlich kannte. Sie hat einen Wunsch frei, wünscht sich ihre Angst weg. Dann geht alles ganz schrecklich den Bach runter, ohne Angst.

Zum zu bearbeitenden Projekt: das Ein-Satz- oder drei-Sätze- oder eine-Seite-Postulat: man muß in einem Satz, in drei Sätzen, auf einer Seite erklären können, was man da beabsichtigt. Was das werden soll. Was das Projekt IST. Form, Thema, Art. Die Art meint: den Sound, die Stimmung, den Grobappeal. Wird sich alles später natürlich noch ändern, wird sich präzisieren. Aber im Projektstatus sollte es einem zunächst mal ganz genau vor Augen stehen.

Thema: Was Schönes? Was Scheußliches? Die enttäuschte Frau. Oder nicht doch eher: Jahrzehnt der schönen Frauen? Wie fremd? Wieviel Wissen hat man? Das ewige Phantasma der genauen Recherche. Simmel und Arno Schmidt, doch nicht unbedingt.

Vorhin im Kaisers: eigentlich komisch, daß man fast am schlechtesten über Gedanken denkt, die man früher selber mal gedacht hat – dachte ich – dann: stimmt ja gar nicht – dieses bekannte: Elche, selber welche: nein, empfinde ich anders: am meisten nervt doch was anderes – und ich dachte dabei an Frau Venusberg – nämlich dieses absolut Ausgeleierte, einfach zu OFT Gehörte dieser Gedanken, Positionen, Gereiztheiten, Urteile, Weltsichten, die Altheit dieses ganzen Stumpfsinns – weil ich an Leute dachte, die das lesen und dauernd sich denken: ja, ja, genau. Und mich dann wunderte, daß ich selber offenbar zustimmen will, aber bei keinem einzigen Satz da zustimmen kann. Und dann: daß nicht das nicht zustimmen können nervt, denn man will gar nicht zustimmen, sondern schockiert werden, überrascht werden, was Neues hören, eine Wendung erleben, die einen umhaut usw – sondern eben die Altheit, Ausgeleiertheit, die Verbreitetheit und Platitüdizität dieses ganzen – ja genau, so ist das – du lachst ja gar nicht?
PRAXIS

Das vorhin verlangte Gegenbeispiel wäre zum Beispiel direkt doch Kippenberger selber, oder? Außerdem natürlich alle Leute, die Sachen ZUSAM-

MEN machen, in Redaktionen, im Theater. Alle, die irgendwas mit Humor machen. Titanic oder Brainpool ohne Alkohol und Kiffen wäre wahrscheinlich so lustig wie das Buch »The Making of Bandits, das Buch von Bandits-Team«.
NEUE DEUTSCHE KOMÖDIE.

ja
so gehts zu
beim Making of The Making of

ERFOLGREICHSTER REGISSEUR ALLER ZEITEN

5.5

Freitag, 6.3.98

Es gibt auch eine Art der Güte aus DESINTERESSE. Alles dreht sich eh um einen selber. Andere erreichen einen gar nicht. Wenn doch: freundliches Nicken, Nachsicht. Ja ja, sehr schön. Ich denke zum Beispiel daran, wie Konrad die Arbeiten seiner jeweiligen Freundinnen fördert. Die werden total zutode bewundert und gelobt, völlig maßstabslos. Was man als Freundin dann mit der Zeit natürlich merkt. Dann wirds bitter, bißchen schal und mühselig. Andererseits hat das eine absolut vernünftige lebenspraktische Seite, und Konrad hat auf die Art über die Jahre drei große Freundschaften hingekriegt. – Und die andere Variante, mit dauerndem Ernst und dauernder Debatte und dauernd Blutbad, Wahrheit und Gemetzel: da ist man dann eben in dieser kafkaesken – entschuldigung – Briefe-an-Milena-Welt – oder wie diese Kafka-Verlobten alle heißen. Jedes Detail eine Oper, Terror, Horror, Überwachung, Aufmerksamkeit. Da ist dann Interesse am anderen wirklich da. Bloß wird der andere davon schlicht erwürgt, erstickt, gemordet. Wiedersehen, das wars dann. Toller Urlaub, dankeschön.
JAHRZEHNT DER SCHÖNEN FRAUEN

Stimmt: Kraussers Johanser zum Beispiel bemerkt ganz trocken, wie er hört, daß seine Frau das Malen aufgibt und eine Galerie aufmachen will, er hätte eh immer gedacht, die Bilder seiner Frau wären scheiße. In Kraussers eigenen, ja immer so leicht geschraubten Worten: »Konrad begrüßte den Entschluß – er hatte immer vermutet, daß ihre Bilder nichts taugten«. Begrüßte, vermutet, taugten. Vor allem dieser letzte daß-Satz-Konjunktiv ist natürlich besonders schön geworden. PRAXIS.

Ordnungsphantasien. Die aber leider immer gleich so leicht ins Psychotische lappen. Gehört auf irgendeine Art trotzdem zum Prozeß der Produktion. Bloß wo wirds wahnhaft? Mathematik und Psychose, Musik und kosmischer Universal-Bezugsirrsinn. Daß man von ORDNUNG wirklich fasziniert ist, dazu muß es eben sehr WIRR zugehen im Inneren des Kopfes. Es erscheint einem dann Ordnung als die LÖSUNG, als etwas Beruhigendes und Sanftes. Andere fühlen sich davon nur terrorisiert, reglementiert, eingeengt. – Weil ich heute morgen mit Herrn Häberlen sprach, und mein völlig simpler und logischer Zeitbaum-Aufbau für diese Abfallseite hier sich als ganz verrücktes, unrealisierbares Irrsinnsprojekt darstellt. In der Größenordnung von mindestens 50.000,- Mark. Was? Ja!, nein, echt. Kein Witz. Von 50.000,- Mark an aufwärts, realisierbar ist ja alles. Das kostet dann cirka 250.000,- Mark. Ein Wahnsinn also. Aha, na gut, dann mach mas halt anders. Anders wärs schön, aber so gehts auch. Tag für Tag.
PRAXIS

Hier noch mal kurz eine geraffte Zusammenfassung der eben mit Herrn Brock für die Abfall Seite besprochenen neuen Details.

Also, man wählt sich ein. Es erscheint die Seite des letzten Eintrags. Dabei lädt der Computer alle Tage der laufenden Woche. Unten, am Ende der Seite, erscheinen diese Tage mit den ausgeschriebenen Namen der Wochentage. Jeder dieser Tage hat eine interne Ordnungsziffer aus drei, durch Punkte getrennten Stellen. Die letzte Stelle gibt den Wochentag an, die mittlere die Woche und die erste einen »Monat« aus sieben Wochen. Für den heutigen Tag ergibt sich nach meiner Zählung die Ordnungsziffer: 1.5.5

Klickt man auf das Zeichen ALT erscheint der Tag vor dem, den man gerade sieht. Klickt man von MONTAG aus auf ALT wird die ganze Woche davor geladen. Und man landet auf dem Sonntag vor dem Montag. Umgekehrt kann man sich mit NEU wieder nach vorne, Richtung Gegenwart bewegen.

Ob sich aus dieser Anordnung auch Zugriffsmöglichkeiten ergeben, die in der Zeit SPRINGEN, muß noch besprochen werden. Ob man also beispielsweise von der Woche 5 direkt in Woche 2 zurück springen könnte. Das wäre natürlich wünschenswert. Man könnte sich dann innerhalb dieses eigentlich ja sehr simplen Zeitbaums ganz einfach und schnell bewegen.

1854. MADNESS IN MY MIND

Ursache des Unglücks
war vermutlich
zu hohe Geschwindigkeit

sollte ich weitere Teile
meines Gedächtnisses wiedererlangen
würde ich dies dem Ermittlungsrichter
sofort mitteilen

es geschah in elf Sekunden

GEDENKTAG
ZU EHREN VON JOHANNES JANSSEN

5.6

Traurig und erschöpft, schon um halb elf vormittags. Nach Stunden mit alten Zeitungen, wie gestern Abend, und wirr von lauter interessanten Artikeln. Draußen tröpfelt der Regen.

Samstag, 7.3.98, Berlin.

Ich möchte einen Gedenktag zu Ehren von Johannes Janssen einrichten. Er wird im Impressum der Faz als der für »Graphische Gestaltung« Verantwortliche genannt. Ist die Faz wirklich die am schönsten gestaltete Zeitung auf der ganzen Welt? Bis ins letzte kleine Sportergebnis hinein: ein Wohlanblick. Schrifttypen, Seitenaufbau, Fotos, Blätterspaß des Ganzen. Einfach perfekt. Es muß ja einer da sein, der jeden Tag neu sagt: nein, die Bilder werden bei uns nicht umrahmt, mit einem egal wie feinen schwarzen Rahmen. Nein, wir machen keine Freistellung von Köpfen oder ganzen Körpertorsos. Nein, wir schreiben unsere Bildtexte nicht in die Bilder hinein, sondern drunter. Wir machen das alles einfach ohne blödes Kasperletheater, wie es sich gehört und angenehm ist und schön ausschaut fürs Auge. Fertig. Wobei es ja auch wiederum nicht plakativ ultrasparsam oder ideologisch wie ein Springer-und-Jacoby-Arbeitszimmer wirkt. Einfach normal aufgeräumt. Und ich stelle mir vor, daß das dem Auge und Hirn dieses Herrn Janssen alles entspringt, letztlich. Mit dem würde ich gerne mal ein Interview lesen. Gibts wahrscheinlich sicher sogar schon längst irgendwo. Oder es wird genau in diesem Augenblick geführt. Weil all das eben hier Gesagte sich ja ix andere Leute im gleichen Moment auch denken.

Wenn einem plötzlich auffällt, daß einem ein bestimmter Name schon öfter und immer wieder aufgefallen ist, als interessant, toll oder speziell doof, wird einem auch die komische Art plötzlich bewußt, wie da all die Namen von Schreibern, die man die ganze Zeit liest, im eigenen Kopf so halbbewußt verwaltet werden. Wie oft fragt man sich: wer spricht? Wer schreibt denn das? Wer hat denn das geschrieben? Von wem ist denn das? Kurzer Blick, zack, gespeichert. Weiter, weg. Nächstes Ding. Und wie dann da, im Grunde über Jahre und Monate hin, um bestimmte Namen so ganz ungeordnete Vorstellungen agglutinieren. Man denkt sich nicht dauernd ganz präzise: zu dem denke ich das und das. Den finde ich so und so. Das sind ja alles eher Urteilsanmutungen, als wirklich Urteile, die einem ganz präzise vor Augen stehen würden. »Andreas Schäfer«: ist das jetzt der, von dem ich neulich über – was war das nochmal, hat der nicht diesen Artikel über das Mouse on Mars Konzert geschrieben? Über den Blixa Bargeld Auftritt? Über das Wildenhein Buch? Oder verwechsel ich den? Wie hieß der nochmal gleich? »Christian Geyer«. »Andreas Bernard«. »Jürgen Kaube«. »Thorsten Schmitz«. Oder Schmidt? In diesem Stadium, bevor einem das Profil eines Schreibers so ganz klar ist, hat man auf eine Art am meisten Spaß an den Texten. Man ist beim Lesen überrascht, denkt sich, Mensch, ist das gut, und freut sich am noch neuen Wiedererkennen: ach der ist das wieder. Ist ja toll. Auch die ganze Indirektheit, Verborgenheit, die Verdecktheit, über die ein Text ja das Charakteristikum seines Autors mitteilt, gehört zum Vergnügen dieser beim Zeitungslesen dauernd so nebenher und halbbewußt gemachten Entdeckungen. Am Schluß hat man dreckige Hände und kriegt ein Automechaniker-Gefühl, nicht wirklich, aber so bißchen. Der manische Zeitungenleser ist auch ein glücklicher Mensch, nicht nur ein melancholischer.

FÜNFTE KRAFT
WIEDER IM GESPRÄCH

5.7

Sonntag, 8.3.98. Regen.

Schon wieder Regen? Ja. Immerzu Regen. Und! Wie wars? Wie war die Woche? Was macht die Liebe? Die Karriere? Der Beruf? Wie WAR die Woche denn? Kann mich schon kaum mehr erinnern. Arbeitsmäßig gut, also gut. 5 CDs gekauft, von denen mir keine einzige gefällt (Radiohead, Boa, sogar die Madonna LP, mit den ausgeleierten William Orbit Techno Sounds haut mich extrem wenig vom Hocker, leider. Bleibt Frozen, die Single, wo ich auf all die Extramixes auch gut hätte verzicht können. Und dann noch Air, mit praktisch eingebauter und mitgelieferter Brechreizautomatik), tolle Ausbeute also, für 130.- Mark. Gut, weiter. Die Bücher: Krausser: toll. Noch angenehmer zu lesen wäre es, wenn man nicht dauernd im Hinterkopf hätte, daß irgendwo in den Tagebüchern, wo er Thanatos Korrektur liest, die Selbsteinschätzung empfunden, festgehalten und eben leider auch mitgteilt wird: wird BLEIBEN. Ja, okay, gut, kann sein. Wird vielleicht bleiben. Hat irgendjemand was anderes behauptet? Oder was? Wo ist das Problem? Das heißt: vom Autor selber will man so etwas nicht so gerne hören. Ich jedenfalls nicht. Gut. Dann ä. Sibylle Berg, wie gesagt. Handke, natürlich toll. Prügel. Buch zum Leben, zum Streiten. Und dann, das absolute Highlight: die Kaiser-Empfehlung: Knut Hamsun, Auf überwachsenen Pfaden. Erschütternd, rührend, leicht. Ganz toll. Langsam lesen, und alte Menschen dadurch völlig neu verstehen. Das ist für mich Feuilleton: so eine Empfehlung bekommen. Out of nothing. Durch was sonst hätte ich jetzt auf dieses Buch kommen sollen? Wichtig auch, in der Allegra, auf dem Titel, groß:

Wir müssen dringend
über Sex reden

Okay, Schatz, wenn du es sagst. Wenn wir SO dringend darüber reden müssen. Dann muß es halt wahrscheinlich total dringend sein und wir müssen über Sex reden. Was sagst du? Wie bitte? Verstehe kein Wort. Geil war auch eine supergemeine Kernerkritik in der Faz, nee, die war in der Süddeutschen: Kerner wäre vorallem für Leute ohne Fernseher ganz toll. Die müßten Kerner nicht kucken. Kerner ist für mich der Erfinder des Wortes »löffeln«. Noch öfter und noch penetranter als seine Nettigkeit hat er ja verkündet, er und seine Freundin, bla bla. Zärtlichkeit. »Löffeln«. Finden das andere Leute normal, daß einem so einer so etwas einfach ins Gesicht sagt? So schnell kann ich mich ja gar nicht abdrehen, daß ich von Kerner und seiner Freundin nicht gegen meinen Willen »gelöffelt« werde. Ich will nicht »gelöffelt« werden. Ich hasse dieses Wort. Ich will dieses Wort nie mehr hören. Bitte. Ich sage es auch nie wieder. Soviel zu Allegra. Warum kaufst du die eigentlich? Wenns dich alles so nervt? Mich nervts ja nicht nur, mich faszinierts ja auch. DEKONSPIRATIONE

Fünfte Kraft. Natur und Wissenschaft. »Die Teilchenschauer würden demnächst näher am Erdboden entstehen.« Wie bitte? Ja, steht da, klingt doch toll. Außerdem bin ich aus sozusagen musikalischen Gründen der Meinung, daß es fünf, nicht vier Grundkräfte geben müßte. Die Vier ist vom Organischen, via Kohlenstoff-Atom besetzt. Oder verwechsel ich da jetzt was? Ich dachte, der Kohlenstoff hat vier Bindungsorte, das wäre die Grundarchitektur des Organischen, die Vier. Weil ich mir immer denke: irgendwann bin ich reif für ein Werk aus vier Teilen. Noch nicht. Bin sozusagen noch nicht nahe genug am Leben dran.

Lieblingswerbung. GEMÜTLICHKEIT. Lag da die ganze Woche offen am Boden. So eine Afterhour-Szene: zwei Jungs die reden, Bodenmatratze, ein knutschendes Pärchen, und ein Typ, der schläft. Bettdecke, viel Haut, nor-

male Klamotten. Gameboy, Buch, leere Malboro Light Schachtel. Sehr geil alles, wie im Susi-Sommer, zur Pulvizeit. Für MTV, von start aus München. MADE IN GERMANY. Daß denen eine zweite so geile Kampagne geglückt ist. Das war doch auch die Woche: der Spiegel-Artikel über die neue Werbung, die frechen, neuen, freien, jungen Agenturen, die neue Ära, wo Jung von Matt schon ganz alt ausschaut, ha. Auch so ein endloses Thema, an dem ich mich nicht sattlesen kann. Wie es der Werbung so geht. Was der sogenannte »Werber« also macht, denkt, findet, tut. Daß es zu wenig gute sogenannte »Texter« gibt, um Gottes willen, die werden händeringend gesucht. Werberschulen, ein riesen Artikel in der Berliner Zeitung, die Werberschulen sind natürlich in Hamburg. Alles extrem wichtig. Ich weiß.
DEKONSPIRATIONE

deshalb sage ich
vielen Dank

nur neun
waren ins Ziel gekommen
dreizehn ausgefallen
klassisches Ende
eines Formel eins Rennens

ich übereichte ihr
die Buber-Rosenzweig-Medaille

ich würdigte die Sängerin
als eine der größten Künstlerinnen
des Landes

DAS
WIRD ES
MIT GRÜN
NICHT GEBEN

wir sind
und bleiben
die Partei die

ACH UM DEINE FEUCHTEN SCHWINGEN

6.1

Neue Woche, neue Bücher, altes Leid.
Montag, 9.3.98, Berlin.
Sonnentag, klar, kalt, leuchtend.
Das alte Lied.

KRANK

Letztlich stelle ich mir eine Literatur vor, die wie Zeitung ist. Noch nicht mal wirklich BESSER als Zeitung, sondern nur erweitert um dieses eine reale Einzelmoment, das jeder einzelne Leser der Zeitung zufügt, durch sein Lesen, in Gedanken, in Gesprächen, durch seine Interessen, sein emotionales Geführtsein von seiner Geschichte, all das als sozusagen abstraktes Schwerefeld, nicht EIN konkretes Leben, sondern die allgemeine Tatsache, daß dem Allgemeinen ein Ich gegenübersteht, ixzillionenfach. Diese Kollision oder Interferenz: das wäre das mehr, das ich von einem Buch erwarte, von Literatur. Sicher nicht, daß sie ist wie Literatur, das ist sie ja eh. Da kann sie ja nur wegwollen davon.

Das dachte ich mir heute Abend bei Kraussers Thanatos. Bedrückende Lektüre, also wahrscheinlich auch wirklich gelungen. Es entsteht genau dieses seltsame Angstgefühl, das ich kaum aushalte. Idylle als Hölle. HORROR. Dann diese komisch finsteren Altworte, aus der Jüngerwelt, »morgane Abgüsse«, was ist das?, die gestelzte Grammatik, und dabei alles ganz gegenwärtig zugleich. Echt finster. Zusätzlich deprimierend, daß man – entschuldigung – wieder aus dem Tagebuch von einem irgendwie gearteten Zerwürfnisverhältnis mit seinen Eltern weiß, ich glaube, er erzählt, man hätte sich plötzlich ganz kurz nach vielen Jahren zufällig getroffen und wieder gesehen und paar Belanglosgkeiten ausgetauscht, oder wie war das? Ich suche das raus, das interessiert mich jetzt. Und er zeichnet ja in diesem ersten Buch, Titel »Das Sehnsuchtsland«, so eine hochparanoid normale Horrorkleinstfamilie, die Szenerie für die Rückkehr in die eigene Jugend, eine absolut schreckliche Rückkehr, furchtbare Jugend, gräßliche Eltern. Entwurf eines Verhängnisses, Skizze der Drohung. Noch ein Stück Käsekuchen vielleicht? Puh. »Er überlegte, welche Gangart gegenüber dem Jungen einzuschlagen sei.« Seite 79. Gangart. Einschlagen. Sei. Herr Rittmeister, es tut mir leid, da kriege ich Angst. Ich HASSE die Romantik, das XIX. Jahrhundert, diesen ganzen alten Bullshit. Auch DAS meine ich mit Zeitung, das Gegenteil dazu. PRAXIS.

J.G. Ballard, Crash
Irmgard Keun, Das kunstseidene Mädchen
Yasmina Reza, Kunst
Rainer Werner Faßbinder, Antiteater

Gegen Ende des Tages lappert das Schreiben oft so aus. Da wird Freiheit und Beweglichkeit im Text dann plötzlich Gelaber. Aber wir sind hier ja kein Reinschrift-Weltmeisterschafts-Betrieb, sondern eher so eine dauernd laufende Entwurfs-Auswurfmaschine. Und jedes Zuviel an egal wie Falsch, ist ein Mehr an ganz konkreter Möglichkeit, es genau so NICHT zu machen.
PRAXIS

Offenheit und Autismus. Ohne Autismus geht gar nichts. Kann man die Stimme überhaupt nicht erheben, das Wort gar nicht ergreifen. Nicht zu sprechen anfangen, nicht reden.

DAS WORT ERGREIFEN

Eine Woche, Tag für Tag, eine Arbeitswoche. Im Gegensatz zu den Wochenendbüchern, Rave und Jeff Koons, aus Heute Morgen. Buch 5. Die Schicksalssymphonie, sagte jemand, jemand anderer: ist das nicht die Todessymphonie?
DEKONSPIRATIONE

Skizzen? Wie geht das? Gibts das? Wollte ich immer machen, ging nie. Warum? Ich versuchte, das Personal zu charakterisieren, die Handlung. Mit der Textform Exposé als Vorbild. Das kam mir dann immer voll lächerlich vor, absurd, grotesk. Dann eben nicht. Daß es darum eben bei mir nicht geht, egal was ich mir vornehme. Daß der ORT der Sprache sich irgendwie einstellen muß, durch irgendwas, sich finden muß, von dem aus der Text spricht, an dem ihm alles zusteht, ganz automatisch dann auch. Und daß dieser Ort sich bei mir durch die dauernden, an allem Gelesenen und Gefernsehten anschließenden theorieartigen Überlegungen eben erschließen würde. Und daß mir diese Überlegungen auch totalen Spaß machen, daß ich diesen Grübelgeschichten mit einem solchen Vergnügen nachgehe, folge, da rumstochere und forsche, kucke, notiere. Und immer nur Angst vor der Musilfalle habe, daß einem das alles plötzlich so über den Kopf und über die reale Textpraxis hinauswächst, daß im eigentlichen Text selbst, vor lauter Gegrübel und Gegrübelnotaten, auf einmal totaler Stillstand und Stille eintritt, Textende. PRAXIS

Antiästhetik
Antipoetik
Antiantike

Antipraxis
Antichianti

ja guten Abend ich begrüße Sie
zum Brennpunkt zum Konflikt im Kosovo
der sich dramatisch zuspitzt

ANLÄSSLICH DES 50. GEBURTSTAGES DES STAATES ISRAEL

6.2

958. Schnee
lag eben noch am grünen Metalldächlein auf der Mauer der Balkonbrüstung. Gehts vielleicht noch bißchen präziser? Daß man es gar nicht mehr versteht? Tschuldigung. Ich wache auf, stehe auf, mache den Vorhang auf und schaue raus und sehe da dieses Weiße vor mir. Schnee? Ja. Und oben sonniger Tag und winterblauer Himmel und winterweiß füllige fluffige relativ tiefe Winterwölkchen. Und unten auf den Autodächern auch überall noch Schnee. Jetzt ist er schon weggetaut, hier oben bei mir, im vierten Stock. Die Sonne kriecht schon heran. Gleich kann ich meinen Laptopbildschirm nicht mehr lesen. Hellste Wohnung meines Lebens. Ich habe Winterkleider angezogen, dunkelblau. So sitzt man da und blättert in Faßbinders Antiteater. Und denkt wieder an Dietl: Ich habe ein gutes Gefühl.

Dienstag, 10.3.98

Fällt mir ein, wie ich den Tag schreibe, daß mir das bei Rühmkorfs Tagebuch oft so abgegangen ist: welchen TAG haben wir denn heute, welchen Wochentag? Konnte man dann manchmal zurückrechnen, weil manchmal ist es angegeben. Der Wochentag bestimmt doch auf eine Art ganz extrem das Grundklima der Zeitordnung, in der man sich irgendwie so eingeordnet, der man sich zugehörig fühlt. Ich bin Dienstag heute. Ist doch was ganz anderes als – Freitag. Sonntag. Montag. Als die 90er Jahre anfingen, habe ich aufgehört, das schöne jugendliche 19 unseres Jahrhunderts vor die Jahreszahl zu schreiben. Als wären diese Jahre tatsächlich schon Vorstufe und Auftakt zum kommenden, zum 20 plus x. – Hierzu Andreas Bernard, der neulich im Jetzt eine kleine Meditation zum Bild der analogen Uhrzeiten durchgespielt hat, welche Gefühle, Gedanken, Assoziationen und Erinnerungen an welchen Uhrzeiger-Positionen und -Konstellationen anschließen würden. War mir ganz neu, sofort plausibel. So wie ich bei jeder Münze, die angewärmt aus

einem Telefonautomaten kommt, an Handkes Gewicht der Welt denke, wo diese Beobachtung festgehalten ist. Gespräch der Schrift.
PRAXIS

1458. Herrn Brock von Südwestnet angerufen und mit ihm noch mal die Benutzeroberfläche durchgesprochen, die von ihm sogenannten INTERNE NAVIGATION. Davor Neureinschrift des ersten Akts, Neuentwurf des letzten. Mütterliche Härte. Schwesterliche Melodie. Und Wäsche gewaschen. Und die Balkontüre war den ganzen Tag offen, bis jetzt. Bloß keine Intimitäten. Keine Sorge.

bin ich pervers
oder was

2121. Wieder am Schreibtisch.

eingekauft
wieder daheim
nochmal eingekauft
wieder daheim

Bücher
Kunstzeitschriften
Essen

gegessen
gedämmert
paar Liegestütze
geduscht

notiertchen
Büro
Telefon mit Clemens
wieder am Schreibtisch

KRANK

Fast wie in Trance. Am Savignyplatz notierte ich: 1715. Und schreiben Sie auch gerade etwas? Ja. Aha? Ein Theaterstück. Ah. Ich war gerade in der Autorenbuchhandlung gewesen, davor im Bücherbogen. Erst draußen kam mir, welche Freude es ist, auf diese Frage »ja« sagen zu können. Ganz verbreitet ist die Vorstellung, daß man als Schreiber eben seine Phasen und Zeiten hat, in denen man NICHT schreibt. Man liest das immer wieder, es wird immer wieder so dargestellt, als wäre das was ganz Normales. Stimmt

gar nicht. Die Wahrheit ist: diese Zeiten, in denen man nicht schreibt, sind schlicht und einfach die HÖLLE. Weil man ja nicht nicht schreibt, weil man keine Lust hätte zu schreiben, weil man was besseres zu tun hätte, sondern aus dem einzigen Grund, weil es nicht geht, weil man nicht kann, weil es nicht gelingt. Nichts daran ist lustig. Man ist gekündigt, entlassen, arbeitslos, und weiß noch nicht mal, warum. Und man kann noch so sehr auf sich einreden: das ist ganz okay, so geht es allen, das wird schon wieder, das ist ganz normal, und was der Elternlügen zur Kinderverzweiflungsbesänftigung noch mehr so sind. Das nützt alles nichts. Die Wahrheit wird davon überhaupt nicht erreicht. Daß diese Zeiten Zeiten der Existenzverfehlungen sind, Elend, Trostlosigkeit, bösartig. Ja. Zu dem Thema ganz toll war mal vor Jahren Konsalik im Fernsehen, wie er beschreibt, wie das Schreiben in ihm aufschäumen muß, und daß es das auch fast immer tut, jeden Tag, und wenn nicht, läßt er es gleich sein. Dann geht es morgen weiter. Das andere Vorbild ist Luhmann, der mal in einem Interview meldet: ich mache nur die Sachen, die ganz leicht gehen. Wenn ich eine Stockung habe, lege ich die Arbeit zur Seite und nehme mir etwas anderes vor. So wirds gemacht, sage ich mir, bloß gelingt das fast nie.
PRAXIS

Dann hatte ich also die Bücher abgeladen und war gleich wieder raus und hatte auf dem Rad den Satz im Ohr: Junge Frauen schauen dich an. Für die U-Bahn-Geschichte fürs Stück. Jetzt hatte ich aber das Notizbuch vergessen, ging in einen Lottoladen und wollte einen Stift kaufen. Den können Sie so haben, den kriegense von mir umsonst. Echt? Das ist ja geil. Vielen Dank. Aber ich hatte kein Papier, war aber schon wieder draußen, immer in Angst: gleich ist dieser Satz für immer weg, ha ha. Fuhr über die Müllerstraße, betrat den nächsten Zeitungsladen und wollte die Bildzeitung kaufen. Für die Bildzeitung muß ich extrem fit sein, sonst kriege ich von dieser ganzen Hetze, die da in alle Richtungen dauernd abgeht, so brutal schlechte Laune, egal ob da »Diana«, wo ich allein von dem Wort schon kotzen muß, oder Horn vorkommt, oder Schröder, das kann ich mir launentechnisch meistens gar nicht leisten. Ich HASSE Bild. Dachte dann plötzlich, ich muß ja gar nicht Bild kaufen, ich kaufe einfach die BZ. Die war kurz davor schon in der U-Bahn vorgekommen, wo rechts oben im Augenwinkel, während ich in der Mitte Hamsun las, eine Wortirritation entstand:

Grausam und sinnlich
Forscher: Frauen
sind wie Katzen

Der Mann schräg gegenüber las die BZ, da stand das groß auf der letzten Seite. Und ich hatte das notiert, weil ich das ein tolles Gedicht fand. Also kaufte ich jetzt die BZ. Ich schrieb den Satz mit den jungen Frauen auf. Und dann, deshalb erzähle ich das Ganze, stand ich vor so niedlichen süßen kleinen Birnen im Kaisers und dachte: sicher hundertfach gezüchtet und genmanipuliert und was weiß ich noch was alles. Und daß ich das nicht verstehe, daß Leute davor Angst haben. Die ganze alternative Außenweltangst. Außen: alles Gift. Verstehe ich nicht. Der Witz ist, daß ich tausendmal mehr Angst vor mir selber habe, als vor allem Außen, das mir je geschehen könnte. DER SÜDLÄNDER

ich fand in meiner Akte
auch wirklich wiedergegebene
private Telefongespräche

in Belgrad wurde am Abend
eine lange Erklärung veröffentlicht

Hieß es in der Tagesschau. Und dann mußte ich ausmachen, weil Unterfeldsturmwebel Friedhelm Brebeck mit seinem martialischen Kriegsgekrächze loslegte. Stört das sonst niemanden, wie dieser Typ redet?

Hartmann notierte
jeden noch so kleinen Vorfall

CONNU DE NOS SERVICES

Und von Wittgenstein, haben sie in der Kulturzeit gemeldet, sind neue Tagebücher aufgetaucht und jetzt erschienen, bei Haimon. Denkbewegungen. Das wollte ich Clemens am Telefon erzählen, aber dann habe ich es natürlich vergessen.

DIE LÄDIERTE FRAU

6.3

Die Abendglocken läuten, es ist 18 Uhr.

Mittwoch, 11.3.98.

Müde bin ich, geh zur Ruh. In der Berliner Zeitung war ein Bericht über Sabine Christiansen. In der Süddeutschen ein Interview mit Frau Jelinek. Das hatte ich gestern noch im Bett gelesen, nach dem Essen und Harald Schmidt. Wirre Nacht, wirrer Morgen. Herrlicher Sonnenschein im Zimmer den ganzen Tag. Frau Schutzbach vom Verlag schickte mir ein Fax und ich rief sie zurück. Es geht um das Plakat für die Praxis Veranstaltung. Ich rief in der Reitschule an, wegen der Schrifttype, die wir damals für die Donnerstagstage verwendet hatten, im Babalu. Michi, erst gerade beim Essen, dann direkt selber am Apparat. Helvetica Halbfett. Und meine Freude, Freunde, seine Stimme zu hören. Wie gehts? Wie gehts? Ansatzlos redet man aufeinander ein, knüpft irgendwo an, ohne irgendwas, auch das ist der Zauber solcher Freundschaften. Ich schrieb weiter am Stück. Fuhr dann mit dem Rad zum Leopoldplatz, Tinte, Stempelfarbe, Filzstift und elmex zu kaufen, nur elmex habe ich wieder vergessen. Ganz wichtig. Dann im Aldi, manchmal geht das Armutsgruselkabinett da über jede Kraft. Daheim las ich im Spiegel das Interview mit Schlingensief, manisch vollgasig, ultraaktiv. Auch bei Christiansen am Sonntag war er der Abräumer gewesen. Überhaupt ein Highlight der Fernsehgeschichte, diese Runde. Dall, Kempowski, Schlagerheini Brink, Alexa Hennig von Lange und eben Schlingensief. Und der textet dann da auch gleich wieder derart auf, wie ein Politiker, fast ohne sich überhaupt um Fragen oder Anknüpfungen zu kümmern, aber nur fast. Ein Interventionsstunt, aber doch nicht wirklich. Keine runtergelassene Hose, wie beim Berufsstudenten mit Zauselbart gleichzeitig in Sat 1. Viel durchgeknallter, neuer, kranker, besser. Madness mit Methode. Und wie Dall und Kempowski zwischendurch sich gegenseitig mit der Marotte Alterssenilität immer wieder anmufften und auszustechen versuchten. Und dann, Entsetzen: Frau von Lange. Du liebe Güte, wer hätte das gedacht, nach diesem doch wirklich ziemlich lässigen Buch. Erzählte da von Jugend, Werteblabla und aufzeigen, als käme es direkt aus dem Mund von Frau Christiansen selber. Wahrscheinlich hat die in letzter Zeit bißchen zu vielen Erwachsenen die Probleme der Jugend erklärt. Und solche Erwachsene, die sowas erklärt bekommen wollen, sind ja eh schon Schrott, automatisch. Als netter, gefallssüchtiger Mensch, der Frau von Lange sichtlich ist, steckt man sich durch Kontakt mit solchen Schrotterwachsenen sofort bei denen an und kriegt selber auch Hirnschrott, schlimmer als Alzheimer, infektiöser als Meningitis. Ja, Leute, echt. 1900. Ich gehe jetzt Nachrichten kucken. Schönen Abend noch. Bis morgen.

RUHE SANFT

6.4

Dunkelblau: schönste Farbe der Welt. Die Morgenglocken läuten, wem zum Gruß? Wen rufen sie? Botschaft kommt vom Schwesterlein. Jede Taubenfeder, die ich finde, jeder letzte, alte, krumme Stein, ein Faden, Stoffe, Fetzen, ein Stück Zweig, ein Blatt, ein Halm, ein Blütenrest von vor paar Jahren, alles Nichtbeachtete und Nichtbedachte soll in ihrem Kosmos der Gekrümmten König sein und Königin. So wirr gesucht, so hart gefunden, so panisch aufgescheucht ein Leben lang, so wild und lieblich, eigensinnig, ohne Augenmaß, so maßlos, starr. Vieles ist dann doch gelungen, meist das meiste nicht. Beschenkte dennoch, die zurück Gebliebenen, die noch nicht mit Gegangenen, mit Leid und Tod, mit Schmerz und Schuld und Wissen um das Dunkle, seine Macht und seine Milde. Jedes Blümlein, Schwester, dein und Gruß von dir in unser Leben, jede Taubenfeder, die der Wind schickt, kommt als Trost vom Schwesterlein.

Donnerstag, 12. März 1998

DAS WAR DAS STABAT MATER VON ROSSINI

6.5

Was VERSTAUBT ist, meine Platten: das ist das Kaputte und Traurige dieser mönchischen Ekstase, der ich mich füge, im Interesse der Produktion, im Hinblick auf den Termin. Kaputte Szene.

Freitag, 13.3.98, Berlin.

Manchmal möchte ich den Ort doch dazu schreiben. Wie jeder Ort, an dem ich lebe, kriege ich im Prinzip einfach schon gute Laune von der simplen Tatsache, daß ich da, an diesem speziellen Ort, wo ich eben gerade bin, bin. In München, in London, in Paris, in New York. Offenbar hat das Wort Dublin, wo ich mindestens die letzten vier Jahre hingehen wollte, für das obligatorische eine externe Jahr, dann doch nicht genug gezogen, um mich dann auch wirklich da hin zu führen. Bei den Wohnorten bin ich immer nur nach den Worten der Orte, nach ihrem Namen gegangen, was der verheißt, was in dem aufschwingt, was der verspricht. In »Germering« könnte ich nicht leben, oder in »Wilflingen«, oder in »Stuttgart«. Keine zehn Pferde brächten mich nach »Bremen«. Usw usw usw.

Blick auf den Kalender: es ist Vollmond heute.

1857. Siehe Freud. Noch einer dieser Tage: arbeitstechnisch schwierig, aber durch die Art der Konzentration doch beglückend. Tief verloren an den Gegenstand, zugleich hellwach und klar, und zugleich doch auch wie gesteuert. Letztlich weil es das manchmal gibt, lebt man so, hat man diese Arbeit, will man das und nichts anderes machen. Ich las eben weiter im gestern angefangenen Richard Meier Buch: Building the Getty. Seine ganze Art, zu erzählen, seinen Werdegang darzustellen, zu schreiben und zu berichten ist so schön wie seine Bauten. Neben mir am Tisch liegt Bourdieus Elend der Welt, ein Prügel so elend wie Bourdieu selber – noch nie habe ich einen geistig so UNFREIEN Geist sich ausbreiten sehen wie Bourdieu in seiner Vorlesung, 1988, am College de France. Trotzdem ist sein Ding wichtig, das weiß ich, ich kann es intellektuell einsehen, aber nicht wirklich passioniert denken, ich halte mir das sozusagen entgegen. Die von ihm sogenannten Zeugnisse und Diagnosen alltäglichen Leidens an der Gesellschaft. Alle Leidanklager leben immer zugleich irgendwie auch von diesem Leiden, bestehen darauf, daß es bestehen bleibt. Man müßte vom Leid ausgehen. Diese Balance zwischen Elend und Getty halten. Speziell natürlich auch fürs Stück. PRAXIS.

Gernhardt war bei Harald Schmidt. Schade, daß nirgendwo öffentlich über sowas dann diskutiert wird. Wie fanden die anderen Leute das? Ein Star, der sich selber auch wie ein Star fühlt und benimmt, den aber nur eigentlich keiner wirklich kennt. Der hochaufgedonnert angekündigt werden muß. Da wirds doch bißchen komisch, oder? Früher hat sich Gernhardt über solche leicht grotesken Momente gut lustig gemacht, unter dem Titel Handke. Jetzt sitzt er selber da und redet bemüht flockig über die Rehaklinikwelt. Bitter. Vielleicht bin ich selber auch nur zu geschwächt. Mein Genörgel zum Beispiel über die Mixes auf der Madonna Single: wieso? Gestern lief Frozen den ganzen Tag rauf und runter, immer die eine Nummer, in allen Mixes, wunderbar. Durs Grünbein war in L.A. Diedrich hat mit Mayo in Artforum geredet. Die Katja-Ebstein-Frisur-Frau sagte in der Kulturzeit: 78 war ich 18. Und ich rechnete nach, weil ich dachte, die ist so etwa Mitte fünfzig. Sie hat ein Buch über ein Frauenthema geschrieben, Freundinnen, das nimmt einen wahrscheinlich besonders mit, als Frau. Gutes Tagesschauwort gestern:

kreative Buchführung

was natürlich was Böses ist. Besonders schön geworden auch: das Schütt-aus-hol-rück-Verfahren, gestern in der SZ ausgiebig abgefeiert, mit dem Mercedes Steuern sparen kann oder muß. Wichtigstes privates Ereignis des Tages: es ist im dritten Anlauf gelungen, eine Zahnpasta zu kaufen. Ein neuer Füller, eine Schreibtischunterlage, für den kleinen schiefen Holzkrüppel, an dem ich hier sitze, und ein neuer Packen weißes Papier. Bin ich zu lallig aufgelegt? Nervt das? Sorry. In Rosy Rosy habe ich heute morgen ein geile Sexszene gelesen. Die Notizen für Praxis haben sich hier ausgegliedert und selbstständig gemacht. Morgen wieder geordneter.

IF I COULD
MELT YOUR HEART

6.6

Totaler Unsinn: die Praxis Notizen hier raus zu lassen. Auch die Anredeform an irgendwelche Leser, die sich eingeschlichen hat, hat einen ankumpelnd unverschämten, unangenehmen Unterton und muß wieder weg. Das stört mich auch in den diversen Kolumnen, vor allem bei Maxim. Ich finde, man wird als Leser und Zuschauer schon dauernd genug zusammen geschrien und angebrüllt, von Bild, von Blitz, von Brisant, Explosiv und Extra Explosiv und was es da noch alles so gibt, Bild am Sonntag und natürlich von der Bild Werbung. Bild dir deine Meinung. Ja, ja, schon gut. Schrei halt nicht gleich so. Danke. Wobei, manchmal machts ja auch Spaß. Egal.

Samstag, 14.3.98, Berlin.

Die Praxis Überlegungen wurden schon so superkonkret wie: wie genau fange ich an, in welcher Anredeweise. Die Idee ist ja, daß ich den Ort der UNIVERSITÄT wirklich ernst nehme, als Ausgangspunkt, als Faszinationsmaschine, als diesen Sehnsuchtsort, als den ich die Universität sehe.

Die anderen Fragen gingen um das Thema. Einerseits sammelte ich Titel für die Sammlung JAHRZEHNT DER SCHÖNEN FRAUEN. Wie es dazu gekommen war. Wie durch die Unzahl der für Rave nicht zuende erzählten Geschichten, Eindrücke und Personen, und durch die da erstmals so richtig erwachte Lust am Literarischen von Texten – es zu dieser Idee gekommen war. Auch der Reiz des noch nie Gemachten reizte mich. Andererseits ekelt mich wahnsinnig vor der Idee einer Sammlung von kürzeren Geschichten um ein so ein Thema herum. Das heißt, daß also doch auch zumindest die Arbeit an DEKONSPIRATIONE mit vorkommen muß. Ich dachte ursprünglich, da würde ich zuviel verraten. Aber was soll denn das für ein Problem sein? Dann kann ich gleich einpacken, wenn ich davor Angst habe.
PRAXIS

if I could melt
your heart

singt Madonna. Ich hatte eine lustige Anfrage bekommen, neulich, per Fax nach München, ob ich für die Jungle World was über die Modern Talking Reunion schreiben würde. Das fand ich toll. Von wegen: Your my heart, your my soul. Bei der Arbeit an der Krieg Musik haben wir mal, weil ich Klaus meine Modern Talking Liebe zu erklären versuchte, ausführlich und analysemäßig in die verschiedenen Hits reingehört. Wie es mit der Liebe so geht. Hopla, kann man das sagen? Oder ist das nicht in Wahrheit ein ganz scheußlicher, reaktionärer Satz? Er widerspricht auch völlig meiner Erfahrung. Aber da war es so, daß mitgehört mit den absolut unideologischen, offenen und eben nur sehr genauen Ohren von Klaus die Dinger dann doch arg billig und dünn klangen. Daß ich sagen mußte, ja, es war eine Zeit, wo ich eben wirklich praktisch keine Musik gehört habe, intensiv, konzentriert, ständig, viel. Dadurch war ich aber zugeschaltet zum Allgemeinen, was natürlich das Schöne war. Aber irgendwie auch stumpf, musikalisch gesehen, das Gemüt hatte musikmäßig ganz dickes Fell. Es brauchte Reize von der Deutlichkeit und Penetranz der Elefantenhautreize. Wobei, hatten nicht gerade Elefanten so eine hochsensibel empfängliche Haut? Jetzt läuft der Club Mix und ich weiß genau, wenn den der Cambis in der Lounge reinlaufen läßt, oder der Dicke im Soul City, wie das kickt.

1116. Ich machte Korrekturen am Plakat für Praxis. Und versuchte es auch kurz mit Titeln für die einzelnen Termine. Natürlich scheußlich. Und was gibt es Schöneres als Titel für eine Veranstaltung als die Angabe von Datum und Zeit? Es gibt nichts Schöneres.

1118. Gestern las ich von Jürgen Kaube, wegen 1116, einen lustigen Artikel über ein Mittelalter Buch. Die Besprechung ging schon so gut los, erster Satz: »Michael Nerlich hat eine kräftige These: Die Mentalität der Gegenwart fuße auf Errungenschaften des Hochmittelalters.« Zack. Das war wieder der Moment: wer spricht denn da? Ah, verstehe. Und Patrick Bahners, vermutlich, hatte unter so ein Heiligen-Bild gedichtet: »Der Ritter ist von unruhigem Habitus: neugierig, weltoffen, aufgeschlossen. Aber Drachen mag er nicht.« Da fühlte ich mich natürlich sofort angesprochen, als Ritter, zum Ritter geschlagen.

1156. Mittagsläuten. Eben kams mir: natürlich muß die NEUE DEUTSCHE KOMÖDIE als drittes Projekt dabei sein. Erstens weil die wirklich im Juni dann als nächstes ansteht. Zweitens weil das jeder kennt, alles, als Thema, als Problem, als Idee. Und außerdem wegen Video, Film, dem ganzen Medialen der Problemstellung bei diesem Thema. Was wird das für ein Spaß.

JAHRZEHNT DER SCHÖNEN FRAUEN. Ausgangspunkt, auch wieder: irgendwann kams mir: wie viele tolle Frauen ich in den 90er Jahren kennengelernt habe. Und wieviel Müll und Lügen zu dem Thema ich gelesen habe, in der gleichen Zeit. Und wie schwer das wirklich ist, da realitätsnah, realistisch darüber zu reden, über all das.

Das Schöne an jedem Mißerfolg, wie jetzt bei Krieg, so weh es natürlich auch tut: Wir haben die Zukunft noch vor uns. Sage ich Anselm immer, zum Trost.

Ich empfinde das so. Durs Grünbeins Kommentare zum Büchner Preis damals waren diesbezüglich toll. Es hat ihn, fast genauso sehr wie es ihn gefreut hat, den Preis schon so früh zu kriegen, selbstverständlich und vernünftigerweise auch genauso sehr und komplett fertig gemacht. Und er hat das dann auf eine so unspektakuläre Art formuliert, in einem Interview. PRAXIS

Das MELKEN der Themen: das ist so abstoßend an der ganzen Art des Boulevards, gedruckt, im Fernsehen. Jetzt wird die Schlagerkuh gemolken, von Bild. Solange, bis es allen bis hier oben steht. Jedem so total aus dem Hals raushängt, wie mir schon nach dem ersten Tag. Beim Wegräumen der gestrigen Bild. Ich höre dann da immer diese Prollbosse reden, diesen Röbel, der war ja neulich auch wieder im Fernsehen, um mitzuteilen: Proganda?, wir?, für Horn? Wie kämen wir denn auf DIE Idee? Wir doch nicht. Wir berichten doch nur. Die Debatten von denen höre ich da immer durch: nee, das Thema ist durch. Quatsch, laß noch mal nachlegen, das kommt geil. Wir hatten gestern bla bla bla Anrufe, die Sowieso sagt auch bla bla. Dann wird irgendeine hohle Sekretärin zum Maßstab der Stimme des Volkes erkoren, oder irgendein blöder Taxifahrer. Niemandem sonst in der Presse wünsche ich so viel Übel und ganz konkret ausphantasiertes Leid, wie diesen ganzen Boulevardschweinen und Zynikern. – Warum erregt mich das so? Weil ich die Idee von DEN Leuten, vom Publikum, die dem zugrunde liegt, so hasse. Weil das so wirkungsmächtig ist, so real wird. Andererseits sieht man an England, wo es das schon viel länger gibt, wie dadurch zugleich kollektiv immer verfeinertere Sensorien fürs Populäre entstehen, eben Pop. DEKONSPIRATIONE

1522. Am Stück. Schnell raus, einkaufen gehen.

1601. Wieder daheim. Jeder Typ, der einem hier entgegen kommt, am Gehweg: eine Faschofresse, jeder, ein Stasigesicht, jeder ein Staatssicherheitsschwein. Echt. Ich kann mich nur noch ganz dunkel, aber eben doch irgendwie daran erinnern, wie fasziniert ich war von der Idee der DIKTATUR DES PROLETARIATS. Das Unterste zu oberst kehren, logisch. Vielleicht auch deshalb, weil man sich instinktiv unter der real existierenden Diktatur des Kleinbürgertums so terrorisiert und eingeengt fühlte. Die Idee, daß ausgerechnet die Geknechteten tolle Diktatoren abgeben könnten: faszinierend. Und doch wird dieser irre idealistische Vorgriff auf zukünftiges Glück, den die 60er Jahre in die Welt gespuckt haben, nie vergehen, kommt mir vor, und nie zu wirken aufhören. Erst in zehn, fünfzehn, zwanzig Jahren, wenn Leute der kommenden Generation wirklich real Politik gemacht haben werden, wird das auch gesellschaftlich sichtbar werden. Nicht die jetzt ansetzenden 68er werden das umsetzen, sondern die, die 68 vier und fünf Jahre alt waren. Die Träume eines Jahrzehnts werden ungefähr 50 Jahre später, wenn die damaligen Kinder ihre Lebensleistung hingestellt haben, Wirklichkeit. Das ist ein unglaublich angenehmer Gedanke, finde ich.

1925. Räume im Arbeitszimmer auf, wieder wie in Trance. Die Madonna CD läuft dazu und gefällt mir eigentlich ganz gut plötzlich, eigentlich richtig gut. Was war nur neulich los? Muß immer erst schlecht gefunden werden, im ersten Anlauf? Oder wie? Ich verstehe das nicht. Was ist das, das Urteilen, Empfinden? Wie geht das? Was geht da in einem vor? PRAXIS.

2046. Dann schrieb ich einen Brief an Hans-Ulrich, brachte ihn zur Post und notierte. Kameruner Straße, wieder ohne Uhr. Was ist HEUTE MORGEN als Ganzes? Das kann ich komischerweise gar nicht richtig erkennen. Es ist eben die Gegenwart, deren Ganzes, das Ganze der Gegenwart. Was ich, verteilt auf einzelne Teile, sprechen lassen will, zum Sprechen bringen will. Und das wiederum ist dann doch ganz klar, daß ich das nicht wirklich präziser fassen kann. Weil ich überlegt hatte, zu dem Dogma: man muß sein Vorhaben genau beschreiben können. Und zu dem negativen Vorgang, der zu Heute Morgen geführt hatte: mal ein Buch machen, das NICHT alle Aspekte abdeckt, in dem NICHT alles drin ist, was ich im Moment denke, mal EIN Stück machen, nicht eine Triologie, eines, in dem aber das Gesellschaftsstück, das Familienstück und das Monologstück zusammen kommen. Eine Erzählung machen, die die Nacht zum Gegenstand hat, eine, die dem Tag gehört. Also nicht Konzentration, wie noch bei Festung, am extremsten natürlich bei Kontrolliert, sondern Expansion, Teilung, Explosion. Bits and Pieces. Parts and – aber das gehört gar nicht hierher, ist nur so ein schöner Ausdruck, den die englische Sprache da hat: private parts. Die ja diesmal endlich auch. Auch das freut mich natürlich so an dem ganzen Ding. PRAXIS.

2232. Heiß geduscht. Vorhin weiter im Meier Buch gelesen und notiert.

vor Stille, Aufregung und Glück
ganz zittrig, fröstelig, KRANK

MANIFEST DER GLÜCKLICHEN ARBEITSLOSEN

6.7

Sonntag, 15.3.98, Berlin. 937. Finster, naß, tief verhangen. Mir ganz egal. Ich habe morgens den Flug nach München gebucht für Mittwoch. Antreten zum zweiten Deppentest. Geiler Zeitbeam aus dem Radio: Buffalo Stance von Neneh Cherry. Von wann? 90? 91? Früher, später? In München wäre es ein Handgriff, nachzukucken. Neulich im Kaisers lief Seven Seconds, das ich mit Michi auf Vorabkassette im Auto hörte, wie wir aus den Schweizer Bergen vom Alpenzauber-Rave zurückfuhren, nach Frankfurt, unter Zeitdruck, weil ich mit Oliver Lieb zur Korrektur unserer Soziale Praxis Musik verabredet war, voll fertig, gut verstrahlt, und da lief das dauernd und gefiel uns so. Auch diese Nachbeben, Erschöpfungs- und Überwindungs-Zustände nach großen Drogenevents haben einen eigenen Flavour, eine besondere Prägnanz, gerade weil in dem Moment, wo es geschieht, das Anstrengende, Schwierige, innerlich in einem Kämpfende so sehr überwiegt. Man ringt mit großer Energie um äußere Fassung, gibt sich praktisch normal, wozu man sich brutal zusammenreißen muß, das verschlingt einen so ganz. Und an genau der Stelle, wo man überhaupt keine Aufmerksamkeit für das trotzdem ja heimlich Schöne der Gegenwart hat, nistet sie sich ein. Plötzlich, viel später, erinnert man sich an irgendwas, von dem man gar nichts wußte. Und das ist dann fast noch schöner, leuchtender, als die Erinnerung an etwas im Erlebnis-Moment schon als ganz toll Erlebtes. DER SÜDLÄNDER.

Eigentlich wollte ich hier was notieren zum Problem des INDIVIDUELLEN der Schreibpraxis. Das ist mir jetzt nur leider zu kompliziert. Hat sich schon unter der Dusche zu einer Riesenarie ausgewachsen. Ich habe Sonntagskleider angezogen. Und die Kollegen unten, auf der Straße, in der Hofeinfahrt neben der GOLDENEN 77, vorhin zu dritt, jetzt zu zweit, rauchen und trinken aus einem Flachmann, den sie rumgehen lassen, knallgroß gemusterte Trainingsanzugs-Jacke trägt der eine, der andere – hups, jetzt sind sie weg.

1044. Was bedeutet es für einen Künstler, aus bürgerlichen Verhältnissen zu kommen? Ein Landei zu sein? Ein Polizistensohn oder Postbeamtenkind aus Pasing? In einer Apothekerfamilie aufzuwachsen, bei Soldatens, Kind in der Familie eines Bundeswehr-Offiziers zu sein? Lauter konkrete Beispiele, die man dazu vor Augen hat, und immer wieder muß man sagen: es ist scheißegal. Man kann es versieben, oder nicht, kann ein enger niederbayrischer Querschädel werden, oder der schönste Landadelige von eigenen geistigen Gnaden, man kann ein vor lauter Sensibilität total verblödeter ewiger Zahnarztssohn sein und bleiben, oder der Wiedererfinder hochneurotisch produktiver, radikaler Politik werden. Man kann als Lehrerssohn selber ewiger Lehrer werden, oder der freieste, aus allem nur denkbaren Reichtum der Geschichte schöpfende Revolutionär. Daß also die biographische Vorgabe natürlich wahnsinnig viel vorgibt, eben die ganz spezielle Art des Problems, das einer hat. Aber doch NICHT, ob die Lösung gelingt. Und vielleicht gehört zur Lösung auch dazu, daß man die speziell eigene Vorgabe zugleich immer haßt und scheußlich findet und doch auch für eine ganz phantastische, privilegierte Aufgabenstellung hält. Daß man die anderen für ihr anderes Problem beneidet und doch am eigenen auch mit Vergnügen und Zorn rummacht, nicht nur mit Bitterkeit und Benachteiligungsgefühl. PRAXIS.

Ich las gestern den Anfang von Roberto Ohrts Aufsatz DER HERR DES REVOLUTIONÄREN SUBJEKTS. Einige Passagen im Leben von Guy Debord. Dadurch komme ich darauf. Da heißt es am Anfang: »Geboren 1931 in Paris und aufgewachsen in der Mittelmeerstadt Cannes als Kind einer ehemals wohlhabenden Familie, die nach der Weltwirtschaftskrise nur noch einen unbedeutenden Rest ihrer Mittel besaß, verlebte Guy Debord seine Jugend in dem Bewußtsein, bald ohne die noch tragenden Sicherheiten dazustehen.« Das ist doch wieder mal ein erster Satz. Anfang eines großen Romans. Für mich spannender als eine schön oder scheußlich erfundene Lufgängerin oder Goethe in Ortheils Rom, von dem die SZ heute morgen meldete: das wäre »wunderbar erzählt«. Das hat einem gerade noch gefehlt. Schneider übrigens Freitag bei – wie heißt die gleich? – Bettina Böttinger: brutal. Auch wieder so ein Fernsehhighlight, das in die Annalen eingeht. Wie der geredet hat, der Typ, Wahnsinn. Seit ewigen Tagen liegt hier Detlef Kuhlbrodts taz-Artikel: »Mehr Dekor! Mehr Kitsch!! Mehr Emotivität!!!« Den muß ich jetzt endlich lesen.

1407. SZ-Kritik, zu Ortheil: »der köstlich weltfremd geschilderte Karl Philipp Moritz«. Wo darf ich kurz hingehen zum Kotzen, Herr Michalzik? Karl Philipp Moritz, wo bleibt Jean Paul? »Köstlich«, »köstlich weltfremd«, »köstlich weltfremd geschildert«, »geschildert«, natürlich, was denn sonst. Welche Schilder? Haßschilder.

1618. Am Stück geschrieben. Zeitungen gekauft und mit den Sonntagszeitungen in der Küche gesessen und Suppe gegessen und dann gedämmert und notiert. Je mehr man aufschreibt, um so mehr merkt man, über was alles man NICHT schreibt. Ganz automatisch, weil man nicht darauf käme, oder aus Entschluß. Weil das bei jedem was anderes ist, das Ausgesparte, wächst der Kosmos des noch zu Sagenden immer noch weiter. Hört das nicht auf, daß man Spaß daran hat, gespannt zu sein auf das Neue, was es zu lesen gibt. PRAXIS.

Zum Beispiel Andreas Schäfer in der Beilage der Berliner Zeitung über Schlingensief. Machen, machen, machen. Nur groß und mit Ausrufezeichen, dreimal, und als Überschrift. Er erzählt, wie er eigentlich ein Buch über Schlingensiefs Aktion Chance 2000 schreiben soll, wie dieser Plan verglüht. Nach dem ersten längeren Treffen ist er bereits Minister für das Ressort Internet. Versteht sich selbst dabei als »Familienmitglied«. Ich finde so intime Zustände extrem anstrengend. Wie halten die Leute das aus? – Die Bild am Sonntag bläst zum großen Halali auf Frau Christiansen. Sie verdient angeblich zu viel. Ich gönne speziell der Frau Christiansen zwar gerne alle Übel und jedes Elend dieser Welt. Nur wieso immer dieses: 30 Millionen. 46 Millionen. 150 Millionen. Man selber verdient doch auch schon 30 Mark am Tag, oder waren es 46? Also, was solls? Wer versteht das?

1703. Heiß, heiß, heiß, heiß, heiß geduscht. Nachtrag zum Problem PARTEI. Wenn einmal das Inbild des Sozialen die PARTY war ... -. Wollen wir was gemeinsam machen? Klar, was? Ja, Feiern gehen halt. Gute Idee. So geht München, das ist an München so toll. PRAXIS.

2205. Heute war
Arbeitsverweigerung
tut mir leid
hier gehe ich diese Saison
nicht mehr rein

meldet der wütende Bayernfan im Olympiastadion, in Spiegel TV, also doch, und auch alle anderen Prolls beschweren sich extrem erregt über das zu viele Geld, das die Fußballer für zu wenig Arbeit kriegen würden.

das Verfahren ist natürlich jetzt
wegen des Todes eingestellt worden

AM FELSFENSTER MORGENS

7.1

Im Zentrum
steht der Angeklagte
und seine Tat

erzählt Jakob Augstein im Radio über seine, eben bei Hanser als Buch erschienenen Gerichtsreportagen. Radio: was für ein diskretes Medium. Man könnte wirklich, wie es ja auch viele tun, immerzu nur Radio hören. Die Art, wie Jakob Augstein über seine Texte und die ihnen zu Grunde liegenden Absichten redet, bestätigt ganz stark den Eindruck, den die Texte selber schon erwecken, was für ein kluger, angenehmer, unspektakulär feiner Typ der Autor sein muß. Mir ist das wichtig, entschuldigung. Ich kann, um ein Gegenbeispiel eines klassisch exponierten Blödmannreporters zu nennen, die Texte von Mathias Mattusek nicht aushalten, weil der durch sie durch sich darstellende Typ mich so wahnsinnig nervt. PRAXIS.

Montag, 16.3.98, Berlin.

Während des Gesprächs mit dem richtig informierten Interviewer, der in das Buch ganz eindeutig auch selber reingelesen hatte, was ja absolut ungewöhnlich ist, im Fernsehen praktisch nie vorkommt, fing ich an, die Turnschuhe zu waschen, die ich letzten Sommer auf der Love Parade getragen hatte und die folgenden Nächte und Tage. Voll verdreckt und versifft war ich hoch gestürzt, unten wartete das Taxi, in dem Uli saß. Er hatte die Parole ausgegeben: kein Kleiderwechsel. Wir müßten so eingesaut wie wir nun mal sind, Montagmorgen, nach zweieinhalb durchgemachten Tagen, abfliegen, nach Ibiza, das wäre Ehrensache. Und ich: okay, klar, wenn du es sagst. Dann stand ich oben in der Wohnung, so brutal verwirrt, unbeschreiblich verwirrt, leider muß ich das sagen. Denn einen solchen Zustand wirklich in allen Facetten ganz realistisch beschrieben zu haben, ist mir noch nicht richtig gelungen bisher. Das kommt noch. Die Geschichte müßte da ansetzen und fortgeführt werden, wo ich Uli im Tresor treffe, am Ende des zweiten Kapitels in Rave, Lieblingsstelle, sowieso. Und ich mir dann doch die Freiheit nahm, absprachewidrig, frische Jeans, frisches T-Shirt, frische Socken, frische Turnschuhe anzuziehen. Und die damals ausgezogenen Adidas-Classics standen also seither immer irgendwo beim Müll und ich dachte, nee, ich schmeiß die nicht weg, ich wasch die noch mal, ich liebe diese Schuhe. Jetzt sind sie wieder sauber. Danke, Jakob Augstein. DER SÜDLÄNDER.

Anfangen wollte ich mit dem Opernball, wie wenig der mich gestern wieder umgehaut hat, so wenig wie der König von Sankt Pauli, daß ich die Rahmensendungen drum rum, Spiegel TV extra und 24 Stunden so tausendmal interessanter fand. Daß die Spielszenen von einem Geschehen, das man sonst immer in realen, live übertragenen Dokumentaraufnahmen erlebt und kennt, so megaöde rüber kommen. Je dokumentarischer es ausschaute, je bekannter, um so weniger realistisch wirkte es, weil man sich dauernd dachte: ja, ja, ein SPIEL-Film, gespielt, nicht echt. Langweilig, erfunden, ausgedacht. Wo bleibt die Spannung, das Drama, das Echte, der Witz? Dann die bemühten Optiktricks, um Vergfiftung sinnlich zu zeigen. Die Eindrücke verwischen, ich weiß. Gehts vielleicht noch bißchen penetranter?

Dann: daß ich doch nicht immerzu nur übers Fernsehen schreiben kann. Dann: wieso denn nicht. Für mich ist Fernsehen so was, wie für andere die Natur. Was Großartiges, Herrliches, Geheimnisvolles, was Unerschöpfliches, längst noch nicht wirklich Erzähltes, befriedigend Erfaßtes usw. Und schließlich: daß Fernsehen eben auch das Medium der Kinder, der Rentner, der Arbeitslosen und Intellektuellen ist. Die, die halt daheim sitzen. Die nichts zu tun haben. Die Kaputten, die Ausgemusterten, die Gestörten, die noch nicht wirklich Agierenden. Daß Leute, die, wie es in der Johannes-Groß-Terminologie des Herrenreiters heißt: noch zum Leben zählen, natürlich alles immer nicht gesehen haben. Die haben keine Zeit zum Fernsehen. Die haben ja Wichtigeres zu tun. Arbeitsessen, Kollegen treffen, Kinder versorgen, draußen rumrennen irgendwie, wichtig sein. Und daß ich selber die Zeiten gerne mag, wo ich immerzu alles ankucken kann, weil ich immer daheim bin, und die anderen, wo man jeden Abend raus muß wegen irgendwas, dann genauso gern mag, nach einer Umgewöhnungszeit. PRAXIS.

Nur Harald Schmidt habe ich wirklich tonnenweise auf Video, vor allem am Anfang. Da war dauernd irgendwie irgendwas draußen los, und ich programmierte mir jeden Abend den Videorecorder, und wenn ich abends um drei, halb vier betrunken heim kam, konnte ich entweder die Meiser-Wiederholung, die andere Schlampe, wie heißt die?, die mit den Brillen, konnte man das kucken, das Bügelfernsehen, das man nachmittags nicht aushält, aber nachts betrunken sehr gut, oder eben das Harald Schmidt Video vom selben Abend. Mit dem irren Effekt, am nächsten Vormittag, Mittag, daß ich nicht mehr wußte, ob ich jetzt Harald Schmidt schon gekuckt hatte, oder nicht. Dann schaute ich die Kassette an, ich HATTE es also gekuckt, aha. Wo ist die Erinnerung daran? Weg. Auch gut. Dann kann ich es ja noch mal kucken Mit dem Zusatzeffekt plötzlich: aja, stimmt, das war geil, das fand ich gestern auch schon so lustig. Wobei das natürlich alles asoziale Formen der Benützung des Fernsehens sind. Es ist das Fernsehen eben auch das Medium der ASOZIALEN. PRAXIS.

1228. Mit Felix telefoniert, wegen des Praxis Plakats. Sofort ein lustiges, rasend geschwindes, detailreiches und total genaues Reden über Wahrnehmungen am Gesamtcorpus des Populären. Er IST einer der virtuellen Leser für diesen Abfall hier.

1236. Haben Sie schon mit Frau Sowieso gesprochen vom Literaturhaus, wegen der Lesung? Fragte die Frau Fischer von der Werbeabteilung, die das Entwurfsfax von Felix an mich weiterleitete. Ich: Ich mache keine Lesung im Literaturhaus, das habe ich von Anfang an gesagt. Wie der Buchbinder Wanninger: Ich habs jetzt dene anderen alle schon SO OFT gesagt. Ich bin der Buchbinder Wanninger. Immer wieder, wie ein Mantra, muß ich es irgendwem neuen erzählen, daß ich keine Lust auf eine Lesung habe. Daß ich finde, daß so eine Vortragsreihe was grundsätzlich anderes ist. Eben kam mir noch: wie ich allein dieses Wort LITERATURHAUS schon hasse, wie mich das abstößt. In jeder scheiß Stadt ein blödes Literaturhaus. Ich gehe da nicht hin, ich gehe nicht in diesen KNAST, ich will nicht in ein Literaturhaus gehen, nein. PRAXIS.

1256. Das Populäre. Was heißt denn das? Das prinzipiell allen Zugängliche. Deshalb kommt dem Fernsehen da so eine riesige Bedeutung zu, dem Radio. Allem, was wirklich zu einem KOMMT. Schon ein Plattenladen ist ein extrem exklusiver, Leute ausschließender Ort. Auch in eines der großen Bücherhäuser muß man erstmal rein gehen, es als normal empfinden, das zu tun. Das Fernsehen ist DER öffentliche Raum überhaupt, über allen, für alle, das Firmament. Was jeder sehen kann, wie er will, nach vollkommen eigenem Ermessen, nach eigener Lust. PRAXIS.

1325. Out of Koons. Ich möchte mich dann nur nicht so darauf versteifen, auf das Fernsehen und seine Großartigkeit. Wenn man es zu penetrant betont, wenn es ZU prägnant und einem selber zu wichtig wird, geht es auch gleich kaputt. Zuviel Aufmerksamkeit hebt die Sachen eben genau nicht nur empor, wie der Aufmerksamkeitsspender gerne denkt, sondern zerstört sie immer auch gleich. Da eine Balance suchen. Für mich immer mit dem Vorhaben verbunden, das LEBEN eben igendwie wieder zu ändern, grundsätzlich. Alles andere ergibt sich dann von selbst. Falsche Gedanken kann man ja nicht gut abschaffen, aber sein Leben kann man schon ändern. PRAXIS.

1345. Wie gehst du vor? Ich weiß nicht, es ist jedesmal anders. Ich probiere rum. Aber es muß doch paar Dinge geben, die sich bewährt, durchgesetzt haben? Vielleicht nur das Kritzeln, das Dauernde des eben nicht wirklich Schreibens, sondern da sozusagen so Rummachens, mit den dauernd geschriebenen Worten, den dauernd, während des Schreibens ja auch ausgesprochenen, irgendwo hin ins Zimmer gemurmelten Worten. PRAXIS.

1350. Niemand hat so wenig Ahnung von ausländischer Literatur wie ich.

Wie ich in der Faz die Neuerscheinungen-Seite mit den Übersetzungen in der Hand hatte. Und praktisch keinen einzigen Namen auch nur kannte. Nicholson Baker habe ich jetzt oft genug gelesen, daß ich da so einen Schimmer habe. Dann hatte ich das Buch bei Kiepert in der Hand, von allen in den höchsten Tönen gepriesen, und ich dachte nur: sicher ganz toll. Bloß ich brauche es mir echt nicht kaufen, schon gar nicht jetzt, im Hardcover. Weil lesen werde ich es NIE. Auch das klassische Kino entdeckte ich erst so bißchen in London, wo ich die Filme in IHRER Sprache endlich sehen konnte, natürlich im Fernsehen. Verstand das dann da auch sofort. Die Sprache ist auf eine Art eben alles. Das ist die automatische Perspektive des Schreibers auf die Welt. Wenn man das anders empfindet, wird man irgendwas anderes, macht man irgendwas anderes. Das ist für mich auch das große Handke-Defizit, daß er kein richtiges Ohr hat, für Sprache, oder er hat es verkümmern lassen, es ist so langsam verkümmert, beim dauernden Lobpreis des Stummen. Daher kommt das Menschenleere bei ihm, das tendentiell Autistische. Der Gesang der menschlich gesprochenen Sprache ist EIN großer Zutrittsort zur Schrift, ich finde, der wichtigste, der schönste. PRAXIS.

1747. Wie es durch einen durch sprengt. Weiter am Stück. Felix schickt die Reinzeichnung. Davor auch Telefon mit Herrn Brock von Südwestnet. Gut k.o. Als wären die Augäpfel außen an den Rändern ganz scharf mit einem Rundmesser ausgestochen.

2009. Das Gemachte immer wieder gelesen. Dann Essen eingekauft, triefend und naß alles draußen. Wieder daheim, mit Frau Schutzbach telefoniert, dann noch mal am Stück. Der ZUSTAND, in den die Arbeit irgendwann kommt und einen bringt. Abgefahren.

2301. Beim Blättern in der Zeitung, da ist die Seite mit den Todesanzeigen. Mal kucken, ob ich schon tot bin. Das war aber kein Witz, sondern ein völlig ernst gemeinter Gedanke, ganz kurz. Dann kam er mir bißchen komisch vor.

GEDENKTAG ZU EHREN VON KLAUS JANKUHN

7.2

936. Prinzip Versteck: wann kam das auf, für mich? Weil ich eben dachte, bei superdarken Mahlerklängen im Radio, daß es mir nie so klar war, wie bei der Arbeit an der Krieg Musik, wo ich es ja immer MITTEILEN, aussprechen, sa-

gen, erklären mußte, um es Klaus plausibel zu machen, wie sehr ich immer das klare, exponierte Moment suche, um es dann sofort wieder so zu kontern, daß es verdeckt ist, sich verbergen kann, deexponiert wird und so versteckt wirken kann. Das finde ich einfach geiler, härter, stärker, lustiger. Laß uns das doch noch mal so und so kontern: dauernd. Kam mir dann fast schon läppisch vor, aber im Resultat nicht. PRAXIS.

Dienstag, 17.3.98, Berlin.

Das war schon zur Irre Zeit ähnlich, ist nicht erst als Abwiegelungsbewegung in letzter Zeit entstanden. Ich erinnere mich an den Streit mit Hartmut Schulze, gott hab ihn selig, von Konkret, die meinen Subito Text drucken wollten, aber natürlich nur die Blut Passagen. Und ich sagte: ohne Claude Lorrain und all das drum rum ist das doch totaler Bullshit, kapiert ihr das nicht? Nö, wieso. Das ist doch lustig so. NEIN. Und wie ich schon beim ersten Buch gemerkt habe, welche Freiheitsverhältnisse genau dadurch in einem Text entstehen, daß man über sehr weite Distanzen hinweg Balancen herstellen kann, daß ein bestimmter krasser Satz nur geht und geil ist und kickt, weil ihm auf der anderen Seite des Buches irgendwo der Gegenteilssatz entgegegehalten wird, entgegengehalten werden kann, so daß einer den anderen hält und versteckt und ermöglicht usw. Bei Kontrolliert war mir dieses wunderbare Buchgeheimnis vielleicht schon fast zu klar. Dann vergißt mans wieder, das ist ja das Angenehme beim Machen: daß die Prinzipien, die wirken, von den auf ganz andere Dinge gerichteten Aufmerksamkeiten immer neu verschlungen und verdeckt werden. Man vergißt, kurz gesagt, immer wieder, wie es geht. Wie man es macht. Im Nachhinein kommt es einem dann wieder. So ging es, so ist man vorgegangen. PRAXIS.

Zuletzt: großer Gewinn durch Wechsel: das ALLEIN im Text agieren, sich zurecht finden, probieren, tasten, die Festung des Plans, der Absicht, des Konzepts bestürmen, dieses riesige Stilleding, sich dem ganz ausliefern, mit allem. Und dann aber doch immer wieder Situationen veränderter Arbeit suchen, wo man durch gemeinsames Machen zur expliziten Darlegung der leitenden ästhetischen Ahnungen gezwungen ist. So wie das GEMEINSAME SCHREIBEN am Westbam Buch, mit diesem dauernden Wechsel tatsächlich, einmal saß er am Computer und tippte, und einmal ich, und dauerndes ganz schnelles: das ja, und das nicht, wieso?, aus dem und dem Grund, genau, stimmt, okay, weiter, gemeinsam probieren, das ist scheiße, a ja stimmt, so weiter, so, so: wie dieses Prozedere mir mein eigenes Denken über Texte und Agieren im Text völlig neu vorgeführt hat, weil ich mich ja gleichzeitig dauernd mit Westbams Augen erlebte und sah. Aha, so also denkt man. Ist ja interessant. PRAXIS.

1104. Fax von Frau Schutzbach, Fax an Felix. Anruf bei Herrn Brock, durchgestellt zu Herrn Haubrich. Das sogenannte Angebot ging gestern spät abends erst raus. Was steht denn da drauf? Ja, wir berechnen da das, das, so, so. Aha. Schluck. Scheißegal, bitte legen Sie endlich los, danke. Es eilt. Ich soll dann morgen Abend mal anrufen. Okay. Es geht ja darum, daß die Seite steht, wenn Rave erscheint.

1208. Korrekturen an alten Abfällen. Absurdität. Daß man einmal ins Internet gestellte Sachen nicht beliebig ändern kann wieder, angeblich. Wo leben wir eigentlich? Aber vielleicht irrt ja auch der Herr Häberlen. Eben fiel mir auf: die zu ändernden Sachen, die Stellen, die ich blöd finde, betreffen immer meine negativen Urteile, das Geschimpfe, Genörgel, Gejammere. Ich hasse meinen Haß. Er hilft mir allerdings auch bei der Arbeit. PRAXIS.

Felix erzählte, daß Maxim Biller neulich in dieser ZDF-Spätkultur-Sitzrunden-Sendung gesessen wäre, und da so sein Beschwerdeding vorgebracht hätte, von wegen zu viele Alte würden an irgendwelchen Kulturschaltstellen sitzen, in den Verlagen. Aha. Schlimm. In der Faz hatten sie vor zehn Jahren, glaube ich, im Feuilleton die 25-Jährigen an die Macht gebracht. Im Bochumer Theater vor drei Jahren, ähnlich, die 33-Jährigen. Das SZ-Magazin wird seit zwei Jahren von Ulf Poschardt geleitet, seit gestern 30 oder so, das Jetzt gibt es jetzt so etwa, wie lange? Vier Jahre? Drei? Fünf? Nee, das wüßte man. Worauf bezieht sich Maxim Biller? Einer seiner besten Freunde, oder sehr guten Bekannten wenigstens, Claudius Seidl, ist seit wie lange?, eineinhalb Jahren vielleicht?, stellvertretender Feuilletonchef in der Süddeutschen Zeitung. Helge Malchow von Kiepenheuer und Witsch, seit zehn Jahren dort ganz oben, ist vielleicht zehn Jahre älter als Maxim. Usw usw. Da darf doch die arme, legendäre Frau Holtzbrinck den Fischer Verlag noch bißchen leiten. Oder die Dingens von der Zeit das dortige Feuilleton. Auch das Zeit-Magazin wird längst gemacht von Leuten von Maxim Billers Alter. Was ist denn los? Wo ist das Problem? Der Fest Verlag, der Berlin Verlag, der Taschen Verlag. Wenn man selber schon Ende dreißig ist, da öffentlich nach mehr Jugend an der Macht zu betteln, kommt bißchen komisch rüber. Soviel zum Haß als erschöpfte Schlaffform eines einstmals ertragreichen Betriebskapitals. PRAXIS.

1335. Out of Koons. Wieder blättere ich in September. »Klüngt nüdlüch«, sagt Frau Krausser in Italien. Leider merkt man, daß er extra fürs Tagebuch seine Italienreise angesetzt hat, im Tagebuchmonat. In der SZ erzählte er, daß er diesmal, also letztes Jahr, im Oktober, in der Villa Massimo sein würde, das wäre auch gut für sein Tagebuch. Schade. Nüdlüch finde ich auch niedlich. Nur, will man so nahe an so einer Nähe zwischen diesen einander nahen Menschen dran sein? Mag man wirklich alles wissen? Nein, nicht wirklich, ich nicht. Alles muß schon offen sein, sich offen anfühlen, aber zugleich doch bitte extrem diskret. PRAXIS.

1531. Wie man aus der: »alles scheißegal, laß mal loslegen und Vollgas geben«-Energie und -Wurschtigkeit heraus, dann praktisch schon im selben Moment zum sehr pedantischen Vergnügen am letzten Detailproblem und zugleich der wirklich ganz übernommenen Überdimensionalität extremer Zielvorstellungen fürs Ganze kommt. Wie geht das? Kann man das beschreiben? Dann wüßte man schon mehr. Dann wäre man schon relativ nah am Hochofen des Zustands dran. PRAXIS.

1812. Am Stück. Brutal durch den Wind jetzt. Letztes Restlicht draußen. Schnell raus. Ich weiß gar nicht, wie ich in diesem Zustand morgen vor diese TÜV-Prüfer treten soll und einen halbwegs geordneten Eindruck machen? Wie soll das gehen?

1849. Eingekauft. Der Sachverhalt, der der Geschichte zu Grunde liegt, war folgender. Hamburg, Deichtorhallen-Eröffnung, Jena Paradies. Dann müßte die Handlung so erzählt werden, so gerafft und wertend, wie ich sie schon öfter mündlich erzählt habe. Dann würde Angela bißchen erklärt werden, wie die ist. Und das wäre dann schon das ganze Ding. Das, was da passiert ist. PRAXIS.

2105. Gegessen, Zeitungen gelesen, gefernseht. Total kaputt.

BEGUTACHTUNGSSTELLE FÜR FAHREIGNUNG

7.3

558. Vor fünf auf, vor lauter Aufregung. Und jetzt hier eine Stunde wirr und ratlos am Text.

so
gehts
nicht
so
nicht

KRANK

Mittwoch, 18.3.98, Berlin.

Aber das Datum schaut doch irgendwie gut aus, wenigstens, oder?

630. Plötzlich kams mir: daß das FIKTIVE natürlich der Ort des PRIVATEN ist. Da ist es dann sozial gehalten und gefaßt. Und daß das Nichtfiktive, das sozusagen AUTHENTISCHE fürs ALLGEMEINE zuständig wäre. Also genau umgekehrt als man doch im ersten Moment so denken würde, ganz automatisch auch denkt. Bloß ein unklarer Instinkt einem sagt: irgendwas daran stimmt nicht so ganz. Daran hatte ich vor Morgengrauen rum gemacht, ergebnislos, an diesem Problem. Immer verzwirbelter. Unter der Dusche löste sich das dann auf, im Wasser, ja. Der komische Valery hat doch alle seine gravitätischen Notizen immer in diesen heroischen Morgenstunden der Stille gemacht. Das war vielleicht für ihn zum Machen gut, aber für die Resultate wahrscheinlich eher nicht. Ich sehe immer dieses Foto von ihm vor mir, wie er da so sitzt, mit traurigem Hundeblick. Der Blick eines SEHR dummen Menschen, tut mir leid. Zum ersten Mal hörte ich von Valery durch Bernhard. Der erzählt irgendwo im Italiener, glaube ich, oder wo war das?, das Bibliothek Suhrkamp Bändchen vom Herrn Teste, das hätte er also schon mehrmals und immer wieder neu ganz wund gelesen, so toll wäre das für ihn. Ich kaufte mir das dann, aber verstand nicht richtig den Kick, den Bernhard meinte. Dann erschienen die Valery Cahiers, und es war ein größeres Thema mit Diedrich, eine Zeit, wie wir das finden. Er hatte die ganze Serie abonniert. Ich hörte nach dem zweiten Buch auf, das machte mich so traurig, dieser angestrengte Unsinn. Da würde ich mir ja noch eher Schröders Erzählungen abonnieren, als Valery, auch das hatte Diedrich abonniert und er erzählte manchmal von Schröders Erzählungen. Aber nicht mal Schröder interessiert mich genügend, als daß ich das Ekelgefühl überwinde und mir PRIVAT vom Autor irgendwas zuschicken lasse. Scheußliche Vorstellung. So lange Schröder sein Zeug nicht normal als Buch verkauft, kann es mir gestohlen bleiben, er auch. Ge was? Gestohlen. PRAXIS.

Alles natürlich immer nur: IN MY MIND. Klar. Wo denn sonst. Gerade solche Allgemeinheiten sind ja zugleich das Allerprivateste. Bestimmt davon, wo man selber gerade steht, wohin man will, was man vorhat und welche Probleme einen beschäftigen. Was überhaupt nicht heißen muß, daß sie nicht wirklich auch stimmen können, die eigenen, privaten Allgemeinheiten. Bloß ob sie für andere genau so wichtig sind wie für einen selber im Moment, ist sehr die Frage. Und diese Frage sollte man, die will ich speziell im Moment besonders deutlich mit am Schirm haben. Wegen PRAXIS. Wenn ich allein wieder denke, was Arrabal gestern im Fernsehen an Gesetzessätzen losgelassen hat, in kürzester Zeit, wo ich bei jedem nur sagen konnte: ja ja, super, haargenau, bloß ganz genau so genau auch genau im GEGENTEIL. Ganz abgesehen davon, daß er mir irre unspympathisch war. Der blöde Arrabal.

wo es nicht mehr lustig ist
da hört für uns der Spaß auf

meinte der Titanic Schmidt gestern in einem saulustigen, weil von Interviewerseite her so voll seriös geführten Interview über Schalls Hitler-CD.

712. Los gehts.

2111. Wieder daheim, zurück aus München, völlig erledigt. Eine einzige Groteske.

2140. Brief an Felix. Schluß, aus, Äpfel, Amen.

BUILDING THE GETTY

7.4

Donnerstag, 19.3.98, Berlin.

Großes Elsterkonzert, draußen im Baumwipfel vor dem Fenster. Noch sind die Stecken der Äste oben ganz nackig, vorne die kleinen schwellenden Kügelchen der Knospendinger. Immer eine tolle Sauerei, der Frühling. Die Vögel sind plötzlich zu viert, hupfen und tanzen da umeinander rum, mit ihren langen schwarzblau-metallic lackierten Schwänzen, wie lässige Proll-BMWs. Leider fehlt im echten Leben der Fernseheton, der einem erklärt, was man gerade sieht. Was vor geht, warum das so ist. Wie die Elster lebt und wo sie im Winter hinfliegt. Die blöderen Tiersendungen heben immer zu sehr auf diese Niedlichkeitsparallele ab, daß wir doch irgendwie alle auch nur so Tierchen sind etc. Aber oft sind sie auch gespickt mit lauter interessanten Informationen. Wieviel mehr, wieviel verschiedeneres, wahreres, wichtigeres und widersprüchlicheres jedes Kind und jeder Mensch heute ununterbrochen erzählt bekommt, vom ewigen und nie ermüdenden Opa, von der big Mama TV. Wie wenig SPRACHE in der guten alten Zeit in der Welt war, ein Wahnsinn. Ein BILD dieses Sachverhalts kriegt man, wenn man in Weimar die Bücherschränke des armen großen Goethe anschaut, hinter Gittern. Eher so eine Teenagerbibliothek, vom Volumen her. Das haben sie dann ausgewalzt, dick und breit, das wenige, was da war. Ideale Zeiten für Idealismus und umgekehrt das Naturforschertum der Farbenlehre, Materialismus der minimalen Differenz. Mal ist es so, mal anders: so geht die Farbenlehre. Häppchen für Häppchen, das ist so geil. Goethes Häppchenkultur. Was wollte ich sagen? PRAXIS.

929. Ich war wieder bei Herrn Dr. Wobbe. Beste Praxis der Welt. Er: Wie oft brauchen Sie das denn jetzt noch? Ich: Das ist jetzt das letzte Mal. Er: Die

Werte waren doch neulich alle in Ordnung, das ist doch noch nicht drei Wochen her. Ja, genau, nur: ich war gestern in München, bei dieser Untersuchung, da war Bombenalarm, in dem Moment, wo sie mir Blut abnehmen wollten. Und die meinten, ich soll das jetzt noch mal bei Ihnen machen lassen. Die würden das auch übernehmen, die Kosten, wenn Sie das denen in Rechnung stellen wollen. Wegen Kasse und so. Er: Och, da lassen wir uns mal gar nicht verrückt machen. Zapfte das Blut ab, pickte sein Pflaster drüber und wünschte mir einen schönen Tag. Vielen Dank, auf wiedersehen.

Ich wollte sagen: Daß bestimmte Textformen die zugespitzteste und vielleicht einzige Asozialitätskunst sind, die es überhaupt gibt. Schrift. Wenn man wüßte, seit wann es den Begriff SCHRIFTSTELLER gibt, wüßte man schon bißchen mehr. – Musik: Sozialkunstwerk: Realisierug zu mehreren, Rezeption unter vielen, im Konzert. – Theater: eh klar. – Malerei: seltsamer Grenzfall. Alle Maler, die ich kenne, suchen die soziale Situation zur Produktion. Maler und Modell. Künstler und Assistent. Der dauernde Material-Vorgang, -Vorrang, der Materialismus der Produkte, die Dinger, um die es dauernd geht. Das ganz reale Produzieren von Gegenständen. Die Zumutung, die das darstellt, die Belästigung. Alle tollen Künstler haben ein problematisches, unkulinarisches, kämpferisch widersprüchliches Verhältnis zur Materialität ihrer Ideen-Realisierungs-Bedingungen. Die Konzeptkunst geht da den simpelsten Weg der Flucht aus diesem Problem, das werfen wir ihr vor, nicht ihre Nichtsinnlichkeit. Alle Außenbeobachtungen also sagen: die Kunst der Kunst ist ein gesellschaftliches Ding. Andererseits erlebe ich immer wieder, daß ich Bilder nur sehen kann, verstehen kann, was da eigentlich los ist, wenn ich wirklich allein mit einem Bild bin, wenn ich allein vor einer Skulptur stehe. Der Auffassungsvorgang setzt eine sinnlich so hochgradig erregte Irritierbarkeit voraus, daß da so extreme Sinnesdaten-Produzierer wie Menschen viel zu laute Störgeräusche verursachen, als daß dann der Empfangsvorgang der sinnlichen Mitteilung der Botschaft vom Kunstwerk her noch stattfinden könnte. Rede ich wirr? Bißchen überpräzise in dem Fall, egal. – Was gibts denn noch für andere Künste? Musik, Malerei und bildende Kunst, Kino, auch klar, und, genau, das war der Ausgangspunkt dieser ganzen Überlegung hier, gestern im Flugzeug: ARCHITEKTUR. PRAXIS.

Ich hatte dabei: Das kunstseidene Mädchen, die überwachsenen Pfade. Und, im letzten Augenblick hatte ich dann doch Kraussers Thanatos, wo ich dachte: gute Gelegenheit, verhaftet im Flugzeug, Pflichtlektüre, weiterkommen etc. – ausgetauscht gegen Meiers Building the Getty Buch, worauf ich total Lust hatte. Es ist eh scheußlich genug, die ganze Flugzeugarie, wieso nicht ein Buch mitnehmen, auf das man total Lust hat. Und das las ich dann die ganze Zeit. Und dachte eben dauernd: Architektur, nicht nur von der sozialen Funktion der Benützung her, sondern genau auch vom Entstehungsprozeß her: DIE Sozialkunst überhaupt, vorallem, vor uns, über uns, um uns.

So groß wie Pop. So ultragegenwärtig, davon verborgen. Auf der Grenzlinie zur Natur. Architekturkunst: von ihrer Hyperpräsenz versteckt, von ihrer selbstverständlichen Daheit und Sichtbarkeit fast unsichtbar gemacht. Usw usw usw. I could go on and on and on. PRAXIS.

Es ging dann um die nach INNEN gelegten Zerstörungsvorgänge im Inneren des Hirns des Macheres dieses Asozialitätskunstwerks Schrift. Was für Arten von Text diese Sorte von Kunst ausmachen. Es gibt ja auch wirklich zum Vorlesen vor Leuten gemachte Geschichten, die als Texte festgehalten werden. Daß meine Texte NICHT so sind. Daß ich auch deshalb keine Lesungen machen möchte. Der Unterschied zu Texten, die für das Theater gemacht werden. Daß Praxis diese verschiedenen Zuspitzungen und Unterscheidungen klären und entfalten muß. Daß mir das alles realtiv neu ist und noch nicht ganz klar. Die Vorfreude auf diese Klärung, auf die eigentliche Arbeit dann in Vorbereitung der Veranstaltungen selber. PRAXIS.

1058. Telefon mit Felix, noch mal wegen dem Plakat, Anruf bei Frau Schutzbach, das Plakat Konzept noch mal genauer erklärt. Gut, alles klar, jetzt bleibts so und wird so gemacht und gedruckt. Als die verschiedenen Probleme zwischen den verschiedenen Komtitees, Kommissionen und Beratern zu problematisch werden, wird von den Gettys ein eigener Problembeseitigungs-Berater eingesetzt, als weitere Kommunikations-Steuerungs-Instanz zur Vereinfachung der davon natürlich erneut komplizierten Kommunikationen. Man macht sich KEINE Vorstellung von den da ablaufenden Problemen. Da ist das, was ich vom Theater her kenne, wahrscheinlich ein Witz dagegen, echt Puppenküche. Beziehungsweise wahrscheinlich doch wiederum auch nicht: weil die da involvierten Parteien und Personen zusätzlich alle möglichen Kunstego-Konstellationen mit in die Konflikte einbringen. PRAXIS.

Ich wollte sagen: Daß die Erregungszustände geistiger Art zur Produktion von Schrift perfekt und unverzichtbar sind, im Sozialen hingegen fast unerträglichen LÄRM produzieren. Man vermittelt eine Panik, Unruhe und Hektik, die sozial schlicht pathologisch oder zumindest grenzwertig pathologisch wirkt. Nicht nur so wirkt, auch wirklich ganz real IST, stört. Das ist nicht normal, wie der sich aufregt. Ja, ja, ja. Ich weiß. Ich bin ja gleich wieder daheim. PRAXIS.

1123. Schweißausbruch. Herr Brock fährt natürlich zur Cebit, hat auch nur, wie er sagt, zwei Hände, und so wird Abfall für alle zum Erscheinen von Rave doch nicht fertig. Hinbohren tue ich an dieses Ding hin seit: Mitte Oktober letzten Jahres, wo ich zur Rave Besprechung im Verlag war. Seit eins, zwei, drei, vier, fünf Monaten. Geil. Kaputte Szene. O – STEINZEIT DER ELEKTRONISCHEN WELT.

Diese Seite befindet sich im Aufbau und wird in den nächsten Tagen verfügbar. Soll da jetzt stehen, wenn man sich einwählt. Das klingt irgendwie beruhigend, fast sogar spannend. Bloß daß man so was Ähnliches eigentlich fast auf jeder zweiten Seite zu lesen kriegt, im sogenannten Netz, daß man davon eigentlich nur noch geödet ist. Ja, ja, Aufbau, schon recht.

1133. Andere machen Post, gehen mit dem Hund raus oder bringen ihre Kinder in die Schule. Ich mache Abfall. Und werde davon im guten Fall ruhiger, konzentrierter und geordneter für die eigentliche Arbeit am Text.

1152. Anruf bei Hans-Ulrich. Deadline Vorschautext Celebration: Ende nächster Woche. Das sollte zu schaffen sein.

1712. Güldenes Licht, abendlich und schräg. Am Stück. Jetzt raus. Morgen, sagt der Kalender, ist Frühlingsanfang. Neben Rosy Rosy, aufgeschlagen, am Bauch, liegt Kurt Flaschs Licht der Vernunft da am Boden, neben dem Schreibtisch. Von wegen gülden, meinte ich, vielleicht kommt das da her. Sex und Philosophie: allein DIESE Grundidee Foucaults, als Fragestellung, als Thema, wenn man schon ein ganzes Riesenwerk hingestellt hat, ist derart abgefahren. Man hat sich natürlich längst so völlig daran gewöhnt. Ich stelle mir vor, wie ihn selber das im ersten Moment brutal verwundert und gekickt hat, daß ihn ausgerechnet DAS jetzt als Gegenstand seiner Wissenschaft beschäftigen soll, wird, tut. Die Freude, die das für ihn gewesen sein muß.

1949. Wieder daheim. Ja, er ist ja jetzt GESTORBEN. Im Kaisers, an der Kasse, die ganz alte und ganz junge Frau an der Theke für Zeitungen und leere Flaschen. Ja, ja, GESTORBEN, gestorben, bla bla gestorben, gestorben. Alles muß ja etwa mindestens zehnmal wiederholt werden. Und dann: aber es ist ja auch BESSER für ihn so. Ja, BESSER für ihn, so so, besser, bla bla, besser besser. Und ich dann dachte: das ist wirklich DER Satz in dem Zusammenhang und DAS Gefühl. Meist gefühlt, meist gedacht, meist gesagt. Und was das heißt, daß man als Lebender auf eine Art ganz automatisch so schlecht vom Leben denkt, so gut vom Tod.

Davor hatte ich am Leopoldplatz im Karstadt in der Buchabteilung bei zwei geistig faszinierend hochbegabten Buchhändlerinnen, gerade so knapp über der unteren Debilitätsgrenze, ein Führerschein-Fragen-Buch gekauft, »mit einen Vorwort von Otto Einert«. Es muß ein Ruck durch Deutschland gehen, steht da glaube ich drin, im Vorwort von Otto Einert. Dazu wollte ich irgendwas sagen, am Rad.

Vor allem dichtete ich am Rad in Gedanken am Brief an Hans-Ulrich, wegen des Formats für Jeff Koons. Er hatte mir ein Fax geschickt. Seitens der Herstellung hätte man Bedenken gegen das kleine Format, in englisch Broschur. Das würde »nach nichts« aussehen. Wer soll das kaufen? Aha. Mehr Buch durch mehr Größe, oder wie? Mir fallen gleich ix Beispiele ein, wo mich gerade das zu große Format von extra überdimensioniert großen Büchern, mit besonders wenig Text, vom Kauf abgehalten hat. Genau wegen dieser absurden Außen-Innen-Inadäquatheit. Auf so ultrastumpfe Art möchte man nicht unbedingt als Kunde animiert, zum Käufer gemacht werden. Außerdem ist doch eine kleinere Schönheit eine viel größere Freude, als eine größere Großheit und Scheußlichkeit.

2029. Ich schüttel immer nur den Kopf, während ich das schreibe, während ich das lese, schüttle den Kopf, weil ich das so absolut NICHT verstehe. Wie kann man so denken, empfinden, die Dinge sehen?

Auf dem Rückweg hatte ich das Problem schon wieder ganz vergessen. Und kaufte gelbe Tulpen. Was kommt heute eigentlich im Fernsehn? Richtig: die Berliner Morgenpost habe ich mir heute gekauft, weil vorne drauf steht, mit Bild von Ostermeier: Neuer Leiter der Berliner Schaubühne. Das klingt einfach unglaublich geil.

2204. Heiß geduscht, kalt abgeschreckt.

unter der Dusche:
naß
feucht
Worte, die

im Plural
sind ja alle Worte
plötzlich Frauen
auch die Männer
ist doch toll

KRANK

Plural
mehr als einer
ab wie viele?
ab zwei doch, oder?
auch geil

FRÜHLINGSANFANG

7.5

Immer mehr drängen sich die Gedanken der Organisation und Ordnung der verschiedenen Themen und Komplexe nach vorn. Wie baut sich das Ganze auf? Es soll ja jede einzelne Stunde so in sich geschlossen sein, daß sie alleine funktioniert, und doch auch jedesmal neu ein Interessesog entsteht, der in die nächste Veranstaltung hineinträgt. Und natürlich muß das Ganze der fünf Dinger die Idee des Ganzen schließlich entfaltet haben. Natürlich sollten verschiedene Organisiationsprinzipien zusammenkommen: der Tagesablauf, das Stadium der Arbeit, produktionstechnisch inhaltliche Momente, und mehr so wirr metaphorisches Zeug wie: Tag der vier, Tag des Dienstags, Tag des Hintergrunds, Tag der Handelnden, Tag des Elends, Tag der Blumen usw usw. Wobei dann jede Kategorie natürlich durch alle fünf Tage durch konjugiert wird. Letztlich also natürlich ein Drama in fünf Akten. PRAXIS.

Freitag, 20. März 1998, Berlin.

1130. Morgendliche Paniktelefone. Ein Anruf, ein Rückruf, Panik. Morgens bin ich zu angespannt, zu geladen, zu erregt und zu sehr am Sprung, um kommunikationstechnisch vernünftig zu funktionieren. Und abends zu erledigt, zu erschöpft, zu jenseits von allem wirklich. Da wirds dann so langsam schwierig, minimale Dinge zu klären oder aufrecht zu erhalten. DER SÜDLÄNDER.

Ein geiles Fax kam von irgendeinem Herrn vom Hessischen Rundfunk, in einem Tonfall, der wahrscheinlich nur in den Fluren dieser ewigen Anstalten der Fernseh-Popanz-Wichtigkeit wirkt und geboren wird. Es geht um die Rechte zur Aufzeichnung meiner Veranstaltungen. Lächerlich. Die brüllende Verrücktheit dieser Institutionen, wo das Nullentum der in ihnen verkümmernden Nullen seine Potenzierung durch den realen gesellschaftlichen Einfluß und die wiederum völlig übersteigerte Hochpotenzierung dieser Realität in den Nullköpfen der Nullen erfährt. Was genau ergibt: null hoch zehn hoch zehn Milliarden, gibt, Herr ..., können Sie das mal eben bitte kurz durchkalkulieren, danke: Null, ganz genau. Büro an Büro, Null an Null. Mit freundlichen Grüßen. PRAXIS.

Die Institutionen.
Der Geisteszustand.
Stimulantien.
Welche Realität.

Welche Medien.
Welches Leben.
Externe Position.
Beweglichkeit.
Vision vom Ganzen.
Verlorenheit ans Detail.
Permanente Oszillation.
Alle Orte.
Welches Menschenbild.
Welche Erfahrungen.
Du mußt dein Leben ändern.
Hartnäckigkeit.
Beharrlichkeit.
Enttäuschungsresistenz.
Die Individualkonstitution.
Let the motherfucker ROCK.
PRAXIS

1223. JA! Worum gehts? – Dleldamme bie – WAS? – DRedklame bide – ja. – Die Klingel läutet. Der xte Reklameausträger, Menschen, die definitiv von der Sonnenseite des Lebens ins eigene hereingeschneit kommen. Bitteschön, Reklame, natürlich. Darf ich Ihnen eine Tasse Tee anbieten? Da läutet die Klingel wieder. Etwa zehnmal am Tag. Irgendjemand muß immer ins unten zugesperrte Haus und klingelt natürlich am liebsten ganz oben. Heute morgen zum ersten mal um halb sieben. Ich reiße das Plastikding von dem Klingelgerät runter und schraube den zuständigen Draht ab. Dann kommt Post vom Paketdienst, die einen nicht erreicht. Darf man dann zum zuständigen Postamt fahren. In der sogenannten Gerichtsstraße. Jeden Tag donnert ein anderes Mülltrennungsauto etwa eine Stunde die Straße rauf und runter. Im Sommer besonders angenehm. Die Reklameausträger melden sich schüchtern, die Müllheinis, ganz im Bewußtsein der Herrlichkeit ihres großen Auftrags, brüllen einen berlinerschnauzemäßig an, daß echte Freude aufkommt, immer wieder neu. Berliner Ökonomie. Fucking Wedding.
VERSCHISSENE STADT.

1502. Ringe um Ruhe, aber das ist natürlich schon falsch. Wenn es nicht funktioniert, merkt man erst richtig den Vorgang: die Sache kommt wirklich auf einen zu. Wenn in einem Produktion ist, wenn man mit etwas beschäftigt ist, wenn man an etwas denkt, über irgendwas nachdenkt, dann sind alle Rezeptionsorte zu, geschlossen, unbrauchbar. Man erfährt dann nichts. Es zeigt sich nicht, wie es weitergeht, wie es weitergehen muß. Zugleich ist in diesen Endphasezuständen die Erregung so übergroß, daß der kleinste äußere Anlaß die hochgespannte Ruhe der Konzentration, der Bereitschaft, der Offenheit – in rasend hämmernden Gedankenirrsinn umkippen lassen kann. Mit der gleichen Überreiztheit und Intensität, mit der man eben noch völlig auf Empfang geschaltet war, rast dann die Produktion immer detailierterer, irrsinniger und quälender in einem ausgearbeiteter Gedanken los. Brutaler Lärm in einem, brutale Panik, Unruhe, Horror. Was tun?

DIE SCHÖNSTEN MÄRCHEN AUS 1001 NACHT

7.6

Samstag, 21.3.98.
Tag im Bett.

HELLBLAUER NYLON-WINDBREAKER VON HELMUT LANG

7.7

Ich wüßte kein Mißverständnis mehr, dem wir uns prinzipiell nicht aussetzen sollten, dem wir uns nicht stellen sollten, aus einer definitiven Entscheidung heraus. Gegen Albert, gegen seine Entscheidung gegen die Skulptur, gegen jede Art Prinzip in solchen Fragen. Wie ich im Baselitz Interview Buch blättere und seine Holzskulpturen dieser archaischen Menschen sehe. Und einfach sagen muß: ich möchte sehen, und zwar in ECHT, wie Albert dieses Problem sieht, lösen würde. Und seine Klärung per Ausschluß – ich habe mich prinzipiell GEGEN die Skulptur entschieden – für mich umso ungenügender wird, je älter sie ist, je länger es her ist, daß ein Furor diese Entscheidung hervorgerufen und das von ihr Zerstörte, Verbrannte, Verbannte, Vernichtete noch belebt hat. Mach mal, Albert, los. Wir müssen in den dümmsten Kämpfen stehen. In allen, in jedem.

Sonntag, 22.3.98, Berlin.

Das wäre so, wie wenn man sagt: für Mode interessiere ich mich nicht. Gerade wenn der Diskurs über Mode einen quält wie nicht so wahnsinnig viel anderes – von A bis fast Zett habe ich Ulf Poschardts SZ Magazin Mode Special wieder durchgelesen – wenn man sich eine ganz andere Perspektive und Rede darüber vorstellen würde: man kann doch nicht ganze Weltbereiche ABSICHTLICH zu für einen selber auf ewig weißen Flecken erklären. Das ist doch Stumpfsinn. Das bringt doch keinen Spaß. Das ist doch falsch.

Uli hat erzählt, er wäre mal im Helmut Lang Laden in einem Helmut Lang Anzug dagestanden, und der wäre so wahnsinnig scheiße verarbeitet und trashig genäht gewesen, daß man dachte, eine Bewegung und alles reißt. Für zweitausend oder 2500 Mark. Oder waren es vier? Die Schreiber, die professionell über Mode schreiben, mit ihren wilden Phantasien, wie es so zugeht, zwischen Männern, die dies und das tragen, und den dazugehörigen Frauen, die was anderes tragen, tun immer so, als könnte man sich das alles einfach ausdenken, die Texte zur Mode, als wäre das komplett frei erfindbar. Anstatt wirklich gegebenes Leben, Schicksal. Da ist der normale, aber geheime Ort von Stil, stumm, von Autonomie, Charisma und Wildheit, und ohne das ist Mode ein zusammengenähter Waschlappen, oder zwei. DEKONSPIRATIONE.

I don't wanna talk about negative things: sagt Andy Warhol in einem späten Interview, wo die Rede auf Probleme mit der Steuer kommt. Der von Negativität wirklich auch Zerfressene fand diesen Zug an sich unangenehm, wollte das lieber mit sich selber abmachen, so damit fertig werden. Fertig. Was muß in den Orkus dieses I DON'T WANNA TALK ABOUT? Das läßt sich nicht wirklich guidelinemäßig klären. Aber ob und wie es gelingt, entscheidet über den führenden Grundappeal von Sachen, Persönlichkeiten, Werken.

II

ZIEMLICH KATASTROPHALER TAG

II
1.1

Montag, 23.3.98, Berlin.

Ich lese im Spiegel einen Satz von Enzensberger und denke: inzwischen rede ich ja auch schon Kaputtsätze von dieser Kategorie. Scanne dann innerlich die letzten Abfälle. Wie klingt das? Meine ich das denn wirklich? Will ich das meinen? Wie kommt es zu so komischen Ansichten? Die Denkform des Ressentiments: ein inneres Reaktionsmantra, das schon bißchen zu oft in einem abgelaufen ist. Zu oft gedacht, um noch formulierbar zu sein. Und man erschrickt dann über die fertig da stehenden Dinger: so schauen diese Gedanken also aus. Nicht schön. Schade. Danke.

1657. Ziemlich katastrophaler Tag. Man kann über Glanz und Elend der eigenen Person, Position, des eigenen Charakters und seiner Probleme etc. so wahnsinnig schlecht rechten und Rechenschaft geben. Weil ja doch immer nur Glanz übrig bleibt. Ich klage mich an. Toll! Ich bekenne, ich habe gesündigt. Ah, ein Heiliger, ein guter Mensch, ein mit sich Ringender. Am Ende der schlimmsten Selbstkritik steht immer irgendein verquer-verlogener Triumph. – Weil ich heute eine kleine Überdosis Felsfenster zu mir genommen habe. Wo bißchen arg viel im eigenen Naturell rumgebohrt wird. Bin ich nun so, oder anders? Ist das schlimm, oder toll? Es ist vorallem scheißegal. Anstatt die eigenen Schwächen genüßlich angeekelt und im Hader mit sich zu befragen, müßte man sie halt geschehen lassen, oder eben einfach bekämpfen. Das ist ja eh der normale Vorgang: man geht gegen sich vor. Eines der schönsten Beispiele dafür wäre natürlich Bernhard, dem Handke paar superprovinzielle Dissingsätze widmet. Vom Reifestatus der Persönlichkeit her ist Handke ein ewiges Kind, und Bernhard ein mit allen Wassern gewaschener, lässiger, angenehmer Erwachsener.
PRAXIS.

Tod: Geduld der Zeit
Geduld als Emphase der Passivität

doch wenn wir Ängste und Schmerzen
überwinden können

DIE VIELFALT RELIGIÖSER ERFAHRUNG

II
1.2

Dienstag, 24.3.98, Berlin.

Nachts träumte ich ausführlich von drei großen Szenen, die alle meine Probleme im Stück lösen würden. Es war nicht ein Wort- und Satz-Traum, wie sonst in dieser Phase, wo ich mit ganz konkreten Formulierungen aufwache, die ich eben laut und deutlich gehört habe oder direkt vor mir sehe, Buchstabe für Buchstabe, geschrieben. Es war eine Art Strukturtraum, der mir aber sehr präzise schien, auch so klar, daß ich mir jetzt nicht die Mühe machen mußte, das direkt zu notieren, mitten im Traum. Das ist ja eigentlich ganz logisch so. Natürlich, klar. Dieses Gefühl blieb übrig. Große Halbschlaferleichterung. Wie ich dann ganz wach war: wie war das jetzt eigentlich GENAU? O je. Kann ich das wiederfinden? Wie? Wo? Schwierig. Ich wollte dann immer wieder noch mal einschlafen, um wieder da hin zu kommen, wo diese Antworten waren. Große Angst, aufzustehen. Kleine Zuversicht.

gehetztes Reh
gejagt
gewillt
ge
aufgerissen
schau

nicht krank

1638. Eingekauft. Davor Anruf bei Herrn Brock: wir arbeiten daran. Abfall wird einfach nicht fertig, fertig frühestens am Donnerstag. Dann die Blutbefunde holen gehen: kommen Sie am Donnerstag wieder, vielleicht sind sie dann da. Im Zimmer ist so viel Sonne, daß man Angst kriegt davon. Man müßte voll Licht sein, selber, in der Arbeit, durch die Arbeit. Aber die Lage ist schwierig. In der taz steht, daß Schlingensief seine Partei wieder verlassen hat und eine neue Partei gegründet hat. Volle Konsequenz: teilen, sich abspalten, das ist Partei sein, Teil von irgendwas, nicht das Ganze. Das ist der Unterschied zum großen, menschenfreundlichen Politausbruch, aus dem Kunstkerker, der ihm in Hamburg gelungen ist, der sich irgendwie an alle gerichtet hat. Daß Partei immer heißt: du nicht. Wir. Nur wir. Und du schon gar nicht. Oder eben dann: dann ich halt nicht.

1957. Ich arbeite jetzt seit über sechs Jahren mit Word-Programmen und kann immer noch nicht mit EINEM Befehl alle Tabstops entfernen oder Trennungen aufheben. Oder einzelne Dateien löschen.

ich werde deshalb morgen
eine Organklage
in Karlsruhe einreichen

ich wurde aufgefordert
eine Speichelprobe abzugeben

RAVE
IST VORGESTERN ERSCHIENEN

II
1.3

Beim Patriarchen: Herr Mohn, der Herr von Gütersloh, wird der größte Buchverleger englischsprachiger Bücher. Es geht um ein Porträt, wie ich es mal im Manager Magazin gelesen habe. Mit Interview. Humane Vision. Gegen Burda, Burda, der Depp von München. Das öffentliche Bild. DEKONSPIRATIONE.

Mittwoch, 25.3.98, Berlin.

Heute wird in Hamburg Rave vorgestellt, und ich habe noch nicht mal ein Exemplar des Buches gesehen, um den Moment der Verzweiflung über irgendwelche herstellungs-technischen Mißgeschicke, Farbe, Geruch, Bilder, Satzspiegel, was weiß ich, nicht genau jetzt in die Endphase der Arbeit am Stück hinein explodieren zu lassen. Das Ganze ist so hochparanoid mit Angst besetzt, ich kann es selber manchmal gar nicht glauben. Andere reden vom Glück, ich von Angst. Angst, Angst, Angst.

1751. Am Stück, mit Verdunkelung heute. Vielleicht war das gut. Wilfried schickte ein total nettes Fax. Und ich kämpfe mit mir, ob ich den Südwestnettlern ein böses schicken soll. Wegen ihrer Terminverschleppung. Ich weiß immer nie, wann es richtig ist, gegen was zu protestieren im Sozialen, und wann das komplett debil und hysterisch und völlig falsch rüber kommt. Woher wissen die anderen das? Aus der Erfahrung natürlich, Depp.

1817. Ausschauen tuts in der Wohnung: ohne Worte. Raus hier, raus.

Plastiktüte
lochlos
Suizid
der Billigsattel meines Rads
der Schauspieler mit Herzinfarkt
mit großer Lebensbeichte
in der Bunten

wie heißt der gleich nochmal

1845. Wieder daheim, vom Einkaufen retour. Heiner Lauterbach, genau, gestern im großen Sat 1 Film, wie ihn die Atommafia an den Baum fesseln und mit einer Plastiktüte umbringen wollte. Manche Plastiktüten haben doch so Löcher unten, daß man sich schlechter damit umbringen kann. Muß man eben eine nehmen, ohne Löcher. Gerade weil ich Heiner Lauterbach als Schauspieler toll finde, wäre ich froh, er hätte keine große Lebensbeichte abgelegt, in der blöden Bunten. Aber mit dieser Sehnsucht stehe ich absolut und ganz allein.

Peter Hahne
der –
next stop: Jürgen Fliege
dann gleich: Gert Scobal
Fliege kann man ja meiden, Hahne kaum
ich stürze immer an die Fernbedienung
um den Ton schnell abzustellen
die Art in der die alle reden
macht mich rasend

1911. Hahne kann die Nachrichten einfach nicht neutral vortragen. Mich interessiert aber seine Bewertung nicht, ich fühle mich von diesen Tonfallbotschaften extrem und penetrant und zudringlich belästigt, unsittlich berührt. Ich will wissen, was los war, nicht was dieser Sprecher denkt. Der Stumpfsinn dieses Menschen ekelt mich an. Noch schlimmer ist nur Ulrich Meier, der ... gealterte, soignierte Krawallier.

Ich träume immer davon, daß irgendwann auffliegt, daß Hahne, Drewermann und Fliege als die Drahtzieher des größten deutschen duweißtschonwas auffliegen, mit ehklar und allem drum und dran. Und dann großer dings, und die alle: ehklar, lebenslang. Und dann machen sie da dingens, alle drei, im duweißtschonwas. Und alles wäre gut.

2324. Küche aufgeräumt. Harald Wieser mit Juhnke bei Jauch. Davor die Programmplätze des Fernsehers neu geordnet. Davor ein Wigald Boning

Porträt in Spiegel Interview. Danach ein Film über Spielmaschinen in den USA.

warum lesen Sie
nicht wieder mal n Buch?
das Wetter

meint Ulrich Wickert, zum Abschluß seiner Tagesthemen. Im Anschluß an den Bericht von der Leipziger Buchmesse.

18 SEITEN
LITERATUR-BEILAGE

II
1.4

Im Tagesspiegel nörgelt Jörg Drews am Handke Buch rum. Das ist die tolle Gesellschaft, in die man sich begibt, wenn man gegen Handke Einwände hat.

Donnerstag, 26.3.98, Berlin.

Die ganze Woche bisher Sonne. Ich bin nur froh, daß die Blätter an den Bäumen noch nicht da sind. Mein Drucker spinnt, druckt Schlieren, dann nichts, dann mit neuer Patrone wieder Schlieren. Von wegen: Die Gesellschaft des Spektakels: die Frage, das wüßte ich wirklich gern, welche Karriere die Musik von Underground Resistance unter dem Banner OVERGROUND ACCEPTANCE, bei völlig identischer Musik, gemacht hätte, so in dieser taz-Kreise-Welt, im Spex-Umfeld. Das war der erste Techno-Crossover zurück in die alte Musik, die alten Leiern, die alten Strukturen. Hat ja viel tolle neue MUSIK produziert, nur leider nur Reprisen alter Lall-Diskurse. Deswegen hat man das immer so gehaßt damals, das Gelalle mit Detroit, bla bla, Chicago. Ja, ja, schon recht.

Nicht zu vergessen: das Wort »Edelfeder«. Falsch: im Plural: »Edelfedern«. Steht in der Taz, ja. Ich habe immer Angst, daß ich irgendwas lese und dadurch völlig gestört drauf komme. So wutanfallmäßig manisch. Was ich im Moment überhaupt nicht brauchen kann. Ich brauche nämlich totalen Überblick und Seelenruhe.

1538. Am Stück. Rohmer argumentiert am Anfang seines Musik-Buches mit einer TRENNUNG der einzelnen Künste. Dann wird alles in sich logisch, aber die wirklich faszinierende Provokation fällt weg, die eben darin liegt, daß man sagt: zur Zeit von Kant sieht das Auge der Kunst die Welt so wie auf den Bildern von Boucher, zum Beispiel, eher noch von Fragonard. Oder eben Goya, weil ich eben in Ivan Nagels Studie las, der fast Jahrgangsgenosse von Goethe ist, gleichzeitig David: so sieht die Zeit die Welt zur Goethezeit. Wobei ich die Musik bei alledem nicht wirklich einbeziehen kann – und davon geht ja Rohmer aus – weil ich davon zu wenig weiß. Bei Rohmer bekommt jede einzelne Kunst dann ihre eigene Periode ihrer Klassik und ihrer Renaissance etc. zugeteilt. Und dann? Ich finde die Idee einfach toller, daß die Kunst als Ganzes die ganze gegenwärtige Zeit zeigt, wie sie ist, und die jeweils einzelne Kunst das ihre entsprechende Sinnesorgan wäre, das Auge, das Ohr. Was ist eigentlich die Literatur? Das Gemüt der Zeit vielleicht. Der Status ihres Seelenzustandes. – Bei solchen Sachen denke ich immer, das müßte ich sofort mit Clemens besprechen. Dann würde ich klarer sehen. PRAXIS.

1611. Worauf man natürlich auch brutal Bock hätte: an der taz-Debatte über Intellektuelle teilzunehmen. Mit Jürgen Busche diskutieren, endlich mal, mit Norbert Bolz und Kurt Scheel. Den ersten Köpfen unserer entleerten Republik. Ge was? Egal.

1741. Die schmutzigen Hände. Nicht von der Revolution, nicht von entfremdeter Lohnarbeit, sondern von genüßlich bewußtlosem Durchblättern der Donnerstagszeitungen. Kant wäre also dieser Mann unter der bekannten Fragonard-Schaukel, ich glaube das Bild hängt in München, und sieht da im Glanz der Glans der Klitoris den Glanz des Idealen, vorscheinen und aufscheinen. Das ist doch eine schöne Sache, vorstellungsmäßig. Bekifft kam mir das plötzlich mal, da schaukelte im Fernsehen so ein junges Mädchen, bei Martin in Wien war das, und ich sah plötzlich, wie ihr da in die vordere Spitze zwischen den Beinen bei jedem Zurück vom Schaukelgipfel das Blut hinein schießt, warum man so gerne also schaukelt als Mädchen, was das für ein angenehmes Gefühl ist natürlich. Exposition. JAHRZEHNT.

1845. Nochmal am Stück.

2018. Fax von Moritz. Brief an ihn.

2042. Feierabend.

FROM A TO B
AND BACK AGAIN

II

1.5

Daß man nicht so gut über irgendwas NACHDENKEN kann, daß die Gedanken zu was hindriften müssen, fast automatisch, daß der Gegenstand ein Schwerefeld ist, von dem die Gedanken sich angezogen fühlen, sich da beschäftigt fühlen, daß der Gegenstand die Gedanken beschäftigt, nicht sie sich mit ihm – dieser Vorrang des Passiven. Am stärksten merkt man es bei Musik: daß die Lust, da etwas zu verstehen, auch mit der Überraschung zu tun hat, mit welcher Aufmerksamkeit man gerade zugehört hat, das war einem gar nicht so klar gewesen, das war einfach geschehen. Man war in der Musik gewesen. Ah. Hm? Stimmt! Ist ja toll. Ähnlich bei der Arbeit: daß man sich nicht fragt, wie gehts jetzt weiter, was muß ich machen, bedenken, was muß jetzt passieren? Mehr unversehens, aus den Aufwachgedanken heraus, ist man da plötzlich dran, beschäftigt einen ein bestimmter Punkt. Und nach einer Zeit merkt man es, und freut sich. PRAXIS.

Freitag, 27.3.98, Berlin.

930. Anruf bei Herrn Brock. Er ist fast fertig, sagt er. Muß ich wieder froh sein, daß mein gestern geschriebener Brandbrief nicht durchkam, weil ich die Faxnummer nicht hatte, und die Auskunft, die ich anrief, sie auch nicht wußte. Don't be pushy, hat Andy Warhols Mutter zu Andy Warhol gesagt, steht glaube ich in Philosophy, but let people know that you are around. Tolle Devise. Natürlich muß man ziemlich pushy sein in the first place, daß das überhaupt was Gescheites ergibt. Diese Ausgangsseite unterschlagen die meisten Warhol Adepten. Die nehmen diese ganzen Sprüche immer eins zu eins, ohne die Ausgangsbasis einzubeziehen, gegen die sie sie richten. Langeweile: toll und erstrebenswert. Aber doch nur für ein extrem panisch nervöses, rastloses getriebenes Naturell. Trotzdem finde ich auch noch die Art der Mißverständnisse gelungen, zu bewundern, die die Überprägnanz dieser großen Maximen des XX. Jahrhunderts hervorgerufen hat, immer weiter produziert. Wenn Handke, so tief im Unsinn seiner Goethe-Nachfolge verstrickt, daß es ihm selber manchmal sogar schon ganz komisch vorkommt, nur einen Moment aufschauen würde, aus seiner Natur, in die Gegenwart rein, was ja im übrigen viel goethemäßiger wäre als diese sentimentalische Niedlichkeitsreduktion, auf die der über die Dörfler Handke den Stadtmensch Goethe dauernd runterbringt, wobei ich auch immer noch glaube, daß er vom späten XVIII. und frühen XIX. Jahrhundert gar nicht so viel Ahnung hat, in einem wirklich ernst zu nehmenden Sinn des Wissens um diese Zeit, auch

gar kein richtiges historisches Interesse, ohne das solche Ikonen aus früheren Zeiten ja wirklich nur Gips sind, Schrott, Projektion, schrecklich – was rede ich denn da? Also: wenn Handke statt Goethe mal Warhol läse mit ä. Scheißegal, er tuts ja nicht. Es macht ja nichts. Es liest halt jeder das, was zu ihm spricht. – Und daß ich, als ich eben in Philosophy blätterte, wieder über die wunderbare Pat Hackett nachdachte, die ich so gerne mal für ein großes ruhiges Porträt interviewen würde. PRAXIS.

1205. Ich mag noch nicht mal eine braune Pinnadel in die Hand nehmen. Mit kleinem braunen Köpfchen. Hellblau: schön, hellgrün, hellgelb, rot. Die tägliche Post wird da an die Wand hinter mir angepinnt, der Abfall der Woche, des Tages, wie er sich so bildet und formt. Der Celebration Vorschautext. My man Moritz. Und die Erst- und Zweitgestalt des Abfall Layouts. Nur LICHT ist noch bißchen zu groß. Der wichtigste Gewinn ist die Möglichkeit, den eingegebenen Text zu überschreiben. Andernfalls müßte ich dauernd allzu überaufmerksam kontrollieren, ob das geht, was ich da sage, ob da zu scheußliche Untertöne mit drin sind, etc. Diese Art Kontrolle widerspräche dem Prinzip, mit dem hier ja letztlich doch mehr oder weniger rausgeballert werden soll. Gerade dadurch entsteht aber immer wieder an bestimmten Stellen das Bedürfnis, irgendwas zurückzunehmen. Was jetzt also möglich ist. Ich nehme alles zurück. Echt? JA. Nein. Doch. Okay. Hey, ho. Let's go.

1709. Wieder daheim. Am Stück. Dann Zeitungen und Essen gekauft. Endlich ist das Wetter diesig, nieselig, mild. Im Innenhof, beim Absperren des Rads, plötzlich brülllaut so Klassikdrecksmusik. Erst dachte ich: natürlich, wieder der scheußliche Faschostumpfsinn von Orff, das blöde Geschmettere. Dann wars aber vielleicht auch irgendwas anderes, superbekannt, daa da, daa da, dadada da daa da. Kennt jeder, nur ich nicht. Klassik ist die neue Prollmusik. Das, was früher Heavy Metal war. Allein deswegen ist auch Helmut Kraussers Kampf gegen Pop und für die E-Musik ein solcher Unsinn. Da soll er sich mal ruhig mit dem armen Karl Bruckmeier bißchen drüber streiten, in der SZ. Wie bereits geschehen. Eigentlich wollte ich was ganz anderes sagen. Auf jeden Fall auch: wie froh ich bin, daß ich nicht in den blöden prolligen Innenhof rein raus wohne. So sehr ich jede einzelne Manifestation dieser ganzen Prollscheiße wirklich inständig hasse, so toll finde ich, mit nur einem Schritt Abstand, zurück, die Tatsache dieser Entwicklung insgesamt, dieses gesellschaftlichen Faktums, daß das einfach so ist. Ganz egal, was irgendwer dazu denkt. Da kann das Kursbuch noch Tonnen von Ekel-Artikeln und andere Feinsinnigkeiten darüber auskippen, die ganze Kultur, von der letzten Parfümverfeinerung bis zum abgefahrensten Experiment in der Musik, im Sport, in der Tierzucht, scheißegal, das gehört jetzt einfach alles allen. Wird da erstmal breit und platt gemacht. Und verfeinert sich dann natürlich mit der Zeit auch wieder. Auf breitester Basis. Ich stelle mir immer wieder vor, Adorno hätte das noch erleben können, so offen, daß es ihm plötzlich eingeleuchtet hätte. In seiner Großartigkeit.

1820. Jetzt also tatsächlich mal die erste Woche Abfall ins Probenetz gestellt und paar ausgedruckt.

SCHAM
UND SCHÖNHEIT

II

1.6

Im Fat Fugo: die Maus, gut angetrunken, groß, hübsch, aber mehr so offensiv sexy, aus Verzweiflung, die quer durch den Raum an den Männern rum sägt, dann und wann schon bißchen stolpert, sie kommt auch auf mich zu, wirkt dann ganz geordnet, beim Reden, großes Flirtding, mit Brust an die Schulter drücken, was war da gerade?, einen Moment braucht man, man ist auf sowas normalerweise nicht sofort eingestellt, dann ist es aber sofort geil, lustig, und ich fand das ganz toll. Sie ging dann aufs Klo, und, jetzt kommts: kam mit offenem Hosentürl zurück. War dann an der eleganten Hose vorne im Dunklen so ein heller, natürlich ovalförmig aufgespannter, spitzer Spalt, leuchtend. Hm. Sie fühlte sich ja jetzt noch toller, hatte vielleicht was genommen, gerade nachgelegt. Und im ersten Moment war ich so gerührt von der Unbeholfenheit, daß ich fast hinging, um so arm-um-die-schulter-mäßig zu ihr zu sagen: Schatz, das Hosentürl machen wir noch zu, dann schauts besser aus. Wie zu einem geliebten Töchterlein oder so. Aber sie kam dann gleich wieder her, auf mich zu, ganz großartig, mit den großartigsten Frauenkörpergesten, und fuhr da ihren grandiosen Sexstunt auf, das wirkte so unglaublich grotesk, wie sexy sie sich fühlte, mit ihrem offenen Schlitz, dieser Schamschrei, von unten her: hier!, ich bin da!, bitte!, von dem sie aber gar nichts wußte. Wie kümmerlich, lächerlich und armselig das Ganze wirkte, je toller es ging. Ich wußte gar nicht, woher sie mich kennt. Sie erzählte, sie arbeitet beim Jetzt. Spielte das so als Trumpfkarte aus, die mich doch wohl gleich hinschmelzen lassen würde oder müßte. Wie so ein Fotograf, der zum Teenie sagt, ich bring dich zum Film. Sensationell. Und ich wußte immer nicht, ob sie mir jetzt leid tun sollte, oder ob ich das einfach nur scheußlich und abstoßend finde? Oder wie eigentlich? Ja, wie? Nippte da an meiner nüchternen Cola. Und dachte: wie oft Frauen sowas erleben, daß das ja wohl der Normalstumpfsinn ist, den Männer dauernd so bringen. Daß es aber trotz allem einfach schön ist, wenn man so angesägt wird, egal wie prall. Daß auch dieses Mitleidsgefühl eine Art Zärtlichkeit beinhaltet, dieses Fürsorgeding. Und gleichzeitig, immer wieder aufblitzend, die immer noch von irgendwoher irgendwie sendende, ganz direkte Restsexyness dieser Frau. Richtig verwirrend das Ganze, ganz toll. Danke Maus. – Das dachte ich, als ich eben meine Jetzt-Tasche in der Hand hatte. DEKONSPIRATIONE.

Samstag, 28.3.98, Berlin.

Erster Gedanke: die Formphantasie. Zweiter: das Thema. Drittens: die Welten, aus denen die Sprache kommt. Viertens: probieren zu schreiben. Fünftens: es rauscht, es kommt, es ist da, es stimmt. Sechstens: Kritik und Reaktion auf Reaktionen. PRAXIS.

1210. Nachts wachte ich auf, unglaubliches Geschrei der Vögel, Balkontüre offen, alles noch dunkel. Taperte durch die Wohnung, konnte nicht mehr schlafen, vor Aufregung. Saß am Schreibtisch und versuchte zu erkennen, ob Abfall in Arial oder normal, irgendeine megascheußliche Times Roman, besser ausschaut. Kann das nicht ermitteln. Saß im Bett, las Zeitung. Aß was. Ging auf den Balkon. Ist was an den Ohren kaputt? Der sogenannte Gesang der Vögel: ein grelles Kreischen, fast so schlimm wie das Gedonnere der Kirchglocken. Machte die Balkontüre zu. Licht aus, Vorhang zu. Lag dann da.

1217. Ganz bitter auch: Elke Heidenreich bei Harald Schmidt gestern. Die Art von der Frau. Wie die über ihre Kolumnen, ihre Bücher, Hera Lind und die Brigitte redete, ein Wahnsinn. Ein absoluter Irrsinn. Finden unheimlich viele Leute und ganz viele Frauen wahrscheinlich absolut toll. Ich bewundere Harald Schmidt, wie der das aushält, mit diesen ganzen Schreckschrauben. Der nimmt das ja alles wahr. Aber versteht es, es einzupassen ins Soziale, es zumindest in der ausgesetzten Künstlichkeits-Situation seiner Ordination geschehen lassen zu können. Er am Schreibtisch, die Patienten am Stuhl. Am festgeschraubten Stuhl. Daran erkennt man sofort die Gäste, die die Sendung nicht kucken: die wollen immer den Stuhl zurechtrücken. Das geht aber nicht, es sei denn man hebt ihn bißchen hoch, glaube ich. Wegen dem Licht, meint Harald Schmidt dann. Ach so. Aber natürlich auch, wegen der Macht: Harald Schmidt bewegt sich, die Gäste sitzen da festgenagelt starr, alle im gleichen Licht. Toll. Eine unglaubliche Brutalität. Man wundert sich wirklich, warum die Leute sich das antuen. Da hin zu gehen. Einfliegen. Wir fliegen Sie ein. Ist ja toll. Ich dachte, ich muß zu Fuß kommen. Nein. Dann hat man da etwa fünf Stunden Reise abzuleisten, um drei Minuten auf diesem perversen Stuhl zu sitzen. Und wo fehlts bei Ihnen? Was kann ich für Sie tun? Und dann sagt Elke Heidenreich: bei mir piepts, aber auch nicht schlimmer als bei Verona Feldbusch. Ich schau so scheiße aus wie ein Ökomülleimer. Aber das gefällt euch doch allen, ODER? Puh, uff. Gehts vielleicht bißchen leiser, Frau Heidenreich? Nein, natürlich nicht, entschuldigung.

Weitermachen. Grüß Gott Herr Gysi, heben Sie doch mal bitte Ihre linke Hand zum Hitlergruß. Danke. Warum zittern Sie denn so? Schönen Abend noch. Bis Dienstag, tschüß.
PRAXIS.

1427. Am Stück. Heute passierts, an meinem Baum, mit den Blättern, den Knospen. Oben noch nicht. Erst unten. Das sieht man von oben: zuerst sind die unteren Äste betroffen, oder ist das der hintere Baum? Tschuldigung, soll nicht wieder vorkommen.

1538. Wieder daheim, vom Einkaufen retour. Sicher gibt es wunderbare Untersuchungen darüber, ein wie großer Anteil an Kommunikation im alltäglichen Sozialvorgang, im Supermarkt, im Kaufhof, überall, nichtsprachlicher Art ist. Von dieser Frage handelt der Theatertext, auch jedenfalls, diese Textform, im ganz äußerlichen, formalen, vorinhaltlichen Sinn. Deswegen ist das TEXTBILD des Theatertextes für mich automatisch auch so weiß. Sogar in direkt über Sprache laufendenden Kommunikationen ist der gestisch übermittelte Informationsteil über zwei Drittel groß, oder sogar drei Viertel. Der Großteil der Informationen, die im verbalen Austausch übermittelt werden, ist nonverbaler Art. PRAXIS.

1619. Dann. Dann schlage ich das Spex Heft auf, das ich eben gekauft habe, als erstes hinten, bei den Niedlichen von Felix Reidenbach, und sehe da einen Comic ganz ohne Sprache, nur mit der Überschrift oder dem Titel: Dann. Da durchzuckt es mich. Dann schaue ich das Ding an, verstehe nicht richtig, gerate ins Studieren, komme nicht ganz klar. Aber irgendwas Schreckliches passiert da zwischen zwei Leuten, eine brutale Zerstörung, Kaputtmachung. Dann: Es war also vorher irgendwie gut? Es geht um Aufmunterung und Fürsorge, durch Musik übermittelt, Kopfhörer, CD-Player, aber der Effekt ist schrecklich, in der Gegend des Mundes kommt es zu einer Zerbröckelung, etwas sehr Malignem. Der Fürsorgliche macht dem anderen den Kopfhörer ab, zieht ihm das Gesicht hoch, langt an den kaputten Mund, fängt an, von hinten in den Kopf des anderen einzudringen. Jetzt klafft da am Kopf hinten auch noch eine zerstörte Stelle. Ein Moment des Aufbäumens, der Erregung, immer mehr Zerstörung, Zerreißung ist die Folge. Wo eben noch der andere Mensch war, liegt jetzt ein bröckeliger Klumpen Kaputtes. Der fürsorgliche Zerstörer: ratlos. Er nimmt den Kopfhörer und setzt ihn auf den kaputt zerbröckelten Klumpen. Steht dann da und schaut sich das an, das ganze Elend. – Bin ich nur selber bißchen angeschlagen, oder ist das wirklich ein echtes Meisterwerk?

1815. Welche Künste? Welche Referenzen, welche Bezüge? Was gibt die Malerei dem Text? Was die Musik? Die hölderlinschen Irrsinnstheorien zu diesen Fragen. Das letzte Aufbegehren dieser alten Begrifflichkeiten im XIX.

Jahrhundert, und dann ist es damit eigentlich auch aus. Und die erste nachfaschistische, also nachadornitische ästhetische Theorie, also die erste nachästhetische Theorie der Ästhetik ist dann auch wirklich sofort gesellschaftlich: Die Kunst der Gesellschaft. Es mußte so ein kühler, klarer Geist wie Luhmann kommen, um das richtig sehen und vorallem auch darstellen zu können. Im Vergleich zu ihm ist Adorno ja ein kompletter Wirrkopf, Foucault ein Märchenerzähler. So wirr und märchenhaft war aber der Status des Geistes in den 60er und 70er Jahren noch. Erst die 80er Jahre bringen den Durchbruch in diese hochkomplizierte Klarheit, die Luhmann dann niederschreibt und Meier baut. PRAXIS.

2140. In Wirklichkeit ist es ja doch ganz anders, dachte ich eben am Rad, als der Proll-Golf mit schwarz getönter Rückscheibe mich überholte, kurz darauf ein röhrender weißer BMW mit Zusatzchrom überall, drei massige junge Ausländer-Männer drin: das macht alles total gute Laune, genauso wie es einen diffus bedroht und zwischendurch nervt. Die Stadt, der Ort, wo man in Ruhe seinem Verbrechen nachgehen kann, seinen Händeln und Handeln. Am Tegeler Knast stehen dunkle Gestalten am Gehweg, da werden Autos vercheckt.

Ich war mit dem Rad zum Pettibone Empfang in der Sammlung Volkmann gefahren. Wieder mit großer Jonathan Meese Papierhöhlen-Installation. Daniel hatte ein marine-blaues Hütchen auf, auf dem DACKELBLUT stand, und er mußte seiner grantigen Frau den Teller mit den Häppchen halten. Andreas Fanizadeh steht in den Endkämpfen um die Zukunft der Beute. Wem gehört die Beute? Wer hat sie erjagt? Max erzählte, er hätte Albert einen Artikel aus der Berliner Zeitung gefaxt, in dem ich endlich als Rechter geoutet worden wäre. Hatte ich gar nicht mitgekriegt. Roberto Ohrt und Jonathan Meese fragten mich, ob ich weiß, wer bei Hucklyberry Finn der Böse war? Wer die Frau war, wer das Mädchen? Keine Ahnung. Aber Blixa Bargeld wußte alle Antworten. So wird man Gott, man weiß den Namen des Bösen.

BEGINN DER SOMMERZEIT

II

1.7

726. Automatisch umgestellt melden die Funkuhren die neue Zeit. Auch der Computer fordert mich beim Anmachen auf, zu prüfen, ob die automatisch auf Sommerzeit umgestellte Zeit noch stimmt. Sie stimmt. Der Tag tut jetzt

so, als wäre er schon älter, als er in Wirklichkeit ist.

Sonntag, 29.3.98, Berlin.

1034. Alle Abfälle ins Südwestnet Netz gestellt. Jeden einzeln, das dauerte über zwei Stunden. Laden, kopieren, formatieren. Schöne Worte, mühsame Arbeit. Ich kann nicht richtig erkennen, wie groß die Schriften sein müssen im ständigen Layout.

1104. Heute ist Ernst Jüngers 103. Geburtstag. Schade, daß er es nicht mehr erlebt. Die Frage, ob so ganz späte letzte Jahre auf eine Art, natürlich anders, aber doch vielleicht irgendwie ähnlich, so NEBELIG werden wie die allerersten Lebensjahre? Sehr romantische Vorstellung, schon klar, wohl eher eine Wunschphantasie. Wie man Jünger in einem der Geburtstagsfilme aus der Ferne im Garten an den Sträuchern so entlang TAUMELN fast sah, das wirkte ganz frühkindlich, von der Motorik her, die Art der Kopfbewegungen, das leicht Fallende des Gehens. Verzaubert, kinderbilderbuchhaft. Wie sanft entführt. Aber man hat doch in der Medizin viel sehr hartes Alter gesehen und auch, wie extrem UNSANFT, hart, grausam und quälend der Tod in Wirklichkeit oft ist, wenn er kommt. Andererseits –

Death: I'm so sorry to hear about it. I just thought that things were magic and that it would never happen. Auf der Anti-Evidenz beharren: gegen Wittgensteins heroischen Zweifel, Warhols Phantasy Realismus, seine antiskeptische Intuition.

ABFALLS
FIRST DAY OUT

II
2.1

Sie sagen mir, wann Sie fertig sind, und dann lege ich es auf. In zehn Minuten. Okay. Mit Herrn Brock. Letztes Feintuning am Abfall, den ganzen Vormittag über, und während ich das hier schreibe, steht die Sache erstmals draußen, im Imaginarium der Zugänglichkeit. Die endgültig komplett abstrakte Art von Veröffentlichung. Völlig irres Gefühl.

Montag, 30.3.98, Berlin.

1525. Nochmal von der anderen Seite her gesagt, zu dem Ding mit Prollkultur: daß sich die Ablehnung nicht gegen die Einzelmanifestationen, sondern gegen die VERFEINERUNG richtet und gegen das von ihr mit hervorgebrachte Selbstgefallen an sich selber. Allein wegen dem scheußlichen Titel konnte ich die große 80er Jahre Bibel von Bourdieu nie lesen: Die feinen Unterschiede. Wie das dann von allen rauf und runter platt geprügelt und durchdekliniert wurde, wie das also so wäre, mit dem kulturellen Kapital, bla bla, bei ›uns‹. Es apostrophieren sich die da zugeschalteten Intellektuellen in den entsprechenden Diskursen mit einem ›wir‹, von dem ich immer nur sagen muß: ich nicht. Bin ich nicht dabei. Feine Unterschiede: finde ich scheiße. Will ich nichts damit zu tun haben. Habe ich keinen Spaß daran. Ist für mich kein Kapital, sondern ein Stumpfsinn. Entwickelt sich manchmal unabsichtlich, schaut man dann schleunigst, daß man wieder weg kommt davon. Daß man so weit Distanz gewinnt, daß die feinen Unterschiede keine mehr sind, weil sie verschwunden sind. Als Gegenargument wird dann gesagt, das kam auch schon mal von Diedrich in dem Zusammenhang: ja, das ist natürlich die letzte Verfeinerung, Verfeinerung abzulehnen. NEIN. Es ist KEINE Verfeinerung dieser Kategorie, sondern ihre insgesamte ABLEHNUNG. Daß man eben nicht von ihr geführt wahrnimmt, beobachtet, interpretiert. Daß man sich einfach nur davon ABWENDET, wo man sieht, daß damit groß rumgemacht wird oder haarklein hantiert. Die machen das, bis alles kurz und klein verfeinert ist. Und ich lese inzwischen noch bißchen Zeitung.

1653. Am Stück. Faxe von Frau Thoms, von der Steuerfirma, und von Heidi Paris, zur Abfall Adresse. Brief an die Führerschein Untersuchungsstelle. Der Nachbar unter mir reißt heute seinen Balkon ab, vielleicht ist das Wetter zu schön, und es muß alles anders werden. Schnell raus.

1727. Wieder daheim, zurück vom Einkaufen. Alkoholismus als absolut übergreifender gesellschaftlicher Normalzustand hier. An der Kasse: links der Typ, die alte Frau vor mir, die junge Frau hinter mir. Sie kaufen Billigbier in Dosen, drei, vier, fünf bleiben im Wagen liegen, eine wird oben aufs Band gelegt. Zum Sack Kartoffeln. Schaut vielleicht besser aus. Zur Kassiererin wird dann die insgesamtige Zahl Bier gesagt. Berliner Kindl Jubiläums Pilsener. Schon die gehobene Marke. Den Namen des ganz billigen Biers habe ich jetzt wieder vergessen. Harte Suppe. Auch auf der Straße, jetzt abends, ist ja jeder zweite sichtlich dicht, nicht torkelmäßig betrunken natürlich, aber einfach so ganz normal abgedichtet. In der Sendung über Glücksspiel haben sie gemeldet: die Prohibition in Amerika fing Ende des Ersten Weltkriegs an. Ich glaube, so um 1918. In der alten Welt war die große russische Weltrevolution, und in Amerika kollektiver Selbst-Erziehung-Versuch. Bitte einmal alles verbieten. Danke. Freiheit macht nicht nur arm, sondern offenbar auch Angst. Berliner Ökonomie. Fucking Wedding. Verschissene Stadt.

1828. Zum ersten Mal also war ich unter meiner Adresse auf meiner Abfall Seite. Eine Korrektur, die gleich wieder mißlang. Korrektur der Korrektur. Zitternd sitze ich vor dem Gerät und warte, wie DAS NETZ reagiert auf das, was ich tue. Laden, annehmen, zurückweisen, mißverstehen, wieder ausspucken, ewig warten lassen und dann plötzlich doch auch mal ausführen, was ich eingebe, worum ich bitte. Geheimnisvolle Instanz. Wie der liebe Gott eben. Irgendwie kann man verstehen, daß die Nerds alle auf ihre Art zu spinnen anfangen. Dann schrieb ich ein Shanghai Ahoi Fax an Heidi Paris.

1837. Gefangene werden nicht gemacht. Zur Art der Benützung der Notizen. PRAXIS.

1934. Nochmal am Stück geschrieben. Jetzt ist es fertig, im Prinzip. Durch die Sommerzeit ist es draußen noch bißchen hell.

Abenddämmerung.
Und diese Gefühle alle.

1942. Schwer zu erklären. Ich schreibe Worte hin, aber sofort muß ich sie gelb markieren und gleich wieder löschen. Auch okay. Dann laß mas halt. Und machen den Fernseher an. Und machen Feierabend hier.

ich freue mich sehr
ich beglückwünsche
die Polizei zu ihrem Erfolg
ich danke allen
die daran beteiligt gewesen sind
daß es zu diesem Erfolg
gekommen ist

ich werde es
bei dem guten Brauch
belassen
über meine Gefühle in der Öffentlichkeit nicht zu sprechen

und dann bin ich sehr gespannt
wie das Echo der deutschen Wähler sein wird

was ist die
eigentliche Botschaft
dieses Tages

es sind die Augen
die die Seele bewegen

küß die Hand
die Damen

DER MÄRZ VERABSCHIEDET SICH MIT WÄRME

2.2.2

Meine Damen und Herren, wir setzen die Lesung unseres Romans Schuld und Sühne von Fjodor M. Dostojewski in unserer 32. Folge fort.

Dienstag, 31.3.98, Berlin.

931. Die Lesung, genau. 85/86, als ich in Berlin war, war das, glaube ich, eine Stunde früher dran, früher am Morgen, um acht. Ich schlief in der Nebenkammer dieses Turms der Wannseevilla. Auch wieder mal eine der finstersten Zeiten meines Lebens, das Frühjahr 86. Jeden Morgen, Liegestütze, Lesung. Turgenjew, Väter und Söhne, davor oder danach wurde Grimmelshausens Simplizius Simplizissimus vorgelesen. Dann saß ich an dem großen Schreibtisch, mitten im Turm, Fenster all over, alles ganz toll. Und im Kopf ABSOLUTER STILLSTAND. Wahnsinn. Das Abschreibe-Projekt damals: Die Ordnung der Dinge vielleicht? Vergessen. Es war ja nicht so, wie es sein sollte, daß ich durch das Abschreiben locker wurde und in irgendwas reinkam. Es war einfach nur so eine fixe Idee, Büroterror, Befehl der übergeordneten Behörde. Warum muß denn das gemacht werden? Keine Antwort,

keine Ahnung. Ich schrieb zirka sieben Monate an den etwa zwölf Seiten für den Jahresbericht Moskau. Dann war ich damit fertig. Ich fing an, Kontrolliert zu schreiben. Saß jeden Tag komplett ratlos da, von halb neun an, und hatte Papier in die Schreibmaschine gespannt und arbeitete jetzt. Wie denn, was denn? Korrektur der beiden Zeilen vom gestrigen Tag. Die müssen eventuell noch bißchen gekürzt werden. Oder präzisiert vielleicht. Vier Stunden später Revision der gestrigen Korrektur an den drei Zeilen vom vorgestrigen Tag, usw usw. Sehr geil. Am Nachmittag dann vieleicht sieben neue Worte schreiben. Abends war ich komplett gerädert. Und mit jedem Tag wurde ich noch kaputter. Die Schrift in meinem Notizbuch wurde immer kleiner. Es kam mir so großkotzig vor, da mit Schwung zu schreiben und Notizen zu machen. Auf eine Doppelseite Brunnen-Büchlein im Postkarten-Format ging in Gestalt dieser Mikrogramme-Schrift etwa eine ganze Woche, Tag für Tag. Keine Ahnung, was ich da noch zu notieren hatte. Finster, sehr finster. PRAXIS.

1018. Langes Telefon mit Hans-Ulrich. Was alles so los war, falsch lief, ansteht. Patrick Walder hätte Rave im Spiegel besprochen, ablehnend, und er fragt gleichzeitig an, ob ich mich von ihm fürs Fernsehen interviewen lassen würde. Er könnte auch seinen Knecht schicken, falls ich keine Lust hätte, mit ihm speziell zu reden. Der Patrick Walder. Neulich stand er hier im Lokalfernsehen wieder rum, mit der schweizer Fönfrisur, und redete seinen aufgeklärten Drogentext daher. Sicher ganz wichtig und extrem verdienstvoll.

1109. Fax an Frau Baumgartl von der Frankfurter Uni und an Kerstin Reimers. 1986. Aus dieser Position des Elends und einer mir selbst komplett unbegreiflichen Verdüsterung habe ich damals also Tempo gesehen, wie das da anfing, die tollen Tempo-Jahre erlebt, das hedonistische Jahrzehnt, das alles beneidet und verachtet, damit argumentiert und es geliebt und toll gefunden und blöd usw.

1426. Wieder daheim. Den Spiegel gekauft, zum Leopold Platz, zum Zoo, zum Ernst Reuter Platz und bei Kiepert Rave gekauft. Dann zu Fuß zu meinen Spirits und dort die diversen neuesten Geschichten, neuesten Dats und neuesten Platten gehört, erzählt und vorgespielt gekriegt. Tilmann: Ich habe jetzt aufgehört mit dem ganzen. Ich war zwei Wochen in Urlaub. Ich habe völlig den Anschluß verloren. Ich weiß gar nicht mehr, was los ist. HA. Endlich gibt es die Westbam LP auch auf Platte. Und Daniel schenkte mir sein Spiegel Kultur Extra, mit dem Jeff Koons Titel. Danke, Daniel. Wir studierten das leicht schizoide Fax eines Fans, der manchmal im Büro anruft und sich als Westbam bezeichnet, oder wahrscheinlich eher wirklich für ihn hält. Eine abstruse, aber nicht völlig absurde Ordnung von Begriffen, in deren Mitte das Paradies steht. Pfeile, Verbindungslinien. Krakelhandschrift. Absenderlos. Westbam will ihn zum Wettkampf auffordern, behauptet, der einzige lebende Westbam zu sein. Wir hörten uns eine japanische Mix CD Single Auskoppelung an. Und redeten über Tel Aviv, Belfast, Tokio und den weltweiten Siegeszug des ewigen Trance. Jetzt läuft hier die neue Members of Mayday Single: Save the Robots.

Gestern kam ja auch der Brief von Goethe Institut Tokio. Die hatten sich so lange nicht gemeldet, daß ich schon dachte, das ist abgeblasen, der DJ Gipfel, auch gut. Dann wirds nicht so hektisch. Nein. Es wird hektisch. Der Gipfel ist nicht abgeblasen, und wir fahren hin. Auch gut.

1732. Korrekturen am Stück. Raus.

dann ist das Crack fertig
meist wird es inhaliert oder geraucht

jetzt bin ich wieder im fünften Monat
und seit zehn Tagen clean

und selbst die drogensüchtigen Freunde
nehmen Rücksicht

2222. Genau, ein spezieller Wahnsinn im 86er Frühjahr war das Studium der Vogelstimmen. Ich wollte eine Niederschrifts-Form finden für die verschiedenen Vogel-Gesänge und -Laute, in Buchstaben-Gestalt. Wollte immer präziser hören, bis auf den Grund des SPRACHLICHEN, Buchstäblichen eben der Vogelrede. Was erzählen die sich da dauernd? Es gab doch irgendeinen, der das dann verstanden hat. Wie hieß der nochmal? Vielleicht kann ich es ja auch verstehen, was die Vögel reden. Wenn ich nur genau genug ZUHÖRE. Ja, so war ich da drauf, in der Zeit. Ich fuhr im Auto durch die DDR nach Hamburg, auf der Autobahn, sah diese Landschaft und dachte das Wort »Deutschland«. Da wurde es mir so langsam unheimlich. Der Zustand. Irgendwas muß ich ändern, bald.

RAF
DAS WAR FÜR UNS
BEFREIUNG

II
2.3

Die Glocken fingen an zu läuten, und ich war gespannt, ob die hier auch so stumpf klingen würden. Ich hatte das Gefühl, im Halbschlaf, in Schwabing zu liegen, die Glocken der Giselakirche zu hören. Ich bekam ein dunkles Couvert überreicht, mit einer Nachricht von Aurelia drin. Dann war ich ganz wach, hatte einen bellenden kopfschmerzartigen Druck im Kopf, von Hirnerschöpfung.

Mittwoch, 1.4.98, Berlin.

930. Guten Morgen, liebe Hörer in Berlin und Brandenburg. Willkommen zu dieser Sendung. Zu zweieinhalb Stunden Musik und Information.

1004. Wo gibt man in der Welt des Patrick Walder den Verstand ab? Richtig: an der »Garderobe«.

1027. Ich kenne keinen Informationsträger, der als Objekt so schön ist, wie ein BUCH. Die Masse der da gespeicherten Datenmenge. Bei gleichzeitiger Kleinheit des Dings. Die Art, auf die Daten zugreifen zu können, der Blätterspaß. Man kann die Form der Sukzession wählen, oder mit einer Geschwindigkeit, um die normale Computer und Textprogramme das Buch immer noch beneiden, im Datenganzen floaten, springen, sich treiben lassen. – Der vom Effekt her noch tollere Informationsträger, das Gemälde, hat den Nachteil, ein so großes OBJEKT sein zu müssen. Natürlich funktionieren auch Abbildungen in klein, aber der eigentliche Informationsschock, der vom Gemälde ausgeht, kommt nur zustande, wenn es im live-Format auf den Betrachter hin leuchtet. PRAXIS.

1041. Garderobe: kein schönes Wort. Ich würde da nicht hingehen freiwillig. Da denkt man nicht an was Tolles, an: da muß ich sofort hin oder so. Ganz abgesehen davon: ich gebe doch meine Klamotten nicht ab, nie, ich laß beim Ausgehen immer alles an. Dann wirds heißer, das ist geiler.

1105. Was der WDR sich unter Literatur vorstellt: Frau Reichart mit ihren Spaghettihaaren. Sie geht vor dem Türken-Dichter in die Knie, kniet vor diesem Mann, der im Stuhl lümmelt, als lockere junge Frau, in der hellen weißen leeren Wohnung. Wahnsinn. Die redet einen Stuß, die Alte, das könnte ich in echt keine fünf Sekunden ertragen, aus der Nähe. Mit dieser Frau hat Botho Strauß ein Kind. Von daher verständlich natürlich auch sein Haß auf alle Medien und auf die Runtergekommenheit des Fernsehens und die Lallhaftigkeit der öffentlichen Rede.

1249. Am Stück, Endfassung 1. Das Feststehende muß der Text ja nicht erzählen. Er teilt also mit, was er für die Variable hält, das was auch anders sein könnte. Was im Club los ist, normalerweise, ist ja eh klar, wie es zugeht auf der Eröffnung. So wie ich mit den live Übertragungen auf Premiere, ohne Dekoder natürlich, vom Soundlärmpegel und den Sätzen des Fernseh-Erzählers völlig ausreichend bedient bin. Wie Fußball ausschaut, weiß ich ja. Mich interessiert ja nur, was jetzt gerade live NEUES passiert. Die Radioerzählung hingegen bringt so viele konkrete Infos, die müllen einen total zu. Da muß man ganz aufmerksam zuhören und sich dauernd irgendwas VORSTELLEN. Mit viel geistiger Energie muß man da die Umschaltung leisten, von den beschreibenden Worten in ein Bild des Spielfelds und des da ablaufenden Geschehens. Wo man doch einfach nur nebenher, während dem Lesen, wissen will, was LOS ist. Nicht wie es ausschaut.

1326. Ich weiß noch nicht mal, was für ein Baum das wirklich ist, da vor meinem Fenster. Absolut irr heute: die Knospen. Man meint, echt zuschauen zu können, wie im Zeitraffer-Film, wie sie da wirklich und im wahrsten Sinn des Wortes AUFSPRINGEN. Brutal.

1409. Wie mein armer süßer kleiner Canon da vor sich hin rödelt und den dritten Akt druckt. Zur Zeit der Arbeit an 1989, wo ich jede einzelne Seite selber gesetzt habe und sogar die Seitenzahlen noch von Hand eingab, weil ich die Automatik nicht bedienen konnte, war mein liebes Digital Notebook in einem inneren Zustand, daß es immer nur cirka zwei bis drei Seiten hintereinander drucken konnte. Dann ist der Computer abgestürzt, immer wieder. Am Schluß war natürlich Zeitdruck. Ich konnte auch die Dateien nicht verbinden, hintereinander hängen. Madness. Als müßte ich eben mal zu Fuß zum Südpol, wo jeder normale Mensch ein Flugzeug nimmt. Wobei, ich hatte immer gedacht: je stumpfsinniger die Arbeiten sind, um so mehr profitiert der Geist davon, auf eine Art, die man nur nicht erkennen kann. Ich stelle mir immer so ein mittelalterliches intellektuelles Leben vor. Mal vier Jahre lang eine Bibel verzieren. Eine Seite, drei Wochen. Ein besonders großer Buchstabe, besonders schön: drei Monate? Fünf? Und daß man über die Effekte gar nichts direktes ermitteln kann. Das zeigt sich dann erst irgendwann, irgendwie. Vielleicht, vielleicht ja auch nicht.

1758. Jeff Koons kopiert und an Hans-Ulrich abgeschickt, mit dem tollen Übernacht-Service der Post, für 14 Mark. Finde ich einen fairen Deal. Zu erledigt, um zu jubilieren. Aber wahrscheinlich doch sehr glücklich. Der Schöpfung genügen. Termine einhalten. Nicht traurig sein. Eine glückliche Hand haben. Und Seelenruhe finden. Wo? Im Werk.
UNKRANK

VERBRECHEN UND STRAFE

II
2.4

Guten Morgen, auf Radio Kultur, es ist neun Minuten vor neun.

Donnerstag, 2.4.98, Berlin.

Ich würde mich nachts
in Ihrem Zimmer fürchten
bemerkte er düster

Sonja sprach wie in Verzweiflung
erregt und leidend
und die Hände ringend

927. Ökonomie der Erzählung: man merkt sie nicht, die Erzählung verbirgt sich. Man vergißt immer wieder den Vermittlungs-Vorgang, mit dem einem die Vorstellung vom Vorgang, vom Geschehen, den Szenerien und Gemütszuständen übermittelt wird: die Worte. Man sieht durch die Sprache durch, nicht auf sie drauf, klar. Trotzdem gibt es einen objektiven, gegenwartsbestimmten Status der Sprache, der vorgibt, wie sie geht. Ich kann nur keine Programmatik erkennen, die diesen Status in seiner Vielgestaltigkeit und Widersprüchlichkeit angemessen faßt und anwendbar macht. Man ist wahrscheinlich darauf angewiesen, daß man IRGENDWIE, durch irgendwas Teil hat an ihrem gegenwärtigen Gesetz.

Natürlich entstehen im Schreiber dauernd unweigerlich irgendwelche Phantasien darüber, wie es sich nun mit diesem Gesetz verhält, wie er es zur Anwendung bringen oder wie er sich dagegen auflehnen kann, wenn er sich dagegen auflehnen zu müssen meint, was objektiv vorgegeben ist und was noch in seiner Verfügungsfreiheit, in seinem Ermessens-Spielraum steht, was das Material so hergibt und was er ihm geben kann, und es wechseln die Phasen, in denen er versucht, intuitiv, vielleicht sogar naiv diesem Gesetz zu folgen, mit den Zeiten, in denen er, mit allem nur erdenklichen intellektuellen Theorie- und Analyse-Aufwand, sich ein ihm verständliches Modell dieses Gesetzes zu schaffen versucht – und TROTZ ALLEDEM: es hilft nichts, es nützt nichts, das ist alles letztlich kein definitiv funktionierender, beschreibbar beschreitbarer Weg. Die PRAXIS sagt: es gibt keine Methode. Und ich kann noch nicht mal erkennen, warum das so ist.

Wenn ich allein nehme: jetzt hier, den Ausgangspunkt, wie ich da der Erzählung von Dostojewski zuhöre und folge. Wie das wirkt, wie ich das empfinde. Wie schwierig es ist, zu bestimmen, wie genau das erzähltechnisch gemacht ist, daß diese Wirkung hervorgerufen wird. Welchen Anteil daran die Zeitgestalt der Sache hat, welchen die Menschensicht, die Instrumentalisierung der Widersprüche zwischen dem Inneren der Handelnden und ihrem Sprechen, ihren Motiven und ihrem Tun, die Art der Gesprächsführung, das Sprunghafte, die dauernd drohende Madness, das Allgemeine des Menschlichen, das da agiert, der Horror der äußeren Bilder, die Stadt, das Soziale usw usw. Ein hochkünstlich konstruierter Realismus.

Deswegen liest man doch auch so gerne linguistische Texte oder Kritiken, weil die dieses Aufspüren und Präparieren der einzelnen Momente und Praktiken, die eine bestimmte Wirkung hervorrufen, leisten. Einem erklären, was warum wie wirkt. So wie Michael Althens Texte übers Kino in der SZ, die auf eine wie geträumte Art ganze PRÄZISE über die AHNUNGEN sprechen, die die Bilder und Melodien eines Films oder eines einzelnen Schauspielers in einem hervorgerufen haben, das ruhig entfalten und darlegen. Ach so, genau, verstehe, stimmt.

Oder, Gegenbeispiel: daß ich einfach nicht genau ermitteln konnte, als ich mich neulich von A bis Z durch Zolas Nana durchgekämpft habe, was genau mich daran so rasend machte, warum mir das wie ein solcher Schund vorkam. Warum ich glaube, daß Zola eben gar kein Schriftsteller ist, sondern irgendwas anderes. Vielleicht der Produzent von Die Brücke am Fluß, oder wie hieß diese Schnulze, wo die lapprig angezogene Landfrau ihrer großen, späten Leidenschaft zum National Geographic Fotografen heroisch weinerlich entsagt. I, war das scheußlich. Und ich habe Leute getroffen, die fanden das ganz toll, Frau Rutschky zum Beispiel.

1044. Zwischendurch im Verlag angerufen, aber Frau Grasnick ist heute in München. Hier regnet es. Schweißgebadet war ich nachts aufgewacht um halb fünf, noch vor den Vögeln. Ich stand auf, ging an den Computer und schaute mir alte Abfälle an. Im Nachtspace.

1103. Ich würde gerne gesponsert werden von den Firmen:

Brunnen
Pelikan
Adidas
Hofbräuhaus
Levis
Fruit of the Loom
Benetton
Dr. Martens und

Microsoft

1416. Notizen für den Heute Morgen Vortrag. Fax von Hans-Ulrich, mit einer Einladung zu einer dreitägigen »Konferenz« zur »deutschen Literatur«, Mitte September, in Frankfurt. Sie schreiben: »Seit einigen Jahren soll es wieder eine sehr lebendige deutsche Gegenwartsliteratur geben. Die deutsche Literatur sei weltfremd, abstrakt.« Das wollen sie dann da gemeinsam diskutieren. Ich mag über sowas nicht diskutieren, ganz bestimmt nicht öffentlich, ich glaube nicht daran, daß das Soziale der Ort ist, diese Fragen einer Klärung näher zu bringen. Man liefert doch eh mit jeder fertigen Arbeit seine Stellungnahme dazu ab, wie man das sieht. Und zwar auf eine Art, die TAUSENDMAL mehr SPASS macht als jede Diskussion. Es hat so viele läppische Aspekte, so frei zu leben, wie man es als freier Schreiber tut, aber eben auch paar tolle: daß man nur da mitmachen muß, wo man Lust hat drauf. PRAXIS.

Lebensläufe: mögliche Formen, so ein Schreiberleben zu führen. Mit Beispielen. Jeder andere führt einem eine Möglichkeit vor, wie man es auch machen könnte. Wirklich? Oder wieviel ist da doch naturellmäßig vorgegeben? Ganz egal: das ist die offenere Perspektive auf das Problem: Jede andere Möglichkeit zunächst mal so zu sehen, als eine einem selber auch zugängliche Lebens- und Arbeitsweise. Der macht das so: ich auch, ich nicht. Der macht es anders: ich nicht, ich schon. Usw usw. PRAXIS.

1500. Weiter an Heute Morgen. Ordnung machen und dabei denken und schreiben: Alle Ordnung ist wahnhaft.

Ein anderer Punkt ist wirklich auch: ich will die Leute nicht kennenlernen. Ich finde es extrem angenehm, daß ich Helmut Krausser zum Beispiel nicht kenne, außer durch das, was er schreibt und veröffentlicht. Ich habe ihn mal auf einer Lesung gesehen, nein, auf zwei, und in der Münchner Universität bei einem öffentlichen Vortrag über Literatur erlebt. Aber noch nicht ein Wort mit ihm gewechselt, von Angesicht zu Angesicht. Ich finde das einfach den genau richtigen Zustand. Ich habe dadurch mehr Spaß an seinen schriftlichen Äußerungen. Es reicht mir, daß ich Maxim Biller persönlich kenne. Egal wie er das sieht, er ist für mich der einzige Literatur-Schreiber, von dem ich sagen würde: mit dem bin ich befreundet. Das heißt: Er braucht nur anzurufen, ich höre seine Stimme und sofort freue ich mich. Sekunden später fängt er zu nerven an. Das macht aber nichts. PRAXIS.

1512. Save the Robots. Rauf und runter läuft die neue Mayday Single. Allein das Rave-Signal am Anfang, diese melancholisch absteigenden Flächen: ich höre es schon, in der Vorstellung, in den Riesenhallen, mit ix und zig-tausendfacher Wattgewalt dahergeblasen. Bei jeder neuen Nummer von denen denke ich: es ist DAS einfach die Musik, die in mir spielt, die ich höre, bevor irgendein Ton erklungen ist, von den Sounds, vom Groove, der Stimmung, dem Gesamtargument her. Ich kämpfe mich durch die diversen Papierberge am Boden und mache seit langem endlich mal wieder meinen Casio an, um die Töne dieses Signals kurz rauszuprobieren. Geil: E, Es, C. Dur, moll, offen. Wie cool, wie lässig. Wie wahr. PRAXIS.

1613. Notizen, Post. Im Schauspielhaus angerufen, und Carolin gebeten, mir die Krieg Verrisse zu schicken. Davon verspreche ich mir jetzt gute Anregungen für PRAXIS.

1730. Wieder daheim. Einmal Leopoldplatz, tour retour, zu Fuß. Mit Heinz Budes Intellektuellen-Artikel in der taz. Ich bin nur in zwei oder zweieinhalb Punkten anderer Meinung: Adornos Methode war nicht antidisziplinär, sondern hatte, in so viele Disziplinen, Soziologie-Form-gemäß, sie auszugreifen versuchte, EINE Mitte, ein Schwerefeld, ein Zentrum und also sehr wohl eine Disziplin: die Erfahrung der Kunst der Musik. Was für Nietzsche die Psyche ist, für Wittgenstein die Sprache, war für Adorno die Musik. Das denkbar Unpolitischste, was es gibt. Und DAS macht seine gesellschaftlichen und philosophischen Befunderhebungen so WILD, daß sie sich in jeder Hinsicht und mit einer verzweifelten Energie nach etwas ganz anderem sehnen als dem, wovon sie ausgehen, worin sie sich gefangen sehen: die ästhetische Erfahrung. Das war der halbe Einwand.

Der erste: Ich sehe Luhmann ganz anders als Bude ihn offenbar liest, versteht und darstellt. Mich ERSCHÜTTERT Luhmanns Totale, immer wieder, und zwar weil ich finde, daß sie selbst so erschüttert ist. Es gibt in Luhmanns Welt nichts selbstverständlich Gegebenes. ALLES könnte auch ANDERS sein. Jedes letzte kleine Detail bebt von der Möglichkeit her, so unwahrscheinlich zu sein, das es auch NICHT sein könnte. Deshalb lese ich in Luhmanns Darstellungen des Bestehenden ein ganz schweres Aufatmen mit, daß die Welt eben NICHT nicht ist, wie es ja viel wahrscheinlicher wäre, sondern eben genau so ist, wie sie ist. Bloß hat sich Luhmann angenehmerweise nie dafür interessiert, aus dem seinem Denken zugrunde liegenden existentiellen Beben eine Nummer zu machen, einen Auftritt. Im Gegenteil, als feiner, höflicher Mensch geht er über diese hochdramatische Basis seiner Theorie so unspaktakulär wie möglich immer wieder hinweg. Und das auch nicht aus einem heroischen Entschluß heraus, sondern einfach, weil es Wichtigeres zu tun gibt, als in diesen fast schon privaten motivischen Momenten sich zu verlieren, nämlich eben diese Darstellung der Rekonstruktion der Gesellschaft zu leisten, die, mehr noch als er selber, seine Theorie vor Augen hat und vorführt. Und interessanterweise gibt es ja wirklich KEINEN einzigen anderen Denker, der ihm bei dieser Arbeit hilft. Die Adepten nehmen nur das Vokabular auf, die Temperatur des argumentativen Stils, seine Coolness. Und die halbintensiv befaßten Leser, so wie auch Bude, sehen immer wieder nur das sogenannte »manieristische Spiel mit Tautologien und Paradoxien«. Auch was Luhmann den Intellektuellen in Budes Darstellung angeblich empfiehlt: nicht gerade Unsinn, aber sicher nicht DIE Empfehlung Luhmanns, die allenfalls sein könnte: sich mit Empfehlungen doch möglichst zurückzuhalten. So wäre zugespitzt gesagt der erste Einwand gegen Bude: wenn man nicht zum Kern eines Denkens vorstoßen kann, weil es einem aus irgendeinem Grund irgendwie fremd bleibt, dann sollte man bei einer so gerafften Darstellung der Funktion dieses Denkens extrem vorsichtig sein.

Zweitens: ausschließende Sätze von der Art: ist nicht mehr, hat ausgedient, jetzt nur noch – usw usw – haben meistens den Nachteil, daß man sofort ein Gegenbeispiel gegen sie ins Feld führen kann. Und daß sie dann nicht mehr stimmen. Der Künstler als Erneuerer hat NICHT ausgedient, auch wenn, total plausibel beschrieben, der Intellektuelle als Unternehmer eine neue faszinierende Rolle als »Agent des Neuen« in der Welt spielt. Genau so wenig, wie die Malerei ausgedient hat, seit es Kino gibt. Ich glaube sogar, daß es das Ausgedient-Haben überhaupt NIE gibt. Daß jedes neue Moment immer als Zusätzliches DAZU kommt, das alle alten dann neu bestimmt, neu definiert, aber nicht erledigt, abschafft, überflüssig macht. Natürlich spreche ich da aus meinen Erfahrungen mit der Kunst und den speziell kunstmäßig gearteten Vorschlägen, die von da her kommen, die die Gegenwart der Hochmoderne zeigen, formulieren, weiter entwickeln, problematisieren usw. Nicht zuletzt natürlich die DJ-Kunst. Gemessen an der muß mancher Intellektuelle als Unternehmer noch viele Artikel und Bücher schreiben, um wirklich wie sie auch Agent des Neuen in der Welt zu werden. Die DJ-Kunst IST das nämlich schon, naturgemäß, HA, aufs schönste.

1911. Skizze des Modells des Atoms eines Ich in der Welt, eines, das in dem Fall Schreiber ist, natürlich seines Geistes. Für Heute Morgen.

mir sind für zwei Jahre
die bürgerlichen Ehrenrechte
aberkannt worden

ich will
die Entscheidung
anfechten
ich gab heute öffentlich
keinen Kommentar ab

als Gegengewicht zum sogenannten Häppchenjournalismus
zeige ich unter anderem ungekürzte Parlamentsdebatten

was machstn da
für ne Hektik?

ich glaub ich hab
mein Portemonnaie verloren

dann kauf dir doch n neues

100. Back home from Wasted.

ILONA'S ASSHOLE
1991
SIEBDRUCK AUF LEINWAND MIT ÖL
228 X 152
CM

II
2.5

Mit anderen Worten: Kritik baut den Schrecken ab, den Kunst hervorruft. Kritik ordnet, erklärt, besänftigt. Ihre Mechanik ist die der Zustimmungsherstellung: sehe ich auch so. Sie ist so die die Kunst ergänzende Ja-Instanz, gerade wenn sie in ihrer Bestform auftritt: als Verriß. Irgendwas fehlt immer, jedem. Das muß angemahnt werden, findet Verständnis und Zustimmung.

Kunst muß den umwegreicheren Weg zum Verstandenwerden gehen, über die Abstoßung, die der Schreck auslöst, den Kunst speichert, in ihrer Weltsicht, ihrer Transformation des Realen als Ganzen, mit allem Horror, in etwas letztlich doch unweigerlich Schönes. PRAXIS.

Jörg Lau hat im Merkur vom Politicki Buch gesagt, lobend: da würde man also alles aus dieser Zeit so wiedererkennen und ganz beglückt dauernd nicken, denn so, ja, hätte man es auch erlebt damals, so wäre es gewesen. Aber dieses Zustimmen kann es nicht sein, das ist nicht die Antwort auf Kunst. Das ist die Erkenntnisform beim Lesen gut gemachter Kritiken oder toller Analysen. Kritik ist verbindlich, ihr Entstehungsort der soziale Raum der Redaktionen, das miteinander Reden und sich Austauschen, aneinander Abgleichen, sich passend Machen und die Zustimmungslage dauernd neu Prüfen im Kollektiv. DEKONSPIRATIONE.

Gerade deshalb, weil die Kritik durch das von ihr ausgelöste Ja zum Nein der

Kunst eine so wichtige Negativitäts-Komponente zurückgibt, die Kunst also auf Kritik als das sie Ergänzende wirklich so angewiesen ist, soll FEINDSCHAFT sein zwischen diesen beiden großen Brüdern.

Freitag, 3.4.98, Berlin.

Ulis Geburtstag. Alles Gute, Onkel Uli.

1034. Telefon mit Hans-Ulrich. Er hat eben das Praxis Plakat bekommen.

1039. Eines der tollsten Sachen an MADE IN HEAVEN fand ich: wenn man so extrem scheiße ausschaut wie Jeff Koons, sich ausgerechnet als ADAM zu sehen und zu zeigen und hinzustilisieren. Amerikas Größe: trash und Scheußlichkeit all over und okay. So wie Raymond Pettibon neulich auf dem Empfang zu seinen Ehren in so einer lapprig kalifornischen Bermudabadehose rumschlurfte, langhaarig, verwahrlost, wie ein Bum aus Kalifornien eben. Das käme dem wahrscheinlich ganz komisch und verlogen vor, irgendwas Vernünftiges oder Normales oder Nettes anzuziehen. Das fände der scheußlich. Der kommt so, wie er ist, und ist so, wie er sich fühlt: es geht doch hier wohl um die INNEREN Werte. Und eine ganze Wand hing voll gepflastert mit seinen unblaublich hübschen, vielgestaltigen und höchst kunstvoll die Genres mixenden Arbeiten. Geil.

1053. Die Handlungsgestalt für unsere NEUE DEUTSCHE KOMÖDIE müßte so ähnlich sein wie in Wasted gestern: ganz realistisch, konkrete sinnvolle Dialoge, von hier nach da, Entwicklung, Spannung, wie gehts weiter etc. Und der Space müßte durch das Abgerissene, die Geschwindigkeit, die extreme Kürze der Szenen hervorgerufen werden, die Künstlichkeit. So wie die Ecstasy-Farben in dem Film, am Anfang und am Schluß.

Am Anfang dachte ich: toll, es gibt jetzt also doch schon den Film zu Rave. Aber dann hob das nochmal auf eine so extrem geile Art ins geradezu SURREAL realistisch Kaputte ab, da ist Rave Kinderfasching dagegen. Es gibt so viele Arten von Realismus. Realismus ist mehr eine Erkenntnisform, ein Interesse an Erkenntnis, als eine bestimmte Form der Darstellung. WASTED, geiler Titel auch. 10 Jahre TÄSCHNO in eineinhalb Stunden, vom Härtesten. Ist das eigentlich in Spex besprochen worden? Wo, wie, wo sonst? Habe ich alles verpaßt, die ganzen Kritiken.

Das wäre jetzt, dachte ich mir gestern abend, meine Vorstellung vom Informations-Kapital Internet: daß ich auf der Stelle die deutschen Kritiken der großen Zeitungen zu diesen Film einsehen könnte. Aber ich weiß nicht mal, wo ich zu suchen anfangen müßte, als Nichtnerd. Als jemand, der sich nicht NUR den ganzen Tag mit den Geheimnissen dieser Infowelt befaßt.

STEINZEIT DER ELEKTRONISCHEN WELT.

aber er war Skeptiker
er war jung
dachte abstrakt
somit grausam

ich habe mit allem
gebrochen

warum
fragte Sonja bestürzt

und sich in jeder Beziehung
einen vollkommenen Genuß
zu verschaffen

1243. Wie oft habe ich es schon notiert? Nach jeder fertigen Arbeit, glaube ich. Und jedesmal neu freue ich mich an dem Gedanken: das Werk ist eben NICHT die Totenmaske der Konzeption, sondern ihre Weltform, ihre Lebendgestalt, ihr Leben. Und das in jeder Hinsicht tausendmal Reichere, Vielgestaltigere, Schönere, als in den kühnsten konzeptionellen Visionen erträumt. Realität eben, nicht Idee. – Für Benjamin war die Vorstellung natürlich ein hilfreicher Trost, weil so viele, einfach ZU viele wunderschöne Ideen und Konzeptionen die endgültige Werk- und Welt-Gestalt nie erreicht haben. Deshalb ist Benjamin der andere große Angstpartner beim Leben in Notaten und Notizen, in dem Moment, wo die einen autonomen Gewichtigkeits-Status bekommen, überhand nehmen, die Führungsrolle zu beanspruchen anfangen. Dann kriegt man Angst. PRAXIS.

1253. Seit ewigen Zeiten frage ich jeden, wo das Adorno Auschwitz Gedichte Zitat steht. Ich will das endlich mal im Kontext lesen. Das vielleicht berühmteste Adorno Zitat. Ich finde es einfach nicht. Und keiner, den ich frage, weiß es. – Das Benjamin Zitat ist ja wohl sicher aus der Einbahnstraße. Dieses Büchlein habe ich mal von Harald Wieser geschenkt bekommen. In der taz war er jetzt porträtiert als Juhnke Porträteur.

1316. Lustig: Frau Venusberg, im Referat des Benjamin von Stuckrad-Barre, in der Woche: daß fremde Leute sich mit ihr treffen wollen, weil sie denken würden, sie würde sie verstehen, was aber Quatsch wäre, meint sie: »weil ich ja keinen verstehe.« Und genau DAS strahlt ihre Literatur aus, das macht sie so stumpf und langweilig. Auch weil genau das natürlich nur so ein weiterer Unsinn ist: in Wirklichkeit versteht man ja JEDEN, den man trifft, kennenlernt, mit dem man redet. DAS ist ja das Irre, das Anstrengende am Sozialen.

Sein Geheimnis. Sein Horror. Etc etc. PRAXIS.

1446. Langsam lichtet sichs. Im Kampf gegen die Papiere am Boden und an den Wänden. Zum Adult Orientated Pop von Monaco wieder. MUSIC FOR PLEASURE. Erinnert mich, vom Begleitungsvibe her, an späte Kitsch-Stranglers, Only The Sun. Oder verwechsel ich da wieder mal was?

1837. Wieder daheim. In der Fine Arts Galerie, bei Pettibon. Drei große Wandgemälde, und zwei Wände mit angepinnten Papierdingern in allen möglichen Formaten und mehreren Farben. Text und Bild: ich sah plötzlich die darin eingeschlossene Auseinandersetzung mit melancholischen Momenten. Wenn Buchstaben aus dem Comic und der Werbung ins Gemälde wandern dürfen, Schrift in die Zeichnung, ist auch Melancholie als Thema mit da. Auch Alberts neue Collage-Bilder zeigen das. Warum eigentlich? Das Bild ist dann GEBROCHEN, verletzt, kämpft, ist bedroht. Es hat was Verzweifeltes, dieser Übergriff, das Erleiden des imperialistischen Einmarsches des Textes in die Stille der Schau, die Passivität und Wehrlosigkeit des Bildes. Sein nur traurig und überfordert blickender Blick der Hinnahme und Auflehnungslosigkeit. Die Melancholie. Pettibons Hand, ganz old school: die Schönheit der amerikanischen Schulschreib-Handschrift. Wahnsinnig gute Laune macht das Verschwenderische, wenn kurz mal drei große weiß gekalkte Wände für die Dauer einer Ausstellung schwarz bemalt werden mit später wieder weiß übermalten Wandbildern: Kopf, Gruppe, Totenkopf.

Das ist nun eine in jeder Hinsicht völlig UNNEUE Kunst. Sie formuliert die Tradition eines dunkleren Amerika, und holt die hierher, nach Berlin. Die Tatsache, daß einem dieses Underground-Wissen hier so gezeigt wird, daß es einen in dieser Kunst-Gestalt erreicht, interessiert und berührt, ist der interessante Aspekt. Das gab es in den 60er und 70er Jahren noch nicht. Daß Amerika sich bereichert sieht von seiner Armut und Darkness, und sich genau so, eigentlich fast europäisch, selbst auch zeigen will, auch dort, hier. Das ist ein Neustatus der Realität, den diese Unneuigkeits-Kunst mitgeschaffen, formuliert, mitteilbar gemacht hat. Im Laufe der letzten etwa zehn Jahre. – Ich rede da also dauernd gegen Budes Befund, daß der Künstler als Erneuerer der Wirklichkeit ausgedient hätte. Ich wüßte gerne, was der für eine konkrete Kunst vor Augen hat, für beide Stadien. Welche Künstler waren wie und wann diese Erneuerer, und welche sind es heute warum nicht mehr? PRAXIS.

S-Bahnhof Friedrichstraße. Jedesmal neu muß ich dort die folgenden Worte in mein Notizbuch schreiben:

SINGLEPARTY
SAMSTAG

HIER

Das strahlt einfach so eine unglaubliche Traurigkeit ab. Der Bahnhof selber nimmt langsam Gestalt an. Das Blau der Schilder und die Schrifttype: tief leuchtend und wirklich ultraschön. Man ist von der Bahn und der Post einen so selbstbewußten Terror mit EXTRA aggressiv nur scheußlichen Farben und Designs inzwischen derart gewohnt, das einem dieser ganze neue S-Bahn-Style wie eine absolute Sensation der Freundlichkeit, fast schon britisch vorkommt.

1950. Das neue Stück von Turrini in Wien, im Akademie Theater, von Hartmann inszeniert, in der Kulturzeit, mit langen Ausschnitten aus Dialogszenen. Diesmal laß ich es mir in den VERTRAG schreiben, und zwar als allererstes, daß kein einziges von mir fürs Theater geschriebene Wort im Fernsehen gezeigt werden darf. Ich verstehe nicht, daß die Leute nicht verstehen, daß das nicht geht. PRAXIS.

ich habe in den 70er Jahren
junge Männer
sexuell belästigt
ich trat als
Erzbischof von Wien zurück
blieb aber Kardinal

2012. Ich friere und bin traurig. Aber das ist ja sozusagen eh ein und dasselbe. KRANK.

POETIC
USE OF BLOOD
$ 2
RAYMOND PETTIBON
COMPLETE AND UNABRIDGED

II
2.6

Andererseits bin ich immer neu SCHOCKIERT, daß die meisten anderen fast immer fast alles völlig ANDERS sehen als ich. Im Straßenverkehr, in der U-Bahn, bei der Bewertung, worüber man reden sollte und worüber lieber nicht, was eine schöne Auseinandersetzung ist und was eine quälende, welche Stimme, welcher Name, welche Art, sich zu geben, nervt oder anziehend ist, und was für eine Kunst einem gefällt oder nicht und warum. Daß also jeder all das völlig anders sieht. Ich denke immer, das ist SO, das ist doch völlig klar, das müssen doch alle anderen AUCH so sehen. Nein, ganz und gar nicht, ganz im Gegenteil.

Samstag, 4.4.98, Berlin.

Auch das zieht mich an Luhmanns Theorie so an, daß sie im Hinblick auf diese Erstintuition immer wieder darlegt: falsch, Multiperspektivität, Unterschied, andere Ordnung als über Zustimmung. Und zugleich die Vernunft an sich nicht im Partikularen einer Differenz verankert – ich bin schwul, schwarz, Frau – wie so viele Theoretiker, gerade auch politisch avancierter Positionen, die die Welt über Differenz scannen, sondern, wie man doch wohl sagen muß: vernunftgemäß und entgegen allen Behauptungen, das EINE einer theoretischen Darstellung gäbe es nicht mehr, auf einem ganz anderen Allgemeinheits-Niveau angesiedelt sieht, so daß sie je nach Beobachtungskonstellation auftreten kann als: Sinn, Kommunikation, System, Welt, Geheimnis.

Der Trost, den diese Theorie dem Schmerz der Partikularitäts-Erfahrung verspricht, hat deshalb eine so andere Größe, Weite und Güte, als das Insistieren auf der Marginalität, das im politischen Kampf selbstverständlich seine Funktion hat, aber doch nie den Sprung zum VERSTEHEN der Lage schafft und deshalb als Denkanstrengung immer so quälend eng wirkt, ganz ohne Aufwind.

mir gehts scheiße
ich bin eine unterdrückte Minderheit

Mensch, ECHT?
du auch?
ist ja toll, ich auch
was bistn du?

ich bin Intellektueller
hochgradig gestört

au, das s schlecht
ich bin Proll, arm, Frau
ich kuck mal weiter
ob ich noch andere finde
die zu mir gehören

schade

okay

So organisiert sich der politische Kampf, seit der Repolitisierung des Denkens in den frühen 90er Jahren. Lustigerweise am Vorbild US-Amerikas geschult. Einem Kollektiv, das in seiner ganzen kurzen Geschichte einerseits die avancierteste Lebensweise vieler Menschen miteinander hervorgebracht hat, und zugleich noch nie einen einzigen GEDANKEN je gedacht hat.

Und wenn man sich also nicht wohlfühlt im Protestkreis der sieben anderen, die zufällig genau das gleiche Muster der Marginalisierung haben wie man selber, bleibt Differenz auf ganz andere Art virulent und produktiv. Ich habe Titanic so gehaßt, daß ich nach der Hälfte rausgehen mußte. Zehn Millionen Deutsche lieben diesen Film. Ich kann Bild nicht mehr lesen. Fünf Millionen Deutsche lesen Bild JEDEN TAG. Das macht einen traurig, genauso automatisch, wie man früher aus der Isolationserfahrung seiner intellektuellen Position Stolz und Würde beziehen konnte. Das geht heute nicht mehr, weil das Herausgehobene dieser Position verschwunden ist. Und all das wirft dann dauernd Probleme in den politisch-moralisch-ethischen Grenzfeldern auf. Wo dieses träumerisch erwägende, unpräzise Denken stattfindet, das das reale HANDELN und also die Praxis des Lebens in jedem Minimoment auf verborgene Weise mitbegleitet.

1251. Deshalb ist Luhmann der Theoretiker der Demokratie. Er hat das so ähnlich auch mal in einem Interview selber gesagt. Übrigens der erste. Weil Demokratie für ihn einerseits, seinem Jahrgang entsprechend, er war ja im Mai 45 noch 17, der reale Basiszustand ist, nicht mehr Utopie, und trotzdem eine absolute Sensation.

1310. Bei der Singleparty-Traurigkeit dachte ich gestern auch an das WUNSCHKONZERT von Kroetz, das ich mal in irgendeinem Münchner Kellertheater gesehen habe, richtig mitgenommen davon. Vor vielen vielen Jahren. Wenn man solche Erlebnisse dem Theater verdankt, kommt man nicht unbedingt zu anderen Beschreibungen seiner Scheußlichkeiten, als die, die Maxim Biller jetzt wieder im Zeit-Magazin darlegt, aber man BEWERTET sie ganz anders. Mehr so: ja ja, schon recht, ich weiß, ist mir dann aber letztlich doch ganz egal, weil mir geht es in dem Zusammenhang um was ganz was ANDERES, was viel Tolleres. Etwas, was von all diesen Scheußlichkeiten letztlich gar nicht berührt ist. Man LIEBT dann das Theater eben, so wie andere den Film. So what? Big deal.

1428. Hunde sind auch die Tiere der LETZTEN. Aurelia wollte ja auch immer einen, als Kind. Daß wir das nie verstanden haben. – Wie die ganz kleine Prollfrau mit Brutalität auf einen ihrer beiden riesigen Hunde einschlägt und ihm brüllend irgendwas zum Sozialprozedere mit seinem Mithund erklärt.

1438. Von wegen Zeitraffer: Superzeitlupe. Noch immer nicht offen: meine Knospen.

Raskolnikov lächelte, schweigend und höhnisch.
Genug, Mamaa, bitte, genug! Ich gehe sofort. Aber nur
ein letztes Wort, sagte er, schon völlig außer sich.

1602. Räume und ordne. Neulich, wo Hirnkurzschluß war, bin ich mit dem Rad in die hiesige Guggenheim Filiale unter den Linden gefahren, um mir den Rosenquist Schinken anzukucken, den ich auf allen Abbildungen so toll fand. In echt dann eine sehr herbe Enttäuschung. Malerei ganz ohne Licht. Ohne Vision, ganz bieder konzeptuell eigentlich. Am schlimmsten: die kleinen Collage-Skizzen, nach denen er das dann alles aufgeblasen hat. Du liebe Güte, dazu möchte man nicht genötigt werden, so nahe am so stumpfen Entstehungsprozeß einer so armseligen und dabei derart megariesengroß sich gebärdenden Kunst teilnehmen zu müssen. Skizzen gehören generell NICHT ausgestellt, Punkt. – Weil ich gerade wieder den Faz-Artikel in der Hand habe, wo ich die 24 cm große Abbildung so appealing finde. – Beim Rausgehen dachte ich: Das Signet der Deutschen Bank ist ein tausendmal wichtigeres Kunstwerk als die Rosenquist-Bilder da. Wobei dieses Signet, dort als dreidimensionale metallene, messingfarben polierte Skulptur an der Wand über der Türe, natürlich auch wirklich so was Ultimatives, Gelungenes an sich hat, daß auch tollere Kunstwerke in der Konkurrenz dazu ziemlich alt ausschauen würden. Ich stelle mir den Zustand im Kopf des Graphikers vor, in dem Moment, wo ihm dieses Ding einfiel, wie ihm das plötzlich klar war: SO geht das, SO schaut das aus, dieses Ding. Was das für ein Glücksmoment war.

1651. Feierabend.

GALERIE DER GEGENWART

II
2.7

Sonntag, 5.4.98, Hamburg. 1200.

Dieter Roth,
Literaturwurst 1967,
zerkleinerter Roman, Kunstdarm, Gewürze, Gelatine.

Boston School.

Philip-Lorca diCorcia.

Philip-Lorca diCorcia; Gerald Hughes (a.k.a. Savage Fantasy), about 25 years old; Southern Colifornia; $ 50. 1990-92,

Ralph Smith, 21 years old; Ft. Lauderdale, Florida; $ 25. 1990-92.

New York, 1997
New York, 1993
New York, 1993
Naples, 1995
Tokyo, 1994
Hongkong, 1996
New York, 1993

Philip-Lorca diCorcia; Roy, »in his twenties«; Los Angeles, California; $ 50. 1990-92.

André Smith, 28 years old; Baton Rouge, Louisiana; $ 30. 1990-92.

Mario, 1978
Brian, 1988
Auden and Emma, 1989
Bruce and Ronnie, 1982
Sergio and Totti, 1985
Mary and Babe, 1982

Thomas Struth, * 1954
Art Institute of Chicago II
1990

1900. Handersen. CITY-TREFFPUNKT DER EROTIK

1904. Hauptbahnhof.

OSLO
KOPENHAGEN
STOCKHOLM
HELSINKI
BERLIN
WARSCHAU
WIEN

BUDAPEST
BERN
ROM
MADRID
LISSABON
PARIS
BRÜSSEL
AMSTERDAM
LONDON
KOPENHAGEN
OSLO

1906. Altona! Bitte zurückbleiben!

1908. Hau rein! Paß auf dich auf!

2030. Das ist mir einfach
ein bißchen ZU VIEL Realität
für Samstag Abend

2053. Matisse. THE MUSEUM OF MODERN ART.

ICE 815
FLIEGENDER HAMBURGER

II
3.1

Montag, 6.4.98, Hamburg.

515. Galerie der Gegenwart.

608. Im ICE 815 Fliegender Hamburger. Hamburg – Berlin. Gültig ab April 1998.

Fliegender Hamburger: der legendäre »Fliegende Hamburger« verkehrte ab 15. Mai 1933 planmäßig zwischen Hamburg und Berlin und legte die 287 km lange Strecke in nur 2 Stunden und 18 Minuten zurück. Damit war der »Fliegende Hamburger« damals der schnellste Zug der Welt.

822. Sehr geehrte Fahrgäste, wir erreichen in wenigen Minuten unseren Endbahnhof Berlin, Zoologischer Garten. Wir hoffen, Sie hatten eine gute Reise und sagen tschüß, bis zum nächsten Mal.

833. Hansaplatz
834. Turmstraße
836. Birkenstraße
837. Westhafen
838. Amrumer Straße
839. Leopoldplatz. Übergang zur U-Bahnlinie U 6.

846. Seestraße
857. Wieder daheim.

heutzutage ist doch alles krank
und DEFEKT und GEREIZT
und die Galle!
wieviel zu viel Galle sie alle haben!

Sie haben es vielleicht schon gehört
meine Damen und Herren
der Maler und Graphiker Wolf
Vostell ist tot

als ich die Probe betrat

brach Karajan ab

1053. Andererseits muß man auch sagen: wenn ALLE oder fast alle was scheiße finden, was man gemacht hat, alle, die von AUSSEN kommen, die einen nicht aus der Nähe und von innen und mit den Augen des speziellen Problems, an dem man gerade rum macht, sehen, sondern einfach so, als Zuschauer, als Kritiker, ist die Wahrscheinlichkeit eben letztlich leider doch nicht unhoch, um es mal genau so verquer auszudrücken, wie es mir in den Sinn kommt, daß man sich IRRT. Daß das, was man gemacht hat, falsch ist, nicht gut, daß man sich getäuscht hat. Schade. Magenschwinger. Aua. Was lernen wir daraus? PRAXIS.

Man kann sich dann nicht gemütlich auf die Funktion von Kritik zurückziehen und sagen: Kritik muß kritisieren, nörgeln, Fehlendes bemängeln und Perfektion anmahnen, das erwarten wir von ihr, das hat mit uns gar nichts zu tun. Man steht dann einfach nur da, ganz matt, und sagt: aha?, so schlimm?, und das und das Gemeinte kam also alles überhaupt nicht rüber? – Nö, ehrlich gesagt nicht. – Hm? Aha. Schwierige Lage.

Und wiederum andererseits kann man eben auch keine direkten Konsequenzen daraus ziehen. Außer der einen vielleicht: sich davon betrüben zu lassen. Ganz untrotzig und blauäugig. Mit der Folge, daß das irgendwie in einem nachwirkt und arbeitet, ohne daß man genau sagen könnte, wie genau, und mit welchem Effekt. Je länger man dabei ist, egal bei was, umso schwieriger wird es, alle diese Dinge halbwegs richtig zu handeln.

Besonders geil: wenn die öffentlichen Fernsehdamen ihre Rausschmisse und Niederlagen öffentlich bejammern. Zuletzt Ulla Kock am Brink bei Frau Böttinger. Schon länger her, Frau Schreinemakers bei Biolek. Wie sie geweint haben. Wie stark die jeweiligen Partner waren. Wie das aber jetzt noch mal zusammengeschweißt habe. Wie sie nun also eine Auszeit brauchen und nehmen würden. Daß das auch ganz gut wäre. Wie schlimm es vor allem für sie sei, daß ihr superfeines Näschen, und dazu tippte sich Frau Kock am Brink so näschenmäßig immer wieder an ihr feines Näschen, sie plötzlich so im Stich gelassen habe. Und ich sehe sie noch vor fünf Minuten megaarrogant bei Harald Schmidt rumturnen und sich über dessen Quote lustig machen, wie er ihr alles Gute wünscht. Das bräuchte sie nicht. Sie hätte nämlich die Zuschauer. Ganz im Gegensatz zu ihm. Und ich dachte schon da, mach doch mal halblang, ist ja gut. Was gibste denn so wahnsinnig an? PRAXIS.

1448. An Heute Morgen. Beim Einkaufen. Wieder daheim. Wenn man nicht bereit ist, alles Bisherige nochmal zu zerstören, kann man sich gleich in den Rinnstein legen, zum Sterben, vor das Shakespeare's Inn, wie Brinkmann. Dann lebt das blöde Werk endlich sein Totenleben. Und alle sind zufrieden.

Nur ich nicht. Ich glaube an die Lebenden, nicht an die Toten.

1557. Kaum hat man die Bilder gesehen und EXTREM toll gefunden, läuft einem leider auch schon die dazugehörige Story über den Weg, in einer irgendeiner Kritik: wie genau jetzt also Philip-Lorca diCorcia seine Bilder herstellt, stellt, ausleuchtet, bla bla. Ich will es aber gar nicht hören. Ich sehe es ja. Es langweilt, es stört. Die Anekdote: der Blödmannweg zum Werk. Das erste, was einem immer erzählt wird, man kann gar nicht schnell genug abhauen. Besonders befallen, von der Anekdoten-Erzähl-Krankheit: die Kunst-Vermittler, das halbnahe Umfeld. Kuratoren, Vorwortschreiber, Kritiker, leider oft auch Galeristen. Sie halten alle die Zumutung nicht aus, die aus dem großen SCHWEIGEN der bildenden Kunst spricht. Gebet. PRAXIS.

ich sehe mich als Künstlerin
ich versuche meiner Show
Klasse und Aussagekraft zu geben

die Weltpresse
beginnt sich zu versammeln

nichts
scheint mehr unmöglich
DIE SPEKULANTEN
wittern erneut Morgenluft

GALLE
FÜR ALLE

II
3.2

Dienstag, 7.4.98, Berlin.

Es regnet. Der Baum vor dem Fenster: also eine Kastanie. Wie kleine lahme Beinchen hängen die einzelnen Blätter aus jeder ehemaligen Knospe jetzt raus, ganz hilflos, nach unten. Und in drei Minuten geht der Terror mit den KERZEN los. Seltsamer Baum.

1054. Zum Schweigen der bildenden Kunst: das ich überhaupt nicht GEWAHRT sehen möchte. Im Gegenteil, es soll dann beschossen und zubeballert werden, mit Text, Rede, Geschichten. So wie Diedrich mal in dem Immendorff Katalog schrieb, ich glaube zu Café Deutschland: noch nie wäre so viel geredet worden, vor Bildern, bei einer Eröffnung, über die Bilder. Klar, Eröffnung, reden, zusammen sein mit vielen Leuten. – Es geht nur um diesen EINEN Moment, in dem die grundsätzliche ANDERSHEIT der Bilder erfahren wird, erlebt wird, letztlich einen Schock auslöst. Sie sagen nichts. Sie schweigen. Sie sagen, was sie sagen, auf DIE Art. Brutal, erschreckend, ungeheuerlich; und dann zugleich auch unendlich tröstlich und tröstend, lieblich und bezaubernd. Die Schau der Bilder. – Wie weit die Sprache davon weg ist. Nur darum geht es, daß dieses Faktum nicht ganz ausgestrichen wird in der Reaktion, daß ein Moment des Respekts für diese Andersheit der Bilder übrig bleibt. Daß die Rede davon irgendwie noch nachbebt, aufgeladen ist, erschüttert. PRAXIS.

Mir ist oft aufgefallen, daß Leute, die sehr gut und versiert, differenzierungsreich und geradezu großartig über MUSIK schreiben können, ganz hilflos und schlecht über Bilder und bildende Kunst reden und schreiben. Daß die in ihnen ratternde Textmaschine dem Fliehenden der Musik, ihrem Flüchtigen, in der Zeit sich Verlierenden so gut hinterher rast, nach spricht, entspricht. Daß das die Musik festhält, diskursiv zugänglich macht. Und daß diese gleiche Textmaschine, wenn sie auf das Feststehende und Leuchtende der Bilder und der bildenden Kunst zurast, einen zerstörerischen Panzer aufbaut, der die Kunst einmauert, sie zumüllt, ihr das Wort verbietet und sie so wirklich zerstört.

Natürlich gehört in diesen Kontext der große Erfolg der Kontext-Kunst, bei den Kritikern, den Interpreten, den professionellen Textern. Konzept und Idee wehren sich nicht gegen den Text, der ihnen vom Interpretentext her zugeht, das entspricht sich gegenseitig. Das paßt zueinander. Und wenn man den großen Publikumserfolg der letzten Dokumenta nimmt, fühlt sich offenbar auch das Publikum der 90er Jahre in ganz großem Stil und durch die Bank vom Text der Kontext-Kunst angesprochen, nicht vom Schweigen der Bilder.

Immer wieder habe ich mit Albert darüber geredet, wie geil ich das finde, in welche absolut marginale Position und Stille die Malerei im strengen Sinn wieder zurückgetreten ist, aus dem großen Resonanz-Lärm-Raum, in dem sie in den 80er Jahren agiert hat. Die von dieser Stille aufgeworfenen Probleme, andererseits. Denn auf eine Art kann man als nichtjunger Künstler auch nur wirklich neue Sachen machen, wenn die Gegenwart, in der man steht, auch antwortet. PRAXIS.

1159. Den Blick nach vorne richten. Wie es die Sportler immer verkünden. Das nächste Spiel ist immer das nächste. Wie ich mich gefreut habe, daß Boris Becker, dem überall vorgehalten wurde, wie er alles falsch machen würde, jetzt, als Davis Cup Kapitän, es dann schließlich doch allen wieder mal kurz gezeigt hat. Boris Becker.

1222. Die Zeit ist die Natur der Gegenwart. – Durchaus im Gegensatz zu früher. Im XVIII. Jahrhundert war die Natur der Ort der Gegenwart. – Im XIX. Jahrhundert ist die Gegenwart Enge, Psyche, Stube, Rückzug, Flucht vor dem Sozialen, vor der dort stattfindenden Explosion. – Auch deshalb sieht man sich so viel stärker mit dem XVIII. als mit dem XIX. Jahrhundert verbunden heute. Für Heute Morgen.

1243. Das Schweigen der Bilder wird unterbewertet. Heute. So wie früher das von Duchamp überbewertet wurde. Diesen genialen LALLTERROR, den Beuys der Kunst gegeben hat. Und das unbeschreiblich beglückende Schweigen gleichzeitig, das heute aus seinem Werk spricht. Der AUFWIND wieder plötzlich im Beuys Raum, in Hamburg, in den Tiefen der Katakomben der Ungersschen Blödmann-Architektur: da liegt das alles, dieses ganze Zeug, schrundig, krumm, wund und sehr schön. Es fordert einen zu absolut nichts auf, noch nicht mal zu bleiben. Man geht da einfach durch, nickt und ist sehr dankbar.

und Mitglied im
Zentralbankrat der
Deutschen Bundesbank

1304. Broder saß bei Frau Christiansen, gestern in der Wiederholung, und meckerte rum: das Beredete wäre ja doch wieder nur die alte Leier gewesen, was geredet werde zum Thema, seit ungefähr Heine. Ganz was Neues: daß in solchen Runden das Alte neu durchgemangelt wird. Daß man da dabei sitzt, wenn man sich dazusetzt. Wie megaöde dann so ein genervter Gestus wie der Brodersche rüberkommt. Merkt der gar nicht.

1332. Schwarzer Anruf.

1341. Leute, die einen toll finden. Den Kontakt suchen. Eigentlich anders: die die Sachen von früher toll gefunden haben, frühere Sachen. Die jetzt gespannt sind aufs Neue. Wenn man dann aber nicht so geblieben ist, wie sie einen sehen. Wenn das Neue was anderes ist, als das Hochspezielle, was sie also erwarten, was jede Erwartung ja immer erwartet. Aua. Dann gibts aber Hiebe. Und zwar ganz direkt. Als müßte man sich jetzt persönlich bei denen entschuldigen. Grotesk.

Auch deswegen hasse ich jede Vorfreude so. Wegen des Einengenden der Erwartung. Ich will nichts erwarten, von niemandem, von nichts. Dann kommt das Neue auf einen immer am schönsten zu. Dann hat man am meisten Spaß damit, versteht es am besten.

Ich erinnere mich, wie vor gut zwei Jahren Westbams Terminator, die unter einem Projektnamen erschienene Vorabsingle, bei mir in München lief und ich dauernd dachte: ich verstehe es nicht. Was meint er denn? Wo kommt denn dieser komische Break her? Dieser Minimalismus? Die Sounds? Das ist doch irgendwie der Horror. Oder? Und dann nur aus meiner Erfahrung mit eigener Taubheit für Musiken sagte ich mir: es muß an mir liegen. Es geht da um irgendwas, was ich nicht kenne. Was mir verborgen ist. Und ich sozusagen auf Westbam vertraute, daß er schon wissen wird, und daß ich schon noch verstehen werden würde.

Und genau so kam es dann, viel später. Wie ich im folgenden Jahr immer wieder zu den Westbam Gigs ins E-Werk fuhr, von München aus, weil da plötzlich die Musik spielte, über die ich mit Michi seit unseren ersten Lounge-Abenden, wann war das?, 95, Herbst 94, geredet hatte, die Aufladung der breakigen Rhythmen mit der Dramatik des Geraden. Und dort, auf diesen Parties, verstand ich dann, wie das gedacht ist, Terminator, wie gemeint, was das ist, auch was für ein Hit das ist, bei seiner ganzen extremen Abstraktheit. Warum. Und heute ist diese Nummer wirklich DER Klassiker, ground breaking, der Durchbruch zu einem ganzen neuen Style von Dance. PRAXIS.

1742. Mein kleines Heute Morgen Referat hier eben zum dritten Mal vorgetragen, ins nichts hinein, zur Übung, probeweise. Jetzt bin ich schon fast runter auf der angepeilten Länge von 15 Minuten. Beim ersten Versuch dauerte es 40 Minuten. Lautes Sprechen tut der Seele gut.

im Vertrag mit RTL
gibt es eine Schweigeklausel
sagte
EIN SPRECHER

1825. Der große Theaterkritiker Dirk Schümer. Sachkunde, Passion, Präzision im argumentativen Verfahren. Fast schon taz-tauglich. Schreibt aber in der Faz. Heute über den Kresnik Abend in Hamburg. Die Zukunft der Kritik, der Theaterkritik, morgen in Explosiv. Barbara Eligmann: Und wie ist die Stimmung bei Ihnen, Herr Schümer? Ja, hier alles super, Leute, ich bin gut drauf, ich hoffe, das kommt so bißchen rüber, Frau Eligmann, liebe Leser, soundmäßig, launentechnisch: alles super hier bei mir. Toll, Herr Schümer, vielen Dank, bis bald. PRAXIS.

diese Proportion
wird seit Jahrtausenden

auch in der menschlichen Kunst verwendet
und dort als
goldener Schnitt bezeichnet

was geht denn in Ihnen vor
wenn Sie so was hören?

hja
ich frag mich
warum so ne Leute frei rum laufen

zum ersten Mal
Macht über Menschen

Guido Knopp
Terror
der Sprache
Hitlers Helfer
der Vollstrecker

ABFALLS SCHWEIGEKLAUSEL

II
3.3

Mittwoch, 8.4.98, Berlin.

die sind meines Erachtens
ABSOLUT SCHMERZBEFREIT
die da drauf sitzen
auf den Dingern

meldet der Biker bewundernd über noch verrücktere Mitbiker, als so ein geiles Endziel: absolut schmerzbefreit sein. Natürlich mehr ein ausdruckstechnisches Endziel, aus der naheliegende Welt der ärztlichen Notversorgung am Straßenrand.

900. Im Halbschlaf drehten sich die Worte um Präzisierungen des Realismus-Begriffs, der Idee von Realität, um die es gehen würde. Schweißgebadet wachte ich auf. Angst.

1024. Los gehts.

1030
-Guten Tag
-Tag
-Zum Flughafen Tegel bitte
-ja

1035. Schleuse Plötzensee.
-und zu welchem Fahrsteig möchten Sie?
-zu, ä, Abflug nach Frankfurt
-a, Sie fliegen also?
-ja
-das ist, glaube ich, Flugsteig 9 oder 10, meistens ist es so, aber wir können kucken, auf der Tafel

1041
-brauchen Sie eine Quittung?
-ja, über 19 Mark bitte, bitteschön
-danke, ich wünsche Ihnen einen guten Flug
-dankeschön, Ihnen einen guten Tag

1051
-ist denn die Zeit heute auch schon erschienen?
-ja, alles da, wegen Feiertag
-aha, und wo bitte?
-da OBEN
-a!

1053
-guten Tag
-Tach – und einmal drehen bitte – so, und die Füße bitte einzeln auf den Hocker – gut
-dankeschön
-tschüß

1114
-es gibt ja doch noch Kavalliere
-schmeiß ich das gleich bei Ihnen rein?
-danke
-schönen Tag noch, tschüß
-wünsch ich Ihnen auch

Die Putzfrau, im leuchtblauen Kleid, zieht den blauen Müllsack im Schlepp hinter sich her. Der Dröhntyp meldet von hinten: Ich war ja Aufsichtsratsmitglied bei der Lufthansa. Und er schaut dann ganz beleidigt, wie ich mich umdrehe und schaue, wer da auftextet. Er trägt einen marineblauen Blazer und erzählt sein Gedröhne einem Kollegen in rotem Livree, kein Witz. Vor mir geht einer im dunkelbraunen Trenchcoat auf und ab, den Mantel capemäßig übergehängt, und redet auf sein Handy ein, in Französisch. Er sagt: C'est pas exceptionelle. Ich sitze im Warteeckchen, Abflug, und lese Zeitungen.

1129. Sitzreihe 24, Platz A: steht auf meiner Bordkarte. Auf Platz B sitzt eine Frau und stillt einen Säugling. Über dem Fenster ist ein Behinderten-Pikotgramm angepappt. Die Frau nickt mir nett zu, wie ich mich in die Mittelreihe auf einen freien Platz setzte, ich nicke zurück.

1135. Meine Damen und Herren, falls Sie an Bord ein elektronisches Gerät benützen, schalten Sie es jetzt bitte aus.

1137. And now, ladies and gentlemen, a few safetytips.

1142. In der Luft. Ostermeier erzählt im Tagesspiegel, zu Ehren des 60. Geburtstags von Herrn Langhoff, Fragmente seines Werdegangs und seiner Berliner Dramaturgie.

1233. Herzlich willkommen in Frankfurt, meine Damen und Herren, bitte bleiben Sie zu ihrer eigenen Sicherheit so lange sitzen, bis wir unsere endgültige Parkposition erreicht haben und die Zeichen für die –

1303. Gleis eins, bitte einsteigen!

1305. Wald: der Ort, wo man in Ruhe die Leichen ablegen kann, nach der Tat.

1307. Frankfurt Sportfeld
1309. Niederrad
1316. Hauptbahnhof
1318. Taunusanlage
1320. Hauptwache

1324. Nächster Zug U6 in richtung Heerstraße, über Alte Oper und Bockenheimer Warte.
1325. Nächste Station, Alte Oper.
1326. Nächste Station, Westend.

1330. Die Linden der Lindenstraße.
1331. Im Verlag.

1530. Es ist genau 15 Uhr 30. HR vier zur Verkehrslage.

1536. Klettenbergstraße 35.

-guten Tag, Goetz mein Name, ich –
-ja ja, ich weiß, Sie haben die Einliegerwohnung
-a, das ist ja toll, vielen Dank
-ich bin Frau Hopf
-grüß Gott
-ich kenne Sie vom Verlag
-a ja?
-das Buch Irre
-ja genau
-ja ja
-vielen Dank

1852. An Heute Morgen. Probe, neue Notizen, Bad.

2253. Wieder daheim. Daheim ist: das Gästehaus des Verlages. Gut erledigt.

in Stuttgart präsentierte ich
die beste Bilanz der Firmengeschichte

sollte der Ausschuß an seiner Darstellung festhalten
will ich erneut klagen

neue Aussagen
neue Geständnisse

was bekommt man nun
in den nächsten beiden Stunden
zu sehen?

SCHWIMMWESTE UNTER IHREM SITZ

II
3.4

717. Zuletzt setzt eine Tötungssperre ein. Sich selbst zu töten, oder jemand

anderen? Beides. Die junge Frau zwängt sich ganz magersüchtig durch einen Fahrradrahmen. Ich bin im Knast, immer auf dem Sprung, in Angst, auf der Flucht vor irgendwem, dauernde Rangeleien und Gewalt. Langer Traum, NICHT angenehm. Am Schluß war die Frau, auf die sich der Satz mit der Tötungssperre bezogen hatte, der aus dem Off gekommen war, tot nach hinten umgefallen, laut, aber sackartig krachend.

Donnerstag, 9.4.98, Frankfurt.

826. Fragen, die ich nicht lösen kann, halte ich zu. Aber Sie haben früher doch mal gesagt, –. Echt? Das habe ich jetzt ganz vergessen.

Abfall: ich mag nicht, wenn so direkt geredet wird, über mich, wie gestern abend. Aber auch schon tags, im Verlag.
Ich: ich weiß, ich habs sofort gemerkt. Tut mir leid.
Abfall: Wenn meine Schweigeklausel verletzt wird, die mir stillschweigend zugesichert wurde, bin ich draußen.
Ich: verstehe ich vollkommen. Soll nicht wieder vorkommen.

849. Alle Bäume hier sind schon viel weiter als in Berlin. Wie gerne ich in Frankfurt bin. Stadt meines Verlages, meiner beruflichen Existenzmitte, mitten in Deutschland. Stadt der Banken und schönen Häuser, der Straßen mit den vielen Bäumen, des Frankfurter Flughafens, der wirklich ein Flughafen ist. Sven Väths City of Omen, der Hardtrance Accperience von wann?, 1992?, meines Requiemjahres 1994. 1983 liefen wir hier rum und gaben einzelnen Häusern im Universitätsviertel einschlägige Namen: da stand so ein Haus, das schaute aus, als würde es Alexander Kluge heißen. Ewige Traumstadt der 60er Jahre. DAS INSTITUT FÜR SOZIALFORSCHUNG. Adorno. Ja, ja. Wunderbar. Doch deine Rede sei: nein, nein. Ist ja auch ganz schön. Okay.

903. Nachts wachte ich auf, nicht richtig, so halb, und hörte das Holz um mich arbeiten. Die Mansarde. Ich schaue da hoch jetzt. Da geht es hoch hinauf in den Dachstuhl. Ich sehe einen Balken. Automatisch das Wort: Strick. Heute morgen eilt es aber. Ich muß jetzt nämlich schleunigst los.

925 im Taxi
-guten Morgen
-Morgen
-bitte in die Lindenstraße 29, zum Suhrkamp Verlag
-hmmh.

927. City of IG Farben.
930. Palmengarten.

957. Im Verlag. Leonardo.

1101. Gräfstraße 76. ARBEITSSICHERHEIT
1102. Institut für deutsche Sprache und Literatur II
1125. Prüfung. Bitte nicht stören. Im Aufzug:
-Prüfung in was?
-Konzentration und Wettbewerb
-das klingt gut
1151. Herr Bieber

1218. Vier Worte zum Aufbau. – Schon passiert.
1222. Und dann und wann ein Ahornbaum. Oder eine Ulme? Wieder in der Lindenstraße.

1320. Ihre Fahrkarte wird gedruckt. Wir wünschen gute Fahrt.
1327. Auf Gleis drei fährt ein S 8 nach Wiesbaden, über Frankfurt Flughafen und Mainz.
1329. Einstieg nur mit Fahrausweis. Logo.
1331. Guten Tag, die Fahrscheine bitte.
1342. Nächster Halt, Frankfurt Flughafen.

1354. Der Ausgang ist dann B 2 für Sie. Wir beginnen das Einsteigen um 15 Uhr. Und ich wünsche Ihnen schöne Ostern.

1356. Irgendwas ist schief an der weiblichen Hüfte. Die Einhängung der Beine. Vielleicht ist die Konstruktion ein Kompromiß zum Kinder kriegen können? – Wie eine große Jeansfrau in einer dramatisch abgewetzten Jeans wackelnd vor mir herschiebt.

1415. Sicherheitscheck.
-Omumda?
-wie bitte?
-Computer?
-ja
-können Sie mal einschalten?
-ja

1508. Alle Zeitungen. RTL: Kontinuität und Menschlichkeit. Thoma: Macht und Öffentlichkeit.

1532. Mein Name ist Kurt Schuster. Ich begrüße Sie auf unserem Flug nach Berlin Tegel.

1548. In der Luft. Schreiben ist natürlich auch wie Fliegen. Vollgas, los, hoch,

und ab dafür. Der andere Zustand. Da gehts dann dahin. Frei, geschüttelt, durch die Wolken durch, sonnenwärts. Horizontgesteuert. Im Fluge.
1557. und die Vorstellung himmlischer Buchführungen – Luhmann, Gesellschaft, 238.
1625. Dahin, dahin.
1629. Die Flüsse, die Häuschen, die andere Ordnung der Stadt vom Wasser her. Wald, Wege, Straßen. Drei Spaziergänger. Anflugsmelancholie. Und aufgeschlagen, abgebremst und wieder da, am Boden. Auf der Erde.

1631. Meine Damen und Herren, herzlich willkommen in Berlin Tegel. Die Welt hatte man ja nicht verlassen. Die Erde schon.
1632. BERLIN-TEGEL. OTTO LILIENTHAL
1646. Das war unser: Tag in der Hauptstadt. Jetzt, bei Radio 105 Komma 5: es ist 16 Uhr 46
1649. Wedding. GRABMALE. Bodo Willig
1651. Deutsches Herzzentrum Berlin
1658. Wieder daheim.

1750. Out of Control. Der Zustand. Unsuchbar. Aber man muß doch Spaß daran haben, sich ihm zu überlassen, wenn es soweit ist. Abenteuerlust, Mut, Angst. Ohne dieses Außersich kommt es auch zu nichts. Es gibt in dem Moment kaum Anhaltspunkte dafür, ob man irrt, oder ob es stimmt, was man da gerade versucht. Ingo Schulze hat, stand irgendwo, ganz erstaunt auf die ziemlich einhellige Zustimmung auf seine Stories reagiert, er wäre sich beim Schreiben ganz unsicher gewesen, ob es das jetzt ist oder nicht.

Ich erinnere mich, wie mehr oder weniger ratlos und verwirrt ich auf die damals wirklich praktisch geschlossene Ablehnung von Kontrolliert reagiert habe, Herbst 88, auf der Buchmesse. Ich sehe mich da noch mit Hubert Winkels stehen, bei Joachim, an dem Abend für die Jüngeren, und sagen: was soll ich sagen? Ich dachte, ich hätte wirklich was Tolles gemacht. Aber als Macher kann man nur sehen, ob es EINEM entspricht, und der Sache, dem Gegenstand, auf die Art, wie man ihn eben sieht. Aber ob die Mitteilung gelingt, ob es ANDEREN plausibel wird, ob das Ding das eigene Private sprengt, wie es natürlich sein muß: das ist für einen selber absolut unerkennbar. PRAXIS.

1814. Frage: ist der Preis für die Werbung billiger, wenn die Harald Schmidt Show in der Wiederholung kommt, so wie vorgestern und gestern? Ich kann die Sendung dann praktisch nicht kucken. Alte Zeitungen lese ich dauernd. Eine alte Harald Schmidt Show macht mich total traurig.

1904. Vom Einkaufen wieder daheim. Ein langes Fax von Felix zur Gewaltthematik. Langes Antwortfax.

DIE PILGER
sind nach den
tagelangen heiligen Handlungen
zu Tode erschöpft

TAGELANGE HEILIGE HANDLUNGEN

II
3.5

Freitag, 10.4.98, Berlin. Karfreitag. Kalt, sonnig. Böse Hunde bellen, früh am Morgen.

Der seltsame Effekt, den das Sprechen auf das Schreiben hat. Wenn ich selber viel geredet habe, ist mein Ohr kaputt. Ich höre dann nicht, was ich schreibe. Die gefühlsmäßige Instanz ist weg. Dann kann man vielleicht zu dichten anfangen, aber nicht mehr FREI in der Schrift sich bewegen, wie es doch erstrebenswert ist. Auch wegen dieser Realitäts-Parallelle, daß man sich doch auch in gesprochener Sprache normalerweise FREI bewegen kann, frei bewegt, ganz automatisch.

Wie stark die Schrift führt. Wie eng sie noch ist. Wie wenig nah an den realen Vielfaltformen der Sprache als Ganzes. Und wie das alles natürlich dauernd in der Mache ist, durch kollektive Praxis, wie das jeden einzelnen berührt. Wie ich mal am Telefon zu Frau Rutschky sagte: ich hätte das Gefühl, daß durch die neuen Zwischentext-Formen, die das dauernd getippte Sprechen so vieler Leute via Internet hervorbringen würde, sich auch so langsam die gedruckte Sprache so bißchen verändern würde, das exponierteste Beispiel das JETZT wäre, ein bestimmter Sound, der dort kultiviert würde, der dann wieder seine eigenen Probleme hat, in richtung Realitätsverniedlichung manchmal, in eine Art Widerstandslosigkeit der Darstellung hinein, die dann manchen Weltgegenständen doch nicht mehr so richtig entspricht usw usw. Aber wie toll und angenehm das doch insgesamt also alles so wäre, sprachtechnisch gesehen. Und Frau Rutschky dann, natürlich wieder mal ohne je ein einziges Stück Text im Internet gesehen zu haben, gleich wußte: na, na, nu übertreibense mal nicht. Haach Gott. Es geht ja nicht um irgendwas Übertriebenes, sondern genau um so Minimalmomente.

Ein anderes Lieblingsbeispiel, für diese Fragen, aus der sozusagen alten Welt: wie Handke mal in irgendeinem Interview, ich glaube im Fernsehen, meldete: ja, also, »der« Bernhard, er hätte ihn jetzt also mal persönlich erlebt. Und der würde ja ganz genauso REDEN, wie er SCHREIBT. Und wie schrecklich, er, Handke, das also finden würde. Was für eine Entwertung der Bücher das doch wäre, daß die also einfach nur so runter geschrieben wären, von Bernhard, ganz genau so wie er auch mündlich reden würde.

Und ich auch da wieder mal dachte: Bernhard: sympathisch. Handke: leider nicht. Ganz abgesehen davon, daß es auch wieder genau so schlecht und wenig genau BEOBACHTET ist, wie Handkes Angst des Tormanns beim Elfmerter, die ja bekanntlich der Schütze hat, nicht der Tormann, der nur gewinnen kann, beim Elfer. Daß also Bernhard in echt natürlich noch ganz anders aufgetextet haben muß, nach allen Berichten, als in seinen Schriften. Wofür es ja auch die wunderbarsten Fernsehbelege gibt, die Interview Filme von Krista Fleischmann.

Und daß es andererseits so viele Schriften gibt, wie CHARAKTERE, so viele verschiedene Ausprägungsformen der Schrift. Und daß eigentlich JEDE dieser Formen faszinierend ist, wenn sie nur überhaupt diesen Individualitäts-Status erreicht. So auch natürlich das ganze Handke Ding. Daß das genau das Besondere und durchaus auch nicht ganz Einfache wäre, gegen die Stärke und Autonomie der Schrift als Allgemeines, gegen ihre Führung, ihren instantmäßigen Absolutheitsanspruch, ihr DIKTAT, und zugleich auch mit alledem natürlich, mit ihr, ihrem Gesetz folgend, das Individuelle eines einzelnen Charakters zur schriftlichen Sprache zu bringen. Und daß das der Ort wäre, schließlich, zurückkehrend zum Anfang des Gedankens, wo das OHR – Gehör, Gehirn, gehören, gehört es sich so? – prüft, als Instanz agiert, ob das, was da steht, geschrieben, als Schrift, richtig ist, dem Gemeinten entspricht, der Sprache allgemein und in einem, und einem. Und ÜBERHAUPT. PRAXIS.

1355. Zur Frage der Magie der Produktion. Ganz konkret jetzt für die PRAXIS Abende. Ich darf mir natürlich durch die Darlegungen nicht die Arbeit zerstören, durch das Reden über den Prozeß der Entstehung nicht die Entstehung behindern oder gar verhindern. Das wäre ja nun echt absurd. Passiert aber oft. Also ein Diskretions-Problem, wie man es ja auch dauernd im Sozialen hat, erlebt, erleidet: offen sein, trotzdem zart. Den Gefühlen gehorchen, sie spüren und respektieren. Rücksichtsvoll sein und vorsichtig. Aber nicht ZU spastisch, natürlich.

1404. Die Stimmung gestern nachmittag im Verlag. FERIEN. Endlich, gleich gehts los! Reisefertig und mit kleinen Köfferchen, unten in der Eingangshalle. Eilig, fast schon stürmisch: kommen Sie auch mit?! Ja, Moment! Aufwiedersehen. Tschüß. Und bitte nicht die Knochen brechen. Nein, nein. Gut. – Wenn ich hier endlich aufgeräumt habe, im Arbeitszimmer, kriege ich auch

Ferien. Heißt es.

1410. Wir saßen im Café Laumer. Zur Allergologie. Wir redeten über das Auftauchen konkreter Personen im Stück. Daß ich mir morgens gedacht hatte, wie wenig Spaß man an der WIEDERHOLUNG negativer Urteile hat, am in der Wiederholung sich meldenden Idiosynkratischen, Zwanghaften dieser Urteile, der ENGE, die das vermittelt. Was ist denn das für ein Knast von Reflexen, von allergischen Reaktionen? Was hat denn der für ein Problem? Wenn Stadelmeier immer wieder, bei jeder kleinen Meldung über Schleef, in einem kleinen Seitenhieb sein uraltes Urteil noch mal neu verzapfen zu müssen meint. Schon recht, Herr Stadelmeier, wir wissens ja. Aber sonst alles okay bei Ihnen? Schön zu hören. PRAXIS.

1422. Richtig: das englische Wort für das einzelne Schriftzeichen: CHARACTER. In meinem amerikanisch-sprachigen WORD Programm in München kommt es dauernd vor: eine ältere Word-Version, die beim jeweiligen Neuladen einer Datei immer meldet, wie viele Characters diese Datei jetzt also hätte. Der Buchstabe, jeder einzelne Buchstabe ist ein CHARAKTER. Auch am Frankfurter Flughafen fiel mir die Schrift auf den Hinweistafeln wieder als eine solche SCHÖNHEIT auf. Auf eine Art ist das für mich wirklich das schönste Bild, das es gibt: das Bild des Buchstabens.

Deswegen mag ich auch diese komische Mucha Kunst, auch wenn sie so bißchen bieder und muffig rüberkommt, die Sammlung von alten Bahnhofstafeln, Ortsnamen, Schriftzeichen. Unangenehmer schon: Locher, wo dann Aussage-Absicht dazukommt. Oder eben der arme Lawrence Weiner. Wenn sich Künstler für Philosophen halten. O je.

1458. Der Redegestus muß sich einfach FINDEN, einstellen. Man kann da so wenig dazu TUN. Vielleicht ist das auch gemeint mit Picassos Spruch, er würde nicht suchen, sondern finden. Gestern wieder im Artikel zum 25. Todestag. Wo es doch diesen einen ganz gegensätzlichen Picasso Film gibt, wo man ihn ohne Ende suchen sieht, immer wieder probieren, übermalen, ändern. Mit dem Nichtsuchen meint er vielleicht den Spaß, die Motorik dieses Zugehens auf das Resultat hin. Das von Anfang Zielstrebige der Wirrheit des Probierens. PRAXIS.

1547. Kleinerer Müdigkeitsanfall.

1611. Einsetzen. Abbrechen. Wann, wo, wie. Davon handelt Erzählen. Die große Freiheit der erzählerischen Form gegenüber allen theoriegeleiteten Mitteilungsarten. Die müssen, je abstrakter der Gegenstand ist, umso zwingender dem von ihm Vorgegebenen FOLGEN. Das Erzählen springt. In der Art, wie es sich fortbewegt, wo es verharrt, wo es ausspart, wo es insistiert und wo es schließlich abbricht und wieder neu einsetzt usw usw, zeigt es am stärksten, zugleich völlig abstrakt und in ganz konkret sichtbarer Gestalt, wie es die Welt sieht, worum es geht. – Wie ich eben in Ellen Ullmans Close To The Machine, das zweite Kapitel las. Mit all diesen Dingen: erst ganz am Anfang. PRAXIS.

1629. Ökonomie. Es gehört also auch eine bestimmte Knappheit dazu. Sie darf eben nur nicht künstlich erzeugt sein, muß einem bestimmten Zeit- und Eiligkeits-Diktat folgen, einem Stoff-Druck auch, einer Menge an Darzustellendem, kurz mal schnell zu Sagendem. Man schaut beim Erzählen immer über das HINAUS, wo man gerade ist, auf das hin, worauf hin man zu erzählt, was man sagen möchte, was gleich KOMMT. Nur von daher ordnet sich das richtig, was man gerade, im Augenblick sagt. Und auch, WIE man es sagt.

Das begrenzt auch die Möglichkeit späterer Eingriffe. Meine ausführliche Debatte mit Maxim Biller über das FEILEN an Texten. Ich glaube nicht daran. Ich glaube, daß man dauernd viel Müll schreibt, Sachen, die nicht zu veröffentlichen sind. Aber ich glaube nicht, daß man diesen Müll durch Feilen, durch einzelne Verbesserungen, durch nachträgliche Bearbeitungen zu etwas Richtigem machen kann. Derartig zurecht gefeilte und geschliffene Texte wirken auf mich scheußlich. Wie jemand, der keinen Stil hat, sich dafür aber teure tolle Mode kauft. Das nützt dem auch nichts. Der schaut so dann NOCH lächerlicher aus. Statt den Müll zu befeilen und zu bearbeiten, setzt man wieder neu an. Läßt das Alte liegen. Probiert es nochmal, neu. Wenn es geht, geht es.

Welche Unbeholfenheit eines Textes an einer bestimmten Stelle verdankt sich der zu dem Sagezeitpunkt noch nicht definierten Endgestalt des Ganzen? Wenn man solche Unbeholfenheiten im Nachhinein, mit dem imperialen Wissen der retrospektiven Übersicht, alle rausnimmt, nimmt man dem Text sein ganzes Leben. Trotzdem gibt es den gegenteiligen Fall AUCH. Daß eine solche Unbeholfenheit ganz scheußlich ist, und erst wenn man sie exzidiert hat – EXZISION UNBEHOLFENHEIT GOÄ Nr. XY, 2 Mark 74 – , die Sache frei wird, zu schweben und zu leben. Man also, ingesamt gesagt, nur dieses Problem mit auf der Rechnung haben muß: daß nachträgliche Eingriffe hochkomplizierte Operations-Manöver am Corpus des Textes sind, dessen Eigenleben und einem selber durchaus nicht zu jedem Zeitpunkt völlig erkennbares Gesetz man mit Respekt behandeln muß. PRAXIS.

Und andere machen all das natürlich ganz anders. Muß ich das immer wieder dazu sagen? Ich bitte darum.

Maxim Biller hat mir also immer gesagt, meine Sachen wären nicht genug

GEARBEITET. Das will ich ja wohl auch HOFFEN. Daß sie das nicht sind. Man setzt sich ja auch in einen Mercedes rein und fährt los und fühlt sich gut. Und nur der Depp denkt sich: toll verarbeitet.

1725. Ich sehe die Ziffern: 10.04.98, am unteren Seitenrand. Und rechne. 18 Tage noch, bis zum 28. In zweieinhalb Wochen beginnt Praxis. Nicht wirklich: Panik. Mehr so: Peilen, Unruhe, jetzt bloß nicht den Kopf verlieren bitte.

1929. An Praxis. Aufräumen gelingt nicht.

im Norden
mit seinen dunklen Wäldern
und bitterkalten Wintern
entwickelt die Phantasie
auch dämonische Szenarien

DER SPANISCHE KÖNIG aber
will die Niederländer um jeden Preis
und sei es mit Gewalt und Terror
zum rechten Glauben zwingen

EIN TOTENHEER
überfällt die Menschheit
als Spielmann lockt der Tod
mit magischer Zaubermelodie

1563 zieht Breughel nach Brüssel

unbekümmert strömen die Gläubigen
zur Kreuzigung wie zu einem Volksfest

Breughel malt das Blutbad
datailliert aus
auf späteren Kopien
wurden diese Szenen übermalt

er beruft den berüchtigten Blutrat ein

die Heuernte
Bilder aus dem ländlichen und dörflichen Alltag
anheimelnde Szenen an einem düsteren Tag
und über allem erhebt sich die gewaltige Natur
ein Kaleidoskop der Welt
ein philosophisches Weltgleichnis

Wehmut und Trauer
Stimmungen
die uns heute noch berühren

später entvölkern sich seine Landschaften

eine bewegende Anklage
gegen den Zustand der Welt

wer war dieser Bildmagier wirklich?
hat er sich hier im Schutz des schwarzen Kapuzenmantels
selbst dargestellt?

2000. Tageschau

guten Abend meine Damen und Herren

auf einen Friedensplan
für Nordirland geeinigt

ist das wichtigste historische Ereignis
seit der Teilung Irlands 1921

wir wollen einfach nicht mehr
die Särge unserer Freunde tragen

so what's the next step?

ABSOLUT SCHMERZBEFREIT

II
3.6

Samstag, 11.4.98, Berlin.

1332. Regen und Bepackte, Familien, Debile, Alte: Terror all over: Ostersamstag. Großer Einkauf. Einmal alles bitte, für jeden, für alle. Toller Urlaub.

Das immer so leicht Rentneroide: wenn Erwachsene wissen, wie die Welt zu laufen hätte. Was da und da nicht stimmt, was so und so viel besser zu organisieren wäre, was warum nervt, unmöglich wäre, aus genau diesem und jenem sehr präzise vernünftigen Grund. Was welche Gefahren mit sich bringen würde, fürs Ganze, die anderen, für alle. Ach? Aha. Ist ja echt schlimm.

Normalerweise sagt man doch: was geht das mich an? Und haut eine Telefonzelle kaputt. Oder man ist Studienrat oder Filialleiter im Supermarkt und setzt die tollen Ideen, die man alle hat, in ein tolles Leben um, im Beruf, daheim. Und ist dann davon so erschöpft, auch von den sehr realen Grenzen der Variabilität der Realverhältnisse so durchgemangelt, daß die nörglerischen Phantasmen so bißchen bodennäher angesiedelt sind.

Anders der frei schwebende Intellektuelle. Hochnervös, feinsinnig, sensibel und überreizt nimmt er den Lärm und Dreck, den Brutalismus und Stumpfsinn, die Kaputtheit und das Elend, die Ungerechtigkeit, Gemeinheit und Vernunftwidrigkeit von ALLEM wie eine persönliche Beleidigung seiner so sehr verfeinerten, wunderbar durchgeistigten Existenz wahr. Wenn aus dieser Position dann irgendwas gemeldet wird, wie alles zu sein hätte, was sich wie ändern müßte, warum: das macht schlechte Laune. Das wirkt so hohl, so unendlich verblödet.

Dabei drängt sich die Frage doch auf: wie erlebens denn die anderen? Sie sind offenbar anders gebaut. Es scheint sie alles nicht so wahnsinnig zu stören. War es denn je anders? Einen wie langen Beobachtungszeitraum überschaut man eigentlich so halbwegs präzise? Und wie sehr hat sich in dieser Zeit die eigene Beobachtungsinstanz eigentlich verändert? Usw usw. Ende dieser Geschichte. Beginn der Arbeit an den eigenen Beobachtungen und Intuitionen, Destruktion. Melancholie. Normalität.

1513. Post aus Norwegen ist angekommen. »Ich bin ein 22 jahriger Junge aus Haugesund im Norwegen.« Er sammelt Autogramme, ich soll auch mitmachen. Automatisch denke ich an eine Aktion von Titanic. Das Couvert: blaue Blumen auf der Briefmarke, ein Stempel, der wirklich sagt: HAUGESUND. Wie heißt denn der Kollege? Er heißt »Andersen«. David Andersen. Mit den besten Wünschen und Grüßen. Sein Briefpapier trägt im Kopf ein computergedrucktes Wappen: drei Tulpen, in einer Raute. Schön geworden. Aber es geht nicht, ich kann auf so was nicht antworten.

wir probieren alles
wir drängen nach vorne
wir wollen den Ausgleich
wir wollen hier
das eins zu eins erzielen

1654. Die samstägliche Konferenz.

Bayern führt
klar und deutlich
gegen die Sechziger
mit drei zu null

Thomas Strunz
kommt ins Spiel
bei den Bayern

1759. Ich würde ja so gerne weiter lesen und weiter aufräumen. Aber ich muß in die Schicht. Wohin denn? Ins Theater.

1853. Indische Straße
1854. Luise-Schröder-Platz
1855. U-Bahnhof Osloer Straße
1856. Drontheimer Straße
1857. Osloerstraße Prinzenstraße
1858. Grüntaler Straße
1901. S-Bahnhof Bornholmer Straße
1902. Björnsonstraße
1903. Schönfließer Straße
1904. Schönhauser Allee Bornholmer Straße

1926. Prater. Wahlkampf 98. Chance 2000.

1950. Chance 2000 präsentiert Ihnen diesen Abend, ein Abend der Liebe, ein Abend der Sehnsucht.

OSTERN
1998

II
3.7

Sonntag, 12.4.98, Berlin
Osterferien

SINN ALS GRUNDBEGRIFF DER SOZIOLOGIE

II
4.1

Welchem Leben man sich gewachsen sieht, welchem nicht. Die Fluten der Finsternis, von allen Seiten, überall. Der Ertrinkende.

Ostermontag, 13.4.98, Berlin.

1223. Die letzte Woche kam mir irgendwie zu lange vor. Zusätzlich verwirrend: die Stille dieses feiertäglichen Montags. Das große Geheimnis: die Balance halten, wie? Ich habe in München ein Tagebuch von Dali, voll mit dem ganzen bekannten überdrehten Dali Irrsinn. Nur zwischendurch mal, ein ganzes Jahr lang: nichts. Schweigen. Kein Wort. Keine Zeile. Nur die Jahreszahl. Finster.

1341. Frost.

1440. Rotz und Wasser.

1539. An Praxis. Was einem vorschwebt.

042. Die verschwundene Armee.

ZUR BILDERZÄHLUNG SEIT GIOTTO

II
4.2

Ich irre durch die Wohnung, sehe das Wort UNGENACH, nehme das Buch raus, und zwar war mein Blick eben noch geruht auf dem Buchrücken daneben, auf Luhmanns Ausdifferenzierung des Kunstsystems, und bei dem Gedanken gehangen – aber das führt jetzt zu weit –, schlage das Buch auf, Ungenach, schaue auf die Seiten, sehe Worte, blättere, lese paar Sätze, blättere weiter und lege das Buch wieder weg. Aufgeschlagen, verkehrt herum, lege es auf den Schreibtisch. Gehe ans Fenster, gehe zurück in den dunklen

Gang und weiß plötzlich, was eben passiert ist. Dieser kurze Moment von Zuversicht: es wird gelingen, das Buch Dekonspiratione zu schreiben.

Dienstag, 14.4.98, Berlin.

Eine Seltsamkeit der Arbeit: wie schwierig es ist, auf der Ebene des ganz normal alltäglichen: wie gehts, wie läufts, wie ist die Laune – auch nur im entferntesten realistisch irgendwas zur Arbeit zu melden, mitzuteilen. Daß einen das manchmal bißchen mürbe macht. Daß man in sehr verzweifelten Stimmungen schon mal sagt: ich weiß gar nicht, wie ich das schaffen soll. Und an den Antworten sofort merkt, daß die ART des Zweifels sich so ganz und gar nicht vermitteln läßt. Seine Grundsätzlichkeit, Brutalität, Allgemeinheit, sein Gewicht. Das gar nicht von Stimmungen Bestimmte der Unsicherheit der inneren Lage, die der Arbeit die Basis ist, die wirklich extreme Ausgesetztheit im Zukunftslosen, Ungewissen, wo man da wie hängt, wie es da steht. Daß man manchmal einfach denkt, man hält diese LAGE nicht mehr aus. Und zugleich aber weiß, daß das genau der Ort und die Position ist, wo es passiert. Wo das Entstehen sich ereignet. Und entweder man schafft es, dem Schauplatz zu sein und zur Verfügung zu stehen, oder es wird nichts. Punkt, aus. PRAXIS.

Und trotzdem muß man JAMMERN. – Ach? Wirklich? Ist ja ekelhaft. Muß auch nicht so bleiben. Wird einfach schnell gestrichen. Vom Späteren. Der kriegt immer Recht. Denn er hat die Macht, wenigstens über den Text zu bestimmen. Leben: ganz andere Baustelle.

1345. Heute Morgen: Angst.
Angst vor Woche.
Angst vor Anruf bei Herrn Tönse von Deflef Schulz und Partner.
Angst vor Anruf bei Herrn Brock.
Vor Anruf bei Frau Reimers.
Anruf bei der Lufthansa.
Anruf bei Frau Baumgartl.
Anruf bei Frau Brodt.
Angst vor Krankenkasse.
Angst vor Gutachten von Depperltest.
Angst vor Zeitung.
Angst vor Datum.
Vor Arbeit.
Vor Praxis.
Angst
vor Woche.
Vor Morgen, vor Heute, vor Tag.
Angst vor Aufstehen, vor Liegenbleiben.

Angst vor Telefon.
Angst vor Anruf
von irgendwem.
Angst vor irgendwas.
Vor allem.
Angst.
Vor ich weiß nicht was.

Angst vorbei.
Angst sagen:
Angst nicht haben.
Keine Angst vor Angst.
Viel zu tun.

KRANK.

1418. In Amerika pflegen solche Geschichten mit einer Pointe zu enden. – Las ich heute morgen in der Faz, in der Buchbeilage von vor drei Wochen, im Aufmacher Artikel von Thomas Steinfeld. Der Literaturchef spricht. Ich frage mich dann: will der so reden, oder ist ihm das versehentlich passiert? Das Wort PFLEGEN, an der Stelle, in der Art verwendet. Wie will jemand, der so schreibt, der im schriftlichen Text so spricht, über Produkte urteilen, die aus Sprache gemacht sind, aus Schrift? Wie pflegt er zu denken? Wie schaut es aus, sprachtechnisch gesehen, in einem Hirn, das so zu formulieren pflegt? PRAXIS.

1954. An Praxis. Dann neue Ordner eingekauft. Die Ahornblüten, hellgrüngelb, am Leopoldplatz. Post aus München. Mehr Büro. Mehr Notizen Praxis.

ich bat öffentlich
um Vergebung
vermied aber
ein Schuldbekenntnis

ich selber
bin seit längerem
persönlich nicht zu sprechen

2100. Hitlers Helfer und Vollstrecker Guido Knopp. Eine offen rechtsradikale Aufklärung, neu, oder? Der faschistische Terror kommt ganz aus der Tonspur, dem Schnitt, dem Gestus der Sprache, dem irren Doku-Stil-Stakkato der fiktiven Faktizität. Als könnte Hitlers Original Geschrei noch überboten werden, in heutiger Sprachmusik. Es heißt dann, das muß so sein, sonst schaut keiner zu. Lüge, alles Lüge.

und wann mir einer
auf die Füß steigt
dann rauch ich mir
a Zigarettn an
und blas ihm um

no!
was is er denn?
was hat er denn?
was kann er denn?
was macht er denn?
was redt er denn?
wer glaubt er
daß er is?

THE FAST TRACK CONSTRUCTION APPROACH

II
4.3

Jetzt ist mir wohler. Nach Streichungen am Corpus Abfall. The fast track construction approach: die Pläne sind noch nicht gezeichnet, nach denen morgen weiter gebaut wird, die für heute schon, sie wurden früh morgens um fünf fertig und dem Bauleiter übergeben. Nach ihnen wird jetzt auf der Baustelle gearbeitet. Während andernorts, in den Büros, die Pläne für morgen aus dem Entwurf in die Reinzeichnung überführt werden. So schreiben, wie Richard Meier baut.

Mittwoch, 15.4.98, Berlin.

1343. Neulich am Telefon mit Felix, noch mal zur Gewaltdebatte. Er beklagte, daß bei jedem Gespräch über Filme, Platten und ästhetische Erzeugnisse aller Art immer wieder neu bei Adam und Eva angefangen werden müßte, mit den Argumenten. Daß man nie auf Resultate zurückgreifen können würde, die in früheren Gesprächen erzielt worden wären. Worauf man sich nach schwierigen Debatten geeinigt hätte. – Und ich stimmte gleich zu, ja, stimmt, was für eine unsinnige Kraftvergeudung. Was für ein Stillstand dadurch. Die Langsamkeit des Vorankommens dadurch usw.

Und dachte dann gleich danach: falsch. Daß das einer der vielen Unterschiede zum wissenschaftlichen Welterkennen wäre: daß die ästhetische Erfahrung, auch durch ihre Nähe zum Sinnlichen, von Erinnerungslosigkeit lebt. Daß ein großes Kunstwerk wirklich bei Adam und Eva anfängt und alle Fragen von A bis Z aufwirft, neu, für jetzt. Das Erschütternde der Kunst, das Umwerfende. Daß ihr Leben von diesem Atmen in der Gegenwart abhängt, wie das eines menschlichen Körpers, der auf das gegenwärtige Neufunktionieren JEDER grundlegenden Funktion immer neu angewiesen ist, andernfalls sehr schnell stirbt.

Ausgangspunkt eben war ein bekanntes Foto von Foucault, das mir in den Sinn kam, wo er an einem großen, fast wohnzimmerartigen Schreibtisch sitzt, Papiere und Bücher vor sich und neben sich, und UMGEBEN von lauter Büchern, die Wände hinter ihm: Regale von oben bis unten, voll, lauter Bücher. Daß DAS die Position der Rede der Wissenschaft wäre: aus der Fülle alles bisher Gesagten sprechen. Die große Kette der FORTFÜHRUNG der Argumente. Und die Qualität von Wissenschaft genau davon abhängen würde, wie es gelingt, die Last dieser Verantwortung ganz zu übernehmen und dennoch, irgendwie, ja, sozusagen auf die leichte Schulter zu nehmen.

Und welcher Art genau eigentlich der Unterschied wäre zum poetischen Sprechen? Das doch auch sagt: ich stehe unter Aufsicht. Alles bisher Geschriebenen. Daß die Fortführung vielleicht auf eine gewissermaßen ABSTRAKTERE Art stattfindet. Daß mehr das VERHÄLTNIS übernommen wird, zwischen dem Kunstwerk und seiner Erfahrung, zwischen der Rede der Schrift und dem im Zuhörer davon Ausgelösten, Bewegten. Ja, ich muß mein Leben ändern. Daß der Kick dieses Effekts nach einer immer neuen Neuformulierung verlangen würde. Daß die Aufsicht alles bisher Geschriebenen also nicht fordern würde: daß das Bisherige fortgesetzt würde, auf irgendeine bestimmte Art. Sondern eher beobachten würde: ob das Neue so WIRKT, wie das heute Bisherige früher, in seinem eigenen früheren Heute. – Das große Gespräch der Wissenschaft mit der Vergangenheit. Das der Kunst mit der Gegenwart. PRAXIS.

Beispiel: Oasis. In Focus las ich heute morgen ein reichlich ranziges Interview mit Greil Marcus. Britpop würde also, gut daß der große Theoretiker es mal ausspricht, zur Hälfte auf Beatles-Imitationen basieren. Kaum zu glauben. Aber das ist ja genau der Witz: daß man eine beliebige Nummer von den Beatles im Radio hört und es kaum aushält. Weil die da leiernde Nölstimme, die so extrem zeithaltig ist, von diesem – wie heißt er eben noch? – richtig: John Lennon so schwer zu ertragen ist. Weil das zutode Genudelte dieser Musik, die früher sicher irre toll war, heute Schrott ist, Geschichte, Wissenschaft des Herrn Marcus. Bullshit. Oder eben Fundgrube für einen neuen Macher, wie Noel Gallagher. Er übersetzt das alte Zeug. Was für eine WOHLTAT deshalb noch die schwächste Nummer von Oasis ist. Wie einen das hebt, wie einem das sofort gute Laune macht. Weil man von der Kunst Informationen über die Gegenwart erwartet, zu Recht. Weil das Nölen heute aus dem Stimmapparat des Liam Gallagher kommt. Ganz einfach.

1738. An Praxis. – Dieser unglaubliche Terror der Realwelt neulich bei Schlingensief, im Wahlkampfzirkus. Wie toll ich das finde, für KUNST. Und wie absolut überhaupt NICHT ich es aushalte, in echt. Wenn Kunst wirklich so ist. Die Leute im Zelt waren begeistert, Freude auf den Gesichtern überall. Und ich habe mich wirklich nur GEWUNDEN in Qualen. Wie absurd das alles ist. Wie wenig ich weiß, was daraus folgt, für meine Arbeit. Folgen müßte für mein Leben.

Daß jedenfalls die Praxis Veranstaltung an dieser schlingensiefschen Machart ihr Vorbild haben müßte. Nicht an irgendeinem Buch, das aus der Vorlesung hervorgegangen ist. Daß es so ECHT sein sollte, wie Schlingensief, nur nicht so einen Terror ausüben, auf die Zuhörerschaft. Das Soziale sollte weniger kaputt erscheinen. Doch Schlingensief, dessen Arbeit WIRKLICH aus dem Sozialen kommt, besteht darauf, daß man das sieht: den Realhorizont des Gestörten, Quälenden, in sich verzweifelt Verbissenen. Ich will das Echte als was anderes zeigen, was es doch AUCH manchmal gibt: als Schwäche, Freundlichkeit, dem Gräßlichen abgetrotzte Höflichkeit. Als was Zartes. Die Gewalt müßte in der SACHE liegen, im explosionsartig auseinander Stiebenden der geistigen Kräfte, der Erkenntnisbewegungen in alle Richtungen, des offen und ablenkbar Seins durch möglichst vieles. In der Anstrengung gleichzeitig, demgegenüber Stringenz erkämpfen zu wollen, sich nach Ordnung zu SEHNEN.

1818. Entschuldigung. – Ja? – Können Sie in einer halben Stunde noch einmal zurückrufen? – Ja. – Denn unsere Leitung zu unserem Großrechner ist abgebrochen. – Aha. – Ja. – Dann habe ich also Pech gehabt, vielen Dank. – Es tut mir leid, auf Wiederhören. – Die LEITUNG zum GROSSRECHNER ist ABGEBROCHEN. Ja dann! Am Telefon mit der Lufthansa Buchung.

die Tapferen
siegen sehen wollen
und die Finsteren
untergehen

1901. Wieder daheim, vom Einkaufen. – Das dachte ich eben? Ganz schön scheußlich, so zu denken, dann am Rad. Dann gleich: davon handelt doch wohl die germanische Mythologie? Eine seltsame Gefühlswelt. Ich lasse es mir immer wieder erzählen, von anderen, wie das geht, warum ihnen das gefällt. So gefiltert, versteht man es fast. Direkt ist es zu HART. – Daß einen natürlich was anderes anspricht. Die griechische Mythenwelt. Daß man die eher so verstanden hat, so wohltuend anders, daß die davon handeln würde, jedenfalls auch, wie alle sich irgendwie durchwursteln immer. Und wie jedem dabei in jedem Moment irgendein anderer Gott auf irgendeine andere Art beistehen würde, auf allen möglichen Ebenen. Schön.

2039. Im Radio in der Küche wieder Dostojewski. Es liest Gerd Wameling. Die 41. Folge. Sein Menschenbild. – Erinnern verboten: Rave. Sven gestern bei Biolek. So wie Kohl mit Schmidt neulich, Rückblick, Abdankung, Einordnung. Später erzählte Jeff Mills in Berlin House paar Kleinigkeiten zur GEGENWART seiner Musik. In deren Streit man automatisch steht, als Macher. Daß man von da dann den Weg zurück in die Arme der Gesellschaft findet: das kann schon passieren. Aber ob man sich von denen dann dafür gleich derart auf die Schultern hauen und klopfen lassen möchte oder muß? Doch wohl eher bitte nicht. Der aufstampfende Triumph aber des dröhnenden Gelächters der ALLES eingemeindenden Biolek Welt. Sogar Harald Schmidt ist da mal ausgerutscht und hat total komisches Zeug erzählt. Biolek: die gnadenlose Brutalität des Verstehens. Alle und alles verstehen, das macht jeden fertig.

es muß über außen gehen
in den Rücken der Viererkette
Sie kennen alle diese Binsenweisheiten

2133. Marcel Reif: der Sprecher. Jeder Halbsatz, jedes Satzfragment endet völlig sinnlos und falsch intoniert auf dem Abgeklärtheits-Höhenniveau der rhetorischen Frage. Warum? Weil er die simplesten Gesetze der Melodie der Rede in sich nicht spürt.

ich habe inzwischen
eine Eingabe an den Landtag
in die Wege geleitet

ohne daß ich
aus Gründen der ärztlichen Schweigepflicht
darüber Näheres sagen möchte

wer die weiße Fahne zeigt
wird erschossen

Held
Hasenfuß
Mensch

jeder weiß

daß jeder Tag
der eigene Todestag
werden kann

für eine endgültige Entwarnung
sei es deshalb noch zu früh

gute Nacht

NEUE LYRISCHE SACHLICHKEIT

II
4.4

Wahnsinnig lustiger Sextraum heute morgen. Ich war in einem Plattenladen, am Land irgendwo, total am Arsch der Welt, eine Villa. Im Vorraum, Reisepläne, Zeitdruck, Abfahrt: wann? Blick auf die Uhr. Ich rechnete dauernd, wie ich das zeitlich hinkriegen kann. Ich schaute von hinten, durch einen Vorhangspalt hindurch, in den Raum, wo die Platten, Plattenspieler und Leute waren. In der Mitte Upstart. Hallo Upstart! Kleiner Wortwechsel. Dann seitlich, in einem Nebenraum, Tommi kam gerade vom Telefon, erzählte, daß die Eva, seine Frau, irgendwas zu kontrollieren oder nörgeln gehabt hätte, lachte dabei. Stand dann auf einer Leiter, unter der Decke, mit nacktem Oberkörper, redete weiter, entschuldigte sich kurz, er müsse eben – und spritze dann in hohem Bogen und über viele Meter hinweg quer durch den ganzen großen Raum und während er dauernd weiter redete immer wieder auf die gegenüberliegende Wand hin – ab. Ja. Ich mußte total lachen. Meinte zu Tommi: das ist ja wie im Comic. Er lachte auch, jetzt über und über überströmt von tropfendem Ejakulat. Da wachte ich auf, unglaublich erheitert.

Donnerstag, 16.4.98, Berlin.

1137. Die Vorstellung der Momentaufnahme. Der Snapshot. Eine Art Polaroid vom geistigen Zustand, im Augenblick. Natürlich geht es auch darum, was drauf ist, auf dem Bild. Aber ebensosehr um die ART der Bildherstellung, das Vorgehen bei der Produktion, die Methode, was ganz Formales also. Sich zu erinnern, nicht an früher, sondern an JETZT.

1151. Es macht keinen Unterschied, ob Frau Streeruwitz in ihrer Poetik Vorlesung oder Frau Kock am Brink bei Biolek irgendwelche Döntjes aus der Kindheit erzählt. Es sind Lügen. Man hört das. Lügen, die die Funktion haben, sich bewährt zu haben, im Moment. Im dauernd neuen Rekonstruktions-Geschäft der gegenwärtigen Sicht des Ich auf sich selbst. Wird diese hochspezielle Funktion der Erinnerung nicht als Bebeboden beigegeben, unterlegt, schwingt die Erinnerung nicht davon doch irgendwie sehr erschüttert als FRAGE aus dem Früheren in die Gegenwart hinein nach: vergiß es.

Es gibt keinen Rückgriff auf einen geistigen Zustand von früher. Das hat auch mit der Geschichte dieses Jahrhunderts zu tun. AUSLÖSCHUNG ist die RECHERCHE der Gegenwart. Meine fiktive Doktorarbeit, die ich vor einigen Jahren verschiedenen Dozenten der Berliner FU als mein Arbeitsprojekt darzulegen hatte, um mich re-immatrikulieren zu dürfen, sollte davon handeln: Mit Luhmann über Bernhard auf Adornos Proust. Konstruktion der Gegenwart. PRAXIS.

1418. An Praxis. – Freund, Feind: ist aber keine Kategorie im GEISTIGEN Streit. Wird dominant, wenn zu sehr über MACHT beobachtet wird. Über KRITIK an Macht. Das produziert Machtmenschen, meist natürlich Männer der Macht. Oft suchen sie, zum Ausgleich, interessierte Teilhabe am feministischen Diskurs, eine da entgleitende Herrschaft zu sichern. Die Weltsonde des Machtmenschen prüft: ist er auf meiner Seite, oder gegen mich. Alles prima im politischen Kampf. Wahnsinnig trostlos im realen Leben. Extrem unergiebig als Instrument zur Erfassung ästhetischer Welttatsachen. – Immer wieder Foucault: ihm als einzigem ist der Kurzschluß von Macht und Wahrheit gelungen. In der Destruktion der Kategorie Macht ins Mikromäßige, Ubiquitäre hinein, über die Verschiebung ins Begriffs- und Schlachtfeld Subjekt. Die Politik der 90er Jahre hat diese 70er Jahre Erkenntnisse nicht mitgenommen. Krankt an diesem Fehler.

1539. Lost in time. – Der Betrunkene tritt aus der GOLDENEN 77 auf die Straße, zwei sehr kleinen Kindern in den Weg. Baut sich fest auf vor denen. Die stehen da, Arm in Arm, ein Junge und ein Mädchen. Schauen hoch zum großen Mann, der da jetzt steht. Schwankend? Er fragt was. Gleichzeitig deuten die Kinder nach hinten. Mit den jetzt ausgestreckten Armen, einander zugedreht, das Gesicht erhoben, dem Mann entgegen. – Auch dieser Betrunkene könnte ganz normale Gottheit sein, im griechischen Mythos. Das meinte ich gestern mit Sympathie für diese Weltsicht.

1623. Kraftvoll entwarf der junge Cranach, in der Faz, einen Schächer für die Münchner Kreuzigung, 1503. Watend im Sumpf der Papiere: ich. 1626. 1998. Beim nächsten Ton des Zeitzeichens ist es: zwanzig Uhr. So früh noch? Ist ja toll.

1647. Es gibt ja keinen schlechten Jahrgang. Anders als beim Wein. Jeder Jahrgang ist ein guter Jahrgang. Als Guter merkt man es irgendwann, oft Mitte, Ende Zwanzig. Man hat die Enttäuschung, daß die eigenen Helden der späteren Jugend und früheren Erwachsenenzeit DOCH NICHT das von ihnen, von einem, so sehr Erwartete in die Realität umsetzen, überwunden, in eigene Produktion überführt und fruchtbar gemacht. Sich so hingestellt. Wundert sich fast noch bißchen darüber, wie das gelungen ist. Freut sich daran. Einen Moment lang ist man erfüllt von der Gnade der Zeit, erkennt die hochspezifische Konstellation, der man sich verdankt, die einen bestimmt. Präzise und auf das Jahr genau, exakt. Großer Glücksmoment. Paulchen, geboren am 16.8.91, gewidmet.

1745. Vom Einkaufen wieder daheim, mit Zeitungen und Essen. Vor der Post. 1724. Protokolle des Verfalls. Das ist klar. Daran ist nichts zu ändern. Das nimmt man hin.

1753. Zeit. Objektivität in äußerster, reiner Gestalt. Für die Textsammlung UNREIN.

1812. Anruf von Felix. Er ist krank, hat aber wenigstens soeben einen neuen Fernseher geliefert bekommen, fürs bei ihm neu installierte Kabel. Mein Kabelempfang hier ist ja leider so leicht schütter. Der Hausbesitzer zapft da auf eigene Rechnung am Kabel noch so mit rum. Wenn das Problem geklärt ist, wird alles hier gut. In der Zeit lese ich Diedrichs großen Schlingensief Artikel.

1911. Heute Abend.

beim Schuldspruch
sank ich auf den Stuhl
schluchzte
schlug die Hände
vors Gesicht

vielleicht ist es mal ganz gut
wenn wir alle einmal durchatmen
neue Kräfte sammeln
und dann auch wieder neu angreifen

die großen Gefühle
Liebe
Schmerz
Einsamkeit
Glück

und?
ist das
gut für den Fado?

ich kann sagen
daß ich in meinem Leben
durch viele Höllen gegangen bin

und endet schließlich in einer Irrenanstalt

dorthin hatte ich mich zurückgezogen
nachdem ich abgesetzt
und verurteilt worden war

und nun die Wettervorhersage
für morgen
Freitag
den siebzehnten April

DIE ÖFFENTLICHKEIT IST AUSGESCHLOSSEN

II
4.5

Die Sonne scheint. Schräg beschienen leuchtet die Stirn oben, unter der roten Dachkappe, am Haus gegenüber. Dahinter tief blau gewittrige Himmelsferne. Dramatischer Morgenmoment. Der Wecker stand auf sechs, kurz bevor er läuten wollte, wachte ich auf.

Freitag, 17.4.98, Berlin.

652. Wieviel Zeit bleibt noch? Ich sollte um vielleicht viertel nach zehn spätestens das Haus verlassen. 11 Uhr 35 Abflug nach Frankfurt. Und dann irgendwann und ich weiß nicht, wie lange: Flug nach Tokio. Ich habe beschlossen, absolut KEINE Kleider mitzunehmen, noch nicht mal eine zweite Hose. Bücher, Computer, Papier. Ich kann mich an keine einzige Reise erinnern, auf die ich mich je gefreut hätte. Reisen: Horror.

Gestern an Jeff Koons. Jetzt weiß ich endlich, was da noch zu tun ist. Wie.

Beim Aufwachen gleich die Beobachtung: wie wird dieser Alltäglichkeits-Vorgang übersetzt in die Labor Situation Praxis. Es muß irgendein Äquivalent für die Chaotik der Papiere geben, die die Zeit angeworfen hat, die zunächst mal einfach so DA sind. Problem Bühne.

707. Aufräumen.

708. In Japan ist jetzt Nachmittag, etwa 4 Uhr schon. Wetter im Prinzip wie bei uns? Oder wie war das? War das HEISS damals, in dem Sommer, mit Sven. Steamy. Und vor allem und dauernd gepennt da. Und nachts um 1 raus, zum Feiern.

800. Arbeitszimmer fast fertig. Papers all over. Das Zeug wenigstens in Ordner stellen. Die Angstpartner in diesen Kampf heißen: Koeppen und Mayröcker. Es gibt von denen die einschlägigen Bilder und Berichte, gerade auch aus der Welt des Alters. Bilder vom Eingewachsensein und Zuverwachsensein von BERGEN von Papier, Büchern, vom Überwuchertsein von Müll letztendlich doch. Gräßlich. Das droht einem, jedem, der ein bestimmtes Baglady-Syndrom hat. Für mich verbunden mit Wien. Von daher hat die Krankheit auch was irgendwie Sympathisches.

822. Bücher, hin und her, ja, nein. Platon weg, Weiss doch weg. Bleiben:
Wellershoff
Kirchhoff – kleiner Scherz an der Namensfront
Kronauer
Bachmann
Hilbig
Adorno, Ästhetik
Luhmann, Gesellschaft
und Rave
dann Platon doch dazu, daß es neun werden.

827. Lieber Lutz Hagestedt, danke für Ihre Karte, die ich aus München nachgeschickt bekam. Ich wollte Ihnen noch schreiben, schaffs nicht mehr. Die Erdnußbutter liegt schon aufgeschlagen da. Vielen Dank für den Hinweis und schöne Grüße.

846. Die Haare geschnitten. Gleich ganz neues Weltgefühl. Früher mußten sie vor solchen Reisen immer noch frisch gefärbt werden. Born Blond. Das hat inzwischen die Natur erledigt. For good. Im Verlag fragte jemand: sind die gefärbt? Nee, die sind echt so.

904. Der Suizid. Das Neunuhrläuten. Die Traumgedanken unter der Dusche. Andere singen da, ich träume, Gedanken, über die Arbeit, so geil, daß ich

das meiste danach gar nicht mehr weiß. Es ging um diese tolle Beck Reihe Wissen. Ein Instant Klassiker, schon nach sieben Büchern, einfach von der Idee her so klar und klasse. Daß die Klassik des Klassikers eine Kategorie des Jetzigen ist. Die Rowohlt Reihe rde, oder wie die hieß, gibt es vielleicht noch, aber die ist tot. Klassik ist was Neues, was gleich so wirkt, als wäre es immer schon da gewesen. Alte Qualität und Plausibilität für alle, plötzlich.

909. Draußen, vor der Türe, im Hausgang: Arbeitslärm. Ich schaue raus, frage. Die Decke muß gemalt werden. Natürlich. Endlich wieder irgendwas malern oder bauen hier, ganz wichtig. Stimmt: ich habe heute morgen auch von Silly geträumt, der Hausbesitzer hier. Friedhof, Katzen, eine Jagd.

930. Da läutet auch schon der Kollege von der Müllabfuhr. Kann ich sonst noch was für Sie tun?

937. Lieber jetzt noch schnell staubsaugern, als nachher nicht in totale Panik zu geraten, vor lauter Zeitdruck. Man muß den Wahnsinn auch ORGANISIEREN, klar. Gut, daß wenigstens der Fotoapparat kaputt ist.

954. Ich glaub, das wars.

UNTER AFFEN

II
4.6

Samstag, 18.4.98, Tokyo.

1957. Geschlafen. Geduscht. Am Schreibtisch. Der Tisch hängt nach links.

Die besten Reisegeschichten kenne ich von Djs, speziell vom Hell. Der ist immer in die weite Welt hinausgezogen, hat sein bayrisches Cowboytum da hin getragen und die tollsten, das heißt natürlich normalsten, aber eben so leicht verschoben anderen, territorial mitcodierten Dinge erlebt und als Geschichten wieder mit zurück gebracht. Mir dann im Optimal oder im P 1 erzählt, mit seinen dazu gedachten Gedanken. Danke, Hell! Auf die Gigolo Tour! Auf Hellis Welt.

Bei mir tiltet leider das Hirn. Wo andere Beobachtungen machen, denke ich den Satz: ich HASSE Beobachtungen. Der Rest ist Stumpfsinn. Nach meinen Erfahrungen in der Fremde etwa zwei Monate lang, mindestens. Overflow, nichts, dicht, blank. Restart: please wait. Wie lange denn noch? Ich bin jetzt eineinviertel Jahre in Berlin, und in der letzten Zeit fing es gerade so langsam an, daß ich manchmal dachte, so langsam verstehe ich es, wie es hier geht, wie das gemeint ist alles hier. Was hier los ist. Scheißegal.

Im Flugzeug las ich drei erste Frankfurter Poetik Vorlesungen. Ingeborg Bachmann, Probleme zeitgenössischer Dichtung, Fragen und Scheinfragen. Fand ich so geil, daß ich gleich ausführliche Exzerpte machte. Die lebten ja damals in dieser Welt der Namen von Vico und Gide und Kierkegaard. Wie wir heute zwischen, hatte ich gerade im JETZT gelesen, und nur weil es so hektisch gegenwärtig klingt, kriegt es hier auch gleich den ersten Platz: Speed Garage, Prada, Kohl, Strindberg in der FR, und Henning Ritter in der Faz, und mit der russischen Sex-Moderatorin aus dem SZ-Magazin und Moritz von Uslars lieben kleinen Freunden Mecki, Helmut Lang, und Elvis, nicht ohne daß jeder traditionell große Name von früher da auch noch mit vorkommen könnte. Joyce, Marx, Bloch, Benn, Hofmannsthal. Wenn dadurch nicht der bißchen komisch aufdringliche Beiklang entstünde, den die aktive VERMISCHUNG der früheren Ordnungen noch vermittelt. Ein Nachklang aus den 80er Jahren, der heute gar nicht mehr stimmt. PRAXIS.

Die Vermischung kommt nämlich einfach zur ANWENDUNG, ist die geistige Zugangsweise, im Resultat eher eine Art zurückgenommen gebildeter und informierter Sound, an sehr vielem Verschiedenen gleichmäßig interessiert. Genau so wird heute über Tarantino abgesponnen, dachte ich neulich, als ich Hölderlins delirant präzise Beschreibungs- und Ordnungs-Versuche der verschiedenen poetischen Verfahren zu lesen versuchte, mit der gleichen geistigen Energie. Und daß die Gegenstände, auf die diese Energien sich richten würden, heute etwa zweihundert Jahre welthaltiger sind als damals. Daß man das als irgendwie angenehm empfindet. PRAXIS.

Dann las ich Bodo Kirchhoffs erste Vorlesung: Das Kind und die Buchstaben. Hatte ich gerade irgendwas gegen Erinnerungen zu melden gehabt? Das hier fand ich wunderbar zu lesen. Ich notierte mir, daß ich nicht weiß, was das Wort SEMA heißt. Klingt wie eine Sauerei. Meint aber doch eventuell Zeichen. Zwischen Soma und Sema. Steht da. So wie hier im Bad eine bläuliche Männerunterhose und ein weißes Männerunterhemd am Ständer für die Wäsche hängen. Da fragt man sich auch: was ist denn das? Die irre Welt des Bodo Kirchhoff: Psychoanalyse. Das ist für den genau so selbstverständlich zentral, wie für mich die reine Lächerlichkeit. Lustig auch: die Fama vom frühen Genie-Verdacht, der frühen Berufung zum Außerordentlichen. Ich dachte immer, dann wirds bestimmt nichts, nichts Besonderes, wenn man schon mit 12 die ersten sieben bedeutenden Dramen geschrieben hat. Dann wirds höchstens noch Klaus Mann oder so.

Zuletzt kam Dieter Wellershoff dran. Der Roman im Leben und Weben der Welt von heute bis gestern. Am besten am Anfang anfangen, mit Cervantes. Kann man dann wie ein Schulbuch zu lesen versuchen, interessant. Nur leider trotzdem bißchen quälend, so wie der Typ halt ausschaut. Ich habe ja Angst vor solchen Leuten.

Im Fernsehen kamen zwei Filme. Jack Nicholson in Besser gehts nicht. Da bin ich neulich schon rausgegangen, wie wir drin waren, in Hamburg, als nach 90 Minuten immer noch nicht Schluß war. Er spielt wie Wussow. So ein komischer Übertriebenheits-Realismus, der sagt: spielen tun wir doch alle, immer. Als hätte es so eine Rückkopplung gegeben, daß die Leute in echt genau so wären, dauernd genau so gekünstelt SPIELEN würden, wie es ihnen in den ganz Trashserien dauernd vorgespielt wird. Ich weiß nicht, ob der Realitätsbefund stimmt. Aber wenn die schlechten Schauspieler dann genau das noch so hölzern übertrieben genau so nachspielen, als würden sie diesen Realitätsbefund zur Darstellung bringen, als wäre das die äußerste Sophistikation und gefinkelte Verfeinerung, ganz selbstbewußt marottenhaft und knallchargenmäßig vorgeführt, dann wirds bißchen hart, für mich bißchen zu hart. NEUE DEUTSCHE KOMÖDIE.

Zwischendurch wird die Weltkarte gezeigt. Der eurasische Kontinent. Ein roter Pfeil. Da fliegen wir dahin. Als die Reise schon sehr lange dauert, liegt die Spitze des Pfeils für sehr lange Zeit immer in der Mitte des Wortes SIBERIA. Ein pathetisch planetarisches Gefühl entsteht. Ich skizziere dieses Bild, notiere Geschwindigkeit, Flughöhe, verbleibende Flugzeit und Ortszeit am Ankunftsort. Die Ziffern ändern sich dauernd. Wir sind in Bewegung.

LAND
DER TUGENDEN

II

4.7

Weiß jemand eventuell wo meine Nivea ist? Nee? Okay. Sie wird sich schon finden.

Sonntag, 19.4.98, Tokyo.

1405. Sonnig, diesig, mild. Vom flirrend grün beschienenen Baum links weht ein vorsommerlicher Wind ins Zimmer, die Raben schreien, die Vögel singen, jemand hämmert auf Holz, rechts oben übt wer Klavier, drittes Jahr so etwa. Absolut angenehme Geräuschkulisse.

Die Überschrift entnehme ich der Faz vom Freitag, wo auf der Feuilleton Seite neben einem sensationell schönen Bild von Rubens irgendein Chinese irgendwas über seinen Onkel erzählt, der irgendwas über Deutschland weiß. Deutschland auf chinesisch: Land der Tugenden. Ist doch schön.

Nachts schaute ich Fernsehen, Kinderpop, Videogames, Comiccharts. Kindersexcharts. Dann Go, mit Kommentar, Varianten, Interpretation. Ich schlief, ich wachte auf. Ich las die zweite Bachmann Vorlesung und machte wieder Notizen für Praxis. Sie redet da über Gedichte. Eich, Enzensberger, Kaschnitz, Celan. Es ist alles so megaabgedroschen, und trotzdem, ich liebe diese Welt, diesen irgendwie herben, versunkenen Schnulzen-Soul der frühen Bundesrepublik.

Es wurde schon hell, es war schon Tag. Um kurz vor sieben zog ich die Vorhänge zu, lag da. Das Fenster knackte, die Sonne heizte jetzt mächtig auf das Haus ein, und das Metall der Fensterrahmen streckte und dehnte sich gegen die Steine.

Ich träumte, immer so flach vor der Aufwachgrenze, den Buchstaben Traum, in ganz abstrakt. Ich sah das Band der Schrift, mit jeweils nur fünf bis sieben Worten etwa, als DAS BILD, das eine andere Art von Text hervorbringen würde, die eben ganz aus der Schrift kommt, nicht aus der Anschauung von Szenen und Vorgängen und dem Erleben von Geschichten. Dauernd begleitet von ganz präzisen theoretischen Sätzen, halblaut aus dem Off. Endlich wachte ich richtig auf, machte eine kurze Notiz, und fiel schließlich in tiefen, wohltuend traumlosen Schlaf.

1831. Wieder daheim. Vom Platten Kaufen in Schibuya. Ich kam aus der U-Bahn raus, eben, es dämmerte schon, und der Wind hatte aufgefrischt, stürmisch fast, noch mild. Seltsam. Es erinnert mich an irgendwas, ich weiß nicht was. Irgendwas wie Seelenfrieden. Ich ging weiter, an der Trutzburg der Kanadischen Botschaft vorbei und dachte plötzlich: genau, Februar 1984. New York, London, New York. Fleisch. Die Zeit.

Unterwegs las ich den Anfang der zweiten Vorlesung von Bodo Kirchhoff. Er stellt sich die Realität als etwas den Worten, der Sprache und den Beschreibungen Entgegengesetztes vor. Da wirds natürlich irr. Er hat mal für ein Buch das Motto verwendet: Sprache, sonst nichts. Oder hieß das anders? Jedenfalls so ähnlich. Und ich dachte mir: genau, so ist das da. Falsch, kurz gesagt. Für mich schaut die Weltsicht des Schreibers tendentiell genau umgekehrt aus: alles ist aus Sprache, das ist die Realität. Und im Geschriebenen ist die Sprache praktisch so egal, daß das Motto heißen könnte: natürlich die

Welt, was denn sonst? Sprache ist es ja eh, mehr als genug. Ist doch ganz einfach.

Beim Ankommen vorhin sah ich in der riesigen anderen U-Bahn-Station einen Zeitungsstand und schaute reflexhaft nach deutschen Zeitungen. Ich habe jetzt schon solche Entzugserscheinungen. Was steht in der Bild am Sonntag? Wer ist zu Gast heute auf Else Buschheuers Seite in der BZ?

Ich kaufte mir Softeis, Vanille, und machte Notizen zu Ingeborg Bachmanns leicht lächerlicher Unausweichlichkeits-Begrifflichkeit.

1919. Alex Azary. Der andere große Reisende. Shoppen und Mädels. Wie er das macht, wie er das kann, wie lässig das alles läuft. Der Zauber JEDER Meisterschaft, die sich zeigt. Und die Freude, wenn man das sieht.

Überhaupt: die Techno-Reisen. Immer im Pulk, und egal wo auf der Welt, klar geordnete Verhältnisse: da ist der Flughafen. Wo stehen die Taxis? Wie heißt das Hotel? Erst mal schön ausruhen. Dann unten in der Lobby, kleiner Drink zur Einstimmung. Wie heißt der Club? Abfahrt. Im Club: wo ist die Bar? Bitte einen Träger Bier. Danke. Und dann ist man so dicht, daß eh alles angenehm ist. Techno: Es ist auch noch die beste Art zu reisen.

DIESE KIRSCHBÄUME WURDEN HERRN PROF. DR. ROBERT SCHINZINGER ZUM 80. GEBURTSTAG GEWIDMET

II

5.1

Montag, 20.4.98, Tokyo.

1227. Die ganze Goethe Instituts Welt ist für mich komplett codiert durch Thorsten Beckers Geschichten. In der Ratlosigkeit, die einen als jungen Schreiber nach den ersten erfolgreichen Büchern befallen kann, hat er sich ein völlig irres Reisepensum aufgeladen. Richtig, Arabische Reise, so hieß das. Mit einem Immendorff Cover. Goethe Institute in aller Welt sollten den neuen Shooting-Star einladen, bewirten, lesen lassen und in interessante Abenteuer verwickeln. Wenn nicht alles ganz toll war, war er beleidigt. Kiffen spielt eine nicht ungroße, irgendwie bedrückende Rolle. Oder war das im Buch danach? Jedenfalls sind bei alledem unglaublich geile Porträts von Angestellten aus dieser Goethe Welt der Deutschen in der Fremde abgefallen. Gnadenlos. Die Herren, die Damen. Toll zu lesen, und noch toller, es nicht selber erlebt haben zu müssen.

Ich begegnete eben Herrn Becker, so heißt der hiesige Chef. Dann saß ich im Zimmer von Markus Wernhard, der das alles hier erfunden hat, und wir redeten über Techno und Politik. Vor zwei Jahren war Schlingensief hier, da wurden alle seine Filme gezeigt, das wäre beim Publikum gut angekommen, erzählt Markus Wernhard. Er ist seit fünf Jahren hier. Bald wird er abberufen werden. Auf den Gängen: Japaner, die Deutsch lernen wollen oder müssen. Ich bin so froh, daß ich es schon kann.

1304. Wieder war ich nachts wach, kaum müde, und las und las. Erst die Kirchhoff Vorlesung fertig, dann Wellershoff, dann gut zwei Drittel des Kronauer Buchs Die Lerche in der Luft und im Nest. Aua. Aber ich bin jetzt in diese Aufnahme-Trance geraten, wo man fast nur noch fassungslos und fasziniert zuschaut, wie die anderen alles so sehen. Wo die eigene Perspektive mehr schlummert, als dauernd dazwischen zu brüllen. Angenehmer Geisteszustand. Kenne ich vorallem aus der Uni von früher. Das gefiel mir am Medizin Studium so gut: dem System WISSEN zuführen. Das aufnehmende Organ, das Hirn, wird dadurch irgendwie erregt, Freude entsteht. Zwischendurch las ich den Anfang des Baedeker Führers, den Markus Wernhard mir am Samstag mit dem Spruch mitgegeben hatte: wiedersehen macht Freude.

1331. Seit es zu den ordnenden Delirien der Heute Morgen Skizze die klare

Vernunftansage gibt: Alle Ordnung ist wahnhaft, kann ich mich wieder freier den phantastischen Ordnungs-Phantasien zur Praxis Veranstaltung hingeben. Ich lasse das so geschehen und denke nachsichtig, na gut, wenns denn sein muß. Wenns der Wahrheitsfindung dient. Es ist eben die Art, wie die Wirrnis des Vielen sich strukturiert und zugänglich macht.

1509. Wieder daheim. Vom Stadtgang mit Bachmann. Heute das Ich, die dritte Vorlesung. Auf der Suche nach einem Park, leider vergeblich. Geile Hitze. Gut k.o. jetzt.

1714. Wenn Zitate nicht so langweilig wären, würde ich Bachmann zum Tagebuch-Ich zitieren. Woher die das alles wußte? Ich kann mich, wenn ich an die Zeit von Anfang dreißig zurückdenke, an überhaupt keine geordneten Gedanken zu poetologischen Fragen erinnern. Alles nur Tod, Philosophie, Politik. Plötzlich beunruhigt mich dieses theoretische Metainteresse am Schreiben. Andererseits, sagt die innere Stimme: es wird durch mich hindurch gehen und verschwinden. Und ich werde es vergessen haben.

1742. Schöne Aussicht.

DJAKARTA
SALVADOR-BAHIA
SAN FRANCISCO
TEHERAN
MONTREAL
BELGRAD
SCHWÄBISCH HALL
NEW YORK
TOKYO

II
5.2

Dienstag, 21.4.98, Tokyo.

403. So langsam bißchen durchgemangelt, vom dauernden nächtlichen Lesen. Heute mit Bodo Kirchhoffs Narzißmus. Anstrengend.

Seine Kritik der Kritik klammert mindestens einen entscheidenden Punkt aus: diese wahnsinnige Belästigung, die davon ausgeht, daß Produzenten sich verändern. Das NERVT die Welt, verständlicherweise, richtigerweise wahrscheinlich sogar, und sie schlägt dann zurück. Beschwert sich, weist das ab, will den alten Zustand wieder haben. Entwicklung ist einfach was Widerwärtiges. Was Ungöttliches. Das darin eingeschlossene Defizit an Perfektion widerspricht der Kunst. Die Kritik braucht das gar nicht explizit aussprechen, sie hat ein Allergieorgan für dieses Problem, das schlägt dann aus.

Daß das Ganze von Seiten der Produzenten her gesehen natürlich ganz anders ausschaut, ist ja klar. Aber das ist nicht das Problem der Kritik.

Bodo Kirchhoff möchte, daß nicht sein Äußeres besprochen wird, nicht seine Schuhe, sondern seine Werke. Seine Arbeit. Daß der ein »Maß an Ernst« entgegenbracht wird. Er hätte es gerne, sagt er, »mit Erwachsenen zu tun«. ALLES das wäre für mich komplett das LETZTE. Die Endstation, das Sterbezimmer. PRAXIS.

448. Fast ist es schon hell. Bodo Kichhoffs Held Karl macht sich seine Gedanken über seinen Vater Kristian, und ich notiere mir, wie sehr ich mir für Dekonspiratione Leute wünsche, die KEINE Gedanken haben, die nicht dauernd irgendwas denken, nichts denken, fast nicht denken. Das würde ich denen so gerne abnehmen.

752. Gehen wir an dieser Stelle zu einem allgemeineren Verständnis dieses Begriffs über. – Steht bei Wolfgang Hilbig. Da kann man sich natürlich kaum zurückhalten, vor Begeisterung, in diesem Ton möchte man nichts als übergehen, an genau dieser Stelle, zu einem allgemeineren Verständnis der – Antwort auf die Frage, was man lernt von Sachen, die man für totalen Unsinn hält? Und wie Beschimpfung WIRKT, egal wie berechtigt sie sein mag?

1500. Brutal verschlafen. Was war denn das? Die Rache des Herrn Hilbig? Oder die Vorfreude auf den sogenannten DJ-Gipfel, der in einer Stunde losgeht? Oder eben einfach immer noch die deutsche Zeit in mir, nach der es jetzt genau 8 Uhr morgens ist. Gestern Abend fuhren wir mit der U-Bahn nach Schinjuku und gingen da über einen großen Platz, in ein Haus hinein, fuhren in den fünften Stock hoch: zum Essen.

Da saßen sie alle, die Sonys und die Müllerin, mein Laberkommandant, daneben Westbam, gegenüber Mijk van Djik und Freundin und Ishino und seine Possy und Andi und Toby sprang auf mich zu, und wir umarmten uns und lachten. Später redeten wir länger. Und er erinnerte sich an ganz genau den selben Abend oder Morgen bei Olaf, in dem kleinen Zimmer in der Klenze Straße, eine dieser ultradrüberen Afterhour-Situationen, wo wir uns kennengelernt hatten. Das wäre 92 gewesen, da wäre er zum ersten Mal nach München gekommen.

Toby. Es gibt so viele markante Figuren, die in Rave einfach nicht mehr aufgetaucht sind, weil ich die Sache gegen Schluß zu, als ich merkte, wer alles noch fehlt, natürlich nicht mit einer irgendwie bürokratischen Aufgabenliste niederwürgen wollte. Das muß sich jetzt ergeben, dachte ich, und probierte noch viele Expansionen in viele Richtungen. Nö. Lieber nicht. Nicht so richtig, nach der stimmt-, stimmt-nicht-Tastregel. Und ich ließ das dann alles, erst recht gerne, immer wieder weg: ist ja eh viel besser, je mehr weg ist.

Ich sollte für Celebration eine Foto-Rubrik eröffnen, im i-D-Style, wo solche Characters auftreten könnten, mit paar Zeilen zur gemeinsamen Geschichte. Das könnte ein eigenes Kapitel von zweihundert, dreihundert Seiten sein. Ich muß auf Mayday diesmal meinen Fotoapparat mitnehmen.

1552. Ladies and gentlemen, we are ready for the Vorbesprechung. Please fasten your seat belts. Thank you.

1722. Die Überschrift für heute entnehme ich der Vita von Herrn Becker, Regionalbeauftragter Ostasien, Leiter des Goethe-Instituts Tokyo. 38 years in the services of Goethe. Wir standen in seinem Büro, zum Interview mit dem Jugendfunk des WDR. Zum Schluß spielten sie Hard Times. Bitte nicht zu schnell sprechen, nicht zu langsam, nicht durcheinander. Das ist unübersetzbar.

Musik füllt den Raum, Schrift NICHT.

POSITIVE SPACE TRIP PASS

II

5.3

109. Aufwachen, plötzlich. Knallwach. Wie lange hat man denn geschlafen? Tasten nach der Uhr, das Ziffernblatt leuchtet auf. Bißchen mehr als eine Stunde also, es ist halb eins. Sich wieder umdrehen, die Augen schließen. Sie drehen sich nach hinten, nach oben, in Schlaf-Ankunfts-Erwartungs-Position. Ja, ja, genau. So liegen, und Gedanken kommen fühlen, statt Schlaf, Erregung. Ist ja gut. Und Unruhe, aha. Sich wieder drehen, wieder liegen, wälzen, warten, dämmern, denken. Was denn eigentlich? Ich weiß es nicht. Was denkt man denn so aufgeregt? Es ist nicht zu erkennen, Herr.

Dann ist es ja gut. Aufstehen also, und die Maschine anmachen. Und sich vor sie hinsetzen und bißchen sprechen mit ihr.

Die Wellershoff Vorlesung gestern nacht – Gestern Nacht: so bekanntlich der Titel von Westbams neuem ROMAN – handelte von den handwerklichen Grundtatsachen des Erzählens, von Perspektive und Tempus. Angenehm zu lesen. Wie das Präsens sich bewegt und wirkt, wie Er und Ich und Innen- oder Außen-Blick die Textmotorik führen. Dann kommen eigene Beispiele, aus 40 Jahren Wellershoffscher Dichtung, die diesen Anleitungen und Erwägungen folgend und entsprechend hergestellt wurden. Und der Effekt ist, leider, ja, extrem ernüchternd.

Der Witz an allen formalen Mitteln ist, daß man sie nicht zur Anwendung bringen kann. Sie müssen etwas erfüllen, was sich selbst noch so unbestimmt und vage ist, daß es keiner Methode zugänglich ist. Was einem vorschwebt, weiß man nicht. Man ahnt es nur. Und der erzählerische Vorgang ist der Durchbruch auf die Konkretion dieser Ahnung hin. Der, die, beides, alle vier und alles zusammen bringen sich gegenseitig und dabei die sie erzeugenden Mittel und Methoden mit hervor. – Absolut nichts Neues. Aber so IST das. PRAXIS.

Und Herr Wellershoff zum Beispiel behauptet ja ganz ernsthaft das Gegenteil. Er könnte sich eine bestimmte Wirkung ausdenken und wüßte dann, wie er die erzeugen kann. Bloß bei mir wirkt eine solche Schriftsteller-Literatur überhaupt nicht. Bei mir entsteht beim Lesen von solchen Stellen keine Wirkung, sondern die Beobachtung, daß hier auf reichlich kunsthandwerkliche Weise irgendeine Wirkung bewirkt werden soll. Begleitet von dem Widerwillen, der zu dieser Beobachtung gehört. Man merkt die Absicht, heißt es doch so völlig richtig, und ist verstimmt. Und haargenau so ist es auch: man ist extrem genervt.

Das große Highlight der Vorlesung, auf der vorletzten Seite, wo er bekennt, was die von ihm sogenannte Letztbegründung seines Schreibens ist: er möchte INTENSITÄT erzeugen. Kein Witz, das steht da. Da bin ich hier in meiner Tokyoter Goethe-Kammer in wirklich schallendes Gelächter ausgebrochen. Ein Mann, der seit vierzig Jahren der vertrocknete Brotkrümel in seinem eigenen gruseligen Psychologenbart ist, der davon wacker und dörr Rechenschaft abgelegt hat, will natürlich Intensität »erzeugen«. Es ist ebenso rührend wie erschreckend, komplett absurd und völlig richtig. Sollte er etwa davon träumen, ultimative Drögnis zu erschaffen mit seinem Schreiben? Das wäre ja wohl ein etwas trauriger Traum. Nein, »Intensität« soll es sein, Wahnsinn. Und, meine Damen und Herren, so muß man doch wohl sagen, warum auch NICHT.

303. Chä, chä, chä: die Raben schreien. So heißen die doch, diese riesigen

schwarzen Dinger, die Ratten der Lüfte, die hier schwer am Fenster vorbei segeln, auch nachts, durch die schmale Schlucht, weniger als fünf Meter breit, zwischen diesem Haus hier und dem gegenüber. Oder sind das die Krähen?

337. Ich machte das Licht wieder aus, und lag ganz ruhig da, im Dunklen, und dachte über die kommenden Monate nach. Plötzlich kam es mir: daß ich die Neue Deutsche Komödie nicht für den Residenztheater-Termin schreiben kann. Daß dann sofort Ruhe und Perspektive in den ganzen Plan kommt. Sofort steht mir der Juni wie was Wunderbares vor Augen, worauf ich mich freue. Türen streichen, paar Regale bauen, rumhängen. Vielleicht mal wieder bißchen ausgehen. Sommerferien machen halt. Uli, neulich am Telefon: wennst jetzt nicht bald heimkommst, will ich die Scheidung. – Heim kommen wollen.

438. Der Wecker fiept. Good morning, Vietnam.

Mittwoch, 22.4.98, Tokyo.

506. Sinnlosigkeitsschauer, die matt auf einen nieder gehen. Und wieder packen, Zeitungen aussortieren, und Gottes Gaben, die man doch nicht wegschmeißen darf, in die kollektive Küche rüber tragen. It's a ma-hahan's world. Meine nicht.

533. Geduscht, gepackt, los gehts.

611. Aoyoma-Itchome.
635. Ueno.
757. Tokyo Narita Airport.
815. Terminal 1.
840. Terminal 2, Lufthansa Checkin.
948. Im Flugzeug.
959. Hier spricht Ihr Kapitän.

1454. Frankfurt.

1625. Berlin.

1653. Wieder daheim. Faxe, Briefe, Telefone.
1757. Bett.

DER ERSTE SOMMERLICHE TAG

II

5.4

Donnerstag, 23.4.98, Berlin.

1115. Gerne schlagen wir ein neues Kapitel auf in der unendlichen Geschichte, die erzählt vom großen sinnlosen Abenteuer der Wiedererlangung des verdammten Führerscheins. Nicht das Gutachten vom Depperltest war da, in der Post, worauf ich so warte die ganze Zeit, nein, ein Brief von der Depperltest-Behörde in München, wann ich denn endlich die erforderlichen Blutbefunde schicken würde. Eine Frist drohe abzulaufen. Ob mir das klar wäre? Ob sie denn davon ausgehen müßten, daß ich an einem Abschluß der Begutachtung nicht mehr interessiert wäre? Und sie würden meine Unterlagen dann »leider« an die Behörde »zurückreichen« müssen, mit freundlichen Grüßen, gezeichnet und im Auftrag. Ein Wahnsinn.

Die erforderlichen Blutbefunde habe ich vor fast vier Wochen dort hingeschickt, im Original. Erregung, Wut, Anruf dort, als allererstes, eine Mailbox ist dran, super. Heute morgen dann also wieder: Anruf bei der Depperltest-Behörde. Ja, Moment, sie holt sich die Akte. Ja, also nein, das ist hier nicht angekommen. Aha, ich habe es Ihnen aber im Original geschickt. Aber hier ist es nicht, sonst wäre es ja da, hier in der Akte. Usw usw. Ich soll die Kopien also faxen. Ausnahmsweise wäre sie bereit, das anzuerkennen, normalerweise gelten nur die Originale. Vielen Dank für Ihr Entgegenkommen. Ich faxe die Kopien und gehe unter die Dusche.

Das Telefon läutet, tropfend stehe ich da, mit dem Hörer am Ohr. Ja, nochmal Frau Girschik vom Tüv MPI München am Apparat, ja, grüß Gott. Also sie hätten die Befunde jetzt doch gefunden, die wären falsch einsortiert worden, das wollte sie nur noch eben mitteilen. – Und DAS, muß ich sagen, fand ich nun wirklich richtig nett. Hat mich mit dem Ganzen gleich wieder versöhnt. Sie hätte es ja auch gut sein lassen können, oder die Befunde, in dem Moment wo sie sie findet, einfach gleich weg schmeißen. Nee, sie ruft mich an, sagt mir das, nur so. Um den Welt-Absurditäts-Druck bißchen abzumildern. Danke.

1323. Ein Fax vom Goethe-Institut Tokyo kommt. Wie mich das jetzt berührt. Seit ich wieder weiß, daß es dort, entschuldigung, echten Himmel gibt, über dem Ort zu dem Wort Tokyo. Der Moment der absurden Freude, beim Aussteigen aus dem Flugzeug, als ich das sah. Sie haben dort jetzt halb neun

Uhr abends, und es wuselt nur so von Leuten, im dritten Stock, auf den Gängen und in den sogenannten Klassenräumen. Unterricht, wie gesagt, Deutsch. Lernen hat was Heroisches an sich. Wenn Erwachsene sich dem unterziehen, sieht man das erst richtig. Daß das, was man weiß, NICHT REICHT. Daß man mit viel Mühe und Energie versucht, ein neuer Mensch zu werden. Einer, der Japanisch kann. Alex Azary hat nach unserem 94er Tokyo Trip wirklich angefangen, Japanisch zu lernen. So sehr waren wir da alle bezaubert gewesen, von dem ganzen Japan Ding.

1718. An Praxis. Den B-Teil skizziert. Westbams Mix-CD Dee Jay Freundschaft, die ich mir bei Tower Records Tokyo gekauft habe, läuft, immer wieder, nochmal bitte, gerne. Geil. Ein sommerlicher Tag ist das geworden. Jetzt ist es also passiert, mit dem Wetter. HEISS. Der andere Welt-Soundtrack, die andere Luft, das andere Leben. Was ist denn los plötzlich? Man atmet tief ein, die Gegenwart, atmet aus. Toll. Ich vergesse das immer wieder. X-mal erlebt, plötzlich wieder neu, das Sommerding. Seltsame Geschichte.

Vielleicht ist es auch einfach nur das, daß ich zum ersten Mal, seit wie vielen Tagen eigentlich?, so halbwegs ausgeschlafen bin, heute.

Stimmt: Delius gehört ja auch in diese Wellershoff-Kategorie. Der hat doch glatt ein ganzes Buch über das Wetter in der Literatur geschrieben. Sein erstes, glaube ich. Ähnlich erstarrt, von innen her, wie Ulrich Greiner. Dessen Rede über Literaturkritik in der Münchner Uni. Danach, Jahre später, standen wir auf der Buchmesse irgendwo nebeneinander, und ich sagte ihm, wie ich seine damalige Rede fand: brutal langweilig. Da hat er traurig, trüb und lasch dreingeschaut. Und sich gedacht: wo bleibt der nächste Gedanke? Da kam aber nichts. Beim guten Herrn Greiner. Alles ausführlich in DEKONSPIRATIONE.

1812. Carsten von den Spirits ruft an. Ob er mir ein Hotel mitbuchen soll? Bitteschön. Checkout wäre aber schon um 14 Uhr. Ist doch wunderbar. Welches Hotel ist es denn? Das Renaissance Hotel. Sehr schön, vielen Dank.

1903. Neues Faxpapier, neue Zeitungen und neues Essen gekauft. Am Rad: Warum empfindet man »Biederkeit« bei Leuten wie Delius, Wellershoff oder Greiner als eine solche Provokation? Den Begriff der Kunst genauer bestimmen, dem denen ihr Ding widerspricht. Hochspeziell in seiner Enge und Extremheit, rein vom Kunstwerk her gedacht, eben nicht von der GESELLSCHAFT der Kunst in der Gesellschaft. Und daß alle Positionen des Anti-Biederen auch einen starken Scheußlichkeitshau haben. Man spricht sich ja dann selber eine Art Gegenposition des Radikalen zu. Das geht nicht.
PRAXIS.

wie ist der Besuch heute Abend?
wie ist die Stimmung?
im Hofbräuhaus?

und in Baden-Baden
erhalte ich für mein
friedensstiftendes Lebenswerk
den deutschen Medienpreis

HYPNOTIC TANGO

II
5.5

Freitag, 24.4.98, Berlin.

Wieder schönes Wetter. Die Sonne scheint. Anruf bei Hans-Ulrich. Jedes Problem, das ich im Moment habe, sage ich mir, ist ein privilegiertes Problem. Den eigenen Wahn abgleichen am Weltkontakt, im Blick auf die Sicht des anderen. Mut entsteht, Ruhe.

948. Und da weitermachen, wo man gestern aufgehört hat. Mit der Westbam Musik spielen. Er hat mir mal ein Tape gemacht, wo auch das Original der Nummer drauf war, aus der das zentrale Sample für AND PARTY kam. Mit dem irren Effekt, daß ich die STEIGERUNG nachvollziehen konnte, die sein neuer Kontext der alten Musik gegeben hat. Jetzt wieder: als wäre Hypnotic Tango von 1983 erst in seinem jetzigen Mix mit Phutures Next Generation richtig auf den Punkt seiner Möglichkeiten gebracht.

Gibt es eigentlich Literatur, die Trance produziert? Die hypnotische Effekte hervorruft? So toll das Moderne-Projekt von Gertrude Stein ist, wo ein Aspekt ja vielleicht in diese Richtung zielt, leider NERVT es eben doch auch sehr. Und das tuen hypnotische Musiken ja gerade NICHT. Vielleicht werden die Sachen von Umberto Eco so gelesen? Daß man völlig weggebeamt ist, in eine andere Welt. Leider weiß ich nichts darüber, ich kann es nicht lesen. TAKE ME AWAY. Wahrscheinlich eben doch einfach ein Privileg der Musik. PRAXIS.

Immer wenn ich das eben gestrichene Wort schon schreibe, freut mich seine Nähe zum schön. So wie ich gerne jeden falschen Konjunktiv mit würde bilde, weil ich die darin leise mitgesagte Würde mag.

1037. Die Stelle, wo Bodo Kirchhoff plötzlich vom »Kirchenschoß« redet, in den Brentano »geflohen« wäre, von Tolstoi, der angeblich seine Kunst »gegen Ende seines Lebens verdammt« hätte. So so, ist ja interessant. Hatte ich mir kurz zuvor gedacht, wie mir Frau Bachmann genau dasselbe erzählte, in genau denselben Worten. Und der gute Bodo Kirchhoff schreibt das dann da einfach ab. Anstatt mal nachzukucken, bei Brentano, oder wenigstens im sogenannten Kirchenschoß. Was ist denn das? Was ist denn das für eine Geschichte? Auch wüßte ich gerne Genaueres über Tolstoi und seine späten Verdikte gegen sich selbst. Da kann man doch nicht einfach so einen geborgten Angebersatz draus machen. Wenn man es erwähnt, muß man es kennen, aus erster Hand. Muß man es sich vergegenwärtigt haben, durch eigene Lektüre. So sind die Regeln für Literatur. Gegenwärtig, unmittelbar. PRAXIS.

1324. An Praxis, noch mehr Wirrnis anhäufen. Anruf von Frau Baumgartl. Dienstag, 12 Uhr 30, Tempelhof. 16 Uhr 30, Universität, im Hörsaal. Die Handwerker haben sie versetzt.

1356. Was soll ich eigentlich mit den ganzen japanischen Münzen jetzt machen? Schmeißt man die weg, als normaler Mensch? Oder wie geht denn das? Mit ausländischen Münzen, die man dort für die U-Bahn und zum Telefonieren dauernd braucht, die hier natürlich Müll sind. Richtigen Spaß an den wichtigen Unterschieden und schnelleren Zugang dazu wird man erst kriegen, wenn diese ganzen äußerlichen Sachen weltweit normiert sind. Es lebe der Euro.

1649. Wieder daheim. Bei Max Hetzler, Oehlen und Herold angekuckt. Fünf tolle Werke. Daß in den Latten noch so ein Geheimnis verborgen war, das Herold jetzt zeigt. Dazu Alberts Geschlinge, in schwarz weiß. Entwürfe einer gegenwärtigen geistigen Position und Bewegung. Für mich DER Position. PRAXIS.

1926. Gegessen, gedämmert, geduscht, wieder am Schreibtisch. Arbeit am Negativen, an falschen Gedanken, an falsch Gesagtem, Destruktion. Zerstört die Reflexe, macht einen fertig. Abendliche Schwäche. Den Betrieb einstellen.

denn im klassischen Ballett
gibt es Geschichten, Gefühle, Rollen und Träume
und die Menschen brauchen solche Träume

daraufhin verlegte mich
der Ohrenarzt in die Psychiatrie
obwohl ich schon seit Jahren unauffällig

mit der Wahnvorstellung lebte

ein Parlando
in dem
fast möchte ich sagen
der Odem großer Literatur weht

TIMES FADE
SO LET THEM PASS YOU BY

II
5.6

Times fade
don't let 'em pass
you by
times fade
don't let them pass you by

und die 909 beginnt zu klopfen, und die Dämono-Hall-Stimme von Ray Davis, oder wer immer das ist, von Phuture, wiederholt den Befund, die Warnung, die Lage, die Drohung, den Imperativ. Times fade. Don't let them pass you by. Hypnotic tango, dessen Wiederholungen auch den Sondersinn der Negation verschlingen. Times fade. Now let them pass you by.

Samstag, 25.4.98, Berlin.

1041. Aus der Beobachtung an anderen weiß man, daß JEDE Reaktion auf kritische Reaktionen scheußlich ist. Es geht nicht. Es wirkt querulatorisch, eng und unfrei. Genauigkeit am falschen Platz. Man will argumentieren, und sagt sich: nein, falsch, Ruhe bitte. Bitte nichts sagen. Immer neu ist das ein schwierige Aufgabe. So wie man als Kind aufgefordert wurde, die Wut runterzuschlucken. Denn die tobt da, hoch oben, im Kopf. Blockiert einen, lähmt die Gedanken. Eine Tasse Kaffe trinken, da ist sie weg, die blöde Wut. Auch die Musik hat geholfen. Auch die Bilder.

1103. Wer ist Daniel Josefsohn? Der Fotograf, der mir immer wieder auffällt. Den ganzen letzten Sommer über stand das von ihm für start fotografierte REINHEITSGEBOT an wechselnden Orten in der Wohnung rum, so wie jetzt die schon mal erwähnte späte Szene der GEMÜTLICHKEIT. Diesmal ist es das JETZT, die Aberglauben Titelgeschichte. Die Art, wie er die Alltäglichkeit von häuslichen Szenerien und Leuten sieht und inszeniert, ist so toll. Die Gegenposition zu dem öden Kaputtheitsscheiß von Nan Goldin, der jetzt durch die Hamburger Ausstellung dauernd überall zu sehen war. Gegenposition zum ganz äußerlich auf superstumpfe Signale setzenden Szenedreck von Alfred Steffen. Also das, was an Wolfgang Tillmans so real ist, bloß noch mal ein bißchen mehr ins Beiläufige, Casualmäßige, Schweinslässige gedreht. Oder sehe ich das völlig falsch? So wie mir davor immer Armin Smailovic auffiel. Einer der Contemporary German Photography Fotografen. Daniel Josefsohn nicht, oder? Aber vielleicht ist der ja schon irrsinnig bekannt. Die Fotos jedenfalls von ihm sind das Ding für mich. Realitätsbegriff. PRAXIS.

1143. Für Praxis: Die Ereignisse der jeweiligen Woche, die aus der speziellen Schreiber Perspektive herausgeragt haben, im dritten Teil des B-Teils auftreten lassen. Mit kurzem Kommentar, immer in Bezug auf die gegenwärtigen Arbeits-Probleme, -Ideen, -Fragen, -Konzepte. Diese Woche also:

Japan
raf
Lyotard
Botho Strauß
Literarisches Quartett

Wie die Vitalität von Reich-Ranicki so langsam ins leicht Starre, fast schon quälend Forcierte übergeht. Sein fleckig roter Kopf, und man denkt, o je, gleich kippt er weg. Schön geworden auch Karaseks neuer Bart. Rechtzeitig zum Termin kriegt er immer seinen Unterlippenherpes. Um die zauberhafte Frau Löffler besser bezaubern zu können. Diese große Oper. Viele, viele Seiten habe ich schon wortwörtlich abgeschrieben davon. Wenn ich es richtig verstehe, hat Bodo Kirchhoff auch dagegen, gegen das Quartett, Einwände erhoben. Also bitte, das gibts doch nicht.

1216. Sachen die ich vermeiden will, die einem fast automatisch über die Lippen kommen:

Erstens, der Pluralis Debilitatis eines völlig imaginären WIR. Nur wenn ich wirklich einer im Kollektiv aller im Hörsaal bin, wenn der Satzsinn darauf geht, ist einem dieses Wir erlaubt. Klar, man sehnt sich danach, die exponierte Position, aus der man da spricht, abzuschwächen. Aber das muß eine Anstrengung auf die Leute hin ergeben, kann nicht über ein denen einfach so aufgehalstes, distanzloses Wir abgetan werden.

Dann die Frechheit der Besitznahme durch das MEINE in: Meine Damen und Herren. Das hat so was pathetisch Situatives, diese Formel, was einem natürlich gefällt. Im gedruckten Text zuckt man immer schon bißchen zusammen, wenn man das liest, meine Damen und Herren. Für mich ist es im Grunde natürlich ein ewiges Loriot Zitat, aus einer dieser Wortmüll Bundestagsreden von Loriot. Wie will man die Leute also ansprechen? Daß es stimmt, und doch nicht irgendwie gewählt, gesucht, gefinkelt wirkt? Was ich eigentlich denke ist: LIEBE LEUTE. Aber das kann man wahrscheinlich natürlich eben genau auch nicht sagen. Ich muß mich verlassen auf die Situation, die mir den Text zuspricht.

1305. Perspektivische Phantasmen, wirr, präzise. Viele, zu schnell. Der Kopf drückt, von innen. Ich muß das Ganze heute in seiner inneren SUKZESSION vor Augen kriegen. Es muß nach Proben und Korrekturen noch genügend Zeit bleiben, daß man sagt, okay, jetzt scheißegal alles. Das wird schon. PUBLIC SPEAKING hatte ich in Englisch genommen, im zweiten Halbjahr, in Flint, Michigan, USA, in der Highschool. Im ersten Halbjahr EFFECTIVE WRITING. Wenn man Leute trifft, die auch ein Schuljahr in den sogenannten Staaten in der Schule waren, gibt das gleich einen besonderen Aspekt der Anknüpfung, der irgendwie grundsätzlich anderen Sicht aufs Bundesrepublikanische, Deutsche. Wendepunkt des Lebens. Irgendwann schreibe ich das Buch DAS AMERIKANISCHE JAHR. Natürlich in Amerika, in der Gegenwart. Das kam mir, wie ich vor vier oder fünf Jahren zu Andreas Graduation nach Flint gefahren bin. Den vielen tollen Onkels meines Lebens sei Dank.

1325. In Wirklichkeit bin ich ja hauptberuflich Canon-Mechaniker. Den Drucker aufschrauben, polieren, warten, putzen, jeden Tag paar Mal. Ist irgendwas kaputt? Och nö, nur so bißchen an den Schlieren rum machen und nachölen und neu einstellen. Ach so. Ist heute eigentlich Fußball? Ich geh mal schnell Zeitungen holen.

1426. Wieder daheim. Andererseits war für mich SELBER das Argumentieren mit den gegen mich und meine Sachen vorgebrachten Argumenten immer klärend und hilfreich. Es gehört einfach mit zum stummen Selbstgespräch des Schreibers. Nicht bei jedem natürlich, aber bei mir. Schwierig wird es eigentlich nur, wenn man sich an einer solchen Direktheitsform versucht, wie ich hier. Man muß diesen Gegenständen dann eben wieder ein neues Feld des Stummen eröffnen. DEKONSPIRATIONE.

1513. An Kritik. Genau so gehts.

1639. Ich hatte die Videokassette für Praxis mit Samstag-Nachmittag-Fernsehen beschickt, verschlüsseltem Premiere-Fußball live, ZDF-Kaffeeklatsch, Viva-Fetzen, MTV-Charts, Madonna und Modern Talking. Ich hatte die Vorhänge zugezogen und den Packen Zeitungen da. Blätterte und war hängen geblieben bei dem Foto von Wolfgang Welt, irgendwie erschreckt, weil er so anders ausschaute, als ich ihn aus Peggy Sue in Erinnerung hatte. Das hatte Hans-Ulrich mir letzten Herbst geschickt, und ich fand die Art des Erzählens da so lässig. Daß der Moment, wo der TON da ist, der Moment der Freiheit ist. Alles öffnet sich dann plötzlich der Erzählung. Ich las den Namen Willi Winkler unter dem Artikel. Und sah dann, daß darunter –

1717. schnell nach Köln

und das heißt Eckball
für 1860 München
80 Sekunden vor Schluß
was ist das für eine Dramatik

Werner Lorant zittert
hat jetzt Glück

und Werner Lorant schimpft
das Spiel ist doch längst zu Ende
dreiundneunzig Minuten

aber der Ball
läuft noch immer

und der trabt da natürlich ganz gemütlich
richtung linker Ecke

aber die Löwen
sie kosten das aus
was
war das
für eine Begegnung

und jetzt reißen sie die Arme hoch
1860 München gewinnt in Köln mit 3 zu 2

1723. Abfall vorkommt. Ja. Abfalls Freude. Freude etwa von der Art der Heiterkeit, die im Gehirn entsteht, wenn das Gehirn etwas über den Vorgang des Verstehens im Gehirn auf der Wissenschaftsseite der Zeitung liest und zu verstehen versucht.

1903. Heute Abend.

die Wähler
genossen heute

das Wetter
jeder dritte überlegt noch
wem er seine Stimme geben wird

502. Ist das noch die alte Nacht? Oder schon der neue Tag? Ich wache auf, Korrekturen im Kopf, gehe zu dem Papieren. Es ist noch ganz dunkel, viertel vor fünf. Das Licht im Zimmer, das leise Summen des Computers, von draußen die Vögel und fern das Rauschen der Autos von der Seestraße her.

536. An Kritik. Langsam wurde es hell.

BÖSER VOGEL
JUGEND

II

5.7

Aufwühlender Traum. Ich sitze mit Benedikt auf einem Bett und schreie auf ihn ein, wir müssen reden, er will nicht. Er hat in einem Text etwas verwendet, ich selber habe es noch nicht gelesen, wovon die anderen im Haus sagten, das wäre die gleiche Geschlechtsvermischung bei der Darstellung einer Person, wie in einem kürzeren Aufsatz von mir, den ich ihm neulich, noch vor Erscheinen, zu lesen gegeben hatte. Der Held wird weiblich dargestellt. Ich fand das ganz normal, also nicht einen besonderen Kunstgriff, auf den ich ein besonderes Copyright hätte, normal auch, daß er das für eine eigene größere Sache übernimmt. Komisch fand ich nur, daß er mich in die Lage versetzt, als hätte ich es bei ihm nachgemacht, weil sein Ding wohl schon gleich erscheinen sollte. Und auch darüber hatte ich noch nicht endgültig klar nachgedacht, ob das jetzt eigentlich schlimm wäre, ob ich das für mich schlimm finden müßte. Ich fand nur die Art fies, wie er sich der Auseinandersetzung entzog. Sonst wird immer ganz locker freundschaftlich getan, jetzt gibt es mal ein Probem, jetzt heißt es ebenso starr, wie auf Coolheit beharrend – wo sind denn meine Zigaretten? – nein, ich will darüber nicht sprechen. Bevor es zu diesem Showdown mit meinem Flehen und Schreien und an ihm Zerren gekommen war, und seinem sich Abdrehen und abweisend Schweigen, den Kopf schütteln und sich Entwinden, – war ich mit einer Frau draußen auf der Straße gewesen, aus dem anderen Haus gekommen, von gegenüber, und sie hatte mir das alles erzählt, und daß es große Aufregung gäbe, wegen der Sache, bei allen. Im Parterre des einen Hauses brannte es, verfeindete Bewohner schrien bronxgangmäßig aufeinander ein, Explosionen, Feuer, Staub fiel von oben runter. Es wirkte nicht sehr schrecklich, nur überflüssig, unvernünftig, gestellt und angeberhaft. Davor hatte ich oben irgendwas verhandelt, an den Schreibmaschinen, mit jemandem geredet, ich sollte telefonieren, der war schon nicht mehr da, der Angerufene. Es regnet dort, sagte zur Erklärung der Mensch am Telefon, am anderen Ende der Leitung. Ich schaute Akten an, die der einen Frau zugewiesen waren, und hatte das Gefühl, ich tue dabei etwas Verbotenes, oder zumindest nicht ganz in Ordnung-mäßiges. Ich schaute auch nur ganz kurz drauf. Dann ging ich runter und hörte die Geschichte von diesem Text von Benedikt, er wäre drüben, dann wohl auf der Straße, dann wieder zurück. Auf dem Bett war eine ältere Frau gesessen, anerkannt, jemand, der was sagen darf. Aber sie sagte dann zu Benedikt, ich hätte dies und das ihn betreffend vorhin gesagt, das wäre doch sehr richtig. Und mir war das total peinlich, so vereinnahmt zu werden von der, für ihre Benedikt Erziehungs Zwecke. Außerdem hatte ich so etwas Ähnliches zwar gesagt, aber nicht genau in dem Wortlaut, den sie als meinen wiedergab. Der stimmte nicht. Sie schaute mich so an, daß ich doch nicken sollte, daß ich das gesagt hätte, und ich fand das so unmöglich von der, so was tut man doch nicht, so einen scheußlichen Effekt hervorrufen. In Anwesenheit von jemandem, der angeblich über wen anderen was gesagt hat, diesem anderen das dann vorhalten, als den Vorhalt des ersten, und bei dem dann auch noch Autorität einforderen, für dieses unzulässige Verfahren. Ich schüttelte den Kopf und sah, daß ich das Mißverständnis jetzt nicht aufklären konnte, daß ich das auf eine bestimmte Art anders gesagt und nicht so platt gegen Benedikt gerichtet gemeint hatte, wie es jetzt in der instrumentalisierten Form aussah. Und deshalb wollte ich also allein mit Benedikt reden. Und das führte dann zu dieser erregten Aufwachszene.

Gott o gott.

Sonntag, 26.4.98, Berlin.

WARUM LÄUFT HERR R AMOK

II

6.1

Montag, 27.4.98, Berlin.

909. Ich wachte auf, hörte mich das Wort »Zuversicht« denken, fand das lustig, schaute auf die Uhr, es war zwei nach acht, und stand auf. Die Datenautobahnen sind verstopft. Ich lese in Foucaults Ordnung des Diskurses. Ich glaube, er war auch ein wirrer Geist eigentlich. Seine dagegen gerichteten Zähmungsbemühungen führen zu einer Art Metaphorik des philosophischen SYSTEMS, nicht so sehr der Sprache. Das unterscheidet ihn von den anderen »Franzosen«, das gefiel mir daran immer, nicht seine Worte, seine Ordnungen sind poetisch. Sie berühren deshalb verborgene und vergessene, von den Lichtphilosophien der hellen Tradition nicht erfaßte, nicht beleuchtete Aspekte der Geschichte der Wahrheit. Dort aber suchen sie dann ganz traditionell nach Klarheit, Vernunft, Präzision, Objektivität. Er war der Antifasler unter den Träumern des Denkens. – Für die B-3-Stelle zu Lyotard. PRAXIS.

943. Luhmanns Denk-Systeme-Röntgenblick. Der entscheidende Sprung, der ins Denken gekommen ist, durch die Selbstverständlichkeit, heute, dieses hochverfeinerten Instrumentariums, das Luhmann ausgearbeitet hat. Foucault kannte den Begriff und die Idee der Leitdifferenz nicht, hat aber inhaltlich so etwas vor Augen, sucht und tastet danach.

958. Geht ein Mann in einen Bäckerladen und verlangt Brot. Sagt der Bäcker: Was solls denn sein, Weißbrot oder Schwarzbrot? Sagt er: is wurscht, is eh fürn Blinden. Sagt Faßbinder.

1136. Büro Abfall. Telefonieren. Schröder kommt mir in den Sinn. Daß das Internetzl doch auch für ihn und seine Erzählungen eine sehr passende Öffentlichkeitsform wäre. Er hat ja sein komisches Hefterl-Prinzip damit begründet, daß er den drohenden Prozessen durch die private Publikationsweise entgehen könnte. Schon bißchen lächerlich leider.

Auch die Republik könnte auf die Art natürlich völlig neu erscheinen. Vielleicht würden Uwe Nettelbecks Notizen dann plötzlich ganz ungequält und heiter rüberkommen? Nicht so großartig, beleidigte-Leberwurst-mäßig. Dieser Medien-Aufseher-Ernst hat sich erledigt, wirkt einfach läppisch. Wobei ich den absurd überhöhten Preis für die Republik immer mit einer besonderen Begeisterung auf den Ladentisch blättere. Wie so eine Spende, die da jetzt nach Frankreich, in dieses von Rückzügen und Ressentiments ruinierte Familien-Leben von »Petra und Uwe« Nettelbeck geht. 58 Mark, bitteschön, wieso denn nicht 78? Immer wieder ein Quell der Heiterkeit, allein dieser Preis. DEKONSPIRATIONE.

die erste Rede im neuen Landtag wird ein Rechtsradikaler halten
der Alterspräsident von Sachsen-Anhalt kommt von der DVU

die Behörden lösten Großalarm aus
und forderten die Anwohner auf
in ihren Häusern zu bleiben

013. Jetzt doch leicht panisch. Den ganzen Tag geordnet und gesammelt die Praxis Geschichte vorbereitet. Die Form der freien Rede. Zu lang, zu kurz, zu wirr, zu negativ, zu spontan, zu klobig vorgedacht. Schwierig wird das. Ich denke, ich weiß doch, was ich denke, ich brauche es ja nur sagen. Und sehe dann, wie wenig mündlich verbal meine Gedanken im Kopf vorliegen, wie wenig mir auf der Zunge liegt, was ich denke. Obwohl ich es dauernd ausspreche, während ich es schreibe. Das ist aber ein Sprachvorgang, an den ich gewöhnt bin, in absolut GANZ anderem Tempomaß.

033. Zum Beispiel habe ich jetzt für diese paar Zeilen geschlagene zwanzig Minuten gebraucht, und dabei überhaupt nicht das Gefühl gehabt, das wäre irrsinnig langsam gegangen. Eine GROTESKE, kurz gesagt. Gute Nacht.

ÄSTHETISCHE PRAXIS
PRAXIS DR. WIRR
JOHANN WOLFGANG GOETHE UNIVERSITÄT
FRANKFURTER POETIK VORLESUNGEN
HAUPTGEBÄUDE, HÖRSAAL VI
18 UHR

II
6.2

Dienstag, 28.4.98, Berlin, fünf Uhr fünf.

505. Sage ich leise ins Mikrophon meines kleinen Sony Kassetten-Rekorders und stehe am Balkon und nehme da die Vögel und die Autos auf. Und denke an die vielen Atmosphären, die ich immer auf Band getaped habe,

speziell in London 1990, Frühjahr 91. Das dauernde Musikhören im Radio, der britische John Peel Pop Ernst, dessen Sendung ich oft im Dunklen liegend LAUSCHTE wirklich, hatte mich in so eine Hörekstase gebracht. Die Alltagsgeräusche als die schönste Außenmusik, und das dann gemischt mit aktuellen Platten, der Gegenwartssoundtrack. Auch 94 in Frankfurt, in diesen Frühjahrsmonaten, wo ich abends megaerschöpft vom Musikmachen vor Joachims Haus aus dem Auto stieg und kaum glauben konnte, was ich da HÖRTE, an Gezwitscher, Gesang und Wind, um mich herum. Stevie erklärte mir dann, was für paar tausend Mark teure Mikrophone ich bräuchte, um DAS wirklich aufzunehmen.

Es ist also sehr die Frage, was ich davon heute Abend mit in die Praxis Veranstaltung hineinnehmen kann. Tatsächlich ist jetzt, auf den letzten Metern, doch noch so ein absurdes Abitur-Gefühl entstanden. Ich hatte gedacht, das kommt nie wieder. Dieses Hinleben auf so einen Angst-Termin, gemischt mit bißchen Vorfeude auch. Und die riesen Sehnsucht, endlich alles hinter sich zu haben.

Meine Bewunderung für ALLE Auftrittskünstler, alle live-event-Täter, für Schauspieler, Professoren, speziell natürlich auch die Djs. Lehrreich fand ich immer wieder die nicht ungroße Aufregung der Großmeister vor ihren Gigs, bei größeren Sachen. Nur wenn man weiß, wieviel man versieben kann, hat man die Chance, daß vielleicht auch was irgendwie Tolles gelingt. Trotzdem ist Angst für den Live-Event KEIN brauchbarer Ratgeber. Nicht umsonst bin ich es im Normalfall ja genau nicht, live. Ich bin, wie Schrift, nicht live: DEAD.

1459. Frankfurt, im Hotel, perfekt. Ein wunderbares Zimmer. Der Taxifahrer war gleich voll beleidigt, weil ich ihn gebeten hatte, sein Radio auszustellen. Ich breite meine eben in Berlin eingesammelten Papiere wieder aus, und habe den Plan verworfen, jetzt noch die Albert Bilder bei Bärbel Grässlin anzukucken. Nächste Woche wird ja alles besser, ganz bestimmt.

1703. Wieder im Hotel. Doch noch zu den Albert Bildern in die Galerie gefahren, und dann in die Uni, zur Besprechung mit Frau Baumgartl und dem Herrn Simon, der die Technik macht. Wieder alles einpacken.

1749. Los jetzt.

PRAXIS
I

DIE
FORMPHANTASIE

Hallo Frankfurt.
Ha.
Also. Nein:

Was ist eigentlich ein Roman?

Ein Roman ist ein Stück Prosa von mindestens 300 Seiten,
das die ganze Welt umfaßt.

Was ist eine Erzählung? Etwas kleines Schnelles, Kurzes, Böses, ein Ausschnitt, etwas Ungerechtes, ein Zeitpartikelchen, eine Gewalttat. Eine Sache von 100, 200 Seiten.

Was ist ein Theaterstück? Von seiten des Autors her gesehen ist ein Theaterstück ein Text, der so geschrieben ist, daß er seine Erfüllung erst erfährt, wenn er auf der Bühne realisiert wird, als Theaterstück.

A
HEUTE MORGEN

So beginnts also, mit der Formphantasie. Ich möchte schreiben – einen ROMAN. Denkt fast jeder in seinem Leben irgendwann, richtigerweise. Ich möchte schreiben ein Theaterstück. Und davon soll diese Veranstaltung handeln. Von dem Vorgang, der von diesem seltsam vagen, aber doch auch nicht ganz unpräzisen, Traumartigen – von dieser traumartigen Gestalt zu etwas ganz Konkretem schließlich führt, was in Form eines Textes vorliegt.

Mir schwebt vor eine Erzählung, die den Titel tragen soll »Dekonspiratione«. Eine Sache, die handeln soll vom Vertrauen, vom Vertrauen als der Grundlage überhaupt gesellschaftlicher Verhältnisse. Die spielen soll in der Welt der Schreiber, der Zeitungen, in der Tagwelt des Berufs. Die handeln soll von der Schrift und vom Verrat.

Mir schwebt vor ein Theaterstück, das den Titel trägt »Neue Deutsche Komödie«. Es handelt vom Status des Medialen. Vom Fernsehen, wie wir es kennen, vom Film, wie wir ihn kennen, von den Zeitungen und Zeitschriften, von der Art, wie die Menschen dort auftreten, als öffentliche Figuren, als Helden, wie sie uns erscheinen und wie sie behandelt werden.

Und mir schwebt vor ein Büchlein, das den Titel trägt »Jahrzehnt der schönen Frauen«. Eine Sammelstelle, ganz vage, für Reflexionen, Beobachtungen, Leseerlebnisse, und eigene Erfahrungen, die diesen speziellen Weltaspekt behandeln, den die Geschlechterdifferenz aufmacht.

LABOR

Nochmal: so beginnt es also. Diffus, chaotisch, wirr, bißchen geträumt. Montäglich bedrückt, morgendlich zuversichtlich. Es beginnt auch, von einer noch grundsätzlicheren Sicht her gesehen, mit dem Schrei, mit dem die meisten von uns wahrscheinlich diese Welt hier begrüßt haben. Oder eben: mit der Stille des Erwachens am Morgen.

Mit einem bestimmten Geisteszustand, der mit diesen vagen, träumerischen Phantasien, die ich als die Formphantasie empfinde, sehr viel zu tun hat. Wenn ich beobachte, in welcher Art von ganz besonderer Funktionsweise mein Gehirn am Morgen sich bewegt, dann lasse ich mich gerne von einer meiner medizinischen Irrideen, die mich immer jagen und amüsieren, zu der Überlegung verführen, –

daß das Gehirn nachts ja endlich mal Ruhe hat von dieser Hirnrindenaktivität, mit der der Geistesmensch das Gesamthirn ununterbrochen terrorisiert, daß diese Hirnrindenaktivität also schweigt, und das Gehirn als Ganzes seine Freundschaft mit diesem Körper, in dem es ja lebt und für den es ja arbeitet und den es ja überwacht und von dem es ja wiederum auch lebt –

und also sozusagen jede Nacht sich da etwas erneuert, wovon der Intellektuelle untertags – der sich ja ganz woanders bewegt – nichts erfährt. Das geschieht also nachts. Und erquickt von dieser neu geschlossenen Freundschaft mit dem Körper triumphiert das Gehirn also auf eine Art. So stelle ich mir das vor.

Stille.

Diese Stille, in die dieses morgendliche Hirn also erwacht: zugleich eine revolutionäre Stimmung, kann man sagen, etwas sehr Jugendliches. Ein alles über den Haufen Schmeißendes, im Konzeptuellen. Was kostet die Welt? Los gehts. Neuer Tag, neues Glück. Alles ist möglich.

Für die Formphantasie heißt das: einen NICHT DA gewesenen Roman schreiben, natürlich. Eine Veranstaltung hier halten, die doch mal anders ist, als alle anderen, die hier bisher gehalten wurden. Ein Theaterstück schreiben, das durchaus ein klassisches Drama sein soll, und doch alles ganz anders macht, auf irgendeine Art.

Also, alles dieses ist in diesem anfänglichen Hirn-Morgen-Moment anwesend. Und es war wohl ein, zwei Tage in dieser Stimmung morgens, nachdem ich von dem Herrn Professor Bohn diesen Anruf bekam, ob ich das machen will hier. Wo ich mir gedacht habe, das wäre doch eine Idee: ein LABOR zu konstruieren der Situtation, wie ich selber den Prozeß der ästhetischen Praxis erlebe.

Die Paradoxie, die in der Veranstaltung eingeschlossen ist – die mir umso deutlicher wurde, je länger ich versucht habe, sie vorzubereiten, und je mehr ich mich tatsächlich immer wieder darauf einlassen mußte, daß ich mir sagte, dann muß doch irgendwas GESAGT werden irgendwann – anders gehts nicht, – liegt darin begründet, daß der Gegenstand dessen, wovon ich hier spreche, komplett und ganz und gar der Welt der Stille, des Schweigens und der nichtmündlichen Rede zugehört. Jedenfalls in der Form, wie ich die Schrift in ihrer radikalen Form auffasse.

Es gibt die Möglichkeit, diese fünfteilige Veranstaltung zu gliedern aus der Erfahrung heraus, die ich mit dem produktiven Prozeß mache. Eine erste, die heutige Veranstaltung behandelt also die Formphantasie. Ein zweiter Moment: die thematische Vorstellung. Das habe ich vorhin für diese drei hier angeschriebenen Projekte bereits kurz mal angerissen. Drittens konstruiert sich eine Welt, in der dieses Thema spielt. Viertens – ist das irre dröge wenn ich das so aufzähle? – es entsteht aus dieser Welt, aus der Kollision – ergibt sich das Entstehen des Textes, es schäumt auf, es ist da. Und fünftens wird das dann einem kritischen Prozeß unterworfen, der das nochmal untersucht. Man kann da auch die Kritiken und Reaktionen dazunehmen, die auf die Veröffentlichung hin kommen, und Reaktionen auf diese Reaktionen. Also Text, viertens. Und schließlich Kritik.

Es gibt noch eine ganz andere Seite dieser Anfänglichkeits-Idee, die extrem prekär ist, muß man sagen. Aber zu der ich doch dann immer wieder zurückkomme, wenn irgendwas mit Morgen und Anfangen zu tun hat, das ist die Welt Griechenlands, die Götter Griechenlands. Eine Weltsicht, eine Religion, die in ihrer Realismuskraft immer – ja, so geht das nicht.

Ich mach mal Musik an kurz.

Das ist kein Tape, das ist die Madonna-CD einfach. Wer hat da, hat da jemand einen Einwand? Hast du bessere Musik da? Nein? Schade.

Also, zu Griechenland wollte ich sagen. Ich vergesse immer, ich vergesse diese ganzen Mythen immer. Und das macht den eigentlichen Spaß daran für mich aus. Ich nehme so ein ixbeliebiges Buch, wo irgendwas mit Mythen draufsteht, oder Platon oder so, und schlage ein Kapitel auf, »Das Zeitalter des Kronos«, und lese da was über die Nomoi – und es ist einfach sozusagen immer TOLL. Nichts anderes möchte ich damit sagen. Und man muß es gut verstecken. Denn die Anrufung dieser Welt steht ja für ein unglaublich reaktionäres Weltbild.

So. Es schaut ganz gut aus mit der Zeit.

B
DAS FENSTER ZUR WELT

Ich möchte jetzt zu einem Art B-Teil kommen, in dem die hier aufgebauten Maschinen auf eine möglichst offene Art ins Spiel kommen können. Es geht darum, daß das Fenster zur Welt aufgemacht wird. Daß Praxis für mich hier also in erster Linie heißt, zu 90 oder 95 Prozent: Rezeption. Rezeptivität. Aufnehmen. Im Hinblick auf die Sprache, in erster Linie: wie wird Sprache in allen Weltbereichen verwendet. Und was heißt das für jedes einzelne Wort, für den Hallraum jedes einzelnen Worts. Von da her begründet sich für mich eine möglichst ungeordnete Faszination für alle Formen, die Welt hereintragen.

Wenn ich jetzt diese gerade vorhin als nicht so besonders angenehm empfundene Musik von Madonna nehme, das hat mich im Zusammenhang mit meinem letzten Buch, dem Theaterstück »Jeff Koons« beschäftigt. Da kam diese Nummer raus, und ich habe mir gedacht: wenn ich so sparsam und so schmalzig zugleich schreiben könnte, wie diese Nummer gemacht ist; wenn man die mal analysiert, wie wenig da los ist, was das trotzdem für eine Oper ist – und das meine ich, daß die Formphantasie einen Kick bekommt von einem solchen Realitätsmoment, eben von dieser Frau Madonna hier.

Ich möchte nochmal gern den Anfang spielen.
Dann, am Fernseher, auf Video: Premiere, Fußball verschlüsselt.
Erklärungen.

Die Fixsterne meiner Arbeit.

Luhmann. Die Abschiedsvorlesung.
Foucault. Die Ordnung des Diskurses.

Ja, nee, alle tun immer so: ja, Loytard, natürlich. Alle haben immer alles gelesen. Das stimmt überhaupt nicht. Weil man kann nur wahnsinnig wenig wirklich richtig gut und ernsthaft und genau studiert haben. Wenn man Derrida-Spezialist ist und Luhmann-Spezialist und Foucault: ich schwörs, das geht nicht. Man muß mit einem gewissen ahnenden Spüren wissen, was einen anspricht, und diesen Dingen dann mit einer großen Geduld – diese Sachen, die Luhmann geschrieben hat, wie schnell da immer darauf reagiert wird, ich kann das –

nee!, das geht mir zu weit!, entschuldigung!, Kollege. Das lenkt mich ab, tut mir leid. – Zum schreienden Kind, zum Vater. Pause, Gemurmel.

Wie war das? Ach ja, genau. In Japan, jetzt, DJ-Gipfel, auch so ne Diskussion. Meint die eine Maus: ja, das mit den Raves, das wäre ja alles ganz toll. Aber wie wäre es eigentlich mit den Müttern? Wieso gäbe es keine richtig geilen Raves für Frauen mit kleinen Kindern? Und dann meinten die Japaner in ihrer unendlichen Höflichkeit: ja selbstverständlich, meinte der Dj Tobi, wir organisieren das dann, Sonntag-nachmittag, machen wir dann Rave mit Müttern. Sage ich nur, weil Raven Gehen ist vielleicht doch eine Veranstaltung, die für kleine Kinder nicht so wahnsinnig geeignet ist. Und vielleicht ist auch so eine Vorlesung hier eben nicht der Ort, wo kleine Kinder maximal optimal aufgehoben sind.

Schau ma mal, was im Fernsehen kommt.
Start-Kampagne, MTV, Josefson. Realismus, Beiläufigkeit.

Ratlosigkeit. Gestammel.

Jetzt ist eine halbe Stunde vorbei. Und ich habe etwa 5 Prozent dessen gesagt, was ich in der ersten viertel Stunde sagen wollte.

Ah, ja, hier. Galerie Bärbel Grässlin, neue Bilder von Albert Oehlen. Bei Mutlosigkeit nehme ich mir irgendeinen Albert Oehlen Katalog und schaue mir Albert Oehlen Bilder an. Das kann man leider nicht so gut erkennen, aber – Überhaupt die Welt der Kunst, die für mich im Schreiben das größte und schönste Vorbild ist. Dieses Damien Hirst Buch hier, eigentlich ja ein ganz scheußliches Buch, aber –

Genau, es ging ja um Anfänge. Ende des B-Teils. Paar Anfänge von Platten und paar Überlegungen dazu. Members of Mayday, Save the Robots. Die Frage der Fortsetzung. Tricky Disko: die Anfänge müssen im Neuen immer wieder neu mitanklingen. Phuture, Rise from your Grave. Diese Stimme. Hypnotic Tango. Phutures Next Generation. Times fade, don't let them pass you by. Warum eigentlich nicht? Fragt man sich da, und kommt zu dem Befund, zu dem man ganz oft kommt, daß sich der Sondersinn der Negation eigentlich völlig verliert in der Mitteilung. Ich habe neulich in meinem Internet-Tagebuch das Wort geschrieben: Sinnlosigkeitsschauer, die matt auf einen niedergehen. Und in der Süddeutschen Zeitung wurde das abgedruckt als: Sinnlichkeitsschauer. Das fand ich irgendwie geil.

Letzte Musik: was ist der erste Ton? Wie solls denn losgehen? – So. So solls losgehen. Megadiffus.

Ich will jetzt hier einen Moment das Fernsehen laufen lassen, um mich auf meinen C-Teil vorzubereiten, um meine Papiere dafür zu ordnen. Oder soll ich es lieber ganz auslassen? Ruhig lassen? Drei Minuten vielleicht oder zwei? Fernseher an?

Sekunde. Drei Minuten.

C
WELCHES ICH

Eine Groteske, möchte ich sagen. Natürlich finde ich jetzt viele dieser vielen Papiere nicht, die ich hier vorbereitet habe. Was durchaus mit der Art, wie der Produktionsprozeß bei mir vonstatten geht, zu tun hat. Ja, nee, also wirklich, es wächst mir immer das vorgearbeitete Material derartig über den Kopf, und mir ist es dann zu hohl und zu blöde, genau nachzukucken, wie es denn jetzt war und das wieder zu finden. Und ich denke, dann wirds halt nochmal neu gemacht. Als Gegenbild die Vorstellung, da gibts doch diese Fotos von Arno Schmidt, der da mit der Pinzette am Zettelkasten sitzt. Wo man sich immer denkt: Alter, ist das bitter. Daß man also letztlich das Gefühl hat, entweder es schwingt auf und ereignet sich, oder eben nicht.

Die Zentralfrage, die sich bei all diesen Welt-reinkomm-Teilen stellt: was ist das für ein Typ? Robert Leiner: was ist das für ein Typ? Dietl, man sieht ihn ja dauernd im Fernsehen. Oder Kroetz. Was ist das für ein Typ? Man macht dabei Erfahrungen über das eigene Naturell.

Wer sich so intensiv mit Worten beschäftigt, daß da im Resultat Texte dabei rauskommen, der muß ein absolutes Faszinationsverhältnis zur STILLE haben. Ohne Stille – es sagt keiner was – ist das nicht, mit den Worten. Deswegen hat diese Veranstaltung, wie ich vorhin sagte, so bißchen einen paradoxen Aspekt. Daß man aber diese Faszination als etwas erkennt, wo man gut ist drin, daß man gerne in dieser Stille allein sein will. Daß man gerne mit der Schrift die aus der Stille sich dann erhebenden Musiken der Worte erfahren möchte. Diese Naturell-Erfahrung ergibt sich aus den Kollisionen mit den Ichen, die man, wenn man das Fenster zur Welt öffnet, hereinläßt.

Es ergibt sich außerdem ein bestimmter Realismus-Begriff, als schreiberischer Letzthorizont. Wenn man sich fragt: was will man selber machen? Was findet man gut bei anderen? Und welche Kriterien kommen dabei vor, bei der Beurteilung? Wenn man immer wieder feststellt, daß man bei sich die Frage vorfindet: ist es denn WIRKLICH so? Als allerletzte Frage. Verhalten sich die Verhältnisse WIRKLICH so, wie da dargestellt? – Dann bekommt eben diese Realismus-Idee so ein besonderes Gewicht.

Leider ver –

Wenn ich die Fülle dessen nehme, was mich fasziniert, was auch der Ausgangspunkt für diese Veranstaltung war, – daß ich mir gedacht habe, ganz einfach: ich mache einmal SO in meinem Zimmer und nehme das Zeug einfach mit, und dann ist eh alles klar, dann wird irgendwie geredet – die hat nicht nur die Funktion, dem depressiven Menschen, der man normalerweise ist, gute Laune zu machen – sondern auch die, daß die Distanz zwischen den Urteilen und Meinungen, die sich über ästhetische und sonstige Weltereignisse ergeben in einem, –

die Distanz zwischen den Beobachtungen dieser Welttatsachen und den Urteilen darüber: um die bißchen zu vergrößern. Durch die MASSE. Daß so schnell so viel passiert, daß man gerade noch sagen kann, das war doch doof, aber da ist ja schon wieder was ganz anderes im Gange. Und dadurch diese Tätigkeit des Geistes einerseits nicht sabotiert wird und durchaus stattfinden darf – nämlich dauernd zu sagen: das finde ich blöd und das auch, und das finde ich ja den totalen Schrott, und das hat gar keinen Sinn, und so gehts ja überhaupt nicht, aber ja, so vielleicht – und zugleich daraus keine irgendwie gearteten Gesetze gemacht werden können. Aus der Beobachtung heraus, daß man als Nicht-Theoretiker schlicht und einfach nicht über das Allgemeinheits-Instrumentarium für eine theoretische Äußerung verfügt.

Ich habe jetzt auch einige der Frankfurter Poetik Vorlesungen gelesen, die als Bücher erschienen sind, – daß die Einzelbeobachtungen, die die Leute machen, immer interessant sind, wie sie die Welt sehen, – und dann kommt die Schlußfolgerung, die daraus gezogen wird, und man denkt sich: ja, nee, das ist ja ganz megaplatt eigentlich. Und man macht bei sich selber genau dieselbe Beobachtung auch. Daß man dauernd zu Schlußfolgerungen kommt, die megaplatt sind.

Einerseits will ich diese Schlußfolgerungen zulassen und will nicht in den beliebten Fehler verfallen, keine Meinungen haben zu wollen, sondern im Gegenteil: so viele Meinungen wie nur irgend möglich, die im Streit miteinander sind. Diese geistige Aktivität also nicht zur Ruhe bringen, sondern die noch aktivieren. Einzig mit der erkenntnistheoretischen Schutzvorstellung, daß man selber nicht dazu in der Lage ist, wirklich irgendwas Allgemeines –

und das ergibt sich auch aus der Lektüre von theoretischen Büchern, von tollen. Wenn man Luhmann liest, das lese ich auch deshalb, um eigene Gedanken tot zu kriegen. Um zu sehen, auf welchem Niveau Denken wirklich stattfindet, wenn es stattfindet. Und daß das, was man selber in sich als diese Bewegungen des Denkens, Denken-ähnliche Bewegungen in sich erlebt, daß das was grundsätzlich anderes ist.

AUSBLICK: ANGST

Fast der Schluß. Es ergeht eine Einladung an Sie alle, in diese Veranstaltung einzugreifen, in den B-Teil hier, beim nächsten Mal. Es ist jeder eingeladen, irgendein Produkt, irgendeinen Informationsträger, mit dem er irgendwas verbindet, hier mir zu geben. Man muß nur eine Voraussetzung erfüllen: man muß das eine und einzige Lieblingsbuch nennen. Von allen. Ich nenne meines natürlich auch. Meines ist von Andy Warhol, Popism, The Andy Warhol 60s. Und jeder der hier einen Informationsträger zureichen möchte, auf den dann reagiert werden soll, der muß in dieser Form die Hand erheben und – sich bekennen.

Ausblick und Ende. Drei ganz kleine Geschichten zur Angst vor der Zukunft. Weil ich immer wieder denke, hauptberuflich bin ich ja eigentlich Punk: no future. Allein diese Vorstellung, daß man so ganz sicher annimmt, daß man am nächsten Dienstag wieder hier so ankommt.

Ich denke dabei immer an Uwe Johnson, an den dritten Band der Jahrestage. Wo im Klappentext am Schluß erzählt wird, ja, also jetzt, der dritte Band, eigentlich sollte es ja schon ganz fertig sein, ist aber doch noch nicht – und am Schluß heißts dann: wie üblich, im nächsten Jahr mehr.

Und dann war ZEHN JAHRE –

ist der Geist der Schrift weg gewesen, von Uwe Johnson. Ja, nee, das war echt nicht lustig. Und er hat sich hier an dieser Stelle, sozusagen mündlich zurückgetastet, sprechend, in die Schrift wieder.

Für mich ist das immer ein Inbild dieser – dieser DEMUT eigentlich, mit der man sozusagen den Moment sehen muß, wo man nicht in der Lähmung lebt.

Die andere Geschichte, um es bißchen positiver ausklingen zu lassen, ist von Stockhausen. Die ich auch immer wieder endlos lustig finde. Also 77 sitzt er in Japan irgendwo in so einem Tempelchen und meditiert da rum und alles – und plötzlich sieht er es also vor sich, seine Aufgabe, sein Lebenswerk: LICHT. Die große Oper. Die Wochentage. Wie lang wirds denn etwa dauern? Das hat er dann kurz gepeilt. Bis 2002. Dann ist es fertig. Das hat der damals behauptet, gesagt, damit hat der angefangen, und hat jetzt ix, ix, ix Stunden Musik gemacht und geschrieben. Und immer an diesem Stück. Und jetzt neulich habe ich wieder ein Interview gelesen: ja, das wird jetzt 2002 fertig.

Kann man sich das vorstellen? 77 hat er das von Sirius, da lebt er ja eigentlich, da kommt er her und so, –

und wenn man in dieser Spannung das Verhältnis zur Zukunft sieht,
in diesem Uwe Johnson-Beispiel –
und in dieser Stockhausen-Madness –

dann würde ich sagen: so wollen wirs angehen.
Und ich freu mich, wenn Sie wieder am Dienstag da sind.

* * *

1938. Nach der Veranstaltung. Wieder im Hotel, mega k.o. Wie wars? Hm. Schwierig. Manches war okay, vieles leider nicht. Das ist aber bißchen zu wenig. Finde ich auch.

LET'S RIOT

II

6.3

Mittwoch, 29.4.98, Frankfurt.

500. Der Wecker klingelt. Am Computer.
631. Der Weckdienst ruft: dies ist Ihr automatischer Weckruf.
730. Gebadet, gepackt, beim Kaffee. So gehts also nicht. Wenns so nicht geht. Vielleicht anders. Wie?
755. Im Verlag.
916. Im Taxi. Andere Form, Fassung.
921. Was ich also sagen wollte.

927. Flughafen Frankfurt.

941. Diese Unfähigkeit, frei zu reden. Fast ja schon eine geistige Behinderung. Mit den Zeitungen.
743. AMTLICHE BEKANNTMACHUNGEN.
951. Sprache handelt auch vom Nicht-da-sein der Worte, in Spannung gegenüber dem Sehr-wohl-da-sein einer ganz präzisen Vorstellung, etwas ganz Bestimmtes sagen zu wollen, und der daraus sich ergebenden Wort-Ankunfts-Erwartung, dem Gefühl von der Ahnung des Da-ist-es-ja: das richtige Wort. Im Mündlichen ist Sprache auch ein darauf spezialisiertes Organ, auf diese Spannung, auf dieses hirninterne Vermittlungs-Problem.
1005. Um Fassung ringen.
1023. Schlimmer kann es nicht werden.
1025. Im Rollfeld-Bus, bei »ROLF«, meldet der Wimpel an der Windschutzscheibe.
1037. Das Hochhalten der Reliquien, wie ein grotesker Appell an Gläubige. Dabei ist das genau doch nicht gemeint. Die Rede, das Wort eröffnet doch die Möglichkeit Dissens zu erkennen, faßbar, mitteilbar zu machen. Aber das fehlte ja genau: Rede.

1041. Im Flugzeug.

1042. Die Gesetzhaftigkeit allgemeiner Sätze sabotieren. Wie?
1057. Vollgas.
1058. In der Luft.
1101. Früher habe man so schön gehaßt. Heute grinse man nur noch blöde und sage ein debiles geil.
1126. Gegessen. Die Rede: der persönlich beglaubigte, durch Anwesenheit und eigenen Vortrag beglaubigte Text. Was habe ich damit zu tun: nichts. Horror. Und doch ist das DIE Form der Sache.
1130. Das schlimmste Desaster an der Stelle, wo die Veranstaltung bei sich selber war und davon SPRECHEN wollte: Realität.

1201. Berlin Tempelhof.

1232. Wo habe ich denn meine Bordkarte, verdammt: William. Sandra, Brenki, Daniel. Sie fliegen gerade ab nach Dortmund und finden es völlig lächerlich, wie ich erkläre, daß ich wegen Frankfurt nicht kommen kann.
1302. Im Taxi. LET'S RIOT.
1308. Je mehr Wirklichkeit anfällt, desto weniger Schrift ist da. Desto mehr schweigt der Text.

1323. Wieder daheim.

1524. Mir ist ganz schlecht, vor Erschöpfung. Im Speicher, direkt über mir, hauen die Handwerker auf Beton.
1938. 24 Stunden danach.

2054. Anderen wird nachher natürlich alles schon wieder ganz klar gewesen sein.

HEADCLEANER

II
6.4

Depression bei den Fans, nicht aber beim Vorstand.
Wars das? Ich glaube nicht, daß es das war.

Donnerstag, 30.4.98, Berlin.

932. Am Schreibtisch. Oben vorne, zwischen den Schläfen, hinter der Stirn, hat nachts dieser Flächenbrand gewütet. Da ist jetzt alles ab- und niederge-

brannt, und Sturm geht über diese Wüste hin.

950. Im Fremdwörterbuch steht, wie man Rhythmus richtig schreibt. Warum ist der Informationsträger Musik zu Demonstrationszwecken so ungeeignet? Fast schon der erste Sekundenbruchteil von KLANG nur konstituiert Gemeinschaft, das Gefühl: ja, da bin ich dabei, ich auch. Oder eben genau umgekehrt: ä, bäh, gräßlich, was ist denn das? Ich hasse Techno, Opern, Hardrock, Barjazz, Barrock oder eben Barock Musik. Ich kann den Klang von Geigen nicht ertragen. Wenn dieses blöde Gestampfe losgeht. Das Gejaule der Gitarren.

Neulich war wieder Woodstock im Fernsehen, und ich sah den unvermeidlichen Jimmy Hendrix da am Hals seiner Gitarre an den Saiten rum beißen und reißen. Darüber werden im Augenblick vier Habilitationsschriften verfaßt, drei davon im Osten. So wirkte der Außenblick darauf: es geht da um eine Ekstase, deren Moment, so gegenwärtig er war, ins komplett Unnachvollziehbare hinein vergangen ist. Wie gesagt: von AUSSEN aus gesehen.

Dem Außenblick auf Urteil, gerade auf positives, bejahendes, zeigt sich kaum der Gegenstand des Urteils, viel stärker nur der Urteilende selbst: er findet da also dies und das toll, findet das scheinbar toll, daß er das toll findet. Ihr auch? Nö, das nervt eigentlich eher. Und das ARGUMENT, um das es ging, das da SINNLICH erfahrbar gemacht werden sollte, geht fast ganz unter im Ärger über den Unsinn eines solchen Vorgehens. Daß jemand die Situation der Anwesenheit so vieler verschiedener Menschen, mit so vielen verschiedenen Empfindungen der Musik gegenüber, und dem so hohen Prägnanz- und Signifikanz-Grad der Empfindungen auf genau diesem Gebiet – so völlig FALSCH einschätzt. Diese Blindheit fürs Soziale nervt. PRAXIS.

1028. Herr Ortmann ruft an und erklärt in einem Nebensatz, daß diese Flächenbrände für den Erhalt der Wüste lebenswichtig sind, daß da der Dünger entsteht, durch den wieder Neues gedeihen kann. Wir trösten uns auch an den plattesten Analogien und Bildern. Was es bedeutet, DAHEIM zu sein in einem Verlag, wie das mit dem Jahren erst so richtig sichtbar wird, für einen, in seinem ganzen Ausmaß, das ist noch ungesagt. Darüber habe ich noch nie was Richtiges gelesen. Eben weil schwierige Diskretionsfragen involviert sind. Über die Familie kann man ja auch nicht einfach so daher schreiben, und sei es noch so »wahr«. Alles zu Nahe darf die Schrift eben nicht direkt berühren. Warum? Ich weiß es nicht. Aber ich weiß, das es so ist. Das spürt man dauernd. DEKONSPIRATIONE.

1055. Wenn ich daran denke: dieser geistige Spaß bei Joachim Kaisers Beethoven Vorträgen, wo ich paar Mal mit Clemens war, vor paar hundert

Jahren. Da war ja der Witz: alle Anwesenden wollen etwas erfahren über genau DIESE Musik. Und sie wurde dann ja nicht nur vorgespielt, sondern von Sprache, Erklärungen, Beschreibungen und analytischen Erwägungen in der wirklich denkbar differenziertesten Weise SPRACHLICH umspielt, begleitet, präzisiert und einem eröffnet, zugänglich gemacht usw usw. Nur wenn man auf dem Niveau über Musik sprechen kann, ist es sinnvoll, einen Takt Musik erklingen zu lassen, in einer Rede. PRAXIS.

1117. DAS STAMMELN DES ARSENALS. Unter dieser Überschrift im Nachhinein die mitgebrachten Objekte zum Sprechen bringen, ihnen Text geben, und sei es nur EINEN Satz pro Ding. Das Ruder rumreißen.

1130. Sonne, Sommer, grün und blau.

1131. Die Qual. Wo ich gute Laune verbreiten wollte, hat durch die Hintertüre des Scheiterns die Existenzmitte den Raum betreten: Lähmung, Lächerlichkeit, ein wirklich, entschuldigung, NAMENLOSES Elend. Stillstand. Von dem die Sozusagen-Sage handelt, im Irgendwie-Wo. Gestammelt.

1146. Von draußen, aus dem Treppenhaus, dringt nicht nur der Malerlärm herein, der Maler-Zigarettenrauch-Geruch, sondern auch der beißende Schweiß der körperlichen Arbeit der körperlich arbeitenden werktätigen Bevölkerung. Ich empfinde die Schreibarbeit natürlich als privilegiert, die Prollarbeit aber eben AUCH. Ich würde es auch als Proll total genießen, stinkender Proll zu sein, weiß ich ganz genau. So wie ich, gerade auch noch in den finstersten Momenten, von dieser Schreiber-Lebens-Form denke: mein Ding, für mich perfekt.

1623. An Praxis. Im verdunkelten Zimmer.

1711. Oder habe ich das in den Kühlschrank getan etwa? Das Buch, das gestern gelesene, das ich jetzt seit zehn Minuten in der ganzen Wohnung suche. Und SO groß ist die ja nun auch wieder nicht gerade. Ich öffne den Kühlschrank, kein Buch drin. Es war nämlich in der Tasche mit dem Essen. Mit dem Buch, Jurek Beckers Poetik Vorlesung, war ich gestern nachmittag die Müllerstraße einmal rauf und einmal wieder runter und zurück getaumelt. Plötzlich dachte ich: irgendwann müssen diese Taumelzeiten auch wieder kommen, ohne Termin, nur so, in der Stadt rumtrödeln, mit einem Buch. Und dann gleich: aber so, wie es jetzt gerade ist, ist es auch okay. Randtechnisch gesehen, ichlos.

1939. Wieder daheim. Vielleicht habe ich das Buch ja auch versehentlich ins Bücherregal gestellt. Genau. Da ist es ja, da steht es ja, da hat es sich ja doch gefunden wieder. Warnung vor dem Schriftsteller. Ich stand vor dem

Café Kranzler, wartete auf den Bus, und dachte, da war es genau sechs Uhr, an die Westfalen Halle in Dortmund, wo in dem Moment also wieder die Tore sich öffnen, und die jährlichen Debütantinnen und Debütanten im Sturmlauf die Hallen des Mayday Events stürmen. Vor zwei Jahren stand ich da mit Westbam, und die Leute rannten auf uns zu, und wir sahen das und schauten uns an. Toll. Wie die Leute sich da freuten, an diesem Mayday-Erstmoment.

hier
habe ich meine
berühmtesten Gemälde gemalt
hier wurde das Ohr verarztet
das ich mir abgeschnitten habe

2021. Auf welchem Niveau jemand wie Westbam ins Risiko geht, mit allem, seit wie vielen Jahren. DAS fasziniert und ermutigt einen, das zieht einen da an, die wirklich außerordentliche PERSÖNLICHKEIT, nicht das Starding, das irgendeinem Kritiker als erstes auffällt. Es war vom ersten Moment an interessanter, mit Albert Oehlen zu reden, als mit Peter Bömmels, lustiger, mit einem Abenteuerer wie Michi durch die Nacht zu ziehen, als mit einem geborenen Laumann wie Bernd. Fertig, so einfach ist das. Menschlich toller, mit Diedrich betrunken zu sein, als mit dem netten Michel Kröher, der ihn mir im Vienna vorstellte. In einer Nacht vor exakt 15 Jahren, 1983, in der Nacht zum ersten Mai, im Vienna, in Hamburg.

2121. Das ganz und gar andere Jahr 98. Ich kann nicht erkennen, was das soll, daß das so ist. Was los ist. Warum.

MAYDAY
XIII
AND THE MOTHERFUCKING SAGA
CONTINUES

II
6.5

Freitag, 1. Mai 1998, Berlin.

949. In Dortmund jetzt, vor der Halle, auf dem Parkplatz, schönes Wetter, und die Durchgeraveten überall, zwischen den Autos, die Verstörten und Erleuchteten, die Abgefuckten und Kaputten, zwischendurch geht mal ein

sichtlich völlig Nüchterner von hier nach da. Oder ist das eine Frau? Scheints, eine besonders schöne. In der Halle sind schon die Räumtrupps zugange. William hat seine Abschiedsansprache gehalten, oder auch nicht, falls er es vergessen hat. Man redet darüber, wie es war, vielhundertfach. Es sind unter den 20.000 Members of Mayday vier ultrazarte Liebesgeschichten passiert, und sieben oder siebzig Leute hatten ein Erlebnis mit MUSIK, von dem sie jetzt im Augenblick sich sagen: das werd ich NIE in meinem Leben JE vergessen. Gleichzeitig gehen in verschiedenen Hotels auf manchen Gängen leise ganz bestimmte Türen auf und zu, durch die die Dunkelkapitel der Sache betreten werden, von denen, die die richtigen Ziffern wissen. Auch die gehören dazu. This is a free country. I can do, what you want. What do you want me to do? Sit down. Shut up.

1009. Ich sah fast die ganze Viva-Übertragung von Mayday. Wenn es nur EINEN einzigen Fernsehkameramann auf der ganzen Welt gäbe, der sich INHALTLICH für das interessiert, was er da filmt. Mir tuen jetzt noch die Augen weh, vom Zuschauen, wirklich. Man kann optisch im Fernsehen keine Ekstase-Effekte erzielen, wenn da live übertragen und dann bißchen hysterisch rumgeschnitten wird. Aber man könnte sehr gut das gedankenverlorene Betrachten abbilden, das zum Feiern oft dazugehört. Der Blick bleibt irgendwo ganz Sinnloses hängen. Man hat sich nämlich in die Musik hineinverträumt. Allein wenn zwischen Hektik und Ruhe manchmal GEWECHSELT würde, wenn für die vielen Dj-Maniacs, die es sich nicht leisten können, dabei zu sein, die ARBEIT der Djs wenigstens manchmal in aller Ruhe und ohne irgendwelchen Firlefanz gezeigt würde – ich hatte solche Haßanfälle. Man würde sich die Verantwortlichen, und ich weiß genau, was für ein absoluter VOLLTROTTEL einem da dann gegenübersteht, gerne packen, mit beiden Händen, am Hals, und den so lange SCHÜTTELN, bis er winselt und sagt: okay, ich verstehs, ich sehs ein. Es war blöd. Nächstes Mal wird alles besser. Aber das wird eben leider natürlich genau NICHT passieren.

Absolut toll war Tommi. Er zog durch die sinnlose Welt der diversen Lounges, wo die sinnlosen Profis abhängen, wie wir ja auch oft, zum Saufen. Packte sich dann irgendwen, umarmte den, riß den Kopf des anderen an seinen Kopf, mit seiner Ellenbeuge, vier blöde Fragen, bißchen ratloses Antwortgestammel. Und dann: wie gehts weiter? Ja, WIR gehen jetzt erst mal einen HEBEN. Klaro, gute Idee, komm ich mit. Dann dieser Raveline-Chef, mit seinen ernsten, völlig deplazierten Einschätzungen und Analysen. Und Tommi schaute ihn ganz freundlich an, nickte, und dachte sich: der Alte hat ja echt ein Rad ab, mit seiner blöden Pferdeschwanz-Frisur. Kurz darauf, Nalin und Kane, zwei superangenehme Prallmaten, nach ihrer neuen Nummer befragt: ja, die geht so. Und dann haute der eine Kollege wie ein künstlich Debiler auf die Tischplatte, daß die Biergläser wackelten, bumm bumm bumm. Ach SO geht die, die neue Nummer, klingt ja richtig gut.

1051. Fernsehen: das Nah-Medium. Für PRAXIS III. Genau beschreiben, was Fernsehen NICHT kann: VIELE zeigen, Situationen in Räumen, Räume überhaupt. Die Oskar-Schlemmerschen Kraftlinien, die von den Menschen ausgehend Räume weit durchqueren. Also: Theater, Party. NICHT zeigbar, geht nicht. Den Sozialvorgang unter mehr als neun Leuten. Fernsehen handelt von Gesichtern. Von fast nichts anderem. Gesichter, Menschen aus der Nähe, deren Geschichte, gespiegelt, während sie reden, in ihrem Gesicht sich zeigt. Das zeigt Fernsehen.

1111. Schorsch Kamerun, bei Albert in Köln. Wir redeten über meinen da gerade erschienen Love Parade Artikel. Schorsch stellte irgendeine Behauptung auf, über die Leute auf der Parade, wie die da gewesen wären. Ich: ach, warst du diesmal da?! Nahm ich wirklich ganz selbstverständlich an. Nö, aber das hat man doch im Fernsehen gesehen. Da war ich wieder mal echt entgeistert. Leute, die in JEDER realen live-Situation, die NICHT zufällig im Umfeld ihrer ultraeigenen Pudelwelt stattfindet, zu 90 Prozent nur beobachten können, geradezu zwanghaft, was da wie und warum genau KRITISCH zu sehen und zu beurteilen ist, kommen überhaupt nicht auf die Idee, daß das Fernsehen ihnen bestimmte Sachen vielleicht NICHT so zeigen kann, daß ein vernünftiges Urteil darüber möglich ist. Diese kritischen Kritik-Reflexe am falschen Ort, und das Fehlen gleichzeitig einer wirklich kritischen Reflexion auf die medial hochkomplizierten Fundamente des eigenen Urteilens dauernd nenne ich Dummheit, Schorsch, tut mir leid.

1206. Eben läuteten die Glocken. O gott o gott. Wo war ich? Wo bin ich? Wohin ist die Zeit denn hin gegangen, so plötzlich? Ich hatte nämlich gelesen, ohne es zu merken.

2003. An Praxis. So geht ein schöner Sommertag zu Ende.

DER MAI
IST GEKOMMEN

II

6.6

Samstag, 2.5.98, Berlin.

803. Stammeln: wenn klar ist, wie der Satz läuft, kommt es einem irgendwie grotesk vor, ihn noch ganz zu Ende zu bringen. Als würde man den anderen, dem man da was sagen will, damit völlig hohl BELÄSTIGEN. Der versteht

doch auch längst, in dem Moment, wo man selber verstanden hat. Für Praxis IV. Zur Arbeit am Westbam Büchlein.

805. Befreundet mit dem Monat Mai, von Geburt an. Ein Sonnentag ist aufgegangen hier. Ich wachte um sechs auf, irgendwie munter, und blieb dann gleich da, im Wachleben, zwischen den Papieren aktiv.

847. Gestern noch, abendlicher Gang draußen. Der Sommergeruch, zum ersten Mal heuer, den ich da witterte plötzlich. Ich konnte es erst kaum glauben, mitten in meinem stinkenden Wedding. War dann ganz aufgewühlt irgendwie. Ich las Jurek Beckers dritte Vorlesung. Er erzählt. Und erzählt, und erzählt. Ein Beispiel, eine Geschichte, irgendein Gedanke soll also ILLUSTRIERT werden. Ja, gut, sehr schön, sehr poetisch, wunderbar. Bloß: gehts nicht vielleicht doch bißchen SCHNELLER? Bißchen abstrakter vor allem? Nee? Okay okay, war ja nur ne Frage. Ist ja alles kein Problem.

904. Mein GEBROCHENES Verhältnis zur Erzählung. Die geschwisterliche Lage, der Wettbewerb um Redezeit. Es ist einem immer klar, was für eine Besonderheit das ist, daß man da jetzt also berichten darf, erzählt, das Wort hat eben. Im Live-Moment der Gegenwart. Das Wort, das die ihm antwortende Aufmerksamkeit im Gesicht der geliebten ersten Zuhörerin sieht, sucht, sich davon erst hervorgebracht weiß. Die Muttersprache ist auch im Spiegel des mütterlichen Gesichts zur Welt gekommen.

958. An Arsenal 2. Gestern Damien Hirst. Heute Dietl und Kroetz.

1200. An Praxis.

1257. Wieder daheim, Essen gekauft und Zeitungen. Der Sommer, dieser – ja, was? Er hat so ein Größe.

1350. Weiter an Praxis.

1440. Peymann. Der Spar-Bernhard für Arme, mit seiner neuen Polit-Frisur. Jetzt also eingezogen in Berlin. Neulich hat er im Fernsehen schon bißchen berlinert, kein Witz. So wie er sich die letzten 15 Jahre in Wien wienernd angebiedert hat. Wunderbar. Dem werden sie es hier so kochen, da freue ich mich jetzt schon drauf.

1604. Premiere.

also Duisburg spielt klasse
dabei bleibe ich
und der FC Bayern

muß wirklich
eine Schippe drauf legen
einen Gang zulegen
sonst

1607. Ich will, daß Bayern gewinnt. Fertig, ganz einfach.

1616. Es geht jetzt um alles, wie bei Bayern. Das kam natürlich in der Praxis Panik auch nicht mehr vor, das ganze Sport-Ding, diffuses Inbild der Lebenslage, für jeden Sportkucker, dauernd. Wie einen das entlastet, daß das Spiel genau so lange dauert, bis es aus ist. Daß dann das Resultat fest steht. Wie man sich dauernd SEHNT da danach, daß das Resultat endlich feststeht, daß es aus ist. Und wie jede Zelle des Körpers, also der reale Agent der sportlichen Aktionen, natürlich eine ganz andere Sprache spricht: Leben, sagt die, sagt der. Und diese Dinge wogen in einem, während man matt vor dem Fernseher rumhängt. Geht da dieses große Existenzdrama ab, innerlich. Ohne einen zu behelligen, im Normalfall. Daß man davon etwa irgendwie Kenntnis nehmen müßte. Man hat schließlich Wichtigeres zu tun. Man achtet ja darauf, wie viel es steht, was gerade los ist, was Neues passiert, im Moment.

Selbstvergessensein,
Zeitzerstörungsgeschenkkriegung,
Glück.

1631. Time. I'm time. Was es heißt, in time, daß das tödliche »T« da am Anfang steht, nicht, wie bei uns in Zeit am Schluß. Es heißt natürlich nichts. Es ist halt so ein Befund. Der irgendwie gehört zur Härte der deutschen Sprache. Zu ihrer abstrakten Denk-Tatsachen-Nähe. Ihrer Finsternis.

1637. Wieder öffne ich das Fenster 2, hier in Word, wo der Praxis Text Gestalt annimmt. Schaue auf die letzten Worte, und muß leider sagen: ich glaub, ich kann nicht mehr. Ein Windstoß stößt das angelehnte echte Arbeitszimmer-Fenster auf. Draußen blüht die Kastanie.

1759. Unter der Dusche. Plötzlich eine solche HEFTIGKEIT von Gedanken, daß ich es im Herz spürte, ähnlich wie Schmerz, nur netter, irgendwie drängend, erfüllt. – Aus meiner demnächst bei Residenz erscheinenden Aphorismensammlung: Am Felsfenster, abends.

2054. Linksabbieger: rechts einordnen. Schlägt das Pfeilebild am Boden dem auf ihm dahinfliegenden Radler vor, Seestraße, Ecke Amrumerstraße. Unterwegs zurück vom »Empfang anläßlich der Ausstellung von Georg Herold und Albert Oehlen« bei Max Hetzler. Auf dem kleinen Tisch in der einen

Sitzecke im großen Salon stand Flieder. Drum rum: Wolfram, Markus, Albert, Diedrich und Georg. Es wurde über Musik geredet, A-Musik in Köln. Albert hat sich Air gekauft.

Er findet es auch die Hölle, da war ich froh. Im Urteil über Musik zeigt sich so viel und schnell vom ganzen Mensch, seinem gegenwärtigen Geisteszustand. Deshalb spielt diese Thematik gerade auch unter Intellektuellen eine solche Rolle, man müßte unendlich weit ausholen, um präzise darzulegen, warum man so empfindet, urteilt.

Andere Leute sind gern anderer Meinung als ihre Freunde, empfinden das als belebend. Ich nicht. Ich mag lieber vom Gleichen ausgehend weiterspinnen, im direkten Gespräch, finde, da entsteht mehr Reichtum und Spaß. Arbeit an den Differenzen und Negationen gehört für mich eher ins Reich der Stille, des Denkens, der Lektüre vor allem. Auch im Moment der Entstehung der Schrift ist das bejahende Moment natürlich produktiver. Ohne Dummheit: keine Produktion. Der drohenden Gefahr der Dogmatisierung dieses seltsamen Geheimnisses ENTGEGEN muß man Denken, Dissens und Streit dem empfangenden Vorgang möglichst oft ins Wort fallen lassen. Man: ich.

2125. Ein aufregender Abend ist das gewesen. Zitternd hielt ich mein Wasserglas in der Hand und erzählte: Albert! Das Gutachten vom Depperltest ist gekommen! Ich habe es eben vor zehn Minuten aus dem Briefkasten getan. Ich darf den Führerschein jetzt endlich wieder neu machen. Zum dritten Mal in meinem Leben. Dann kam Markus dazu und berichtete, wie drogenverseucht ich bei der Frankfurter Veranstaltung auf Rüdiger gewirkt hätte. Folge der Authentizitäts-Fiktion des Texts, daß die Sünden meiner Helden ganz direkt MIR zugerechnet und vorgeworfen werden, insofern okay.

2132. Am Rad dachte ich nach über die Problembegriffe: »Heil«, »Botschaft«, »betend«. Warum die so überstark senden. Auf jeden Fall stärker, als ich intendiert hatte. Als wäre die Knechtschaft, die vom Feld der Religion ausgeht, immer noch so drohend, daß jedes Wort von daher heftig autoritative Töne mit sich führt, die sofort entsprechende Antireflexe mobilisieren. Aber wahrscheinlich geht es ganz banal und direkt um den säkularisierten Gebrauch der klerikalen Terminologie durch den Faschismus. Mich wundert nur, daß ich es nicht richtig HÖRE. Ich muß mir die Überlegung argumentativ erarbeiten. Dann sehe ich es auch sofort ein. Wie immer: ich nehme alles zurück. Oder, um den Albert-Collage-Teppich, der da bei Max am Boden liegt, zu zitieren: wounded by war, crying for light. Oder nicht doch lieber eine nichtleichte HB vielleicht?

DISKUSSION AUSGEWÄHLTER KLÄNGE

II
6.7

1000. Die Glocken läuten, die ganze Zeit schon, plötzlich merke ich es, denke panisch: WAS?, schon wieder ZWÖLF?, schaue auf die Uhr: 1000. Ah, gut, sehr schön. Wenn ich durch Konzentration das Zeitgefühl so total verloren habe, daß ich mich um glatte zwei Stunden verschätze, dann war das wirklich Konzentration von der Nirwana-Art. Da müssen andere mühsam meditieren dafür. Bei mir wird das ausgelöst durch Text. – Aus meiner Text-Sammlung: TEXT. Die härteste Droge, die ich kenne.

Sonntag, 3.5.98, Berlin.

1030. Sie hörten die Kantate

Weinen
Klagen
Sorgen
Zagen

von Johann Sebastian Bach, erzählt der Radioerzähler, und ich lese in Diether de la Mottes Harmonielehre. Schaue kurz in Rave das dazugehörige Datum nach. Musik: in keinem anderen Bereich interessiert es mich so stark, wie genau das GEMACHT ist, daß eine bestimmte Empfindung hervorgerufen wird. Ohne absolutes Gehör weiß man ja nicht, welche Akkorde aufeinander folgen. Der unendliche spielerische Reichtum der all die musikalischen Empfindungen einkreisenden Analysen. Bei der Malerei geht das völlig ineins, liegt das alles offen zutage. Man sieht ja, ob Gelb an Rot oder an Weiß stößt. Sprache: alle Deutsch-Aufsätze mehr oder weniger, seit der 10. Klasse: Gedicht-Interpretation. Lesen, nichts verstehen, paarmal stumm, aber innerlich Wort für Wort laut lesen, und eine Idee kriegen, eine Ahnung. Dann die Betonungen und Senkungen untersuchen, den rhythmischen Befund erheben, notieren, zählen, durchrechnen, den möglichen Patterns zuordnen usw usw. Die ganze diesbezügliche Begrifflichkeit habe ich völlig vergessen. Nur die Freude-Erfahrung beim sich langsam der Analyse erschließenden Aufgehen der möglichen gemeinten Sinne steht mir leuchtend vor Augen.

1121. An Arsenal 3. Banana Yoshimoto. Der beschnittene Penis von Frau Streeruwitz in ihrer Verführung, mit der Enttäuschung der enttäuschten Frau für Praxis III. Gegenbild Kitchen.

1231. Brief an Diedrich.

1322. Think! – meldet ein T-Shirt gellend grell. Aua, sagt der Reflexgedanke, bitte lieber nicht. Blick hoch, ins Gesicht von dem Typ, der das T-Shirt trägt. Der Gute. Er stellt sich dieses Think mit Ausrufezeichen als was Tolles vor. Dann wäre alles besser in seinem Leben, die scheiß Akne, das ganze sonstige zu Wenige, Glück, Geld, Liebe, und überhaupt ... – in der Böttgerstraße war das. Noch eine andere Wedding-Kaputtheit als hier. Gesundbrunnen, nennt sie sich. Offen, zerfetzt, wund und zersiedelt. Am stärksten sichtbar an den Stellen, wo irgendwas Ornamentales, Besänftigendes, Kunst-am-Bau-Artiges versucht wird. »Ich wollte immer im geistigen Brennpunkt der Nation sein«. Meldet der große Verleger Lunkewitz großartig vor einem ganz komisch sortierten Bücherregal natürlich in Berlin »Mitte« sitzend, in der Berliner Zeitung. Solche Selbst-Aufpumpungs-Sätze hört und druckt man hier in Berlin besonders gern. Aber bevor die Frankfurter Faz nicht ganz nach Berlin umzieht, und das steht ja in den nächsten zwei Wochen nicht zu befürchten, braucht man sich zugleich auch keine richtigen Sorgen zu machen. Wir sind eben keine »Nation«, wir sind Bielefeld. So wie wir Hannover waren, Wolfenbüttel, Königsberg, Weimar, Sils Maria, Göttingen, Tübingen, Todtnauberg und Frankfurt.

2021. An Praxis. Noch zu wirr. Konstruierte Wirrnis ist lächerlich. Völlige Stringenz genauso. Rede: schwierig. Plötzlich stürzte auch noch der Computer ab und kam nicht mehr hoch. Dunkelgrau blind: die sonst blau leuchtende Schriftbildseite. End of Text. Ende.

WOUNDED
BY WAR, CRYING FOR
LIGHT

II
7.1

Montag, 4.5.98, Berlin. Plötzlich kalt. Regen.

825. Wie der Computer gestern nicht mehr ging, dachte ich immerzu nur an hier. Wie soll das jetzt weitergehen mit Abfall? Dienstag, Frankfurt, besser könnte es jetzt nicht passen, dieses Problem. Brutale Panik. Wenn die Maschine schweigt, heißt das: Ende der Vorstellung. Das wars. Ganz normal: ich hatte natürlich im Lauf der Zeit wieder völlig vergessen, in welchen Abhängigkeiten ich hier hänge, mit meinen Worten. Kolbenfresser, auf der Autobahn, nachts um halb drei, einspurige Baustellen-Stelle, den Berg hoch, Gegenverkehr. Oder ist nur ein Zylinder ausgefallen? Kommt man noch hoch? Wie man mit den Zehenspitzen am Gaspedal ins Innere des Motors horcht und tastet. So saß ich vor meinem toten Maschinchen, mit aufgerissenen Augen, und tat, was Christoph, der Computer Doktor, der in München Moosach am Abendessentisch noch saß, mir telefonisch riet. Als nach einer halben Stunde dies probieren und jenes machen, und im Systemkonfigurationsprogramm das noch mal so und das ein bißchen anders vielleicht einstellen – der Reset-Restart tatsächlich wieder GING, und es hieß: Windows 95 wird gestartet ... Punkt punkt punkt, und dann passierte das auch noch genau, und das blaue Windows Fenster ging auf. Leute, das sind Glücksmomente, Wahnsinn. Danke Christoph, vielen Dank.

DIENSTAG
IS PRAXIS DAY

II
7.2

Dienstag, 5.5.98, Berlin.

321. Zu schön, um wahr zu sein, die Zeitziffer.

1036. Der Computer hat durchgehalten. In etwa eineinhalb Stunden muß ich los. Ich war um drei aufgewacht, konnte nicht mehr schlafen. Saß dann zwei

Stunden am Schreibtisch, ging dann wieder ins Bett. Um 6 läutete der Wekker, da war ich dann so richtig platt.

1215. Duschen. Ich glaube, ich war sehr gerne im Wasser, ganz am Anfang. Vielleicht kommen von daher auch einige komische Probleme für das Leben in der Existenz auf Erden.

1238. Beim Packen. I think a lot about what not to think about. Thinking I shouldn't be thinking like that.

1246. Im Taxi. Daß man auch die Leute, die einen mögen, arbeitsmäßig, das, was man macht also, BETRÜBEN muß – ein trauriges Kapitel – aber leider ist das so – so wie man ja auch dauernd sich SELBST betrübt, enttäuscht, entsetzt, empört –

1250. 24 Stunden non stop. WIR spielen die meiste Musik. Radio Energy Berlin.

1254. Wo? In welchem: IN der? Im Draußen der.

1429. Frankfurt.

1505. Im Hotel. An der Rezeption: So, die 17, schönen Aufenthalt. Danke.

1557. Lesen. Ununterbrochen. Das Schönste, was es gibt. Beim Schreiben ja auch: man liest dauernd den vor einem entstehenden Text.

1712. Korrekturen. Wieder ist mir schlicht schlecht vor Aufregung.

1737. An den Schreibtisch gehe ich jeden Tag gerne. Das hier gelingt mir nur unter Aufbietung aller DISZIPLIN, die ich mobilisieren kann. Grotesk.

1739. Let's get busy.

1752. Im Hörsaal VI.

1815. Los jetzt.

PRAXIS
II

DAS THEMA

Was ist eigentlich eine REDE? »Meine Damen und Herren«. Dieses Ding, dem also diese seltsame Formel zustehen würde? Diese pathetisch situative Anrufung einer Gemeinschaft – darf man sowas sagen? – der anwesenden Damen und Herren?

DAS
THEMA ERFASSEN
FORM

Wo es auch gar nicht als Frechheit empfunden würde, daß einer sich da diesen Besitz zuspricht, so als wären sie so sehr seine, die Damen und Herren, daß er sie als MEINE bezeichnen dürfte? Wo dieses »meine« mehr ins Allgemeine, Gemeinsame spielen würde, dem die ja nun alle wohl freiwilig Anwesenden sich gerne zugesprochen, zugeordnet sehen würden?

Und wo so ein Einzel-Ich sich dann auch ein WIR erlauben dürfte, in dem davon gesprochen würde, daß wir hier jetzt also, nachdem wir ja nun beim ersten Mal usw usw usw.

Oder ist eine Rede nicht doch eigentlich was – ja, viel Freieres?

DEKONSPIRATIONE

Am Schluß würde sich irgendwann natürlich rausstellen, daß dieser eine Typ eigentlich ja doch auch so ein HELD ursprünglich gewesen war, ein Umstürzler, der angetreten war, alles anders zu machen, die Formen zu sprengen, und der dann aber doch im Laufe der vielen Jahre ... –

Es würden ja keine Innenwelten gezeigt.

Die Leute sind viel zu beschäftigt, die Helden. Viele Helden, jeder eine Sonne für sich, für sich, in seinen eigenen Augen.

Termine drängen, alles funktioniert prima, Telefonanruf. Dann im Auto. Er sitzt im Flughafen, öffnet so einen Kapitäns-Aktenkoffer, wichtig. Nimmt da Papiere raus. Kritzelt was.

Es sind ja alles Schreiber irgendwie.

Die Welt der Schrift, der gedruckten Worte, der Redaktionen und Konferenzen, der Schreibtische, Sekretärinnen, entschuldigung, und Arbeitsessen. In der fremden Stadt geht man mal richtung sogenanntem Amüsierviertel, aber natürlich nur zum kucken. Mal kucken, wie sich die Versuchung so anfühlt, im Zweifelsfall. Man hält sich schließlich noch nicht für DERART kaputt, daß man leicht angesoffen im Pulk mit den Kollegen aus dem amerikanischen Mutterhaus, da jetzt wirklich hier in Hamburg, hier in Frankfurt, hier in Wien – also wirklich, das muß ja nicht sein.

Am nächsten Morgen: danke, Glück gehabt, die Kurve gerade noch gekriegt. Der Kopf drückt.

Anschrift: LET'S GET LOST.

Aspirin. Der ganz normale Arbeitsalkoholismus. Mit dem Blick auf die Uhrzeit beim ersten Bier. Mittags eher selten. Extrem selten morgens oder überhaupt nicht. Spätestens abends um elf. Zwei, drei, vier Bier zur Beruhigung, zum Schluß noch einen Cognac, um die nötige Bettschwere zu kriegen. Dann Gespräch, eine erregte Debatte plötzlich. Worum geht es denn? Wir kriegen noch zwei, bitte, die letzten, zwei Cognac noch bitte.

Es geht um den Auftritt von dem Typen in der Heftkonferenz. Was war das eigentlich für ein groteskes Gestammel? Was wollte der eigentlich sagen?

München also, oder Hamburg. Burda steht am Fenster, ein Papier in der Hand. Ein Fax aus Offenburg kommt. Die Türe steht offen, die rechte Hand meldet irgendwas. Burda: ich komme. Die Gütersloher drehen durch. Markwort will es wissen. Anruf bei seiner Frau, in der Bunten. Ja, wir bringen was, natürlich.

Diese Heftkonferenz also, es ist ja Montag. Die Arbeitswoche beginnt. Montag ist Focustag. Ist Spiegeltag.

Tagwelt. Der Beruf. Das Leben steht an einer Stelle, wo die Zerstörungen so manifest geworden sind, daß es schier lächerlich wäre – wobei, aber, andererseits – Moment mal –

Giovanni di Lorenzo dreht sich um: wie sagten Sie? Wie bitte? Was?

Sie drehen da gerade die Aufzeichnung dieser neuen SZ-Talkshow, Giovanni als Spar-Böhme, alle total sympathisch. Frau Ditfurth spricht über Humor, Feuerstein verteidigt Harald Schmidt. Das Gesicht von dem einen Zuschauer-Darsteller.

Er arbeitet bei der SZ in der Kantine. Oder war es der Spiegel? Er bringt jetzt im Moment jedenfalls das Essen drei dreimal an diesen einen Tisch, eventuell natürlich an Tisch drei. Oder, um nicht gar zu dick aufzutragen, vielleicht ja doch eher auch an Tisch fünf, in dem Fall mal. Wir werden es erleben.

Meint der Sowieso dort zu dem anderen, der zum dritten sagt: Punkt punkt punkt ... Und die sitzen da also alle in der Kantine und reden über diese Heftkonferenz eben.

So. In dieser Weise. Aber kann man das wirklich THEMA nennen?

Thema der Erzählung Dekonspiratione wäre also gleichzeitig der Weltausschnitt Schreiben als Beruf, und eine sehr weit außen, an den Handlungen und Geschehnissen verlaufende Bewegungsform des Textes.

Es läuft. Es läuft gut. Es läuft geradezu wie geschmiert. Janz ruhich, et läuft, et läuft.

Anschrift: SEX, immer daran DENKEN, daß es das auch GIBT.

REDE

Dann im Inneren des einen Textes, innerhalb der Erzählung natürlich.

Analyse, ein Gedankentext, eine Überlegung. Wer spricht denn da? Der Text. Keiner der vielen sonnigen Helden. Eine Finsternis, die Schwärze und der Tod der Schrift selbst.

Der Gegenstand dieser Schrift ist: das Leben der mündlichen Rede.

Vielleicht stellt sich ja später auch raus – aber egal.

Wo das Wort ENTSPRINGT. Im Kopf? Oder nimmt das Wort den Weg vom Bild des Buchstabens der Schrift, die auf dem Papier da steht, ausgehend, über die Augen und den Sehnerv ins Innere des Hirns, den weiten Weg nach hinten, in den Okzipitallappen hinter, und wird dann von da aus wieder vorgefunkt, zu den diversen Sprachzentren, die via Verstehen und Motorik zum ausgesprochen mündlichen, mit dem Mund hier ausgesprochenen Wort führen?

Wie also, was?

Durch Überpräzision Verstehen sabotieren? Die Gesetzhaftigkeit allgemeiner Sätze in die Luft jagen, SOFORT. Wie?!

Dabei berührte er, obwohl das eben gar nicht hauptberuflich beabsichtigt war, den Gegenstand dieses Textes über die Rede. Rede kann nämlich präzise, prägnant und treffend werden im VAGEN komischerweise, solange sie nur WIRKLICH live und neu entsteht im Inneren dieses augenblicklich seine Gedanken aussprechenden Kopfes.

Auch davon handelt Fernsehen.

Anschrift: SKEPTOR.

Vom Übergang, in diesem Fall jetzt hier, aus diesem toten TEXT da innerhalb der Erzählung Dekonspiratione über das Leben der Worte in der mündlichen Rede also in das neulich bereits erwähnte Theaterstück

NEUE DEUTSCHE KOMÖDIE

das ja, wie gesagt, genau davon handelt: vom Status des Mediums, im Moment.

Szene. Ein Vortragspult, eine Tafel, mit Plakat drauf, schön bunt geworden, in allen Regenbogenfarben die Anschrift da: Berliner Reden. Ist ja toll.

Wer spricht? Zum Beispiel Peter Sloterdijk. Ein Ruck muß durch Deutschland gehen. Weil wir zusammen sind, im starken Grund. Europa und Berlin, Nation, sofort. Natürlich, logisch, klar.

Meine Damen und Herren.

Schreit er immer wieder, auftrumpfend, ganz leise natürlich, und streicht sich dazu so einen Gebrüder-Grimm-Haarfetzen aus der hohen Stirn.

Ja, wir sind gelandet. Im XIX. Jahrhundert. Wieso auch nicht. Professor Hegel hängt am Pult. Er spricht kaum hörbar, leiernd monoton, über die Triebe und die Neigungen, gut, bös, die Faselei der Willkür, das Ich, Besonderung, Begriffe, Zweck.

Moment.

Herr Sloterdijk hat einen kleinen Sprachwitz eingebaut, mit kleiner Heiterkeit beim Publikum. Ein kleiner Antwortschwenk ins Publikum hinein. Da sitzt Frau Nina Ruge, neben ihrem neuen BMW-Typ, Reizer heißt der vielleicht, und Frau Ruge macht immens gekonnt einen auf richtig konzentriert. Eine tolle Frau.

Neben Frau Ruge sitzt Franka Potente, nur wegen dem Namen. Sie hat in einem Interview, letzte Woche in der Woche, das übrigens vorhin auch in dieser legendären Heftkonferenz eine kleine Nebenrolle spielte –

über ihr SPIELEN Aukunft gegeben. Beim Film. Wie es alles so ist, wenn sie »drehen«, am sogenannten »Dreh«. Sie dreht jetzt demnächst wieder, aber zwischendurch spielt sie auch Theater. Das ist für sie EXTREM wichtig. Dieser Kontakt zum Publikum, daß man da doch mal am Stück in einem Stück auf der Bühne sei und –

sie habe, sagt sie, bei Schopenhauer gelesen, daß der über die Live-Auftritte Hegels vor Publikum – sie habe jetzt vergessen, was GENAU gesagt hätte. Aber das habe ihr auf jeden Fall, Zitat: viel gegeben, für ihre, nochmal wörtlich: Arbeit

Anschrift: ANGST vor KAFKA.

als Schauspielerin, auch als Mensch, als Frau, und auch ganz speziell für alles auf der Bühne.

Dort fährt, bei diesen Worten »auf der Bühne« in diesen Augenblick ein Bus aus der Kulisse vor. Degowski kommt heraus. Die Waffe in der Hand, er fuchtelt rum, vor den Kameras. Interview, live, jetzt. Sind wir drauf? Ja, wir sind auf Sendung. Frage: Wie es jetzt weitergehen soll? Seine Forderungen?

Ja, also, folgendermaßen: er hat natürlich nichts zu verlieren. Habe jüngst erfahren, er habe auch noch Aids, lebenslänglich sowieso. Er gehe volles Risiko, entweder werde ausgetauscht, oder alle gehen drauf. Ob er sich klar genug ausdrücke, oder ausgedrückt habe.

Der Typ vom Hessischen Rundfunk, ich glaube er heißt Wilfried F. Schoeller, ein ganz frisches, junges Talent aus der Lokal-Kultur-Reporter-Szene Frankfurts, – ruft also vor: Wie ist es denn gelungen?

Und Degowski wird jetzt staatsmännisch. Er wolle hier kein Senstationsfernsehen. Er und Rössner hätten alle Trümpfe in der Hand. Er erwarte, daß der Krisenstab sich endlich bewege, andernfalls –

Schnitt. Diskussion, im Schneideraum, paar mittlere Chefs von n-tv, oder sind wir da schon wieder beim HR oder in der HJ?, ich sehe Herrn Podak, guten Abend, also gut: die diskutieren da, dieses Band das da läuft. Kann man das zeigen?

Auf dem Band sieht man die Entführung. Comet-Verleihung, heuer in Sigmaringen, nee: es ist der Bambi, es ist Tuttlingen, hallo Tuttlingen. Würdevoll eröffnet die 94-jährige Grande Dame der Strick-und-Mieder-Presse, Frau Wiltrude Burda, den Event. Gala, Tusch, alle da.

Degowski, jetzt wieder in echt oder immer noch am Band, er spaziert da also rein, im Frack natürlich. Abendgaderobe bitte. Gerne, roter Teppich. Trifft sich mit Rössner und sie holen die Waffen vom Klo und ballern dann da rum. Blutbad. Oder auch vielleicht lieber nicht. Sie schießen nur in die Decke. Und treiben die ersten Reihen da so bißchen zusammen.

Die erste Riege der deutschen Fernseh- und Film-Unterhaltungs-Gesellschaft. Die sieht man da also alle, auf diesem zu diskutierenden Band, Hände über dem Kopf, im Gänsemarsch, werden die da alle in den Bus getrieben.

Tolle Abendstimmung, rot flammende Himmel hinten, und vorn das grellweiße Licht der Halogenscheinwerfer der Live-Fernseh-Übertragungs-Teams.

Anschrift: Vorsicht: Die BÜHNE ist eine LUPE.

Im Schnellvorlauf jetzt: man sieht die Gesichter einiger Geiseln, durch die Busfenster durch gesehen. Ausnahmsweise wissen sie in dem Augenblick einmal NICHT, daß sie eben selber gesehen werden. Entsprechend fallen diese Porträts aus.

Man sieht Till Schweiger und Edmund Stoiber, Arabella Kiesbauer, Georg Kofler, Jörg Heider und den großen Lindenstraßen-Darsteller Georg Schröder, neben Peter Handke, der an dem Abend einen Lebenswerk-Bambi bekommen sollte, oder noch schöner natürlich: schon bekommen hat, aus der Hand, wir sehen die Aufzeichnung, diesen bewegenden Moment, seines Freundes Hubsi Burda. Applaus brandet auf,

Sloterdijk verneigt sich -

und Bernd Eichinger, der große Amerikaner, steigt jetzt aus dem Bus, so lässig es geht, die Waffe Rössners am Kopf. Ein Moment von Hektik kurz, Rössner schreit rum. Die kommen da jetzt also doch alle aus dem Bus, halten sich an ihren Bambis fest. Sollen sich auf den Boden legen, auf den Bauch. Wirds bald, schreit Rössner.

Eichinger, endlich im großen Showdown-Abenteuer wirklich angekommen, jetzt allerdings doch sichtlich bißchen wimpy – hat seinen Bambi an Schweiger weitergegeben – und muß jetzt, die Pistole Rössners an der Schläfe, eine Rede halten, die später so berühmte, große, legendäre Eichinger-Rede an die deutschen Fernsehzuschauer da draußen, jetzt, in dieser schlimmen Stunde für uns alle. In dieser Stunde der Not. Ja. Ein Ruck müsse durch –

Hoppla. Sloterdjik zuckt. Er dachte, das wäre sein Text, schaut, ob jemand gesehen hat, wie er erschrocken ist. Er ist kurz unsicher, verneigt sich einfach noch einmal, ja, das kommt an. Das geht.

Währenddessen ging ja Eichingers Rede weiter, irgendwas mit Deutsch, deutscher Unterhaltung, wir in Deutschland, deutsche Schauspieler und deutsche Stars in deutschen Filmen, die im deutschen Fernsehen Deutschland würdevoll vertreten würden. Dieses ganze Ding, auf Arie getrimmt gesungen, von A bis – sagen wir mal B.

Davon fühlt sich Jeff Koons angesprochen, der lebende Vertreter Andy Warhols auf Erden. Eine Live-Schaltung, zugeschaltet aus New York, Frau Christiansen, fragt, wie er, Jeff Koons aus der Sicht der amerikanischen Kunst diese Entführung bewerten würde. Ja, also, dingens –

Zurück zur Rede. Zurück zum Publikum.

Der Typ aus der Kantine schaltet um.

Anschrift: Sein SCHREIBEN will wie ZEITUNG sein.

Man sieht die Kantine der Berliner Volksbühne. Rammelvoll. Premierenabend. Die Leute reden über Kresniks Hotel Lux Premiere, die vor wenigen Minuten oben auf der Bühne über die Bühne gegangen war, und man sieht da

ja, das bin ja ich, ich sitze da am Tisch mit Wilfried Schulz, neben mir zwei schöne junge Frauen, die aus der Theaterszene sechs im vage projektierten Büchlein

JAHRZEHNT
DER SCHÖNEN FRAUEN

kommen, offensichtlich, und links neben mir sitzt Frank Castorf und redet mit Wilfried Schulz über seine Fledermaus in Hamburg.

Meint der Typ aus der Kantine mit Essen drei: wie? was? Jahrzehnt der schönen Frauen?

Und der andere erzählt dann von hier, von der Veranstaltung neulich, Praxis I, Die Formphantasie. Und er würde das jetzt gerne so bißchen übergehen, was er da also gerade genauer –

um kurz mal, nach so viel Wirrnis-Anhäufung, eine Art Zwischen-Zusammenfassung vorzuschlagen.

Man könnte sozusagen –

und EINMAL sei es auch heute gesagt, nachdem dieses Sozusagen beim letzten Mal, in der Sozusagen-Sage hier, die sich im Irgendwie-Wo der ultra-authentischen Unmittelbarkeit abspielte – eine so große Rede-Motor-Rolle für den Stammel-Text spielte –

könnte also vielleicht von MECHANIKEN sprechen, Mechaniken der thematischen Entfaltung. Oder: von einer Art Motorik des Zugriffs. Die im Moment noch immer beides ist: völlig vage, und dabei zugleich abstrus präzise.

Der thematische Zugriff hat Traumqualität.

Sein Ahnen ist punktuell konkret, geordnet, dann wieder sprunghaft. Stellen, die undeutlich sind, dürfen das ruhig bleiben. Der Blick blickt schon woanders hin.

Die Formphantasie hatte kaum ein Wort

Vertrauen
das Mediale
Politik

und was jetzt, in der Phase der thematischen Erfassung zuströmt, sind zunächst auch vorwiegend erst Bilder, Geschehnisse, Szenchen und auf abstrakterer Ebene immer wieder die Verknüpfungsregel, die dem Gegeneinander dieser Einzelmomente sich verdankt. Die sichtbar wird, an der Stelle, wo man die Einzelheiten kollidieren sieht.

KEIN Text spricht hier, denn es ist noch lange kein Text da, nicht die Sprache geht hier vor, sondern die Ansicht, die Schau, der Blick aufs inhaltliche Problem.

Die Arbeit erkennt im vom Thema geführten Zugriff auf ihren Gegenstand die Form der Sache, das Strukturproblem, ihre Position. Das heißt hier

Form
Strukturproblem
Position

Das steht da also in einem dieser Text-Texte, in Dekonspiratione, das oberste Blatt auf dem Packen Papier, der da am Schreibtisch liegt.

Und der Typ daneben, der von vorhin,

welcher denn?
ist doch ganz egal

also erzählt jetzt, am Telefon vielleicht am besten, daß es zu diesem Desaster in der Heftkonferenz auch deshalb gekommen wäre, weil sie alle am Abend davor bei diesem mehr oder weniger konspirativen Treffen derart versackt wären.

Welches Treffen denn?

Die Gründung dieser neuen Zeitschrift. Vorsicht, bitte noch nicht weitersagen, leise, ist noch wahnsinnig geheim.

Anschrift: Diese rauschhaften Passagen –

Maxim Biller, Diedrich Diederichsen und Ulf Poschardt haben diverse Kriegsbeile begraben, die politische Lage schreit danach, daß die Linke, nach einer Phase der aggressiven Fraktionierung und Selbstzerstörung, unter dem Druck der gegenwärtigen Realpolitverhältnisse der neuen großen Koalition des bürgerlichen Lagers – sich endlich wieder zusammenfindet. Persönliche Differenzen und Eitelkeiten hin und her.

Man braucht ein Organ. Schlingensief hat sich bereit erklärt, einverstanden zu sein, daß die Zeitschrift seinen Namen trägt. SCHLINGENSIEF.

Der Spiegel Verlag tut da nicht unviel Geld raus, für dieses politische Positionsblatt. Möchte sich noch einmal ganz neu an die Spitze eines Undergrounds und eines Aufbruchs stellen, der – die –

Maxim Biller lehnt sich zurück. Ob er sich klar genug ausdrücke. Er hat schon fast etwas Patron-haftes, Pate-mäßiges. Innerhalb der Führungstroika von Schlingensief besetzt er, auf eigenen Wunsch, die Position eines als »Erster Redakteur« bezeichneten Chefredakteurs. Diedrich Diederichsen soll »Schriftleiter Theorie« werden. Ulf Poschardt »Textchef Leben«.

Und man müsse sich also nun diese Gründungs-Sitzung, hört der Typ am anderen Ende der Leitung, noch ein Schreibtisch, noch ein Büro, noch eine Redaktion, man erkennt sofort, und zwar an der Einblendung des Wortes UNTERIRDISCH, daß man sich im STERN befindet,

Christian Seidl, der von dort gerade seinen Abgang vorbereitet, seither in Sorge, was er am Telefon im Büro noch sagen kann, was nicht. Es gibt Gerüchte, unsichere Kantonisten würden von Funke, so der fiktive Stern-Chef, sogar abgehört, was in diesem Fall von wegen Spiegel nicht ganz ohne wäre usw usw

jedenfalls die Stimmung in dieser Gründungs-Sitzung habe schon so bißchen was Bunker-mäßiges an sich gehabt. Die letzten Tage von sowieso. Vielleicht dieses Jahrhunderts, um nicht zu sagen: des Jahrtausends.

Anschrift: Get your shit TOGETHER.

Gute Idee.

Diskussion der Inhalte. Feministische Theorie. Natürlich auch mit am Tisch: Isabelle Graw. Und ich erzähle, während sie redet,

und zwar: Macht und Theorie. Reale Machtverhältnisse, die ein Aufbegehren hervorbringen, dem auf theoretischem Level eine sehr vernünftige Sehnsucht nach argumentativ gut fundierten Positionen korrespondiert, die auf was Neues, Kommendes, zu Erkämpfendes und Besseres verweisen.

erzähle ich dem Moritz von Uslar, der neben mir sitzt, ganz leise die folgende Szene.

Groteske Situation neulich, nach der Veranstaltung hier. Ich pack mein Zeug zusammen, robb da am Boden rum, komplett am Ende wirklich, im Vollgefühl des Entsetzens, was da jetzt passiert war, in der vergangenen Stunde hier, kommt so eine Frau her, meint: du entschuldigung, kann ich dich mal eben sprechen. Ich: verzeihung, nee, bitte nicht, ich ä ä ä, stammel, fleh, schweig. Meint sie: geht aber ganz schnell. Ich noch mal: verzeihung, bitte, abwehrend. Aber das interessiert die Alte natürlich gar nicht. Textet die dann los, auf mich ein, als wäre ich ihr WG-Mitbewohner, und erzählt mir, wie sie das fand, wie ich das mit dem Kind gehandelt hatte, das da in der ersten Reihe saß und krähte.

Fand ich echt super, von der Alten. Sage ich zu Moritz und wir reden über direkte körperliche Gewalt. Wann man plötzlich zuschlägt zum Beispiel, wann man jemandem, der einem bißchen zu nahe tritt, bißchen zu heftig, bißchen zu penetrant, einfach in die Fresse haut. Oder ins Gesicht spuckt, zur Selbstverteidigung.

Wir sitzen nämlich im Roma und diskutieren über die neue Fernsehtalkshow, der Süddeutschen Zeitungen, SZ-TV, supergeheim alles, klar.

Givanni di Lorenzo dreht sich wieder vor.

Und ich sage zu Moritz, daß es also zu keinem gräßlichen Übergriff gekommen wäre, in der Situation da, ganz im Gegenteil, ich hätte mir danach gedacht: was soll der Scheiß. Das ist ja wohl der Fortschritt. Daß eine Frau von der Konstitution von der da früher ein lebenslänglich geducktes Leben hätte führen müssen, geduckt unter, um es ruhig so zu sagen, patriarchaler Gewalt, und heute geht sie wenigstens bißchen aufrechter, wenn auch als hohle Nervensäge durch die Welt.

Davon also, von den hier tangierten Fragen und Problemen würde also Jahrzehnt der schönen Frauen handeln. Und wenn ich neulich, bei der Formphantasie als ersten Begriff sagte: Politik – ist damit die Perspektive bestimmt, unter der das Büchlein diese Probleme sehen will.

Hieße es da also beispielsweise, und jetzt hier zum letzten Mal, in Schlingensief. In dem Editorial. Daß eine solche avancierte Theorie, wie sie hier zugrunde liege, sich zweifach an ihrem eigenen Anspruch messen lassen werde: inwieweit sie theoretisch auf dem Niveau dessen ist, was Theorie zur Zeit wissen kann und deshalb realisieren muß. Und zweitens, wie die reale Lebenspraxis der Leute ausschaut, die diese Dinge vertreten.

Klar: Was an dieser Sache so reizvoll wäre, wäre also das Projekt, so multiperspektivisch vorzugehen, daß die klaren Kampf- und Lagerlinien, die die Verhältnisse innerhalb der neuen Diskurslinken zur Zeit ordnen, auf dem Feld von Nachtleben, Techno, Frauen, Pop, Kunst etc, – schlicht zerfallen würden, sich auflösen müßten. Untergehen würden in der Menge der realen Theorie- und Weltfragment-Wahrheiten.

ANDERERSEITS

Wobei selbstverständlich, was jetzt vielleicht durch diese spielerisch hektische Motorik der hier skizzierten Erst-Kaleidoskopien –

Anschrift: Wer SPRICHT?

bißchen falsch in den Hintergrund geraten ist, natürlich nicht irgendein artifizielles, artistisch gekonntes SPIEL da aufgeführt oder angestrebt würde -

sondern immer, auch wenn es manchmal nervt, eine völlig hochseriöse und von eigenen Lebensfehlern und Problemen gedeckte, von daher drängende UNTERSUCHUNG der Realität stattfinden müßte, würde.

Es wäre dieses Projekt also auch, wie alle anderen Sachen, an denen ich im Moment arbeite, ein Rekonstruktions-Versuch der Gegenwart. Hier, in diesem Fall: der neuen Diskurslinken, die Anfang der 90er Jahre aus dem politischen Rechtsruck entstand, den die Vereinigung mit sich brachte.

Es wäre eine Auseindersetzung mit meinen Antworten auf deren Sprechen, Argumentieren, und Politik und Theorie machen.

Anschrift: Du, Maus.

Daß man also auf die Frage: hast du zu meiner Alten Rockerschnalle gesagt?, nicht unbedingt antworten müßte: dann wirst du kurz umgewuchtet. Sondern sagen könnte: wenn sprachliche Gesinnungsausweise verlangt werden, bitteschön. Wieso nicht? Ist doch kein Problem. Was kann ich für Sie tun?

Und dann sagt sie: HAST du nun also MAUS gesagt zu der Frau oder nicht? Und ich: nee Schatz, Schatz. Und alles wäre geklärt.

Mündlich ginge das nämlich, nicht zu vergessen. Wenn das Gesicht dazu käme.

Daß man also, jedenfalls, auf die einem, von irgendwem noch so Zuständigen, von irgendwoher her zugewiesene politische Ortsbestimmung –

also nicht mit TROTZ antworten würde – einfach auch nur weil das so ein wahnsinnig scheußliches und ödes Reaktionspattern ist – sondern mit einem Neuansatz. Einem Neuversuch, sich selber Klarheit zu verschaffen, wohin einen das positioniert, wie man die WELT sieht. Und welche SPRACHE einem das gibt, die diese Sicht ausspricht.

Anschrift: Verminte Themen.

STREIT

Thema ist also auch ein STREIT, ein Konflikt. Darüber, welche Wirklichkeit vorliegt. Und über die Sprache: Was darf gesagt werden? Was nicht?

Wie elend ist die Lage? Ist es politisch richtiger, den Blick ganz nüchtern auf das Elend zu richten? Und was passiert, wo sind die Gefahren, wenn man sagt: ja gut, verstehe, es ist zwar alles ganz schlimm und gräßlich. Aber manchmal eben auch: nicht NUR.

Marlene Streeruwitz schildert in ihrem Buch Verführungen das Leben ihrer Heldin Helene auf eine faszinierend beklemmende, ausweglose, und doch von Momenten einer alltäglichen Lebens-EVIDENZ ins Recht gesetzte, und so genau genommen: verherrlichte Weise. Wenn das nicht ein derart männliches Wort wäre.

Diese Lektüre fand ich wirklich toll. Auch, weil sie so extrem quälend war zugleich. Warum lebt diese Frau so? Verdammt noch mal. Weil viele Frauen in ihrer Lage so leben MÜSSEN. Wer hat das gesagt? Ich kenne auch welche, die in dieser Lage anders leben. Und wenn diese Möglichkeit auch nur besteht, dann müßte ein Buch, das den Gegenstand dieses Problems behandelt, diese andere Möglichkeit AUCH zeigen, auch eröffnen. Dann reicht es eben nicht, dem Elend nur paar resignativ poetische Momente abzugewinnen, beim Autofahren, beim Lesen des Horoskops der Kronen-Zeitung oder im Anblick eines Moments der Natur des Wienerwalds.

Ich hatte angefangen, nach der Lektüre von Verführungen, eine kleine Erzählung zu schreiben, ganz was Perverses, und dieses auf vielleicht 20 Seiten angelegte Ding trug den Titel: DIE ENTTÄUSCHTE FRAU. Eine Architektin, Anfang 40, zwei Kinder. Der Vater der Kinder, ein Unityp, Italiener, hat gerade ganz hohl und stumpf und doch so unwiderlegbar nachvollziehbar zugleich, beschlossen, er hat was besseres zu tun, als Familie, Frau, Geschrei, Gejammere und all das Übliche. Er will sich endlich habilitieren. Und den meisten Rest kennt man so in etwa.

Anschrift: Vom Elend ausgehen.

Womit sich die Geschichte für mich natürlich auch schon erledigt hatte. Es muß so etwas dann ja nicht unbedingt auch noch ausgepinselt werden.

Und wie ich aber da beim Schreiben plötzlich merkte, bei der Darstellung des Elends dieser eben etwas komplizierter strukturierten enttäuschten Frau, –

wie ich es HASSE, und wie falsch ich das finde, wenn Realismus heißt: das gibt es also, das ist so. Dieses Elend stelle ich erst mal einfach so dar. Ich weise darauf hin, daß es das gibt. Usw usw usw.

Verführungen tut so, als würde da ganz kühl und ohne Eifer diese Welt der alleinstehenden Mutter, die da ihren Mann steht, zwischen zwei Männern und den Kindern und der Schwiegermutter – einfach nur DARGESTELLT – und in Wirklichkeit ist das Buch durch seine sprachlich künstlerische Dimension – eine große Verzauberung dieser Welt und Verhältnisse. Kunst eben. Eine Ins-Recht-Setzung letztlich der da gezeigten Welt. Es kann fast gar nicht anders sein. Es geht nicht anders.

Das ist die größte Schwierigkeit für Kunst: Wie kann sie irgendetwas direkt KRITISIEREN, oder gar anprangern? Und da das eben nicht direkt geht, welche umwegreichen und wie komplizierten Wege muß sie wählen, um die PROBLEMATIK von Weltverhältnissen zeigen zu können, auch ihr Elend, und das darin liegende Moment von Sehnsucht nach einer besseren Welt?

Das Kunstwerk geht aus vom Elend, spricht so, in seinem weg davon, davon.

WIDERSPRUCH

Eine Bekannte hat mir nach Erscheinen von Rave einen fast schon wütenden Brief geschrieben, in dem sie mir meine destruktive, kaputte Sicht auf die Nachtleben-Welt vorwarf. Das wäre Verrat an den Aktivisten, niederdrückend.

Und im ersten Moment dachte ich,

wie wahrscheinlich auch Frau Streeruwitz antwortet, wenn man ihr sagt: aber Sie können eine derart hilflos resignative Lebenshaltung doch nicht so poetisch verzaubert darstellen –

verzeihung, das IST aber so. Es ist etwa noch 20 Mal kaputter in echt, das echte Nachtleben, als in Rave dargestellt –

und erst dann kam mir, daß es darüber hinaus noch einen ganz anderen Grund gibt, warum ich das so zeige: daß ich diese Kaputtheit nämlich unglaublich GEIL finde. Daß ich mich also durchaus einverstanden damit erkläre. Weil das mit Kaputtheiten korrespondiert, die ich überall in mir und um mich herum sehe.

ALLES IMMER
GLEICH ZURÜCKNEHMEN

Oder mit was nächstem übersprechen. Und wäre die REDE nicht doch auch dieses Ding?, dem im Vertrauen auf die Vergänglichkeit des Moments, in dem sie kurz da ist im Raum und dann ja verklungen –

die Behandlung – ganz medizinsch gesehen – bestimmter schwieriger Fragen erlaubt wäre, denen sich der Text im Schriftlichen auf jeden Fall zu entziehen versuchen würde.

So in der Art: da ist ein Problem. Das kann ich nicht lösen. Schwierig. Also schnell weg von da. Der Text bringt sich in Sicherheit. Das ist SEIN Recht. Die Rede setzt sich aus. Kann bißchen weiter gehen.

DER B-TEIL
DAS FENSTER ZUR WELT

Sie sehen es selbst, ich habe zu viel versprochen. Wo sind die Gerätschaften, mit denen wir hier spielen wollten, der Fernseher, und die Musikmaschinen? Der ganze Wahnsinn der Papiere, Bücher, Bilder.

Nichts.

Wo bleibt das Unmittelbare?
Der ganze Fun?
Die Qual?

Auf der Suche nach einer besseren Dosierung. Entsprechend diesem eigentlichen Live-Ding also: man weiß NICHT, was als nächstes passiert. Bis hin zur Ungewißheit, ob neue ZEIT sich gleich ereignen wird. Aller Wahrscheinlichkeit, aller Erfahrung nach natürlich ja schon, aber –

Ich hatte gedacht – hier, jetzt: wenigstens paar Texte aufnehmen, eintreten lassen – in dieses Ding hier heute – und wenn es sehr heftig von irgendwem gewünscht werden würde, sollten wir das auch tun.

Aber lieber wärs mir, ehrlich gesagt, wenn nicht. Ich hoffe, daß ich bis zur fünften Veranstaltung, wenn alles noch mal hier aufgebaut werden soll, etwas mehr KLARHEIT über die Live-Elemente bekomme. Daß man damit wirklich bißchen SPIELEN kann.

REDE

Zurück zur Rede. Dritter Teil. Bißchen Ordnung machen. Aufzuräumen versuchen unter den Splittern, Ideen, Aspektchen und Verknüpfungen.

Wir sprechen über den Zugriff auf drei Phantasmen, diese drei Projekte. Eine erste Annäherung, fahrig, vage, wie gesagt, und dabei doch ja schon fast ins Szenische, Personalhafte gehend.

Dabei wurde auch die Form-Aufgabenstellung klarer: es geht um Bewegungsstrukturen des Sozialen, NICHT um MOTIVE, nicht um Innenwelten.

Das Wort »Vertrauen«, das der Formphantasie neulich an erster Stelle vorschwebte, meint hier also nicht eine individuelle, emotionale Kategorie, sondern ein luhmannesk abstraktes Funktionsprinzip des Sozialen, dem aber zugleich doch auch, über diese Bezeichnung, ein helles Emphase-Moment beigegeben sein soll.

Eine Art ruhige, neutrale Außensicht also auf das alltägliche Handeln von Leuten, deren Handlungsgegenstand oder Inhalt ja genau das Gegenteil ist: Innenwelt, Denken, Argumente, Text.

HASS

Wo bleibt eigentlich der Haß?

Auch der Haß muß seinen Weg durchs Leben finden. Er kommt von außen, als glühende Position. Schon nach wenigen Jahren von DABEI sein aber, bei egal was, und letztlich natürlich schlicht und einfach beim LEBEN selbst, gibt es diese Außenposition nicht mehr. Sie heißt nämlich Tod. Als Haß-entsprechendes Aktivum: Suizid.

Am meisten hat mich diese Frage beschäftigt, während ich die Geschichte KONTROLLIERT schrieb. Ich dachte dauernd, ich kriege es nicht hin, dieses Buch zu schreiben, und wenn ich es nicht hinkriege, bringe ich mich um. Aber ich will mich NICHT umbringen. Ich will nicht die Geschichte der älteren Brüder, der Kriegszeit-Geborenen, noch einmal wiederholen, Brinkmann, Vesper. Und es ist auch nicht mein Zeit-Ding, einfach vom Jahrgang her.

Heute habe ich immer das Gefühl, Haß sollte für mich aus dem Äußeren herein kommen, und da zu dem inneren Explosivum werden, im Inneren der Argumente. Eine Energie, die die Widersprüche aufeinanderhetzt, sie zu maximal heftiger Kollision bringt, sie auseinander stieben läßt.

LERNEN
WIE GEHT DAS?

Von der grob-formalen Aufgabenstellung her, dieser Spannung zwischen außengesteurter Sichtweise der Erzählung und dem quasi ausgesparten Innenleben der Akteure – ich dachte mir neulich: ich würde all denen alles Denken so gerne ganz abnehmen, diesen Helden und Sonnen meiner Geschichte –

vom Gefühl her, vom Reiz dieser Aufgabenstellung her, erinnert mich dieses Problem, an das formale Zentralproblem, und damit an das Thema natürlich auch, der Nachtleben-Erzählung RAVE, die vor sechs Wochen erschienen ist:

nämlich eine Zeitform JENSEITS jeder Vergangenheit, eigentlich sogar jenseits aller Zeit überhaupt, zu finden für die Darstellung einer Lebensweise, deren ganze Mitte sich um ZEIT genau dreht, um dauernde und absolute Zeitvernichtung, Zerstörung von Zeit, so hart und restlos und brutal, wie es geht. Die darin ihr Nirvana, ihr Glück und ihr komplettes Desaster erfährt, und alles das immer GLEICHZEITIG, ununterscheidbar ineinander vermischt. Oder anders gesagt: den Ort der Finsternis zu lokalisieren, von dem die Lichterfahrungen des Nachtlebenglücks handeln.

Wobei ich sagen muß: als GELÖST betrachte ich solche Themen, Probleme und Aufgabenstellungen natürlich erst dann, wenn sie im fertigen Ding so weit aufgegangen, verschwunden fast sind, daß kaum mehr als eine Ahnung an manchen Stellen davon noch übrig bleibt.

Anschrift: Schönstes Kunstgeheimnis: LATENZ.

Denn dauernd würde man solchen idee-haften Form-Fragen ja auf allen Ebenen immer wieder neu das Gegenteil entgegenhalten, so anti-ideehaft wie es nur geht: REALITÄT. Er sagt es immer wieder.

Man geht ja nicht feiern, und denkt sich, heute gehe ich wieder ordentlich Zeit vernichten. Ich kuck mal nach, wie es ausschaut, an der Finsternis-Kern-Stelle der Existenz. Man geht ja feiern und fragt sich: wer spielt, wer kommt, was geht ab.

UNIVERSITÄT

Doch was nützt es, diese Parallele? Dieses: hier war ich schon mal. Das Problem kenne ich. Nützt es überhaupt irgendwas?

Eine der leitenden Grundideen dieser Veranstaltung hier war für mich ja wirklich der Ort: UNIVERSITÄT.

Dieser Zauberort des Geistes und des Geistigen, ganz von seinen schönsten Möglichkeiten her gesehen, vom Phantasma, mit dem im Laufe der ja noch gar nicht so vielen Jahrhunderte, seit es diesen Ort überhaupt erst gibt, doch immer wieder ganz viele neue Leute an diesen Ort gekommen sind, um zu LERNEN – was denn? gar nichts besonderes, alles mögliche, dies und das, oder auch was superklar bestimmt Gezieltes, mal kucken, ALLES vielleicht –

Und zum Beispiel eben auch, so wie hier: um etwas zu erfahren darüber, was jeder wahrscheinlich im Kern eben doch wirklich nur ganz ALLEINE erlernen kann, nämlich das Schreiben,

wo man aber dennoch gerade durch die Beobachtung anderer, die das MACHEN, das Spezifikum der EIGENEN Probleme, Fragen und Talente vielleicht besser erkennen kann, als wenn man direkt auf dieses Eigene drauf schaut –

und es also eine Idee dieser Praxis Veranstaltung war, vor Studenten der Universität den realen Produktions Prozeß des Schreibens so persönlich zu rekonstruieren hier,

daß die individuellen Differenz-Erfahrungen für jeden Einzelnen, der das so würde sehen wollen, den das also interessieren würde unter diesem Aspekt, so prägnant erkennbar werden würden –

daß jeder an irgendeiner anderen Stelle, die zufällig seine aktuelle Fragestellung gerade berührt, dann sagen könnte: okay, er macht das so, interessant, ich würde es ja genau umgekehrt machen. Oder: die Richtung stimmt, aber zu lasch durchgeführt. Oder: er hat sich offenbar verrannt. Seltsam, das zu sehen.

Ich jedenfalls kann an anderen besser lernen, als an eigenen Erfahrungen,

weil ich immer wieder erlebt habe, wie mich irgendwelche Erfahrungen und Lehren aus früheren Arbeiten bei den neuen Sachen zum Teil lange Zeiten beschäftigt und so letztlich behindert haben –

und andererseits natürlich – groteskerweise, klar – auch DIESE spezielle Erfahrung, daß die alten Erfahrungen nur hinderlich sind, unter dem drohenden Verdikt steht: ein Unsinn von früher. Falsch. Und man plötzlich da stünde, und aus alten Erfahrungen was lernen könnte, wo man sich gerade mit viel Mühe eingebläut hatte, daß das nicht geht usw usw usw

DAS meinte ich neulich übrigens, wenn ich sagte: ich lese Luhmann auch, um eigenes Denken zu bekämpfen, um vorzugehen, über den Nachvollzug komplexer theoretischer Operationen, gegen eigene Gedanken, um die zu verwickeln in aktive Praktiken der Vernunft.

Albert Oehlen sagte mir mal vor Jahren am Telefon, auf die Frage, wie gehts mit der Arbeit. Ja, er habe gerade wieder angefangen zu malen. Ich: Ah, toll. Er: Ja, es ist absurd, ich VERGESSE immer, wie es geht.

Auf DER Basis, wenn das wiederum nicht dogmatisiert wird, hat man eine gewisse Chance, weiter zu kommen.

ZUM SCHLUSS

Zum Schluß würde ich noch einmal gerne zurückgehen zur Bühne.

Was ist das eigentlich für ein absolut besonderer Ort? Und welche Gesetze herrschen denn da?

Die Bühne ist der einzige Kunstort, für den wirklich das LEBEN die Form der Kunst ist. Das ganz reale, menschliche, fleischliche Leben, der Atem und die Spucke, der Geruch der Körper und der Husten der Langeweile.

All das ist nicht nur Horizont und Ziel einer dem Realismus verpflichteten Kunst der Fotografie zum Beispiel, oder einer Musik, die ja denkbar ist, die davon würde handeln wollen –

nein, dieses Leben ist das Material und der Gegenstand, das Arbeitsinstrument und die künstlerische Endgestalt, Ausgangspunkt und Ziel und Mitte, ALLES wirklich dieser ganz speziellen Kunst, die auf der Bühne sich ereignet. Banalität, klar, trotzdem wichtig.

Anschrift. Baustelle Zeit. Gegenwart.

ungeduldig blick ich auf die Uhr
wann hat ers denn?
wann sind wirs denn?
wann ist es denn soweit?
daß alles endlich fertig ist
gesagt etcetera
daß WAS?
wie lange noch?
verzeihung nee entschuldigung
Moment mal, Augenblick
so
nicht

okay
verstehe
kein Problem
kein Akt, kein Thema
schon okay

okay

TOD

Daß also an der Stelle, wo beim letzten Mal die STILLE und das Problem des Paradoxes, wie davon gesprochen werden könnte, von diesem großen Schreiber-Lebens-Existential, von diesem Erhebungsort der ASOZIALITÄTSKUNST Schrift -

heute also das Problem des Todes steht, der unweigerlichen TOTHEIT der Schrift, die hier steht, vor mir, wie gesagt, auf dem Papier, stumm, und erst dann Realität wird hier, wenn ich das Geschriebene gelesen, neu zu denken versucht und ausgesprochen habe.

Daß die SCHRIFT, in ganz bestimmtem Sinn, und eine von ihr in genau diesem Sinn bestimmte Art zu schreiben – und ich weiß sehr gut, daß es ganz viele ganz andere gibt, mit vollem Recht – eine gewaltige Obsession dem Tod entgegen hat, bearbeitet, sich der verdankt, und von ihr abhängt und gegen sie protestiert, sich auflehnt. Und sich schließlich ihr doch fügt.

Anschrift. FORM. Sich FÜGEN.

Von der Seite des Lebens dieses Vortrags hier her gesehen: daß wir es heute, nach dem unmittelbaren, stammelnden Vorgehen der ZEIT beim letzten Mal, der früh-morgendlich-wilden Auflehnung gegen das Diktat der Vorgabe, in einer kohärent nachvollziehbaren Weise hier Mitteilungen inhaltlicher Art machen zu wollen, und dennoch FREI, in Gestalt des Lebens, des Moments, in dem der Gedanke geschieht und sich selbst aufleuchten sieht, usw usw

wir es heute also, von Erfahrung schon so leicht gebückt, geprügelt, eingeschüchtert vielleicht sogar – mit dem Versuch zu tun haben, AUCH auf jeden Fall, das THEMA REDE hier zu erfassen, seine Form anzunehmen und sich ihr zu fügen.

Anschrift. KAPUTTE SZENE.

Daß also die Bühne, und damit der Text fürs Theater, der schriftinternen Totheit der Schrift, nicht auf der Ebene des Lebens, sondern genau auf der der KUNST, wie vorhin gesagt, eine Lebendigkeits-Aufgabe stellt, die, wie es mir immer vorkommt, doch eigentlich JEDEN Schreiber unendlich faszinieren muß.

Neulich, auf der Zeit-Relaunch-Party in Hamburg, redete ich wieder mal auf Maxim Biller ein, daß er doch AUCH Theaterstücke schreiben müßte, daß doch sozusagen jeder Schreiber zumindest AUCH Theaterstücke schreiben muß. Begründet quasi in der Natur der Schrift selbst, in ihrer Totheit, ihrer diesbezüglichen Absurdität.

Daheim kams mir dann erst, daß Maxim Billers Schreiben ja genau NICHT von der Schrift, sondern vom Erzählen handelt, von Geschichten, und daß da dann natürlich ganz andere Fragen, Aporien und Probleme sich stellen. Die ich alle noch gar nicht richtig kenne. Mit dem Erzählen, das ist das tolle Gefühl im Moment, bin ich nämlich erst noch ganz am Anfang.

ICH FASSE ZUSAMMEN

Okay.

Es war mir ja schon so vorgekommen neulich, als ich die Folge der beiden Worte »morgendlich zuversichtlich«, die dem noch live gedachten »montäglich bedrückt« gefolgt waren, von meinem A 1 Manuskriptzettel ABLAS und dann aussprach, als hätte ich mich in diesem Augenblick eines BETRUGS schuldig gemacht, vor Ihnen, vor meiner Zuhörerschaft hier, weil ich da gespickt hatte, weil nicht das Jetzt in mir und aus mir, sondern die Schrift, gelesen, durch mich hindurch gesprochen hatte.

Weil ich also nur als der SCHAUSPIELER aufgetreten war, der die von dem anderen, der ich war, als ich das Konzept erdachte und stichwortartig niederschrieb, gedachten Gedanken hier so vorträgt, als wären es SEINE EIGENEN.

Um schließlich, in den nachfassenden Überlegungen, natürlich im Nu bei der Banalität zu landen, daß DAS eben genau die FORM der öffentlichen Rede ist: daß einer das von ihm irgendwann vorher mal Erdachte selbst zum Vortrag bringt, und so beglaubigt, authentifiziert.

Und wie absolut LÄCHERLICH ich das finde, im Grunde. Leider muß ich das sagen. Und vielleicht deshalb auch ist dies hier ja der erste öffentliche Vortrag, den ich halte. Und wenn diese Veranstaltungsreihe erst einmal hinter mir liegen wird, wird es für lange Zeit, glaube ich, das letzte öffentlich Reden gewesen sein, an dem ich mich versucht habe. Es ist schlicht und einfach in sich, für mich, auf absolut QUÄLENDE Art ABSURD.

Wobei mir einfällt: Lüge. Ich habe schon einmal öffentlich einen Vortrag gehalten. Ich habe nämlich 1974, in genau diesen wunderbaren Mai-Anfangs-Tagen, am Ludwigs-Gymnasium in München, die mit mehreren Freunden und einem befreundeten Lehrer gemeinsam zusammen verfaßte ABITUR-REDE vorgetragen. Im Parka. Ja. So war das.

DAS TRAGISCHE

Und in der Schultheater-Aufführung, unter der Leitung von Herrn Professor Heißner, spielten wir die Bakchen des Euripides. Und ich war: Dionysos.

Daran denke ich oft, wenn ich im Theater sitze, daran dachte ich an jenem Abend in Kresniks Hotel Lux. Die Stelle, auf die die abgebrochene Szene vorhin in der Kantine der Berliner Volksbühne zusteuerte.

Wilfried Schulz, Dramaturg am Deutschen Schauspielhaus Hamburg, hatte mich angerufen, ob ich mitkomme, in die Premiere. Es war der Tag, an dem die ganzen Krieg-Verrisse erschienen waren. Anselm Weber, der Regisseur und ich, hatten in Hamburg eine Neufassung des alten Stücks von mir zusammengebaut – und nach der Premiere tatsächlich gedacht, es wäre uns da, unter schwierigen Bedingungen doch etwas gelungen.

Nein, sagte die Kritik.
Aua.

Und dann saß ich also, an diesem Abend in der Volksbühne, und dachte dauernd: verstehe, klar, natürlich.

Ich hatte noch so gekämpft dagegen, daß in Krieg Fernsehmonitore zu sehen sein würden. Und jetzt sah ich es plötzlich: zum ersten Mal wirklich war auf einer BÜHNE das Medium FERNSEHEN als ein wirklich eigenständiger Agent in Aktion aufgetreten.

Überwachung. Die Lupe der Linse des Auges der Kamera. Und der alles entblößende Monitor des Fernsehers, der böse und übernah die Nacktheit aller zeigt.

Terror, im Namen des Guten. Das Pathos von Kresniks politischer Passion, aber diesmal nicht wütend in der Anklage, sondern klagend, als Elegie gesungen sozusagen. Aus der Perspektive der Richtigkeit und Größe der anfänglichen Ideale, ohne aufstampfend trotzig zu sagen, aber wir müßten daran doch noch glauben können heute. Sondern einfach nur megarealistisch traurig: so war das gewesen, das ist diese Geschichte, so ist das heute.

Und so sah ich auch, während das Stück lief, was in unserem neuen Hamburger Krieg wohl doch alles fehlte. Daß die Bühne doch der Ort sein muß, wo ein Moment der BEZAUBERUNG einen atemlos macht, für einen Augenblick zumindest. Ein Moment der Berührung, der Rührung muß einen fassen. Ja. Ohne Erschütterung kein Theater. Das wäre die sogenannte Ent-fremdungs-Aufgabe, die sich heute, via Medien, an der Stelle, wo früher Brechts

Verfremdungs-Effekt stand, dem Theater allabendlich stellt.

Man könnte auch von der Kategorie des MITLEIDS sprechen. Und während da auf der Bühne also die politische Tragödie der Linken in unserem beinahe vergangenen Jahrhundert ablief, war ich in den ultra-traditionellsten und alleruraltesten aristotelischen Begrifflichkeiten meiner Abiturzeit wie in etwas für mich plötzlich wieder ganz NEUEM, Lebendigen, geradezu imperativ Weisen und Herrlichen umhergewandert, in meinem Geist.

Und es gab keine Pause, und es war zu lang, nach irgendwelchen Zeitrechnungen, und trotzdem war es richtig.

Dann in der Kantine. Ich hörte nur zu, und in mir ackerte es. Es gibt so viele Arten von tollem Theater. Und ich verstand plötzlich auch die Castorfsche, die ich 10 Jahre lang innerlich bekämpft hatte.

Anschrift: Sehnsucht nach Abend.

Daß da noch mal eine ganz andere Art von RESPEKT für die Fremdheit und Unerreichbarkeit der anderen wirkt, der Zuschauer, des Publikums, auch für die totale Unhomogenität dieses Kollektivs als Ganzes, für die Individualität der vielen Einzelnen, aus denen sich so eine Zuschauerschaft also zusammensetzt usw usw usw usw –

Und ich dachte: ich muß hier raus. Ich muß das schnell aufschreiben alles. Warf meine rote Pferdedecke über, verabschiedete mich und verschwand.

WORTHAUFEN

Das Thema also: ein Haufen von Aspekten. Ich kann die Ordnung kaum erkennen. In dieser Arbeitsphase springen von x-beliebigen Eindrücken, Erlebnissen, Lektüremomenten und um ganz andere Dinge kreisenden Gedanken –

dauernd irgendwelche ASPEKTE zur Sache auf. Im Hinblick auf das Thema der Erzählung, den Gegenstand des Stücks, die vage Idee des Büchleins. Das ist die einzige Ordnung dieser Aspekte: ihr Schwerefeld in den Projekten, worauf hin sie hin streben, worauf hin sie sich hinrichten. Alles zeigt aufs Thema.

Ich mag diese Arbeitsphasen gern, weil sie so FREI sind. Weil es keine Vorgabe und eigentlich auch kein Scheitern gibt in ihnen. Sie versprechen so viel. Man weiß zwar noch nicht genau, was, schon gar nicht, wie genau. Aber man ist doch auch täglich schon viel weiter, als nur bei einer ersten morgendlichen Ahnung. Man hat sich schon ganz schön verwickelt in alles. Findet das schwierig, toll. Das Projekt ist nicht mehr maßlos, aber dafür mehr als nur ein Irgendwie-Phantasma.

Man hat das Gefühl, eine tolle Zeit liegt vor einem. Und viel ARBEIT.

Anschrift. BLUMEN an den FENSTERN. Schönheit der ARBEIT.

Dieser kleine Scherz stammt von Westbam. Aus unserem Interview-Büchlein, Mix, Cuts & Scratches. In der übernächsten Veranstaltung zum Thema TEXT möchte ich davon genauer erzählen.

Beim nächsten Mal –

und prophylaktische ruft der letzte Einwurf: hätten Sie es nicht vielleicht eine kleine Nummer kleiner – nee, es tut mir leid –

hier also: WELT.

Vielleicht bis dann, auf wiedersehen.

* * *

1923. Wieder im Hotel.

2143. Wie beim letzten Mal: direkt danach war ich so tot, daß ich vor K.o.heit fast nicht mehr essen konnte, obwohl ich brutal Hunger hatte. Gerade war ich noch zu müde zum Schlafen, dann liege ich aber doch da, und wache auch schon plötzlich wieder auf, vor lauter Müdigkeit, und kann jetzt vor Müdigkeit nicht mehr weiter schlafen. Dann gehe ich aufgeregt in meinem Zimmer 17 auf und ab, weil ich nicht weiß, ob ich die neuen Praxis Sachen jetzt gleich aufschreiben muß, oder ob es reicht, wenn demnächst. Und da geht ja doch glatt auch schon wieder die geile Giovanni di Lorenzo Talkshow los. Tom Koenigs ist mir so sympathisch. Schubeck auch. Sogar Kerner. Nur die Neid-Hetz-Frau nicht, ha! Sie diskutieren über Reichtum. Ich würde gerne mal unsere Psychologin Frau Doktor Schorr fragen. Super Idee, Giovanni, mach ruhig. Wobei ich ihn ja auch noch klasse finde heute.

2313. Und im WDR sitzt Michael Rutschky und weiß was über Guildo Horn. Mit bißchen brüchiger Stimme. Unter seinem Namen erscheint die Schrift: Kulturtheoretiker. Ich habe das nur referiert, sagt er, das hätte man in den 70er Jahren gesagt. Er will sich vorsehen vor Dünkel und Überheblichkeit, kündigt er an. Wenns was nützt, warum nicht? Heike Melba-Fendel, Trendmacherin: Und das ist übrigens ein internationales Phänomen.

2337. Hossa: sagt Harald Schmidt.

ICE 993
ISAR-SPRINTER

II
7.3

Mittwoch, 6.5.98, im ICE 993 Isar-Sprinter. Auf der Fahrt von Frankfurt nach München.

641. In einem ganz leeren Abteil, neben der Steckdose, vor dem milde summenden Maschinchen. Rückblick: gestern, während dem Fernsehen, ich gab die Streichungen und Korrekturen in die Praxis II Datei ein, Endfassung 4. Es war ja noch Biolek, mit Desiree Nick. Seit ihrem Kind stimmt irgendwas nicht mehr so ganz, an der camp hermaphroditischen Domina-Persona. Lispeln allein genügt scheinbar nicht. Dann die Brigitte-TV-Kuh bei Harald Schmidt. Wie die Hochzeit war, in Frankreich, als Überraschung. Mit lieben Freunden, in legeren Tagesklamotten, alles ganz super. Hier – ma schiert –

der na – tio na – le Wi – der stand. Das höre ich da von irgendwoher als Subtext, wenn sie vier mal hintereinander, weil Harald Schmidt mögliche Komplimente zitiert, danke sagt. Diese Brigitte Welt produziert die DVU Wählerschaft, ich schwörs. Ich machte das Licht aus. Ein unruhiger, flacher Schlaf kam. Um 4 Uhr 59 läutete der Wecker, eine Minute später fiepte das Telefon, und der Weckruf von neulich war wieder dran. 5 Uhr 36: Als dann der Morgen graute – Und am Bahnsteig sagte der Kollege von der Bundesbahn auf die Frage nach Plätzen mit Steckdose: ansonsten fragen Sie den Kollegen vorne. Ich: den Kollegen vorne, vielen Dank.

737. Praxis II Endfassung 5 ist fertig. Soll sie jetzt hier rein gehängt werden? Oder genau nicht? Oder nur für einen Tag? Ich kann das nicht so richtig erkennen.

934. Meine Damen und Herren, wir erreichen in wenigen Minuten München Hauptbahnhof. Dieser Zug endet dort. Bitte alle aussteigen.

1007. Daheim.

1556. Zurück aus der Stadt.

1909. Ins Bett.

TOTENBUCH

II
7.4

Donnerstag, 7.5.98, München.

438. Morgen schauts schon wieder ganz anders aus. Hat es gestern Abend geheißen, zur Ermutigung. Und tatsächlich suche ich jetzt hier schon wieder nach einer weiteren Tasche für die Bücher, die ich nach Berlin schleppen möchte oder muß, um sie dann nach Frankfurt zu schleppen. Daß die gräßlich Groteske ihren Fortgang nehmen kann. Grotesk.

505. Verrußt, versifft, total aufgeräumt und brutal abweisend: die Wohnung hier. Eine durch Nichtbenutzung zerstörte Lebensformmöglichkeit. Am Abend wollte ich einen der drei Videorekorder anmachen. Der war da nicht mehr. Vielleicht habe ich den vor Monaten zur Reperatur gebracht? Oder verloren? Oder weggeschmissen? Ich kann mich nicht daran erinnern. Das

gibts doch nicht.

522. Wieder gepackt, fast fertig.

812. Aufgeschlagen in Berlin.
836. Im Taxifunk die Worte: Allee der Kosmonauten.
859. Wieder daheim.

1708. Ich stolpere durch die Wohnung und fühle die Pläne für den Dienstag sich so langsam ordnen. Friere. Im Bett lese ich in Timothy Learys Totenbuch, das ich mir gestern im Optimal gekauft habe. Ich finde die Verbindung von Drogen und Wissenschaft immer irgendwie gruselig. Als Selbstversuch angelegt in D.M. Turners Essential Psychedelic Guide, am allerhärtesten, mit beängstigend blühender Psychose, bei John Lilly. Es gibt dann den Drogen gegenüber kein Exterritorium mehr. Keine Tagwelt sozusagen, keine Arbeit, keine Vernunft, keine Nonerleuchtung. Dann wirds finster, und zwar richtig.

1754. Why. Die hier neue Burial Mix 5 läuft. Perfekt, nochmal einfach ein weiteres Mal, für mich: perfekt. Shout! Dieser – es darf wirklich so heißen: – unbeschreibliche Trost der basal vitalen Vorgänge. Alle sieben Minuten muß ich an den Plattenspieler gehen und sie von vorne auflegen. Sie könnte von mir aus auch 45 Minuten dauern, das wäre mir auch nicht zu lange. Daß Klaus, der Musiker der offenen Ohren, diese Musik so ganz anders hört, empfindet, liest. Das war echt ein Highlight bei der Krieg Musik Produktion. Wir waren von der 1987er Jungle Wonz Welt, über Ron Hardys Selected Bad Boy Stimmungen, Ectomorph Sounds, die Relics Harmonien, den Clair Libre Vibe der Cheap 10, eine Theorem Nano Melodie und die Roman IV Playhouse Classic bei der Maurizio 4 gelandet, an der ich diesen ultimativen Groove demonstrieren wollte. Und Klaus schaute mich ganz traurig an. Bei allem konnte man das Gemeinte ganz präzise klären, fassen, sich sofort verständigen. Nur die Maurizio, von der ich sagte, das wäre doch die Musik der innersten Ruhe und dieses Element müßten wir auch noch ihrgendwie mit reinkriegen: die machte ihn zuinnerst RASEND. Ja! Das Gefinkelte, das er darin hörte, ein künstliches Rauschen, zu dem ich mich erst mühsam hin vorhören mußte, so sehr gehörte das für mich da dazu, so wenig störte mich das. Das machte ihn absolut NERVÖS, innerlich, rasend. Den ruhigen Klaus. Ich sah es richtig, wie ihn das nervte. Er brachte noch mehrere Gründe, analysierte das Ganze in alle Richtungen aufs präziseste, wie gesagt werden muß, da wir uns hier, naturgemäß, nicht zu vergessen, immer in einer leicht bernhardesk durchwirkten Welt – so der letzte Titel des neuesten Romans von Westbam – bewegen, klaro. Und der entscheidende Punkt: daß ich beim Hören von einer Musik, von der ich glaubte, sie lasse mich definitiv an etwas Allgemeinem teilnehmen, eben doch auch wieder merken mußte:

NEIN. Es sind allein diese Ohren, es ist allein dieser Körper, dieses Gehirn, dieses System hier, das so hört, empfindet, interpretiert. Erschütterung der Urteilskraft. Von all diesen Problemen handelt natürlich auch die Textform Kritik.

CHRONIK DER VOR- UND FRÜHGESCHICHTE

II

7.5

Freitag, 8.5.98, Berlin.

634. Der Lappen muß hoch, egal was. Hat es gestern geheißen, bei Ostermeier im Interview, in Theater Heute. Auch das bewundere ich so, am Theater, das Pathos dieser Position, das absolut Ausgesetzte, in die Zeit hinein, der Zeit ausgesetzt. Um 19 Uhr 30 hat sich der Zuschauerraum gefüllt, auch wenn die ganze Welt untergegangen ist, im Hauptdarsteller, durch privates Unglück, im Tonmann oder im Mann fürs Licht. Der sitzt dann da, stellt seine Apparate ein, Stimmung eins eins, ab dafür. Und das Licht geht aus, das Licht geht an, und es beginnt.

624. Im Traum, Achtung Zeitsprung, war es viertel vor neun und es läutete das Telefon, in echt, Blick auf die Uhr, zehn vor halb sieben. Und ich dachte: also was jetzt?

804. Gegenbeispiel Wissenschaft und Drogen: Albert Hoffmann, LSD – mein Sorgenkind. Er ist so ein megasympathischer Uncharismatiker, in diesem Buch, paarmal im Fernsehen, wo ich ihn sah. Das ist selten. Drogenbeschäftigung tendiert fast immer, auf nicht angenehme Art, ins Charismatische. Es muß für diese ganzen, aus Rave aktiv ausgeklammerten Probleme noch einmal einen Reflexionsort geben, in einer Person, in DEKONSPIRATIONE. – Wie ich mich im Moment aufs Schreiben dieses Buches freue. Auf dem Höhepunkt der Verstrickung ins schwer Lösbare der gegenwärtigen Aufgabenstellung, steht einem das Phantasma der kommenden Sache wie eine Erlösung vor Augen.

854. Im Grunde ist es so: Sachen, die ich mündlich erzählt habe, kann ich nicht mehr schreiben. Das schafft natürlich kaputte Verhältnisse, in beide Richtung. Die Schrift verhakt sich bösartig im Stummen. Und Stillesehnsucht und Schweigepflicht zerstören das Soziale. Andererseits betritt von hier,

durch die Feststellung, daß es so ist, – wovon ich bisher gar nichts wußte, es war halt einfach so –, die Möglichkeit des Gegenteils das Leben, daß es nämlich anders wird. Weil ich es anders mache. Weil ich will.

1544. Sie müssen UNS AUCH verstehenen, meinte die junge Frau von der Polizei vorgestern, in München, am Baldeplatz. Und eben, am Rad, beim Überfahren einer hiesigen roten Ampel, kams mir, daß das eigentlich erst der Punkt ist, wo der Kontakt mit der Macht der Behörde in Empörung umkippt. Weil ich MUSS alles mögliche, z.B. 120 Mark zahlen, weil sie findet: EINE rote Ampel, von mir mit dem Rad überfahren, da hätte sie ja noch mit sich reden lassen. Aber bei zwei: nein. Das würde wirklich zu weit gehen. Da müsse ich sie auch verstehen. Verstehe. Und ich stand da so vor der, komplett AM ENDE, mit Zeug und Scheiß und Büchern und Platten beladen, daß ich es am Rad kaum balancieren konnte, total übernächtigt, und schaute in ihr teigig blasses, freundlich ländliches Akne-Narben-Krater-Gesicht, 22 vielleicht, und dachte eigentlich gar nichts, außer: is ja gut, mach halt. Aber laß mich bitte in Ruhe mit irgendeinem blöden Text. Daß man sich da nicht nur bestrafen lassen, sondern auch noch mit ERZIEHUNG quälen lassen muß. Das ist der Punkt, wo Renitenz und Wiederholungstat entsteht, geradezu entstehen. Geben Sie den Verkehrsverstoß zu? Ja. Logisch. Was solls. Soll ich vor Gericht ziehen? Bin ich verrückt oder was? Sie müssen uns ja AUCH verstehen. NEIN. Das ist das einzige, was ich NICHT muß. Vor allem das »auch« ist gut: weil sie mich ja auch nicht verstehen, im Sinn von es einfach gut sein lassen, deswegen muß ich sie auch verstehen. – Auf DER Ebene von Autoritätsterror und Reflexrebellion, entschuldigung, daß ich es nochmal sage, erlebe ich ja leider ALLE diese sprachlichen PC-Probleme im Polit-, Musik- und Kunst-Bereich. Wenn Ordnung nicht freigestellt wird, sondern angemahnt, für vernünftig erklärt, kraft Vernunft für notwendig, richtig und verbindlich – da drehe ich durch, automatisch. Automatisch kommt es dann zu Übertretungshandlungen, notwehrmäßig. Weil das alles ja immer überhaupt NICHT stimmt. Die ganzen Gründe. Weil man zu allem ja immer sagen kann: kann man schon so sehen. Aber auch genau umgekehrt. Wenn Gründe nicht erklären, warum der Gründehaber so und so die Dinge sieht, sondern alle anderen sie auch so sehen sollten. NEIN. Sie müssen UNS ja AUCH verstehen. Eben nicht, eben nicht, eben nicht.

Evidenz

Kriterien der Plausibilität
moralische Urteile
Handlungsaufforderungen und Bewertungen provozieren

Skepsis und Rhetorik

DIE
REPUBLIK

II
7.6

Samstag, 9.5.98, Berlin.

917. Gestern sah ich seit langem mal wieder einen ganzen Film im Fernsehen, von Anfang bis Ende. Vom Faz-Vorschau-Artikel und diesem Komödien-Preis agitiert. »Mammamia« von Sandra Nettelbeck. Senta Berger als sprichwörtliche wunde Frau, schwer erträglich, toll das Ganze. Diese grotesken Probleme, die angeblich zum Leben dazugehören. Daß man sich mit den Menschen, die man am meisten liebt, am meisten und am heftigsten streiten würde. Echt? Wieso? Stimmt doch alles gar nicht. Auch wenn es schon tausend und eine Nacht mal gesagt und immer wieder erzählt worden ist. In dieser leider so deprimierenden Lebens-Weisheiten-Märchen-Welt. Einmal alles ganz durch, kein Thema ausgelassen. Trotzdem war ich so mitgenommen davon, allein vom Tempo. Schnief. Dauernd mußte ich weinen. Was hat denn das zu bedeuten? Daß man bißchen angeschlagen ist, aus allen möglichen Gründen. Macht ja nichts. Ist doch schön.

1522. An Praxis III A. Es ist heiß, die Sonne scheint, und am Balkon trocknet die Wäsche.

1602. Eingekauft.

1908. Weiter an Praxis.

2018. Wieder daheim. Draußen, mit Ulf Poschardts Anpassen. Kant, Foucault, Friedell und Furetière. Morgen beginnt die Französische Revolution. Ich saß auf der Treppe eines Ladens an der Müllerstraße und aß ein Eis mit Sahne. Das Sommerfeierabenddding.

2045. Bomben auf Birmingham.

013. Fernsehen, Essen, Zeitungen.

Licht
alle Zahlen
sind Spekulation

irgendwann einmal

werden diese Stickereien
die Kamele schmücken

ALL
AREAS

II
7.7

Sonntag, 10.5.98, Berlin.

Ein sehr heißer Tag.
An Praxis III B.
Kann vor lauter Worten kaum mehr denken.
Mond. Sehnsucht nach Nacht.

III

BURN
URBAN BURN

III
1.1

Montag, 11.5.98, Berlin.

600. Neue Woche, neues Glück? Neue Ziffern all over jedenfalls. Und ein neuer Tag. Sommermorgenbeginn. Welches Morden beginnt?

1345. Dann erschuf der liebe Gott die Schönheit einer frisch gewaschenen, zusammengelegten Levis. Und wieder ist es HEISS, heiß, heiß.

1711. Dj Disko, der mich netterweise im –

2153. Weiter, weiter, weiter. Und das Gefühl, gleich schmort meine eigene hirninterne Festplatte durch. NICHT angenehm.

JOSEPH BEUYS
12.5.21

III
1.2

Dienstag, 12.5.98, Berlin.

916. Ich schreibe das Datum und denke: was war denn nur heute? Am 12. Mai? Schaue nach: der Geburtstag von Beuys, 12.5.21. Gestorben am 23.1.86. Ich habe mal eine Liste der Toten der 80er Jahre gemacht. Richtig traurig. Die Toten der 70er Jahre waren mir noch nicht so nahe.

924. Heute also wieder Praxis, heute mit Gedichten. Ob das gelingt? Es war italienisch heiß nachts, mit Lärm und Gegröle und Musik von draußen. Schwer einzuschlafen. Ich wachte um viertel vor vier auf und setzte mich an die ordnende Endfassung. Wieder ist viel zu viel Text da. Was ist eh klar, kann also weg bleiben? Wie sprunghaft soll man sein? Wann nervt das Springen, wann das Insistieren und die Ruhe, mit der mal was ausgebreitet wird? Ich habe mit der FORM dieser Textart für Vortrag überhaupt keine Erfahrung. Und außerdem ist das Gespür-Gefühl durch den extremen Zeit-

druck und die schiere Textmasse, um die es da geht, wie belämmert. Ich kann kaum erkennen, was los ist, im Text, was ich mache. Was jetzt richtig wäre. Was sein muß. Was folgt. Hölle.

1541. Frankfurt.
1614. Sie kennen sich ja schon aus, die 12, in der ersten Etage, angenehmen Aufenthalt. Vielen Dank.
1741. Kürzen, raffen, kürzen. Los.
1815. Los.

PRAXIS
III

WELT

Kommt, reden wir zu –

Benn.

Ich stand auf meiner Leiter, in der Münchner Wohnung, und mußte lachen, und dachte: das ist zu hart. Das kann ich nicht bringen. Und las weiter, halblaut vor mich hin murmelnd:

Benn.

Und dann, wie ich die nächsten Worte sah, dachte ich, wieso eigentlich nicht, und hörte, nocheinmal heftig auflachend, wirklich auf, weiterzulesen.

Wo sind wir denn hier gelandet? Hörsaal sechs. Galaxie Erde. Planet der Affen oder was?

Praxis
3

Welt
Bericht

A
DIE WELT SPRICHT

ich höre

Im Imperfekt der Erschöpfung, fern der Frühe, matsch im Morgenlicht, saß ich im Zug. Draußen war die Landschaft, sie ging leicht auf und ab, vor und zurück, wellte sich gemächlich, und die neue Tempoanzeige über der Türe zeigte 151 Stundenkilometer.

*

Hölderlin.

*

Ja. So war das. Eine solche Sehnsucht nach Ruhe, Stille, Sammlung und Besinnung war also in mir, daß ich an der Stelle, wo ich nach den Notizbüchern von Peter Weiß suchen wollte, ein Gedichtbuch nach dem anderen in der Hand hatte, einen Alt-Hit nach dem anderen las, –

und hektisch dachte: Es ist Mittag. Ich muß schnell bei Nietzsche nachkucken.

*

Das Andrängen der Daten und Weltmassen in der Phantasma-Phase, die fahrige Ideenexplosion im Thema-Zugriff auf die Formgestalt, hatten einen solchen Hirnstrom-Kurzschluß ergeben, daß ich zuhause, in München, in der seit Monaten verlassenen Wohnung, beim Versuch, den kaputten Boiler zu reparieren, mit der linken Hand mitten ins Innere der Boiler-Elektrizität langte, und mir von dort einen satten 220-Volt-Strom-Schlag abholte. Genau. Was war denn das für eine grotesk maskierte Selbstattacke?

So könnte man sich natürlich auch verabschieden. Hermann Burger technisch. Ich will aber nicht, dachte ich, so verblödet bitte jedenfalls nicht.

*

Eine Ruhe muß her, ein anderer Sound. Und ganz andere Wahrheiten. Das gibt es doch schließlich auch, von Weltseite her, das Atmen der Bäume, eine hohe Luft und das Wort Himmel im Plural.

Und wieder hektisch:

Ich muß Überblick gewinnen, über alles bis hierher Gedachte und Notierte. Und ich schaute mit Entsetzen auf die ix und zig Seiten Papier, die ich vollgekritzelt hatte, in Richtung Praxis, seit ungefähr einem Jahr.

*

George.

*

Der Ausgangspunkt, wie neulich schon erzählt, war ja die folgende Vorstellung gewesen: dieses Produktions-Abenteuer REZEPTION – im echten Vollzug, sozusagen praktisch vorzuführen. Es direkt zu zeigen, den Empfang, wovon die Bücher auf ihre vermittelte, fast schon geheime Art, klar, denn von da her, aus dem Verborgenen kommen da die Wahrheiten – flüsternd eben sprechen. Diesem Flüstern Hörbarkeit zu geben, eine Stimme, die man SEHEN kann. Der Mensch, der spricht.

In welchen Worten?
Von welchem Wortort her?

*

Bachmann.

*

Ich mag diesen Donner und Schlummer, diese Art Kummer. Wahrheiten dieser Art überhaupt.

Daß sich also, mit anderen Worten, diese Rezeptivität, für die Praxis plädiert, die Manie dieser Empfangs-Konstitution, dieser dauernden Bereitschaft, die Sendung zu empfangen, anzunehmen, der Sendung zuzuhören, ihr zu gehorchen und zu gehören, entgegen dem natürlich nie ganz unbeängstigenden Stich ins leicht Psychotische, –

doch auch einer VERNUNFT verdankt, die vom Außengrund der Sprache selbst herkommt. Von ihrer sich ununterbrochen ändernden Lebendgestalt. Dort, wo gesprochen wird, im vielstimmigen Chor aller alten und gegenwärtigen Praktiken der Benützung der Worte bestimmt sich der sprachliche Sinn. Was sagt die Summe des Gesagten? Was ordnet sie wie an?

Was also bedeutet ein Wort im Moment?

Daß von dieser Frage mitmotorisiert, das Interesse an der Welt, wie sie sich dauernd ausspricht überall, ganz automatisch sinnvoll, fast schon unausweichlich ist. Wie anders will man wissen können, was die Sprache augenblicklich kann und will und tut? Wie sie funktioniert.

Das »Alles geht uns an« ist, jenseits aller persönlichen Konstitution, wirklich Sprachnatur-gegeben, für den, der Sachen macht aus Worten, Schrift.

*

Kaschnitz.

*

Es geht also auch um Melodien, mehr vielleicht sogar manchmal als um Verstehen ganz direkt, um ein Vertrauen in das Aufgehobensein im Wortgesang. Es geht um Litaneien und Liturgien, die, anders als der genervte Kritik-Reflex auf solche, natürlich faschistoid zusätzlich ruinierten Klerikal-Begrifflichkeiten immer gleich meldet, gar nicht ein antirationales Bekenntnis proklamieren, –

sondern einfach nur die anderen Vernünfte anerkennen und sehen würden, – gar nicht ausschließlich, sondern eben nur AUCH —, die dort, in diese Sprachwahrheiten hinein gespeichert worden wären, von so vielen verschiedenen Sprechenden durchlebt, durch viele Jahrhunderte hindurch.

*

Daß Schreiben also, und das betrifft die primär nicht-diskursiv gesteuerten, poetischen Textformen genauso wie theoretisches Schreiben, das betrifft Zeitungsartikel nicht anders als Gedichte oder die Prosa der Tagesschau oder von Samstag Nacht, ganz egal –

daß die Benutzung der Worte ohne all diese Hall- und Echoräume praktisch undenkbar, unvorstellbar, unpraktizierbar ist, daß nur im Bezug auf dieses Hallen in Allen, auf das so allseits Vorgesprochene also -

das eigene Wort sich richtig finden kann. Erkennen kann, wie es klingen muß, und ob es realerweise so klingt, wie es klingen will.

*

Huchel.

*

Daß jedes Wort also in ganz bestimmten lautlichen Schwereverhältnissen da sein und vorliegen würde, stumm zunächst, aber definitiv von diesem phonetisch-poetischen Schwerefeld ausgerichtet, das von Gebrauch und kollektiver Praxis produziert ist, angeordnet, bestimmt –

und zugleich in einem ebenso immer neuen inhaltlichen Gravitationsfeld der Bedeutungen situiert wäre, die genauso ganz außengegeben ist, durch Verwendung, ganz gegenwärtig.

Daß jedes Wort also, natürlich eine Banalität, aber eine schöne, die deswegen hier auch ruhig gesagt werden darf, –

nicht aus sich selbst heraus irgendwas ist, sondern selbstverständlich NUR im Kontext der Gegenwart der Geschichte seines Gebrauchs und des Kollektivs aller seiner geschwisterlichen Mitworte, aus allen Zeiten, und gleichzeitig in jedem Moment, zu jedem Zeitpunkt NEU.

Das meinte ich neulich, beispielsweise, mit der Einblendung des Wortes »unterirdisch«. Evelyn Roll hat es in der SZ geschrieben, in einem Porträt dieses komischen Stern-Bosses, verwendet zur Charakterisierung der Stimmung in der Redaktion. Der Artikel war brutal, direkt und cool zugleich und machte eine ziemliche Welle überall. Und in der Folge eben auch dieses Wort: unterirdisch. Überall tauchte das jetzt auf, in diesem neuen Mediensinn. Das hatte nicht nur mir gefallen und sofort eingeleuchtet, sondern vielen anderen Schreibern auch.

Man könnte, an der Stelle dieser Wort-Ort-Probleme, ganz aktuell, den Durchmarsch des Wortes »Meister«, mit Anführung, ohne Anführung, nacherzählen; oder, um ein Beispiel aus dem sprachlich für bewußtlose Moden besonders anfälligen Musikjournalismus zu nehmen, die im Moment blühende Konjunktur der Redewendung vom »etwas blicken« für: etwas verstehen, sich genauer ankucken, – und ihren Weg verfolgen und nachzeichnen, durch die Artikel in Spex und de:Bug.

Oder, um in dem Bereich der von diesen sprachlichen Fragen immer mittangierten inhaltlichen Probleme zurückzukommen, an den Sommer von vor zwei Jahren erinnern, als via Belgien der Irrsinn des Begriffs vom sogenannten »Kinderschänder« seinen hochsommerlich hitzigen, im Lauf der Zeit nur wenig abgekühlten Siegeszug antrat.

Welchen Befund stellt sich eine Gesellschaft eigentlich über sich selber aus, wenn sie so obsessiv verdeckt mit ihrer Faszination für kindliche Sexualität beschäftigt ist, daß sie den Typen, der die Kinder umbringt, tötet, ihnen das Leben nimmt, den sogenannten Mörder also, in erster Linie als den sieht, der die SCHANDE bringt, über das Kind, über sie selbst, die Gesellschaft? Dann wird natürlich gesagt, Schänder ist ein altes Wort für Mörder. Kann schon sein. Aber heute ist es näher als am Mörder bei der Schande.

*

Psalm.

*

Das wäre also die tendentiell paranoide Konstitution des poetischen Sprechens: daß es keinen sprachlichen Bezug kennt, so phantastisch fern und abstrus er einem gelasseneren Blick auch erscheinen mag, von dem es sich nicht gemeint sehen würde, dem es nicht mit aller Pedanterie hinterherlauschen und folgen würde, dem es nicht im erkennend analytischen Nachgriff nachspüren würde wollen, –

um die Ahnung von Bedeutung, die im Wortgebrauch entsteht, zu überführen in VERSTEHEN, was der Beziehungswahn da hört, an Anklang und von fern her Mitgemeintem, irgendwie.

*

Urheberschaftsfragen also und Territorialansprüche, rhythmische Rucke und das sinnfreie Spiel der Vokale und Konsonanten: ebenso real alles und vernünftig, wie zugleich sehr gesponnen, verrückt. Das ist von seiten der Worte her der Weltstatus,

in den man also eintritt, hineinstürzt, mit dem berühmten ersten, neulich schon erwähnten Schrei des Entsetzens, jetzt also da sein zu müssen, auf der Welt. Und dem dann ja sofort beruhigend entgegengesungen wird, die sprachlichen Laute, der Besänftigungszauber als nie ganz vergehende Anfangsform der Sprache: keine Panik, sagt sie tröstend, vom ersten Moment an, ich bin da, bei dir.

*

Sprache also als auch dieses, ja: weite Feld von Anziehungen und Bezügen, in dem jedes Sprechen sich verortet, dem es antwortet.

Theorien trennen die Begriffsfelder. Arbeiten an und mit einer möglichst präzisen Auseinanderdividierung der von den einzelnen Worten gesagten Sinne.

Und die allermeisten anderen, alltäglichen und poetischen Sprechformen, tun das Gegenteil, suchen die Vermischung, die Überlagerung. Und ihre Präzision liegt im Gespür für die Reichweite und Vielfalt aller von einem Wort im bestimmten Kontext mittangierten Mitsinne.

*

All das ist der Ort der Lyrik, da hat sie ihr Recht.

Es geht das Schreiben wahrscheinlich von ganz vielen verschiedenen Orten gleichzeitig aus, klar. Man denkt da natürlich meist gar nicht daran. Man liest ja auch nicht dauernd sentimentale Gedichte.

Aber wenn es passiert, dann erinnert das Schreiben sich: daß es von da her einen seiner innersten Ausgangsimpulse ausgehen sieht, sich so irgendwie bestimmt fühlt, und das letztlich schön findet, daß das so ist.

*

Celan.

*

Und ich dachte an die Müdigkeit der Feierabend-Menschen, die hier zum Ende ihres Arbeits- oder Studientages schon gut angeschlagen und k.o. zusammenkommen, und ob da die Etablierung einer so ins Lauschende tendierenden Ruhe nicht doch eine ähnliche Zumutung wäre, wie das Chaos des ersten Auftritts hier oder die Panik der zweiten Rede.

Und dann: daß ich es nicht vorhersehen kann. Daß ich halt hoffe, es geht.

B
UNBEOBACHTBARE
WELT

Woher weiß man eigentlich, was los ist? Was man weiß? Wie man alles so sieht? Die Dinge und die Welt, und so. Das alles?

Man macht mal den Fernseher an: Mayday Interview, Techno 30 Sekunden, 10 Sekunden Nina Hagen.

Weiß man jetzt mehr? Auf jeden Fall.

Zum Beispiel, daß es völlig richtig ist, sich eine so grundsätzliche Frage, was man denn wie von der Welt wissen kann, immer wieder mal, und zum Beispiel auch ganz am Anfang, vorzulegen.

Solange man nur soweit den Überblick über die eigenen theorie-artigen Kapazitäten behält, daß man nicht etwa glaubt, man könnte eine solche Frage im strengen und grundsätzlichen Sinn einfach so für sich beantworten. Nur weil sie sich völlig richtigerweise einfach so stellt.

*

Ich wachte auf. Wieder war es drei Uhr, mitten in der Nacht, nein, viertel vor vier, der Vollmond leuchtete drohend ins Zimmer, und ich dachte: ich muß diesmal eine Ordnung rein bringen, ich halte diese Panik nicht mehr aus. Eine Minimalstringenz muß her. Das gibts doch nicht, daß das nicht geht.

*

Ich hatte ja einige der anderen Vorlesungen gelesen, es gibt eine eigene Reihe, in der die alle erschienen sind. Streeruwitz, Kirchhoff, Wellershoff, Sloterdijk, Becker, Hilbig, Bachmann.

Und ich sah fasziniert, wie jeder der anderen nachschaut bei irgendwem anderen. Wirklich zu empfehlen, diese Lektüren, – und noch mehr war ich danach sicher, --

es muß irgendwie anders gehen.

Wie also?

Irgendetwas müßte ich versuchen, was schließlich genau NICHT zu einem derartigen Büchlein führen würde?

Und ich dachte, ich schau einfach nach, wie die Malerei schaut?
Was die Musik denkt?
Was in der Zeitung steht?
Und was im Fernsehn kommt?

Und aus der Situation selbst her – hier – würde allem dann auch der TEXT zu stürzen, die Erklärungen, das sprachlich Diskursive, die Vernunft der Rede.

Leider war es ja anders. Und so sitze ich jetzt also da, und schreibe REDEN. Eine unbeschreibliche Groteske.

*

Venus von Urbino.

Ich wollte dieses Bild hochhalten. Und damit sagen, in Anlehnung an das bekannte Beuys-Diktum über Duchamp: das Schweigen der Bilder wird unterbewertet.

Dieser Moment von Sinnlichkeits-Schock, der von der Malerei ausgeht: was heißt das für die Schrift?

Wenn die Malerei also, wie man ja sieht, ihr gesamtes Wissen einem ersten Augenaufschlag, der ein Bild trifft, sieht und erfaßt, derart überwältigend preisgeben kann, daß der KÖRPER von der sinnlichen Datenflut wirklich erschüttert ist – und sich in Auseinandersetzung mit dieser körperlichen Erschütterung das Verstehen ereignet –

dann kann die Schrift sich davon angestachelt sehen, noch weiter ins Abstrakte vorzustoßen, kann sich sagen: ich bin klein und sinnelos, beweglicher und langsamer, nicht Fleisch, zu Schnitt und Leere hingezogen, zu Bruch und Aussparung, zu Härte und zum Bösen, bin Denken, Negation, die Nichtfeier, Zerstörung – alles das also, was Malerei, indem sie all das nicht ist, vorführt als erstrebenswert.

*

Oder wenn die Musik – und das wurde hier ja überdeutlich sichtbar, fühlbar beim Hören, für mich richtig erschreckend, muß ich sagen – schon mit dem Erklingen von einem einzigen Moment von Sound, von Ton, von Rhythmus – Gemeinschaft konstituiert, das heißt eine intuitiv eindeutige und emotional hochwertig besetzte Reaktion von: bin dabei, ja genau, ganz toll, wunderbar – oder eben, ganz im Gegenteil, und dann um so heftiger: was soll denn das?, ich halte diesen Pop nicht aus, mich widert dieser Technostumpfsinn an – usw usw –

dann kann die Schrift daran umso deutlicher erkennen, wie anti-kollektiv ihr Wesen ist, weil sie sich in der Stille und Einsamkeit des Lesens an den Einzelnen genau mit dem Angebot wendet, sich different zu ihr zu erleben und zu setzen, und die gegenseitige Hinwendung von Schrift auf Leser und umgekehrt sozusagen unter dem Pakt dieses einander entgegengebrachten Differenzrespekts stünde –

*

Dann jedoch nimmt man schnell den Stern mit der Robert Schneider Geschichte in die Hand, um die Allgemeinheit solcher Sätze über das Wesen der Schrift zu bekämpfen. Denn Schneider macht ja mit seinen Büchern genau das: Gemeinschaft herstellen. Wobei ich mein Wissen darüber in dem Fall nicht aus den Büchern, sondern aus der vielfältigen Medienresonanz beziehe.

Wie zeigt der Stern den Dichter beim Vortrag? In Hitler-Pose. Und daneben schreiben sie, um nur ja deutlich genug zu werden: Triumph des Lesers. Automatisch höre ich in mir die Debatte der beteiligten Redakteure über diese Hitler-Headline, ob man das jetzt bringen kann, ob es zu hart ist, oder genau nicht, ob lustig oder debil oder wie denn nun also?! Unterirdisch, wie gesagt.

*

Ich wollte am Fernsehen vorführen, was man mit dem Fernsehen machen kann, und was nicht. Worauf die Lupe Fernsehen sich richtet. Was Fernsehen nicht oder kaum zeigen kann.

Die Sequenz eben zeigte: da wird versucht, die Techno-Hysterie abzubilden, durch hysterische Kamera-Unruhe beim Interview, durch die Unmittelbarkeit der Reden, aber all das wirkt nur dilettantisch. Und der riesige Raum der Mayday-Halle bleibt dem Auge der Fernsehkamera völlig unzugänglich.

Das Fernsehen kann keine Räume zeigen. Kann überhaupt nicht zeigen: Größe, Ausdehnung, die in Räumen zwischen Menschen verlaufenden Kraftlinien, die von den Körpern ausgehen, das Soziale also in Räumen: es bleibt dem Fernsehen verborgen.

Deshalb kann es keine Theaterstücke zeigen, und kein normaler Mensch hält eine noch so wunderbare Inszenierung im Fernsehen wirklich aus, geschweige denn, daß man da verstehen könnte, was theatral gemeint ist, daß man das dabei genießen könnte.

Und aus den gleichen Gründen kann das Fernsehen keine Party zeigen, kann das nicht darstellen, wovon das handelt, worum es da geht –

und es kann keine Natur zeigen, die Bewegung, die von da her auf die Seele zu ausgeht –

*

Aber 10 Sekunden Nina Hagen eben zeigten sofort, worauf die Lupe Fernsehen gerichtet ist: auf das Gesicht. Im live-Moment. Auf den Menschen.

Das Fernsehen ist die Lupe der Nahsicht. Das Medium ganz und gar des menschlichen Gesichts, – des LEBENS der Geschichte, die sich darin spiegelt, im Moment des Reden und Erzählens, in diesem Gesicht:

das zeigt Fernsehen.

Massiv vergrößert, extrem ausgestellt: Charaktere. Das Fernsehen ist als Ganzes, über seine mediale Funktion hinaus, das größte Menschen-Zeige-Kunstwerk, das es je gegeben hat.

*

Man sieht also so einen kleinen Sozialmoment im Fernsehen, etwa -

wie Christiane Paul bei Harald Schmidt sitzend mitten in die Mitte ihres Körpers zeigt und von der dortigen DELLE spricht, die sie da noch hat, sportunfalltechnisch gesehen, innen, oben an ihrem Oberschenkel, –

und wie sie dann, explodierend in Vergnügen über den sexuellen Mittext, der sich ihr da plötzlich auftut, hysterisch lacht, –

den offenen Mund zuhält, die Beine spreizt, die Hände sofort schützend vor die Kniee schlägt, schon richtung Schoß zieht usw usw -

ich dachte, man sieht das alles, – es lief ja Ulla Kock am Brink bei Biolek – das muß doch nicht noch mal extra beschrieben und mühsam weiter erläutert werden, was das für Körper- und Sozial-Stunts sind, die da vorgeführt werden –

das wäre alles quasi derart stark vom Signal her, daß es zugleich auch absolut selbstevident wäre.

Dabei ist es in Wahrheit natürlich schon eine recht spezifische und – wie vorhin auf das Medium der Sprache bezogen gesagt wurde – eben auch leicht paranoide Beobachtungsweise,

die da an den sichtbaren Einzeldaten eine durchaus ziemlich erklärungsbedürftige Arbeit der Verknüpfungsherstellung vornimmt.

Daß man also all dem, wenn man es zeigt, auch Sprache geben müßte.

Und daß ich es, wiederum andererseits genauso grotesk finde, das dann tatsächlich mühsam in Sprache nachzumalen und auszuformulieren, was ja eh jeder sehen kann.

*

Einspielszene: Christiane Paul bei Harald Schmidt.

*

Der Satz dazu, bei Harald Schmidt, heißt immer: »der Satz dazu heißt immer« – : der Sprach-Maniac Harald Schmidt.

Am Wochenende hat er diesen Preis bekommen, den Medienpreis für Sprachkultur. In der Berliner Zeitung steht, er hätte selber gesagt, über seine

Scherze: Inhalt sei nicht seine Sache. Er habe zwar zunächst überlegt, ob er in seiner Dankesrede INHALT ANTÄUSCHEN sollte, um seine Kritiker zu überzeugen. Es dann aber doch lieber sein gelassen.

Auch mir geht es bei ihm überhaupt nicht um die Witze, sondern um das Sensorium für soziale Realität, das ganz weit außen, am real praktizierten Sprach-Ding hängt und wahrnimmt.

Jeden halben falschen Zungenschlag, den irgendjemand losläßt öffentlich:

jedes neue schöne Wort –

neulich hat er in der Formel eins die Tower Wings entdeckt, und zur Erklärung angefügt: mein Lieblingswort der letzten Formel Eins Saison war LUFTHUTZE – ja, man hört, was er damit meint – Lufthutze

er hat das alles immer gehört, erfaßt, gewogen auf der Sprach-Groteske-Waage. Und dann wird es genüßlich verwurstet in der Show. Er kommt sozusagen von der phonetisch-poetischen Aufmerksamkeit des Gedicht-Worts her.

Bedecke deinen Himmel, Zeus –

hieß es neulich plötzlich mal, ich weiß gar nicht mehr über welchen speziellen Anknüpfungs-Irrsinn an den Haaren herbeigezogen – und dann deklamierte Harald Schmidt den ganz Goetheschen Prometheus, durch sein Kölner Capitol steuernd, von der Handkamera gefilmt, frei zum Vortrag gebracht in einer Art, als würde er sich eben um die Aufnahme ins Max-Reinhard-Seminar oder in die Ernst-Busch-Hochschule bewerben – noch so ein all-time-ever-highlight der jüngeren Fernsehgeschichte.

Und dieses so poetisch geeichte Ohr scannt also auf die Art alle Reden, die im öffentlichen Raum geäußert werden. Es gibt im Kosmos der Aufmerksamkeits-Form von Harald Schmidt kein unmittelbares, medienjenseitiges Sprechen.

Und man sieht an Willemsen oder Küpperbusch, die ja irgendwie so agieren, als wäre in der Welt nichts Neues passiert seit Musil und Tucholsky, und sich einem in dieser Tradition stehenden, aufgeklärten Denken verpflichtet sehen, wie quälend naiv eine solche, man muß ja wirklich sagen, vermeintliche Intelligenz heute wirkt. Weil sie Ideen im Kopf hat und äußert, anstatt aufnimmt, was vom real geäußerten WORT herkommt. Die Realität der Sprache also.

Harald Schmidts Auftritte handeln von diesem Wissen über die mediale Welt, und bringen es täglich neu, ohne es auszubreiten, in Populargestalt zur öffentlichen Anwendung.

Das, was für die alte Bundesrepublik etwa Hans Magnus Enzensberger und Adorno erledigt haben, bringt heute also, – minimale Übertreibung, aber im Prinzip stimmts –, Harald Schmidt unter die Leute.

Also: Landessprache, Eingriffe, Einzelheiten, Stichworte, Blindenschrift, Palaver, Prismen.

*

Sprache, ja, ohne Ende und all over.

Und zugleich und andererseits und nochmal zurück: das Schweigen der Bilder wird unterbewertet.

Besonders natürlich auch das Schweigen der, von Text immerzu zugesprochenen Bilder des Fernsehens.

Und daß der intellektuelle Diskurs, das präzise verstehende Nachfassen, noch lange nicht auf der Höhe der Differenziertheit und Reichweite der alltäglich träumerischen Schauvorgänge ist, die dieses Schweigen lesen, dekodieren, entschlüsseln und weiterträumen.

Um was für tiefreichende Bewußtseinsvorgänge es sich da handelt, kann man manchmal ahnen, wenn man auf den Bahnhöfen, wo die neuen großen Fernsehbilderwände hängen, sieht, wie da die Leute stehen, gebannt, und hoch schauen, egal was kommt, schauen, was passiert, im Bild, im Bann der Schau. Fast schon wirkt das, was auf den Gesichtern der Schauenden da zu sehen ist, wie eine Art Trance oder Hypnose,

erschreckend und grell im öffentlichen Raum erst sichtbar, im Moment des GEMEINSAMEN Schauens, in seiner extremen Asozialität und Privatheit, hingegeben an die Passivitäts-Aktivität des Empfangs.

*

Man weiß überhaupt noch nicht, wie das alles geht, hirnphysiologisch gesehen, das Verstehen dieser Geheimnisse gehört den Kommenden. Aber man SIEHT, im Anblick und angesichts der Schau: Man ist da am Ort von etwas Aller-Aller-Frühestem. Das zeigen die Gesichter, wenn sie schauen.

Das zeigt der Unterschied zum Ausdruck der Aufmerksamkeit bei dem auf Sprachverstehen eingestellten Denken.

*

Und was diese große Rückkehr der Bilder, die in der zweiten Hälfte unseres Jahrhunderts ja erst begonnen hat, für das Leben der Einzelnen und das Zusammenleben der Menschen, für alle Künste und Wissenschaften noch bedeuten wird –

es ist bisher nur ein Versprechen, eine Andeutung sichtbar, und man kann zur Zeit noch gar nicht richtig erkennen, was das alles wirklich heißt.

Wie jeder Spezial-Aufmerksamkeit, so wird auch dieser, die sich auf die Bilder, auf ihr Schweigen und die andersartige Art ihrer Sprache richtet, der Gegenstand umso geheimnisvoller, reicher und vielversprechender, je genauer sie sich ihm zuwendet, um ihn zu verstehen.

*

Ein anfänglicher Moment jedenfalls, – das, finde ich, kann man sehen, – für den andere Jahrhunderte wie das ja auch nicht gerade unlichte XVIII. etwa, dies jetzige endlos beneidet hätten. Da wette ich drauf.

Deshalb heißt die Gegenwart nicht Postmoderne, schon lange nicht mehr, aber auch nicht Zweite Moderne, auch wenn der lustige Herr Beck es sich noch so sehr und noch so schön genau so ausgedacht hat so – nein, die Gegenwart heißt schlicht und einfach HOCHMODERNE. Denn wenn es eine Parallele gibt von jetzt zu früher, dann die zur Renaissance.

*

All das heißt also für die Schrift: Wenn sie ihren Weltblick so vielfach vermittelt sieht: Die Literatur wird dadurch freier, beweglicher, abstrakter und asozialer. Man könnte auch einfach sagen: toller.

*

Andererseits, umgekehrt, klar: Unbeobachtbare Welt: Unsinn. Mediale Vermittlung: Horror.

Realismus heißt natürlich doch auch: persönliche Deckung. Wendet sich gegen alle ausgedachte, schlaue, verspielte Parasitär-Literatur.

Die Welt ist nicht unbeobachtbar.

*

Unbeobachtbare Welt: das ist ja der Titel eines Buchs von Luhmann, das den Aufsatz WELTKUNST enthält.

Ein besonderer Charme von Luhmanns Denken besteht darin, daß er immer zu jeder spinnösen Logelei-Spinnerei, gerade in den erkenntnis-theoretischen Fragen, bereit ist. Und dann doch immer wieder – wie hieß es neulich wieder in einem Artikel von Jürgen Kaube? – an der Evidenz des Alläglichen die abstrakte Begriffsbildung nicht nur plausibel macht, sondern immer auch ÜBERPRÜFT.

Der große Meister des abstrakten Höhenflugs ist zugleich ein Ultra-Realist. Es gibt keine andere Theorie, auch wenn Luhmann oft ganz anders gelesen wird, die sich so schutzlos und offen von Realität irritieren läßt.

*

Im Kunst-Buch, fünf Jahre nach der Unbeobachtbaren Welt, schaute auch für Luhmann diese Unbeobachtbarkeit schon viel weniger grundsätzlich unbeobachtbar aus.

An der Stelle, wo man vorher noch bißchen harsch auf bestimmte Paradoxien auflief, verfeinerte sich jetzt die Argumentation ins immer Hauchzartere, bis man am Schluß das Gefühl hatte, nicht die Wurzel der Sache sei hier ausgegraben und vorgelegt worden, sondern, um wieviel schöner, das Geäst eines Baums, einer Birke vielleicht, wäre bis in die letzten feinsten Spitzen hinaus verfolgt worden, so oft und immer wieder von einem neuen Gedankenaspekt aus ausgehend, daß man schließlich wie von fern auf die Gesamtgestalt dieser Baumkrone blicken würde. Die Kunst der Gesellschaft.

*

Daß es also WIRKLICH theoretische Ansätze gibt, die berechtigt sind, von diesen Fragen zu sprechen – und wie sich demgegenüber dieser Versuch hier situiert.

Daß auch die Kunst selber, auf ihre Art, ohne wirkliches Instrumentarium und ohne vernünftige Architektur – einfach nur folgend dem 1. Gebot: Es gibt keine dumme Kunst –

sich verstricken muß in diese egal wie hilflosen Verstehens-Versuche, die ihren Horizont überschreiten, und dabei aber eben auch mitbestimmen.

Daß die wirklich haltbaren Antworten auf die hier behandelten Fragen auf dem Feld der Theorie gegeben werden. Und trotzdem: ihre Reichweite und Wahrheit wird einem erst richtig erkennbar, wenn man die Fragen vor der anderen möglichen, der nicht-theoretischen Instanz der eigenen Erfahrungen sich vorgelegt und da zu lösen versucht hat.

Dem so geführten Blick erscheint die poetische Dimension der Wahrheit der Theorie als schwesterlich, als große Ermutigung – als etwas, dem die Schrift sich dauernd auch entgegenschreibt, wie gleichzeitig der Wirklichkeit.

C
WIRKLICHKEIT

1.
Geschichten

Und es war also Morgen geworden. Und weitere 15 Blatt Wirklichkeit lagen vor mir, 40 Minuten Vortrag. Und ich dachte: NEIN. So geht das nicht. Es muß auch anders gehen, kürzer. Also gut. Also eine gute Viertelstunde noch.

*

Das medial vermittelte Wissen: klar.

Aber natürlich gibt es immer noch, auch, und genauso ein Wissen über die Welt in Form von Geschichten. Man hat sie entweder selber erlebt, oder sie sind einem erzählt worden.

Dekonspiratione, das Buch, das aus der Schreiber-Welt kommend vom heutigen Sozialen erzählen soll, von den in der Berufs- und Tag-Welt wirkenden Strukturen, zwischen den Menschen, Institutionen, Absichten, veröffentlichten Texten, Honoraren und Gesprächen – usw usw –

wird also der Ort sein, wo die Unzahl der Geschichten, die sich im Lauf der Jahre, bei mir, im Kontakt mit dieser Schreiberwelt angesammelt haben, endlich ihr Zuhause in einem Text werden finden können. Das stelle ich mir toll vor.

*

Viele der Geschichten, die JEDER kennt, der irgendwo arbeitet, in irgendeinem Betrieb, könnte man direkt nicht erzählen, öffentlich, –

weil sie, auch wenn sie wahr sind, die von der Erzählung betroffene Person, die in der Erzählung agierenden Handelnden der Geschichte: bloßstellen oder verletzen würde.

Das ist im Normalfall und aus guten Gründen verboten.

Der öffentliche Raum ist interessanterweise, auch wenn es sich manchmal eher anders anfühlt, in Wahrheit aber doch ein nach wie vor sehr DISKRETER Ort.

Was da wie gesagt werden darf, ist hochkomplex kodiert, in einer sich außerdem dauernd neu erneuernden, also nichtstarren Weise.

*

Man kann, Beispiel wieder dieses Wochenendes, die Figur Salman Rushdie nehmen, und die öffentliche Hysterie, die da seit vielen Jahren dazugehört. In einer absurden Verschiebung der tangierten Probleme –

denn wenn nun mal eine Religion noch so sehr ans Wort glaubt, daß sie von einem literarisch geäußerten Wort sich angegriffen fühlt, dann muß dieses Wort selbstverständlich zurückgenommen werden, vom Autor, alles andere ist doch kompletter Unsinn –

wird statt dessen in der Öffentlichkeit, die sich genau darüber konstituiert, welche Sprachkodizes in ihr gelten, welche Themen, Redeweisen und Zuspitzungen im Moment nicht ausgesprochen werden dürfen, die sich also einem ununterbrochenen hochvernünftigen Prozeß dauernder Selbstzensur ALLER Beteiligten verdankt –

der Fall Rushdie zum Phantasma – für das Problem der Pressefreiheit. Man hat immer den Eindruck, hier würden plötzlich alle die –

sonst so heftig nach innen gerichteten Energien, die bei jedem öffentlich sich Äußernden dauernd, halbbewußt, mehr geträumt und oft auch ganz präzise analytisch in die Bestimmung dieser Trennung gehen: was ist sagbar, öffentlich, was nicht –

endlich kollektiv zur empörten Entladung sich hier bringen dürfen, in dieser ewigen Kampagne. Und Günter Grass lasse ich jetzt weg. Ist ja heute ein großer Artikel in der Faz, den ich noch nicht gelesen habe.

*

Das Problem heißt einfach:

Ich weiß das und das. Ich kenne die und die Geschichte. WIE kann ich sie erzählen? Welcher Zensur muß ich mein Sprechen unterwerfen, um unter den Bedingungen der öffentlichen Rede im Effekt möglichst nahe an den ursprünglichen Ausgangspunkt der realen Erfahrung, der wahren Geschichte, der Wirklichkeit also dran zu kommen?

*

Es ginge also – für Dekonspiratione – gerade an den Stellen, wo die Geschichten Material enthalten, das die Ordnung der öffentlichen Diskretion berührt, –

um Formen des Indirekten, in denen das direkt Unaussprechliche sich gerne und quasi wie von selber sagen kann.

In Rave, heißt es, lesen diese Typen auf Ibiza im Feuilleton der Faz: »die Besprechung von – un, dos, tres – Ricky Martins Erzählung Dekonspiratione, wo es um Schirrmachers Selbstmord wegen seiner Stasi-Verstrickungen geht.«

Da sind die verschiedenen Themen angerissen, schön asozial prägnant. Nicht daß jetzt irgendwas Scheußliches über Herrn Schirrmacher erzählt werden sollte. Die Besetzung als ein so ein Haupt-Agent hier antwortet einfach nur seiner öffentlichen Persona. Er hat sich eben als dieser große Schwadroneur oft genug und weit genug aus diversen Fenstern gelehnt, daß man sagen kann: der Mann ist prägnant, den kann man für diese Rolle gut brauchen, der wird hier besetzt.

*

In dieser Arbeitsphase der Welt-Ausrichtung sucht und tastet der Text nach einem Ort, an dem stehend, von dem aus sprechend, ihm einerseits die ganze Realitätsfülle der Erfahrungen und Geschichten zugänglich wäre –

und zugleich eine Darstellungsweise, vielfach gebrochen natürlich wie das öffentliche Sprechen in sich, –

praktisch ZUFALLEN würde, –

die die augenblickliche Diskretionsgestalt dieses Öffentlichen genau so ausschöpft, wie sie ist, ohne ihr Gewalt anzutun.

Die Suche nach diesem Textort IST strukturell Zensur, dauernde Bestimmung dessen, was nicht gesagt werden kann, nicht so, nicht hier. Und im Resultat dann, wenn sie erledigt ist, komplett frei davon.

Hat der Text diesen Ort erst ertastet – steht ihm plötzlich alles zu. Die Melodie der frühesten Verzauberung durch Worte, die der erschöpfte A-Teil heute hatte, – genauso wie das letzte unaussprechliche Detail in irgendeiner superwahren Großverratsgeschichte. Einfach weil es, ganz ohne Schlüsselroman-Verschlüsselung, auftaucht am ganz anderen Ort.

*

Es gibt ja viele Zeugnisse davon, wie Schreiber sich in Skizzen dessen vergewissern, was sie also wissen über das Vorhaben der Sache, an der sie sitzen –

und in schwierigen Arbeitsphasen kann es schon passieren, daß man sich mal an solchen Skizzen versucht – im Sinn von: was soll denn passieren? Was weiß ich denn von meinen Helden? Wie stehen sie zueinander? Aber sogar die Frage nach dem Tempus der Erzählung, die ja nun wirklich quasi über den KONTINENT entscheidet, den ein erster Satz schafft und betritt – »Das Telefon läutet,« Komma, »Jahre waren vergangen.« – sogar darüber können keine planenden Manöver Aufschluß geben –

sondern eben nur dieser Probiervorgang, in dem die bisher hier dargestellten Momente auf irgendeine Art – ja, nee, präziser kann ich es nicht sagen – ineins zusammen kommen, das Wissen um das Thema, die Weltordnung der Worte und des Diskursiven und diese vage Urformphantasie von ganz am Anfang –

und vor der Instanz dieses Ineins dieser Drei – lauscht jeder entstehende Satz hinaus in die Welt mit der Frage: stimmts? Oder stimmts nicht?

Irgendwann stimmts. Dann gehts los.

2.
Dramatis Personae

Wer soll denn da auftreten, in der Neuen Deutschen Komödie? Wen haben wir denn so da? Wer bietet sich denn so an? Ich schlage also die Bunte auf, den Spiegel, Focus, Werben und Verkaufen, Cosmopolitan oder die Texte zur Kunst, völlig egal. Da marschieren sie alle.

Manuela Reichart hat die Aufmacherkritik in der Süddeutschen Zeitung vom

Wochenende – über, schönes Thema: Lieben oder Entlieben. So die Überschrift.

Man kann Frau Reichart immer wieder mal im Fernsehen sehen, im WDR, da gibt es so eine Literatursendung, Name jetzt vergessen, sehr empfehlenswert jedenfalls.

In ganz weißer Kulisse, eine Art kühler Dichter-Wohnort-Nachbau, tanzt sich da Frau Reichart zwischen wechselnden Gästen, Büchern und Ideen als so bißchen befreite, dabei noch sympathisch leicht verklemmte, etwas reifere junge Frau mit den netten Wuschelhaaren durchs lockere Gesprudel ihrer Lockersätze. Wirklich ein Highlight, ganz hart –

und führt so sinnlich faßbar vor, wie Literatur wirklich gelebt und erlebt wird, im Normalfall, am Ort der milde anintellektualisierten Bildungs-Klein-Bürgerlichkeit. Irgendwas zwischen dem richtigen Käse, dem neuen zauberhaften Vorhangstoff, oder dem schönen Interview-Satz des großen Luc Bondy, Tagesspiegel vom Sonntag: Schreiben ist gesünder als Joggen. Literatur als dieser Ort der Träume von Leidenschaft und weiblicher Sehnsucht, der ungestillten Begierden und der Augenblicke der Lust. – Entschuldigung, das steht da alles, kein Witz.

Nicht ohne mit dem folgenden letzten Satz zu enden: Sie ist eine große Liebende, die sich zwar nicht mehr einem einzigen Mann verschrieben hat, dafür aber dem Prinzip der Liebe. MANUELA REICHART. In Versalien, ja.

Manuela Reichart muß man nun wissen, bzw. ganz im Gegenteil, man muß es gar nicht wissen, irgendwann erfährt man es und man wäre froh, man wüßte es nicht –

mir zum Beispiel hat es der fast schon an Luc Bondy hinreichende große Fernsehkulturschaffende Theo Roos erzählt, und schon während er ansetzte, schrie ich: hör auf!, ich will es gar nicht hören!, das ist ja oberekelhaft! –

daß sie also: die Mutter dieses Kindes eines fast schon an Theo Roos ranreichenden großen Medienkritikers ist. Ja.

Und jedesmal, wenn sie da im Fernsehen rumflötet, muß man sich jetzt diesen kompletten Irrsinn vorstellen: daß der Medienkritiker, während er den Boxgesang singt oder die J.-Akt-Rückzugs-Stellung probt, sich live und in echt und völlig real antexten läßt von dieser Frau.

*

Dieser reichlich asozialen, natürlich auch hochvergnüglichen und ziemlich fiesen Beobachtungsweise ist es komplett egal, wie Frau Reichart IN ECHT ist. Es geht, wie gesagt, nur darum, daß sie sich durch ihr freiwilliges öffentliches Auftreten im medialen Theatrum Mundi zur PERSONA macht. Sie IST der Act des sensiblen späten Mädchens mit den geschneckelten Haaren und dem kleinen Plappermäulchen.

Wer ist – und ich lasse das aus Zeitgründen jetzt alles hier weg – Johannes Willms?
Und Hans-Herrman Tiedje?
Heimito von Doderer?
Und Alexa Hennig von Lange?
Ist Emma diese Zeitschrift, deren Verkauf an Männer jetzt untersagt worden ist, weil durch dieses Heft hier:

Jelinek & Streeruwitz
DIE BEGEGNUNG
Kampf den Internet-Pornos!

Frauenfeindlichkeit bei Männern hervorgerufen und gefördert wird?
Und wer ist Klaus Ott?

Und was will Johann Liss? Er ist der Maler, dessen Bild, abgedruckt in der Tiefdruckbeilage der Faz, am Boden liegt und, während ich an Jeff Koons schreibe und dauernd denke: die MACHT muß endlich ihren großen Auftritt kriegen – zu mir sagt: wieso eigentlich? Vielleicht lieber diese hingefetzten Vögelchen da unten? Oder die Nacktheit überhaupt, oder diese Tücher da, in deren Falten die Malerei ihr ganzes Haut-Sex-Ding verborgen zeigen kann.

Hans Leyendecker?
Jürgen Kaube?
Das Buch vom Bandits-Team?

Ich sammle also Personal für die Komödie.

*

Der Witz der Zugriffsweise auf die mediale Persona ist die Perspektive des INADÄQUATEN. Nicht wie es gemeint ist, will man verstehen, sondern ganz brutal schaut man darauf, wie es WIRKT. Von ganz außen aus gesehen. Nicht was jemand leistet zählt, sondern der diffuse Eindruck, den er hinterläßt, den sein Act hervorruft.

Die Vibrationen, die so rüberkommen. Sie senden aus Bildern stärker, als aus Schriften, und aus bewegten Bildern stärker, als aus starren. Sie senden besonders heftig, wenn jemand im live-Moment um Worte ringt, um das zu sagen, was in ihm im Augenblick entsteht.

*

Im Resonanzraum dieser Fragen und benachbarter Fragen also spielt Neue Deutsche Komödie. Die Handlung wurde neulich ja schon angedeutet, diese Entführung.

Wo allerdings die Sprache des Textes steht, für dieses Stück, ist mir noch völlig unklar. Von welchem Realismus-Level aus, zum Beispiel, wird da gesprochen werden, wenn das Personal und die Situation schon so megarealistisch sind?

Als ich neulich die mit dem Max-Ophüls-Preis ausgezeichnete Jung-Filmerinnen-Komödie »Mammamia« im Fernsehen sah – dachte ich wieder, so toll ich auch die Dialoge zum Teil fand: ich halte den Stumpfsinn einer solchen Realismus-Konzeption, rein auf sprachlichem Niveau, schlicht und einfach nicht aus. Mich ekelt vor solchen Sätzen. Vor diesem angeblich echten Beziehungsgequatsche, allein vor den PROBLEMEN, vor dem Niveauchen.

Daß Realismus, –

der brutal kaputte, surreal überdrehte und dabei superrealistische Nachtlebenfilm WASTED führt es zum Beispiel vor, –

eben nicht primär eine bestimmte Form der DARSTELLUNG ist, sondern eher eine Art von Interesse für die Wirklichkeit. Wie sie schlicht und einfach IST. Erstaunlicherweise ist das ja immer noch eine letztlich relativ unübliche, sensationelle Perspektive. Was liegt wirklich vor? Realismus also nicht als Phantasie der Form, sondern als Kategorie der Weltbeobachtung.

*

Schließlich, letztens und ganz kurz noch:

3.
Soziale Realität

Das Verrückte ist:

Ich weiß nichts darüber. Praktisch nichts. Ich versuche, politisch zu denken, und stelle fest: es geht nicht.

Problem Macht. Politik. Davon handelt doch Jahrzehnt der schönen Frauen.

Ich gehe auf den Balkon und sehe Kinder, Müllfahrer und zwei Frauen mit orangen Rucksäcken am Rücken. Sie gehen richtung Seestraße. Vielleicht sind sie glücklich. Vielleicht sind sie aber auch exakt genau so kaputt wie ich.

Woher weiß der politisch denkende Mensch, was er über die Welt weiß und denkt? Er hat sich selbst verstrickt in Weltrealitäten und Sozialprobleme. Das fasziniert mich, darüber muß ich noch einiges rauskriegen.

Heute nicht mehr.

Ich bin nämlich am Ende.

Einen SCHÖNEN Abend, ruft der Sommer, wiedersehen.

Coming up next: TEXT.

* * *

1907. Fertig.
1929. Wieder im Hotel.
2015. Gedämmert. Es ist ja Hochsommer.
2022. Wieder draußen.
2036. Das Entsetzen hat jedesmal ein anderes Gesicht.

INSTITUTE: DER AUFSCHWUNG VERSTÄRKT SICH

III
1.3

Mittwoch, 13.5.98, Frankfurt.

638. Ich hatte geträumt, und zwar superpräzise, ich fange wieder mit dem Medizinstudium an. In einem Viererzimmer. Ein kleiner süßer Mitstudent zeigte mir seine vielen schon beschriebenen Belegungszettel. Wie? Hat es denn schon angefangen? Ach so, ja, stimmt, ich hatte ja – ich war irgendwie zwei Wochen zu spät dran. Das davor war auch wichtig gewesen, irgendwas Führerscheinartiges. Wir packten alle unsere Sachen aus, jeder an seinem Schreibtisch. Der eine war offenbar Lehrer, Dieter Kürten, er haßte mich noch von früher, meinte: sind Sie jetzt also auch wieder bei uns? Der andere war Urs Jenny, ich sah seinen Bart. Er sagte, wie er einen Satz mal sagte: damit ich zwischendurch auch mal was sage. Das Gefühl bei dem Ganzen: schon ganz lässig, bißchen bedrückend auch.

703. Sofort beim Aufwachen dieser Erschöpfungsschmerz vorne im Kopf. Ich brauche keine Positronen Emissions Tomographie – heißt doch so, oder? – machen zu lassen, um die zentrale Bedeutung des Stirnhirns für so komplizierte planungstechnisch- intellektuell-inhaltlich verwickelte Lebenssituationen zu belegen. Ich FÜHLE es genau dort, eine solche Anstrengung, da, hinter der Stirn, die Überlastung. Dauert bis Donnerstagnachmittag.

729. Gestern Abend: dieses unglaubliche Wetter, die Düfte, und ich taumelte da durch die Abendstraßen, es war so heiß, so geil. Nach jeder Veranstaltung muß ich ein NEUES Entsetzen verrechnen, – ich sehe es in den Gesichtern vor mir, denke sofort: verstehe, ja, ich weiß – und muß dann im Nachhinein überlegen, worum es genau geht, wie ich das abfangen kann, was das bedeutet. Dann saß ich mit den Cheeseburgern wieder in meinem wunderbaren Hotelchen, die Giovanni Show lief, und ich war zu gelähmt, zum Zeitung lesen.

759. Fertig, los.
858. Fertig, los.

1500. Das Schönste am Heimkommen: dieser allererste Moment in der total leeren aufgeräumten Wohnung. Noch bevor der Computer wieder aufgebaut ist. Bevor die Taschen ausgepackt sind, die Papiere neu ausgebreitet. Es schaut jetzt kurz so aus, als könnte etwas völlig NEUES hier beginnen. Das bewirkt Freude. Im Kopf: brüllende Schmerzen, Kopfschmerzen.

2135. Drüben läuft Fußball, ohne Ton, ich kucke immer nur nach dem Ergebnis, das ja gottseidank oben angezeigt wird. Jetzt sieht man Netzer. Leider kann ich das große begleitenden Gelalle, egal ob Boxen, Formel 1 oder Fußball, nicht so richtig genießen. Es wirkt so überdimensioniert aufgepumpt auf mich. Ist mir alles scheißegal, was da erzählt wird, im Nachhinein, davor, und von wem. Sogar am Kaiser habe ich mich abgesehen und abgehört. Und unterdessen hat sich Teil A und B von Praxis III vor mir in die vorgetragene Fassung gebracht. Bürokraft bin ich gerne.

2146. Guten Abend zum heute journal.

REVUE PHILOSOPHIQUE

III
1.4

WAS?! Schon wieder Donnerstag?!

Ja.

Donnerstag, 14.5.98, Berlin.

658. Another bright day – wo ist mein AFN-Sender? – and it's another bright day today for Berlin and – ja, ich mache da rum, am Schreibtisch, und das Gegenlicht vom Haus gegenüber, das so eine megadezente, angenehme Farbe hat, fast weiß, minimal sandbeige – müßte ich jetzt bei der Mode nachschauen, wie das genau heißt – das leuchtet so freundlich von rechts in den Augenwinkel rein. In München, wo die Wohnung genau so extrem finster ist, wie die hier hell, warte ich ungelogen seit 15 Jahren darauf, daß das Haus direkt gegenüber, das vom Heizkraftwerk-Ruß und den täglichen Schlachthof- und Großmarkt-Lastwagen, die da ab etwa 4 Uhr 15 im Ampel-

rhythmus ihr Anfahrtsgebrüll vorbeidonnern, etwa sieben Mal schalten bitte, beim Beschleunigen von null auf 17, danke, – SCHWARZ ist wie sonst was – vielleicht mal frisch gestrichen wird – ist aber nicht, wird aber nicht, und die Finsternis von Gegenüber bleibt da so schwarz und finster, wie sie eben ist.

854. Mit Frau Streeruwitz auf Video, an Praxis III C, Büro. Ich verstehe plötzlich, durch die Vorträge jetzt in Frankfurt, was alle –

931. Das Ziel für Praxis IV: nicht wieder viel zu viel, sondern von vorneherein gezielter, knapper, sich öfter unterbrechend, sprunghafter schreiben. Bits and Pieces.

1846. Ich muß kurz in den Schlaf hinunter.

2302. An Praxis IV B. Ordnend, planend, notierend den Tag über. Telefon, Brief, Notizbuchnotizen, unsicher. Abends dann ein richtiger Schreck: Titelschutzprobleme, da wirds gruselig, bei den Worten »vom Justitiar des Börsenvereins bekommen«. I. Bäh. Ä. Im Spiegel las ich das Interview mit Schleef. Es geht eben doch, was zu sagen, sogar in der Interviewform. Kicking.

IM FEUER
GESCHRIEBEN

III
1.5

Freitag, 15.5.98, Berlin.

1010. Ich lag im Bett und wollte nicht aufstehen und dachte: wo bleibt die Erholung, die sonst am Freitag Morgen spätestens da war? Dann rechnete ich nach, ob das jetzt wirklich seit vier Wochen geht, dieses: Freitag! Wieviel Tage noch bis Dienstag? Eins, zwei, drei, vier. Okay okay. Nee, es geht seit drei Wochen, aber es ist zum vierten Mal. Wieder mal ein Eins-Geheimnis. Davon handelt, wie oft sagte ich es schon?, der Vierer-Takt.

1128. Zwetajewa. Plötzlich springt ein Funke über, neue Zuversicht entsteht. Ex nihilo. Ex allo, irgendwo und vorallemo ex Texto.

1645. An Praxis IV B. Anruf von Albert. Eine interessante Kritik seiner Ausstellung ist in der L.A. Times erschienen. Er liest paar Sätze vor. Auf dem Niveau hat hier in Deutschland zu den malerischen Problemen noch keiner irgendwas gemeldet. Er will mir die Kritik mailen, er ist seit zwei Tagen auch im Internetzl. Ein Fax von Wilfried, zum Stück. Ein Fax von Annette Baumgartl. Ein kleines Telefon, und Plan der kleinen Gabe.

1656. Davor, unter der Dusche. Eine absurde Konkurrenz zwischen Abfall und Praxis ist entstanden. Ich habe es neulich schon gemerkt, wo ich mir bei bestimmten Stellen von Praxis III dachte: aber das steht doch schon in Abfall. Damit kann ich die Leute doch nicht noch mal nerven, im Vortrag dann. Dabei war Abfall gedacht als Produktionsort von dann in Praxis zu verbauenden und einzubauenden Teilen. Jetzt will Abfall plötzlich Autonomie. Eine Frechheit. Der Aufstand der Baustelle. Schönes Wort: Despotie.

1808. Eben vom Einkaufen retour. Das Telefon läutet, Max Hetzler ist dran, sagt: ich habe gerade mit Jeff gesprochen, wenn das ein Freund von Albert ist, sagt er, dann fühlt er sich geehrt. YES. Ich springe in die Luft vor Freude. Danke vielmals Max, thank you Jeff Koons, danke Onkel Albert. Eine wie lange Geschichte von Leben und Freundschaften kommt in diesem zwanzig-Sekunden-Telefon auf den Punkt. Auch eine Art Freudegefühl entsteht für den ganzen Weg, der sich ergeben hat. Es ist ja kein Zufall, sondern in der Sache der Kunst begründet, daß Max der Galerist von Albert UND Jeff Koons ist.

1852. Weiter an Praxis IV B. I'm so excited. Das Problem Titelschutz hat mich wirklich bedrückt. Heute nachmittag fiel mir ein, daß ich das Stück, wenn ich es nicht Jeff Koons nennen darf, einfach JEFF nennen müßte. Das wäre gegangen, aber halt einfach tausendmal weniger schön gewesen.

und was mich sehr traurig gemacht hat
ist der Satz
o Gott
jetzt kommen die schon
zum Sterben her

im Marriot Frankfurt
da wollte ich mal
aus dem 42. Stock springen
da gehen die Fenster nicht auf

vielleicht ist es das
auf was die Weiber abfahren

and did it
my –

way

singt Frank Sinatra, zum Abschied. Der Erfolg dieses Satzes: er IST, in fünf Worten, DEMOKRATIE. American style. In Deutsch heißt dieser Satz, auf seine Art genauso schön: ich nicht.

samtig, sandig, sanft

III
1.6

was Sie zum Glück
ja nicht sehen
meine Damen und Herren
ist die Hektik und das Tohuwabohu
hinter den Kulissen

Samstag, 16.5.98, Berlin.

Die Träume fangen jetzt an, zu antworten. Gestern eine bedrückende Schuldtat, heute ein Ereignisgefühl, dem ich nur hinterherspüren müßte, um es zu sehen zu bekommen. Ich höre dann auf, das zu notieren. Im Nu geht das hinein bis in die Nacht, wird das Aufwachen, Gesehen haben, schnell Aufschreiben zur automatischen Halbschlaf-Aktivität. Ich finde, das gehört sich nicht. Die Träume sollen da in Ruhe leben, atmen und für sich sein dürfen, im Schlaf.

Freuds Blindheit, historisch verständlich, trotzdem scheußlich: aus dem sich manchmal Preisgebenden aus dieser Welt ein methodisch militarisiertes Entreißungs-Recht abzuleiten. Auch die Fotos von ihm machen mir Angst. Sie zeigen einen nicht-gütigen, fast bösen Menschen. Wenn man die Seele als was Traktierbares auffaßt, hat man offenbar zu den Größen, Gewichten und Geheimnissen im Menschlichen gar keinen Kontakt. Daher die Machtstruktur seines Modells, der begriffliche Stumpfsinn der Theorie, das Zerstörerische der angeblichen Therapien, die interpretatorische Bemächtigung über alles auf debilstem Niveau, der ganze Siegeszug der Folgen. Und bei jedem einzelnen, von daher kommenden Satz kann man immer nur ganz verwundert sagen: aber das stimmt doch gar nicht, das ist doch ganz anders in echt.

Auch Jüngers Sehnsucht nach der Traumwelt finde ich ganz bedrückend.

Besonders hart, ganz am Schluß, wo das zum Ort der letzten Abenteuer wird, so sehr herbei gesehnt. Dann kommen aber keine Träume. Und was er dann sieht, ganz schrecklich: HÄNDE, nur Hände, Hände allein. Wobei es natürlich gnadenlos und toll ist, daß er es notiert hat. Der Traumblick Jüngers, auch im Erzählerischen, auf den Marmorklippen zum Beispiel: das wirkt auf mich viel erschreckender und dämonischer, menschlich fragwürdiger, als das immer wieder kritisierte Kriegerische und Insektoide seiner Realitäts-Interessen und -Sicht.

820. Aufgewacht bin ich vom Zigarettengeruch der Morgenzigarette des rechten Nachbarn. Wenn er abends seine brutal stinkenden Kleider auszieht, bin ich auch dabei. Wenn um halb zehn die billigste Tütensuppe zum Mittagessen gekocht wird, guten Appetit. Abendessen, etwa ab vier: in billigstem Fett gebratenes billigstes Hackfleisch, zwei Stunden lang. Zwischendurch wieder schön rauchen, schwitzen, stinken. Auch die ganze Klo- und Wäsche-Wasch-Welt hat ihre zirkardian genau bestimmten Rhythmen. Zur Gesundheit: ab 6 Uhr morgens etwa, schön laut rotzend den störenden Schleim abhusten. Ich kenne ihn nicht. Habe ihn noch nie gesehen. Aber ganz bestimmt hat er es auch nicht leicht.

933. Thomas schickt mir eine nette Mail, und die Götter der Steinzeit der elektronischen Welt wollen, daß sie, auf einem einzigen langen Wortfaden aufgereiht, sich bei mir im Mailprogramm als Wortperlenkette niedergelassen hat und darbietet, unausdruckbar. So schreibe ich sie eben ab, von Hand. Ich kann auf Papier befindliche Worte beim Lesen besser verstehen, als den Bildschirmtext. Trotzdem ist es genau das Fluidum der computerisierten Textgestalt, das Abfall zum Sprechen bringt und ermöglicht.

950. Gestern Abend las ich Thomas Assheuers Artikel über das Banale. Schön geworden, fast schon auf Bolz Niveau. Das ist der Punkt, wo echt Mitleid mit diesen Existenzen entsteht. Frau Löffler kommt ins Zimmer: Herr Assheuer, was Sie da neulich sagten, über Piep und Kohl, meinen Sie nicht, Sie könnten da –? Ja, nee, dingens, so wichtig auch wieder nicht. DOCH! Im Gegenteil, Debattenfeuilleton, bla bla. Und dann hat er die Aufgabe, wie so eine halbe Strafarbeit, quält sich rum. Sucht nach einer Lockermotorik, sprachintern. Und immer wieder sagt der Text zu ihm, und zwar schon am Ende des ersten Absatzes: »Es kommt nichts mehr. Es wird nichts mehr. Das war es schon.« Aber er muß noch etwa 10 Blatt schreiben. Aua.

Auf welchem Niveau die Realitätserfassung stattfindet: die Faz würde der Popkulur gegenüber eine sogenannte »stubenreine Kunst« verteidigen. Stimmt überhaupt nicht. Seit zehn Jahren etwa, davor habe ich die Faz nicht gelesen, stehen die besten Fernsehkritiken in der Faz, wird das Populäre ganz generell nicht in Gegensatz zu traditionell gebildeter Bildung betrachtet, sondern genau deren Blickwinkel ausgesetzt. Das macht den wohltuenden Unterschied zum Lockerrap der Taz. Daß es nicht schadet, paar bißchen abgelegenere Dinge zu wissen.

Auch sprachlich toll: wo die Verbindung von Harald Schmidts Karriere mit der Ära Kohl behauptet wird, muß den aufstampfenden Anfang dieses Satzes das Machtwort FRAGLOS machen. Wieso fraglos? Das ist schon fast so gut wie: Fakt ist. Danach kommt eine Lüge, gibts gar nicht anders.

Speziell irr auch die Verwendung von Benjamin. Daß diese Zeit-Inbegriffs-Philosophie, deren innerstes Thema die verlorene Welt der bürgerlichen Kinderstube ist, die lebenslänglich fasziniert ist von einer fast schon regressiven Trauer um das Vergangensein der 90er Jahre des vergangenen Jahrhunderts, daran hängt und leidet und nicht davon loskommt, GELÄHMT ist davon – das ist der drohende Vibe, der gerade von den schönsten Benjamin-Sachen ausgeht –, daß all das einfach so mißbraucht wird, als könnte man das heute einfach so zur Anwendung bringen, beim Versuch, eine hundert Jahre spätere, hochkomplizierte Lage zu entziffern und zu verstehen. Das geht doch nicht. Das ist doch alles absoluter Quatsch. DEKONSPIRATIONE.

1503. Neue Idee: Stehen bleiben mit dem Rad an roten Ampeln. Kucken, was dann passiert. Man ist ja nicht wirklich in Eile, es ist mehr der Spaß an der Hektik, in der man sich selber am wohlsten fühlt. Auch der Stumpfsinn des Gemeinsamen des gemeinsamen Wartens nervt, der Gehorsam. Allein kein Problem, im Kollektiv schon. Im Kollektiv ekelt man sich vor gemeinsamem Gehorsam, ganz normal, völlig richtig. Also gut, warten. Es ist rot. Blickkontakt mit einem Fußgänger. Er lächelt. Er weiß wahrscheinlich auch nicht, warum. Kleine Begegnung also. Grün. Bellend beschleunigen die Motoren, und die Autos schießen die vierzig Meter nach vorn, bis zum Ende der Schlange an der nächsten Ampel. In jedem Auto: ein Mensch. Und wie absolut verständlich, vernünftig ich das finde, das Vergnügen, das jeder daran hat, sich allein und nach eigener Fasson in der Welt herum bewegen zu dürfen, wo und wie er will.

2020. Den ganzen Tag über Vorbereitungen, Machen, Tun, Einstimmen. Dann endlich Hinsetzen, los gehts. Geht aber nicht: Flasche leer. Die Aufmerksamkeit richtet sich beim Schreiben auf den Text, anstatt über ihn hinweg, auf das zu Sagende. Sie ist zu schwach, sie fliegt nicht leicht dahin, fühlt sich verhaftet im Text, kommt nicht vom ihm los. So wird das nichts, nein.

2027. Und Markus Babbel
gelingt in der 70. Minute
der Ausgleich

88. Spielminute
und eben noch gesagt
nichts da mit Bilanz
hier geht noch was

Spiel ist aus

und jetzt sehen Sie auf den Gesichtern
was dieser Titel bedeutet
nach einer eher durchschnittlichen Saison

also
Pokalsieger 1998
ist der FC. Bayern

Glückwünsche
in der Ehrenloge
alles gratuliert
dem Kaiser
der wieder lächeln kann

Olympiastadion Berlin
es ist ein toller Fußballabend
und es ist ein Fest
der Emotionen

ADAPTED FROM A TRUE STORY

seidig, silbern, stumm

III
1.7

Sonntag, 17.5.98, Berlin.

1010. Es ist kühl, angenehm diesig, und noch einen Tag wie gestern darf es nicht geben.

234. An Praxis IV. Von Übersichtslosigkeits- und Erschöpfungs-Anfällen unterbrochen.

EIN STURM DER UNTERSCHIEDLICHSTEN GEFÜHLE

III
2.1

Montag, 18.5.98, Berlin.

914. Weiter gehts.

1713. Olaf ruft an und teilt sofort mit, ich soll mal kurz warten, er hat auf der anderen Leitung noch ein anderes Gespräch. Nee, doch nicht. Hallo Onkel Olaf. Dann gleich wieder: du wart mal kurz, das piept so komisch, ich glaub, da klopft wer an. Ich: hey Olaf, nerv nicht rum. Er: entschuldige mal, ich bin hier woanders, und kenn mich nicht aus, und das piepst dauernd so. Okay, okay. Dann beschwert er sich: du klingst wie so ne alte Frau, wie du dich da meldest, »alloo«. – Hey Olaf, ich bin am Ende, ich muß so viel arbeiten, da klingt man halt mal bißchen erledigt, oder wie ne alte Frau. – Er: ich weiß, ich bin im Internet, wie wars bei den Schlitzaugen? – War okay. – Und sonst? Was geht sonst so? – Wie gesagt, nichts. Ich meld mich mal, wenn ich fertig bin mit dem jetzigen. – Usw usw. Er will dann meine Internet Adresse, will mir eine Mail schicken. Die kommt eh nicht, weiß ich genau, er ist ja der große Held der leeren Versprechungen. Toll, seine Stimme mal wieder zu hören. Wie er sich gemeldet hat, habe ich als erstes gleich einen solchen Lachanfall gekriegt, vor lauter Freude, echt.

1923. Im Konzentratschlaf eben sah ich wieder Bildschirmtext, tilgte Buchstaben vom Wortende her, neuer Sinn entstand. Ah.

LUFTHANSA LH 1023 14 UHR 35

III
2.2

354. Wie neulich: das gescheuchte Huhn. Aufgewacht um 20 vor 4. Den auf vier gestellten Wecker ausgemacht. Ja ja, okay. Schon recht. Ich komm ja schon.

Dienstag, 19.5.98, Berlin.

458. Am Schreibtisch. Der Versuch, knapp und pointiert zu schreiben, hat mich nur textintern blöd behindert. Trotzdem ist die Sache wieder in alle Richtung über den Rand hinausgewuchert. Ökonomie im Text ist bei mir Verfahren der Kritik: streichen. Für Praxis V.

531. Mit einem Schlag war es hell. Ich hatte den Prozeß verpaßt. Die Glühbirne, das schone nackte Ding, leuchtete ploztlich so sinnlos sichtbar.

941. Manuskript fertig.
1011. In Klitzeklein gedruckt.
1323. Aufräumen, Video, Packen, wieder mal fertig.
1331. Am Telefon. Taxiruf. 4514858.

1544. Nach schwankendem Schlingeranflug, Babys und Männer schreien und winseln, gelandet in

Frankfurt.

1549. Titanic, Picasso, Koblauch. Sagt die Flughafen Buchhandlung.
1617. Im Hotel, gleich wieder los.
1650. Wieder im Hotel, Annette Baumgartl den Text in die Uni gebracht zum Kopieren.
1751. Alle Papiere für den freien Teil wieder ausgebreitet, bekuckt, eingepackt. Geduscht.

1755. It's show time, let's go.
1815. Los.

PRAXIS
IV

TEXT

A
PAAR FREIE WORTE ZUR
EINLEITUNG

B
TEXT
ÜBER TEXT

tschuldigung

ja ja, ich weiß, wir haben verstanden. Ach SO?! Ich dachte, ich muß noch, ich will noch genauer – es wäre noch nicht ganz klar, wie –

Gerade die schwierigen Sachen, an denen man sitzt: man denkt immer, man hat es noch nicht klar genug vor Augen, man versteht noch nicht richtig, nicht ganz genau. Der Text stimmt noch nicht, das ist es noch nicht. Und man faßt nach, versucht, präziser zu werden, treffender usw usw – und plötzlich: he, Alter! Es reicht so langsam! Wie oft willste das eigentlich noch erzählen. Wir habens so langsam VERSTANDEN. Ja?

O. Entschuldigung. Ich wollte nicht nerven. War mir überhaupt nicht klar gewesen, wie penetrant das schon wirkt, von außen gesehen. Tut mir echt leid.

*

Die Liebesszene

Ich blättere in einem Buch, Briefe von Marina Zwetajewa. Lese eine Liebesszene, sie und ein junger Revolutionär. Plötzlich ist es ANDERS beschrieben. Irgendwie einfach, klar, ganz unverzinkt. Und trotzdem so, daß man sagt: ja, SO spielt sich sowas ab, in echt, so kompliziert widersprüchlich, trotzdem ganz gerade, direkt. Es schwingt das Wirkliche mit. Das hat sofort etwas Erschütterndes an sich, wenn Sprache das geschrieben bewirkt. Anders als man denkt: das passiert gar nicht so oft. Das Echo aus allen Erzählungen dieser Art ist eben da als Echo, nicht als der führende Text, wie ja meist.

Der Text ist ein sehr eigensinniger, herrschsüchtiger, sein Wissen fortzeugender, nicht so gern was Neues zulassender Herr. Eben wollte sich noch die Wirklichkeit ganz direkt äußern, aussprechen – und nach wenigen Worten schon, spricht sie unter dem, von der Äußerungsabsicht hervorgerufenen Diktat des Textes fertigen Text.

Es gibt ja wunderschöne fertige Texte. In den Zeiten, wo ich selber schriftlich nicht mehr sprechen konnte, wo ich den Ideen-Nachbau konstruktiv versuchen mußte, in der Kadaver-Zeit, dachte ich manchmal: ich habe einmal einen Satz schreiben können wie: und so und so »geht man durch die Türe aus dem Haus«. Daß man durch die Türe aus dem Haus geht, daß ich das mal geschrieben habe, daß es einen Punkt gab, wo eine solche Sache schriftlich so sagbar war und sich so zuversichtlich angehört hat: das hat mich in diesen schwierigen Zeiten unglaublich beruhigt und ermutigt.

*

Das Leben

Und was machst du?
-Ich schreib Bücher.
-Echt? Was für Bücher?
-Romane, Theaterstücke, Erzählungen.
-Ist ja toll. Und worüber?
-Über mein Leben.
-Ach?

Ja. Es ist ganz einfach. Eigentlich ganz normal. Amelie Fried sagt dir auch nichts anderes. Und es stimmt: Es hat was Aufbrechendes, Frühes, Abenteuerliches an sich, das eigene Leben als was irgendwie Tolles zu empfinden. Vielleicht sogar festhaltenswert?, zumindest für einen selbst? Es zu sehen als eine Überraschung, ein Geschenk, das sich einem darbietet, und man sagt staunend, erschreckt: echt?, ich?, für mich? Ist ja toll.

Wer sein Bein ganz aus der Falle und Fessel dieses autobiographisch-poetischen Frühansatzes zieht und befreit, kann ein wunderbarer Autor und Bücherschreiber werden. Vielleicht jemand wie Eco oder Stephen King. Und seit ich Kritiken lese, empfiehlt die Kritik den Schreibern endlich aufzuhören mit der blöden sogenannten Nabelschau.

Hat mir nie eingeleuchtet. Ich wollte die Verbindung des literarischen Schreibens zu seinen lebensalltäglichen Wurzeln nie ganz aufgeben, davon immer irgendwie auch ausgehen, vom Schreiben von Briefen, Tagebüchern, Tabellen und Listen, von Einkaufszetteln und kleinen Notizen wie: bin gleich zurück.

Das Spezialgebiet Leben schließt die anderen Figuren und Formen des Literarischen natürlich mit ein. Auf formaler Ebene ist es vielleicht sogar das experimentellste und riskanteste Schreiben, einfach weil es KEINE vernünftige Regel gibt, die die immer neu schwierige Frage zur Lösung steuert: wie das echt Gelebte dargestellt werden kann. So einfach, wie möglich, so diskret, es geht. So offen, wie es kommt, so simpel, wie es ist, genauso wie so wirr und verhangen, wie es ja auch manchmal ist. So zurückhaltend, zartfühlend, brutal und wild, rebellisch und krass, zerstört und jubilierend: jeder ist ja alles, dauernd, abwechselnd, mal so, dann ganz anders, klar. Alles Nahe genießt Schutz: Diskretion. Das ist die Tugend dieser Form zu schreiben. Und manchmal juckt es einen, was ganz Fieses rauszudonnern. Das gibt es eben auch. Das kreischt dann plötzlich, nicht schön. Okay, ich nehme alles zurück.

*

Loslegen

Das Problem: kann man gefaßt schreiben? Präzise, auf den Punkt, fehlerlos? Manche sicher. Ich kann nur losrocken, und dann kucken, was raus kommt. Wie das klingt. Stimmts? Stimmts nicht? Oft stimmt vieles nicht, nur die Folge zweier Worte. Dann war es eben das, worauf hin man zugesteuert ist.

Aber was heißt Problem? Die Konsequenz dieser Art Produktion ist ein dauerndes im Nachhinein nocheinmal nachfassen. Immer wieder lesen. Streichen. Lesen, wieder lesen. Daß das Streichen auch ins Streicheln spielt, ich merke es eben erst, beim Schreiben dieser Worte, beim Sprachzugriff auf meine Praxis. Am Schluß kann ich die Texte auswendig. Zu dem Zeitpunkt, zu dem sie erscheinen, habe ich sie ganz im Kopf.

Rausrocken. Tempomäßig heißt das trotzdem praktisch immer: Zeitlupe. Schreiben ist ein langsames Ding, in my eyes, für meine iche.

Gerade weil ich die Langsamkeit all dieser Prozesse als so ultrazugehörig zur Sache erlebe, HASSE ich es so, wenn von Schreibern und Schriften die Langsamkeit entdeckt oder gefeiert wird. Als würde der Spediteur erklären, warum es volkswirtschaftlich unbedingt sein muß, daß der Benzinpreis sinkt. Da wäre es einem angenehmer, wenn er sagt: ich täte mich mit meinen Kalkulationen leichter, wenn der Sprit billiger wird.

Als ich den Begriff vom Writer's Block zum ersten Mal hörte, verstand ich überhaupt nicht, was damit gemeint ist. Daß dieser Zustand zu etwas Besonderem, Außergewöhnlichen erklärt wird, war mir ganz unnachvollziehbar. Ich hatte gedacht, denn so hatte ich das VON ANFANG AN erlebt, diese Blockade WÄRE Schreiben, daß der Block also die Normalität dieser Aktivität des Schreibens wäre. Das unterschiedlich lang dauernde: nicht Wissen, Zaudern, unsicher Sein, Harren. Warten und Probieren.

Dabei geht es nicht um die Dämonie des viel beschworenen weißen Blatts. Meine Blätter waren immer voll. Voll mit Schrift. Lauter Unsinn halt. Als wäre das die Normalität, dachte ich: man schreibt irgendwas, und weiß, daß das falsch ist. Und wird von diesem Wissen natürlich betrübt. Nimmt das aber hin, als Teil dieses Arbeitsprozesses. Nur wenn das richtig lange dauert, dieses immerzu Falsches Schreiben, wenn das mehr als paar Monate lang dauert, wenn man bilanzierend sagen muß: scheiße, das geht jetzt seit einem dreiviertel Jahr, daß man dauernd Unsinn produziert. Was ist nur los mit mir? Dann wird man mürbe. Dann wirds langsam finster.

Zugleich glaube ich komplett an die Vernunft dieser Probleme. Ich vertraue da meinem Hirn, mehr als mir. Ich hoffe immer so sehr, daß es mitspielt. Wenn nicht, finde ich das schade, klar, aber ich füge mich. Wer diese Probleme weg trinkt, oder auf andere Art, durch egal was, irgendwie künstlich beseitigt, beseitigt den im Problem eingespeicherten Text. Man wird dann ein anderer Schreiber. Kann ja auch okay sein, keine Ahnung. Für mich hat sich alles immer erst in den Lösungen oft lange nicht lösbarer Blöcke erfüllt.

Am Gemüt.
Duldende Natur.
Unverzagt.
Immer Angst.
Terror machen.
So nicht.
Und so schon gar nicht.
Also vielleicht so?

now let the motherfucker rock

*

Zuversicht

Man hat die Sache vor sich als Ganzes. Man muß nur noch eben schnell danach greifen.

Situation: Wer, wie, was. Okay, das ist klar. Und nun? Die Verbindung zum Ganzen. Spannung. Von daher kommen jetzt Worte.

Man hat viel Energie in das vorbereitende Setting gesteckt, sehr viel sehr zielgerichtete Aktivität. JETZT aber ist der Vorrang der lauschenden und empfangenden Momente eine immer wieder erstaunliche Sache.

Die Schwierigkeit, umzuschalten: aus dem fahrig Erregten: das so, dies anders, jenes noch lesen und an diese Gefahr unbedingt denken – hinüber sich auflösen zu lassen – in den anderen Zustand. Man hat alles getan. Jetzt steht man zur Verfügung. Das Zustimmende, das Zurückstellen der Frage, das Vertrauende: das geht jetzt vor, und zwar genau an der Stelle, so fühlt sich das an, wo in all den vorbereitenden Phasen davor der Protest, der Einspruch, der Widerspruch und das Rebellische standen. Eine Art Hingabe etwa?

Die Gleichzeitigkeit jedenfalls von großer, weiter, ungerichtet bebender Erregung – und einer unendlich gelassenen Seelenruhe. Bild des Meeres in einem: minimal flirrend empfangende Fläche, vollkommen ohne Motorik aus sich heraus.

Was kommt? Was geschieht? Was ergibt sich gleich? Was ist das Nächste, der nächste Moment?

Lauschen. Man lauscht. Es ist, auch im Fall der bildlichsten Szenen, der Anschauung einer inneren Schau, ein definitiver Vorrang des Gehörten aktiv, der Erhörung der Worte, die kommen und sich ergeben. Diktat. Gerne will man es hören, es aufnehmen, sich ihm zur Verfügung stellen als Schreiber.

*

Der Prozessor

Oder vielleicht genau im GEGENTEIL? Ein Satz hat sich erhoben. Oder ganz im Gegenteil? Er muß sich diese Frage schon gefallen lassen, die der Satz-Reflex-Prozessor an ihn richtet im Reflex. Kippt der Satz? Wankt er, bleibt er stehen? Oder was? Stimmt der Satz? Ja, er stimmt. Dumm ist nur, das Gegenteil stimmt auch. Was nun? Jetzt steht da Gegensatz und Satz, und jeder für sich stimmt. Das schaut nicht gut aus, das gefällt den Sätzen nicht, mir auch nicht, keiner findet das sehr schön. Die Sätze oszillieren jetzt. Das nervt. Laß die mal beide weg. Escape, escape von Satz und Gegensatz.

Zeitweise muß man ganze Themen aus diesen Gründen zuhalten. Manchmal ist es möglich, Satz und Gegensatz so weit getrennt voneinander zu verorten, daß genau in dieser Distanz sich gegenseitig ausschließender Richtigkeiten die Richtigkeit liegt. Es ist ja nicht so, daß es Dialektik nicht mehr gäbe, nur weil so viel Unsinn ihren Namen geentert und geplündert hat, oder weil in Form der Paradoxie eine Gegenwahrheit ihr antidialektisches Gegenrecht fordert und kriegt. Es gibt ja immer alles. Stimmt denn das?

Die Mechanik des Prozessors ist seine Motorik, und das »ist« ist hier Funktion. Theoriepoesie. Darf man nicht tot reiten, klar. Darf man sich aber manchmal schon rein verlieren. Oder? Oder ist das wieder ein kompletter Quatsch.

*

Meisterschaft

Seltsame Horizontkategorie. Man kann ja nicht hergehen und sagen: Scheitern ganz prima, je schlechter desto besser. Hauptsache schön dilettantisch, dann kann einem keiner was. Ich denke da zum Beispiel an das Lebens- und Werk-Projekt Achternbusch. Wo so viel Tolles drinsteckt. Und dann die entscheidende Madness aber genau doch fehlt, nämlich zu sagen: geh aufs Ganze.

Oder, wie die Stückeschreiberin Dea Lohrer neulich im Zeit-Magazin sagte: Scheitern ist Rebellion. Das würde ein real Scheiternder wahrscheinlich bißchen anders sehen. Scheitern ist nämlich, in Wirklichkeit und im wirklichen Leben: Versagen, nicht zurecht Kommen, ausgemustert Werden, unglücklich Sein, Konsequenzalkoholismus usw. Ich finde ganz generell: Künstler haben kein Recht, das Scheitern zu preisen, zu stilisieren oder irgendwie zu verherrlichen. Sie haben sich ja selber durch Nicht-Scheitern, durch Arbeit am Scheitern und durch Überwinden von Scheitern, durch Gelingen letztlich in die Position gebracht, darüber überhaupt exponiert sprechen zu können.

Daß Künstler andererseits immer so gern vom Scheitern reden, hat mit der kunstinternen Problematik des Gelingens zu tun. Endlich gelingt mal was: eine Form, ein Thema ist erfaßt, ein Kunstwerk beherrscht sich selbst und leuchtet – und im gleichen Moment: EKEL, Abscheu, Abgestoßen sein. Meisterschaft ist erreicht, widerwärtig. Das darin eingeschlossene Selbstbewußtsein, das Selbstgefallen an sich selbst: es widerspricht dem Risiko, dem Bebenden der Kunst. Es dementiert das Schrundige, Kaputte, Elende der Welt, dem es auch gehört und sich verdankt, das es auch zu feiern hat.

Beispiel. Joachim Kaiser hat mal vor einigen Jahren, beim Neuerscheinen eines dieser tollen Adorno-Gesamt-Ausgabe-Bände, die im Suhrkamp Verlag erscheinen, zum leicht Marottösen der Adornitischen Dialektik in später, eigener Altersweisheit gemeldet: ja, also, das wirke doch schon arg manieriert, wie die Dinge da immer im Gegenteil und Gegenteils-Gegenteil sich drehen und winden und wenden würden. Und das hätte man früher also ja wahnsinnig toll gefunden. Aber ob das denn heute noch wirklich so ganz sachgerecht und wahr wäre – also er hätte da heute und im Nachhinein, und dabei ja nicht nur Adorno, sondern auch sich selbst als großen Adorniten kritisierend, schon so seine erheblichen Zweifel. – Und man kann nur sagen: sehr geehrter Herr Kaiser, Sie haben diese Zweifel ganz zu unrecht, oder, besser: im Gegenteil, natürlich stimmen diese Zweifel, aber doch nur, um durch sie hindurch zu gehen und schließlich zu sagen: es gibt nichts Besseres und Wahreres, nichts Komplizierteres und Wegreicheres, nichts Erhellenderes und Schöneres, es gibt, kurz gesagt, nichts anderes zum Kunstwerk zu sagen, als das von Adorno dazu Gesagte. Der Level, das Niveau, die Bewegung der Widersprüche: jede Erfahrung mit Kunst, rezeptiv oder produzierend, findet sich da begrifflich erfaßt, in Bewegung gebracht.

Was die Hegelsche Philosophie bis zum Auftreten von Luhmann war: das Inbild von Philosophie überhaupt, im Aufsichnehmen der Anstrengung des Begriffs; was heute, auf heutigem Reflexionslevel für Philosophie heißt, in Beobachtung der Gesellschaft Philosophie zu werden. Das ist Adornos Philosophie der Kunst: das Inbild der Sache. Heute zwar historisch, da so extrem im Zeitkern der 30er und 40er Jahre steckend, aber methodisch DIE richtige und im Rahmen dieses speziellen Themas der Kunst immer noch weitreichendste und im simplen Sinn wahrste Unternehmung des Geistes.

Und wenn man also im Zusammenhang mit Überlegungen zur Kunst, etwa zu Meisterschaft und Scheitern, sich dann verstrickt in diese dialektisch schlingernden Bewegungen und Widersprüche – dann kann man sich natürlich schmunzelnd sagen: okay, ist ja ganz schön, aber wir wollen jetzt vielleicht doch nicht endlos darauf rumhacken – aber zugleich doch auch, im Rückblick eben auf Adorno, darauf genau beharren: das ist die Art, wie sich Kunst von innen anfühlt, denkt.

*

Nervts schon?

Es nervt, es reicht, wir haben verstanden. Philosophie. Das Problem ist doch: wenn man weiß, wie es läuft, erlahmt die Lust zuzuhören, weiterzulesen, schon schlummert die Aufmerksamkeit ein. Sekunden später wacht man auf: es NERVT. Umschalten, sagt der Reflex. Aber die Fernbedienung, wo ist die denn? Ach so, man ist ja hier in einem echten Leben. Und jetzt?

*

Acktung Acktung

Der Katheder ist zerfallen. Danke. Ganz egal wie restaurativ die Organisation Universität sich muff- und talarenmäßig wiederinstalliert hat. Die exponierte Sprecherposition der Lehre, des Lehrers, ist inhaltlich in sich zusammengesunken. Das gibt es nicht mehr: daß einer da vorne steht, mit vollem Recht, und den Leuten sein Ding um die Ohren haut, selbstgewiß in der Überzeugung, er habe den Check und die anderen würden nur so darauf warten, daß er auftrumpft. Sloterdjik, der neulich hier vorkam, wirkt im sprachlich-actmäßigen Autoritäts-Gestus auf mich deshalb so zeitunentsprechend. Seine Redebeiträge, die inhaltlich ja eine Gegenwärtigkeit der erkennenden Arbeit für sich reklamieren, sind formal noch nicht mal auf dem Niveau eines ganz bieder normalen, parlamentarischen Diskurses. Sie sind wie die Reden von Herzog. Pastoral, präsidential, professoral.

Von der realen Erfahrungsseite her, dessen, was man täglich also so erlebt, steht die exponierte Äußerung nicht mehr unter Ideologieverdacht – im Sinn von: da maßt sich einer etwas an, steht ihm das denn zu, daß er da das Wort ergreift? – sondern, viel interessanter, komplizierter und verfahrenstechnisch offener, unter der Prüfung der Frage: bringts das? Ix- und zig-fach gestellt, auf den Partys, beim Fernsehen, und immer die Frage, ob der da vorn so in Resonanz ist mit dieser Frage, mit den Erwartungen und momentanen Empfindungen der Mehreren, für die er das macht, was er macht. Platten auflegen, Stand up Comedy, Argumente vortragen.

Wie Humor sich entwickelt hat hier, in den letzten zehn Jahren, wie Partys gefeiert wurden und wie eine avancierte Kunstproduktion sich selber versteht – es gibt da schon diese Verbindung: paßt es denn her? Kickt es? Will man noch mehr? Oder reichts jetzt auch mal so langsam? Also ein sehr rezeptives, reagierendes, Momentanes miteinbeziehendes Kalkül auf ästhetische Ökonomie. Wie viel von welchem Moment? In welcher Dosis? Wie lange denn noch? Wie oft wiederholt? Leg doch mal ne neue Platte auf. Stimmt eigentlich, gute Idee.

*

Der Zustand

Nochmal zurück zum Schreiben. Zum Zustand der Aufnahme des Diktats. Er hat natürlich einen Anfang und hört irgendwann auf. Nie weiß man, wann. Jeder Satz, den man hört, schon hörte, kann schon der letzte gewesen sein.

Vielleicht hat man ein bißchen zu viel sich auf Passivität konzentriert, war diese Konzentration zu aktiv in einem, hat die Aktivität der Konzentration auf Passivität die Passivität zerstört. Oft ist man auch zu eigensinnig. Ich wollte doch dies, hier wollte ich das. Ich wollte doch gar nicht genau das, was jetzt kommt, was ich da höre. Man steuert woanders hin. Da ist dann Schweigen.

Gar nichts zu hören. Aha. Das ist ja interessant. Wo war ich doch eben?

Was wollte ich sagen? Immer der Rückgriff. Auf Absicht, Ausgangspunkt, Ziel. Wie weit hat es mich abgetragen, abgetrieben, wo bin ich? Was ist geschehen durch das, was eben passiert ist, an Text. Durch einen durch. Es steht da vor einem. Wann lesen, wann einfach weiter nur schreiben?

*

Ort

Wo also ist der Ort des Textes? Abstrakt gesprochen, also jenseits der konkreten Einzelfall-Erstastung, die, wie neulich erwähnt, über das Ineinander von Thema, Form-Ahnung und dazugehörigen Welt-Bestimmungen läuft, steht der Text im Moment der Entstehung am denkbar AUSGESETZTESTEN Ort: im Jetzt.

Harrend auf das Kommende des nächsten Moments, des jeweils nächsten Augenblicks, des von daher kommenden, darin sich gebenden nächsten Worts.

Um den Text da aufnehmen zu können, muß man sich selbst an diesen Ort begeben. Und wenn es etwas gibt, was einen am Schreiben, so absolut das Allerschönste es auch ist, trotzdem zuinnerst und brutalst FERTIG macht, dann diese Position. Sie bestimmt das Leben.

Sie zerstört Lebensverhältnisse mit Perspektive, denn mit Sicht auf Perspektive gibt es alles, Geschichte, Zukunft, Gehaltensein und Richtigkeit und Güte, Wärme und Vernunft, aber eines eben genau nicht: das absolut jenseitslose Jetzt.

So allgemein das – und dann muß ich doch einschränkend noch zurücknehmen: glaube ich wenigstens – so gesagt werden kann, so vielfältig und ultraindividuell verschieden, wie es Schreiber gibt, können die Lebenstechniken und Praktiken sein, die einen an den Ort dieser Position führen.

Sonnen können unter vielen sein, und bleiben dabei dennoch ganz sie selbst. Und andere sind so beeinflußbar, daß sie nur allein sie selber sind. Wer ist man selber also? Und was folgt daraus?

Wieder ein Prozeß von Ahnen und Tasten, Probieren, sich Irren, neu Ansetzen, enttäuscht Werden, es offenbar falsch gemacht Haben, es wieder Probieren, und letztlich auf eine Art zäh werden und dabei irgendwie kaputt gehen. Trotzdem mit der Hoffnung, all das als Ganzes gibt doch einen Weg, der nicht total nur nicht stimmt, der Richtiges jedenfalls auch mit sich führt.

Das eigene Naturell, dessen Geheimnis man auch anerkennen kann, denn woher will man denn wissen, wie man wirklich gedacht ist, von ganz außen her, vom Ende her gesehen?, dieses verborgene abstrakte Ding, das in Kollision mit dem Lebensweg so langsam einem sich enthüllt und zeigt: es gibt von Anfang an die Richtung vor, die Lebensrichtung, – und wenn es ein Talent gibt, das für ein Leben in der Kunst, und also auch fürs Schreiben prädestiniert, dann vielleicht wirklich diese Art intuitives Vertrauen in die Richtigkeit der Ahnungen, und das kann sein gegen alle Vernunft und scheinbar noch so gute Gründe, die von daher kommen. Und die Bereitschaft, diesen Ahnungen, wie man denn nun leben soll, um schreiben zu können, schließlich auch zu folgen.

Hm? Schwierig.

Wie soll man das finden, daß man sich hier, eben noch beim Abstraktesten der Entstehungs-Position von Text, plötzlich fast schon auf dem Level von Lebensberater- und Astro-Show-Wissen bewegt? Vielleicht das Gesagte nochmal bekämpfen durch die Wiederholung dieses Plädoyers: sich schwierige, grundsätzliche und nicht lösbare Fragen zwar immer wieder vorzulegen. Doch anstatt sie wirklich zu beantworten, sie dann ganz schnell wieder zuzuhalten, um sie so offen zu lassen.

*

Fehler

Fehler machen. Fehler nicht unbedingt vermeiden, aber doch zu verstecken zu versuchen. Auch das hieße, wie neulich im Zusammenhang mit Zensur erwähnt, Arbeit im Vorfeld des Textes: die Ortsbestimmung, wo der Text zu stehen hat, daß ihm alles zusteht. Auch die Verborgenheit schwieriger Wahrheiten, der Ort eben, wo gefährliche oder widerwärtige Sachen versteckt bleiben können, da schon, aber nicht penetrant prägnant.

Und lustigerweise scheint es jedem Schreiber, der ein irgendwie bißchen experimentelleres Programm verfolgt, irgendwann zu passieren, daß in ihm immer schon mitarbeitende Momente plötzlich schutzlos, offen, überdeutlich, scheußlich und abstoßend hervorstechen, aus irgendeiner Arbeit, aus irgendeinem Text.

Nicht daß in diesen Zuspitzungen etwas auf den Punkt käme, was nicht immer schon auch da war. Es sind nur die balancierenden Gegenmomente zurückgetreten, zu stark, das Widersprechende ist zu schwach geworden. Man kann an solchen Momenten der Überprägnanz ein gewisses Vergnügen haben, aber eigentlich sind das doch eher traurige Vorgänge von Reduktion, Verarmung, Widerspruchsabwesenheit und Schwäche.

Es gibt so viele Arten, Fehler zu behandeln. Die Medizin, die nicht zuletzt deshalb eine so weise Wissenschaft wirklich ist, weil ihr Wissen fast von nichts anderem handelt, als davon, was man leider noch nicht so genau weiß, – und das ist das unendlich vergnügliche Abenteuer dieses Studiums: ein ums andere Mal, zig zillionenfach vom zuständigsten Menschen und Professor das zu hören zu bekommen: ja, also leider, wie dies und das nun so genau funktioniert und warum, das weiß man noch NICHT – die Medizin rät deshalb so oft: am besten vielleicht einfach bißchen zuwarten – so heißt das da. Vielleicht wird es ja besser.

Wieder eine Naturellfrage: warten, Zeit vergehen lassen. Das muß man auch können. Fast der schlimmste Horror. Lieber zehn neue Fehler machen, beim Versuch den letzten zu korrigieren. Lieber irgendwas unternehmen, egal was, als gar nichts. Und dann?

Der Witz ist ja: ob das schließlich was taugt, was bei alledem rauskommt, beim Fehlerkorrigieren und irgendwas neu machen: kein Mensch kann es wissen. Am allerwenigsten man selbst. Man bringt sich in Sicherheit, und kommt darin um. Man geht volles Risiko, geht dabei unter. Man nimmt einen mittleren Weg, es ist der Tod. Man greift zurück auf irgendetwas Früheres, das Resultat ist Stumpfsinn, ultrafinster. Oder man wirft sich über sich hinaus, nach vorn, ins Unbekannte, den neulich erwähnten Himmeln entgegen: und landet in der Hölle irgendeiner Einsamkeit, irgendeines Größenwahns, irgendeiner nicht mehr mitteilbaren Welt- und Wort-Wahnhaftigkeit.

*

Diskurszerreißung

Man liest, versteht, weiß, was los ist, worums geht, wie der Hase läuft, alles klar und bestens und im grünen Bereich –

und plötzlich steht da was, und man stutzt, und versteht nicht richtig: wie, was, wieso? Der Diskurs zerreißt, man sieht auf was, was man nicht kennt. Man erschrickt, kenne ich ja gar nicht. Was ist denn das? Stimmt denn das? Verstehe ich nicht.

Hat man nun Spaß an sowas oder nicht? Wie gemächlich oder sprunghaft will man gerne geführt werden von Texten? Wie vertraut ist einem das Gefühl, NICHT zu verstehen, weil man dauernd Sachen liest, die man nicht versteht, oder nicht sofort versteht. Weil man daran Spaß hat, nicht zu verstehen.

Es gibt einen Autoritätsgestus der Pedanterie, der genauen Erklärung: entweder du folgst mir hier, oder du kriegst mich nicht zu verstehen. Und es gibt die genauso blöde anarchische Arroganz, die sagt: ich spreche so chaotisch und sprunghaft, wie ich will, und wer nicht mitkommt, hat halt Pech gehabt.

Am schönsten: wenn diskursgesteuerte Folgerichtigkeit sich immer wieder mal unterbrechen läßt, von sachgerechten Sprüngen, an diesen Sprungstellen zerreißt und auf den Gegenstand des Textes hin sich öffnet: Text muß Abenteuer sein.

*

Der Vortrag

Das kann da passieren: ja, es läuft, es geht, es macht auch plötzlich sogar Spaß, man ist mit denen, für die man sich hier äußert, zusammen in der Resonanz auf das Gesagte. Und im selben Augenblick schon SCHAM. Ja. Man schämt sich der kollektiven Verfassung, die man mitproduziert hat, empfindet als falsch sofort die Nicht-Freiheit und Nicht-Offenheit dieser gemeinsamen Stimmung für einzelne Einwände, die Zurückdrängung letztlich des möglichen, und zu jedem Zeitpunkt im Kollektiv ja auch real anwesenden Widerspruchs.

Dieses Dilemma kann die Form des fertig geschriebenen Vortrags nicht lösen. Deswegen hat die Ahnung schon recht gehabt, die aus der Situation des einen, der für viele spricht, vor vielen hier, eine offene Redeweise, eine frei entwickelte Darlegung des zu Sagenden sich wünschte; den freien Vortrag eben. Risiko und Resonanz stünden da in gerechterer Beziehung. In Konsequenz heißt Vortrag dieser Art natürlich Philosophie: Entstehung von Gedanken, Ideen, Mitteilung. Aber das müßte man eben auch erst lernen, das kann man nicht so einfach einfach so können, ein wirklich philosophierender Vortragender zu sein. Es wäre aber das Ziel, ganz klar. Denn Zweifel und Fragwürdigkeit blieben als führende Momente immer präsent, die gemeinsame Zustimmung würde auf ihnen ruhen, würde sie eben genau nicht marginalisieren, nicht ausschließen.

Plötzlich verstand ich auch, warum alle Schreiber die Lesung so preisen als Testfall für Texte. Man merkt eben sehr deutlich, was ankommt, was nicht. Die Frage ist nur, ob das dem Schreiben wirklich GUT tut, wenn es sich dieser Erfahrung, dieser Resonanz aussetzt. Was passiert durch Zustimmung? Welche spezielle Form der Folge ist da angelegt? Und es geht ja um eine hochgradig irritierbare, absichtlich offene, beeinflußbare Auffassung der produktiven Vorgänge, Rezeptivität, wie gesagt. Und wenn zudem, auf abstraktem Level, der Text und die ihn haltende Kunst-Vorstellung, das ästhetische Programm also, so sehr service-orientiert ist, wie mir das vorschwebt letztlich, so userfreundlich sein will, ohne irgendwelche Einschränkungen an Komplixität hinnehmen zu wollen deshalb, – dann wird die Erfahrung der Resonanz beim Vortrag fürs weitere Schreiben als geradezu GEFÄHRLICH empfunden.

*

Texttrotz

Als Macher ist man ja irgendwie ein strukturell trotziger Typ. Wenn alle sagen: machs doch so. Dann denkt man sich: ja ja, schon recht, weißt was, steig mir am Hut, ich mach es ganz genau genau SO NICHT, ich mach es nämlich exakt andersrum.

Das führt zu schönen Resultaten manchmal, zu Erstaunlichem, zu Neuem – und manchmal auch zu Blödsinn, Fehlern, Überdeutlichkeiten, Schwachsinn kurz gesagt.

Hast du Maus zu mir gesagt?

Die Frage habe ich neulich schon kurz angesprochen. Die absolut groteske Tretmine, die dieser Begriff in einer bestimmten Welt ist, hat mein Vergnügen natürlich gesteigert, ihn gegen die dort verabredete Ordnung in Einsatz zu bringen. Das Problem ist nur: das Signal ist so stark, daß es alle gleichzeitig überall DAGEGEN positionierten Gegenaspekte so niederbrüllt, daß an der Stelle, wo Sprachspaß und Texttrotz signalisiert werden sollten, plötzlich bierernste politische Fragen zu beantworten sind. Die in Wirklichkeit absolut keine Fragen sind. Denn wo man politisch steht, steht fest. Und dann aber plötzlich doch nicht mehr so ganz. Was ist denn da passiert?

Früher war klar: wo irgendwas mit Geschlecht vorkommt, schaut man kurz nach bei Theweleit, verwedet das entsprechende Schlamm-Vokabular – einfach nur, um spaßeshalber den Reflexstatus am Nerv »Militärischer Mann« in der Linken zu prüfen. Ja, funktioniert. Schlammreflex aktiv im taz-Bereich. Die Leute denken ja tatsächlich immer, sie entdecken da was, da spräche sich irgendwas Unbewußtes aus. Wo doch in echt natürlich Protesttexte GEGEN den Stumpfsinn dieser 20 Jahre alten ewig gleichen Leiern verfaßt werden, mit allem Kalkül. Weil die WIEDERHOLUNG so wahnsinnig nervt.

Und die Wiederholung nervt deshalb, weil es Wahrheit in Wiederholung nicht gibt. Jeder Satz, der mehr als sieben Mal gesagt wird, wird unwahr, weil seine ursprüngliche Wahrheit in der Wiederholung aufgeht, sich verliert, und statt dessen sein Gegenteil, das in ihm immer und von Anfang an mitgesagte Gegenteil, in den Vordergrund tritt. Auch deshalb ist der Schreiber unweigerlich so ein Welt-Text-Empfänger und -Forscher, weil er wissen muß, welche Sätze im Augenblick an welcher Wiederholungsstelle sich befinden, um zu wissen, ob sie noch das ursprünglich Gemeinte, oder inzwischen eher das Gegenteil mitteilen.

Nun sind die Zeiten politisch wirklich härter geworden, und so sehr ich mich weigere, den neuen Bierernst der neuen Diskurslinken in aller Bierernsthaftigkeit anzuerkennen, so muß sich doch die eigene Methode Texttrotz genau dieselbe Frage gefallen lassen: ob sie inzwischen vielleicht nicht doch bißchen ZU oft wiederholt worden ist, an diesen bestimmten, speziell sensiblen Stellen, – es ist ja, nebenbei bemerkt, wirklich lustig, daß ausgerechnet das Sexuelle, diskurstechnisch da so eine prominente Stellvertreter-Stelle für sich beansprucht, – zu oft, um noch die ursprünglich ganz interessante Frage aufzuwerfen: wie kritisch ist denn der selbstgewiß kritische Gestus des kritischen Durchblicks wirklich und in echt? Und daß also diese Texttrotz-Methode, zugespitzt gesagt, anstelle der Kritik-Subversion plötzlich was wirklich Reaktionäres produzieren würde. Kann das sein? Ja, natürlich.

Und daß man da dann natürlich sofort sagt: halt, stop, Augenblick, Moment. Ich wollt doch sagen, folgendes – Und dann noch mal ganz neu anfängt.

*

Text als Objekt

Einwurf. Dieses Ding, das man in der Hand hat, ein Stück Papier, auf dem die Zeichen der Schrift aufgedruckt sind. Die unendliche Schönheit dieser speziellen Sache, dieses Objekts.

*

Text als Grauwert

Und die andere Lieblingsvorstellung: das Augenpulver der Schrift. So klein gedruckt, so fein. Text als beinnah weißes Pulver für die Augen, als Ruhe-Ort, der optisch datenloses Rauschen sendet. Ah! Wie angenehm! Kein Bild, das Grau der Zeichen. Minimal vibrierend, dabei so reich an Innengeist.

*

Ästhetische Prinzipien

Fast immer Stumpfsinn. Trotzdem sind Ordnungs-Kategorien Produktions-Motoren für Hervorbringungen im ästhetischen Bereich. Wo beginnen? Wie fortfahren? Und was nun? Ununterbrochen entstehen theorieartige und geradezu abstrus präzise Gedanken, wie alles warum so und so sein und werden muß. Man muß sich selber den Glauben daran nicht verbieten, solange man die Grenzen dieser Glaubensvorstellungen nicht in richtung auf was irgendwie allgemein Verbindliches überdehnt. Glaube ist eben was sehr Privates.

Am Beispiel des Optischen, gerade im graphischen Bereich, wo Bild, Text, Buchstabe, Typographie und Layout zusammenwirken, sieht man es besonders deutlich. Man muß nur die Großmeister bei der Arbeit beobachten: die Hilfslinien liefern die Erstorientierung, dann werden sie rausgenommen, dann wird nach AUGE nachreguliert, dann werden die Hilfslinien wieder reingenommen, um zu sehen, wie weit das Auge vom ästhetischen Prinzip der Hilfslinien-Vorgabe würde abweichen wollen, gefühlstechnisch geführt. Und dann wird die so entstandene Differenz rational zu fassen versucht.

Es entsteht dann, an dem entsprechenden Sonderfall des Prinzips, um den es gerade konkret geht, ein Verstehen für eine mögliche Modulationsform dieses Prinzips, eine Präzisierung des Prinzips in seiner Verletzung. Ein NEUES Prinzip. Nur dieser AKTIVE Vorgang im Umgang mit Prinzipien läßt nichttote Resultate entstehen. Ästhetische Prinzipien sind was für wilde, freie, ungeordnete Geister, die sich nach Ordnung sehnen. Ästhetische Prinzipien sind der Ort der Rebellion des Kunstwerks – gegen alles.

*

Die Ja-Kaputtheit

Ja, das Ja. Faszinierendes Problem in dem Zusammenhang. Politik also. Ein besonders alltäglicher Zugang ist ja, wenn man sich zum Beispiel für Musik interessiert, das tendentiell kollektive Nein des Underground; das darin eingebaute logische Problem einer gemeinsamen Zustimmung zum gemeinsamen Ablehnen. Daß dieses Ja zum Nein, gerade wenn das Nein besonders heroisch, heldisch und kämpferisch vorgetragen wird, im Vollbesitz des Gefühls, im Recht zu sein mit diesem Nein, etwas in sich Absurdes an sich hat.

Im sozial Realen, wo Nein-Leute zusammenkommen, um sich gegenseitig in ihren Nein-Haltungen zu bejahen, nimmt diese logische Absurdität oft die Gestalt des Spastischen an.

Aus Nein-Trotz, weil man dieses Nein so nicht bejahen will, mit anderen, kommt man auf gefährliches Gelände: in das Reich das Ja. Es ist eigentlich fast ganz egal, was konkret bejaht wird, jedes öffentlich geäußerte Ja hat sofort extrem hohen Nerv-Faktor. Ja zum Leben in der Stille in der Uckermark, Ja zu Techno, Ja zu Serbien. Nächste Haltstelle immer gleich: heim ins Reich.

Ja, das Ja steht immer noch unter dem faschistischen Staats-Ja-Terror, ist sozusagen prinzipiell autoritär, diktatorisch.

Ich nicht: das hingegen ist der irgendwie geheimnisvolle Refrain der Demokratie. Geheimnisvoll, weil im Übergreifenden der Zustimmung dazu, natürlich auch ein Ja sich äußert, nur allerdings verdeckt, nur an genau der Stelle, wo die Ich-Nicht-Freiheit sich selbst kurz aussetzt, um zu sagen: da bin ich dabei.

Aber das repressive Moment des Übergreifenden dieses Ja zu dem Ich nicht, hat im Lauf der 30 Jahre, die seit den Tagen der Mai-Revolte der Studenten vergangen sind, seine Dämonie verloren, die damals sogenannte repressive Toleranz, – vielleicht wirklich weil die realen Nein-Möglichkeiten noch mal so exponentiell gewachsen sind, an Zahl, und an gesellschaftlicher Breitendurchdringung auch – in jeder normalen Behörde, heißt es jedenfalls in Berlin, wird heute mehr gekifft als früher an den avanciertesten Universitäten – und vielleicht auch deshalb hört man die Politiker heute so viel weniger als noch damals von »Freiheit« immerzu reden. Als müßte das nicht mehr dauernd verbal beschworen werden, weil es tatsächlich realer ist denn je.

Sprachlich gesehen, rein auf Grund der logischen Nicht-Reziprozität zwischen Nein und Ja sind direkt affirmative Zugriffe einfach nicht möglich. Das Ja gehört zum Bereich der unmittelbaren Lebenspraxis, IST sie wirklich, so sehr, daß es als Wort geradezu unter einem Unaussprechlichkeits-Bann steht. »Ja, das Leben ist schön.« Da kriegt man Angst. Und der Satz: »Ich bin gesund.« spricht ja auf ganz bedrohlich beschwörende Art von Krankheit, von der per Feststellung des Gegenteils erfleht wird fast, daß sie nicht da sein soll.

Das ist übrigens die Stelle, Tafelanschrift neulich, von der bei Kafka die PANIK ausgeht. Der Schrecken der Sprache selbst: das immer mitgesagte Gegenteil, von jedem Wort, in jedem Wort, die sprachstrukturelle Brüchigkeit, ganz innen, sichtbar richtig erst der Schrift, und doch immer DA in allem sprachlichen Sagen, unbeseitigbar da. Der Horror der Sprache, auf ganz simpler logischer Ebene, ganz innen, im Wort.

Von zwei Seiten her also, logisch und historisch, erklärt sich dieser hohe

Nerv-Effekt, den jede Ja-Parole sofort auslöst. Reaktion: Alarm. Das insgesamtige Sensorium der öffentlichen Rede, nein-gesteuert völlig richtig, reagiert sofort und äußerst alarmiert, zeigt genervt auf dieses Ja, das von der prinzipiellen Ja-Kaputtheit nichts zu wissen scheint. Und bekämpft so diese Dummheit dieses Ja. Macht sie so unmöglich. Schafft es damit ab, das falsche Ja.

*

Ökonomie

Je billiger das ist, was man schreibt, umso besser ist es bezahlt. Das klingt paradox, ist aber vernünftig. Billig, heißt hier eben auch: brauchbar, passend, richtig. Dadurch steigt die IDEELLE Leuchtkraft aller ästhetisch besonders abenteuerlichen Unternehmungen.

Die Frage also, ob man ein Leben führen möchte, das zu solchen Abenteuern paßt, oder lieber ordentlich Geld verdienen. Wie schauts denn aus mit Frau und Kind, Familie, Häuschen, Garten, schön in Urlaub fahren. Gemeint ist also von der Frage, ob man denn vom Schreiben leben kann?, eigentlich die Frage: ob man FÜR das Schreiben leben will.

Es hilft, sich daran zu erinnern, daß man nur eine Stimme hat, und anders als die sogenannte Katze, auch nur ein Leben. Familie. Was genau passiert dadurch im Kopf, im Inneren der Gedanken? Man denkt jetzt automatisch staatstragend, vielleicht sogar noch anti-autoritär, auf jeden Fall aber autoritär.

Aus dieser Perspektive sind die schwierigen Fragen der ästhetischen Praxis, streng genommen, nicht mehr zu lösen: die Rebellion gegen Form experimentell geschehen lassen zu können, mit der wirklich OFFENEN Frage, was das heißt. Ob dabei etwas Neues entstehen wird oder nicht. Ob ein Projekt aufgegeben werden muß oder ob im Gegenteil, trotz aller scheinbaren Unlösbarkeiten das Insistieren darauf richtig ist.

Vorallem aber: an welchem Punkt die Rebellion gegen das Rebellische des Aufbegehrens gegen das Gegebene der Form dieses Rebellische unterwirft, zu unterwerfen hat, um sich der in diesem Konflikt-Prozeß neu entstehenden Formvorgabe zu FÜGEN, fügen zu können, gar zu unterwerfen schließlich, um so was wirklich Neues geschehen lassen zu können, es vor sich, durch sich durch entstehen zu sehen.

Es gibt kein tolles Kunstwerk, das anders hervorgebracht worden wäre. Was keineswegs heißt, daß es im letzten entstehenden Moment nicht auch mal einfach so hingespuckt werden könnte, wie ohne irgendwas. Rausgerockt, mit letztlich leichter, wie von alledem vorher ganz unberührter Hand.

In welcher Art genau sich alle diese komplizierten Vorgänge im Inneren des Rebellischen abspielen, ob am Schreibtisch, beim Lesen, beim Rumstreunen in der Stadt oder in Momenten der Liebe oder der Erleuchtung durch die Natur – das ist völlig offen. Naturellabhängig, situativ bestimmt, und wahrscheinlich sogar auch noch für jeden jedesmal wieder anders und neu.

Der einzige Punkt: man kann eben NICHT nebenher noch diesen einen Tatort schreiben. Denn das ändert zuinnerst den inneren Text. Und auch die zwei kleinen Auftragskritiken für die taz oder Faz. Und das monatliche Rundfunkfeature, das die monatliche Miete zahlt. All diese Arbeiten, so klein sie auch sind, ruinieren die Kraft und verzehren die Stimme. Es gibt dann keinen WEG mehr. Wenn die Bindung in Kontexten auch ganz konkret nach EINKOMMEN ruft, muß man im Weitermachen funktionieren. Und das ist, ästhetisch, Stillstand, das ist das Ende.

*

Dekonspiratione

Andererseits stimmt natürlich auch das Gegenteil. Davon soll Dekonspiratione auch handeln. Von der anderen Freiheit des Schreibens aus gebundener Position.

*

Erfüllte Form

Das Schöne daran: sie ist dann weg, als Problem. Sie sagt dann nicht mehr: hallo, ich, Form, Eigenrecht, GANZ wichtig. Sie ist, erfüllt, gelöst. Die Sache kann sich dann dem eigentlich Wichtigeren, dem Gegenstand zuwenden, der Welt.

Und es ist ganz egal, ob man da eine perfekt geschriebene Theaterkritik, ein effektiv klassisch hingehautes Theaterstück oder eine nach allen Regeln der Kunst meisterliche Talkshow oder diese Mercedes-Werbung hier vor Augen hat: man wird von nichts belästigt.

Was interessiert einen, im Normalfall, die vom formal Experimentellen immer mitgeteilte Auseinandersetzung mit der Geschichte der Form, der Automobil-Werbung, der normalen Ödnis der normalen Theaterkritik, dem normalen Scheitern neuerer Theaterstücke, usw usw – man will mit diesen produktionstechnisch so bedeutsamen Problemen im Normalfall als der Endabnehmer der Sache genau NICHT behelligt werden.

Dienstag abend, an der Stelle, wo jetzt die Giovanni di Lorenzo Show läuft, wollte die SZ, das SZ-Magazin, einen neuen Talkshow-Typ entwickeln und senden. Die Grundidee war: nicht NOCH eine weitere Talkshow, sondern eine Art nachgestellte Realität, die wiedergeben sollte, wie man so beim Ausgehen rumhängt, normalerweise, und das ganz speziell in München, im Schumanns. Es sollten da also in fester Konstellation fünf Typen, klar, im Schumanns sitzen, Bier trinken und reden. Worüber denn? Ja eben, scheißegal, was halt so kommt, was sich so ergibt. NOTHING SPECIAL.

Um den Titel von Andy Warhols 80er Jahre-TV-Magazin zu nennen. Nichts besonderes. Als ich davon hörte, war ich absolut begeistert, und denke immer noch: so was Ähnliches wird demnächst irgendwo von irgendwem gemacht werden, mit dieser speziellen Art von Kultur- und Pop-Verständnis, die dieses Projekt realisiert und sichtbar gemacht hätte.

Irgendwo auf der SZ-Boß-Ebene ist das Ding dann aber gekippt worden, und, deshalb erzähle ich das Ganze: anstelle dieser projektierten Real-Experimental-Talkshow läuft da jetzt also jeden Dienstag Abend dieses Giovanni di Lorenzo Talkshow-Ding. Und mit welchem, wirklich jedesmal noch wachsenden Vergnügen ich das sehe: KEIN Nerv, KEIN Experiment, KEIN Formtheater, KEIN Problem. Einfach noch eine Talkshow, mit vorgegebenem Thema, nach allen Regeln dieser Kunst, ganz traditionell, und ziemlich gut gemacht. Fertig.

Wobei, klar, die Gefahr riesig ist: wenn man so, wie ich hier, den Lobpreis des Nicht-Experimentellen singt, dann ist es auch sofort der Stumpfsinn des Traditionellen, den die erfüllte Form ja genauso beinhaltet wie das Nicht-Störrische, Nicht-Störende, was von allen Ecken her droht und höhnt: gleich haben wir dich auch, gleich bist auch du ein ganz normales Stumpfsinns-Stück von Tradition und Künstlertum. Und an vielen Schreiber- und Künstler-Biographien kann man sich das ankucken, wie im Laufe des Lebens die Fehler dieser speziellen Faszination, sich hinein zu sprechen in die große Geschichte der Errungenschaften, des schon Eroberten, und von da her und da heraus dann zu sprechen, zu etwas ebenso Scheußlichem führt, wie die Erstarrung in der Rotzigkeit der wilden Geste des expermientellen, alles wegfegenden Zugriffs. Also bitte weder: Arnulf Rainer und Nitsch, noch Hrdlicka und Horst Janssen zum Beispiel.

Und wo ist der dritte Weg: für mich eben wirklich, wenn ich nicht wieder den Freund Albert Oehlen nennen will: Baselitz. Der malt einfach Gemälde, fertig. Das ist so unglaublich wunderbar, immer neu experimentell und traditionell zugleich, das ist ein solcher Kraft-Akt. Eine solche Ermutigung.

*

Ermutigung

Alles, was man weiß, vergessen. Immer neu loslegen wie neu. Als ich diese Selbstanfeuerungssätze schrieb, im Winter 83, 84 in New York, war ich zum ersten Mal in meinem Leben wirklich komplett am Ende. Es war mein erstes Buch Irre erschienen, und ich war nach New York gegangen, eigentlich vorallem um rauszufinden, wie es jetzt weiter gehen sollte, was denn aus meinem Leben nun eigentlich werden sollte. Ich war in einem Zustand von Totheit, so etwas kannte ich noch nicht. Das hatte ich noch nie erlebt. Beim ersten Mal, nach dem ersten Buch ist dieser resultierende Zustand einer wirklich engültigen VERNICHTUNG von allem, was man ist und je war, eine Art Ankunft im Tod, grausam, wirklich grausam. Und das geht, ganz zugespitzt gesagt, auch nie mehr weg.

Wenn man danach, und das war bei mir zunächst überhaupt nicht klar zu dem Zeitpunkt, dieses Leben im Schreiben nicht abbricht, sondern fortsetzt, dann heißt das: Akzeptanz von Tod. Und zwar auf einem Lebenslevel, der Reife und ein Erwachsensein beinhaltet, ein Anerkennen des endgültig Nichtvorläufigen des Lebens, für das man sich entschieden hat, und die Einsicht in die von daher kommende Tragik von ALLEM.

Von außen aus gesehen ist man ein junger Schriftsteller, doch man selbst weiß, wie ernst, ganz und gar unjung und unanfänglich die Lage wirklich ist. Zu dem Zeitpunkt, wo man sich also die Ambition, ein solches Leben in der Kunst zu leben zuspricht, weiß man genau, in welches Existenzfeld, in welche Geschichte, in welche Konkurrenz und in welches Alles oder Nichts man sich damit begibt. Es gibt überhaupt kein Agieren in diesem Feld der Kunst, das sich nicht in Auseinandersetzung mit allen ersten Künstlern aller Zeiten gestellt sieht. Immer neu ist natürlich völlig unklar, was das konkret bedeutet, an Gespräch, Aufnehmen, Widerspruch, Freiheit, Protest, Gebundensein und Fehlern, was es heißt, sich in diese Äußerungs-Voraussetzungen hineingestellt zu sehen. Und allein das Erkennen dieser im Grunde ja beinahe unaussprechlichen Tatsache führt zu Fehlern, massenhaft und ohne Ende, völlig klar. Und trotzdem: eine Nummer kleiner gibt es dieses Leben nicht. Es ist dann ein anderes.

All das hatte ich damals also zu sehen bekommen, und ich erinnere mich wie heute, in welcher Klarheit ich plötzlich sah, was für eine Bejahung des Destruktiven sich in mir da ereignet hat. Als was für ein absolut FERTIGER und zuinnerst KAPUTTER ich dieses Leben und diese Arbeit anzupacken anfange. Und daß es auf genau DIE Art um ein äußerstes Ding geht, irgendwie, im Schönen.

* * *

1920. Fertig.
1923. Theodor-W.-Adorno-Platz.
2008. Sie hatten die Nummer? Die 12 hatte ich. Die 12, angenehmen Aufenthalt noch. Dankeschön.
2013. Pohl begnadigt. Jelinek Büchner-Preis.
2100. Heute wieder dieses: zu erschöpft zum Schlafen. Raus.
2109. Schöne Vorlesung! Ah?! Danke. – Sofort: Wieso danke? Tschuldigung.
2142. Wieder im Hotelchen. Dankte Schäuble für die Rede, in der er sich weitgehend auf die Rolle des nachdenklichen Visionärs beschränkte.
2242. Impression Management oder Face Working, das findet sie einen schönen Ausdruck.
2258. Sie sagt: Dominant. Intelligent. Gut ausgebildet.
2312. Licht aus.

UNSERE ILLUSION ABER IST DIE BEWEGUNG

III
2.3

Mittwoch, 20.5.98, Frankfurt.

834. Verglühte Hirne, minus Plural, sitzen vor Zeitung und Kaffee im Frühstücksbunker des Hotels und träumen dem jetzt für Praxis V zu Denkenden entgegen. Kann mich nur leider nicht daran erinnern, was da gerade gedacht wurde. Es kam mir ganz interessant vor, nicht unangenem. – Kurz nach zwei wachte ich auf und lag eine Zeitlang wach und machte dann den Computer an.

854. Die gutaussehende Giovanni Moderatorin, die sich gestern auf die Frage, wie sie sich selbst sieht, als gut ausgebildet bezeichnete. Wie so eine Bodybuilderin. Dominant, intelligent, gut ausgebildet. Geil, geil gestört, würde ich sagen. Die Psychospiel-Ecke, in die die Show sich entwickelt, finde ich ja bißchen anstrengend. Man kann doch die Leute nicht fragen, einmal die Reihe rum, wie sie sich selber finden. Das fragt man ja nicht mal sich selbst, im stillsten vorsprachlichen Schweigekämmerlein der Selbsterkenntnis. Aber natürlich dauernd im Sprechzimmer des Psychologen und auf der »Was bist du für ein Kuschel Typ?«-Test-Seite in Allegra.

934. Bockenheimer Warte. Wir wollen nur eins Ficken und high sein. ENTSCHULDIGUNG. Buchhandlung. McDonald. Café.

1039. Publikumskünste. Im Gegensatz zu –.
1044. An welchen Stellen: zu speziell? In welche Richtungen: zu allgemein?
1047. Im Verlag. Hier ist ein Brief für Sie gekommen. Wir reden über –.
1138. Im Hotel.
1157. Ich wünsche Ihnen einen schönen Feiertag. Danke, ich Ihnen auch. Taxi kommt. Dankeschön, ich spazier schon mal raus, auf Wiedersehen. Wiedersehen.
1214. Am Flughafen.
1229. Im Warteraum.
1244. Versöhnung in Bertis Zimmer.
1355. Dieses Buch sollte man endlich mal zuschlagen. Steht in der Faz, auf der Sportseite, das Buch Vergangenheit.

1431. Herzlich willkommen in Berlin.
1456. Wieder daheim. Verblüht, dahin, vorbei: die Kastanie.
1715. Schreibtisch. Antrag. Brief.
1751. Eingekauft.
2129. Biolek mit raf.

STRAFWECKEN UM 6 UHR

III
2.4

Donnerstag, 21.5.98, Berlin.

1041. In der Früh, als ich aufwachte, von Träumen schwer benommen, hörte sich sofort alles so still und feiertäglich an. Wasn los? Feiertag, verstehe. Wobei ja das Schöne ist, daß man selber keinen Feiertag feiern muß, und daß nicht alles anders ist, als an normalen Tagen. Ging dann bißchen in der Wohnung rum, legte mich wieder hin, is ja Feiertag, ha ha. Schlafnachhol-Schlaf. Und träumte dann wieder, wie so ein Vertriebener. Pervers.

1055. It's not me who –, it's just me keeping the record.

1453. An Praxis V.

1531. Draußen. Kritik als Beruf, scheiße finden als Geschäft. Es wird ja niemand zu nichts gezwungen.

1654. Wieder daheim, auf Viva. Wahrheit oder Pflicht? Wahrheit. Was hattest du an beim ersten Mal? Die Jungs von Echt, in Piratenkostümen, echt süß.

1925. Müde, traurig, dumm.

und wieder heißt es für das Team
abzuwarten was geschieht

also doch erfaßt
von Feiertags-Melancholie

DÄMONISCHE IRGENDWIEKONSTRUKTIONEN

III
2.5

Freitag, 22.5.98, Berlin.

1104. Stunden später. Kurz mal was nachkucken, im Internetzl, Wahnsinn. Wieder voll weggebeamt davon, wohin? Das wandernde Bild des Schriftbilds, diese absolut verrückte Mischung: Bilder zum Lesen, dahinziehend, kurz da, dann weg. Dadurch entstehen größere FUGEN hier, im Bildschirmtextnetz: ganze Schriftblöcke, Themen, Eindrücke stehen einem präzise vor Augen, einzeln. Aber wie kam man eben noch von hier nach dort? Was war nochmal der Ausgangspunkt, der Punkt gewesen? Was hatte man eigentlich vorgehabt? Was nachkucken wollen? Von wo nach wo gewollt, wohin? Warum? Mich macht das komplett wirr. Kein angenehmer Geisteszustand, tagtraumartig, nichts für mich. Ich will bei mir sein, geistig, untertags.

Im geschriebenen Text, also im geschrieben vor einem liegenden Text, sind diese Fugen die PUNKTE. Was passiert an der Stelle, wo der eine Satz aufhört, der nächste, du weißt schon. Wie groß sind da die Distanzen? Diese Stillestellen bestimmen die Motorik, den Vibe von Texten. Das in ihnen stattfindene Staunen. Punkt. Weiter gehts: Wunder des Textes. Gegeben vom Datum der Zeit. Jetzt, ja, nochmal. Jetzt. 1129.31.

1132. Kalt, stürmisch, still. Um 3 Uhr 45 war ich aufgewacht, mit der Idee plötzlich, wie die Benutzeroberfläche für Praxis V ausschauen müßte, das Arsenal Roulette. Ich notierte das kurz, und das versetzte mich so in Aufregung, daß ich nicht mehr einschlafen konnte, obwohl ich IRGENDWIE noch viel zu müde war zum Aufstehen. 419. Gründe sind auch Wahnsysteme. Sie sagen meist mehr über den Gründehaber, wie gesagt, als über die von ihm begründete Sache, am allerwenigsten über die eigentliche Hauptintention, die von den Gründen begründete Triftigkeit des Grundes für die Sache, usw usw. 429. Norman Ohlers Chemie. Die Leute denken immer, sie selber sind größer und stärker als der Beruf, ihre Praxis, als das, was sie tun, das Ding, dem sie sich aussetzen. Meine Beobachtung an anderen und an mir selber hat mir immer das Gegenteil gezeigt. Ich bin in etwa 17 Sekunden, was ich tue, exakt das, nichts anderes mehr. 521. Nochmal gedämmert. 707. Wo früher Erklärungen waren, steht heute die Sehnsucht nach Schrift, wo Text war, Aussageabsicht. Ich weiß nicht, was der Satz bedeutet, ich habe ihn geträumt. Als würden die Träume, denen ich hier weiteren Zutritt verweigern wollte, jetzt jede Nacht aufs Neue melden: du sollst uns wissen, Herr. Und ich: okay, okay. Entschuldigung. Und schreibe sie also brav ins kleine Notnotizbuch ein.

1501. An Praxis V.

hier
erkläre ich
einem toten Hasen
in der Lautsprache der Tiere
meine Bilder

1741. Mit Felicia Herrschafts Chance 2000 Tape. Der Tonfall, in dem der Frankfurter Migrantinnen Aktivist beim Berliner Chance 2000 Mann Ausländerfreundlichkeit abfragt, da bleibt einem echt die Spucke weg. He, Aktivist, was bistn du fürn Unsympath?

0009. Wieder daheim. Sofort mache ich den Fernseher an, um den Harald Schmidt Schluß zu kucken, da ballert der relativ frühe Arnold Schwarzenegger auf Sat 1 gerade in so einen Fettsack rein, Blut spritzt ans Bild, das an der Wand hängt, Arnold gießt finalemäßig eine Schale Murmeln auf die Leiche und meint zum letzten Restüberlebenden: Jetzt ist mir klar geworden, was man unter Gerechtigkeit versteht. Wenn er es sagt, okay. Davor war ich mit Peter »Meine Damen und Herren, ich werde im folgenden den seit langem überfälligen Versuch beginnen, die philosophischen Grundgedanken von Marx und Heidegger zu vereinigen« Sloterdijk in der Stadt gewesen, erst beim Affenterror genannten 3. bundesweiten Social-Beat-Literatur Festival im Schokoladen, dann bei der Eröffnung der Ausstellung von Bildern des Polit-Musikers Schorsch Kamerun im sicomat. Literatur mit Bier, Kunst mit Bier, gibts eben auch. Man muß das sozial-funktional, nicht kunstintern sehen. Weiß ich, fällt mir trotzdem schwer. Wo soll das Böse eigentlich hin, wenn es aus allen eigenen Kontexten so ängstlich, programmatisch und augenzwinkertechnisch biographietotal ausgeschlossen wird? Lebenslänglich? Ich stehe da mit Wasser, rauche HB und erkläre meine Sicht der Dinge: Haß, Zerstörung, Kunst. Radikale Positionen werden im Gespräch automatisch lächerlich. Humane Geschichte.

SCHLEEF UNTERBRACH BEI DER VERLEIHUNG DIE LAUDATIO VON LÖFFLER MEHRFACH HEFTIG UND BESCHWERTE SICH ÜBER EINE SEINER ANSICHT NACH UNGERECHTE KRITIK

III
2.6

Samstag, 23.5.98, Berlin.

1251. Mich friert, der Nachbar stinkt. Ich hasse dieses Haus.

2009. Spät angefangen, dann an Praxis V, unter Zeitdruck, wegen der Beute Präsentation abends. Jetzt los.

2240. Ich war schon umgezogen, und dachte dann doch: es hat keinen Sinn, ich muß weiter an Praxis V schreiben. Und so geschah es. Feierabend jetzt. Kalt ist es mir.

021. Mit Samstag Nacht, zum letzten Mal.
104. Licht aus.

KRANK

III
2.7

Sonntag, 24.5.98, Berlin.

1152. Wo bleiben die Geburtstagsgeschenke? Morgens früh um 5 nach halb

6 kam die erste Lieferung: kolikartige Magenkrämpfe, brutale Kopfschmerzen weckten mich auf, alles voll Grippegefühl, der ganze Körper. Und ich dachte, paßt super, Tag im Bett, abgeschlagen, niedergeschlagen, krank. Praxis V: KRANK. Nicht Kritik, KRANK.

Aussicht
Pfirsich spricht Gedicht
ich nicht richtig
Licht
Geschicht

So.
Oder so ähnlich.
Oder ein bißchen anders.

1212. Ich wollte noch diverse Sachen zur sogenannten Interaktivität des Internetzls sagen, auch über das Gespräch mit Schorsch Kamerun, über das Niveauchen von Ahnungslosigkeit bei den weiblichen Musik- und Mode-Schreiberinnen, die ich in Rave angegriffen habe. Schorsch schaute ganz gequält. Das ist relativ verboten, in Szenekreisen, daß man da irgendwas einwendet. Und natürlich ist es komplett unerwünscht, daß sowas auch noch öffentlich gesagt wird. Ich muß das mal in Ruhe darlegen. Aber heute bin ich KRANK, nicht zurechnungsfähig, nicht geschäftsfähig, und muß Praxis V umschreiben, von Kritik auf KRANK.

1232. Nur eines noch: neulich schrieb ich Durs Grünbein ein Fax, eine geplante Reise betreffend, und da erlaubte ich mir die gutgelaunte Frage, ob ich hoffentlich nicht beim Dichten störe, unter Anfügungen einiger Gedicht-Scherzartikel-Worte wie: »mitnichten Dichten nicht vernichten«. Aber das kam beim Dichter selbst nicht so wahnsinnig gut an, hatte ich den Eindruck. Irgendwie verständlich, als Dichter ist man vom Prinzip her so beladen, ernst-last-technisch gesehen. Man hängt so elend fest in der Sprache. Wo ist sowas wie Luft richtung Wind und – ja: Wetter, ganz genau, denn das heißt ja: jenseits davon. Schwierig. Wie kommt man raus aus der Sprache, zu den normalen Sachen, zu den echten Worten, zu neuen Erfahrungen, zum Nichtsprachlichen und superalltäglich Alltagssprachlichen, zur Welt eben. Davon handelt KRANK.

1418. Hallo ALEX, falls du das liest! In der freie-Rede-Panik letzte Woche in Praxis vergaß ich wieder das Wichtigste, die Ansage für Praxis V: BRING your own MUSIC. Die Veranstaltung sollte sich zum letzten Mal doch noch mal ÖFFNEN, möglichst viele Leute sollten auf möglichst verschiedene Art Gelegenheit zur Intervention bekommen. Einwände, Gegenideen, Diskussion. Es geht ja um Kritik. Falls du das weitersagen könntest an die Leute, die du kennst: das wäre extrem danke! Danke.

1954. An Praxis V.

2139. Nochmal weiter im Text.

2259. Ich flippe durch die Kanäle, lande im WDR, da kommt gerade wieder Patrick Walders Kritik-Film über Techno-Literatur, mit dem Rave-Verriß fürs Fernsehen. Ich muß ihn mal fragen, ob er ihn flächendeckend an alle dritten Programme verkauft hat. Danach, beim Jubel-Porträt vom großen Theaterschreiber Albert Ostermaier, denke ich mir wieder: lieber noch so schlimm verrissen werden, als sich abfilmen, und dann von den Trotteln vom Fernsehen auch noch loben lassen. Lob vom Fernsehkulturfilmer: die letzte Erniedrigung, die allerletzte. Theo Roos hat uns das angetan, mit seinem Lall-Film über das Mix-Büchlein. Das war echt hart. Da habe ich mich wirklich zutode geschämt, daß ich da mitgemacht habe. Ich war dabei: ja, ich kriege immer dieses Nazigefühl, bei diesen ganz Kultur-Nutten-Sachen, weil es auf so eine fiese Art dazugehört, weil die Weigerung so was blöde Prätentiöses hat, weil man sich irgendwie natürlich auch selber schadet damit, und weil es doch und im Prinzip und im Grunde und in echt wirklich komplett ASOZIAL ist, der ganze Scheiß, Interview, Porträt, bla bla, kaputt, verottet, verlogen, böse und gegen alles Richtige gerichtet. Ja, nein, echt, genau. So ist das. – Dann wollte ich meinen Heizblaser anmachen, Kurzschluß, Brandgeruch, wo ist der Schraubenzieher? Aufschrauben und Reparieren, funktioniert, das macht gute Laune.

010. Essen, TV, Bett, Licht aus.

ÜBER
DIE UNABSCHAFFBARKEIT
FALSCHER GEDANKEN

III

3.1

Montag, 25.5.98, Berlin.

749. Krank, kühl, hell. Was gehtn ab? Es regnet. Wie war das noch: schwarzen Tee trinken. Dadurch gesunden. Keine Ahnung. Am Computer sitzen. Und mit Ulrike Sprengers Proust ABC spielen.

958. Das Arsenal Roulette.
Abfall oder Arsenal.
Beute oder Burial Mix.
Church of Krieg oder Chance 2000.
Dietl oder Diskretion.
Ecstasy oder Elternschaft.
Freud oder Form.
Gernhardt oder Goethe.
Handke oder ....
Interview oder Irre.
Jeff Koons oder Japan.
Krank oder Kritik.
Lesen oder Literaturhaus.
Modern Talking oder Mayday.
Niemann oder Nettelbeck.
Ohr oder Ort.
Pop oder Polizei.
Qual oder Qualität.
Realität oder Renitent.
Schleef oder Schmidt.
Tennis oder Tizian.
Urteil oder Unten.
Vage oder Ina.
Wenus oder Wussow.
X oder Y.
Y oder Frau.
Zeit oder Zeche.

1053. Dusche oder Dachschaden. Anfangen oder Aufhören. Nie mehr oder nieder, mit dem oder ohne, Quatsch oder Matsch. Hadsch oder Hader.

Schluß oder Schlüssel. Schleier oder Baader. Bad oder Dusche. Dusche oder Dachschaden. Kreis oder Kragen. An den oder endlich, lichsich oder nicht ich. Ich geh mal kurz duschen, vielleicht wirds dann wieder besser.

1233. Kaputt, mißbraucht und abgewrackt: so möchte man ausschauen, als normaler Mensch. Ich wollte noch mit 29 ein von Leben, Alkohol und nicht anwesendem Proletarier-Elend gezeichnetes Gesicht haben, erinnere ich mich genau. Und später dann natürlich umgekehrt. Bloß wenn man die eigene Scheußlichkeit bejaht, den Stumpfsinn des Nicht-Gelebthabens der Jugend, oder umgekehrt die Last und die Furchen der Jahre: dann wirds doch eklig. Wenn die Fetten das Fettsein feiern, und die 25-Jährigen die eben verlorene Jugend als Haß auf sogenannten Jugendfaschismus erleben. Das ist doch Unsinn, das merkt man doch.

1304. Und wenn wir schon mal wieder beim Hassen sind: ich hasse JEDES Foto dieses lächerlichen Joseph »Gallus« Rittenberg. Wie kann man nur so Fotos machen, wie dieser Typ, so endhohle Fotos.

1414. Zum 3. Mal heiß geduscht. Traum oder Taufe. Trauma oder Traufe.

1952. Jetzt zum vierten Mal. Kaputte Szene. Andere trinken einen Schluck, ich muß duschen, um die Sache neu sehen zu können, mit klarem Kopf. Mit neuer Energie. Wie im Medizinstudium, mit jedem Examen fiel es mir schwerer, den Lernspaß von der sportlichen Seite her zu sehen, bis es beim dritten Staatsexamen – aber ach, was solls. Auch das ging vorüber.

2353. Und tatsächlich also den Durchbruch doch noch irgendwie geschafft, nach ganztägig wirrem Anrennen jetzt also Praxis V erstürmt.

0008. Bett, hektisch, gar nicht richtig müde, aber komplett k.o. Welchen Göttern werde ich danken, wenn das vorbei ist?

PRAXIS
IT'S OVER

III
3.2

Dienstag, 26.5.98, Berlin.

512. Seit halb fünf am Schreibtisch.

537. Von drüben fiept der Wecker.

1015. Die Langfassung ist fertig.
1243. Los gehts.
1319. Im Flugzeug.
1342. Zerstörung, Vollgas, ab dafür. Und in der Luft.

1424. Frankfurt.

1436. Kurzentschlossen fliegen! Schöne Ferien! TUI.
1453. Im Hotel, wieder Zimmer 12.
1501. Los gehts.
1712. Kopien gemacht, geduscht. Wieder los.
1719. Kant, Goethe, Humboldt. Draußen.
1723. Fotze ist geil! Drinnen. Steht da, tschuldigung.
1725. Im Hörsaal. Anschrift.
1815. Los.

PRAXIS
V

KRITIK

A
AUFTAKT

Was also ist ein Roman? Wir haben es hier erlebt, ganz anders, als ich zumindest es mir vorgestellt hatte. Und insofern wahrscheinlich genau so, wie es die Ordnung dieser Form vorsieht: mutig zieht der Held hinaus ins Leben, verwickelt sich in Weltgeschichten, besteht sie irgendwie und kehrt schließlich zurück, nach Hause, erschöpft, bereichert um Wissen und Erfahrung, und niedergedrückt davon, von Vernunft und Verstehen, geschlagen. Bereit, sich abzufinden mit dem Vorgefundenen und dem Erlebten, mit der Welt, wie sie sich gezeigt hat, und mit dem Platz, den sie ihm zugewiesen hat dabei. Bereit auch, diese eigentlich traurige Geschichte zu erzählen und dabei zu VERWANDELN, in den Roman. In etwas für andere Sichtbares, Faßbares, Abgeschlossenes und Benutzbares, in etwas Sinnvolles und Ermutigendes also.

Heute, zum Abschluß gibt es diese Praxis Veranstaltung zum letzten Thema Kritik in einer noch einmal neuen Gestalt. Doppelt nämlich: nieder geschrieben, als Text, der in Kopie, diesmal in hoffentlich ausreichender Anzahl, hier zum Schluß mitgenommen werden kann. Und so weit wie möglich frei gehalten, in Antwort auf eine hoffentlich möglichst vielfache Beteiligung von Ihrer Seite.

Nach einer kleinen Zusammenfassung zum heutigen Thema, ist jede Intervention erwünscht, Kritik, Fragen, Musik. Oder man kann über einen der Begriffe hier hinter mir an der Tafel Inhalt abrufen, Momente und Aspekte aus dem weiten Reich des hier Geplanten und dann doch Fehlenden.

B
KRITIK

KRITIK AM TEXT

Bezogen auf ästhetische Praxis, auf Produktion ist Kritik, wie mehrfach schon gesagt, der nachträgliche Auskultations-Vorgang am zunächst mal einfach so rausgedonnerten Text. Wie klingts, das Rausgerockte? Stimmts? Stimmts nicht?

Wie bei der Produktion selbst: je mehr man raushaut, um so besser wird das Ganze. Also viel schreiben, und viel streichen, also SEHR viel schreiben, und viel streichen. Bißchen was muß schon stehen bleiben, am Schluß. Dabei geht es fast nur um das Streichen größerer ganzer Teile.

Es geht bei Kritik nicht um ein Feilen am Text, um die Politur der Textoberfläche, um irgendwelche stilistischen Mätzchen. Daran kann man nicht so viel ändern, das ist gegeben: denn das Stilistische gehört eher ins Innere des Personalen, das ist wie es ist. Bestimmt davon, von wie vielen verschiedenen Textsorten und Redeweisen, Sounds, Assoziationen und inhaltlichen Orten ein Text sich GLEICHZEITIG angezogen fühlt, wie unruhig und ungeduldig er dazwischen oszilliert. Dieses den Stil prägende Naturell eines Textes kann von Kritik nicht nachgebessert werden, eher im Gegenteil. Kritik geht mehr auf die Zwischentöne des GANZEN. Ob etwa ein Beipiel genau zu penetrant, eine Präzisierung genau ermüdend, oder ein persönlicher Angriff überflüssig, störend, scheußlich ist. Raus damit, weg damit. Kritik schafft Luft. Läßt den Text steigen.

Keiner nimmt es einem ab. Jeder Macher sehnt sich danach, daß es diese Außenistanz gäbe, irgendjemand anderen, der voller Wohlwollen und mit aller Härte zugleich, der also ganz von innen, wie man selber, und zugleich als ein Fremder, als Nichtich, und ganz von außen also prüft, ob es geht, was da steht, oder nicht. Diese Außeninstanz, diesen anderen gibt es nicht. Wie das ursprüngliche erste Niederschreiben von Texten, so muß man auch diesen kritischen, und vielleicht wirklich schwierigsten Teil der ästhetischen Produktion ganz auf sich nehmen: den Versuch zu machen, das zunächst Entstandene so resultativ zu sehen, wie es dann realerweise als fertiges Ding in echt wirklich wirken wird.

Im Gegensatz zum neulich beschriebenen Empfangsvorgang bei der ersten Niederschrift, ist man jetzt als ein nochmal ganz anderer gefragt: sehr präsent, aktiv, wütend fast, brutal, rücksichtslos und radikal, wie ganz am Anfang, alles-oder-nichts-mäßig: was interessiert mich alles Bisherige. Form, Absicht, Weltidee, Empfang. Was steht denn da? Wie wirkts, was taugts, wo fehlts? Was stört? Was nervt? Wozu, warum, wieso?

Im diesem letzten Moment der Produktion geht es nocheinmal um eine fast frühmorgendliche Frische und Unbeschwertheit. Schreiben macht einen fertig. Streichen macht unglaublich gute Laune. Es ist das der speziell vergnügliche Teil der sogenannten Arbeit. Man kommt dabei so lässig drauf, so ungravitätisch. Die empfangenden Akte, verzeihung, aber es fühlt sich ein gewisser Teil dieser Dinge für einen als Mann eben relativ und wunderbar unmännlich an, lassen einen so erdig, schwer, tragisch und wahr werden, so gewichtig. Und das weg Hauen und Zerstören im Nachhinein, das über Destruktion Verbessern, auch das Herrscherliche der Gewalt-Position dieser letzten Entscheidungs-Macht: all das gibt einem Freiheit und Wind zurück, Wildnis, Wut, Männlichkeit. Hast du Zigarette? Hast du Feuer? Yes. Deswegen ist man also Mann geworden, weil man das da braucht, bei dieser Arbeit der Kritik.

KRITIK AN PRAXIS

Es hat so viel gefehlt. Noch ist es nicht vorbei. Vorallem fehlte es an Offenheit für Intervention von außen. An Welt, an Zeit, an Fragemöglichkeit.

Es war geplant ein Ort, an dem die Gegenwart hätte intervenieren können. Das zur Welt sich öffnende FENSTER, jede Woche neu hätte es in einem Mittelteil aktuelles Geschehen anwerfen sollen. Der Prozeß der ästhetischen Praxis wäre davon, wie in echt, verwirrt und irritiert worden. In möglichst direkter Weise, wie es in normal alltäglichen Gesprächen geschieht, wäre so geredet worden über das, was von seiten aller hier als öffentliches Geschehen wahrgenommen wurde. Diskutiert im Hinblick auf die entstehenden Arbeiten, am jeweils entsprechenden Entstehungspunkt. Formphantasie, Thema, Welt, Text, Kritik.

Automatisch hätte sich dabei die Möglichkeit zu Einwänden, Fragen, Zweifeln und Kritik ergeben. Zu Antwort und Gegenantwort, zu Gespräch also. Aber die ERFAHRUNG hat gefehlt, um eine derartige Öffnung zu verbinden mit einem konsistenten Angebot an Resultaten, Gedanken und Positionen. Die Veranstaltung also gleichzeitig so offen zu halten, wie beim ersten Mal, und das zu Sagende doch geordneter, nachvollziehbar und verständlich darzustellen.

Es hat gefehlt am allermeisten an PASSIVITÄT. Am sich Gehen lassen, am Kucken und Warten, am Rumhängen und lustgesteuert mal dies und mal jenes versuchen, bedenken, und wieder weiter driften. Das innerste Rezept von Praxis, Rezeptivität, bleibt letztlich leider Behauptung, hat sich nicht realisiert.

Im Gegenteil hat Praxis die PANIK von Produktion unter Druck vorgeführt. Viele, gerade freie Schreiber sagen, sie brauchen den Druck. Ohne Druck, ohne Vertrag, ohne Termin käme nichts zustande. Ich brauche keinen Außendruck, im Gegenteil, der Innendruck ist eh schon viel zu hoch und kontraproduktiv. Immer geht es darum, den naturellmäßig zu verhakten, verbohrten, auch zu konzentrierten Blick zu DEZENTRIEREN, zu öffnen, den in ihm angelegten Krampf zu lösen, Panik und Druck rauszunehmen, alle äußeren Pflichten und Zusagen, Termine und Pläne abzusagen, um dann endlich, von allem befreit, im Freien die Zeit ihre Arbeit in einem tun lassen zu können. Ich muß das jetzt so erzählen. Ich dachte, wir würden genau das gemeinsam hier erleben.

Es hat also, auf eine Art gefehlt am Allerwichtigsten: an Zeit.

KRITIK ALS BERUF

Ein wirklich freies Geschäft, das ist das Schönste daran. Jeder kann mitmachen. Es gibt keine Diskurs-Zutritts-Begrenzung auf Kompetenz-Niveau. Die Ordnung des Diskurses der Kritik findet ganz weit außen statt: kann der Typ denn schreiben? Das macht Kritik tendentiell so frei, so funky und funny, so immer wieder neu NEU.

Kritik ist die offene Stelle, an der neue Schreiber den Raum der öffentlichen Rede am besten entern können. Sie kommen von außen, dringen ein, und im Inneren wird jetzt allein dieses von außen Kommende aktiv als Kapital: Neuheit, Außenwissen und Nichtwissen schaffen so Erneuerung.

Neue IDEEN sind trotzdem nicht die stärkste Seite neuer Schreiber, verständlicherweise. Denn die neuen Kritiker treten an als sehr genaue Leser alter Kritiken, betreten als Kritiker von Kritiken den Raum der Kritik. Das Erfrischende liegt einfach nur in der Wohltat, daß neue Leute das Wort ergreifen, und damit eine andere, zeitgegeben neue Mixtur von Idiosynkrasien, Prägungen, Allergien und unausgesprochenen Selbstverständlichkeiten. Im neuen Kritiker spricht sich die Gegenwart fast noch exponierter und heller aus, als im ganz gegenwärtigen neuen Kunstwerk. Neue Kritik macht gute Laune, kickt und schubt.

Jeder Anfang ist ein kurzes Ding. Der eben noch ganz neue Kritiker ist im Nu nur noch ein gerade noch neu gewesener neuer Kritiker, man kennt ihn jetzt schon. Jetzt fallen in ganz kurzer Zeit ganz viele ganz wichtige Entscheidungen.

Wird die veränderte Sprecher-Position registriert? Merkt der nicht mehr ganz neue Kritiker, daß er nicht mehr von außen kommend spricht, sondern die Neu-Position im Inneren der Kritik jetzt vertritt? Und was für Konsequenzen zieht er daraus? Findet er Spaß an der ihm neu auf die Art zugewachsenen Verantwortung? Und wie genau interpretiert er diese Verantwortung, die Verantwortung der Kritik?

Jetzt entsteht das Neue, das inhaltlich Neue, aber auch zugriffsmäßig formal, vom Charakter und Typus des Berufsbildes her. Aus den vielen, die eben noch neu das Wort ergriffen haben, sortieren sich jetzt über die Antworten auf die genannten Fragen diejenigen aus, die mehr drauf haben, als eine Stelle irgendwo anzutreten und zu verwalten, die mehr wollen, ehrgeiztechnisch, visionsmäßig.

Plötzlich wird Sachkenntnis zum neuen Innenpunk, unter lauter Halbgebildeten und lebenslänglich Ahnungslosen. Plötzlich heißt: mehr kennen als das ohnehin nur Naheliegende, zu einem rebellisch WISSENDEN Kritik-Schreiber zu werden. Und an genau der Stelle, wo die eben noch so lässig rausgedonnerten Frech-Urteile Wahrheit hatten, entsteht ein Bedürfnis nach Präzision, komplexen Widerspruchs-Momenten und ein Vergnügen daran, kritikinterne, neue Darstellungsformen für neue Sichten auf neue Verhältnisse zu finden, und all das so, daß es natürlich trotzdem noch knallt.

Man selber ist jetzt derjenige, der sich Kompetenz als berechtigt zuspricht, in bestimmten Bereichen, weil man findet, daß man da inzwischen mehr Ahnung hat, als andere Kritiker; und vorallem weiß man, wo man den Mund zu halten hat, in Abgrenzung zum üblichen Schwadroneurs-Geschwalle der Großschwadroneure.

So bildet sich das Profil eines Kritikers mindestens ebenso sehr daran, worüber er nicht schreibt, wie an der Eigenheit seiner geäußerten Positionen, am Stil seines geistigen Zugriffs, seiner Weltsicht, der Abenteuerlichkeit seiner Texte und Urteile.

Immer noch und immer wieder bleibt es also dabei: eine der tollsten Textformen überhaupt ist die heute für morgen geschriebene Kritik, die dann in der Zeitung erscheint. Sie vertritt, im gar nicht SO selten realisierten Idealfall so viele verschiedene, disparate, sonst im Geistigen so fern voneinander vorliegende Tugenden und Talente, so viele Sprechweisen und Weisheiten, so viel Leichtigkeit und Gegenwärtigkeit, das Endgültige und Gesprächsmäßige, den Fun und dunklere Lebens-Vergehens-Melancholien, ein, wirklich: tutti für alle. Formal so offen wie der Roman, kann hingetuscht und hingeworfen sein, wie es sich ergibt, schwerstens gedichtet und immer noch schön, alles, nur EINES nicht: unkonsumierbar. Die Kritik für die Zeitung muß so sein, daß sie sich liest, fast wie von selbst. Und trotzdem wird sie dann da, und von da aus, ins Erstaunliche führen, ins Neue.

Die Kritik insgesamt ist ein Ding, auf seine Art so groß wie Pop, ein Weltfenster, so offen wie das Fernsehen. Und wenn es EIN Problem damit gibt, dann höchstens das, daß man den einen interessanten Artikel, der irgendwo todsicher erschienen ist, vielleicht doch verpaßt hat, weil man, um wirklich Gewinn aus der Kritik und dem Feuilleton ziehen zu können, hauptberuflich und andererseits eben doch auch noch in ganz ANDERE Lese-, Bildungs- und

Schöpfungs-Arbeiten verstrickt sein muß.

Kritik ist eilig, packt einen kurz, zwischendrin, und rüttelt einen durch. Relativiert die Mühsal langer Strecken, macht sich auf eine Art lustig über das Gewichtige größerer Projekte, in die man sich verbissen hat. Kritik kichert darüber böse, und das hilft einem irgendwie, im Verlorenen. Das stachelt einen immer wieder neu auf. Man schreit dann rum. Das tut der Arbeit gut.

KRITIK AN KRITIK

Es gibt so trostlos viel blödes Genörgel gegen die Kritik, gerade von seiten der Nichtkritik, der Kunst. Was solls. Beide haben ein ziemlich abenteuerliches und einander nahes, dabei sehr gegensätzliches Projekt im Sinn und zu erledigen.

Aus Abfall: Kritik baut den Schrecken ab, den Kunst hervorruft. Kritik ordnet, erklärt, besänftigt. Ihre Mechanik ist die der Zustimmungsherstellung: sehe ich auch so. Sie ist so die die Kunst ergänzende Ja-Instanz, gerade wenn sie in ihrer Bestform auftritt: als Verriß. Irgendwas fehlt immer, jedem. Das muß angemahnt werden, findet Verständnis und Zustimmung.

Kunst muß den umwegreicheren Weg zum Verstandenwerden gehen, über die Abstoßung, die der Schreck auslöst, den Kunst speichert, in ihrer Weltsicht, ihrer Transformation des Realen als Ganzen, mit allem Horror, in etwas letztlich doch unweigerlich Schönes. Gerade deshalb, weil die Kritik durch das von ihr ausgelöste Ja zum Nein der Kunst eine so wichtige Negativitäts-Komponente zurückgibt, die Kunst also auf Kritik als das sie Ergänzende wirklich so angewiesen ist, soll FEINDSCHAFT sein zwischen diesen beiden großen Brüdern.

Auch persönlich sollte natürlich DISTANZ herrschen zwischen Kritikern und Schreibern. Die Schreiber müssen nicht alle Kritiker und Redakteure kennen lernen, sie müssen auch nicht von ihnen dauernd angeschrieben werden, sollten nicht von ihnen angerufen werden, als wären sie die freien Mitarbeiter der Kritik, und sie sollten sich auch nicht dauernd so anlallen lassen müssen. Das nervt. Das ist falsch, aus der Sache heraus falsch. Kritik und Kunst stehen in Respekt zueinander, getrennt von einander, und nur in ihrer Differenz und Distanz wird die jeweilige Qualität richtig sichtbar, leuchtend.

Weiter. Daß Kritiker sich dauernd auch mit Sachen beschäftigen müssen, die ihnen gar nichts sagen, für die sie sich kaum interessieren. Daß die Kritik der Kunst so FREMD genug gegenübertritt. Die Sache also auf ihren Außenappeal hin prüfen kann.

Schließlich. Daß der Kritiker tendentiell natürlich auch ein biederer Mensch ist. Sonst wäre er nicht Kritiker. Daß es also auf eine Art wie früher in der Schule ist, daß die Kunst vor einem Kollegium der Biederkeit sich mit ihrem Ding durchsetzen muß. Und daß auch diese Welthürde was Richtiges an sich hat. Daß das Radikale und Extreme und Asoziale der Kunst, ihr Böses und Kaputtes, Scheußliches und Gescheitertes, sich weltmäßig bewähren muß vor diesem Tribunal des Durchschnittlichen, ganz und gar Unaußerordentlichen. Und daß allen wirklich tollen Kunstwerken das genau natürlich auch gelingt, ihr Absolutes so zu verbergen, daß nicht NUR die Biederkeits-Reflexe der Kritik getriggert werden, sondern auch das immer ja auch sehnsüchtige und abenteuerliche Herz der Kritik.

Außerdem ist Kritik ein kollektives Geschehen. Alle Kritiken zusammen, die Kritik als Ganzes, entfaltet meist die meisten Aspekte eines nennenswerten Kunstwerks.

Tolle Summe also kurz gesagt: Kunst haut einen um, Kritik bringt einen zum Denken.

Bitte einmal beides dauernd.

C
ARSENAL

ABFALL

Abfall für alle. Mein tägliches Textgebet.

Ausgangspunkt ist die rein formale Vorgabe, daß die Seite sich jeden Tag aktualisieren muß. Es geht um den Kick des Internets, der für mich mehr als in Interaktivität in der Geschwindigkeit, in Gegenwartsmöglichkeit, in Aktivitätsnähe besteht. Ich las die Tagebücher von Jünger, Krausser oder Rühmkorf, und dachte immer: wenn man nur wüßte, wie es JETZT steht, was er JETZT macht, JETZT denkt.

Die spezielle Öffentlichkeitsform des Internet, die in einer fast gegenstandslosen, abstrakten Verfügbarkeit besteht, wo ein Text also mehr als Möglichkeit vorliegt, als in Gestalt eines realen Objekts, sich erst auf Anfrage eines Interesses realisiert also, wenn jemand die Adresse anwählt, – kommt entgegen einer probierenden, tastenden, aber auch impulsiv explosiven, sich im Zweifelfall am nächsten Tag korrigierenden, widerrufenden Äußerungsart und Schreibweise.

Schneller schreiben, freier, näher dran am intellektuellen Augenblick und Reflexionsgeschehen, als alle anderen, formal von Anfang an auf etwas Fertiges hinsteuernden Textarten es einem erlauben. Offen auch in dem Sinn, daß man die Art dieser Notizen sich so entwickeln läßt, wie die jeweils neue Situation es ergibt.

Und zugleich wird bei alledem dennoch eine Form des ÖFFENTLICHEN realisiert, also auch die Verbindlichkeit des publizierten Textes gesucht, die über das hinausgeht, was man in Notizbüchern und Arbeitsheften sonst so festhalten würde und festgehalten hat. Wie in allen Textarten, die aus dem Privaten kommen, spielen komplizierte Diskretions-Aspekte eine schwierige, interessante Rolle. Man ertastet sich da Schritt für Schritt eine neue Form. Anfangs noch relativ nahe an meinen ursprünglichen, seit vielen Jahren geführten Minutenprotokollen des äußeren und inneren Geschehens dran, ist der Reflexions-Baustelle-Charakter der Sache mit der Zeit in den Vordergrund getreten. Der Text fühlt sich da wohler. Erst durch die Arbeit an Abfall wurde mir richtig klar, in welcher Ausschließlichkeit beinahe alles Private eben genau dem FIKTIVEN Text vorbehalten bleiben muß.

Das Fiktive gibt Freiheit zur Distanznahme, je nach Bedarf, fängt so die im Authentischen angelegte Zumutung ab, daß der Text einem als Leser zu nahe tritt. Was die Sozialrealität an Ordnendem und Befriedendem für die individuelle Madness und Krankheit leistet, daß man sich also vor anderen und für andere im Sozialen so präsentiert, daß es halbwegs geht, und dadurch auch WIRKLICH von einem potentiell schwer Gestörtem zu einem halbwegs Gehenden WIRD, – das muß im Text das Fiktive stellvertretend stellen, nachbauen quasi, fiktionalisieren.

Im Verhältnis zur Praxis Veranstaltung hier hat Abfall eine komische Rolle gespielt. Eine große Zahl von Einträgen war als Vorbereitung für hier gedacht, Abfall wurde erster Produktionsort für Argumente, Strukturüberlegungen, Formulierungsversuche, die später alle in Praxis eingebaut und verwendet werden sollten. Und erst neulich kam es mir richtig zu Bewußtsein, daß ein genau umgekehrter Effekt eingetreten war: ich wollte die in Abfall schon gesagten Sachen in Praxis nicht noch mal wiederholen. Als würde man einem Freund die gleich Story noch mal auftischen, und der: ey, Alter, das haste doch neulich schon erzählt. O. Tschuldigung. Soll nicht wieder vorkommen.

CHANCE 2000 ODER CHURCH OF KRIEG

Politisch agieren, toll. Doch nochmal, was heißt es eigentlich, wenn man eine im strengen Sinn unpolitische Perspektive auf das Soziale hat? Und trotzdem sich für Politik interessiert? Man bleibt so leicht hängen an der Außengestalt des Diskurses über Politik. An den Widersprüchen, Selbstwidersprüchen, Absurditäten, an den Lügen und diskurstechnischen Scheußlichkeiten und Fehlern, die Politik immer mit hervorbringt. Dabei geht es darum gar nicht wirklich, nicht in erster Linie.

Schwere Legasthenien behindern das richtige Verstehen des Politischen: im Sozialen ist die Szene vorallem zugeballert von emotional-expressiven Momenten. Gesichter, Ausdrücke, Tonfälle, Subtexte. Den Handlungen richtig folgen, wie geht das? Zwischen Handlung und Macht scheint ein Zusammenhang zu bestehen, welcher? Macht erscheint als lächerlich, Gegenmächte genauso, Machtkämpfe als komplette Trottelei. Ohne definiertes Interesse an Machtfragen gibt es aber keine konsistente politische Position. Mich interessiert mehr, wie die Wahl ausgeht, als meine eigene Meinung, wer gewinnen sollte. Kaum daß ich es weiß, genau genommen. Es spricht ja immer so viel gegen alles und für alles zugleich.

Auf solchem Sand ist natürlich schlecht politisch Kirschen essen, um hier zum Spaß mal rot aus diesem Bild zu fallen. Trotzdem, Politik ist eben sowas wie die katholische Kirche: da bin ich hinein geboren, da trete ich nicht aus. Arbeitstechnisch hat das immer geheißen, politisch aufgeladene Themen interessant zu finden, den Blick aus nicht-politischer Perspektive auf politische Gegenstände zu richten, auf die sie begleitenden Diskurse. Und dabei denkt man dann: das ist eben AUCH eine Art von Sicht auf das Politische, egal wie gebrochen. Meine.

DIETL ODER DISKRETION

Der Shakespeare von Schwabing. Kir Royal, Kroetz, München. Dietl hat im Fernsehen die Realität zum Sprechen gebracht, in einer vollkommenen Künstlichkeits-Gestalt, völlig beiläufig, fast unmerklich im Formalen. Dokumentation der Gegenwart. Er ist der tollste Schauspieler-Regisseur, in ganz Deutschland, hat alle diese älteren und alten Damen neu erfunden, ihnen Würde und Größe zurückgegeben. Neulich im Fernsehen, auf die Frage, was ihn am meisten nervt: daß er die Sachen immer nicht ganz genau so hinkriegt, wie er will. Er denkt, jetzt hat ers endlich raus, weiß, wie es geht, und dann geht es doch haarscharf vorbei daran, wie er es sich vorstellen würde. Das nervt ihn total.

Franz Xaver Kroetz. Dieser Held. Er hat in der Zeit des hier gezeigten Fotos, von Kir Royal, mit Schnauzer, wo er zum Pinup der Omma-Zeitschriften wurde, auf allen Yellow Titelblättern war, dem komischen Günther Gaus ein Interview gegeben, in dem er seinen Bankrott als Schreiber erklärte. Einer der bewegendsten Momente, die ich je im Fernsehen gesehen habe. Er ist in diese lächerliche öffentliche Ehe gegangen. Und ringt da, zwischen stinkenden Windeln, Nicaragua-Tagebuch, dem Geschrei von Frau und Kind und der bayrischen Bauernhofödnis um: Politik und Text. Gibt nicht auf. Der einzige Schauspieler-Dichter. Er braucht den Beifall, er soll wieder spielen. Dann wird ihm auch der Text wieder kommen. In Verehrung.

Nachtrag: Ich habe mich immer so gefreut, daß ich ihn so mag. Und NICHT kenne. Daß wir beide aus München sind. Sogar im selben Verlag. Daß es sich dabei um GEISTIGE Nähen handelt. Daß Diskretion da ist, als ordnende Form, solche Nähen richtig zu verwalten, aber auch zu erleben. Ganz spät erst lernten wir uns dann mal kennen. Wo? In HAMBURG, out of all places, in der Kantine des Schauspielhauses dort. Zusammengeführt von den dortigen Machern, Wilfried Schulz und Frank Baumbauer, in einer von diesen großen Schauspielhaus-Eröffnungs-Nächten. Wir redeten dann da, eine Stunde. Und ich mochte ihn danach noch mehr.

ELTERNSCHAFT ODER ECSTASY

Du sollst Vater und Mutter ehren. Dieses Gebot gibt es auch. Jedes Gebot stimmt irgendwie, irgendwann im Leben. Ich glaube nicht an die Vorstellung, daß man die von diesen Dingen berührten Fragen je lösen kann, im Leben. Ich freue mich immer daran, daß ich zum gegebenen Zeitpunkt allen nur erdenklichen HASS über all das ausgekübelt habe. Das hat so viele gegensätzliche Denk- und Empfindungs-Freiheiten eröffnet.

Jede Droge ist eine gute Droge. Jede Angst, die man vor jeder Droge hat, ist eine richtige Angst. Steht in Rave, stimmt.

FREUD ODER FORM

Form natürlich.

GERNHARDT

Die virtuose Flucht. Als Gedichte-Dichter ist man ja vom Prinzip her arme Sau, ernst-last-technisch gesehen. Robert »Zwinker Zwinker« Gernhardt führt ein Schreiberleben lang in ironie-gestählter Ernsthaftigkeit den einen möglichen Ausweg vor: die Ambitionen zurücknehmen, heiter und weise, lichte Gedichte. Eine wirklich humane Position, und deswegen auch immer überall gern genommen. Ich finde diesen absturzsicheren Weg trotzdem letztlich zu lasch, ganz okay, ganz lustig, toll gedichtet, und besser als das meiste ernsthaft Ernste, sowieso klar. Aber für mich bleibt das: schöne Coffee-Table-Dichtung. Keine Kunst. Eine wirkliche Antwort auf den Ernst-Terror der Dichtung ist das nicht.

ODER GOETHE

Immer bei Goethe nachschauen, um feige eigene Isolations- und Rückzugs-Tendenzen zu bekämpfen. Den Roman des Lebens suchen. Heiraten, Kinder kriegen, glücklich werden. Vorher und nebenher Minister sein und Theaterdirektor. Sich einmischen in alles und sich die Hände schmutzig machen. Den Weg der Nicht-Verrücktheit, des Nicht-Rückzugs, der gesellschaftlichen Verstrickung und Intervention gehen. Den tragischen Lebenskreis ausmessen. Das Bild dieser ganzen Aktivität: es ist so ermutigend, ein solcher Ansporn. Sein Materialismus, seine Banal-Pedanterie. Von wegen Glück: August, der Sohn. Die am Wegesrand vom Eisigen so Hingestauchten, Zerstörten. Und sich zur Lachfigur machen als liebesverrückter alter Mann. Ein Leben lang den Glanz eines ausgreifenden Anfangs aushalten, nicht dementieren, jeweils neu auslegen, zum jeweils neuen Lebens-Gegenwarts-Augenblick. Er war ein Städter, viel weniger idyllisch und provinziell als mancher Hippie glaubt. Er hat so viele verschiedene Formen versucht, so viel probiert, und bekanntlich wirklich Einblick genommen ins Menschliche, sicher hat er das meiste davon verschwiegen. Es gibt ja dieses tolle Büchlein von Hans Mayer, Goethe, da steht das Scheiternde im Vordergrund, als das lebensbegleitende Normale. Weimar, 1986. Da war ich da. Da hat mich das alles beschäftigt.

HANDKE ODER

Ist doch egal. Warum immer schlecht reden gerade über die, die man intensiv studiert hat? Absurd. Man steht doch auf den Schultern aller Früheren, speziell von denen, die sich mit irgendwas Eigenem stark exponiert haben.

Hitler. Das Wort »Heil« kommt seither nicht mehr so gut an.

INTERVIEW

Extrem angenehme Textform. Leicht zu lesen, sehr beweglich, schnell, sprunghaft, nah am Leben. Formal noch ganz jung, voller Andeutungen, Möglichkeiten und Versprechen, was man damit alles noch machen kann.

Ähnlich wie die Tagebuch-Form hat das Interview ein interessantes Problem mit Diskretion und Indiskretion. Mit dem laufend neu Austasten der richtigen Distanz zwischen den beiden Sprechern, mit dem Gefühl für Respekt vor Künstlichkeiten und Konstruktionen, dem Act, in dem sich jemand darstellen will, aber auch mit einem Gespür für exhibitionistische Impulse. Viele wollen ja wirklich richtig gerne und ganz direkt ihr Innerstes die ganze Zeit vor anderen entblößen.

Viele Künstler, vorallem Musiker, auch Maler, finden am Interview faszinierend, wie es ihnen vorführt, was sie selber denken. In guten Interviews erfahren die Interviewten etwas über sich, was sie so präzise vorher noch nicht wußten.

Und auch der Schreiber, dessen primäre Arbeit Interviews eigentlich überflüssig macht, er hat ja eh die Möglichkeit zu schreiben, was er sagen will, – kann sich im Interview zu Antworten veranlaßt finden, zu denen er selber, beim Schreiben, allein mit sich und dem Text, keinen Zutritt fand. Man sucht die ausgesetzte Wahrheit, die Präzisierung einer Ahnung, gerade wenn sie Schwachsinn ist, um das endlich prägnant zu fassen zu kriegen, auszusprechen und dann los zu sein. Man bringt sich durch Interviews in unmögliche Situationen, und von da aus ausgehend kann man dann neu Gas geben.

Auf die Art zerstören Interviews natürlich auch die Reichhaltigkeit, Fahrigkeit und Energie zukünftiger, noch nicht geschriebener Texte. Man ist das Gesagte dann eben los, man ist im Interview damit fertig geworden. Das Interview ist eine Textform für den Schreiber in der Zeit der Schwäche.

Auch der Aspekt der Entblößung, ganz stark bei gefilmten Interviews, aber auch in Text-Interviews, wirkt in beide Richtungen: man macht sich unmöglich, schafft so die Basis für Neuanfang. Und man zerstört auf die Schnelle, und ohne dabei widerstandsreicheren Text zu gewinnen, in einem wirkende Darstellungsabsichten.

Wenn das Auge der beobachtenden Kamera, das mitlaufende Tape einem wirklich bewußt wäre, würden fast alle Interview-Aussagen gar nicht gemacht werden können. Ohne die Absicht, sich selbst zu täuschen, vergessen zu wollen, daß man sich einer Beobachtung aussetzt, die in der Gesprächs-Realität verschwindet, untergehen soll, gibt es kein Interview. Man tut so als ob, als ob nicht. Als ob der Dritte nicht dabei wäre, der aufpaßt, FESTHÄLT, das dadurch ZERSTÖRT, was Gespräch eigentlich hervorbringt: das VERGEHENDE.

Beim gefilmten Interview, wo alles die SICHTBARKEIT des Gesprächs ist, lappt dieser Punkt der Selbsttäuschung ins Verlogene, in die Groteske. Die schwarz spiegelnde Linse der Aufnahmekamera zu übersehen, ist ein dauernd zu leistender schauspielerischer Akt. Und hineinschauen geht auch nicht, das wirkt so ankumpelnd nuttig und profimäßig verschlissen.

Nicht zu vergessen: der Schwachsinn der Kameraleute, der Stumpfsinn der Fernsehdeppen, der Brutalismus ihrer Entblößungsabsichten. Kein Fernsehmensch ist je an irgendwas Inhaltlichem interessiert. Da er weiß, wie wahnsinnig stark, wie gnadenlos und direkt alles OPTISCHE sendet, ganz egal, was der Typ dazu SAGT, geht die Jagd auf die nackteste Pore, immer, auf den Moment im Gesicht, wo alle Hüllen durch irgendeinen hirninternen Vorgang fallen. Das wird dann groß rausgestellt, da wird fett drauf gehalten.

Wenn man zu so einer Lachfigur vom Fernsehen, in dem Fall zu einem Herrn vom Hessischen Rundfunk, sagt: Sie können hier schon Aufnahmen machen, aber WIE diese Aufnahmen gemacht werden, und vor allem wie das dann GESENDET wird, das bestimme ich. Als der dazu Berechtigte, als der Urheber, als der im Zweifelsfall Betroffene. Da schaut der einen groß an, mit seinem Bart und erzählt irgendwas von Berichterstattungsfreiheit.

JAPAN

Banana Yoshimoto. Die zarteste Prosa, glaube ich, die ich kenne. Dabei geht es um die Art der Weltsicht, die Darstellung der Sozialverhältnisse, eine quasi traumnahe Erfahrungsbereitschaft. Offensein und geschehen lassen, sich wundern und nachhaken, verstehen wollen, überlegen. Daß die Heldinnen ihrer Bücher mich an Frauen erinnern, mit denen man beim Feiern Erlebnisse hatte, wo man eher danach erst sagte: hopla, das ist ja eine neue Welt.

Japan. Da kommt diese Zartheit her: die sind nämlich NOCH einen Zacken gestörter als wir. Es gibt drei absolute Rad-ab-Völker, aber man darf sie nicht zusammen aufzählen, das hat die Geschichte verboten. Tokio, in der U-Bahn, morgens um kurz nach sechs: Kinder in ihren Schuluniformen, schlafende Erwachsene, die endlos weit zur Arbeit fahren. Die perverse Obsession hochkultivierter Kollektive mit der Idee der Erziehung. Bei uns wird das abgehandelt unter dem Titel Dutroux. In Japan ist das gesellschaftliche Imaginarium, der nationale Pop, eine einzige, wunderschön bunte, niedlich zickige Kindersex-Orgie. Schaut hübsch aus, sendet gleichzeitig extrem laut und finster: PERVERS, pervers. – Davon, davon nämlich abgesetzt, erzählt die Zartheit von Banana Yoshimoto auch.

LESEN ODER

Das Atmen des Schreibers. Sein Leben, das Lesen. Gefühlsmäßig ist es kein Unterschied zum Schreiben, es findet dauernd irgendwie statt, es macht einen praktisch nicht ermüdenden Spaß, immerzu und überall, in allen Lagen und Situationen. Lesen: Glück.

Daß man also selbstverständlich möglichst viel von dem alltäglich anfallenden Normaltext liest, also alles, was in Zeitungen, Zeitschriften und aktuell neuen Büchern steht. Und zugleich ein eigensinniges und von möglichst vielen verschiedenen Seiten her anregbares Leseprojekt verfolgt. Ich habe noch nie eine nichtinteressante Leseempfehlung bekommen. Egal ob gedruckt, oder mündlich. Sehr oft kommt man nicht an den Punkt, wo der empfohlene Text zu einem spricht, wo man die Empfehlung also versteht. Macht gar nichts, später noch mal probieren. Erst vor einem halben Jahr, zum Beispiel, ist es mir endlich mal gelungen, die Erzählungen von Kleist zu lesen. Ich war bisher immer schon an der Äußerlichkeit der Namensbezeichnungen für die handelnden Personen gescheitert. Ich kann nicht was lesen, wo ein Mensch vorkommt, der der Kurfürst von Sachsen heißt, oder Graf Kellheim. Das macht mich einfach todtraurig. Dann hatte mir ein Freund Zolas Nana empfohlen, das wäre so toll. Gequälte Nana-Lektüre. ABER, und das war dann der Witz, nach paarhundert Seiten nichts als Marquis de Sowieso und Graf beim Prinzen Diesunddas war ich Namens-technisch derart abgehärtet, daß ich plötzlich ins Innere der Kleistschen Erzählungen vordringen konnte. Und mit welchem wirklich unglaublichen Vergnügen, muß ich echt sagen.

Meine ganze Lesegeschichte sagt mir auch: es gibt kein Zuspät für irgendwelche Lektüren. Das und das müsse man als so und so junger Mensch gelesen haben, wenn man dies und das nicht bis dann und dann gelesen habe, habe man es verpaßt etc etc. Heißt es doch immer, liest man überall. Widerspricht meiner Erfahrung völlig. Im Radio in Berlin lief jetzt in diesen Wochen Schuld und Sühne, und ich dachte oft: ja, genau, irgendwann einmal werde ich vielleicht die Russen lesen, mit dem Gefühl einer riesigen Vorfreude. Die ganze Bibliothek der Welt steht vor einem, offen. Man muß nur im richtigen Moment, entsprechend gestimmt, das richtige Buch herausnehmen. Und anfangen zu lesen.

Lesen ist zeitaufwendig. Und ich wiederhole, was ich ganz am Anfang, im Zusammenhang mit Foucault, gesagt habe: Speziell Theorien sind NICHT schnell lesbar. Man muß ihnen wirklich viel Lesezeit geben, viel Leben wirklich, um bißchen was zu erfahren aus theoretischen Schriften.

IM LITERATURHAUS

Für mich ist das nicht irgendein Gemäuer, hier in Frankfurt nicht weit von hier, in München, in Hamburg, diese Orte, wo echte Menschen sich treffen und miteinander und aneinander rum machen, im Namen der Literatur.

Für mich ist das Haus der Literatur der abstrakte Ort der Texte, wo jeder Text mit jedem anderen zusammenkommt, wo das literarische Leben in der Art stattfindet, daß ein einzelner Text sich in Antwort- und Resonanz-Verhältnissen sieht mit allen nur erdenklichen anderen, auf sie hin sich versteht, sich in Bezug auf sie situiert und äußert. Dieses Haus der Literatur, Ist, ein letztes Mal sei es gesagt, ein Ort der absoluten Stille. Ein Ort vorallem der Lektüre, also ein Ort der vielen Zeit, sehr sehr vieler Zeit, der Zeitendlosigkeit.

Die Schwierigkeit für jeden Schreiber, und gleichzeitig eine ganz besonders tolle Aufgabe, ist es ja, viel mehr als das Eigene einfach nur zu schreiben, das ANDERE, Fremde AUFZUNEHMEN, es zu lesen, sich dafür zu interessieren, sich dem auszusetzen und zu stellen. Die vom Fremden ans Eigene gerichteten Fragen hören zu wollen, die von daher kommenden Einwände zu erwägen. Je weiter draußen ein Werk agiert, umso ferner sind die anderen Texte, umso schwieriger wird die Einbeziehung der implizit von daher vorgebrachten Kritik, und umso wichtiger zugleich natürlich auch.

Der Abstraktionsgrad und der Komplexitätslevel, auf dem diese Auseinandersetzungen ablaufen: das widerspricht der realen Situation öffentlicher Diskussionen. Es kam dieser Punkt in der ersten Praxis Veranstaltung hier etwas kokett rüber, deswegen präzisiere ich das nochmal.

Nobert Niemann hat in der Zeit z.B. in einem riesenlangen Riemen wieder mal dafür plädiert, daß die Kritik sich beim Verheizen junger Autoren mehr Zeit nehmen müsse, und die Autoren pluralistisch selbstorganisiert und konsolidiert als ihre eigene Lobby – bla bla. Ein totaler Quatsch alles. Während die Wahrheit doch ist: man selber war NICHT auf den Autorentagen in Hannover, hat alle Theater-Treffen-Aufführungen verpaßt, alle Diskussionen, und man hat außerdem die fünf neuen Bücher, die einen wirklich interessieren, noch NICHT gelesen, weil man etwa, wie ich hier, eigene Texte schreiben mußte, und deshalb nicht genügend Zeit hatte, usw usw. Täglich könnte man irgendwo in Berlin oder Frankfurt mit anderen Lesern zusammen irgendwas besprechen, sie treffen, diskutieren. Was aber genau fehlt, ist Ruhe, Stille, Einsamkeit und Zeit zur Lektüre.

Wenn es Norbert-Niemann-technisch irgendwas zu erledigen gäbe, für mich, wäre es das, sein Buch zu lesen. Nach dem Artikel in der Zeit allerdings, ist die Lust dazu absolut auf null. Letztlich ist es natürlich auch da wieder mal eine Allergie auf sprachlicher Ebene: wenn mehr als einmal in einem Text sogenannte »Gemeinplätze« nicht nur erwähnt, quälend genug, sondern auch noch – ja, genau: »demontiert« werden. Das ist für mich im Grunde das Ende der Lektüre. Weiterlesen: Überwindung. Am Ort des Wortes »Gemeinplatz« ist man auf einem solchen Level von Stumpfsinn, das ist einfach zu deprimierend, um es da wirklich auszuhalten. Und mit diesem Menschen, der so denkt, daß er so schreibt, soll ich dann in einem echten Literaturhaus rumstehen, ein Bier trinken und mir die natürlich noch viel ausgeleierten Realsätze anhören, die so einer dann real verzapft. Leute, sorry. Macht ihr mal schön Literaturhaus, ich bleib einstweilen daheim und schau Fernsehen oder lese irgendwas.

MODERN TALKING ODER MAYDAY

Die Rückkehr der 80er Jahre. Nochmal zur ZEIT, im irgendwie geheimnisvollen Verhältnis von allgemeiner und individuell erlebter Geschichte. Daß die Jahre also, während sie in jedem einzelnen ihre bekanntlich ganz ruhige und gleichmütig brutale Zerstörungsarbeit tun, gleichzeitig, wie auf der Basis dieser Zerstörung, fortschreitend objektiv auch Fortschritt bringen würden; nicht nur, aber auch. Trotzdem. Durch die Geschichte dieses Jahrhunderts weiß man, daß in negativer Dialektik Negativität da mitarbeitet, an diesem Prozeß der Geschichte, wie genau, kann man vielleicht evolutionstheoretisch rekonstruieren.

Die 80er Jahre jedenfalls hatten ein, im Hinblick auf diese Fragen, sehr interessantes Lebensgefühl. Eine Realität, die erst dann richtig sichtbar werden wird, wenn die wirklichen Kinder der 80er Jahre, die in den späten 70er und frühen 80er Jahren Geborenen, ihre Lebensleistung mal hingestellt haben werden. Im Moment greift ja eben erst, mit Schröder, die Kriegskinder-Generation nach der Macht, die 40er Jahre. Mit etwa 60-jähriger Verzögerung werden die Träume eines Jahrzehnts, der in ihnen lebende und nur seine ganz offenen Jüngsten wirklich prägende Spirit zu Geschichte, zu Realität. Die 80er Jahre waren das erste wirklich und selbstverständlich postfaschistische Jahrzehnt, in der Bundesrepublik. Daß sie in der DDR, aus völligem Frieden heraus und in Frieden obendrein eine komplette und reale REVOLUTION hervorgebracht haben, man ist schlicht noch zu nahe daran, um das wirklich im richtigen Maßstab erkennen zu können.

Der Blick auf alle diese Objektivitäten ist immer gebrochen, wie gesagt, von eigener Kaputtheit, und nochmal gebrochen vom Wissen um diesen Bruch, das den Fehler forcierter Gegensteuerung beinhaltet, und im Wissen um diesen Fehler einen weiteren Bruch. Es gibt individuell einfach keinen wirklichen Blick auf die Wirklichkeit der Zeit. Aber es gibt Modern Talking. Es gibt die Zeit von damals, als diejenigen Menschen, die jetzt im Popkonsumenten-Alter von 13, 14 sind, gerade die erste Musik ihres Lebens hörten, jetzt wieder in echt: You're my heart, you're my soul. So gibt sich die Vergangenheit zu hören, als neue Gegenwart.

NETTELBECK

Noch einer der älteren Brüder, der so vieles vorgemacht und erledigt und durchgelebt hat. Seine Zeitschrift »Die Republik« erreicht in diesen Monaten die Nummer hundert. Die links-alternative Öffentlichkeit: wie heute zwischen taz, Titanic, Goldt und auch in der Faz gedacht und geschrieben wird, es wäre ohne seine Arbeit alles einfach anders. Nicht so, wie es ist. Und es muß ja nicht jeder immer selber alle möglichen Fortsetzungen seiner eigenen Sachen dann auch noch selber machen. Obwohl man auch ihm viele neue Möglichkeiten von Fortsetzungen wünschen würde.

POP ODER POLIZEI

Pop, die tausendste. Und zwar, diesmal nicht als ästhetische, nicht als politische Erkenntnis-Kategorie, sondern eher als eine Art lebenspraktisches, lebenshilfe-artiges Ding. Die Überlegung nämlich, daß bestimmte Lebensformen, die man selber nicht versteht und vieleicht sogar ganz furchtbar findet, allein durch ihre Häufigkeit, ihr Verbreitetsein, ihre allgemein wirkende Akzeptanz – eine Art Vernunft-Gütesiegel bekommen würden. Was folgt daraus? Man kann sich dann mit den eigenen Urteilen, die sich einer relativ gereizten Intellektualität und gestörten Lebenspraxis verdanken, an die Instanz dieser Vernunft mit der Frage wenden: warum verstehe ich mit meinem Denken dieses Leben, das die meisten leben, NICHT?

Dabei geht es nicht so sehr um Antworten von seiten dieser Vernunft her, sondern mehr um eine ERSCHÜTTERUNG der eigenen Reflexionspraxis, des unweigerlich sich immer neu ergebenden Resultativen der eigenen Denkvorgänge. Es geht um die Zerstörung der Resultate von Reflexion, nicht durch Sprung in ein anderes, von Reflexion anders berührtes Leben, sondern durch, von diesem Leben angestoßene, NEUE Reflexion.

Konkretes Beispiel. Warum leben Menschen zusammen in Liebe und machen dabei Kinder? Immer wieder neu? Ich kann es nicht verstehen. Es gibt so viele heiligzornige Dinge dagegen einzuwenden. Aber es ist letztlich natürlich viel interessanter, danach zu fragen und zu suchen, welche Argumente dieser allgemein verbreiteten Lebenspraxis zu entnehmen wären, rein argumentativ, ganz abstrakt, die den eigenen Einwänden entgegenstehen. Das wäre sozusagen der ewige Hegel-Pop der Rechtsphilosophie: »und was wirklich ist, das ist vernünftig.«

Die Venus von Urbino, in dem Tizian Katalog
Das Alte Residenztheater, das sogenannte Cuvilliétheater
Der Daniel Richter Katalog, die neue Abstraktion
Marc Dutroux, als Popstar, in schußsicherer Weste
Jean Paul, im Pierre et Gille Katalog, Gaultier also
Kids von Larry Clark, das Buch zum Film
Kir Royal, mit Fotos
Monaco Franze, der ewige Stenz, in der Originalfassung von Helmut Dietl und Patrick Süskind
Krieg, Musik CD von Klaus Jankuhn und mir
Hölderlin, Entwürfe zur Poetik
Henning Ritter in der Faz-Beilage über die Freiheit der Kunst
Konstantin Wecker erklärt: er habe in Wahnvorstellungen echte ZWERGE gesehen, die ihm sein Kokain angeblich stehlen wollten, jetzt Ehe, Schwiegereltern, Kind etc.
Pastor Geyer, beleidigt über den Schuldspruch, in Deutschland und die Welt
Paul Cezanne, Die Kartenspieler, daneben:
Kommunikativer Schiffbruch, Neurolinguistische Untersuchungen über die Sprachverwendung im Alltag, Faz, Geisteswissenschaften, Mittwochsausgabe
Westbam, We'll never stop living this way
Westbam, DJ Freundschaft
Madonna, Frozen
Maurizio, M 1 bis 7
Luhmann, Die Abschiedsvorlesung
Kippenberg, Selbstporträt, Sehr klein das Schiff am Horizont
Toilette der Venus, aus dem Schloß in Pommersfelden, auf einem Bild von Johann Liss, in der Tiefdruckbeilage der Faz
Dietl und Süskind, Rossini
Luhmann, Macht
Foucault, Die Ordnung des Diskurses
Albert Oehlen, Der Übel
Rainald Goetz, 1989. 2, Material, Angst
Fassbinder, Filme 2
Cosmopolitan, Kamasutra, exklusiv für Frauen
Texte zur Kunst, März 98, Armaly, von Bonin, Broodthaers
Platons Mythen, insel taschenbuch
Walter F. Otto, Die Götter Griechenlands
Cicciolina, Foto, Text: ihren Sohn ist sie vorerst los
Jan Peter Bremer, Der Fürst spricht
Streeruwitz, Verführungen
Wolfgang Röd, Kleine Geschichte der antiken Philosophie

Andy Warhol, The Philosophy of Andy Warhol
Niklas Luhmann, Protest
Thomas Bernhard, Ungenach
Ingeborg Bachmann, Frankfurter Vorlesungen, Probleme zeitgenössischer Dichtung
Walter Seiter und Michel Foucault, Das Spektrum der Genealogie
Harald Schmidt, Kommen Sie doch ruhig ein Stückchen näher
Wolfgang Welt, Peggy Sue und andere Geschichten
August Strindberg, Neue Kunstformen, Selbstporträt am Schreibtisch, FR-Beilage
Georg Baselitz, Foto, Text: Vergnügen vor dem eigenen Bild
Jeff Mills, Waveform Transmission, Vol. 3
Main Street Records, Round Two, New Day
Relics, a Transmat Compilation
Westbam, Wizards of the Sonic
Westbam, Celebration Generation
Fortran 5, Heart on the Line
Lou Reed, Berlin
Pulsinger, Tunakan, Cheap 10, Claire Libre
Jan & Mattheus, Korsakov Son of a Gun
Tyree, Move your Body
Robert Leiner, Dream or Reality
Members of Mayday, Save the Robots
Members of Mayday, Sonic Empire
Sweet Exorcist, Test one
Albert Oehlen, SKEPTOR, Die Maschine heißt Sie willkommen, Schwulst, Zorn, Galerie Bärbel Grässlin
Blixa Bargeld, Headcleaner
Phuture, Rise
Basic Channel, BC 09
Geertgen tot Sint Jans, Johannes der Täufer, in der Einöde
Claude Lorrain, Aeneas' Abschied in Karthago
Niklas Luhmann, Vertrauen

SCHLEEF ODER SCHMIDT

Von Schleef lernen heißt auch: sich nicht entmutigen lassen und einfach weiter vollgas geben, mit egal wie richtigen oder falschen Gründen weiter arbeiten, weiter machen. Es geht nicht darum, was und wie man denkt, obwohl es für einen selbst um nichts anderes gehen kann, weil das die Produktionsmaschine ist, sondern um das, was letztlich bei alledem rauskommt und sichtbar wird.

Und jede fertige Arbeit, so Abfall gegen Benjamin, macht dann sichtbar: das Werk ist eben NICHT die Totenmaske der Konzeption, sondern ihre Weltform, ihre Lebendgestalt, ihr Leben. Reicher, vielgestaltiger, schöner als in den kühnsten konzeptionellen Visionen erträumt. Realität, nicht Idee.

TIZIAN ODER TENNIS

Oder Damien Hirst. Dieses riesige Buch. Das OBJEKT. Es liegt im Zimmer am Boden, jeden Tag ist eine andere Seite aufgeschlagen, und die sehr vielfältigen und verschiedenen Kunstwerke dieser Hirst Kunst senden einen so BREITEN Kunstbegriff aus. Viele finden sein Ding mit Tod, Krankenhaus, Apotheke und Wissenschaft spekulativ. Ich nicht, weil ich diese Welt von innen kenne, immer noch fasziniert davon. Von der simplen Größenordnung, in der die Existentiale da alle dauernd vorkommen.

Die Engländer Kunst, die Kunst der mittleren 90er Jahre. Art Pop. Was wurde aus den aus Amerika importierten Theorie-, Trash- und Konzept-Kicks. Was die Galerie Nagel war, am Anfang. Texte zur Kunst, zum Zeitpunkt der Planung, der ersten Nummern, wo die Ideen neu, nichtdogmatisch und in der Mache waren. Kippenbergers SOZIAL PASTA Gondel. Stop. Die Zeiten geraten durcheinander. Ich schaue im Kippenberger Buch nach. Das war ja noch 80er Jahre Kunst, sensationelle Ausstellung, bei Max Hetzler, 1989. Egal. Es geht um den Hallraum dieser Fragen.

Immer auch darum, was der aus Amerika oder England kommende Kunst-Pop für einen selber hier heißt, für das Deutsche der hiesigen Kunst. Welche Übersetzungsvorgänge ins Naturell des HÖLZERNEN, Verquälten, entstehen, welche Kämpfe, die egal wie lächerlich, doch unvermeidlich sind. Wie Dürer die Italiener sieht, Beckmann Picasso.

XY

Chromosomale Überlegungen zur Nichtreziprozität der Differenz von Mann und Frau. Und mit welchem Vergnügen man natürlich als Mann das Bild der chromosomalen Bestimmung zum Mann ansieht.

ZERSTÖRUNG

Wahrheit zerstören durch Sagen. Hier also geschehen, vielfach, immer wieder. Jede Menge allgemeine Sätze wurden gesagt, Beobachtungen eigener

Gedanken mitgeteilt, aus Bereichen, wo die eigene Praxis, ihr Funktionieren normalerweise schützend, sich klare Erkenntnisse meist vorenthält. Völlig vernünftig sich sträubt gegen den begrifflich präzisen Zugriff auf sich selbst.

Neulich im Zusammenhang mit Kafka und dem Problem der Wiederholung von Wahrheiten erwähnt: das in jedem Wort ausgeschlossene, von jedem Satz dadurch auch ausgeschlossen mitgesagte GEGENTEIL beginnt sich Terrain zu erobern, in genau dem Augenblick, in dem die Setzung des Gegenteils-Gegenteils durch den ersten Satz, das erste Wort fixiert wird, und sei es nur gedanklich, im internen begrifflichen Prozeß.

Deswegen ist es so gefährlich, sich über die Praktiken der Produktion Rechenschaft abzulegen. Gerade war es noch wahr, man hat der Praxis ein Vorgehen, vielleicht sogar was Gesetzhaftes abgelauscht, entnommen, es verbal gefaßt und geäußert, und schon ist es die EINE Seite eines Aspekts, dessen Gegenteil auch zutrifft. Schon stimmt der ursprünglich geäußerte Satz nicht mehr, weil sein Gegenteil AUCH stimmt. Mit jedem Mal Äußerung mehr, je klarer erfaßt, umso FALSCHER tendentiell.

Verständlich von daher und richtig, wie groß die Scheu von Produktiven ist, ihre innere Motorik diesem intellktuellen, Wort- und Sätze-gesteuerten Destruktions-Prozeß auszusetzen. Wenn Künstler anfangen, die Größe der Kindlichkeit ihrer Seele zu preisen, Mathieu Carriere neulich bei Kerner, Peymann alle fünf Minuten überall seit Jahren, dann ist dieser Zerstörungsprozeß in ihnen in vollem Gang. Und sie versuchen zu fliehen davor. Auch okay, was solls. Man ist da so sehr an privaten Naturellfragen, da gibt es keine verbindlichen Rezepturen.

Aber von Sympathie-Werten kann umso stärker die Rede sein. Daß man also nicht ein schützendes, bewahrendes Verhältnis zur eigenen Produktivität unterhält, sondern eben ein ZERSTÖRERISCHES. Daß man sich also sagt: man hat das jetzt lange genug so und so gemacht, die Sache ist reif, man kann es sagen, damit zerstören, und sich so in die Lage bringen, nach neuen Wegen suchen zu müssen.

Und wenn ich im Nachhinein meine Zusage, hier unter der Last der Institution dieser Dozentur zu sprechen, die mich übrigens im Grunde selbst erstaunt hat, nehme, kann ich es nur so verstehen: daß es darum ging, mir die Grundlagen meiner bisherigen Praxis, indem ich mir über sie hier Rechenschaft gebe, zu entziehen. Daß dadurch was irgendwie Neues für mich so beginnen muß, beginnt.

In den Zeugenstand rufe ich zum Beispiel A.R. Penck, von dem es eines der schönsten Bücher gibt, das je in der Edition Suhrkamp erschienen ist, es heißt: Mein Denken. Seite um Seite Penckscher Gekritzel, von der wirklich wunderbarsten Art. Die Methode Penck: er hat auf jedes Verstehen seines Tuns mit einer Verkomplizierung des theoretischen Modells geantwortet, unter dessen Gesetz er dieses Tun gestellt sieht. Eben noch war etwas verständlich geworden, unter dem neuen, noch komplizierteren Theoriemodell war es neu und wieder rätselhaft.

Also nicht nach Naivität des eigenen Denkens suchen, nicht regressiv und antiintellketuell vorgehen, sondern im Gegenteil diesem Denken immer kompliziertere und systematischere Denkanstrengungen entgegenstellen. Gemessen daran können die Tugenden eigener Naivität auf neuem Reflexionslevel wieder aktiv werden. Es ist dies der nicht-destruktive, der vielleicht charmanteste Weg im Feld der schwierigen Fragen von Erkenntnis und Selbsterkenntnis der produktiven Praxis. Vielleicht ist er auch vorbehalten der sinnlichen Welt der bildenen Kunst.

Schreiben: man hat sich also klar gemacht, wie man es macht. Jetzt kann man es nie wieder so machen. Oder morgen wieder, wenn man all das hier endlich vergessen hat. Dieser Gedanke hat mich am meisten beruhigt: ich werde das alles wieder vergessen haben, irgendwann.

* * *

1914. Es ist vollbracht. Der Krieg beginnt.
2326. VOLKSWIRTSCHAFT.
047. Schwörs.
154. Hotel und Bett.

HEY
ALL YOU
KIDS OUT THERE
THIS IS THREE FEET HIGH
AND RISING

3.3.3.

Mittwoch, 27.5.98, Frankfurt.

1139. Zum letzten Mal also sitze ich hier in diesem wunderbaren Hotel Palmenhof vor meinem sweet little baby, dem Maschinchen, meinem kleinen Textlichtding, tip tip. Erscheinen da die Buchstaben. BIN ICH FROH. War das jetzt wirklich das Schlimmste in meinem Leben, berufsmäßig, was je passiert ist? Irgendwie fühlt es sich so an, schlimmer als die Niederschrift von Kontrolliert. Vor genau zehn Jahren. Scheißegal. Alex schenkte mir ein CHANCE 2000 T-Shirt. Die Frage ist aufgetaucht, ob ich vielleicht würde Reden schreiben wollen für Christus Schlingensief. Wieso nicht? Solange ich sie NICHT SELBER halten muß. Solange wir die Madness zugleich maximal intellektuell aufladen, durchkreuzen, beballern können. Und solange ich der Partei NICHT BEITRETEN muß. Im Verlag, eine kleine Besprechung mit Herrn Staudt. Eine kleine Begegnung mit Herrn Unseld. Und bei Hans-Ulrich im Zimmerchen sitzen und Geschehenes und Kommendes kurz durchgehen. Die Besuche da, so was Stetiges, Alltägliches und die daran sich knüpfende Herzlichkeit, vielleicht war das der menschliche Sinn dieser Wochen. Geschwisterlich.

1210. Ein Gewitterregen geht nieder. Fettes Rauschen durchs offene Fenster. Verdüsterung. Ich habe an der Rezeption unten angerufen, ob ich erst um 20 nach 12 auschecken darf. Ich darf. Aber jetzt eilts.

1441. Gut, schönen Dank. Beim Sicherheitscheck. Dieses Anstellen der Computer, auf einen wie viele hunderte Jahre zurückliegenden Plasik-Sprengstoff-Schmuggel-Fall das wohl zurück geht? Wann einer zuletzt sein Taschenmesser in seinem Computer mitgebracht hat? Wahrscheinlich haben sie dauernd Angst vor irgendeinem blöden Skandal-Aufdeckungs-Fernsehteam von Stern-TV. Nieder mit der freien Presse.

1517. Ich muß jetzt dann boarden, meint der Handy Man ins Handyding. Gehe ich doch glatt mit.

1628. Berlin.

1652. Man muß immer erst meckern, dann kommen die Jungs raus: erzählt der Taxifahrer auf berlinerisch beim Zahlen über seine 5-Mark-Stücke, die sich in seinem Geldbeutel verstecken.
1657. Wieder daheim.

1658. Fax und Post mit neuen Einladungen, wo man gleich wieder weiter neu AUFTRETEN könnte. Ganz toll, vielen Dank, aber ich trete NIE mehr irgendwo auf. – Die nächsten zehn Minuten jedenfalls.

1712. Wieder am Schreibtisch. Als erstes mache ich eine Liste mit der zu erledigenden Post. Und lege die Burial Mix 5 auf, meine Praxis Hymne, zusammen mit FROZEN von Madonna. Eigentlich auch Falco, INTO THE LIGHT.

1759. Selbstporträt mit leeren Händen: wo ist der Text?

1909. Im Reichelt, vor den Zeitschriften der K-Fraktion.
Die neuen Cellulite-Stopper.
Die erste Nacht. Lust auf Männer.
Jünger aussehen – besser drauf sein.
Die große Sommerdiät.
Der Bodycheck. Plus Selbst-Test.
Wollen wir uns wieder vertragen? Fragt Allegra. Ich: Klaro, und kaufe sie.

1928. Kopien, Post, einkaufen, daheim. Wir saßen im Literaturhaus, zum Praxis Abschiedsessen, und redeten über Literatur. Beziehungsweise, weil das ja fast gar nicht geht, über andere Schreiber. Mich regt die Art der Urteile so auf, die ich in solchen Gesprächen produziere. Total okay, als arbeitsinterne Produktions-Energien. MITGETEILT: die Hölle.

2023. Die Macht dieses Herrn Karel van Miert. Der Herr Kommissar. Wie bei Gauck, das Revolutionswächter-mäßig Tugendhafte der Figur widerspricht irgendwie dem Ziel der Wacht: Demokratie. Und alle sind sich immer völlig einig, daß GROSS automatisch BÖSE ist. Ist das denn wirklich so?

2035. Eingewechselt. Ausgewechselt: Fußball, Finnland, null null. Sicher irre wichtig. Ich muß aber jetzt los.

039. Wieder daheim. Bei Alexa Hennig von Langes RELAX Event im Kurvenstar. Am Schluß meinte sie: gute Nacht, und macht was Nettes draus. Machen wir, ich auf jeden Fall.

DE LA SOUL

III
3.4

Donnerstag, 28.5.98, Berlin.

1130. Benutzername und Kennwort werden überprüft. Die Prüfung geht gut aus. Ich werde vorgelassen, zum zentralen Rechner. Er antwortet auf meine Sendung. Danke.

1141. Roberto Ohrt hat das im Gespräch über Rave neulich bemängelt, wie oft im ersten Teil dauernd DANKE vorkommt, irgendwem gedankt wird, mitten im Textsalat so ein Danke eingestreut rumliegt. Fand ich gar nicht so extrem herausstechend. Außerdem wäre das, meinte ich, halt bei tollen Sachen so eine automatisch mit reagierende Reaktions-Komponente, in mir. Danke. Ja. Ich hatte mir übrigens auch, lange bevor der große Horn Großterror richtig losging, sein Buch nur wegen dem abgefahrenen Titel gekauft. DANKE! Das fand ich als Titel wieder mal so eine Findung. Ich mochte ja auch den Albumtitel der zweiten LP von Marusha: WIR.

1233. Endlich mal wieder ordentlich Tee verschüttet, auf dem inzwischen ja auch nicht mehr so neuen hellen Teppich. Tasse, Boden, Telefon, notieren. Schnur, zieh, Schreibtisch, hopla. MANN! Dann beim Putzen beruhigend auf den Hektiker einreden, funktioniert okay. Ich denke die ganze Zeit lauter superinteressante Sachen über Rave, ausgelöst durch die gestrige RELAX Geschichte. Relax ist einfach so viel – ja: relaxter eben, als Rave, das ist so wahnsinnig angenehm. Auch, von wegen De La Soul, erstes Buch, Probleme der Form, Gespräch in der Volkswirtschaft vorgestern. Für später. Ich muß jetzt erst schnell die Praxis V Korrekturen noch übertragen, um das dann ins Internetzl befördern zu können, bevor es zu spät ist. Gestern am Heimweg vom U-Bahnhof, der Hader: daß jedesmal, und speziell beim letzten Mal genau dieser EINE Tag gefehlt hat, an dem das Erarbeitete sich hätte setzen können, daß man dann von da aus ausgehend FREI und auf der Basis davon hätte agieren können, in der Situation. Die gestörten Reflexe, in solchen Momenten, daß alles immer erst IM NACHHINEIN, via Reflexion klar wird. Und andererseits, daß das natürlich dauernd Text produziert, wie es eben ist.

1350. »Die« Partei. Ganz egal welche. Ich würde einfach todtraurig davon werden, wenn ich irgendwo beitreten würde, in sogenannter Sektlaune gar, allen Ernstes, oder einfach nur so, zum Spaß. Geht nicht. Könnte dann auch gar nichts mehr beitragen, eventuell, inhaltlich. Ist das absurd, oder völlig logisch? Fühlt sich so an, für mich.

1431. Indoles aus Frankfurt ruft an, eben zurück aus Riga. Er habe den dortigen Radio Super FFM Leuten schon in den 80er Jahren zu einem Piraten Radio Projekt geraten: macht das, und wenn es auch nur paar Straßen in die Nachbarschaft weit reicht, aber SENDEN! Jetzt sind sie ein richtiger, toller Sender geworden. Das Mix-Büchlein soll dort erscheinen, in Riga, zu einer Party am 23. Juni, wo Westbam und Marusha spielen, in der KÜRZESTEN NACHT des Jahres 1998. Die schaffen das, bis dann, meinte Indoles, seine Letten, die sind so organisiert.

1645. Am Briefkasten, eingekauft, Zeitungen geholt. Und in der Küche gesessen und die Frankfurter Rundschau über Kirch und Bertelsmann gelesen. Dann die SZ. Ja, also, ä –

2054. Praxis V korrigiert. Summer: back in town. Alle Fenster und Türen sind offen. Und milde Luft kommt herein.

deshalb gehe ich jetzt
mit meiner
persönlichen Einschätzung
an die Öffentlichkeit

Schuldgefühle
künstlerische Zweifel
Flucht
in den Alkohol
die Angst vor dem Alleinsein

doch seine Romane sind geblieben
immer noch erscheinen sie in hohen Auflagen
vom Leben erzählen sie
von der Liebe und
vom Tod

143. Essen, Zeitungen, Licht aus.

424. Wieder am Schreibtisch.

METAPHYSIK
BEGRIFF UND PROBLEME

III
3.5

Freitag, 29.5.98, Berlin.

1108. Sonst bin ich immer bißchen traurig, wenn der Mai zu Ende geht, heuer gar nicht. Alles nur Erleichterung. Anfang nächster Woche habe ich auch wieder Termin, Abgabe der korrigierten Jeff Koons Fassung, aber eben NICHT irgendwas LIVE-Artiges, einfach nur Arbeit am Text.

1117. Das ist doch mal eine handfeste Info! Herr Staudt erzählt eben, weil ich noch mal wegen dem Papier anrufe: ja, das Papier stünde eben in so Bottichen, da wäre ja viel Wasser dabei, und wenn die da in ihrer Papierfabrik in den Bottichen länger mal nicht umrühren, dann käme es eben zu so – ja: FÄULNISPROZESSEN, und das würde eben dann so bißchen – ich: BRUTAL STINKEN – er: ja, etwas riechen. Aber in unserer Papierfabrik, da würden sie schön brav rühren. Danke, Papierfabrik. Seit Jahren frage ich überall rum, wo kommt denn der Gestank her, bei manchen Büchern? Vom Leim? Vom Papier? Vom Bindeding? Auch bei Nomos, in der Druckerei, wie wir da vor zwei Jahren waren, da wurde nur ausweichend geantwortet. Und das Problem mit Geruchswahrnehmungen ist ja: wie? das riecht? ich rieche gar nichts? Nächste Haltestelle Psychiatrie. Da wird es relativ kompliziert, geistestechnisch, wenn man Sachen riecht, die andere NICHT riechen. – Ich würde so gern endlich mal, von wegen Geruch, das Parfüm von Süskind lesen. Bin aber immer, auch da wieder, an diesem Altbeam gescheitert. Wenn das einfach in der Gegenwart spielen würde, in der Model-Szene, hätte ich sicher sofort Spaß daran. So: raun raun, vergangene Welten: schwierig.

1347. Mit Substanz T's Intersolar. Telefone, aufräumen, Faxe, Zeitungen, kleine Notizen. Ich bin so wahnsinnig gespannt, was all die Gespräche und Gedanken über die Probleme in Rave jetzt bewirken werden, für die Niederschrift von Dekonspiratione. – Reiseblatt, Faz, vier Betende, an der sogenannten Klagemauer, zugewendet dem STEIN. Auch wenn das im Fernsehen kommt, man meint die Gegenwart der Heiligkeit dieser Religion zu sehen, und ihr Kommen zugleich von SEHR weit her.

1354. Im Chance 2000 Buch, mit Widmung von Alex (»Freund! Freund! Freund!«), die Stelle über Schlingensiefs Vater. »Lieber Vater«. Uff. Das sollte bei Kerner mal vorgelesen werden, wenn Schlingensief demnächst, nach Wigald Boning gestern, dort über SEINE Partei seine TV-Madness verbreiten dürfte. Aber so direkt läuft das natürlich nicht, die Komplizierung einer Figur. Eher über gebrochenere, mikromäßigere Resonanzen, Spiegelungen und weitere Brechungen. Das Erstbild ist sofort da, das Spektrum entsteht relativ langsam.

1759. Wieder daheim. Mit Adornos erster Vorlesung, 11.5.1965, bei den Spirits. Hallo, hallo. Wo warst du denn auf Mayday? Dann erzählte ich Klaus die Fährnisse der letzten Wochen, während er das Telefon im großen Büro-WG-Zentralraum aufschraubte, Hagenuk, die Klingel ist kaputt, sie klingelt so laut wie ein Gabba Telefon. Das Zimmer ist ein solcher Soziotop: die ganze Zeit läuft der Fernseher, alle kommen dauernd durch, weil es mitten in der Mitte liegt, Kaffeemaschine, Kühlschrank, Getränke. Irgendjemand hört neue Tapes oder ein Dat durch, mit Kopfhörer oder halblaut oder brülllaut, das gibts auch. Und irgendein Besuch sitzt immer um den großen Tisch, heute vier bandartige Gestalten, zwei Jungs, zwei Frauen, offenbar aus Polen, denn sie stellen im Fernseher einen polnischen Sender ein und lachen dann. Ich ging mit Klaus zum Sechskant-Schrauben-Zieher kaufen ins Bauhaus, unterwegs das Eis am Adenauer Platz antesten. Hm. Gut. HEISS. Die Körper der Menschen strahlen so heftig Körperlichkeit und Lust aufeinander hin ab, das macht mich ganz verrückt.

1945. Noch mal draußen, Bürozeug kaufen.

weitere Aufnahmen
sollen den endgültigen Beweis
für die Existenz erbringen

ELECTRIC KINGDOM
ELECTRO CRASH COURSE 98

III
3.6

Samstag, 30.5.98, Berlin.

1246. Heute morgen dachte ich, ich muß jetzt erstmal drei Wochen schlafen. Aber dann ging es in echt nur darum: einfach mal wieder so rumliegen bis elf.

Extrem angenehm. Die ELECTRIC KINGDOM CD läuft, die Lupo mir gestern mitgegeben hat. Ich hätte noch zu seinem Geburtstags-Umtrunk fahren wollen, gestern abend, bei Hardy Hard, und bin dann einfach eingeschlafen, um halb zehn. Kurz vor zwölf war ich aufgewacht, Gebrüll draußen vor der Goldenen 77, ein ausländischer Mann brüllt auf eine schweigende Frau ein, sie solle ihm »Respekt« erweisen. »Gibst du mir Respekt?!«, brüllt der original, live und in echt, wie in einem Song-Text von 5 Sterne Deluxe. Dann dachte ich: ich müßte jetzt zum Feiern fahren, Geburtstag, als hätte ich Schicht. Dann: ich muß gar nichts. Ich hab frei.

1333. Einkaufen muß ich aber trotzdem.
1342. Anruf bei Bruno, ja, sie sind heute noch aktiv, bis 19 Uhr.

1441. Räumen, Träumen, notieren. Das Abgewrackte so einer 80er Jahre Figur wie Tiedje, viel Spaß, Herr Kohl, beim letzten Tango. Danach wird er, Tiedje, überall schlecht über Kohl reden. Ein absolut Asozialer, das finden alle so toll, in der taz, im SZ-Magazin, wie bei Wagner. Diese Typen bringen den komplizierten Beruf, die einflußreiche öffentliche Produktion von Text, in der realerweise völlig trostlosen, aber mit so viel toller Böse-Attraktion ausgestatteten Version auf den Punkt. Alles von allen anderen Journalisten völlig richtigerweise Unterdrückte und Bekämpfte wird offensiv bejaht. Lügen, Betrügen, Erfinden. Haifischbecken. Dämonisch heroische Vibes, Zigarre, und übernächtigt am Telfon hängen, frühmorgens, superordinär rumproleten natürlich, und die Angestellten dauernd zusammenschreien, völlig gestört. Man ist ja Künstler, Kinski, Citizen Kane. Brutal in Eile, alles. Es geht ja um die Sache, um den bösen Zweck.

1547. Vom Einkaufen retour. Die Idee einer Kurzfassung von Rave läßt mich nicht los. 90 Seiten. Mit neuen, locker auferzählten Überleitungen. Stelle ich mir toll vor. So eine Billig-Variante, Spar-Rave. RAVE II. Von und mit Sibylle Venusberg, oder Hügelchen.

1729. Am Stück. Heiß, heiß, heiß.
1758. Raus.

so voll
und so viel
so drängend und
prall
sogar die Augen und Blicke
will jeder jeder –

och nö
lieber nich

doch doch: poch poch

1941. Pitschnaß zurück. Rollend steht das Gewitter über der Stadt, ergießt sich, donnernd und blitzend. Zieht nicht fort, steht und entlädt sich. Da geht alles auf, im Sitzen, die Gesichter, die Beine, das Lachen der Frauen. Denn die LIEBE hat gesiegt, im Kontest Liebe gegen Staunen. JA. Blixa schreit beglückt ins Mikrophon. Alle stimmen ein. Die Punktrichter mußten die Entscheidung treffen, da es kein klares K.O. gegeben hatte. Und die Entscheidung war gefallen für: die Liebe. – Unglaublich gute Aktion, in Brunos Galerie. Während ich durch den Wolkenbruch-Regen heim lief, dachte ich an den komischen Unterton des kleinen Spiegel-Berichts zu der Sache. Wie war das noch? Finde ich jetzt gerade nicht wieder, egal. – In der Galerie, als ich reinkam, meinte Nicole: bist du gerade aufgestanden? Nee. Sie, aufleuchtend, strahlend, blühend, herzlich: du schaust so verpennt aus. Echt? Tschuldigung. War mir dann zu kompliziert, kurz zu erklären, was es mit dem Schlaf für eine Bewandtnis hatte, die letzten fünf, sechs Wochen. Am Boden saßen die Leute und schauten Blixa zu, der am Mikrophon mit Stimme und Maschinen Rhythmus produzierte, den er mit zwei Fußpedalen steuerte. Basic Music, made of Sprache, Sinn and Sound. Wellen, Worte, Weite, toll.

anschließend
zelebrierte ich die Messe
unter freiem Himmel

dann versank ich
in Trümmern und Anarchie

erschöpft nach Gilgamesch zurückgekehrt
ließ ich auf einer Stele meine Abenteuer eingravieren

Sie wissen
daß ich keine Unterwäsche trage
danke fürs Bringen

ich bin auf nichts fixiert, Nick
ich lasse mich treiben

Finsternis
Feuer
tohu wawohu
Gewölbe

WIR MÜSSEN SO WEIT KOMMEN DASS WIR DIE FORMEL FÜR EINE ASSOZIATIONSREIHE AN DIE WANDTAFEL SCHREIBEN KÖNNEN

III
3.7

Sonntag, 31.5.98, Berlin.

1122. Monate mit 31 Tagen wirken gegen Schluß zu auf eine so angenehme Art dieses eine entscheidende kleine Stückchen länger. Die reißen nicht einfach so ab, man stürzt nicht so plötzlich in den Anfang des Neuen rein. Man hat diesen einen Abschiedstag vom Alten. Servus Mai, bis nächstes Jahr vielleicht.

1136. RELAX im Kurvenstar war ja eben keine reine blöde Lesung, sondern ein richtiges BÜHNEN Ding, mit einem hörspielartig vorproduzierten Tape, Dialogen, Hintergrundmusik, einem Dorau-haften Bühnenrequisit und dazu wurde dann, zusätzlich zum live Vorgelesenen, pantomimisch agiert, von Leuten in T-Shirts, wo JUNGS draufstand zum Beispiel, CHRIS, oder natürlich VAMPIRELLA. Ich saß auf der zweiten Bank neben einer Frau, die zeigte, bevor es losging, auf den großen Vampirella Comic, links neben der Bühne, und fragte mich, ob ich das kenne. Nee. Weil die Heldin doch immer den Vampirella Comic lesen würde und dazu onanieren. Ich: nee, rattern. Sie: ist doch dasselbe. Ja, nee, nicht wirklich, denn den Ausdruck hatte es ja vorher niedergeschrieben nicht gegeben, oder hätte sie den gekannt? Nein. Ging das dann da so hin und her, mit der hübschen fremden Frau, übers RATTERN. Bis zu dem Punkt, wo sie meinte, der Ausdruck würde doch für Männer besser passen, als für Frauen. Und ich so, schluck, wollte nämlich sagen: woher weißtn du das? Nach meinen Erfahrungen nämlich ehrlich gesagt genau genommen NICHT. Sie sagte mir ja sozusagen durch die Blume dieser Begriffs-Analyse, wie ZART sie selber sich Sexualität wünschen und geben würde. Und lud mich dazu ein, darauf und auf sie weiter, wie es immer so schön heißt, einzugehen, mit ihr. Das war richtig zauberhaft, eigentlich wie ein E-Gespräch wirklich, aber ich war dann leider natürlich wieder, in dem Moment, wo mir all das plötzlich klar war, und wir ja noch obendrein fast schon Knie an Knie und Arm an Arm da so da saßen und rauchten usw usw., gleich wieder ganz männermäßig so direkt tangiert davon, daß ich auflachen mußte und nicht mehr weiter mit ihr reden konnte. Schade. – Was ich sagen wollte: nicht nur, daß dieser Relax Event eben solche netten Dinge produzierte, die man auf einer normalen Lesung eher wohl nicht erleben würde, aber eben dauernd in Nachtleben-Kontexten; vorallem aber, wie angenehm und sachentsprechend dieser lockere Crossover in künstlerische Formen eben doch geht. Entgegen allem, was ich dauernd immer dazu sage und finde. In meiner Starrheit, dem ewigen Beharren auf dem Glück, der Kunstwelt entronnen zu sein, im Nachtleben, da habe ich mich irgendwie verhakt, scheints, in den Auflösungsmomenten von 92, wo die Sprachlosigkeit der Gipfel der Erfahrung war. Schade, auch das. Auch der Kampf gegen vieles, was in andere Richtungen ging. Dieses ganze GEGEN. Wieso? Die Leute im Nachtleben wollten immer, auch von mir, Lesung, Theater, Kunst, ernsthafte Aufladung der Sache von allen möglichen anderen Seiten her. Und nur ich dachte immer, das wäre der Verrat an der eigentlichen Sache, die doch IN SICH und an sich schon DIE Kunst überhaupt wäre. Ich wollte immer Trennungen, geordnete, nichtgemischte Verhältnisse. Tag, Punkt, Nacht. Nacht als was ganz Eigenes, Absolutes. Ist ja nicht falsch. Aber das DOGMATISCHE daran ist so falsch.

1636. Wieder daheim. So langsam kriegen die Tage ihre alte Länge zurück. Erst am Stück, dann bißchen Zeitung gelesen, dann raus mit Adornos 4. Vorlesung. Schweifend. Sich die Philosophie vom Philosophen, nicht vom Lehrbuch erzählen lassen, mit den besonderen Wertungen, die Resultat der speziellen, von diesem Denker bearbeiteten, philosophischen Problematik sind. Dazu die wunderbar gelehrten Anmerkungen vom Herausgeber Tiedemann. Schulphilosophie: eine solche Wohltat, gegenüber dem üblichen freien Gefasel. – Am Leopoldplatz radelte eine Frau auf mich zu, Irritation, was war denn da eben? Rekonstruktion: sie trägt ein schweres Schloß in ihrem Schoß, das gelb leuchtend, riesig und eisern meldet: hier sehr zu geschlossen, so offen. Und dann die Frage, ob das Interpretation ist? Oder einfach, wie es mir natürlich vorkommt, bildliches Lesen und Sehen des direkt körperlich Gezeigten, wie es eben ist. Nacherzählung des Bildes.

2125. Nochmal am Stück. Vorhin auf Viva, Jam von Nils Neuenhofen mit Heather Nova: supernetter Text von ihr, trauriger Blick, total ermüdeter Augenaufschlag. Das Elend des Popinterviews: immer wieder denselben Scheiß erzählen müssen. Trotzdem, die Sexyness der Identität mit sich selbst, der Ehrlichkeit, ihre ganze Art. Uplifting. Inspiration: das war ein weiterer, in Praxis V noch vergessener Punkt. Interview oder Inspiration. Weil sie meinte, natürlich könne man sich hinsetzen und irgendwie einen Song zusammen konstruieren. Aber ob es eben was Tolles werden würde, dazu müßte es eben inspiriert sein. Für die Korrektur-Richtung am Stück war es auch gut, von ihr noch mal diesen anderen Basic zu hören: I see MUSIC as something that takes CARE of our SOULS.

NIKE
DIE FIRMA DIE GÖTTIN
DER MYTHOS

III

4.1

Pfingstmontag, 1.6.98, Berlin.

1139. Die Leitung ist besetzt. Wiederholen Sie den Vorgang später. Okay. Wahlvorgang läuft. Sehr gut. Man lauscht, und aus kleinsten Knackgeräuschen im Computer und deren Distanz zueinander zieht man minmal vorausgreifende Schlußfolgerungen über den Fortgang der versuchten Kontaktaufnahme mit den Innerirdischen vom großen Netz. Die Waschmaschine singt, von draußen platscht der Regen auf die Fensterbretter. Ich wachte auf, um 9, mit einer plötzlich völlig klaren Sicht auf die Probleme im dritten Akt. Ach so, verstehe. Bloß was heißt das jetzt? Dann las ich weiter in Moritz von Uslars großer Nike-Saga im SZ-Magazin.

1728. Den ganzen Tag am Stück. Irgendwie ist es noch zu hart. Schwierig.

1834. Mit Adornos 5. Vorlesung, 1.6.1965, von vor genau 33 Jahren, am Balkon. Dann unter der Dusche: wieviel weniger schlimm meine jetztigen Arbeitsprobleme sind, als vor genau einer Woche. Aber das ist jetzt schon wieder nur ein GEDANKE, viel mehr als ein direktes Gefühl. Der Krieg ist vorbei. Und die viel kleineren Probleme danach, fühlen sich fast genauso schlimm an, im Kopf, wie die währenddessen. An der Sorge-Stelle gibt es keinen richtigen Größen-Regler. Sorge an, oder aus. Auch wenn man seine Frau erschossen hat oder fast erschossen hat, wie gestern in dem brutal direkten »Mord Aus Liebe« Interview Film von Troller, hat man eben so Probleme, mit dem Knast, den Gefühlen, dem Unerklärlichen, der Zukunft. Aber die RELATION der Größe des Tragischen, der Tat, das kann das Hirn emotions-intern irgendwie gar nicht maßstabsgetreu abbilden. Und die Gedanken mühen sich dann relativ hilflos, das rekonstruktiv nachzubauen. Sehr seltsam.

023. Wieder daheim. Mit Alex und seiner Frankfurter Posse und Carl Hegemann im Berliner Ensemble in der Berliner Ermittlung von Gerz. Danach Debatte im Foyer, vor dem Theater, in der Kantine.

JE MEHR
REDEN, DESTO BESSER

III
4.2

Dienstag, 2. Juni

1200. Aus Angst vor den Problemen im Stück wollte ich nicht aufstehen und blieb im Bett. Christoph Schlingensief schickt ein Fax wegen der Chance Reden, in Kleinbuchstaben. Er meint: je mehr Reden, desto besser! – Kann man es allgemeiner, kürzer, besser sagen?

1345. Wie, wie, wie?

2158. Albert ruft an. Er hat eine neue Idee für ein gemeinsames Projekt. Er baut am Computer ein Bild nach, das er dann von hinten, unten und oben sehen und malen kann, und ich mache dazu Text. Am Schluß ist das Bild Bühnenbild, der Text Theaterstück. Die Erzählung vom Bild handelt von Sonnen auf Beinen, hakenkreuzigen Stiefeln, aber das wäre mehr Zufall, und von Gesichtszügen, die frei im Raum schweben, ein großer Kopf im Vordergrund usw usw. Bloß ich bin leider bißchen schwächlich, oder eher eigentlich TOTAL mutlos aufgelegt. Der Tag am Stück war KEIN guter Tag. Er war Horror.

THE GLOBE

III
4.3

Mittwoch, 3.6.98, Berlin.

912. Das Mißbehagen konkretisiert sich, komischerweise immer nachts. Es geht jetzt um das Abstraktions-Niveau. Lies Ast für Arm, aber auch AUCH. Welten.

1002. Schweißgebadet. Telefon übers Stück.
1246. Notizen, Versuche.

1601. Am Stück. Die Neufassung angefangen.

1714. Eine Stunde lang die Bankunterlagen gesucht und nicht gefunden. Eingekauft. Hader wegen der Arbeit, zermürbend.

010. Endlich: Jackie Brown angekuckt. Was für ein unglaublich entspanntes Meisterwerk, die realistische Richtung, die Docu-Optik, Tarantinos ganze Entwicklung. Wieso gab das so verhaltene Reaktionen? Da ist Pulp Fiction ja eine stumpfe Klamotte dagegen. Kuckte, war glücklich und dachte nebenher dauernd an die Probleme im Stück. In wie viele Richtungen man antworten kann, auf gegebene Fragen.

126. Im Fernsehen: das ICE-Unglück. Es ist schon so lange her, man erfährt kaum, was wirklich passiert ist.

wie ist denn die Stimmung
unter den Rettungstrupps

JEFF KOONS
BERLINER FASSUNG

III

4.4

Donnerstag, 4.6.98, Berlin.

1114. Die Analyse im Moment sagt also: ich habe bei dem Versuch, Freiheit zu gewinnen von zentnerschweren Gewichten, Absichten, Vorüberlegungen und Konstruktionen – dann schlicht und einfach ZU VIEL wegplaniert, an Gegensätzlichkeit, Aufladung, Widerspruch. Flachheit kann es aber nur, so die Krieg 97 Texte, als Sehnsucht geben, jedenfalls für mich. Vielleicht muß ich dazu auch noch reifer werden. Wird das Stück jetzt besser, durch die Neubearbeitung, wird es schlechter? Keine Ahnung. Aber wenn man bei so präzisen Einwänden, wie sie sich jetzt in dieser letzten Woche heraus kristallisiert haben, NICHT eingreifen würde, es NICHT noch mal versuchen würde, eine bessere Lösung zu finden – dann kann man sich eigentlich gleich als AUTOR abmelden, und eine Stelle in einem Schreibbüro antreten. Ich glaube nicht an die Konstruierbarkeit richtiger Sachen, aber noch weniger an das AUTOMATISCHE des Gelingens eines JEDEN Versuchs, eine Sache zu ergreifen, auszusprechen. Vielleicht hat man daneben gelangt, vielleicht sollte man es einfach nochmal versuchen. In dem Moment, wo die Analyse an diesen Punkt der Klarheit führt, weicht die Qual des ungewissen Mißbehagens. Es stellt sich jetzt eine neue Aufgabe, das hat was Vernünftiges, zu Taten Führendes, Unruhiges und zugleich Beruhigendes an sich. Dabei denke ich an die Notizbücher von Peter Weiss, und wie ich damals, back in the days, dachte: verrückt, wie der auf die blöden Einwände der blöden DDRler und ihrer blöden Politvorstellungen reagiert, nachjustiert, wie er versteht und zweifelt. Ich dachte, man schreibt das Stück, dann ist es fertig, fertig. Und vielleicht IST das ja auch so, zu bestimmten Zeiten, und vielleicht kommen die ja auch wieder. WER WEISS. – Richtig: auch das ganze »black is black is black is black«-Ding, gestern bei Tarantino: da ist über die Schiene Realismus mehr Ermutigung und Politik aufgefahren, als in allen, von super guten ABSICHTEN geführten Spike Lee Unternehmungen. Ich wüßte gern, was Derrick May zu diesem Film sagt. Darstellung der Welt, wie sie ist: Verherrlichung, klar. Aber auch die Erschaffung der Möglichkeit, sie ANDERS zu erleben, so zu ändern.

1148. Und der Einwand sagt natürlich sofort: was heißt da, wie sie IST. Jaa, mein Gott, soll man immer bei Adam und Eva anfangen, oder wie? Eva: schau Schatz, es ist doch so. Wie? Wie ist es denn?

1825. Am Stück. Dann war der Abgesandte des Hausbesitzers da, wegen Kabel, Glocke, Strom. Nach zehn Minuten im Zimmer stinkt das ganze Zimmer, brutal, nach ausgeatmetem Alkohol, so megadicht ist der Kollege. Ich nehme mal an, daß entspanntere Gemüter das vielleicht trashig, lustig oder sonstwas finden würden, mich deprimiert das einfach nur. Dann wird ein komplett verdreckter Schalter neu montiert, Baujahr etwa 1933, vielleicht ist er auch von 1825.

1848. Am Rad eben, nochmal wegen Tarantino: was Kathryn Bigelows Strange Days für ein Film sein könnte, wenn er Menschen hätte wie Jackie Brown. Weil Bigelows optisch so revolutionäre Erzählweise leider ja von fast jeder Großaufnahme eines Gesichts ausgelacht wird. Sie kann keine Menschen darstellen. Ähnlich James Cameron, die Liebesgeschichte in Titanic. Vielleicht ist das auch einfach nur eine andere Idee von Deutlichkeit. Das Zurückgenommene demgegenüber von Tarantinos Regie, wie bei Dietl, kommt mir vor, so dezent und lässig. Die Typen, der Realitätsbegriff, wie Leute interagieren, die Art, wie Emotionen sich zeigen, bewegen usw usw. Das ganze komplizierte SPIEL. Es wirkt so zart und weise.

1915. Vor dem Reichelt. Der Mann spuckt auf seinen Apfel, wischt die Haut am Hemd ab und schaut mich auffordernd an: ich soll jetzt darauf reagieren. Wieso? Er kann doch machen, was er will. Mir doch egal, wie er seinen Apfel behandelt. Nur ICH will damit nichts zu tun haben, mich soll er bitte in Ruhe lassen. Nee, noch mal. Ich hasse Berlin.

2256. Die gestrige 6. Vorlesung, 3.6.1965, fertig gelesen. Wie stark, in wie kurzer Zeit, der Stil des Denkens sich ändern kann: Adorno spitzt die WIDERSPRÜCHE in der Aristotelischen Metaphysik als etwas derart empörend Problematisches zu, daß es fast schon logeleimäßig engstirnig wirkt. Das wurde wohl als Scharfsinn empfunden. Heute hat sich das Verfahren im Umgang mit Widersprüchen sozusagen entdramatisiert. Das ganz normale Bedürfnis nach Freiheit von Widersprüchen sieht man jetzt eher als EINE von mehreren möglichen Mechaniken der denkenden Bewegung und ihres Zugriffs. Die Position von Aristoteles, wie sie im Referat Adornos erscheint, oder auch, noch klarer, in einer Fußnote von Günter Ralfs, wirkt gerade IN der Widersprüchlichkeit so einsehbar und toll, und zwar OHNE dialektische Bewegung, ohne VERMITTLUNG. Man sieht beides, wie jedes zutrifft, obwohl es sich auch widerspricht. Es widerspricht sich ja nicht nur. Die mehrwertige Logik ist noch nicht so popularisiert, wie fraktale, konstruktive und diffus fuzzymäßige Aspekte der Erkenntnis, aber ein GEFÜHL dafür ist schon eingesickert, in die Alltags-Intellektualität, mit der man heute so eine 33 Jahre alte Adorno Vorlesung liest.

028. Im Fernsehen ist der sogenannte Ibo bei Harald Schmidt, und auf allen Kanälen wird das Zugunglück gemolken, brutalstens, bis es nichts mehr hergibt. Ich kann nicht hinkucken, wie damals bei den Überschwemmungen. Das heroische Volksgemeinschafts-Gefühl der kollektiven Helferei. Das kollektive Gelalle dazu, unter Führung irgendeines Psychologen. Ich hasse Deutschland. Überall woanders wäre es genau so. Mir doch egal. Aber sonst alles okay? Sonst alles okay.

MEINEN HUNDEN

III
4.5

Freitag, 5.6.98, Berlin.

1155. Ganz schöne Zahlen am Start heute.

1727. Am Stück. Draußen die Sommerhitze und die GELLENDEN Schreie der Kinder. Ich muß endlich hier weg. Meinen Hunden: das Motto aus dem Salzinger Buch »Ohne Menschen«. Mit vielleicht bißchen zu viel Pot geschrieben. Am geilsten sind die Kiffer, die sich schon so nervös gekifft haben, im Lauf der Jahre, daß sie immer davon reden, ganz hektisch, daß sie nur noch SCHNELL bißchen was rauchen müssen, um nicht so nervös zu sein. Am Ende ist der Kiffer ein ganz hagerer Hektiker, so hektisch wie der wachste Börsianer. Wobei ich genau weiß, wie saugemütlich es wäre, wenn man jetzt, bei diesem Wetter, kiffermäßig auf irgendeiner Wiese rumliegen würde, und den lieben Gott einen, wie heißt das noch?, alten oder guten Mann sein lassen könnte. Wie der Typ in Jackie Brown zu seiner Beach Maus sagt: that shit is gonna rob you your ambition. Weil sie mittags um zwei kiffend auf dem Sofa liegt. Und sie meint dann so unwiderlegbar kifferlogik-wahr: nicht, wenn die Ambition eben wäre, kiffend vor dem Fernseher zu liegen. Allein dieses Drehbuch ist ja auch wieder so wahnsinnig gut GESCHRIEBEN. Der Typ ist einfach unglaublich. Das ist die Wahrheit, die Wahrheit über Quentin Tarantino. Von Kathy Acker, sagen wir mal, aus den nachgelassenen Papieren.

1802. Depression durch Objekte.
1839. Es war die Zeit der Lindenblütentage.

0007. Fußball, XY, Literarisches Quartett, Berlin House, jetzt Willemsen, da kann ich ja kurz mal rausgehen. Seine letzte Sendung, mit Freunden der Sendung im Publikum, nur die Supersympathischsten natürlich. Da Adorno in Pfingstferien ist, las ich Luhmann. Arbeitsmäßig war das auch wieder kein richtig klarer Tag. Bei Domian:

das Highlight ist immer noch
das da hin zu bringen
wo es hingehört

ZUSÄTZE AUS DEN NACHGELASSENEN SCHRIFTEN

III

4.6

Samstag, 6.6.98, Berlin.

1100. Auch nicht schlecht. Ich hatte noch das Willemsen Interview im Tagesspiegel gelesen und um 3 das Licht ausgemacht. Um kurz vor 9 läutet die Müllabfuhr. Heute ist es der sogenannte Bio-Müll. Zu seiner Einführung wurden hier neulich extra BRAUNE Plastikeimer vor jede Wohnungstüre gestellt, mit paar Seiten Info-Material drin. Seither sind es fünf verschiedene, einzeln getrennt verwaltete und abtransportierte Müllarten, jeden Tag ist ein anderer Müll dran. Ich will immer zersplittertes Glas in den Biomüll werfen, vergeß das dann immer. Der Hader kommt daher, daß ich mich so wahnsinnig auf den Juni und die Juniferien gefreut habe, und jetzt vor dieser megakomplizierten Aufgabe sitze. Ohne wirklich zu wissen, ob ich spinne oder der Text. Die Informationsdichte auf einer Seite Luhmann, in der Gesellschaft, über Religion, da ist Adornos Metaphysik Vorlesung eine Art frühkindliches Steinchen-Spiel dagegen. Wobei das natürlich zur Natur der Metaphysik gehört und zum Wesen der Vorlesung, und dieses Gegeneinander sowieso Quatsch ist, tschuldigung. Luhmanns Durchlässigkeit für Fremdes, Vieles, Widersprechendes, seine Uneigensinnigkeit, das macht seine Schriften so offen und unobsessed. Sie steuern dauernd von sich selber weg. Noch nie habe ich einen uninteressanten Satz von ihm zum Spezialthema MORAL gelesen. Das kommt durch seine ganz spezielle Religiosität, und die Konstellation zu Beginn seiner öffentlichen Arbeit, in den 60er Jahren. Wo er in Widerspruch zu den Frankfurtern als der BÖSE Sozial-Technokrat galt, und dabei dauernd wußte, daß das natürlich Unsinn ist, und andererseits, als Realist, die Logik dieses Unsinns zu erkennen versuchte. Eine unglaublich ZUNEIGUNG zu diesem ganzen DENKEN, wenn es so was gibt. Geistesherzlichkeitsverbundenheit.

1130. Wieder war ich auf Reich-Ranickis Seite gestern, wo über das Buch dieser Karawanserei-Frau diskutiert wurde. Der ganze Scheiß mit blumiger, bildreicher Sprache, türkisch-deutsch, auf künstlich naiv gestellt auch noch. HORROR. Und ich mir immer denke, auch in Japan kam das wieder, wenn die Leute sich am Bildreichtum anderer Sprachen freuen, ich grüße deine Füße oder so, ja ja, is ja gut, – wie sehr ich mich am Nicht-Bildlichen DIESER Sprache hier freue, was für eine geil ABSTRAKTE Sprache das ganz normale Alltags-Deutsch mit seinen Wörter-Reihen und Heitschaftkeitlichungs-Exzessen wirklich ist. Deutsch ist eine IRRE Sprache, das ist so toll daran. Die Sprache des Irrsinns und des Sinns, der Philosophie. Ja. So ist das. In my eyes. In the eyes of my I. In my I eyes, in the eye-eyes of my I, in my eyes. Ja genau: yes.

1149. Vorhin: ich komme mir schon vor wie Ingrid van Bergen, so wundgeschabt vom Leben, nach 10 Jahren Knast und Mord am Geliebten, so dünnhäutig. Hatte sie neulich so erzählt, und auch sichtlich vorgeführt, im »Mord aus Liebe« Film. Die Gereiztheit und Nervosität, mit der JEDER Ton, JEDES Geruchsatom ganz speziell, JEDER Reiz als ein Zuviel und als fast schon unaushaltbar PENETRANT empfunden wird. Grotesk. Man kann es nicht anders sagen.

1515. Am Stück. Neuübersetzung des Alten, des Geplanten, des Gestrichenen, des Gestrigen. Feigheit als Tugend. Vielleicht. Hoffentlich. Der Computer GLÜHT.

1605. Vom Einkaufen daheim. Am Rad, zum Hader: daß ja aber alles, was im direkt Erlebten Paranoia, Enge, Schwachsinn und Scheußlichkeit ist, im Erzählerischen, wenn es sich nur erschließt, zur Position des Textes, Text wird von da her, dort dann automatisch Präzision wird, Reichtum, Möglichkeit des vielen, Dimension in alle Richtungen, Wahrheitenplural, Weltähnlichkeit usw usw. Ist ja bekannt alles, ist ja nichts neues. Trotzdem.

1654. Wichtige Mitteilung von der Fernsehfront: Matthieu Carrière tritt endlich wieder auf, diesmal bei Frau Christiansen, Sonntag abend. Worum gehts? Scheißegal. Der kann zu Inzest, Spiel, Karriere, Kleist, der hat so schöne Hände. Er strebt den Thron an, den Frau Ranke-Heinemann vor 3, 4 Jahren innehatte. Bis am Schluß auch die LETZTE Praktikantin, abkommandiert zum Leute-Rekrutieren, meint: bitte nicht schon wieder DIE, nicht schon WIEDER den.

EIN RANGHOHES MÄNNCHEN
treibt die Stummelaffen
in die Baumkronen

Pferde und Wallfahrer
empfangen den Segen

1732. Extrem geil, wie jetzt das Gewitter kommt. Mit welcher Verfinsterung, mit welcher Luft. Das Tollste ist natürlich der Geruch.

1843. Die Gesellschaft der Gesellschaft. Die Meisterschaft der Heiterkeit der Wissenschaftsweisheit.

2222. Mit Luhmann draußen, beim Eis, dann am Balkon, bis es ganz dunkel war. Über Schrift. Brutal schön.

the dark stuff

III
4.7

Sonntag, 7.6.98, Berlin.

1300. Eine Stunde in den Innereien des Computers gewühlt. Ich wollte kurz mal die Oberfläche meinen Benutzer-Bedürfnissen anpassen, nach eineinhalb Jahren mit dieser Maschine hier, sie mir entsprechend einrichten. Was das für ein Akt ist. In den Computer-Magazinen in den dritten Programmen texten die Typen immer lässig rum, aber wenn man nicht Freak ist, kapiert man nichts, gar nichts. Man müßte Spaß daran haben, ich habe nur leider keinen. Man müßte Mann sein, auch da, Mechaniker, Checker, Durchblicker, Weltenherrscher und Eroberer. Ich hab bloß keen Bock auf das alles. Genau: wie Meret Becker gestern, mit demonstrativ aufgekratzten Brustwarzen, ihren hohlen Berliner-Schnauze-Text zum Film-Preis aufsagte, das ist schlimmer als Kanther hoch Brandenburg mal Tor durch SS. Aber das gehört bei den Filmleuten scheints dazu, die Bekundung der stammesmäßigen Verbundenheit, Vilsmeier schießt dann in Bayrisch zurück.

1354. Thanatos, so Krausser, der kein Gesicht besaß, bla bla. Wieso besaß? Wieso nicht: hatte? Weil haben nicht gilt, als Vollverb in Vollliteratur, oder was? Es ist dieser stilistische Gehobenheits-Quatsch, der mich leider von der eigentlich Krausser-Literatur immer abgehalten hat, von der ersten Melodien-Vorlesung an. Da hörte ich den originalen Krausser-Text, von ihm selbst bißchen dick aufgetragen vorgetragen, zum ersten Mal. Und immer in solchen Fällen die Frage: das kann doch nicht wirklich Absicht sein, bildtechnisch gesehen, diese Nähe von Gesicht und Arsch, via besaß, wo gerade die romantischen Nebel wallen, über Tal und Fluß, und es ganz bierernst zugeht, in einem nur 13-zeiligen ersten Kapitel des 2. Buches. Weil, ä: ich habe nämlich neulich so einen süßen weiblichen Krausser-Fan kennengelernt, die mich einen ganzen Abend lang so megasüß angesägt hat, vorallem mit ihrer Krausser-Verehrung, echt. In diesem Sinn, auf Thanatos!

1458. Alles deprimiert mich. Ein Bild von Dada-Aktivisten, mit Dada-Erinnerungstext, im Imperfekt, von Hans Arp. Es ist der Arche-Literatur-Kalender. Der macht mich heuer noch mehr fertig, als die Jahre zuvor. Früher habe ich den einfach weggeschmissen, heute quäle ich mich damit ab. Was ist nur los? Was ist in mich gefahren? Grollend rollt der ferne Donner.

darf ich ausreden
bitte
einmal in meinem Leben
möchte ich ausreden

rief Karasek aus, neulich, im Quartett, da hatte er schon etwa zehn Minuten monologisiert, ich weiß gar nicht mehr, worüber, ich war so fasziniert von seinem WAHN, daß er noch nie ausreden durfte. Aber jetzt endlich wollte er, BITTE, einmal ausreden dürfen. Durfte er dann auch, war sicher inhaltlich auch extrem ertragreich. Bloß leider für mich gelöscht, durch diesen Ertrinkungs-Hilfeschrei: Hilfe, reden, LEBEN!

1849. Ich versuche, dem Bösen einen Tag der Ordnung und überfälliger Büroarbeiten abzugewinnen, okay. Der Fernseher riecht unangenehm, ich trage ihn weg, die Strahlung, die vom Bildschirm ausgeht, bestrahlt meine

Unterarme. Morgen kann ich mich dann mit einer Depotspritze Haldol in der Psychiatrie verabreden. In München sind es die Metallspiralen meiner Federkernmatratze, von deren elektromagnetischen Feldern ich mich bestrahlt fühle. Wie ich das dem Verkäufer erklären wollte, am Tag nach dem Neukauf, das kam nicht so extrem gut an, bei dem. Ich dachte dann, lieber sich bestrahlt fühlen, von der Federkernmatratze, als dem Kollegen in der Bettenabteilung des Kaufhofs am Marienplatz wie ein Verrückter vorkommen. Das meine ich immer mit der disziplinierenden, vernünftigifizierenden Funktion des Sozialen. Kommt irgendwas SEHR schlecht an? Okay, dann läßt mans lieber weg. Man geht einfach zu einem anderen Bettenheini, am Baldeplatz schräg gegenüber. Probeliegen, prima. Kaufen. Daheim ist die Schaumstoff-Matratze natürlich zu hart. Kein Problem, fünf Telefone, ausgiebiges Flehen, Betteln, hundert Mark draufzahlen dürfen, Umtausch. Die neue ist jetzt bloß zu lappig. Die Matratze wieder zu Betten REAL schleppen, der Typ schaut mich ziemlich irritiert an, er hat aber eine noch viel bessere da, nochmal hundert Mark bitte, danke. Daheim stellt sich raus, daß die in Plastik eingeschweißte tausend Mark Matratze jetzt brutal nach Schaumstoff stinkt. Vielleicht in echt auch nur ganz wenig, in meinem Kopf jedenfalls so brutal, daß. Das Unternehmen Matratze aufgeben. Sich abregen. Sich lieber nicht verhaken. Sich lieber von egal was wie bestrahlen lassen, als auf diesen Strahlen ewig rumreiten. Das kann ganz schnell weiter führen, als einem lieb sein kann. Lieber an was anderes denken, solange das noch geht. Usw usw usw.

1957.
1958.
1959.57.
1959.58.
1959.59.
2000. Guten Abend, meine Damen und Herren. Akzentverschiebung. Selbstkritik. Appell. Minutenlanger Beifall.

103. Sich vortexten zum Endpunkt der Totalgroteske, und da steht dann: gute Nacht.

SYSTEMVERTRAUEN
ENDFASSUNG VORSTUFEN MATERIALIEN

III
5.1

Montag, 8.6.98, Berlin.

914. Ich habe die Walser Passage kurz ausgetauscht, gegen die Stummelaffen. Solche kleinen Änderungen heben die Laune. Man ist ja nicht der Knecht des Textes, sondern umgekehrt. In der Küche liegt die leuchtgelbe Flugzeugtasche, in der die unausgepackten Sonntags-Zeitungen aus dem gestrigen Gewitterregen in den Montag hineinmodern. Nachher, später, morgen. Maxim Biller erzählte neulich mal am Telefon, er hätte da einen Stapel Zeitungen, und ich dachte: geil, ein Inbild des Interesses am Interessanten dieser Welt. Und sagte zu ihm, ja, ich auch, die müssen alle noch aussortiert werden! Ganz falsch, klaro: nee, wieso, da stünde doch eh nichts drin. In den Zeitungen, das wäre doch alles unendlich langweilig, was da in diesen Zeitungen dauernd stünde. Er muß die bloß alle endlich RUNTER bringen und wegschmeißen. Ach so. Ja. Und: er hats doch so am RÜCKEN, durch das viele Sitzen. Ach, Maxim.

1152. Am Stück.
1209. Briefe. Post. Bürro, mit zwei rr und kurzem o.
1449. Weiter am Stück. Geduscht und raus.

1836. Mit Luhmann auf der Post, auf der Bank, bei meinen Spirits. Wir saßen wieder in der Küche, das 90er Endspiel gegen Argentinien lief, und William kam herein: seid ihr noch einen Moment da? Jaa, ja. Die sogenannten »Japaner« hätten sich gerade angesagt. William hat einen neuen Haarschnitt aus England mitgebracht, er meinte zu irgendeinem Rastaman-Friseur, wo ihm der Laden gefiel: make it modern, make it fresh and make it as you like it. Cora legt die neue Groove auf den Tisch. Ich blättere nach dem Artikel von Tobias Thomas, den mir nach der letzten Praxis Veranstalung in Frankfurt jemand dringend ans Herz gelegt hat. Dem Tobias Thomas hätte ich Unrecht getan, in Rave. Ich erzähle Westbam von meinem Plan, eine Billig-Version von Rave zu machen, und er schaut ganz entsetzt: wie soll das gehen? Rave light, oder was? Ja, genau, wieso nicht? Schön geworden auch das Wort: OFFICIAL. Sie sind für mich die FACTORY, die in mir SINN entstehen läßt. Ähnlich im Verlag. Die Sympathie für diese Orte: wo LEUTE sind, die man mag, die aus IDEEN reale OBJEKTE machen, die dann als PRODUKTE hinaus gehen, und dort gegen GELD zu kaufen sind für NEUE Leute. Die echte menschliche, büromäßige Realität dieses Idee-Ding-Prozesses. Lange Jahre war der Inbegriff dieses Orts für mich die Redaktion von Spex.

1926. Hektik, Eile, los.

1959. Wieder daheim. Die große Singles Oper, abends, in den Supermärkten. Ich erinnere mich an einen Schimmang Text, der das mal vor vielen Jahren toll beschrieben hat. Schimmang wurde dann so ein SCHRIFTSTELLER. Das ist die Berufsbezeichnung für ein Profitum in einem Feld, wo es Professionalität nicht gibt.

ich bestritt
die Vorwürfe energisch
es gebe KEINE Hinweise auf eine
Explosion

die USA wollen Drogenspezialisten weiterbilden

2013. Die Vorfreude heute nachmittag in der Mommsenstraße plötzlich auf eine Zukunft, wo jeder machen kann, was er will. Irgendwann wird das so, das ist doch klar. Man wird dann genau so vor sich hin tapern wie jetzt, bloß jeder ist sozusagen ein netter Typ. Einfach weil sich das besser durchsetzt. Das bringts mehr, auf die Dauer. Oder ist das absoluter Quatsch? Weiß das wer da draußen?

den Daumen hochgestreckt
und mit Beifall überschüttet
so feierte
er seine Wahl

2346. Man hat richtiggehend das Gefühl eines VERBOTENEN Gedankens. Ausgangspunkt war die Vorstellung von Nietzsches Sicht ins XX. Jahrhundert hinein gewesen, und die Überlegung oder Beobachtung, daß sich gegenüber Vorausschauen in echt BEIDES stärker realisiert, das Gleichbleibende UND das Nichtvorhergesehene, ganz andere. Ja gut, und dann?

2358. Der Katarakt Schauspieler aus Groningen ruft an. Fängt gleich an, auf mich einzureden. Er sitze hier gerade mit dem und dem, und. Entschuldigung, ob es nicht vielleicht bißchen spät wäre, für einen Business Call? OH? SORRY?! If that is, for you, too late now. Als wäre ICH der völlig Gestörte, auf solche banalen Äußerlichkeiten Wert zu legen. Dabei kenne ich den gar nicht. Drei Minuten Terror am Telefon, von einem fremden Menschen, der von mir was will. Ich erschrecke, zucke zurück, und das wars dann.

0007. Das Verbotene: es steht einem nicht zu. Ich weiß das ja eigentlich.

Bloß WARUM genau? Es war noch mit reingemischt in die Zukunfts-Überlegung ein ganz simpler Todes-Gedanke: daß viel weniger sich ändert, objektiv, wenn man tot ist, als für einen selber, ha ha ha. Na ja, ist ja klar. Aber daß dadurch automatisch so übersteigerte Vorstellungen vom Zukünftigen entstehen. Apokalypse und Antiapokalypse. Beides Unsinn. Alles Unsinn. Zurück in die Gegenwart, Computer TV:

ich habe eine
Turbo Taste
hier unten da
ich klick das immer so ab
Sie haben gesehen
das funktioniert ja
ganz wunderbar

KRACHKULTUR

III
5.2

Dienstag, 9.6.98, Berlin.

1137. Es ist Sommer, und im Speicher wird, wie letztes Jahr, auf das Haus eingedroschen, mit dumpfen Schlägen. Die Wände wanken fast. Ich kuck mal hoch. Der Dachstuhl wird abgerissen, das Holz ist zermodert, die Ziegel sind abgedeckt. Der Typ mit dem Hammer haut auf seine Moderlatten ein und schimpft. Dahinter sieht man freien Himmel.

1202. Was sagen Sie dazu: fragt Polizeihauptkommissar Martin Brinkmann aus Bremen, der mir seine »Krachkultur« zuschickt. Wenn ich in diesem Ton verhört werde, Herr Kommissar, gar nichts.

1255. Die Fenster sind offen, Lindenluft weht herein, an den Wänden flattern die Papiere. Auf endlos läuft die neue Love Parade Hymne, und ich lese in Leben und Schreiben von Hermann Lenz, und denke daran, wie ich ganz ANDERS von Praxis berichten müßte, was das für eine Textform werden müßte, da es eben NICHT mit dem Abdruck der Reden getan sein kann. Resultativ, kaleidoskopisch, superabstrakt und superbanal. Erzählung der äußersten Absurdität.

1917. Abends war es dann kein guter Tag gewesen. Der Fehler heute war: zu viel Zuversicht am Morgen.

ONE WORLD ONE FUTURE

III
5.3

Mittwoch, 10.6.98, Berlin.

841. Morgens fiel mir ein, warum die Streit-Szene von gestern nicht gelingt: ich kann keine Konflikte darstellen, weil ich kein soziales Leben führe. Aber das heißt ja, daß ich dann überhaupt keine Stücke schreiben kann? Jetzt wirds eng.

1148. Carl Hegemann ruft an, ich soll zum Theweleit Vortrag ins Berliner Ensemble kommen. Worum gehts? Über Masse. Wenn wir beide hingehen würden und bißchen was sagen, das könnte lustig werden, meint er. Ich bin ganz konzentriert auf meinen heutigen Wahn, mich heute total konzentrieren zu müssen, und nenne ihn zweimal Klaus. Bis er beim Auflegen meint: ich heiße Carl. Tschuldigung, Carl. Wenn man nicht mal fähig ist, ein Zweiergespräch vernünftig zu führen, wieso dann zum VORTRAG gehen, unter viele Menschen, der von MASSE handeln soll. Von wegen Kauzigkeit. Man würde so KAUZIG werden, durch Alleinleben, meinte Biolek, in Sorge um das Liebesleben von Joschka Fischer. Der war jetzt zum dritten Mal direkt hintereinander im Soloverhör, bei Groß und Emma auf Rtl, beim Dicken und beim Pfarrer, die Namen fallen mir gleich ein, auf ntv, und dann bei Biolek, und JEDESMAL fand ich es total angenehm, ihm zuzuhören. Kauzig würde man also werden, wenn man allein zu Hause abends Mozart hört. Schlimm wäre es erst, wenn man Wagner hören würde, dann würde man VERRÜCKT werden. Bernhardeske Weisheiten, wirklich. Dann kam eine Frau mit roten Haaren, und ich kuckte Harald Schmidt, der zuvor in einem älteren Spiegel Porträt wieder NUR geile Sachen von sich gegeben hatte. Bei der zweiten Werbung wollte ich kurz kucken, wie es der Rothaarigen so geht, dann saß da SCHLEEF da, offenbar gerade ganz am Anfang der biolekschen Ordination. Das war mir dann wichtiger als Veronica Ferres, die gleich bei Harald Schmidt ins Bild stampfen würde, nach der Werbung. Ähnlich wie bei Gernhardt neulich: Was passiert, wenn die Bekanntheit erst noch ERKLÄRT werden muß? Das funktioniert so schlecht. Harald Schmidt machte bei Gernhardt eine Übertreibungsgroteske daraus, subtil bösartig, obwohl er das bestreiten würde, war aber so. Und Biolek wollte also ganz ernst angeben mit Schleefs Engagements an allen wichtigen, großen Häusern. Schleef wollte das realistisch präzisieren, Biolek sagte das Wort Provinz, wenn auch verneint, und Schleef mußte wieder protestieren, weil Ostberlin, in der DDR damals hieß, daß man Spitze ist. Moment einer peinlichen Pause. Biolek: das sage ich doch. Irrwitz, echt. Wen läßt das Medium auftreten, wen bestraft es, wenn er es versucht, obwohl er nicht berechtigt ist, weil er in keiner Soap mitspielt. Alles nur Erstmomentsprobleme. Es geht ja um Fortsetzungen, um Kennenlernen, um GENAUERE Analyse des Gesichts, die mediale Großfamilie. Hier aber geht es heute um das Problem KONFLIKT, auf der Basis von ANGST vor Konflikten. Und zwar bitte hochkonzentriert. Tschuldigung. Wieso? Wegen gestern. Seit ich von der Karawanserei-Frau weiß, daß die Deutschen sich dauernd entschuldigen würden, entschuldige ich mich natürlich noch viel öfter, als eh schon automatisch, oder?

1519. Am Stück. Von wegen Konflikt, Konfliktdefizit. Deswegen sind die Familienstücke so komisch. Aber in den anderen Stücken ging es immer um reale historische, argumentative Konflikte. Bloß habe ich diese Dimension hier ja auch planiert. Ich verstehe das alles nicht.

1749. Hütte, Himmel, See. Denken hier, in Ur, in Griechenland. Sorge, Rechnen, Theorie.

1829. Weiter am Stück. Alex ruft an und ermahnt mich, zu Theweleit zu gehen. Sie haben am Samstag Chance Aktion in Frankfurt, Paulskirchenpredigt. Davor Telefon mit Albert, er erzählt von Wien, von ihrem Konzert da, heißes Wetter, Baden gehen, dumm daher reden und glücklich sein. Kurz über Rave. Albert findet es also auch, streng genommen, wahrscheinlich schlicht scheiße, höflich ausgedrückt. Schade. Hilfe.

1908. Ich glaube, ich bin krank. Was soll das heißen? Daß ich mich so fühle, angeschlagen, nicht gesund. Krank.

DAS KAPITAL

III

5.4

Donnerstag, 11.6.98, Berlin.

1027. Gottseidank kein Feiertag hier, ich war mir gestern unsicher, schaute auf den Faz-Kalender, auf die Faz selber, alles rot, Gottesdienst, Leichnam, Fron. Hier nicht. Hier Müllabfuhr und Dachkrach. Die Art, wie der Typ hämmert, da ist Musike drin. Der von letztem Jahr, der haute hier über mir auf Beton ein, in einer Weise, daß ich bei jedem Hammerschlag dachte, dieser Mensch ist geisteskrank. Ich schaute mir das dann an, redete mit ihm, und er hatte nur eine wahnsinnige WUT, auf den Beton, auf seine Arbeit, sein ganzes Leben, auf alles halt. Damit wurde darauf dann eingedroschen, mit der Wut auf die Wut. Der jetzige hämmert normal, das schwillt so an und ab, ist funktional, und nicht eine dauernd an alle gerichtete Demonstration von Empörung, einfach zu erledigende Arbeit eben. Vernünftiges Hämmern sozusagen, angenehm.

1059. Ich muß innerhalb der Wohnung flexibler werden, mit meinem Arbeitsplatz wandern, dann wird alles besser.

1143. Daß die Süddeutsche Zeitung sich nicht traut, ihre klassischen Feuilletons, die Artikel, die einfach von irgendwas handeln, wozu irgendwer was melden will, von nichts Ausgewiesenem, nichts Aktuellem, von NICHTS, von Normalität, von IRGENDWAS also kurz gesagt – einfach so abzudrucken. Dann kann man ja kucken, ob einen das interessiert, ob man das lesen will. Nein. Das muß verpackt werden. Da muß so ein Schwachsinn drüber stehen wie »Lebenslügen«. Ich kann einen Artikel praktisch nicht lesen, wo »Lebenslügen« drüber steht. Wegen der absoluten Scheußlichkeit dieses Wortes. Wegen der kompletten Lüge, die von diesem Wort über das Leben erzählt wird. Die andere Rubrik heißt »Vergangene Mythen« oder so. Noch scheußlicher. Die Überschriften im Feuilleton der Süddeutschen überhaupt. Wie sie rudern, blödeln, auf sich hinweisen, nach irgendwas rufen, was kein Mensch hören will: bitte, bitte lies mich. Och nö, lieber nich. Weil ich eben in »Die Rückkehr« von einer sogenannten Frau Sartorius hineingeraten bin, ganz begeistert davon.

TEXTPROZESSION

1359. Es fällt mir komischerweise leichter, Entscheidungen zu akzeptieren und für vernünftig zu halten, auf die ich KEINEN Einfluß nehmen kann. Da kann man ausweichen auf die Vorstellung, daß letztlich nichts Falsches passiert. Aber das läßt sich natürlich nicht ins noch NICHT Passierte umrechnen, vorausübertragen, logisch. Da wird geackert wie verrückt, den Impulsen und Vernunftintuitionen folgend, obwohl man nicht wirklich weiß, obs das letztlich bringt, was vorallem. Ist das alles Religion?

1431. Chance 1. Statt einer Rede für Frankfurt schreibe ich Schlingsi ein kleines Fax. »Lieber Christoph«. Es geht um die Zahl, die er immer im Zusammenhang mit den Arbeitslosen nennt. Die sogenannten sechs Millionen. Das fand ich von Anfang an irritierend, interessant. Da sollten es gerade fünf Millionen werden, letzten Winter. Jetzt sind wieder die neuesten Zahlen

VERKÜNDET worden, mit Daumen hoch, vom Nürnberger Verkündiger. Vielleicht könnte man mal wirklich die präzise neueste Zahl nennen, vier komma eins neun sieben Millionen, 4 197 318, es geht doch angeblich um jeden einzelnen. Gerade die letzten 318 Arbeitslosen schauen einen doch sofort extrem individuell an, aus dieser Ziffer raus. »Sechs Millionen«, das ist ja eine sehr DEUTSCHE Zahl, aus sehr anderen Zusammenhängen bekanntlich. Zusätzlich noch aufgeladen, entschuldigung, mit Sex, und mit der zig der Sechzig, die in Millionen die Deutschen in der alten Bundesrepublik waren. Von Anfang an kam es mir so vor, daß Schlingsi da mit seinen sechs Millionen, eben nicht wirklich getöteten, sondern nur im übertragenen Sinne, durch Arbeitslosigkeit ausgeschlossenen Menschen, der Magie dieser Zahl auf verständliche, faszinierende, aber eben auch problematische Weise aufgesessen ist.

Außerdem müßte man wirklich das Manifest der glücklichen Arbeitslosen ernst nehmen und weiterdenken, um mehr Realitätshaltigkeit in die Reden zu kriegen. Ich bin mir absolut sicher, daß viele Leute eben genau gar NICHT zeigen wollen, daß es sie gibt, im Gegenteil, daß sie ihre Ruhe haben wollen. Ich beziehe mich da auf Beobachtungen in meinem fucking Wedding. Auf das Haus, in dem ich wohne. Dafür müßte man irgendwie ein Gespür und analytische Instrumentarien entwickeln. REALER werden. Chance müßte auch die Partei der eher desinteressierten, ganz undramatisch anverwahrlosten Zuhausehocker und Fernseh-ZUSCHAUER werden. Auch die der vielleicht doch gar nicht SO seltenen Käuze, wie Biolek in seiner verständlichen Normalitätssehnsucht denkt. Die Chance für Chance wäre doch wohl: dieses Mehr an Realität, an Realitäten, an Widersprüchen also etc etc.

1635. Rotwein und Freiburg: Theweleit. So verdienstvoll wie Heidegger, genauso eklig. Das ist schon das ganze Problem, für mich, VOR jedem Satz, dieser grünbraune Mief, mit roter Nase.

1749. Vom Einkaufen wieder daheim. Frage an die empirische Sozialforschung: gabs im Faschismus mehr Alkoholismus als heute, oder weniger? Mir kam gerade wieder so ein alkoholisierter Blockwarttyp entgegen, Mitte dreißig, und ich dachte mir, er hat bloß gottseidank nichts mehr zu melden. Vor sechzig Jahren war er der König der Kameruner Straße. Und hat alle terrorisiert. Und zwar richtig gefährlich. Und nochmal sechzig Jahre NOCH stumpfer, als so ein Stumpfheini heute ist, usw usw. Theweleit: auch ein Beispiel wieder mal dafür, daß ablehnende Urteile fast IMMER durch Nicht-Beschäftigung zustande kommen, die auf Antipathie zurückgeht. Es ist einem jemand durch und durch unsympathisch, fertig, und das wird NIE mehr ein irgendwie vernünftiges URTEIL werden, was man über den denkt.

1756. Freistoß. Foul an Albertini. Ich mußte den großen, neulich aus Objekt-

Depression in die Küche unter den Tisch verbannten, viel zu großen Großen-Bruder-Fernseher jetzt doch ins Arbeitszimmer transportieren, wegen WM. WM, WM, WM. Das gestern nachmittag verpaßte sogenannte Eröffnungsspiel habe ich mir nachts noch angekuckt. Ich bin schon wieder voll angefixt. Das ist so geil. Die Westbamsche Hysterie neulich hat das gerade noch fehlende Übrige getan, thanks Max. Chile mit dem nächsten Aufbauversuch, Fuentes.

1809. Inbegriff einer wirklich ultimativen Redeweise, auf die Text nach meiner Idealvorstellung zusteuert: usw usw. Etc pp. Noch nicht mal die NUMMERN der Witze müßten genannt werden. Weil EH alles klar ist. Man müßte nur noch sagen, du weißt schon: usw usw. Es gibt doch dieses geile Theaterstück von Wolfgang Bauer, das NUR aus Ziffern besteht. Das finde ich absolut genial.

2218. Mit Luhmann beim Eis, beim Fußball, am Balkon, im anderen Zimmer. Wie beim Medizinstudium: ich vergesse die simpelsten Sachen immer wieder. Und immer wieder neu bin ich dann völlig platt, wie unglaublich kompliziert, trickreich und weise alles so eingerichtet ist, im Körper, im Sozialen, vom lieben Gott. Eben bei der Funktion der sogenannten symbolisch generalisierten Kommunikationsmedien. Wahrheit, Werte. Die Österreicher fighten, kriegen aber kein Tor rein, gegen die Kameruner. Viertel Stunde noch, im Stade Municipal, in Toulouse. 2234. Genau falsch rum. Und Sie können sich vorstellen, daß es jetzt ganz schnell gehen muß, für Österreich. 2248. Ja, ja, ja. Ausgerechnet der Kapitän. Sein 42. Tor für Österreich.

2328. And send them to the cemetery: wo kommt das her. Das fällt mir zum Senden gerade ein. Das klingt so gut. And send em to the cemetery.

SO HERRLICH WOHNT DIE DEUTSCHE MANNSCHAFT

III

5.5

Freitag, 12.6.98, Berlin.

1033. Mein Kabel-Horror: Drucker, Computer, Telefon, Fax, Internetzl, Strom, Verlängerung, und die alle irgendwie ineinander verwurlt. Dabei will ich einfach nur, daß alles LEER ist. Daß die Augen Ruhe haben. Ist denn das zu viel verlangt?

1102. Früher war Weizsäcker die Haßfigur, wegen seiner Familie, seiner Attitüde, dem ganzen Bullshit, den der Typ im Kopf hat. Dann kam Herzog. Albert wollte sogar mal ein Porträt von ihm malen. Inzwischen haßt man Herzog längst genauso wie Weizsäcker, und es ist klar, es ist das AMT, was so brutal nervt. Ein Amt, das daraus besteht, Reden zu verbreiten, aber aus absurd exponierter Position, staatsmäßige Antidemokratie. Und dann gleich: daß natürlich nicht der STAAT demokratisch ist, sondern die GESELLSCHAFT. Und in deren Kontext sind ja die präsidialen Reden immer schon, gerade wegen ihrer Exponiertheit und dem davon angezogenen institutionalisierten Schwachsinn, Gegenstand von Spott und müdem Lächeln gewesen, genauso wie von Aufmerksamkeit. Das nimmt ja niemand WIRKLICH ernst. Der Ruck, der durch Deutschland gehen muß, ist wahrscheinlich weniger wichtig als die neue Freundin von Hans Meiser, Martin Walser oder Thomas D. Oder zumindest spielen sich diese Dinge auf einem irgendwie ähnlichen Niveau von Wichtigkeit ab. Und das Amt selber handelt natürlich auch nicht vom INHALT der Reden, sondern von der ja durchaus normalen Propaganda dafür, daß eben dauernd daher geredet werden muß, egal wozu, wie, warum, und ohne direkte Wirkung. Also, geht doch. Wann kam eigentlich dieser komische Demokratiewahn auf? Ich stell das mal zurück.

1301. Alles was beweglich ist, beim Aufräumen, in der Wohnung: gut. Was fest steht: böse. Intrikat: kein schönes Wort. Akrasie: schon. Warum? Hört man das nicht? Ich laß mir jetzt so Haare wachsen wie Feiersinger, mit Band. Wegen Konstantin Wecker und Reinhard Mey. Peter Maffay läßt sie sich ja auch schon wieder wachsen.

1336. Einfach aus der Sprache heraus schreiben. Nicht so bildende-Kunsthaft wie Peter Weiss, in der Ästhetik, nicht so künstlich. Viel widerstandsloser. Das wäre das ästhetische Ideal, die Ästhetik: Die Ästhetik der Widerstandslosigkeit. Oder überhaupt und gleich nur der Losigkeit, ÄSTHETIK DER LOSIGKEIT, ha. Beim Blättern in Avantgarde Film.

1401. Aber ohne an sie zu denken. Wenn ich auf irgendwas achte, im Hinblick auf die Sprache, erschrecke ich gleich. I, ein Sprachgedanke. Bloß nicht verhaken, ganz schnell weg da bitte, danke. Deshalb wollte ich nie was übersetzen, wegen der Sprachaufmerksamkeit, die dabei entsteht. Weil ich gerade im Felsfenster wieder mal irgendein besonders passendes Verb zu irgendeinem Hauptwort präsentiert bekomme. Als würde jemand lauter Gullideckel abfotografieren, auf der ganzen Welt, aber immer nur mittags um zwei. Warum? Wegen dem künstlerischen Konzept natürlich. Ach so, is klar.

1836. Schiedsrichter sieht alles.

1842. Faßbender mosert. Ich sehe das Spiel nochmal ganz anders. Detlef hat lässigerweise die Dichtungsklappen vorverfugen lassen. Gute Idee, danke.
1928. Der Schaden dürfte so auch reparabel sein.
1932. Initiative Kirche von unten.
1942. Touch me. Wo? Da.

ich schätze ihn
als einen sehr ernsthaften
nachdenklichen, sachlich kompetenten Mann

wir telefonieren
wir sehen uns ab und zu
und wir telefonieren ja auch miteinander

2059. Tolles Regenlicht plötzlich, graugrün, tief unter Wasser, Dschungel, Aquarium, mitten drin. Die Zeituhr im Auge wird jetzt justiert, vom Dämmerlicht. Irgendjemand hat das neulich herausgefunden. Das angeblich blaue Licht der Dämmerung wäre es also, was einen im Tagtakt ticken läßt, da gäbe es einen speziellen Rezeptor dafür, im Auge. Vielleicht deshalb, daß man für diesen Abendmoment so empfänglich ist, daß der so stark sendet. Und das Lagerfeuerlicht des Bildschirms flackert.

2147. Den ganzen Tag probierend am Stück, immer wieder hin, immer wieder weg, auf der Suche nach dem richtigen Ton, nach dieser Balance. So richtig kam ich aber nicht dran.

und jetzt feiert Frankreich
das Spiel ist aus

OUT OF THE DARK

III
5.6

Samstag, 13.6.98, Berlin.

1023. Das rechte Ohr tut weh? Das kommt vielleicht vom Lesen. Ich wollte gerade im Spiegel via Internetzl über Jackie Brown nachlesen, aber da braucht man andere Reizresistenzen. Wenn die Werbung in dieser Werbeleiste direkt über dem Artikel auch noch BLINKT, das ist mir irgendwie zu krass. Da kriegt man ja Ohrenschmerzen davon.

1142. Die Faxe von Moritz hängen an der Wand, freundschaftlich, hell, beschrieben. Immer wieder gehe ich hin und lese paar Zeilen. Was mich wirklich interessiert, lese ich eher dreimal als zweimal, eher ixmal als dreimal. Ich finde es gar nicht so leicht – das hört sich jetzt bißchen aufgesetzt naiv an, aber ich meine das ganz alltäglich –, geschriebenen Texten das in sie hineingesteckte Gemeinte zu entnehmen, nicht nur so in etwa und grob, sondern ganz, in alle möglichen Richtungen, mitsamt der intentionalen Energie und den Widersprüchen des Typen, der da spricht. Interessant, gerade wenn man sich kennt. Außerdem war dieser Faxwechsel hier, den wir da hatten, völlig irr gekreuzt. Und hat auch davon gehandelt, daß man, bei allem Respekt für Differenzen, über manche Sachen ähnlich denkt, und da freut man sich dann darüber. Freude an Freundschaft.

1214. Mir war in der Faz zum Beispiel immer wieder mal so ein Typ aufgefallen, mit Artikeln über Berlin, wo ich mir dachte: das ist ja anders abgefahren, wie der schreibt. Das ist ja extrem angenehm und eigen. Jetzt ist er gestorben, Hans Scherer, und den wirklich liebevollen Nachrufen, speziell in der Berliner Zeitung von Jens Jessen, entnehme ich erst, ja genau: der WAR genau so. Und war auch schon lange ein Markenartikel. Jetzt hoffe ich, daß es seine Reportagen schon im Taschenbuch gibt. Weil so einen ekligen Andere Bibiliothek Band, da wären Sachen von ihm erschienen, hieß es jetzt, kann ich mir trotz aller Begeisterung für den Autor leider nicht kaufen. Das Wort Anders lasse ich mir nur von Thomas Anders und vor abgefahren bieten, also sozusagen fast inhaltsfrei.

1500. Vom Einkaufen wieder daheim. Es hatte was nicht ganz Ungruseliges neulich, wie Falcos Mutter kurz nach seinem Tod im Interview erklärte, in dem Falco Film, der in der extended Version eben noch mal auf Arte kam, ja, sie sei endlich RUHIGER jetzt, sie hätte immer ANGST um ihn gehabt, das sei jetzt endlich vorbei. Völlig verständlich, völlig richtig, und nur von der Seite des ewigen Kindes her gesehen erschreckend. Man weiß ja, daß man irgendwie im Auftrag der Eltern agiert, bloß gottseidank nicht wie. Die Eltern kennen die Schickung an ihre Kinder auch nicht. Aber wenn der Tod endgültig erklärt hat: das wars, darum gings. Da wirds schwierig. Ähnlich gruselig fand ich die Mutter von Baader, auch die von Faßbinder. Weil ich mir endlich die Falco CD gekauft habe, vorallem wegen NAKED. Da war auch das Video so geil. Es ist schade, daß er tot ist.

1532. Geheimnis der Schöpfung: daß man von Frauen, die Arm in Arm mit ihrem Freund oder Mann auf einen zukommen, besonders werbend angeschaut wird, als allein Schweifender. Das ist jetzt eben wieder, beim Einkaufen, ich weiß nicht wie viele Male passiert. Irgendwie anstrengend. Aber nur, wenn man alles sozusagen wörtlich nimmt, auch im Gestischen. Wenn man aus irgendeinem Grund keinen richtigen, das heißt vorbewußten Zugang hat zum SPIEL. Das generelle Problem ist immer die FALSCHE Präzision, Genauigkeit am in Wirklichkeit überhaupt nicht angebrachten Ort. In Konsequenz ist diese Art des Wörtlichnehmens bekanntlich IRRSINN. Das macht einen Teil der Faszination der Rede aus, die von daher kommt, daß alles, auf eine Art, total STIMMT. Und das ist zugleich das Erschreckende dann.

NAKED

aber mit wem
soll der denn SPIELEN
vorne
im Sturm
er hat keinen Spielgefährten

meint der Rubi über einen Nigerianer. Ich glaube, er ist mein Kommentator. Werner Hansch hat im Interview erklärt, das von ihm sogenannte Maß der Dinge wäre Marcel Reiff. Pff, ausgerechnet der, der billige Manierist.

1604. Vor dem Kaufhof standen zwei Typen um so einem sektoiden Klapptisch und wollten mit mir reden. Ich meinte, nee, ich will nur kucken. Wollte kurz checken, worums geht. Hält mir der eine seine Broschüre hin. Kurzes Zögern meinerseits, wieso eigentlich, warum bin ich nur so verschreckt aufgelegt zur Zeit, Text beißt doch nicht, jetzt nimms halt endlich, okay. Danke. Falt ich das auf, ist das von Chance, no kidding. Heute morgen war ich noch auf ihrer Internet Seite, jetzt schon, ganz in echt, CHANCE 2000, in meinem fucking Wedding. Darum gehts doch, deswegen bin ich doch hier. Davon red ich doch dauernd. Wo, wann, wie? Stumm, mit mir selber, wenn ich Wedding-Verzweiflung habe.

2216. Gegessen, Zeitungen, Spex, gedämmert, geduscht, am Stück. Das Wort WARMDUSCHER. Ich bin immer so fasziniert, wie Harald Schmidt auf Kritik reagiert. Er weicht aus. Und dreht dabei die Schraube einfach nochmal einen Zacken weiter, dreht noch besser zu. Wird einfach NOCH gestörter, indirekter. Man könnte ja auch ganz stumpf trotzig insistieren, so jetzt-erst-recht-mäßig. Meine Reflexreaktion, eigentlich, idiotischerweise, muß man wohl sagen, bevor ich über Reflexion Freiheitsgrade gewinne, manchmal wenigstens.

Ein lustiges Erlebnis im Footlocker heute mittag wollte ich zum Beispiel gleich wieder mit einer Aufbegehrens-Attacke gegen Spex garnieren. Nur weil da also so ein super sympathischer black Guy als Hauptfigur vorkam, und ich den, wenn ich mit ihm befreundet wäre, liebevoll als meinen Schoko bezeichnen würde, und der würde das total mögen, weiß ich genau. Und aber ALLE zu mir dauernd sagen, daß ich das NICHT sagen darf usw usw. Also der Typ meinte zu seinem anderen auch farbigen Mitverkäufer, alle in diesen kasperligen Referee-Klamotten verkleidet, all day long, all over the world, ich würde ja NUR Adidas Classics kaufen. Und wie er sich dann schneekönigmäßig an meinem Erstaunen freute, im Sinn von: das macht er mit links, so Kunden, die dann und wann reinspazieren bei ihm, identifizieren, kennen, und als Individuen und spezielle Kunden anbeamen. Alles in Turnschuhladen-typischer Hiphop-Stimmung, vorallem auch der megasexistische Witz, der meine fünf Minuten lang dort das dröhnende Hauptthema unter den Verkäufern war, weil gleichzeitig ja noch so eine Mädchen-Gang da war usw usw. Und da es die weißen Classics, die ich eigentlich wollte, zum 164. Mal, nur eine halbe Größe zu groß gab, und der Kollege meinte, wie wärs denn mit den blauen da?, und ich diesmal dachte, wenn er es sagt, okay, kaufte ich also die blauen – und freue mich jetzt meinerseits an dem Ganzen wie der Schneekönig aus den sprichwörtlichen Schneekönig-Gedichten.

2256. Auf Viva singt Xavier Naidoo, und ich hatte eben vorhin Tom Holerts »wieder mal ganz locker drüber stehen«-LP-Verriß gelesen. Ich kriege von dieser Haltung solche Haßanfälle. 3 P haben eine ganzseitige Farbanzeige, die mir sogar gefällt, in Spex geschaltet, für die NICHT VON DIESER WELT Platte. Spex lebt davon. Warum ist es eigentlich so komplett verboten, daß jemand auf so direkte Art ERNST macht, wie die komischen Rödelheimer? Es muß doch nicht alles Fischmob und Goldene Zitronen sein, haltungstechnisch, oder gleich mit dem Hause dick befreundet wie Whirlpool. Wieso wird so ein ganz anderer, eigener Ansatz einfach so vom Tisch gewischt? Das sind gar keine rhetorischen Fragen. Ich verstehe das wirklich nicht. Von wegen davon leben: ich würde gerne mal den SOUND dieses Tom Holert Verrisses zusammenschneiden mit der Spex-Selbstanzeige für die, wie heißt das immer, Medienpartner draußen im Lande. Das hat die Taz verdienstvollerweise vor einem halben Jahr mal veröffentlicht, wie das klingt, wenn Spex sich da andient, dem Geld des Kapitals. Wie die Sicht aufs eigene Schaffen dann aussieht. NICHT gut, muß man sagen. Normal. Das müßte nur dann, für mein Gefühl, Folgen haben fürs eigene kritische Geschäft. Wobei es wirklich ALLE diese Probleme in so zugespitzter Weise erst gibt seit der Politisierung. Weil die Rechthaberei, die zum Urteilen gehört, unweigerlich, auch wenn es immer wieder bestritten wird, durch die politische Aufladung moralische Implikationen hat, die KEINER wirklich tragen kann. Die auch einfach falsch sind. Usw usw usw. Alles das sind Fragen, die ich klären möchte, fürs Politprojekt.

2334. Ja, und was bleibt zum Schluß? Der Blick aufs Wetter, morgen, und für die nächsten Tage.

BEITRÄGE ZUR GRUNDLEGUNG EINER OPERATIONSFÄHIGEN DIALEKTIK BAND III

III
5.7

804. Auf.

2119. Am Stück.

056. Licht aus.

DAS FAUCHENDE
LACHEN DER KATZE

III
6.1

Montag, 15.6.98, Berlin.

812. Spiel läuft.
909. Ändert akustische System- und Programmsignale.
1003. Böse, böse. Böse, böse. Böse, böse.
1118. I knew I was right.
1225. Renaissance der Gesellschaftskritik.
1344. Salbe. Georg Herold. 5. Juni – 1. August 1998.
1417. You waste your time with hate and regret.
1525. Ziel waren eine fast haptische Nähe und Sinnlichkeit der Bilder.
1632. So let it Louie, she is undercover.
1749. Und dann mußte ich den Raum verlassen.
1818. Stoppel Schwertransporte.
1924. Wir hatten ein bißchen Zoff gehabt am Telefon, und ich habe mich vier Tage lang nicht bei ihr gemeldet. Benjamin, machen Sie Stuckrad daraus, und zwar bitte barré.
2001. Neue Wörter kennenlernen.
2110. Das ist ein Auftakt. So haben wir uns das gewünscht.
2207. Meine Damen und Herren, ich fahre da fort, wo ich vor den Pfingstferien aufgehört habe, nämlich mitten in der Behandlung der Metaphysik des Aristoteles.
2325. Diese Entscheidung kommt aus der Regie, das ist zu akzeptieren.
023. Im Bett.
126. Licht aus.

ESCAPE

III
6.2

Dienstag, 16.6.98, Berlin.

728. Dienstag ist Biolek-Tag. Man wacht auf, und freut sich: ah, heute Abend kommt Biolek. Biolek? Wer hat denn das erzählt?

757. Der Trailer. Die Häufigkeit. Die Dauer der Ordination. Die Redakteure. Sein Gebiß. Angst und Kommunikation. Die K-Essenz, das Innere rausholen, berühren, bekucken, dran rummachen, zart behandeln, streicheln. Wortlärm, durch Reden Ruhe machen.

1034. Tolles Spiel: das mit den künstlichen Regeln. Mir tut jetzt noch der Kopf weh, von gestern, vielen Dank. Dabei heißt doch das erste Gebot: du sollst nicht dichten. Ich dachte, ich weiß das. Und du sollst? Ich habe es vergessen. Was soll ich denn? Du sollst über Biolek schreiben. Über Biolek? Ja. Aha, ist ja interessant, verstehe. Ich dachte nur, –. Du sollst nicht denken, sondern schreiben. Okay okay, ich weiß. Also, bitte, und jetzt will ich keinen Ton mehr hören. Keinen Ton.

1116. Ein sogenannter Uwe Schmitt erzählt in einer alten Berlinale-Faz einen derartigen Mist über Jackie Brown. Den Typ merke ich mir, dem glaube ich nie mehr ein Wort. Der Anfang des Films wäre langweilig. Alter, allein dieses Neo-Geo-Mosaik, mit dem es losgeht, die MUSIK vorallem, ich hab gedacht mich hebts, dann wie sie da GEHT, diese ganzen Hintergründe, die WELT, durch die man da eilig geführt wird von ihr, usw usw. Die Wahrheit ist, der Anfang des Artikels von Herrn Schmitt ist so öde, daß man kaum über die erste Spalte rauskommt.

1838. Am Stück. Feierabend. Kopfzermarterungstag, ganz fies. Total k.o., k.o. von lauter nur blockierten NICHT-Gedanken über Sachen, die ich NICHT schreiben kann, weil ich NICHT kann, NICHT darf oder NICHT will. Ich sollte also kurz eine Kleinigkeit über Biolek schreiben. Hätte ich da nicht vielleicht paar Geschichten und Sachen dazu zu erzählen? Nee? Ging nicht. Wollte nicht. Nebenher versuchte ich die ganze Zeit, mich aufs Stück zu konzentrieren, was ja, wie gesagt, nichts anderes heißt als in einen bestimmten angenehmen Zustand gehobener Lockerheit zu geraten. Betonung auf geraten, ist ja nicht forcierbar. Eine Groteske wieder mal, ohne Worte, im wahrsten Sinn des Wortes. Als Michel aus Frankfurt anrief, konnte ich immer wieder nur dieses eine Wort sagen, grotesk. Dauernd kam außerdem noch Spex dazwischen. Ich hatte gestern schon eine eigene Abfall Agenda gemacht, um den Tag von inhaltlich schwierigen Themen frei zu halten. Schon mittags waren das drei Seiten voll mit knappen, kurzen Stichpunkten, lauter THEMEN zu Spex Problemen. Aufzählung des zu Klärenden. Wo ist das Problem? Ich wollte die Probleme und Themen ja nur schnell los sein, um freie Sicht zu haben auf die Arbeit. Die gingen aber nicht weg. Die wurden immer mehr, echt. Wegdenken von falschen Sachen, unerwünschte Gedanken abstellen: die unmögliche Aufgabe für Denken. Das GEHT eben nicht, das ist das absolut irre. Ja, das IST Irrsinn. Jetzt brutaler Stirnhirnkater. Aua.

SOMETHING I FEEL

III

6.3

Mittwoch, 17.6.98, Berlin.

1114. Ich muß irgendwas ändern, vielleicht mein Leben. Andere gedankliche Freiheiten und Bewegungen müssen wieder her. Draußen weht ein ganz seltsamer Wind, kühl, frisch, als käme er schon aus dem Herbst daher geblasen. Wie gibts denn so etwas, jetzt schon, Mitte Juni? Gestern abend, im Radio, in der Märchenstunde, erzählte einer was, das hörte sich interessant an, und ich drehte lauter. Was ist das? Tagebuch-artige Gedankenwelten, Beobachtungen, im Freien, Spaziergang, Reise, Begegnung mit einer Frau, gedichtig impressionistische Zwischenfetzen. So plausibel gelesen, daß ich dachte, das muß der Autor selber sein. Ich kannte aber die Stimme nicht, den Autor auch nicht. Tippte dann rum, Rühmkorfisch kam es mir vor, ich dachte aber auch an Gernhardt. Dann war plötzlich die Rede von einem sogenannten Adenauer-Deutschland. Also eventuell Arno Schmidt? Dazu kam es mir zu modern vor, zu gegenwärtig fast. Dann wieder gar nicht, voll altbacken und onkelig. SEHR komisch. Ein unglaubliches Zuhören-Vergnügen jedenfalls, das Highlight des Tages, wirklich.

Auflösung: ja, Arno Schmidt, das Steinerne Herz, gelesen von Jan Philipp Reemtsma. Toll. Das muß ich mir sofort kaufen. Die große Wohltat, Sachen NICHT zu kennen. Das geht in den ganzen Kritiken immer unter, wo die Kritiker ihr Bescheidwissen vorlegen. Klar, das ist ihr Kapital. Müßte aber gar nicht so sein. Wenn man was weiß, ist es wohl schon schön, aber wenn man NICHTS weiß, auch. Ich denke wieder an Jackie Brown, und daß das Vergnügen doch auch gerade darin bestehen kann, für mich zum Beispiel genau darin bestanden hat, alles das, was da vorkommt, diese ganz hochsophisticatete Black-Trash-Code-Welt und ihre Folgen in Kunst und Kino usw usw., absolut überhaupt NICHT zu kennen. Auch Soul nicht. Ich wußte NICHT, daß die Eingangsmusik ein Megaklassiker ist. Ich hörte das nur, sah das, und dachte dauernd: bitte nicht aufhören, das ist so schön, so herzerhebend, so einen lässig bewegenden Filmanfang habe ich noch NIE gesehen, nie gehört. Und dauernd: was ist das nur für eine MUSIK? Ich wußte in dem Moment noch nicht mal, daß der Grobname für diese Musik Soul heißt. Soul war in meinem Kopf eher so was wie Arno Schmidt, was Ekliges von früher, ganz was Wichtiges angeblich. Was ich aber noch nie erlebt habe. – Die großen Kunstwerke sind gebildet, aber ihre Erfahrung braucht NICHTS, kein Wissen, keinen Fitzel Wissen, keinen Schlüssel zu irgendwelchen Codes, nur Bereitschaft und Berührbarkeit. Ich erklär das alles mal in Ruhe.

1843. Die entscheidende Frage, was vor BILDERN passiert, hirnintern, ist absolut ungeklärt. Was SCHAUEN wirklich ist, im Unterschied zum wortgeführten geistigen Geschehen. Ich war nämlich gerade bei den alten Bildern, in der neu eröffneten Gemäldegalerie. Der Raum mit den drei Altären von Rogier van der Weyden, jeweils zehn Jahre auseinander. Ich habe noch nie etwas gelesen, was das unmetaphorisch, klar und präzise darstellt, was in einem vorgeht, wenn man da so schaut, Punkt. Aus. Deswegen nehmen die Leute übrigens auch Drogen, und werden sich das nie ausreden lassen, völlig vernünftigerweise, weil sie der Ordnung des Gequatsches manchmal müde sind, weil man erlebt hat, daß die Bilder, die man direkt real sieht, vor sich, dauernd, noch viel MEHR beinhalten, zeigen, als das, was man mit seinem verbal geführten Wissen meist in sie hinein versteht. Auf dem Rückweg, mit dem Rad, gebückt gegen den kühlen Sturmwind, fuhr ich die zerhauten Industrieanlagen an der Heidestraße entlang, und alles schaute schön aus, ich hatte durch das Anschauen der Bilder ganz neu polierte, leuchtende Augen bekommen.

sie hat der Übertragung zugestimmt
um anderen die Angst vor der Geburt zu nehmen

don't think for a moment
that you are what you are by yourself

sagt Woody Allens Mutter im krähenden Uralter-Bitch-Tonfall zu ihrem Sohn, der etwa 60 Jahre alt ist, und da geduckt am Familientisch sitzt und sich das anhören muß, weil er ein höflicher Sohn ist und im übrigen natürlich weiß, daß es auch stimmt, auf eine Art. Muß es auch ausgesprochen werden?

2217. Mit Adorno draußen. Der Luxus der Unklarheit, das Wohlempfinden durch Nichtpräzision. Auch deswegen will man über viele Dinge nicht reden, speziell im Privaten, will die im Vorverbalen lassen, für sich offen. Das stößt dann auf Unverständnis, man soll sich erklären, soll Auskunft geben über irgendwas. Man müsse doch wenigstens darüber reden können. Nein, eben genau nicht. Denn worüber ich mir mit Worten die Gewalt der Klarheit antue, das überlasse ich Instanzen in mir, denen noch NICHT mal ICH eine Vorschrift machen würde, geschweige denn, daß ich irgendjemand anderem da ein Nötigungsrecht zubillige. Auch von diesen Fragen handelt das Glück beim Betrachten der Bilder.

THE NEW TESTAMENTAL PICTURES

III
6.4

Donnerstag, 18.6.98, Berlin.

755. Bilder: Andererseits klingt das so hippiehaft. Schauen, Schweigen, Staunen und Tee trinken. In Worten was gegen Worte zu sagen, gegen Wissen, das geht gar nicht, das ist automatisch ein Witz, eine Absurdität. Ich meine nur die REIHENFOLGE, einen kurzen Augenblick der visuellen Erstauffassung. Daß man bei Bildern, die als Bilder GEDACHT sind, sich nicht instantmäßig mit einer Information, einer Differenz, einem Satz WEHRT. Daß man nicht SOFORT antwortet in Worten. Daß man das Bild kurz mal ausreden läßt, eine Sache von Sekundenbruchteilen. Anerkenntnis des Anderen dieser großen anderen Macht, dem Indirekten des Verbalen nicht direkt zugänglich, entzogen, und dabei zugleich die, nach der Liebe, vielleicht größte lebensführende Instanz. Man hat ja keine Probleme mit Bildern. Das läuft ja alles dauernd nebenher, die Verwaltung dieser ungeheurlichen Dateien, bis tief in den Schlaf hinein. Ist alles klar, und dann? Daß man das eben besser verstehen möchte.

1013. Telefon mit Hans-Ulrich, die Zeithorizonte für die Termine betreffend. Das Wort Kochtruhe. Die Truhe, in der die Ruhe der alten Welt ruht. Wo man noch Zeit hatte. Wo es noch Krieg gab, und so. Ich selber hatte eher an sowas gedacht wie Pipeline.

die Unabhängigkeit der Rechtssprechung
sehe ich dadurch nicht gefährdet

1255. Am Stück. Plötzlicher Lichtwechsel. Die Oberlicht-Beleuchtung der neuen Museums-Räume ist wirklich toll. Mit einem Schlag wird es finster, dann wieder hell. Hopla, Drama, Effekt. Die Bilder ändern sich dauernd, und die Klimaanlage kühlt die Luft, ohne das über der Stadt liegende Aroma der blühenden Linden rauszufiltern, völlig irrer Künstlichkeitseffekt von Natur, kühlschrankkühler Lindenduft. Ich gehe heute ins Museum, die Linden riechen heute so gut. Außen gibt es jetzt viel neue Wand zu bomben dort, ganz sauber, pißgelb, megascheußlich. Die Architekten Sattler und Hilmer wenden sich mit diesen Fassaden an die Sprayer von Berlin. Die Einfallslosigkeit wird im Begleitzettel Zurückhaltung genannt. Dann steht man in diesem mittleren Kirchenschiff, der sogenannten Wandelhalle, ein Exzeß geistiger HOHLHEIT, ausgedacht bis unters Dach und ganz ohne alle sinnlich schwingende Empfindung für Raum. Selten ist man von so wenig so aufdringlich belästigt worden, von der Penetranz, mit der das Signal Ruhe da vorgetragen wird und auf einen einschreit. Ach so, nein, das waren jetzt die Kinder, Mütter mit schreienden Kindern, ganz locker, am Zahlenbrunnen von Walter de Maria. Wahrscheinlich wird das als was Lebendiges begrüßt, ich hätte es diesbezüglich gerne bißchen toter, und die toten Wände des Raums lieber bißchen lebendiger, erlebter. Ist aber alles eigentlich völlig egal, weil man ist ja da wegen der Bilder. Und dorthin flieht man zurück und ist da glücklich.

1642. Wieder daheim vom Bücherkaufen, mit Luhmann. Nochmal wegen der Bilder: daß ihr anderes Reich wahrscheinlich ja trotzdem vermittelbar ist mit der Binarität wörtlicher und logischer Kalküle. So auch das Argument in Kadaver. Nur daß der Respekt für das Anspruchsniveau und die Kompliziertheit der involvierten logischen Probleme gewachsen ist. Und daß deren ganzes Ausmaß eben vielleicht doch NICHT mehr einholbar ist vom Sprachmanöver des interessierten Laien, der man als Nichtlogiker und Nichtmathematiker ist. Und und und. Echt.

1702. Die verheiratete Frau, Mitte fünfzig, die ihren Mann betrügt, indem sie ihn nicht liebt. Fertig. Das wars schon. Es passiert gar nichts.

1724. Er muß mich überraschen, schockieren, anwidern. Dann gehöre ich ihm. Bild: Bild dir deine Meinung.

1741. Jetzt also gedruckt, das Steinerne Herz. Leider kriege ich gleich wieder den Optikhorror vom Schriftbild her. Krank. Normale Schrift ist so was SCHÖNES. Ich halte es nicht aus, wenn die Augen sich aufs Lesen konzentrieren müssen, wenn man Schrift entziffern muß. Literatur für Analphabeten, die sich noch daran freuen, daß sie schon lesen können. Sie sind gerade über den zweiten Bildungsweg dazugestoßen. Ach, ist das gleich wieder anstrengend. Dieser Bürokrat der Lockerheit. Qual.

1815. Später. Der Mann ist jetzt weggegangen. Sie ist allein und trinkt. Sie kommt in Stimmung, geht ans Telefon, ruft an. Telefoniert, redet ohne Punkt und Komma. Plötzlich hört sie den Mann kommen, er steht schon im Zimmer, sie sieht, wie er sie am Telefon sieht, seinen Blick. Mitten im Satz legt sie auf. Sie redet jetzt auf ihren Mann ein. Es war ja nichts.

1851. Steffen Kopetzky: was sagt Dietmar Dath dazu? Ich wollte einen der beiden Romane kaufen, wußte nicht welchen und kaufte keinen. Voll prall. Normal. Wann kommen denn die Taschenbücher? Da erfüllt sich es sich doch erst, meistens. Zum Beispiel »Ä« von Max Goldt lag da, so ein schönes Heyne Büchlein, schöner als das harte Haffmans Original. Das für mich groteskerweise, eine private Geschichte, zur Heike Makatsch Show gehört, und mich letzten Frühsommer so freundlich begleitet hat.

1954. Ganz oben im Haus sammeln sich Gase, Dämpfe, Gift. Unsichtbar. Ist da was? Angst.

2143. Vor der Zukunft stehen wir im freien Feld. Wie bitte? Ja, sagt Heinz Bude. Vor der Zukunft stehen wir im freien Feld. Ich ehrlich gesagt nicht. Ich sitze hier in der Küche und lach mich tot. Jeden Tag könnte ich in der Faz so einen Aufsatz lesen. Das würde das insgesamtige Lebensgefühl ungemein heben. Gerlatrie Berlin, Außenstelle Bude, Politicki kommt gleich nach. Mehr, mehr.

BUNDESNACHRICHTENDIENST AUSSENSTELLE BERLIN

III

6.5

Freitag, 19.6.98, Berlin.

901. Anderes Beispiel, Worte zu Bildern: die Fußball-Erzähler, österreichisch, deutsch, gleiches Spiel, gleichzeitig. Das konnte man sich in Bayern früher geben, und dabei das Überindividuelle der Textproduktion LIVE vorgeführt bekommen. Der Österreicher sagt eine Beobachtung, eine Interpretation, einen superindividuellen Kommentatorengedanken, – und einen Sekundenbruchteil später oder früher sagt der Deutsche dasselbe, in exakt denselben Worten, oder umgekehrt. Mir ist das alles erst durch die Arbeit an 1989 so richtig klar geworden. Dieses dauernde Nacherzählen gleichzeitig gezeigter und allen sichtbarer Bilder. Der umgekehrt theatrale Aspekt dieser Alltagstexte. Regieanweisungen ohne Ende. Dauernd wird in Worten gesagt, was geschieht, was zu sehen ist. Als würde man es nicht sehen. Als wäre man blind. Oder, von der anderen Seite her: toll, er kann schon sprechen, er hat sogar echte Worte für das, was wir sehen. Für mich der Inbegriff von Männertext. Alles voll im Check.

1005. Rumps. Dumpfer Schlag, der aus der Küche kommt, sehr dumpf, sehr massiv, der Boden bebt quer durch die ganze Wohnung. Ich laufe rüber, und es ist gottseidank keine Leiche dort umgefallen, weil so sackartig menschenmäßig sehr SCHWER hat es geklungen, nein, es ist nur der äußerste und höchste und aktuellste der fünf Zeitungsstapel gewesen. Er war schon auf Rippenbogenhöhe angewachsen. Der noch stehende Reststumpf, auf den er sich jetzt also selbständig runterreduziert hat, hat wieder die übliche Kniehöhe. Das ist eine Zeitungsstapelhöhe, die vom Zeitungsstapel selbst als normal empfunden wird. Von mir auch. Eine meiner letzten großen Aufräumaktionen in München, vor knapp zwei Jahren, galt unaussortierten Zeitungsstapeln von 1988. Nach dem Entschluß, diese damals acht Jahre alten Zeitungen jetzt doch nicht mehr ganz durchzuscannen, sondern einfach wegzuschmeißen, wurde das alles dann anordnungsgemäß erledigt. Sehr gut. Mit den kopfschüttelnden Begleitgedanken über die zugrunde liegenden Motive, und dem so bißchen triumphierenden Gefühl, daß man, Naturell hin oder her, in echt ja doch machen kann, was man will. Und immerzu dazu gemurmelt, das da dazugehörige Motto: DIE LETZTEN DINGE ORDNEN.

1137. Was macht denn Peter Handke da mit seiner Hand am rechten Ohr? Die Sendung aus Jugoslawien empfangen? Oder juckts einfach nur? Die Frage geht natürlich auch an die Fotografin Barbara Klemm. Die einzige dieser Literatur-Fotografinnen, die ich nicht kenne. Frau Ohlbaum, Frau Friedrich, Frau von Mangoldt. Keine angenehmen Menschen. Wie die Interviewerinnen, sie wollen das Fleisch ihrer Opfer, meinen, daß jeder sich ihnen hingeben will. Bedrängen die Leute. Erzählen im Fernsehen, daß die Leute bedrängt werden wollen, daß jeder in Wirklichkeit fotografiert werden will. Stimmt nicht.

1209. Der Zeitpunkt als Vergleichbarkeitsinstanz. Ja, da war ich da und da. Ja, da habe ich gelebt, ich auch. Das hört irgendwann auf. Dann gibt es keinen Zeitpunkt mehr, keine Zeitziffer. Im Moment schon noch, man hat gerade die letzte Zeitziffer geschrieben, die eben erlebte, eine andere gelesen usw. Die paranoid hysterische Aufladung der Zeitziffer durch die gleichzeitige Sinnlosigkeit ihrer Präzision. Das eröffnet inhaltlicher Genauigkeit ein vernünftiges Feld. Es könnte ja noch viel genauer zugehen dauernd, merkt man, weil ja JEDE Minute für sich allein in echt ein ganzer KOSMOS ist.

1224. Vor dem Schlüssel-Sofort-Dienst neben der Goldenen 77 steht eine Verrückte. Mit Pferdeschwanz und schwarzen Stiefeln. Die war neulich schon mal da, stundenlang. Wenn ich das jetzt zu beschreiben anfange, ist der Tag vorbei. Und man hält mich für den Verrückten. Ich habe ANGST vor Irren.

1332. Unter der Dusche. Ich muß noch mal zu den Bildern. Ganz lustvoll. Wie so ein Perverser, den es raus zieht, nachts, wenn es heiß ist, obwohl er nicht will, oder doch?, ja ja, doch, ins Dunkle, zwischen die Büsche.

1400. Mit der Frau Nachbarin oben am Speicher, auf der Suche nach den Quellen der giftigen Dämpfe, nichts zu finden. Die Wohnung unter mir wurde geräumt. Vielleicht waren da Handwerker drin? Der Herr Hausbesitzer, gebückt steht er in seinem Elektro-Krempel-Laden, hier im Parterre, in einer engen Gasse, in düsterem Licht, zwischen aufeinandergetürmten Uraltfernsehern, Registrierkassen, Toastern, Kofferradios, Röhrenradios, ein Bild der letzten Depression, für mich, für den Herrn Hausbesitzer Wohlgefühl, Vertrautheit, Normalität, halt sein Leben. Ja, das Problem mit der Abluft, die Toiletten, die Handwerker, Sie wissen ja, wie die Leute sind usw usw. Dann los.

Macht kein
Scheiß, Jungs!

1418. Sehr geehrte Fahrgäste, bitte beachten Sie, daß die Mitnahme von Fahrrädern Montag bis Freitag von 6 bis 9 und von 14 bis 18 Uhr NICHT gestattet ist. Vielen Dank für Ihre Aufmerksamkeit.

1428. Zimmerstraße, Ecke Friedrich. Anderes Beispiel, Wort zu Bild: nach der Berliner Ermittlung von Gerz gab es SOFORT danach, noch im Foyer, eine große Diskussion über den da eben gesehenen, absolut verblödeten Fascho-Schwachsinn. Gespräch zu fünft, und am Schluß, unten in der Kantine, nach gut zwei Stunden, meinte die eine Frau: sie mag ja lieber gar NICHT über sowas REDEN, direkt danach. Aua. DAS war also nicht gemeint, mit dem Plädoyer für Vorsicht vor Worten. Wenn man allein ins Kino geht, redet man danach nicht darüber, und wenn man nicht allein ist, eben schon, ist doch ganz klar, ganz normal. Ist doch kein Problem.

1435. Bei Hinrich Weidemann in der Galerie Hetzler. Große schwarze Tafeln mit weißen zarten Pril-Schlieren, ganz fragil alles, vielleicht bißchen trickreich, auf jeden Fall schön. Ein unsichtbarer Gazevorhang, eine Fliege fliegt rein, schwarz bewegt sie sich im Weiß, befreit sich, fliegt davon. Wir reden über die neu eröffnete Gemäldegalerie.

PREUSSISCHER
LANDTAG
1899-1934

ABGEORDNETENHAUS VON BERLIN

1502. Auf diesem Gelände gilt die StVO.
1504. ZAHNKLINIK.
1506. U-Bahnhof Potsdamer Platz.
1507. Sightseeing Top Tour Berlin.
1511. Sony Center am Potsdamer Platz.
1516. Philharmonie.
1519. Kulturforum.
1524. Otto marki, per due.
1526. Ihre Eintrittskarte bitte, danke.

1527. Allegorie der Musik. Filippo Lippi. Verrückt, die Augen haben schon wieder alles vergessen.
1536. Bildnis einer jungen Frau mit entblößter Brust. Um 1524.
1540. Die Verkündigung an Maria. 1512.
1542. Bildnis eines jungen Mannes. 1522.
1546. Bildnis eines Mannes. 1566.
1547. Meister der jüngeren Hl. Sippe. Allerheiligenaltar. Um 1500.
1548. Winterlandschaft mit toten Vögeln und Jägern. Um 1655.
1553. Darstellung aus dem Leben des jungen Tobias. 1523.
1558. Amor als Sieger. 1601.
1602. Venus und Amor. 1742.
1607. Bathseba im Bade. 1617.
1610. Die Hl. Cäcilie. Um 1639.
1614. Johannes der Täufer in der Einöde. Um 1483.
1623. Zwei angekettete Affen. 1562.

1656. NEUE NATIONALGALERIE.
1702. Fundamente in der Tiefe und Gerüste.
1707. TRESOR.
1708. Jetzt haben wir Ihnen die Lights so richtig schön eingebläut.
1716. Hugendubel. Die Welt der Bücher.
1736. Leopoldplatz.
1800. Gut k.o. wieder daheim.

so wird da geredet
und ich höre weg
entsetzt
mit einem Ohr

kannst du dir vorstellen
daß ich zu dir komme

aber der fummelt doch nicht etwa an dir rum
während du mit mir telefonierst

es ist nicht wirklich Verachtung
aber Hitler
ist mir unsympathisch
tolle Antwort
ja

naja es ist Zeit
für eine Stimme der Vernunft

schönes Wochenende
bis Dienstag
tschüß

der Himmel über Deutschland
klärt sich heute nacht immer mehr auf

VERZIERTES DÖSCHEN FÜR BEWUSSTSEINSVERBESSERUNGSVERSUCHE

III
6.6

Samstag, 20.6.98, Berlin.

1035. Ich bin immer froh, wenn Schwachsinn in der Zeitung steht, so wie jetzt der Bude Artikel in der Faz, Schwachsinn für mich, eh klar. Man versteht die Zeitung dann nicht. Und genau so muß es sein. Man darf nicht wissen, was kommt, wie. Wenn die Position so klar ist, daß man vorhersehen kann, was in der Zeitung steht, hat man keine Lust, sie zu lesen. Dann verfehlt die Zeitung auch ihren Auftrag, den sie mit der Kunst teilt, sich einfach nur von der Zeit selbst beschreiben zu lassen, aktiv nur offen, sonst so passiv wie möglich. – Weil ich mir neulich, am Donnerstags-Feiertag auch die Welt gekauft habe. Was müßte passieren, daß man diese Zeitung ernst nehmen kann? Man kann sie vor Ekel ja kaum durchblättern. Liegts etwa an der Typographie, am äußeren Bild? Eben nicht, es liegt an dem idiotischen Springer-Statut, das jeder Springer-Journalist unterschreiben muß. Zeitung hat Tendenz, klar, darf aber keine Position haben. Da wirds öde. Das ist die Ödnis von Springers Welt. Irgendwann werden sie das verstehen, dann kaufen sie Leute ein, von denen sie nicht wissen, was die machen werden. Und dann wird das mit der Zeit auch eine normale Zeitung werden. Oder auch nicht. Mir doch egal. – Richtig, weil oben auf dem Stapelstumpf »Der letzte Feind« liegt, die Tiefdruckbeilage der Faz von Anfang Mai, mit einem Geschichte-Artikel von Michael Jeismann, die Nationalradikalen-Fraktion aus der Faz, oder irre ich da? Ich kann diese Dinger von dem praktisch nicht lesen. Aber jetzt, nachdem diese Zeitung sich so vordrängt, quäle ich mich durch, heute noch, jetzt noch nicht.

1156. Stürmisch sollte, so wünscht sich Eduard Beaucamp in seinem Artikel über das neue Museum, das große Publikum den nun schönsten Schauplatz Berlins erobern. Er selber kann ja am Montag kommen, wenn niemand da ist. Die Realität, die das sogenannte große Publikum in die Räume der Bilder bringt, ist ganz unstürmisch, und vielleicht deswegen nicht leicht als was Schönes zu sehen. Stumpf schiebt der stumpfe Vater sein stumpf vor sich hinkrähendes Kind im Kinderwagen vor sich her, eine Demonstration, vom Kind so gedacht, vom Vater genauso. Er schaut die ganze Zeit, wie er ankommt, er und das völlig unverzweifelt schreiende Kind. Der Vater schaut auch keine Bilder an, der schiebt da nur so vor sich hin, trotzig, hohl und stumpf. Wenn ich mich mal ausnahmsweise ans eigene Väterlein erinnern darf, dann sehe ich ihn da, mit seinem Kopf neben meinem, denn er ist ganz hinunter in die Hocke gegangen, und wir schauen da also von gleicher Höhe aus nach oben, auf ein Bild, und flüsternd erzählt er mir irgendwas dazu, ich weiß nicht mehr was. Da war ich vielleicht zweieinhalb, höchstens drei. Und das war immer so, im Museum, draußen. Auf die Art wurden einem die Sachen gezeigt. Geht auch, war schön. Ich gehe zum stumpfen Vater mit dem ununterbrochen schreienden Kind, die legen alleine, in aller Ruhe und ohne jede Eile, einen halben Flügel des ganzen Museums lahm. Ich will nur kurz die Art erleben, WIE er das sagt, daß er doch wohl nicht zuhause bleiben muß, nur weil er ein Kind hat, daß man mit Kind schon wie ein Asozialer ausgegrenzt wird usw usw. Kam alles, völlig irr. Ich nicke nur: ja klar, natürlich, ich wollte diesen Text nur mal eben kurz in echt zu hören bekommen, vielen Dank.

1329. Die Abweichung verstärkt sich eh immer mehr, automatisch, unweigerlich, man will dann immer normaler werden, im Lauf des Lebens. Die umgekehrt gerichteten Biographien – Joyce, Schmidt, Gertrude Stein, wer war da noch?, Hanne Darboven, DIE ist wirklich gruslig –, die machen einem alle Angst. Sich verhaken im Eigenen, in den Wahn gehen, ist ja immer gut begründet, dem Lockruf nachgeben, der von da kommt.

1426. Der größte Luxus wäre natürlich, wenn man mit öffentlichen Verkehrsmitteln reisen könnte, und trotzdem ALLEIN. Wie Fernsehen. Bewegungslos am Allgemeinen teilnehmen, ungestört, für sich, wie man will, ohne was tun zu müssen usw usw. Wäre ja denkbar, daß jeder sein eigenes kleines Reisezimmerlein betritt, in der U-Bahn. Müßten halt zehnmal soviel Züge fahren, warum nicht? Alles doch nur eine Frage geiler, kommender Logistiken. Und jeder könnte unterwegs in Ruhe Luhmann lesen.

1442. Zerstörungswut II. Chris tritt an einem Haus Fenster und Türen ein. Es ist das Haus vom König der Lüge der Fakten, Klaus Markwort, halt, der heißt ja Helmut. Dann halt von dem. Warum wünsche ich dem Hause Burda alles Böse dieser Welt? Einfach nur so, ohne Ende, ohne Grund. Wie der hier porträtierte 13-Jährige. Tod und Teufel, Pech und Schwefel, Hölle und Horror auf Focus und die blöde Bunte.

muß ich Ihnen einfach erzählen
weil es gehört dazu als Information
auch wenn es nicht im Bild festgehalten wird

der Beifallssturm bestätigts

und mir gefiel Audibertis Satz
das unverständlichste Gedicht
richtet sich an die ganze Welt

2030. Wie gestern, erschöpft von den vormittäglichen Schreib- und den nachmittäglichen Exkursions-Aktivitäten, nehme ich noch mal eine abendliche Ermutigungsdusche, um für den Luhmann-Gang bißchen zu Sinnen und zu Zuversicht zu kommen. Der Sommer ist zurückgekehrt. Carlos Castaneda ist gestorben.

2054. Draußen. Immer dem Licht nach.

2059. Westbam spielt heute im Ultraschall, und dafür wollte ich spätestens endlich wieder in München sein. Statt dessen stehe ich vor der GARTENANLAGE KLEIN-AFRIKA, kann mich nicht auf Luhmann konzentrieren, und habe Hader im Herzen. So gehts doch nicht weiter, was sind denn das für Zustände?

2122. Schön ist es hier am Weiher, aber auch traurig. Ein Häschen sitzt im Gras, echt. Sieht mich, hoppelt fort, richtung Ufer, und blinkt mit seinem weißen Po. Ich würde gerne noch verschwundener sein.

2217. Moment der Seelenruhe, plötzlich doch noch, am Balkon, im letzten Licht, mit dem Buch, ganz hingegeben der Folge seiner Gedanken, ihrem Nachvollzug.

mehr nicht

HITLERS SEKRETÄRIN
VOR DEM GLOBUS IN DER GOSSEN HALLE
DES BERGHOFS

III
6.7

Sonntag, 21.6.98, Berlin.

838. Deutschland hat Dachschaden. Ich weiß gar nicht, was es da rumzudebattieren gibt. Jeismann: wäg, stocher, aufwerf, bla. In diesem Artikel von gestern. Er hat so eine hochkultiviert eklige Art, in den Problemen der Geschichte rumzubohren, da GENAU zu nehmen und zu differenzieren und Fragen, Zweifel und Forschungsdesiderate anzumelden, das ist intellektueller Rechtsradikalismus, DVU für die gehobenen Faz-Leserschafts-Stände. Warum und wie genau, sollen linke den rechten Rechtsradikalen beweisen, ich gehe da nicht näher hin. Albert liest seit vielen Jahren die Leserbriefseite der Faz, berichtet manchmal was davon. Voll verblödet, diese letzten Ritterschaften von echtem deutschen Schrot und Korn. Dabei braucht man ja nur ins Museum zu gehen, und sich die schönsten Dinge da anzuschauen, Cranach, Baldung, sogar Dürer: wer als Deutscher da nicht erschrickt, kann nicht kucken. Sieht nicht, was da los, naturellmäßig. Und wenn man dann zu den Niederländern geht, diese gebändigte Milde da sieht, gar nicht zu reden von den Italienern, dem Atem da, der Luft, und und und. Traurig wird man als Deutscher, wenn man all das sieht. Und Angst bekommt man vor sich selber, weil man ja heute weiß, was das politisch beinhaltet hat, diese Weltsicht. Dieses Sosein des Deutschen. Und zugleich, ist doch klar, hat es auf allen Ebenen und mit allen Energien immer DAGEGEN gearbeitet. Philosophien und Autos erfunden, sich große Städte verboten und die kosmische Ordnung zu erhören und niederzuschreiben versucht als Musik. Und diese Dinger zum Lesen sich ausgedacht, die Bücher. Es gibt kein anderes Land, das seine Druckwerke wie hochbrisant eilige ARZNEIMITTEL behandelt, gestern bestellt, heute schon abzuholen. Sie werden auf Lager und Halde gehalten, von den Verlagen, für viel Geld, als Ausgleich für das Fehlen aller Weisheit des Geselligen, als stille Individualimpfung gegen den Brutalismus des stumpfen eigenen Wesens, usw usw. Daß es ausgerechnet Kohl ist, der von alledem irgendwie weiß, auf seine Saumagen-Art, und der sich auch deshalb, nicht nur wegen der blöden angeblichen Geschichtsbücher, nach Europa SEHNT, wie kein anderer, der die ABSCHAFFUNG DEUTSCHLANDS betreibt, vielleicht hat ihn die Vernunft dieser Intention, gegen alle inneren Probleme so lange an der Macht gehalten, ein irgendwie irrer Triumph der Geschichte dieses sogenannten Jahrhunderts. Finde ich. Es wird noch lange dauern, bis es eine europäische Kunst gibt, aber natürlich wird es die geben.

Und irgendwann, noch viel später, wird es eine Weltkunst geben. Es war in Japan, bei der Sven-Tour, ich habe das schon mal erzählt, wir saßen da in irgendeinem Club auf einer Treppe, Michi und ich, und redeten, und plötzlich sah ich das: wie das wird, wenn das zusammengekommen sein wird, alle Menschenarten dieser Erde, wenn das endlich der eine Mischmasch sein wird, auf den das schon immer hinsteuert, alles, wie toll das wird. Und ich dachte, wie neulich übrigens auch wieder, in Kreuzberg, als ich da vor Jackie Brown in der Dresdenerstraße an der Ecke Oranienstraße das Leben vor den Lokalen sah, ja: the future of mankind: kind.

»und außerdem linksradikaler«

III
7.1

Montag, 22.6.98, Berlin.

1027. Was macht eigentlich JL? Er wird seinem Ruf als Legende gerecht. Läßt sich sichten, irgendwo, in Lokalen, hat noch bißchen zugelegt, und sich eine riesen blonde Rainer-Langhans-Wuschelmähne wachsen lassen. Heißt es. Man selbst hat die Legende ja nicht gesehen. Ich denke so oft an ihn.

solange ein Mensch ein Buch schreibt
kann er nicht unglücklich sein
wir freuen uns daß Horst Ehmke glücklich ist

anstatt zu leben
sehen wir TV

1044. So ein Sommer. War das heiß gestern. Sommeranfang. In der Brüllhitze radelte ich nochmal ins Museum, um mir den Gesamtkatalog auch noch zu kaufen. Ich war gerade im Tiergarten, als Anpfiff war. Hoffentlich hört man das, wenn ein Tor fällt, für Deutschland.

Love Parade
1930
Ernst Lubitschs erster Tonfilm
musikalische Komödie mit großer Ausstattung
von Frieda Grafe

1244. Es gibt ja viele Leute, die haben es gern, daß es schlecht ausgeht, alles. Die Geschichten, die Biographien, der nächste Schritt. Daraufhin werden die anderen dann beobachtet, lauernd. Als würde sich die eigene Lebensbilanz dann besser lesen oder verwalten lassen. Ist doch Unsinn.

1356. Regale in Aufruhr, Teil 2. Das ganze Arbeitszimmer wird leergeräumt. Wenn es sich ändert: der schönste Moment. Leere. Kurz steht alles zur Disposition. So, anders, oder ganz anders. Alles ist möglich. Und draußen hochsommerlich gewittrige Luft und Sturm.

»Acid ist fertig!«

1707. Argumentieren: komm, schau, komm mit. Nicht-Argumentieren: wer

DA anderer Ansicht ist, mit dem möchte man eh nichts zu tun haben. Beides normal gemischt. Auch das ist ja wieder mal nur eine bestimmte REALISMUS-Idee. Kein Mensch erklärt sich und anderen unterschiedslos ALLES gleich vernünftig. Kein Mensch heißt: keiner, der einem sympathisch ist.

1809. Im Hof: man müßte also wegkommen, die neue Diskurslinke betreffend, von den Konsistenz- und Widerspruchs-Prüfungen, auf logisch-moralischer Ebene. Daß der Blick endlich frei würde für die eigentliche Funktion: Alarm, Mahnung, Katalyse von Verbesserungen. Ist ja alles endlos bekannt, bloß meinen Reflexen nicht. Plötzlich, eben am Rad, fühlte ich zum ersten Mal, wie es sich anfühlen würde, wenn man das so sehen würde, natürlich angenehm. Folge der gestrigen Luhmann-Lektüre.

1929. Am Fenster: Im Prinzip denkt man wahrscheinlich doch, daß man unsichtbar ist. Man sieht sich ja nie. Dadurch entstehen im Denken Probleme.

INSTITUT
FÜR ERRATISCHE IRRUNGEN

2043. Auf endlosen Umwegen steuert sich das Arbeitsschifflein in seinen, den ganzen Tag über angepeilten Heimathafen der Arbeit am Stück. Endlich, angekommen, ah. Dort wird die Fracht dann gelöscht, bald ist Feierabend. Eigentlich wäre heute noch Adorno, 22.6.1965. Ich bin schon so matt.

die Kollegen von heute Nacht
behalten das Thema im Auge

hoffentlich hoffentlich hoffentlich

EINEN NEUEN DIESEL
IN DIE WELT ZU SETZEN KANN
ETWAS WUNDERBARES SEIN

III
7.2

Dienstag, 23.6.98, Berlin.

531. In der taz las ich gestern Abend, daß ich also MESSIE bin. Hat der Zustand erst mal einen Namen, ist alles gleich Anekdote, Detail, dämonielose Normalität des Gestörten. Ganz angenehm, leicht schwachsinnig. Wie ge-

stern träumte ich morgens wieder fertige-Sätze-Text, heute gehört, gestern gelesen, vorhin notiert, jetzt schon vergessen. Lustig.

640. Ein tolles Gerät ist auch die Gehwegkehrmaschine, die im Moment im Schrittempo den Gehweg rauf und runter heult. Sie kehrt den außen an beiden Rändern liegenden Hundedreck zusammen und macht daraus eine lange gerade Mittelspur, die jetzt etwa zwei Tage in der Mitte des Gehwegs liegt. Dem Geräte-Fahrer ist das wahrscheinlich egal, das müssen die Monteure regeln, die Einstellung und Wartung seiner motorisierten Rundbesen. Er fährt hier nur. Er macht seinen Job gut. Oder wie ist das?

1035. Las, aß und schlief nochmal. Über Remarque, über Truman Capote. In den »Erhörten Gebeten« – den Hinweis verdanke ich Thomas Hüetlin, vielen Dank, auch an Markus Peichl, der ihn mir übermittelt hat, via Brief – schreibt der Lektor ein Nachwort und zitiert darin Capotes eigenen Text über die Arbeit an diesem letzten Buch. Capote ist da offenbar in einen verrückten Zweifelwahn geraten, total grundsätzlich, vernünftig, und dabei zugleich komplett irr. Die LETZTEN Fragen, das Schreiben betreffend, warum, wozu, wie es geht genau, stilistisch, formal, Wort für Wort. Aber auf letzte Fragen gibt es keine Antworten, das vergißt man nur so leicht, weil einem das nur die LEBENSPRAXIS sagt, das Denken selber überhaupt nicht. Das ist an einer derartigen Selbsteinschränkung seiner Zuständigkeit und Macht natürlich überhaupt nicht interessiert. Das Denken denkt immer, es kann alles.

»Körbchengröße«

1057. Spektakulärer Erfolg, wie hier bei Capote, bei Remarque, aber man kann auch Beckett nehmen oder Patrick Süskind, ist für Schreiber wahrscheinlich die härteste Prüfung. Und zwar egal, wann er kommt. Das Problem liegt in der hochirritablen Verbindung zur Melodie des noch nicht geschriebenen Textes. Zu starke Resonanzen von außen rufen im Schreiber Abwehr, Widerstand, und nochmal Abwehr hervor, produzieren auf diese Art Eigenschwingung und Eigensinn. Das stört, das unterbricht die vernünftige Spannung zwischen der komplett wirr gegebenen Aussageabsicht im eigenen Kopf und der Präzision und Ordnung der auf klares Verstehen gerichteten Worterwartung draußen. Erfolg macht es dem Schreiber so schwer, richtig an den Leser zu denken. Als objektive Instanz der Vernunft, als Letztziel des Schreibvorgangs, als große UNBEKANNTE.

bis zu seinem Tod verwahrte er
das Manuskript in einer Mappe

1323. Wunderbar leise: die Mercedes-Werbung. Ähnlich wie bei Harald Schmidt, immer beides gleichzeitig, klassisch UND jedesmal neu irgendwie total NEU. Wie machen die das? Wahrscheinlich gewinnt Springer und Jacoby damit jedes Jahr fünf Werbe-Goldmedallien. Als Nichtwerber erfährt man über diese ganze Welt viel zu wenig, das könnte alles tausendmal ausführlicher behandelt werden, im normalen Feuilleton.

1330. Die Messie-Geschichte wirkt schon. Zum Focus der letzten Woche habe ich eben nur gesagt: ich übergebe den Flammen, und das Heft trotz Internet-Adressen auf den Abfallhaufen geschmissen. Der arme Tagesschau-Dichter, dem in der Eile ein kleines Deutschland Erwache in die Quere seiner bewußtlos geschriebenen Rede kam. Je größer der Zeitdruck, desto irrer der automatisch produzierte Text. Siehe Gladbeck.

Virus des Wahnsinns
Mädels
»Liebesverträge«

1338. Lustig ist auch, daß es praktisch nicht geht, in Worten, also abstrakt, konkret für PRAXIS zu plädieren. Das wird fast automatisch als faschistoid wahrgenommen. Wer im Diskurs das Diskursive angreift, ruft Instanzen außerhalb an, und dieses Außerhalb ist sozusagen automatisch GEWALT, heute immer noch, vielleicht richtig. Wobei das Außerhalb, das mir immer vorschwebt, was völlig Passives ist, aber vielleicht ist das auch gefährlich, politisch gesehen: die Schau. Wie gesagt, der Bilder des Alltags, des ganz normalen dauernden Erlebens, der permanenten Erfahrungen im Reich der Visualität usw, und gleichzeitig die Schau im absolut Abstrakten, also Denken. Und beides würde, sobald es sich erst distinkt abgehoben hat vom Diskurs, dorthin natürlich dauernd reimportiert werden, in den Diskurs hinein. Es wird der Vorschlag, den Diskurs zu verlassen, für einen Moment mal, ja auch innerhalb des Diskurses vorgetragen usw usw, logisch. – Trotzdem, alles immer noch Überlegungen zu den Folgen meines inzwischen genau ein Jahr alten Artikels zur Love Parade.

über alles
Trennende hinweg

1348. Noch so ein Lieblingszitat von Loriot, aus der Floskelrede im Rap der Nullsinnsvernunft der parlamentarischen Rede.

1353. Gerne wäre man lockerer, ist ja klar. Wäre man lockerer, wäre man wahrscheinlich gern bißchen tighter. Also wat soll sein.

1411. Daß es fast 15 Jahre her ist, daß Foucault gestorben ist, dafür gibt es überhaupt kein realitätsentsprechendes Gefühl. Die reale Ferne muß man sich von der Ziffer seines Todesdatums sagen lassen: 25.6.1984. Und alles in einem schüttelt den Kopf, immer noch, NEIN.

durch seinen Tod beraubt
weinten die sieben Künste

aber bevor die Verknappung manieriert wird
fächert Augstein Sätze und Gedanken auf

1526. Chance 2000. »Lieber Christoph«. Das Problem der Übersetzung aus Kunstkontexten ins Reale: im echten Leben, gerade in der Politik, ist AKTIVITÄT pure Normalität, Stumpfsinn geradezu. Nur von der Kunst herkommend kann es einem anders erscheinen, kann man so fasziniert sein von Aktivität, weil das da, durch die kunstintern notwendige, vernünftige Lähmung durch Reflexion, so ein extrem knappes Gut ist. In der Kunst aktiv werden, heißt REVOLUTION machen. In der Politik heißt Aktivität, die Maschinerie des Bestehenden aufs Finsterste zu bestätigen, zu affirmieren und zu befördern. Neben den Reisen in die Gaue, muß man sich doch zwischendurch von Wigald Bonig wieder auf den Boden der Tatsachen der kommunikativen Realien runterholen lassen. Den Politikern wirklich zu beweisen, daß es Chance wirklich gibt, als politische Kraft: so heißt ja derzeit die Devise. Als würden die dann Angst kriegen, oder auch nur Respekt. Das Gegenteil ist der Fall, der Reflex der Politik heißt in dem Moment: ach so, auch nur Politik, okay. Dann zeig mal, wieviel Prozent du hast. Diese Fragen könnte man sich auf irgendeiner Reise kurz mal durch den Kopf gehen lassen. Auch um den Bierernst wieder bißchen aufzulösen, den das manische Sammeln der Unterstützer-Unterschriften offenbar hervorruft. Bißchen bedrückend jedenfalls, wie sich das auf der Chance-Seite im Internet im Moment liest.

wird viel gemeckert
in der Anfangsphase

da sinkt jetzt Maldini zu Boden
DER KAPITÄN DER ITALIENER

2051. Die Tage werden wieder kürzer, schade.

Blicke nach oben
verraten
wem er hier
dankeschön sagt

und da gibt es sogar Tränen

holy

III
7.3

Mittwoch, 24.6.98, Berlin.

1044. Wieviele Stunden hat die Nacht: Claudia Jung.

Speicherkapazität
Gehirn
auszuschöpfen

1059. Regen, Düsternis, Konzentration. Die Zeit drängt.

was buh?
ich dulde nicht
daß in meiner Show gebuht wird
wenn der Name des Kapitäns der deutschen Nationalmannschaft fällt

2158. Komischer Tag. Alles probiert, alles nicht geglückt. Blöde Sachen notiert, gemacht, gedacht. Bester Moment des Tages: Iggy Pop im Interview mit Mister Alarm, dann auf der Bühne. Und jetzt der Opernregisseur Peter Mussbach. Wie er über seine Arbeit redet, seine Gedanken dazu. Im Lauf des Tages klarte der Himmel auf. Nach der Premiere wird die Götterdämmerung abgesetzt.

MUNICH MACHINE

III
7.4

Donnerstag, 25.6.98, Berlin.

wir waren vorhin
bei einem sehr schönen Punkt gerade

1013. Klagenfurt läuft wieder, Thomas Hettche spricht. Ich dachte gestern, ich muß es auslassen, sonst kann ich mich nicht konzentrieren. Ich kann es aber nicht auslassen, es ist einfach zu geil. Im Porträt des jetzt eben lesenden – viel wichtiger: da wird gerade eine hübsche junge Frau im Publikum supernah gefilmt, wie sie sich von oben in den Ausschnitt faßt, ganz gedankenverloren. Hopla. Mit Sekundenverzögerung kommt das jetzt auch der, wieder mal komplett geisteskranken Bildregie bißchen komisch vor, und sie zieht sich zittrig zurück, schaltet dann wieder auf was anderes.

ich geb mich ganz in deine Hand
das Herz ist stärker als Verstand
je t'aime mon amour

wie viele Stunden hat die Nacht
wenn meine Zärtlichkeit erwacht

wenn dein Gefühl mich hilflos macht
es gibt für uns nur Liebe pur
ce soir je t'aime mon amour

1144. Thomas Hettche liest ein Häppchen Text vor, sucht nach Worten, aber das Entsetzen ist einen Moment lang zu groß. Der Text ist nämlich Müll. Dann erklärt er seine Einwände, Fragen. Er hat so eine angenehme, ernsthaft heitere, insistierende und doch ganz unpolemische Art. Dann antwortet Frau Radisch.

wir haben eine gute Literatur gehört
eine schöne Literatur
und eine durchaus gute Diskussion
der Juroren erlebt

1220. Joachim sitzt auch im Publikum, ich kriege sofort so Heimweh nach Klagenfurt, Loretto, Wörthersee, Baden gehen, Josef Winkler treffen, Maxim Biller, die ganze Hysterie der Debatten, der subsexuelle Sexsubtext dort, überall, das Flirren, der völlig disproportionierte Wahnsinn, in den man sofort eintaucht. Das einzig wahre und richtige Verhältnis zur Literatur, so sinnlos übergroß, wie im einzelnen Schreiberleben, und das aber dann nochmal in die Vernunft realer Sozialverhältnisse zurückübersetzt, in die Argumentations-, Allergie- und Sympathie-Ereignisse des sogenannten literarischen Lebens eben.

das wars
für den heutigen Vormittag
ich hoffe wir sehen uns wieder
um 15 Uhr

Bildschnitt: Kurt Distelberger.

2040. Weiter am Stück. Lesen, schreiben, duschen, dämmern, einkaufen, essen, fernsehen, lesen, dämmern, duschen, usw. Dazwischen kam ein Anruf von Anki, aus München. Hellis neue LP heißt MUNICH MACHINE. Das war eine meiner verwirrten Taten gestern: 6 alte Platten kaufen, aus einer Müll-Kiste vor einem Müll-Laden an der Müllerstraße, Donna Summer, von wegen Giorgio Moroder, Munich Machine, usw. Anki kommt zur Love Parade nicht nach Berlin, sie bewirbt sich am Montag danach in Karlsruhe. Sie schimpft auf Relax, schimpft, schimpft. Anki, jetzt schimpf halt nicht so. Kurz danach ruft die von Anki angekündigte Frau an, die eine Anthologie zu Ikea rausgeben will. Ich suche immer nach vernünftigen Formen, mit diesen Anfragen zurecht zu kommen. Gestern war nach zwei Faxen David Morley am Apparat, das japanische Fernsehen will ein Interview zur Love Parade mit mir machen, und ich soll jetzt, so stellt sich nach wenigen Sekunden am Telefon raus, dem freundlichen Mister Morley erklären, warum die Japaner denken könnten, ich wäre der Mann, ihnen was zur Love Parade zu erzählen. Puh. Eben wars doch noch umgekehrt, ich will doch gar kein Interview geben, was muß ich denn da plötzlich erklären? Abstrus. Man müßte Spaß an dem telefonischen Sozialquatsch mit fremden Menschen haben. Habe ich aber nicht. Ich habe da keine Lust drauf. Ich mag mit meinen Freunden telefonieren. Neulich meinte Uli, auf meine Frage, wie die Saufgelage im Wiesnworld so laufen: ich schau schon aus wie ein Festwirt. Solche Sätze machen gute Laune.

2059.57. Und dann toi, toi, toi.

MAX PLANCK GESELLSCHAFT ZUR FÖRDERUNG DER WISSENSCHAFTEN E.V.

III
7.5

Freitag, 26.6.98, Berlin.

1104. Vernunfterzeugung durch Debatte. Später.

du bringst mir Blumen
das finde ich schön

1650. Weiter am Stück. Klagenfurt.

wenn du jetzt so nett bist

und das Gemüse in den Wok tust

1709. Diedrich hat im Tagesspiegel vorgeschlagen, den Rassismus mit neuen Gesetzen zu, Zitat, verbieten. Folgt lange Begründung, warum das nicht geht.

I know I know I know
we can make it

026. Fußball, Gloria, Käfer, Maazel, Zeitungen, Willemsen, Jenny Elvers.

SUCK MY DECKS

III
7.6

Samstag, 27.6.98, Berlin.

705. Einfachheit, Luxuriosität, Banalität. Aber die SPRACHE geht so nicht, das ist die Schwierigkeit. Eine von vielen.

und jetzt bitte ich unseren Vorsitzenden
ein kurzes Resümee zu ziehen

1112. Ja, der Ingeborg Bachmann Preis geht an Sybille Lewitscharoff, und wir fahren fort mit der Wahl zum Preis des Landes Kärnten.

Klangmagie, Wortzauber
und stimmliche Virtuosität

in die Mitte, in die Mitte

herzlichen Dank
auch für die Gastfreundschaft
der Stadt Klagenfurt

und ich darf Sie noch einladen
Ihren Text im Kärntner Landtag zu lesen

1127. Die Leute der Macht packen die Hand ihrer Opfer, schütteln da rum wie verrückt, lassen nicht mehr los und quatschen auf den Gekrallten ein. Unangenehm, zuschauen zu müssen, dieser Geste der Machtausübung, auch in der spielerischen Variante, bei Harald Schmidt, der fast jeden Abend Helmut Zerlett damit seinen Platz zuweist. Ja, ist ja gut, wir wissens ja, jetzt hör halt auf.

und ich gebe jetzt weiter
an meinen Kollegen Thomas Hocke

eine Frage
wann haben Sie sich diesen Text zusammengeschrieben
das soll nicht negativ klingen

damit Sie wissen
was vorgelesen wurde
möchten wir
eine kurze filmische Einblendung einschieben

1451. Am Stück.

1527. Vom Einkaufen wieder daheim. Man muß ja auch Querulant sein, als Schreiber. Grundsätzlich ALLES als disponibel erleben, auf allen Ebenen, als auch anders möglich, eventell besser. Und dann bloß bitte schnell umschalten, wenn man von Schreibtisch weg in den Supermarkt geht, weil da NERVT diese Perspektive BRUTAL.

1759. Eitriges Wetter. Oder nur mein Kopf.

das Vorausklettern stärkt
das Selbstbewußtsein der Sportlerinnen

1959. Wieder Brigitte TV, während ich in der Küche Zeitungen aus dem Praxis-Mai aussortiere. Der Wille zur Lüge. Es geht ja alles um den Körper. Anziehen, Pflege, Wirkung, Herrichten, Gefühl, schön essen. Die Empfindung der Abweichung in JEDEM einzelnen muß eine gigantische und bedrohliche Dynamik haben. Wie heißt das, was ich da erlebe? Ach so, klar, das ist das. Es ist wohl einfach angenehmer, sich in dem da antwortenden, superfinsteren Standardsatz zuhause zu fühlen, als nicht zu wissen, wie das heißt, was man empfindet.

2016. Dann zeigt die Tagesschau die Christopher Street Day Parade hier, 250 000 Leute wären da gewesen. Vielleicht hätte ich lieber da hingehen sollen, wie letztes Jahr, anstatt hier die Sehnsucht nach Normalität im Diskurs der Laberindustrie zu theoretifizieren. Pervers.

2200. Mit Adorno beim Eis. Das meine ich auch mit Brigitte-Vernunft und DVU: daß die Lügen des Diskurses, das in ihm Unterdrückte, gerade wenn sich darin so viel gesellschaflich vernünftiger Zwang realisiert, die Diskurszerreißung mitprovozieren, natürlich am zur jeweiligen Zeit resonanzintensivsten Ort: rechts. Die zerrissene Stelle reißt dann ihrerseits sofort neuen Diskurs an sich, der das wieder repariert, zu und zurecht quatscht. Später, wenn das alles wieder zusammen geredet sein wird, werden die Lügen nicht mehr als Gewalt empfunden, sondern als ein Form der Ordnung, diese Probleme zu verwalten. Dann wird das heute Erzwungene FREIWILLIG nicht mehr gedacht, weil einem unwohl dabei wäre, wenn man es sagen müßte.

natürlich
ist man überfordert
man ist immer überfordert
ich war vorher überfordert
und ich werde immer überfordert sein

ich bin immer überfordert, zum Glück
und ich will auch überfordert sein

wieder mal eine schöne Szene
für die Galerie

FRAGMENTE EINES ANDEREN SOZIALEN LEBENS

III
7.7

Sonntag, 28.6.98, Berlin

1114. Gestern Abend, beim Gang mit Adorno, noch mal zum Stück. Probleme mit der Reduktion. Sie war ursprünglich nicht situativ, sondern zu sehr nur sprachlich hergestellt, das kam mir dann so flach vor. Jetzt habe ich dem entgegengearbeitet, jetzt sind inhaltliche, vorher geopferte Dimensionen zurück gekommen, aber jetzt ist auch der ganz simple reduktionistische Melodiemodus weg, und doch andererseits ist ein wirklich gesellschaftlich-politischer Breitwandtext wie in Festung oder Krieg von der sozusagen realistischen Grundanlage her ausgeschlossen. Und jetzt? Komisch.

1258. Sonne, Sommer, STURM. Die Fenster krachen und schlagen wütend um sich. Sie wollen ihr Glas los sein, selber Sturm werden.

1401. Katarakt. Das vielleicht einzige wirkliche Stück, das ich bisher geschrieben habe, von insgesamt sieben Stücken. Ein Monolog noch dazu nur. Daß das vielleicht noch vor mir liegt, mein eigentliches Theaterstück, das meine Position wirklich faßt, hat, ist, realisiert und übersetzt, ins Soziale des Theatertextes. Und ob es wirklich so ist, daß ich das vorher erst noch ERLEBEN muß?

1411. Übrigens auch die Ebene, auf der ich Botho Strauß bewundere. Weil der hat WIRKLICH paar Theaterstücke geschrieben. Handke nicht, Bernhard schon, Unsinn: Handke auch, Jelinek nicht, Kroetz schon, Achternbusch nicht, usw usw. Stücke, die das Theater PROVOZIEREN, formal, in Richtung auf Sprengung einer angeblich traditionellen Form, sind eigentlich immer nur eher schlecht, oder wenigstens nicht supergut. Die Theaterform an sich ist nämlich unsprengbar, unprovozierbar, unüberschreitbar. Weil sie einfach ALLES beinhaltet. Man muß die Theaterform nur nach ihrem jeweils neu gegebenen Gegenwartsgesetz NEU ganz ausschöpfen, fertig. DAS ist die Schwierigkeit.

1445. Andererseits. Sind solche Resümees natürlich auch kompletter Unsinn. In ihrer Scheinschonungslosigkeit. Es gibt ja gleichzeitig die andere Seite einer diffusen, alles einbeziehenden Dankbarkeit, gegenüber dem Gemachten, ist ja klar. Gemeint sind solche Überlegungen nur unter dem Aspekt der AUGENBLICKLICHEN Lage, im Hinblick auf neue PRODUKTION, auf noch nicht geschriebene Texte also. Das ist die Lebendform der Ansicht, die man als Schreiber aufs Tote der schon geschriebenen Texte hat: was heißt das für das noch zu Schreibende, fürs Kommende, die nächsten Aufgabenstellungen. So ähnlich vielleicht, wie Luhmann seine Bücher und Aufsätze vor Soziale Systeme als Nullserie sieht, vorbereitend, insofern unverzichtbar, aber noch nicht das eigentliche Ding an sich.

1457. Wittgensteins Moralqualen, in den neuen Tagebüchern, Anfang der 30er Jahre. Überpersönlich gesehen, bezogen auf Hitler und Heidegger, auf Hitlers Politik, sein Wollen, und auf Heideggers Empfang der REALITÄT des explosionsartig anwachsenden NICHTS im Abstrakten. Anfang der 40er Jahre dann, wo das REAL wütet und tötet, ist im Abstrakten totaler Stillstand. Das ist im EREIGNIS Buch von Heidegger nachzulesen, extrem gruslig. Was da im Denken los ist, absolut nichts mehr, keine Bewegung, nichts. Das Ereignis ist absoluter Stillstand. Das meine ich immer, wenn ich sage, daß zu diesem Zeitpunkt WIRKLICH nicht entschieden war, ob die Zeit jetzt endgültig aufhört, oder doch noch mal weitermacht.

1634. Am Stück, im letzten Akt.

auch die Franzosen sind
noch nicht in der Verfassung
wie wir sie aus der Vorrunde kennen

1738. Vom Zeitungen holen wieder daheim.

1940. Jenny Elvers: Wahnsinn, und zwar wirklich. Blühende Psychose. Geil. Erst kurz Mitleid mit Heiner Lauterbach. Dann, Quatsch: das ist ja genau das Niveau dieser Sprüche. So sind se, die Lauser, mein Gott, die Weiber sind halt so verkitscht. Wo kommt eigentlich der Sound dieser Sätze her? Vielleicht aus der Jugend des Vaters von Heiner Lauterbach, aus den 30er Jahren. Ich habe noch nie einen Menschen getroffen, der sowas in echt sagt. Aber so Frauen wie Jenny Elvers, so Möchtegern-Schauspielerinnen, davon laufen bei uns einige in echt rum, im Münchner Nachtleben. Zu unserem größten Vergnügen.

2117. Wieder mit Adorno draußen, dann am Balkon. Brevier. Ich verstehe es nicht wirklich, ich bete es mehr so halblaut im Gehen lesend vor mich hin, das fühlt sich ganz angenehm an. Es fällt mir so schwer, mich mit vollem Ernst darauf zu konzentrieren, weil es mir so wahnsinnig altmodisch vorkommt. Zum selben Zeitpunkt, wo Adorno, ohne auch nur die Ahnung einer Perspektive JENSEITS des Subjektbegriffs, auf Aristoteles schaut, entwirft Luhmann sein philosophisches Gegenprogramm, im Zweckbegriff Buch, von wo aus ausgehend er dann die, wie es immer so schön revolutionär heißt, alteuropäische Ontologie ja WIRKLICH verläßt, Heidegger andersrum vollstreckt, als Husserls Enkel, den keiner erwartet hat, usw usw.

der Mister Überall: Okocha

die Zeiten haben sich
ja doch geändert
die Zeiten, die Zeiten
die Zeiten
ändern sich immer

IV

WENN WIR ÜBER DIE AUSSEN KOMMEN

IV

1.1

Montag, 29.6.98, Berlin.

1043. Im neuen Heidegger Buch. Die Geschichte des Seyns. Ich muß immer so wahnsinnig lachen, bei Heidegger, wie in der Schule, wenn man ganz besonders ernst sein soll, weil die Todesfuge oder noch was Schlimmeres durchgenommen wird.

Das Sein ist das Nichts.
Das Nichts nichtet.
Die Nichtung verweigert.
Die Verweigerung gewährt.
Die Gewährung er-eignet das Inzwischen.
Die Er-eignung ist die Jähe des Stimmens.
Das Stimmen ist die erste Erschweigung.
Die Erschweigung ist das anfängliche Wort.
Das Wort ist das wesende Seyn.

Ein Neun-Akter, okay. Es nennt sich »Die Unter-Scheidung«, kein Witz. Ist das wieder GEIL alles. Dieser Hysterie-Effekt entsteht zum Beispiel in der Bierernstwelt von Theweleit oder Greil Marcus nicht. Das gehört aber dazu. Zum Denken, das Spinnen.

1151. Richtig verstanden werden wollen, eh klar. Nur mit mehr Ruhe auf die Probleme reagieren, die der Versuch, sich verständlich zu machen, dauernd produziert. Weniger hektisch gleich nachlegen, präzisieren, das wirkt so krank.

1203. Dann wird man wieder angeschrieen. Man soll Geld spenden, für einen guten Zweck natürlich, und zwar bißchen plötzlich, SOFORT. Ich glaube nicht daran, ich glaube nicht, daß alle wirklich dauernd so angeschrieen werden wollen, öffentlich. Daß das das Gewünschte bewirkt. Ich möchte ja noch nicht mal von einem Kunstwerk angesprochen werden, geschweige denn zu irgendwas aufgefordert, nur wenn es mich total in Ruhe läßt, fühle ich mich davon berührt. Will ich mehr von ihm wissen. Geschrei: ja ja, schon recht. Und ganz schnell weg. Leider kann ich mich nicht wirklich erinnern, wie der öffentliche Lärmpegel vor nur 10 Jahren war, in der Champanger- und No-Problem-Zeit von vor 1989. Kippenberger und Koons haben da gerade richtig vollgas Lärm zu machen angefangen, und das fand ich wahnsinnig geil.

1616. Weiter am Stück, jetzt wieder von vorne. Es stimmt schon so, es fühlt sich auch nicht NUR absurd an.

1717. In der Sprachmelodie ist wirklich der ganze Mensch. Man spricht sofort an, so intensiv wie sonst nur, aus der Nähe, auf Geruch. Natürlich auch im Fall der Antipathie, wie hier eben bei Kerner. Und ich möchte wetten, daß es ein so tief ins Genetische runterreichendes Moment an diesem Sprachlichen gibt, wie beim Geruch, über den die Genome sich gegenseitig aufs Passen hin abtasten.

1823. Danke. War das anstrengend. Wird eigentlich überall gekracht, geschossen, geböllert, nach jedem Tor, so wie hier? Und am Ende des Spiels nochmal. Bum krach, tschakka bum.

1911. Tolle Kapitalismus-Kritik im linken Underground-Blatt Faz. Thomas Steinfeld ist dagegen, daß Bertelsmann, hier ganz dämonisch genannt: »dieser Konzern«, den Berlin Verlag kauft. Wieso eigentlich? Sein Adlatus Hubert Spiegel hat neulich im Fernsehen, nach dem Random House Kauf, einen sensationell ausgefallenen Vorschlag gemacht: den Amerikanern sollte man möglichst viel Eigenständigkeit lassen. Ach? Wirklich? Da wären die Bertelsmänner selber wahrscheinlich gar nicht drauf gekommen. Man schaut in diese komischen Faz-Kultur-Gesichter und fragt sich, was geht in so einem Angestelltenhirn vor? Haben die schon mal was anderes in ihrem Leben gesehen als Büro, Papier? Und diese Spezialform des Geistigen trifft dann auf das großartige Gedröhne und Geschwalle auf den Faz-Fluren und in den Konferenzen. Man muß ja nur den SOUND der Artikel so bißchen auf sich wirken lassen, dann hört man das, wie da geredet wird, im wahrscheinlich sogenannten Haus. Geil. In dem attitüdenhaften Affekt gegen den bösen Konzern könnte auch ein Kern Selbstverachtung für die eigene Existenzform aktiv sein, Verachtung dieser Angestelltenwelt, in der man selber angestellt ist, und von bißchen höheren Angestellten rumgeboßt wird. Wenn der böse Konzern einen kauft, ist der Alleroberste über einem auch nur so ein läppischer Angestellter wie man selber. Da hat man Angst davor. Oder wie geht das? Konzentration. Blödsinn. Ist doch scheißegal.

2012. Weiter am Stück. Der ganze hiesige Wedding ist besoffen, offenbar muß der Sieg sofort gefeiert werden. Grölen, hupen, Fahnen, singen. Ein Betrunkener liegt am Gehweg, Polizei ist schon da. Auf der Galerie der Balkone erscheinen die Zuschauer.

2128. Wieder daheim, vom Gang mit Adorno. An der Stelle, wo in Rave das Problem der ZEIT war, muß jetzt in Dekonspiratione VERTRAUEN stehen, als die soziale Ultratatsache, genauso grundsätzlich wie Zeit.

DAUERKOLONIE TOGO E.V.

IV
1.2

Dienstag, 30.6.98, Berlin.

1001. Gestern in der Bild Redaktion, beim Jubeln, beim Schlagzeilen machen, Röbel im Interview. Nachher.

1628. Es hat geklappt. Die Neufassung ist fertig geworden. Einmal kopieren, und abgeschickt, ganz wunderbar. Ich liebe die Post.

1654. Den aufklärerischen Effekt stelle ich mir gigantisch vor, wenn via Live-Channel Dauerübertragung aus diesen ganzen Prollredaktionen kommt. So wie gestern einen kurzen Moment lang die Bild Redaktion zu sehen war. Wenn es so wäre, daß jeder, der nicht live aus seiner Innenwelt sendet, offenbar etwas zu verbergen hätte. Da würden diese Zeitungen schnell bißchen anders ausschauen, besser natürlich, weil die Leute sich beim Machen vernünftiger aufführen müßten. So wie Hitler unter Fernsehbedingungen es höchstens zu einem mittleren Haider gebracht hätte. Das Kollektiv hätte die Pathologie gesehen und Angst davor bekommen, im Spiegel seiner Hysterie die eigene Entartung, ja, entsetzt erkannt und einzudämmen versucht. Deswegen mußte die moderne Kunst verboten werden, weil Hitler sich darin wiedererkannte. Das hätte das Fernsehen alles Gesichtszug für Gesichtszug vorgeführt. Hätten tätten. Unsinn. Alles bezogen auf Bild und seine Dämonie.

ich will daß dieser Strafstoß
wiederholt wird

daher untersage ich als Verfassungssenator
das Zeigen der Regenbogenfahnen

2132. Wieder daheim. Plötzlich war vorhin die Luft ganz klar geworden, nach Regen heute den ganzen Tag, Regenfluten wirklich. Nachmittags wurde es mit einem Schlag weißhell, der Regen war so dicht und die Tropfen so RIESIG, daß sie wie Lichtlupen wirkten. Ich schaute hoch, da war der tiefgrau düstere Regenhimmel, aber die dicht an dicht niederschleiernden Regentropfen machten daraus einen Halogeneffekt, der von der Seite kam. So was habe ich noch nie gesehen, bei Regen, ich dachte schon, es schneit. Die Art Helle war das. Und dann vorhin also plötzlich ganz klarer Himmel, tolle Luft, und ich ging raus, heute wieder mit Luhmann, endlich wieder. Es liegt nicht am Thema, es liegt an der Gegenwärtigkeit der geistigen Operation. Das liest sich einfach so wahnsinnig viel angenehmer. Wie die sogenannte Hängung im neuen Museum, wo man auf komplett unspektakulär zurückgenommene Art das wohltuende Gefühl hat: mit heutigen Augen gesehen, aus heutiger Sicht gehängt. Kaum zu erkennen, welche Elemente genau das ausmachen, weil man eben selber genau so sieht. Es schwingt mit einem, nimmt einen auf. Toll. So ist die Sprache, das Reden, die geistige Bewegung bei Luhmann. Und der 33 Jahre alte Text von Adorno ist historische Lektüre, fast schon wie Heideggers faschistische Ontologie-Gedichte, so fern. Daß man Zeitgenosse einer Zeit ist, immer wieder bewegt mich das bei der Luhmann Lektüre, in der eine solche Theorie gedacht und niedergeschrieben werden kann, 200 Jahre wichtiger als Kant und so folgenreich wie Hegel, allein das ist ein Geschenk der Götter, jedem geschenkt, der heute lebt.

aus Mitgefühl und Scham
und zum Teil auch nur aus Hilfsbereitschaft

soll das Glück mehr sein
als nur ein flüchtiger Moment
so muß die Mutter ihren Segen geben
erst im Angesicht der Madonna
wird der Sieg wahr

zeig es noch mal
zeig es langsam
zeig es groß

FRATZE
DES TERRORS

IV
1.3

Mittwoch, 1.7.98, Berlin.

929. Das steinerne Herz, von Arno Schmidt. Jan Philipp Reemtsma las die 13. von 20 Folgen des Romans. Er liest so langsam, oder eher ruhig, oder

noch eher: er liest eben einfach nur genau richtig. So, daß man es versteht. Faszinierend, erschreckend. Angst vor Arno Schmidt. Vor dem Ekligen und zugleich so Plausiblen der sich da aussprechenden Position. Weltsicht, Sprache, Kunst. Ich lehne das alles ab, aber wahrscheinlich mehr eben nur die ZEIT, die wahrscheinlich wirklich genau so war, wie sie da steht.

1058. Nach dem Spiel, ist vor dem Spiel, eh klar. Dauernd denke ich an Celebration. Simpel und effektiv, leicht und nebenhin, nicht schon wieder zu viel, aber doch auch irgendwie glamourös, aber auch trashig, aber nicht billig, erst recht aber natürlich nicht teuer usw usw. Das Angenehme ist die ganz andere Art der Denk-RICHTUNG. Theatertext ist von der Grundaufgabenstellung her SKULPTUR, das ist dieses Energiemomentum, das ist so anstrengend daran. Theoretisch Argumentatives, wie jetzt hier, ist Zeichnung, Erzählerisches Malerei. Gibts ja alles in allen Formaten.

1126. Ein Fax von Hans-Ulrich. Der Text ist angekommen, er liest jetzt. Das meinte ich gestern mit Post. Es geht hier ja um den Transport GEISTIGER Güter. Und da gibt es also echt Leute, die wollen zurück zu Goethe, das kann ich nicht verstehen.

1144. Ich telefonierte mit der Kalenderfrau. Ich bedankte mich bei den Frankfurtern für das Zoe Jenny Video. Suchte nach Überweisungsunterlagen und anderen Büropapieren, rasierte die Verwahrlosungsstoppeln ab, und los gehts.

1655. Wieder daheim, zurück von den Spirits. War das gleich wieder eine Oper da. Ich kam rein, ob ich den JL-Verriß von Rave schon gesehen habe? Nee. Hast du die Platte schon? Nee. Bullshit and Party, von Lupo, ah vielen Dank. Können wir von dir auch ein Foto machen? Klar. Für wen ist das? Was sagst du dazu? Wozu? Lies das mal. William, ich kann mich hier nicht konzentrieren. Dann geh auf den Balkon und lies das mal. Okay. Von wem ist das? Von Radio Fritz? Nee, von Fritz Langhans, halt, der heißt ja Rainer. Und wie findste das? HORROR, totalen Horror. Usw usw. An der Wand hing das Foto vom Hooligan, aus Focus. Plötzlich stand DJ Rok im Zimmer, in supersüßen Hool-Klamotten. Ausführlich wurden alle Fußballspiele besprochen. Immer ist es Passion, die Informationen liefert.

1740. Haare geschnitten. Am Schluß meinte Rainer Langhans zu mir: du wolltest doch eigentlich GEHEN?! Und ich gleich so, o ja, stimmt, tschuldigung, der böse Geist verschwindet lieber. Weil ich natürlich wieder mal nur megadestruktives Zeug geredet hatte, gegen den von ihnen geplanten LETS PUTZ STUTTGART Rave. Claudia Nolte, Werner Herzog, Roman Herzog, Guildo Horn und noch paar andere sollen alle gnadenlos zusammengetrieben werden, gemeinsam die Jahreszahlen 68 und 98 feiern, endlich mal ein bißchen über alles reden. Und wir sollen also auch aus unserem gräßlichen Techno-Ghetto befreit werden, mitmachen. Ich bin nur so wahnsinnig gern in meinem Ghetto, sonst wäre ich ja nicht drin. Wenn ich raus will, gehe ich raus. Auf Befehl befreiter Befreier eher ungern usw usw. Und so verabschiedete ich mich also freundlich, war schön, euch kennengelernt zu haben, tschüß. Und Westbam, wirklich ein Meister des Takts in jeder Hinsicht, brachte mich zur Türe. Da verabredeten wir uns für einen der nächsten Raubritterzüge in die hiesige Provinz.

1930. Celebration. Notizen fürs Bändchen. Nacht. Was meine ich damit eigentlich alles. Also eine Liste machen, Stoffsammlung, wie in der Schule. Man fängt an, setzt sich einfach hin, und wundert sich dann nur noch, was da so vor einem erscheint, auf dem Papier. Es purzelt einfach raus, aus dem Kopf, das fühlt sich lustig an, daß das so äußerlich triggerbar ist. Man muß sich nur sagen, Stoffsammlung. Los gehts. Nächster Schritt, Gliederung. Oder Mathe, fast noch geiler. Da hieß es doch immer: Gesucht. Klar. Dann: Gegeben. Dazu hat man dann aus der Textaufgabe rausdestilliert, was da an harten Informationen drin steckt. Dann hatte diese simple Methode des äußerlichen Aufräumens im Denken soviel Klarheit hergestellt, daß man zu rechnen anfangen konnte. Schule: einfach nur geil.

2233. Wieder daheim, zurück aus Wild Man Blues. Wenn ich es nur endlich lernen könnte, wie Sprache im Sozialen verwendet wird. Woody Allen macht es da wieder auf so wunderbare Art vor.

BULLSHIT AND PARTY

IV
1.4

Donnerstag, 2.7.98, Berlin.

818. Wie William mich anschaute, gestern, nach meiner Hetzrede gegen 68, so ähnlich traurig und entsetzt, wie neulich in Frankfurt Joachim Unseld. Ich hatte Joachim lange nicht mehr gesehen, und es ist sozusagen ein Blick wohlwollender Sorge, der von seiner Seite aus auf den Leuten ruht, die er als Schreiber und Freunde kennt. Danach dachte ich, scheiße, ich muß ja echt ausschauen wie ein Gespenst, wie der mich angeschaut hat, wie entsetzt. Ich muß ja FÜRCHTERLICH daherreden, wie traurig mich der gute William hier anschaut. Uli meldet auch manchmal, wie asozial kraß mein Gerede rüberkommt. Empfinde ich natürlich ganz anders, aber darum gehts ja eben

genau nicht. Okay. Und ich sagte also zu William: sorry, nein, ich mach schon mit, bloß wieso soll ich dem armen Rainer Langhans allen Ernstes meine ganze Verachtung für diesen Geisteszustand darlegen, in dem die sich doch wohlfühlen. Da habe ich doch gar nichts einzuwenden dagegen. Und beleidigen möchte man die Leute doch auch nicht usw.

1002. Fotos fürs Bändchen.

1052. Langes Telefon mit Hans-Ulrich. Arbeit am Text. So viel Lebensgeschichte, Dankbarkeit, erfüllte Gefühle.

1112. Das ERKENNT man ja gar nicht, meinte Rainer Langhans so leicht ratlos und schaute auf das Party-Plakat-Layout der Fischerin, wo unverkennbar ein Plattenspieler-System abgebildet war. Wieso erkennt man das nicht? Daneben stand der Spruch, den Westbam drei Minuten vorher aus der Fülle der vorhandenen Sätze herausgegriffen und für diesen Zweck genau passend hingespuckt hatte: Das System hat doch gesiegt. Das erkennt man doch, daß das ein System ist. Aber natürlich nur, wenn man es kennt. Und das ist der Punkt: ob man Biolek oder Kerner oder Langhans die Schönheit eines solchen Systems erklären will. Oder ob man eher antiautoritär sagt, wers kennt, dem gefällts wahrscheinlich, und wems nicht gefällt, dem gefällt wahrscheinlich was anderes. Ist doch wunderbar, muß doch nicht allen alles gefallen. Dem Rainer Langhans gefällt zum Beispiel das Wort Potlatsch. Ich dachte, das wäre etwas aus der Welt des Jüdischen. Nein, Stammestreffen, Indianer, Generationen, Ichversenkung. Alles wie im Fernsehen. Daß man als ein derart Fernsehgläubiger davon noch erstaunt werden kann, aber es ist so, als würde Gerd Scobel einen dieser prallen Kulturzeit-Redaktions-Texte vorlesen, so reden die in echt, das befindet sich im Inneren des Ich von Rainer Langhans.

1213. Adrienne Schneider schickt ein Fax aus Leipzig weiter. Ob ich dort, bla bla. Dieses Gefaxe ist so eine angenehme, schnelle und in seiner Schriftlichkeit doch zugleich wohltuend gefaßte Kommunikationsweise. Man hat ein Papier vor sich liegen, mit Buchstaben drauf, 1 A. Damit kommt man gut zurecht.

1224. Bullshit and Party. Die ganze Zeit läuft die neue Platte von Lupo. Diese eine Platte ist wichtiger als das ganze Leben von Rainer Langhans, tut mir leid. Nee, genau umgekehrt. Bei ihm ist das wichtige das LEBEN, eben genau nicht die davon hervorgebrachten Sachen und Produkte. Ich habe Theoria Diffusa in München, vielleicht habe ich es sogar auch mal weggeschmissen, weil mich so brutal vor diesem erleuchteten Esofaschismus geekelt hat. Aber darum geht es da nicht. Und das ist mein Problem damit.

1258. Das Interesse an WELT war bei 68 nie sehr groß. Das genau hat natürlich Revolution gemacht. Interesse heißt Verstehen, Schwäche, Verbesserung. Desinteresse ist eine grandiose Energieform, war Teil der Kraft von 68, gehört zum Jugendlichen, ganz prinzipiell. Diese Außenenergie ändert dann auch wirklich was innen, in der Welt. Nächstes Kapitel: man müßte jetzt darauf reagieren. Den schwierigen Folgeschritt haben relativ viele, die die Emphase-Erfahrung von 68 gemacht haben, verweigert. Sie waren so gewöhnt ans Verweigern, kannten das als Triumph- und Königsweg durchs Leben. Es ist aber nur der Weg hinein. Jetzt müßte man erwachsen werden. Und immer dachte ich, als sozusagen jüngerer Bruder, das checken sie nicht. Aber das verdanke ich ihnen, daß mir dadurch das Erwachsen-Werden als was absolut Verlockendes, Reiches, Kompliziertes und Tolles erschien. Die so unverspielte Ernstsicht auf das Leben wurde während der Arbeit am ersten Buch eine Art Existenzprogramm: dort, in der Arbeit, ein erwachsener Mensch werden.

when the moon
is in the seventh house

1319. Immer dieses Tasten: was ist das, was ich da dem Text gegenüber empfinde? Von ihm ausgelöst. Was ist das genau? Und will ich das? Will ich das wirklich? Es ist ja immer neu, anders. Und man weiß dann nicht, ist diese Unsicherheit jetzt Ausdruck von was Interessantem, von etwas woran man dran ist? Von dem Neuen, um das es einem geht? Oder worauf weist das hin? Das war das Problem, wie ich jetzt vor über einem Monat das Stück las, nach Praxis, mit genauen Vorstellungen, was ich noch an Kleinigkeiten ändern wollte. Und dauernd beim Lesen dachte: aber so habe ich mich noch nie bei einem fertigen Text gefühlt. So unwohl letztlich. Und jetzt, nach der Neufassung, so froh bin, daß ich auf diese Unsicherheit nochmal reagiert habe.

1559. Gegessen, gedämmert, im Face Drogen Heft über Heroin und Speed gelesen. Notizen fürs Bändchen. An Rave II.

1604. Anruf von David Morley. Jetzt soll ich zum Vorgespräch erscheinen. Ich habe aber keine Lust, absolut keine.

1951. Wieder daheim, beladen, erledigt, verletzt und schweißgebadet. Abenteuerurlaub Bankbesuch. Ein Motorroller hat mich überfahren, weil ich ausnahmsweise den Fehler machte und am Radlweg fuhr, in der Stromstraße, und nebenher in einem Aufsatz las, den ich beim Wegfahren im Briefkasten gefunden hatte. Ich las gerade ein Westbam-Zitat, in dem Moment tauchte der Roller auf, von links. Leider sind an meinem Westernlenker die Bremsen bißchen unzugänglich montiert, man will ja hauptsächlich fahren, nicht bremsen. Bloß jetzt wäre bremsen gut, es reicht aber nicht mehr, der Roller fährt übers Rad, ich spring drüber, die Kamera bleibt heil, Stadtplan und Aufsatz liegen am Boden und die linke Hand tut weh. Wo bin ich denn da aufgeschlagen? Das Kinn auch. Hilfe, mein Rad ist kaputt, mir eilts, ich muß auf die Bank undsoweiter. Der Kollege am Roller, auch wieder eine Begegnung der anderen Art. Die Passanten, die dazukommen. Ich nehme mal an, daß das alles bei Döblin genau beschrieben ist, ich kenne das nur als Gerücht. Roller und Rad sind also auf jeden Fall mal unzertrennlich verkeilt. Beratungen, Erzählungen, Theorien. Maximen zur Lebensweisheit und Spekulationen über Altes und Neues. Die anderen reden, ich zittere so vor mich hin. Haach, ist das alles ein Nerv wieder mal. Plötzlich wissen sie einen Radlladen, direkt da vorne, an der Ecke. Wo? Da. Da? Ganz da hinten, hinter dem Orangen? Ja, genau. Aha, ja gut, dann. Und in dem Moment taucht gerade die Polizei auf, der VW-Kastenwagen. Der Rollerkollege, 60, Alkoholiker, Leberzirrhose, spektakulär lässige Sonnenbrille, die wie ein Alien in dem fett aufgedunsenen blaßblauroten Gesicht sitzt, will hundert Mark fürs Vorderrad zahlen, und wir vergessen die Sache, mit Polizei und so. Er hätte seit 79 nichts mehr getrunken, teilt er plötzlich ungefragt mit. Aha, ja, gut, dann mach mas so. Er gibt mir zwei Fuffzger, die Polizisten fragen nach, ob wir uns geeinigt hätten, ja, und wünschen noch einen schönen Tag. Mit Gewalt werden Roller und Rad auseinander gerissen. Verabschiedung vom Unfallpartner, den Moabiter Gehwegbekanntschaften, und ich schultere meine zertrümmertes Rad und wandere damit zur Radlklinik. Reparatur, Bank, Kiepert, Siegessäule, Interview, Disko, Motte, Fotos. Irrwitzig schönes Licht.

HIER WIRD DEMNÄCHST EINE BÄCKEREI MIT CAFÉ ERÖFFNET

IV

1.5

Freitag, 3.7.98, Berlin

850. Das Alhambra Kino und die dortige Ecke im Licht der Morgensonne fotografiert, von morgendlichen Autos, Radlern und Fußgängern durchkreuzt. Best of Wedding, Part 1. Das Alhambra wird demnächst nämlich abgerissen, wir kriegen auch so ein fettes Multiplex-Kino, dann kann man hier wirklich jeden Abend um die Ecke ins Kino gehen. Fünf Monate lang lief jetzt im Alhambra Titanic, sonst nichts. Die Art Kino ist das. Innen übrigens wunderschön.

wir traten weiter
die geduldige Erde

926. So heißt es bei Arno Schmidt, wenn Leute spazieren gehen. Es gibt so viele Seltsamkeiten dieser Perspektive, am irritierendsten finde ich wieder mal die quasi innere Ironie. Das abwiegelnde, resignierte, in den Alltagshorror des Lebens verwickelte und matt einwilligende Nichtsoganz-Ernstnehmen von allem, vor allem der eigenen Gedanken. Denen gegenüber wird eine ganz komische Vertrautheits-Distanz etabliert. Man kennt das alles schon so lange, sich, ja ja. Aber das stimmt doch gar nicht, der Geist geht doch ganz anders vor. Erschrickt, schwankt, sieht sich mit Neuem konfrontiert, kann nicht einordnen, versteht sich nicht usw. Allein das Wort »moi« und was da dran hängt. Die Abspaltung der beobachtenden und berichtenden Instanz, die sich selber als irgendwie auch läppisch vorführt, aber zugleich die Unterstellung aufdrängt, so würden wir es doch alle machen. Das ist vielleicht der Hauptekelpunkt, diese Einbeziehung, die kumpelige Unterstellung, daß man eben so ist, wir, alle, daß alle so sind. NEIN. Eben nicht. Wie im echten Leben: der sozial disziplinierende Zwang solcher Signale von Gemeinschaft ruft sofort massive Protest-Reflexe hervor. Sprachlich ist es der Terror dieser damals vielleicht ja wirklich so gräßlich verbreiteten Kempowskischen Kleinstbürger-Sprüche, und das dann poetisch durchschossen von sozusagen illegitim-exterritorialen Adjektiv-Verwendungen und bißchen mühsam pedantischen Präzisismen. Das klingt jetzt alles gleich wieder so negativ. Ich finde es ja hochinteressant und lehrreich. Es ruft eben nur eine heftige Abscheu hervor.

1239. Rabea bei Berlin House angerufen und sie gebeten, das gestrige Interview bitte doch nicht zu verwenden, weil ich nur Scheiß erzählt hatte. Sie läßt es sich kurz erklären und meint, ja, stimmt, verstehe ich, geht mir auch so, sie hätte auch neulich bei einem Interview ganz ungeschützt ihr Innerstes ausgepackt, versehentlich. Sie meint, sie selber würde die Sendung schneiden und aufpassen, daß das Blöde draußen bleibt. Danke, Schatz. Es war nämlich Folgendes passiert, das Licht war wie gesagt so toll, ich hatte das Rad repariert, war auf der Bank gewesen, hatte bei Kiepert das bestellte Tarantino Buch abgeholt und fuhr dann, anstatt direkt nach Hause, die großen Straßen der Abendsonne folgend entlang. An der Siegessäule sah ich um den Sockel Leute wuseln, ein Mode Shooting vielleicht? Oder meine Japaner mit Herrn Morley, Berlin aufnehmen? Ich machte ein Foto aus der Ferne und ging näher hin, und wer war es: DJ Disko, und sie interviewten gerade Dr. Motte. Und der große Literaturkritiker Patrick Walder war doch glatt auch da, natürlich mit Fernsehteam. Ich bedankte mich bei ihm herzlich für die ausführlichen Rave-Verrisse, im Spiegel, und in diversen Fernsehsendern. Er war dann sogar zu feige, zu wissen, daß er seinen Film auch an den WDR verkauft hatte. Der Typ ist so arm, ich schreibe mal was über seinen Drogenkonsum, an gut exponierter Stelle. Nur so, aus Rache, und zum Spaß, und weil ich die Art der Lüge so scheiße finde, auf deren Basis der agiert.

NARCOTIC SYNTAX

Dann redete ich mit Disko. Was Patrick Walder über Rave denkt, ist mir komplett egal, weil er eine solche ... ist. Aber bei Disko ist das anders, der hat eine so angenehme Art. Und auf diese wunderbare angenehme Art hat er in dem Walder Film auf Rave eingedroschen. Aua. Ja, das hat echt wehgetan. Auch, weil das Buch sich natürlich gerade auch an solche Aktivisten der Nacht richtet. Und wenn es die nicht erreicht, dann stimmt da was nicht. Also gut, da wurde kurz darüber geredet. Dann, ob sie mich auch noch schnell zur Parade befragen können? Klaro. Komm, wir setzen uns da ins Gras, meinte er, Blümchen zupfen. Au ja. Dann sitzen wir also da, und er fragt mich was, und ich schaue in sein süßes Jungsgesicht, und sofort kommt wieder so ein Innenirrsinn aus mir raus. Ich wollte doch gerade von Woody Allen lernen, Texte aufzusagen, nicht Gedanken zu entwicklen. In solchen Situationen. Hatte ich nur schon wieder völlig vergessen, die ganze Aufregung dieses unerwarteten Treffens, mein Radlunfall, die Kamera über dem Herzen, und das Gefühl wieder mal, plötzlich, als ein so ein völlig GESTÖRTER da zu sitzen, der sich in Sekundenschnelle um Kopf und Kragen redet. Alles nur diffus, noch nicht erkannt. Nur so: was mach ich denn da schon wieder? Was ist denn los? Ruder, red, hilfe. Dann wars vorbei, und ich will gerade gehen, steht der Patrick Walder wieder da, den Mann mit Kamera hinter sich, und meint in seinem lächerlichen Schweizerisch: du Rainald, zehn Jahre Loveparade, was –. Und ich: was will denn der jetzt noch? Für was ist denn das? Fürs Schweizer Fernsehen. Nee, euch sage ich nichts. Und fuhr davon. Das ist der Unterschied: Rabea kann ich anrufen und sagen, bitte nicht, und weiß mich dann da bei der in besten Händen. Und Patrick Walder ist ein blöder Journalist, vom Fernsehen noch dazu, eine ganz tiefe Kategorie, das letzte usw usw.

1733. Wieder daheim, vom Treffen mit den Kalenderfrauen Silke und Maria im Hackbarths. Dann bei Nicole in der Galerie, und Jonathan Meeses Räuber Ausstellung angekuckt. Nach den bisherigen Papier-Tropfstein-Höhlen und Faszinosa-Aggregaten, habe ich was Tolles erwartet, aber das jetzt da ist ja wirklich nochmal ein sensationell anderer, weiterer, unglaublicher Schritt. Vom Effekt des Einschlags in meinen Kopf erinnert es mich an den Moment, wo ich in New York bei der Whitney Biennale, irgendwann im April 1989, um eine Ecke kam und dort, was ist denn DAS?: Jeff Koons »Saint John the Baptist« Skulpur sah. Wobei das Anfängliche hier natürlich noch mal einen zusätzlichen und ganz anderen Schub hat. Sagenhaft.

1753. Heute in trüb planem Licht, auch schön: weitere Fotos, wie gestern, von der Stadt. Ich brauche nur einen Film verknipsen und meine Bewunderung für Fotografie ist sofort wieder endlos. Ich weiß genau, was ich für Fotos machen möchte, ich kann es bloß nicht. Ist ja ganz normal. Denn die Alltagsfotografie, die mir vorschwebt, ist eine komplizierte, dabei ganz simple Reichtums-Geschichte: alles einfach so abknipsen, wie man es sieht, wie es sich die ganze Zeit vor einem bewegt, wie man in ihm sehend agiert, sich optisch orientiert. Wie es ist. Fertig. Das ist die Ausgangs- und Zielidee. Wobei das die allermeisten fotografischen Ambitionen, die üblich sind, ja schon mal ausschließt. Kein Wool, aber Struth, kein Steffen, aber Smailovic, immer natürlich Tillmans, letzten Herbst war bei Max Hetzler Bustamente, und jetzt im Frühjahr in Hamburg bei den Boston School Leuten dieser Philip-Lorca di-Corcia zu sehen. Die Richtung. Dann so rumknipsen, es natürlich nicht können, und Können und Gelingen bewundern, und wieder ein Auge dafür kriegen. Es geht um das DENKEN, das dabei entsteht, um das ERLEBEN der Fragen der Fotografie.

1839. Bin ich krank, oder nur k.o.? Der Kopf tut so weh, brüllende Kopfschmerzen, den ganzen Tag schon. Und sie gehen nicht weg.

2012. Was macht eigentlich den SPASS am Lesen aus? Daß man nicht weiß, was als nächstes kommt. Ist ja bei Bildern anders, bei Gemälden und Fotos. Schockhaft ist alles da, und ich tendiere immer so bißchen dazu, die Bilder um ihre Nichtsukzession zu beneiden, ihren massiven Dateneffekt auf die Sinne, diese Überwältigung, die da passiert. Blödsinn. Eben erst fällts mir ein. Wie ich die Stilkritik im SZ-Magazin lese, und plötzlich dachte: haa, ist das geil, wie man Wort für Wort NICHT weiß, was als nächstes kommt. Wie dreht sichs denn gleich weiter? Die Sicht, das Argument, der Gedanke? Und dann kam als Antwort diese Basalerkenntnis übers Lesen, die mir lustigerweise echt neu war.

2057. Ich bin ja nicht gegen Geschichte. Nochmal wegen 68. Man kann sie nur nicht zu Kapital erklären oder feiern, man kann keinen Gewinn aus ihr ziehen und nicht auf sie verweisen als einen Renommée-Aussende-Ort, so wenig wie man sie kritisieren kann. Es geht um ein Demutsverhältnis, das die Gegenwart der Geschichte gegenüber automatisch hat, um Einsicht in die Unerreichbarkeit und Autonomie der Geschichte. Die Kürze der Gegenwart, ihre immer neue Geschichtsnähe, verbietet der Gegenwart jede Dominanz über Geschichte. Wobei ich merke, wie im Gespräch neulich: ich komme argumentativ gar nicht richtig an den Kern meines Verachtungsaffekts gegen diese Idee, irgendetwas heute Aktuelles mit der Jahreszahl 68 aufzuladen. Als würde ein Wirtschaftsboß in einem prekären Verhandlungsmoment die Letztargument-Trumpfkarte ziehen: ich muß Ihnen allerdings sagen, ich habe im schriftlichen Lateinabitur eine zwei plus geschrieben. Ach so! Ja dann. Okay. Als mindestens so läppisch kommt es mir vor, wenn heute jemand, wie hier Rainer Langhans, rumrennt und sein heutiges Wollen und Treiben mit eigenen Taten aus der Zeit von vor 30 Jahren garniert, belegt, rechtfertigt und wichtigifiziert. Was soll denn das? Daß das der lebenslängliche Rentnerismus von 68 ist, der immer schon so nervt, weil er so verblödet ist. Der da kultivierte Blick auf die eigene Geschichte. Wen interessiert denn das? Solange man lebt? Die eigene Geschichte interessiert einen doch erst, wenn man tot ist. Solange man lebt, ist man IN ihr, beschäftigt damit, sie von Gegenwartsseite her zu schaffen.

sieben Reservisten
erheben sich von ihren Plätzen

JONATHAN MEESE
DE RÄUBER
20.6. – 19.9.1998
IM AUGUST NUR NACH VEREINBARUNG
CONTEMPORARY FINE ARTS
BRUNO + NICOLE
SOPHIENSTRASSE 21
10178 BERLIN
TEL: 030-2836580
FAX: 2836582

IV
1.6

Samstag, 4.7.98, Berlin.

625. Ich wachte auf, da war es noch fast dunkel, und konnte nicht mehr einschlafen, weil ich sofort so aufgeregt über die Bilder für Celebration nachdenken mußte. Plötzlich kam es mir nämlich: es geht ja gar nicht um Nacht, primär. Es geht um die sogenannten »90ies«. Parties, Party in dunkler Zeit, parties in the times of politics. Und daß ich, während ich die hedonistischen 80er Jahre völlig verkrochen in Philosophie, Melancholie und Text erlebt habe, in den 90ern ja wirklich gefeiert habe wie nie in meinem Leben. In den schlimmen, ernsten, arbeitslosen 90er Jahren, wo die anderen Konzeptkunst gemacht haben und politisch derart finster und streng draufgekommen sind, daß man sich gegenseitig kaum mehr erkennen konnte, haben wir Gas gegeben und gefeiert wie nichts Gutes, ja. So einfach ist das, so war das. Auf einer Ebene, andererseits –

705. Andererseits ging es zugleich immer um Ringen um Fassung, um Begriff, Versuch zu verstehen. Das Alte war dahin, das Leben hatte einen in was Neues gestoßen. Und jetzt? Was heißt das? Es war die Öffnung des Lebens ins Soziale hinaus, und ich bin erst am Anfang, dafür die, natürlich schmerzlich nachträglichen, textlichen Entsprechungen, Orte, Formen zu finden. Auch davon handelt Heute Morgen. Getting lost, in time. In Zeit und Material.

718. Dann las ich im Bett die Cosmopolitan Geschichte von Relax-Alexa fertig, über die Anki neulich so hergezogen ist. Anki ist wirklich ein Biest, wenn andere tolle Frauen kommen, die was melden wollen, das gibts nicht. Nur sie. Okay, ist ja irgendwie auch was dran. JAHRZEHNT DER SCHÖNEN FRAUEN. Es geht um die Spannung zwischen den Erfahrungen, die man in diesen Jahren, vorallem eben auch beim Feiern machen konnte, mit Frauen, und dem dazugehörigen Diskurs, der alledem überhaupt nicht gewachsen ist. Auf der Ebene ist Alexa Hennig von Lange DER Sprung nach vorne, auf den die Welt gewartet hat, ich jedenfalls. Auch wieder in dieser Cosmopolitan Geschichte. Man kann sogar dem Stumpfsinnsthema Erste Nacht wunderbare Geschichten abgewinnen, wenn man sie empfinden, denken und erzählen kann. Fertig. Das letzte Wort wird eben nicht von Sibylle Berg und ihrem weltvernagelten Gelalle gesprochen. Das wird als Wohltat erlebt, vom Leser, hier, von mir. Es geht um Echtgeschichten und Realerfahrungen als Basis. Als eine Unordnung, die man den Fertigkeiten der viel zu sehr nur um Ideologeme gruppierten Reflextexte der Texte-zur-Kunst Frauen-Fraktion entgegenhalten muß. Um die Konfrontation mit der von daher politisch viel zu geordneten Weltverkürzung. Um mehr Wahrheit, kurz gesagt.

804. Mit Wittgenstein. Es ist immer eine bestimmte Art von Sonderspaß, wenn die Leute gerade gleich alt sind, wie man selber. Das habe ich mit Ende zwanzig, Anfang dreißig entdeckt, darüber an Goethe vorallem angedockt, der prospektive Aspekt eines umfassenden Zugriffs aufs Ganze, auf alles. Jetzt beschäftigen mich solche ermutigenden Vergleichsperspektiven weniger, aber wenn ich darauf stoße, wie neulich bei Arno Schmidt oder jetzt bei Wittgenstein, freue ich mich irgendwie daran. So wie ich gestern vom Rad aus einen Mann sah, seinen Hinterkopf, und er hatte Haare wie ich, trug ein Kind am Arm, und wie ich vorbei war und mich umdrehte, sah ich, was für ein Gesicht er hatte, ein Mann, der mitten im Leben steht. Ein solcher zu sein also, okay.

1315. Notizen zum Kalendertextchen, zu Rave II und zu Celebration.

1439. Essen, Zeitungen, Post. Vom Einkaufen wieder daheim. Lapidarer Text auf dem Monitor:

Sie sind entlassen.

1516. Willi Winkler über Julie Burchill. Kolumnismus. Wo ist denn die deutsche Kolumne? Die, die diese angelsächsische Redeform wirklich übersetzt? Ich meine das ja ganz ernst, daß die einzige echte Kolumne die von Harald Schmidt ist. Weil es in der Kolumne um Charakter, reiches soziales Leben und vom Sound her um einen ganz anderen Wind geht. Einen, von dem ich glaube, daß die deutsche Sprache ihn eigentlich nicht hergibt. Man kommt in Deutsch nicht dort hin, wo alle diese wahnsinnig lässigen Kolumnen, ob in Details oder Time Out, aus London oder New York, agieren, spielen. Vor einem Jahr, als Maxim Biller mich dazu anstiftete, für das Zeitmagazin über die Love Parade zu schreiben, wollte er mit mir auch über die Kolumne reden. Ob ich mir das für mich vorstellen könnte? Wen ich mir sonst vorstellen könnte? Und mir fiel sofort Patrick Süskind ein, weil ich das so interessant fände, zu lesen, wie der sich im Alltag orientiert. In der Folgezeit machte ich Notizen zur Kolumne und kam dann zu dem Ergebnis, wie ich das machen würde, begrenzt auf ein Jahr, mit einer immer definiert anderen Grund-Rede-Form. Pamphlet, Literaturkritik, Tagebuch, Zeitschriftenschau, Erzählung, keine Ahnung. Ich sammelte da also zwölf und mehr verschiedene Sprechperspektiven, ordnete denen Themen zu, manchmal eine kleine Notiz, und steckte die in die Tüte, wo Kolumne draufstand. Dann aber wurde es mir natürlich doch ganz schnell klar, was für ein Unsinn das ist. Daß der Witz der Kolumne genau die nicht vorgegebene, sondern die freie Form der möglichst unmittelbaren Miteilung an den Leser ist. Daß die Kolumnen im Zeitmagazin insofern schon hinhauen, daß sie bloß die Last dieser Freiheit nicht richtig tragen können. Weil es eben so schwer ist, so exponiert und zugleich WIRKLICH frei, nicht posermäßig frei zu sprechen. Wenn man sich mit Gewalt locker machen muß, wird das nichts. Aber wie soll man halbwegs locker bleiben, wenn man dauernd komplett verblödete Leserbriefe kriegt? Der Leserbriefschreiber ist ja eh ein wahnsinniger Idiot, strukturell. Der des Zeitmagazins ist ein Idiot hoch zehn. Dann wird dauernd reagiert darauf, die Redakteure, das Haus, irgendein Boß. Dauernd wird einem irgendeine Resonanz zugetragen. Der und der hat das gesagt, der das. Toll, danke, könntest das vielleicht für dich behalten? Nö. Klar. Und an der Stelle, wo dieses ganze Gelabere auf PRODUKTIVE Art einfließen könnte in die Sache, steht dann die Barriere der so absolut gebrochenen und unparlandomäßigen DOITSCHN Sprache. So. Ja, also. Wo waren wir stehen geblieben? Richtig, Julie Burchill. Muß das Buch sofort her? Oder reichts im Taschenbuch? Ich lese jetzt mal Willi Winklers Kritik. Auf Viva: Beastie Boys, Intergalactic, auf Platz 5 der Britischen Charts.

2157. Pause. Das Albert Gespräch Korrektur gelesen. Regen, Platzverweis, ein Tor Rückstand.

2245. Aus und vorbei.

NIGHTS OF LOVE AND LAUGHTER

IV

1.7

Sonntag, 5.7.98, Berlin.

faul

stimmt überhaupt nicht
klingt aber gut
faul
schön wärs
sage ich jetzt aber einfach mal so
so sonntäglich behaglich

UNKRANK

INS WEGLAUFHAUS

IV

2.1

Montag, 6.7.98, Berlin.

956. Guten Morgen. Ich habe so viel wahnsinnig lächerlichen Büroscheiß zu erledigen, was ich alles gestern machen wollte. Plötzlich mußte ich aber dringend an Dekonspiratione schreiben. Das kam mir dann wichtiger vor, als der Drohbrief der Krankenkasse: wenn Sie nicht sofort mit uns sprechen und sich erklären, kostet alles 1000 Mark mehr, pro Monat. Warum nicht pro Woche? Okay, okay, ich komm ja schon. Überhaupt die Post. Alter. Neulich waren in der E-Mail folgende zwei Zeilen:

Du: ich werde ein Kind von dir bekommen.
felicitatis

Danke. Das ist eine Frau aus Frankfurt, mit der ich dreimal telefoniert habe, weil sie eine Radiosendung mit mir machen wollte, und ich sagte, okay, einmal im Jahr mache ich eine Radiosendung mit Text und Musik, wieso nicht mit ihr. Gut. Dann rief die mich in der Praxiszeit an und steuerte auf so komische Themen hin, mit Traum, Bett, hopla. Und ich sofort: entschuldigung, wir kennen uns doch gar nicht, das ist mir unangenehm, wiedersehen. Nach der letzten Praxis-Veranstaltung kam sie zu mir her, hallo, ich bin Felicitas, und ich dachte gleich, alles klar. Vier Sekunden, fertig. Jetzt kriegt sie ein Kind von mir. Und daran soll man sich dann wohl erfreuen und erheitern und das lustig finden. Super Witz. Ich glaube, daß sexuelle Belästigung am Arbeitsplatz in beide Richtungen komplett gerecht verteilt vorkommt. Und daß es alles auch viel weniger schlimm ist, als dauernd behauptet wird. Au, da gibts jetzt Aufschreie, bei sexuell TÄTLICH belästigten Frauen. Wenn ich sage, daß so eine Mail für mich schlimmer ist, als wenn mich jemand REAL sittlich und intim berührt, das gilt nicht. Das IST aber so. So. Sonst noch was?

1334. Leopoldplatz. RIALISMUS stand groß auf dem Buch, das der lässige Typ in der U-Bahn las, und ich dachte: MATERIALISMUS, geil. Kurz später: nee, IMPERIALISMUS, verstehe, schade. MATERIALISMUS ist doch irgendwie interessanter, oder?

1338. Nichts wie raus! Es gibt viele Gründe, aus der Psychiatrie wegzulaufen – aber wohin? – ins Weglaufhaus – Zufluchtsort für wohnungslose Psychiatrie-Betroffene. Unterstützung beim Absetzen von Psychopharmaka. Begleitung in ver-rückten Zuständen. Selbstbestimmtes Zusammenleben. 406 321 46. Der Verein ist gemeinnützig.

1353. Im Ersatzzug nach Braunschweig, leider zeitungslos und schweißgebadet. Das milde Lächeln vorhin gegenüber: ich weiß schon, was dir fehlt, ich könnte dich zur Ruhe bringen, ruhig und richtig.
1455. MÖSER.
1534. Helmstedt.
1543. Königslutter.
1643. Luhmann: und dies natürlich sprunghaft, logisch nicht nachvollziehbar, kreativ. Gesellschaft, 426.
1703. In wenigen Minuten erreichen wir Göttingen.
1835. Zur Grammatik autopoetischer Systeme.
1908. Kolumne. Sprache, England, Form, Spiel.
1954. Chance and Creativity in Evolution.
2044. München.
2051. I muaß zum Baldeplatz bitte. Zum Balde.
2102. Wieder daheim.

2315. Putzen. Staubsaugern, die ganze Wohnung WISCHEN, kein Witz. Der pechschwarze Rußschleier über ALLEM hat mich letztes Mal so wahnsinnig deprimiert, Ausfall des Heizkraftwerks, dessen Türme hinten, über der Isar, unser Wahrzeichen hier sind. Schade, daß man so selten putzt. Da kommt man ja völlig anders drauf, wie Sport eigentlich, fast schon wie Raven. Pitschnaß robbt man rum und denkt ganz andere Sachen. Keine Worte, sondern so ein Brummen und Wiegen. Relativ glücksnah. München riecht so gut, sofort am Bahnhof, hier auch, die Luft überall, ich bin ganz gerührt.

UND DANN WERDEN WIR BLUMEN?

IV
2.2

Dienstag, 7.7.98, München.

1022. Doppelte Haushaltsführung, Wahnsinn. Was ist wo gerade da, was nicht? Was verschimmelt, was fehlt? Was ist sonst noch kaputt? Wo ist eigentlich das Personal? Dann geht der extra mitgeschleppte kleine Drucker nicht, er hat die Reise scheinbar schlecht vertragen. Und jede Uhr zeigt eine andere Zeit. Ich dreh dorsch.

1040. Ich bin der Kaminkehrer, und wir wollten bei Ihnen schon vor zwei, drei Monaten die Gaskontrolle machen. Aha. Und ich wollte Ihnen jetzt einen Zettel für morgen reinmachen. Aber wenn Sie jetzt da sind, ich hab jetzt nicht mit Ihnen gerechnet, dann könnt mas auch gleich machen. Ja, klar. Ich hab jetzt bloß meinen Koffer nicht da, den müßt ich erst holen. Ich komm dann gleich, ich hol nur schnell den Koffer.

1254. Im Computerdateiwahn, für Celebration. Texas und Word, zwischen A und C hin und her, Wörter zählen, kopieren, exportieren, speichern, sichern, benennen. STEINZEIT.

1351. Jeder Herr Nachbar, die Zeitungsfrau sowieso, will jedesmal ganz genau erklärt bekommen, woher man kommt und wo man war, warum, und wies jetzt weiter geht. Ich mag aber nicht. Und sage auf alles immer nur: ja, ja. Vorallem weil anworten gar nichts nützt, im Gegenteil, je höflicher man ist, desto dreister werden die blöden Fragen.

1441. Der Staat auch. Jetzt zum dritten Mal in zwei Jahren: Mikrozensus. Ich verstehe kaum, was sie wissen wollen, kreuze so an, nach Verdacht. Ein Meter Rechtsbehelfsbelehrung und kleingedruckter Anhang. Ich glaube einfach nicht daran. Staat: Haß. Und dann werden wir Blumen.

1645. Essen, Dämmern, Rumhängen. Die Wohnung macht mich fertig. Ich bewege mich hier durchs Innere meines Hirns meines gesamten Erwachsenenlebens. KEIN angenehmes Gefühl. Jeder normale Mensch zieht irgendwann mal um. Das ganze Zeug, der ganze Wahn, mühsam gebändigt. Ich habe hier Irre geschrieben. Das Reaktionszeit-Paradigma. Und alle anderen Bücher woanders. Was heißt da alle? Ja, gut. Danach kam ich immer völlig erledigt heim und habe dann erstmal ein Jahr lang meine Wohnung hier aufgeräumt. Grotesk, pervers, absurd.

2051. Wieder daheim, vom Gang an der Isar mit Luhmann. Zum ersten Mal verstehe ich die Evolutionstheorie. Kann endlich rausdenken über den Trotz meiner absurd erstarrten Hegel-Erstarrung.

509. Fußball, Schumanns, P1, Blub Club, Bad, Bett.

NOCH 3 TAGE BIS ZUR LOVE PARADE

IV
2.3

Mittwoch, 8.7.98, München.

1143. Ich könnte NUR über die Computerprobleme jammern. Das interessiert bloß absolut überhaupt nicht. Dann eben über die taz. Wie schauts aus mit der Parade? Bei den Spirits war das. Und während sie das zweite Foto von Westbam machten, brüllte ich ins Zimmer, daß ich mich auf die Parade, weil ich schon so lange nicht mehr beim Feiern war, wahrscheinlich noch nicht mal hin TRAUE. Was steht heute in der taz? Daß ich mich nicht darauf freue. Klingt ja fast genauso. Ist bloß inhaltlich was ziemlich stark anderes, oder ist das jetzt extrem pedantisch? Trauen, freuen. Sich nicht darauf freuen, klar, der also auch. Er traut sich nicht? Was? Wie? Ist doch LOVE Parade, was gibt es da, sich nicht zu trauen? Fertig, schon durchgefallen, im minimalen Bruchteilsmoment der Erst-Verstehens-Anmutung, wird dann unter woanders eingeordnet, unter Bekanntem. Alles ganz normal, gut. Letztlich ist es natürlich scheißegal, aber mir hat das mit der Zeit den Spaß verleidet, für Zeitungen zu schreiben. Man muß so viel sinnlose Energie aufwenden dafür, daß das Geschriebene einfach nur so, wie geschrieben, gedruckt wird. Ist nämlich komplett unüblich. Jeder Redakteur kürzt, ändert, rafft, nimmt Worte raus und tut welche rein und ändert so beliebig massiv den Sound und die Tendenz. Der Korrektor auch nochmal. Die sogenannten Setzer, gibts die auch noch? Wenn man dann sagt, entschuldigung, da ich diesen Text verantworte mit meinem Namen, hätte ich es wirklich gerne, daß MEIN Text erscheint, nicht die Lesweise des Redakteurs davon, ist man sofort Querulant. Stört den Betrieb. Nervt. Wobei die Texte durch Redaktion gar nicht wirklich besser gemacht werden, sondern nur auf eine letztlich extrem deprimierende Art PASSEND. Die ZENSUR der normalen Erwartung. Nur das, was da rein paßt, wird sofort verstanden und darf erscheinen. Und das Alltagsthema pragmatische Produktionszensur wird dann verschoben abgehandelt in den periodisch titelseitenweise erscheinenden Jammer-Geschichten über Rushdie und die Pressenichtfreiheit wo ganz woanders. Wo alle endlich auch exakt genauso denken, sein und alles machen sollen, wie wir hier. Der komische Gesinnungs-Imperialismus einer angeblich aufgeklärten politischen Position. Aber egal. Von lässigen bewunderten Schreibern versuche ich immer zu lernen, daß man sich an all diesen Problemen eben NICHT endlos aufhalten soll. Daß man auch die Zeitungen einfach zudonnern soll, mit Texten. 80 Prozent kommen dann durch, das ist mehr als nichts. Daß man den pedantischen Detailwahn bei sich selber in der Brechung mit realen Produktionsverhältnissen bekämpft. Daß es vielleicht egal ist, ob man sich auf die Parade nicht freut, oder nicht hin traut. Daß man in diesen Zusammenhängen am besten überhaupt NICHTS NEGATIVES meldet, weil es alles fast gleich eklig ist. Daß man auch die Worte: »mehr sage ich nicht« natürlich nicht sagen darf. Die stehen dann da. Und schauen scheiße aus. Vor allem ohne die Frage davor, was man sonst noch dazu sagt. Statt dessen mit drei hohlen Punkten hinten dran. Oder bin ich nur von gestern völlig erledigt? Total verwirrt im P1 rumstehen, im geilen Getobe. Kurz mal eine Schachtel Zigaretten auf ex rauchen, mit Michi. Die ganze Panik des Glücks. Eine Frau namens Anna erzählte was über Klaus Pohl. Sie wäre auch aus Hamburg. Sie hupfte vor Uli rum, megacharmant, durchgeknallt, luftig, golden, weiß. Sehr geil. Um halb fünf dann noch, beim Rausgehen, mein böser Onkel Olaf, extrem gut gelaunt und dämonisch grinsend: he, Müllmann, komm mal her. Wie war das mit der roten Tasche? Nicht gleich wieder weglaufen. Usw usw.

1452. Die Kaskade der Re-Reaktionen. Telefon mit Albert. Ich will immer jedem, der sich mißverstanden dargestellt fühlt, sofort erklären, inwiefern ich denke, daß das unterm Strich stimmt, was da steht. Nur ist damit das eigentliche Grundproblem gar nicht geklärt: Verkürzung, Verrat, Fixierung, Funktionalisierung, Mißbrauch des Persönlichen und zwischenmenschlich Freien. Man spürt das auch beim Schreiben. Wie könnte es trotzdem gehen? Dafür suche ich, immer schon, hier speziell, eine Sprechweise. Maximaler Realismus, trotzdem sozusagen zart. Brutal und total, wie es direkt ist, und trotzdem wahr. Sehr schwierig, finde ich. Auch Aspekte des Bösen natürlich, der Enge, im Schreiber, im Text. Alles ja auch Probleme in Rave.

1616. Sehr wirr.

1718. Reitschule.

1911. Wieder daheim, völlig verwirrt.

2037. Ich kann mich einfach nicht konzentrieren, auf meine hiesigen Pflichten. Das Vergehen der mündlichen Reden: wie könnte man dafür eine textliche Entsprechung finden? Vielleicht gezielt der Präzision, zu der die Worte ja doch immer hin wollen, entgegenarbeiten? Alles diffuser, offener halten? Wie? In De-Bug lese ich wieder in Dietmar Daths Fortsetzungsroman. Da ist man auf der sicheren Seite. Auf der der Literatur. Ich brauche andere Lösungen.

2205. Keine Böller, nach dem kroatischen Tor, wie im Wedding, keine Schreie, nichts.

2240. Endspielträume. Neun Minuten fehlen noch.

EVELYN HOFER
ANDY WARHOL'S STUDIO
1987

IV
2.4

Donnerstag, 9.7.98, München.

1218. So wird das nichts. Lähmung, Unruhe, Wirrnis, Frost.

1421. Am Marienplatz lief gestern Abend, wie ich nochmal in die Reitschule radelte, gerade die letzte Minute des Fußballspiels, riesiges Bild, gestochen scharf, leuchtend die Farben. Ich hatte diese gigantischen Kollektivfernseher bisher immer nur im Fernsehen gesehen. Der Echteffekt ist ja Wahnsinn. Später, auf der Leopoldstraße: Hupen, Brüllen, Autokorso. Ich fragte einen: Sag mal, haben nicht die Franzosen gewonnen. Weil alle kroatische Fahnen hatten. Ja, die Franzosen haben gewonnen, aber die Kroaten feiern trotzdem. Verstehe. Ich fuhr durch den Englischen Garten, die Isar entlang, die Siegessäule heißt hier Friedensengel. Dann saß ich in der Nachtkantine, aß eine Pizza und las im Partysan. Schöne Flyer, schöne Feier. Im Vorwort wird garantiert, daß der Partysan unter anderem auch mit einer speziellen Dünnsinnbeschichtung ausgestattet ist.

1514. Hofgarten. Ein Filmteam.

2328. Last Suppers, SZ, daheim Agonie.

100 WÖRTER
DES JAHRHUNDERTS

IV
2.5

Freitag, 10.7.98, München.

727. Versuchen zu retten, was noch zu retten ist. Die alten Fotos geben mir komplett den Rest.

1131. Eitrig, fahl, am Ende. (Klingt auch gut, nur leider ist es diesmal wahr.)

1453. Berlin.

1524. Wieder daheim, in der Hellehölle Togo.

PARADE

IV
2.6

Samstag, 11.7.98, Berlin.

unterwegs

HURRA!

IV
2.7

Sonntag, 12.7.98, Berlin.

1534. Die Stückfahnen Korrektur gelesen.

1815. Vom Radlholen wieder daheim, leider ohne Rad. Das hatte ich nämlich ausgerechnet an so einen temporären Park-Schild-Pfosten angebunden. So viel Blödheit wird aber bestraft. Alles war schon abgebaut, und nirgendwo mein Rad. SEHR schade. Auf der Parade gestern ging einer mit einem kleinen Pappschild rum, da stand HURRA! drauf. Das löste überall Heiterkeit und Freude aus. Wie wir zurück zum Frankfurter Wagen gingen, meinte Uli: daß du immer gegen den Strom schwimmen mußt, das prangere ich an. Um 1825 notierte ich: alles was hier spricht, erlischt. Und danach war ganz viel das Wort HERRLICH dran. Noch später, an der Säule, habe ich – hm. Naja. Der Tag danach, ganz oft so bißchen auch ein Tag der Scham.

2052. Bei Bobbys Style Games No. 2. Bon soir, allerseits.

Frankreich brasilianisch
und was ist mit den Brasilianern?

das war nicht nur unnötig
das war häßlich
wieso macht er das?
übermotiviert im Mittelfeld

jetzt schreien sie sich an
sie müßten besser spielen

und jetzt feiert ganz Frankreich
und kann das auch

105. Wieder daheim.

230. Und in so einer Sexualationshöflichkeit – verstehe ich selber nicht, aber so hieß es eben – gehe ich herum und frage: möchst du mit mir schlafen?

9
DIE PRAXIS IN DIE THEORIE UMSETZEN

IV

3.1

Montag, 13.7.98, Berlin.

949. Alle Konzentration auf zumindest äußerliche Aufrechterhaltung des Betriebs, bei innerlich gefährlich zerrütteter Motivation.

955. Plötzlich spürte ich was hinter mir, eine Nähe, seitlich, ja, ein Bein berührte meinen Rücken. Wie? Echt? Leichtes Wiegen dann als Antwort, schön.

1014. Ist die Parade zu kommerziell oder zu groß geworden? Komischerweise wirkt die Reflexantwort auf so eine schon so oft gestellte Frage dann viel VERNAGELTER als die Frage. In dem Fall wiedermal ich, befragt von Disko, leider also doch in Berlin House, auf Viva. Fragen darf man immer blöd, die Frage ist fast umso besser, je blöder sie ist. Aber blöd antworten ist dann einfach wirklich nur blöd. Und heißt es nicht auch genau so: Es gibt keine falschen Fragen, nur blöde Antworten.

1058. Telefon mit Hans-Ulrich. Fahnenkorrektur.

1137. Gewitterdüsternis, schwerer Regen und auch kein Durchkommen im Internet. Die Computerprobleme machen mich auf dumpfhohle Art fertig. Schweißausbruch, Mattigkeit. Anruf bei Herrn Brock.

1322. Rückruf von Herrn Brock. Nein, an ihnen liegt es nicht. Vielleicht an den Münchnern. Oder, am ehesten, am Netz halt überhaupt.

1459. Die Fahnen mit den präzisierten Satzangaben und den Korrekturen wieder abgeschickt, die Filme zum Entwickeln gebracht. Eingekauft, und dann gab es eine Berliner Bratwurst mit Curry und Ketchup, hier am Trambahnstand. Wußte gar nicht, daß das so toll schmeckt. Gestern fragte Oskar: wieso Berlin? Und ich redete den komischen ausgeleierten Text, mit Härte, Baustelle, bla bla. Erst im Nachhinein kams mir, wieso man das so schlecht erklären kann: weil man genau deshalb hier ist, um nicht darüber nachdenken zu müssen.

1528. Das Denken geht eher davon aus, es schaut nicht so sehr drauf. Das

Realissimum des Orts wird im geistigen Bild zum Abstraktum der Perspektive, zum Nichtgegenständlichen, das die Konstruktion des Gesehenen insgesamt ordnet und die Art der Sicht darauf bestimmt, ohne selbst als Einzelobjekt isoliert sichtbar zu sein.

1745. Nieselregen, Zeitungen, Bett.

1945. Schöne Geste.

ELFENLAND

IV
3.2

Dienstag, 14.7.98, Berlin.

959. Tag drei der berühmten Feierkrankheit, der berühmte Dienstag. Auf eine fast sportliche Art kämpft der Wille gegen die diffus grippalen, körperlichen Symptome, und vor allem gegen sich selbst, gegen seinen »am gescheitesten wäre es, man würde gleich ganz im Bett bleiben«-Flügel. Die Erfahrung sagt nämlich, daß das zwar jetzt im Moment irre angenehm, aber in echt nicht wirklich am gescheitesten wäre, da es die Gesundung eher verzögert.

und wenn ich die Wahrheit schreibe
weiß ich nicht, ob ich damit viel Freude errege

1031. Meinte Kohl gestern, zum xten Mal, in dem Gespräch mit Schmidt, über die Zeit nach seiner Kanzlerschaft und das Schreiben von Memoiren. Und jedesmal wieder finde ich das einen so lässigen Satz. Wenn ich das in ihm steckende Wissen selber bißchen besser intus hätte, hätte ich – aber ach. Moritz Rinke beispielsweise ist mit sich zufrieden. An erster Stelle seiner Lebenswert-Liste im jetzt setzt er seine ironische Brechung zu sich selber.

1055. Wo Arno Schmidt war, ist jetzt Grimmelshausen, sie lesen den Simplizissimus wieder, wie 1985. Die zweite von 31 Folgen des Romans.

1112. Sonne, kühl, herbstlich windige Luft.

1152. München: totale Wirrnis. Nur die Warhol Ausstellung war ein ganz klarer Moment. Sein Kampf um die Logik seines Werks, die Qual und Ratlosigkeit bis zum Schluß, das macht mich immer brutal traurig, zugleich ist es so ermutigend. Er ist einen so tapferen Weg gegangen. Weil ich eben das Gespräch mit John Reinhold im dort gekauften Unseen Warhol Buch gelesen habe.

1218. Ich lese gerade Tobias Rapps taz-Artikel zur Parade, da ruft David Morley wieder an. Ob wir jetzt mit den Japanern das Fernsehinterview machen können. Erst sage ich zu, für morgen, dann, auf die Fragen, wo, wie genau, plötzlich: halt, NEIN, bitte doch nicht, ich will nicht, ich kann nicht, bitte nicht. Ich wüßte einfach nicht, wie ich es darstellen soll, im MÜNDLICHEN noch dazu, die ganzen Gegensätzlichkeiten wieder, das jetzt eben erst dazu Gedachte, was war das eigentlich genau?, stundenlang ging das ja wieder, während der ganzen Parade, man denkt ja dauernd irgendwas dazu, immer auch noch in Auseinandersetzung mit den diesmal wieder neu dazu erschienenen Artikeln usw usw. Es hat einfach keinen Sinn. Ich kann das nicht.

1238. Es muß ja Leute geben, die kucken sich ihre eigenen Interviews an, und finden dann, daß das stimmt, was sie da sagen. So gehts mir nur leider eben nicht. Ganz selten ist das mal gelungen, in dem einen Interview mit Westbam zum Beispiel, das Klinkmann und Schneider über das Mix-Büchlein gemacht haben. Man braucht für Interviews im Fernsehen einfach einen ganz anderen Coolheitsgrad, eine andere Reife letztlich. Die lässigen Bernhard Filme und die vielen tollen Müller Gespräche sind ja auch eher erst später entstanden, oder?

1317. Briefe, Bücher, Büro, Post. Und alles ächzt in den Fugen, durch den Sturm, der am Haus rüttelt. Überwindung: gehört eben einfach irgendwie dazu.

1427. Die Fotos geholt, und wieder so eine Berliner Bratwurst gegessen. Neu, toll.

1442. Anruf von Hans-Ulrich. Die schriftlichen Präzisierungen zum Satz besprochen. Korrigieren, weiter präzisieren, verwerfen, abwägen, fixieren.

1555. Weiter an Celebration. Anruf von Herrn Ortmann. Besprechung der Neufassung des Stücks.

1753. Vom Essen einkaufen wieder daheim. Es ist so komisch, daß ich selber überhaupt nicht an Probleme glaube, an die produktionsfördernde Kraft von Problemen, und daß gleichzeitig mein ganzes eigenes Ding NUR darüber läuft, über Problem, Bewältigung, sich daraus ergebende neue Probleme usw usw. Grotesk. Weil ich eben dachte, wie das jetzt wieder werden wird mit

Dekonspiratione. Und daß mein Ideal zum Schreibvorgang ja WIRKLICH Konsalik ist. In 1989 habe ich es mal abgeschrieben, wie er das erzählt, wie der Schreibtag bei ihm läuft. Tag für Tag.

1833. Bei Bobby Roths Style Games redete ich nach dem Fußballspiel mit Holger Friese auch kurz über 1989. Ich kann immer gar nicht verstehen, wie jemand auf die Idee kommt, ein so angelegtes Buch DURCH zu lesen. Sich damit abzuquälen. Ich dachte, das wäre völlig klar, wie das da geht, wie das gemacht und gedacht ist: aufschlagen irgendwo, eine dieser Wort-Bild-Doppelseiten sehen, an irgendeinem Wort hängen bleiben, um das herum bißchen rumkucken und rumlesen, bißchen blättern, zuschlagen, fertig. Dann liegt das wieder irgendwo rum, und man weiß, wenn man da reinblättert, kann man gute Laune davon kriegen.

1859. Anruf bei Clemens, mit Fragen zur Hirnanatomie. Daß ich meine medizinischen Lehrbücher nicht hier habe, um kurz mal was nachzukucken, nervt dann auch wieder. Und in München fühle ich mich von der Anwesenheit all der Bücher nur erstickt. Was denn jetzt? Wie denn?

MÄDELS

IV
3.3

Mittwoch, 15.7.98, Berlin.

1146. Ich kriege Mail, ich soll antworten, die Mail kommt zurück. Als erstes soll ich melden, ob ich überhaupt der Gemeinte bin. Lauter äußerliche Probleme der Kommunikation, aber wozu? Man kennt sich doch gar nicht. Gehört das nicht alles in den privaten Bereich?

1219. Anruf von Hans-Ulrich. Es gibt Probleme in der Durchsetzung der Korrekturen für den Satz. Das hatte ich befürchtet, weil die jetzige Variante exakt auf Seite 159 geendet wäre. Da freut sich jeder Hersteller, weil das mit 160 Seiten genau 10 Bögen sind. Oder wie war das noch mal? Jede minimale Abweichung vom üblichen Herstellungsprozedere ist mit einem geradezu absurden zusätzlichen Einsatz verbunden. Wobei ich trotzdem finde, daß DIESE Absurditäten sich lohnen.

1227. Hallo, kannst du mich hören? Moment, ich fahr grad durch den Tunnel. Ich ruf dann später noch mal an. Durch die Handys kriegt man dauernd nebenher mit, woran die Leute sich kommunikationsintern mit Begeisterung vergnügen, an welchen Fragen, Botschaften und Sätzen. Ich bin jetzt da und da, wir sind gerade losgefahren. Ich ruf dann nochmal durch, bevor ich komme. Wir boarden jetzt, bis gleich. Ich glaub, mein Akku macht gerade schlapp. Usw usw usw.

Ganz was anderes ist es, wenn man sich in ECHT direkt begegnet. Und sofort erkennt, in den ersten 100 Millisekunden der ersten Begegnung, ob man jemanden schön, anziehend, sympathisch findet, oder nicht. Mit sichtlichem Vergnügen an der Provokation sagte der österreichische Schönheits-Forscher vorgestern auf 3sat dazu: Schönheit ist undemokratisch und verfassungswidrig. Man weiß sofort, mit wem man sich gerne weiter unterhalten möchte, wen man gerne näher kennen lernen will, mit wem man sich wohlfühlt, nahe, beim Reden. Wenn dieses direkt KÖRPERLICHE nicht da ist, man kann ja auch ruhig Sex dazu sagen, wenn man sich also nur auf den von einem Fremden privat an einen gerichteten Text beziehen soll, darauf antworten soll: ich sehe darin keinen Sinn.

Auch weil das genau Umgekehrte ja so viel mehr Spaß macht: die nichtprivaten, öffentlichen Äußerungen von Fremden als hochpersönliche, direkt an einen selbst gerichtete Mitteilungen zu verstehen. Und das dann weiter in sich zu prozessieren, ins wieder Offene hinaus. Interaktivität eher als Rezeptivität verstanden, eher der verünftigere Begriff der Sache. Aufnehmen, verstehen, nicht verstehen, irritiert werden, nicht wissen, was daraus folgt usw. Träumen, Denken, Schreiben, Lesen, Reden.

1513. An Celebration.

1535. Längeres Telefon mit Max, den Spiegel und alles den Spiegel Betreffende betreffend. Dann über die Tour de France, die WM und die Parade. Was haben wir denn heute für einen Wochentag? Bis morgen vielleicht.

1648. Kopien gemacht. Unterwegs. Mein Lebensideal ist so völlig klar, und zwar wirklich ewig schon, und es ist megasimpel: alles für den Text, aus der richtigen Verbindung von Leben und Arbeit heraus. Wie ich sie zum Beispiel von den besten Nachtleben-Aktivisten her kenne. Die Musiker und Veranstalter sind dadurch an die Stelle der Maler gerückt, weil sie den kollektiven Prozessen als Basis für ihre Arbeit verpflichtet geblieben sind. Es ist nur so schwierig zu erspüren, wie dieses Ideal in der Realität immer neu ausschauen könnte. München hat dazu solche Sehnsüchte aufgewühlt und mich dadurch verwirrt und so diese München-Verzweiflung bewirkt.

1754. Wieder einen Schwung Kritiken gelesen. Interessant, verwirrend, anstrengend. Man müßte nach dem Ernstnehmen dann davon in aller Ruhe und Vernunft noch mal wieder zurücktreten können, und die Sache in Perspektive sehen. Das fällt mir allerdings schwer. Auf jeden Fall entsteht ein Effekt der Anstachelung.

VERBLENDUNGSZUSAMMENHANG

IV
3.4

Donnerstag, 16.7.98, Berlin.

1037. Nacht, 90ies, Pop.

1814. Wieder daheim. Mit Luhmannn bei den Spirits, mit Max beim Hühnersüppchen. Neues über geheime Mächte, Verdammnis und andere Weltwahntheorien. Davor weiter an Celebration. Nochmal beim Kopieren, dann Kürzen, dann mit den Bildern. Und insgesamt so bißchen dumm im Kopf. Versehentlich hatte ich mich schon mittags in die Zeitungen hinein verlesen. Patti Linder, Gustav Seibt, Feddersen und Kraushaar.

Kritik an Kulturindustrie, Explosion, asoziale Intervention, Bild oder taz,
Insinuation des explizit nicht Ausgesprochenen, Rekonstruktion von Indirektheits-Redeweisen, verschlagen, tricky und unangreifbar,
die Schriftsprache des Boulevard,
der mündliche Boulevard-Status vom Vortag,
die bösen Absichten der Macher, Moral, Finsternis,
warum macht er es denn nicht?

KUNST-HALLE BERLIN

IV
3.5

Freitag, 17.7.98, Berlin.

1014. Es eilt, es eilt brutal. Eine der Überlebensregeln im Lager wäre gewesen: immer nur genau EINEN Tag weit zu denken, den zu überleben. Erzählte der Überlebende gestern dem österreichischen Interviewer. Stimmt, so funktioniert mein Überleben in meinem Überlebenslager auch. Ich vergesse es nur leider immer wieder.

Kleider
Turnschuhe
Zeitungen
Bücher
Platten
Bilder
Post
Text
Taschen
Kabel und Ordner
der ganze Boden ist voll, ich komm kaum mehr durch

1708. Mit den Fotos. Auswählen, Kombinieren, intuitiv, geregelt, was war noch mal eben die leitende Idee gewesen? Ach so. Wieder anders. Anstrengend. Weil ich nicht weiß, was ich denke. Der Kopf kocht.

2238. Auf Alberts Eröffnung in der Kunsthalle in der Chausseestraße. Sensationeller Effekt der Bilder in der riesigen flachen Neonhalle, Leute aus München, Köln, Frankfurt, gemischt mit den hiesigen, ein Riesenauflauf. Auf einem Bild steht auch: Ich liebe dich. Albert: Ich fahr jetzt ne ganz harte weiche Welle. Stimmt, und es schaut unglaublich gut aus.

PROJEKT APOLLO

IV
3.6

Samstag, 18.7.98, Berlin.

1904. Den ganzen Tag weiter mit den Fotos. Schon nach drei Bildern hat man das Problem der Serie. Wie gehts weiter? Folgefehler, Bruchfehler, Serienfehler. Hölzern, penetrant unsystematisch, flau logisch. Bilder aus wie vielen Welten, Zeiten, von wie vielen verschiedenen Ereignissen? Im Nu hat man eine Aussage, ganz unerwünscht, versehentlich, einen Kommentar. Es sollen ja nur die Situationen gezeigt werden, aus denen die Gespräche und Texte kommen. Ohne dabei auf was Spezielles hinzuweisen, ohne irgendwas Bestimmtes zu signalisieren. Es soll sich einfach angenehm anfühlen beim Durchblättern. Begrenzung der Ausgangselemente, Verweisungsstringenz, schwierige Logik.

2303. Weiter. Zu langsam. Ich glaube, ich habe etwa 10 Millionen Fotos, auf jeden Fall viel zu viele. Ist die Anzahl der Verknüpfungsmöglichkeiten im Visuellen auch noch größer als im Sprachlichen? Ich komm mir vor wie so ein Analphabet. Ich blocke immer ab richtung Erlebnisbericht: und dann waren wir da. Noch mehr bewundere ich, wie Albert seine Collagen so schlüssig und knallig macht, und doch zugleich fast völlig bedeutungsoffen hält. Daß da mit gegenständlichen Elementen eine quasi abstrakte MALEREI betrieben wird. Eine Art abstrakter Kubismus, mit verlagertem Abstraktionsort, aus dem unmittelbar Sichtbaren herausgezogen. Nicht das Sehfeld ist Gegenstand des bildlichen Manövers, sondern direkt das Denken. Ein Daliesker Pop-Kubismus, mit konkreten, vertrauten, bekannten, dem Auge sofort plausiblen, visuellen und sprachlichen Fundstücken, der IRGENDWIE so seltsam balanciert gebaut ist, daß Bildsignale und Bedeutungsinhalte von Worten sich plötzlich WIRKLICH auf der selben Verschiebe-Ebene befinden, sich direkt aufeinander beziehen. Vielleicht wie in echt? Im Inneren des Denkens? Wortaussage sich hält gegen Rot-Kontrast oder die Entscheidung für einen Rahmen im Bild oder dagegen, für eine Rundung oder eine Ecke usw, und zugleich jedes derartige Detailproblem nur ein Minimalaspekt ganz vieler gleichzeitiger anderer so gearteter Bildvorgänge ist. All das erzeugt eine irre Heiterkeit beim Betrachten. Man versteht nicht, es ist zu viel. Und zugleich versteht man nicht, daß man nicht versteht, weil es doch eigentlich völlig klar ist alles. Absolut NEUE Bilder. Dabei in reiner Logik aus allen Stadien aller bisherigen Albert-Kunst entwickelt, ein werkinterner Quantensprung. Ich bin mal gespannt, wann der erste vernünftige Aufsatz zu alledem erscheint, wo, von wem geschrieben.

GEDANKEN ZUM SONNTAG

IV
3.7

Sonntag, 19.7.98, Berlin.

1242. Ich will auch endlich Ferien haben.
1557. Weiter an Celebration, wieder mit den Dateien.
1858. Weiter mit den Bildern.
2038. Weiter mit den Texten. Feierabend.
2356. Langes Telefon mit Felix.

WIE ÜBLICH
FESTELLUNG DER ANWESENHEIT

IV
4.1

Montag, 20.7.98, Berlin.

557. Unruhige Nacht. Minuten vor dem Wecker aufgewacht und aufgestanden.

720. Der Arbeitsspeicher reicht nicht aus, um den Vorgang durchzuführen.

918. Im Taxi.
-Guten Tag.
-Guten Tag.
-Ich will bitte zum Flughafen Tegel.

926. Tegel.
-So, wo müssense denn jetzt hin?
-Nach Frankfurt.
-Das ist acht, neun, da ändert sich nicht groß was, das ist immer acht, neun.

Ich,
die Verlobte des
Baby-Quälers

950. Von Thomas & Thomas fotografiert. Bild: es geht ja nicht um Unterhaltung, sondern um was viel Wirreres.

1112. Es kommt dann zu einem Putsch, in der Redaktion.
1118. Wen man als Gleiche sieht. Da gehen die argumentativen Probleme los, die Fehler, die falschen Vorhaltungen, die Ansprüche.

1139. Frankfurt.
1217. Hauptbahnhof.
1235. Verlag.
1315. Besprechung Celebration.
1319. Die Dichtung darf nicht aufhören. Warum?
1424. Beim Essen.
1442. Besprechung Satzfragen Jeff Koons.

1546. Im Gästehaus.

1651. Am Schreibtisch.
1729. Gedämmert. Und los.

2238. Wieder daheim. Geile Hitze, heißester Tag des Jahres, heiß gepreßte Luft. In der Stadt ließ ich mich treiben, wollte nebenher lesen, das ging gar nicht. Viel zu viele Sinnesdaten. Sexschiff Apollo: Wie kann man all das bannen, wie kann über diese Dinge gesprochen werden, ohne sie DIREKT benennen zu müssen. Ich kaufte Socken, saß im Park, las Luhmann. Dann in der Fürstenbergerstraße, ferienmäßig am abendlichen Balkon.

WHITE DESASTER I

IV
4.2

Dienstag, 21.7.98, Frankfurt.

839. Um halb acht auf. Am Schreibtisch, ohne Papier.

850. Los gehts.

925. Im Verlag.

1144. In die Stadt.

Warmes Bad
Steinernes Haus
Roter Widder
Weißer Widder
Brunnen

SZENENWECHSEL XIV
19.6.1998 – 3.1.1999
MUSEUM FÜR MODERNE KUNST

1310. Großes Paar, 1988. Stefan Balkenhol. 57 Pinguine.

1347. Die Aktion von Entebbe verlief nach einem minutiös vorbereiteten Plan. On Kawara. 6. Juli 1976.

1434. Der bittere Trank. Adriaen Brouwer, 1605 – 1638.

1538. Wieder daheim. Erschöpft, genervt.

1720. Gedämmert. Wieder am Schreibtisch. An der Rettung infizierter Dateien. Neulich, auf der Albert Eröffnung, erzählte jemand von einem Virus, der per E-Mail kommt. Man öffnet die Post, da crasht der ganze Computer, und der Bildschirm meldet, daß man Ferien nehmen soll. Es muß ja wirklich Leute geben, die denken sich sowas aus und finden das dann lustig.

1742. Seelenruhe. Ich vergesse immer, wie abhängig davon alles ist. Durch irgendwas Minimales ist sie plötzlich weg. Taumeln, Zappeln, Unglück, Panik. Und ich weiß nicht, wie es geht, daß sie wieder kommt.

1751. Draußen jetzt: Donnergrollen, aus der Ferne, und giftgelbe Luft. Jetzt Regen. Wirklich, echt.

1821. Zugleich SPÜRE ich, und zwar körperlich, IM Hirn, daß es um chemische Prozesse geht. Daß die Disbalance, egal welche Ursachen sie ursprünglich hatte, sich knallhart biochemisch abspielt. Irgendwo findet irgendeine Überschwemmung mit irgendwas statt. Ganze Moleküle, mehr als nur Elektrizität und Ionen. Gegenüber den Gemütsvorgängen wäre das Denken rein größenmäßig, kräftemäßig, auf simpel anatomisch realer Ebene einfach unterlegen. Viel flüchtiger, huschender. Kleiner, kürzer, schneller und abstrakter. Klar. Seele: Wasser.

1845. Mit Luhmann raus.

2132. Wieder daheim. Wanderte, und wanderte. Und kam nicht zur Ruhe.

MORE & MORE COMPANY

IV
4.3

Mittwoch, 22.7.98, Frankfurt.

732. Mit dem gestern gekauften Wecker auf um 6. Dann am Schreibtisch, der Angestellte der More and More Company. Schriftzug wie bei Stefanel. Nur wegen dem Spaß am Schuhe Anschaun und Klamotten Kaufen, wäre ich gerne eine Frau. Vor allem wegen der Schuhe. Ich würde männlich eckige Boots und College Schuhe tragen, meistens diese College Schühchen.

Als Mann bringts das überhaupt nicht.

749. Pipilotti Rist hat für die Damentoilette eine ungewöhnliche Videoarbeit konzipiert. Bei den Aquarellen von Cecilia Edefalk handelt es sich um die Darstellung weiblicher Brüste, ausgeführt in schwarzer, mit Wasser verdünnter Tinte. Mark Terkessides beschäftigt sich vor allem mit Fragen der Einwanderungsgesellschaft, der Migration und des Multikulturalismus.

819. Wieder packen. Fertig, los.

852. Wieder im Verlag.

1043. Nochmal Besprechung mit Herrn Bormann, ganz kurz mit Herrn Staudt. Die Probleme werden konkreter, man verwickelt sich, die Geschichte geht weiter. Andere Leute wechseln alle fünf Minuten den Verlag. Da bleibt man, wie man ist: dumm. Wenn man bleibt, kriegt man Geschichte, Entwicklung, lernt was.

1125. Computerklinik Dr. Scheid. Ein Virusprogramm wird installiert, gestartet, checkt sich durch die Innereien der Maschine. Befund: virusfrei. Vielen Dank, auf wiedersehen.

1152. Flughafen.
1224. Im Flugzeug nach Tegel.
1335. Willkommen in Berlin.
1401. Wieder daheim.

1451. Gestaubsaugert. Ich kenne Leute, bei denen läuft die Hausarbeit so lässig nebenher, wie Zeitunglesen oder Fernsehen, ein heiteres Automatikum, das zum Alltag einfach so dazu gehört und gute Laune macht. So hätte ich es auch gerne.

1459. Und Potsdam 26° Grad. Genau.

Magenverstimmung
gelbes Trikot
heulend am Straßenrand
Einstieg in den Besenwagen

1515. Bild: das stumme Thema. Die ganze Zeit suche ich nach einer Position, wo durch irgendeine Einsicht die von der Haßperspektive massenhaft produzierten Detaildaten produktiv verfügbar und zugänglich werden könnten. Ich brauche eine fast gedankenleere Bewegungsfreiheit, jetzt, für Dekonspiratione. Wobei ich, wie gesagt, nichts gegen Urteile hätte, nur als Reflexe wirken sie so lähmend. Neue Urteile machen Spaß, alte sind Knast.

1733. Haß auf Sport: Frau Jelinek, Artikel im Magazin des Hamburger Schauspielhauses. Ist Haß auf Bild etwas genauso Blödes wie Haß auf Sport? Faktizitäten solchen Ausmaßes zu hassen, lappt wahrscheinlich automatisch ins Läppische.

2015. Fünf Minuten Zeitungsredaktion, live und in echt, bringen in meinem Kopf mehr in Bewegung, als zehn Tonnen Gegrübel, das sich NUR um die TEXTE der Zeitung dreht. Zeitung: Text im Lärm. Neulich wieder, als ich Claudius kurz in der SZ besucht habe. An der Pforte telefonisch: darf ich eben kurz hoch kommen? Er hatte eigentlich gar keine Zeit und seinen Kopf ganz woanders. Auf eine Zigarette saßen wir dann da und redeten leicht wirr aufeinander ein. Für mich so lehrreich. Durch die Glasscheibe sah ich den Herrn Chef, an einem Stehpult, in einem dicken Buch blättern, und kriegte einen Lachanfall. Professor Willms. Er ist doch bestimmt auch irgendwo Professor, oder?

wir leben in einer Epoche der Hoffnung
und das voller Stolz

in der Provinzhauptstadt Pristina
liegen Tote auf den Straßen

2119. Glutrotes Abendlicht. Und HEISS und hochsommerlich.

2305. Mit Luhmann, erst beim Eis, dann am Balkon.

ABFALL FOREVER
BEGINN DER ZWEITEN HALBZEIT

4.4.4

Donnerstag, 23.7.98, Berlin.

1026. Morgens, im Traum, sah ich Buchankündigungen, einen Katalog, indische Märchen, alles in Gold. Und ein Titel hieß irgendwas mit Sonne, Bildnis, die Molle der Meere. Ich kannte das Wort »Molle«, das war mir beim Durchblättern aufgefallen, hatte mir gefallen, als Titel. Sonne, die Molle der Meere. Mit diesen Worten im Kopf wachte ich auf.

1040. Jetzt seit eineinhalb Stunden, Fax und Telefon, mit Felix, Feintuning am Cover. Mitte: Grabstein, Gedicht. Otl Aicher, der Weise von Ulm. Mit klugen Augenmenschen zu reden, gar zu arbeiten, immer wieder: das gehört für mich zum Schönsten. Auch die Theater-Endproben, im Januar, beim Hamburger Krieg. Wie wir das zweite Bild, das nach der Pause, zwei Tage vor der Premiere noch mal völlig umgestürzt haben, im wahrsten Sinn des Wortes. Und wie Raimund Bauer dann da stand, kuckte, prüfte, nickte. Die Art. Die sichtbar augengeführte Art der Entscheidungsfindung.

1052. Felix: Das sind alles so Kuckentscheidungen. Die muß man nicht immer in Worte fassen. Kann man, muß aber nicht.

1107. Ich hätte einen leicht biederen Golf-Fahrerinnen-Style, Rechtsanwältin, minimal gehemmt, mit Energie, Kopf und Körper würden gut zusammenpassen. Als Frau wäre ich ja viel weniger gestört, dachte ich. Morgen Genaueres, bei Fliege vielleicht. Oder ich gehe doch zu Meiser. Damit könnte man einmal durch alle Shows tingeln, wäre für immer verbrannt. Alles fürs Buch jetzt.

1149. Termin. Mein Anti-Wahn, seit viel zu vielen Jahren. Bloß keinen Termin machen, ich kann ihn doch nicht einhalten. Das ist einfach paar mal zu oft passiert, daß es nicht gelungen ist, einen Termin einzuhalten. Absagen müssen, versagen, versagt haben, dem Druck nicht standgehalten haben, ein Versager sein. Bloß keinen Termin mehr. Irgendwie hatte es auch mit der No-Future-Idee zu tun. Weiter als ein, zwei Tage will ich nicht denken, kann ich nicht denken. Ein Momentchen Wahrheit, erstarrt zum Monument: idiotisch. Jetzt also mal Versuch der Gegenprobe, auf Zeit. Termine machen, kucken, ob man sie einhalten kann, darauf hin leben praktisch, das hinzukriegen. Die so sich ergebende Einschränkung der Freiheit wird plötzlich als Glück erlebt, kann ich gar nicht anders sagen, setzt neue Bewegungsmöglichkeiten frei. Arbeitsintern, geistig, auf Melancholie-Grund-Niveau.

1505. Wie gestern, tastende, orientierende Notizen zur Erzählung. Sache der Hand, des Tuns, der Tat der Schrift, der Schreibaktivität. Im Spiegel war wieder eine tolle Hirnanatomie-Geschichte. Die linkshändige Frau, mit dem zerschnittenen, in zwei separate Hirnhälften zerschnittenen Hirn. Schreiben geht nicht mehr, Sprache schon. Für 1989 habe ich in einem knappen halben Jahr über 3.000 Seiten Text rausgegast, mit der Hand. Und zur Beruhigung, weil ich eigentlich an meinen Theaterstücken schreiben wollte, sagte ich mir: dieses dauernde Anlangen der Worte, mit der Hand, dieses massenhafte Berühren des basalen Materials, das kann nicht ganz falsch sein. Für irgendwas wird das schon gut sein, wer weiß, für was. Und tatsächlich hatte ich erst jetzt, neun Jahre später, beim Schreiben von Jeff Koons, das Gefühl, daß irgendein Effekt von daher in einem Text von mir angekommen ist. Daß meine Worthand Dinge weiß und kann, von denen ich, der Absolutist, das Denken, gar nichts wußte. Das hat dann richtig Spaß gemacht, zum Teil, beim Schreiben. Sich dem so auszuliefern, diesem Handwissen, dieser Banalität, dieser Autonomie der Biologie. Trabend.

1604. Müdigkeitsanfall.

1622. Es gibt für alles gute Gründe. Sogar für die Architektur von Daniel Libeskind. Ausführlich und heiter, begeistert von sich selbst erklärte er gestern in 3sat wieder einen seiner scheußlichen Bauten. Das stimmt dann alles irgendwie, was da so gesagt wird, es nützt bloß nichts. Die Ideen werden dadurch nicht richtiger, und das Gebäude selbst nicht schöner.

1649. Telefon mit Frau Hoven in München. Word, Rave, Tempus. Besprochene und erzählte Welt. Beim Tanzen legte das Mädchen ihre Hände auf meine Brust. Zwei Tage später: ich holte sie ab von der Schule, eine Realschule, auch in Laim. Dann im Freibad, im Westbad, ich weiß noch den Hügel, sie zeigte mir, was ich machen sollte. Der Anfang war völlig normal. Es hätte jetzt losgehen können.

der Adler atmet sozusagen
der Adler atmet sozusagen

1851. Essen und Zeitungen gekauft. Mit Maxim Billers Kolumne.

eine ebenfalls verhängte Strafe
von 60 Peitschenhieben
wurde zur Bewährung ausgesetzt

2011. Realschule: schönes Wort. Sturm. Gewittergeruch.

2106. Wieder neu an den Dateien für Celebration. Ich denke immer, kein Problem, das mache ich in zwei Stunden. Aber in zwei Stunden schaffe ich dann gerade mal zwei Drittel eines Siebtels. Irgendwie geht so das Prinzip: Bereitschaft zeigen zur Mithilfe, zum Depp gemacht werden. Als allein arbeitender Nicht-Angestellter hat man dagegen auch keine Schutzroutinen. Ist ja auch völlig egal. Ein letzter wahrer Depp sein wollen, wie in Irre. Irre: DER DEPP. Harald Wieser, der damals beim Spiegel war, hatte mich gefragt, ob ich eine Achternbusch-Kritik für ihn schreiben will. Klaro. In einer Woche warf sich eine gut 50 seitige Text-Bild-Geschichte vor mich hin. Der Depp eben. An Harald Wiesers Reaktion merkte ich, das wird jetzt nicht mehr als normal empfunden. Auch ich selber hatte sowas noch nie erlebt, einen solchen ZUSTAND.

ich konnte mich jedoch
sofort aus den Flammen retten

nun soll ich auf natürliche Weise verwesen

114. Ab halb zwölf mit Felix, wieder via Fax und Telefon, die Endfassung des Covers gemacht. Was freue ich mich jetzt auf das Büchlein.

DAS BISHER GRÖSSTE SCHÜTT- UND SCHLACHT-EVENT

IV
4.5

Freitag, 24.7.98, Berlin.

1009. Die erläuternden Zusammenfassungen, jetzt bei Grimmmelshausen, sind fast toller als der Text, wie bei Arno Schmidt. Stimmt nicht ganz. Wenn dann die ROITER kommen, die komische Sprache, die Wirklichkeit des Krieges und des da erwachenden jugendlichen Ego-Menschlichen, das ist schon auch SEHR toll. Sofort codieren sich die kriegerischen Rotten, die gerade wieder durchs Fernsehen ziehen, neu, die sogenannten Freischärler. Der Wille zum Krieg. Als Lebensform, als Style, als ewig lässiges Macho-Ding. Bum bum. Körper vor, Jugend raus. Erst wenn dann im Nu genügend Leid entstanden ist, Tote, Trauernde, wenn die Frauen in den Hauptstädten, fern der Front, die Uniform-Männer als lächerliche, leicht subdebile Loser empfinden, als total Verblödete, als Verbrecher, kehrt die Politik so langsam zurück.

1046. Irgendwann muß man ja doch anfangen. Warum nicht jetzt?

1222. An der Erzählung. Memos für Herrn Lenz.

1254. Ich wollte für Albert ein Bild ausschneiden, das jetzt paar Wochen auf dem Kühlschrank gestanden hatte. O Fräulein, hübsch und fein. Die sogenannte Minne, im Spätmittelalter. Man sieht da ein Paar, von Schriftbannern umwebt, über den Köpfen, behütet richtiggehend von Schrift. Sie schauen sich nicht wirklich an, aber neigen ihre Gesichter einander so zart zu. Daneben: CHANCE UND WAHN. Mark Siemons Artikel zu Schlingensief. Und die Frage, ob Maxim Biller auf der Basis des da Gesagten spricht, oder ohne sich darum zu kümmern. Könnte ja beides richtig sein. Ich hätte natürlich mehr Spaß an der Kolumne, wenn sie bißchen grüblerischer auftreten würde, nicht so trompetend. Nichts haßt er mehr, als Grübelei, ich weiß. Er denkt, das wäre sein Talent, seine Argumente klar und lesbar darzustellen. Es müßten dann die Argumente und Positionen nur bißchen abgefahrener und unvorhersehbarer werden. Und auch da würde er sagen: im Gegenteil. Die Leute erwarten von ihrem Haß-Biller, daß er sich genau so völlig erwartbar durch die Aktualität dekliniert. Okay, okay, wenn das so ist, dann ist ja alles gut. Dann kann man ja so weitermachen, über alle Einwände und über alles Trennende hinweg. Ohne Loriot würde ich völlig anders schreiben, ohne Qualtinger.

1313. Albert angefaxt. Dieser Anschluß ist vorübergehend nicht erreichbar. Bitte rufen Sie später wieder an. Anruf bei Max, er hat gestern noch mit ihm telefoniert. Vielleicht ist die ganze Insel telefonisch lahmgelegt durch Ferienzeit.

1329. Klaus Ott. Trauriger Held der Biederkeit, des Kirch-Wahns, für die Erzählung. Wenn alle so wären wie der will, wäre die Welt eine Wüste aus Rechtschaffenen und Krämern, aus Angst. Gelähmt, schlimmer als die DDR. Ich stelle mir dann immer vor, wie es bei solchen Leuten zuhause zugeht. Professor Hippius, der inzwischen wahrscheinlich längst emeritierte Psychiatrie Ordinarius der Münchner LMU, wohnhaft in Krailling: da hat man als Würmtaler dann die Geschichten gehört, von den Söhnen. Wie die Lebensseite ausschaut, bei solchen Berufs-Finsterlingen exzessiver Legalität.

1736. Wieder weiter an den Celebration Dateien. Sinnlos am Schreibtisch, so der Titel von Westbams neuem Roman. Sinnlose Arbeit, die dann aber doch natürlich Sinn auf sich zieht, irgendwie, ganz schnell. Vergnügen folgt. Seit den Seminararbeiten in alter Geschichte kenne ich das so. Wozu? Nur so, daß es fertig wird. A ja, gut. Ich mach dann eben kurz mal Pause.

1825. Doch noch weiter an gefährdeten Dateien.

1946. Welche ordnende Perspektive tritt eigentlich an die Stelle, wo früher KRITIK war? Im Kunstwerk. Hier gerade zum Beispiel ein Bericht über Brechts Mahagonny. Auch ganz konkret jetzt für die Erzählung. Es ist ja nicht Affirmation, das wäre viel zu simpel gedacht. Was dann? Natürlich schwebt mir ein Materialismus des Realen vor, aber eine den ordnende, negative Monokategorie? Was wäre das heute? Etwa wirklich DIFFERENZ? Kritik hatte einen ja abgestoßen von den Gegenständen, über sie erhoben. Differenz zieht einen hinein, Verwicklung entsteht, Nahsicht, Wirrnis, Widersprüche, Details, Aspekte usw. Konkret, als Verfahren, hieße Differenz irgendsowas wie: ja aber. Schon schon, aber nicht ganz. Andererseits auch. Und im Gegenteil. Andererseits sind die beiden Begriffe kategorial so unterschiedlich, spielen sich gefühlsmäßig auf einem so anderen Abstraktionsniveau ab, daß die Ersetzung nicht so richtig funktioniert. Irgendwas stimmt da nicht.

sie wiesen darauf hin, daß Betteln
eine Erscheinungsform des Zusammenlebens sei
und hingenommen werden müsse

2111. Wie mich Uli neulich gerettet hat, nach der Parade. Wir saßen im Hotel Esplanade, unten in der Halle, an einem Arbeitstisch mit Telefon. Uli telefonierte, es ging darum, wie es jetzt weiter geht. Die anderen waren schon im Bett, nein, sie kommen nicht mehr runter. Ich war komplett am Ende, und hatte nur einen Wunsch: weitermachen, nicht aufhören, bitte nicht nach Hause schicken, Gas geben, und zwar Vollgas. Uli erklärte mir, daß wir jetzt hier an der Bar noch paar Bier trinken, aber nirgendwo mehr hinfahren. Daß es noch ganz früh ist, daß wir morgen dann superfit sind, uns im Tresor treffen, und uns dort dann plan- und ordnungsgemäß hinrichten können usw usw. Du sagst ja gar nichts, meinte er. Ich konnte nichts sagen, weil ich praktisch nicht mehr reden konnte. Ich wollte ja auch gar nichts mehr sagen, ich wollte einfach nur weitermachen. Letzte Vernunftreste in mir wußten noch: nichts trotzig Eigensinniges jetzt unternehmen. Sich treiben lassen, dort und von denen, wo es einen eben so hingetrieben hat. Wir gingen dann also an die Bar, ich konnte kaum mehr stehen. Uli bestellte Bier, für T einen Drink. Plötzlich saß ich im Taxi, die ganze Stadt war dicht, Stau, Umweg. 60 oder 70 Mark später war ich daheim. Und wie ich am nächsten Tag aufwachte, und wie froh ich da war, wie gerettet ich mich fühlte. – Auf einige Arten war es heuer für mich eine Parade wie ganz früher. Der München-Effekt. München, Frankfurt, und mit Markus Löffel. Markus, Uli, ich, perfekt. Markus schenkte mir in den Katakomben sogar sein STORM Frankfurt Shirt.

Bilder davon liegen uns noch nicht vor
wir werden Sie aber auf dem Laufenden halten
was es mit diesem Vorfall weiter auf sich hat

UND WAS PASSIERT ALSO WENN MAN DANCEPARTY SPIELT?

IV
4.6

Samstag, 25.7.98, Berlin.

1029. Die Stare sammeln sich schon. Wahrscheinlich heißen sie anders.

Kleine schnittige Vögel, die vorhin paar Minuten als schwirrende Wolke zwischen den Dächern die Straße rauf und runter gepfeilt sind, immer wieder. Was machen die da? Ist das ein Spiel? Schaut unglaublich vergnügt aus.

1058. Liebe Julia Förster. Ihr Artikel hing hier an der Wand die ganze Zeit, vielen Dank. Heute mache ich ihn ab und sende einen herzlichen Gruß.

1236. Aufräumen im Arbeitszimmer, Post, Faxe, Tüten, Bilder, Büro bla bla.

1249. Wofür ich Marlene Streeruwitz am meisten verachte: daß ihre Kümmerheldin Helene in dieser Liebesgeschichte in den Verführungen den Mann dann natürlich auch noch telefonisch irgendwo zur Kontrolle ANRUFT, und dann AUFLEGT. Der Inbegriff des Schwachsinns weiblicher Kriegsführung in Liebesdingen. Macht kein Mann, den ich kenne. Anrufen, auflegen. Wird von Frauen als so normal empfunden wie irgendeine blöde Diätidee. Frau Streeruwitz, empört: ich verlasse den Verlag. Ich fühle mich mit meinen Stücken nicht gut genug vertreten. Och? Echt? Daß es vielleicht auch an der Qualität der Stücke liegen könnte, auf so eine Idee kommt so jemand natürlich gar nicht, weil das ganze Leben ja Verfolgung ist, verfolgt und fertig gemacht werden. Von wem denn? Von Männern natürlich. Da reihe ich mich auch mal wieder gerne ein. Buh.

1336. Weiter. Notizen zur Erzählung. Die alten Papiere lieber gar nicht raussuchen. Das behindert mich jetzt nur, was ich da alles schon dazu gedacht und notiert habe. Später.

1345. Fischers Gesichtsausdruck, hier eben in Spex, neulich auf den Plakaten in München, in Frankfurt auch. Fischer kommt. Ah, gut, Gott sei dank. Und wie er dann da schaut, die Fratze der Freundlichkeit, leicht gequält, der Demokratie, des Willens zur Macht, kurz vor der Machtergreifung, tschuldigung. Im Bericht aus Bonn gestern, Habermas, Sten Nadolny, Willy Brandt. Mehr Demokratie wagen. Warum? Warum nicht vielleicht lieber bißchen weniger? Weniger Demokratie wagen. Schröder: die Schmierenkomödie. Bodo Hombach, Ultrabaß. Die geilste Oper seit der sogenannten Wende. Ich bin so irrsinnig gespannt, wie es ausgeht. Spannender als die WM.

1506. Vom Einkaufen wieder daheim. Frank Lucht, der große Kolumnist, hat über Rave geschrieben. In der Münchner Stadtzeitung Münchner. Er schreibt dort auch eine Buchkolumne, nennt sich in der Buchkolumne »Captain Book«. Geil. Michi hat es mir neulich im P 1 erzählt, er wäre total erstaunt gewesen, daß der Typ inzwischen so lässig schreiben kann. Er hätte seine Kolumnen seit Jahren nicht mehr gelesen, weil die so nerven. Aber die Kritik wäre toll, Verriß zwar, aber mit einem Vorwurf in Sachen Hegel, der irgendwie gut geklungen hätte. Ich kaufte mir in München den neuen Münchner, rief dort vorgestern an, und ein netter Mensch schickte mir prompt das Mai-Heft zu, vielen Dank. Leider auch von Frank Lucht nichts neues hier zu Hegel. Dafür das Wort »Höschen«, gleich in der dritten Zeile, paar Zeilen weiter gleich noch mal. Das Hauptargument richtet sich gegen die Art der Erzählung. Auch Frank Lucht findet, man fühlt sich als Leser nicht gut reingezogen. Auch ihm gefallen die theoretischen Ingredienzen nicht. Auch er prangert die Mäuse, Schnecken, den Kindersex und meine Verklemmtheit an. Und er schlägt vor, im absolutistischen Anordnungston, daß ich lieber für die Zeitschrift Merkur einen von ihm sogenannten »wackeren Besinnungsaufsatz« schreiben soll. Wieso eigentlich? Wieso muß Erzählung Erzählung sein, und das Gedankliche im blöden Merkur stehen? Alles da, wo es hingehört, oder wie? Los Frank, erklär mal.

Der Witz ist ja, der Hauptwitz ist, daß wir uns seit so vielen Jahren kennen, und zwar eigentlich ziemlich gut. Und in der Kritik so eine komische Scheinobjektivität aufgebaut wird. Ist so üblich, im Kritik-Gewerbe. Ist aber trotzdem blöd, wirkt einfach so verlogen. Und ist einer der Gründe, warum ich immer zu verhindern versuche, daß meine Sachen von Leuten besprochen werden, die ich kenne. Claudius Seidl schrieb mal im Spiegel über Kronos, da hatte ich, nach einem kurzen Telefon mit ihm, noch einen mehrseitigen Fleh-Brief losgelassen, daß er das BITTE nicht tun soll. Es war ihm dann leider egal. Ich finde, das gehört sich einfach nicht. Es sei denn, man legt die Karten auf den Tisch. Erklärt, daß man sich kennt. Und da wirds ja dann sofort auch wieder pappig, anders eklig. Alles Gründe, warum ich die Leute in den Redaktionen immer lieber NICHT kennen lernen wollte, all die Jahre. Kritik basiert auf dieser Distanz. Und dabei habe ich selber eine meiner ersten Buchkritiken in der SZ über Uwe Timm geschrieben, der mich darum gebeten hatte, über seinen »Heißen Sommer« in der SZ zu schreiben. Habe ich dann gemacht, und mich dabei geschämt.

und erschlug ihn
mit einem Hammer

1623. Albert hat als völlig erwachsener Mensch sich einfach nebenher nochmal eine ganze zusätzliche Sprache draufgepackt: Spanisch. Einfach so, durch Leben. Das bewundere ich total. Drei Sprachen muß man flüssig können, ich kann erst zwei.

1751. Die tollsten Jahre in der Factory? Bob Collacello nennt, im Unseen Warhol Buch, die späten 70er. Es war eben SEINE beste Zeit dort. Auch was er über Interview erzählt, ist so interessant. Ich muß mir doch auch noch sein Warhol Buch kaufen. Das Gang-Ding, die Phantasie mit der Zeitschrift: kommt alles.

1909. Weiter rumprobieren an der Erzählung.

SUCHE

zur Zeit
kein Kartenangebot

2212. Wieder ein Abend mit Luhmann, beim Eis, auf langem Gang, am Balkon, im Zimmer.

2216. Diedrich hat neulich auf der Albert Eröffnung seine Tagesspiegel-Intervention zum Rechtsradikalismus gegen meine Einwände in mehrere Richtungen verteidigt. Am besten fand ich den Punkt, daß gesetzgeberische Maßnahmen im Prozeß der Durchsetzung ja massenhaft Diskurse erzeugen, siehe beispielsweise § 218. Weil ich meinte, daß auch der Rechtsradikalismus natürlich nicht »verboten« werden kann, sondern zu Tode gequatscht werden muß, daß auch er durchs Nadelöhr des Diskurses muß, aufgenommen werden muß, nicht ausgeschlossen werden kann. Diedrichs anderer Punkt: die Rechten wären staatshörig, tendentiell, würden sich also per Gesetz eher dirigieren lassen als Linke. Echt? Mein Einwand gegen Gesetze im Gesinnungsfeld heißt natürlich: Notstandsgesetze, Radikalenerlaß, Kontaktsperregesetz. Die Geschichte der raf wäre anders gelaufen, wenn der Staat auch auf Gesetzesebene anders agiert hätte. Die Rolle von Helden, die der Knast automatisch produziert. Diedrich behauptet, es gäbe keine Verbindung von rechten Polit-Gewalttätern zum alltäglichen rechtsradikalen Prollterror, speziell im Osten. Weiß man das wirklich? Es wäre ein toller Effekt, wenn die Geschichte der raf mit dazu beitragen würde, daß die Gesellschaft den heutigen Rechtsradikalismus vernünftiger in sich integrieren könnte als die revolutionäre 70er-Jahre-Linke. Daß man Rechtsradikalismus tendentiell eher wie die Ballermann-6-Hysterie, die Bild-Zeitung oder die Love-Parade behandelt: als extrem sichtbare Spinnformen mittelgroßer Gruppen, die jeden Außenstehenden massiv nerven, aber doch das gesellschaftliche Ganze eben NICHT wirklich gefährden.

054. Essen, Zeitungen, Licht.

Hurenkinder retten
Schusterbuben schützen

Konsens einsparen

EVERY SOUL
AND HIS BROTHER

IV
4.7

Sonnntag, 26.7.98, Berlin.

1054. Ich muß direkter werden, sagen, was ich schon weiß. Nicht so erzählerisch, szenisch, literarisch einsetzen. Fiel mir heute morgen ein, als ich schweißgebadet aufwachte, vor 6. Und kriegte dadurch bißchen Zuversicht, für die Erzählung. Mal kucken.

die waren knattervoll
die Jungs

1159. Mir fiel außerdem noch ein, daß Professor Hippius vielleicht ja auch in Gräfelfing wohnt, nicht in Krailling. Das hieße, daß es sich bei ihm um etwa zwanzig Jahre älteres Neureichengeld handelt, was sehr gut möglich, fast wahrscheinlich ist.

1202. Kriegsheld Breebeck: Ich mobilisiere jetzt auch Frauen. Ganz vorne dran Vera. Eine eigene Frauen-Brigade wird es nicht geben. Aber meine Krächze-Stimme bleibt. Endlich wieder Krieg, da unten.

1205. Und Dirk Schümer: Ich habe keine Ahnung, aber ich rede einfach mit. Originalton Schümer, im Fußball-Buch, kein Witz, das sagt er da. Ich habe keine Ahnung, aber ich rede einfach mit. Heute schreibt er genau so über Theater. Modell Greiner: mit Mitte zwanzig, ohne irgendwas erlebt zu haben außer Uni, ohne irgendwas Vernünftiges gelernt zu haben, in irgendso eine prominente Redaktion eintreten. Da aufwachsen, versauern und verblöden. Plötzlich ist man ein irreversibel erwachsener Mensch und hat doch noch NIE für irgendwas Eigenes wirklich riskant Verantwortung übernehmen müssen. Dadurch entstehen Schäden am Geist, für den Schreiber Zerstörungen mitten im Herz der Produktivkraft seiner Existenz. Gebrochene, Kaputte, Entkernte: Feuilleton als Beruf, das macht sie alle fertig. Vor vielen Jahren sagte mir Joachim Kaiser in einem Interview, ich schrieb für die Zeitschrift »Transatlantik« eine große Reportage über das Feuilleton: Er sei deshalb Professor in Stuttgart, weil das kritische Geschäft auf die Dauer doch so seine Gefahren habe, für den Charakter. Ich verstand das damals nicht richtig, mir erschien Kritik als das Herrlichste. Heute weiß ich, was er da meinte.

1233. Die Schwierigkeit für die Erzählung, die ja auch in dieser Welt spielt:

daß diese Dinge eigentlich eher draußen bleiben sollten. Aber ohne daß sie aktiv abgewehrt werden müßten. Das müßte sich einfach so ergeben, automatisch. Durch die Motorik des Blicks, der Handlungen. Eilig und weit draußen, dabei dennoch irgendwie auch ruhig.

1320. Alles Böse hat im Kunstwerk nichts zu suchen. Das klingt lächerlich, ist natürlich auch Quatsch, aber es stimmt eben trotzdem auch irgendwie. Deshalb ist der Teufel so beliebt, er kann nicht böse sein, weil er ist es ja eh schon. Und dann hat man dieses ganze Problem schon mal los, hat das drin, auf geordnete, sozusagen gute Art. Etwas Absichtliches kann ja kaum böse sein. Das Böse bricht irgendwie durch, überwältigt, ist überall und in allem, hat nur Macht als diffuse Dämonie.

1330. Raus.

-Wo haste denn die hübschen Augen her? Von der Mutti? Oder vom Pappa?
-Von der Mutti.
-Von der Mutti? War die auch so hübsch?
-Ja klar.

1339. Bei der Berliner Bratwurst.
1348. Auf dem St. Philippus Kirchhof, mit den Sonntagszeitungen.

Nutzungsrecht
abgelaufen!
Grabstätte wird in Kürze eingeebnet

1440. Wieder daheim.

1650. An der Erzählung.

1709. Raus.
1732. Dorotheenstädtischer Friedhof. Dessau, Brecht, Mann, Seghers, Eisler.

Unfallgefahr!
Grabstein lose!
Bitte bei der Friedhofsverwaltung
vorsprechen.

1743. Stephan Hermlin, in hellblau und umgittert. Bronnen, Heartfield, Schinkel. Heiner Müller, wo ist er denn? Da müssen doch frische Blumen sein. Eben nicht, viel schöner: ganz zartes, sanftes, helles Gras, ganz ruhig. Und eine kinnhohe rostigrote Stele, mit seinem Namen drauf. In so einer Schreibmaschinen-Type. Trotzdem bin ich traurig, daß ihm doch wohl daran lag, da zu liegen. Gut, jetzt kann man ihn da besuchen. Aber wem dienet das? Er IST da nicht mehr. Auch wieder Unsinn.

1807. Luther-Denkmal, Fichte, Hegel.

HERR GOTT DU BIST UNSERE ZUFLUCHT

1836. Planet Hollywood. Bankett- und Kongress-Zentrum. Schützenstraße.
1853. Hallesches Tor.
1912. Tempelhof.
1916. Hasenheide.
1951. Friedrichstraße.
1955. INIT KUNSTHALLE.
-Bin ich da so ein Strichlein?
-Ja.
-Das 20ste?
-Nee, das 56ste.
-A, lustig.
-Ja.

3 Wörter ins Eis gebügelt

Pferd, Frau, Brand, Lauf, Liebe. Ich liebe dich.

2016. Wieder daheim.

2057. TV, Kultur. Ohne den Mord des Chronos an seinem Vater, oder war diese Kastration kein Mord?, keine Göttin der Liebe, keine Liebe.

dies wird von einem anderen Gast beobachtet

zeigte sich der erste Flaum am Kinn
war er dem Alter eines Knaben
eines Eromenos entwachsen

die Nationalsozialisten haben die Schließung
des ihnen verhaßten Instituts durchgesetzt

and so the music
was sort of a diary
of what was going on

Applaus-Schild

DIALOG MIT MEINEM URENKEL

IV

5.1

Montag, 27.7.98, Berlin.

1046. Regen, morgens, dabei sommerlich. Zum gestrigen Bösen: Auch das ist an der griechischen Religion so toll, in der Darstellung von Walter F. Otto auch für einen als Heutigen leuchtend erfahrbar, daß es VOR dem Bösen spielt, in diesem christlichen Sinn. JEDES Handeln des Menschen hat, wie gesagt, seine Gottheit, seine Vernunft. Moral einer ganz anderen Weite.

1100. Trotzdem bedauere ich nicht, die diesbezüglich entscheidenden Jahre in der mittelalterlichen FINSTERNIS der christlichen Ethik gelebt und gelitten zu haben. Natürlich sind dadurch Zerstörungen an der Seele entstanden, aber eben auch das sich wirklich extrem alltäglich erneuernde VERGNÜGEN an der Geschichte der Moderne, an ALLEM, was seit der Renaissance passiert ist, gipfelnd im US-Pop der 60er, im hiesigen der 80er Jahre. Daß man an der kollektiven Geistesgeschichte als katholisch erzogener Mensch auf eine hochpersönlich dramatische Art teil hat, an dieser Befreiung. Daß man den Sprung der Renaissance, natürlich wirklich auch auf den Bildern der Zeit, auf eine ganz andere Art erschüttert, beglückt und dankbar sieht. Und den gigantischen Konsequenzschritt des XX. Jahrhunderts ins absolut Säkulare, endlich ganz Menschliche, – alles Konsequenzen aus dem Christlichen, NUR aus dem so sehr bewunderten Griechischen, ohne Christliches, gar nicht vorstellbar, – daß man diese reale Geschichte, diese Revolution der Moderne also als eine eigene, im eigenen Leben wirkende Entwicklungsgewalt verstehen kann, erlebt hat, und so ganz anders bejaht, tatsächlich liebt.

1138. Und stürzet hervor.

1143. Direkter werden, schon. Andererseits will ich aber definitiv KEINEN Erzähler. Diese Stelle muß offen bleiben. Das ist die Schwierigkeit des Erzählens, in my eyes. Wer spricht? Es muß eher GESCHEHEN.

1153. Schon wieder mit Warhol. Durch Bob Colacellos Hinweis auf die Skull-Bilder, von denen ich dachte, daß sie aus einer ganz scheußlichen Phase sind, was überhaupt nicht stimmt, im Gegenteil, sie stehen da neben den Shadows, vor den Shadows von 78, 76, und schauen sehr toll aus, – lese ich wieder über die Zusammenarbeit mit Basquiat. Lese in den Diaries, von denen ich mir jetzt in München original das vierte Exemplar gekauft habe (Hardcover England, Hardcover Amerika, Hardcover Deutschland, eine Groteske der ganz besonderen Art, und jetzt also die Endfassung: das amerikanische Paperback, mit dem ursprünglich in SPY erschienen Index hinten drin), den Eintrag vom 17. September 1984. Lauter Quälereien, die dann aber doch schließen: oh but well, Jean Michel got me into painting differently, so that's a good thing. – Und daß ich es immer so bißchen lächerlich finde, wie ich IMMER WIEDER auf dieselben paar Leute zurückkomme, um die kreise. Und dann andererseits sich dieses Gefühl, daß ich mich davon angesprochen fühle, dabei auf eine für mich selber immer wieder erstaunliche Art ERNEUERT. Also was solls? Und auch in geistigen Dingen gibt es ja sowas wie ein Glück der Treue.

1216. Es dauert immer so lange, bis ich aus der Automatik des Argumentierens reinkomme ins Vergnügen am MOVE der Erzählung. Da läuft ja alles ganz anders.

entführt,
mißbraucht,
auf den Strich gezwungen
und ins Ausland verschleppt

1233. Gestern wieder, auf allen Kanälen: härteste Kindersex-Dröhnung. Dieses Gequatsche ist die Hölle, weil es ALLES LÜGE ist, was da gesagt wird. Und genau weil mich das so quält, kann ich die befriedende und gesellschaftlich emanzipatorische Funktion dieses Gequatsches so stark empfinden und vorallem DENKEN.

1349. An der Erzählung. Und die Sonne ist hervorgebrochen, draußen. Die INDIREKTHEIT als Realität von Konflikten, am sogenannten Arbeitsplatz, bei der Arbeit. Die nachzubauen, zu erfassen versuchen.

1424. Raus. Stop. Es kriegt ja keiner das Glück geschenkt, ein rundum toller Typ zu sein. Sympathisch, erfolgreich, vernünftig und nett. Weil Warhol als erstes gleich wieder zum Crystal-Doktor geht, sich mit Blut bespritzen und behandeln läßt, Reisdiät macht, und all diese schrecklichen Dinge. Aber darum gehts eben nicht. Es geht darum, wie der unweigerliche Schwachsinn, den jeder hat, wie dieses Scheußliche eingefügt wird ins Ganze von Leben und Arbeit, wie es da bearbeitet, bebaut wird. Was daraus folgt.

1443. Nietzsche, Heidegger, Jung, Steiner, Jünger. Genau: Klett-Cotta, der neue Katalog ist da. Picht, Kereny, George, Psyche. Merkur, Theater Heute, Kinderanalyse, Depression. Therapie in Trance. Ich als postmoderner Essayist. Und eine Verführung zum Weiterlesen.

1453. Die jeweils andere Diskretionsordnung auch. Was von Generation zu Generation, eigentlich von Jahrgang zu Jahrgang schon fast, schrittweise mehr, klarer, einfacher, wahrer gesagt werden kann. Ohne Überschreitung, unforciert, ganz normal und von selbst.

1502. Nur wenige Kritiker sehen das Gemachte als das Vitale, das es ist, solange der Macher noch lebt. Das Ding soll so bleiben wie es war, für sie, für immer, gerade wenn es ein Ding ihrer Jugend und für ihre Jugend war. Das darf sich nicht ändern, das muß so bleiben, damit sie sich ändern können, ohne es merken zu müssen. Es ist sozusagen ein Defizit an Reifefähigkeit, das den Blick vieler Kritiker auf noch in Entwicklung befindliche Sachen verstellt. Irgendwie auch richtigerweise: Kritik ist, wie gesagt, ein strukturell jugendliches Ding, Kunst, auch erste Werke junger Künstler, eine Sache von Reife, von vorweggenommenem Alter fast. Macher sehen auch deshalb auf andere Macher mit ganz anderen Augen, fast mit Mitleid, kann man sagen. Da zeigt sich dann die tragische Seite der Sachen, ihre Armut, ihr Trotzdem, das Experiment. Es ist ja zu keinem Zeitpunkt klar, oder gar gegeben, wie es weiter geht. Von dieser einstmals, zum Entstehungszeitpunkt auf bedrohliche Art noch OFFEN gewesenen Zukunft her, sieht dieser brüderliche Blick die Sachen in ihrer Brüchigkeit, gefährdet, bebend und ungewiß. Diesem Zuviel an Verständnis und Einsehen setzt die Kritik dann wieder maßlos, resultativ und radikal die im Ding ja auch angelegte andere Seite seiner eigenen Maßlosigkeit entgegen, konfrontiert die Sache mit sich selbst auch in dieser Hinsicht dieser Ambition, haut der die um die Ohren, völlig richtigerweise. Für BEIDE Betrachtungsweisen also dauernd, ganz klar.

1546. Kommt ein Fax daher, von Maximilian. Neulich in Spiegelschrift, kein Problem. Heute in einer so komplizierten Pixelpunktschrift, daß ich sie leider kaum entziffern kann. But still, it sounds like friendly news, thanks man. Ja, wir sind sogar schon mal zusammen geflogen, in einem echten kleinen Zweisitzer-Flugzeug, Maximilian kann das, der kann durch die Lüfte dahin fliegen. Wir waren damals kurz im Gebirge, am Kochelsee, heißt der so? Danach machten wir einen kleinen Schwenker und ich schaute dankbar hinüber nach Harmating.

1559. Aber jetzt vertrauen wir mal Jan Ulrich. Was soll er machen. Ich denke, das beste ist, die Nerven behalten und seinen Rhythmus fahren. – Die haben da Regen, müssen radeln. Wir habens gut: Schreibtisch und Fernsehen. Und im sonnigen Köln turnen die Kinder im Plastikpool.

1625. Vor dem Alhambra: ein Filmteam. Oben, wo gestern noch Armegeddon stand, melden die roten Buchstaben jetzt:

SEX SEX SEX

EROTIK WOCHEN IM ALHAMBRA
17^{oo} 20^{oo} 23^{oo}

Der Alhambra-Chef erzählt, sie wären vom ZDF, der Film heißt Blutsbrüder, er käme aber »erst« im November. Auf den Treppen lungern die Hilfstruppen, die Gespreiztbeinigen, und am Gerätelaster extra abgewrakt die Abgewrackten. Sie warten, lebenslänglich. Jungshafte Szene.

1636. In der Auslage der Buchhandlung »Belle et Triste« ist das jetzt-Tagebuch-Buch zu sehen. 20 Mark, fair enough. Ich gehe rein, aber der muffige Duft von indischen Räucherstäbchen, das ist mir leider zu hart. Ich wollte da schon mal ein Buch kaufen, und war wieder raus gegangen, wegen dem Geruch.

1847. Vom Einkaufen wieder daheim. Vorhin lag ich auf dem Bett und las alle Zeitungen. Nichts rädert mich mehr. Nichts macht mehr Spaß. Ich bin dann einfach fertig. Habe ich denn schon frei? Let's call it a day? Es hat mit der Vorfeldhaftigkeit der Arbeit an der Erzählung zu tun. Ich blätterte in SUGAR, dem neuen Magazin, in Rosa, für Girls, erfreute mich am Wort STRETCH, weil das die megadominante Prollmode ist, und in der Cosmopolitan am sogenannten Hardcore-Sex.

ich stand natürlich für Interviews
heute nicht mehr zur Verfügung

CAFÉ PINOCCHIO

IV
5.2

Dienstag, 28.7.98, Berlin.

1149. Ist das hier die Kinderschänderkneipe?! Lautes Lachen aus vielen Kehlen. – Hier spricht Ihre BZ. Die Handschrift Wagners ist inzwischen unverkennbar. Seine schlicht animalische Lust am Boulevard. Was muß der Mann gelitten haben ohne. Plötzlich verstehe ich doch die Faszination, die das bei so vielen Journalisten hervorruft. Beruf als Obsession, das ist einfach, auch in einem derart asozialen Fall, was Herrliches.

1156. Wieder, morgens, unruhig, die wiederum gegenteiligen Gedanken zur Erzählung. Daß endlich mal nicht dauernd alles nur ANGEDEUTET werden soll, indirekt dargestellt, daß das nervt, daß das eine ganz eigene, eigentlich sogar besonders eklige Sorte von Literarizität schafft, die ich doch sonst bekämpfe, wo ich sie finde. Direkt sprechen, wie? Ich lese in Cosmopolitans »Lust auf mich« in der Geschichte einer angeblich sogenannten Frau Gerburg Jahnke. Jonny und Doris, usw. Die Heldin heißt Uschi, er Heinz-Ekkehart. Allein das ist doch schon klasse. Aber ich kann einfach nicht so rausrocken, erzählerisch, wie die. WARUM EIGENTLICH? Warum NICHT? Ich kann ja auch in echt nicht so befreit drauflos quatschen, habe das auch schon erlebt, wie man das von mir will, und ich erschreckt zurückzucke. Gut, es geht ja nicht um Sex hier. Trotzdem.

Nachts im Revier
der kaputten Männer

1222. Und auch: warum darf es denn partout keinen Erzähler geben? Das Problem ist doch eher das BESTEHEN einer Welt, deren Selbstverständlichkeit. Alles andere folgt dann von selbst.

1234. Klein, leicht, schnell. Kurz, heiter, komisch. Sonnig. Nur das THEMA wäre in jeder Hinsicht genau das Gegenteil.

1345. An der Erzählung. So vielleicht? Vielleicht. Abends schaut es dann eh falsch aus, morgen früh weiß man mehr. Und in einer Woche kommt einem das morgen früh vielleicht für okay Befundene dann plötzlich wiederum wie ein völlig unbegreiflicher Zusammenbruch aller Urteilskräfte vor usw usw. Auf jeden Fall habe ich vorhin ein neues Unterverzeichnis angelegt, für Dekonspiratione. Bisher steht alles unter WORKS. Abfall, Rave, Jeff Koons, Praxis, Loveparade, Texte zur Kunst, Briefe, Opera Omnia. Das platzt schon fast, dieses Verzeichnis, da sucht man sich zu Tode. Ein anderes Verzeichnis nannte ich Briefe.

1414. Das Geheimnis von Techno, eines zumindest: mit minimalen Elementen, mit minimalen Variationen, die Musik eines maximalen Effekts zu machen, eines maximalen Aussagereichtums. In dieser Minimal-Maximal-Spannung kommen zwei so grundlegende Momente der Kunst, der Architektur, der Logik, der Technologie usw zusammen. Komplizierte Melodien sind für Techno sozusagen zu simpel, als Vorgehen richtung Komplexität. Ultragezinkte Rhythmen: sind nicht gefragt. Auch das wäre viel zu einfach. Die Aufgabenstellung heißt Herstellung des Gezinkten, Reichen, Komplizierten aus der KOMBINATION lauter für sich simpler Elemente. Das macht diesen Faszinationseffekt von Techno. Im letzten Winter, beim Machen der Krieg Musik, klimperte ich mal für Klaus die in meinen Ohren wunderschön einfache Melodie von »Wohin soll ich mich wenden« aus der einen Bruckner-Messe. Und Klaus ganz gelangweilt: was DAS denn für eine Scheußlichkeit wäre? Mit zeitgenössischen Musiker-Ohren gehört, hört sich so eine Bruckner-Volkslied-Melodie wie der schlechte Ripoff eines Aqua-Hits an, fürs eigene Musizieren auf jeden Fall komplett unbrauchbar. Eben noch nicht reduziert genug. Weil ich eben die gestern gekaufte Beastie Boys Platte höre, und in der Welt des Rap diese Simplizitäts-Gesetze NICHT in gleicher Radikalität gelten wie bei Techno. Rap ist geil, aber Techno ist geiler. Alles für WORD.

1500. Entspanntheit: dann doch die Hölle. Hier auf Hello Nasty. So darf die Erzählung nicht werden, so frei, von oben hin, verfügend über alle Register. Erwachsensein, im fratzenhaftesten Sinn. Im Kosmos des COOL, das weiß man ja auch aus der Mode, ist auch eine unglaubliche Verblödung miteingebaut. Tritt dann hervor, wenn sich die eigentlich extrem wirre Bestimmungsstruktur so sehr ordnet, daß sie in der ihrer-selbst-Gewißheits-Gestalt dominant wird. Was alles noch gar nichts gegen die Platte selbst sagt, man wird nur beim ERSTEN Hören davon an ein Problem erinnert, das einen für die eigene Arbeit gerade beschäftigt. Die Möglichkeit der Benützung von so einer Platte fürs Leben basiert auf ganz anderem eigenen INPUT.

1532. In der U 6.

-Schwuler
-warum?
-ja
-woher weißte das?
-der sieht so aus
-ist doch egal

Drei schon bißchen ältere junge Typen, die zu dritt auf acht Plätzen sitzen, und erst Arabisch reden, diesen Dialog über mich, wie ich kurz neben ihnen stehe, mich dann aber doch auch noch in Deutsch hören lassen wollen. Und warum auch nicht. Ich finde es falsch, daß diskriminierende Bezeichnungen so eindeutig bekämpft werden. Sie ermöglichen eine spielerische Bearbeitung von Irritationen und Aversionen. Am Schluß schämt sich der, der das Böse gesagt hat, weil er sieht, daß der andere, den er als Schwuler bezeichnet hat, erschrickt, dann aber nicht beleidigt ist, sondern versteht. Ich hatte zu freundlich geschaut. Nach zwei Minuten trennt man sich, und alle sind ein Schrittchen weiter gekommen. Wenn er es nicht hätte sagen dürfen, wenn es ihm als allzu verboten vorgekommen wäre, wäre der kleine Effekt nach vorne nicht entstanden.

1930. Wieder daheim. Mit Luhmann bei meinen Spirits. Jan Ulrich strampelt sich ab, mit dem verquollen Gesicht, das die Wasserhaushalts-Unordnung mit sich bringt, in den Umstellungstagen, nach Absetzen der Drogen. Dann mit Max im Bücherbogen, dann im Schwarzen Café, diesem einzigen uns noch menschenmöglichen Ort.

kein noch so begabter Dramatiker
hätte es besser inszenieren können

BEAUTY-TAG

IV
5.3

Mittwoch, 29.7.98, Berlin.

902. Wir fahren fort mit dem zwölften, und dem darauf folgenden Kapitel des dritten Buches.

1127. Leere und Weite: Sehnsuchtsworte der Erwachsenenzeit. Und in den Ecken muß gar nichts passieren, weil so viel Platz ist, in der Mitte. Könnte man so auch erzählen? Beim Anschauen der Architekturfotos im neuen Taschen Katalog. Die Farbe ROSA macht mir auf eine geradezu perverse Art gute Laune. Ich hatte sogar mal einen rosa Hofbräuhaus-Kapuzen-Sweater. Da schauten die Leute dann manchmal bißchen komisch, erst fand ichs lustig, dann ließ ich ihn weg, schließlich habe ich ihn vorne in der Mitte aufgeschnitten. Das funktionierte aber auch nicht, als Abschwächung. Jetzt liegt er in München, vielleicht habe ich ihn auch weggeschmissen. Wir hatten mal, Uli und ich, einen Kleider-Wegschmeiß-Wettbewerb: alle Sachen, die man soundsolange nicht in der Hand gehabt hatte, wegschmeißen. Wieviel stehts? Ich habe heute vier Hosen weggeschmissen. Ich drei Pullis. Usw. Aber immer in den Abfall, nicht zur Caritas. Nur richtiges Vernichtungs-Wegschmeißen macht richtig Spaß. Faschist.

In jedes Buch
ist ein Edelstein eingearbeitet.

1159. Taschen. Alle reden immer davon, daß die Zeit der großen Verleger-Persönlichkeiten vorbei wäre. Taschen ist einer, der war es wahrscheinlich schon mit Ende zwanzig. Aber bevor er 65 ist, wenn dann darüber gejammert wird, daß es solche Kunst-Buch-Verleger wie Taschen heute nicht mehr gäbe, gilt er eher als Spinner. Ist ja auch okay. Und Elefant ist man eben erst als alter Elefant.

1640. An der Erzählung.

inzwischen sind
alle Zuschauer auch informiert
bin ich mir sicher
was passiert ist

daß in den Hotels der Mannschaften
jetzt die Polizei sein soll

also die Ereignisse überschlagen sich
in großem Widerspruch zu diesen Bildern
dieses ruhigen Rennens
die wir Ihnen hier nur immer wieder zeigen können

1648. Rosa. In Riederau verwendeten wir Penatencreme, für die Lippen, als rosa Lippenstift sozusagen. Die Cousinen, ich aber auch. Ich kann mich an keinen Tag meines Lebens erinnern, an dem ich nicht in irgendwen verliebt gewesen bin. Auch die ganze Kindheit über natürlich. Von wegen Latenzphase, Blödsinn. Kann ja vorkommen, kann es ja wohl geben, bei irgendwem, aber die zu Sentenzen-Wissen erstarrte Gesetzhaftigkeit dieser ganzen ultrabiederen Ordnungsanmutungen Freuds wirkt so stupide.

aber das Bild trügt
das ist kein Rennen
was wir hier sehen
das ist immer noch ein Streik
ein Protest
eine Auseinandersetzung

natürlich sind wir alle
irgendwie emotional geprägt
meine Damen und Herren

das eine kurze Zusammenfassung
der bisherigen Ereignisse

1701. Gestern las ich in der SZ Joachim Kaisers Hymne auf Walsers Nazi-Kindheit. Vorallem daß die Erinnerung nicht von heute her nachträglich imperialistisch bevormundet würde. Ich dachte schon, vielleicht ist das das erste Walser-Buch, das ich aushalte.

das Ultimatum
ist eigentlich abgelaufen

und wir hören in diesem Augenblick

daß sich Jean-Marie Leblanc
der Direktor der Tour de France
in diesem Augenblick über Radio Tour
zu Wort meldet

TRIBUNAL SUPREMO

1705. Jetzt las ich vorhin im Spiegel einen da aus dem neuen Buch zitierten Walser-Absatz. Walser-Stil, für mich, wie immer. Ein komplizierter Empfindungsmoment wird in eine kleine, nach innen, der Erfahrung entgegen nickende, schon verstehende, und nach außen ankumpelnde, Verständnis einfordernde Sprachmaschine übersetzt, durch Wiederholung. Die Geschichte mit den Achselhöhlen: so wie er das darstellt, hat das noch nie jemand erlebt. Auch Walser nicht. So geht NUR der TEXT dazu. Das ist das ewige Dilemma dieser Walser-Literatur, die so sehr Leben und realistisch sein will: für mich ist und bleibt sie Papier. Und jeder halbe Satz von Bernhard, Kunst hoch zehn, ist LEBEN.

das ist der Wunsch
die Forderung der Fahrer

weitere geforderte Polizeiaktionen
gegen die Fahrer und die Mannschaften
zu unterlassen

liebe Zuschauer
das ist also der Stand der Dinge
die Fahrer befinden sich jetzt
in der Verpflegungszone
nehmen Nahrung auf
wozu auch immer
wir werden Sie dazu weiter informieren

daß bei Once bereits Koffer aufgebrochen worden sind

1718. Der Walsersche Textautomat, diese Verdeckungs-Maschine: natürlich hat das auch ganz direkt mit seiner Art Erinnerung zu tun, mit der lebenslänglichen, nachträglichen Erfindung, der jahrelangen inneren Zurechtlegung des früher Geschehenen, Gedachten, Erlebten.

sie hat auf jeden Fall den Tiefpunkt
ihrer 85jährigen Geschichte erreicht

und das ist eine gute Nachricht

ob die Tour de France 1998 allerdings
mit dem heutigen Tag beendet sein wird
ist ungewiß

1831. Weiter an Celebration. Heute wieder mit Westbam. Wie oft ich an diesem Text schon rumgemacht habe, Wahnsinn. Und trotzdem macht es mir jedesmal wieder Spaß. Seine ganze Art, wie er eben redet. »Ja ich meine, wenn man denkt, glaube ich, wenn ich anfange zu denken, wird es naturgemäß immer intellektuell, oder?«

MARIENHOF entfällt.

ja wir sind eben mal von unserer Tribüne
wo die Fernsehkommentare abgegeben werden
hinunter gestiegen

und wollten wissen
ob wir irgendwelche Waren
in unserem Auto haben

dann hat man uns noch mal grimmig angeschaut
und uns gesagt Sie können weiterfahren

es ist ein schlimmer Tag für den Radsport
ein fürchterlicher Tag für die Tour de France
ein vertaner Tag auch für Jan Ulrich

wir werden gleich wieder hier sein
liebe Zuschauer
zunächst geben wir kurz zurück nach Deutschland

1912. Vom Einkaufen wieder daheim, heute als Storm Frankfurt. Die Wetternachrichten. Ich wüßte ganz gern, so nebenher, was für morgen vorhergesagt wird. Zwei Sätze, ach was, ein Wort: gut oder schlecht. Das erfährt man nicht. Und den ganzen Roman kann ich mir nicht anhören.

daß man man jetzt so langsam mal Schluß machen sollte
und uns unsere Arbeit tun lassen
Radrennfahren
wo wir eigentlichlich auch mit
dem Herzen dabei sind

damit zurück nach Hamburg

GALAKTISCHE ZENTRALE FÜR DELEGIERTE DES UNIVERSUMS

IV

5.4

Donnerstag, 30.7.98, Berlin.

917. Ich erschrak, da ich diese Wort hörte: Grimmelshausen. Simplizius, jetzt im Reich der Venus. Es geht ja alles nach den sieben Planeten, wurde neulich erläutert. Jupiter tritt als Penner auf, mit weisen und verrückten Sprüchen. Am schönsten ist der Anfang, seine Zeit als Kind, beim sogenannten Einsiedl.

1055. Gestern, bei Rohmers Sommer, wo die Tage als Schriftbilder eingeblendet werden, ohne Jahr, kam mir die Idee, die Erzählung im Sommer 99 spielen zu lassen. Und ich schrieb dann die Tage so runter, und überlege heute, was für einen massive Unterschied das macht, ob da am ersten Tag steht: Montag, 27.7.98. Oder eben: Montag, 27. Juli 1999. Wobei ich selbstverständlich sofort an ein fiktives 99er Datum dachte. Wegen Johannes Mario Simmel und Arno Schmidt, die ihre Bücher so ultraexakt vorrecherchiert haben sollen, daß jedes Detail immer stimmt. Bei mir stimmen die Details immer extra genau NICHT, damit das Echte als Ganzes besser stimmt.

1101. Das Schreckliche ist passiert. Ich habe richtig aufgeschrieen gestern: die SZ druckt im Feuilleton, nicht nur auf der Münchner Seite, sondern ganz vorne, ein Bild in FARBE ab. Was ist drauf? Eine nackte Frau, kein Witz. Es ist so billig. SEHEN die das eigentlich nicht, wie scheiße das ausschaut? Nein, die haben Tomaten auf den Augen.

1107. Dann kam mir auch noch, daß die Idee dieser minimalen Zukunftsvorwegnahme eigentlich durch Handkes Niemandsbucht besetzt ist. Diesen simplen Kunstgriff fand ich das beste an dem ganzen Buch, das ich allerdings natürlich auch nicht annähernd richtig DURCH gelesen habe, wie so viele Bücher. Wie macht man das, als Kritiker, ohne voll zu verzweifeln, alles immer ganz DURCH lesen? Auch wenn es einem überhaupt nicht taugt. Wahrscheinlich kriegt man dadurch so eine komische Lese-Hornhaut am Gemüt.

1114. Und daß ich also nichts vorwegnehmen sollte, sondern bei meinem alten Haß auf alles Zukünftige oder gar Science-Fiction-artige bleiben sollte. Was heißt Haß, ich finde es halt doof.

die Zukunft ist natürlich sehr sehr fraglich
die Langzeitschäden sind nicht zu übersehen

1203. Die Frage, wie stark ich die Signale richtung Barschel mitführen darf. Ob es schon zu penetrant, zu viel vorentscheidend, zu einengend ist, wenn so ein Wort wie EHRENWORT vorkommt. Muß ich, wie alles, eben einfach ausprobieren.

1208. Thomas Anders, hier in der Werbung, neulich live auf der Bühne: so ein pummeliges ich-steh-dazu-Bärchen geworden, und wie damals mag ich seinen komischen, heute um den ganzen Wahnsinn ironisch wissenden Augenaufschlag-Blick. Er ist für mich einfach ein absolut netter Typ.

noch feilt der Tourdirektor
in seinem Fahrzeug
an dem Text

1249. Gestern wieder, beim Luhmann Lesen, zur Moderne: daß mich in den schrecklichen Jahren, wo alle öffentlich und völlig unwidersprochen überall dauernd von der sogenannten »Postmoderne« geredet haben, die Überlegung beschäftigt hat: daß jede Zeit ihren eigenen Namen kennt und nennt. Und daß andererseits, an der Parallele zur Renaissance doch so völlig klar ist, daß wir uns eben erst am Beginn der Hochmoderne befinden. Warum weiß die Zeit das nicht? Warum nennt sie sich so komisch? So scheußlich, so falsch, so klein und unhistorisch? Heute also: zweite Moderne. Da kann man dann wenigstens schon mal zu zählen anfangen. Und ich mir gestern zum ersten Mal dachte, daß ja das gerade ein Zeichen der Vitalität sein könnte, daß die Gegenwart sich selbst noch nicht mal auf die Renaissance bezieht, sich selbst noch viel zu neu ist, um sich in dieser Dimension als Teil von eben geschehender Geschichte, als Geschichte sehen zu können. Und daß es sich wahrscheinlich ja WIRKLICH um eine noch viel größere und radikalere Umwälzung handelt.

1315. Warum schießt eigentlich niemand auf Kenneth Starr? Irgendein Verrückter da draußen muß doch denken: der Mann muß weg. Und dem Gedanken Taten folgen lassen wollen. Ich bin ja nur Schreibtischtäter, mich fragt ja keiner, ich bin ja nur der Autor des im Auftrag von Katja von Garnier für Hollywood verfaßten Drehbuchs IN PRAKTIKANTINNEN.

1651. An der Erzählung.

1700. Wodurch entsteht eigentlich Wahrheit, im Text? Durch nichts Einzelnes, durch kein Detail. Nicht durch die Selbstdeklaration der Sache als Realität, Kunst, Trash, Reportage, als Wirklichkeit oder auch als Wahrheit, eh klar. Wahrheit ist wahrscheinlich wirklich nur Effekt von Absicht. Sie entsteht, weil jemand sie WILL. Man kann ja auch alles mögliche andere wollen, mit guten Gründen. Zum Beispiel, wie es immer so schön heißt, Geschichten erzählen. Durch das Interesse an Wahrheit kommt ein ganz spezieller Darstellungs-Widerstand in die Sache, der dauernd die Spannung des Gesagten zur ursprünglichen Aussageabsicht der Wahrheit prüft: ich wollte es doch so beschreiben, wie es IST. Ein Wortwiderstand. Denn die Worte, die sich von selbst nahelegen, beschreiben eher die bestehende Wortform der Sache, den schon fertigen Text, das Bekannte, was oft eine frühere Wahrheit war, die heutige aber nicht mehr ist. Arbeit an speziell diesem Widerstand ergibt eine wortinterne Kritik, und im Effekt dann doch was völlig Äußerliches: Stil. Deswegen kann man meist schon nach einem Satz eines Textes sagen: paßt, stimmt, toll. Oder eben nicht. Wahrheit ist die Anmutung des Textes, was Gestisches auf Sprachebene. Und im Einzelfall so schwer kriterienmäßig faßbar, weil man quasi ALLE von einem Text verworfenen Möglichkeiten, wie er auch sein könnte, in Spannung fühlen können muß dazu, wie er nun wirklich ist.

dem Tod geweihte Hunde
sie vegetieren vor sich hin
auf einer Mülldeponie in Istanbul

2006. Mit Jürgen Kaube bei der Bratwurst. Wohlfahrtsstaat oder Barbarei. Bitte einmal Barbarei, mit Curry, Ketchup und zwei Brötchen.

2126. Mit Luhmann am Balkon.

2227. Die ersten drei Akte des 2. Laufs vom Stück korrigiert, Umbruch vorallem. Mit Wutanfällen. Jedesmal wieder sage ich: jedes Hurenkind, jeder Schusterbub, oder wie die Kollegen heißen, die einzeln stehenden Zeilen, jedes einzelne Wort, das der laufende Umbruch zufällig exponiert einzeln stellt: ist mein Freund, soll bleiben. Und jedes mal wieder werden die Dinger »ausgetrieben«, oder wie das heißt, wieso eigentlich? Warum dürfen die nicht da bleiben? Für mich sieht das schön aus, ein einzelnes Wort, eine ganz allein stehende Zeile. Leerzeilen, die für die Ordnung der Sache wirklich wichtig sind, werden hingegen gerne geopfert. Das SIEHT man ja nicht, daß da dann was fehlt, das ändert ja nur den Sinn. Der Stumpfsinn an diesem Bürokratismus macht mich so fertig.

2313. Mails.

IV
5.5

Freitag, 31.7.98, Berlin.

904. Und der Dichter leistet sich den Scherz, es seinem Simplizius zuzuschreiben. Ein Frühwerk nämlich, über die Liebe.

1108. Staub: der letzte Autor der raf. Der muß sofort Held werden, bei mir. Als Autor, Taten von ihm sind nicht bekannt. Aber die Art, wie er die Worte »Gesellschaft« und »Riß« verbindet, ist aktenkundig, seine an 17 sogenannten Fundstellen angetroffene Formulierung »rund um den Globus«, der Begriff »paradoxerweise«. Die Wirklichkeit blüht von einer Poesie, die einen als Schreiber immer wieder endlos ermutigt, weil sie so irr ist und vergnüglich, so rotzig. Die taz hat in ihrer Nacherzählung des SZ-Artikels, der ein raf-Papier des Kölner Bundesamtes für Verfassungsschutz nacherzählt, diesen speziell heiteren Sprachirrsinn ausgerechnet ausgeklammert. Die letzte Frau heißt übrigens Klette.

1123. Ich dreh fast durch vor Heiterkeit. Wie heißt der Kollege eigentlich vorne, mit Vornamen? Ernst. Ja, und in der Mitte? Volker. Vielleicht hat sich das jemand ausgedacht, im Amt, als Sommerscherz. Ernst, Volk, Staub. Ist das nicht bißchen dick aufgetragen? Rund um den Globus? Gesellschaft, paradox und weise. Riß. Von Ernst Volker Staub, dem legendären, großen, letzten Revolutionär.

1302. An der Erzählung.

1332. Wahrheit im Text, von gestern. Ausgangspunkt waren paar Sätze in der Cosmopolitan gewesen, über eine Reise nach Jamaika. Mit der Überschrift: TEXT CLAUDIA RIEDEL. Die kenne ich nämlich, aus München. Hier also der Reisebericht, wie sie und ihre Freundin Miezi, möglicherweise unsere manchmal Miezi genannte Anki, da also im Flugzeug sitzen, im Taxi, im Hotel, im Boot. Alles lässig geschrieben und es funktioniert. Bloß weiß ich, daß der Urlaub anders war. Paßt der Bericht nicht zusammen mit der Autorin. Die zwar wirklich nett ist, aber alles andere als lässig. Nämlich eher gehemmt, deshalb natürlich auch süß, wie es hier immer so schön heißt, aber eben viel weniger frei, wild, frech. So stellt sie sich da aber dar, in dem Text. – Und dann die Frage, ob das überhaupt eine Bedeutung hat, diese hier vermißte Identität von Persönlichkeit und Text. Welche? Und ob das nicht wirklich genau so, wie es ist, der viel bessere Zeitschriften-Text ist, der zu den fröhlichen gute-Laune-Fotos paßt. Der sich in Dienst stellt der Funktion, diesen Cosmopolitan-Vibe textlich zu erzeugen und rüberzubringen. Anstatt ein kompliziertes und hier überhaupt nicht gefragtes Autoren-Problem zu traktieren usw usw. Daß also die Wahrheit, wie sie mich beschäftigt, ein ganz eigenes Spezialproblem ist, und die hier verhandelte in anderen Maßen und Einheiten gemessen wird. Nämlich, ob der fertige Erfahrungsschatz, das Märchen der Sache sozusagen, auf ansprechende Art, und das heißt auch, ohne auf sich selber nochmal groß aufmerksam zu machen, da dargestellt und einem vorerzählt wird. – Alles Überlegungen im Umfeld der Erzählung.

1507. Akt, Akt, Akt. Fünf mal Akt in sieben Akten. Das Stück fertig korrigiert. Sonne, Sturm, Sommer.

1512. Jeff Koons. Mein erstes Buch, das NUR aus Buchstaben besteht, das keine einzige Abbildung zeigt. Ausgerechnet in dem Buch über Kunst ist nichts sinnlich Bildliches drin, solche Scherze finde ich lustig. Alle Bilder, alles Sichtbare, alle Kunst, alles steckt in den beiden Worten des Titels: Jeff Koons.

1522. Post kommt: Angst. Angst vor Information, ganz generell, ganz grundsätzlich. ANGST. So wollte ich die Rubrik für die kleinen, schnellen Infos nennen, bei Spex, vorne im Heft, 91, als ich dort Diedrichs Job antreten sollte. Ich war in London, schrieb noch an Festung, war zwischendurch mal drei Tage in Köln, in der Redaktion, um Genaueres zu besprechen. Aua. War das hart. Haben die mich da fertig gemacht, auf der Stelle, die Kölner Fraktion, die Alteingesessenen. Dem Spinner gleich mal zeigen, wo der Bartl den Most holt. Wie der Hase hier läuft. Wie es bleibt, wie es ist. Dabei habe ich es zunächst gar nicht verstanden, worum es geht, was eigentlich los ist. Ich war dann wieder in London, wurde krank. Und es dauerte ewig, bis mir das endlich klar war, wie extrem unerwünscht ich da wirklich gewesen wäre. Ich dachte, die freuen sich auch, so wie ich mich auf sie gefreut habe. Nee, nee.

1536. Pfirsich essen, mit nassen Fingern. Kinderzeit, Freibadgefühl.

JA! JAA!
ICH BIN GANZ
FEUCHT!

1608. Sex mit Linus Reichlin, in der Zeit. Ich finde sowas inzwischen wirklich lustig. Und von Rattelschneck gezeichnet. Früher hätte ich mich beim Lesen von einem so expliziten Text geschämt. Heute gefällt mir das. Ich glaube, daß das auch durch das dauernde Quassel-TV und seine Folgen verändert wurde.

1610. Tour-TV. Jürgen Emigs Texte. Und dann auch noch die Zuschauer, die am Rand stehen, wo es steil bergauf geht, und da ihre Begeisterung auf die Fahrer lauthals einbrüllen. Hinter ihnen herrasen, sie beim Fahren stören. Ansonsten ist es schönstes Sport-TV: durch Landschaften dahinfahren, Taktik, Spannung, und eine Art von Mannschaftssport, wo das Individuelle und Kollektive ganz eigen zusammenspielen.

1811. Kopien gemacht, Essen und Zeitungen gekauft.

1821. Übertriebene Anwendung des Rechts höhlt das Recht aus. Zerstört das Vertrauen ins Recht. Steuerfall Becker, Dauerterror von Behörden und Medien gegen Kirch. Man sieht dann so stark die Willkür am Werk, wenn mit einer solch übertriebenen Betonung auf Gleichbehandlung abgezielt wird. Dabei weiß doch jeder, daß Privilegierte privilegiert behandelt werden, auch vom Recht natürlich. Diese komische Spannung zwischen realer Praxis, abweichender Selbstannoce der Institution und dem allgemein verbreiteten Wissen um diese Differenz wird von so ultrarechtsradikaler Rechtsanwendung aus dem Gleichgewicht gebracht. Dann fällt der Blick auf das Problem. Und man denkt sich: Recht, das langweilt mich. Ich mach lieber, was ich will. Die Gehorsamspflicht muß mehr aus dem Verborgenen heraus wirken dürfen. Wenn sie als Pflicht sichtbar wird, ist das Funktionieren schon gefährdet. Gerechtigkeit. Ich stelle mir ja immer den umgekehrten Weg vor: daß ALLE so privilegiert werden, so reich und schön und glücklich, wie Becker. Wieso sollen denn die Reichen ärmer werden, wenn die Armen auch reicher werden könnten? Ist doch viel schöner.

2342. Nach der Revolution ebenfalls zu erschießen: Benedikt Gondolf. Gezeichnet Staub.

OPERATIONSBERICHT
1. AUGUST 1998

IV
5.6

Samstag, 1.8.98, Berlin.

1020. Name des Patienten: Joachim Lottmann, zu gestern nochmal. Er hat ja immer behauptet, die Reportage wäre der letzte wahre Ort für Literatur, für Fiktion. Und er schrieb dann Porträts und Reportagen, wo das Echte und Erfundene sich auf wirklich irritierende Weise mischten. Eigentlich ja vielleicht toll. Aber durch die inszenierte Undurchsichtigkeit und Verschlagenheit von Joachim Lottmann selbst bekam das einen fiesen Stich ins Diabolische. Ich hatte Angst vor ihm. Alles spielte auf der Grenzlinie zum Fiktiven, nur Ausgedachten, absichtlich gestört. Alles war gestellt, erfunden, nur erzählt, behauptet, zurückgenommen als Lüge. Das war jetzt gelogen, das habe ich nur so gesagt. ALLES LÜGE. Wirklich alles, Spiel. Seine Spezialität und sein Interesse war das Erzeugen von zugewendeten Emotionen, durch Vorspielen eigener Gehemmtheit, oder eher durch übertriebenes Ausspielen von Verstörtheit, er spielte sich immer in der Rolle des Verstörten, Unbeholfenen, und vergnügte sich an den davon erzeugten Reaktionen, mit denen SPIELTE er dann wirklich. Bei Joachim Lottmann war es das erste mal, daß ich mir irgenwann dachte: dieser Mensch ist wirklich BÖSE. Finster, zuinnerst, zutiefst und ohne Grund, einfach böse. Jetzt schreibt er im Zeitmagazin und in der Zeit über Schriftstellerinnen, genau wie früher, auf die immergleiche Lottmann-Art, wo man genau weiß: alles erfunden, alles ausgedacht, im Kopf des Bösen. Gruselig. Der muß natürlich auch durch die Erzählung geistern.

1202. Klinische Diagnose: Das Stück abgeschickt, Zeitungen und Essen gekauft. An der Kasse mit zerplatztem Ei. Ein unendlicher Quell der Freude und Heiterkeit für die – wie heißt das in Prolldeutsch – Damen da: die Eier. Und passen Sie schön auf, auf Ihre Eier, ha ha, daß nich nochmal was passiert. Ja, natürlich, vielen Dank. Ja ja, ha ha. Usw. Alle richtig nett da, in meinem Kaisers an der Müllerstraße. Grooven gut miteinander, entspannt, machen ihr Ding für sich. Man wird nicht mit übertriebener Aufmerksamkeit behelligt, aber auch nicht mit dem Signal, man würde hier jetzt extrem stören, weil man zahlen will. Angenehmer Supermarkt. Das bessere, billigere und reichhaltigere Essensangebot gibts im Reichelt direkt daneben. Ich gehe trotzdem lieber in den Kaisers.

1331. Operationsdiagnose. Walser. Hier nochmal Ernst Volker Hage, im Spiegel. Der Ton des Einverständnisses in lauter komplizierten Fragen. Der herrschende Konsens, dessen Sprecher Walser ist, hat sich geeinigt auf einfache Positionen, die längst nur noch die falschere Seite der Wahrheit sind, meist nicht mal mehr das. Wie es sich mit dem ERINNERN verhält. Mit der Moral. Hage: »In solchen Zuspitzungen ist Walser unübertroffen, in wenigen Sätzen offenbart er die Qual eines pubertierenden Knaben in der katholischen Zwangsjacke.« Blödsinn. Das schreibt sich so von selber raus, weil es seit so vielen Jahren immer wieder erzählt worden ist. Stimmt aber trotzdem nicht. In echt ist es viel komplizierter, weil alle Gedanken dazu viel weniger präzise und prägnant erkennbar sind, weil man also nicht nach Zuspitzungen, sondern nach Diffusheits-Äquivalenten suchen müßte. Und vor allem, weil der große ethische Prozeß in der kindlichen Seele eine von Religion ganz unberührte, andere, sozusagen rein humane Seite hat. Irgendwas in einem will GUT sein, und dann wieder auch nicht. Das hat mit Katholizität, mit dem idiotischen Wort Zwangsjacke und all diesen immer gleich dahergeleierten Sachen nichts, gar nichts zu tun. Das geht viel tiefer, weiter zurück. Das ist das Menschenkind im Kind, der Mensch. Völlig ungeschützt, allein, vor jedem Wort und ohne Mitteilungsmöglichkeit steht der in diesen ultragroßen Gut-Nichtgut-Konflikten. Da ist griechische Tragödie. Geschick, Ringen, Taten, Böses und Sinnen nach Grund, Leid. Nicht NUR natürlich, aber dauernd eben AUCH. Und deshab sind diese Hageschen und Walserschen Allgemeinheiten, ohne daß sie unbedingt komplett falsch wären, eben nur der immer schon bekannte Standardtext dieser Geschichte, insofern das Gegenteil von Kunst.

2205. Operation. Nachmittags beim Bücherkaufen in der Friedrichstraße. Drei fette Läden, zwanzig Minuten nur weg von hier. Dussmann hat auch am Samstag bis 22 Uhr abends auf, da kaufte ich die Tickerlady aus dem Bunker. Mein Leben in der Technoszene, genau. Im Hugendubel suchte ich nach Kafkas Tagebüchern, an die Maximilian mich erinnert hat. Die gab es leider aber nur als dickes Hardcover. Dann bestellte ich das Berliner Bauwelt Annual von 96. Und der Besteller fragte mich, ob ich paar Rave Exemplare signieren möchte. Bitte lieber nicht. Gerade neulich wieder, wie Schröder, beim Interviewfragen-Beantworten, seine Bücher signierte, dachte ich mir, wie wahnsinnig schön ich unsignierte Bücher finde. Wieviel tausendmal schöner. Daß ich nie mehr ein Buch signieren werde. Daß das natürlich ein voll hohler Plan ist. Und es heute sofort viel richtiger gewesen wäre, wenn ich schnell zwei der kleinen roten Dinger unterschrieben hätte. Egal. Tim Staffel lag da, Terrordrom, das habe ich jetzt endlich auch gekauft. Irgendwie ist man darauf angewiesen, daß die Bücher, von denen man gehört hat, die man haben will, dann auch irgendwo rumliegen. Ich hätte mir seit ewigen Zeiten die neue Beute kaufen wollen. Aber wenn ich dazu extra die Spezialbuchhandlung Schwarze Risse am von mir aus gesehen anderen Ende der Welt aufsuchen muß, weil es das Buch sonst nirgends gibt, das nervt so bißchen. Eine Buchhandlung, die die Funktion der Münchner Amalienstraßen Buchhandlung übernehmen könnte, habe ich hier noch nicht gefunden. Obwohl es die sicher gibt.

2242. Bei H&M, ein bekanntes Gesicht. Wir waren schon aneinander vorbei, hopla, die kenn ich doch. Sie offenbar so ähnlich, wer war denn das? Ich: ah, halloo, ich habe gestern eueren SPD-Film gesehen. Sie: hä? Ich: Hast du nicht neulich erzählt, ihr hättet den gerade in Hamburg geschnitten? Sie: Ach soo, das ist Barbara, ich bin Eva, ich war früher mit Bobby zusammen, aber. Ah, Verwechslung, tschuldigung, alles klar. Barbara hatte ich neulich bei Bobbys Style Games kennengelernt, Cutterin aus Hamburg, gerade nach Berlin gezogen, tolle Wohnung, wie sie erzählte, in Mitte, für ganz realistisch. Dabei kam mir, daß sie mich an Eva erinnerte. Ja, Eva wäre ihre Freundin. Ist ja irr. Usw. Eva hat mich mal in London zum Essen eingeladen, zu einem

Chinesen, sie arbeitete da mit dem Yellow Meier an dem legendären Meier Film, und meinte beim Bezahlen so megalässig: darf ich dich bitte einladen. Puh, bin ich da hin geschmolzen. Wegen dieser unglaublich selbstverständlichen Souveränität. Das meine ich immer mit Jahrzehnt der schönen Frauen, solche Erlebnisse. Drei Sekunden jetzt, im H&M, gute Laune, Freude, tschüß. Dann wollte ich mir irgendwas kaufen, von Rocky, und war aber plötzlich so entschlußlos und feige. Deshalb gabs dann leider nichts. Ganz spät dann noch, daheim, bißchen an der Erzählung. Gegen die Zeit, das Rennen.

2256. Operateur, Assistenz, Op.-Personal, Anaesthesie. Feierabend.

Hauptschacht
Ebene
Dom
Verbindungsschacht
Stollen 10
Nebenschacht
so die Einsatzleitung
Drama
Prinzip Hoffnung

KLOPFGERÄUSCHE

IV
5.7

Sonntag, 2.8.98, Berlin.

ich bezeichnete das als Privatmeinung
die nicht durch Parteitagsbeschlüsse gedeckt ist

BÜRO FÜR DEN AUFBAU DER ZIVILISATION

IV
6.1

Montag, 3.8.98, Berlin.

2257. Tag im Bett. Mit Nancy von Bunkers Tickerlady. Tolles Buch. Aus jeder Subszene jeder Stadt könnte ich einen solchen Bericht lesen. Essen, Zeitungen, Fernsehen.

Malerei, Zeichnung und Skulptur
wechseln in raschen schöpferischen Launen

Athen
Budapest
Istanbul
Dubai

Markus Koch

UND AB UND ZU WÜRDEN ISABELLA UND ICH UNS ANSEHEN UND DANN LÄCHELN

IV
6.2

Dienstag, 4.8.98, Berlin.

900. Ausgewählt, eingeleitet und gelesen von Manfred Schradie. Wir senden die 17. Folge.

und nähern uns dem Umschwung des großen Glücks
der großen Wende

gleich darauf reitet er nach Köln

917. Mit dem angewählten Computer kann keine Netzwerkverbindung her-

gestellt werden. Überprüfen Sie das Kennwort und wiederholen Sie den Vorgang später. OK.

947. Institut für Soziologie, München. 2180-2442. PC-Labor. 2243.

956. Herr Brock. Start. Programme. Zubehör. DFÜ-Netzwerk. Benutzerdefinierte Verbindung. Datei. Eigenschaften. Allgemein. Rufnummer. Ortskennzahl. Landeskennzahl. Verbinden über. Konfigurieren. Servertyp. Typ des DÜF-Servers. Erweiterte Optionen. Am Netzwerk anmelden. Softwarekomprimierung aktivieren. Zulässige Netzwerkprotokolle TCP/IP. TCP/IP-Einstellungen. Vom Server zugewiesene Namensserveradresse festlegen. Erster DNS. Zeiter DNS. Primärer Wins. Sekundärer Wins. Standard-Gateway in –

1044. Fax von Herrn Lenz. Anruf. Rückruf. Der neue Umbruch läuft doch wieder anders. Wie schreibt man till von until? Fax des korrigierten Umbruchs, Rückruf. Jetzt müssen die jetzt neu verlorenen Leerzeilen wieder neu eingegeben werden.

1128. Institut für Soziologie, PC-Labor, Markus Wagner. Nein, er hat nichts gemacht. Ob ich denn noch Student bin? Ja, nein, eben nicht mehr. Dann war vielleicht das Leibniz-Rechenzentrum out of order. Stimmt, plötzlich geht alles wieder. Am Schluß mache ich es mit meinen Internetproblemen so wie die Tickerlady, die vor lauter Bullenparanoia voll zugedröhnt zur Polizei geht, um mitzuteilen, daß sie zwar gedealt hat, aber nur ganz wenig und jetzt nicht mehr. Und kurz darauf hat sie, via Suizidversuch, Polizeigewahrsam, Psychiatrie, wirklich ein Verfahren am Hals. Das Tolle an dem Buch ist auch, wie trotz der ziemlich komischen Sprache die Wirklichkeit voll kraß und realistisch durchschlägt. Jeder, der viel ausgeht, kommt auch mit den da geschilderten Situationen, Leuten, Exzessen und Brutalstkaputtheiten in Kontakt. Irgendwann sitzt man in irgendeinem Auto, mit lauter Leuten, die man nicht kennt, und fährt irgendwo hin, wo es dann irgendwie weitergeht. Auf genau die Art, wie hier beschrieben.

1202. Völlig verstört.

1303. Christoph: until, 'til, till.

1305. Auch die Beschreibung der Drogen-Psychose ist beängstigend gut gelungen. Vielleicht ist der Witz genau die Wurschtigkeit der Sprache gegenüber. »Mich beschlich das unangenehme Gefühl, als habe –«: ist völlig egal. Es wird ja nie so getan, als ginge es darum. Sie hat damit kein Problem, also ist es auch kein Problem für den Text. Gibts das? So ein Kinderbuchton, das hat man im Ohr, als was Vertrautes. Und auch wenn Poesie durchbricht, weiß ich, was sie meint. »Der Traum von Freiheit war gefangen in diesen

Mauern.« Man schaut da dann hindurch, direkt aufs Gemeinte, auf dieses Leben. Auch ihre Perspektive des Outcasts, der Ratte, der Letzten ist toll. Letztlich eben die Realität, die sie erzählt, klar. Dabei sind eine Menge formaler Entscheidungen trotzdem gefallen, die das Tempo und die Spannung steuern: die vielen Dialogszenen, und die Mischung aus Prägnanz und Verwischtheit des Ablaufs, der Handlung. Wie in echt. Einzelne Momente stehen ganz präzise heraus, dann wieder nur Schemen, vergehende Zeit. Nächste Szene. Und immer will man wissen: wie gehts weiter?

1658. Ganz fies. Naß geregnet und unverrichteter Dinge wieder daheim.

1853. Computerterror. Scheißtag.

IM LABYRINT DES GEFRORENEN IRRSINNS

IV
6.3

Mittwoch, 5.8.98, Berlin.

1058. Ich weiß nicht, wie andere Leute das machen. Daß man immer das Richtige zurückstellt, um sich auf das Wichtige konzentrieren zu können. Ich könnte mein ganzes Leben NUR in Vorfeldproblemen verbringen, zugespitzt gesagt: lebenslang aufräumen. Gestern suchte ich ein bestimmtes Computer-Magazin, und der Wahnsinn der hier in eineinhalb Jahren sich angesammelt habenden Papiere fiel mit einer solchen Wucht über mich herein: WAHNSINN. Und ich denke dann dauernd, ich kann mich mit diesem ganzen Elend jetzt nicht beschäftigen, sonst dreh ich durch. Dann geht gar nichts mehr. Und wenn andererseits jeder Weg durch die Wohnung mich damit konfrontiert, wird auch das Gefühl für die eigentliche Arbeit ruiniert. Ich denke dann immer wieder an die Medizin. Daß der Körper unter der Bedingung größter Bedrohung für die Vitalfunktionen einen Automatismus der Zentralisation startet. Wie genau, habe ich jetzt vergessen. Wahrscheinlich gehört das ins Umfeld des Schocks. Der Kreislauf zieht sich aus der Peripherie praktisch zurück, versorgt nur noch das Nötigste: Herz, Hirn. Nächste Haltestelle, Nierenversagen. Oder wie war das? Wie gesagt, nicht mal meine medizinischen Lehrbücher habe ich hier. Dabei herrscht in der Erzählung am Anfang eigentlich gute Laune, am ersten Tag.

1432. An der Erzählung. Zwischendurch wie gestern, kommentarloses Infoshuffling. Texte kriechen aus dem Faxgerät. Von wem, warum, wozu, wieso? 9 Seiten kündigen sich an, 1 von 9. Wer spricht? Nicht zu erkennen. Seite 2 von 9. Halt, stop, es reicht. Vorgestern 4 Seiten Luhmann, auch einfach nur so. Der interessiert sich doch für Luhmann. Computer und Faxgerät sind nicht kompatibel, die Sendung kommt als Puzzle an. Und jedem soll man antworten, zu jeder kommentarlos mitgeteilten Info sich irgendwie verhalten. Klar bin ich nervös. Trotzdem, das NERVT, was solln das?

1449. Anruf bei Herrn Spitzl von der Krankenkasse. Ich soll in einer halben Stunde wieder anrufen.

1656. Weiter an der Erzählung.

1717. Terrordrome spielt übrigens auch 1999. Splatter-Grausamkeit und Kunstgewalt aus dem Archiv der Freien Universität der Stadt Berlin und allen einschlägigen Filmen der letzten soundsoviel Jahre. Literatur. Man müßte jetzt die komplizierte Übersetzung vornehmen, daß das alles Aussagen über die echte Wirklichkeit sind, in übersteigert. Das ist so gräßlich anstrengend, da lese ich lieber Zeitung oder Luhmann. Eben mache ich das gewaltstrotzende Buch auf Seite 20 bißchen zu heftig auf, da bricht es gleich auseinander. Amman Verlag, Zürich. Druck: Clausen & Bosse, Leck. Wer das Buch geleimt und gebunden hat, steht nicht da. Ein rotes Lesebändchen: DAS weckt bei mir brutalere Zerstörungsphantasien als alles, was da so ausgemalt wird, an Bomben, Toughness und Explosionen. Vielleicht bin ich auch bloß scheiße drauf, und es ist ein wahnsinnig tolles Buch. Ich habe ja noch keine einzige Seite ganz durchgelesen. Ich blättere ja nur so rum. Ich finde das einen normalen Zugangsweg zu was Fremdem, was man noch nicht kennt. Bei der Tickerlady ging das auch so: an paar Stellen reingelesen, und dann plötzlich immer weiter, bis zum Schluß, von Seite 70 an. Abends dann den Anfang, bis Seite 70. Man folgt dabei der äußeren Textgestalt. Geschichten im Block wollen einen eher ganz und von Anfang, mit voller Konzentration. Flattriges muß dann auch innerlich flattrig kommen, sich öffnen. Oder?

1829. Beim Reichelt an der Kasse. Ein junger, dicker, ausländisch ausschauender Typ auf der Flucht, wie in Zeitlupe. Vielleicht hat ihn noch keiner gesehen. Doch, der geschäftsführende Verfolger kommt schon, hinter ihm her. Da ist der Typ aber schon draußen, dreht sich an der Türe noch mal um, reckt sich und taucht nach links weg. Der Verfolger im Dienstdreß macht innen bei den Kassen halt, schaut genervt, empört, beleidigt in die Runde der Kunden, die da zum Zahlen stehen. Ein total zerfurchtes Alk-Junkie-Gesicht, Anfang 30, voll kaputt. Kaputte unter sich. Warum hilft ihm denn keiner? Alles ohne ein einziges Wort. Nur Handlung, Gesten, Blicke, Tat. Stumm.

bis Sonntag dauert das Theater
bis dahin wird geschüttet
geschlachtet und gemalt

Seelsorger kümmern sich
um die Trauernden vor Ort

sein Tagebuch
wurde ein

BESTSELLER

IV
6.4

Donnerstag, 6.8.98, Berlin.

749. Die Fahnen sind da, der letzte Lauf.

Götz wurde geschlagen
und mußte sich mit seinen Truppen
in den Schwarzwald zurückziehen

so steht er auch jetzt wieder
am Scheideweg

wir lesen weiter
in den Kapiteln 14 bis 23
des vierten Buches

959. Ist das pervers, wenn man bei Scheideweg an Sex denkt, oder ist das normal?

1138. Den 3. Lauf korrigiert und cirka 17 Seiten wieder nach Frankfurt gefaxt. Eigentlich sollte man jetzt glücklich sein und einen Tag frei haben.

1214. Der 4. Lauf, per Fax, weitere Korrekturen, 5. Lauf. Der Witz ist, daß jetzt auf den fraglichen Seiten genau der Zustand wiederhergestellt ist, der schon im ersten Lauf gegeben war, der richtig gewesen war, dem Manuskript entsprechend, und den ich gut gefunden hatte. Nicht so der Hurenkinder austreibende Korrektor. Ich hatte es nur MÜNDLICH gesagt, daß die Einzelzeilen einzeln sollen stehen bleiben dürfen. Das war mein Fehler. Beim nächsten Mal gehts wieder bißchen besser. Da macht man dann einen anderen Fehler, wahrscheinlich noch blöder. Beim Umschlag ist die Taille, das Wort Koons, vielleicht doch bißchen ZU tief gerutscht? It's over. Jetzt ist es, wie es ist. Ist das alles prall.

1528. An der Erzählung. Draußen jetzt Sonne, Hochsommer eigentlich, aber mit schon nachhochsommerlichem Wind. Schade, das ging mir heuer zu schnell. Im Süden brütet es ja angeblich richtig, das fehlt hier oben oder unten.

2045. Wieder daheim, heiß geduscht. Mit Luhmann bei den Spirits. Im Büro: Namen, Zahlen, Daten, Fakten und Musik. Über den Gig im GMF am Sonntag abend. Ich hatte nach zwei Bier einen Gin Tonic getrunken. Alexandra: du weißt, das ist wie Ouzo, das macht einen verrückt. Verrückt? Ist ja geil. Dann mit Max im Garten des Julips, diesem letzten Zufluchtsort, der uns geblieben ist. Heute Haß. Gemeinsam heftig hassen, in alle möglichen Richtungen. Ich vergesse immer, wie gute Laune das macht, Spott und Hohn zu kübeln über Nahe und Ferne. Max: Haß ist Mannschaftssport. Wir essen den mexikanischen Schlamm, genau so matschig wie erwünscht und wie bestellt. Ich erzähle von der Erzählung. Daß das Problem ist, auf einer ganz äußerlichen Ebene VERTRAUEN erstmal zu erzeugen. Wie die eine Disko-B-Platte, die wir zuletzt oben gehört hatten. Daß man nichts merkt. Nicht merkt, daß da Musik läuft, daß man liest, daß es los geht. Dann im Supermarkt, ein Schnaps und eine Cola bitte. Erstmal eine rauchen. Das ist die Szene, worüber ich den Text ZUR EWIGEN LAMPE geschrieben habe, so er. Auf dem Heimweg las ich Reinhard Baumgart über Martin Walser und paar Zeilen aus der Zeitkolumne.

2108. Zuhause schau ich gleich wieder auf den Umschlag. Wir haben uns bei aller Akribie eben doch ganz leicht mit dem Rand vertan. Das gibts doch nicht. Das kann sich jetzt zur fixen Idee auswachsen und mir den Spaß an dem ganz Buch verderben. Das muß sofort bekämpft werden, schon klar.

2116. Ich geh raus auf den Balkon, da steht der Mond im letzten Licht, ganz tief und groß, genau zwischen den Häusern, mit Wolkenschleier angetan. Doch nicht etwa schon ganz voll? Blick auf den Kalender. Vollmond: Samstag. Und was kommt im Fernsehen?

2125. Leben lernen von den Lebenden.

HEROIN-HOUSE

IV
6.5

Freitag, 7.8.98, Berlin.

1033. Vertrauen: wahrscheinlich muß man es eben selber erst haben, um es entstehen lassen zu können. Bei mir kommt immer erst in den zweiten Teilen der Bücher dieser angenehme erzählerische Wind und Move auf, der einen steigen läßt und trägt. Warum kann ich denn nicht gleich mal auf die Art loserzählen? Bei Rave habe ich es eineinhalb Jahre lang versucht, verdammt lange, enervierend lange und erfolglos, schön geschlossen loszulegen. Bis ich endlich dann doch aufgegeben habe. Mich doch wieder gefügt habe ins Splittrige. Irgendwie traurig, geschlagen, und andererseits dachte ich, was solls, wenn es nicht anders geht, muß es halt so gehen. Der Punkt der Lösung war letztlich der riesige Spaß, im Januar 97, den wir bei der gemeinsamen Arbeit am Mix-Büchlein entwickelten, Max und ich. Vor allem auf den letzten Seiten, da hebt das Buch so geil und so grotesk ab, wir sind buchstäblich am Boden gelegen vor Lachen, nachts, in diesen letzten Sessions, wo das entstand. Mal er am Computer, mal ich. Strich. Immer noch mehr raushauen, immer irrer werden, immer splittriger. Dabei kam mir wieder, was für eine wunderbare Form die von mir damals schon so lange bekämpfte Splitterform ist, was für ein unendlicher Spaß. Einzelne Zeilen, allein stehende Worte. Risse, Fetzen, all das. Daß das auf eine Art auch das Größte ist, das Lustigste. Reine Poesie.

1120. Küche, Wäsche. Vertrauen in die Welt. Auf der Ebene, an der Stelle ist irgendwas ganz Fundamentales kaputt. Macht ja nichts. Dafür funktionieren andere Sachen.

1129. Böse. Hardys Nummer: böse böse, böse böse. Man muß es eben nicht nur wollen, sondern dann auch wirklich bringen. Böse sein. Da haperts bei den meisten. Dieses Hapern, ich weiß, daß ich mich wiederhole, aber das beschäftigt mich, ist die grundsätzliche Güte des Sozialen. Zugleich das letzte Argument gegen jede EXPLIZITE Form moralischen Aufforderns, Appellierens oder gar Anordnens. Davon handelt Bild, der ganze Boulevard. Vom unweigerlich Impliziten all dieser Fragen.

1153. Scheiden. Jetzt schon, warum denn? Geschlecht. So schlimm? Im Deutschen ist sprachlich eine Art von Kaputtheit im Sexuellen, von Negativität. Wie kommt denn das? Was soll denn das? Es ist eben eine Sprache, die nicht wirklich aus dem Leben kommt. Sie hatte eine andere Funktion auf

Erden, von Luther über Kant bis Wittgenstein und Luhmann. Und zugleich erlischt ja heute die Dominanz ihrer Ordnung, im internationalen Slang. Weltsprache Pop.

1421. An der Erzählung.

1428. Bei den alten Zeitungen gestern, vorhin, die Berichte über die Love Parade. Verschiedentlich gab es wieder Debatten über die Rede des Dr. Motte. Und ich war auch heuer wieder, genau wie letztes Jahr, genau zu dem Zeitpunkt der Rede, genau wieder derartig angedichtet, daß ich gar keine richtigen Feinwahrnehmungen machen konnte. Und NUR angenehme und zustimmende Gedanken entstanden sind. Daß Motte wirklich der einzige ist, der in dieser Situation überhaupt das Wort ergreifen kann, mit vollem Recht. Daß seine komische Privat-Spinn-Religion der Liebe komplett genial ist. Und daß es OHNE IHN dieses ganze Ding NICHT gäbe. So einfach ist das. Ohne Dr. Motte gäbe es keine Love Parade. Das muß man sich mal geben. Von wegen Wirkung einzelner Menschen aufs Ganze der Welt und der Geschichte.

1647. Buchversand Togo. Wer hat nochmal was bestellt? Wohin? Speziell die nachts entgegengenommenen Bestellungen müssen natürlich besonders akribisch abgearbeitet werden, weil ja die Situation eh schon so aufgelöst ist. Da muß man dann erst recht Wort halten. Nächtliche Abmachungen sind Ehrensache. Und Rave ist ja leider wirklich bißchen teuer geworden. RAVE 2 soll 9 Mark 80 kosten. Da freue ich mich schon drauf.

2030. Naß geschwitzt, beim Laufen. Geheimnis des Sozialen. Du wolltest nicht? Ich habe es nicht verstanden. Normal. Dabei denke ich immer umgekehrt: daß EINDEUTIGE Signale versendet würden, was in echt viel seltener vorkommt.

2046. Albert schickt den Celebration Umschlag. JA! Geil geil geil geil geil. Ich bin komplett begeistert. Vorne ist ein durchsichtiges BABY drauf, das schaut so kraß aus, voll futuremäßig und erschreckend, abstoßend, asozial, altmodisch futuremäßig, 2001-haft. Angst und das Gegenteil. HILFE. Total extreme Gefühlsmixtur, auch Ekel. Und dabei alles im Albert-Augenmaß gewogen und gehalten. Ich verstehe es nicht, das ist für mich das Schönste.

2203. Kohärenz: kommt schon noch. Oder auch nicht. Ganz egal. Das eilt gar nicht, das wird sich irgendwie ergeben. So panisch ich im einzelnen Moment dauernd bin, wenn irgendwas nicht hinhaut. Auf der anderen Seite habe ich in den Lauf der Zeiten insgesamt, noch so ein Grundwiderspruch, einfach endloses Vertrauen.

EINE HART ARBEITENDE FRAU

IV
6.6

Samstag, 8.8.98, Berlin.

1107. Nicht Verstehen als was Schönes: aber nur, wenn man schon irgendwas ahnt. Es ist einem nur noch nicht richtig klar, was. Eine Art Vorfreude auf in einem schon schlummernde Erkenntnis.

1138. Auch Ruhe und Sanftmut: das Cover.

1403. An der Erzählung.

1428. Heiß, heiß, heiß. Endlich, doch noch, ja!

1650. Eingekauft und Zeitungen gelesen und sommerliche Pfirsiche gegessen. Ich hatte schon alle Zeitungen durchgekuckt und dachte: was? Das wars schon? Schade. Dabei hatte ich die SZ noch übersehen. Diedrichs Aufsatz über Pop. Pop I und Pop II. Nur für Doktoranden. Ich will immer rufen: hallo, Diedrich, wir sinds. Mach doch mal bißchen – ja: offener. Nicht so schwer im Ornat des Amts. Es muß doch auch andere Arten von Reife und Ernst geben, dialogischere vielleicht. Daß man weniger agonal argumentativ, viel mehr auch wieder um sich selber werbend, in den Gegenständen forscht, was dann automatisch weniger gepanzerte Sprechweisen ergäbe. Mehr – Pop.

2141. Mildester Abend des Jahres, erster eindeutiger Hochsommertag. Herrlich.

2201. Ich sortierte Zeitungen aus und machte schrottige Notizen und saß in der Dämmerung am Balkon, zu faul zum Lesen. Und dachte nach über Theorie und Theoretiker, und was der Geist von uns will, wie er spricht. Dann über die Schule, den Wechsel der Fächer, im gegebenen Rhythmus der Stunden. Wie ich dieses Prinzip bewundere und wieviel besser ich arbeiten könnte, wenn ich den Tagen auch eine solche Wechselstruktur geben könnte. Floatend.

das wollen wir alles nicht
wir wollen den kontinuierlichen Ablacher

HEISS HEISS
HEISS

IV
6.7

Sonntag, 9.8.98, Berlin.

908. Gestern in der Init-Bar. Ein Physiker mit Namen Suso erzählt von seiner Doktorarbeit. Unter Rauschen. Lauter Worte, die ich kannte, die aber leider nicht zu meinem aktiven Wortschaft gehören, weil ich ihre Inhalte nicht verstehe. Physik und Mathematik, noch so ein Realstandbein, das fehlt. Jura, Wirtschaft, Physik: Weltwissenschaften. Kotai legte auf, den graden, harten, darken Barjazz-Techno, der zur perfekten Hintergrundmusik für angenehme Stimmung und zum Unterhalten da ist. Die Leute wippen kaum, ich schon. Ein Urologe namens Albrecht erzählt etwas von Norwegen und aus der Charité. Mit Sascha und Alexandra, über Japan, mit Bier und Zigaretten. Endlich wieder normal im Nachtleben rumstehen, nicht stocknüchtern.

1608. Das Amt. Das Problem betrifft den gestischen Mehrwert, der nebenher entsteht. Verona Feldbusch, wie damals Heike Makatsch: Im Zusammenstoß mit einer engen, starr vorgegebenen Form wird eine Persönlichkeit sichtbar. Dieser Überschuß kann aber nicht DIREKT angezapft, abgegriffen, kapitalisiert werden. Wenn die angeblich zauberhaft dümmlich gerissene Naivität direkt das beabsichtigte Format ist, wird sie nicht mehr als Revolte sichtbar, sondern ist einfach, was sie ist: Stumpfsinn. Deswegen bin ich so gespannt, ob Veronas Welt jetzt genauso floppt wie die konzeptionell mit gleichen Fehlern konstruierte Heike Makatatsch Show. Bild am Sonntag prüft heute die Resonanzlage, mit einer brutal negativen Kritik.

Es geht eben auch um Macht. Solange man sie noch nicht hat, sie bekämpft oder auch nur anstrebt, solange man draußen ist, darf man praktisch alles. Das professorale Reden des NICHT-Professors ist argumentative Präzision und Ambition. Spricht die gleiche Rede WIRKLICH ausgestattet mit der Autorität dieses Amts, hat ein Denken die reale Macht professoraler Würde erreicht, muß es diese Macht anerkennen, annehmen, und bekämpfen. Gerade wenn die ursprüngliche Sachautorität aus dem externen Terrain sogenannter illegitimer Fächer herkommt und sich von dort her legitimiert, muß sie innerhalb der Institution die Integrität ihrer Illegitimität – ja, doch – und ihre Antiautorität gegen sich selbst richten. Sonst kollabiert das Ding. Die Publizisten und Theoretiker des Undergrounds sehen Macht immer als das andere, äußere, ihnen gegenüber Stehende. Sie fühlen sich davon viel zu wenig real kontaminiert, gefährdet, beschädigt. Das stilistisch-erkenntniskritische Ringen von Foucault, noch ein SZ-Artikel von gestern, von Andreas Bernard, hat auch deswegen so tolle Resultate gebracht, weil er sich durch seine Position am Collège de France relativ früh in die Lage gebracht hat, die Wahrheit seines Diskurses von der Macht seines Amts gefährdet zu sehen. Da entscheidet es sich: ob der antiinstitutionelle Affekt INNERHALB der Institution produktiv wird als Selbstallergie, als ein davon produzierter neuer Stil, des Denkens, der Rede, des Texts. Das meinte ich gestern mit meinem Einwand zu Diedrichs Analyse von Pop.

1836. Wieder bei der Bratwurst, mit diversen alten Zeitungen. Dann in den Straßen, Hitze, August, und lauter Leute, die auch nur so rumhängen wie ich.

2020. Wieder am Balkon. Wie Verrisse eine Sache offen halten, für Außenstehende. Massive Zustimmung wirkt so abstoßend, so insiderhaft lähmend, tödlich. Und Notizen, Pläne, Überlegungen für die Erzählung.

PFERDETRANSPORT

IV
7.1

Montag, 10.8.98, Berlin.

1916. Wieder heiß. Vormittags ganz okay, mittags mit alten Zeitungen aus dem letzten November und dem Juni von vor einem Jahr. Überlastungskurzschluß. Eingekauft, neue Zeitungen gelesen, wirr und ohne Plan. Und schließlich doch noch mal am Schreibtisch, wieder ganz okay. Komischer Tag.

am Ende der Gedenkfeier
verharrt das Publikum minutenlang
in betroffenem Schweigen

4. SCHRITT: DAS NETZWERK WIRD GERUFEN

IV
7.2

Dienstag, 11.8.98, Berlin.

1044. Endlich habe ich bei Amazon das Bob Colacello Buch bestellt, das tatsächlich, wie neulich in der Buchhandlung gemeldet, out of print ist.

1107. Lesen als Träumen. Lustigerweise gerade mit Rave. Und wie gestern Abend, am Balkon, bei der Abendlesung von Grimmelshausen und abgelenkt von Fausers Schlangenmaul, mit den dauernden, gleichzeitig mitlaufenden Überlegungen, was in der Erzählung bisher da ist, fehlt, wie es weitergeht, und ob mir das, was ich da versuche, nicht überhaupt verboten ist. Von allem sozusagen, was ich bisher gemacht habe, in meiner bisherigen Arbeit. Und daß demgegenüber JEDES Buch auf der Fiktion zu basieren hätte, es wäre das erste und vielleicht einzige, käme aus dem Nichts, bezöge sich nur auf das von ANDEREN Gesagte, auf nichts Eigenes, und würde dennoch zugleich die bisherige Arbeit nicht verraten, ihrer Logik unterstellt bleiben. Absurd, normal.

1142. Das ist das Faszinierende an STIL: daß man darauf eigentlich gar keinen Einfluß hat; daß es etwas völlig Äußerliches, Evidentes, zugleich fast Unbeschreibliches ist; und daß sich darin dennoch wie in der Stimme oder in der Gestik ALLES Innere befindet und ausspricht und zeigt. Weil ich am Wochenende einige der Walserschen Springbrunnen in alten Fazs gelesen habe, nochmal auf der Suche nach dem, was Kaiser und Baumgart da so bewundern. Und der Erzählung immer wieder neu kaum folgen kann, weil das Signal des Stils, eben Walsers Wesen, mich so heftig abstößt. Wie er ist. Und anderen muß genau das extrem sympathisch sein.

Weil ich eben noch mal dachte, daß es einem so stark auf INHALTE abhebenden Argumentierer wie Diedrich wahrscheinlich recht komisch vorkommt, daß man ihm stilistische Vorhaltungen macht, anstatt auf seine Argumente einzugehen. Und daß aber solche stilistischen Wahrnehmungen und Einwände natürlich sehr wohl Argumente von weitreichendem und grundlegendem Charakter beinhalten. Und insofern wichtig sind. Man muß dem Argumentierer glauben können, die Stringenz einer argumentativen Darlegung muß persönlich gedeckt sein, sonst funktioniert das nicht, daß Überzeugung erzeugt wird. Ist irgendwie auch vernünftig. Denn es geht nicht um reine, tolle Argumente und ihre Triftigkeit, sondern um LEBEN. Davon handeln die Argumente, da kommen sie her, da werten sie und interpretieren sie. Das ist die Entscheidungsebene, auf der ästhetische, politische und philosophische Positionen sich, jenseits ihrer innerargumentativen Plausibilität, nochmal real bewähren müssen. Ganz äußerlich, pedantisch präzise, diffus und als Ganzes. Und auf diese gesamte, punktuell-totale, innerlich-äußerliche Mixtur reagiert die Wahrnehmung von Stil.

1919. An der Erzählung. Jetzt sinne ich auf Ausweg, um das Verbotene zu umgehen. Den ganzen Tag war heute großer Alkoholiker-Auflauf, unter den Bäumen vor dem Haus, Hitze-Gebrüll, Gegröle, und die schreienden Kinder wurden von den Betrunkenen immer wieder angebrüllt, zum Spaß, kreischten dann zurück wie angestochen. Nachmittags rief Sandra an, ob Westbam und ich uns für die Nil-Kampagne fotografieren lassen würden. Warum nicht? Solange man für Gift und Drogen noch Werbung machen darf.

2125. Wieder ein Abend am Balkon, der nach Ruhe – schreit, weil er so milde und endlos ist. Aber ich bin nervös und unruhig und gehe raus und rein und stapfe im Dunklen durch die Wohnung.

2137. Wenigstens eines bleibt einem erspart, der übliche Zwangsstumpfsinn des Glücks: Verreisen und –

2347. Ich lese Zeitungen, schaue Fernsehen und tue absolut nichts. Manchmal schreibe ich einen Satz auf. Und plötzlich denke ich die Worte: Übersetzer in Text. Ja, genau, paßt. Das bin ich, das ist mein Job, mein Leben.

DAS HEISST AUCH URLAUBSFLIRT LIEBE BEI NACHT UND SEX AM STRAND

IV
7.3

Mittwoch, 12.8.98, Berlin.

1101. Wie das nervt, aus dem Computer von der Stimme einer fremden Frau angeschnauzt zu werden: Willkommen. Bis bald. AOL. Die Hotline, auch da wird man wieder von Maschinen angelallt ohne Ende. Schweigen ist ein sehr angenehmer Ruhezustand, wenn es nichts zu sagen gibt. Und mit Maschinen Sozialkontakt über Leertext aufzunehmen, ist sinnlos, anstrengend, braucht kein Mensch. Dann kucke ich kurz bei Konrad rein, rödel, ticker, ratter, bis sich das wieder lädt und aufbaut, und wie es dann überall funkt und blinkt und wandert und sich dreht: gähn. Ein Inhaltsverzeichnis suche ich, Text, möglichst schnell, nicht zehn Menüs, Graphik, Gestaltung, hohle Bilder und Infomüll. Das ist doch ganz einfach. Aber die Wirtschaft sieht das anders, hysterisch gut gelaunt, und kilometerweit geht es durch die Wüste leerer Signale, bis man dann endlich mal irgendwo ist, wo sich eine INFORMATION befindet. Haaa, das alles ist in einem Zustand der Archaik und der Primitivität, der allergröbsten Reize, so völlig VOR jeder Verfeinerung. Oder eben konstruiert für Leute mit ganz anderen Reizschwellen, anderem Ablenkungsbedarf, ganz anderem Zeitgefühl.

1120. Argument und Person. Am anderen Ende der Skala: Schlingensief. Das ist dann natürlich auch wieder irgendwie anstrengend. Ein fast schon inhaltsleeres Charisma, oder von Argumenten zumindest praktisch frei, argumentativ fast leer, und die inhaltliche Fülle differenzfrei ungeordnet, Chaos 2000. Dadurch natürlich auch so offen, wirkungsvoll, anschlußfähig für fast alles und sehr viele. Ganz viel persönliche Deckung und Überzeugungskraft und Glaubwürdigkeit. Nur wenn man fragt: wie nochmal? Warum? Kann man das vielleicht etwas genauer sagen? Kommt als Antwort metaphorisch-poetischer Irrsinn. Schön, verrückt, aber nicht abendfüllend. Mehr Inhalt muß her, je mehr Wirkung entsteht. Das emphatische Projekt kollidiert mit der politikermäßig zerstörten Abgebrühtheitsform: einfach sich zeigen und immer wieder dasselbe erzählen. Für künstlerisch legitimierte Äußerungen gilt das aber nicht, denen ist dieser Penetrationsweg über Penetranz von Stumpfheit verboten. Deswegen dachte ich immer, man müßte bei Chance zu mehr inhaltlichen, argumentativen Aufladungen kommen. Aber dann würde, wie gesagt, Lähmung einsetzen. Denkers Traum, erst recht falsch. Schlingensief: unser Mann fürs Grobe.

1358. An der Erzählung.

1538. Kopien gemacht und Zeitungen gekauft und gelesen. Umweltsenator Strieder in der BZ im Interview-Porträt. Seine Vorstellungen, wie die Leute hier miteinander umgehen sollten, wirken so exterritorial, so importiert aus Süddeutschland, auch wenn er schon 20 Jahre hier ist. Vorallem aus Gesprächen mit Klaus weiß ich, daß Nichtsüddeutsche im Süden genauso schlecht zurecht kommen, wie ich hier. Nicht Unhöflichkeit ist das Problem, sondern Ungleichheit der Erwartungen. Man erwartet nicht Rücksichtnahme hier, sondern ein Vergnügen daran, alles bißchen rangeliger, agonaler und situativ offener auszuhandeln. Vorallem natürlich verbal, schnauzemäßig. Rücksichtnahme wird dem gegenüber fremdkörperhaft empfunden und abgelehnt, auch weil man sich der Erwartungsgewalt, die Rücksicht gegen den anderen aufbaut, nicht unterwerfen will. Unhöflichkeit ist so gesehen auch Freiheit zu persönlicher Anarchie: mir kann keener. Daß der Hund den Weg vollscheißt, ist ja ein Aufstand, gegen den Staat. Dabei denkt der Südländer, denkt man als Südländer, irgendwie direkter, ohne Mitbedeutungen von Autonomie, Macht, Gefälle, Staat. Man hat es einfach gerne bißchen griabiger, unanstrengender, weniger offen, bißchen vorhersehbarer und verlogener.

1807. Argumente werben auch um Zustimmung, indem sie Gegenmeinung ermutigen, Widerspruch nahelegen, ihre Widerlegung als eine Resonanzmöglichkeit mit sich führen. Das läuft nicht über den koketten, autoritären Weg der üblichen Verfügung, eine einzelne Wahrheit gäbe es nicht, es gäbe nur viele Wahrheiten. Was wäre denn das für eine komische Solowahrheit, die nur den Wahrheitenpluralismus als einzige Wahrheitsform gelten lassen dürfte? Das ist natürlich Quatsch. Leider muß man sagen, feministischer Quatsch. Egal. Was ich meine, führt eher ins Innere der argumentativen Gerätschaft, in ihre von der erkenntnis-entdeckenden Funktion bestimmte Fragilität. Wenn das Argument mehr tastet als ficht, eher selber zu verstehen versucht als andere zu überreden, tritt der differenz-erzeugende Anteil am Argumentativen nach vorn. Argumente fragen dann, indem sie sich selber darlegen zugleich: was sagst du dazu? Stimmt das? Ist das wirklich wahr?

Texte können das am besten. Vorträge fast gar nicht, das habe ich bei den Praxis Veranstaltungen gemerkt. Wie autoritär, ganz grundsätzlich, die Struktur der Rede ist. Warum Vortrag mir einfach keinen Spaß macht. Dabei ist es gar nicht der autoritäre Anspruch des Vortragenden, sondern im

Gegenteil die von der Situation gegebene Sehnsucht der Zuhörer, des Publikums, der Vielen. Ihre Sehnsucht geht darauf, den Schmerz der Exposition des Einzelnen da draußen, da vorne, zu tilgen, die Trennung des einen von den anderen aufzuheben, in der Zustimmung, im gemeinsamen Moment der einen gleichen Meinung. Applaus. Die Situation des Vortrags bringt so, jenseits individueller Absichten, einen Kollektivität erzeugenden, autoritären Argumentations-Stil hervor. Das ist die Gefahr der sogenannten Akademie, der Lehre, der professoralen Würde. Das ist die gegen Wahrheiten, Diskursivität und Differenz sich abbunkernde Seite des akademischen Theaters. Deshalb fand ich die Begeisterung, mit der die neue Diskurslinke in den 90er Jahren die Formen dieses Theaters für sich entdeckte, immer so bißchen kindisch. Man kann sich einmal an den Tisch eines solchen Symposions setzen und als einer der Herausgehobenen da vor anderen einen aufdiskutieren. Aber wahrscheinlich nicht jeden zweiten Monat, über Jahre hin. Nicht nur, weil die Situation praktisch keine Wahrheiten zuläßt, sondern vorallem weil das eigene Denken durch diese Praktiken des Akademischen sich nicht nur professionalisiert und geschliffener wird, sondern eben auch ruiniert, verfestigt, zementiert. Politisch avancierte Positionen müssen solche Überlegungen gegen sich selber richten wollen. Das ist das Gesetz der Kritik: Autologie, Selbstzerstörung. Antiinstitutionalität, Zerbrechlichkeit, ohne Außenhalt, ohne Autorität, und sich berechtigend immer neu aus dem Nichts, aus nichts als sich selbst, dem Argument.

2007. Nochmal draußen beim Einkaufen, im nachgewittrigen Tröpfelregen, bei giftgelbem Licht, immer noch ganz warmer Luft, irgendwie fast tropisch. Und die Erinnerung an Bali, den wohlriechendsten Ort der Erde, wo ich je war. Mit Luhmanns Rechts Buch. Und der Bowle Party, mit Trip. Acid. Scharf, klar, brennend, überhell, gefährlich. – Jetzt grün-orange. Grau. Die Sturmböen wirbeln durchs Fenster, ins Zimmer, wehen die Blätter vom Boden hoch, werfen alles durcheinander, rauschen in den Bäumen draußen, fauchen herein und reißen an den Papieren an der Wand.

DIE LETZTEN TOTEN SIND GEBORGEN

IV
7.4

1330. Carsten war, nach dem Ende der Nacht, im Licht der ersten Morgensonne hinausgewandert in die Wüste. Er saß dann in einer fernen Mulde, in der gleißend sandigen Erde, mit einem anderen Mann, der riß und arbeitete an ihm, massierte und knetete ihn praktisch aus dem Boden heraus, ein Adam den anderen, ein ultrafrühes Ritual. Und wir sahen das, ganz in der Ferne, vom Musikpodium aus. Davor hatte ich getanzt, mit einer fremden Frau, das Körperspiel gespielt mit ihr. Wir konnten das. Wir krochen einfach in die Büsche, ohne Gedanken, mitten aus dem Tanzen heraus, nur so, zum Spaß. Ohne zu wissen, wie es weitergeht, da ging es wie von selber. Paradies war: keine Zukunft. Kein Erwarten, Hoffen, Kommen, Sehnen, Werden, Sein. Wie? Was jetzt? Ja: jetzt, jetzt. – Das war in Bali, irgendwo auf einem Berg, bei der Bowle-Party, und in der Ferne war, so ist das auf den kleinen Inseln immer, eine Bucht, das Meer.

Donnerstag, 13.8.98, Berlin.

1344. Benjamin Lebert, im jetzt-Tagebuch. Professioneller als der Pappi, mit 16. Das ist dann wahrscheinlich Talent. Daß man einen fertigen Sound, eine Redeform so aufnehmen kann, und sie dann erfüllen, mit Eigenem. Irgendwie wirkt es trotzdem so angelernt, hohl und brav. Und dabei ist er sicher ein supersüßer Typ.

1433. Das ist der einzige Vorteil der Nüchternheit gegenüber dem Rausch: daß ihre Dauer nicht in Selbstwiderspruch steht zu sich selber. Nüchternheit dauert einfach, das kommt der Zeit entgegen. Rausch nicht. Sein Moment ist zeitenthoben, will deshalb, vielbesungen, Ewigkeit. Rausch soll nie aufhören, das geht bloß leider nicht. Das ist das Schwierige, Anstrengende, kaum Erlernbare: sich damit abzufinden, daß der Rausch irgendwann doch aufhört. Sich damit anzufreunden. Wenn es eine widerspruchsfreie, diesbezüglich nüchternheits-ähnliche Weise gäbe, ununterbrochen berauscht zu sein, das wäre natürlich das Tollste. Dauerrausch. Out of time.

1515. Denken wie Tracks machen. Unabgeschlossene Dinger, die dazu da sind, weiterprozessiert zu werden. Moment der Gegenwartsform einer Sache, des einen Aspekts des eben gegebenen Augenblicks. Wandert die Zeit, wandert auch der Blick weiter. Zeigt die Sache sich wieder anders. Normal. Textform und Protokoll: Blick auf die Uhr, Minutenmitschrift.

1521. Lag am Bett, um Ruhe und geistige Blankness zu kriegen, für die Erzählung. Und war wieder beim Symposion, dem Methodenstreit, den Vereinen und Kollektiven, bei ausgeschlossen, eingeschlossen. Und dachte immer: ganz falsch. Denke: Montag. Dienstag. Die Richtung.

1700. An der Erzählung.

1717. Der Herbst ist gekommen, der Sommer ist vorbei.

1812. Eingekauft. Das war bei der Japanreise mit Sven so toll, da war ich Reporter, da hatte ich dauernd mein Notizbuch zur Hand zu haben, da war das mein Auftrag, gemeinsam wird gelebt, ich schreibe mit. Auch öfters in extrem aufgelösten Feiersituationen ist es zu dem Punkt gekommen, wo das Gekritzel im Büchlein zum gemeinsamen Teil der Situation wurde. Das war dann immer speziell geil.

1822. Vorhin, im Supermarkt: am meisten Angst habe ich vor den Fans, vor Zustimmung, vor der darin eingeschlossenen Erwartung. Dem Knast, in den die einen schickt. Ich hasse das.

1905. Nochmal einkaufen, im Reichelt. Typisch: seit ich schlecht über den Reichelt geredet habe, stimmt das alles überhaupt nicht mehr. Mein Reichelt ist viel netter als der Kaisers. Klassisch: im Moment der Feststellung betritt die Möglichkeit des Gegenteils den Raum. Deshalb wird ja auch, egal wie viel geredet wird, über das meiste und über das wichtigste eben letztlich doch genau NICHT geredet. Das wäre einfach zu gefährlich.

1934. Bad Kleinen. Es wäre so toll, wenn durch den neuen Prozeß ein Gericht dazu gezwungen wäre festzustellen, daß da, ganz am Ende dieser Revolutions-Geschichte, wirklich ein staatlicher Mord begangen wurde. Wahrscheinlich war es ja Totschlag, eine Affekthandlung, in größter Erregung, aus Rache, völlig durchgeknallt. Und wahrscheinlich denkt der Polizist, der Grams erschossen hat, heute WIRKLICH, daß er gesehen hat, wie Grams sich selber erschossen hat. Er hat es schon so oft so erzählt.

in der Klostertradition spricht man
von der Öffnung des Herzens

ZUR ELEKTRODYNAMIK BEWEGTER KÖRPER

IV
7.5

Freitag, 14.8.98, Berlin.

1111. Im Wettlauf mit der Zeit. 1111. 1112.19. Usw usw.

können sie denn
mit Bewährung leben?

ja, der Mensch
lebt immer mit Bewährung

1142. Schreiben: sich einklinken in einen Sound, klar. Den plötzlich spüren. In einer alten Zeitung, die ich neulich las, läßt Michael Althen Don DeLillo erzählen, wie er beschreibt, wie er schreibt. Walser erzählt dasselbe, und Hera Lind vermutlich auch. Vielleicht ist es halt so. Sound meint hier vorallem Rhythmus. Aber da ist das alles eben zusammen, im Sound. Die ganze Musik der Sprache, die Worte, der Rhythmus, Melodie und Sinn. Von daher kommt wohl auch der sogenannte große erzählerische Atem. Beim Blättern in Underworld. But I didn't say word one.

1153. Das Tolle an der Ich-Perspektive ist, daß man außen UND innen sein kann, auch IN den Gedanken, und trotzdem keine lächerlich übergeordnete Wissensinstanz hat. Ich finde es immer irgendwie irritierend, wenn die Erzählung mich ins Innere des Innenlebens einer in der dritten Person erzählten Figur schickt, zieht. Wie? Wo? Woher weiß er denn das plötzlich? Was ist denn das für ein komischer Gott?

1205. Jeder Einwand, der kommt: ah, verstehe, stimmt. Dann mach ich das kurz weg. Wenn dich das stört. Und tatsächlich denke ich, daß die Sache dadurch nicht verwässert, sondern einfach nur besser würde. Zum Beispiel hat jemand an Rave das Fiktions-Einsprengsel mit der Deal-Geschichte als irgendwie störend empfunden. Und ich weiß genau, daß ich an nicht mehr als drei Stellen jeweils vier Worte nur RAUS nehmen müßte, und diese Störung wäre weg, das Ding wäre dasselbe, nur offener, unbestimmter. Weniger eigensinnig.

1230. Statt Ich kann man natürlich auch jeden Namen sagen. Es geht hier mehr um das Monomäßige: daß es nur EINEN Held gibt. Und dann gleich: in einer bestimmten Passage, in einem definierten Teil. Und von da aus ist man dann gleich mitten drin, im erzählerischen Delirium. Ich will überhaupt nicht darüber nachdenken, ich will davon nichts wissen. Ich will keine Entscheidungen fällen, auf der Ebene. Das ist wie mit der Zeit: das soll einfach so passieren, wie es sich ergibt. Die Zeitform der Erzählung folgt dem Irgendwie-Impuls des erzählerischen Sprechens, der Absicht, das zu Erzählende darzulegen. Es ist sozusagen lächerlich, sich darüber Gedanken zu machen. Es geht doch um den Inhalt, das andere ergibt sich eh. Usw usw. Oder heiße ich Dieter Wellerhoff? Eben. Eben nicht.

1257. Wer ist Rosemarie Trockel? Wer stellt hier die Fragen? Wieder die BZ: Der Wagnersche Manierismus der ewigen Fragen. Das ganze sogenannte Blatt ist inzwischen voll davon, bald bestehen alle Überschriften nur noch aus Fragen, mit Klammer. Fragen, Klammern und Listen. Die 50 ... Chefredakteure Berlins. Wagner, 50 mal. Das hat in der Bunten alles schon so genervt, die Penetranz der FORM. Das autoritär Getrimmte, auf Linie Gebrachte. Das wirkt so kleinlich, so unzeitungshaft, voll lächerlich. Der große Blattmacher Wagner, der nie verstanden hat, daß die Scheußlichkeit seines Menschenbildes seinen Mißerfolg bei der Bunten begründet hat, kapiert nicht, daß eine Zeitung von VIELEN Menschen gemacht wird, und zwar wesensmäßig, daß es komplett grotesk wirkt, wenn man eine Boulevard-Zeitung durchblättert und auf jeder Seite neu mitten in dieses EINE Wagnersche Hirn blickt, in den Stumpfsinn dieser Weltsicht.

Weiter. Daß eine Mensch wie Klaus Podak sich einen Riesenriemen über Luhmann schreiben traut. Normal. Ohne daß er je – aber ach, egal, egal. 15 Jahre nachdem ich persönlich mit dem zu tun hatte, bei der Produktion eines Fernsehfilms über Irre, ist mein Haß auf diesen Menschen ungebrochen. Ich lese seinen Namen und habe nur ein Bedürfnis: das Böse, das ich in Worten denke, ihm sofort und wirklich, in der Wirklichkeit, ganz echt anzutun.

Dabei habe ich eben nur den Don Delillo Artikel gesucht. Da ist er ja endlich, da steht ja das letzte Wort. So sollte es doch sein, Herr Podak, stehen Sie ruhig wieder auf: Peace.

1501. An der Erzählung.

1515. Ich finde es so lustig, äußerlich, die Woche über, im Gesicht so zu verwahrlosen wie der denkbar billigste Schriftsteller-Darsteller, mit vier-Tage-Bart. Dann schaue ich in den Spiegel und denke, jetzt schaue ich ja fast schon aus wie unser guter Bodo Kirchhoff, vielleicht doch Zeit für eine kleine Rasur. Dann wird rasiert. Dann fühlt man sich wieder wie ein normaler Mensch. Liest weiter in Beton, das mochte ich damals nicht, wie es erschien, 1982, keine Ahnung warum. Max hat es mir schon oft empfohlen. Plötzlich funktioniert es auch bei mir.

Naturgemäß war die Finsternis noch die größte. Schreibt Bernhard. Ich habe damals die selbstbezügliche Struktur des Textes, die mich jetzt so anspricht, wahrscheinlich nicht mitgelesen. Daß Bernhard, indem er diesen Satz schreibt, mit einem unglaublichen Vergnügen feststellt, daß er als einziger berechtigt ist, diesen allerplattesten Bernhard-Satz zu schreiben. Weil er das alles erfunden hat. Weil es ihm gehört. Und weil er es auf die letzte Platitüde ebenso runterreduzieren darf wie weiterentwickeln, aber eben wirklich nur er, nur er darf so schreiben. Und das macht irrsinnig gute Laune, dieses Selbstbewußtsein, diese Wahrheit.

1545. Araballa Kiesbauer, hier wieder mal im gestrigen SZ-Magazin auf dem Titel, wie sie immer wieder betont, wie wenig Sex sie bisher hatte, in ihrem ganzen Leben, mit wie vielen Männern, mit wie wenigen. Daran soll der Kunde sich dann erfreuen, das soll der ganzen Schlampen-Nummer noch den letzten Extrakick geben. Ich finde sie einfach nur eklig, die ganze Frau, von oben bis unten.

1919. Voll erledigt wieder daheim. Mit dem Rad in Charlottenburg, in allen einschlägigen Buchhandlungen. Besonders schön wieder die Autorenbuchhandlung. Da wird gepfiffen und rumgeschlurft, und genau der Büchertisch neu gerichtet, an dem man gerade steht, dann wird mit donnerndem Knall die Leiter aufgerissen, zack, bumm, krach, pfeif, putz: da fühlt man sich so richtig wohl, im Reich der putzverrückten Buchhändlerin. Raus, raus. Jede Bewegung, jedes Singnal, jeder Subtext, der da gefunkt wird, alles: abscheulich. Dann bei Kiepert. Ich war ja wieder mal auf der Jagd nach der Beute. Vorne, unten, hinten, schließlich ganz vor Ort, im zweiten Stock: Die Beute? Das ist wahrscheinlich eine Jägerzeitschrift? Nee, nich ganz. Zauberhaft. Sie gibt mir eine Karte, ich soll Montag anrufen, sie bestellen alles. In den großen Buchhandlungen sind die Buchhändlerinnen angenehm und höflich. Überall da, wo man wie ein Privatpatient behandelt wird, wird es für mich ungemütlich, pappig, qualvoll. Zu ÖFFENTLICHE FORM.

2001. Brebeck. Schade, daß sie ihn nur ausgewiesen haben. Ich wüßte so tolle Sachen zu machen mit Brebeck, daß der bißchen ruhiger wird, an der Kehle.

im Gegenteil
Halbzeit
ist noch viel geschwätziger

ich finde es so erfreulich
daß wir die Bücher so unterschiedlich lesen

WEGEN URLAUB
BIS 15.8.1998 GESCHLOSSEN

IV
7.6

Samstag, 15.8.98, Berlin.

1000. Ich nehme alles zurück, alles. Der Reichelt ist natürlich auch nicht netter. Ist ja lächerlich. Er ist nur nicht nicht netter als der Kaisers, nicht weniger nett, darum gehts doch.

1001. Der Provinzler kommt in die große fremde Stadt und sieht, ganz beleidigt, als erstes den McDonald: ist ja wie daheim. Nur weil er das, was er kennt, als erstes wiedererkennt. So kommt mir mein Gejammer über das Internetzl vor. Natürlich findet man sich als Nichtnettie erstmal nicht zurecht, weil man nicht weiß, wo man kucken muß. Eben war ich auf der Seite der Klassischen Philologie der Münchner Uni, dann in Berkeley, auf der Don-DeLillo-Seite. Und es ist alles natürlich ganz wunderbar inhaltsreich und formal unhysterisch und interessant.

1020. Jahrelang habe ich dafür plädiert, daß die Universität der einzige Ort ist, wo man vernünftig Theorie machen kann. Daß Privatgelehrtentum, egal in welchem Feld, das allerletzte ist. Daß gerade etwas so sehr Geistiges und Freies wie Theorie sich nur in Kollision mit der formalen Enge der akademischen Routine und mit dem Druck der MODE entwickeln kann. Im realen Gespräch und herausgefordert von der egal wie hohlen Frischheits-Form der Neuheit der Fragen der immer neu neuen Studenten. Dem von ihnen herbeigeschafften Unhistorischen. Deswegen hat Diedrich auch recht mit seinem Vorwurf, meine Einwände gegen die Art der sozialen Manierismen der neuen Diskurslinken wären ALT, würden sich immer irgendwie auf die frühere politische Konstellation an der Uni beziehen. Und Diedrichs politisch-argumentatives Ding antwortet demgegenüber ganz aktuell auf die Sehnsüchte der Gegenwart, auf ganz andere Art poppig als man als ich immer so meinen würde, zunächst. Deswegen kicken die Sachen ja auch so, wenn sie den Insiderort Spex, Texte zur Kunst und Beute verlassen und sich mit allem Insider-Wissen und aller auch formalen Insider-Irrheit dann zugleich an ALLE wenden, da draußen, in der Zeit, in der SZ, im Tagesspiegel.

1111. Es läutet. Sie wünschen? Guten Tag, Reklame! Reklame, klar. Der Hausbesitzer will, daß man dann sagt, vielen Dank, Fremde dürfen hier nicht rein. Sagte er mir neulich. Und steht dabei vor einem wie der allerletzte Grattler, den man vom letzten Reklameverteiler kaum unterscheiden kann. Darum gehts hier dauernd, um diesen Level von Kaputtheit. Das macht mich so fertig hier.

1116. In der Jugend wurde ich von der Verwandtschaft immer damit aufgezogen, ich hätte als Kind dauernd gesagt: ABER MEIN PAPALE HAT GESAGT –. Dauernd. Offenbar gab es viel abweichende Meinung zuhause, viel Autorität, das hat dann natürlich wahnsinnig genervt, in der Jugend. Später ist es ganz egal, ob man als Möchtegern-Mitläufer gegen den Strom schwimmt oder mit ihm, da ist das alles genau ein klitzekleines Materialbausteinchen, so wichtig wie die letzte Meldung in der Tagesschau oder die Melancholie des Leuchtens vom sommerlichen Abendhimmel her.

1258. An der Erzählung.

denn Logik und Motive
versacken im Morast der Handlung

1519. Ich radle am großen Albert-Bild über der Init-Kunsthalle vorbei, kucke hoch, bin schon vorbei und überlege, wie war das nochmal mit den Beinen und den Worten? Arbeit, Licht, rechts, links, wie rum denn? Kehre um und fahre zurück, a ja, doch andersrum: links LICHT, rechts ABFALL, wie komme ich denn auf Arbeit? Rechtes Bein: Licht, linkes: Abfall. Verstehe. Oberkörper: EULE, auch geil. Was mag das wohl bedeuten? Hinten, oben, hinter dem Namen ALBERT OEHLEN: drei paar Arztsocken. Für Dingens, meinte Albert, und dann lachten wir.

1530. Hallo Alexandra, wo ist denn das Geburtstagkind? Was ist denn mit dir passiert? Sie ist vom Rad gefallen, aua, ist ja voll fies. Wir sitzen im italienisch renovierten Innenhof des sogenannten Kunsthofs in der Oranienburgerstraße und reden über die Popkomm. Ich wäre sehr gerne dort, die anderen eigentlich eher nicht. Die Sonne scheint, milde Luft weht, da ist die Kastanie, Obst, Gemüse, und schön Zigaretten rauchen auch.

1730. Stefan Weber will mich zu einer Wahlparty in seine Bar einladen. Was wählstn du? Niemand weiß, was er wählt. Wählen gehen, sagt das Plakat, dann kriegt man einen A-Klasse Mercedes. Gestern kam die Wahlbenachrichtigung. Ich will nicht, ich kann nicht. Ich kann nicht in so ein Wahlkabuff gehen und da irgendwas ankreuzen. Das muß alles der Wähler entscheiden, ich nicht.

1808. Daheim, auf Videotext gleich mal kucken, wie Bayern gespielt hat, in Wolfsburg, 1 - 0, paßt. Jetzt aufräumen, das wärs.

auf jeden Fall
ist der Faktor Mensch
hier mal wieder in Verruf geraten
er trägt sicher eine gewisse Mitschuld

doch für die Kameras aus dem Westen
wird die Dramatik nachinszeniert

vor wenigen Augenblicken
erreichten uns die ersten Bilder

Blutbad
Augenzeugen

Hergang
Bombenwarnung

um Schaden von der Bundesrepublik Deutschland abzuwenden
wurde ich kurzerhand zurückgeschickt

retten was zu retten ist

HASS SPRICHT

IV
7.7

Sonntag, 16.8.98, Berlin.

901. Paulchens Geburtstag. Schönes Wetter hat er auch erwischt, der kleine Ritter. Lasset uns beten. Wieso?

951. Problem Gleichheitsunterstellung. Zum Beispiel haben sie in De-Bug, das hat mich die ganze Parade über irgendwie beschäftigt, behauptet, das Spritzen mit den Wasserpistolen hätte irgendwas mit den von ihnen sogenannten Genitalien, speziell der Frauen, glaube ich, zu tun. Daran hatte ich überhaupt noch nie gedacht. In hundert Paraden nicht. Ich habe das immer mehr von der Hitze- und Wasser-Seite her gesehen, nicht so sexuell wie die. Jetzt war der Blick darauf gelenkt, durch sie, und ich sah, wie recht sie haben. Ja, Spritzen und Bespritztwerden, voll sexmäßig, geil. Bloß: alle, die ich sah, im grandiosen Theatrum Prollicum, das die Parade ist, noch mal seis gesagt, weil es ja wirklich immer wieder voll unglaublich ist, in echt dann, seit etwa genau vier Jahren übrigens, seit 94, waren einverstanden, gerade auch die Frauen, waren SELBER Spritzende, mit Spritzgeräten, oder waren welche, die zeigten, daß sie angespritzt werden WOLLTEN, einen wie irren Spaß sie dabei hatten, usw usw. Und ich dachte, wie kommen die da bei De-Bug dazu, nur weil sie eventuell selber es nicht möchten, von fremden Spritzpistolen angespritzt zu werden, darauf zu schließen, daß das auch von anderen genauso wie von ihnen empfunden wird, als eklig, wie sie, glaube ich, schreiben? Ob sie da nicht –

1005. Dichterclub: Gut laut. Das muß ich kurz tapen, ich brauche noch bißchen Ruhe hier, Sonntag Morgen. Ich komme mir schon vor wie die Mutter von Kroetz in Kir Royal, die sogenannte Erni Singerl, Frau Schimmerlos, die da so hektisch am Videorekorder rummacht, weil sie ihren Baby tapen will, und das Gerät nicht bedienen kann, und der Papagei schreit wie verrückt, und dann landet auch noch so ein schlimmes Lärmflugzeug direkt über ihrem Kopf, – und dann bricht sie zusammen und stirbt.

1509. Beim Aufräumen. Es sind ja immer die selben Fragen: soll man den Flyer vom letzten Dezember auch noch aufheben, weil man alle anderen auch schon aufgehoben hat? Oder dürfte man den nicht doch einfach mal so wegschmeißen, nur so, als hätte man ihn nie gehabt? Dann blättert man rein, und jedesmal wieder wird das, was man dann da gerade in der Hand hat zufällig, egal ob es die rosa Mercedes Werbung mit dem Schnuller, ein Roland-Gesamtverzeichnis oder die Floor Information von Tower Records in Shibuya Tokio ist, irgendwie für so interessant befunden, daß es doch ein Jammer wäre, wenn – und dann muß Willkür einsetzen, wildestes Abenteuertum und heldische Kräfte. Und man sagt: hinweg. Und schmeißt es weg. Den Flyer jetzt zum Beispiel lieber nicht. Der ist so schön.

1541. Albert ruft an, und wir reden übers Internetzl, immer neue Computerfragen, Schwachsinn, und man ermutigt sich dabei gegenseitig, sich mit den Problemen trotzdem irgendwie rumzuschlagen. Zahlen sind auch was Schönes. Sieben mal sieben gibt neunundvierzig. Ein Jahr, drei Wochen Ferien eingeschlossen. Albert erzählt von Kafka. Eine erneute Überprüfung, hier jetzt mit dem Schloß, hätte einen extrem niederschmetternden Befund ergeben. Kafka wäre Simulant. Das hätte Max früher immer schon gesagt. Die, wenn ich es richtig referiere, absichtliche Düsternis und Beklemmendheit, das Spiel mit dem Leser, das er treibt, zwischen Anfütterung mit Infos und Entzug, Hinhalten und wieder Locken, das wäre alles extrem scheußlich und nach 50 Seiten unaushaltbar. Verstehe. Mein Nichtverstehen von Kafka kommt noch nicht mal so weit, weil ich überhaupt nicht rein komme, in diese Welt. Ich hatte neulich das Schloß aufgeschlagen und original nur den ERSTEN Satz gelesen und abgestoßen und erschreckt und angewidert sofort das Buch wieder zugemacht. Der Satz geht so: Es war spät abends, als K. ankam. Fertig, das wars schon, diesen absichtlichen Muff halte ich nicht aus. Und immer wieder sage ich mir, es ist wahrscheinlich genau der Muff der Zeit, von Kafkas Kinderzeit, wann ist er nochmal genau geboren, die schrecklichen 80er Jahre, die Nietzsche und van Gogh verrückt gemacht haben, aus der kommt das, das ist da erfaßt wahrscheinlich, total genial, und heute ist eben genau das so völlig unerträglich. Wenn man Text so liest, daß er einen überhaupt wirklich TANGIERT. Vorgriffsmäßig hängt ja genau daran auch der ganze Faschismus dran. Das macht vielleicht auch Kafkas riesigen Erfolg im Ausland. Der ganze Horror des deutsch-österreichischen Todeswesens, in Reinform, als Text. Albert hatte übrigens einschränkend vorausgeschickt, daß er Amerika zweimal gelesen hat, das wäre ganz toll. Dann reden wir kurz über sein eigenes, kommendes Bilder-Text-Buch, für das ich neulich den völlig autistischen Titel »Techno« vorgeschlagen hatte, das soll jetzt IN-

HALT heißen, was natürlich wirklich ein absolut genialer Titel ist. Inhalt. Kann man es schöner sagen?

1633. Worum gehts eigentlich: um die Texte oder ums Papier? Das ist eben das Problem, die Groteske, daß es genauso sehr um die Magie der Hardware geht, um das sinnlich reale Ding, das den Text trägt, das Papier der Zeitung und Zeitschrift, wie um den Inhalt. Sonst gäbe es kein Problem mit dem Aufheben. Die Texte sind ja alle digital viel besser zugänglich. Es geht um das Zeug, den Gegenstand, der das Abstraktum wirklich macht, wirklich in der WORLD OF WORDS.

1738. Motion, Wired, I-D, Style, House Attack, Anne Zielke über Ketamin im SZ-Magazin, Flash Art, Museums Journal, Artforum, Jaspers über Strindberg, PC Praxis, frieze, Suhrkamp, Groove, Petra, Mix Mag, Mojo, NME, Face, art, Art in America, Cosmopolitan, Marlen Haushofer, Titanic, Love Parade 1998, Feinde, United Colours of Benetton, usw usw. REGALE IN AUFRUHR. Liegt ja alles rum am Boden. Rock your Body. Kommt aus dem Fernsehen, auf rtl 2, Planet of Pop and Dance. Fila, Hilfiger, Adidas, nochn Gedicht, noch ein Alphabet der Dinge.

1924. Rekonstruktion. Wie kommt es eigentlich zu diesen Bergen der Unvernunft und des Wahnsinns aus Papier? Ich versuche dauernd zu verstehen, nach welchen Kriterien und Prinzipien da aufgehoben und gesammelt wird. Schrecklicherweise eben nach überhaupt keinen. Es wird aufgehoben, was da ist, alles ist ja toll, schön, interessant, wahnsinnig wichtig, jetzt und erst recht für später. Wahnsinn.

Eigentlich bin ich ja den ganzen Tag nur auf der Suche nach dem einen De-Bug, um das Zitat von heute Morgen hier zu verifizieren, nicht daß ich mich da täusche, daß das eventuell ganz anders klingt, als es da in meinen Nachgedanken nachgeklungen hat. Vielleicht haben sie ja was ganz anderes geschrieben. Und dieses De-Bug habe ich, kein Witz, immer noch nicht gefunden.

2134. So. Das Arbeitszimmer ist jetzt wieder wüst und leer und frisch gebügelt. Herrlich. Sexist. Genau, ich wollte das Argument von heute Morgen noch kurz bringen, auch ohne verifiziertes Zitat.

ROCKBITCH

Die Frage, wie also die De-Bugs darauf kommen, ihre eigenen sogenannten Genitalien mit denen aller anderen sozusagen gleichzusetzen? Von ihren auf die der anderen zu schließen? Sie nehmen einfach an, die anderen wären so wie sie, Gleiche. Und genau dasselbe mache ich ja selber auch, absurderweise, dauernd. Das kam mir da plötzlich auf der Parade. Wie komme ich denn auf die Idee, von den De-Bugs zu erwarten, daß sie, wie ich, unterscheiden zwischen sich als Intellektuellen und irgendwelchen Hardcore-Prolls da draußen? Anstatt zwischen mir und ihnen klar zu unterscheiden. Vielleicht sind das gar keine Intellektuellen? Oder auch nur ganz anders interessierte Intellektuelle. Usw usw usw. Daß man, kurz gesagt, ohne diese absurden Gleichheitsunterstellungen ganz anders argumentieren würde. Viel ruhiger, freier, lässiger und wahrscheinlich vorallem richtiger. Wieviel Zusatzvernunft auf die Art sich für mich auf einen Schlag auftun würde. Darüber dachte ich die ganze Zeit über nach, auf der Parade, in den ersten Stunden, bevor der Rausch kam. Dann natürlich nicht mehr. Dann war ja, wie gesagt, alles nur noch herrlich.

am Grab eines Engels
wird sich unsere Poesie entzünden

V

DER TAG DER WAHRHEIT

V

1.1

Montag, 17.8.98, Berlin.

934. Sticht, sticht, stimmt. Paßt, paßt, paßt. Haargenau, verstehe, ja, ich auch. So sollten die Gedanken da stehen, die Argumente. Tun sie aber nicht.

1053. Anruf von Hans-Ulrich. Termine und Pläne.
1115. Fax an Felix.
1223. Ihr Traum vom Glück? Stündlich frische Socken, dunkelblau, lebenslang.
1247. Anruf von Felix.

Lesung
Lutz C. Pramann liest aus
der Hörzu

1342. Vielleicht heißt das Buch auch INHALTSANGABE, fiel mir vorhin plötzlich ein. Bin ich mir jetzt unsicher. Tschuldigung.
1421. An der Erzählung.
1534. Anruf bei Aol.
1539. Anruf beim Fundbüro.
1549. Anruf bei Herrn Tönse von Detlef Schulz und Partner. Ist das alles angenehm. Sauteuer, aber extrem angenehm.

1714. Am Rad. Leute, die in der Öffentlichkeit pfeifen: wie gibtsn so was? Was ist denn das für eine Störung? Man betritt einen Laden, sagt guten Tag, schaut sich gerade so bißchen um, und da fängt die Verkäuferin direkt vor einem zu pfeifen an, schlurft pfeifend vor einem auf und ab. Was ist denn los? Wo ist das Problem? Ach so, verstehe, hier heute großer Fette-Sau-Kontest, und alle haben prima Laune. Na, das ist ja super, da will ich mal nicht länger stören.

1725. Wagner, Tiedje, Funke, Lottmann, die ganzen Finstermänner und Altbösewichte müßten möglichst trocken faktoid und unbeschimpft auftreten, einfach nur so wie sie sind.

1739. Hardwax. Aus Sicht der Nichtzerstörten gesehen.
BITCH CONTROL BERLIN

1749. Alter Ego. Acid Jesus. Sensorama. Love. Tikiman. Substance. Session Elements. Rhythm & Sound.
1808. Bundesdruckerei.
1810. Der Blick wird immer enger, die Augen wachsen schon zusammen.
1834. Subprägnanz. Klamotten, Stil.
1840. Daheim.
1915. Ich dachte sie senden live aus dem Weißen Haus, im Gegenteil, nur alte Bilder, altes Gelalle.

ich sehne mich
nach einem normalen Leben
heißt es

2106. Und bring eine Flasche Wein mit.
2125. Am Rad. Die Fußtheorie in der Faz. Warum aus IDEEN Theorien machen, anstatt aus Antworten und Problemen der WELT?
2127. Spitze des Eisbergs.
2136. Große Worte: schön, klar. Aber wenn ein schmuddeliger Second Hand Laden SCHÖN heißt, oder eine neue Platte NEU oder LOVE, wirds schwierig. Jörn und Roman hatten das dem Disko in der Sendung irgendwie erklärt.
2137. Zehdenickerstraße. Nährmittel. Zucker. Zone 30. John Lennon Gymnasium.
2306. Utopia Construction.

2323. Pop ist eine Praxis.

WIEN
STADT MEINER VÄTER

V
1.2

Dienstag, 18.8.98, Berlin.

1124. Terminstreß, Panik, Schweißausbruch.
1125. Ja ja, ja ja.
1154. Anruf von Detlef, gleich beginnt die Pressekonferenz. Frühstück mit Inhalt, Tempodrom, 12^{oo} Uhr.

seelische Depressionen
die den Künstler heimsuchten

hatten ihn bewogen, der Welt zu entsagen
und sich dem strengen klösterlichen Leben zu unterwerfen

1224. Geheime Wahl, komische Kommunion.

1227. Lüge. Wenn der Steuerkommissar, der Becker jagt, neulich in allen Zeitungen so tut, als gäbe es den einen und nur einen wahren, richtigen, korrekten Weg in diesen Fragen. Wo doch in Wirklichkeit völlig klar ist, daß alle komplizierteren Fälle auf diesem Gebiet Gegenstand von Verhandlungen sind, ausgehandelt werden, als Deals zu den Akten gelegt werden schließlich. Wenn dem Recht also eine Präzision angedichtet wird, die es gar nicht halten kann. Das meinte ich mit Aushöhlung, diese Art Gebietszerstörung durch Randzerstörung durch Grenzpräzisionsfiktion.

1232. Unterschiede müßten Schmuck sein können, auch zumindest, nicht dauernd nur Bekämpftes. Irgendwann darf alles Offensichtliche gar nicht mehr gesagt werden, bis zu dem Punkt, wo man plötzlich genervt feststellt: hallo, stimmt doch alles gar nicht, ist doch alles Lüge. Und damit entstehen an genau der Stelle, die die Kritik bekämpft, neue Widerstände gegen fortschrittliche Praktiken überhaupt erst richtig heftig, selffulfilling-mäßig quasi. Andererseits muß –

an inappropriate
relationship

1319. Erschaffung der Lüge: du mußt die Wahrheit sagen. Das geht aber nicht, ganz streng gesehen geht das wirklich praktisch NIE. Wir laufen einer Herde Rehe hinterher, und vielleicht habe ich eines berührt, es kam mir fast so vor, als hätte ich es an den kleinen Hörnern vorne gepackt und mich aus dem Lauf heraus hinten auf das Reh geworfen und wäre so auf diesem Rehbock also quasi wirklich geritten. Gibts das? Oder habe ich das nur gelesen, in einem abenteuerlichen Kinderbuch, wo Helden auf Rentieren dahin reiten? Also, gib mal nicht so an. Nein, doch, wirklich. Jetzt könnte man die Sache gut sein lassen. Oder es muß geklärt werden, im Namen der Wahrheit, dann muß gestanden werden, zugegeben, eingeräumt, bereut und gelogen. Immer mehr Lüge entsteht ganz automatisch, je näher der Wahrheitsterror an die Wahrheit hinzoomt. Teilchen und Welle, Unschärfe des Lichts.

I deeply regret that

1334. Okay.

1633. Celebration neu geordnet und ausgedruckt. Mein Drucker ist so am Ende, der kann schon gar nicht mehr. Der druckt inzwischen mehr Schmierlinien als Buchstaben.

1704. Post, Einkaufen, daheim. Total kaputter, panischer Bürotag. Komplett platt.

2016. Das Resultat einer Kunst ist ja auch die Widerlegung ihrer Ausgangsvoraussetzung. Deswegen ruft experimentelle Kunst, hier gerade kross und superkross von Sensorama, so starke Biederkeitsanmutungen hervor. Wie die Leute im Swinger-Club, in Wahre Liebe, wenn sie sagen: wir sind für alles offen. Gerade beim Rhythmus ist es ja so klar: wie schlägt sein Herz, wie atmet er, wie geht er. Da gibts doch gar nichts auszudenken, nur hinterher zu ahnen, zu tasten, zu erspüren, jede analytische Annäherung natürlich eingeschlossen. Es gehen ja auch alle Menschen irgendwie gleich, und trotzdem geht jeder komplett anders. Deswegen stimmt auch nicht, was Michael Kerkmann über Basic Channels Welt mal geschrieben hat, daß der sogenannte beste Track schon gemacht wäre. Blödsinn. Der beste Atemzug ist auch noch nicht geatmet.

PROJEKT DIALOG

V
1.3

Mittwoch, 19.8.98, Berlin.

919. Die Bestimmung annehmen: Freiheit. Annehmen, Verstehen. Verstehen, Verwandeln. Verwandeln, Öffnen. Einstimmen, zustimmen, usw usw. Ganz einfach eigentlich, und irgendwie doch auch ganz schön schwierig.

924. Authentizität. Was soll denn nun damit geschehen? Und andererseits bin ich froh, genau dieses Problem zu haben, eh klar.

931. Das Wort »Haushälterin«, hier in einem Bericht über Bernhards Totenhaus, in der Berliner Zeitung. Der Horror, der von diesem Wort ausgeht, KONTROLLE, und zugleich die Sehnsucht, auf Ebene dieses Wortes mit der alltäglichen Lebensrealität besser zurecht zu kommen. Deshalb ziehen die Leute irgendwann ins Hotel. Immer alles sauber, frisch, und trotzdem anonym. Das wärs.

1058. Irgendwas Unangenehmes ist passiert. Ich komm nicht drauf. Wie bei Drogen. Gemeint ist aber meine Seite. Anruf bei Herrn Brock. Er kommt auch nicht drauf. Wasn los? Geht mal weg da, ihr Penner. Ich habe hier zu tun.

1146. Gegen die Abwehr der Gleichheitsunterstellung stellt sich völlig selbstverständlich und auch richtigerweise zugleich immer AUCH die Frage: möchte ich das auch gemacht haben? Der auch sein? Oder doch eher lieber nicht. Wie ich auf Willi Winklers Artikel in der gestrigen SZ kucke.

1156. Andererseits, von gestern, muß alles eben, wie gesagt, durchs komplizierte, superenge Nadelöhr der expliziten Rationalität. Muß der Dämmer unklar gemischter Verhältnisse zerstört werden, durch Klarheit, Trennungen, künstliche Grenzen. Einwand: Funktioniert doch in echt viel besser, als hier bemängelt, dargestellt. Stimmt. Heißt aber dann nur, daß der Negativitätsorientierte rationale Welt-Beschwerde-Nachbau sich immer realitätsgerechter nachverfeinert. Schließlich gibt es eine dämmerfreie Rationalitäts-Rekonstruktion des ursprünglich realen Dämmers. Genau dasselbe, nur erkannt. Dann kann der Diskurs ablassen von diesem Gegenstand, sich von einem nächsten Dunkel oder Dämmer faszinieren lassen, den zu übersetzen anfangen in sein Rationale. Zeit der Krise. Wobei ich mir merken wollte, aus der Evolutionstheorie, daß man ohne starrsinnige Optimismusvorstellungen, die jeweils offene Finalität dieser Prozesse realitätsgerechter sehen kann, nicht so hegelisch dogmatisch fortschrittsversessen.

1206. Heute bin ich dankbar, daß Wim Wenders diesen Film über Berlin gemacht hat. Ich laß den Himmel mal weg, ich habe den Film auch nicht gesehen. Ich stelle mir nur vor, daß da vielleicht auch Bilder vom Boden drauf sind, vom alten Berlin. Daß man sich diese damalige Welt also, deren Rhetorik und Romantik mir so eklig waren, daß ich sie mir nie angekuckt habe, jetzt jederzeit im Kino oder auf Video ankucken könnte heute. Beim Blättern im Berliner Bauwelt Annual von 1996.

1440. An der Erzählung.

1446. Wenn Normalität zu genau beobachtet wird, entsteht auch wieder ein ganz unnormal anstrengender Künstlichkeits-Ton, übertrocken, neauveau-roman-mäßig. Von Brigitte Kronauer habe ich mal ein so gemachtes Buch gelesen, vor vielen Jahren. Da war auch alles so genau und ruhig und unaufgeregt klar dargelegt und beschrieben – daß man immer mehr in Panik gerät, bis man schreit: JA, ich weiß, ich habe verstanden. Allägliche Verrichtung, ganz normal. Jetzt quäl mich halt nicht so damit, jetzt gib halt endlich bißchen Gas. Nee nee, kein Gas. Ruhe bis ins Grab, bis zur letzten Seite. Horror.

1505. Brief an die Krankenkasse. Anruf von Alexandra. Eröffnung und Bowling, und aber alles angenehmerweise nicht heute. Ach ja, und vorhin war die neue Frau Nachbarin da, von unten, sie heiße Pinkowski. Und ich hatte schon gedacht, das wäre ein ausgedachter Witz vom durchgeknallten Hausbesitzer, die leerstehende Wohnung von einem fiktiven Namen Pinkowski, der kam mir so ausgedacht vor, bewohnt sein zu lassen. Nein, der Name ist echt. Frau Pinkowski will wissen, ob bei mir am Balkon irgendwas kaputt ist, bei ihr ist an der entsprechenden Stelle Feuchtigkeit. Ob ich mir das mal ankucken will? Wir gehen runter zu ihr. Sie zeigt mir ihre angeblich feuchte Stelle, die wirkt auf mich recht trocken. Ein Wäscheständer fällt um. Haach, die Wäsche. Frau Pinkowski will alles noch bißchen bereden, die Wohnung, die Stelle, den Herrn Hausbesitzer. Die Fassade soll renoviert werden. Aha, das ist mir ganz neu. Ob denn das noch zu erwarten sei? Keine Ahnung. Der Herr Hausbesitzer hätte Hexenschuß, wäre absprachewidrig nicht zu ihr hoch gekommen. Ob man sich denn auf den verlassen könne? Tja. Ich wundere mich vorallem, daß ich einfach mitmache, im Wahnsinn, als wäre auch ich ein Bewohner der Lindenstraße. Ich bin ein Bewohner der Lindenstraße. Mit einer Einführung von Peter Handke, aus dem Serbokroatischen ins Österreichische übersetzt.

1902. Eingekauft, gegessen, Zeitungen gelesen. Und ein Fax an Moritz geschickt. Daniel Josefsohn plant ein Buch, das den tollen Arbeitstitel BIBEL trägt. Daß immer wieder neue, großartige und plausible Titel entstehen, auch wunderbar. Und gerade für Daniel Josefsohns Fotos, die wirklich das JETZIGSTE sind, was ich kenne an Fotografie, ist diese archaisch mythische Menschen-Alphabets-Aufladung natürlich genau richtig.

1914. Die ganze Zeit überlege ich, was ich weiß über Authentizität, über ihre Probleme, Engen und Stärken. Und was heißt das jetzt konkret für die Erzählung? Hier die Vorberichte über den Gladbeckfilm.

der Journalist Udo Röbel
steigt in den Geiselwagen

jetzt ist der Schlußvorhang
für ihn gefallen

2319. War doch voll okay, oder? Ein Breloer-Imitat, aber funktionsfähig. Am meisten strengt mich die Musik an. Von wem? Ich habs verpaßt. Der Abspann ist fast unlesbar an den Rand gedrängt, von der Panik der Programm-Macher, weiter, weiter. d-moll nach oben, F-B-F-Dur, d-moll. d-f-e-g-ff, f-a-g-b-aa. Catchy, für Techno noch viel zu viel. Für Dokudrama genau richtig, bloß viel zu penetrant eingesetzt, für mich, also wahrscheinlich genau richtig.

vor der Abreise
habe ich erklären lassen

daß ich zu meiner Ehe stehe
ich liebe meinen Mann

verkrustete Strukturen und Schablonen

der Musikjournalist Ralf Niemczyk
erinnert sich an diese Zeiten

ich bin froh
daß ich in meinem Sarg
in der Kapuzinergruft bin

LOLA RENNT

V
1.4

Donnerstag, 20.8.98, Berlin.

941. Julien Green. Erinnerungen, die man sich selber noch gar nicht richtig erzählt hat, die einfach da sind und in einem leben, mit einem. Offenere Ichkoordinaten, die sich dauernd auch noch irgendwie ändern. Wie? Später, einst.

1101. Telefon mit Albert. Wie genau soll die Celebration Datei jetzt an die Spirits geschickt werden? Anruf bei Marcus. Fotoshop, Macintosh. Anruf bei Albert. Klärung. Ich stelle mir das Verhältnis von Realität und Darstellung zugleich immer auch irgendwie comic-haft vor. Jede Figur tritt immer wieder auf, und das real Gemeldete übersetzt sich in künstliche Reduktionen, in Prägnanzen, die auch der Comic-Funktion gehorchen. Es ist ja nicht so, daß man sich überhaupt nicht versteht, alles NUR falsch versteht. Bloß würde die verbale Darlegung in aller Präzision realerweise Stunden dauern, Bände füllen.

1131. Anruf von Max. Are you really ready to ruck? Let's make lots of noise. Und er war auch wirklich dort, bei der Pressekonferenz im Tempodrom vorgestern. Mit Islam machen sie heute ihre neue Platte ISLAMABAD. Ob ich vielleicht im Studio vorbeikommen möchte? Ich hatte gerade wieder mal einen neuen ersten Satz geschrieben. Den lese ich ihm kurz vor. Dann wird das Gesagte mehrfach wiederholt und darüber abgelacht. Immer geht es um Soundimitate, aus der Wortwelt. Er hat da ein absolutes Gehör dafür, für

Sounds von Redeweisen.

1149. Geil ist auch, daß ich versehentlich mein Teenetz weggeschmissen habe. Tschuldigung. Zum Teenetz. Das Wort Haarnetz. Faustnetz. Jörg Schröder. Usw usw. Auf Schröder komme ich durch Detlef, der gestern – wollten wir uns nicht alle bißchen besser konzentrieren heute?

1242. Wie weit hinkt Verbalität dem Verstehen hinterher? Wie groß ist diese Distanz, im Normalfall, im Alltag, im Sonderfall Kunst? Für NACHT hatte ich ja die maximale Distanz propagiert, als am nähesten dran am Glück. Oder ging des da nicht in Wirklichkeit um noch was VIEL Blinderes? Um Nichtverstehen überhaupt, Nichtdenken, reines Geschehen und Ausöschung darin, geistige Stille, absolute Aktivität. Demgegenüber spielt die Differenz von Verstehen und Verbalität ja schon ganz im Hellen des Denkens.

1311. Ulrich Meyer. Man meint immer, das wäre irgendwie gemacht, sein Act, der Style, seine Art, »gefönt«, wie es immer heißt. Viel irrer: der IST so. Genau so hohl wie Kanther und Dregger, wo ich auch immer das Gefühl habe, daß das Gesicht sagt: hier niemand da. Aber wir tun bißchen so, als ob.

1446. An der Erzählung. Gut fertig plötzlich, auf einen Schlag. Wieder ist es heiß, August, in full effect, mit späthochsommerlichem Wind.

1459. Von wegen gut fertig. Andreas Neumeister hat neulich in Gut Laut – nee, ich bin noch nicht so weit.

1625. GÄSTEHAUS AXEL SPRINGER
1635. DER KLEINE FLOHMARKT
1640. HAUS DER SELBSTÄNDIGEN
1652. Giesebrechtstraße. Marcus zeigt mir das Cover.
1726. Franklinstraße
1731. NIVEA

LOW SPIRIT REC

2006. Wieder daheim.

2129. Ich lag wie tot am Bett, völlig erschossen von den von mir selbst unter Hochdruck dahergeredeten MASSEN von Unsinn. Erst im neuen Studio, dann mit Klaus und Max beim Essen in Schöneberg. Wir saßen vor der Take Away Pizzeria La Mamma und redeten über Politik, die Stadt, Realitäten und Interpretationen. Eben waren es noch ganz plausible Gedanken und nicht nur unrichtige Ideen und Ahnungen gewesen, daher geredet der komplette Quatsch. Unglaublich. Wie gibts denn das? Hinter jedem Satz müßte man jetzt nachfassen, einschränken, auslegen, darlegen usw. Grotesk. Egal.

2254. Im Colosseum an der Schönhauser Allee, mit dem Albert Interview aus der taz.
2316. Folge einfach deinem Herzen.
2331. Lola rennt. Los gehts.
042. Fertig.
105. MUSIK CAFÉ KARDESIM
114. Daheim. Wo ist meine Michael Althen Kritik?
223. Zeitungen. Licht aus.

POSTZUSTELLUNGSURKUNDE

V
1.5

Freitag, 21.8.98, Berlin.

1007. Panischer Morgen. Papier, Papier. Die jetzt gerade gesuchten Blätter sind aber gerade verschwunden. Wo denn? Wie denn? Wo sind sie denn? Gibts doch nicht. Und da, und da, und da, da, da: AUCH NICHT. Was gehtn ab? Erstmal tief durchatmen. Es läutet. Die Frau Postbotin, die gestern zwei Mark Nachgebühr kassieren mußte, für den Brief des einen Stefan, dem ich neulich, auf seine Bestellung auf der Parade hin, Rave geschickt hatte, mußte ich Nachgebühr bezahlen, bringt heute einen blauen Brief und sagt irgendwas von Urkunde, persönlich übergeben, zugestellt. Ah, endlich: die zentrale Bußgeldstelle meldet sich, ich hatte schon gedacht, die hätten vielleicht doch Gnade vor Recht ergehen lassen. Nee, gar nicht. Wieviel? 297 Mark. WAS? Man denkt, die spinnen. Rote Ampel mit dem Rad: 300 Mark. Ist das nicht bißchen viel? Bißchen übertrieben? Und ein Punkt in Flensburg, obwohl ich meinen Führerschein, den ich komplett neu machen muß, immer noch nicht habe. Ich glaub, ich ruf mal bei der realen IRA an, ob die noch Leute suchen. Ich wäre gerade so gut motiviert. Rechtsbehelfsbelehrung. Bei erneutem Verkehrsverstoß droht Fahrverbot. Besteht zwar bereits, wird dann aufs Fahrrad ausgedehnt, oder wie? Hausadresse, Sprechzeiten, Gleitzeit!, mit Ausrufezeichen bitte, dafür in Klammern. Gleitzeit, schön für die Kollegen in Viechtach, in der Mönchshofstraße. Gleiten Sie auch? O ja.

1050. Verbalität, sie geht dem Verstehen ja auch voraus. Meistens wahrscheinlich sogar. Erst reden, dann denken. Heißt es doch so völlig richtig im sogenannten Volksmund. Etwa in der Haribo Werbung mit Thomas Gottschalk: ich will es ja gar nicht wissen, das Rezept nämlich für die guten Gummibärchen, ich will es doch nur sagen dürfen. Da ist wirklich was dran.

1119. Ich bin so gernervt, daß ich eigentlich auf der Stelle Feierabend machen könnte.

1127. Ich glaube, ich ruf meinen sogenannten Sachbearbeiter im Bayerischen Polizeiverwaltungsamt in Viechtach mal an. Den Herrn Klendauer, Telefon 09942/952-215.

1132. Genau, er ist nicht da, an der Pforte sitzt ein Fräulein, die in ultratiefstem Bayrisch mit mir redet. Der ist vielleicht in Urlaub. Porbierns halt die 201, oder die 218 oder 20. Au ja, super Idee. Das wars schon, ich wollte nur kurz eine echte menschliche Stimme zu dem amtlichen Wahnsinn hören. Jetzt bin ich schon fast ganz beruhigt.

1136. Es geht ja auch um den Trotz. Daß man sich so nicht erziehen läßt, dieser scheiß Gemeinschaft anzugehören. Auf der Ebene, und überhaupt. Ich sehe es nicht ein. Ich fahre Rad wie ich will. Deswegen habe ich auch solchen Horror vor den politisch fortschrittlichen Kräften, weil da ja praktisch ALLES unter Verbot steht, alles nur noch irgendeiner von der extrem gut begründeten Richtigkeit bestimmten Regel und der von daher für alle verbindlichen Ordnung zu folgen hat. Ich will nicht, ich hab keinen Bock. Ich will machen, was ich will. Ich will meine Ruhe haben. Haß, Haß, Haß.

1158. Zahlen und vergessen. Möglichst schnell zahlen und alle Gefühle und Gedanken dazu möglichst schnell vergessen. Reset. Einmal alles auf blank bitte. Danke. Man muß das Ganze viel entspannter sehen, es kostet halt bißchen Geld, so zu leben wie man will. Normal. Andere müssen für das gleiche Geld dauernd irgendwo schön essen gehen. Ich schick statt dessen bißchen was nach Viechtach, Fall erläädischt. Ist doch eine voll korrekte Sache.

1221. So Schatz, jetzt bist du dran. Worum gehts? Was kann ich für dich tun? Was machstn fürn Streß? Wieso denn Treffen? Wie schaustn du überhaupt aus?

1226. Das Foto hatte sich niedergelassen zwischen Büchern und Zeitschriften, auf einer Bravo Love-&-Sex-Seite ausgerechnet. Irgendwie eine Frechheit, klar. Kommt aber gut.

die Gegendarstellung muß laut Gesetz
der Akte beigefügt werden

1323. Anruf bei Albert. Wir reden über das Celebration Bild. Zusammen arbeiten, denken, reden, planen, was MACHEN. Das war ja auch das Ding mit den Tüten, ihre auch politische Dimension, nicht nur vom Gegenstand, von den Themen her. Die Anti-Asozialität des Produktions-Verfahrens, Diskussion, Idee, Kritik, Versuch, Entwurf, Verwerfung, gemeinsamer Prozeß. Neue Politik eben.

1537. Das Konzept für Word geschrieben.

1634. Naßgeregnet vom Einkaufen wieder daheim. Jede Biographie ist zu jedem Zeitpunkt zugleich auch völlig OFFEN. Das ist, aus Sicht der Normalität gesehen, das dauernd Drohende. Vielleicht wird alles gut. Vielleicht macht man alles kaputt. Angst. Das ist das, was einen auch so fertig macht.

2115. An der Erzählung.

2117. Durch zu oft dahergeredete Darlegung zutode und kaputt gequatschte Gedanken, klar. Der häufigere Fall. Aber das Gegenteil ist auch blöd, wenn allzu Undeutliches sich erstmals präzisiert, und dabei nur wirr rüberkommt. Nur als Energie, Impetus und Absicht, fragmentarisch, ungeordnet, widersprüchlich und in den Konsequenzen absurd. Das wirkt so fanatisch, verbohrt, gesendet. Extrem unangenehm. Dabei war es zuvor, bevor es ausgesprochen wurde, ein durchaus vernünftig gedachtes Denken gewesen, in Inneren des Kopfes, in der Stille einer ganz anderen Verknüpfungsgeschwindigkeit, ganz anderer Einschränkungs- und Widerspruchs-Verhältnisse und Balancen.

2208. Wie es ausgeht. Spannung.

Gstaad
St. Moritz
St. Tropez
Marbella
Rom
London

ich hatte die Nase voll
ich habe so ein Existenzproblem gehabt

New York
Bochum

Fernsehen bis vier in der Früh
dann schlafe ich so bis zwölf

Showoffs
Paparazis
römisches Leben
Trattoria
Pizzeria
Rom ist eine tote Stadt geworden
schöne Zeit auch

andere Zeit

und um auch Selbsthaß
zu delegieren

DER HEILIGE DER GALAXIEN

V

1.6

Samstag, 22.8.98, Berlin.

922. Irgendwas machen, kein Problem. Aber was machen, mit dem man wirklich übereinstimmt, das ist manchmal schwierig.

1115. Herbst: toll. Kühl, Wolken, Sonne, Wind und Wechsel des Lichts. Das Alter dieser Dinge, ihre Gegenwart.

1119. Wie gestern und vorgestern, M 7, rauf und runter: durch Olaf Karniks Rhythm & Sound Artikel in Spex bin ich wieder drauf gestoßen, auf die Maurizio 7, die ich schon ewig nicht mehr gehört hatte. Wer den Unterschied zwischen der A- und B-Seite buchstabieren kann, dem gebe ich einen aus. Beide Seiten sind toll, ich mochte immer die B-Seite lieber, tougher, schmutziger, fetter. Jetzt erscheint mir gerade die A-Seite so appealing, so grazil und hell und anders wild.

1129. »Soloalbum« ist doch auch ein geiler Titel, für einen Roman. Gestern, in Aspekte, Benjamin von Stuckrad-Barre, erster Roman, superspannender Moment. Aus der Welt der eh anwesenden Worte, es sind ja nicht gerade wenige, das eine genau richtige rauszugreifen und so der exponierten Besichtigung und analytischen Subtexte-, Obertöne- und Feinstverästelungs-Erspürung auszusetzen. Das halten dann viele Worte gar nicht so gut aus. SOLOALBUM aber doch auf jeden Fall. Offenbar habe ich den Kiepenheuer-

Katalog heuer nicht bekommen. Der liegt wohl in München, bei den anderen Leichen aus Papier. Ich muß München wieder beleben, mein München. Das ist ja alles kein Zustand.

1142. Alex ruft aus Frankfurt an, er ist gerade, wie er meint, oberdekadent im Taxi auf dem Weg zum Flughafen. Landes-Vorstands-Vorständlertreffen, heute, 15^{oo} Uhr, hier in Berlin, am Alex, ja. Sein Handy macht gerade schlapp. Neulich meinte er, er wollte mir immer noch IN EPISCHER BREITE vom Wolfgangssee erzählen. Durch seine Erzählungen verstehe ich Chance 2000 besser. Das Aktivitätsmoment, das ja nur in konkreten einzelnen Biographien als Antwort auf lange schon virulente politische Ideen und Sehnsüchte sinnvoll ist. Von außen sieht man immer nur das Ganze der ORGANISATION, den automatischen Horror, den Verein. Sabine hatte mir von der Hamburger Mission, die sie voll mitgemacht hat, auch diese Innen-Detail-Sicht geschildert. Daß einem sogar das gemeinsame Singen einleuchtet, das mich eigentlich wirklich total abstößt. Man muß eben drin sein, in der Kirche, um sie wirklich zu verstehen, sich da einfach reinknien. Dann wird man gesegnet mit Einsicht.

1311. Déjà-vu. Benjamin ruft an. Er hätte die letzten zwei Zeilen von gestern gelesen. Und ich sage zu ihm: Alter, du wirst es nicht glauben, im Moment gerade dachte ich, verdammt nochmal, ein déjà-vu, in dem ich dir, in dem ich ihm erzähle, daß ich eben dachte, er würde gerade angerufen haben, und ich erzähle ihm das hier. Er ruft aber nicht an. Es ruft niemand – eben doch. Das Telefon läutet. Alex ist noch mal dran. Er hat das Flugzeug verpaßt, sitzt in einem komplett überfüllten MacDonalds und sein Akku ist leer. Ob ich denn jetzt komme. Ich muß mal kucken, wie ich – Leitung weg. Akku leer. Untertags bin ich für Aktivitäten unbrauchbar. Mehr noch als Ruhe brauche ich die ZEIT. In Form offener Stunden, wo es total egal ist, wie lange Zeit NICHTS passiert. Ich brauche die Abwesenheit der zeitlichen Grenze, die Verlorenheit im ohne Zeit. Draußen bläst der Sturm.

1514. An der Erzählung.

1525. Im Treppenhaus. Die Erzählung sagt nicht, wie sie die Welt sieht, sie führt das vor. Daher das Ineinander von Naivität und Reife im Erzählerischen, das auf eine Art auch definitiv UNMACHBARE. Es muß sich eben zeigen, so, schau. So war das.

BERLINER HAUSAUFGABENHEFT

1600. Vom Einkaufen wieder daheim, hängt da so ein klitzekleines Zettelchen aus dem Faxgerät. Ja, genau: von Benjamin. Die Dinge, die um ER-

WARTUNG lagern. Erwartung, Hoffnung, Vorgriff, Erfüllung, Vertrauen, Enttäuschung, wahnwitzige SEHNSUCHT nach Stabilität. Das ist so und so. Dann passiert das, dann das. Passiert gleich was ganz Schreckliches? Nein, es ist alles okay. Mach dich mal locker, reg dich ab, und streß hier nicht so rum.

1622. Selbsthaß delegieren. Herrlich, delegieren in Verbindung mit sowas Unfreiem wie Selbsthaß. Können Sie das mal eben bitte übernehmen, ich glaube Sie können das ganz gut. Und dann macht der das, der Selbsthaß-Delegierte, nimmt einem einen Packen Selbsthaß ab und haßt den weg. Als Schreiber ist man ja normalerweise hauptsächlich diese immer auch leicht läppische One-Man-Show. Aber eben nicht nur, wenn man nur lernt, manches zu delegieren. Deshalb klingt Selbsthaß delegieren wie: Annehmen des Problems, Ausweg.

1731. Die Geschichte mit der Erzählung. Hatte ich doch neulich, durch die Lektüre von Close to the Machine, schon mal notiert. Wie denn genau? Wann war denn das? Hans-Ulrich hatte mir das Buch gegeben, in Frankfurt. Kalender, das war im April. Kann man dann relativ schnell hinzoomen, an genau die Stelle, das ist irgendwie lustig. II.3.5.1611. Sowas konnte ich früher nicht so gut wiederfinden, das war in den Zeittiefen alter Brunnen-Hefte tiefer versunken.

1751. Dieter Bohlen hat bei Kerner neulich, ich kam gerade aus Lola rennt, da lief die Wiederholung, einen auch schon mal bei Harald Schmidt zum besten gegebenen Bohlen-Evergreen wiederholt: Da müßte man den Leuten eigentlich Geld dazu geben, daß die einen so gut finden. – Oliver Gehrs, der in der Berliner Zeitung über die Kerner Show schreibt, hat den Satz so gehört: »Die Menschen müßten uns eigentlich Geld geben, damit sie einen so gut finden.« Geile Verdrehung, in der sich die Bohlen-Wahrheit mit der Markt-Realität mischt. Und so ein Heini wie Oliver Gehrs meint natürlich völlig selbstverständlich, daß er MEILENWEIT drüber steht, über Dieter Bohlen. Stimmt aber nicht. Oliver Gehrs kann noch nicht mal einen interessanten Satz korrekt zitieren.

1838. Alexandra hat vorhin am Telefon erzählt, die neue Single von Andreas Dorau, zu der es auch einen gleichnamigen Film von ihm gibt, heißt: DIE MENSCHEN SIND KALT. Tag der guten Titel. Ich muß jetzt schnell noch die Frankfurter Rundschau kaufen und die Welt, wegen den Gratulationsartikeln zum 70. Geburtstag von Stockhausen.

möge sein Engel
ihn schützen

HOCHSPRUNG FRAUEN

V
1.7

Sonntag, 23.8.98, Berlin.

904. Gestern wieder in der Init-Bar. In der großen Halle gingen die Leute zwischen Alberts Bildern herum, nachts um kurz vor eins, als ich gerade kam. Museumsnacht, oder wie war das? Am Schluß spielte Kotai seine ganzen alten Elektro-Sachen, also die von seinem eigenen Label, Basic Channels Cyrus Inversion und den Plasticman, eine klare Linie, und es kam angenehm, vertraut, schön finster und wirkte trotzdem völlig undogmatisch und entspannt. Anders als die gleiche Musik vor zwei Jahren, darüber redeten wir. Daß die 90er Jahre zurück kommen, über das große Früh-90er-Revival. Und daß an allen Ecken alte Grenzen, Feindschaften und Allergien bißchen in den Hintergrund zu treten scheinen. Über den Bericht in der Groove, wie die Kölner zur Zeit abfeiern, auch auf der Popkomm wäre die Party von denen toll gewesen, erzählte Sascha. FOREVER SWEET geben und nehmen ihre Party hier am Donnerstag im WMF. Und wir redeten darüber, daß ein Grund für diese Defraktionierungen sein könnte, daß Rave zusammengebrochen ist, als Gegner verschwunden, der mediale Terror ist weg, dadurch ist das Feiern irgendwie neu offen, für alle.

924. Mit dem anderen Sascha redete ich über Jürgen Laarmanns großes Raveline-Interview. Und was wäre wenn: wenn damals, wann war das?, 95?, die von Laarmann geplante TECHNO INC wirklich gegründet worden wäre. Michi und ich waren zu einer, ja, nationalen Brainstorming Veranstaltung hier in Berlin extra aus München angereist und wir waren dort dann die wildesten und heftigsten Gegner dieses Projekts. Legendär das Referat dieser Rechtsanwältin, ultrahübsch, ultraklug, total informiert, alle waren platt. JL freute sich wie der sprichwörtliche Schneekönig, wirklich. Michi und ich redeten wieder mal GEGEN alles. Wir müssen UNIDENTIFIZIERBAR bleiben, war unsere wahrscheinlich relativ falsche Idee. Falsch deshalb, weil Jürgen Laarmann heute vielleicht wirklich nach wie vor PRÄSIDENT sein könnte, und als Gegengorny Politik machen, wenn es seinen Verein TECHNO INC gäbe, der die marktmäßige Seite der Sache, das Kommerzielle, politisch flankieren und begleiten hätte können. Hättentätten, ganz egal. Immer wieder, wie im ersten Geschichtsunterricht in der 7. Klasse unser Lehrer Leo Ernstberger immer wieder sagte: die Frage, was gewesen wäre, wenn, ist MÜSSIG.

1610. Sehnsucht nach: besteht also nicht, ist ja klar. Stabilität als Fakt, Dauer oder gar Zwang ist natürlich Horror. Es geht um das immer neue, ganz kurze, zwischen zwei Offenheiten sich ereignende Nicht-Schrecklichkeits-Momentum. Ah, normal, gut, schon vorbei. Ein Bewegungsimpuls darauf hin, ein Miniprozeß, ein Ereignis, punktuell, usw.

1748. Überhaupt Verein, überhaupt gestern. Ich ging raus, um Zeitungen zu kaufen. War da großes Straßenfest vorne an der Ecke. Eine Liveband spielte gerade Marmor, Stein und Eisen bricht, und die Weddinger Alkoholikerversammlung grölte mit, im Tröpfelregen. Nächste Nummer: Locomotion. Mit sexymäßigem Vortanzen der Sängerin, alkoholikermäßigen Mittanzen der Alkoholiker. Alle freuten sich. Eine sensationelle Kaputtenversammlung wieder mal. Ich wollte gerade gehen, da wurde der Miß Wedding Contest angekündigt. Kein Witz. Die Jury vorgestellt, die acht Kandidatinnen. Die Texte, die dann kamen, die Bewegungen, alles. Die unendliche Verzweiflung in der Sehnsucht nach Glück. Großartig und wahnsinnig traurig.

1756. Dann rief Alex noch mal an, Kneipe Sowieso, ich geb dir mal den Carl, ich geb dir mal den Christoph. Ob ich denn zu ihrem Chance 2000 Abendessen dazustoßen könnte, eine Art Krisensitzung, sie gehen gerade in das Lokal Viva Maria, in der Chorinerstraße. Welche Ecke ist das? Auch da bei ihnen, Kastanienallee, Prenzlauer Berg. Alles klar, ich komm hin. Dann dort. Man kommt als ein Außenstehender dazu und sieht wirklich praktisch ALLES ANDERS als die. Das ist schon lustig. Über Geld, Ideen, Medien: darum vorallem drehte sich das Gespräch. Ende nächter Woche soll ein THINK TANK, den sie BUNKER nennen wollen, eine Art Befunderhebung mit Perspektive erarbeiten. Da müßten dann Leute von der Beute und vom SZ-Magazin, vom Jetzt und von Spex, vom Spiegel, der taz und der Faz, keine Ahnung, alle irgendwie Interessierten halt, kommen. Also möglichst Leute, die im STREIT miteinander und mit der Sache sind, ist doch klar. Und die sollten dann NICHT darüber SCHREIBEN, sondern SAGEN, wie es sein muß. Wie es laufen sollte. Aber das ist natürlich völlig utopisch. Es hat ja jeder auch was anderes zu tun und im Kopf. Ich zum Beispiel muß ja auch zum Feiern gehen, an dem kommenden Wochenende, zum großen Let's Putz Stuttgart Rave von Rainer Langhans. Überall in Berlin trifft man zur Zeit die sogenannten Frauen des Rainer Langhans, die sich mit dem aus diesem Zusammenhang sehr bekannten Codewort vorstellen, einführen, ja, wirklich. Ob man denn auch kommt? Logisch, und wie.

1828. Dann radelte ich heim, alles ja immer mit dem komischen Onkel-Rad des älteren Bruders, aber ich will nicht meckern, es ist besser als keines, auch wenn ich damit nicht richtig dahinfliegen kann, über die Straßen, sondern mir immer wie in einem älteren Audi 100 sitzend vorkomme, mit Hut am Kopf, egal – und lag dann wieder auf dem Bett und wartete.

HERBS OF DUB

V

2.1

Montag, 24.8.98, Berlin.

830. Regen.

SCHREIBEN SPIELEN SCHENKEN

1149. Bürobedarf, Schulbedarf, Geschenkartikel. War das heute, Schulanfang? Ja, jetzt beginnt der Ernst des Lebens.

1244. Chance 2000. Gerne mache ich mit, mit meinen Ideen, Ansichten, Positionen. Aber ich tanze es nicht vor. Weil vorgestern gleich wieder als erstes von einem Podium die Rede war, und ich denen sagte, daß ich keinesfalls auf irgend so einem Podium rumsitze und da öffentlich diskussionsartig abhänge. Das ist mir einfach zu läppisch. Das soll ruhig mal Roger Willemsen übernehmen. Das reicht schon. Wenn es um Denken, Inhalte, Debatte und damit auch offenen Prozeß geht, gibt es nichts darzustellen, zu beobachten, von außen, macht Außenbeobachtung das Geschehen selbst kaputt, unmöglich. Aber das verstehen die Theaterleute natürlich kaum. Die rechnen den gigantischen Sprung nicht genügend mit ein, der zwischen dem Live-Event besteht und der durch Medien-Beobachtung und medialen Reflex entstehenden Fixierung. Der von daher kommenden TÖDLICHKEIT der Medien, die das, was eben noch vom Gott des Vergehens geschützt war, im Live-Moment, vernichten. Als Schreiber arbeitet man selbst dauernd an diesem Vertödlichungsprozeß mit, das gibt ein anderes Verhältnis zur Spannung mit dem Live-Ding. Die Theaterleute sehen sich außerdem immer gerne auf der Bühne, als Beobachtete. Und alle denken immer, das ist auch speziell komisch, sie wären noch nicht genügend beobachtet, nicht genügend genau, genügend differenziert, sie kämen noch nicht ganz genau so rüber wie sie wirklich sind, sich selber sehen usw, sie kämen noch nicht wirklich oft und ausführlich genug vor. Und in echt ist schon so viel Sendezeit belegt, daß jeder längst schon denkt, nur so beim Flippen durch die Kanäle: ach der schon wieder, die schon wieder. Und sofort wegschaltet.

1407. Telefon mit Ulrike Gast von der Berlin Biennale. Eine angenehm verrauchte Stimme spricht mit mir. Zum Podium sage ich trotzdem, aus besagten Gründen, lieber danke nein.

1600. An der Erzählung. Heute voll auf Tikiman. Das wäre auch mal ein Level, für einen Text. Wie da das schlaff Trabende, nur so Nickende, von allem Nerv komplett Freie und trotzdem irgendwie ruhig und stetig Drängende so ineinander und im Effekt tatsächlich massiv nach vorne schuben. Wie nennt man denn sowas? Vielleicht, ganz was neues, TOLL.

1646. Puschelweiche Mösenkissen, sieht man da, heißt es hier, beim Einkaufen, bei den Zeitschriften, mit Bild.

1707. Wieder daheim.

2331. Dann lag ich stundenlang mit Allegra, Cosmopolitan, Spiegel und allen Zeitungen nur so rum.

MEDITATIONEN ZUR METAPHYSIK

V
2.2

Dienstag, 25.8.98, Berlin.

1029. Heute muß alles anders werden, viel besser.
1501. An der Erzählung.

002. Was ist denn mit dem Licht passiert, bei Harald Schmidt, mit den Zuschauern? Das ist ja der Horror. Das ist ja wie bei Ilona Christen. – Und, wie wars sonst so? Harald Schmidt? Nee, der Tag. Der Tag war okay.

EXTRA THIN

V
2.3

Mittwoch, 26.8.98, Berlin.

1001. Mails.
1002. Gratisprobe.
1434. An der Erzählung.

1536. Brief an Christoph Schingensief. Er hat eine Art Internet-Gehirn vorgeschlagen. Das finde ich eine Superidee, da muß man nicht in irgendwelchen Lokalen rumsitzen und Tonnen Sozialstreß schiften, um 4 Gramm Gedanke weiter zu bringen. Außer Carl, Diedrich, ihm und mir, würden Frau Jelinek und Theweleit mitmachen. Ich finde, es müßten noch viel Unterschiedlichere und andere teilnehmen. Vorallem Presseschreiber natürlich. Ich schicke ihm eine Liste meiner Favorits. Schreibe ihm meine fixe Idee mit dem Rezeptivitäts-Problem. Daß die limitierende Größe nicht der Output, sondern die Aufnahme und vernünftige Einbeziehung FREMDEN Outputs ist. Schreibe ihm meinen Promi-Horror. Ich will Frau Jelinek nicht kennenlernen müssen. Theweleit auch nicht. Die will ich, entschuldigung Christoph, das kommt mir jetzt erst so richtig: angreifen, verachten, fertig machen. Gerne, wenn es der Wahrheitsfindung dient, im Dienst von Chance 2000. Und ich schreibe ihm von meinem Zeitstreß.

1555. Anruf von Albert. Du darfst jetzt auch Almbert zu mir sagen. Er ist auf irgendeiner Alm, in den Bergen, ich glaube in der Schweiz. Mit einem ganz kleinem Ultrafunktelefon in der Hand. Der Blick geht weit nach dort hin, und weit nach da hinaus, und das Wetter ist bestens, die sogenannte Verpflegung auch. Nur die Celebration-Dateien, die er mir geschickt hat, wären wahrscheinlich unleserlich, meint er.

1652. Gedämmert. Den Umschlag weiter geschickt. Und los.

1824. Komplett durchnäßt wieder daheim. Wollte ich die letzten zehn Minuten am Rad, im Wolkenbruchregen dahinradelnd, die ganze Zeit schreiben, wenn ich nur endlich wieder hier wäre. Aber in Wirklichkeit, stelle ich jetzt fest, bin ich von innen verschwitzt, von außen naßgeregnet, und in der Mitte ist noch eine dünne Schicht Trockenes. Ich war nämlich bei meinen Spirits, einmal tour retour, mit dem Rad. Anfangs tröpfelte es nur und ich blätterte aufgeregt im SOLOALBUM, das ich beim Rausgehen im Briefkasten gefunden hatte. Erster Blick, Riesenaufregung: wieviel? Ah, fett, viel, geil. 240 Seiten, sehr gut. Die meisten wollen immer wenig. Verstehe ich nicht. Wenn es toll ist, ist mehr doch besser. MEHR. Dabei dauernd radeln, denken, notieren, blättern, lesen. Kicking. Ich kriege gleich so einen Mut. Der Regen wurde immer stärker und ich war schon an der Leibnizstraße und fuhr zurück, zur Autorenbuchhandlung. Ich muß das Buch gleich nochmal besorgen, für Westbam. Ein kleiner schwarzer Hund sitzt in der Türe. Sonst ist alles ruhig. Ich hätte gerne den Roman Soloalbum, von Benjamin von Stuckrad-Barre, bei Kiepenheuer. Und während sie die Quittung schreibt, schaue ich auf den Merkur und denke, wegen dem Tarantino-Artikel, ich müßte mir endlich den Merkur mal wieder kaufen. Dann kam ein kurzer Kurt-Scheel-Gedanke dazwischen, und ich ließ es gut sein, und radelte weiter.

1912. Dann bei den Spririts. Die Celebration-Datei ließ sich wirklich nicht öffnen, weder als Mail, noch auf Diskette. Und Marcus zeigte mir nochmal den Ruck-Flyer, und wir redeten darüber, wie der die Idee wirklich perfekt widergibt, in ihrer ganzen Finsternis und Traurigkeit. Ein umgedrehtes »R« symbolisiert wahrscheinlich was Verrücktes, Wildes, Aufständisches. Am Schlimmsten ist das Wort »Potlatsch«. Ich bin so froh, daß ich kein Indianer bin und mir mein Essen kaufen kann, anonym, bei Fremden, für Geld. Die anderen Spirits waren alle nicht da, und als ich jetzt wieder losfuhr, regnete es RICHTIG. Ich haute vollgas rein und überlegte die ganze Zeit am viel-wenig-Problem rum. Ich will ja immer NICHT insistieren, wenn eine Idee Prägnanz erreicht hat, wird es für mich Zeit fürs Gegenteil. Zum Beispiel endlich mal ein wirklich KURZES Buch schreiben, nach den bisher eher nicht so kurzen. Bloß kann es sein, daß einem dieses Gegenteil genau nicht zusteht, aus irgendeinem Grund. Das rauszukriegen, auszuprobieren, zu durchdenken, durchzuspielen usw. Das macht ja alles Spaß.

1935. Normalität. Sie stellt sich nicht vor. Sie ist einfach da. Dämmergedanke. Es ist schon fast dunkel.

KÖNIGINNEN

V
2.4

Donnerstag, 27.8.98, Berlin.

921. Neulich erst hatte ich in einer alten SZ vom letzten Winter einen wunderbaren Claudius-Seidl-Verriß über das Scheel-Buch gelesen. Da war das alles entwickelt, was es zur Scheel-Position zu sagen gibt, in aller Ruhe, dabei böse genug. Den Merkur kaufe ich mir demnächst trotzdem mal wieder, gerade extra, zum Trotz. Wegen Herrn Scheel. Da gebe ich dann eine Pressekonferenz. Kaufe heute den Merkur, wegen der großen geistigen Weite des Merkur-Redakteurs Kurt Scheel.

1043. Chance 2000. Heute morgen sah ich in der taz vom Montag den Artikel über den Konkurs, den Verkauf etc. Ob man die Sache INHALTLICH wirklich weiter bringen kann, hängt auch bißchen davon ab, ob es zur Abwechslung mal zu einer etwas anderen Bespielung der medialen Bühne kommt. Muß eigentlich wirklich alles der Presse erst mal bekannt gegeben werden? Daß es überhaupt passiert ist? Daß man merkt, daß es einen gibt? Es müssen auch nicht immer neue Namen ins Spiel gebracht werden. Erst die der Leute mit dem Geld, jetzt die, die DENKEN. Das muß doch erst mal passieren, bevor es da was zu melden gibt. Und an der Jet-Set- und Semi-Promi-Seite von Chance bin ich gerade NICHT interessiert, die Ecke Opernball, Salzburger Jelinek Festspiele etc. Man kommt erstmal gar nicht auf die Idee, wenn man da mit denen zusammensitzt, wie neulich am Samstag, und es wirklich um Inhalte geht, daß für die der völlig selbstverständlich nächste Schritt ist, das alles sofort wieder per Pressekonferenz an die möglichst große sogenannte Glocke zu hängen. Bitte: ohne mich. Man kann alles mögliche ankündigen. Aber Gedanken, Ideen, Resultate aus beabsichtigten Diskursen doch eigentlich nicht sehr gut. Das ist doch völlig offen, ob da was dabei rauskommt, was Brauchbares. Und immer als erstes mit irgendwelchen Namen rumzuschmeißen, finde ich wie gesagt unangenehm.

1552. An der Erzählung.

1559. Niemand muß beweisen, daß es ihn gibt. Niemand muß zum Wählen gehen, auch wenn Christoph in der Joy verkündet hat, wer nicht wählen geht, wäre »tot«. Sehr witzig, stimmt aber nicht. So wie Gertrude Stein von ihrem Hund, so erfahre ich von meinem Fernseher, daß es mich gibt. Der läuft, und in mir denkts. Fertig.

1603. Am Anfang sind die Parolen Punk, Intervention, Irrsinn, Kunst. Aber im Nu geht dieser Leuchteffekt weg. Dann sind sie, was sie sind: Unsinn mit Wahrheitskern. Faszinierender Effekt, wenn er sich gerade neu abspielt. Und immer neu ist auch unklar, was die Konsequenz daraus ist, wohin die Vernunft sich gedrängt sieht, durch die neue diskursive Realität.

1608. Ein herrlicher Herbsttag.

1746. Wieder daheim, vom Friedrichstraßen-Hugendubel. Mit Scherers Berlin und Couplands Polaroids. Alle Kämpfe sind scheiße, dachte ich, wie ich Arno Schmidts Karl May Biographie in der Hand hatte. Wie wichtig dem das war, daß Karl May endlich richtiger gesehen wird, wie absolut egal das heute ist, mir jedenfalls. Davor war ich an tollen Wahlplakaten vorbeigeradelt: COOL! GEIL! Wer spricht? Die PDS, ich kriege gleich einen Lachanfall. Und in diese Heiterkeit hinein fiel mir ein, daß ich heute Nacht von Schirner geträumt hatte, wir hatten uns mit Handschlag begrüßt. Der gute, arme Schirner. Hat wieder mal fast im Alleingang die ganze Grünen-Kampagne an die Wand gefahren. Neulich saß er bei n-tv, Wahlbrennpunkt, und wirkte derartig fertig, daß man sich dauernd fragte, was haben sie eigentlich mit DEM gemacht? Was nimmt denn der? Was hat der gemacht, daß er so komplett kaputt ist? Ich dachte immer, er schläft gleich ein, mitten unter seiner eigenen Antwort, völlig irr. Dabei ist er wahrscheinlich nur ganz normal halb unglücklich und fertig, wie jeder andere auch.

1804. Am Leopoldplatz war ein Stand der TIERSCHUTZ LIGA aufgebaut, man sollte auch hier natürlich sofort wieder das Richtige befürworten und ablehnen, als der ununterbrochen von irgendwem dauernd zu irgendwas Aufgeforderte, als der – so der Titel meines neuen Theaterstücks – dauernd brutal ANGEBRÜLLTE.

1830. Moritz ist in der Stadt! Die Vorstellung der Königinnen ist schon heute. Buch einer Freundin von Moritz. Und ich müßte noch dringend kurz an meine Post und komme bei Aol nicht rein. Diese Anwendung wird aufgrund eines ungültigen Vorgangs geschlossen. Meint er immer wieder. Ich soll mich an den Hersteller wenden, falls das Problem weiter besteht. Habe ich schon gemacht. Jetzt müßte ich alles ganz schnell völlig neu installieren. Das geht aber nicht. Es eilt nämlich.

1913. Kurzes Telefon mit Christoph. Ich erkläre ihm mein Problem mit den Namen, mit der Bluffkomponente des Ankündigens. Daß erst mal Resultate her müssen, bevor irgendwas gemeldet wird.

1926. Los gehts.

1954. Angekommen.

2340. Wieder daheim. Großes Highlight. So viele Worte, Gesichter, Momente. Lauter Menschen. Geschichten, Ideen, Gedanken. Emotionen, Gesten, Wind. Text hoch zehn. Man müßte ihn nur noch schnell zu sagen wissen. Deswegen stimmt die alte Avantgarde-Idee, daß jeder Abend in Gesellschaft der ganze Roman seiner Zeit ist, bloß halt noch nicht geschrieben, gelebt.

ABGRUND

V
2.5

Freitag, 28.8.98, Berlin.

1040. Ich darf jetzt bloß nicht anfangen, von gestern zu erzählen, dann ist der Tag vorbei.

1630. An der Erzählung.

1657. Chance 2000. Christoph findet meine Einwände nicht so toll. Aber ich verdanke seinem leicht empörten Antwortfax auf mein morgendliches Bitte-Vorsicht-Fax, folgende alte Indianerweisheit, von der ich bisher gar nicht wußte, daß ich sie weiß: man soll immer möglichst viel dorthin schauen, wofür man sich NICHT interessiert. Dorthin, wo jemand sagt, das interessiert mich nicht. An der Stelle steckt zumindest EIN zentrales Problem.

Inspektion
Delikte am Menschen

1711. Besonderes Highlight gestern: Christian Kracht, der mir zur Begrüßung seine linke Hand entgegenhielt, und ich sofort, Mensch, das ist ja ein Ehering, der ist aber schön. Ja, er wäre verheiratet, seine Frau würde ich auch kennen, hier, Eva. Das ist ja toll. Und er zeigte auf seine rechte Hand, da hätte er einen Haarriß, eine Haarrißfraktur, deswegen würde er vermutlichen Zupackbegrüßern wie mir lieber die linke geben. Aber das wirklich IRRE: er lebt jetzt auch in Berlin. Er ist zur BZ gegangen, echt. Seit zwei Wochen. Was machstn da? Er arbeitet da als TEXTPFLEGER, so seine eigene Jobbezeichnung, den Ausdruck hatte ich noch nie gehört, ich kannte bisher immer nur den sogenannten Textchef. Er ist also Textpfleger, bei der BZ, okay. Sofort ging es los über Wagner. Wie er ihn verteidigt hat, wie er die Wagner-Angreifer angegriffen hat. Herrlich. Es ist eine solche Wohltat, wenn man ganz heftig von etwas überzeugt ist, und der andere ist vom Gegenteil überzeugt, noch viel heftiger. Augenblicklich wird man den Starrsinn des eigenen Urteils los, wird der Knast aufgesprengt, in den man sich hinein geurteilt und rein bunkert hat. Freiheit, neue Sicht, neue Lust, das ganze Wagner- und BZ-Problem wieder neu zu sehen.

Dann erzählte ich ihm von Sebastian Zabel, den ich bei dem Relax-Alexa-Event im Kurvenstar getroffen hatte. Und der da auf meine Frage, die immer gleiche Zugereisten-Frage, die wir neu Zugereisten uns hier gegenseitig dauernd stellen, was der andere hier macht, sagte, er wäre jetzt bei der BZ, stellvertretender Lokalchef. Und wir redeten bißchen über die BZ, das war noch vor Wagner. In der Zeit, wo die BZ gerade ihre große Drogen-Dealer-Kampagne fuhr. Ich freute mich so, ihn da zu sehen, völlig unerwartet. Er war ja früher in Köln, ich glaube beim Kölner Expreß. Und ich habe so ein speziell sentimentales Verhältnis zu Sebastian Zabel, weil wir uns mal in London, wahrscheinlich Ende 90, zu irgendeinem skurrilen oder wirklich dann ganz ausgefallenen Ausgeh-Event irgendwo völlig Skurriles getroffen hatten, in Londons Outskirts. So eine diffuse Erinnerung. Da war er Redakteur bei Spex, oder fester Freier dort. Und ich hatte seine ganzen England- und Happy-Mondays-Artikel so geliebt. Und jetzt erzählte Christian also, daß er auch so ein Zabel-Fan wäre, gewesen wäre, Streicher, Pet Shop Boys Pop, Prefab Sprout. Und er wollte mir partout nicht glauben, daß dieser Herr Zabel, mit dem er anläßlich einer kleinen Kippenberger-Anekdote schon mal ganz direkt zu tun gehabt hatte, DIESER, unser Sebastian Zabel, der große Streicher-Zabel wäre, nein, wirklich IST. Christian wollte das nicht glauben. Bestell ihm einen Gruß von mir, sagte ich, du wirst es sehen.

1746. Regen, Regen. Von der ganz tristen Sorte.

1811. So daß man definitiv nicht auch nur EINEN Schritt vor die Türe setzen will. Vielleicht rufe ich am besten mal beim Pizza-Service an und laß mir alle Zeitungen bringen. Einmal alle Blätter bitte, danke.

1901. Dabei hamse doch gesagt, Sie trinken gar kein Alkohol, hä hä, meinte der frontzahnlose Alkoholiker-Darsteller an der Kaisers Kasse, wie seine Bierdosen vom Band befördert in mein noch nicht ganz eingepacktes Essen rollten. Und die ganze Kaisers Kasse freute sich. Dabei hatte ich gestern erst wieder so ein Schreckenslied angestimmt, über das Elend hier. Daß es so namenlos wäre, so ultrafinster, so geduckt und geprügelt. Stimmt nicht, bei schlechtem Wetter leben die Leute hier auf. Der Typ plädierte dann noch dafür, daß wir für die Tüten, mit denen wir doch Werbung für den Laden hier machen, nicht bezahlen müßten, da müßten die uns ja noch Geld geben dafür, findense nich? Ja eben! Geld geben! Und natürlich hat es auf ganz groteske Art, die mir in meiner ganzen eigenen Kaputtheit genau entgegen kommt, seinen eigenen Glamour, an genau dem Ort Berlins zu wohnen, wo der Hipness-Kaputtheits-Koeffizient definitiv am schlechtesten ist. In Kreuzberg hat man bei gleicher Kaputtheit wenigstens noch letzte Reste altalternativer Althipness vom übriggebliebenen Altberlin, mit paar altlinken Altbuchhandlungen, sowas. Und Neukölln, so unhip wie hier, ist wenigstens bißchen weniger kaputt. Könnte man jetzt alle Viertel so durchdeklinieren, eigentlich braucht man sich nur die Namen so bißchen auf der Zunge zergehen zu lassen, das triffts dann recht genau, die Realrealität. Lorenz erzählte, er wohnt in Schöneberg, die südlichere Ecke, ganz angenehm. Und da kommt dann doch glatt, muß man wohl zugeben, so ein ganz gestörter Friedhelm-Brebeck-Stolz in einem auf, daß man hier wohnt, mitten im Krieg, im drecks Wedding. Also wat soll sein.

1921. Die Bilder im Coupland-Buch. Bißchen platt, aber ich weiß total, was er meint. Skelett neben Blüte, die Richtung. Mir gefällt sowas. Es ist die wirklich AMERIKANISCHE Sicht. Auch die Welt der Year-Books, High School, College. Norman Ohler hat mir mal gemailt, daß er auf derselben Highschool war wie ich, auf der Luke M. Powers Catholic Highschool, in fucking Flint, in Michigan. Out of all places on earth. Das hat mich voll geflasht. Da schüttelt alles in mir innerlich den Kopf, so stark rührt mich das an, wenn ich an Flint denke. DAS AMERIKANISCHE JAHR.

1936. Nie mehr in meinem Leben möchte ich das Haus verlassen. Die Wohnung auch nicht. Im Bett liegen und lesen. So ist das Wetter heute.

Korsika
Kreta
Las Palmas
London

Tunis
Valencia
Venedig
Zypern

Neuseeland
Rio
Florida
Rotes Meer

2140. Darf ich zum Abschluß dieses Tages noch mal eine ganz grundsätzliche Frage stellen? So nicht. Okay, sehe ich ein. Dann probier ichs morgen nochmal.

man weiß
daß man es schaffen kann
aber erst wenn es vorüber ist
weiß man es genau

wer zu viel redet
wird enterbt

Abtransport der Damen

ARBEIT IST SCHEISSE

V
2.6

Samstag, 29.8.98, Berlin.

1313. Es gibt einen neuen Tip von Dr. Motte. Kalten Tee in die Blumen gießen. Sagte er, und ich, ich habe aber keine Blumen.
-Dann kann man ihn auch wegschütten.

-Ich trink den noch, gerade wenn er kalt ist.
-Nee, da ist er dann bitter, dann ist er nicht mehr gut.
-Ach so, verstehe.
Das war gestern, Gespräch der Generationen, Ruck Rave. Rainer Langhans sagte zu mir: nicht viele Leute da, komisch. Höfliche Anwort: ist ja noch früh. Er: ja eben. Da war es etwa eins. Und es wurden dann allerdings kontinuierlich immer weniger Leute. Scheißegal.

Wozu und unter welchen Bannern sind wir nicht schon überall rumgestanden, Techno lief, man raucht, trinkt, redet und nimmt Drogen, wenn man soweit fit ist und morgen schön frei hat. In besonders guter Erinnerung habe ich eine städtisch-staatliche Anti-Drogen-Party in München, vor Jahren, und wir kamen da hin und als erstes ging es darum, ordentlich Drogen klar zu machen. Allein auch wegen dem Witz, daß hier in einer dieser Drogenhallen der staatlich-städte-übergreifende Anti-Drogen-Rave stattfindet. Und alle haben sich dort dann abgedichtet und weggeschossen so gut es ging. Ich sehe die Plakate noch vor mir, krank.

Nicht anders gestern, nur daß es statt um Drogen jetzt um Generationen ging. In echt ist man dann ja immer gerührt, von allem, von der Absicht, den Leuten, dem Unsinn, den jeder so im Kopf hat und verfolgt. Und natürlich sind sie auch extrem liebenswert, diese ganzen Komikerinnen und Komiker der älteren Generation. Detlef meinte, Alt-68er gibt es jetzt auch schon seit über 20 Jahren. Und wir mußten die ganze Zeit nebenher so lachen über das Ganze.

Rave mit Absicht, Party mit Inhalt, das gibts eben nicht. Die einzige Außenaufladung, die die Party aushält, ist die Wiederholung, auch fast inhaltsfrei. Und sogar die darf nicht wirklich Gegenstand werden, sich selbst historisch. Es gab mal im Tempel, auch in München, eine Party 100 Jahre Macht der Nacht, wo dann die ganzen sogenannten ALTEN HITS gespielt werden sollten und wurden, das war auch schon ein reichlich finsteres Event. Und da hat es sich um die Feier einer nur 5-jährigen Geschichte gedreht. Todtraurig und tödlich, vorwiegend morbid. Von den musikalischen Problemen gar nicht zu reden. Das war vielleicht 95. Die einzige Möglichkeit für den Ruck Rave, sich aus dem inhaltlichen Unsinn zu befreien, ist, sich zu wiederholen. Ruck XII. Zu Ehren des soundsovieten Geburtstags von 68.

Eine hübsche junge Frau, mehr so eine End-70erin, Anfang 20, kam von hinten her und sagte: halló, ich bin Frauke, kann ich ein Interview mit dir machen. Ich zuckte und stutzte. Und sie ergänzte, für die BZ. Da war ich natürlich sofort interessiert. Für die BZ schreibst du? Das ist ja geil. Interview mache ich nicht, aber erzähl doch mal von der BZ. Und anstatt der blöden Standard-Rückfrage, die da sonst immer kommt, WIESO, weil ich keine Lust habe, fertig, meinte SIE jetzt, die Frau Frauke Fenster- oder Finsterwalde: das kann ich gut verstehen. Das ist doch mal eine vernünftige Antwort einer Boulevard Journalistin für Kultur, die versteht, daß man keine Lust hat, sich im Interview von ihr vermetzgern zu lassen. Voll angenehm. Dann erzählte sie ihre Sicht der neuen BZ, und es war ein wunderbares kurzes Gespräch, das schließlich darin gipfelte, daß sie mir als Merkhilfe für ihren Namen, FF, das Wort Kondome ins Gesicht sagte. Hopla. FF, meinte sie, wie die Kondome, das kann man sich gut merken. Jetzt schon, das stimmt, da haste recht. Und ich sah, wie sie sich an der Verdutztheitsreaktion auf diesen von ihr etwa schon vier milliarden Mal gemachten Witz jetzt in diesem neuen, speziellen Fall und Gesicht von mir ganz ruhig und richtig WEIDETE. Wie sie das genoß, die Verwirrung, die sie da einfach so anrichten kann, mit einem kleinen Wörtchen nur. Herrlich, dachte ich, die Frauen, das heißt natürlich hier das Frauending von Frauke, wie sie das bringt, mir gegenüber, als Mann. Ich muß einfach noch viel mehr Frauen kennenlernen, dann wird alles besser.

Stechuhr
Gleitzeit
wir warten

Ich hatte lustigerweise wieder Notierwahn und mußte dauernd irgendwas notieren. Nach dem Westbam-Set, das William fast ganz durchgetanzt hatte, hielt er sein ausgezogenes T-Shirt als zusammengeknäulten Helligkeitsballen in den Händen vor der Brust, knetete daran herum und erklärte Westbam, den er in solchen Momenten des Glücks gerne WESTFALIA nennt, wie toll das Set gewesen war. Und Westbam meinte: ja ja, STRICTLY BAM. Das war für mich der Startschuß zum Aufbruch, das klang so toll, so treffend, und ich notierte die Zeitziffer 354, die Worte

STRICTLY BAM

und radelte davon, von der sogenanten schwangeren Auster, über die Baustellen am Lehrter Bahnhof hin, alles im nächtlichem Licht der Arbeits-Flutlichtfluten und auch noch in Aktion, dahin und weiter und dachte dauernd, ich muß Abgrund umbenennen, in STRICTLY BAM. Das klingt so toll.

Kurz davor hatte ich Annes T-Shirt gesehen, sie hatte ihre Jacke beim Tanzen extra für mich aufgemacht, um es mir zu zeigen, und da stand auf ihrer Brust

LAS VEGAS

noch so eine perfekte Überschrift, in amerikanisch geschwungenen Schreibschriftzügen, superhübsch. Es ist ja alles dauernd da, ich weiß das längst, aber immer neu beglückt und fasziniert es mich.

1845. An der Erzählung.

2015. Dreck macht traurig. Beim Putzen in der Küche. Es kommen auch wieder sauberere Zeiten. Das einzige was noch trauriger macht, ist frenetischer Beifall. Die Lottoshow beginnt.

ALLES ZU VERKAUFEN

V
2.7

Sonntag, 30.8.98, Berlin.

1046. Am Schreibtisch. Nachts war ich aufgewacht, mit Hunger, Unruhe, Durst, war aufgestanden, rumgegangen, hatte Zeitungen gelesen, die Balkontüre zugemacht, dann wieder auf, und dann war ich wieder eingeschlafen. Um viertel vor zehn läuteten die Sonntagskirchenglocken, das kam mir richtig angenehm vor heute. Ich gehe aber trotzdem nicht in die Messe, ich gehe lieber wieder an den Schreibtisch.

1229. Gestern nachmittag sah ich beim Durchblättern der Zeitungen in der BZ ein kleines Foto von Moritz und mir. Beim Königinnen-Event aufgenommen, das hatte ich gar nicht bemerkt, daß die da fotografieren. Da entsteht dann leider wirklich EKEL, von der ganz brutalen Sorte. Mit wem man da alles vereint wird, auf so einer Society-Seite, unter einer Society-Überschrift, grotesk, absurd, abscheulich. Es geht auch um den Nerv, daß man auf der Ebene nicht rumnerven will, mit Anwesendheit. Die Arbeit nervt schon genug. Das muß doch hinzukriegen sein, ohne daß man sich völlig asozial versteckt, wie so ein gestörter Depp. Fünf Minuten später heißt man Botho Strauß. Ben Becker oder Botho Strauß. Beides die Hölle, die jeweils entgegengesetzte Endendstation. Ist das alles scheußlich. Michi, wie geht denn das? Erklär mal. Wie verhalten wir uns denn da?

1251. Ah, ROT, Rot heißt meine Farbe, erfahre ich gerade, für meine Chance Beiträge. Das trifft sich natürlich gut, das gefällt mir. Los gehts.

1335. Chance beladen.

1348. Draußen. Der langen Haare sind genug gewachsen, die alten Stoppeln müssen endlich ab. Die Sonne scheint.

1355. Herbstlich, warm im Rücken, melancholisch.

1650. An der Erzählung.

1717. Zum Marlboro-Kollegen sagte ich: meine Freunde haben mir verboten, daß ich weiter mitmache. Ich muß leider aussteigen. Da dachte der natürlich, ich bin total panne. Der fand das das allerletzte, daß ich mir von meinen Freunden irgendwas vorschreiben oder gar verbieten lasse. Es ging um ein Wochenende Party-Brainstorming, für ein Marlboro-Club-Event. 2000 Mark, da da sitzen, ein Wochenende lang, und sagen, was man denkt, im Kopf hat, findet. Es war das Jahr der wirklich lächerlichen Armut, 1996. Und ich dachte, okay, mach ich sowas auch mal. Das Begrüßungsabendessen war in der Reitschule, ich hatte mich toll mit interessanten Leuten unterhalten, dann kam ich in den Nebenraum und da saßen die nähesten und mittelnahen Freunde im Kreise in den Ledersesseln. Peinliches Schweigen.
-Wasn hier los?
-Ä, ja, egal.
-Nee, was ist denn los?
-Wir haben gerade über dich geredet?
-Über mich?
Und dann wurde mir erklärt, was das für ein Verrat ist, daß ich unser Club- und Party-Wissen an die scheußlichen Marlboros verkaufen würde. Aha, ist ja hart. Und was soll ich jetzt machen? Ist doch deine Sache, du kannst doch machen was du willst. Alles klar, danke für den Tip. Michi fand als einziger, ich soll das ruhig machen. Sie würden sich hier im Laden und im Ultraschall auch von Marlboro und sonstwem sponsern lassen, die Flyer zahlen lassen und sie stellen paar Aschenbecher auf dafür etc. Aber die anderen fanden dafür umso heftiger, daß es hier um Inhalte ginge, um Wissen, um Verrat. Und daß ich doch immer der wäre, der davon reden würde, was man alles nicht machen würde. Der alle angreifen würde, der alles scheiße findet. Und jetzt würde ich mich da selber VERKAUFEN, das wäre der reine Widerspruch zu allem, zu meinen Maßstäben. Ich wußte gar nicht, daß ich so bin, so scheußlich moralisch. Das ging ewig hin und her. Am Schluß war ich voll fertig und fuhr heim und überlegte mir das. Und dachte, daß sie recht haben. Daß es egal wäre, wenn ich reich wäre, dann könnte ich es machen. Aber weil dieser Aspekt zu diesem Zeitpunkt wirklich eine Rolle gespielt hatte, daß ich diese 2000 Mark gerade VERDAMMT gut hätte brauchen können, genau deswegen dachte ich dann: der Uli hat recht. Ich mach das nicht. Danach fühlte ich mich irrsinnig glücklich über diese Entscheidung, richtig frei, echt, auch schon wieder lächerlich, egal. Und der Gipfel dieses Glücks war dann der Satz: Meine Freunde haben mir leider verboten, weiter mitzumachen. Tut mir leid. Als totaler Volldepp dastehen, gegenüber so einem großartigen

Marlboro-Promoheini. VOM SEGEN DER ARMUT.

1758. Das ganze Jahr 96. Erst war ich am Ende. Dann habe ich mich einfach wieder neu zusammenmontiert. In der Reitschule dabei auflegen gelernt. Gage: 80 Mark, von 9 bis 1, am Freitag bis 2, dafür 100 Mark. Am nächsten Tag die Gage im Optimal in etwa vier, fünf Platten umtauschen. War okay, war für mich kein schlechtes Jahr, ganz im Gegenteil. Ein reines Musikjahr. Dann kam 97. Dann 98.

1837. Darf ich Sie bitten, Platz zu nehmen, bitteschön, darf ich bekannt machen? Usw. Ich frage mich immer, wenn ich diese komische Floskelwelt höre, im Fernsehen, bei Kerner, Kock am Brink, dauernd, ob es wohl in aufstrebenden jüngeren Prollverhältnissen WIRKLICH so zugeht? Ob da so geredet wird? Ob die das für Weltläufigkeit halten? Auf dem Level von Kaufhaus-Parfüm-Verkäuferinnen und deren sogenannten Gatten, wird da so geredet? Das Fernsehen nachgespielt? Ich habe echt keine Ahnung. Ich kenne keinen einzigen Proleten. Das ist die Wahrheit. Die Feierleute sind ja schon automatisch anders, das sind schon normale Menschen. Aber echte Proleten, gibts die noch? Und reden die dann so wie Frau Kock am Brink gestern wieder? Geheimnisvoll.

gleich ändert die Riesenglückskugel ihre Laufrichtung
jetzt sind es nur noch Sekunden
bis zur Entscheidung

FEHLERBERICHT 31-AUG-98 12:16

V
3.1

Montag, 31.8.98, Berlin.

1203. Wieder ein ganzer Morgen mit AOL, Browser, URL, Download, Löschen, Zwischenspeichern, Neuinstallation, wie gestern Abend, zwei Stunden. Schließlich Anruf bei der Hotline, die Hotline ist freundlich, aber auch ratlos, der Fehler muß an der neuen Software liegen. Aber die ist doch ganz neu, die haben Sie mir doch eben erst neu zugeschickt, um denselben Fehler zu beheben, der jetzt wieder vorliegt. Ja gut, das stimmt, aber anders kann ich mir das jetzt auch nicht erklären. Wahnsinn. Das gehört eben einfach dazu, rede ich mir immer wieder ein. Und immer wieder sitze ich wirklich schweißgebadet vor dem Computer, weil mich das so anstrengt, daß man auf DER Ebene mit der Technik nicht zurecht kommt. Das ist so erbärmlich, so absolut lächerlich.

1252. Die 90er Jahre: schon.

90. Festung
91. London
92. Drogen
93. Arbeit
94. Trauer
95. Wirr
96. Musik
97. Berlin
98. Heute Morgen

1309. Jede Autobiographie heißt Ich, jedes Leben ist everybody's autobiography.

1343. Wenn jemand ohne Gagschreiber auftritt, wie Schirrmacher gestern bei Böhme, der hat dann genau DREI Punkte vorzubringen. Mehr ist nicht. Alle drei hat er schon mal geschrieben, in einer dieser Schirrmacherschen Bedenklich-bedenklich-Spalten, in der Faz. Und das wars dann aber auch, mehr kommt auch nicht. In einer einstündigen Diskussion. Das wirkt dann allerdings doch irgendwie bißchen .... Auf Schirrmacher selber wahrscheinlich auch. Wahrscheinlich schämt er sich danach sogar bißchen. Beim Abspann hat er schon reichlich trüb dreingeschaut. Und alle sagen, macht ja nichts, versendet sich, ist schon vorbei. Stimmt aber nicht, die Struktur der medialen Erinnerung ist relativ bösartig, vergißt NICHT, nichts. Und weißt du noch, wird es noch Jahre später heißen, wie Schirrmacher dann damals vor der Wahl seine drei ... Gedanken in der Böhme-Runde immer wieder breitgetreten hat. Ja, genau, ein Highlight, unvergeßlich, am Tag, an dem Diana starb.

1404. Ata war auch da, beim Ruck Rave. Den habe ich wirklich seit Jahren nicht mehr gesehen, der hat jetzt eine Frisur wie ein Renaissance-Jüngling auf einem total bekannten Raffael Bild. Früher schaute er aus wie ein zweiter Dirk Bach, heute wie der junge Raffael, von ganz weit her. Er erzählte, wie es zur Zeit feiertechnisch ausschaut, in Frankfurt, Polizei, Box, tote Hose, und manchmal eben das Omen, wenn der Fön spielt, meinte Ata, entweder war das ein Witz, Fön für Väth, oder ich habe meinen Ata mißverstanden. Ata spielte am Samstag im WMF, war deshalb in Berlin, er macht zur Zeit, meinte er, viel für sein Label, Playhouse, und legt dann und wann auswärts auf. – Eine andere supernette Begegnung, gleich am Anfang: Armin. Auch EWIG nicht gesehen. Er wäre jetzt Vater. Und über Rave erzählte er, daß der Buchhändler bei ihm in Kreuzberg gesagt hätte, Rave, das muß ich Ihnen bestellen, das wurde schon dreimal geklaut. – Wie ich eben den Katalog des Städelschen Kunstinstituts in Frankfurt beim Selbstbildnis des Johann David Passavant aufschlage.

1752. An der Erzählung.

2016. Warum ist das Literarische Quartett die beste Sendung des deutschen Fernsehens? Weil so viele Gedanken drin vorkommen. Wenn Harald Schmidt einen schlechten Tag hat, sogar mehr Gedanken als in der Harald Schmidt Show. Wie gibts das? Die Leute, die da reden, wissen worüber sie reden, über die beim Lesen in ihnen entstandenen Ideen, Urteile, Weltsichten, Gefühle. Bücher machen das. In der Stille der Lektüre stauen sich geistige Momente, viele auf jeden Fall, oft auch tolle, ungewöhnliche, neue. Schaffen eine ins Expressive drängende Energie. Worauf ich raus will: Warum war auch Reich-Ranicki gegenüber Schröder fast und hohl wie Schirrmacher? Weil auch er nur genau EINEN Gedanken zum Thema hatte, und keinen einzigen mehr. In den noch dazu eine recht skurrile Selbstwidersprüchlichkeit eingebaut war. Er wollte Schröder zum Thema Kultur ja sagen, Schröder solle sich als Politiker lieber mal um Politik kümmern, anstatt um Kultur. Und Schröder meinte, völlig richtig, ist doch eh klar, ist doch unbestritten, aber hier sollte es doch genau darum gehen, um Kultur. Und auf sich selbst angewendet hätte das Reich-Ranickische Argument doch eigentlich bedeuten müssen, daß er auf dem ihm fremden Feld der Politik vielleicht lieber genau so wenig dilettieren sollte, wie umgekehrt Politiker auf dem der Kultur. Im Grunde ein ziemlicher Blödsinn, der ausgiebig Beifall bekam, beim ersten Mal. Wie Reich-Ranicki die gleiche Geschichte um Krankenschwestern, Augenärzte und andere geriatrische Anekdoten erweitert zum etwa dritten Mal anbot, kamen von hinten schon die Sprechchöre: Altersheim, Altersheim. Und hatten recht. So gnadenlos ist Fernsehen. Leuchtete Schröder je heller? Und wirklich beglückend zu sehen war es, wie die herrschende Kultur da zur Witzfigur wird, herrschaftlich aufgebläht, leicht arrogant und in Wirklichkeit komplett verblödet.

ich hätte mich der Körperverletzung an minderjährigen Schwimmerinnen
beziehungsweise der Beihilfe dazu
schuldig gemacht

und dieser ganze Berg der Wärme
wird noch ein stückweit in den Osten ziehen
in den nächsten Tagen aber

2354. Chance beladen. Der Tag endet wie er angefangen hat. Mit stumpfsinnigsten Computerproblemen. Es dauerte über eine Stunde, um durchzukommen auf die Chance Seite. Abends war ein supernettes Fax vom Onkel Olaf gekommen. Ich soll mich bißchen mehr um die Lage an den internationalen Finanzmärkten kümmern. Ich glaube, wenn das passiert, kann ich mich bei Nietzsches wieherndem Pferd zur Kreuzigung in Turin anmelden. Das muß ja nicht sein.

meine Adresse
weiß ich nicht mehr
nehmen wir an daß sie zunächst
der Palazzo del Quirinale sein dürfte

sing mir ein neues Lied
die Welt ist verklärt
und alle Himmel freuen sich

FRÜHSTÜCK DER RUDERER

V
3.2

Dienstag, 1.9.98, Berlin.

1039. Ich habe mir endlich ein Herz gefaßt und bei den Asozialen nebenan geläutet. Wegen der kalten Asche. Ich halte den Geruch nicht mehr aus. Es ist ein herrlicher Herbsttag, die Balkontüre ist offen, und innerhalb von Sekunden zieht der Geruch der kalten Asche in die ganze Wohnung, als würde ich in deren altem kaltem Aschenbecher leben. Ob da vielleicht einer am Balkon steht, bei ihnen? Ja, doch, das kann sein, der steht am Balkon, der volle Aschenbecher. Den können sie reinstellen, aber das Rauchen sonst stört nicht? Nee nee, nur die kalte Asche. Der Asoziale ist genau so fahl geraucht wie seine Gefährtin. Jeder von denen raucht etwa zwei Schachteln am Tag. Sie sitzen am Balkon, im Schatten, einen halben Meter weg von mir, und machen den ganzen Tag nichts anderes als Zigaretten rauchen. Chance 2000.

1357. Chance beladen.

1646. An Dekonspiratione.

1733. Beim Rasieren. Noch mehr verwahrlosen. Verwahrlosung II. Verwahrlosung III. Mehr, mehr.

1827. Kottbusser Damm. Man findet doch nicht, was man denkt. Und vorallem umgekehrt: man denkt doch dauernd gegen das, was man spontan so findet. Oder wenigstens im Gespräch damit, im Widerspruch dazu. Das ist doch Denken. Deswegen gibt es, zum hundertsten Mal sage ich es, auch keine rechte Theorie. Es gibt kein reaktionäres Denken.

OKTOBERDRUCK

2132. Wieder an Chance geschrieben. Ein namenloser Autor, der sich Lila nennt, hat dort gestern in einem ersten Beitrag auf einem Niveau über SPRACHE geschrieben, daß ich schon auf der Stelle den Raum verlassen wollten. Das macht mich einfach fertig. Direkt an mich gerichtete Sätze, in quasi privater Situation, nur so gelallt, über zentralste Fragen. Das ist mir zu finster.

2146. Für alles mögliche war gesorgt, beim Ruck Rave. Für die Basics nicht: irgendwann zog der Vor-DJ die Splimates unter den Platten weg. Und Westbam meinte ganz fatalistisch cool, man kann auch ohne auflegen, wenn mans kann.

2149. Wie ich vom Hardwax vorhin heimradelte, sah ich Roberto Ohrt am Oranienburger Tor an einer Trambahn Haltestelle stehen. Er erkannte mich erst gar nicht richtig, wie ich ihn da vom Radl runter anbrüllte. Ich bins, der Verwahrloste, Verwahrlosung III. Ob er von Chance was gehört hat? Nö, wieso? Entsetztes Gesicht, als hätte ich ihn zu was Unsittlichem aufgefordert. Ich hatte die Beute-Leute in meine Brainstorming-Liste mit rein geschrieben. Ich bin echt gespannt, wer von denen erreicht wurde. Und vorallem wer mitmacht. Vorhin rief Albert an, den fragte ich auch gleich. Es muß ein Minimalniveau her, sonst bringts das nicht.

gleichzeitig rief Herzog dazu auf
sich an demokratischen Wahlen zu beteiligen

und wir haben schäumende Unternehmensgewinne

und SYMPATHISCH-WÜRDEVOLL AUSSEHENDE SUFIS
sangen den längsten Namen Allahs
der etwa eine halbe Stunden lang ist
und gut klingt

ich respektiere die Entscheidung von Jean Todt

ANGEBRÜLLTE

V
3.3

Mittwoch, 2.9.98, Berlin.

1056. Groteske Wendung in der Chance Sache: mitten in der Nacht bin ich aufgestanden und habe mich aus dem dortigen Diskurs wieder abgemeldet. Das hat mich jetzt eine Woche fertig gemacht. Ich pack das nicht. Ich bin für sowas ungeeignet.

1101. Ich kann nicht geordnet auf einen Punkt hin denken. Das verengt sich sofort, wird bissig, verbohrt, scheußlich. Und ich kriege keine vernünftige Ökonomie meiner Aufmerksamkeit zustande. Die letzten Tage habe ich fast NUR noch über Chance nachgedacht, über das Problem dieses da eben anhebenden gemeinschaftlichen Denk-Versuchs im Thinktank. Über die FORM so einer Sache. Ich machte mehr Notizen zur Chance Sache als zu meiner ganzen anderen Arbeit. Und vorallem habe ich dann gemerkt, daß lockerere Texte dort viel besser kommen, offener wirken, als meine viel zu sehr aufs Resultative hingedachten kleinen Dinger. Auch gemeinsam, auch schriftlich, muß ein Denkunternehmen mehr so floaten können. Ich kann das nicht. Mich macht das wahnsinnig. Allein die Zeit, die dabei vergeht, macht mich RASEND.

1111. Ich war abends noch mal drei Stunden am Computer gesessen, hatte

Exzerpte der anderen Beiträge gemacht und nochmal selber was dazu geschrieben. Megaerledigt dann relativ früh das Licht ausgemacht. Um kurz vor zwei wachte ich panisch auf, WIEDER nur verzweifelte Chance-Gedanken im Kopf, die sich drehten, wälzten, nicht zur Ruhe kamen. Bis es mir plötzlich klar war: ach so, ich kann das nicht, verstehe. Dann meldete ich mich ab. Jetzt geht alles wieder besser.

1124. Fremde Menschen: KÖRPER. Auf der Ebene funkt der Kontakt. Darüber sagen Textes nichts Direktes. Über den Körper des Schreibers. Daß die Leute das so gerne los sein wollen, daß es als Freiheit erlebt wird, vorallem ja offenbar von Frauen, in Chats, von Decknamen maskiert und in der nur über SPRACHE konstitutierten Abstraktrealität soziales Leben zu erleben, daß diese Art von sogenannter Virtualität einen solchen Erfolg hat, bei so vielen, zeigt wie stark das Diktat der körperlichen Definition im normalen Alltag empfunden wird, wie führend das da ist, für die meisten. Und für mich natürlich genau nicht. Ich lebe den ganzen Tag in der virtuellen Realität des vielstimmigen Gesprächs aller möglichen Texte miteinander, untereinander. In echt aber dann, abends, geht es um das andere, um die Körper und ihr Ding. Das ist dann da die Sensation.

1220. Ich will keine Verantwortung, kein Ziel, keine Verpflichtung, keine Einflußnahme, keine direkte Wirkung, und am allerwenigsten mag ich jemandem anderen sagen, was er denken soll. Ich will die Leute im Grunde absolut in RUHE lassen. Ich will das alles nur in interne, autoaggressive und dort destruktiv konstruktive Prozesse umsetzen, das von den anderen in mir Ausgelöste. Ich will auch Chance nicht wirklich ändern, das muß man aber wollen, wenn man da gemeinsam perspektivisch zu denken anfangen will. Aber wozu? Wieso denn? Sollen die doch machen, was sie wollen. Soll doch jeder machen, was er will. Das ist meine grundsätzlich ASOZIALE Intuition. Das ist das Problem.

1251. Im Hardwax führen sie extra aus den USA importierte Papiereinkaufstüten – WE CARE ABOUT OUR ENVIRONMENT – aber sie führen nicht die Platten von Low Spirit, die um die Ecke bei ihnen erdacht, gemacht und in die Welt gesetzt werden. Diesmal habe ich mir mal den Spaß gemacht, danach zu fragen.
-Wo ist denn bitte das Fach von Low Spirit?
-Haben wir nicht.
-Ihr habt die überhaupt nicht, die Platten von Low Spirit?
-Nee, die führen wir nicht.
-Aha, das ist wohl Programm.
-Nee, genau nicht, das ist nicht unser Programm
-Sag ich doch, vielen Dank für die Auskunft.

1301. I don't wanna talk, singt der Typ auf der Forever Sweet Platte am Anfang. Nur leider: er tut es nicht. Immer wieder wiederholt er, daß er nichts sagen will, aber sagt genau das immer wieder. Offenbar finden die Leute solche Widersprüche charmant. Mich quält sowas.

1613. An Dekonspiratione.

1616. Plötzlich war jetzt verlangt, die von Chance ausgelösten Gedanken dorthin auf sie zurückzurichten. Aber darum gehts gar nicht bei meinen Gedanken. Da geht es nur um den Reflex, den ein Weltevent wie Chance an einer beliebigen Ichstelle auslöst. Es geht einfach nur um das Protokoll dieses Effekts. Um reine Passivität, um Reflexion. Warum? Weil das das einzige ist, was ich kann.

2105. Wieder daheim, von den Spirits. Drei Stunden konzentriertes Reden über ein Produkt aus Musik. Über Ideen, Konzepte, Namen, Optik und alle Apekte der davon berührten kommunikativen Probleme. Man selber denkt das und das. Was denken die anderen? Wie kann man sich verständlich machen? Normal. Dauernd Heiterkeit dabei. Das fehlt mir an Politik: die Warenform des Inhalts. Da macht das Denken keinen richtigen Spaß, wenn man den Leuten nur Ideen andrehen will, anstatt eine Platte, ein Buch, ein Bild, was Schönes, ein Ding.

2155. Die gegenteiligen Wege von Politik und Kunst zum Gemeinsamen: die Kunst geht über die Freisetzung des einzelnen, der sich von der Individualität des Kunstwerks zurückgestoßen, auf sich geworfen sieht, über auf die Art massenhaft erzeugte Differenz. Und Politik läuft über den Appell, zuzustimmen und einzustimmen und mitzumachen, über das Interesse, andere vom Eigenen, dem Richtigen zu überzeugen, über Konsenserzeugung bei möglichst vielen. KEIN KONSENS. So heißt die beste Chance Parole zur Zeit. Trotzdem setzt auch Politik im Einzelnen was frei, nämlich Handlung, Aktion, man kann dann was tun. Da haben ja viele Lust darauf, viele wollen ja WAS TUN. Ich leider nicht, ich will nichts tun.

006. VOLKSHOCHSCHULE MITTE
014. galerie berlintokyo rosenthalerstraße
231. Wieder daheim.

Exposition
einzelner Buchstaben
Schrift
jedes Wort ist ein Gedicht

GÄSTEHAUS
AXEL SPRINGER

V
3.4

Donnerstag, 3.9.98, Berlin.

1108. Das Internet streikt. Ich werd wahnsinnig.
1359. Kaputter Vormittag.
1633. Kaputter Nachmittag.
1856. An Dekonspiratione.

1926. Im Kaisers. Die öffentliche Form, die nicht adressierte Rede: alles gilt jedem, aber auf freiwilliger Basis. Keiner muß irgendwas wahrgenommen haben. Das habe ich nicht gelesen, das habe ich nicht gesehen. Und eben ganz anders im Bunker des Privaten, im geschlossenen Raum des Klandestinen. Und jeder Satz sagt du. Unschön.

029. Halbschlaf, Reise, Rad. Im Dämmer die Stimmen.
-ja, wo ist denn die Alternative?
-hm, die Alternative?
-ich will eigentlich bloß nicht die ganze Zeit reden müssen.

200. Der Werbespot ging so: dann schlug die Kirchenglocke zwei mal an. Erzählung. Davon war ich aufgewacht.

SOPHIE-CHARLOTTE-GYMNASIUM

V
3.5

Freitag, 4.9.98, Berlin.

1001. Ist es nicht ein herrlicher Tag? Sagt die freundliche Mail von gestern, die ich eben erst vorfinde. Gestern war er herrlich, nur leider für mich von innen her durch immer wilder hochjagende Internetpanik vergiftet. Und heute ist er relativ unherrlich, aber innerlich dafür so halbwegs im Lot. Herbstluft, schön. Ab viertel nach neun wird nebenan geraucht, und ich verbarrikadiere mich hier wieder, wie gestern, gegen die herrliche frische Luft, in meiner komischen Wohnung, und fühle mich dabei, bei all diesen leider ja viel zu häufigen Irritationsmomenten, die mit übertriebener Geruchswahrnehmung zu tun haben, nicht so ganz als der Herr meiner Sinne, nicht so ganz bei Sinnen. Im Grunde extrem gestört. Das ist dann betrüblich. Gegenargument: Nervosität ist auch ein Kapital.

1055. Herrenreiter. Ich fürchte, das Wort habe ich auch schon mal verwendet. Das hätte ich lieber nicht tun sollen.

herzlich willkommen
ich freu mich daß Sie da sind
bitte Platz zu nehmen

1116. Kerner, jetzt als Spar-Schmidt, mit Talker-Schreibtisch. Dieser Mann ist der Gipfel ..., schlimmer als Franka Potente.

sind Sie sich da so sicher
ich bin mir da nicht so sicher, Herr Gottlieb

1118. Echte Politik. Die reden dann über Renten, und ich verstehe absolut KEIN Wort. Trotzdem, das flößt mir irgendwie Vertrauen ein, mehr Vertrauen als die ideal gesinnte politische Parole, hier wieder von Chance: TÖTE DICH SELBST. Falsch, kann man da nur sagen. Die Leute kennen offenbar niemanden in ihrer Nähe, der das gemacht hat. Dann sagt man sowas nicht mehr. Man will dann nicht mehr, daß jemand, egal wie schlecht es ihm geht, sich selber tötet.

1510. An Dekonspiratione.

1609. Was ist eigentlich dagegen zu sagen, daß Kohl sich an Hölderlin erbaut? Oder eine kleine, von der Häufigkeit des Erzählens schon ganz verdeckte, überlagerte, ferne Erinnerung daran hat, daß es vielleicht mal einen klitzekleinen Moment in seinem Leben gegeben hat, wo ein Zeile von Hölderlin ihn berührt hat. Da hat er sich dann eventuell gewundert darüber, sich kurz gefreut, daß ihm sowas passiert, und dann hat er das in den Schatz der Anekdoten aufgenommen, die beim jeweils entsprechenden Anlaß ausgepackt und aufgetischt werden. Daß Reich-Ranicki sich beifallsgewiß darüber lustig macht, wirkt reichlich arm, eigentlich ziemlich daneben. Und ich möchte nicht wissen, wie viele lächerliche Angeber-Anekdoten Reich-Ranicki selber schon so oft erzählt hat, daß die Leute in seiner Umgebung, in der Redaktion der Faz, beim Team des Literarischen Quartetts und in irgendwelchen Komittees und Akademien dauernd nur schon in Deckung gehen, Achtung, Kohl war gerade dran, gleich fängt er wieder mit der Hölderlin Geschichte an.

1617. Extrem geil war auch Franz Dobler, gestern. Wie er da in diesen Cowboywüsten, weit und leer, im Inneren seines Hirns auf der Suche war, nach dem Namen seiner EIGENEN absoluten Lieblingsnummer, Musik, von – nicht lachen – Johnny Cash. Männer unter sich. Aber ich weiß, wie sie geht. Hat er dann vorgesungen, großartig, dann kams ihm, der Titel. Wie die Leute unterwegs sind, Alter. Es ist so geil.

1825. Selber stinken, kochen, leben, rauchen, husten, rotzen, Lärm machen etc. Hieße die Parole, eh klar. Auf gute Nachbarschaft, Prost. Geht halt bloß nicht, leider, nicht so richtig. Genau genommen fast gar nicht.

1845. Das schönste Lob kommt aus der Tiefe der Geschichte: damals, als das und das rauskam, das war unser Ding. Im Nachhinein, aber nicht von der Nachwelt, im Gegenteil, von der damaligen und jetzigen Jetztwelt. Man war eben nicht verkannt, gar nicht, man wußte bloß nicht, daß man erkannt war. Das ist das größte, das schönste. Die Gegenwart war so nett, einen mit Zustimmung zu verschonen, nicht zu stören, nicht zu verwirren, nicht gleich abzuschießen. Sie hielt die schützende Hand der Latenz über einen, gnädig, gütig, weise: der soll erstmal noch bißchen weiter machen dürfen. Der ist ja noch nicht tot.

1925. Was darf sich wiederholen? Was nicht?

TECHNOLECTRO EP Nº1

V
3.6

Samstag, 5.9.98, Berlin.

1009. Was sich wiederholt, darf sich auch wiederholen. Was man selber wiederholt, eher nicht.

1014. Beispiel, Gemeinheit, Fehler, hin und her. Resultat: Andererseits ist das, sozusagen politisch gesehen, ein auch in die Kunst eingebautes dehierarchisierendes Moment und deshalb komplett in Ordnung.

1121. Ich habe was Schwarzes gebaut, für um den Bildschirm, wie ich es vor Monaten mal im Verlag gesehen habe. Daß man im Hellen besser lesen kann. Obwohl sich die Augen bei dem viel zu schwachen Licht des Laptop dauernd anstrengen müssen, finde ich an diesen Babycomputern so angenehm, daß man sie zumachen kann und wegstellen. Dann ist der Schreibtisch leer.

1130. Das Schönste am produzierenden, produktiven Blick auf die Welt ist der dauernde Sprung von Beobachtungen zu Plänen, Konzepten, Absichten, zu Sachen, die man versuchen möchte, zu kommenden Taten. Ich stand in der extra kleingeschriebenen galerie berlintokyo, bevor die Leute aus der Dorau Premiere kamen, es war noch ganz leer, die wenigen, die schon da waren, hockten in kleinen Unterhaltungsgrüppchen in den Ecken, und ich war so glücklich, daß mein jahrelanger Haß auf diese Art von Techno-Art-Szene endlich weg war, keine Ahnung wieso. Ich fand das alles plötzlich irgendwie charming und entspannt, dieser ewige Berliner Klammottenstyle, alles so gedeckt und unhysterisch, ins immer gern bißchen Ärmliche zurückgenommen, bloß keine Übertreibung, wo jedes bißchen Farbe gleich ein AUFSCHREI ist. Stand da mit meiner grotesk übertriebenen roten Pferdeckejacke, und kam mir dann kurz bißchen komisch vor und dann wars mir auch gleich wieder wurscht. Grüß Gott, ich bins, München. Und hörte da also der Musik zu, das will ich sagen. Und jeder Ton, jeder Sound, jeder rhythmische Vorgang war sofort wieder planerische Überlegung für Word, für die neu geplante Musik. Eben wieder: ich lege die neue TECHNOLECTRO Platte von Westbam auf, und denke sofort, ja genau, das da, so, so und so, dies und das. Was man wahrnimmt, drängt zur eigenen Tat, das glückifiziert die Wahrnehmung so. Wegen diesem Mehr an Alltagsglück, das die Produzierenden gegenüber den Kritikern haben, haben die Kritiker jedes Recht, auf die Produzierenden einzudreschen und sie fertig zu machen. Die Kritiker haben immerzu Recht. Und wir haben das tausendmal tollere Leben.

1438. An Dekonspritatione.

1522. Linienstraße 155. Neugeriemenschneider Neueröffnung. Noch so ein toller renovierter Innenhof mit alter Kastanie. Im Neben- oder Hauptraum steht ein zweimannsgroßer Blech-Spritz-Brunnen aufgebaut. Wenn es wenigstens heiß wäre, wenn er wenigstens im Freien stünde. So denke ich sofort an Walser, der doch glatt behauptet, die Sprache wäre ein springender Brunnen. Und denke darüber nach, dachte Johann, daß diese Bestimmung in Wirklichkeit an der Sache der Sprache brutal vorbei geht. Dann schaue ich mir die Fotos von Olafur Eliasson an und schreie das elegante Pärchen im Raum an: hier gehts ja nur um SEX. Sie finden den Witz nicht sehr lustig und reagieren pikiert. Kunst ohne jeden Humor, das ist sicher. Kann das Kunst sein? Eine Lochserie, Fotos mit Löchern in der Landschaft, Felsen, Höhlen, Einblicke, geil, Ausblick, Ausblick. Alles ganz toll, nur leider eben eine Serie, zwei Serien. Serien sind Hölle, bei Fotos auf jeden Fall.

1541. Die Fratze des Produkts dann natürlich andererseits. Weil ich doch neulich so begeistert war, vom Produkt-geerdeten Denken.

ROMANTIC HOUSE IV
THE SOUND OF DREAMS

Hier jetzt 64 tausend verschiedene technoide Sampler in allen Variationen, in der CD-Abteilung bei Dussmann. Und die Gedanken, die einen aus diesen Produkten anschauen, die da von irgendwem mal hineingedacht wurden, sind natürlich Schwachsinn, Gedanken von Produktverblödeten, von Leuten, die sich durch zu viel Denken in Produktrichtung irreversible Schäden am Gehirn zugezogen haben.

1624. Daheim.

1935. There is so much beautiful art around lately, isn't there? Bei Christopher Wools neuen Bildern in der Galerie Hetzler. Kreuze, Punkte, Kreise, Ecken, Quadrate, Blüten, Streifen, Noten, Rauten, Nüsse, Spades, Hellebarden, Schlangenlinien, Buchten, Halbkreise, Striche, Risse, Drucke, Kratzer, Übermaltes, weiß auf schwarz, schwarz auf weiß, Abdruck. Emaille, lese ich auf dem Zettel, ach so, daher der andere Oberflächeneffekt. Vor der Türe steht Max mit dem Vater des Künstlers. He made the art, but I made the artist. Sagt er und freut sich. Dann rede ich mit Max über seinen wunderschönen weißen A-Klasse Mercedes.

2020. Wieder daheim.

045. Der lange Weg nach Mitte. Heute zum 3. Mal, jetzt im Regen.
104. Rungestraße 20.
244. Columbiahalle.
553. Wieder daheim.

EIN HELLER
UND EIN BATZEN

V
3.7

Sonntag, 6.9.98, Berlin.

2152. Sichtbar bewundern ist verboten. Ich weiß das längst, ich vergeß das nur immer wieder. Es macht die anderen zu Beobachtern einer prekär gestörten Übertretung im Sozialen. So wie es einen anstrengt, der Spastik von Feuerstein zuzuschauen. Weil Jürgen Laarmann mir gestern in dem backstage-Container beim E-Werk-Rave mein von ihm sogenanntes Lutschertum den Low Spirits gegenüber vorgeworfen hat. Und ich will dann immer sagen, ihr seid blöd, ihr kapiert das nicht. Aber in Wirklichkeit besteht das Verbot zurecht. Man darf Bewunderung nicht nur den Bewunderten nicht zeigen, man darf sie vorallem nach außen hin nicht sichtbar werden lassen. Man muß das irgendwie anders umsetzen, anders damit fertig werden.

Ratten
Wanzen
Flöhe
Läuse
Küchenschaben am meisten

Verelendung
Bewohner
Auszug
Verfall

die Menschen wenden sich ab
angewidert

der Fürst ist ein Freund des Waldes

STRAFKOLONIE

V
4.1

Montag, 7.9.98, Berlin.

1015. Okay. Wo soll sie laufen? Wer soll sie spielen? Was will sie sagen? Oh o, no no.

1119. Ab einem bestimmten Punkt, auch der Genauigkeit der Betrachtung, ist natürlich irgendwie auch ALLES falsch, klar. Das ist aber auch kein Trost, keine Lösung.

1127. Wenn man zum Beispiel rein naturellmäßig nie in Gefahr kommt, Bewunderungsfehler zu machen, weil das ganze Ich-Ding von vorneherein besser und sicherer abgebunkert ist, entstehen aus der geringeren Irritierbarkeit natürlich andere Weltschwächen, aber der Bewunderungsfehler wird dadurch nicht weniger falsch. Daß man als der Kritisierte also einwendet: deins ist aber auch falsch. Auch wenn das stimmt, ist damit natürlich überhaupt nichts widerlegt. Ist ja alles völlig klar. Was ist denn heute los? Der Tag ist düster. Und ich bin –

1142. Celebration.
Gelb,
Orange,
Hellblau,
Silbermetallic,
Rot.
Angst, Humor.
Der Läufer, die Nackten, das abstrakte Bild.
Bunt, viel, freundlich, hell.

1159. Telefon mit Albert über den Umschlag.

1222. Eine Welle der Trauer.

1637. Komische Notizen.

2325. Alles versucht, alles nichts.

KRANKENGYMNASTIK

V
4.2

Dienstag, 8.9.98, Berlin.

1031. Auch wieder lächerlich, aber egal.

aua
Kaputte
nicht wissen
das meiste
Artikel 1
das Ausgangsmaterial
Zerstörung
Chemie
Kritik

FLIGHT
RECORDER
DO NOT
OPEN

1045. Krankheit abschaffen.

the telegrams which On Kawara has been sending since 1970
carry the message I AM STILL ALIVE

1840. An Dekonspiratione.

ICH SEHE KEINE WELTWEITE DEPRESSION AM HIMMEL

V
4.3

Mittwoch, 9.9.98, Berlin.

938. Ich träumte von Gedichten, aus der Abiturzeit. Wieder sah ich die Seite

mit der Schrift, wir hatten das zusammen geschrieben, der Freund und ich, auf einem großen Bogen, unsere Kummergedichte.

1250. An Dekonspiratione.

der Ölpreis bleibt vorerst weiter unter Druck
Reis wird jetzt langsam knapp
ungünstige Wuchsbedingungen
die Nickelschwemme dauert noch an
Bundesbankchef Tietmeyer lehnt eine Zinssenkung ab
Währungsexperte Dornbusch widerspricht

1742. Konzeptionelle Krise. Langsam wirds eng, langsam werde ich nervös. Es war ein herrlicher Herbsttag, und ich hatte Angst vor der Sonne, die Vorhänge zugezogen, und lag am Bett und las. Aufgeregt, gelähmt, agitiert, und gleich wieder ratlos. Ich habe die Schwierigkeiten alle im Kopf. Es geht vorallem um die Perspektive, um den Ort und die Art der Bewegung des erzählerischen Blicks, so grundsätzlich, wie es in diesem Stadium der Arbeit beängstigend ist. Die Unsicherheit ist Gift, gefährdet jede nächste Bewegung schon im Ansatz. Man braucht oft genug die Erfahrung, daß man durchs Ungewisse hindurch dann doch Tritt ertastet und so Zuversicht gewinnt, richtig unterwegs zu sein. Und dauernd die Frage: wie präzise darf ich das Problem fassen? Zementiert es sich in seiner Klarheitsform erst richtig? Wobei ich noch nicht mal denke, daß ich es lösen kann. Es geht mehr um ausweichende und umgehende Vorgänge. Es geht eben, das ist ja auch das Zentralthema des Ganzen, auf völlig diffuse Weise um Vertrauen.

HARDYS
BIRTHDAY BOAT PARTY

V
4.4

Donnerstag, 10.9.98, Berlin.

1103. Wieder Sonne, Herbst, und von den Rändern her werden die großen ledernen Blätter der Kastanie rostig.

1118. Wenig zu sagen ist blöd, viel auch.

1512. An Dekonspiratione. Plötzlich kommt ein Fax von Herrn Schlebrügge, mit Satzprobe vom Selbstporträt mit leeren Händen. Und ich laufe runter und hole die Post, und da ist vom Verlag der Celebration-Umbruch da und ein Satz Bögen von Jeff Koons. Völlig andere Denkrichtung, komplett andere Probleme. Jetzt müßte man diese Luhmann-Methode beherrschen, daß man sich von einer Arbeit bei einer anderen erholt. Geht aber nicht. Ich bin sofort komplett verwirrt.

1550. Die taz von vorgestern, die Faz von gestern, alle, im Fernsehen natürlich sowieso alle, sind sich einig, daß Berti Vogts spinnt, wenn er von MENSCHENWÜRDE redet. Ich verstehe das nicht. Es wird so getan, als wäre der Status der Redeweise des Boulevard gottgegeben, als wäre der emotionalisierte KZ-Ton, in dem da dauernd rumgebrüllt wird, von niemandem zu verantworten, als wäre es ganz und gar undenkbar, daß die Gesellschaft irgendwann sagt: das ist uns zu hohl, Herr Röbel, es reicht. Dann kriegt der einen Job in der Druckerei, fertig. Das ist denkbar. Daß dieses gnadenlose und extrem verblödete Emotionsgeknete und -Gemelke irgendwann mal auch den Primitivsten, Hohlsten, Stumpfesten und Blödesten ZU BLÖD sein könnte, daß die sich so nicht mehr antexten lassen wollen von der Zeitung. Das ist nicht ausgeschlossen. Und dabei könnte auch eine genauere und vernünftigere Bestimmung dessen, was Boulevard wirklich ist, entstehen. Nüchterner, selbstbewußter, weniger verlogen. Es geht dabei ja um Fragen der Dichtung.

1814. Oben ist immer noch Platz. Fällt mir ein, wie ich an der Kaputtenversammlung am Kameruner Imbiss vorbeiradle. Enzensberger hat sich das ausgedacht, das war der Wahlspruch, unter dem seine Zeitschrift Transatlantik angetreten war, gut 15, 16, 17 Jahre ist das her. Da war das wahrscheinlich so, da war das provokant, bißchen läppisch keck, aber irgendwie ein Befund, eine nicht ganz uneinleuchtende Parole. Kein Mensch kann sich heute mehr richtig vorstellen, wie sich die Welt Anfang der 80er Jahre wirklich angefühlt hat, ich jedenfalls nicht. Aber in diesem Enzensberger-Satz ist wahrscheinlich relativ viel Realität von damals relativ prägnant drin.

1851. Ich war im Zeitungsladen, kuckte nach der Zeit, die war schon aus, und dachte, komisch, wieso riechts denn hier so nach, ja, eben nicht nach Hund, nach Menschendurchfall, ganz hart, schaute hoch, ist das vielleicht der Penner da, grüßt der mich, war das der Herr Nachbar, der Aschenbecher, und er kaufte, echt kein Witz, zwei Stangen Zigaretten, Marlboro und Winston. Schönen Tag noch, wiedersehen. Wahnsinn, Wahnsinn.

1943. Schloßbrücke Bonhoefferufer.
1945. Auf der NEPTUN.
118. Wieder daheim. Hardys Geburtstag, Bootsfahrt durch die Stadt.

SEINE LORDSCHAFT IST ZUR ZEIT AUF WELTREISE. SIE KÖNNEN GERNE HIER BLEIBEN UND LESEN, BIS ER WIEDERKOMMT

V
4.5

Freitag, 11.9.98, Berlin.

939. Boulevard. Ich habe nichts gesagt. Verzeihung, das haben jetzt Sie gesagt. Prinzip der Insinuation, aber saubere Hände, beweisbar ist nichts. Es geht um Umgehung des direkt nicht Sagbarem, um den Gewinn von Unterhaltungs-Mehrwert aus asozialen, verblödeten und doch völlig alltäglichen Emotionen und Intuitionen, und um das gezinkte Spiel zwischen Deckung in kollektiver Stimmung und exponierter Sprachrohr-Plakativität. Es geht um einen für diese Zwecke hochkompliziert zusammengedichteten Text, der dauernd so tut, als wäre er Klartext. Ich hau hier gleich so auf den Tisch. Als würde er einfach nur aussprechen, was gesagt und gedacht wird, was eben so Sache ist.

1111. Telefon mit Hans-Ulrich. Wie gehts weiter?

1147. Dauernde Suche nach flächendeckender Plausiblität, im Interesse der Kasse, aber auch der persönliche Thrill der Macher, die ihre Macht erleben, steuern automatisch in möglichst grell hysterifizierte Zustände. Je mehr Panik, Horror, Spannung, Drama, Terror und Hysterie, desto besser, desto größer ist der Unterhaltungswert. Bei der taz genauso wie bei Bild. Auch jede erste Seite der taz fragt zuallererst, will das unser Leser lesen, knallt das für den gut? Was bei der taz irgendwie besonders anstrengend wirkt, weil es in Widerspruch zum aufgeklärten, politisch fortschrittlichen Appeal der Zeitung steht. Die taz bringt dann ja auch so Sachen, daß Leuten, die sexualitätstechnisch nicht auf ihrer Terrorlinie sind, gnadenlos die Kleider vom Leib gerissen werden, öffentlich. Der und der wäre homosexuell. Bild würde das nicht in wünschenswerter Klarheit aussprechen. Die taz tut das dann. Fühlt sich völlig im Recht bei solchen Scherzen, schämt sich auch kein bißchen.

Beides ist eben gelogen: daß der insinuierte Subtext vom real gesagten Boulevard-Text nicht mitgesagt würde. Und daß es keinen Unterschied mehr macht, ob das bisher nur Angedeutete dann auch noch direkt ausgesprochen wird. Genau an diesem Ort, zwischen diesen beiden Lügen, entsteht auch der Text des Boulevard. In der in Sprache übersetzten Gestalt löst das eben noch völlig selbstverständlich empfundene Gefühl einen Schreck aus:

so also heißt diese Empfindung. Hart. Zu hart? Gerade richtig? Wenn da die Spürvorgänge richtig tasten, kann der Text dran sein am Ingenium des Kollektiven.

Es muß aber auch sein können, daß angesichts der Formulierung einer Empfindung klar ist: das geht zu weit. Wenn das so heißt, was da empfunden wird, dann muß anders empfunden werden. Dann müssen die Erstintuitionen und Gefühle bearbeitet und bedrängt werden, in Richtung auf was weniger Asoziales, Grobes, Verblödetes. Diese wechselseitige Zensur zwischen Aussageabsicht und real Sagbarem IST die Praxis von Sprache. Das ist der Vorgang, dauernd, völlig normal, bei allem Einsatz von Sprache, und immer ist das alles zusammen und zugleich präsent: man sieht und hört, wie das heißt, was man denkt, und weiß sofort, im selben Moment, ob das geht oder nicht. Ob man was anderes denken muß, um was anderes sagen zu können. Weil man das, was man eben sagen wollte, nicht sagen kann. Und deshalb auch nicht sagen will. Usw usw. Deswegen hat Aussprechen und Formulieren auch eine so zivilisierende Funktion, deshalb sind die Grundprobleme des Boulevard strukturell identisch mit denen der Poesie.

1534. Ich hatte mich in diesen Gedanken voll verhakt und lag am Bett und dämmerte. Stehe dann am Herd, beim Kaffee, und denke plötzlich: geil ist auch, daß man nicht weiß, ob der eine kurze Moment des Gelingens schon war, oder ob der erst noch kommt. Aufs ganze Leben bezogen, auf den jeweils neuen, aktuellen Tag. Weil ich eben Julien Greens Träume und Schwindelgefühle angekuckt hatte, das lag da, neben der Matratze. Wie es eine solche fast hundertjährige Lebensanstrengung brauchen kann, daß an irgendeinem Punkt dieser eine Moment des Gelingens sich vielleicht ereignen hat können.

1851. An Dekonspiratione.

1938. Jauch. Es ist ja nur sekundenweise auszuhalten, weil der Gestus so penetrant ist. Neulich wieder mit so einem Jojokind: nu stellen wir uns mal ganz blöd. Warum eigentlich? Warum kann man als Erwachsener nicht auch mal normal interessiert reagieren auf die Dinge, für die Kinder sich interessieren? Journalismus nennt der das. Fühlt sich so, als der König des Leichten, aber immer auch leicht Seriösen. Jauch, Kerner, Schrowange: das bräuchte man nur abschreiben, bei diesen drei Gestalten, aus den Gesten, aus den Reden, aus dem signalisierten Selbstverständnis. Da wäre alles gesagt. Vielleicht machts ja gerade irgendein Held irgendwo da draußen. Man wäre einfach so erleichtert, wenn das in Sprache, in Analyse, in Vernunft übersetzt wäre, dann hätte der ganze Schwachsinn einen Sinn. Dann könnte man das alles sofort ganz anders sehen.

Meineid
Behinderung der Justiz
Machtmißbrauch

Passion
Zerrissenheit
Sehnsucht

019. Westernhagen: Knäckebrot.

HILLARY FURCHTBAR GEDEMÜTIGT

V
4.6

Samstag, 12.9.98, Berlin.

1052. Indische Straße.
1108. Alexanderplatz.
1114. Weltzeituhr. Datumsgrenze. Darf ich Ihnen kostenlos einen Tagesspiegel anbieten? Nee, danke.
1115. Jetzt?
1116. Ja. Sehr schön.

1442. Mit den Zeitungen im Bett. Regen. Samstagnachmittag zu Hause.

1630. Ich habe Krise mit der Harald Schmidt Show. Ich komm nicht wieder rein. Obwohl ich fast alle Ausgaben der neuen Staffel gesehen habe. Ich rede mir ein, daß die Sendung jetzt für andere, neu dazugekommene Leute ganz toll sein muß, weil ich das enttäuschte Überwachungs-Gejammere des früheren Fans so verblödet finde. Versuche dauernd, mich an alles zu gewöhnen. Und muß mich, das gabs noch nie, richtig überwinden, dran zu bleiben. Gestern las ich nebenher im SZ-Magazin den Artikel über Karasek, von Willms-Willemsen, ein Willms-Willemsen-Highlight der absoluten Extraklasse, und machte plötzlich einfach den Fernseher aus. Weil die Sendung so nervte. Dann wunderte ich mich, machte den Fernseher wieder an, und dann wars natürlich gar nicht SO schlimm, aber eigentlich schlimm genug. Vorallem die Optik. Diese Schuhschachtel, in der die Leute da jetzt sitzen, der Standardausbau, das Standardlicht, die ausnahmslos falschen Standardkamerapositionen, und der allerstumpfeste Regiestandard, wie die Zuschauer reingeschnitten werden, es wirkt alles so debil, so undurchdacht, so wahnsinnig anstrengend. Ich will nicht von einem Zwischenschnitt belästigt werden, der mich mitten unter die Zuschauer setzt, hinten am Rand, zum Zuschauer eines debilen Zuschauers vor mir macht, mit debil phantasievollem Brillengestell. Aus dem Grund geht man nicht ins Kino, weil man diese Scheiße und diese Idioten nicht sehen will. Und so ein Dreck wird einem da jetzt dauernd nebenher optisch aufgedrängt. Von einem offenbar völlig verblödeten Harald-Schmidt-Regisseur. Das gibts doch nicht. Das geht doch nicht. Checken die das nicht? Oder was ist da los? Ich dachte natürlich, die sehen das genauso, bei den ersten Sendungen, die ändern das. Nein, Terrorapplaus zum Reinkommen, fünf mal Danke sagen. Wie Heck. Ich dachte, die lassen diese ganzen derartigen Talkstandards absichtlich weg, wissen, was das für ein Gewinn ist, wie wenig Kamerapositionen sie haben, damals im Capitol. Wie schwach das Licht ist. Überhelles Licht ist das optische Signal für die letzte Billig-TV-Produktion, das weiß man doch. Wie angenehm ungrell, eben persönlich und, ja, das war wichtig, fast intim die Situation optisch wurde, im Capitol, durch das gedeckte Licht usw usw. Das muß man doch ganz einfach rekonstruieren können. Aber dann kommt wieder sowas Lustiges wie die ultradirekte Antwort gestern: BUMS DICH HOCH. Und ich denke, es paßt schon, es wird schon, ich muß mich nur noch bißchen besser eingewöhnen. Was machstn du heute Abend? Ich hab wieder Harald-Schmidt-Umerziehungslager. Oh, anstrengend. Ja, aber – egal.

Schwalbenflug
Liebesbekundungen von den Kumpels
kurz in den Hintern treten
dann klappts auch wieder mit dem Toreschießen

Smalltalk
Komplimente
Prominenz

2105. Boulevard. Was fühlen wir? Wie fühlen wir uns? Täglich neu ist auszuloten, was wie gefunden wird, wie empfunden wird, wie das Kollektiv urteilt. Was es richtig findet, was falsch. Das bestimmt sich ja nicht, auch nicht beim Einzelnen, nach Kriterien der Vernunft. Im Moment der Emotion bestimmt der Boulevard die Moral der Gesellschaft. Deswegen sind die Sprachproblem da so faszinierend und analytisch beinah unentwirrbar. Weil die Moral ihre eigene Verbindlichkeit nur sichern kann, indem sie sich verborgen hält. Was automatisch indirekte, umgehende, man kann auch sagen scheinheilige oder verlogene Redeweisen hervorbringt, wo Moral sich sprachlich darstellt. Und der Boulevard darf bei der Bestimmung der kollektiven Emotion natürlich auch nicht als aktives Organ sichtbar werden. Seine Insinuations-Rede dient dabei diesem Interesse, seinen Einfluß verborgen zu halten, genauso wie, wie gesagt, der gleichzeitigen und gegensätzlichen Aktivität, realen Befund im Stimmungsfeld zu erheben und zugleich immerzu neue Hysterie neu zuzupumpen. Aufpeitschen, die Stimmung treffen, und unsichtbar bleiben: das muß der Text des Boulevard leisten, erstens. Und zweitens muß er durch sich durch erkennbar werden lassen, welche Ordnung von Wertzumessung und Achtung augenblicklich gültig ist, muß er indirekt die gesellschaftliche Moral formulieren und fassen können. Diese Texte, die solchen komplizierten Anforderungen gerecht werden, heißen dann im Zweifelsfall einfach nur: AUS. Und trotzdem hat Berti Vogts eben recht, wenn er in dem Zusammenhang von Menschenwürde redet.

2220. Gegendarstellung. In Bild vom 4. September 1998 stellte Patrizia Bartels unter der Überschrift BILD LÜGT mehrere Behauptungen über mich auf, zu denen ich wie folgt Stellung nehme. Jette Joop hat recht. Die Redaktion.

ich möchte Sie bitten
Schloß Bernried jetzt zu verlassen

LIVE AUS MÜNCHEN

V
4.7

Sonntag, 13.9.98, Berlin.

847. Herrlich. Aufwachen, Blick auf die Uhr, erstes Wort. Weil ich wieder so herrlich geschlafen habe. Traum: wovon man träumt, vom Film. Das stand auf dieser Seite. Meines war aber was anderes, das ging ewig lang, aber ich weiß nicht mehr wie und was genau, jedenfalls angenehm.

923. Am Schreibtisch. Korrekturen.

1227. An Dekonspiratione. Und dann Herrn Schlebrügge einen leicht modifizierten Vorschlag für die Titel-Seite vom Selbstporträt mit leeren Händen geschickt.

1237. Unsere Pressekonferenz war die nächste Afterhour. Das Ergebnis unserer Überlegungen, wie es weitergeht, wie die Lage ist, was wir vielleicht falsch gemacht haben und wie wir es jetzt also machen wollen usw. wurde dem Publikum auf die Art mitgeteilt, durch die nächste, neue Aktion. Weil ich eben dachte an Sex und Gnade, mein Michi Gespräch, und mich darauf so freute. Okay, wie war die Woche? Was gibts Neues? Was ist passiert im letzten Jahr? Wie wir das Fat Fugo in den Sand gesetzt haben, die Location mit dem Fluch, die uns fast unsere Freundschaft gekostet hätte. Und immer die Frage: können wir uns unsere Ideen noch leisten? Meine eigene Mitarbeit am Fat Fugo hat ja trotz unserer jahrelangen ununterbrochenen Analysen und Gespräche übers Nachtleben, die Clubs, das Feiern, die Leute, all das, überhaupt NICHTS gebracht, nichts Positives jedenfalls. Schon geil, wie wenig das wirklich nützt und bringt, daß man viel weiß über die Sachen, die Dinge, die Verhältnisse. Das macht einen absolut NICHT zum richtig Handelnden. Man kann schon fast sagen: im Gegenteil.

1505. An Dekonspiratione.

1510. Ich glaube, die Entscheidung ist gefallen: ich schaff es nicht. Ich kann den Termin nicht einhalten. Immer nochmal revidieren sich die Basics, bis tief ins Fundament hinunter. Was im Endeffekt egal wäre, weil man davon am Schluß sowieso fast nichts sieht. Aber der Beiläufigkeits- und Plausibilitäts-Effekt, der mir vorschwebt, ist im Entstehungsmoment auf Sicherheiten dort, im Fundamentalen, eben genau doch total angewiesen. Es geht nicht ohne Sicherheit von dort her.

1519. Entscheidend war auch ein ewig langes Gespräch mit Westbam, auf der Bootsfahrt zu Hardys Geburtstag. Überlegungen zu einer Theorie der Erzählung. Die grundsätzlichsten Dinge sind mir in einem Ausmaß unklar, das grenzt ans Groteske. Zur Klärung dieser Fragen brauche ich einfach Zeit, offene Zeit. Ich glaube es reicht. Ich kann nicht mehr.

1530. Nach gut eineinhalb Jahren Termin-Programm. Im Dezember 96 sagten wir den Merves für Ende Januar das Mix-Büchlein zu. Und so ging das etwa:
Oktober 96. Mix
November 96. Mix
Dezember 96. Mix

Januar 97. Mix
Februar 97. Rave
März 97. Rave
April 97. Rave
Mai 97. Rave
Juni 97. Rave
Juli 97. Führerschein
August 97. Rave
September 97. Rave
Oktober 97. Rave

November 97. Krieg
Dezember 97. Church of Krieg

Januar 98. Jeff Koons
Februar 98. Jeff Koons
März 98. Jeff Koons
April 98. Praxis
Mai 98. Praxis
Juni 98. Jeff Koons
Juli 98. Celebration
August 98. Dekonspiratione
September 98. Dekonspiratione

Schaut viel relaxter aus, als es sich angefühlt hat. Im Sommer 97 mußte ich nach der ersten nicht bestandenen MPU für den Führerschein monatliche Leberwerte produzieren, um eine totale Alkoholabstinenz nachzuweisen. Kein Problem. Bloß die Leberwerte wurden unter Totalabstinenz immer schlechter, und ich immer kränker. Am Schluß waren die Leberwerte so brutal pervers, daß man an eine Hepatitis oder noch was Fieseres denken mußte. Und ich fühlte mich auch so, schwer krank. Gute Bedingungen, um das finstere gute-Laune-Buch Rave zu Ende zu schreiben.

1709. Vorhin schrieb ich wieder eine neue Passage fürs erste Kapitel von Dekonspiratione, wunderbar, und beim Lesen und Überlegen, wie sich das jetzt wieder neu ein- und zusammenfügen wird, wurde mir also klar: GAME OVER. Was betrübliche Auswirkungen für den Fortgang des ganzen Projekts Heute Morgen hat. Aber es geht eben nicht anders. So jedenfalls kommt es mir plötzlich vor. Und vielleicht stimmt das ja auch.

1717. DIE KAPITULATION. Ich nehme die Kapitulation an. Ich bin bereit, die Kapitulationsurkunde zu unterzeichnen.

2307. Aufräumen, Wahl-TV.

CSU 52,9
SPD 28,7
Grün 5,7
FDP 1,7
Rep 3,6

also
Hut drauf
und auf wiederschauen
fertig

NEW WORLD ORDER

V

5.1

Montag, 14.9.98, Berlin.

922. Los gehts.

1024. Anruf von Albert. 24.9. Wien.
1059. Anruf bei Hans-Ulrich. Besprechung der neuen Lage.
1121. Anruf von Frau Zeeh. 7.10. Frankfurt.
1158. Anruf bei Martin Prinzhorn.
1229. Brief an Frau Becker.

1237. Dann kam hier die Sonne raus, und der erste Gedanke war nicht wieder sofort: Himmel, Horror. Licht, Tag, Fortgang, Zeit. Angst. Stop. Sondern: ah, hell, schön. Aus meinen gesammelten Imperfekt-Notizen zu Ehren von Peter Handke.

1431. Zeitungen geholt. Draußen, beim Radeln, fast bewußtlos lese ich wieder auf dem Schröder-Plakat: Ich bin aus Prinzip für ein vernünftiges Sozialsystem. Das Prinzip heißt Gerechtigkeit. – Und jedesmal wieder komme ich da ins Stolpern und Stutzen, und radle diesmal zurück. Nicht daß ich das falsch aufschreibe. Auch das Bild ist irgendwie gut: alles ganz dunkel, Schröder liest, im Freien, lässig an einen Querhalt gelehnt, in der rechten Hand hell leuchtende Manuskriptseiten, hell sein Gesicht, leuchtend das Hemd.

1722. An Dekonspiratione.

1750. Kalt ist es geworden, und die Luft am Balkon riecht nach Ofen.

1756. Gespräch mit den Prolls von nebenan, über ihren ununterbrochen schreieden Vogel, eine Papierwand weg von mir: ja, meint sie, aus der Dekkung des Gangs, der Typ steht debil grinsend an der Türe, der Vogel hat eine psychische Macke, schon von klein an, deswegen schreit der so, den ganzen Tag. Aha. Dann sagt sie das wieder, mit der psychischen Macke. Beim dritten Mal schreie ich: ja und was sollen da WIR sagen! Das finden sie auch lustig. Vielleicht wäre jetzt auch Brutzeit, daß es daher kommt. Jetzt? Ja, vielleicht. Nein, woanders hin kann man ihn nicht stellen, das wären ja zwei riesige Käfige, die sind ja zu zweit, die sind ja SO groß. Usw usw. Der Level des Irrsinns ist Wahnsinn, und trotzdem, irgendwie nützt das wirklich was, wenn man, wie heißt das noch mal, miteinander redet.

keuchend reiben die Girls
ihre Intimzonen aneinander

1911. Vom Einkaufen wieder daheim. Wie beglaubigt sich der erzählerische Vorgang? Durch Zensur. Man kann eben genau nicht plötzlich alles sagen, über das sogenannte Magazin, weil jetzt Roman drauf steht, über sich selber, als Mann und Denker und Sexmachine usw. Man muß auf irgendwie ganz stupide Art den Knast des eigenen Lebens und die Logik der bisherigen, auch schriftlichen Taten annehmen können, um dann, über noch mehr Zensur, jetzt im Sprachlichen, Freiheit gewinnen zu können im Erzählerischen. Wenn Karasek Erinnerungen an 30 oder 40 Jahre Spiegel geschrieben hätte und sich bei jedem Detail unter dem Druck der Authentizität die Frage hätte stellen müssen: es war wohl etwa so und so. Aber kann man es genau so sagen? – hätte er wahrscheinlich einen wirklichen ROMAN an der Hand gehabt. Wobei ich natürlich wieder nur von meinen eigenen Problemen mit dem Erzählerischen rede. Und außerdem noch keine einzige Zeile Karasek direkt gelesen habe, ich fühle mich nur so angsteckt von der ganzen, das Buch-Event umgebenden Hysterie. Die macht, auf völlig perverse Art, gute Laune.

Weil ich eben im Spiegel darüber las. Daß immer die blöden Betroffenen sich dann äußern, irgendso ein anderer Althengst von dort, das interessiert doch gar nicht. 98 Prozent der Leute sind doch NICHT betroffen. Wie lesen die das? Wie stellt sich das für die dar? Im Tagesspiegel schreibt Karasek über die Clinton-Geschichte und bezeichnet dort – das läßt mich an Karaseks aktivem Sprachgefühl zweifeln – folgenden wunderbaren Satz als einen »grauen« Satz: Es wird nachher in meiner Wohnung vorraussichtlich zu Zärtlichkeiten kommen. – Was ist daran grau oder grauenvoll? Das ist doch großartig. Das ist für mich Kafka in toll.

1949. Alles ist immer klar, in der Welt der Kulturzeit, in den lockeren Redakteurs-Texten für den komischen Gert Scobel. Wie der das immer alles abliest, diese Zwischentexte. Und das Geile ist, er versteht kein Wort. Von absolut NICHTS hat er irgendeine Ahnung oder je gehört. Das hat einen irren Effekt auf die Sprachmelodie. Alles preßt und drückt und tanzt, das ganze Gesicht, aber nur außen, zwischen Teleprompter und Gesichtsmuskulatur, völlig ohne Kontakt zum Hirn, zu irgendwelchen Vorgängen des Verstehens.

2205. Mit den Celebration Bildern. Mehr Notizen für Dekonspiratione. Ich muß noch mehr Grundlagenforschung machen. Fiktionalität, Funktion von Haß, Handlung. Es geht dauernd gegen die Gegengedanken, die gegen die Startintuitionen entstanden sind, mit der Zeit, bißchen zu selbstsicher, klug, triumphierend, falsch. Es kann da keine Triumphe geben, Errungenschaften, Wissen, Sicherheit. Was klar ist, ist schon falsch. So schnell geht das, klar.

Falsch, usw.

Machtkontrolle
direkte Demokratie
Stinkmösenpolka

7000 yogische Flieger
letzter Stand

sonst werde ich festgenommen

DEN GÖTTERN WIRD GEOPFERT

V
5.2

Dienstag, 15.9.98, Berlin.

854. Bitteschön.

1046. Vielen Dank. Ich darf trotzdem, trotz Grundlagenforschung und New World Order den Versuch der Fortsetzung der Niederschrift nicht aufgeben. Sonst reißt die Verbindung. Und die Lösungen entstehen auch nicht aus erforschten Grundlagen heraus, sondern nur durch Probieren. Ich wiederhole das wie eine Selbstbeschwörung, weil es die am wenigsten depressivste Art des Scheiterns ist. Und für mich relativ neu. Zum ersten Mal habe ich das beim Mix-Büchlein entdeckt, vor zwei Jahren, wo ich in meinem Unglück, den Weg nicht zu wissen, wie ich mit diesem absoluten Irrsinns-Konvolut von Transkriptions-Text der realen Westbam-Rede zurecht kommen könnte, plötzlich ganz pragmatisch dachte: wenn es so nicht geht, gehts vielleicht anders. Probiern wirs halt. Und immer nochmal eine andere Version der Rekonstruktion des Gesprächstextes probierte, bis ich endlich bei diesen wunderbar simplen Häppchen angekommen war. Und sofort wußte, jetzt hab ichs. Das zeigte ich dann dem Michi, dem gefiel das auch. Liest sich gut weg, meinte er.

1106. Wenn man es einmal erlebt hat, wartet man doch irgendwie immer wieder auf den letztlich extrem gesteigerten Moment der Inspiration, wo alles klar ist, wo es dahin geht, wo man in dem Moment, wo es passiert, weiß: stimmt, paßt, sitzt und hat Luft. Fertig. Und es gibt ja wohl auch Schreiber, die warten dann einfach nur solange, bis das alles sich wieder mal genau so und richtig anfühlt, und dann legen sie los. Auch das habe ich schon ausprobiert. Ich glaube, ich habe wirklich alle Arten zu schreiben schon probiert. Das macht eine bestimmte Art von Kaputtheit, Fatalismus und Demut. Und natürlich auch Dankbarkeit, nach jedem Buch war das bisher das absolut führende Gefühl, Dankbarkeit, in alle möglichen Richtungen.

1412. An Dekonspiratione.

1435. Büro, Büro. Meine Vorstellung von Glück: ein Vormittag der Konzentration, ohne ein einziges Telefon, ohne ein Fax, wie heute, ohne ein einziges nichttextgerichtetes Wort. Völlig frei floatend und ganz von selber mitten in der Sache drin.

1438. Das Resultat muß leichthin und dünne bleiben wollen, wie abgemacht. Aber die Ambition, was die Reichweite betrifft, muß maximal hochfliegend und oder grundsätzlich sein dürfen. Sonst bringts keinen Spaß. Ich muß immer beides zugleich im Auge haben: ein Buch über diese Seite des Lebens, Tag, Arbeit, Text, ganz allgemein; und aber dabei doch leicht, hell, grazil, schnell und kurz. Und, stimmt, halt, stop, immer vergesse ich das Wichtigste: böse. Böse, böse muß es werden, richtig schön böse. Ha.

1546. Vom Zeitungen holen wieder daheim. Die Aral Tankstelle an der Seestraße spuckt einen Kassenzettel aus, da sind alle Zeitungen namentlich aufgelistet. Das schaut gut aus, das macht gute Laune. Eine kleine Wanderschaft dorthin, mit der Post, dem neuen Jetzt, zu Fuß, und mit Gedichtzeilen im Ohr, die von dem Wort gehen ausgehen. Gehen, gehen, mäßig steilen Anstiegs, kurgeeignet. Bezogen nämlich auf Wege in Bad Tölz. Und Orte, Stunden, Tage, in München.

Dienstag um eins
vor der Glyptothek
das ist ausgemacht

1556. Aral-Hellblau, und Adidas-Hellblau. Da radelt einer vorbei, in knallhellblauen Adidas-Synthethics, er ist 55, gut fett, in so einen wursthautmäßig prall gespannten Trainingsanzug gepackt, hellblau der ganze Mensch, mit den weißen Streifen. Das schaut einfach perfekt aus.

1602. Daß ein wirklich kreativer Mensch sich wirklich für die Arbeiten von einem auch kreativen ANDEREN Menschen interessiert: das ist relativ selten, eigentlich, genau genommen SEHR selten. Kommt fast nie vor, gibts praktisch nicht. Die meisten Erwachsenen kreisen um sich und ruhen in sich, vor allem natürlich Männer, SIND einfach ihr Kosmos, fertig, auf völlig läppische Art. Die läppischste Seite der männlichen Herrlichkeit, dumpf. Die Ausnahmen stechen da richtig raus, in meiner Welt, zum Beispiel: Michi, Westbam, Warhol, Luhmann.

zerstörte Felder
totes Vieh

jeder Handgriff sitzt
Pausen sind ein Fremdwort

2336. Biolek: Konstruktion der Normalität. Nervend, abstoßend, besonders in der Küchen-Sprüche-Variante seiner Omma-Weisheiten-Welt. Aber zwischendurch sieht man es immer wieder auch von der gefährdeten Seite, dann hat es was Erschüttertes, was Staunendes, was Sehnsuchtsvolles, und wirkt sehr berührend.

501
W 32 L 32
RICH INDIGO DYE

V
5.3

Mittwoch, 16.9.98, Berlin.

724. Ich hatte keinen Sex, deswegen bist du mir auch nicht abgegangen, sagte Anne zu mir, und ich dachte, –

933. Am Schreibtisch. Und ich dachte, was denn? Doch da reißt die Aufzeichnung ab, der Traum. Und dann bin ich wieder eingeschlafen.

1108. Nochmal kurz Gert Scobel, tschuldigung. Ich frage mich immer, wo so jemand herkommt, aus welchem Nest. In welcher Art von Prozinz wird diese Art Mensch gebacken? Oder kommt der aus dem Osten? Eine bestimmte Form von DURCHBLICK wirkt irgendwie so extrem provinziell, die haben immer alles schon gecheckt, nichts kann sie überraschen. Michael Rutschky war, wie ich mit ihm befreundet war, etwa so alt wie ich heute, und der wußte auch alles. Damals fand ich das –, ja, wie eigentlich? Heute finde ich es falsch, auch weil ich selber weiß, wieviel man in so einem Alter wissen kann, und wieviel nicht. Ich habe mir mal den Ort bei Kassel angeschaut, wo er herkommt, wo er König war, der König von – den Namen habe ich vergessen.

Gemein, ich weiß. Aber die Durchblicker machen ja einen dauernden unbeschreiblichen Terror, mit ihrem Durchblick, auf allen Kanälen, in allen Sendern. Da herrscht und triumphiert diese prinzipiell ungefährdete Intelligenz, die Art Schlauheit, dieser ewig gleiche »immer alles längst schon klar«-Text, im Rundfunk, im Fernsehen, im Gebrauchskultur-Film, im Feature, fast alles da ist immer genau das: dieser überlegene und von nichts störbare Provinz-Durchblick. Das nervt. Das prangere ich an.

5112. An Dekonspiratione.

1530. Ein Typ aus Bremen will ein Interview zu Popkultur und blablablaa, ich soll auch mitmachen. Thomas Meinecke wüßte zu berichten, ich wäre mehr in Berlin als in München. Der Typ aus Bremen schreibt, er wäre am Wochenende hier, ob ich dann »Zeit für ein Interview zur Rolle der Musik in der Literatur« hätte. Zeit habe ich immer, für alles, aber natürlich keine Lust. Wieso soll ich dem fremden Typ aus Bremen bei seiner Radiosendung helfen? Weil er nicht so viel Zeit hat. Weil er keine Ruhe hat zum Lesen. Weil er eine Sendung nach der anderen machen muß. Weil er Frau und Kind und Auto hat. Oder irgendwas anderes, was weiß denn ich. Wozu Interview, dauernd? Blödsinn.

Franz Xaver Karl. Auch so einer. Fragte für Rave nach einem Interview, für sein Bayerisches Fernsehen, wo er seine Kulturfilme macht. Schrieb ich ihm zurück, er soll doch mal mein Buch interviewen, da stünde viel drin. Das wars auch schon, da kam noch nicht mal mehr eine Antwort zurück. Die Typen sind so prall. Ich fand das früher immer schon so komisch: man liefert denen den Text für ihre Sendungen, und keiner, wirklich KEINER, für den ich je als Interviewter gearbeitet habe, kommt auf Idee, und sei es nur so bißchen aus Höflichkeit, zu fragen, wie arm man denn zur Zeit so wäre. Ob vielleicht 7 Mark 20 ein super Stundenlohn wäre. Und man würde sofort sagen: 7 Mark 20 klingt gut. So können wirs machen. Ich meine da wirklich die Geste. Auch beim Texte zur Kunst Interview letzten Herbst lief das so. Die eleganten Leute vom prima Links-Intelligenz-Blatt Texte zur Kunst, Fräulein Graw und Fräulein Wege, politsch toll bis über beide Ohren, klar, die haben noch nicht mal gefragt, ob man sich das Geld für meine Zuganreise von Berlin nach Köln und zurück, eventuell vielleicht teilen könnte. Einfach kein Wort dazu. Muß man sich da selber melden, oder wie geht das? Ich wollte noch fragen, wie wirs mit den Spesen machen. Allein wegen dem Wort Spesen hat man keinen Bock auf solche Sätze. Wie denken die sich das? Ich verstehe das nicht. Ich finde das doof.

Andererseits: Es ist das größte und schönste Privileg, das man sich als freier Schreiber mit der materiellen Ungewißheit erkauft, Freiheit, Zeit, Unabhängigkeit. Und es gibt da absolut nichts zu jammern. Mit Franz Xaver Karl zum

Beispiel habe ich mal ein tolles Rundfunk-Interview gemacht, bei Erscheinen von Festung. Er hat dann die nicht unmühselige Arbeit gehabt, das zu kürzen und zu schneiden. Das hat er mir dann freundlicherweise auf Kassette zugeschickt, als Honorar. Und ich habe mich gefreut, von ihm angestachelt, in freier Rede, Text zu allem Möglichen produziert zu haben. Unter dem Aspekt muß man das immer sehen, und so sehe ich das eigentlich auch. Jürgen Laarmann erzählte hierzu: die Leute sollen 5000 Mark zahlen. Und dann gibts ein Interview. Und dann können sie sich auch seinen Text noch selber zusammenschreiben, wenn sie wollen, wie sie wollen. Das ist die ganz andere Möglichkeit, und unter bestimmten Bedingungen, die bei mir halt nur nicht zutreffen, auch absolut cool.

1612. Telefon mit Hans-Ulrich. Jeff Koons hat einen Unfall in der Buchbinderei erlitten und kann nicht plangemäß ausgeliefert werden. Schade, und dann natürlich auch wieder komplett egal. Ich habe immer nur Angst vor den Verwirrungsfolgen, die durch solche Sachen entstehen, der Zerstörung der inneren Balance. Aber je mehr ich arbeite, umso besser komme ich mit dem Welthorror zurecht.

1823. Vom Einkaufen wieder daheim. Und dann muß man jetzt schon wieder das Licht anmachen, so dunkel ist es schon wieder draußen. Gestern war Schulanfang in Bayern, und gleich geht das Oktoberfest los.

1906. Telefon mit Felix. Zum Jeff Koons Cover.
1935. Fax an Benjamin. Zum Remix Projekt.
2043. Telefon mit Herrn Schlebrügge. Über das Selbstporträt Cover. Angeblich soll das Ding jetzt wirklich erscheinen, noch im September. Kaum zu glauben.

das erste Mal?

war mit 19, und war sehr schön

DAS ERSTE MAL

V
5.4

Donnerstag, 17.9.98, Berlin.

835. Der ganze Boden ist mein Schreibtisch. Manchmal macht das gute

Laune.

1014. Der Vogel reagiert auf mich, das ist das Schlimmste. Der will mit mir reden. Durch die Wand durch. Das klingt wie Schizophrenie, ist aber Realität. Was ja auch jeder Verrückte behauptet. Obwohl ich morgens absolute Stille brauche, habe ich vorhin zu unserer gemeinsamen Beruhigung Tikiman gespielt. Das funktionierte ganz gut. Der Vogel war ruhig, vielleicht war auch nur die Musik lauter als er. Dann hörte Tikiman auf, und nach einiger Zeit fing der Vogel wieder an zu schreien. Der schreit wie ein gequälter Hund, ohne Rhythmus, man kann sich da nicht einhören, mit der Zeit, man gewöhnt sich nicht dran. Immer wieder erschrecke ich.

1022. Anruf bei Hans-Ulrich. Nochmal zum Jeff Koons Cover.

1109. Jam. Meine Lieblingssendung auf Viva. Jede Woche produzieren die einen 30-Minuten-Film, fast immer irgendwie interessant. Gestern, die Wiederholung der Guano Apes Ausgabe. Die Musik ist mir praktisch egal, aber die Sängerin ist so toll, wie die sich auf der Bühne bewegt, wie sie denkt und tanzt, beim Singen und Schreien, so gefaßt. Public Enemy, Tone Loc, damit ging die Musik für sie los. Sie heißt Sandra. Und alle Interviewer würden angeblich immer nur mit ihr reden wollen. Schlimme Sache, aber selber schuld, im Video ist sie nämlich genau so wie Skin von Skunk Anansie inszeniert. Und obendrein schaut sie auf ihre Art auch noch genauso gut aus wie die. Gut ausschauen: in dem Sinn, und wahrscheinlich dadurch, daß jemand, so wie die, sehr stark bei sich und bei der Sache ist. Das sieht man bei Bühnenleuten nicht so oft. Aus Göttingen sind die.

1143. Ich lese Helge Timmerbergs Reportage über Indien. Ist ja total interessant. Die Redaktion des SZ-Magazin hat das unter zwei so –

1606. An Dekonspiratione. Ich schrieb und merkte plötzlich, daß das alles gar nicht hierher gehört, sondern ins Buch. Im vierten Kapitel, am Donnerstag, gibt es einen Tag Reflexion, da darf es dann auch wieder bißchen mühsam werden, auch wenn alle das an Rave bemängelt haben, ich kann das nicht draußen lassen. Weil ich die Reflexion als eine der Handlung absolut gleichwertige Handlung, halt nur im Feld des Denkens, empfinde. Und an jedem Gedanken hängt die Geschichte seiner Umstände, wovon er ausgelöst wurde, wo er hingehört, an wen er sich richtet und auf was er sich bezieht usw. Das gehört einfach dazu.

1656. Zu den Ausbeutungsverhältnissen zwischen Kritik und Produktion, im Rundfunk und im Fernsehen vorallem, zu dem vampiristischen Verhältnis, das da besteht, gäbe es noch viel zu sagen, und natürlich vor allem lauter Blödsinn. Es ist wirklich auch ein Problem sich ansammelnder Erfahrung, daß man immer mehr von diesen Typen kennenlernt, wie sie sind, wie sie arbeiten, wie sie auf einen zukommen und wie sie sich selber verstehen. Früher war mir das egal, heute nervt mich das irgendwie, der Rundfunk- und Fernseh-Kulturjournalist. Umgekehrt hassen die uns ja wahrscheinlich auch, das dürfen sie nur nicht so direkt denken, weil dann wird die Arbeit für sie zu kompliziert. Gut wäre es, aus den Erfahrungen kein Prinzip zu machen, keine Regel, möglichst gar nichts zu lernen. Sondern einfach nur, so erinnerungslos wie möglich, nach Lust und Laune reagieren.

1730. Es läutet, der Kollege von nebenan holt das Paket von Quelle, das ich heute mittag angenommen habe. Die Frau Postbotin meinte, sie macht ihnen einen Zettel hin. Wir reden über den Vogel. Der Vogel wäre schon 18 Jahre alt. Er sagt das so, als ob das viel wäre. Ich wiederhole das dann. 18 Jahre ist der schon, aha. Wenn dieses gemeinsame Lindenstraßentum losgeht, kriege ich Horror, will ich sofort ausziehen, auf der Stelle. Woanders hin, wo einen keiner kennt, und man mit keinem reden muß. Über keinen was denkt und von keinem irgendwas weiß.

1736. Erschöpfungsanfall. Konsequenzmelancholie, Schwächefrösteln, Fröstelkummer, Kummerdummheit usw.

1814. Gegessen, gedämmert, gefroren. Ist es wirklich kalt? Oder friere ich nur? Wann muß ich mich treiben lassen in der Arbeit? Wann mich gezielt auf den nächsten geplanten Punkt konzentrieren? Wer weiß die Antworten?

»Wer zuviel an sich selber denkt,
bekommt es mit der Angst zu tun«, sagte er.

1906. Vom Einkaufen wieder daheim. Es gibt ja auch eine inhaltliche Seite dieser Aversion gegen den Fernseh- und Rundfunk-Kulturjournalisten. Daß man die Standardform, in der Kultur da präsentiert wird, einfach so falsch findet. Natürlich wäre es denkbar, daß auch im Fernsehen Buchkritiken erscheinen, OHNE daß der Autor in einem ganz komischen Akt von Kumpanei sich durch Mitmachen und Gesichtherzeigen zum Teil der Sache macht. Es müßte doch ein Interesse da sein, die Logik des Mediums in Beziehung zu so einer Aufgabenstellung zu setzen. Die Antwort der Münchner Fernseh-Kulturleute, im 3. BR-Programm zum Beispiel, ähnlich im WDR, ist seit Jahren ein hochgetriebener Subjektivismus. In der Optik, wie da mit der Kamera rumgefuchtelt und rumgerannt wird, total befreit, voll altmodisch, in der Sprachmelodie, wie einem die dünnste Kaffeehaus-Philosophie angedient wird, ganz nahe genuschelt am Ohr, und wie sie alle ihr komisches Popverständnis musikalisch formulieren, wie Musik eingesetzt wird, als Penetranzwaffe, zur brutalen Gemütsknetung. Wie im billigsten Boulevard-Fernsehen, bloß andere Musik, von der Methode her gleich. Ich muß manchmal den Ton ausstellen, weil mich das so brutal nervt, vor allem bei Berichten über Kunst. Gibt es irgendwas, was man im Fernsehen besser zeigen kann als Kunst, als Bilder? Nein. Aber sie denken immer, es reicht noch nicht, der Zuschauer muß noch mehr bearbeitet, attackiert, gefesselt werden. Falsch. Der ganze Ansatz Subjektivität ist falsch. Der Ort der Subjektivität im Fernsehen ist Bärbel Schäfer und Arabella. Optisch befreite Signale von Dilettanz sind nicht gefragt, sind in dem Bereich längst Gähnstandard, genauso die, immer auch noch extra anekdotisch ausgewählte Musik. Unsinn. Man wird da belästigt mit einer Enge von Assoziationsräumen, mit einer quälenden Vorhersehbarkeit dessen, was von den Typen als zueinander passend empfunden wird. Das ist alles pure Folter. Gefragt wären Objektität, Ruhe, Konzentration. In einem komplett auf Zerstreuung angelegten Medium. Stille, eine Buchseite, keine Bewegung. Keine Musik, keine Musik, und nochmal keine Musik. Text, mal nur zu sehen, mal nur zu hören, mal beides. Das ist doch alles eine extrem interessante Herausforderung. Wo ist die Antwort? Dazu müßte man sich wirklich mal Arbeit machen, was überlegen. Aber dazu sind die strukturell nicht gebaut, nicht in der Lage, zu sehr im Geschirr, ein Gebrauchskultur-Filmchen nach dem anderen machen zu müssen, zu wollen. Ohne einen Gedanken, immer gleich anders. Sie sind halt Fernseh-Kultur-Journalisten. Sie sind, entschuldigung, das letzte.

2018. Telefon mit Felix. Über den Wahkampf, die ganzen Politsendungen, die dauernd laufen. Alles, was er sagt, ist interessant, eigen, einleuchtend. Warum gibt es eigentlich keine einzige seriöse Diskussionssendung über das Fernsehen, im Fernsehen? So was wie das Literarische Quartett. Mit Urteilen, Eindrücken, Analysen, hochpersönlich, diskursiv lebendig, ein für alle sichtbares Denken über Fernsehen. Kluge Leute, die sich live über den Gegenstand Fernsehen streiten, an ganz konkreten Beispielen. Als Fernsehsendung wäre das der Hit. Das würde jeder kucken, das könnte eine Institution werden. Wahrscheinlich wird es ja sowieso gerade an sieben verschiedenen Orten gleichzeitig und unabhängig voneinander entwickelt. Und ist morgen schon zu sehen.

ORGANISIERTE KRIMINALITÄT

5.5.5

Freitag, 18.9.98, Berlin.

856. Reading file.
1019. Document: Done.

1055. Gestern kam die Karte zur Daniel Richter Eröffnung. Er sitzt da, vor einem eigenen neuen riesigen Bild, farbverschmierte schwarze Hose, und SCHAUT, mit seinen AUGEN, Wahnsinn. Er schaut absolut IRR. Der Künstler als IRRER, vor seinem Werk. Ich mußte gleich so hysterisch lachen, voll angesteckt vom WAHN. Auch das neue Bild ist wieder ein absolutes Daniel Richter Highlight. Früher dachte ich immmer, die Maler haben es besser, als die Schreiber. Heute wundere ich mich bei jedem tollen Kunstwerk, und am meisten bei wirklicher Malerei, daß es eben doch, trotz aller Aporien, immer wieder gelingt, neue Kunst zu machen. Total beglückend. Links neben dem Bild schaut ein collagemäßig dahintermontierter halber Kopf hervor, Augen, Stirn, Haare, vielleicht Schröder. Oder ist das Rühe? Neulich redete ich mit Nicole über den Titel der Ausstellung. Und ich sagte, warte, sags mir nicht, ich weiß es, was Politisches. Kam dann aber doch nicht drauf: Organisierte Kriminalität.

1111. Gestern war ja auch wieder Maxim Biller Tag, Bescherung, alle vier Wochen. Jeden Monat freue ich mich darauf, immer bin ich irgendwie gespannt, meistens anderer Meinung, und denke dann lauter für mich interessante Sachen, über ihn, und vorallem natürlich worüber er schreibt. Seibt. Den findet Maxim also ganz toll. Gustav Seibt. Ich lese das ja dauernd hier, in der Berliner Zeitung. Ich finde, der bläst die Backen immer so stark auf, und dann kommt nur so wenig raus, gerade neulich wieder über Bayern. Verzeihung, da kenne ich mich auch aus. Da kommt dann, groß angekündigt, warum nur sind die Bayern so bayrisch, ein derart megadröger historischer Abriß, daß man sich echt fragt: aha? Und sonst? Das wars schon? Ich habe ihn einmal live erlebt, vor einem Jahr, bei einer Diskussion hier, über raf und Literatur, da war mir alles klar. Warum sie ihn bei der Faz rausgeschmissen haben, warum er da unbrauchbar war. Weil er keine Energie hat, keinen Durchsetzungswillen, keinen sozialen Wahn, weil er ein poetisch sensibles Pflänzchen ist, ein subjekives Naturell, ein Autor. Kein Redakteur, kein Blattmacher. Bloß als Autor und Denker ist er dann andererseits bißchen zu wenig eigensinnig, bißchen zu flach nur gebildet, bißchen zu sehr ewiger Abiturient. Er hat mal im Reiseblatt der Faz eine gen Italien Reise des jungen Mannes, der er war, beschrieben, da war der ganze Seibt aufs Schönste drin. Bloß läßt sich daraus kein vernünftiges Schreiberleben bestreiten, als erwachsener Mensch. Das reicht einfach nicht. Das ist zu wenig. Oder eben, es reicht gerade mal zu so einem mittleren vorderen Schreiberposten, am aufstrebenden Provinzblatt aus der sogenannten Hauptstadt.

1526. An Dekonspiratione. Rocking, kicking, gasing und total erschöpfing. Wie befreiting davon, daß ich jetzt erst mal nur so drauflos rocken kann. Weil später noch genügend Zeit ist, das alles abzufangen, einzufangen, zu domestizieren und zu bändigen. Die Terminentscheidung war richtig. Irgendwie losermäßig, weil ich es wahrscheinlich hätte schaffen können, aber wahrscheinlich trotzdem richtig.

1600. Heute erst, mit genau der Verspätung, die ich bei sowas angenehm finde, bekomme ich, von Hans-Ulrich zugeschickt, einen Artikel aus dem Münchner Stadtmagazin, über hier. Jan Markus Linhof fordert mich auf, mal was zum Begriff LICHT zu melden. Gerne. 1. Schönes Wort, in dem viel drin steckt, z.B. alle via ich. 2. Titel der immer noch in Arbeit befindlichen Wochentage-Oper von Stockhausen. Das heißt, man kann nicht sehr gut drei Wochentage nebeneinander hinschreiben, ohne völlig richtigerweise an LICHT denken zu müssen. Und 3. ist das angeblich doch das Ende.

1648. An der Kasse, im Neukauf. Vor mir die fremde Frau, in mir die Worte »Strähnchen« und »Bob«. Und die neuen Monatszeitschriften sind auch wieder erschienen.

KARRIERE-COACHING

1716. Am Bett, mit der Cosmopolitan und allen Zeitungen.

wie würden Sie einen solchen Schritt bewerten
wie würden Sie das ethisch-moralisch einordnen

1958. Scobel. Ich bleibe jetzt dabei, ich halte weiter drauf, der sendet ja auch jeden Tag und belästigt mich. UND TSCHÜSS. Gert Scobel, der Mann, der »und tschüß« sagte, und sogar diesen kleinen Spruch, den er sich als kleines armseliges Markenzeichen ausgedacht hat, versteht er falsch, nicht mal seinen eigenen Selbsterkennungsspruch versteht er richtig. Und, Doppelpunkt, Zitat: tschüß. Das wird zu jemandem gesagt, der nervt, der abhauen soll, der wird mit diesem Spruch aufgefordert, tschüß zu sagen und zu verschwinden. »Und tschüß« ist keine Abschiedsformel, »und tschüß« ist eine lässige, kleine und bißchen blöde Schulhofgemeinheit, die man im Zweifelsfall einem so penetrant sich anbiedernden Nichtchecker wie Gert Scobel hinspuckt. Damit er abhaut, weil er nervt. Und tschüß, Gert Scobel, heißt: das wars für dich, mach dich mal weg hier. Aber er kapierts natürlich nicht, denn er kapiert nichts, auch das nicht. Der Mann ist eine solche Null.

ich gebe mich aber noch nicht geschlagen
ich will in wenigen Minuten vor die Presse gehen

ich hoffe sehr
daß alle
diesen meine letzten Wunsch
auch wirklich respektieren

AUF DEM WEG ZUR MENSCH AG

V

5.6

Samstag, 19.9.98, Berlin.

733. Hm. Ist doch schön. Der Wecker fiept. Es eilt.
828. Am Schreibtisch.
858. Print.

923. Faszinierend, wie Karasek sich gestern in der N3-Talkshow zu den Verrissen seines Buches verhalten und erklärt hat. Mit den selben Worten großenteils, den selben Geschichten, die er tags zuvor der Reporterin Martina Kaden von der BZ erzählt hatte. Das ist schon mal sehr heikel. Natürlich hat nicht jeder die BZ gelesen, aber das Imaginarium des Öffentlichen an sich hat diesen Text schon mal gehört. Und reagiert sofort auf einen solchen Wiederholungsfehler, leicht gereizt. Auch inhaltlich – und ich will mir das wirklich vor allem für mich selber merken, weil man es in der Situation aktuell, wenn man frisch angeschossen ist von vernichtender Kritik, einfach nicht mehr wirklich denken, bestenfalls noch als ferne Erinnerung an eine frühere Erkenntnis ganz schwach wissen kann – war hier jetzt wieder JEDER Selbstverteidigungs-Gedanke Unsinn. Karasek redete wie Robert Schneider. Ungebeugt, getroffen, aber doch seiner selbst und des Buches gewiß. Ich habe das Gefühl, ich habe ein gutes Buch geschrieben und ich muß keine Angst haben, sagte er in etwa.

Er deutete an, Reich-Ranicki habe ihn ermutigt, fände das Buch wohl auch gut, damit wolle er aber keinesfalls hausieren gehen. Das wiederholte er mehrfach, daß er das von Reich-Ranicki ihm privat Mitgeteilte hier keinesfalls öffentlich machen dürfe. Das wäre ganz falsch usw. In dem Moment aber war eben das natürlich schon passiert. Er hatte Reich-Ranicki für sich in den Zeugenstand gerufen. Soll denn Reich-Ranicki seinem Freund Karasek gegenüber schonungslos sein? Urteilen? Das Urteil gar mitteilen? Nein, wahrscheinlich versucht er, das Urteil aufzuschieben, möglichst gar nicht zu denken, damit er dem Freund normal in die Augen schauen und ungestört mit ihm zusammen weiterarbeiten kann.

Ganz toll war Frank Elstner. Er hatte das halbe Buch gelesen, und versuchte jetzt auf freundlich zugewendete Weise darzustellen, warum eine solche nachträgliche Abrechnung, auch wenn man sich gut dabei unterhält, falsch wirkt, zumindest problematisch, daß sie sogar Mitleid mit dem Autor weckt.

Da war man an dem zentralen Punkt, der mit dem Buch selber eher peripher, oder eben supergrundsätzlich, allgemein menschlich zu tun hat. Verrat ist tabu. 20 oder 30 Jahre irgendwo gearbeitet haben und danach abrechnen: das ist verboten. Das tut man nicht. Das kann so wahr und richtig und treffend sein, wie es will. Das kann hundert und tausendfach mündlich so besprochen und erzählt worden sein. Das schriftlich festzuhalten und damit erst richtig preiszugeben, noch dazu in einem Roman, in dem man sich selbst hinter fiktiver Fiktionalität verbirgt, geht nicht. Das ist asozial. Das ist der Kern der Sache. Karasek hat sein Leben verraten, hat sich durch den Verrat an seinem Leben und an denen, mit denen er es ja jahrelang gelebt und geteilt hat, selber entehrt. Das wird ihm jetzt vorgeworfen, lustigerweise von der Literturkritik, seine Moral. Die Kunst muß vielleicht böse sein, darf zumindest böse sein, aber der Künstler eben nicht.

Karasek ist das im Moment überhaupt nicht zugänglich, dieser Aspekt. Er will über den Unterhaltungswert und die Heiterkeit seines Buches reden, das beschäftigt ihn, ob ihm ein Bestseller gelungen ist, Startauflage 100 000. Den Teil der Ausage von Frank Elstner fand er wiederholenswert, daß Elstner sich gut unterhalten habe. Und die Öffentlichkeit schaut in eine ganz andere Richtung und fragt sich: was ist das für ein Mensch, dieser Autor? Darf man so sein? Karasek versteht das nicht, nur zu verständlich. Die Blindheit, die man als Schreiber selber hat, haben muß, ist gigantisch. Anders geht es nicht. Deswegen ist der Moment der Resonanz so wahnsinnig anstrengend. Weil man immer wieder sieht, in welchem Ausmaß und in wie grundsätzlicher Weise man völlig daneben liegt, sich irrt, in der Mitte der Dinge das Entscheidende nicht verstanden hat usw usw usw. Brutal. Das ist vielleicht wirklich das Interessanteste an dieser ganzen Geschichte: die schöpferische Tat ist, auch wenn sie sich hochreflektiert fundiert und selbst versteht, letztlich doch BLIND, riskant, und weiß nicht wirklich, was sie tut.

So war man wieder beim Neid. Da sind sich dann alle sofort einig. Der Neid ist natürlich schuld, an allem, an fieser Kritik. Lüge. Neid ist ganz selten ein Motiv für negative Kritik. Eher für positive. Man will auch so sein. Neid ist in Wirklichkeit eher eine Ordnungsform zur Verwaltung von Kritik, bei von Kritik Betroffenen, Getroffenen. Ein Aufnahmegerät, das es ermöglicht, Kritik zu sammeln, ohne sie verstehen zu müssen, sie wahrnehmen zu können, ohne sie annehmen zu müssen. Auch früher schon habe man ihm im Spiegel seine Fernsehauftritte geneidet. Fertig, Fall erledigt. Und jetzt natürlich wieder. Mit dem Buch selber haben die schlechten Kritiken nichts zu tun, mit ihm selber. So verwaltet Karasek das, exemplarisch, wie alle. Dabei sind hinter dem Neid, der vielleicht besteht, trotzdem vielleicht auch noch ganz andere Einwände aktiv, deren Einbeziehung vielleicht erhellend oder sogar wichtig sein könnte. Und mit der Idee Neid schafft man sich das alles vom Hals.

Auch darin waren alle sich gestern wieder einig: konstruktive Kritik, das wäre es. Das wäre ja was ganz Tolles, da wäre man sofort dafür, da würde man dem anderen die Füße küssen. Blödsinn. Das ist die EIGENE Aufgabe, aus Kritik Konstruktivität zu machen. Die konstruktivste Kritik erschüttert einen im Grunde so, daß man kaum mehr denken kann. Die macht einen einfach fertig. Die trifft einen so unvorbereitet und brutal, daß der Boden weg ist. Die absolut vernichtende Kritik ist die wirklich konstruktive Kritik. Nur das, was man selber eben genau NICHT denken konnte, was deshalb natürlich auch so weh tut, wovon man weglaufen will, wovor man nichts wissen will, all das: das ist, wenn man sich dem dann, nach einer gewissen Zeit, doch irgendwie öffnen und stellen kann, konstruktiv.

1117. Wagner: Es zerreißt einem das Herz. Wagner: Mitten in Berlin. Wagner: Sie begann doch erst zu leben. Wagner: 14 Jahre. Wagner: Vergewaltigt. Wagner: tot. Wagner: Bild dir deine Meinung. Selber. In der BZ.

1143. Los.
1147. Seestraße.
1149. Leopoldplatz.
1202. Zoologischer Garten.
1218. Türe ins Nichts.
1225. IC 912 Hans Sachs.
1259. Alexander Osang.
1332. Wittenberge.
1342. Walser und Winkler.
1354. Nachrichten, Menschen, Verbrechen.
1413. Der Herr der Sterne will Geschichte greifbar machen.
1450. Karasek: Mundgeruch.

1453. Hamburg.
1459. NEVADA.
1500. Pulverteich.
1502. Bei Felix.
1534. NEWS GOTHIC BOLD.
1727. Life. Night Club. Im Ex-Relax.
1732. Schauspielhaus.
1752. IC 877 Emil Nolde.
1857. Dämmernd. Ach flatterhaft sind doch des Lebens Wege.
1858. Ludwigslust.
2023. Erst wird mit der Niederlage triumphiert, dann mit dem Triumph. Ist ja richtig scheußlich.
2027. Meine Damen und Herren, in wenigen Minuten erreichen wir Berlin Zoologischer Garten.

2029. Berlin.

2037. Mit Sprache angeben, ist doch genauso wichtig wie das Mitteilen. Die jungen Prollmänner, die sofort einen aufstunten, textmäßig, wie ich mich dazu setze. Asselige Sexworte, und möglichst böse Politworte. Und zwischen die Beine spucken und kucken, ob alle auch alles mitkriegen. Ja, ich schreibe ja schon.

2047. Kleine Weltgeschichte der Philosophie.
2051. Héros de rentrée.
2054. Deutschland braucht einen neuen Kanzler. Wieso?
2105. Wieder daheim.
2107. Verstehen Sie Spaß? Nein.

sie hatte eine Blume am Ohr
um ihren Duft hören zu können

das bin ich wirklich
aber so, als sei ich verrückt

und alles Gute
auf der Wiesn

ADLERPARTITUR

V
5.7

Sonntag, 20.9.98, Berlin.

1111. 02. Aha.
1111. 44. Blicke auf die Uhr, ich folge nur.

1131. Ein wolkenloser Herbsttag, dunstig.

1305. Der Beginn einer neuen Luckyslaturperiode. Hannoversche Straße.
1311. Kronprinzenpalais. Unter den Linden 3.
1312. Das Auswärtige Amt freut sich auf Berlin!
1313. Die Macht der Nächstenliebe.
1314. Forschung für die Kunst.
1315. Die Macht des Alters.

1338. Endlich bei Immendorff. Immendorff, dieser Weltmeister: Adlerpartitur. Ein wirklich wahnsinnig schönes Bild. Er liegt da in ein rotem Sofa, selig dämmernd, von Bildern umgeben, jedes eine eigene Geschichte. Der Vogel also hält jetzt den Pinsel, früher war das doch der Affe. Die Palette ist, bis auf paar grüne Kleckser ganz unbenützt, darüber schwebt ein dünn geschwungenes Band, mit Schatten. Und auf der Holzmaserung steht in Rosa: The Line of Beauty. Die Uhr zeigt 5 nach halb 11, relativ früh, so wirkt das ganze Bild. Dabei schaut einen in der Mitte ein erschreckend fahles Selbstporträt an, direkt, stoppelig und mit ovalen sexartigen Formen im Gesicht, direkt angewachsen der Kopf am Herz, da sind knochig-phallische Dinger drüber. Rechts unten brennt die tödlich gemütliche Kerze. Dahinter ist Babel, der Turm. Links: Betrachterschule. Was zeigen die Zeichen? Vielleicht Leben und Tod? Zwei Bilder drüber, ein dunkles abstraktes Gemälde, blaue Erde, roter Sessel. Rechts oben schwingt er eine Axt im Wald, darunter Brust und Eule. Usw usw. Und unten die Kippen, das Wasser, Kleckse und Bücher: Courbet und Hans Baldung Grien. Ein unlesbares Blatt in Gelb bedeckt seinen Kopf mit Schemen. Irgendwas träumt er. Das ist alles noch nicht zuende erzählt, vom großen Erzähler. In einem pelzig haarigen roten Mantel liegt der Künstler da und schaut aus, als wäre er sehr glücklich, im Schlaf. Wunderbar. Ein unglaublich schönes Bild, wirklich.

1516. Wieder daheim.

1839. An Celebration.

2013. Bayern – Hamburg: 5 - 3.

Musik: Schubert
Text: Goethe
Auto: Porsche

der Streß von heute
ist die gute alte Zeit von morgen

DAS SPEKTAKEL IST VOR WENIGEN MINUTEN ZU ENDE GEGANGEN

V

6.1

Montag, 21.9.98, Berlin.

930. Computer auf, und einstecken und anmachen.
1012. Ein Fax von Herrn Ankowitsch kommt.
1023. Anruf bei Hans-Ulrich. Jeff Koons ist erschienen.

1448. An Celebration. Wieder mit den Fotos: man braucht eine wurfmäßige, dezidierte genau-SO-Energie, ein ganz anderes Denken. Man muß so entscheidungsfreudig sein, ein Täter. Das Schreiben wird ja viel mehr erfahren, geschieht. Mich macht die Foto-Arbeit traurig. Keine Trance, so wach und hart. Auge: Angst.

1455. Immer schreibe ich nebenher irgendwelche neuen Anfänge für Rave II. Stimmt immer alles, aber SAGEN darf man es so nicht. Oder erst ganz am Schluß.

1531. Büchner kann sich noch erinnern an das, was er geschrieben hat. Jünger nicht mehr, Bernhard auch nicht. Kafka schon. Usw. Einschreibende Naturelle, gegenüber überschreibenden.

1635. Clinton redet, nur leider auf keinem Sender, den ich empfangen kann, einfach nur live. Überall wird das jetzt dauernd kommentiert, auch auf BBC. Ntv: Horror. Phoenix: Totalverblödung.

1717. Eingekauft. Die RICHTIGE Verlogenheit geht erst los, wenn das Medium selbstreflexiv wird, wenn sie anfangen über ihre Moral zu REDEN. Clinton rastet überhaupt nicht aus. Er wird auch nicht unangemessen entblößt. Er ist einfach nur sehr genau, präzise. Es geht eben um viel. Lustigerweise vor allem um Sprache, wie so oft beim Recht. Um Gesagtes, Gemeintes, Intendiertes, Erinnertes und um die Motive bei alledem usw. Um Mißverständnisse und Interpretationsmöglichkeiten. Immer wenn es interessant wird, weil es immer präziser wird, auf einer ganz abstrakten Ebene, weit abgekoppelt von den Taten oder gar von pornographischen Inhalten, schaltet die blöde Kommentatorin sich ein. Das wäre jetzt too technical. Dabei war es einfach nur kommunikationstechnisch megainteressant.

2031. An Dekonspiratione.

2045. Telefon mit Felix. Er hat unser Korrektur-Cover an Herrn Lenz geïsdent.

2118. Ich habe Ohrenweh. Ich wäre gerne in Amerika. Ich muß hier endlich wieder weg. Ich hasse dieses Deutschland.

MÜNCHNER ORTSGRUPPE DES BAYERISCHEN VEREINS FÜR FRAUENSTIMMRECHT

V
6.2

Dienstag, 22.9.98, Berlin.

1113. Verschlafen. Abgedeckt, schweißgebadet, eisig kalt und fiebrig war ich frühmorgens aufgewacht, hatte etwas jetzt Vergessenes geträumt und war dann wieder eingeschlafen. Im nächsten Traum träumte ich vom Drogennehmen, mit anstrengenden Gefühlen. In echt, in der echten Welt, war das Internetzl wieder mal dicht. Wahrscheinlich steht irgendeine blöde Clinton-Adresse in allen Boulevard-Zeitungen. Die öffentlichen Reflexe NERVEN so wahnsinnig, das ist alles so irrsinnig verblödet. Kohl, Lafontaine, Westerwelle melden in drastischen Worten Abscheu. Lächerlich. Ich will hier nur noch raus, aus diesem Drecksdeutschland. In der Fremde versteht man nicht, was los ist, das ist da so angenehm. Man identifiztiert sich nicht, das sind ja die da, nicht man selber. Daheim ist alles ich. Das macht einen hier so fertig.

1206. Langer Anruf von Alex. Jede Menge neueste Geschichten von Chance aus Frankfurt. Seine Sicht der Sache ist für mich die in alle Richtungen durchgeknallteste und zugleich seriöseste Form dieser Idee von Politik. Der unsichtbare Vorhang fällt.

1217. Anruf bei Frau Borrmann vom Schauspiel Leipzig, wo heute Katarakt Premiere hat, in ihrer Inszenierung. Gestern wollte ich heute hinfahren, heute habe ich den ganzen Tag nur noch Angst davor und vor lauter Horror Ohrenweh. Ich verstehe das nicht.

1547. Wieder mit den Fotos für Celebration. Und wie gestern läuft dazu, immer wieder: Rhythm & Sound 2B, Mango Drive.

1637. Falsche Telefone, falsche Faxe, falsche Gedanken.

1704. Wieder daheim. Celebration abgeschickt. Wo bleibt die Freude? Wirr bin ich, wirr.

1730. Die Post aus München aufmachen und sich gleich noch fahler fühlen, als eh schon.

1826. Bin ich schön? Nee, natürlich nicht. Vor allem die Frage ist so scheiße, daß ich mir den Film wahrscheinlich allein deshalb nicht ankucken kann.

1836. Am Rad. Der Haß auf den Mainstream – Dörrie, die öffentliche Moral, der ganze Rap zu Clinton – ist so gigantisch, anfallsweise, das wird eigentlich nur noch übertroffen vom Haß auf den Underground. Bei völlig klarem Wissen, daß das ALLES kompletter Unsinn ist, alle diese Gefühle. Und entgegen einer verbreiteten Vorstellung auch gar nichts bringt, Energie oder Perspektiven für die Arbeit. Um Haß nützen zu können, muß man ihn völlig ironisch distanziert sehen können, sich von ihm frei gemacht haben. Haß an sich ist Stumpfsinn, Lähmung, Hölle.

1857. Bei Dussmann. Patrick Bahners über Kohl: nicht da. Helmut Berger über sich: nicht da. Hellmuth Karasek über den Spiegel: 45 Mark. Also ein sogenannter Schmöker, so ein Ding, das richtig DICK ist als Ganzes, so ein Objekt, wo dann innen wahrscheinlich irre viel los ist und fast nichts drin steht.

1913. Wieder daheim. Mit dem Rad so rasen, daß man so ins Schwitzen kommt, daß man auf die sogenanten anderen Gedanken kommt. Das funktioniert auch immer wieder mal.

1928. Anruf von Detlef. In der Kulturbrauerei geht gleich die Diskussion zwischen Schlingensief und Frau Wagenknecht los. Dabei wollte ich mich jetzt gerade aufs Bett legen und den Abend lang Karasek lesen.

1931. Zweifel am Bösen.

2022. Kulturbrauerei, Kesselhaus, Knaackstraße 97, Ecke Danzigerstraße. Schlingensief holt die Lacher ab, Frau Wagenknecht bemüht sich um eine Diskussion, wie sie sie kennt. Beides stimmt irgendwie. Und ist völlig unvereinbar. Ich stehe dann letztlich mehr auf Seiten von Frau Wagenknecht, das wundert mich selber, weil sie auch so was Megadröges an sich hat. Sich zu bemühen, sich verständlich zu machen, hat überhaupt keinen Glamour, aber Herz. Auf ganz andere Art.

2143. Wieder daheim. Schröder-TV, die letzte Minute.

2149. Prenzlauerberg ist und bleibt der Osten. Sagt Frau Pau im Heute Journal über den angeblich so entscheidenden Kampf um das Direktmandat im Wahlkreis Mitte. Stimmt bloß nicht. Wie ich vorhin die Kastanienallee hochgeradelt bin, habe ich es wieder genau gesehen: Prenzlauerberg ist Schwabing durch Haidhausen hoch Gegenwart minus X. Was das genau gibt, weiß ich nicht, aber sicher nicht: Osten.

037. Karasek: ohne Worte.

RED DESASTER, 1963
236,2 x 203,9

V

6.3

Mittwoch, 23.8.98, Berlin.

1106. Wenn man mich bedrängt, sage ich ab, fertig.

1131. Anruf bei Herrn Brock, ich kann ihm die Tage mit den fertigen Steuerzeichen schicken.

1141. Anruf bei Snafu. Wir schicken Ihnen die Unterlagen zu. Für Journalisten gibt es Sondertarife, für andere Schreiber nicht.

1234. Anruf bei Max. Wegen der Shulman-Eröffnung am Samstag. Die Fotos im Taschen-Katalog sind schon so toll. Der Typ ist wahrscheinlich die totale Legende der Architektur-Fotographie. Der ist vielleicht 60, oder? Nee, der ist 80. 80?! Ist ja geil.

1413. An Dekonspiratione.

1530. Zwei Dienstage mit Praxis beladen und formatiert.

1708. Mit dem Jeff Koons Büchlein stehe ich an der Kaisers Kasse. Ich hatte mich gar nicht zur Post runter getraut. So schlimm schaut es jetzt gar nicht aus. Warum bin ich so wirr? Woher, wieso, wozu?

1721. Wieder daheim.

1816. Nochmal mit dem Buch draußen. Mit den Zeitungen in der Küche.

2110. Gegessen, gedämmert, geduscht. Wieder Rechtsradikalen-TV, heute auf 3sat.

2223. An Dekonspiratione.

2303. Die beiden zweiten Dienstage mit Praxis beladen.

052. Irgendwas stimmt nicht, und ich weiß nicht, was.

SYMPTOME DES UNIVERSUMS

V
6.4

Donnerstag, 24.9.98, Berlin.

916. Ganz kurz.
943. Nochmal alle Steuerzeichen gecheckt.
956. Brief an Herrn Brock.

1001. Als Langweiler kann man leichter Kunst machen, weil man das Vielfalt-Problem problemloser unter Kontrolle kriegt. Man hat eh wenig im Kopf, schon gehts los. Fertig ist die Platte. Weil ich mir eben –

1022. Und dann höre ich noch mal genauer hin, und lese auch den Artikel nochmal, und muß wieder mal sagen: stimmt ja alles gar nicht. So schlimm ist der Artikel gar nicht, und die Platte ist gar nicht SO langweilig. Und Fareed Armaly ist wahrscheinlich sowieso der bahnbrechende Künstler des ausgehenden XX. Jahrhunderts. Oder wieviel Uhr war es jetzt gerade?

1213. Alt-Wedding, am Briefkasten.
1222. Tegel. Flugsteig 16.
1237. Zeitungen gekauft, Geld getauscht.
1254. Im Flugzeug.

1411. Wien.

1428. So, aaner links, aaner rechts. Mit Herrn Merschmeier im Taxi in die

Stadt. Über Benjamin, Peymann, Karasek und Scheel.
1447. Wollzeile. So warm, so südlich.
1509. Café Engländer.
1513. So, bitte höflichst. Meint der Herr Kellner und stellt den Kaffee hin, und ich lese weiter im Magazin.
1533. Hallo Martin.
1632. Sechskrügelgasse, Café Engelmeier. Hallo Albert.
1751. Secession. Im Militärlager von Kelley und Mc Carthy.
1812. Wiedener Hauptstraße, im Hutgeschäft. Hallo Diedrich.
1919. Generali Foundation. Post-Partum Dokument von Mary Kelly.
1938. Erst du. Natürlich. Hallo Isabelle. Fährst du auch nach Graz? Nee, ich hab doch morgen hier Symposion.
1948. Galerie Krinzinger. Bei Paul Mc Carthy.
2013. Galerie Freund. Bei Alberts Bildern. Symptome des Universums.
2136. Café Engländer.
204. Licht aus.

100 RECORDS
THAT SET THE WORLD ON FIRE

V
6.5

Freitag, 25.9.98, Wien.

800. Ganz pünktlich, plötzlich und klar aufgewacht.

912. Gestern, bei Alberts Eröffnung, gab uns Herr Schlebrügge das eben erschienene Selbstporträt mit leeren Händen in die Hand. Schreiende und kreischende Kinder rasten durch die Galerie, Hunde bellten, spielten, sprangen einander an. Ein unglaublicher Terror. Die Besitzer der Hunde und Kinder schauten bestätigend und heiter. Wie wir um halb zehn wieder im Engländer saßen, war ich komplett erledigt. Dann gabs Krügerl, Fritattensuppe, Mohr im Hemd und Debatten über die reaktionären österreichischen Kulturdebatten in diesem Sommer, weil Diedrich das hier erlebt hat und ganz fürchterlich fand. Nitsch saß einen Tisch hinter uns im Eck, mit seinem Bart.

Mich stört das überhaupt nicht, wenn die Kunst der 60er Jahre voll hysterifiziert wie was Gegenwärtiges debattiert wird. Das kennen alle, das wird gerne immer wieder neu aufgeführt. Und behindert auch nicht die gleichzeitig ablaufenden komplizierteren und verdeckteren Resonanzvorgänge wirklich gegenwärtiger Kunst. Kritik schaut oft vielleicht zu interessiert auf Debatte und öffentlichen Streit, weil sie sich da primär realisiert. Dabei ist die gesellschaftliche Aufwühung in echt ganz anders aufgewühlt und in sich zerfallen, viel wilder und wirrer. Und spielt sich tendenziell genau so INNERHALB der Kunst ab, im Fall von Gelingen im einzelnen Werk. Das schreit dann nicht unbedingt nach Fokus, Zuspitzung, öffentlich plattgemachtem Konflikt. Nach dem Überdruß, den JEDE öffentliche Debatte im Nu mitproduziert.

1036. Mit Martin im Café »Aida«.
1100. Wipplingerstraße.
1108. Liechtensteinstraße.
1109. Berggasse 11.
1110. Institut für Sprachwissenschaft. 3. Stock.
1129. Telefon mit Albert. KOSMOPROLET.

Institut
für Zeitgeschichte der
Universität Wien

1202. ZANONI & ZANONI.
1207. K. & K. HOFZUCKERBÄCKER L. HEINER.
1208. Und unglaublich hübsche Wienerinnen überall.
1218. Wieder bei Martin.
1238. Albert kommt. Erzählung: Der dachte, wenn ich mich an mich selber erinnere, muß ich mich auch an ihn erinnern.
1246. Gemeinsam am Celebration Cover.
1412. Im Pfudel zum Mittagessen.
1525. Wieder »Aida«.
1534. Wieder bei Martin. Weiter am Cover. Ich bin so k.o.
1801. Wieder los.
1827. Dein Leben ist also auch zum Slapstick geworden.
1837. Bei Chuck Close in der Galerie Kargl.
1252. Im Freihaus in der Schleifmühlgasse. ECONOMICAL LOVE. Mit Elke Krystufek.
1944. Der Authentoid: Kunst ist eine Äußerung.
2018. Margaretenstraße.
2028. Wehrgasse 9. Zu den 3 Buchteln.
2159. Authentoid: Die Sprache ist immer in einem Idealzustand.
018. Los.
042. Daheim.
055. Licht aus.

WIEN
INNERE STADT
1/4 STURM 23.- SCHILLING

V
6.6

Samstag, 26.9.98, Wien.

1042. Schon etwas angeschlagener.
1124. Also fahr ma, Euer Gnaden.
1125. Auf welcher Höhe ist jetzt eigentlich Freud? Freud ist da unten gleich.
1129. Im Institut.
1219. Wieder in der Wollzeile.
1229. Anruf von Albert.
1346. Café Diglas.
1524. Projekt Theaterstück für Bildraum.
1621. Gedämmert, geduscht.
1700. Ungargasse.
1838. Wirr durch zuviel reden.
1855. URLAUBSINFORMATION ÖSTERREICH.
1857. Technische Universität Wien Freihaus.
1914. Ein Sturm bitte.
1931. VIA VIRTUTIS VIA LUCIS.
1954. A heart with a brain.
2254. Damit sind wir am Ende des Halamasch-Festivals. Das Fest geht weiter im Palais Eschenbach, da könnt ihr tanzen bis morgen früh.

NACH 16 JAHREN
IST HEUTE DIE ÄRA HELMUT KOHL
ZU ENDE GEGANGEN

V
6.7

Sonntag, 27.9.98, Wien.

600. Der Wecker fiept, die Glocke schlägt. Vier mal, dann sechs mal. Also doch: schließlich noch eingeschlafen.
649. Los gehts.

704. Ein Fahrschein nach Wien Schwechat bitte.
707. Vorsicht am Gleis drei.
750. Am Flughafen.
844. Wir sind jetzt bereit zum Einsteigen.
901. Im Flugzeug, ganz vorne am Fenster.
954. Was weiß ich? Was habe ich – nur – gelesen? Mit der Welt am Sonntag, Claus Jacobi über Bertold Beitz.

1013. Berlin.

1040. Wieder daheim. Und alles Gute beim Wählen, wünscht der koreanische Taxifahrer in gebrochenem Deutsch. Und die Frau Nachbarin von unten, die ein Paket für mich angenommen hat, meldet auf der Treppe: ich wollte gerade zum Wählen gehen.

1422. Sonne, Ruhe, Lesen.

1503. Mit den ganzen Zeitungen, mit der Formel 1.

1743. Also, was ist jetzt?

1800. Prognose.

C 36
S 41
G 6
F 6
P 5

Regierungswechsel

ist die SPD offenbar
der klare Sieger

erdrutschartige Verluste

eine Mehrheit von einem Mandat
für Rot-Grün

1807. 1. Hochrechnung.

C 35,7. S 41,2. G 6,5. F 6,5. P 5,1

Schröder Kanzler!

Danke Helmut Kohl

und neue Namen
bedeuten neue Geschichten
und neue Schlagzeilen

wir wollen morgen
in den Gremien beraten
wie wir die Arbeit fortsetzen

1937. Los.

2001. Auguststraße 69. Bei Bobbys Wahlparty, Style Games No.3. Moritz, Ulf, Rebecca.

-Und? Freust du dich?
-Noch nicht so richtig.

2034. Bobby: das ist eigentlich der schönste Tag im Jahr.

heute ist Wahlabend
und morgen
geht das normale Leben weiter

2112. Hochrechnung.

C 35,0
S 41,2
G 6,7
F 6,2
P 5,0

2202. Sophienstraße 21. Contemporary Fine Arts, Daniel Richter, Organisierte Kriminalität: kontrollierte Meisterschaft, Disparatheit, gefaßte Gewalt.

2320. Wieder bei Bobby. Christian, Eva, Barbara, Sandra, Elke. Christian schenkt mir eine weiße Rose. Mit Moritz übers Jetzt. Rauchen, Fotos, Turnschuhe filmen. Mtv. Wein mit Wasser, bißchen wippen.

110. Daheim.

nach 16 Jahren
ist heute
die Ära Helmut Kohl

zuende gegangen

225. Licht aus.

ZU DEN KONFERENZRÄUMEN 1 – 2 und 3

V
7.1

Montag, 28.9.98, Berlin.

1007. Keine Lust aufzustehen.
1146. Deutschland nach der Wahl 98.
1200. Tagesschau. Machtwechsel. Rot-grün. Hier das vorläufige amtliche Endergebnis:

SPD 40,9 298
CDU 35,2 245
Grüne 6,7 47
FDP 6,2 44
PDS 5,1 35

eine Mehrheit von 21 Sitzen

wir haben das gerade beschlossen
daß das unser Wille ist

die neue Regierung

2129. Tag im Bett. Zeitungen, Fernsehen, Schokolade.

DER NEUANFANG

V
7.2

Dienstag, 29.9.98, Berlin.

1117. Ich mag aber nicht.

ja gut
die Gedanken

die gehen natürlich rauf
die gehen runter
gehen rüber
man muß eines dazu sagen

1126. Ich glaube, ich bin krank.

1639. Celebration Korrektur gelesen.

RÜCKTRITT
RILKE
ANTRITTSBESUCH

V
7.3

Mittwoch, 30.9.98, Berlin.

1201.

1217.

1329.

1412.

1503.

1618.

Aussichten eher düster

KONSEQUENZEN

V
7.4

Donnerstag, 1.10.98, Berlin.

1131. Krank.

1617. Josef Winkler. Wenn es so weit ist.

1719. Der neue Internet-Zugang funktioniert nicht.

1757. Wenn ich nochmal die neuen Bilder von Daniel Richter nehme, was auf denen zu sehen ist; das Statement, das sie machen; wie zerfetzt, geballt, disparat, drängend und angespannt das wirkt; wie extrem schön; und wie absolut überhaupt NICHT ich wüßte, wie das jetzt angemessen debattiert werden könnte; daß ein solcher Extrempunkt komplizierter Weltkunst, gegenwärtiger Malerei, einen Moment lang –

KASSENSTURZ
VERWAHRLOSUNG III
SYSTEMHYSTERIE

V
7.5

Freitag, 2.10.98, Berlin.

1651. Während gleichzeitig der Potsdamerplatz eröffnet wird, die Berlinale und das Art Forum stattfinden, und der Congreß 3000 tagt. Kunst und Welt und Menschen ohne Ende, alles total interessant. Und man nur so bißchen angeschlagen sein muß, um sich völlig außerstande zu sehen, sich dem zu stellen.

1704. Den ganzen Tag versuche ich wenigstens den einen Gedanken geordnet zu fassen: was ich in dem Streit in Wien über öffentliche Kunstdebatten sagen wollte. Und nicht mal das gelingt.

1713. ABC. Wie ging das nochmal? Hier so drauflos zu reden? Nachts träume ich davon. Da steht alles. Ich müßte nur noch schnell ganz aufwachen, das kurz notieren. Habe dann aber das Gefühl, das brauchts nicht, es ist doch eh alles klar. Als wäre das Problem überwunden. Dann wache ich auf, fühle mich ermutigt, aber alles tut weh, ich bin krank.

Nordrheinwestfälische
Landesvertretung

1830. 1000 Zeichen gibt es wieder in 3 Wochen.

wir machen
eine Wochen Herbstferien

Höflichkeit ist illegal

vor der Hacke
ist es duster

FESTAKT
ZUM TAG DER DEUTSCHEN EINHEIT
LIVE AUS DEM KUPPELSAAL IN HANNOVER
VERWAHRLOSUNG IV

V
7.6

Samstag, 3.10.98, Berlin.

1843. Fiebrig im Bett mit Josef Winklers Knochen- und Geschichten- Sammler-Buch Wenn es soweit ist.

Narrenbühne
Löwe

danach werden sich
DIE HIER ANWESENDEN PERSONEN
von ihren Plätzen erheben
und die Nationalhymne singen

1. Bayern
2. 60
3. Leverkusen
4. Hertha
5. Hamburg

ja, ich bin eine Frau

VERWAHRLOSUNG V

ZUSAMMENFASSUNG GEBRAUCHSANWEISUNG AUSBLICK

V
7.7

Sonntag, 4.10.98, Berlin.

1342. Worum gehts eigentlich? Im Fall von Krankheit: um die Unfähigkeit, per Wille ins Noch-nicht vorauszugreifen. Um zu viel Gegenwart, zu viel Gewicht an der, zu viel verhangen sein in Gegenwart. Ja und, ja und, ja und.

Heute geht hier Kapitel V zu Ende. Ich komme mir schon vor, wie Johannes Gross, ist ja klar, liegt in der Natur der Sache, ist unvermeidlich. Ich erinnere mich, daß Diedrich seine Spex-Kolumne »Krieg und Frieden«, die wir alle so geliebt haben, 83, 84, auch unter Hinweis auf das Notizbuch von Johannes Gross eingestellt hat, so lange gibts das schon, so lange geht das schon, so lange wie Kohl. Zur Zeit läuft bei Johannes Gross die sogenannte vorletzte Folge. Und ich habe den Überdruß vor Augen, den sowas hervorruft, so eine ewige Fortsetzung. Geht das immer noch? Aha, aha. Ich könnte mir auch vorkommen wie Helmut Markwort oder Armin Mohler. Auf eine Art ist das alles fast gleich eklig, gleich scheußlich und absolut gleich lächerlich. Nicht nur, aber auch. Deshalb versuche ich dauernd, den Blick auf das, was ich hier tue, zu vermeiden. Aber aus der Starrheit dieser Absicht, von sich selber abzusehen, entsteht dann wieder eine Scheußlichkeit ganz eigener Art. Eine Art Härte, Entschlossenheit, ein Stil eben. Was Falsches.

Worum gehts also? Eigentlich darum, immer wieder einfach nur von NULL aus anzufangen, jeden Tag. Das entspricht irgendwie meinem Lebensgefühl: es ist noch nichts passiert. Und dann gleich, wie im Marienhof: es wird viel passieren. Was denn?

1422.20. Die Zeit.
1422.34. Die Zeit.
1422.40. Die Zeit.

1423.02. Der nichts als der Durchgangsaugenblick zu sein. Die geschehen zu lassen, zuzuschauen, was da passiert, durch die, wenn sie passiert, wenn es geschieht, wenn sie da ist, da, da, da. Der Zeit der Ort zu sein, ganz einfach.

Deswegen war Wien wieder so ein Desaster. In Kollision mit dem Leben der Freunde richtet sich mein Blick auf mein eigenes. Das darf ich aber nicht sehen. Da kommt nämlich nur raus: gestört, gestört, so kann es nicht weiter gehen. Aber wie dann?

Zu hier. Der Plan war ja nur gewesen: mal kucken, wie das läuft. Ganz einfach, simpel, nebenhin, Tag für Tag, geatmet wird ja auch, geschrieben, gelesen, gedacht. Normal. Relativ schnell entstehen dann aber Eigenwerte, Rückkoppelungen, Effekte des Schon aufs Wieweiter, der Geschichte des Geschehenen und Gemachten auf Plan und Absicht. AUCH normal, und trotzdem eine Normalität, die ich ablehne, die nervt, die dem widerspricht, was mir vorschwebt: Freiheit, Planlosigkeit, Nichtzukunft, kein Gesetz, offen.

1451. Ein Problem des richtigen Lebens. Immer suche ich nach einer Balance, in der das instinktiv asoziale Bedürfnis, allein zu sein, sich einer vernünftigen Sozialpraxis unterstellt. Einfach nur deshalb, weil man sonst immer falschere Sachen schreibt und denkt. Der Witz ist nur: nach sieben Stunden Normalaktivität bin ich in einem Zustand der Wirrnis, wo es überhaupt kein Denken mehr gibt. Jetzt müßten Reflexe zu steuern anfangen, es sind aber keine aktiv. Sofort wird es schwierig, anstrengend, richtig quälend. Ich kann nichts mehr erkennen, nichts mehr denken. Und ohne Denken ist alles wirr. Wirrnis heißt: Gefühle von Absurdität und Sinnlosigkeit überschwemmen mich. Was ist los? Keine Ahnung. Weil mir absolut unklar ist, was ich denke. Ich kann es nicht erkennen, ich kann es nicht fassen. Es wird kein Gedanke, wird nicht zur Form einer punktuell präzisen Sukzession, kriegt nicht die intern sich gegeneinander richtende und aneinander entfaltende Dynamik, in der Widerspruch gegen Widerspruch sich isoliert abstößt, dabei erkennbar wird, es gibt als Ganzes dann immer nur dieses eine Gefühl: alles ist falsch.

DESHALB heißt der Plan, trotz allem, jetzt folgendermaßen: ich schreibe dieses Buch, das hier entsteht,

ABFALL FÜR ALLE

Roman
eines Jahres

plangemäß zu Ende. Der Plan bezieht sich auf nichts anderes als auf die äußere Ordnung. Die folgt der Vorgabe der Täglichkeit. Da wir die Tage in jeweils sieben Tagen pro Woche zählen, ergibt sich die unten, am Ende jedes neuen Tages neu weiterwachsende, um LICHT herum gruppierte Ordnung von selber. Bisher sind also fünf Kapitel von je sieben Wochen vergangen, zwei mal sieben Wochen sollen noch kommen. Kapitel VI und VII. Dann ist hier Schluß.

Der Plan heißt auch: dies hier darf nicht die Mitte meiner Aufmerksamkeit werden. Dann funktioniert das nicht. Ich hatte es mir so toll vorgestellt, wenn ich jetzt, wie ursprünglich erhofft, in diesen Tagen mit Dekonspiratione fertig geworden wäre, wieder anders zu leben als die letzten Monate. Das wird jetzt leider nichts. Der Plan heißt deshalb, ganz stumpf: aufräumen hier. Buchmesse. Und dann, vorallem, neue Konzentration auf die Erzählung Dekonspiratione.

Zur Navigation. Ich dachte, es wäre logisch, daß man immer am Ende landet, am gegenwartnähesten Punkt. Daß sich so die Lektüre der Zeit organisiert, sozusagen automatisch, daß man sich zurückliest ins Vergangene hinein. So wählt man eine Woche an und landet am Ende dieser Woche, am Sonntag, und nach hinten gestaffelt, untereinander quasi, liegen die Tage dieser Woche da. Samstag, Freitag, Donnerstag, so wie man sich selber zurücktasten würde, in der Erinnerung. Doch als Benutzer erwartet man eigentlich, so verstehe ich manche Einwände gegen hier, die gegengerichtete Ordnung der Erzählung: erst geschah das, dann das. Man erwartet, an den Anfang eines Zeitpackens hingestellt zu werden, von da aus sich heraufzulesen in die Gegenwart. Man erwartet das Resultat der Erzählung präsentiert zu bekommen, nicht so sehr an den Prozeß ihrer Entstehung erinnert zu werden. So wie Abfall sich hier darstellt, packenweise immer vom Ende her, erzählen sich echte Geschichten oft in echt, und fast immer die Träume.

Auch zur Navigation gehört folgendes: ich habe

PRAXIS

jetzt doch hier eingebaut. Und zwar an genau der Stelle, wo der Text realerweise sich ereignet hat, an vier Dienstagen im Mai, um 18 Uhr 15, im sogenannten Hörsaal VI der Frankfurter Universität. Der damals ursprüngliche Plan war ja gewesen, meine Ästhetische Praxis so frei wie möglich direkt praktisch vorzuführen. Man kommt rein und führt einen theatral konzentrierten, aber möglichst realitätsnah nachgebauten Vorgang der REZEPTION vor. Bei der ersten Veranstaltung am 28. April zeigte sich, daß das nicht geht, weil ich es nicht kann. Ich hatte das Problem der freien Rede völlig unterschätzt. Ich dachte, ich weiß doch, was ich denke, los gehts. Was dann losging, war aber nicht Text, nicht Rede, nicht der vorbereitete Ablauf einer theatral frei geordneten Situation, sondern Panik, Horror, und zugleich ein intensiver Moment von Authentizität, von wirrem Wollen, von Anspannung, Blackout, Ratlosigkeit und isolierten Inseln des Richtigen, sich realisierender Gegenwart von Denken. Es war ein Moment der Wahrheit, unwiederholbar. Deshalb schrieb ich für die folgenden vier Abende fertigen Text. Der liegt jetzt hier vor. Zugleich habe ich die ersten beiden Wochen, wo ich Praxis bisher fragmentiert abgelegt hatte, wieder in den ursprünglichen Anfangszustand gebracht. Praxis I. Die Formphantasie. Ein Fahrplan des da Gesagten kommt noch. Über die Index-Ziffer am Ende der Internet-Adresse lassen sich die übrigen Praxis-Dienstage gezielt ansteuern:

Praxis II. Thema. Index = 272.
Praxis III. Welt. Index = 312.
Praxis IV. Text. Index = 322.
Praxis V. Kritik. Index = 332.

Viel mehr als ich selber gedacht habe, hat sich Abfall ja zu einer Dauer-Praxis-Stelle entwickelt. Deswegen gehört Praxis auch hierher. Das hat sich erst mit der Zeit so langsam rausgestellt. Daß ein Bericht vom Tag so sein muß, für mich. Eine wie stark vermittelte Form die Tagebuchform ist.

1845. Draußen. Gas geben: die einzige allgemeine Zielvorgabe, die ich erkennen kann, als Lebensanweisung, die mir nichtsinnlos erscheint. Ich weiß keine Vernunft. Die Sache hinter sich bringen, vollgas. Deswegen wird es eng, wenn es da Probleme gibt, an der Energiestelle, dann wirds richtig finster. Ich verstehe den Sinn meines Lebens nicht.

VI

MEINE LIMONEN DIENEN DER GRUNDVERSORGUNG DER GESAMTEN BEVÖLKERUNG UND NICHT NUR IHREN ÜBERSPANNTEN PRIVATALLÜREN

VI

1.1

Montag, 5.10.98, Berlin.

907. Und so schlagen wir also, fröstelnd und immer noch leicht grippig, von der Biomüllabfuhr und einer gelungenen Internet-Interaktion aber zu schönsten Taten ermutigt, hier das vorletzte Kapitel auf. Komischerweise erschien mir in der Zeit von Kapitel IV das Ende schon viel näher als jetzt. Und ich dachte oft, wie soll das nur werden, mein Leben ohne Abfall? Dabei ist es ja eh noch ewig hin bis dann.

937. Anruf beim zentralen Fundbüro, Platz der Luftbrücke 6, rechts vom Flughafen Tempelhof. Vielleicht gibts mein verlorenes Rad ja doch noch. Eine genaue Beschreibung muß man abgeben, wenn man die Nummer des Rahmens nicht hat. Hat man die irgendwo? Wo denn? Kann ich mir nicht vorstellen.

954. Wenn Leute Debatte FORDERN, so wie Immendorff im Faz-Magazin oder wie Diedrich jetzt in Wien, heißt das in Wirklichkeit eigentlich vorallem: mehr eigene Redezeit, mehr Zuhörer, mehr direkte Debatte des Eigenen, zu eigenen Vorgaben. Realerweise finden ja zu ALLEM etwa 64 tausendmal MEHR Debatten statt, als jeder einzelne wahrnehmen oder gar ins Eigene einbeziehen kann. Mangel an Debatte wird nur moniert, wenn jemand, oft auch noch ganz berechtigt, das Gefühl hat, er hätte doch schon eine ganze Menge gemeldet. Und keiner kümmert sich darum. Jedenfalls nicht genügend, nicht richtig, nicht so, wie man selber denkt, daß es sein müßte. Immendorffs Argumente SIND in der Debatte, auch wenn er nichts davon merkt, genauso Diedrichs Positionen. Die reale Struktur der lebendigen geistigen Auseinandersetzung hat, wenn ich ausnahmsweise und zum ersten Mal in meinem Leben auch mal diesen komischen Begriff verwenden darf, eine natürlich rhizomatische Gestalt. Was denn auch sonst? Die Wirkung vervielfältigt sich polyperipher und kaum merklich. Zwischendurch zieht sich irgendwas an irgendeiner Stelle mal kurz zusammen, zu einem deutlich erkennbaren Effekt. Und ist schon wieder verschwunden. So läuft Öffentlichkeit heute. Vor nur 30 Jahren war das wohl noch anders. Irgendwie gröber, klarer, aber doch eigentlich nicht wirklich so, daß man sich partout danach zurücksehnt. Kompliziertere Positionen, egal ob es um einen Luhmann-

schen Verstehensversuch oder die malerische Reflexion einer Sozialtatsache bei Daniel Richter geht, sind ANGEMESSEN in der Form hysterischer öffentlicher Debatten nicht debattierbar. Sie beinhalten sie, fundieren sie, wirken auf sie, gerade solange sie selber NICHT zu ihrem Fokus werden. Das hat mit George und Botho Strauß, wie Diedrich meinte, nichts zu tun. Das ist keine isolationistische, rückwärtsgewandt reaktionäre, elitäre Sicht, sondern einfach nur eine realistische. Dann kann man fragen, was daraus folgen sollte.

1116. Anruf bei Albert. Er erzählt davon, wie toll die neue Immendorff Ausstellung in Bonn ist.

1208. Beim Abspülen, in der Küche. Der zentrale Reflex ist: anti, nein, ich nicht. Dauernd, bei allem, gegen alles. Als Denkbewegung ganz normal und okay. Als Resonanz auf das Gegebene der öffentlichen Rede eine Maschinerie des Stumpfsinns gröbster Art, im Verhältnis zum frei Denkbaren ein geradezu grotesk beschränkter Knast. Von diesem Gedanken geht die Ortswechselphantasie aus. Plötzlich geht man weg, ein Jahr. Und alles wird neu.

1509. Aufgeräumt, gestaubsaugert, geduscht. Debatte als Forderung gibt es sinnvollerweise doch eigentlich nur als einen an die EIGENE Arbeit gerichteten doppelten, und in sich widersprüchlichen Imperativ: möglichst viele Aspekte, und natürlich vorallem die, die nicht direkt an einen gerichtet sind, auf sich zu beziehen, um die eigene Sache dadurch so Widerspruchs- und Anknüpfungspunkte-reich wie möglich zu machen. Und gleichzeitig der dabei entstehenden zusätzlichen Komplizierung und Konsequenz-Autistik mit ganz gezielter Energie entgegenzuarbeiten, um sich trotzdem noch möglichst voraussetzungslos verständlich zu machen. Die anti-elitäre Zielsetzung steht im Widerspruch zu sachgegebenen Komplexitätsforderungen. Und die stehen im Widerspruch zur grundsätzlich HYSTERISCHEN Struktur des Öffentlichen.

1530. Der Ausgangspunkt der Diskussion in Wien war die große, sommerlange Nitsch-Debatte in Österreich. Während 30 Jahre alte Avantgarde-Kunst öffentlich als der Gipfel des Akuten behandelt wird, bekommen wirklich neue Kunstversuche phasenweise den Schutz von öffentlichem Desinteresse, um sich entwickeln zu können. Es ging mir nur darum, daß beides seinen Vorteil hat, seinen Moment.

1608. Ein Teil des anwachsenden Schwachsinns, warum alle, je erwachsener sie werden, sich dann plötzlich immer nach Kindlichkeit und Nichtmeinungen sehnen, ist auch die PRÄZISION vorher verwischterer, offenerer Positionen. Es ist einfach irrsinnig anstrengend, ganz klar und genau zu sehen, was man dauernd für einen unglaublichen Unsinn denkt. Wie gestern: nicht nur, aber eben auch. Und das geht auch nicht weg, das wird nicht besser. Manchmal hilft Vergessen, manchmal der Spaß, wenn plötzlich was Nichtblödes auftaucht, von irgendwoher.

1721. Von der Post wieder daheim. Was verbirgt sich hinter der roten Paketkarte vom Freitag? HOLY TERROR, Bob Colacellos vergriffenes Buch über Andy Warhol. Mir per Schiff geschickt, als ein American-Express-Geschenk, von Amazon Com. Per Internet bestellt, Bezahlung kostet nichts, wird ja abgebucht, und das ist dann paar Wochen später einfach so da. Halleluja. Das Verrückte ist nur, wie ich jetzt den Umschlag sehe, habe ich den starken Verdacht, daß ich das Buch in München doch schon habe, als Taschenbuch. Ich habe es nur nicht lesen können, wegen der Perspektive der Abrechnung gegen Andy Warhol. Ich Depp.

1737. Vor dem Kaisers. Gebrochenheit, Zurückzucken, entschuldige bitte: Intrumentarien des Denkens, 1 A. Im Sozialen, in echt, im Leben: Gift, Hölle, Horror, Untergang. TERROR, völlig unheilig. Wie das trennen? Richtig denken, anders leben?

1803. Und dann ist ja auch noch das Jetzt-Tagebuch-Heft erschienen. Beim Durchblättern, an der Kasse, wer alles dabei ist, das lässige Foto von Moritz. Dann! Markus Koch! Wer hat denn die Idee gehabt? Jedesmal, wenn ich den sehe, bin ich fasziniert, wie souverän der auftextet, aus dem Stand. Ich weiß überhaupt nicht, wovon er redet, aber die Art, wie er es tut, ist so angenehm. Und Max Goldt, und Zoë Jenny, und Benjamin Lebert. Genau: wie schaut der eigentlich aus? Auch eine gute Idee, die Leute zu fotographieren, ist doch klar, will man doch wissen. Okay. Also: ich habe mir gleich nochmal eine zweite SZ gekauft, nur so zum Spaß, zwei Jetzt ist doch mehr als eines. Ja EBEN. Na also. Nun gut.

1826. Stimmt gar nicht, was ich gestern zum Tagebuch gesagt habe, zur Tagebuchform. Sie ist gar nicht SO vermittelt, nur wenn man es falsch macht, wenn man vergißt, wie es geht, wenn man Literatur macht, wenn die Ernst-Jüngerisierung ZU SEHR einsetzt. Sie greift nach einem, nach jedem Tagebuch-Schreiber, der mehr als drei Tage Tagebuch schreibt, im Hinblick auf Veröffentlichung. Und trotzdem gibt es natürlich jede Menge Mulden und Nieschen und Weiten, wo man Deckung suchen kann, Flucht. Nächste Haltstelle: Krampf, aua. Man hat sich irgendwie verkrampft, kann nicht weiterlaufen. Alles bißchen ausschütteln, locker machen, weiter gehts. Geht doch. Eben. So machts auch wieder Spaß. Und SPASS soll es doch machen, darum gehts doch.

2130. Ich liege also auf dem Bett und lese im Jetzt und kriege lauter aufwühlende Ideen. Man vergleicht sich ja dauernd, das eigene Leben, das der anderen.

2203. Vielleicht ist die Idee mit dem Buch doch falsch? Das Jetzt als Heft ist auch seine schönste Form, schöner als das Buch, als das es dann erscheinen wird, bei Manhatten. Abfall ist Bildschirm, das ist seine Form, Text auf Abruf, real nur auf Anfrage, das finde ich das Schönste.

2359.02. Es ist null Uhr, vom Deutschlandfunk hören Sie Nachrichten. Der letzte Satz im Jetzt, von Benjamin von Stuckrad-Barre. Eben habe ich ihn gelesen. Blick auf die Uhr. Ewig könnte das so weiter gehen, schade daß es schon wieder aus ist. Gleich ist es null Uhr, hier auch, vorbei, vorbei.

WAFFENKAMMER AUFGERÄUMT

VI
1.2

Dienstag, 6.10.98, Berlin.

845. Komisch: das Private. Weil ich dauernd merke, was alles ich NICHT sagen kann, noch nicht. Und genau vor mir sehe, wie das kommt, sagbar werden wird, auf jeden Fall für andere. Es hat ja alles gerade erst angefangen, in einem allgemeinen Sinn, bezogen auf die Weite, das Universelle, Kosmische jedes einzelnen Ichs.

848. Das WAS? Tschuldigung.

922. Gleichzeitigkeit: der absolute Irrsinn der Realität, unfaßbar, das Tollste überhaupt. Und dabei DIE Ultrabanalität, banaler gehts nicht. Ich muß endlich wieder Luhmann lesen. Dann werde ich auch wieder gesund, auch an der Seele. Und sprich nur ein Wort.

1224. Büro, Haushalt, Denken. Wenn es läuft, läufts von selber, ist ja klar. Wie in der Skulptur-Szene, im Atelier-Akt, die Lieblingsstelle in Jeff Koons. Wenn ich irgendwo anschieben muß, wird es schon falsch, wird es nichts, aus. Nebenher überlege ich, ob das gestern Gesagte impliziert, ich hätte was gegen Abspülen. Nein, überhaupt nicht, im Gegenteil. Das wäre ein ganz schreckliches Mißverständnis. Ich hätte nur gerne einen grundsätzlich besser organisierten Haushalt, besser durchdacht, dadurch besser zu handlen, außen, oben, täglich, ja. Nein, ich drehe nicht durch. Das ist alles nur durch die Jetzt-Lektüre gestern ausgelöst.

1235. Natürlich finde ich normale Erwachsenen-Existenzen das Lächerlichste, was es gibt. Die tun mir eigentlich immer nur leid, was die für Sorgen haben, wie die leben, alles. Nur in einem Punkt beneide ich die: wohnen. Anfallsweise denke ich, ich halte diese studentoiden Provisorien, in denen ich seit ewigen Zeiten lebe, als komplett erwachsener Mensch, nicht mehr aus. Das nervt so wahnsinnig.

Es hängt mit der speziellen Definition von Erwachsensein zusammen, die das Schreiberleben vorgibt, für mich jedenfalls, die automatisch so ultrainhaltistisch und existentialistisch ist. Während andere noch ewig finden, sie wären nicht identisch mit ihrem Beruf, sie würden den nur mit Reserve und Augenzwinkern und natürlich in Riesendistanz zu ihrem täglichen Arbeitsalltag abwickeln, eigentlich ja zuinnerst ganz anders sein und drauf sein und denken etc, bis sie extrem spät, mit Anfang 40, plötzlich so langsam zu merken anfangen: das wars, das ist es, das bin ich – gibt es das Schreiberleben von Anfang an eigentlich nur als was sehr Reifes, Erwachsenes. Und auf irgendeine ganz komische Art kostet das so viel Kraft, macht einen das so endfertig, das Erwachsensein auf dieser Ebene. Daß man nie richtig dazu kommt, die Basics vernünftig an den Start zu kriegen. Wohnung, Bett, Speicher. Badezimmer, Küchenboden, Kleiderhaken. Strick. Nee, Scherz. Und in dem Zusammenhang – das wollte ich eigentlich nur sagen – hat es mich gestern so ermutigt, von Moritz in seinem Tagebuch daran erinnert zu werden, daß dieses von mir so sehr vermißte Hinkriegen des WOHNENS in wirklichkeit und in echt meistens ja auch nur ein Teil dieser lächerlichen Debilform des üblichen Erwachsenseins ist. Sich einrichten, zwischen 25 und 30. Bullshit. Wozu denn? Wenn man doch auch, wie Markus Koch schreibt, umziehen könnte, wenn es zu asozial geworden ist, statt aufräumen. Lieber gleich umziehen. Herrlich. Sowas baut mich auf, auch wenn es nur ein superblöder guter Spruch ist.

1317. Ich muß leider wieder mal was Frauenfeindliches hier melden. Ach? Echt? Wieso denn? Ja. Nee, überhaupt nicht. Ich MUSS gar nichts, fertig.

SEROXAT

1320. Ich nehme lieber mal zur Probe zwei Seroxat, oder drei, und komme kurz zum großen deutschen Dichter Yves Eigenrauch. Ich glaube, der hat den absolut ersten Preis gewonnen, im Lothar-Matthäus-Tagebuch-Lookalike-Contest. Ich glaube, Herr Eigenrauch muß mit einem IQ von 96 oder 97 auskommen. Damit versucht er sein Leben und ein Buch über die raf zu entziffern. Das ist schon sehr geil.

1545. Kolumne ist eigentlich DIE Schreibform für NEUE Schreiber. Benjamin Lebert müßte eine kriegen, außerhalb der Niedlich-Welt, im Spiegel, einmal im Monat. Oder eben doch im neuen Jetzt.

1625. Bei den Shulman-Fotos in den neuen Galerieräumen von Max Hetzler. Mit Möbeln von einem sogenannten Jean Prouvet. Verstehe ich nicht. Wie ich frage, ob der auch da war, merke ich, daß das so wirkt, als hätte ich gefragt, Schopenhauer?, der jetzt verletzt war?, am Sonntag gegen Dortmund? Nee, der ist schon länger tot.

1639. Joseph-von-Eichendorff-Gasse, Herz Apotheke, ARKADEN. Am neuen Potsdamer Platz. Von Lachanfällen nur so durchgeschüttelt. Marlene-Dietrich-Platz. Harald-Juhnke-Tümpel. Hildegard-Kneef-Grasbüschel. Die Wasserspiele, das ist das Beste. Und wie sie alle ganz wichtig rum gehen, die Großstädter, und ihre neue Stadt ANNEHMEN.

1653. Da steht ja einer, in Uniform, vor der Tiefgarage.
-Wissen Sie vielleicht von wem diese Skulptur da hinten ist?
-der Künstler?
-ja
-den kenne ich nicht
-aja, vielen Dank

1712. Giesebrechtstraße, Ecke Sybelstraße, bei den Spirits. Wir reden über die Wahl. Mit William mache ich einen kleinen Gang, wir sitzen im Café Adlon am Adenauer Platz, essen Eis, zwei Mickey Mouse Becher, aber bitte mit Sahne.

1818. Wieder im Büro, Cora hängt atemlos im Stuhl, hält den Telefonhörer hoch:
-hey Rainald!
-ja?
-warum können Djs nicht telefonieren?
-warum?
-weil sie immer auflegen – HAA
-ha ha

1835. Wieder am Rad. LAND BERLIN. Aufbau mit Bundesmitteln.
1837. Tiergarten.
1841. Park Picknick. Turmstraße.
1846. Nordufer. Wedding.
1859. Mit allen Zeitungen wieder daheim.

Non-Paper: Dossier
Transkriptionsfaktoren: Creb und Blocker-Creb

Kälberblut und Bienenhonig
fünf Injektionen bitte

dahinter beginnt
das Niemandsland des Vergessens

KRITIKER EMPFANG
50. FRANKFURTER BUCHMESSE
PETER WEBER LESUNG

VI
1.3

Mittwoch, 7.10.98, Berlin.

807. Jetzt habe ich eben Woche 5, 6 und 7 des I. Kapitels von hier ausgedruckt, um es nach Frankfurt mitzunehmen. Das dauert vielleicht. Auf der Uhr der Internet-Verbindung waren dann über 40 Minuten. Dieses Anklicken, kucken was kommt, runterrollen, reinlesen, hängenbleiben, springen. So also fühlt sich das an. Allein zum Beispiel, wie sehr man sich zwischendurch danach sehnt, daß mal ein kurzer Tag kommt, wo nicht NUR rumgegrübelt wird. Wo was passiert. Aktivität, so wie heute. In 45 Minuten muß ich gepackt haben. Aufräumen: das ist leider völlig utopisch. Halt packen, ganz schnell.

815. Gestern las ich ein Heiner Müller Gedicht, in der neuen Gesamtausgabe, über Seifengeruch, Deutschland, Auschwitz und Bayreuth. Wenn die Leute einem ungefragt erzählen, wie er privat war, Heiner Müller. Natürlich problematisch, bla bla. Und man will sowas gar nicht hören, traut sich aber trotzdem nicht sofort zu sagen, das steht doch eh in den Texten, laß mich damit doch in Ruhe.

856. Die Glocken läuten los. Zu früh, jeden Tag. Das Totenglöckchen bimmelt.

927. Los gehts.
929. Im Taxi.
938. GENERAL GANEVAL BRÜCKE. 1972/74.
945. Tegel.
958. Würde es Ihnen was ausmachen, wenn Sie den Gürtel auch noch ausziehen? Nö, gar nicht. Fragt mich die junge Frau beim Sicherheitscheck, und sie freut sich daran, an der Frage, der Mann hinter mir auch. Ich sowieso.

1024. Im Flugzeug, ganz hinten links.
1049. In der Luft, wie hochgerissen plötzlich, aus Seibts CDU-Analyse raus. Und dann schon sofort frei schwebend im hellsten Licht.

1131. Als Ankunftsfinger ist Alpha siebzehn vorgesehen. Meldet der Kapitän. Vorher müssen wir aber noch bißchen über Frankfurt kreisen.
1149. Polipram. Hemmt Blocker-Creb, ist im Kaffee, steigert die Aktivität von Aktivator-Creb.
1154. Die sogenannte »Schweiz« – zack: gelandet, urplötzlich – interessiert mich weniger als China.
1155. Meine Damen und Herren, willkommen in

Frankfurt.

Bitte bleiben Sie noch so lange angeschnallt sitzen, bis wir die endgültige Parkposition erreicht haben, und die Anschnallzeichen über Ihren Sitzen erloschen sind.
1214. Gepäckausgabe, Gepäckband 3, LH 1041, von Berlin-Tegel.
1217. Das mündet in eine Spirale der Sinnlosigkeit. Im Tollhaus Gentechnik und Nahrung, in der Faz.

Sternbeben

1224. Sicherheitshinweis. Lassen Sie Ihr Gepäck nicht unbeaufsichtigt.

1228. Im Taxi. Können Sie vielleicht so nett sein und das Radio ausmachen?
1236. Kennedyallee.
1241. Gartenstraße, Schweizerstraße.
1242. Walter-Kolb-Straße.
1243. Deutschherrnufer. Da ist der Main.
1243. Kurt-Schumacher-Straße.
1244. Museum Judengasse. Battonstraße.
1245. Konrad-Adenauer-Straße. Zeil.
1247. Friedberger Landstraße.
1248. Bornheimer Landstraße. Friedberger Platz. GERMANIA APOTHEKE.

1249. Egenolffstraße.
-zur Nummer sieben bitte
-sieben?
-ja
1250. Rotlintstraße. Pandorra.
1253. Im ersten Stock.
-Sie wissen bescheid?
-ja

-ist ganz oben, unter dem Dach
-hat er mir gesagt
1257. In der Wohnung, mit Briefchen, Zettelchen. Und da liegt auch ein Buch: Schnee, der auf Zedern fällt.

1619. Geschlafen, gebadet, am Schreibtisch. Sich in der Fremde orientieren: den Computer anmachen. Zwei buntfarbene Minikakteen stehen in gelben Porzellantöpfchen auf einem dicken gelben leeren Bücherregal.

1635. Los gehts.
1643. Im Schlecker, an der Kasse, Nivea, Kaugummi, 2 Mark 58.
-die Zwergerl brauch ich nicht
-zwei Pfennige?
-ja
-das sind Zwerge?
-ja, genau
1650. Gott, bin ich aufgeregt.
1653. Keplerstraße, Oederweg. Wo denn jetzt? Rüber und rechts.
1654. Paul-Hindemith-Anlage. Wolfsgangstraße.

1655. Max Goldt hat bekanntlich gesagt, und wie recht hat er auch da, man darf nicht zu früh kommen. Aber wo treibe ich mich jetzt noch rum, blutendes Herz? An der Litfaßsäule, die für Bild wirbt, offenbar all over Deutschland. In Berlin jedenfalls auch, mit derselben Kampagne fürs blutende Herz, seit Montag.

1703. Am meisten sehnt man sich nach Tagen, wo GAR NICHTS passiert, als Leser, so zwischendurch. Und da rollen aber auch schon die ganzen Taxis an. Klettenbergstraße 35.

1705. Im Unseldschen Haus also, beim berühmten Kritikerempfang. Und ich sitze jetzt da im Eck und kucke mir das an, die Kritiker, den Empfang, und da geht ja auch schon der Herr Greiner vorbei, ein Glas in der Hand. Und ich sehe Fremde und Gesichter, die ich kenne, und dann stehe ich immer wieder kurz auf und begrüße die Bekannten. Herr Fellinger: Ich grüße Sie, das sind Sie von mir doch so gewohnt jetzt, daß ich Sie so begrüße. Und Gerald Zschorsch: Ich führe ja auch schon schwarze Listen. Ich trinke einen Schluck Wasser und kann vor Zittern das Wasserglas kaum halten. Geil. Die Position ist es, das ist so toll, nicht mehr am Anfang, noch nicht am Ende, irgendwie mittendrin. Herr Unseld: Sie dichten? Ja. Aha. Ich dichte. So so. Ich schreib das einfach alles mit. Der nächste: Wilde Mitschriften? Genau. So was wie Thomas Bernhard im Ohrensessel? Hmm. Wird das alles im Internet übertragen oder nur Auszüge? Ich sage nichts, schreibe, schweige. Mache was ganz Normales, aber es wirkt natürlich komplett grotesk. Tschuldigung. Ich schaue auf, und schaue ins Gesicht des Herrn Schirrmacher da hinten, und es leuchtet freundlich auf, wie meines wahrscheinlich auch. Christoph Buchwald: servus. Er schafft wie Sau. Genau. Dann erzählt Zschorsch von einem gestern neu eröffneten Club am Roßmarkt, Sven hätte gespielt, Moses P. wäre da gewesen, eine alte Fußgängerunterführung. Mit Frau Borchers rede ich über die Praxis-Veranstaltung im Mai.

1727. Unseld klopft ans Mikrophon. Meine Damen und Herren! Haben Sie sich einen Sitz- oder Stehplatz ergattert? So. Können Sie mich hören? Können Sie mich HÖREN?! Ja, ja. Ich freue mich – so zahlreich – Umsätze – Programm. Ich weiß das natürlich schon. – Peter Weber brauche ich Ihnen ja nicht vorzustellen. – Ich darf Sie bitten.

1733. Peter Weber:

Die singenden Gleise

hintere Grotte
der Heilsuchende
und die Kristalle durchpeitscht

Lichtkiesel, Zahnfäulnis und Sprachzerfall
LACHWELLEN

1744. Applaus.

1916. Zschorsch erzählt von Polen, Unaussprechliches, vergnügt vom Asozialen der Beobachtungen, Wertungen und Formulierungen. Dann: Und es hat mit ZEIT zu tun. Schönheit, Arbeit und Schlaf. Diese drei Sachen, die muß man hinkriegen.

1934. Hubert Winkels lehnt an Warhols Hesse, erklärt mir, warum alle Hesse so hassen. Erzählt von seiner neuen Fernsehsendung, die Bestenliste, das Literaturmagazin. Kapielski, beim Voraus-Essen am Abend vor der Aufzeichnung, mit dem Gestus: ihr werdet nicht erfahren, wer ich bin. Jochen Hörisch kommt dazu, er hat auch über Meinecke geschrieben, auch heute, oder war es gestern?, in der Zürcher oder wo?, Hubert Winkels in der Zeit. Sie reden über ihre Kritiken, über Meinecke, wie sie ihn finden. Da steht er auch schon selber. Wird gefragt, ob er die Kritiken schon gelesen hat. Ja, nein, vielen Dank. Er bedankt sich bei Herrn Hörisch für die positive Kritik, entschuldigt sich bei Hubert Winkels, daß er die Kritik zwar gesehen hat, aber noch nicht gelesen hätte. Ich: jetzt muß man sich bei den Leuten schon bedanken, für die Kritiken. Meinecke macht einen Bückling, ironisch.

2022. Zschorsch wieder: so ein KEHRICHTHAUFEN! Ich war Drews beim Zurücktreten auf den Fuß getreten, tschuldigung Herr Drews. Ich sage das Wort Radieschen. Weil ich das Gesicht dazu sehe. Davor auch schon, bei Iso Camartin, die Leute, die ich aus dem Fernsehen so gut kenne, rufen eine irrsinnige Heiterkeit in mir hervor. Ich will sofort hingehen, fragen wies geht, wir kennen uns doch so gut, aus dem Sommer, von Klagenfurt usw.

2040. Frau Graf aus Berlin preist ihr Berlin. Allein das letzte Wochenende, Berlinale, Goldener Löwe, Potsdamer Platz, Congress 3000 und die Messe. Sie gibt mir eine kleine Karte, auf der steht Graf & Graf. Ich würde sie noch von ganz früher kennen, Uwe Timm und so. Aha, a ja. Herr Ortmann zieht die kleine weiße Karte erstmal ein. Gibt sie mir dann doch. Er muß kurz alleine mit Frau Graf sprechen. Ich wende mich wieder richtung Hubert Winkels. Herr Ortmann berichtet, was die Hamburger planen, auch Jeff-Koons-technisch.

2049. Werner Fritsch sieht das anders. Unzulässige Verkürzung. Er erzählt von Achternbusch, vom Henschel Verlag, vom Kresnik Buch. Er schreibt nachts, mittags hat er das Kind. Wir streiten wieder mal über die Frage, wieviel Distanz sein soll, zwischen uns und der Kritik. Maximal VIEL, finde ich. Er wirbt für eine Kritik, die aus der Nähe kommt, die nahe dran ist an der Arbeit der Kunst. Frau Zeeh meint, wir sollten mal eine Suppe essen, das ist jetzt natürlich eine super Idee. Ich bringe Kaffee. Peter Weber ist froh, daß er die Lesung hinter sich hat. Wir sitzen am Tisch und reden.

2109. Am Gang höre ich plötzlich: Rowohlt-Empfang. Andreas Neumeister und Peter Hamm stehen da, warten auf Reinhard Baumgart, der redet noch mit Unseld. Ich: kann ich da vielleicht mitkommen? Oder sind Sie schon voll? Wirke ich so? Ich meinte den Wagen. Mit Thorsten Ahrend reden wir über Werbung für Bücher. Wenn ich eine Bücherwerbung sehe, denke ich immer: der Arme, hat ders echt so nötig? Die anderen sehen das anders, Hamm versteht, was ich meine. Zschorsch kommt auch mit.

2122. Im Regen, am Wagen von Peter Hamm, Peter Hamm: Die Jungs gehen nach hinten.
2128. Hier, hier, hier, hier, hier.
2129. Bei Rowohlt an der Türe. Ich habe leider keine Einladung, kann ich vielleicht auch so rein? Das geht leider nicht. Aha. Ist total voll. Schade. Zschorsch: komm, kein Schuriburi, wir gehen ins Laumer.

2140. Im Laumer. Bitte ein Bier, zwei Bier. Ich: ich bin schon so müde. Zschorsch: ja, der Dämmer beginnt. Dann erzählt er Geschichten von Klett, Jünger, Nebel, Hofmann, Gelpke, Arbogast und dem jungen Klett. Wenn man morgens bißchen Zipperlein hat, muß man gleich ganz im Bett bleiben, nach deren Schule, das Bett, wie es da heißt, hüten, sich pflegen lassen, von der sogenannten Frau des Hauses, und am nächsten Tag gleich noch mal liegen bleiben am besten. Arbogast. Weißt du was das heißt? Nee. Der vom Erbe Getrennte. Verstehe.

2207. Kann ich bitte zahlen? Zschorsch zieht noch weiter, ich nicht, ich kann nicht mehr, ich fahre heim.

ICH WOLLTE KEIN GELD SONDERN HERAUSRAGENDE LITERATUR MACHEN

VI

1.4

Donnerstag, 8.10.98, Frankfurt.

822. Taper, taper.
-Und? Wie haste geschlafen?
-Super.
Sagt man dann doch wohl. Oder? Ich kann doch zum Herrn Vermieter nicht gut sagen: verheerend. Ich habe mich bestrahlt gefühlt, von deinem Bett, vom all dem Metall um mich herum. Und dann geträumt wie verrückt.

1006. Anruf im Verlag, Hans-Ulrich ist auf der Messe, hat dort sogenannten Stand-Dienst, von 10 bis 11. Ich kann ihn da aber anrufen. Anruf bei Hans-Ulrich. Ich erkenne seine Stimme zuerst gar nicht. Ja!, sagt er, das ist die Messe! Stimmt. Wir verabreden uns für 1 Uhr im Verlag.

1019. American Express, Kartenaktivierung. Geburtsdatum, Kontonummer. Ist Ihnen die Karte schon mal gestohlen worden? Ja, vor hundert Jahren. Sie: ha, das war vor 10 Jahren. Echt? Es kommt mir wirklich so vor, als ob es hundert Jahre her wäre. Ich rechne zurück, genau: Sommer 88, auf Mallorca. Wir stehen vor dem aufgebrochenen Mietauto, am Strand, die Tasche ist weg. Husserl, neue Notizen, alle Papiere, Schecks. Ich habe aufgeschrieen und mich auf den Boden geworfen, habe gedacht, ich werde wahnsinnig. Der Finstersommer nach Kontrolliert, immer wieder muß ich es sagen, ich war so fertig wie noch nie, wie nie mehr danach. Dann fragt mich das Fräulein von American Express, ob ich bei ihnen Meilen sammeln will, Gutschrift, Bonus. Klaro. Schönen Tag noch, wiedersehen.

1044. Es ist so geil, daß ich nichts MUSS. Keinen Termin habe. FACHBESU-

CHER, Dauerkarte, 60 Mark, steht auf der Karte für die Buchmesse, die mir Frau Zeeh gestern gleich an Türe beim Reingehen gegeben hat, in einem Kuvert. Hier, ich habe was für Sie! A! Vielen Dank.

1209. Los gehts.
1258. Geliebte Lindenstraße.
1300. Und die Inschrift:

SUHRKAMP VERLAG
INSEL VERLAG
DEUTSCHER KLASSIKER VERLAG

1301. Im Treppenhaus. Der Begriff Gesellschaftliche Aufklärung. 4. Stock. Besprechung mit Hans-Ulrich. Telefon mit Herrn Vorbach. Kurze Rücksprache mit Frau Knapitsch und Herrn Bormann zu Celebration.

1355. Im Café Laumer. Ich erzähle von gestern Abend, wir reden über Josef Winklers neues Buch. Plötzlich steht Oschi da. Was machst du denn hier? Moritz wäre auch da. WAS? Echt? Ist ja geil. Oschi geht raus, bringt Moritz mit. Hallo Moritz, ihr seid auch hier?! Vorstellen, Hektik, Freude. Wir gehen kurz raus und rauchen im Stehen eine Marlboro Light. Sie sind schon wieder am Heimfahren. Sie waren gestern von München hochgebohrt, weil Terranova in dem neuen Tunnel Club gespielt hatten, von dem Zschorsch mir erzählt hatte. Gar nichts mit Buchmesse, und jetzt fahren sie wieder heim. Moritz meldet: er hätte Abfall schon gar nicht mehr ausgehalten, weil es so depressiv geworden wäre. Ich weiß, tschuldigung. Ejal. Da kommt Herr Ortmann vorbei. Wie lange ich noch hier bin? Fünf Minuten, wir gehen dann auf die Messe. Okay, er kommt gleich. Ich sitze wieder drin. Herr Ortmann zeigt mir ein Expose für ein Film-Projekt, kleine Besprechung. Dann gehen wir los zu dritt.

1445. WILDER SOMMER. So der Arbeitstitel der neuen Schleef-Arbeit in Wien, wovon Hans-Ulrich erzählt, ich glaube es war Goldoni. Montag in Wien.

1447. Auf der Messe. Wahnsinn. Geil.

1700. Wieder daheim.
1747. Dieser Moment Schlaf, zur großen Klärung.

1757. Dann sitze ich in einer brüllheiß überheizten Badewanne, so heiß, daß es mich nur so fröstelt von innen her, und lese Hubert Winkels Meinecke Kritik. Die ist vielleicht lang. Was Hubert Winkels von dem Buch denkt, erfährt der Leser nicht. Ich weiß es ja, weil er es gestern mündlich gesagt hat, in etwa 17 Sekunden. Warum schreibt er es nicht? Weil er das Buch erklärt, anstatt es zu kritiseren. Langweilig, Daumen runter, braucht kein Mensch: verstehende Kritik. Kritik muß doch selber Gas geben, nach eigenem Gesetz.

1840. Frauen, Körper, Phallus, die ganze speziell daran drangehängte Theorie: ich weiß nicht, wie man sich als Nichtfrau dafür interessieren kann. Thomas Meineckes Buch wird es mir ja vielleicht erklären. Wir reden über die geplante Werbung für unsere Bücher. Die Überschrift muß, wenn dann, natürlich POP heißen, finde ich. Thomas hatte gedacht an »Plattenspieler«. Wir laufen zusammen durch die Hallen, einmal runter und rüber und wieder rauf, richtung Beute. Er meint: du folgst mir, indem du vor gehst, genau richtig, wie ich sage, ich folge dir. Hallo bei Katja Diefenbachs B-Books, die wegen Negri mit Fanzis ID-Verlag im Streit liegen. Später, wie ich bei Kiepenheuer sitze, erklärt mir Uwe Timm, daß das doch ziemlich nerven würde, bei mir: das von ihm sogenannte Namedropping. Interessante Vorstellung, daß man als Schriftsteller was GEGEN NAMEN haben kann. Bei ID bewundern wir das Cover des Alien-Buches.

1847. Am Weg zurück ruft ein Typ mit sehr rotem Kopf meinen Namen, er wäre Norbert Niemann. Thomas redet kurz mit ihm. Die Worte haben es echt nicht leicht bei ihm, die Zunge ist so schwer, das wirkt irgendwie nett. Schatz, du bist ja betrunken. Bei Eichborn sitzt Horst Ehmke, der großer Romancier, wird fotographiert. Er fläzt sich in den Sessel, der Fotograph protestiert: es darf nicht zu entspannt wirken. Horst Ehmke reißt sich zusammen. Versucht Spannung, Anspannung, Geist auszustrahlen, der Fotograph drückt ab. Eine sehr erniedrigende Szene. Das sind die Ackergäule der Mediengesellschaft, meint Helge Malchow später verständnisvoll. Das war das erste, was ich bei Kiepenheuer gesehen hatte: Sissi Perlinger. Dann sitze ich mit Andrian Kreye auf dem Bänkchen und freue mich an dem geilen Handy, mit dem er lässige Organisationsgespräche führt. Moritz hat neulich erzählt, daß er das Buch von Andrian so angenehm findet. GRAND CENTRAL. Das paßt für mich total, weil ich bei New York automatisch an Andrian denke. Wir haben da mal paar sehr heiße, gut durchgeknallte Trinkertage zusammen erlebt, Anfang der 90er Jahre. In der Ferne, an der Wand gegenüber, taucht das Wort Viagra auf, ein Buchtitel. Ich dachte, das ganze Ding mit Viagra wäre eine reine Erfindung von Harald Schmidt, ich muß leider immer umschalten, wenn er damit anfängt. Andrian ist der erste lebende Mensch, der mir erzählt: das gibt es wirklich, das muß man unter dem Aspekt NEUE DROGE sehen und probieren, viereinhalb Stunden dauert der Trip, beide müssen es nehmen. Ob das denn Spaß macht? Das wird nicht so richtig klar.

1933. Das Raumschiffgefühl wächst. Zu viel Geschehen, kein Fernsehen, Wirklichkeit. Ich weiß überhaupt nicht mehr, was LOS ist, draußen, in der echten Welt.

2002. Plötzlich sehr müde.

2021. Wieder los.
2037. Schönen guten Abend, die Fahrscheine bitte.
2043. Römer.

2050. Häppchen, weißer Spritzer, und meine Papiere. Bei Kiepenheuers. Ich sitze wieder in einer Ecke, auf einer rotbraunen Ledercouch, und links geht es vier Stockwerke nach oben.

2257. Mit Regina Schilling.

2318. Delphine Buhro, auf spaßhessisch: Kann isch dir was Gutes tun? Hast du schon Frauen geküßt heute?

2325. Zu Andrian, der in seinen Geburtstag in der Havanna Bar reinfeiern will: mir ist so schwindlig. Er: das war bei mir am Anfang auch immer so.

2354. Mit Benjamin, Christian, Joachim.

457. Total dicht wieder daheim.

THEY'VE TAKEN THE WORLD NOW WHAT?

VI
1.5

Freitag, 9.10.98, Frankfurt.

1051. Aua.
1149. Die dritte Aspirin, aua.
1202. Okay: zwölf. Aua.
1220. Los gehts.

1227. Höhenstraße. Aua, aua, aua.
1231. Merianplatz.
1232. Konstablerwache.
1233. Römer.
1234. Willy-Brandt-Platz.
1236. Frankfurter Hauptbahnhof.

1254. Wir fahren ab. Im Zug nach Wiesbaden mit Oliver Vorbach.
1326. Wiesbaden.
1333. Kurpark, Kurhaus, Spielcasino. Druckkammerzentrum.

1338. In Olivers Büro. Wir reden über die Bildseiten für Celebration, fangen dann an. Sagen uns gegenseitig den Rossini-Satz: ich habe ein gutes Gefühl.

1520. Während Oliver die neuen Bilder einbaut, und ich noch zusätzliche Bilder für die Zwischenkapitel ordne: zu gestern. Christian Kracht hat einen, glaube ich, NOCH gestörteren Sozial-act als ich. Der macht mit Komplimenten einen Terror, das ist Wahnsinn. Er trägt so dick auf, bis man nicht mehr kann. Man wehrt sich, es tut längst richtig weh, man bettelt schon fast, es reicht. Da legt er erst richtig los, haut gleich noch mal zehn Pfund drauf und nach. Dusch, bumm, zack. Nimm auch noch dies. Auch nicht schlecht: der aktuelle Körperzustand. Das Kopfweh, die Übelkeit, der kniehohe Kreislauf. Wenn ich noch eine Aspirin nehme, muß ich wahrscheinlich instantmäßig in den schönen Garten vor der Türe kotzen. Wir trinken Kaffee und Orangensaft.

1527. Am Ende des langen Gesprächs mit Regina konnte ich leider nicht nur Marlene Streeruwitz, sondern auch Pipilotti Rist nicht wirklich gut finden. Schade. Man will doch irgendwie das Gleiche finden und empfinden, im Fall von Sympathie.

1530. Ähnlich bei dem Gespräch mit Benjamin, über Alexa Hennig von Lange, über das Doppelporträt in Allegra. Er ist strenger, genauer, näher dran und hat vielleicht recht. Ich finde, was sie macht, aber trotzdem toll. Plötzlich kam ich mir so jammerlappig vor, so verbohrt. Fast schon lottmannhaft kaputt.

1630. Dann wieder weiter mit den Bildern. Oliver verschiebt die Bilder, und wie ich zukucke, was er macht, sehe ich, millimeterweise sozusagen, daß er exakt genauso beobachtet und urteilt wie ich. Sehr angenehm, zum Zusammenarbeiten, es geht so flott, es macht richtig Spaß. Oliver ist auch Messie mit der Ordnungsphantasie: Durchbruch zur nächsten Wohnung. Er hat aus London ein ultrapopiges Walter von Beirendonck Ringbuch mitgebracht, school of Damien Hirst, mit fetten Farben, Brimborium, Textflashs, Collagen und Löchern in Bildern.

1656. Wir gehen zusammen zum Taxi, wahnsinnig schön hier, die Häuser. Haben die euch nicht zerbombt? Nein, genau. KOCHBRUNNEN, steht da. Heiße Quellen kommen hier aus der Erde, sehr saures Wasser. Das trinken die Leute und werden gesund. Der Simplizissimus endet doch gegen Schluß auch irgendwie als Heilquellen-Unternehmer und wird reich, oder wie war das?

1735. Im Zug. Eine Trennungsszene, durchs Fenster gesehen. Tschüß, langes Winken, Zeichenmachen mit den Händen, Nachmachen, was der andere macht. Abschied vom Vater, mit 3 1/2. Und die Mutter steht neben der Tochter am Bahnsteig und fühlt mit ihr mit, gütig, berührt, verstehend und sorgenvoll. Der Zug fährt an, und der verschwindende Vater winkt, und die Tochter läuft noch hinterher, nur dieser Moment, alles Gesicht, nur dieses Gefühl.

1805. Wieder in Frankfurt.

1847. Hotel Frankfurter Hof. Da war ich mal drei megaruhige Tage, Weihnachten 94 oder 95, zur Uraufführung von Festung. Auf die Art war ich Weihnachten untergetaucht. Und bin dann an den vorweihnachtlichen Nachmittagen planlos und bodokirchhoffmäßig durch die kaputte Bahnhofsszene hier gesteuert. Meine Theaterstädte: Bonn, Frankfurt, Hamburg.

1850. Was sagt der Stadtplan?
Bethmannstraße
Kaiserstraße
Roßmarkt
Goetheplaz
Rathenauplatz
Börsenstraße. Verstehe.

1902. Da ist es ja. The legendary Autoren und Lektoren Essen.

WEINSCHÄNKE
VOLKSWIRT

1909. Hans-Ulrich hat aus dem Verlag Probeandrucke für Celebration mitgebracht, die kucken wir uns kurz an. Das wird alles okay. Frau Borchers fragt nach den Fotos. Das ist der Frankfurter DJ Sven Väth, sage ich, eine Legende, und sie: warum kenne ich die Legende nicht? Mit Herrn Höfle rede ich kurz über die Edition, mit Herrn Simm über Siegfried, Ida, Martha, Martha, mit Herbert Genzmer über plötzlich wars viel später. Dann ein Gespräch über Gedichte, das bringt so konzentrierte Sätze hervor. Das Motto von Frau Borchers: Es muß im Leben mehr als alles geben. Ist das nicht wahr?, sagt sie, ist das nicht schön? Susanne Gretter schenkt mir ihr neu erschienenes Engadin Buch.

2219. Ganz hart: Frau Wagner. Erst von der Seite, dann von hinten. Sehr spitze Ellbogen.

020. Mit Thomas Meinecke, Andreas Neumeister und Peter Weber sitze ich dann am anderen Tisch. Sie erzählen vom gestrigen Beute-Abend, wie alles war. Zweieinhalb Stunden Podium, statementartig, einer sagt mal kurz was: zwanzig Minuten geht das, z.B. Ebermann. Dann kommt Isabelle Graw. Redet von was anderem. Dann der nächste. Wenn man sich inhaltlich locker machen kann, hält man es wahrscheinlich ganz gut aus oder hat sogar daran Spaß. Thomas ist demnächst auch vorgeladen, bei Texte zur Kunst, er hat gestern seine Vorladung gekriegt, sagt er. Dann reden wir noch mal über die geplante Werbung, Thorsten Ahrend kommt dazu. Es soll jetzt also supersimpel werden. Links steht ein Wort: POP. Dann kommen die Umschläge der Bücher, ohne Text. Dann, schön groß: SUHRKAMP VERLAG. Fertig.

053. Plötzlich doch draußen. Dem Volkswirt entkommen. Die Bedienung hatte ein T-Shirt, auf dem stand: BAD GIRL. Unseld hat ihr das vorgelesen. Sie war total nett, die netteste Bedienung Frankfurts. Das Ziel heißt jetzt natürlich Laumer. Ich rede mit Herrn Berg im Gehen über seine tolle, blau leuchtende Krawatte mit goldenen Punkten und schaue so rüber, und plötzlich schlägt da der berühmte Laternenmast zu, ein Verkehrsschild, in das ich voll Stoff reinrenne, wie ein Volldepp, das dann leicht nachwippt, alles wie im superbilligen Film. Das beste war der SOUND beim Aufschlag, Metallstange auf Kopfknochen, das klingt richtig gut.

106. Vor dem Laumer stehen die Menschen auf der Treppe. An der Türe, brüllende Begrüßung und Umarmung mit Zschorsch. Er: wir gehen jetzt in die Hofmann Villa, ins Literaturhaus. Ihr kommt doch auch?!

110. Drinnen ist es gar nicht so übervoll. Thomas: vielleicht ist irgendwo was sogenanntes Wichtiges. Er zuckt zusammen und stöhnt leicht angestrengt, wie ich wieder zum Notizbuch greife. Verstehe ich. Die Notiererei nervt natürlich alle, auf die Dauer, klar. Zerstört immer neu die Unmittelbarkeit der Situation, für die anderen, für mich besteht die eh nicht. Egal. Was war eben noch mit wichtig? Wichtig für uns ist jetzt vorallem Bier. Andreas und Thomas bestellen Grappa. Es wird auch überhaupt nicht aufgehört zu reden. Ganz im Gegenteil, ganz im Gegenteil.

206. Am Nebentisch sitzen die süßen Buchmessen-Mäuse der späten Stunden. Sie heißen alle Maria, auch Stefan Maria ist da, ich bin ja auch eine Maria. Besonders schön geworden: Franziska Maria. Sie sagt: Abfall für alle, ist das was, womit ich glücklich werde?

NOW
WE'RE TALKING
BUSINESS

VI
1.6

Samstag, 10.10.98, Frankfurt.

1001. Der Kollege Vermieter kriegt von mir 400 Mark fürs Zimmer und 20 fürs Telefon. Und ich brauche bitte eine Rechnung. Da schaut er ganz entgeistert.

1049. Galerie Bärbel Grässlin. Ich war da vorgestern im Taxi vorbeigefahren, und hatte ganz kurz helle, seltsame, für mich nicht dekodierbare Bilder gesehen. Jetzt ist das Förg, das ist ja völlig irr. Bunt, minimal, besser als Krebber. Gerotzt, nicht getuscht. Geschmierte Linien, mehr gekritzelt als gemalt. Haken auf leerer Leinwand verloren. Gitter. Ein Ohr in Gelb, ein schwarzes Eck rechts oben, ein grünes Dreieck, spitz nach unten. Dort Blau. Zitat: Gaukler fuchteln ins Blaue. Gebärde, Stimmung, echt. Steht auf dem Flugblatt, das Bärbel mir zeigt. Wir trinken Kaffee und sie erzählt von der Eröffnung am Mittwoch.

1229. Wiesbaden. Auch ein Kopfbahnhof. Am Bahnsteiganfang steht Oliver, um mich abzuholen. Im Taxifunk fällt das Wort Airbase, und wir trauern um die aus Deutschland vertriebenen Besatzer. Das finde ich nach wie vor das Scheußlichste an der ganzen sogenannten Einheit: daß wir kein besetztes Land mehr sind. Amerika, Frankreich, England als Militär hier bei uns: das hätte ruhig noch hundert Jahre weiter gehen können, für mich.

1239. Und noch von gestern: Spex, Dath, Marianne Fritsch, Krausser, Zitronen. Der schlaffe Händedruck des Slampoeten-Lektors Härtges. Bist du bekifft? Oder was ist los? Er kann kaum aus seinen Augen rausschauen, die Dinger sind total zu.

1252. Bei Oliver im Büro. Talvin Singh. THE WORLD IS SOUND. So gehen wir also wieder an die Arbeit.

1316. Speed Trap.
1407. Being digital.
1538. Frischluft.
1634. Ausdruck.
1701. Geschafft.

1859. Bitte nur einzeln eintreten. Beim Rausgehen aus dem Maldaner, es läuten alle Glocken von Wiesbaden.
1952. Auf Paulis Plattenkiste im Frankfurter Bahnhof.
2024. Wieder daheim, mega-k.o.
2129. In den Fenstern gegenüber flackert das Fernsehlicht, hier nicht.
2230. Feierabend.

HEILIGSPRECHUNG

VI
1.7

Sonntag, 11.10.98, Frankfurt.

914. Also, jetzt: wie, was? Wie gehen wir vor? Im innerhalb von vier Tagen problemlos wieder mal mit Zeug und Papier voll und dicht gemachten Zimmer. Alles eben wieder einfalten, zusammenlegen, aussortieren, alles immer wieder einschließen, ins Gebet, alles bereuen.

925. Durch Celebration hatte die Buchmesse einen tollen Gegenhalt. Aber dadurch war ich auch nirgends, bin zu wenig nur so rumgetaumelt, durch die Gänge. War nicht bei den Merves, nicht bei der SZ, habe Joachim nicht getroffen, war nicht beim Merkur, bei Rotbuch, bei der jungen Freiheit. Da haben wir uns immer die Typen und Typinnen angekuckt, zum Ablachen.

Isch hab
Backstein
bestellt, Ihr
Aschlöschä

952. Exzentrizitäten, Obsessionen, Tics. Beim jungen Mann: interessant; beim mittleren: schon seltsam; beim älteren: komplett grotesk. Wie Skwara erzählte, wie Handke sich empört hätte, daß man ihn direkt neben Brecht placiert hat, im Suhrkamp Journal für Taschenbücher, diesen Sommer. Wenn jetzt Handke jung wäre, fände man das eine herrlich überzogene Allüre. So ist es doch einfach nur traurig. Skwara saß im Volkswirt an unserem Tisch, und zu vorgerückter Stunde, vielleicht von seiner Zigarre in eine milde frohgemute Stimmung gebracht, war er von seinem speziellen Platz an diesem Tisch, an der Wand, in dem ganzen Raum da so angetan, freute sich daran so sehr, daß er da gelandet war, ausgerechnet da, an diesem genau richtigen, für ihn so angenehmen Platz.

1008. Der Ort der Intrige ist nicht, wo sie geschieht, sondern wo sie erzählt wird. Deswegen wird man in Intrigen nicht verstrickt, wenn man nur sagt: bitte erzähl es mir nicht. Wenn jemand mit Geheimnissen ankommen will. Was hinter verschlossenen Türen gesagt worden wäre, von dem und dem, der zu einem direkt doch dies und das gesagt hatte. Der hätte dann da und dort das und das, was ganz was anderes gesagt. Macht ja nichts. Wenn man es nicht weiß. Es laufen komplizierte Sozialaktionen besser, finde ich, wenn man tendentiell jedem glaubt, was er einem sagt. Dann gibt es das Problem Intrige praktisch nicht. Es gibt dann natürlich andere Probleme, aber sinnvollere.

1017. Vorfreude auf Berlin. Das hatte ich noch nie. Wie ich beim Aussortieren der Zeitungen den Tagesspiegel vom Mittwoch in der Hand habe.

Drohkulisse
Trostfrauen
Leichnam
im Bettkasten

Das teuerste Buch der Frankfurter Buchmesse
Die Aluminiumnachfrage läßt nach

Portale der Neugier

Freie Plätze sind was Schönes
Das Medium Fernsehen
verzeihe nichts
Er ist so froh und aufgedreht
Er wagt ein kleines Aufbegehren
Disziplin

Stets zur Verfügung
Willkürakt
Cannabis-Gewächshaus unter Tage

Im Universum
Nullen und Einsen
Raumschiff Erde
Im weiten Meer der Wörter

EGOÏSTE PLATINUM

Kein Erschrecken vor der Macht der Worte
Ich präsentiere Ihnen
auf der Frankfurter Buchmesse

ein kleines Wunder: André Heller
Seitdem lebe ich viel freier
glücklicher

1237. Gepackt, Zeitungen, Taxiruf 230001.

1259. Der Taxifahrer erzählt von der Walser Verleihung, die er gerade im Fernsehen gesehen hat. Er schaltet seinen kleinen Casio auf dem Armaturenbrett ein. Tatsächlich, es ist die Wiederholung im Ersten, da steht Walser und redet. Schiller, Fichte, Hegel, Hölderlin. Wenn man Publikum sieht, zeigt der Fahrer auf dem 7-Zentimeter-Bildschirm mit seinem Finger auf die Leute, wer alles da ist, wer das ist, wie die heißen. Dann kommen die Nachrichten, und der Taxifahrer kommentiert die Meldungen. Ganz unfanatisch, mehr erheitert vom Fortgang der Dinge, zugleich sehr dezidiert. Er wäre auch 43 geboren, wegen Hitler, Walser, Gefängnis, Fernsehbilder. Benzinpreis. Er hätte CDU gewählt, sage er ganz offen, wäre jetzt gespannt, wie die Neuen das hinkriegen würden, wie die Leute das dann finden würden. Er hätte die Grünen nicht wählen können, weil er das von früher hier alles kennt, Straßenkampf und so. Die Grünen hätten sich ja hier im Nordend gegründet, erzählt er, in einem Lokal namens Größenwahn. Usw. Dann über Bill Clinton, den Kosovo, über Rühe als kommenden Mann, dann wieder Benzin. Klingt bißchen anstrengend, war total angenehm, die Fahrt.

1319. Flughafen Frankfurt, Terminal 1.

1542. Herzlich willkommen in Berlin.

1957. Aus dem Schlaf heraus. Ich wache auf, es ist dunkel. Genau richtig zum Tagesschau kucken. Neben dem Bett liegt ein stumpfer Bleistift, das Notnotizheftchen aus Frankfurt. Gekrakelt, kaum leserlich, ich kann mich an nichts erinnern, hat der Schlaf da hingeschrieben: dieses Feuer bedeutet Kindheit.

BACK HOME
HOME FROM WAR

VI
2.1

Montag, 12.10.98, Berlin.

1209. Eben kam die Sonne raus. Vor den Wolken, hoch im Dach des Hauses gegenüber, über der orangegrünen Kastanie, turnt ein Mann im Giebel, arbeitet da, völlig frei und ungesichert, verputzt eine steinerne Spitze, richtig gefährlich schaut das aus.

1236. Der Platin-Style der jungen Wilden bei Kiepenheuer macht so gute Laune. Der Anzug von Benjamin von Stuckrad-Barre, in der schönsten Farbe der Welt, ich weiß nicht wie sie in Klamottendeutsch heißt, eine Art Silbergrau, und perfekt geschnitten und sonstwas, es schaut einfach NUR gut aus. Und kommt mir selber als ein solcher Fortschritt vor, styletechnisch gesehen, gegenüber uns, den Suhrkamp-Boys, den B-Boys aus München, Neumeister, Meinecke und ich. Style ist ja Gabe, Gegebenes, kann man gar nichts dran drehen. Jeder hat seinen Vorteil, seinen Ort, sein Spezielles. Ich bin natürlich gerne B-Boy, ist ja klar. Dann aber mit Platin-Style-Menschen zusammen sein und böse Dinge tun, böse.

1321. Wenn es mit den Sekunden losgeht, wirds gefährlich. Das Gefühl hat man selber auch. Und man merkt es an den gesteigert irritierten Reaktionen. Runterbremsen heißt dann die Devise. Es wäre das auf jeden Fall eine mögliche Stelle, den Wahn zu betreten. Oder eben zu sagen, nein, ich nicht. Sonne: halt.

1346. Abschied von gestern. Das hat auch die Buchmesse gemacht: mich natürlich wieder mal die Fratze meiner selbst vielfach sehen lassen. Dadurch ist es jetzt leichter, nach einem neuen Programm zu suchen. So kann es jedenfalls nicht weitergehen.

1503. Am Rad. Herbst regiert die Stadt.

1555. Telefon mit Frau Knapitsch, was die nächten Schritte sind, für Celebration. Durch die rausgenommenen Leerzeilen haben wir jetzt eine Bildseite zu viel. Oliver ruft mich später oder morgen an.

1701. Auf der Suche nach Essen, gestern Abend, stieß ich auf eine alte Konservendose mit sogenannten Jungen Brechbohnen, Verfallsdatum 31.12.97, die ich mit den alten Küchenmöbeln, dem alten Besteck und altem Bettzeug vom älteren Bruder übernommen habe, vor fast zwei Jahren. Das meine ich mit Depression. Daß man eine vielleicht 7 oder 10 Jahre alte Bohnen-Konservendose in der Küche findet, weil man sich den alten Krempel nicht wegzuschmeißen traut, aus irgendeiner wirren brüderlichen Regung heraus.

1852. Notizen zum Seite-2-Text für Celebration.

Gefüllte Lebkuchen Herzen
Contessa von Bahlsen

1924. Wieder daheim. Walser redet in der Kulturzeit über Meinungssoldaten, Moralpistole, Meinungsdienst. Dann kommt Willemsen, und ich schreibe wieder mit wie verrückt. Wozu denn, wozu?

2010. Abfall – denke ich plötzlich, wie ich in der Küche sitze, ein Süppchen esse und im Falter, den ich aus Wien mitgebracht habe, ein Interview-Porträt von Thomas Meinecke als DJ Gender Studies lese – ist genau genommen mein zweiter Roman. Nach Irre. Personal, Abenteuer, Welt, Held, Leben.

2138. Gedämmert, geduscht, wieder am Schreibtisch. Gespräch: diese Sehnsucht nach Harmonie. Ist das normal? Liegt das in der Sache? Oder ist das die völlig übertriebene Isolierung nur einer von vielen Tendenzen, die das Gespräch realisiert? Man kann nie scharf und genau genug sein, um den Präzisionspunkt, die Spitze der Differenz ganz exakt erkennen, herauspräparieren zu können. Man erreicht so praktisch nie eine sachlich wirklich befriedigende Klärung. Anstelle der Einsicht in die POSITION des anderen, tritt ein Verstehen des anderen. Es leuchtet einem ein, warum der andere seine andere Position vertritt, er ist eben anders, das versteht man im Gespräch. Etwas extrem grundsätzlich Menschliches wird klar und einsehbar. Der andere ist anders. Schön, schade. Wo dieser Riß ist, flammt Herzlichkeit auf, ist Leuchten, Attraktion und Werben umeinander.

es wird nie ideale Beschlüsse geben
aber in diesem schwierigen Umfeld
kommen wir spät
aber nicht zu spät

guten Abend Herr Wickert

Gerhard Schröder, SPD
künftiger Bundeskanzler

vielen Dank Herr Schröder

bitteschön

im Gehirn entsteht
eine sogenannte Gedächtnisspur

DIE GESAMMELTEN SCHRIFTEN VON VERMEER

VI
2.2

Dienstag, 13.10.98, Berlin.

1013. Nacht mit viel wach.

1058. Repräsentation des Überspannten, der Hysterie, des Wahns und extremer Zustände: eine Seite der Kunst, klar. Auch wenn man manchmal denkt, DIE Kunst, die Kunst an sich, das Äußerste, ihre Wahrheit und das Absolute, gefährdet. Aber in Wirklichkeit, vom Ganzen der Kunst her gesehen, ist das Extreme genau EINE Facette, ein Aspekt. Denn die Kunst sieht ihre Gesellschafts- und Welt-Reflexions-Aufgabe in einer viel weiter gefaßten, größeren, allen Horizonten offenen Perspektive. Da ist das Konforme und Gängige, was etwa Walser vertritt, und wofür er jetzt ganz verständlicherweise diesen Buchhändler-Preis bekommt, eben genau auch eine Seite des Ganzen, auch der Kunst. Weil man doch zunächst denkt: was hat Walser überhaupt mit Kunst zu tun, mit Text? Genau das: er macht das der Gesellschaft radikal Fremde der Kunst gesellschaftlich so zugänglich, daß es entfremdet benutzbar wird. Zugespitzt gesagt könnte man auch sagen: die Literatur von Walser ist Pop. Pop für Leute, die nicht nur vor echter Kunst, sondern auch vor echtem Pop Angst hätten. Vielleicht sowas wie DJ Bobo.

1149. Eine andere RUHE ins Spiel bringen.

1242. Joachim Unseld hat seiner angeblich so scheuen Verlegertochter-Dichterin Zoë Jenny gesagt: das wäre wie Rockband, sie muß Promo, Interview, Lesung und Scheiß machen. Stimmt aber nicht. Muß man nicht. Kann man machen, wenn man will. Man kann es aber auch sein lassen, mit sehr guten Gründen. Es ist eben genau NICHT wie Rock, Literatur ist die einzige Art von Kunst, deren innerster Kern – mein Mantra seit Praxis – Stille, Alleinsein, Asozialität ist. Wenn das mal klar ist, kann man im Feld des Sozialen und der Medien trotzdem alles machen. Aber halt bitte bloß nicht eine so wahnsinnig schlecht fotographierte Faz-Magazin-Titelgeschichte, wie die von Zoë Jenny jetzt. An den Beton gedrängt, vom Heizöllaster, auf der engen Straße, mit fliegenden Haarfetzchen: die Dichterin im beigen Trenchcoatmantel. Aua. Ist das finster.

1338. Am Seite-2-Text. An AUTHENTOIDEN, für Albert. Wie Immendorff gestern rumgestammelt und daher schwadroniert hat, dazu die Assoziationen von Kluge, seine Einwürfe dauernd, seine ewigen Opern, der extra schlechte Optik-Quatsch. Dann wurden Teile aus Gemälden gezeigt und Operngeschrei zur Gefühlsauspeitschung dazu gesendet. Kluge-TV ist für mich schlimmer als Arabella, das definitiv ekligste Fernsehen, das ich kenne.

1347. Die Sendung vom Literaturfonds ist da. Noch auf der Treppe reiße ich sie auf, ich verstehe nicht sofort, das muß ein schlechtes Zeichen sein. Ja, aha, also nein, oder? Ja, genau: kein Geld. Antrag abgelehnt. Muß ich Ihnen leider mitteilen, daß Ihr Antrag auf Förderung, über den eingehend beraten worden ist, nicht die nötige mehrheitliche Zustimmung der Gremiumsmitglieder des Deutschen Literaturfonds gefunden hat. Verstehe. Ist ja schade. Und zugleich, sofort, wie immer bei solchen schlechten Nachrichten, ein Art Gefühlsreflex von komischer Erleichterung. Daß einem nicht ZU VIEL Glück zuteil wird. Das könnte gefährlich sein, aus allgemein menschlich gültigen Gerechtigkeitsgründen. Und gegen das Unglück, das ich für dauernd selbstverständlich möglich halte, ist eine Nachricht wie diese irgendwie relativ gut ins Ganze einzubauen, verstehend.

1359. Dafür sind Alberts Umschläge gekommen. Die ich sofort in Bücher wickle, um zu kucken, wie das ausschaut.

1407. Angenehm finde ich auch, daß ich es erst heute erfahre, die Ablehnung. Die Sitzung war am 6. Wann war denn das? Das war der Dienstag, letzte Woche, am Tag vor der Fahrt nach Frankfurt. Beim Autoren-Abend am Freitag erzählte ich Frau Borchers und Hans-Ulrich noch, wie gespannt ich bin, ob ich jetzt gefördert werde oder nicht. Da war die Entscheidung längst gefallen. Die Verspätung, mit der die Nachricht einen erreicht, ist die wirklich gnädige Seite der Geschichte, der Nachricht. Das einzige, was man sofort erfährt, wenn es passiert, ist: der eigene Tod. (Unsinn)

1414. In Kreuzberg kennt mich keiner! Daran freut sich Frank Castorf, in der Vogue. Castorf ist ja eh schon jenseits. Aber auch Ostermeier geht in der Vogue mit Frau Thalbach zum Essen. Es ist so klar, wie das zustande kommt. Man will einfach nur nicht so ÜBERTRIEBEN zickig sein, dauernd, wenn die netten Redakteurinnen und freien Mitarbeiterinnen so nett bei einem anfragen. Und irgendwie ist einem die Vogue dann auch nicht wirklich SO wahnsinnig wichtig. Ist aber falsch. Man verliert jedesmal so bißchen seine Seele.

1441. Besprechung mit Oliver. Verschieben der Seiten. Ein Foto von Pata und Kerstin mußte jetzt leider raus fallen.

1539. Suche in allen Haufen und Packen aus Wien und Frankfurt die Ausdrucke aller Celebration Umschläge. Nicht zu finden, Wahnsinn. Bei der Suche entsteht nebenher bißchen Ordnung. Wahrscheinlich ist das, nicht das Finden, die Funktion der Recherche. Irgendwann einmal lese ich die beiden letzten Bände. Die sollen doch so toll sein, heißt es immer wieder.

1616. Für Thorsten Ahrend schreibe ich die Ergebnisse unserer Werbebesprechung in Frankfurt zusammen und faxe ihm das.

St. Pauli Nachrichten

1714. Beim Auftauchen: die Luft wird schon knapp. Unter Wasser, in dem Bassin.

1730. Ein Kilo Wortgift, muß man sagen.

Zimtsterne
Mandel Spekulatius
Domino-Steine

2205. Mit Panikgedanken zum Cover stehe ich unten im Dunklen an der Tonne und wühle im Müll, wie der letzte Penner, wühle mich durch vorhin weggeschmissene Papiere.

VERONAS GRÜNDE

VI
2.3

Mittwoch, 14.10.98, Berlin.

1128. Schwarzer Anruf.

1151. Neues vom Computer, das tägliche Brot:
Die Leitung ist besetzt.
Wiederholen Sie den Vorgang später.
Wahlvorgang läuft.
Benutzername und Kennwort werden überprüft.

Die Verbindung zum angewählten Computer wurde getrennt.
Doppelklicken Sie auf die Verbindung, um den Vorgang zu wiederholen.
OK.

1153. Das war auch speziell geil in Frankfurt: mit Herbert Genzmer über Computerprobleme abzuraven. Man sitzt ja immer wieder neu wirklich nur SCHWEISSGEBADET vor der Maschine. Allein. Hilflos, ratlos, verzweifelt. Und dabei mit dem aus vielen Erfahrungen bekannten Wissen: es liegt zu 90 Prozent an einem selber, irgendeine Kleinigkeit macht man falsch. Was? Was denn? Was denn nur? Panik, Suche, Versuche. Versuch, sich zu beruhigen. Alles einfach nochmal probieren, in aller Ruhe. Das muß doch hinzukriegen sein. Usw usw usw. Irr und richtig gestört wird es dann, wenn die anderen 10 Prozent eintreten. Wenn es wirklich an der Maschine selber, an den Programmen, an irgendwelchen geheimnisvoll unergründlichen Diskompatibilitäten liegt.

Z.B. Snafu. Der nette kleine Provider aus Berlin. Ich gehe ja die ganze Zeit über München ins Netzl, jeden Tag. Ganz schön teuer, auf die Dauer. Und hatte nie die Zeit und Ruhe, was anderes an den Start zu bringen. Endlich ging ich dann zu Aol. Das war schon schwierig, weil mein Laptop kein CD-Rom-Laufwerk hat. Da wird man angeredet, als wäre man geistig SCHWERST behindert, klar. Ich ging mit dem Computer in einen Computerladen, da spielten sie mir von einem externen Laufwerk, das sie extra dafür bei mir installierten, die Aol-Software drauf. Vielen Dank. Was bin ich schuldig? Ist okay. Kann ich vielleicht für die Kaffeekasse? Ja, gerne, hier. Daheim: jetzt wird alles ganz toll. Im Prinzip schon, nur leider der Zugang funktioniert nicht. Anruf bei Aol, sie schicken die Software nochmal, mit der Post, auf Diskette, das gibts doch, dauert nur länger. Paar Tage später: das Alte löschen, die neue Software neu installieren. Hin und her, schließlich gehts. Jetzt kommt das richtig Irre: Aol hat ein komisches Verhältnis zum Internet. Ich kann von Aol aus meine Seite nicht beschicken, keine Ahnung wieso. Der Hotline-Mensch erklärt mir auch irgendwas dazu, in Fachchinesisch. Aber wie ich das dem Herrn Brock referiere, kommt ihm das wie eine megablöde Ausrede vor. Ist ja auch völlig egal, mich interessiert gar nicht, wieso. Ich will einfach nur, daß es geht. Es geht aber nicht. Gut.

Dann muß ich halt zu einem anderen Anbieter, wie das so schön heißt. Der Snafu-Chef-Schreibtisch mit Chef war kürzlich in der BZ, Detlef ist da, Chance 2000, das ist wohl die taz unter den Providern, gehe ich zu Snafu. Obwohl es mich wegen dem Namen Überwindung kostet. Anruf: ich will bei Ihnen Kunde werden. Der Snafu-Anmeldeschein kommt, ich unterschreibe alles, schicke ihn los. Paar Tage später ist die Software da, natürlich auf CD-Rom. Anruf dort: ob sie mir das vielleicht auch auf Diskette schicken könnten? Ob ich noch ganz dicht bin? Das wären ja solchen Mengen, an Daten, das wären ja inzwischen 7 Disketten usw usw. Tschuldigung.

1220. Telefon mit Frau Knapitsch. Termin, Termin.

1221. Also die Snafu-Geschichte, ganz schnell, ganz kurz noch fertig erzählt: in der Woche nach der Wahl, wo ich sowieso komplett wirr war, habe ich jeden Tag jeweils mehr als eine Stunde, einmal eineinhalb Stunden, mit der Snafu-Hotline telefoniert, um meinen Snafu-Anschluß zum Laufen zu bringen. Immer wieder einem anderen Typen von der Hotline alles erklärt, immer wieder wurde auf Anweisung was anderes in den Innereien meines Computer geändert, immer wieder ging es einfach NICHT. Punkt, aus. Wobei: ganz manchmal ging es eben doch, vier mal NICHT, einmal schon. Wie kann man sich das erklären? Das wäre schon verständlich, sie hätten auf den unterschiedlichen sogenannten Racks natürlich unterschiedliche Software liegen und oder spielen. Natürlich, ist ja interessant. Und jetzt? Was soll ich denn jetzt tun? Ganz einfach: ich soll mir neue Treiber runterladen, bei Amaris, so der Namen meines Modemherstellers. Das Modem ist eineinhalb Jahre alt. Aber irgendwie versteht die Snafu-Software meine Modem-Software nicht, so eine neue Idee von einem der Kollegen bei der Snafu-Hotline, nach vier Tagen. Ich erkläre ihm, daß mein Modem sich mit dem Leibniz-Rechenzentrum in München prima versteht. Daß es vielleicht nicht an meinem Modem liegt. Sondern an IHNEN. Ja, nein, gut. Kann man so auch nicht sagen, meint er natürlich. Okay, ganz egal, wie gehts weiter? Ich kriege eine Mail vom Snafu-Mensch, wegen den Treibern. Amaris hat eine amerikanische Bruderfirma. Auf deren Seite studiere ich die kommentarlosen Angaben zur Treibersoftware. Dauert etwa eine halbe Stunde, ich verstehe es einfach nicht, dann lade ich das runter, was mir am wahrscheinlichsten vorkommt. Und jetzt? Was muß ich denn mit den Treibern jetzt machen? Das steht nirgends, das sagt einem keiner. Doch, die Snafu-Hotline sagt es mir. Und man muß dazu sagen: sie sind wirklich absolut freundlich, geduldig, fatalistisch abgefunden mit dem ganzen Irrsinn, ergeben ins Unabänderliche der letzhinnigen Unergründlichkeit der meisten Probleme. Zwischendurch muß ich dem Snafu-Helfer immer wieder sagen: bitte bißchen langsamer, ich verstehe Sie nicht. Ich bin KEIN Automechaniker, ich habe KEINE AHNUNG von alledem. So wird man nämlich dauernd behandelt. Als wäre man automatisch mit letzten Feinheiten der Vergasereinstellung vertraut, nur weil man sagt: ich will dieses Auto benutzen zum Fahren. Okay. Schließlich sind also die neuen sogenannten Treiber am angeblich richtigen Ort. Und jetzt? Jetzt habe ich aufgegeben, jetzt geht es bißchen besser. Jetzt geht es manchmal, und manchmal halt nicht. Ergebnis von genau einer Woche jeden Tag daran rum machen und tun und schrauben und drehen. Und Energie aufwenden für Dinge, die einfach so von selber laufen sollten, fertig. Ist aber nicht so, definitiv NICHT. Das also meinen wir, wenn wir heute sprechen von der STEINZEIT DER ELEKTRONISCHEN WELT. Und dafür zahle ich an Snafu 40 Mark Einrichtungspauschale, wie sie das nennen, und 25 Mark pro Monat, plus irgendwas, plus irgendwas. Danke Snafu.

1446. Die Beule am Kopf vom Frankfurter Straßenschild tut immer noch weh.

1551. Draußen. Pop ist alles, wo es erstmal keine Fragen gibt. Alles klar. Moment mal, wie bitte? Wie war das jetzt eben? Ja, dingens, bla.

Kokosmakronen
Marzipan
Jupiter von Bahlsen

1613. Kopien gemacht, wieder daheim. Dann traf ich ja Pauli, in der S-Bahn, in Wiesbaden.

1634. Anruf bei Frau Knapitsch, dann bei Oliver. Neues zum Umschlag.

1706. Cora ruft an. Eine Kathi Drescher, die sie ganz gut kennt, würde irgendeine Kulturveranstaltung machen, irgendwo in Mitte, es gäbe einen Raum mit dem Titel »Gefühlswelten«. Ob ich da aus dem Westbam-Büchlein, das sie mag, was lesen würde. Benjamin von Stuckrad-Barre würde auch lesen. Ich sofort: da soll doch Max selber lesen, das ist viel lustiger. A, ja, stimmt, sie gibt ihn mir mal. Und kündigt an: du Rainald, ich mach dir Musik, solange ich weggehe. Au ja. Dann: und wie findste die Musik? War okay. Max telefoniert gerade, ruft mich dann an. Alles klar, bis dann.

1744. Andä itä goesä somäthingä likä THIS. Mit Computer, Schere und Prittstift weiter am Umschlag.

1751. Jetzt muß ich mich eben mit Dekonspiratione bewerben, denke ich den ganzen Tag, beim Literaturfonds, zum nächstmöglichen Termin. Damals, wann war denn das?, im Mai, ging es schon darum: man müßte 20 Seiten Text anliefern. Kein Problem, aus Abfall, aus Praxis, aus Sex und Gnade, aus Rave. Ich scheiß dich zu mit meinen Seiten Text. Dann kam die Nachfrage, worum gehts hier eingentlich? Na ja, ums Ganze halt, um Heute Morgen. Ich erklärte dann, es geht nicht um ein einzelnes Buch, es geht um eine Mixtur verschiedener Textformen, um mehrere verschiedenartige Bücher, um deren Kombination unter dem einen Hauptnenner Gegenwart. Gehts vielleicht noch bißchen diffuser? Ich weiß. Erkläre Referenzen, Fichte, Brinkmann, es kommt aber, merke ich, wie ich es erkläre, nicht so gut an. Soll ichs nochmal aufschreiben? Nee, nee, das reicht schon so. Sie referiert das den anderen. Aha, na gut. Damals dachte ich, daß ich mit Dekonspiratione jetzt ja eh schon fertig bin, hatte andererseits nicht 20 fertige Seiten davon. Jetzt ist alles genau umgekehrt, ich bin nicht fertig damit, habe statt dessen etwa 60 fertige Seiten und zirka 300 Skizzenseiten. Das muß doch wohl reichen, zefix. Die Vorstellung kickt mich jedenfalls, daß ich das bisherige Material zu Dekonspiratione unter dem Aspekt der Tauglichkeit für die Bewerbung beim Literaturfonds jetzt scannen muß.

1827. Noch mal raus, zum Kopierer.

1852. Im neu renovierten Reichelt: HELL, weit, geil. Fast amerikanisch. Herrlich. In der Ferne, hinter den Regalen, durch die Türe, von der anderen Seite der Straße her, sieht man große weiße Buchstaben leuchten:

BESTATTUNGEN

1901. Licht macht gute Laune. Im Grab ist es dann wahrscheinlich noch dunkel genug.

1926. Wie immer kaum umzubringen, vor Optimismus. Wien. 24.10. Todestag. 15.10. Todestag. 70. Geburtstag 95. Krankenhaus.

Liebesbrief in Todesstreifen
det ist natürlich ne Geschichte

lutz von pufendorf
kulturstaatssekretär berlin

für viele ein Irrsinn
der ins Leere führt

ein Novum in der Geschichte des Vatikan

es wurde dann doch irgendwie
als sehr real empfunden

letzte Bilder

2035. Das Fiktive meiner Perspektive: ich behandle alle Figuren, die egal wo im weiten Rund des medialen Theatrums auftreten, wie echte Menschen, völlig unvermittelt. Das ist natürlich Irrsinn, Unsinn, oder zumindest eine groteske Übertreibung. Es ist andererseits eben eine Hypothese, die ich teste, es ist ein Ultrarealismus des Medialen.

und außerdem
erwartet uns Schönheit

und ewige Jugend für alle

15.10.1926
MICHEL FOUCAULT
26.6.1984

VI
2.4

Donnerstag, 15.10.1998, Berlin.

849. Morgensonne fällt ins Führerhauptquartier. Beziehungsweise auf die bunten, kupfersanft und grünspangrün leuchtenden Kastanien vor den Fenstern. Ist das ein Licht. Golden, man kann es nicht anders sagen, es ist der goldene Oktober.

932. Geld ohne Ehre: das ist das Schöne am Literaturfonds. Keine Verleihung, keine Reden, kein Scheiß. Einfach die Überweisung, vielen Dank. Schön wärs.

1010. Beim Kritikerempfang: ein Fremder schleicht sich an, er will was von einem, sagt es aber nicht. Er quatscht irgendwie kriecherisch und schleimerisch rum, stellt sich aber nicht vor, er tut so, als würde man sich längst kennen. Lüge. Anstatt zu sagen: hallo, ich schreibe für das Sowieso-Blatt, kann ich dich bißchen aushorchen? Da würde man sagen: klar, was willste denn wissen? So denkt man nur: was ist denn das für ein unangenehmer Typ? Und: geh weg, du Zecke. Mit dir rede ich nicht.

1149. Telefon mit Hans-Ulrich. Wir brauchen jetzt wohl doch den Film. Wenn ich nur wüßte, wo der ist.

1207. Anruf bei der Lufthansa. Ein Wochenendticket nach München kostet 430 Mark. Wenn man eine Woche vorher bucht: 200.

präzise dramatisch
in Licht und Schatten

1235. Gestern sah man in der Kulturzeit Julius Shulman kurz vor seinen kalifornischen Architektur-Fotos, in den neuen Räumen der Hetzler Galerie, wie er da leicht gebeugt an den Bildern entlang ging und auf die Fotos zeigte. Taschen wird ein Buch davon machen, ein kleines Ankündigungsheftchen gibt es schon. Die Bilder sind einfach unglaublich. – Kluge hat neulich behauptet, man würde sich speziell für die 10 Jahre VOR der eigenen Geburt interessieren, wegen den Eltern. Kommt mir extrem ausgedacht vor, klassisch klugemäßig überreizt. Ich stelle mir eher vor, daß man sich für die ersten 10 Jahre NACH der eigenen Geburt lebenslänglich ganz besonders interessieren würde. Für die Zeit des ersten Augenaufschlags, für die Bilder, die man sah, ohne zu wissen, was los ist, worum es geht, ohne zu verstehen. In der Art fühle ich mich von den Shulman Fotos aus den 50er und 60er Jahren berührt. Eine Welt, die ich kenne, ohne zu wissen, woher.

1309. Ich muß die Suche in München so stoisch angehen wie eine elektronische Suchmaschine, so unhektisch wie möglich, wie ein Fremder, ein innerlich völlig unbeteiligter Beauftragter. Und genau so muß ich hier jetzt Ordnung machen.

1408. »Unser« Nobelpreisträger, eh klar. Das Fräulein vom Fernsehen ist da, bringt Blümchen und Sekt. Gratuliert, den ELTERN. Die sind wenigstens in Deutschland, da kommt man schneller hin, und Bilder gibt es auch, ist doch egal welche. Die Leute mit der Kamera, mit ihren Satz: wir sind vom ZDF, von RTL, von Spiegel TV, gehören ja sozusagen zur weiteren Familie, sie sind quasi eh jeden Tag zu Gast, in allen Wohnungen. Wenn sie dann in echt kommen, wird das offenbar gar nicht als groteske Unverschämtheit empfunden, sondern als nette Geste.

1440. Mit den neuen Zeitungen wieder daheim. Unterwegs, zurück von der Aral-Tankstelle, las ich Maxim Billers neue Kolumne. Mit Benjamin und Regina, auf dem Kiepenheuerschen Sofa, im Frankfurter Römer, redeten wir sicher 20 Minuten über die Kolumne, und über Kolumnen überhaupt. Jeder denkt was dazu, jeder hat eine Idee, eine Vorstellung, wie es sein könnte, was man erwartet, was nervt usw. Die Kolumnen im Zeit-Magazin jedenfalls machen zur Zeit nicht unbedingt den Eindruck, daß die Kolumnenschreiber SELBER einen besonderen Spaß an der Sache haben. Maxim würde wahrscheinlich sagen: hier geht es nicht um Spaß, das ist ein Job, der meine Miete zahlt. Okay okay. Eine neue Erzählung von Maxim wird angekündigt, mit einem sogenannten »Nachwort von Gustav Seibt«. Vor paar Wochen hat Maxim in einer kleinen Anklageschrift gegen die wahrscheinlich DEUTSCHE Literaturkritik als einzige Ausnahme und Lichtgestalt ausgerechnet Gustav Seibt dargestellt, seinen neuen Nachwortschreiber. Auf mich wirkt sowas leicht skurril. Die Titelgeschichte des Zeit-Magazins: »Traumbilder« von Julius Shulman, dazu ein Interview mit ihm. Er ist 88, ein neuer später Ruhm erreicht ihn eben, in der ganzen Welt interessiere man sich für seine Fotographie. Und er freut sich so daran.

1455. Heinrich Detering schreibt in der Faz über Max Goldt, als hätte er irgendein Recht zu irgendwas, nur weil er Fan ist, oder mal war. Dabei ist es doch genau umgekehrt: als Fan und Ex-Fan, – was eh fast dasselbe ist, weil der Fan sich ja dauernd fragt, ob er noch Fan ist, oder schon nicht mehr, ob das Idol der eigenen Fan-Bewunderung noch würdig ist oder ganz im Gegenteil – ist man urteilstechnisch so behindert, daß man eigentlich genau gar kein Rederecht hat. Auch aus Höflichkeit den eigenen früheren Gedanken und Empfindungen gegenüber, aus Respekt vor dem Fremden, der mal so begeistert war und jetzt vielleicht enttäuscht ist. Unsympathen machen aus so was blöde Geschichten nach dem Muster: damals war es so, jetzt ist es anders.

1640. Am Seite-2-Text.

1643. Telefon mit Frau Knapitsch. Ablauf, Termine, Papier. Langsam wirds richtig hektisch. Man macht sich gegenseitig Mut. Wir kämpfen uns da durch, sagt sie. Genau.

1716. Anruf von Oliver. Ich bin echt sowas von durch den Wind. Und in meinem Rücken kreischt der Vogel sein Kreischgeschrei dazu: krei kreisch, krei kreisch.

2144. Großes Messieprogramm in der Küche. Schmach mit Sinn. Es geht ja nur darum, den Ausgangszustand wiederherzustellen, entgegen dem Anwurf der Zeit: die Leere. Aber eine, durch die möglichst viel hinduch gegangen ist, eine dem vielen abgetrotzte, eine so eroberte, neue Leere.

GLAUBE UND VERNUNFT

VI

2.5

Freitag, 16.10.98, Berlin.

600. Der Wecker. Jetzt schon? Bißchen übertrieben, finde ich. Aber es hilft nichts.

836. Einfach packen, ohne nachzudenken.

945. Ein Fax von Hans-Ulrich. Dann ist es also so beschlossen, daß ich fahre.

1119. Müll, meint der Kollege in Orange, Vollbart, gut gelaunt: einfach oben rinne. Wie ich mit meinen vier Plastiktüten Abfall, ja, wirklich, beim großen fahrbaren Müllwagen ankomme. Die Tonne wird gerade da hinein geleert. Und im Briefkasten sind die Papierproben von Frau Knapitsch schon da.

1212. Los gehts.
1236. Zoo.
1240. Die ganze Schalterhalle ist voll. Ich nehme die linkeste Schlange.
1246. Ein eiliger Typ will vor, sein Zug geht um 12 Uhr 52. Meiner auch, Schatz.
1248. Einmal mit der Bahncard zwei nach München, jetzt, mit dem Zug um 12 Uhr 52. Der Schaltermensch kennt aber keinen Zug um 12 Uhr 52, nach München. Einer ging um 12 Uhr 39, der nächste um 13 Uhr 39. Stand halt so in meinem Plan, 12 Uhr 52, völlig egal. Er: Ich druck Ihnen die Verbindung eben aus, dann haben Sie es vorliegen. Vielen Dank. Wahrscheinlich liegts an der neuen schnellen Strecke nach Hannover. Aber ich fahr doch gar nicht über Hannover, oder wie? Wie auch immer. Kostet 132 Mark. Bitte, danke, herrlich.
1252. Oben am Bahnsteig 4. Voll geschafft, komplett durchgeschwitzt wieder mal. Ich ziehe alles aus, um zu trocknen. Das geht gar nicht. Zu naß, zu kalt. Ich fotographiere die Häuser gegenüber, die man immer sieht, wenn man hier wartet.

UNTER
DER REGIERUNG
WILHELMS II.
DEUTSCHEN KAISERS
KÖNIGS VON PREUSSEN
ERB. V. D. KAMERADSCHAFTL. VEREINIGUNG
D. OFFIZ. D. LANDWEHR INSP. BERLIN MCMIX

1325. Natürlich finde ich es lustig, daß sich genau neun Jahre nach 1989 wieder so ein JAHR vor mich hinwirft – mehr oder weniger fast wie von selber, in so einer komischen Totalheit.

1341. Wird voraussichtlich fünf bis zehn Minuten später abfahren.
1348. Endlich im Zug. ICE 799 Luis Spohr. Berlin, Frankfurt, München. Wer ist eigentlich Luis Spohr? Ein Komponist, meldet der Reiseplan.
1402. Berlin Spandau. Der neue Bahnhof, die Schilder in dunkelblau, vorallem die neue Schrift: es schaut alles so wahnsinnig schön aus. Es ist wirklich ein Gegenentwurf zur früheren öffentlichen Optik von Post und Bahn, in lila, rosa, türkis. Es ist die neue Zeit. Oder sagte ich das hier schon mal?
1410. Abgeteilter Wirtschaftsraum mit Waschmaschinenanschluß: meldet die Berliner Zeitung über die neuen Wohnungen am Potsdamer Platz. Abge-

teilte Wirtschaftsräume hätte ich auch gerne, vorallem im Plural bitte, in meinen Wohnungen.
1444. Der Motor der Handlung: alles muß besser werden. Genau.
1517. Per Anrede den anderen durchwatschen: Gross im Brief an Kohl.

1600. Göttingen. Am Bahnsteig 10.
1603. Ist voraussichtlich fünf Minuten verspätet.
1607. Dieser Zug trifft aufgrund einer Weichenstörung erst in etwa fünf bis sieben Minuten ein. Wir bitten um etwas Geduld.
1616. Im ICE 881 Albrecht Dürer.

21.5.1471
Albrecht Dürer
6.4.1528

1620. Also im Raucherabteil gelandet.
1630. Kassel-Wilhelmshöhe.
1719. Durch den herbstlich diesigen Abend dahin, in der Dämmerung.
1734. Würzburg.

1741. Stimmt, das Omen. Heute ist der letzte Omen-Freitag. Nach hunderten von Schließungen macht das Omen jetzt angeblich wirklich zu. Hat Pauli mir neulich in der S-Bahn von Wiesbaden nach Frankfurt erzählt. Sogar aus Mexiko kommen sie angereist, um das zu feiern. Die ganze Woche werden die Abschluß-Feierlichkeiten gehen. Das Omen: dieser Mega-Prägnanz-Ort der 90er Jahre. Was von da aus ausgegangen ist, wieviele Menschen da Momente des Äußersten erlebt haben. Wahnsinn, Wahnsinn. Das extreme Feiern hat dort wie so eine Vision angefangen, mit dem Hell und dem Steve für mich, und für mich dann auch genau dort aufgehört, oder zumindest einen entscheidenden Break gekriegt. Irgendwann um Weihnachten 94, wir standen alle im DJ-Areal, und ich kriegte richtig aggressiv schlechte Laune. Ich hatte nämlich beim Reingehen meine drei Pillen, die ich im Gehen kurz in der Hose verstecken wollte, offenbar verloren. Die waren echt weg. Fuck. Ich ging raus, suchte beim Auto am Boden rum, immer vor Augen: erniedrigender gehts ja wohl nicht, als am Boden nach Drogen suchen. Fand auch nichts und ging wieder rein. Ich wollte jetzt was nehmen, hätte was gehabt, hatte aber nichts, und war davon EXTREM genervt. Irgendwann kam wer: willste ne halbe Pille? Die nahm ich dann, spürte gar nichts. Und danach dachte ich: das wars. Ich muß mal richtig amtlich Pause machen. So gehts doch nicht weiter. Vorallem den Moment der schlechten Laune fand ich signifikant. Keine Drogen, schlechte Laune. So was nennt man Sucht. Da hatte ich eigentlich keinen Bock drauf. Ich bin Ecstasy-süchtig. Echt? Ja. Anstrengender als für einen selber, ist der Wechsel für die Umgebung. Man will die Leute ja mit dem eigenen Problem nicht nerven, gar mit einem Programm, mit einer Entscheidung usw. Und man wird natürlich wirklich dauernd, das ist auch das extrem Angenehme, das Zeichen, daß man sich in der richtigen Umgebung bewegt, gefragt, ob man was nehmen will, was hat, wie es weitergeht, wie man drauf ist, oder, in den Momenten der schönsten Auflösung wird es einem direkt so in den Mund geklinkt oder geküßt, ohne Worte, wie so oft gesagt, – und da jetzt eine Bremse reinzuhauen, turnt alle extrem ab, wirkt richtig asozial. Wenn man ganz normal exzessiv Drogen nimmt, und sich da so bewegt, wo das passiert, und plötzlich hört man damit auf: das ist richtig Streß, und zwar nicht für einen selber, für die anderen, für die Situation, es ist einfach ASOZIAL. Es ist fast so, daß man eigentlich daheim bleiben müßte, fast. Man will ja trotzdem ausgehen, wegen der Musik, wegen den Leuten, und langsam pendelt sich das auch wieder ein, anders eben, man wird zu einem Externen. Man ist zwar dabei, aber richtig einbezogen eben nicht. Dazu gehört das dauernde gemeinsame Nehmen. Halleluja.

1803. Jetzt glühend erleuchtet: grün, blau, orange, ziegel- und erdrot, blaßblau und weiß – von der seitlich von rechts hinten kommenden Sonne – weiß eine flache Fabrik, silbrig glänzende Kessel, Schlote, und weiß auch der feste Rauch von da, der da an der Spitze hängt, ganz statisch – wieder grün, braun, grün – Bäumchen, Hubschrauberchen, ganz klein, allein, ruhig in der Ferne schwebend ... – ekstatischer Moment der Reise.

1808. Daß die rigorose Wahrheit und die Kompliziertheiten der menschlichen Natur immer gegeneinander abgewogen werden müssen, sagt die Faz, mit William James.

1821. Fürth, nur ein Schild.
1824. Nürnberg, eine Ansage und ein Halt.
1834. Verehrte Fahrgäste, bitte beachten Sie folgenden Hinweis: wegen Zugfolge verzögert sich unsere Weiterfahrt um voraussichtlich fünf Minuten. Wir bedauern das und bitten das zu entschuldigen.
1835. Da geht es aber doch schon wieder weiter. Nun allerdings in die andere Richtung.

HOTEL MERKUR
SPD

1836. Sagen die Häuser.
1844. Und die Landschaft jetzt, die Welt, beim Blick nach draußen: ist neongrün, kaltblau, blauschwarz und türkis, leuchttürkis. Das ist der Himmel, am unteren Rand.
1900. Gemietete Schläger sind oft alt und steif. So der Golfmensch.
1937. Augsburg.
1954. GENERATION YES.

2001. Pasing.
2009. München, ja. In München.

2026. Daheim.

2101. Von den Wänden runter gefallene Uhren liegen – es ist natürlich nur eine – mit dem Gesicht am Boden. Und wie ich sie umdrehe: du lebst hier nicht mehr. Ich weiß.

2128. Einmal alles durchgestaubsaugert, wie beim letzten Mal. Und diese groteske Geste der Verzweiflung nehme ich gerne auf in den Reigen der Irrsinnsveranstaltungen, des wahnhaften Tuns, das mich orientiert im Leben.

2134. Leute, die mich länger nicht gesehen haben, schauen ganz entsetzt, zuletzt zum Beispiel Andrian. Länger: zwei, drei Jahre. Das kam mir eben, wie ich in den Spiegel schaue, im hellen Licht der Auenstraße.

2145. Sie können den Computer jetzt ausschalten. Sagt der Bildschirm zur Begrüßung, wie ich den Computer anstelle. Wie in Frankfurt: ich baue mein flying Büro hier auf, und eine instantmäßig Ruhe entsteht.

2222. Dann Essen und Fernsehen.

ich habe gerade
den Befehl unterzeichnet

am Ende gab es Buhrufe
und demütigend zurückhaltenden Applaus

GROSSER ZAPFENSTREICH

VI
2.6

Samstag, 17.10.98, München.

852. Ist doch herrlich. Völlig aus der Zeit gefallen aufgewacht. Blick auf die Uhr: ah, ja, verstehe.

928. In der Badewanne: Zeit, Preise, Wohnung. Das alte Muster, das durch die Augen im Hirn entsteht. Zu viel Geschichte im Kopf. Wie die Gesellschaft

unsereinen aushält, die Effekte, wenn man das plötzlich erkennt. Zeit: viel.

1048. Im Keller wird wieder Holz gehackt. Früher dachte ich immer, da werden Kleinkinder erschlagen und zersägt.

1233. Die Leitung ist besetzt. Wiederholen Sie den Vorgang später. Später gehts: und ich komme an meine Mails mal wieder dran.

1315. Ein sonniger Herbsttag.

1337. Am Balkon zum Innenhof, in der Sonne, mit einem Apfel. Immer wieder: ich lehne das Leben, das ich im Namen der Arbeit führe, ab, weil es falsch ist. Aber ich finde es richtig, daß ich so lebe, weil es das Beste ist für mich, im Moment.

1402. Beim Rad, das im Keller vor sich hinmodert, hat jemand aus beiden Reifen die Luft rausgelassen. Dann aber die Ventile direkt daneben liegen gelassen. Dankeschön.

1411. Draußen. Der Süden. Darum gehts doch, es ist hier einfach 555 Kilometer südlicher als Berlin. Andere Luft, anderes Licht, andere Milde. Da atme ich auf. Der Südländer.

1419. Es ist so lustig, daß in München ausgerechnet die Goethestraße Little-Kreuzberg, Little-Istanbul und das große Export-Import-Viertel ist. Goethe, von der gesellschaftsoffenen, sozusagen urbanen Seite seiner Lebensgeschichte her gesehen.

BIGGER, BETTER, BOLDER

1439. Die Zeitschrift SCENE. Die europäische Presse, aufgefächert und ausgelegt, in einem Laden wie hier. Unglaublich, die Vielfalt. Auch der ganze übrige Bahnhof, die Halle, wurde ja alles neu renoviert vor kurzem: auch schön. Alles so schön. Und dann gleich: Das ist natürlich die komplett perverse, dekadente, kaputte Perspektive. Als normaler Mensch benutzt man die Welt einfach. Ohne sie anzuschauen. Glück in dem Sinn, im Sinn eines Empfindes von Freude darüber, daß alles so ist, wie es ist, ist insofern eigentlich die letzte Verzweiflung. Die Endstation.

1448. Die Blaumann-Wäsche wird auch mit Stolz rausgehängt. Wir HABEN (noch) Arbeit.

1516. Bruno Jonas: Ich alter Ego. Aua.

1557. Im vorbei Radeln sah ich den Onkel. Er ruft ins Innere des Hauses: Moritz! München glitzert einfach alles platt. Es ist das Lichtband des Asphalts der Auenstraße jetzt, wie ich da hoch fahre, richtung Südwesten.

1604. Wieder daheim.

1616. Zur Härte des einen Fotos, worüber wir eben redeten: es ist die größere Nähe zum Darken, Harten, Kaputten, rein zeitmäßig, übertrieben gesagt: zu den Toten des Krieges. Andererseits muß man sich vielleicht um so mehr gegen die Determinante der Generation wenden, je deutlicher sie einem wird, je älter man wird.

1624. Nicht nachdenken über sich, sich einfach benutzen. Die Sache nehmen, wie sie ist. Sie: das Ich. Irre: Die Arbeitshypothese ist der Optimismus.

1736. Die Ordnung der Fotos geht komischerweise ziemlich genau bis Sommer 90. Beschriftet, numeriert, Kontaktbögen und Filme abgeheftet. Danach ist reiner Wirrwar. Da war igendwie zu viel los.

1640. Im Radio, heute im Stadion.

und ich sage es so gern
sie spielen gut sie spielen gut

aber der Jubel, der jetzt kommt
stammt aus der Bayernecke

Yves Eigenrauch
brachte mit einem Eigentor
den Tabellenführer in Front

1825. Ich HABS. Ich habe das Foto, das Negativ, den Film. Ich habe es gefunden.

1844. Das erstbeste Buch, heute morgen aus dem Regal gezogen: Siebzig Verweht III, Jüngers Notizen von 1982, 83. Es ist gar keine Literatur, stimmt nicht, was ich neulich sagte. Es ist einfach ein Tagebuch, fertig. Und die Probleme, die man damit hat, sind Probleme des Charakters, der Zeit, des Wesens und der Art des Schreibers, des Stils. Also genau die Probleme, die diese Form aufwirft.

deshalb werde ich mich immer leidenschaftlich
für die Beibehaltung der Wehrpflicht einsetzen

ich schaue gerne zurück
auf die vergangenen 16 Jahre

und ich danke allen ganz einfach
die mir dabei geholfen haben

für mich ist dies ein bewegender Augenblick

1917. Anna: ein verrückter Opa hat das Handy abgegeben. Sie telefoniert gerade mit der Polizei. Uli ist in der Reitschule. Uli: es gibt viel zu erzählen.

jetzt wird dem Kanzler
der große Zapfenstreich gemeldet

Herr Bundeskanzler
ich melde
großer Zapfenstreich
zu Ihren Ehren
angetreten

großer Zapfenstreich
stillgestanden
großer
Zapfenstreich

2337. Los gehts.

2346. Ich fahre hier an der Isar entlang, als wäre ich nie weggewesen. Ein komisches Gefühl, ich verstehe das nicht.

2354. Reitschule. Die Renovierung ist fast fertig, schaut so frisch aus alles. Rainald, ruft der Uli von hinten, hör auf zu schreiben, Alter!

002. Die Nacht von Stammheim beginnt.

141. Über den Marienplatz braust der vorgewitterliche Sturm von vorn.

219. In der Mandarine, bei Speed Garage im Club deluxe. DJ Chanel ist der guest of honour. Er hatte zuvor in der Reitschule sehr angenehmen Sound gemacht. Hier auch. Uli: schau halt nicht so streng. Ich: ich brauch das Schild da.

WER DROGEN BEI SICH FÜHRT, SIE KOSUMIERT ODER DAMIT HANDEL TREIBT, ERHÄLT HAUSVERBOT UND WIRD UMGEHEND BEI DER

POLIZEI ZUR ANZEIGE GEBRACHT!

224. Wo isn jetz nochmal die Muffathalle? Da beim Volksbad. Beim Volksbad, genau. Bis gleich.

235. So, Muffiterror. Auch angenehm. In der Ecke steht ein Pärchen und küßt sich ganz heftig. Ich muß nochmal vom Glück des gefundenen Fotos berichten. Und Uli erzählt von Michis neuer Wohnung.

316. Draußen, es regnet jetzt. Wir gehen gerade, da kommen die anderen. Virginia, Lya, hey, halloo. Anna kehrt sofort um und geht wieder rein. Uli kommt noch kurz mit. Und ich fahre durch den Regen nach Hause.

1989
HONECKER
BAADER ENSSLIN RASPE KLEIST
1977

VI
2.7

Sonntag, 18.10.98, München.

Sonntag: Ruhetag.

ruhe
in den Vorkammern
des Todes

gesammelte Erzählungen

daheim

MÜNCHEN
FRANKFURT
WIESBADEN
FRANKFURT
BERLIN

VI
3.1

Montag, 19.10.98, München.

300. Auf.
442. Fertig.
516. Los.
537. Am Gleis 15: bitte einsteigen. Türen schließen selbsttätig. Vorsicht bei der Abfahrt.

924. Frankfurt.
947. Im Verlag.
1057. Besprechung Celebration.

1228. Wiesbaden.
1233. Bei Oliver.
1302. IMPACT.
1456. Umschlag, Layout.

1604. Frankfurt.
1622. Im ICE 794 Wilhelm von Humboldt.

2015. Berlin.
2110. Wieder daheim. Tag der Reise, für Celebration.

MELDESTELLE
WACHE
HAUS DER WIRTSCHAFT

VI
3.2

Dienstag, 20.10.98, Berlin.

909. Neue Meldung: Der Mikrosoft DFÜ-Treiber wurde nicht für die aktuelle Netzwerkkonfiguration konfiguriert. Überprüfen Sie in der Systemsteuerung den Servertyp und die Netzwerkkonfiguration, und wiederholen Sie den Vorgang später. OK. – Stimmt alles nicht. Der Computer lügt. Snafu spinnt.

924. Auch neu, seit München: 0.00user 0.00system 0:00.29 elapsed 0% CP-U (0avgtext + 0avgdata 0maxresident) k 0imputs + 0outputs 0major+0minor pagefault 0swaps location http://www.rainaldgoetz.de/rainaldgoetz/docs/index.html. – Wenn einen die Schrift anspringt, versteht man ja nur: irgendwas ist kaputt, hoffentlich nicht zu schlimm. Aber in den vollen Genuß des Wahnsinns kommt man erst, wenn man es abschreibt, einmal mit der Hand, dann mit der Maschine. Null, null, null. Text, Data, Input, Output. Schlecht, böse, nicht gut, falsch. Bä. Geh weg. STEINZEIT.

1023. Kathi Drescher ruft an, und ich versuche wieder mal kurz zu erklären, warum das mit den Lesungen für mich nichts ist, im Moment. Man muß sein Zeug doch VORTANZEN wollen, körperlich, in Fleisch und Blut, auf einer Bühne. Ich will aber lieber, daß alles, was da zu sehen wäre, IM TEXT selber stattfindet, ganz direkt, im Vermittelten, daß alle Energie und Zeigelust, ÜBERSETZT wird in die Maschinerie der Worte, daß die Live-Infusion und Real-Lebendigkeit da ins Tote rein geht, und dann da stehen würde, schriftlich, fertig. Vorlesen kann ich das Zeug immer noch später, wenn die Schrift in mir vielleicht gestorben ist. Auch, daß der Körper schweigen muß, auf irgendeine Art, daß er, auf ganz andere Art, mitsprechen kann, zum Sprechen kommt, im Text. Die Schmerzen und Sehnsüchte, Erfüllung, Blühen, Lust.

1120. Wie gelähmt saß ich gestern im Zug nach Berlin und studierte die Fahrpläne. Lies keine Oden, oder wie hieß das, die Fahrpläne sind genauer. Ich rechnete an den Stunden rum, wie lange welche Fahrten dauern, und daß die neue Fahrtdauer von Frankfurt nach Berlin mit vier Stunden sich genau richtig anfühlt. München Berlin 6 1/2 Stunden, das sind noch zwei Stunden zu viel, für mein Gefühl. Berlin Hamburg: eh perfekt, 2 1/4 Stunden. Immer schon sensationell gut war Hamburg München, das dauert zur Zeit schlappe 5 Stunden und 40 Minuten, für gut 800 Kilometer. Die Bahn ist eine unglaubliche Veranstaltung. Das einzige Problem ist nur: daß man NICHT ALLEIN ist. Das macht einen tendentiell natürlich wahnsinnig. Die Gerüche und Geräusche. Die nicht abstellbaren Fernen-Sinne werden ununterbrochen gereizt, gequält, alarmiert. Was ist los? Es stinkt. Ich weiß. Es stinkt brutal, nach alten Männersocken, megaeklig. Ich weiß. Und jetzt? Die Türe fiept, der Walkman, das Räuspern, die Stimmen, der Inhalt von Gesprächen. Alles brutal anstrengend. Ich nehme diese Reize manchmal zum Anlaß für eine Art meditativer Übung, wie heißt das bei Descartes, als ultrareale Meditationen, Meditationen in Echtwelt-Stoicism. Manchmal gelingt das auch.

Manchmal drehe ich durch, dann springe ich auf und schreie rum. Das geht auch. Da wird man auch gesund davon, wenn alle einen für komplett verrückt halten. Für weitere Informationen stehen wir Ihnen gerne zur Verfügung.

1149. Die Denunziation des Individual-Verkehrs. Daß gerade die Leute, die weder geistige noch materielle Souverenität über ihr Leben haben, wenigstens dies haben wollen: die Freiheit sich zu BEWEGEN, wie sie wollen, ist doch eigentlich verständlich.

1157. Gefeiert: Elfriede Jelinek. So die Bildunterschrift in der Frankfurter Rundschau. Ich las die verschiedenen Berichte von der Büchner-Preis-Verleihung. Frau Jelinek hat behauptet, Büchner wäre unerreichbar. Stimmt doch gar nicht. Büchner ist herrlich, gerade wenn man jung ist, und extrem erreichbar. Sofort ist er Bruder, ganz nah. Er schickt einen los, wie andere junge, speziell jung kaputte Schreiber auch. Und man selber denkt: ich auch, so ist das Gefühl, so mache ich es auch. Und genau so macht man es dann. Die Maßlosigkeit der frühen Ambitionen ist offen, heiter, oft grotesk überzogen, und doch frei von Selbstüberschätzung. Weil sie so rücksichtslos ist, fast ohne Blick für das Gegebene der Möglichkeiten, fürs Material und die Basis, den eigenen Ausgangspunkt und seine Begrenztheit. Später ist sowas Debilität. Aber sich daran nicht erinnern zu können, als Erwachsener, wie sehr so etwas jetzt vielleicht Falsches damals richtig war, ist genauso falsch.

1240. Ein Fax von Rainer ist da.

1248. Okay, ich habe nachgeschaut, das Zitat bei Frau Jelinek geht bißchen anders: nicht unerreichbar, sondern unvergleichbar, unvergleichlich. »Kaum einer«, sagte sie angeblich, »auch ich nicht, vermag etwas im Vergleich zu diesem Studenten.« Was heißt hier eigentlich: »vermag«? Was ist das für ein Deutsch? Und was sie sagt, widerspricht der Erfahrung beim Büchner-Lesen, noch mehr beim Schreiben. Wenn man Büchner unvergleichlich findet, wenn man findet, man könnte nichts hinkriegen, »im Vergleich zu« Büchner – (Frau Jelinek sagte anstatt Büchner immer »der Student«; und das bringts natürlich auch extrem wenig) – wenn man da keine Resonanz spürt, braucht man selber gar nicht antreten, als Schreiber. Die Wette der Kunst geht, wie gesagt, von vorneherein so: mit allen ersten, vollgas. – Auch mit allem anderen, klar, mit allen letzten und allen Verzagtheiten, aber eben AUCH mit allen Tollsten. Ohne dieses Gefühl gibt es nichts, gar nichts, keine Kunst. – Und im übrigen natürlich auch sonst nichts, kein tolles Leben. Dann legt man sich gleich ins Grab. Wenn man nicht denkt, es wird gelingen, es wird alles so toll wie – wie – ... So legt man doch los.

1515. Am Seite-2-Text.

1522. Plan: ich sollte gehen, da kann ich besser vor mich hindenken, selbstverlorener. Dann habe ich es vergessen und sitze am Rad und denke, wenn ich jetzt gehen würde, könnte ich besser denken.

1548. Auf den Schwingen des Schwarzen: Stirn.

1648. Die Logik der Besserverdienenden zum Reichtum der Ärmeren: sie müssen ja nur sparen, dann haben sie auch mehr Geld, dann sind sie auch reicher und nicht mehr so arm. Sparen bei Wärme, Strom, Mobilität. Die Besserverdienenden sparen da gerne, freiwillig. Armut heißt aber, Sehnsucht nach Freiheit, SELBER entscheiden zu können, wo man sparen will und wo nicht. Das sehen die Besserverdienenden gar nicht. Alle sollen so vernünftig sein wie sie. Ich finde diesen Zwangs-Appell an die Vernunft die größte Frechheit.

1706. Geschehen, Vergehen, Roman, das hat so was Verzweifeltes.

1716. Bei den Spirits. Westbam: Selbstbildnisse. Er hatte mich angerufen, ob ich mir das erste Werk mal anschauen will. Vielleicht sollte die Serie auch heißen: Kaputte Selbstbildnisse in kaputter Zeit, dann bekäme das Ganze noch was Regimekritisches.

1831. Dann sitzen wir beim Essen und Lupo erzählt aus seinem Leben. Ich wollt ja nicht mal 23 werden. Max faßt das Erzählte in kurzen Szenen zusammen, Szenen zum Buch Lupo. Das soll ja nun heißen: Szenen einer Existenz.

2030. Dann im Kino, wieder ohne Haare. Nie mit Haaren, so der Name des neuen – Gedichtbandes.

2049. Dann beginnt der Film: Saving Private Ryan.
2115. Schlacht vorbei.
2230. Ryan gefunden.
2250. Endlich kommen die Deutschen.
2324. It's over. Fuck Spielberg.

2353. Daheim. Da sitzt Hartmut Engler von Pur, Ex-Liebling des Monats, bei Harald Schmidt. Dann kommt die komische Kuh von Samstag Nacht, wie heißt die gleich? Frau Schweins.

am Mittwoch
wird weiter verhandelt

VI
3.3

Mittwoch, 21.10.98, Berlin.

1029. Neues aus der Serie »Neues von Snafu«, heute: Der angewählte Computer reagiert nicht. Wiederholen Sie den Vorgang später. OK. Okay Snafu.

1111. Fünfzehn, sechzehn, siebzehn. Zweiunddreißig, einundvierzig, siebenundvierzig. Dreiundfünfzig, achtundfünfzig, neunundfünfzig. And we are counting them down.

1116. Die Form Vergleich, Urteil, dauerndes Bewerten, Abhassen, Preisen usw. berechtigt sich nicht durch die Richtigkeit der Urteile, ich muß das nochmal sagen, sondern durch die Produktivität, die sie schafft. Es geht nicht darum, daß man recht hat. Es geht um Orientierung in der Welt, um Nichtsouveränität, um Reichtum für alle.

1429. Am Seite-2-Text. Besprechung mit Hans-Ulrich. 1000 Jahre später. Dieses fast reine Dichten: sachliche Maulwürfe schreiben. Mir ist ganz schwindlig, vor lauter angespannter, unter Zeitdruck forcierter Wort-Präzisions-Panik. Normalerweise träumt man sich da mehr so hinein, in die Genauigkeit der Textempfindung, ins Feingehör für Wortwahrnehmung.

1600. Anruf von Alex. Er erzählt von der Frankfurter Nachttanzdemo heute Nacht von 10 bis 3. Unter navigate.org könnte ich ihre Texte ankucken. Er nimmt sein Megaphon wieder mit, und wird da sprechen. Ich bin so erledigt und platt, daß ich kaum normal telefonieren kann.

ERIKA-HESS-EISSTADION

1739. Am Postfuhramt in der Oranienburgerstraße hängen kopierte Zettel: Sie können jetzt Indisch Essen, preiswert und lecker, in Mitte. Harald Schmidt hat neulich das Wort »lecker« kurz durchgekaut, den unangenehmen Beigeschmack erläutert, der bei der Verwendung entsteht, daß man es aber trotzdem verwendet. Für mich ist »lecker« ein Sibylle-Berg-Wort.

1745. In der Berlin Biennale Ausstellung Berlin/Berlin. Bei Jonathan Meese. Ahoi de Angst. Ganz laut läuft Daf, Verschwende deine Jugend, immer wieder, wieder und wieder. Herrlich. Und man kuckt und kuckt und ist nur noch glücklich.

KINSKI
HELMUT BERGER
RAINER WERNER FASSBINDER
CHE GUEVARA
JOE DALLESANDRO
MOSES PELHAM
BILL CLINTON
MOOSHAMMER
CLAUDIA SCHIFFER
CLINT EASTWOOD
STEVE McQUEEN
OSCAR WILDE
PAUL NEWMAN
ORNELLA MUTI
MAX FRISCH
CALIGULA
D.A.F.
CHARLES BRONSON
WAFFEN
ICH
LIEBE
GEHEIM
ALLES
GEVATTERL DEATH
NEIN
JAMES JOYCE
NERO
BRINKMANN
DORIAN GRAY
KARL MAY
EDGAR ALLEN POE
RIMBAUDELAIRE
ZARDOZ
NORDSEE IST MORDSEE
BILLY IDOL
MISHIMATMOS
BARBARELLA
ZEUS
HITCHCOCK
JOHN LENNON
MARQUIS DE SADE
NINA HAGEN
SKELETT-AHOI
JOHN SINCLAIR

EDWIN ALDRIN
MICHAEL COLLINS
NEIL ARMSTRONG
CLAN OF CLAN
FRANCO NERO
URGESETZ
GOLD
HEXEN
RITTER
RÄUBER
AGUIRRE
DER ZORN GOTTES
SEAN CONNERY
BOBBY
HENRY MILLER
CLAUDE CHABROL
UND INDISCHE GLASPERLENKETTEN ALS VORHANG AN DER TÜRE

nimm dir
was du willst
solange du noch jung bist
verschwende deine Jugend
verschwende deine Jugend
solange du noch kannst
solange du noch jung bist
und nimm dir was du willst

1815. Ich glaube das wäre auch was für Uwe Timm, von wegen Namedropping, hier ja in der gesteigert geilen Form des Visuellen, von extremem Face Flashing.

1913. Vor dem Reichelt, bei den Bestattungen. Wo gräbt der Rabe? Grabe Rabe, grabe grab.

THE CLINIC

verhaftet
verschleppt
und gefoltert

2048. Mir klingeln die Ohren, vom Schreiben. Nochmal am Seite-2-Text, jetzt wieder kürzen. Weg, weg, weg, alles weg.

und es bleibt dabei

der FC Bayern
schlägt den FC Barcelona
mit eins zu null

DAS HERBSTGUTACHTEN
DER WIRSCHAFTSFORSCHUNGSINSTITUTE

VI
3.4

Donnerstag, 22.10.98, Berlin.

747. Traum mit fremder Frau: schön.

1003. Neues von Snafu, heute neu: Die Leitung ist besetzt. Wiederholen Sie den Vorgang später. OK. Okay Snafu, aber die Qualität des Snafu-Services ist eine Frechheit.

1121. Morgens hatte ich den Seite-2-Text gefaxt, ihn dann mit Hans-Ulrich besprochen. Jetzt bin ich endlich fertig, oder? Nee, doch noch nicht. Da sind noch zwei Worte zu viel. Ich faxe die Korrektur, versuche anzurufen, gottseidank ist besetzt. Das ist der Punkt, wo man echt unerträglich wird, vor lauter Hysterie, für die Umgebung. Man könnte sagen, es bringt nichts mehr. Das stimmt aber nicht. Jeder kleine Fehler weniger ist ein Mehr an Unbemerkbarkeit der Herstellungsbemühung. Stimmt allerdings auch nicht ganz. Irgendwann strahlen die Sachen nur noch Mühsal und Fehlerbekämpfung ab. Nerven durch Härte und komisch gekünstelten Glanz.

1206. Ein kleiner Anruf bei den Merves, die mir das Fax eines Lorenzo Horvat weiter geschickt haben. Vielen Dank fürs Weiterschicken. Gerne, nichts zu danken.

1208. Neulich, bei den Spirits, bekam ich via Low Spirit an mich adressierte Post vom sogenannten Rektor der Heinrich-Heine-Universität Düsseldorf, gleichzeitig, so der Briefkopf, Präsident des Wissenschaftszentrums Nordrhein-Westfalen. Der Kollege nennt sich Prof. Dr. DLitt h.c. Gert Kaiser. So ähnlich klingt dann auch der Brief. Sie würden 3000 Mark zahlen. Man müßte sich dafür nur 30 Minuten von ihnen auf den Kopf machen lassen, wie Max, Bernhard zitierend meinte, indem man vor ihnen einen kleinen Vortrag hält. Wie immer kann man natürlich reden, worüber man will. Man muß halt nur echt auflaufen, selber, sich erniedrigen, ein wertvolles Mitglied unserer

Gesellschaft zu sein. Und dazu hat man eben einfach keinen Bock. Wobei es tatsächlich nur eine Frage des Geldes ist. Für 30.000 Mark würde ich das machen. Drunter nicht. Okay, sagen wir 28.000, plus Mehrwertssteuer. Oder gibts bei sowas keine Mehrwertssteuer?

1229. Im First des Daches sitzt der Dachdecker, ganz oben, in den Himmel hinein, den Kopf aufgestützt auf der rechten Hand, Arm am Knie, wie der Denker von Rodin. Die andere Hand ist am Ohr, hält das Handy, er telefoniert, ganz lässig. Und ich mache ein Foto davon.

1340. Am Pop-Textchen.

1414. Beim Zusetzen der Wäsche. Anfallsweise kriege ich solche Verzweiflungszustände, nur durch die Lächerlichkeit der Haushaltsführung. Früher war das die endlich erreichte Freiheit, die Unabhängigkeit, das Alleinleben, das Glück. Und heute kommt es mir vor wie das Inbild des verfehlten Lebens. Dabei gar nicht, wenn ich es tue, nur wenn ich nur darüber nachdenke, wie neulich in München, dann finde ich es das letzte. In Wirklichkeit bin ich gerne Hausfrau.

als Wohnsitz gibt der Künstler
die Walt-Disney-Retortenstadt CELEBRATION an

1603. Hubert Fichte, Explosion. Egal wo ich aufschlage, es ist so toll, jeder Satz. Seite 203, oder der Anfang, Seite 9, 11, 10. Ich lese Fetzen, alles stimmt irgendwie. Wie hat der das gemacht?

1604. Glühbirne. Tee.

1611. Auch der Begriff Pop ist ja also Pop geworden. Und hat unter uns gewohnt. Gepriesen sei sein Name.

1621. Und nun zum Wetter. Ein Stimmungshoch überlagert derzeit weite Teile Deutschlands. Verkündet die Stimme im Kaisers plötzlich, out of nowhere, von oben, aus der Musik heraus.

1640. An der Kasse. Repräsentieren sollen wir also, hat Fritz Göttler vorgeschlagen, oder war das ein anderer Begriff? Wie Hesse und Thomas Mann jedenfalls, auch wenn es weh tun würde und lächerlich wäre, aber es müßte sein. WIESO eigentlich? Und vorallem: WAS?

1651. Daheim. Ja, da stehts: »Willen zur Repräsentanz« würden sie »fordern«. Sehr geil: »Wir fordern wieder ein wenig Willen zur Repräsentanz von unseren Autoren.« Ein wenig, von UNSEREN Autoren. Wie nennt man das nochmal? Heißt das nicht Possessivpronomen? Seine Narren sollen springen, für göt, das ist doch Fritz Göttler?, höher, lustiger und mit mehr Spektakel. Leute, das ist wirklich Unsinn. Egal, ob man die letzten fünf Minuten, 500 oder 50 Jahre nimmt, egal auf welchem Seriositätsniveau man die Frage verhandelt, es kommt immer dasselbe raus: es gibt nichts zu repräsentieren. Das ist vorbei. Finde ich jedenfalls. Wenn einer nur EIN gutes Gegenbeispiel bringt, fange ich sofort zu repräsentieren an. Vorher nicht. Da liegen 60 Millionen Tote davor, in Deutschland. Naumann zum Beispiel sieht das gar nicht, der kommt selber noch aus dem Krieg. Und führt gerade vor, wie Repräsentation von Intellektualität heute ausschaut: nicht gut, muß man sagen, komplett lächerlich. Deshalb war der Beitrag von Heinz Bude interessant, um das Wort Berlin herum ein neues Generationending aus dem hiesigen sandigen Boden zu stampfen. Weil er ein Nachkriegs-Intellektueller ist, der paar interessante, eher tastend forschende Bücher geschrieben hat. Und wie klang der Versuch zur Repräsentanz bei ihm? Dröhnend und hohl, völlig verblödet. So läuft die Sache nicht. Was repräsentiert Frau Jelinek? Die Frau? Keine Ahnung. Mit mir jedenfalls hat ihr geschundenes Ding überhaupt nichts zu tun. Und ich kann auch mich selber nehmen. Wo ich einmal dachte: ich, wir, Techno, geil. Ich muß da mal was drüber schreiben, im Zeit-Magazin. Da war das Entsetzen ziemlich groß, in meiner näheren Umgebung jedenfalls. Und möglicherweise aus triftigen Gründen. Denn vielleicht ist eine solche aus dem Leben kommende Gruppenform einem als Einzelnen im TEXT zumindest nicht erlaubt, ein solches wir, eine solche Repräsentation. Und auch das Gegenmodell, letztes Beispiel, ein Einzelner repräsentiert die Einzelnen als versprengte Eliten, Botho Strauß: das ist doch noch scheußlicher als alles bisher genannte andere. Oder findet das irgendwer außer dem Herrn Hage oder der Frau Manuela wirklich toll? So, jetzt, Herr Göttler. Was? Wie? Wer soll da wen oder was repräsentieren? Und was repräsentieren Sie eigentlich? Wo? Nee, nee, nee.

1717. Bei Dr. Wobbe. So, dann dürfen Sie bitte im Wartezimmer Platz nehmen. Danke.

1731. Grippe-Impfung, schon erledigt. Clemens will, daß wir uns alle impfen lassen. Und wenn er das so anschafft, dann wird es auch gemacht.

1820. Für Theaterleute die höchste Erfüllung: der große Auftritt bei der Beerdigung. Die Welt als Bühne, und das letzte, schönste Stück heißt einfach TOD. Jetzt also Minetti, gestern im Fernsehen, heute in allen Zeitungen. Peymann, der große Blabla, hat wieder mal gesprochen. Und alle applaudieren.

1829. Wedding. Ein Jugoslawe wird in einer Telefonzelle in der Müllerstraße angeschossen. Vom Täter fehlt jede Spur. Im Polizeibericht rund um die Uhr, in der BZ. Wagner war gestern wieder in Hochform, für die heutige Zeitung. Wagner: Erkläre mir Lafontaine. Wagner: Wie krank ist Saddam? Wagner: Löst ein Karzinom ein Weltproblem? Wagner: Wer ist treuer, lieber, die bessere Ehefrau? Wagner: Seine Mutter an gebrochenem Herzen gestorben. Wagner: Sein Napoleon-Machttrieb. Wagner: nackt und schwanger. Usw usw usw.

ENTMÜNDIGUNG

2011. Das einzige, was man als Schreiber repräsentiert, ist, was man ist: die Sprache. Und das ist eine radikal marginale und zugleich totale Position. Denn wo kurz Schrift war, von 1648 bis 1933 vielleicht, sind heute wieder Bilder. Und die mediale Erzählung von der Welt, die ununterbrochen überall da ist, hat die real anwesende Menge von Sprache zugleich unendlich exponentialisiert. Was all das heißt, ist, weil es noch so neu ist, nicht klar. Das ist die Lage, völlig offen.

der Rest ist Geschichte
und immer wieder ergreifend schön

FLASHBACKS

VI
3.5

Freitag, 23.10.98, Berlin

1114. Der Wind weht die großen gelben Blätter von den Bäumen, eine Böe kommt, ein ganzer Schwarm sinkt zu Boden, fast wie ein bunter Teppich, tanzend. Oben staken schon die nackten Zweige heraus, mit kleinen Knoten an den Spitzen. Sind das etwa schon wieder die neuen Knospen, für nächstes Jahr? Der Irrsinn der Kastanie, auch im Herbst. Die Bäume weiter links sind schon fast völlig kahl und abgenagt. Ja, jetzt wirklich: it's over. Ist auch okay.

1343. Eigentlich warte ich den ganzen Tag auf den Anruf aus dem Verlag. Und nebenher versuche ich mich durch die Stapel von der Buchmesse zu räumen. Tag der Papiere, am Boden, an den Wänden.

die Frauen stehen
an der Spitze der Pyramide

1528. Dessen Sprache du verstehst: Abfall. Das wäre zumindest die Ambition. Marianne Fritz, Dietmar Dath, Siegfried Unseld. So geht die Brücke, zu Spex. Am Autoren-Abend redeten wir über das neue Spex, und Thomas Meinecke sagte fast identische Sachen dazu wie Diedrich kurz zuvor in Wien. Ich war ja so begeistert vom Schrei des neuen Spex: KAUF MICH. Auf jeder Seite, optisch, themenmäßig, textlich. Und die Rödelheimer am Titel. Eine superkrasse Niedlichen-Bildgeschichte: HAT HASS, HAS HATE. Dann dachte ich natürlich, Diedrich freut sich auch, wenn ich auch mal wieder down bin, mit Spex. Weit gefehlt, egal. Also das neue Werk von Frau Fritz. Thomas erzählte, das ganze Büro bei Unseld wäre jetzt voll gestanden mit dem Zeug, aus dem dann vier Tonnen Buch gemacht werden. Großartig, nur wegen dem Irrsinn. Und, das war der Ausgangspunkt: daß ich natürlich in jeder Hinsicht in die GEGENRICHTUNG denken würde. Sprachlich, objektmäßig. Die Vorstellung kommt aus der Natur, speziell auch aus der Medizin: von außen sieht man gar nicht, was alles in was drin steckt, an Reichtum, Entwicklung, Kapazität. An Balancen, Spiel und Leben. Ich dachte jetzt eben an so ein herabfallendes Kastanienblatt oder ein rotes Blutköperchen.

1553. Ein beruhigendes Fax von Hans-Ulrich ist gekommen. Celebration wird jetzt doch nur 1,2 bis 1,3 cm dick. Neulich, bei Oliver, hatte auf telefonische Anfrage bei Herrn Bormann die Berechnung mit einem anderen Papier nicht weniger als 2,4 cm Dicke ergeben. Und ich hielt mir hier die ganzen Tage einen auf diese groteske Dicke hin gefalteten Umschlag, einen fürchterlichen Prügel Buch, vor Augen, um mich daran zu gewöhnen. Bis ich endlich kapierte: das geht nicht. Die Überlegung war ja, wir brauchen wegen der vielen Bilder ein vernünftiges Papier. Das nicht zu sehr durchscheint. Aber in Wirklichkeit scheinen ALLE Papiere bißchen durch, auch die besten, auch die dicksten. Jetzt werden die Textseiten vielleicht bißchen von den umseitigen Bildern irritiert sein, aber das Buch als Ganzes wird ein angenehm dünnes Ding. Das ist viel wichtiger.

1607. Am Rad, dahin. Draußen ist es warm, wärmer, als es sich von drinnen anfühlt. Fast wie Fön. NORDHAFENBRÜCKE 1968/70. Mit solchem Herbststurm-Gegenwind, daß ich kaum über die Brücke rüber komme.

1612. Mid-Light-Crisis. Wie viele Dichter dichten an dieser Lucky-Kampagne? Wie oft wird ein Spruch gehängt? Wie lange? Wo stehen die Antworten?

1614. Hamburger Bahnhof. Im Rund davor sitzen die Menschen auf den Gartenbänken: die Schönen, Jungen, Klugen, die Bildungs- und Kunst-Interessierten. Sie schauen gut aus. Alles ist irgendwie Party geworden, lässiger Style.

SENSATION

1621. Dann kommt man rein, und es ist auch da sofort lustig, hell, toll, viel, bunt: geil. Der riesige Hirst-Hai, den man schon so oft auf Abbildungen gesehen hat, ist jetzt doch ein richtiger Hammer, einfach weil er so GROSS ist. Groß ist schön. Bunt auch: das ist das nächste Bild, wo ich gleich hängen bleibe. The Hot One Hundred, von Peter Davis. Könnte man jetzt lesen und studieren, so gehts auch, man faßt es auf, es paßt, es kickt, weiter gehts. Im großen Hauptsaal hängt an der fernen Stirnwand, wo sonst der riesige Warhol-Mao hängt, dieses ixfach abgebildete Mörderinnen-Bild. Ich taumle weiter, denke: schnell, schnell, Spaß. FAST ART IS FUN ART AND FUN ART IS FUN.

1627. Zwei gut aussehende junge Männer schweben vorbei, Blickwechsel, der eine grüßt. Ich schlage die Hände vors Gesicht, entschuldigung, ich erinnere mich nicht. Ich weiß, ich sehs, wer ist das gleich? Er sagt es schon: Adriano. Stimmt, genau. Zuletzt hatten wir uns in Hamburg bei der Krieg-Premiere im Januar gesehen, da stand er neben Markus Peichl, auf den ich in meiner Premieren-Auflösung drei Minuten panisch eintextete. Der Typ neben Adriano meint, wir kennen uns auch. Aha. Ja, Frauke, dingens, stimmt. Oliver, glaube ich, hieß der, vielleicht auch total anders. Nach dem Dorau-Film in der Galerie berlintokyo hatte er von seinem Kunstprojekt erzählt, ein Laden, der alle Arten von Klopapier führen würde, wenn ich das jetzt richtig referiere, da sollte damals gerade die Eröffnung in paar Tagen sein. Leider vergaß ich jetzt zu fragen, wie das lief. Wir redeten kurz über die Ausstellung hier. Die Jungs fanden, der Hai hängt so bißchen schief. Die ausgerissenen Geschlechtsdinger der Chapman-Brothers, die ich pries, fand Adriano auch nicht sehr anschaubar. Wieso? Das tut einem ja selber weh. Naja, das soll es doch auch, oder? Das ist jetzt vielleicht Unsinn. Weiß nicht. Egal. Zack, zack, zack. Ganz schnell. Viel Spaß noch, tschüß.

1635. Ich ging weiter, ging in der großen Halle rum, gehe wieder zurück, und sehe, daß wir bei unserem Gespräch direkt vor dem Sarah Lucas BUNNY von 1997 gestanden waren. Das ist eine schlaff über einen alten Stuhl gehängte, ausgestopfte Frauen-Strumpfhose. Und zwei Dinger gehen hoch, als Ohren. Das schaut wirklich gut kaputt aus. Das also ist der Kommentar der 90er Jahre zu der 80er Ikone von Jeff Koons, zum Rabbit von 1986. Sarah Lucas ist für mich DIE neue Kunst, eben nicht Pipilotti Rist mit ihrem schweizer Spielzeugdenken.

1656. Sarah Lucas, 1962, Au Naturell, 1994. Sie hat eben auch den nötigen Humor. 2 Orangen, 1 Gurke. 1 Eimer, 2 Melonen. Gesteckt in eine alte, versiffte Matratze. Das reicht, um SEX zu sagen. Und dabei gute Laune und Erkenntnis zu erzeugen. Was wird erkannt? Die Grundsätzlichkeit dieser Sache, ihre Lächerlichkeit, ihre Heiterkeit, der Spaß dabei, die Nichtverzweifeltheit. Ihr Alltag. Im Trash: Schönheit und Wahrheit.

1721. Schock durch Kleinheit: DEAD DAD. Hatte ich auch schon mehrfach abgebildet gesehen. Aber der ganze megarealistisch ausgeführte tote Körper eines älteren Mannes ist irr GESCHRUMPFT. Ein brutaler Effekt von Erschrecken entsteht. Ein Traumbild, ganz echt. Verrückt. Ron Mueck heißt der Typ, der das gemacht hat.

1742. Schon völlig am Ende, vor Eindrücken, Aufregung. Eine helle Frau kommt mir entgegen, mehr im Augenwinkel, ich kucke gar nicht richtig. Dann doch. Ah, hallo. Ich: ich habe deinen Freund gerade getroffen. Sie: ich auch. Denn es ist Frauke. Wir reden über ihren letzten Artikel in der BZ, über Ausgehen mit Anzug und Geld. Den hatte ich gerade gelesen, nicht mal aufgehoben, weil ich dachte, Anzug, Champagner, nichts für mich. Sie erzählte, was dann für Reaktionen kommen. Ich vergaß zu fragen, wieviel man für sowas kriegt. Vielleicht wäre das eh unhöflich gewesen, wahrscheinlich. Nur die Größenordnung würde mich interessieren. Eher 200 Mark oder eher 1000? Das war ja eine ganze Seite. Irgendwie hat man die Vorstellung, der Boulevard müßte richtig viel zahlen, richtig bluten, wie es in Boulevard-Deutsch heißt, daß überhaupt irgendjemand für sie schreibt. Aber wahrscheinlich ist das auch wieder Unsinn.

BUNDESMINISTERIUM
FÜR WIRSCHAFT

1747. In der Invalidenstraße, Ecke Schwarzer Weg. Ob das eine so gute Adresse ist?

2035. Wieder am Rad, wieder nach Mitte, jetzt im Regen. Die Autoschilder heißen: BRD, BKA. In München geht es auch da mehr in die Fun-Richtung: MAN, MAD, MMM. Vor mir brüllt ein Porsche auf.

2054. In der Volksbühne. ERREGUNG. Gleich beginnt der Theaterabend, ich liebe diesen Augenblick. Flashback, von Stefan Pucher. Ich plädiere für den Plural, Flashbacks, klingt besser, stimmt mehr. Flashbacks treten in der Mehrzahl auf. Die Kritiken waren so fies und mies, daß ich dachte, das muß ich sehen.

ich bin am Ende
ich habe das Meinige gesagt
ich hoffe
daß es für Sie von Nutzen sein kann

ich muß mich mal hinsetzen
meine Beine tun weh

FEAR
AND LOATHING

VI
3.6

Samstag, 24.10.98, Berlin.

1254. Cadmiumorange. So der Name der sensationell leuchtenden Farbe des einen Treppenhauses im Hamburger Bahnhof, von Gerhard Merz erdacht. Wie mit Sirene hier auf der Straße eben der Notarztwagen vorfuhr, vor ihm die Feuerwehr. Und das Orangerot der Wagen schaut genauso krass aus wie dieses Kunst-Treppenhaus da. Auch das hat doch sicher schon irgendwer ausgestellt, einen ganzen solchen Notarztwagen.

1312. Ich mache die Türe auf, um nach der Post zu kucken. Da steht das Männchen, das da manchmal putzt, ganz nah vor mir. Sofort fängt er zu reden an. Das ist neu. Ich verstehe ihn kaum, er hat einen Sprachfehler, er stottert brutal, tut aber so, als wäre alles normal. Es gibt offenbar viel mitzuteilen, ich nicke, sage ja, bin aber völlig geblendet von dem ganzen Sozialirrsinn. Was ist das nur für ein Haus hier? Was ist das für eine Gespensterversammlung, in der ich da lebe? Vor drei Tagen meinte der sogenannte Herr Hell, der jeden Tag Punkt acht Uhr abends die Haustüre verschließt, auf der Treppe plötzlich: ich gehe jetzt schwimmen. 150 Mark im Jahr, kostet die Karte, für Senioren. Die habe ich aber schon abgeschwommen. Aha, aha. Herr Hell hat Kehlkopfkrebs, oder irgendwas anderes, der kann nur flüsternd sprechen, wie der Pate hoch sieben. Auch da bleibe ich einfach stehen, verstehe nicht, was er sagt, und sage immer wieder ja. Wahrscheinlich müßte man zwischendurch auch selber irgendwas melden, ich wüßte bloß überhaupt nicht, was. Plötzlich fragt der Herr Hell nach dem Bruder, wie es dem Bruder geht? Was der so macht? Das gabs auch noch nie. Ich stammle bißchen rum. Ich soll den Bruder auf jeden Fall grüßen von ihm. Natürlich, vielen Dank. Wie ich vom Briefkasten wieder hoch komme, ohne Post, gehts weiter. Daß ja immer so viel Werbung in den Briefkästen wäre. Das wäre das Paradoxe, in der heutigen Zeit, es gäbe heute alles, aber nicht genügend Geld, was das Ganze dann denn sollen würde usw. Eigentlich alles total geil. Man müßte nur entsprechend drauf sein, dann würde man da begeistert mittexten. Dann würde ich mit dem Stottermännchen übers Fernsehen reden. Und wir würden alle Brüder.

1335. Thomas Wagner schreibt in der Faz über die Sensation-Ausstellung. Mit Betonung der kaputten Seite dieses neueren englischen Pop. DAS PERVERTIERTE PARADIES. Stimmt, das ist wirklich das speziell Tolle der

Young-British-Artist-Kunst, daß sie desillusioniert, hedonistisch und zugleich politisch ist, dabei ohne Didaktik, ohne dogmatischen Durchblick, positionell irgendwie WIRR. Das empfindet man als realistisch. Sensationell eben UND kaputt, grell UND verrottet, asozial UND undsoweiter, kunstgerecht UND rotzig. Daniel Richter hat schon vor einem Jahr, wie wir nach der Methodenstreit-Konferenz quer durch Mitte zu Brunos Galerie gingen, dieses Manko bei der Text-zur-Kunst-Fraktion ausgemacht, daß die den ganzen englischen Flügel so vernachlässigt hätten. So genau hatte ich das gar nicht verfolgt. Aber auf jeden Fall ist klar, das war auch bei der Methodenstreit-Konferenz zu sehen, daß sie viel zu autoritätsgläubig auf amerikanische Theorie reingefallen sind. Jetzt ist Frankreich dran.

1432. An der Kaisers Kasse. Mysterium Kassenzettel, jeden Tag erfreulich.

5 Zeitungen 9,80
2 Liter Milch 2,59
10 Eier 1,99
2 Äpfel 1,62
1 Suppe 1,79
2 Bananen 1,06
3 Birnen 2,60
1 Gurke 1,49
250 g Spaghetti 0,89

Summe, DM, Rückgeld, Mehrwertssteuer, Netto, usw. Wir danken für Ihren Einkauf. Gern, ich danke, für die neuen Waren. Dann noch im Reichelt.

6 Semmeln 1,20
1 Kuchen 1,00
1 Eisbergsalat 2,49.

1457. Und dann wieder daheim. Und da stelle ich fest, daß ich Butter und Wurst vergessen habe. Irgendwann wird auch am Sonntag alles offen sein.

1655. Zeitungen, Radio. Ein Spiel ist schon klar. Die Bayern führen 4 zu 0, gegen Kaiserslautern, den amtierenden Meister. Im Bett mit Josef Winkler.

1835. Der Mond, fadendürr, im letzten Abendlicht, leicht geneigt, honiggelb. Davor das Haus, die Trapezform des Daches, tiefdunkel, und die Lichter in den Fenstern drunter. Warum ist der Mond so ein ANBLICK? Es ist nicht die Semantik, die innere Bewegung ereignet sich eher TROTZ ihr. Warum? Vielleicht ist es ja wirklich die Gravitation, das Wasser in einem, das antwortet, der Anziehung, die von da ausgeht, von diesem Ding im dünnen Licht. Die Erde hält einen fest, aber der Mond zieht doch auch am Körper. Das bewegt einen eben.

1852. Durch die Überlegungen zu dem kleinen Seite-2-Textchen für Celebration sind mir die 90er Jahre auf gar nicht so angenehme Art fast schon historisch geworden, vor der Zeit. Man darf eigentlich nicht zurückblicken, das ist eine kaputte Perspektive. In Wirklichkeit sind ja auch alle Errungenschaften des Feierns, die die 90er Jahre hervorgebracht haben, in full swing und effect, für jeden, der Lust hat, sie zu benützen. Ich selber muß hier nur noch kurz aufräumen, mein Jahrzehnt, das dauert noch bißchen.

2006. Wie Arafat und Netanjahu sich die Hände geben, wie Netanjahu schaut, und wie sie aufeinander einschütteln, wie das riesige TROTZDEM dieser supersimplen menschlichen Geste sichtbar wird – kommen mir automatisch die Tränen in die Augen.

2305. Im Colosseum an der Schönhauser Allee. Karte 13 Mark, Popcorn und Apfelschorle 10,50. Ah, die Werbung.

2325. Fear and Loathing in Las Vegas. Los gehts.
2350. Keine Angst, absolut kein Schrecken. Nur ein Comic, schade.
036. Ich bräuchte dringend Frieden, Ruhe, Privatsphäre.
056. Schlimme Erinnerungen und böse Flashbacks.
105. UHER 4000 REPORT L.
111. Directed by Terry Gilliam. Was ist denn das für ein Penner?

250. Und jetzt fangen auch noch Josef Winklers Gräber zu fliegen an. Die surrealistische Poesie wirkt wie ein Alien auf mich in diesem sonst so frei auferzählten Totenbuch. Es erzählt eine andere Gegenwart, die im Moment vergeht und untergeht: dieses Jahrhundert. In den Erinnerungen und Geschichten der eben noch Lebenden ist es gerade noch ganz da. Der Tod wartet, bis es soweit ist.

ENDE DER SOMMERZEIT

VI
3.7

Sonntag, 25.10.98, Berlin.

812. Von geträumtem Telefonklingeln wachte ich aus Drogennehmträumen

auf. Denke: Zeitumstellung: 7 Uhr erst: weiterschlafen. Hat der Film also doch gewirkt.

813. Und eine Stunde später, im anderen Zimmer, die Funkuhr hat das Signal tatsächlich empfangen und zeigt jetzt schon die neue Zeit, ganz von selber. Um 3 Uhr nachts wurden die Uhren wieder auf 2 zurückgestellt, auf Mitteleuropäische Zeit, dem angeblich realen Sonnenstand entsprechend. In der Sommerzeit lehnt sich der Tag bißchen vor, in den Abend hinein, seit Ende März war das jetzt so, sieben Monate lang, vom 29.3. bis 25.10. In der Winterzeit pendelt man für fünf Monate wieder zurück, richtung Morgen.

1148. Bilder, Skulptur, Malerei, Foto: Gute Kunst ist schnell auffaßbar. Man muß nichts studieren, nicht verweilen. Das Bild-Kunstwerk schlägt ein, man hat es dann in sich. Es entfaltet seine Wirkung, indem es Gedanken auslöst und auf sich zieht. Dachte ich eben, wie die politischen Implikationen von SENSATION gegenüber dem Fun-Flash beim Sturm durchs Museum jetzt vortreten, im Nachhinein. Die sogenannte bildendene, die Bilder-Kunst spricht fast zeitenhoben, man muß ihr nur kurz gegenübertreten, von Angesicht zu Angesicht. Eine Sache im Raum, des Ereignisses zwischen Körpern. Alle anderen künstlerischen Äußerungsweisen, besonders natürlich der Text, die Musik, aber auch Theater und Kino, zwingen ihre Information zur Mitteilung in einen zeitverzehrenden Sukzessionsprozeß. Deshalb ist der Widerwille gegen Kunstwerke, die ihr Zeitbombenprivileg nicht nützen, vernünftig. Kunst, die gelesen werden will, ist dumm. Kunst, die dem Betrachter ein Zeitverhältnis zu sich aufdrängt, ist Schwachsinn, lächerlich und sinnlos. Und an der selben Stelle, wo die Kunst ihre Rezeption auf Freiheit hin anlegt und jeden in Ruhe läßt, Autonomie und Individualität jedes Einzelnen bejaht, ergeht die Einladung zur Meditation. Wem gefällt, was er sieht, der mag gerne bleiben, kucken und träumen. Obwohl er alles schon im ersten Augenblick gesehen und verstanden hat. Man fühlt dann das Verstehen in sich schwingen mit dem Kunstwerk, das man sieht, vor dem man steht. Tolle Kunst ist die schönste Art, etwas zu sagen.

1703. Sonntagnachmittag im Bett. Fast ganz dunkel schon, und schwerer Regen.

KULTURKRITIK
UND GESELLSCHAFT III

VI
4.1

Montag, 26.10.98, Berlin.

856. Mal meint Kunst alles, alle Künste, und manchmal ist mit Kunst nur die bildende Kunst gemeint. Eigentlichlich lustig, daß es für diese Kunst im engeren Sinn kein eigenes Wort gibt, wie Musik, Theater oder Literatur. Bilder-Kunst würde sich der Sache entsprechender anfühlen, als bildende Kunst, ist nur leider ein blödes erfundenes Wort. Gibt es ein anderes, das mir nur gerade nicht einfällt?

924. Irgendwas ist kaputt am Navigationssystem.

938. Einfall. Kreativität ist angelegt auf Unterbrechung, Ablenkung, auf den Moment, wo etwas hereinbricht von draußen ins anders Geplante. Deswegen ist für kreative Produktivität JEDE Organisation jeden Tages neu ein Paradox, ein Spiel gegen sich selbst, ein Abenteuer mit offenem Ausgang.

1003. Anruf bei Herrn Brock. Er sieht etwas bei sich, was anders ist, den Tagen wäre intern kein Datum mehr zugewiesen, genau seit München. Woran es liegt, kann er allerdings nicht sofort erkennen. Ich soll in zehn Minuten wieder anrufen.

1201. Je authentischer man zu werden versucht, je genauer an den Erlebnissen der Realität dran man erzählt und berichtet, umso stärker merkt man die Diskrepanz zum Wirklichen, die Unfaßbarkeit des Geschehenen, die Konstruktion, die Auswahl, das, zugespitzt gesagt, schlicht FIKTIVE des Resultats, der Darstellung in ihrer schriftlich fixierten Form. Man müßte einen neuen, ganz simplen Realismus-Vorbehalt vorausschicken: alle hier auftretenden Personen, alle Schauplätze und Geschehnisse sind echt, alles hier Erzählte ist wirklich passiert, aber was sich in Wirklichkeit in echt zugetragen hat, kann ich nicht sagen. Ich kann nur berichten, wie es gewirkt hat, auf mich. Bei der Redaktion von Buch 1, Kapitel 1.

1240. Wilfried faxt, ich rufe zurück. Wegen Jeff Koons, wegen ihrer großen Shakespeare-Produktion für Salzburg, die Schlachten heißen soll, mit Ausrufezeichen.

1310. Herr Brock meldet: Fehler repariert. Es war tatsächlich die neue Software, die paar Befehle nicht verstanden hat. Vielen Dank für die schnelle Hilfe.

1428. Ein Fax von Herrn Drescher ist da, vom Theaterverlag. Herr Ortmann ist in Urlaub. Wenn ich mich nicht mit ihm besprechen kann, bin ich mir ganz unsicher. Da die Anfragen drängen, rufe ich sofort zurück, und sage alles zu. Genau umgekehrt als sonst. Schließlich haben wir auch eine neue Regierung, ab morgen.

1456. Unglaubliches Licht, ganz tief von der Seite und giganthell scheint die Sonne ins Zimmer. Der Vogel schweigt, und ich lege Marushas neue Platte auf, die lief neulich schon den ganzen Nachmittag. Warum ich ausgerechnet mit einer Low Spirit Jacke rumlaufe, fragte Andreas Neumeister in Frankfurt, im Laumer. Weil ich das Label so lässig finde natürlich. Ich verstehe, daß sie das aus ihrer Münchner Perspektive nicht verstehen können. Aber genau deswegen bin ich hier in Berlin. Letztlich ist Low Spirit der Grund, warum ich hier bin. Klingt übertrieben, ist aber die Wahrheit.

1544. Also der sogenannte Betrieb, das Feuilleton, die großen Zeitungen, und das Vergnügen, mit dem man das dort stattfindende Reden und Argumentieren wirklich als das GEISTIGE LEBEN erlebt und empfindet, als den Raum, in dem man auch selber spricht. Man kommt von draußen rein, wie alle anderen auch, aus einer jeweils anderen Welt, und jeder berichtet jetzt hier, was er im Moment sieht. Ich weiß keinen anderen Ort, wo die Vielfalt der Gegenstände und die Unterschiedlichkeit der Stimmen sich zu einem vergleichbaren REICHTUM an schriftlich zugänglichen Weltsichtweisen versammeln. Vielleicht noch die Geschichte. Die hat nur den wesentlichen Nachteil, schon vergangen zu sein. Im Geist der Kultur ist alles Gegenwart, täglich neu veröffentlicht. Warum wird das so gehaßt, von so vielen?

Der Party-Boy-Buch-Autor Georg M. Oswald zum Beispiel hat über hier geschrieben, und in seinem Artikel als einen der »nervigen Aspekte« von Abfall mein »Verhältnis zum Betrieb, zum Medien- und Literaturbetrieb« rausgestellt. Offenbar wirkt die Orientierung auf die große öffentliche Rede der Kultur allzu obsessiv, verbohrt und unfrei. Da ist vielleicht was dran. Das sieht der, dem diese Welt egal ist, er hat ihr gegenüber Freiheit. Freiheit ist aber natürlich auch Armut. Und jede Nichtfreiheit ist Enge, ist für Produktion ein Kapital.

Der andere Aspekt ist der der Zugänglichkeit. Das erstbeste, lauteste und Daste spricht mich an, ich mag nicht suchen müssen. Und an klandestinen Orten fühle ich mich unwohl. Thomas Meinecke erzählte, er geht Platten kaufen auf Flohmärkten und in Antiquariaten. Ich halte das nicht aus, im alten Dreck zu wühlen. Je lauter und gegenwärtiger was ist, desto mehr Leute haben es gehört, desto öffentlicher ist es, desto angenehmer. Die Kollision, die diese Perspektive mit Trash, Prollwelt, Boulevard und richtigem Dreck dauernd erzeugt, ist oft anstrengend und in den intellektuellen Konsequenzen auch idiotisch. Trotzdem sind das Probleme mit Vernunft, für mich, Weltprobleme. Am abgelegenen Ort hingegen, wo diejenigen zum gemeinsamen Flüstern sich versammeln, die sich selber für besonders toll, oft für die heimlichen Wortführer sogar halten, herrscht nach meinen Erfahrungen die unangenehme Stimmung allzu großer Nähe, Kleingeist, läppische Animositäten und familyartiger Zwist. Dafür geht dort die meiste Energie drauf. Und sachlich ist man entsprechend zurückgeblieben und unterinformiert.

1714. Willkür macht Spaß. Man entscheidet, wie man will. Begründungen werden erwartet, und man sagt einfach: mir war gerade so. Da habe ich so entschieden, fertig.

1738. Da-dääă, da-dääă. Nach oben, superbekanntes Lick, ganz leise, im Kaisers bei den Waagen, und ich lausche kurz hoch und erkenne die Nummer trotzdem nicht wieder. So bekannt wie Teen Spririt, dann wieder das Lick, und die Frage: Quint? Quart? Oktave? Nee, ich singe kurz hoch. Es könnte eher eine Terz sein. Also was jetzt?

Pfeffernüsse
Akora von Bahlsen
Adventskalender

1805. Die vielen verschiedenen Arten der Produktion. Ins Schwarze Werfer, Immer-Treffer, Forscher, Probierer und Taster, Montierer, Aufgeber, Durchhalter, Bürokraten und Risikospieler, Leichtfüßige, Kleinmütige, Angeber, Lügner, Abenteuerer, Plan-Erfüller, Scherzkekse, Pointillisten, Durchblicker, Dicke-Bretter-Bohrer, Scheiterer. Wie das eigene Ding geht, kann man komischerweise gar nicht richtig erkennen.

1839. Da-da: Quart nach oben. Mit der Gitarre.

wie die Entwicklung weiter verlief
ist allen hier im Saal bekannt

nun werden neue Ideen
vorallem auch andere Ideen vorgetragen

in diesem Amt
aus dem ich heute scheide

es ist kein Herbst

in dem Blätter fallen
sondern die Freude
an den vielen Farben

MIT JA
HABEN GESTIMMT
351

VI
4.2

Dienstag, 27.10.98, Berlin.

Punkt elf Uhr
eröffnet Wolfgang Thierse
die Sitzung

ich rufe den Tagesordnungspunkt eins auf

schlage ich
dem deutschen Bundestag vor
Herrn Gerhard Schröder
zum Bundeskanzler zu wählen

ich gebe
das Ergebnis der Wahl
bekannt

ist Gerhard Schröder neuer Bundeskanzler

entsprechend überschwenglich
auch die Freude

1441. Wie ich neulich aus dem Theater kam, saß Benjamin in der III nach 9 Talkshow, war gerade mitten im Satz. Eben lief die Wiederholung. Giovanni di Lorenzo sagte, einer ihrer Redakteure wäre von Benjamins Vater getauft worden, der wäre Pastor. Der ältere Bruder auch, der zweite wäre Arzt, ja, und er wäre nun also Journalist, Gagschreiber und Schriftsteller. Ob das ein Abstieg wäre, in den Augen seiner Familie? Benjamin: nein, denn wir haben ja noch meine wunderbare Schwester, die wir an dieser Stelle nicht unerwähnt sein lassen wollen. Was die denn so macht? Er: Das weiß ich im Moment selber gar nicht, ich glaube, sie studiert gerade. Nein, sie ist Krankenschwester, im Moment. Da hat mich sofort ein heftiger Sympathieflash durchzuckt, einfach weil Menschen, die aus Familien mit mehr Kindern kommen, eine so grundsätzlich andere Weltvernunft im Kopf haben, ganz automatisch. Sie sind von Anfang an auf so interessante, komplizierte und extrem wirre Art in alles verwickelt.

daran wollen wir uns alle mit Freude erinnern
da ging die Quote SO nach oben

1514. Exakt genauso hell wie es gestern war, so dunkel ist es heute. Es regnet, regnet, regnet.

1701. Ich lese jetzt den Anfang von Abfall, um kurz Überblick zu gewinnen, was hier eigentlich passiert ist. Ich muß mich an alles sofort ultragenau erinnern. Anstrengend ist das. Dabei habe ich es doch aufgeschrieben, um es los zu sein und vergessen zu können.

1707. Vorhin hat Herr Schlebrügge aus Wien angerufen. Albert hat in Wien, der Stadt der Seele und der Sprache, von Freud und Wittgenstein, zum Beispiel allen Ernstes bestritten, daß gleichlautende Worte, die anderen Sinn haben, trotzdem material in Verbindung stehen. Sie geht, sie gehen. Sie: eine Frau. Sie: mehrere Einzelne, unbestimmten Geschlechts. Albert nennt das Zufall. Für mich ist das Teil des großen Geschlechtstheaters, das die Sprache in alle möglichen Richtungen und Verästelungen dauernd untergründig aufführt, dort mitführt. Albert bestreitet, daß es eine Verbindung gibt zwischen Frau und rauh, zwischen rauh und au. Auch au und Auge hätten nichts miteinander zu tun. Sie liegen aber materialmäßig ganz nahe zusammen. Manchmal spüre ich das, daß Worte, die gleich anfangen, die ähnlich klingen, direkt nebeneinander vorliegen, im Hirn, in der Musikordnung der Worte, die es neben der Sinnordnung auch gibt. Wie kann man das bestreiten? Daß sie sieht, was er ehrt. Oder siegt sie eher, weil er nur erbt? Die Erde erbt? Natürlich ist es zu 99 Prozent wurscht. Aber der restliche 1-Prozent-Aspekt ist doch trotzdem REAL, etwas objektiv in der Sprache selbst Wirkliches, von da her wirkendes. FARBENLEHRE.

1809. Halihaloo, tatüü tataa, halihalloo: die Post ist da. Was nervt, schmeiße ich gleich weg, und zwar unbesehen. Eine Neuentdeckung, das geht. Früher habe ich alles aufgehoben, auch Quäl- und Folter-Sendungen. Wegschmeißen verboten, als dürfte man das nicht, wie mit Essen. Stimmt gar nicht. Was nur irgendwie von Ferne nach unangenehmen Vibes ausschaut: weg, weg damit. Schon erledigt, fertig, aus. Was aber soll man dazu sagen, daß man sich seit etwa vier Monaten nicht traut, die Bankauszüge aufzumachen? Kaputte Szene.

und Gerechtigkeit
gegenüber jedermann
üben werde

ich schwöre es

ich selber wünsche Ihnen Glück
und Gottes Segen

die nächsten Schritte
schreibt das Grundgesetz vor

BESUCH EINES OBDACHLOSENASYLS

VI
4.3

Mittwoch, 28.10.98, Berlin.

917. Wahnsinn, jetzt regnet es hier echt ins Zimmer rein. Am Fenster, es tropft plötzlich, Wasser tropft vom Fensterbrett auf den Teppich. Was ist denn hier los? Ich spurte raus, in die Küche, was brauch ich denn? Einen Eimer, einen Topf, einen Lappen. Pling, plong, plong, tropft da das von draußen hereindrückende Regenwasser hier ins Zimmer. Die ganze Nacht über habe ich den Sturm am Haus rütteln gefühlt, mit Regen hat der Sturm das Haus bepeitscht, viele Stunden lang. Da machen dann die etwas schlappen Fenster hier nicht mehr mit, da regnet es eben ein bißchen herein. Und zwar an allen Fenstern, wie ich jetzt feststelle. Schwester, Tupfer bitte.

ich mache heute
meine Antrittsbesuche
in Prag und London
morgen reise ich nach Polen

niemand sollte sich daher Sorgen machen

sprachs und verschwand
bis auf weiteres in den Kulissen

1157. Cora ruft an, Dienstag soundsoviel Uhr, großes Kathi Drescher Treffen im Büro. Sie berichtet, wie neulich auch Benjamin, daß meine Faxweiche sich so megagestört anhören würde. Okay, ich versuch, es zu ändern, tschuldigung. Nein, ich soll es lassen, es würde gut zu mir passen, es wäre so gestört.

1454. Ja, Deutschland wundert sich. Über den Preis nämlich meines kleinen Theaterstück-Büchleins JEFF KOONS. Leute, ich auch. 34 Mark kostet das, für 160 locker bedruckte Seiten, das ist nicht unbedingt das, was man sich unter value for money vorstellt. Wie kann so etwas passieren? Ich habe einfach vergessen, daran zu denken, vorher zu fragen. Was soll denn das kosten? Jetzt habe ich Unseld einen Bittbrief geschrieben, ob man den Preis vielleicht im Nachhinein senken kann. 28 Mark fände ich realistisch. Vielleicht ist das ja nur EIN Computerbefehl.

1515. Ich beantworte hier einen Brief von Suso Kraut, dem Physiker, den ich im Sommer mal vor der Init-Halle kennengelernt habe, während ich auf Alexandra wartete. Er möchte außerdem wissen, warum ich einen so merkwürdigen Musikgeschmack hätte. Hinter der Frage steht in Klammern das Wort Marusha, mit zwei Fragezeichen. Gähn. Die Leute sind so hohl. Hat der Typ je eine einzige Platte von Marusha gehört? Hat er die neueste Platte, die ich neulich hier erwähnte, gehört? Nein, natürlich nicht. Und hat er irgendeinen Zweifel an der Triftigkeit und Fundiertheit seines sicher wahnsinnig tollen Musikgeschmacks und Urteils. Nochmal siebenmal NEIN. Normal, völlig normale Art per Ahnungslosigkeit sich in der Welt und in sich selbst zu orientieren. Trotzdem, auf die Art wird man von Beruf Depp, und niemals ein toller Physiker.

1629. Abfall gelesen. Plötzlich klarte der Himmel auf.

1659. Im Sturm über die sogenannte Lessing-Brücke. Erbaut 1902-1904. Erneuert 1981-1983. Eine Szene aus Emilia Galotti ist da in den roten Brückensandstein einmontiert. Ich weiß nicht mal, wovon Emilia Galotti handelt. Vielleicht von Emilia Galotti. HA. Ist das ein Kracher? Lessing, stimmt, im Laokoon müßte ich nachkucken, dachte ich neulich, wegen den Zeitverhältnissen in der bildenden Kunst. Ich habe nämlich in Erinnerung, daß alles falsch ist, was er schreibt. Ich weiß bloß nicht mehr, wie es geht. Und der Laokoon ist leider in München. Das Schauspiel hier jetzt, im Moment, ist eines zwischen Himmel und Wasser, in dieser sturmklaren Luft, nach ewigem Regen, im späten Abendlichtglanz. Ah, echt. Man kriegt so Gedichtzeilen-Gefühl. Gedichtzeile mit dem Wort Wasser im Plural. Auch das Wort UND müßte natürlich vorkommen.

2111. Heimweg mit Rückenwind. Betriebsfahrt steht auf einem Bus der Nummer 123. Erst bei den Spirits im Büro, dann mit Max in der Leibnizklause, jetzt mit Gedanken über die Gespräche im Kopf, dahinfliegend am Rad.

so endete also
der Tag der Amtsübergaben

neue Unwetter
stehen bevor

megaegal

VI
4.4

Donnerstag, 29.10.98, Berlin.

807. Mit Klaus redete ich übers Musikmachen, die Wirkung der italienischen Sprache, andere Zähleinheiten. Ewig lang ging das. Wie ich aufwache, fühle ich mich leicht grippig. Vielleicht bin ich krank, vielleicht von der Impfung. Das wäre wahrscheinlich jetzt genau der Fall, um ganz Zschorschmäßig das sogenannte Bett zu hüten.

936. Krachend fällt der Putz aufs Fensterbrett draußen. Frau Pinkowski hatte doch damals, wie sie mich in ihre Wohnung bat, um mir ihre feuchte Stelle an der Decke zu zeigen, erzählt, daß das Haus angeblich frisch verputzt werden sollte, noch in diesem Sommer. Nach Regen, Sturm und Gewitter kehre ich am Balkon schaufelweise Sand und Kies der sich auflösenden Fassade zusammen. In der taz habe ich gestern von den Wein- und Champagner-Kellern und Kühlanlagen des Herrn Naumann gelesen, die werden da jetzt eigens eingebaut, in seiner Kultur-Minister-Villa am Wannsee. Der schönste Satz der Reportage von einer Frau Häusler war: »Man spricht die gleiche Sprache.« Ich kriege automatisch dieses Göring- und Goebbels-Gefühl, wenn Kultur so sympathisch staatsmäßig wird. Naumann wird ein irrwitziger Spaß, für alle.

1155. Ich bin echt krank, wie Kohl. Ich bin abgewählt, jetzt falle ich auseinander, in alle möglichen Richtungen. Einzelne Teile des Gesichts hängen bis zu drei Meter weit seitlich aus dem Körper raus. Aua.

1236. Die dritte Wiederholung der III nach 9 Talkshow läuft. Amelie Fried, wie die schaut, wie sie lacht. Was sie sagt. Wahrscheinlich müßte man mehr mit solchen Müttern rummachen, daß man das aushält. Das sogenannte Patente ist das, was im konkreten Halbsatz, in der aktuellen Minimalintervention im Gespräch so absolut geistfeindlich wirkt, so unendlich debil. Solche Frauen wie Frau Fried hauen sich mit ihrer Mutterschaft den Endgültigkeitsstempel unter ihre gesamte Existenz. Und das muß man als Zuschauer dann aushalten. Sie quatscht ja dauernd rein, immer nur das allerdümmste Zeug, Wahnsinn. Kommt auch super an, bei den Männern.

Schnelle Wechsel der Position, der Perspektive, der Aspekte, der Rolle, der Sympathielage usw: ist alles komplett unmöglich, in der Talkshow, ist da nicht vorgesehen. Inhalte und richtige Auseinandersetzungen schon gar nicht. Gerade in Sendungen, die auf ihr Niveau halten, zeigt sich, wie vorbürgerlich zurückgeblieben und starr ritualisiert die Idee davon ist, was Konversation sein soll. Komisch. Es müßte doch neben Proll-TV am Mittag zumindest noch EINE vernünfige Streitsendung geben können, außer dem Literarischen Quartett. Wobei Streit eben nicht das stumpfsinnige Anpissen meint, das Küppersbusch methodisiert hat. Streit müßte WACHHEIT sein, nicht irgendeine Methode der Rotzigkeit, Nervosität dem letzten Halbsatz gegenüber. Interesse an Ideen, ohne das scheußliche Intimgebohre, auf das Willemsen sich spezialisiert hat. Und ohne den Harmoniewahn, den jeder Räusperer von Biolek ausstrahlt. Ist alles okay? Ja, ja. Und Harald Schmidt, um hier alle durchzudeklinieren, die mir einfallen, die irgendwie infrage kämen, kann es nicht, weil er sich zu sehr für Sprache interessiert. Für Floskeln, Standards und den Zerreißungsmoment, wenn unter irgendeiner Spannung das Sprachnetz plötzlich zerreißt. Und weil er zu wenig traditionell-bürgerliche Konversations-Konvention im Blut hat, von Haus aus, in sich automatisch aktiv. Vielleicht ist es ja wirklich Aust, vielleicht wird das jetzt endlich mal eine SENDUNG, diesseits des Geriatrie-Meridians. Ganz langsam gewöhne ich mich an die von der Wahl neu geschaffene Welt, und endlich kommt auch der Spaß daran.

1341. Weiter lese ich im alten Abfall.

1415. Herr Pfeifer, die Aol-Mitgliederbetreuung ruft an. Neulich wollte ich kündigen, das wollte der Herr von der Kündigungsstelle bei Aol gar nicht akzeptieren. Ich schreibe Ihnen noch mal einen Monat gut. Irgendein Techniker würde mich anrufen und alle meine Probleme lösen. Jetzt ist es soweit. Lösung der Probleme heißt auch hier wieder mal: er weiß natürlich auch nicht, woran es fehlt, probeweise sollte ich mir etwa zwei Stunden lang die 32-bit-Version von Aol runterladen, dann könnte es vielleicht funktionieren. Brauche ich nicht, will ich nicht, nein, ich will hier endlich wieder raus, weg, weg von Aol. Ich fand die ganze Aol-Welt zudringlich, unangenehm niedlich, die Belästigung mit Nachrichten, mit Angeboten, mit Chats. Das Club-Ambiente. Wir hier. Und wenn man rauswill, aus der Enge ihrer Aol-Welt, hinaus ins weite Internetzl, gibts komische Probleme der Kompatibilität.

1453. Halihallo, sagt der Pakettyp heute ganz in echt in die Sprechanlage. Er bringt eine CD-Geschenk-Sendung von Alexandra. Ist das eine Freude! Während ich auf der Treppe den elektronischen Unterschrift-Automaten von UPS unterschreibe, fängt das Kaffeewasser in der Küche zu pfeifen an. Ich rase hoch. Dann gehe ich runter und hole die Post. Ein supernetter Brief von Unseld ist gekommen, wegen dem Preis für Jeff Koons. Ja, stimmt, schwierig, mal kucken. Und Christian Kracht schickt eine Einladung für seine Anthologie MESOPOTAMIEN. Geschichten am Ende des Jahrtausends. Ich habe sofort eine Idee und schreibe sofort eine Seite Anfang hin. Manchmal sind es die Zeitungen, heute die Post: Weihnachten.

1523. Mola: fahr zur Hölle. Man denkt immer, es gibt keine Steigerung für Blödheit. Aber schlimmer als Amelie Fried ist Mola Adebisie oder besie. Vielleicht liegt es auch nur daran, daß ich so lange Zeit untertags den Fernseher nicht mehr an hatte.

was isn das fürn Geräusch?!

Riesenapplaus
für Westbam

025. Angriff, Verachtung, Mitleid: Fortschritt. Schlingensief, Kerner, Christiansen, Heck. Meiser, Pflaume, Schmidt. Nüchternheitslust.

SPEED
ATTACK

VI
4.5

Freitag, 30.10.98, Berlin.

917. Ich gib dir mein Herz zurück, du brauchst meine Liebe nicht. Mit kleiner Sinnverschiebung hat sich der Ohrwurm heute morgen hier eingenistet, gar nicht unangenehm.

1213. Los gehts.
Benjamin
Abfall
Hasenfuß
Maximilian

Münchner
Nivea
Calcium
Adolf
Amelie
Ulli Rädler
Socken
Kassettten
die Diebin
bin ich nicht
feine Leute

1511. Müllerstraße.
BANZHAF

Der Apotheker und Industrielle

ERNST SCHERING
13.5.1824 – 27.12.1889

stellte seit 1851 in seiner Apotheke chemisch-
pharmazeutische Produkte von hoher Reinheit her.
Er gründete hier 1864 die »Chemische Fabrik
Ernst Schering«, das Stammhaus der späteren
»Schering AG« im Wedding.

winterlich
Oranienburger Tor
SEID RADIKAL
WEG MIT
Armut
Geld
Reichtum
Kunst-Werke Berlin, Auguststraße 69
Daniel Pflumm, CNN, Questions & Answers, 1997
Sound
Wolfgang Tillmans, Polizeihubschrauber, 1995
Technik, Größe, 5x4
Vibeke Tandberg
11jährige Mädchen
Rutschen auf eigene Gefahr
Rineke Dijekstra
Tiergartenbilder 1998
Stan Douglas

Cemetery
Alma's Beauty College
Center
House
Book Cadillac Hotel
Michigan Central Station
Amerika, du bist schon älter
kaputte Szene
Jiri Ceiver
BEEP 98.2, 1998
Struktur für eine Pflanze
Unfinished Bellychains, 1998
Honey Suckle Company
HSC 3D, 1998
Zimmer
Bettchen
Video
Hochbett
Keller
Fernseher
Matratze
Pulli
Filzstift
Schrift
FUCK FAN
Alexa
Easy Living
Archiv

1659. Auguststraße 10.
Kule Club
Dj PP
WOHNMASCHINE
Tucholskystraße
Linienstraße 155
Neuger Riemenschneider
hey
zwei i-Macs
Ackermann
pinkrosa
hautrosa
Malerei
hohe Tatra
Les Deux Alpes

Init Kunsthalle
Marta Rosler

SPARTAKUS
DAS HEISST
FEUER UND GEIST
DAS HEISST
SEELE UND HERZ
DAS HEISST
WILLE UND TAT
DER
REVOLUTION
DES
PROLETARIATS
KARL LIEBKNECHT

kritische Collagen
Automatismus
Collagen jenseits davon: Albert
Warum fühlt man sich von Kritik so wahnsinnig ge–
Denken
Kunst
nichts zu verstehen
Sand
Baustelle
Jermome
weiße Daunenjacke
Italo-Trash

1825. Wieder daheim. Anatomie. Na, ihr beiden? Essen, Zeitungen, Fernsehen.

ich war wegen der Toten
an der innerdeutschen Grenze
zu siebeneinhalb Jahren Gefängnis
verurteilt worden

wie 1964
hatten die Bewohner
alle Lichter eingeschaltet
ein Glückwunsch
ins All

das hier ist viel schlimmer

sie zwingen uns zur Autozensur
wobei wir nie sicher sein können
ob wir jetzt etwas Verbotenes
geschrieben haben

2052. Los gehts.
Irrsinnn
warum
ich wußte ja nicht, daß
Niederschrift
Intellektualität
Freund-Feind-Linie: ist doch Unsinn
normal wäre: immer Streit, immer Freundschaft
gegenstandsvermittelt
Herzlichkeit des Denkens
HIER SIND
DIE FAKTEN
Lehrter Bahnhof

NEUBAU DES BUNDESKANZLERAMTES

Gegenwind
Planen
Crellestraße 22
Gemurmel und Stimmen von oben
bei Merves, beim Kapielski-Event
was soll da heißen: WIR?
Mercedes-Benz
Frechheit
ich erkläre gerne
das versprochene Foto
Wasser
Zigarette
Panik
Bilder machen
Diavortrag
Stühle und Tische
eine exorbitante Vielheit zuhause
im Reich der
ist auch
auf dem man sitzt, den sieht man nicht
so ist das eben alles
aber die Sache lebt

auch von der Masse
Vertrauen
Sex
Ex und Pop
Optische Industrie Gesellschaft
Optische Anstalt
die geile Nonne
kleiner Mönch
das schlackernde Geräusch der Planen im Wind
Wörterbücher
Sprachwerke

NIE WIEDER
DEUTSCHLAND

2258. Vor dem d.
drin
Haß: kenne ich nicht
wichtigste Frage des Abends
Acapulco Gold
Baß und Gitarre
hula music
Worte
die aus dem Sozialen kommt
Caro

120. Dennewitzstraße.
im 90°
Hinterzimmer
JL
Armin
VV
Spandau Ballet
Pop
Motor
Übernahme
London
Renner
Angst und Schrecken
jlfrontpage.de
Glückseligkeit der Täglichkeit
Viva
Video
Disko

Rabea
Uli
Ibiza
Oktoberfest
was gehtn
Herbstdepression
Spiegeltisch
Plüsch
nackter Rücken
schöne fremde Frau

252. Wieder am Rad. Odyssee.
Kurfürstenstraße
Potsdamerstraße
Kleistpark
genau falsch rum: zurück
Bülowstraße
Staatsbibliothek
Potsdamer Platz
Brandenburger Tor

DER UMBAU DES REICHSTAGSGEBÄUDES
ZUM SITZ DES DEUTSCHEN BUNDESTAGES

Moltke Brücke
wieder falsch: wieder zurück
quer, durch, hinten, anders, wie denn?
Gegenwind
Leere, Park, Licht, Brücke
wo bin ich denn jetzt?
total falsch
Luther Brücke
John-Foster-Dulles-Allee
Bellevue-Ufer
Schloß Bellvue
da ist ja der Neubau: Wahnsinn
ein dunkler Smaragd, glimmend
deshalb also, gut, okay

BUNDES-
PRÄSIDIALAMT

Tunnel zur Siegessäule
und wieder zurück
Lichterallee

Brandenburger Tor
Unter den Linden
Friedrichstraße
Oranienburgerstraße
Hackescher Markt
Neue Schönhauser Straße
Weinmeisterstraße
ah, endlich

348. Im Casino.
Eintritt, Cola, Tanith
rauchen, reden
Soloalbum
Hitmen
Brian Wilson
Kalifornischer Alptraum
müde

DEATH
OF
GLITTER

bis morgen

435. Sturm von vorn. Chausseestraße.
-gehts schwer, wa?
-ja echt, jetzt isses wirklich –

448. Voll erledigt wieder daheim.
627. Licht aus.

INSTANT GERMAN ACCENT PILLS

VI
4.6

Samstag, 31.10.98, Berlin.

1216. Am Schreibtisch.

1408. Christian ruft an.

1452. Alphabet: die andere Ordnung der kompletten Willkür, neben der Zeit, die ALLES gleich macht und so alles einlädt, vorzukommen, auch dabei zu sein. Ohne Hierarchie, die reale Demokratie aller Sachen, Ereignisse, Subjekte und Ideen, unterschiedslos genau darin, daß jedem Ding sein vom Namen definitiv speziell bestimmter Ort zusteht, ganz automatisch. Nichts ist zu entscheiden, alles, was es gibt, ist ja eh gegeben, einfach herrlich. Wie ich auf der Frontpage-Seite im Internet so bißchen rumblättere und lese.

was ich Glück nenne
Anruf
Abend
Freiheit
klaro

Salz
Milch
Tinte

rapide altern

da ist der Mann wieder
von gestern
mit der schwarzen SPEED ATTACK Jacke

im Kaisers, neu, der Zeitungsstand
eine Familie beim Lesen
er: Auto-Bild
sie: Bild der Frau
das Kind sucht noch: Kinder-Bild
wird gerade entwickelt

Regal
Dieb
Angst

Altmarkt Pilsener

den Verstand verlieren
das Schönste
Rausch
dafür würde man doch alles tun

2014. Also gut: zuviel Haß. Der Haß nervt. Vielleicht gehts ja auch anders. Eben lief ein Film von Theo Roos über, entschuldigung, Frau Jelinek. Kennst du Theo Roos? Wie findst du seine Stimme? Du kennst ihn nicht? Er ist dir wurscht? Okay. Frau Jelinek auch? Aha, das ist bei mir zum Beispiel anders. Bei jedem Satz von beiden stellt sich die Frage: bin ich verrückt oder die? Warum bin ich in jedem einzelnen Punkt anderer Meinung? Nicht so bißchen anderer Meinung, sondern wutglühend, haßtobend. Und offenbar wäre es jetzt normal, wäre es das übliche Verfahren, dann zu sagen: Fall erledigt. Bin ich nicht, interessiert mich nicht. Ich bin ein anderer, als die. Und man wendet sich ab und wartet auf die Dinge, die einem entsprechen, um dann darauf zugewendet zu reagieren. Das wäre mir aber bißchen wenig. Das wäre die geordnete Armut, die bei vielen Leuten herrscht, die sich relativ aufregungslos mit sich und dem Rest auskennen, wo man aber denkt: alles ganz entspannt, alles easy, aber nicht doch vielleicht ein bißchen wenig Welt?

Das Problem geht mitten ins fast Unentrinnbare des Naturells, vielleicht auch ins Wesen der kreativen Produktivität. Was Heidi Paris gestern sagte, war etwas total Extremes: sie sagt, sie KENNT keinen Haß. Das kommt bei ihr nicht vor, sie denkt nicht so, sie empfindet so nicht, nie. Und das habe ich wirklich, so simpel das ist, von keinem Menschen jemals gehört. Ich wußte überhaupt nicht, daß es sowas gibt. Ich selber bestehe zu etwa 90 Prozent aus Haß, der Rest ist Wasser und Glück. Der Haß bei mir ist Rohhaß, Haß in absoluter Reinform. Leute, die mich näher kennenlernen, sind entsetzt. Verstehe ich gut, ich selber bin es auch, ist ja logisch. Die Konsequenz ist, daß ich nach einem Leben suche, wo der Haß nicht NUR Destruktion anrichtet. Wo auch was Vernünftiges dabei raus kommt, Produktion. Genau dagegen aber richtet sich der Einwand jetzt: die Sachen, die so entstehen, sind kontaminiert, vergiftet vom Haßgift. So kommt es zu der Frage, ob es nicht doch vielleicht auch anders ginge. Wie denn? Wie?

Wie müßte sich Produktivität organisieren, wenn an JEDER Stelle, an der Haß aktiv ist, eine andere Kraft wirken müßte, würde? Und welche könnte das sein? Es ginge ganz konkret um folgende Orte, die mit Haß-Stellvertretern besetzt werden müßten: Irritierbarkeit, Genauigkeit, Antiautonomie, Gleichgültigkeit aller Sätze, Interesse an allem, Reizüberlastung, mit allen anderen auf einer gleichen Ebene.

Im Grunde geht es um Heiterkeit. Und dann ist man ein Weiser, wenn man das könnte. Denke ich plötzlich, wie mein Blick auf das Bild von Luhmann fällt, er lehnt da an der Wand bei mir, am Boden, unscharf im Augenwinkel, wie mir eben erst auffällt, direkt links neben dem Bildschirm, die ganze Zeit. Wo Heiterkeit sein müßte, in diesem Grund, ist bei mir aber Finsternis. Die

Finsternis heißt schwarze Seele.

Vieleicht könnte es ja eine Art intellektuelle Übung werden, eine Herausforderung ans Denken, in jedem konkreten Fall einer heftigen Haß-Empfindung ganz schnell im Kopf durchzurechnen, wie man das Auslöse-Ereignis emotional anders bespielen könnte. Welche Alternativen zum Haß-Gefühl denkbar wären. Harald Schmidt kucken hat manchmal genau diesen Effekt. Das dürfte nur kein Arbeits-Krampf, kein Güte-Terror, keine Moral werden. Das geistig Experimentelle, Bewegende, das einen irgendwie Kickende müßte dabei führend sein. Anfang der 80er Jahre, tschuldigung, entdeckte ich plötzlich, ich glaube bei der Lektüre von Sounds, daß irre interessante Denkeffekte für mich entstehen, wenn ich JEDES meiner spontanen Urteile einfach ins Gegenteil umdrehe, und dann kucke, wie sich das anfühlt. Wie man sich fühlen würde, wenn man das Gegenteil von dem denkt, was man eigentlich denkt. Das war gigantisch, das war ein neuer Kontinent, eine neue Zeit, das Ende der Knechtschaft, das Ende der Unmittelbarkeit. Vielleicht kann man ja im Emotionalen der Haß-Ordnung eine ähnliche Erfahrung der Freiheit machen.

Wobei, eines ist klar: man könnte alle diese Probleme pharmakologisch angehen und beseitigen, mit Haschisch, Alkohol, Pillen, Pilzen, völlig egal. Es müßten nur allerdings Drogen aus der Familie der entgrenzenden Drogen sein. Der Weg reizt mich aber nicht richtig. Es ist eine fast sportliche Lust, die Probleme der Arbeit mit den Mitteln der Arbeit zu klären. Das Feld der Klarheit nicht zu verlassen. Aber auch diese Lust wird irgendwann natürlich spastisch, ziemlich schnell sogar. Und das ist das Schwierigste: der Wechsel, die Änderung, das andere Programm, Tagleben, Nachtleben. Die zusammen zu halten, zusammen zu bringen, Tag und Nacht, Tag für Tag.

234. Paar Bier später, wieder mal am Rad: ja, dingens, also, folgendermaßen, usw usw ...

MUTMASSUNGEN ÜBER DAS WASSER

VI

4.7

Sonntag, 1.11.98, Berlin.

1639. Ich sitze am Boden, draußen wird es schon dunkel, auf Video läuft das

Literarische Quartett, dann die Laarmann-Ausgabe von House-TV, und Bild meldet ganz groß: Jaaa! es ist Liebe, Di und ihr Chirurg. Ich sortiere nämlich Zeitungen aus, ein Packen von Anfang 97, Montag, 6. Januar 1997. Silvester 96 kam ich her. Angenehm ist es zu spüren, wie der Schmerz nachläßt. Wie mit der Zeit – die Zeit vergeht. Und wie man endlich mitmacht, endlich also doch. Man schmeißt die Zeitungen vom Jahreswechsel 96/97 weg, plötzlich gehts, es geht ganz leicht. Ist schon passiert. Das ist sehr schön.

so heißen Zweige
die durch mehrmaligen Fruchtbehang
stark nach unten gekrümmt sind

DIE
GEKÄMMTE
KUGEL

darf ich dazu
einen Satz sagen

Reich-Ranicki: hat der diesmal Valium-Zäpfchen gekriegt?

Bruchstücke
Fragmente
Zerrissenheiten
knapp und keuchend
Splitter

der Knochenmann spielt auf
und ostpreussisches Gestampfe

lassen Sie mich doch mal ausreden

A-Head
Beasties
Club Canossa
Drug
Angel Express

da komm ich her
da will ich nie wieder hin

024. Wie soll die Welt ausschauen? Wenn man davon keine Vorstellung hat, die ABWEICHT von dem, wie es ist, was ist – kann man nichts machen, nichts Neues, eigentlich überhaupt nichts. Auch an dieser Abweichungsstel-

le wird ein Haß-Stellvertreter gesucht. Alles was üblicherweise über Sampling gesagt wird, zuletzt von Burkhard Riemenschneider über die Bilder von Majerus, die bei ihnen gerade in der Galerie hängen, geht am Problem des Neuen vorbei. Das Neue kann so alt sein, wie es will, als Idee, es bleibt EINE zentrale Kategorie für Qualität. So wie Stimmigkeit, Logik, Schönheit etc. Es gibt kein tolles nichtneues Kunstwerk. Weil Kunst von Kunst und Zeit gemacht wird, nicht von Intentionen, individuellen Absichten, interessanten Begründungen, Ideen. All das sind Probleme des Künstlers. Und während er sich damit beschäftigt, müssen die objektiven Agenten, Kunst und Zeit, nebenher die Schöpfung hervorbringen dürfen.

BRIT AWARDS 94
SOMMER 98
ELECTRONIC DISCUSSION

Jagd
Kartenspiel
Protestgeneration
meine Vorliebe für Currywurst

vielen Dank
Marianne Rosenberg
jetzt zu dir
Gitte

die Lebensqualität
hängt auch ein bißchen davon ab
wie wenig Scheiße man sich anhören muß

und ich möchte
einfach allen nur sagen
halloo
und vielen Dank

OCCULT CHEMISTRY

VI

5.1

Montag, 2.11.98, Berlin.

1053. Als ich gestern zum ersten Mal auf die Uhr schaute, in der Küche, war es elf nach elf, und ich dachte, gibts doch nicht, nicht schon wieder, rannte rüber ins Arbeitszimmer, und sah auf der Funkuhr diese Einser-Orgie: 1.11. 11:11.18. Das versuchte ich dann schnell zu fotographieren, diesen kurzen Uhraugenblick, aber ich glaube, es war zu dunkel. Der 8.8.88, das war auch so ein Drama, den ganzen Tag. Ich kaufte extra einen neuen Stempel, nur aus Zahlen gemacht. 99: man will jetzt schon nur noch schnell hinüber, durch. Der Sog ist brutal stark, von drüben, vom nochnicht.

1113. Cora ruft an. Wir reden über die Members Only Homestory von gestern, auf rtl 2, dann über House-TV. Der eigentliche Grund ihres Anrufs: der Weckruf für morgen, morgen 13 Uhr. Okay.

einmal sucht ein Reiterheer
die Flucht vor dem Unheil – Sturmgötter
dirigieren in diesem Fall die Wolken

1140. Bedingungen der Wirrnis schaffen. Dafür sorgen, daß man sich nicht mehr auskennt. Neuorientierung. Ortswechsel. Wohin?

1536. Weiter Abfall gelesen, dann eingekauft. Christian wollte mir neulich, bei ihrem tschechischen Abend am Samstag, unbedingt AUF DEN KOPF HAUEN, mit einem Buch, vorn auf die Stirn, von oben. Der Schlagende steht auf einem Stuhl, sie machten es mir dann vor. Das Buch ist ein rotes, großes Nikolaus-Buch, in dem alle Sünden des vergangenen Jahres verzeichnet sind. Und es hat den Titel, möglicherweise in goldenen oder gar silberweißen Lettern gesetzt: OCCULT CHEMISTRY. Es ist schon ganz krumm geschlagen, am Schlagrand. Der Geschlagene bricht im Krach des Treffers hingebungsvoll aufseufzend zusammen, der Kick wäre angeblich sehr geil. Ich hatte aber keine Lust. Doch, du mußt! Nein, ich muß nicht! Warum?! Weil ich nicht mag! Warum?! Weil ich eine Pussy bin. Uli: Rainald! Mann oder Maus! Maus natürlich, ist doch klar, ist doch viel netter. Die nächste fixe Idee von Christian: komm mit! Wohin denn? Hier! Ins Schlafzimmer! Hier!, setz dich hin! Wir saßen nebeneinander auf seinem großen Ehebett. Dann wollte er unbedingt, daß wir jetzt zusammen diese ZÄPFCHEN nehmen. Verzeihung, das pack ich nicht. Warum?! Komm! Was isn da überhaupt drin? Codein! Komm! BITTE! Nur so, total gestört, aber so übertrieben und durchgeknallt, daß sogar mir klar war: ein Spiel, eine Inszenierung, ein Spaß. Ein: mach doch einfach mit. Das machte ich dann, sofort war es herrlich. Zwischendurch wurde fast völlig ernst wieder über die BZ geredet, über Wagner, über das Böse im Menschen, den Boulevard. Christian sagte zu allem das Gegenteil von neulich. Er ist wieder weggegangen, von der BZ, Wagner wäre ganz furchtbar, die BZ die Hölle usw. Alexander, der dort auch arbeitet, erzählte aus dem Innenleben kleine Szenen. Erzählte auch von Joachim Kaiser, den er mal im Tantris interviewt hat. Das hat mich tausend Mark gekostet. Davor war er in der Philharmonie gewesen und hatte sich dort Bruckners Vierte angehört. Er schwärmte vom Genuß des symphonischen Wahnsinns, der unvergleichlichen Akustik dort, von der Jugendlichkeit des Orchesters. Wer hat denn aufgelegt? Barenboim. Und ich dachte sofort, stimmt eigentlich, man könnte mal wieder bekifft ins klassische Konzert gehen und auf ganz andere Gedanken kommen. Ich wußte gar nicht, daß es noch völlig echte Menschen gibt, die sich Bruckner anhören, in der Philharmonie. Christian stellte mir seine Freunde vor, die sich bei ihm verabschiedeten. Jeder war der Klügste, jede die Schönste. Zwischendurch: Niederknien, Händeküssen, Wurstsalat essen, Biertrinken, rauchen, und den Menschen androhen, sie mit indischem HITLER Parfüm vollzusprühen. Wenn sie böse sind. Nee, Übertreibung. Am Schluß standen wir in der Init-Bar, leicht schwankend, wieder niederknieen, weiterreden. Eva kam vorei: ist alles okay? Ja, ganz wunderbar, vielen Dank. Christian sagte, München ist: die Stadt der Lüge. Wie ein Faßbinder-Filmtitel. Wir redeten über seine Anthologie Mesopotamien. Über Helge Malchow. Mo machte Musik. Kotai schaute zu. Ich ließ mich von einem großen Fremden, der mich hier schon mal angesprochen hatte, wieder dazu verleiten, paar Platitüden über Luhmann zu sagen. Das war falsch. Christian schenkte mir einen kaputten Lichtschalter, den er irgendwo im Init-Bar-Dreck gefunden hatte. Darf ich dir was schenken? Klaro. Vielen Dank, für Ihre Aufmerksamkeit.

1605. Vorhin ein kurzes Telefon mit Herrn Ortmann, er ist wieder da. Innerhalb von SEKUNDEN, wirklich, lassen sich ALLE Fragen klären. Das ganze Prozedere, die Sachlichkeit, die Geschwindigkeit, die Grundvernunft, die sich im Sozialen eben AUCH realisieren kann, wenn sie nur will, wenn es kickt. In Summe sind solche Arbeitsverhältnisse für mich der Inbegriff von Herzlichkeit.

1612. Dann ruft Alexandra an. Wegen Terranova, Grooverider, Glashaus, mal kucken.

1743. Unten an der Haustüre pinselt der Hausbesitzer die lackierten Ritzen mit Abbeizmittel ein. Er erklärt dazu, daß er nicht weiß, ob es funktioniert, er probiert es eben mal, das Abbeizmittel wäre speziell umweltschonend. Er heißt mit Vornamen Adolf, und kommt auch noch von damals. Wenn die Amelie Frieds dieser Welt ihre Kinder wieder Adolf nennen, weil das so ein schöner seltener Name ist, dann können Augstein und Walser Neues zur Normalität der Deutschen befinden. Es ist nur überhaupt kein Zeithorizont für so eine Änderung wirklich vorstellbar. Ich dachte immer, die Sache dieser deutschen Schuld dauert, ganz biblisch, sieben Generationen. Das hieße, von jetzt aus nochmal mehr als hundert Jahre. Hundert Jahre Geschichte sind ein faßbares Stück Zeit, hundert Jahre Zukunft sind Äonen an Unvorstellbarkeit und Möglichkeitenmassen.

1756. In der Faz steht, daß morgen in der Literaturbeilage neue Noten bekanntgegeben werden. Der eigene Name ist auch aufgelistet. Da durchzuckt es einen, das bin ja ich. Heute beginnt in München das Wintersemester, genau so fühlt sich das an, die ewige Uni des Lebens. Die Scheine können im Sekretariat zu den Geschäftszeiten abgeholt werden. Aushang am schwarzen Brett der Faz.

1801. Davor war ich der Fahrschule. Was alles kostet, wie es geht, wie es los geht. Der 1er kostet natürlich extra. Erst muß man die Theorie machen, muß Bögen kaufen, lernen, einen Probetest machen, dann darf man beim Tüv die theoretische Prüfung versuchen. Praxis kommt später, eh klar. Pflichtstunde, Anmeldegebühr, Prüfungsgebühr, alles ganz normal. Ich habe jetzt erst mal die Bögen gekauft. Danach war ich noch im Matratzenladen. Ich halte die alte Brudermatratze nicht mehr aus. Davon bin ich heute Nacht aufgewacht. Die hellste Beleuchtung auf Erden erstrahlt in den Matratzenläden. Die eine am Boden würde sich ganz gut anfühlen. Ob sie denn riecht, die neue Matratze? Das hängt ganz davon ab. Das könne man so allgemein nicht sagen, das wäre auch psychisch bedingt. Meint die Matratzenverkäuferin. Ich: bei mir nicht, das ist bei mir von den Geruchssinnen bestimmt. Solchen Objektivitätstrotz hört sie sichtlich nicht so gern. Aber da stimme ich ihr auch schon zu, ich weiß ja, was sie meint. Sie reißt das Plastik auf, und ich vertiefe mich in den Neugeruch der Latexmatratze. Leider bin ich kein Gummifetischist. Ich versuche mir vorzustellen, wie ich nächtelang im Halbschlaf diesen Geruch für Normalität zu halten versuchen werde. Nein, das wird leider nichts.

das sind meistens Patienten
die unter einer Psychose leiden
mit einer Depression
ein Schuldwahn
daß sie sich bestrafen wollen

dann beginnt der Prozeß
der geistigen Vorpräparation

und ich glaube
daß ich mich dem Ruf
nicht entziehen sollte

kurze Haare und lange Nächte

pink shots

VI
5.2

Dienstag, 3.11.98, Berlin.

1034. Hallo Schnick Schnack, hallo Welt, in der wir leben. Wie müßte es laufen, hier, daß man was damit anfangen kann? Service, Vorzensur, Zensur und Knast, also auch falsch. Egal, egal.

1106. Längeres Telefon mit Hans-Ulrich. Celebration kann nicht erscheinen. Es ist nicht genügend Papier da. Mein Wahn, dünne Bücher haben zu wollen, macht die Preiskalkulation schwierig. Um den Preis halbwegs niedrig halten zu können, muß man in der ersten Auflage mehr drucken, als ursprünglich geplant. Dazu ist jetzt nicht genügend dünnes Papier da. Man könnte jetzt mit 29 Mark und dickem Papier erscheinen. Oder Ende Januar, mit dünnem Papier, für 24 Mark 80. Dafür hat man sich im Verlag jetzt also entschieden. Ist doch okay.

1123. Florian Illies ruft an. Ich kriege sofort einen Lachanfall, weil Hans-Ulrich eben gesagt hatte: haben Sie schon gesehen? Faz? Nee, ist es denn SEHR schlimm? Naja, Verriß, von Florian Illies. Aha, schade. Und jetzt läutet es also, und er ruft mich an, Florian Illies. Ich rede sofort los, erkläre, ich hätte eben gehört, er hätte mein Buch verrissen usw. Dann stellt sich raus: es ist Benjamin. Kleiner Scherz, Wahnsinn, okay, Scham. Daß es Witze gibt, ist eigentlich noch gar nicht richtig vorgedrungen, in die tieferen Schichten meiner denkenden Reflexe. Auch das ist ein Grund, warum ich ein dankbarer Harald-Schmidt-Kunde bin, warum ich die Gemälde von Daniel Richter so toll finde. Krampf, und Kampf um Wahrheit, keine Möglichkeit zur direkten Distanz. Distanz, die normalerweise intuitiv eingespielt wird, vom Freiheitsgrund her, muß mühsam intellektuell konstruiert werden. Und verliert damit das Befreiende. Benjamin: ich würde dort, bei Illies, vorkommen als der 45jährige Techno-Opa. Ich wäre doch erst 44, oder? Da muß ich selber einen Moment überlegen, stimmt, 98 war das Jahr, in dem ich 44 war. Nur eines steht fest: wir sind keine vierzig mehr. 98 läuft noch. Mein Motto heuer: WE HAVEN'T EVEN STARTED YET.

1223. Erpressung, Erpressungsschreiben. Egal, was den Druck macht, das wird natürlich nichts, so kann das nichts werden.

1307. Bei den Spirits. Unterwegs mit der Faz. Patrick Bahners schreibt über Normalität. Total normal. Und für das Poptextchen: Pop, Normalitätsnorm. Dann gehts hoch zum großen Kathi Drescher Treffen. Und? Wie isse? Angenehm. Sie hat Einladungskärtchen dabei, auf denen steht groß der Titel »Praxis«. Das kenn ich doch irgendwie, noch von daheim. Ich mache es ihnen vor, am Telefon. Praxis Doktor Goetz, grüß Gott. Wir sollen in weißem Flokati versinken und lesen. Max weiß gar nicht, was ein Flokati ist. Sie erklärt alles, wir sind begeistert und lachen uns schlapp. Ein Typ liest aus Gedichten, die hätten den Titel »Traurig«. Ich erkläre das Wort pink shot, das ich gestern im Spiegel gelesen habe, und bestelle Max den Gruß vom Hustler-Chefredakteur Uwe Hasenfuß. Kathi Drescher geht, Cosmic Baby kommt. Aber nur auf Platte. LUCIFER. Wir hören sie an, klingt gut, es ist ein alter Metropol-Hit. Max erzählt, er hätte damals, in the days, dem Cosmic geraten, sich doch lieber Cosmic Harry zu nennen, anstatt Cosmic Baby. Er heißt nämlich Harald. Oder Henry? Jetzt heißt er Baby, lebenslänglich Cosmic Baby, das ist wahrscheinlich schlimmer als die Fatwah. Dann das große neue Thema: das Internet-Frontpage, das große JL-Comeback. Das war die House-TV-Sendung nämlich. Genau die Mixtur aus verstört, präzise, intelligent, wirr und hohl und schnaubend, und dann wieder genau auf den Punkt usw usw. Alles, was ihn und sein Ding immer ausgemacht hat. Das ragt einfach raus, aus dem Wust der Schreiber, der Ideenleute, der Kritiker, der Checker und Hänger und Plänehaber. Auf Viva läuft die neue Storm-Single. Wir warten auf den Membersbreak, der kommt aber nicht mehr, der muß ganz am Anfang sein. Spoon, von Max gespielt: ich bin der Spätauschecker, der Etagenfrauabtörner. Es wäre eine ganze Serie von mindestens vier derartigen Selbstbezichtigungen der späten Größe gewesen, die Spoon neulich beim Gehen vor sich hin und dem Abturn ins Gesicht gespuckt hätte. Auf dem Bildschirm der Fischerin kucken wir uns noch kurz den geplanten Umschlag für die England-Ausgabe der Westbam-LP an. Er: das ist Fliegen, Tanzen und – Totsein.

1606. Wieder daheim.

Zeitungen, Obst, wirr
in die Dämmerung hinein dämmern
im Schutz der Mißverständnisse, selbstverschuldet
wir haben nichts zu verlieren, außer –
intensive Reflexe, Konstruktion einer Antwort

Mimesis, Nicken, Verstehen, Glück
auch falsch, klar, okay
macht aber nichts

1736. Word. Retro: megabasic, ultragerade, supersimpel. No words, höchstens vier. Stehen. Geht.

1824. Am Schreibtisch. Brief an Hans-Ulrich. Fax von Thorsten.

Zeitungen, Fernsehen, Küche, Bett

man nannte ihn
das Staunen der Welt

VERSTREUTE GEDANKEN, VERSAMMELTE TITEL

VI
5.3

Mittwoch, 4.11.98, Berlin.

2200. Und hier die Themen des Tages. Als ich heute Morgen aufwachte und zum ersten Mal auf die Uhr schaute – tschuldigung, aber es war schon wieder so. Ich hatte verschlafen. Es war elf. Nachts war ich wach gewesen, hatte am Schreibtisch gesessen, dann Zeitungen gelesen, dann das Spiegel-Gespräch von Augstein und Walser. Augstein ist einem einfach sympathisch. Es wurde draußen schon hell, ganz bißchen, da dämmerte ich wieder ein. Im Halbschlaf wurden es immer mehr Worte. Rückblick.

1241. Anruf von Thorsten.
1358. Die Anzeige skizziert und gefaxt.
1512. Büro, Büro.
1533. Telefon mit Thorsten, zu unserer Anzeige.
1556. Eingekauft, tief dämmrig ist es schon draußen.
1634. Zeitungen gelesen, Regen, Dämmerung.
1659. Los, fast schon ganz dunkel jetzt.
1705. Am Rad.

Rückenwind

wie neulich: Bild des Lebens
denn die im Lichte stehen
sieht man nicht
man denkt
das bin ich selbst
jedoch es ist: der Rückenwind

das ist der Unterschied
ob man okay ein interessantes Wort findet
oder mitunter
das Wort bisweilen
durch mitunter ersetzt
weil einem manchmal
einfach zu BANAL erscheint

1721. In der Galerie Max Hetzler, bei Sarah Morris. Geometrisch geordnete Linien und Felder, schön bunt und leuchtend, abstrakte Ansichten, so die Titel, von hohen Häusern in den Städten. Okay, aber in echt schaut das alles ja so wahnsinnig viel TOLLER aus, eben erst war ich am U-Bahnhof Französische Straße, wo die herrlich zurückgenommene Hysterie dieser Jüngstmoderne in Beleuchtung, Simsen, Strenge und Heiterkeit explodiert, sowas von in Begeisterung geraten auf dem Rad, Wahnsinn, Wahnsinn, hatte ich gerufen, vor Glück, da vorbei radeln zu dürfen, jetzt, in der Abendlichtflut. Da kann die leicht biedere Verzichtshaltung der mit dem Lineal gebändigten malerischen Mittel dieser Bilder hier nicht so richtig mithalten. Max hat bei mir ein Jeff Koons Büchlein für Jeff himself bestellt, mit Widmung. Gerne setze ich mich an den Schreibtisch hier und schreibe dem artist of our time meinen Dank vorne rein, daß er mir seinen schönen Namen für mein Stück geliehen hat.

1806. Dann im Hugendubel. Wieder suche ich nach Patrick Bahners' Kohl, es ist nicht da, was da liegt, ist Kohl selbst, ich wollte Deutschlands Einheit. Auch recht. Und Max Goldt, Mind-Boggling, das schenk ich dir. Ihre Internetseite gefällt mir ganz gut. Ah, das freut mich natürlich.

1814. BEACHVOLLEYBALL. Die Chausseestraße stadtauswärts. Immer besser verstehe ich den Ost-West-Übergang, gerade hier. Zur Zeit lebe ich gern in meinem Dreckswedding. Ich kaufe ein ansteckbares Fahrradrücklicht. Das schaut so pumpig aus, wenn die Fahrradkuriere im Zittertakt der Rotlichter auf ihren Rennmaschinen vor einem hin und weg und fort ziehen.

1906. Vielen Dank, aufwiedersehen. Meine neuen Freunde: die Herrschaften von der Abteilung Schlaf, Matratze, wieder ein ganz eigener, voll durchsystematisierter Wahn, phantastisch. Der Kollege im Karstadt, wenn ich nur wüßte, welche Art von Ausländer er ist, auf jeden Fall die allerfeinste. Er wiegt 64 Kilo. Sagt er mir, aus Freundlichkeit, weil er mich gefragt hatte, wieviel ich wiege. Er will es nicht glauben, daß ich nicht hart und gesund, sondern superweich und gemütlich im Bett liegen möchte. Drin, nicht drauf. Eine Matratze nach der anderen MUSS ich noch probieren, er will gar nicht mehr aufhören. Wenn es noch bißchen weiter gegangen wäre, hätten wir uns schließlich gemeinsam auf den letzten Matratzen gewälzt. So blieb es noch beim abwechselnden Wälzen, mal wälzte er mir vor, wie gut es sich auf speziell dieser speziellen Bultex-Schlaraffia wälzen würde, mal war ich dran, mich eher skeptisch wälzend. Anschließend gemeinsame Analyse der Wälzerfahrung. Berichte über Fabriken in Belgien, wo die Kindersexmatratzen exklusiv hergestellt werden. Den Kindersex hat er nicht erwähnt, den hat mein Kopf dazugemacht. Der weichste Weichegrad, den ich brauche, heißt komischerweise H 1, also andersrum als bei den Bleistiften. Nach fast einer Stunde: Abschied nehmen, aufwiedersehen, aufwiedersehen, doch wird man sich wahrscheinlich niemals wiedersehen.

1918. Es kommt mir wie Verrat vor, aber ich gehe noch mal kurz in den Laden von neulich. Die Latexmatratzenfrau ist gar nicht da, das ist ja angenehm, der heutige Kollege hier ist auch von der anderen Abteilung. Es geht ganz schnell, er bittet mich ins Hinterzimmer. Zack, Zack. Stimmt nicht, er berät mich nur sehr flott und präzise. So langsam weiß ich, was ich suche. Slow sex wahrscheinlich, ich muß mal das Fachblatt Allegra konsultieren. Allegra: die Gazelle.

Iris Radisch
eine der bedeutendsten
Flamencotänzerinnen Deutschlands
ist wieder auf Welttournee

Rafael
der sogenannte Freund
von Frauke
den ich neulich
bei Sensation traf

es ist kein großes Spiel
Nervosität

2200. Und hier die Themen des Tages.

Sie sind ja
einer derjenigen
der gesagt hat

wir müssen uns
unsere Biographien erzählen

OPERATION ADLERAUGE

Schlußpfiff
der FC Bayern
gewinnt beim FC Barcelona
mit 2 zu 1

ich hatte noch nie soviel Mühe
irgendein Fazit abzusondern wie heute
ich bin gespannt auf die Analyse
von Franz Beckenbauer gleich bei Günther Jauch
wir beginnen mal mit der 9. Minute
a Witz sowas des is a Witz
also ich – mir fehlen wirklich die Worte

wir haben heute Abend
Traumgäste
und ein
fabelhaftes Programm

ICH MALE ALLES
UND REDE MIT JEDEM

VI
5.4

Donnerstag, 5.11.98, Berlin.

950. Schlafen, schlafen, endlich schlafen. Wieder war ich nachts wach gewesen, zum Lesen, und morgens wieder eingeschlafen. Langsam verstehe ich es. Ich kann schlafen wie ein freier Mensch, wann ich will, soviel ich will.

1203. Endlich, Albert schickt zwei Sonnen, für unser Bild-Text-Theaterstück AUTHENTOIDE. Kurz darauf kommt ein Fax, und auch er findet, Fear and Loathing nicht gut zu finden, geht nicht. Könne ich nicht bringen. Faszinierend: alle finden diesen Film gut. Lupo sagte, Fabian findet ihn gut, und auch JL sagte, Armin und er und wer noch finden ihn auch gut. Okay, dann irre ich mich wahrscheinlich, oder was ist los? Ich fand es am Anfang penetrant, überzogen und deshalb langweilig, und dann nur noch langweilig und übertrieben und überpenetrant. Wenn Drogenrausch heißt, Menschen kriegen Echsenköpfe, gehen komisch daher, schreien sich hysterisch an, und finden die normale Alltagswelt ganz was Verrücktes: gehts vielleicht noch bißchen billiger und stumpfer? Nee, die Dämonie von extrem hinüberen Situationen ist komplizierter, diffiziler, asozialer und böser. Baut sich anders auf, bewegt sich anders, und ist am Schluß viel weniger lustig und kaputter als in dem Film alles die ganze Zeit. Aber darum geht es in dem Film gar nicht. Aber worum dann?

1325. Zwischendurch bricht die Sonne durch.
1528. An Authentoide, Brief an Albert.
1548. Dann verschwand das Mord-Kommando.
1618. Wieder am Rad, Sophienstraße.

sie liegen im Bett, zum ersten Mal
sie sind gerade an der Stelle mit – eh super
das Telefon klingelt, sie geht hin
ihr Freund ist dran, nettes Gespräch, herzlich
sie verabschiedet sich, kommt zurück ins Bett und lacht
jetzt soll es da so weiter gehen
echt?, ist ja hart
verstehe, weiß nicht, komisch, ja genau
so war das gewesen, daß es das gewesen war

1623. In der Contemporary Fine Arts Galerie, bei Daniel Richters Bildern. Hallo Bruno! Hallo. Das schaut ja toll aus hier. Seit wann ist denn das? Nicole hängt da nämlich als Gesicht riesengroß, von Ruff wahrscheinlich fotographiert, eines dieser klassischen Porträts der frühen Jahre, direkt über dem Rezeptionsschreibtisch im Vorraum. Ich gehe rein und gehe einmal durch, und das ist wirklich ein irrsinniger Flash. Der Flash der Malerei. Die Gewalten, die Farbe, die Energien und das Ringen. Das ist für mich der momentane Extrempunkt dieses Mediums, dieser Spezialdisziplin. Ich stelle mich einfach vor das erste Bild hin und fange an, es abzuzeichnen. Ich will mich eigentlich nur kurz einsehen, um die einzelnen Bilder besser unterscheiden zu können. Auf der Eröffnung, am Wahlabend, war ich ja schon eine Stunde hier gewesen, und habe auch nur auf die Bilder gekuckt, dann und wann auf Daniel, der existentialistischen Extremirrsinn auf mich einredete, hochvernünftig. Das ist der Nachteil an Eröffnungen: zu viel Text. Und die Reihenfolge ist falsch. Erst kommen die Bilder, dann Text, Fragen, Erklärungen. Auf den Eröffnungen ist es immer umgekehrt, muß auch so sein, da geht es ja um das soziale Event, das Kunst auslöst und umgibt, nicht um den Solipsismus, Autismus, Radikalismus, die Abstraktheit und Isoliertheit der Werke selber. Schon nach nur EINEM Bild bin ich komplett erledigt. Kann nicht mehr kucken. Es ist zu hart, zu brutal, es ist ein unbeschreiblicher TERROR, diese Bilder. Ich gehe rum und lasse die Worte kommen.

Kräfte
Bestreitung
Gewalt, Gewalt, Gewalt
POLITIK DER FORM
Schmierage
du sollst mich nicht duzen
Fährte
ich zeigs dir
mein Licht
vor Zeiten, vor Zeiten
auch diese Bahnen
ich will nicht darauf insistieren, nur –
wir hatten neulich in der –
alles zu machen
bedenken
haben
wägen
Zwang: brutal
brutal kontrolliert
wie zur Kontrolliert-Zeit
ausweglos
Granit
mitten drin
Diktat
Freiheit: null
no fun
null, null, null, null, null
alles zu
du mußt
es ist, wie es ist: so
genau so
Ultrarealismus
das ist die Lage
es ist fast nicht auszuhalten

nirgendwo hin
keine Rettung, keine Tiefe
kein Raum
schon Raum: aber Böse-Raum
keine Entschuldigung
absolute Negation
Negationsmalerei

was Albert von Freiheitsseite her sieht
kurz vor der Zerstörung
der Monochromie
der Selbstabschaffung
suizidgefährdete Bilder
Wahnsinn, Beziehung, Bestimmung
überbestimmt
soziale Gewalt
usw usw

1725. Herzlich willkommen im Galeria-Matratzen-Studio. Sagt der Computer im Kaufhof am Alexanderplatz. Das macht ja keinen Spaß, da per Computer Matratzennamen zu ermitteln. Meine heißt Mykonos, echt. Wer denkt sich sowas aus? Und warum schauen alle Leute hier so ARM aus, so ostmäßig unterdrückt? Immer noch, wirklich.

1748. Auguststraße, Galerie Eigenart, bei Stefan Jung. Direkt daneben, Adamski, der Mühlheimer Adamski. Richtiggehend rührend wie diese Leute aus ihren frühen Pictogrammen und Jokes irgendeinen Weg suchen zurück ins BILD, komplett vergeblich. Sie nennen ihre Ausstellungen dafür »Tafelbilder«. Ich muß jetzt endlich mal kucken, auf welchem Niveau im neuen Texte zur Kunst Heft die Auseinandersetzung mit Malerei stattfindet. Wahrscheinlich auf dem Niveau des Wortes Tafelbild.

1942. Haßanfälle beim Kulturfernsehn-Kucken, die ich jetzt also mal programmtisch zurückhalte. Ich hatte nachts Max Goldts Nachwort zum neuen Buch gelesen, da hat der Faz-Komiker doch irgendeine kritische Meinung dazu geäußert, und ich empfand es jetzt wieder mal genau anders. Wohltuend, gerade an den Stellen, wo ich anderer Meinung war. Starke Meinungen, heftige Urteile, Idiosynkrasien und asozialer Unsinn setzen im Leser Freiheit frei. Finde ich. Man wird ja nicht aufgefordert zuzustimmen, man nimmt teil an einem Affekt, am Individuellen eines ANDEREN, an einem Denkvorgang.

2002. Word: mh – mmh. Halbton abwärts, ich summ es auf Kassette drauf, dann den Groove. Silent techno, natürlich music for the masses. Gelächter.

2049. Brief an Unseld. Anruf bei Martin, der ist nicht da. Anruf bei Stefan, der auch nicht. Fax an Albert.

MUENCHENER
RUECKVERSICHERUNGS
GESELLSCHAFT

2143. Capriccio. Wer spricht? Im Film über Feininger. Sie sagen es einem immer erst am Schluß der ganzen Sendung, das ist nicht sehr praktisch. Ich warte auf das angekündigte Achternbusch-Interview, er wird 60. Es kommt, es ist alt. Sie sagen nicht, daß sie das Interview schon mal gesendet haben, vor zwei, drei Jahren etwa. Der niederbayrische Waldler als Religionsforscher. Ein Highlight der Finsternis, echt bitter. Nach diesem Interview, – vielleicht war das sogar 93?, als Festung erschien – hatte ich mir wieder gedacht, für mich: kein Fernsehen, keine Interviews. In der SZ ist ein tolles Augstein-Interview. Er wird heute 75. Wunderbar, wie er am Schluß erzählt, wie er abends vor dem Fernseher sitzt und den Tier- und Natursendungen ZUHÖRT. Er hat eine Krankheit am Auge. Man möchte herzlich gratulieren und ihm Wohlbefinden wünschen.

Respekt vor der Asche
das zeichnet uns aus

wie äußert sich das bei einer Frau?

wir gehen jetzt duschen
und ich sage –

TSCHAKKA
ZEITSCHRIFT FÜR THEORETISCHES FERNSEHEN

VI
5.5

Freitag, 6.11.98, Berlin.

1245. Alles wie gestern. Schreibtisch, Faxe, Anrufe, Warhol, Computerabsturz, Martin, Caféhaus, Antibiotika, Bruno, und Frau Payton in Texte zur Kunst. Jeder einzelne Satz strahlt das ganze Denken seines Autors ab.

das Fürstentum
erklärt allerdings nach wie vor
Großherzogin Feodora
sei zu diesem Verzicht nicht befugt gewesen
der Streit wird also weiter gehen

1547. Matratzenladen Turmstraße. Bestellen dauert 6 Wochen.

-zahlen Sie zusammen, oder einzeln?
-zahlen wirs zusammen?
Sie schweigt.
-ich zahle es zusammen.
Mann und Frau vor mir am Bahnschalter. Sie sagt nichts, er zahlt, und sie schaut streng und beleidigt.

VERSUCHSANSTALT
FÜR WASSERBAU UND SCHIFFBAU

1645. Stimmt, irgendwas war doch heute nacht, mit Alkohol, Führerschein, schon wieder nicht kriegen. Park-Picknick. CONCORDE. Größte Matratzenkette Deutschlands.

1710. Wieder daheim. Nochmal zur Struktur Affekttext: Zustimmung zum VERFAHREN, nicht primär zu den Resultaten. Zur Position, nicht zu den Ansichten.

wir lagen am Bett
Sonntagnachmittag, es wurde schon dunkel
so früh wie jetzt, Januar, Februar
ein riesiges Fenster
der Glanz des Abendhimmels draußen
Ferne, hohe Birken, alles zart
und wir: total in –

1730. Zum Beispiel habe ich mal Frau Heyne kennengelernt, bei einem Geburtstagsabend von Ebert. Die war herrlich. Sie ist von ihrem Mann geschieden, arbeitet aber weiter leitend im Verlag. Wir redeten über Fernsehen, sie hatte alles gesehen, und zu allem interessante Meinungen, auch zur Literatur. – Weil Max Goldt den Heyne Verlag, in dem Mind-Boggling angeblich als Taschenbuch erscheinen wird, widerwärtig nennt. Wobei er natürlich nicht Frau Heyne meint, sondern das Riesenunternehmen und seine Output-Maschinerie, die über jedes einzelne Buch mit Brutalität drüber rollt. Halleluja Suhrkamp. Werden wir morgen eh alle zusammen sein, bei Bertelsmann? Und ist das wirklich schlimm? Echt keine Ahnung.

it's a lovely day
and the sun is shining
everywhere I go

ART COLOGNE
32. INTERNATIONALE MESSE
FÜR MODERNE KUNST

VI
5.6

Samstag, 7.11.98, Berlin.

331. Auf.
428. Am Schreibtisch.
941. Aufgeräumt, gepackt, los.

1015. Bahnhof Zoologischer Garten.
-bitte einen Kaffee und ein Hörnchen
-ein großes Berliner Kindl

1019. Im ICE 990 Claus Graf Stauffenberg.
1157. Hannover.
1216. Speisewagen.
1301. Bielefeld.
1414. Wuppertal.
1430. Rude Boy.

1441. Köln.
1445. Anruf bei Jutta.
1505. Bei Albert.

1607. Wieder los.

EXCELSIOR HOTEL ERNST

1627. Wie am Fußballplatz, am Dom.
1636. Art Cologne. Eröffnung. Einladung. Eingang.
1650. Ich kann irgendwie nicht kucken, auf die Kunst, ich sehe lauter Menschen, die sind so – . Schön vielleicht? Ja, genau. Nee, doch nicht, anders. Die senden so viel aus.

First Spaceship on Venus
Geldkraft
Kölschtreff
Hakenkreuzproblem

1958. Heinrich-Böll-Platz.
2027. Wieder bei Albert.
2050. Bayern – 60, 3 - 1.

110. Gegessen, eingeschlafen, aufgewacht. Also verschlafen, aha, naja, auch okay. Das wars.

DER KLEINE BONNER

VI
5.7

Sonntag, 8.11.98, Köln.

Herrlich.
Leicht gelähmt.

Krebber.

Ich hatte gedacht: mehr spielen, weitermachen, reden, kucken. Zu: und jetzt? und dann?

Bulatov. Helge. Diedrich. Bahnhof. Bonn. Häuser und Namen. Immendorff. Wieder Zug, wieder Köln. McDonald. Benjamin. McEvening mit Aust, Christiansen, Fat Boy Slim, Ideen-Gewimmel, a, a novel, usw.

BURG
FÜR IMMER BURGEN

VI
6.1

Montag, 9.11.98, Köln.

1225. Packen, los.

1300. Bahnhof, Tagesschau, Gedenken zur Pogromnacht. 1989 war vom 9. November überhaupt nicht die Rede. Da kam Chris oder Ladi irgendwann damit an.

1517. Im Zug. Blasse Gouache. Durch den Herbst dahin, Nachmittag, in den Abend. Ist es Ihnen zu kalt? Ich glaube, das liegt mehr an mir. Gelähmt.

1707. Nacht, tiefe Nacht.

1747. Berlin.

1818. Endlich wieder daheim.

AUSSPRACHE
ZUR REGIERUNGSERKLÄRUNG

VI
6.2

Dienstag, 10.11.98, Berlin.

1338. Okay, dann pack ich den ganzen Scheiß eben wieder aus. Zeitschriften, Zeitungen, Papiere, Bücher. Sogar die Führersschein-Prüfungsfragen hatte ich dabei, zum Üben und Lernen, für unterwegs. Aber wozu? Ich kann mich woanders fast nie richtig konzentrieren. Und jede Konzentrationsschwäche heißt sofort: was solln das alles? Was mache ich hier eigentlich? Auf Erden. Wozu weiter leben? Ich will heim, ins Bett, ins Grab.

1342. Ich muß in EKSTATISCHEM Zustand sein, um auch nur den stumpfesten Gedanken fassen zu können, um auch nur das Banalste denken zu können, wie Aufstehen, Kaffee machen, mal kucken, was so los ist, im Kopf, muß HYSTERIE herrschen, innerlich. Und äußerlich Stillstand, Ruhe, Alltag, Automatik des Vertrauten.

1352. Die hierfür zuständigen Tagebücher sind von Klaus Mann. Die habe ich jetzt natürlich wieder in München. Politik und Sex. Menschen, Drogen, Arbeit, Schrift. Lesen und Schreiben, Trinken und Reden. Dauernd auf Achse, auf Flucht, im Pullman, zwischen den Städten, bewegt vom Sturm vom Anfang des Jahrhunderts, Termin, Termin. Welches ernstzunehmende Buch hat er eigentlich geschrieben? Aber ein LEBEN als Schreiber hat er hingelegt, unter den kompliziertesten Bedingungen. Der Moment, in dem ich ihn sehe, schon relativ spät, am Schreibtisch, abends, er hat noch ein Date, er muß nur noch schnell drei Seiten schreiben. Aber er weiß es längst, das wird nichts mehr, das war nichts, das ging grandios los, und das wars dann gewesen: die Jugend, vorbei. Die Männer seines Alters fangen gerade noch einmal von vorne an, Wiederaufbau. Seine Zeit wäre eigentlich erst noch gekommen, in den 60er Jahren, wie für Adorno, Marcuse, die Studenten hätten ihn sehr geliebt. Er aber mußte jetzt raus, sofort, getrieben, jetzt gleich und hier: laß nehmen. Genommen haben, und dann endlich da sitzen, endlich sehnsuchtslos, und so verglühen, vergehen, das wars. Kaputte Szene, Respekt ohne Ende.

1626. Was mir gestern gerade noch gefehlt hat: Kritik an meiner Amtsführung hier. Früher habe man morgens um halb neun den fertigen Vortag geliefert bekommen. Inzwischen werde es manchmal halb zwei Uhr Mittag. Ich soll mal voran machen, liefern. Okay, okay. Bin ich Maschine, oder was? Bin ich nicht.

EXPERIMENTELLE EXISTENZ

VI
6.3

Mittwoch, 11.11.98, Berlin.

2014. Kein guter Tag. Nachts ging mir das Zwickmühlengegrübel über Abfall im Kopf herum. Ich kann einfach nicht erkennen, was die Totenform dieses hier live entstehenden Textkonvoluts ist. Anfallsweise denke ich, selbstverständlich muß das erscheinen. Und schon im selben Moment kommt es mir viel richtiger vor zu sagen, eine Netzgeschichte, und das wars. Meine Lieblingsvorstellung: daß es ohne groß zu erscheinen, einfach irgendwie da wäre, wenn das Netzleben erloschen ist, in sieben reclam-kleinen Heftchen vielleicht. Daß das rumliegen würde, umsonst, bei den Prospekten, als Werbegimmik, eine kleine Aufmerksamkeit des Hauses. Abfall für alle eben. Ein halbes Jahr lang, jeden Monat ein anderes Hefterl. Aldi-style, Dokumentation eines einjährigen Live-Konzerts.

2051. Dann kam um kurz nach neun das Fax: Luhmann ist gestorben.

8.12.1927
Niklas Luhmann
6.11.1998

2112. Das ist so traurig. Kein Mensch hat Luhmanns Werk bisher wirklich ausgelesen. Aber Luhmann selber war noch nicht fertig damit, mit der Niederschrift, das ist das Traurige an seinem viel zu frühen Tod. Daß es für ihn selber möglichst wenig schlimm war, für den großen heiteren Weisen, so früh schon sterben zu müssen, daß die Schmerzen und das Kranksein nicht zu schrecklich waren, und der letzte Atem gesegnet von dem, woran er glaubte. Er hat immer erwähnt, daß das alles ganz leicht zu ihm kommt, das Ungeheuerliche seines Werks. Und er war mit allem, wie es war, einverstanden, weil er sich entgegen der Intuition, noch nicht genau genug zu verstehen, ein Verständnis erdacht hatte, warum etwas, obwohl es doch eigentlich völlig unwahrscheinlich, unselbstverständlich war, eben doch vernünftig war, einzusehen. Auch im Hinblick auf den Tod war sein Weltzugang eine lebenslängliche Meditation, das Menschlichste in schönster Weise. Ihm alles zu wünschen, was Sinn nur sein könnte, bis zum letzten Lebensrand, und dann Frieden.

2206. Heute zu viel Gegenwind, zu schnelle Wolken, zu viel Sonne, Nacht. Dürfen die Toten ruhen? – wo? – im Frieden sein? – bitte wirklich ja.

IM ZEITVERHAU VER

VI
6.4

Donnerstag, 12.11.98, Berlin.

ARAL-CENTER-SEESTRASSE

HANS-JÖRG-BRAEUER
SEESTRASSE 18-19
13353 BERLIN
Tankstellen-Nr.: 0110041142
Tel.: 030/4536026
Fax.: 030/45482310

Beleg-Nr. 3502/005/00003 12.11.98

900806 FRANKF.ALLGEMEIN 2,00 DM B
900807 SÜDD.ZEITUNG 2,00 DM B
900808 DIE WELT 2,00 DM B
900802 BERL.MORGENPOST 0,90 DM B
900804 BERLINER ZEITUNG 1,00 DM B
900800 BZ 0,90 DM B
900801 BILD 0,80 DM B
900803 TAGESSPIEGEL 1,20 DM B
900821 DIE ZEIT 5,00 DM B
900809 TAZ TAGESZEIT. 1,90 DM B
075092 PRESSE ERM. MWST 1,80 DM B

Gesamtbetrag 19,50 DM

MwSt.B 7,00 % 1,28 DM

Werbetext auf Qittung
Der Verkauf von Kraft- und Schmierstoffen
erfolgt im Namen und für Rechnung der
ARAL AG. Im Gesamtbetrag ist der
gesetzl. Bevorratungsbeitrag enthalten.

2205. Morgens am Schreibtisch, nachmittags in der Stadt, abends beim Fernsehen. Bürokratische Faszination, und trotzdem, wenn klar ist, wie es läuft, müssen Erwartung und Offenheit in ein freies Spiel treten dürfen, mit wirklich unbestimmtem Ausgang. Sonst wirds megaöde. Fiel mir nach einem längeren Telefon mit Benjamin ein. Natürlich wieder mal im Nachhinein. Es gibt ja Leute, die haben es gern, daß etwas von ihnen erwartet wird, ich überhaupt nicht. Schon wenn es im Zeitungsladen heißt, wie immer wieder alle?, fühle ich mich von der Intimität dieser Ritualisierung belästigt und suche mir einen neuen Laden. Oder in der Leibniz-Klause, wo wir zur Mix-Büchlein-Zeit uns am immer gleichen Essen vergnügten, zweimal das Hühnerfrikassee bitte, ist der Spaß der Wiederholung für mich eigentlich vorbei, wenn die von der Bedienung ausgesprochene Erwartung die Fiktion zerstört, man würde aus allen möglichen Möglichkeiten völlig frei und spontan dann doch wieder das gleiche, alte, immer schon Gehabte auswählen. Erwartung: wenn da was gestört ist, gibt es sofort Probleme in der Liebe. Gibt es aber auch Nervosität für Kunst.

Mozart-Herzl
Giotto
Happy Hippo Snack
After Eight
Milka Ganze Nüsse

SOZIOLOGISCHE AUFKLÄRUNG BAND 8

VI
6.5

Freitag, 13.11.98, Berlin.

945. Band 8. Gibt es nicht, wird es nie mehr geben. Ich sah das Buch im Traum.

1000. Immendorff in Bonn: verrückte Ausstellung. Anstrengend, nervig, beeindruckend, abstoßend, Respekt gebietend. Brutal in sich zerfallen und nicht wirklich schön. Er will mit einer solchen GEWALT die Wahrheit forcieren, das ist wider alle Natur der Kunst. Und zugleich, von Künstlerseite her gesehen, extrem menschlich, verständlich. Er will raus aus der Virtuosität seiner eigenen Maschinerien, völlig richtig, aber die Art, wie er das mit der Brechstange versucht, ruft sogar Mitleid hervor. Darf das sein? Auf jeden Fall erhebt diese Ausstellung einen Anspruch, der herrlich ist: auf ein erst noch zu leistendes, kommendes Werk. Vor gut einem Jahr hat sich an gleichem Ort Polke mit der definitiv todsicheren Nummer präsentiert, verabschiedet und selber beerdigt. Hat gesagt, ich bin schon tot, habe aber super Laune. Toll. Immendorff sagt: Was ich kann, ist Irrsinn und macht mich verrückt, was ich will, ist Himmel und Hölle, und ich weiß nicht, wie soll ich es malen? So erschüttert von Krise habe ich einen Maler im Alter der Reife bisher noch nie gesehen. Und das wirkt natürlich auch ungeheuerlich und groß.

Schwangerschaft macht schlau
Prince Charles wird 50
97 Jahre Hörgerät
Erster Naddelautomat in München
Hundesteuer Detektive

Frau Lewinski randaliert in einem Restaurant

1257. Vorhin, im Netzl, blätterte ich wieder in JLs Frontpage, und da steht: 1999 Erscheinen des Generationenromans AHEAD. Jetzt muß er ihn nur noch schnell schreiben, der Titel klingt jedenfalls gut, die Ankündigung mit Datum und Genrebezeichnung auch. Interview mit schöner Frau:

-was machst du?
-zur Zeit kellnere ich in einem Café, gebe mich meinen Forschungen hin und studiere Modedesign.
-und hast du deinen Dämon schon gefunden?
-ja, die GIER.

Da weiß man, was los ist, was gemeint ist, worums geht. Da kriegt man Angst und gute Laune.

1307. Ich schrieb am Pop-Textchen, notierte, auch unter Einfluß eines gestrigen Gesprächs mit Albert über hier: Fiktion der HEITERKEIT, Programm für Dekonspiratione. Es geht um Verwandlung, Selektion, den anderen Flug des erzählerischen Blicks.

1324. Telefon mit Robert Koall vom Hamburger Schauspielhaus. Zur letzten Krieg-Aufführung, zur Anselm Premiere, zu Jeff Koons. Hamburg löst sich langsam auf, Julia und Ole sind in Basel, Carolin ist nicht mehr da, und Wilfried geht nach Hannover. Sylke hält die Stellung. Robert kommt neu aus Berlin, von Schlingensief. Natürlich ist es aber auch toll: die immer wieder reisende Truppe, in deren weiterziehenden Troß man irgendwie auch so bißchen mit reingehört.

1349. Telefon mit Hans-Ulrich. Erst das Unangenehme oder erst das Einfachere? Erst das Unangenehmere bitte. Aha. Erst Celebration, wieder zum Preis, dann Jeff Koons, Korrekturen von Druckfehlern für die zweite Auflage.

1413. Winterlich, mit Sonne. Wie beim Skifahren. Es schaut so kalt aus draußen, und in der Wohnung ist es warm und sonnenhell. Die Fenster sind beschlagen. Und zur Putze sagen: wenn Sie dann beim nächsten Mal die Fensterscheiben bitte machen, man sieht ja kaum noch raus. Ins kahle Gestrüpp der nackten Kastanie springt einer der großen, schwarzblau gefiederten Metallic-Schweif-Vögel aus dem Frühjahr. Weg ist er.

1436. Lob ist schlimmer als Lüge. Wie sagtest du so völlig richtig eben? Durst ist schlimmer als Heimweh. Lob ist schlimmer als Strafe.

1450. Am Rad. Lesen heißt ja eben NICHT entziffern, sondern Anschauen und Verstehen, Kucken und Erkennen, Wiedererkennen, nicht Buchstabieren, sofort Wissen, was da steht, usw.

Hugendubel in Berlin

Die Welt der Bücher
Friedrichstr. 83
Tel.: 030 / 20 63 51 00
13.11.98

3886806588
Bahners, P: Im Mantel d. Ge 34,90 *

ZWISCHENSUMME 34,90
EC-Cash 34,90
gegeben: 34,90 0,00
*incl. 7%MwSt aus 34,90 = 2,28
Vielen Dank für Ihren Einkauf.
Auf Wiedersehen!

#030759 KASSE 01 C 016 15:03

1521. Wieder daheim. Es wird ja nicht besser durch warten. Daß die Sachen gären und keltern und dann in was Gesteigerteres, Tolleres verwandelt werden würden. Interessant finde ich allerdings die Frage, warum man sich jahrelang praktisch kaum traut, irgendwas zu sagen, schriftlich, und sich dann plötzlich zum Schauplatz so eines Textexperiments werden sieht, das sich da ereignet. Abfall, Ichformversuch, weltbestimmt. Vielleicht entsteht auf die Art Freiheit für ein neues Leben. Und neue Texte würden folgen.

eisig dahin
blaßblau der Himmel
weißliches Licht
und die Sonne im Dunst steht schon ganz tief, links
gleich ist es Winter
die Türme der Schering AG
haben den Blick nach oben geführt, hoch

ich hab ein dunkles Höschen an
sagt Elke Heidenreich
und kreischt

schön daß du da bist
sagt Kerner

herzlichen Glückwunsch
ich habe ja nur meinen Job gemacht
these are THE GIESSEN TAPES

und dann Licht aus
und aus

SPARTANISCHE VERSE

6.6.6

Samstag, 14.11.98, Berlin.

1151. Mir ekelt vor Elke Heidenreich, egal was sie anhat. Das hat mit ihrer Psyche zu tun, mit ihrer Stimme, mit ihrem hysterisch herzlichen Betschwestern-Act, mit der ganzen verlogenen Direktheitsshow. Und sie lieben es alle, alle. Allein ihre Haare, pfui Teufel. Sagt das böse Haß-Teufelchen, das heute zahlenbedingt doch wieder mal Auslauf hat.

1229. Und zur Strafe wird es mir irgendwann so gehen, wie neulich in der Autorenbuchhandlung. Wo ich bei den ausgelegten Gedichtbüchern stand, und dachte: ist doch alles herrlich hier, die Auswahl, die abgelegenen und naheliegenden Dinge gesammelt. Was hatte ich denn so gräßlich zu schimpfen neulich? Und beim Zahlen, freundlich hingewiesen auf meine hier herausgebrüllten Unfreundlichkeiten, zweimal sagte: das ist mir ja richtig peinlich, daß Sie das mitbekommen haben. Und zweimal die freundliche Antwort erhielt: das muß Ihnen nicht peinlich sein. – Auch daran zeigt sich, daß Abfall so langsam doch zu Ende gehen will, daß allzu komplizierte Rückkopplungseffekte sich häufen. Bei gleichzeitiger Erschöpfung aller Beteiligten. Man weiß ja nun, was los ist, wie es läuft, daß es sich fortsetzt usw, man hat verstanden. Anstrengend, das immer noch weiter zur Kenntnis nehmen zu wollen oder zu müssen. Vielleicht auch, weil die Sache von meiner Seite aus so unfrei wirkt, wie sie wirklich ist. Dem Plan zu gehorchen, der Ziffernmagie folgend, zeitentsprechend. Und wenn demnächst die nächste Dreizahl hier erscheint, wird es sich also erfüllt haben, Amen.

1257. Telefon mit Wilfried. Ist der Donnerstag für dich ein guter Tag? Donnerstag wäre okay. Dann ruf ich dich am Montag an und sag Bescheid. Sehr gut, und ein schönes Wochenende.

1350. Drei Tage. Mein Lieblingsjahresbericht, 88, aus dem Januar 89, zwischen Kadaver-Wahn und Angst-Verschüchterung. Und immer dachte ich, wann werde ich denn mal wieder so schreiben dürfen? Neun Jahre später erst.

1540. Aus dem hell erleuchteten Reichelt auf die Straße treten, und es ist fast schon ganz dunkel geworden, plötzlich, in der kurzen Zeit, in der man im Laden war. Ich hätte mir doch den Tagesspiegel auch kaufen sollen, denke ich, das muß ich gleich machen, fahre los, doch dann hat sich die Absicht in träumerischen Gedanken zum Zeitungswahn verloren, und ich wache am Rad wieder auf mit der Erinnerung, wie Peter Gente neulich nach dem Kapielski-Abend im Ex-Ex-und-Hopp von SEINEM Zeitungsding erzählte. Er liest also auch wahnsinnig viele Zeitungen, aber vorallem eben nichtdeutsche, italienische und französische, und das gibt natürlich ganz andere intellektuelle Effekte, klar, eine komplett andere Perspektive. Das Best of des Tages kriegt Heidi Paris dann zu lesen. Man braucht sich nur den Merve-Verlag anzuschauen und seine Wirkung kurz zu vergegenwärtigen, und man muß echt sagen: die Zeitungsobsession dieses einzelnen Menschen, in Verbindung mit der speziellen Merve-Konstellation, hat das Denken in Deutschland wahrscheinlich mehr verändert, als – Unsinn, der Komparativ ist Unsinn, der Gedanke stimmt. Die internationale Zeitungsobsession von Peter Gente hat hiesige Intellektualität massiv mitgeprägt.

1621. Und ich dachte an den legendären Jugendfreund des Vaters, den sogenannten Bongo, Röntgenologe in Wien, von dem erzählt wurde, und immer mit dem Unterton der größten Bewunderung, er würde im roten Morgenmantel in seinem Arbeitszimmer im Lehnstuhl sitzen, nachmittags, und die internationale Presse lesen, täglich, fünf, sechs, sieben verschiedensprachige Zeitungen. All diese Sprachen würde er sprechen, würde er täglich lesen. Vieleicht waren es auch nur vier, jedenfalls viele, also mehr als drei. – Und ich erinnere mich, daß wir selber als Kinder im Auto saßen, frühmorgens, auf dem Beifahrersitz, und dem Vater die Zeitung vorlesen durften. Es ging ihm meist nicht schnell genug, das Fahren sowieso, das Vorgelesenkriegen natürlich auch. Man wurde aufgefordert, schneller zu lesen, nicht alles, nur das Wichtige, schneller, ja ja, schon gut. Weiter. Nur die Überschriften. Stop, das. Das ist doch interessant. Was steht denn da? Ach so, ja, gut, reicht. Weiter, weiter. – Mich würde interessieren, wie die Brüder sich daran erinnern. Ob das meine Privatfiktion ist, oder ob das wirklich so war? Der Gedanke, daß man so vieles einfach nur geerbt hat, die ganze perverse Mixtur, die man ist, hebt komischerweise irgendwie extrem die Stimmung, echt.

1645. Vornacht. Nacht.
1710. Tiefe Nacht.
1826. Langer Brief an Unseld.

SCHULE
FÜR DRAMATISCHE KUNST

1947. Gestern, mit Patrick Bahners Kohl Buch. Blättern, suchen, kucken: wie? Wie gehtn das? Wie ist denn das aufgebaut? Und erst wie ich feststelle: gar nicht, keine Gliederung, kein Aufbau, keine Kapitel, keine äußerlich erkennbare Ordnung, kam es mir, wie SEHR das IMMER mein Erstzugang zu Büchern ist. Am Tag zuvor genauso mit dem zumindest äußerlich supergegenteiligen Theweleit-Buch Ghosts, das Alex mir neulich empfohlen hatte. Der erste Blick geht automatisch ins Impressum, und dann folgt gleich die Suche nach den Fugen, nach dem Außenappeal und den Proportionen eines Textganzen. Vielleicht hat sich Patrick Bahners gedacht, Kohl ist auch so ein Irgendwie-Brei, so eine 180-seitige Suada, in einem Stück runter. Oder er will, wie das Literatur ja will, die sich so geschlossen gibt, daß der Leser tiefer, ernsthafter, inhaltlicher einsteigt, sich aufs Ganze einläßt, nicht nur Häppchen wahrnimmt und so schnuppermäßig kuckt, ob ihn da was anspricht, wo er sich dann festlesen möchte vielleicht usw.

2021. Die Außenordnung gehört, heute ist mit 6.6.6 der Tag, das hier zu wiederholen, tief ins inhaltlich Innerste der formalen Vorphantasie vom Ganzen einer Sache: eine kleine Erzählung in fünf Teilen, fünf Tage, Dekonspiratione. Oder eben ein Stück, das sich an einem Wochenende, jedoch in sieben Akten abspielt, beispielsweise, wie Jeff Koons. Der liebe Gott hat sich bei Erschaffung der Welt auch von der Ordnung der Woche inspirieren lassen, völlig normal. Zahlen, Geometrie, Musik und Schöpfung hängen eben zusammen. Wenn räumliche und zeitliche Ordnung sich widersprechen, oder zumindest miteinander interferieren, kann es sachlich richtig und ganz logisch sein, mit dem Ort des zentralen dritten Akts zu beginnen, dorthin zweimal zurückzukehren, und doch zugleich die örtlich darum herumgruppierten anderen Akte in der ihnen entsprechenden zeitlichen Reihenfolge zu benennen: erst die Liebe, dann die Kunst, dann der nächtliche Exzeß im Club. Und losgehen tuts im Club, in der Palette, ist doch klar. Sage ich den Leuten, die es doof finden, daß Jeff Koons mit den Worten DRITTER AKT losgeht. Das ist doch nicht doof, das ist doch lustig, ich finde, das stimmt.

2205. Und noch mal Ton aus, Text an: Peter Fuchs schreibt über Luhmann, in der taz. So zehnmal ja, so ernst und menschlich, zart und wahr. So klingt die Trauer, daß er nicht mehr lebt.

und jetzt habe ich natürlich eine Frage:
seid ihr gut DRAUF?!

JA!

2303. Heißt es in der Titten-, Ärsche- und Schrei-Sendung Nightfever. Das müßte sich der namenlose Regisseur der Harald-Schmidt-Show mal ankucken, um ein Gefühl dafür zu kriegen, was das für ein Instant-Abturn ist, wenn Harald Schmidt zu Beginn der Show 40 Sekunden lang mit Getrampel, Geschrei, und dem sprichwörtlich nicht endenwollenden Applaus begrüßt wird. Als normaler Mensch schaltet man da automatisch um.

2308. Zu Mehmet. Mehmet: Popstar. Hellgelb und weiß, lässiger gehts echt nicht. Ich seh schon den Sat-1-Film, Regie Bernd Eichinger, nach einem Drehbuch von Kai Hermann. Der Stern hat nämlich alle Rechte gekauft. Im Flugzeug wird er schon bewacht von so einer rattigen Reportersau. Und wir können alle sagen, ja, wir sind dabei gewesen.

GHOSTS

VI
6.7

Sonntag, 15.11.98, Berlin.

1640. Fun is back in art, at the art party. For art is part of party.

1737. Ich war kurz am Hamburger Bahnhof, um den Sensation-Katalog zu kaufen. Der Auflauf dort, sensationell, wie es sich für Sensation gehört. Der Buzz, die Hysterie, das Geschrei über New York Trash in Köln, Emotion in Hamburg, die Biennale hier: auf die Art findet die Malerdebatte statt, die Immendorff um sein Werk herum geführt haben möchte. Ich lief einmal kurz durch, die Leute ziehen einen richtig rein, dazu. Wieder war ich fasziniert, wie gut sie alle ausschauen. Jede Menge Nachtlebenleute, die gehen da alle rum, reden, lachen, und schauen sich die Werke an. Und die Debatte, die stattfindet, ist die Hintergrundsumme dieser vielen verschiedenen LEBEN, die auf einem bestimmten Offenheitspunkt sind, biographisch, intellektuell, vergnügungsnervös. Ich traf Marcus von den Spirits, animiert und belustigt verständigt man sich kurz auf ähnliche Empfindungen.

Letzten Sonntag in Bonn war es leer, ruhig, würdig, und wenige wirklich an der Immendorffschen Malerei Interessierte vertieften sich ausgiebig in die komplizierten Gemälde, in ihr Ringen und ihre vielfach vertrackten Argumentationen. Debatte ist hysterisch, will immer neues Futter, schnelle Reize und bitte keine Mühsal. Gerade wenn man selber eher zur verquälteren Truppe gehört, muß einem das doch extrem sympathisch erscheinen. Ich verstehe nicht, daß Immendorff das nicht versteht und pompöse und lächerliche Kommentare zur eigenen Position in der Welt und der Kunst abgibt, wie in diesem Faz-Magazin-Interview, über das wir uns in Wien wirklich SCHLAPP gelacht haben.

Fun is back heißt natürlich auch: Politics und Poetics treten wieder in bißchen komplizierterer Gestalt auf, als das in den vergangenen Jahren so üblich geworden war. Es kam so, wie es sich abgezeichnet hat, die Documenta war der Höhepunkt dieser Art Anti-Kunst-Fraktion der 90er Jahre. War ja auch ein Riesenerfolg, traf die Stimmung, die Sehnsüchte, die Mode. Alle wollten sich verweigern. Und es hat bei den Verfechtern der ganz auf ihre Konzeptionen konzentrierten Konzepte immer genervten Widerwillen ausgelöst, wenn man polemisch sagte: sag doch mal EIN einziges Kunstwerk, den EINEN Künstler, den wir der verzichtenden Kunst der 90er Jahre verdanken. Die Aufforderung ist natürlich Blödsinn, obwohl sie doch auch eine richtige, provokative Zuspitzung enthält. Die Kunst der 90er Jahre hat eben eine generelle gesellschafliche Sensibiliät und Verantwortlichkeit abgespiegelt und mit hervorgebracht, die nicht zuletzt auch zum Regierungswechsel geführt hat. Auf dem engeren Feld der Kunst könnte man sagen, das Kunstwerk der 90er Jahre, hier in Deutschland, ist das Ganze der Zeitschrift Texte zur Kunst. Mit allen sozialen, intellektuellen und akademischen Effekten, die da dazu gehörten. Im Moment geht jetzt jedenfalls wieder mal was Neues los. Und das ist natürlich automatisch ein Riesenvergnügen.

1821. In Wirklichkeit bin ich krank. Grippig, fiebrig, so wachte ich auf. Und habe dann mit den Führerschein-Fragebögen zu lernen angefangen. Mein halbes Lernleben habe ich mit Multiple-Choice-Fragen verbracht, ein Drittel, sieben Jahre Medizin-Studium. Tonnen von Wissen habe ich auf die Art in meinen Kopf gekübelt, Wahnsinn, immer fasziniert von der Mechanik der in einem eingebauten Merkmaschine. Lernen ist Sport.

2045. Ich wollte im Mantel der Geschichte lesen und landete dann doch bei Theweleit. Was für Patrick Bahners Jacob Burckhardt ist, ist für Theweleit »die (strenge) Kritik von Monika Theweleit-Kubale«, vielleicht seine sogenannte Frau. Seit vielen Jahren geistert die als Nervensäge durch Theweleits Bücher, ich glaube, die muß demnächst nach Bagdad ausgewiesen werden, hat Herr Beckstein eben gemeldet. Sie verhandeln noch mit Saddam Hussein. Der sagt dazu:

kein Bild
darf dem anderen gleichen

HAVANNA

VI
7.1

Montag, 16.11.98, Berlin.

1158. Weniger ist mehr. Selten, und nur wenn SEHR viel da ist, wovon weggenommen wird, um zu dem Wenigeren zu kommen. Gemeint ist natürlich das Gegenteil. Je weniger von was Bestimmtem da ist, desto mehr des Gegenteils, des nicht Bestimmten, Unbestimmten ist dadurch da. Desto mehr Möglichkeiten bestehen noch, desto mehr FREIHEIT ist gegeben. Diesen relativ simplen Sinn dieses Spruchs, der mich immer aufgeregt hat, habe ich neulich erst vor Krebbers Bildern in der Galerie Nagel in Köln plötzlich verstanden. Auch auf dem Hintergrund der gleichzeitig gemalten, maximal gegensätzlichen Malerei von Daniel Richter. Daß Leere und Freiheit, auch wenn sie aller Weltrealität widersprechen, eben doch was Herrliches sind, wenn ein Kunstwerk voller Wenig sie einem zeigt als Möglichkeit des Schönen.

DESTRUKTIVE KONZEPTE

VI
7.2

Dienstag, 17.11.98, Berlin.

927. Gestern war der Tag der vielen Telefone, und abends, als ich mich nochmal an die Führerscheinfragen setzte und leicht wirr im Kopf fragte, was war denn heute eigentlich los, daß ich so wirr bin, kams mir: lauter Telefone. Cora, Diedrich, Christian, Daniel, jedes Gespräch eine eigene Erzählung. Und Faxe kamen aus Hamburg und Frankfurt, von Tresor und Low Spirit, und ich selber faxte rum und telefonierte mit dem Verlag, und immer schossen auf jede Aktivität Reflexionen zu, von denen ich dachte, muß ich gleich aufschreiben, nachher. Plötzlich war der ganze Tag vorbei, und Negt und Kluge redeten über Hegel, und Martin Pesch über Techno-Bücher, Kunst und Pop.

956. Ich schaltete immer wieder weg von Hegel, wegen dem dauernd frisch hochschießenden Haß auf Kluge, so sollte ich das doch machen, und mußte

doch immer wieder hinschalten. Daß jemand, wie hier gerade Negt, live wirklich versucht, Hegelsches Denken zu vollziehen, erlebt man als Nicht-Philosophie-Student nicht so oft, das ist einfach SEHR interessant. Wie sehr sich auch in einem hochgebildeten Professoren-Hirn Verstehen und Nichtverstehen dieser Philosophie mischen, wie sehr die Explikation angewiesen ist auf den aktuell im Inneren des Geistes sich ereignenden Neuvollzug der Gedanken. Und wie der im Reden mal geschieht und mal genau nicht. Wie dann ein Zitat einschießt, anstelle der geistigen Neuaktivität, die am Zitat hängende Erinnerung ans Verstehen des davon bezeichneten Gedankens, den man irgendwann mal wirklich gedacht hat usw. Wie sehr die eigenen Schwierigkeiten beim Nachvollzug bißchen komplizierterer Gedanken, Theorien und Systeme, egal ob man das beim Lesen von Hegel, Heidegger, Adorno oder Luhmann erlebt, wirklich ins Innere der Sache selber gehören. Daß Philosophieren manchmal eben auch heißt: noch nicht richtig verstehen, im Sinn des deutlichen Gefühls, daß einem etwas NICHT GANZ KLAR ist, verbunden mit der Ahnung, wie die Klarheit, die man sucht und ahnt, sich anfühlen würde. Und immer zusätzlich in Spannung mit der expliziten Verbalität, die in einem dauernd geschieht und aus einem heraus spricht, mit den Worten, die zwischen Ahnung von Klarheit und noch nicht exakt erfaßter Klarheit immer neu vermitteln usw usw usw.

Und Kluge quatscht dann dauernd rein. Deswegen funktioniert das mit der Non-Haß-Gelassenheit nicht, für mich, mit dem sich einfach abwenden von Sachen, die einen nerven. Wegen der Mischung: Negt und Hegel sind superinteressant, Kluge nervt. Martin Peschs Themen sind die meinen, aber das Naturell dieses Menschen macht mich rasend.

Steffi is back
Schröder bei Jelzin
Nur noch jeder zweite Mann will mitgebären
Liebe macht die Haustiere krank
Erotische Kalender für Dicke
Meteoriten-Gefahr

1228. »Niemand kriegt, was er sich wirklich wünscht.« Stimmt doch gar nicht, Lüge, Loser-Spruch. Aus dem Folterarsenal erwachsener Erzieher, eine Disziplinierungs-Parole, mit der die vom Leben genügend Enttäuschten den Jüngeren und noch nicht so krumm Geprügelten ihre Ambitionen kaputt machen wollen. Genauso gut könnte man sagen: jeder kriegt exakt das, was er sich gewünscht hat. Das sagen die Äußerungen älterer Menschen mindestens genauso oft wie das Gegenteil, jedenfalls nach meiner Beobachtung. Und auch Michael Rutschky wird, was er sich so sehr gewünscht hat, schließlich bekommen haben, die Nichterfüllung seiner Wünsche.

Es tut so weh: Wagner
Wagner: gewickelt
Wagner: gefüttert
Wagner: Sterbe-Station
Franz Josef Wagner: BZ-Chef-Gedicht

1313. Zum Wünschen: fünf Kinder hat der neue Bertelsmann-Chef Thomas Middelhoff, las ich gestern im Spiegel, und freute mich sofort. Daß ein solches Weltkarriere-Leben den Mut einschließen kann, eine so große Familie an den Start zu bringen, finde ich einfach herrlich. Ich stelle mir vor, daß es schwierig und toll ist für ihn, für die Familie natürlich auch, und daß alle Beteiligten stolz sind auf die speziellen Probleme, die sie sich leisten. Andere Talente, andere Wünsche, anderes Leben, anderes Glück: denn gerade in der Sicht auf den Vergleich bin ich natürlich froh, daß ich keine Kinder habe, und daß ich mir dadurch andere Probleme leisten kann, nämlich genau die, die ich die für meinen Beruf richtigen finde.

Ich kenne die Geschichte eines Ehepaares, die geht exakt anders herum. Er will Kinder, sie will keine. Er will ihre Liebe, aber sie hat keine für ihn, denn sie liebt andere Männer, die jünger sind. Sie könnten sich trennen und vielleicht glücklich werden, aber sie schaffen es nicht. Er droht ihr, sich umzubringen, wenn sie ihn verläßt, und sie läßt sich gerne so bedrohen, weil sie lieber vom Glück träumt, als es zu riskieren. Er ist eifersüchtig auf jedes Telefon, das sie führt, auf jeden Artikel, den sie schreibt, auf jeden Redakteurskontakt, den nicht er hat, sondern sie. Sie führt ihre Telefone mit den fremden Männern abends und nachts, an Abenden, wenn er nicht da ist, er ist eingeladen beim WDR, eine Diskussion wird aufgezeichnet. Eine Stunde lang ist besetzt, er wollte sie nochmal anrufen. Sie belügt ihn, wie immer, sie hat mit ihrer Freundin telefoniert. Jede Lüge sät ein neues Gift. Geschichte, Gift und Lüge sind längst nicht mehr zu entwirren, nach viel zu vielen Jahren eines solchen Lebens. Und hat er denn die Kinder dann bekommen, die er sich gewünscht hat? Sie sind jetzt beide Mitte 50, und auch dieses Märchen hat das Leben noch nicht endgültig zu Ende erzählt.

In Wirklichkeit sind solche Erzählungen verboten. Nicht nur, weil jede Erzählung ihrem Gegenstand Gewalt antut, den Gewaltakt der Beobachtung, der Verkürzung, der Interpretation, der absichtlich inkongruenten Einsichtsperspektive von außen drauf. Auch weil der verstehende Blick auf fremde und eigene Biographien sich ganz prinzipiell irrt. Weil die Absicht, Nicht-Verstehen abzuschaffen, das Kapital verfehlt, das Leben ist, solange es aktiv ist, im Herz der Finsternis der Gegenwart, gerade durch sein Ja zu seiner Blindheit.

DEUTSCHE GESELLSCHAFT ZUR RETTUNG SCHIFFBRÜCHIGER

*

AUSGEGRENZTE GREISE WEHREN SICH

*

ISLAMISCHE FÖDERATION BERLIN

VI

7.3

Mittwoch, 18.11.98, Berlin.

931. Die Dächer und Autos sind schneebepudert, und große dicke weiße Flocken tänzeln vor dem Fenster waagrecht nach links, ohne zu sinken.

1204. Respekt: ich dachte immer, das wäre eine Kategorie von der Prollfront, für die, die sonst nichts haben, außer Körper und Jugend. Gibst du Respekt? Ja ja, klaro, schon recht. Aber vielleicht ist Respekt doch was ganz Normales, eine Art geistige Höflichkeit im Nahbereich. Eine Weise zu denken, in Freundschaften und in der Liebe, die sich allzu genaue Einsichten über den anderen vorenthält. Damit aus Verstehen und Zuneigung nicht plötzlich MITLEID wird. Respekt dunkelt einem das Blickfeld für den anderen so bißchen ab. Das läßt man dann bestehen, weil es sich richtig anfühlt. Normalerweise ist einem das intuitiv klar, man kann es sich aber auch mal kurz überlegen. Takt ist ein Zartheits-Geschehen im Denken, was Automatisches, und viel mehr als nur ein Verfahren im Sozialen.

1255. Gestern Abend lag ich im Halbschlaf auf dem Bett und sah eine schneebedeckte Landstraße, über die ging es dahin. Das Bild wurde so filmisch genau, daß ich davon in einen wacheren Zustand kam, der ins Traumgeschehen eingreifen wollte. Ich wollte umkehren, auf der Straße, sehen, wie das ausschaut. Das wollte aber nicht gelingen. Ich konnte mich vorstellungsmäßig immer nur ein bißchen wenden, aber nicht ganz umdrehen. Noch während es passierte, entstand nebenher die Überlegung, daß ich hier gerade ein ganz grundsätzliches Problem des Denkens erlebe, daß man gar nicht so einfach willentlich die Denkrichtung in die Gegenrichtung umkehren kann, daß das ein richtig kompliziertes Vorstellungsmanöver ist, im Geistigen. In echt ja gar nicht, da dreht man sich um, und sieht und empfindet dann alles andersherum. Schließlich gelang es doch und ich fühlte das Haus, das rechts vor mir gewesen war, am Straßenrand, jetzt links hinter mir, in meinem Rücken, ich wußte, daß es da war.

1349. In Wirklichkeit, ich muß es leider wiederholen, obwohl ich es so winteranfangsmäßig verblödet und loserhaft finde, bin ich aber krank, ich habe Grippe, Kopfweh, Schwäche in den Gliedern.

1606. Telefone mit Albert, mit der Lufthansa, mit Samia. Und dann wieder für den Führerschein gelernt. Es kostet mich eine solche Überwindung, ich lern das jetzt zum dritten Mal, schmarrn, zum vierten Mal: Mopedführerschein in München, Autoführerschein in Flint, Kantfahrschule in Berlin 1986 und jetzt. Ich finde, das geht zu weit. Das nervt. Es reicht.

1611. Cora erzählte neulich, daß eine ganze Horde Nachtlebenleute am Sonntag in Bussen nach Wolfsburg gefahren sind, um sich dort die Andy Warhol Ausstellung anzukucken. Mit Führung, Büffet, Trara, und auf der Rückfahrt gab es auch zu trinken und schließich endete das Ganze im GMF. Herrlich. Vor drei, vier Jahren wäre sowas unvorstellbar gewesen, da hatte man sonntags anderweitig noch dringend zu tun, afterhourtechnisch. Andy Warhol selber sagt, über die Bilder in seiner Shadows-Ausstellung im Januar 1979 in New York: Someone asked me if they were art and I said no. You see, the opening party had disco. I guess that makes them disco decor. Und er redet hier von seinem Ausgriff ins komplett Abstrakte. Der Shadows-Katalog dokumentiert die Installation der Bilder. Das war wirklich ein unglaublich gutes Disco-Dekor. Zu dem Zeitpunkt wußte ich überhaupt nicht, daß es Andy Warhol gibt. Ich habe mit allem eigentlich erst nach meinem ersten Buch angefangen, mit Musik, Philosophie und Kunst. Das hat mich vorher alles überhaupt nicht interessiert.

Auch deshalb versuche ich mir manchmal vorzustellen, wie mein dauerndes Reden über die Kunst auf die daran nicht so dringend Interessierten wirkt. Ob ich die von der Kunst ausgehenden Reflexionen lieber anders behandeln müßte. Ob dieses Thema überhaupt allzu penetrant wirkt. Einige meiner besten Freunde, eigentlich fast alle, interessieren sich überhaupt nicht für den Welt-Spezialfall Kunst, genauso wenig wie für Philosophie. Ist auch völlig egal, im Lebensalltag. Man berichtet sich gegenseitig über die Gedanken, die in Auseinandersetzung mit dem jeweiligen Erfahrungsfeld entstehen. Berufe im Nachtleben bringen andere Reflexionen hervor, als das Leben in Redaktionen, und Leute, die in der Klinik arbeiten, denken natürlich nochmal komplett anders, als jemand, dessen Lebenspraxis sich dauernd in Entscheidung auf dem Feld des Künstlerischen realisiert. Aber das Andersartige betrifft mehr den Ausgangspunkt, die Beispiele, die Rede- und Erzählweise. Das Denken an sich, das Zugriffsverfahren und die Bewegungsform, das Strukturelle des Geistigen also ist sich dabei aber doch eher ähnlich.

1731. Die Häuser sind riesige Schatzkästchen, von innen erleuchtet, von draußen gesehen, aus der Kälte. In den Kammern voll Licht sitzen die Menschen im Warmen, sie basteln Lampions, mit ihren Kindern, die gehen dann damit raus, schwenken ihre Laternen und gehen denen hinterher. Die Menschen sind nämlich lichtsehnsüchtig.

1739. Hausfrauen Berlins: wie macht ihr die Metallklammern ab, mit denen die Brötchen und die Wurst von den Verkäuferinnen Berlins in die Tüten hinein und dann zu geklammert werden?

M. Jackson an der Börse
Roncalli-Themenrestaurant in Aachen
Der Wintereinbruch bringt den ersten Frost
Weibliche Nikoläuse namens Nikola
Mickey Maus wird 70 und war angeblich immer schwul
Wiederaufbereitungsanlage für Plastikwindeln neu in Dülmen
175 Mark und Goethes Faust mit Fragezeichen

2040. Tor und Böller gegen Deutschland. Der Operetten-Kanzler, erwachsen geworden, in Moskau. Rustikaler Einsatz von Wörns, aber nicht geahndet. Nachtkonzert im Bürgerpark. Guten Abend, Herr Textor. Abendbrot. Prognose der fünf Weisen.

EMOTION
EXPLORATION OF THE SOUL

VI
7.4

Donnerstag, 19.11.98, Berlin.

642. Der Wecker hat nicht geläutet, ich habe vergessen, ihn zu stellen. Es ist wieder ein Reisetag.

1037. Where are you from? I'm from Dallas. Im Zug nach Hamburg, mit mitteljungen Amerikanern. Sie erzählen sich gegenseitig immer mit einer solchen Begeisterung von daheim, auch in Amerika selber.

1048. Die ganze Nacht wunderte ich mich, daß der Wecker nicht läutete. Um viertel nach drei fuhr die Schneeräum-Maschine mit hochtourig heulendem Motor den Gehweg rauf, runter, hin, zurück, her. Dann, leiser, die Parallelstraße entlang. Ich ging auf den Balkon, paar Lichter im Haus gegenüber waren schon an, und auf der Seestraße sah ich die Autos richtung Osloerstraße fahren. Als würde jetzt schon, kurz nach drei Uhr, der Tag mit vollem Getriebe losgehen. Ich bekam eine Art Stich von romantischem Gefühl, für das Ganze des Lebens, für alles, und legte mich wieder hin. Die Nacht ging ewig lange. Als ich endlich auf die Uhr schaute, sah ich also, daß der Wecker gar nicht auf sechs stand, wie ich die ganze Zeit gedacht hatte.

1104. Beim Aufräumen der Zeitschriften fiel mir plötzlich Thomas Hüetlin ein, sein Artikel über Tom Wolfes neues Buch, die elfjährigen Probleme damit, und wie schließlich dann doch wieder alles gut und ganz toll wurde. Die Schreibhemmung, das ist die große mythische Erzählung aller Schreiber, speziell der Journalisten, die Schreibhemmung und ihre märchenhafte Überwindung: plötzlich, nach Endlosigkeiten der Agonie und Ratlosigkeit, im letztmöglichen Moment, kurz vor dem allerletzten Termin, nimmt man einfach nur den ganzen Packen der Notizen, die man sich gemacht hat, tippt die ab, fertig, das wird gedruckt – und der legendäre Text, ein Neuer Journalismus wird geboren worden sein.

1125. Ich rannte zur U-Bahn, immer mit Blick auf die Uhr, und oben am Alhambra verkündete die neue Schrift: SPIEL AUF ZEIT. Okay. Die U-Bahn kam um drei nach, anstatt um vier nach, um viertel nach war ich am Zoo, um 16 nach am Schalter, um 23 nach am Bahnsteig, und dann rannte ich wieder runter zu den Zeitungen. 18 Mark und irgendwas später ging es wieder die Treppen hoch, vorbei an den TERRASSEN AM ZOO, und dann saß ich auch schon im Zug, der Zug fuhr los, und die Männerstimme in starkem DDR-Dialekt sagte: die Fahrtrichtung des Zuges hat sich hier in Berlin geändert. Weitere Ausünfte erteilt Ihnen das Team des Intercity.

Orangengeruch

1211. Ich blättere in Jeff Koons und mache wieder mal eine Strukturskizze der örtlichen und inhaltlichen Aktverhältnisse. Es ist lächerlich, aber ich habe einen solchen Spaß an diesem Stück.

1215. Meine Damen und Herren! Unsere Weiterfahrt verzögert sich um einige Minuten. Wir haben zur Zeit eine technische Störung an der Lokomotive. Wir bitten um Ihr Verständnis. Gerne. Ich stehe auf und gehe zum Schaffner vor. Der erste Wagen im Zug nach Hamburg ist vorne gläsern, man kann dem Fahrer beim Fahren, dem Zug beim dahin Rasen auf den Gleisen zu schauen. Ein Vollbarttyp macht an der Elektronik rum und schimpft. Tippt irgendwas ein und entnimmt dem Display, daß irgendwas Gewünschtes nicht passiert. Schließe ich aus seinen Bemerkungen. Geräusch vom Schotter neben den Gleisen, da läuft einer, in Uniform, er steigt ein und geht vor zur Steuerkabine, der Bärtige macht Platz, der Typ setzt sich und startet die Lok. Summ summ, los gehts, weiter gehts. Was war denn jetzt kaputt? Vom

Laufen immer noch ganz außer Atem meldet der Lokführer, daß die sogenannte Außensteuerung angesprungen wäre, die hätte die Lok ausgeschaltet, und die entsprechende Sperre könne man auch wieder nur von außen an der Lok entriegeln, von Hand. Und der Zug wäre 150 Meter lang.

1258. Hamburg.

1301. Hamburg: endlich wieder Hamburg. Das ist der erste Gedanke, oben im Bahnhof, in der sogenannten Wandelhalle.

1306. Schauspielhaus, Dramaturgie, hallo, hallo, hallo, hallo. Herrlich. Dadurch, daß ich letztes Jahr hier als Mietdichter gearbeitet habe, fühlt sich alles so unspektakulär und heimatlich an, vertraut und angenehm. Wilfried übergibt mir den Tagesbefehl, der per Fax aus Köln für mich hierher kam, und ich lese bißchen daraus vor.

Zinkamin
Teddies für Erwachsene
50 Jahre Scrabble
Italiener haben einen Uhrentic
Im WDR 4 werden Anglizismen bekämpft
Immer mehr Medikamentenrückstände im Trinkwasser
Neuer Menschentyp: Messies

1327. Dann sitzen wir in der Kantine, zur ersten Jeff Koons Besprechung, mit Wilfried und Stefanie, und trinken Kaffee.

1450. Auf dem Weg zu Baumbauer, durch die labyrinthischen Gänge, zeigt Wilfried auf ein Schild, das an einer Aufzugstüre hängt:

Personenbeförderung
zur Zeit absolut
verboten!

Auflage vom Amt für Arbeitsschutz

1506. Und laß dich durch die Schüler heute nicht schrecken, meint Wilfried, zum Corneille-Stück, das ich mir abends ankucken will. Nee, ich liebe doch Schüler.

1522. Im Hotel.

1558. Deichtorhallen. Bei Emotion, in der sogenannten Sammlung Goetz, ist mir leider alles bißchen zu gesammelt und ernst. Den Film von Tracey Emin über ihr Sexleben zwischen 13 und 15 finde ich toll, und die 97er Sex-Kammer von Sarah Lucas. Stumpf und simpel, deutlich, überdeutlich, ungebildet: so ist der Außenappeal wirklich gebildeter, kluger Kunst. Das sieht man erst richtig, wenn man mit der ganzen sekundären Art-Art-Art hier konfrontiert ist, die vor lauter Sophistikation an sich selber schon erstickt ist. Könnte ich alles beweisen.

1757. Ich würde gerne den Kalender umtauschen. Sagt der ältere Mann vor mir an der Kasse, im Bürogeschäft. Er würde eigentlich sein ganzes Leben gerne umtauschen, das sieht man ihm an. Und die Enttäuschung, daß er natürlich weiß, daß das nicht geht.

1830. Wieder im Hotel. Hotel Wedina. Vom Charme eines Studentenwohnheims in Aix en Provence, es riecht nach Schimmel, und ich komme mir vor wie ein reisender Bauarbeiter der allerbilligsten Sorte.

1842. Auf CNN redet Starr, seinen Sonderermittlertext, die Selbstrechtfertigung eines Gerechten. Und auch der wird seine Hölle finden. IMPEACHMENT HEARINGS, live.

1958. Im Theater, Triumph der Illusionen, inszeniert von Stefan Bachmann.

so springt
das Schicksal mit uns um
adieu
sind Sie vergnügt
bin ich es auch

STRUKTURALE KOMPOSITION B-8 GRAVUR IN RESOPAL AUF HOLZPLATTE 1954

VI
7.5

Freitag, 20.11.98, Hamburg.

608. Aus Polizeifluchtträumen vom Wecker geweckt, durch Schulen, über Plätze, immer mit Drogen dabei. Halsweh.

640. Vom sogenannten blauen Haus des Hotels Wedina, in dem auch die Dusche nicht funktioniert, gehe ich quer über die Straße zum rot angemalten Haupthaus, um Kaffee zu holen. Der Kaffee ist noch nicht fertig, er wird gerade aufgebrüht, und ich gehe wieder zurück ins blaue Haus, ins Zimmer 120, und mache den Computer an.

935. Schauspielhaus, Dramaturgie. Die sind alle schon da, Heinrich im roten Pulli, das Auge des Hauses, seine Optik, und Wilfried sitzt daneben und liest kurz noch was Korrektur. Alles findet immer unter Zeitdruck statt. Und jeden Abend muß der Lappen hoch, ich glaube, so wird das genannt. Sylke leiht mir ihren Arbeitsplatz für fünf Minuten. Kaffee ist fertig, vielen Dank.

1000. Dann sitzen wir kurz noch mal in Wilfrieds Büro, die Türe ist zu, und das gestern Besprochene und neu dazu Gedachte wird schnell zusammengefaßt. Lustigerweise weiß ich selber gar nicht richtig, was genau drin steht, in meinem eigenen Stück, was der Text in seiner Autonomie sagt, aber ich weiß natürlich ganz genau, was ich gemeint habe, wie ich es gemeint habe. Letztes Jahr sollte ich für Anselm eine kommentierte Strich-Fassung von Krieg machen und stellte dabei fest, daß sich aus jeder Überschrift, aus den Akteinteilungen, aus jedem Motto und jeder Ortsangabe, aus dem dauernden Ineinander abstrakter und konkreter Orte, aus den ganzen STRUKTURALEN Rahmenbedingungen also am allerklarsten das Argument des Ganzen entwickelt. Vorallem weil die Orte angeben, WOGEGEN der explizit gesagte Text sich entscheidet, was er sagt im Gegensatz zur Erwartung, was da zu sagen wäre oder gesagt werden könnte, was sozusagen automatisch an Text EH DA ist, an diesem Ort, was gar nicht mehr extra ausgesprochen werden muß. Der ganze Möglichkeitenfonds, gegen den der Text anspricht, diese stumme Welt der Gegenwelt des vom Text Ausgeschlossenen eines Stückes muß die Inszenierung als Beberaum zum Leben bringen, irgendwie aktivieren. Deswegen war es mir immer egal, was die Regisseure mit dem TEXT machen, ich war immer für Kürzen, Streichen, Neumontieren, scheißegal. Wenn nur der GEIST der Sache erfaßt ist, und der Regisseur dann GEGEN den aninszeniert, gegen den sein eigenes Ding setzt. Ich dachte immer, Zerstörungsregie, Textzerstörungsarbeit, das muß der Regisseur leisten, so, daß die Sache als neues Ganzes funktioniert, im richtigen Timing, und vorallem vom Live-Wort des Schauspielers her. Da entscheidet sich alles. Dessen Diener ist alles, was auf der Bühne passiert, auch der Schauspieler selber.

1030. Die Sonne scheint, es ist kalt, es ist Winter, und ich gehe wieder zu den Deichtorhallen. Die haben noch zu. Das Jena Paradies auch, sie lassen mich trotzdem rein, und ich stehe an der Theke und trinke einen Kaffee.

1107. Penck: zack, zack, bumm. Köpfe, herrlich, leider ohne Jahr, und ganz feinziseliert mit Bleistift unterschrieben. ZEICHEN DER MODERNE. Megaseltsame Ausstellung, das müßte ich mir alles von Albert erklären lassen. Dewasne, Winter, Vasarely, Mortensen, Francis. Wie bezieht sich abstrakte Malerei auf ihre eigene Geschichte? Calder, Albers, Stankowski, Alechinsky, Freundlich, Itten. Alte Kunst macht traurig. Es wirkt so in sich stillgestellt. Arp, Foutrier, Miró, Hartung, Baumeister, Delaunay. Picasso, VENUS ET L'AMOR, 1949. Zum ersten Mal muß ich lachen hier. Die Forschungen, die bürokratischen Exerzitien und Experimente der Abstrakten zeigen traurige Naturelle an der Arbeit, im Knast von Ideen und Programmen gefangen. Eigentlich vordemokratische Kunst, ohne Aufruhr, Dokument der totalitären Seite des Jahrhunderts. Was ist gemeint?

NO PROBLEM AGENCY

1220. Im Kunstverein. Aufatmen. Ah, endlich, jetzt. Wir, heute, Gegenwart. Danke, vielen Dank. Da steht ein großes rotes Ding, aus Plexiglas vielleicht, quadratisch, fängt Licht und leuchtet HELLROT am Rand. War das jetzt von Rockenschaub? Egal. Da ist ein gelbes Schlafzimmer. Da liegt ein Neonröhrenverhau in der Ecke. Da stehen die Biergartentische unter einem Latten-Dach. Beklemmende Spindelkörper, farbig, wieder ganz unten, am Boden. Das ganze Kasperletheater der gegenwärtigen Kunst ist eine solche Befreiung, es kann für mich gar nicht hysterisch genug sein. Plötzlich stehe ich in einem kleinen Kabuff, und Christian Nagel erklärt, diese Kammer hätte das Format des Büros von Le Corbusier. Finster, beklemmend, faszinierend. Vergessene Zukunft, hat Christian Philip Müller erforscht und nachgebaut. Wie heißt das hier eigentlich, das Ganze? FAST FORWARD ARCHIVES. Neben einem Spiegelbild von Albert hängt ein riesiges Taschentuch-Rechteck von Cosima von Bonin, aus lauter Männer-Taschentüchern zusammengenäht. Zwei Markus-Skulpturen und noch ein Bild von Albert, aus der Vorhang-Stoffe-Hintergrund-Zeit. Ein Mensch kommt herbei, er sagt, er heißt Wulffen, er macht den Videorecorder an. Erotische Szene, geil. Das muß ich mir alles in Ruhe noch ankucken. Ich muß plötzlich schnell heim, sofort, mit dem nächsten Zug.

1248. Im Dauerlauf laufe ich zurück zum Schauspielhaus, um das Gepäck abzuholen. Laufe zum Bahnhof, kaufe die Zeitungen und komme gerade zum Bahnsteig 5, als der Zug einfährt. Der ganze Bahnsteig ist schwarz voll Menschen. Bundeswehrheimkehrer, Wochenendanfang, endlich.

1300. Im ICE 911 Clara Schumann. Die in der STAHLSUPPE landen, auf einem letzten freien Platz, reserviert ab Wittenberge, mit den Zeitungen. Wenn erwachsene Männer sich streiten, in der Faz, Walser, Bubis, Dohnanyi. Dann unterwegs. Weißlichbraune Felder, DDR, und das Wort Deutschland im Sommer 1986.

1414. Im SZ-Magazin, Moritz und Mick Jagger, 100 Fragen, fett und speedy, funny, ultradicht. Nochmal eine neue Form der Sache, des Realevents Interview und seiner Textform.

1428. Oder habe ich versehentlich die Titelrolle angenommen in dem Softcore-Schocker

TOLERATOR III

Jetzt erduldet er alles, schreibt die taz, schreibt Wiglaf Droste. Droste, hörst du mich? Was macht eigentlich Mark Oh, in letzter Zeit, so?

1535. Berlin.

1603. Wieder daheim. Computer an. Fax ab. Post muß warten.

Holländer werden immer länger
Die Lindenstraße expandiert in den Osten
Tiergottesdienste boomen
Pflanzliches Viagra in Indien
204 Jahre deutsche Telegramme
Trittin: Zwangspfand für Dosen
Rechtsverbindlichkeit der Themen

1712. Telefon mit Hans-Ulrich, neue Termine.
1718. Anruf von Alexandra.
1727. Pete zugesagt.
1731. Caroline zugesagt.
1741. Über das Format kann man sprechen, über das Gewicht nicht.
1845. Planpanik.

•

1854. Winter, auch hier, voll Stoff. Denn so heißt die Jahreszeit des Eises und der kalten Luft, der kalten Hände und der plötzlichen Hitze im Gesicht, wenn man von draußen den Laden betritt.

Ritter-Sport Weihnachts-Trüffel
Echte Pulsnitzer
Nürnberger Engel

1939. Zermürbend: das Provisorische dauernd. Nur die Arbeiten sind anders, die werden wirklich fertig, die lehnen sich auf, die protestieren gegen Fragment und Provisorium, auch gegen das Leben natürlich. Das eruptive Moment trotzdem respektieren.

mich hineinzuwerfen in diesen Prozeß
in dem der Zweifel ein Ende haben muß

Kaufbefehle
Timing Records
Licht aus

KOKAIN DISKO

VI
7.6

Samstag, 21.11.98, Berlin.

600. Ja, der Wecker.

657. Magie des Morgens. Im Winter, wenn es noch dunkel ist, wenn man aufstehen muß, und um die Automatik der Bewegungen ist vom Bewußtseinsrand her dauernd ein Mitmoment von Gefühl für die Alltäglichkeit des Glücks. Magie des Morgens im Sommer: ekstatisch, aus dem Nachtleben heim, betrunken, im Freien am Rad dahin, die Vögel, der Glanz.

705. Und wenn es wieder heißt: von SCHÖNEN PLASTIKTÜTEN Abschied nehmen. Aus dem Leben eines Messies. Plötzlich kam ein Putzanfall über mich im Bad. Bad ist überhaupt gut: etwa eineinhalb mal einen Meter ist das groß, das Ding, tschuldigung.

727. Schon hell, am Schreibtisch. Ich reiße die Fenster auf, und eisige Winterluft stürzt ins Zimmer.

Sonne auf den Häusern gegenüber
Computer: manchmal hört er einfach auf

1110. Speichern, sichern, wählen, laden. Bitte geben Sie Ihr Codewort ein. Selbstverständlich gerne. Kopieren und formatieren, senden und kucken. Lesen und drucken, kucken, lesen, sinnen. Stimmt es denn?

1207. Ich wollte schnell was zu Nina Ruge sagen und kam mir plötzlich vor wie Rühmkorf, wenn er einem seine politischen Zwangsreflexe aufs öffentliche Geschehen mitteilt. Die man als Leser schon nach 20 Seiten besser kennt, als der Autor nach 66 Jahren. Einem selber kommen die Sachen meistens viel neuer vor, immer wieder, einen Moment lang jedenfalls. Es ist eher ein Zweitgedanke, der nachfaßt: ja ja, schon recht, alte Geschichte. Vielleicht hat das auch mit der Produktionsform Hirn zu tun, daß man das von der Denkfabrik dauernd Hergestellte möglichst naiv, direkt, kritiklos und geschichtsfrei aufnehmen und behandeln will, damit die Fabrik Vergnügen an sich selbst und ihren Aktivitäten haben kann, um sie fortsetzen zu wollen. Konstruktion der Fremde, fiktiv und echt, unwillkürlich wirr, in die hinein neue Gedanken entstehen können. Im Erstmoment sind sie ganz jung und führen die Frühfreude kurz mit, daß man überhaupt schon denken kann.

1305. Die Inszenierung – das war gestern der Punkt – handelt automatisch vom GEGENTEIL des Textes. Das ist einerseits was ganz Bestimmtes, vom Text genau Bestimmtes. Und zugleich was viel Diffuseres, Offenes, Freies und genau NICHT Festgelegtes, denn Gegenteile gibt es sehr viele, sie bilden einen ganzen Horizont von Möglichkeiten, die das Bestimmte, indem es sich gegen sie, gegen einige oder auch nur gegen eine dieser Möglichkeiten entschieden hat, alle ausgeschlossen hat. Aber warum Gegenteil? Weil die Sprache so ist, weil jedes Wort, siehe Praxis, das noch mitführt, wogegen es sich setzt.

1333. Das Traurigste an Freud: die Idee der Wiederholung, der Skriptgebundenheit des Lebens. Natürlich kann man mögliches Unglück so verwalten, wenn es hilft. Es ist aber auch die ganze Dämonie und Fürchterlichkeit des ausgehenden XIX. Jahrhunderts, Nietzsches ewige Wiederkehr, eine Art finstere Erleuchtung in dieser Teleologie. Ist es Fritz Lang, der im Hollywood der 40er Jahre diese freudianisch aufgeladenen Filme gemacht hat? Faschistoid, so kam mir das vor, wie ich einige davon damals in London im Fernsehen sah, ganz böse irgendwie. Man darf nicht erwachsen werden in dieser seltsamen Angstwelt, die dauernd eben davon handelt. Das widerspricht aber der Wirklichkeit, der Erfahrung, der realen Täglichkeit, denn man führt in echt, vorallem durch den Beruf, ja doch das Leben eines erwachsenen Menschen. Jede kontrafaktische Intuition hat einen herrlichen Stich ins Freie, Helle, Verrückte und Wilde. Stimmt, ist ja ganz anders, als man eben noch dachte, als es einem bisher vorkam. Wenn aber Gedanken daraus werden, Erkenntnisse, ganze Weltsysteme, wenn jedes Faktum systematisch kontrafaktisch durchschaut wird, nicht auch simpel gesehen, wie es ist, entsteht was Kluges, Schlaues, aber keine Weisheit. Die muß Medizin aber suchen, denn davon handelt sie auch. Krankheit: Alles ist Geschichte, schon, aber doch nur im Moment, nur jetzt. Jetzt, das ist die Lichtidee der Gegenwart, der zweiten Hälfte dieses eben endenden Jahrhunderts, eine von vielen. Sie nannten es, er sagt es wieder, Pop.

1442. Absichtliches Raunen, Dunkelmännerkunst. Kann man naheliegenderweise Kiefer nehmen, aber auch Matthew Barney. Es ist der Versuch, DI-

REKT aufs Unbestimmte zu zielen, um den Möglichkeitenraum zu vergrößern. Privatmythologien und Spinninteressen werden eigensinnig ausgesponnen, und alles soll da dann alles bedeuten können. So entsteht aber keine wirkliche Möglichkeitenvielfalt, kein wirklicher Reichtum möglicher Bedeutungen. Denn nur wenn Entscheidungen sich überprüfbar machen wollen, sich festlegen mit dem Risiko von Irrtum und Fehler, im Feld auch naheliegender Wirklichkeiten ihre Bestimmung setzen, so nichtunbestimmt und präzise wie möglich, entstehen umkehrt Weiten und Horizonte von Sinnen und Sinnmöglichkeiten, das Große, das Ausgeschlossene, das unbestimmte All von allem anderen. Direkt ist das nicht erreichbar.

Buch der Ruhe

1559. Goethe, Zeitungen, Bett, und träumerisches Halbschlafdenken über das Präzise und über Dekonspiratione.

in der Bayernkurve ist es merklich ruhiger geworden
und es sind nur noch drei Minuten

Rückruf in die Funkhäuser

1744. Es läutet, Herr Hell bringt ein Buchpaket. Ich bestelle ihm den Gruß meines Bruders. Er kehrt auf der Treppe um und meint: kurz mal reinkommen. Ich stehe fast nackt vor ihm, nur ein Handtuch um die Hüften. Er nickt und sagt nichts. Er macht zwei Schritte nach rechts und schaut ins Arbeitszimmer, nickt immer so bißchen dabei. Dann sagt er, daß er mal in der Wohnung darunter gewohnt hätte. Ah ja. Er geht drei Schritte nach links und schaut in die Küche, nickt und sagt: Küche. Sonst nichts, alles total nett, kindlich, voll gestört, rührend. Er ist ja etwa 60. Ich erkläre ihm, daß ich mir gerade die Haare schneide. Hebe meine Schneidemaschine hoch. Selber?, fragt er. Ja. Er hat auch ganz kurze Haare, meckiemäßig geschnitten, und meint, er zahlt dafür 16 Mark. Eine Zeitlang wird nichts gesagt. Man steht einfach nur so da. Er hat ganz offensichtlich ein total anderes Timing drauf. Dann sage ich: na ja, gut. Und bin erstaunt, daß er das dann versteht und sich verabschiedet. Zum etwa vierten Mal wird noch mal besprochen, daß er für das Paket keine Kosten auszulegen hatte, es hat nichts gekostet, Sie mußten also wirklich nichts zahlen? Nein, es war umsonst. Ah ja, gut, vielen Dank. Dann schaue ich die Bücher an, Peter Sloterdijk: Sphären eins, Blasen.

1908. Ich mache die Türe auf, um zu gehen, und denke im selben Moment: ich will wieder heim. So ungroß ist die Lust, die Wohnung zu verlassen.

1919. Am Rad, das heißt beim Radfahren: ich will die ganze Zeit auf die Uhr kucken, um zu schauen, wieviel Grad unter Null es hat. Aber da steht ja nur die Uhrzeit. Es ist eisig kalt, wirklich, echt, brutal.

1925. Wöhlertstraße 20.

2014. Kati Dreschers Praxis, herrlich. Der Gang hängt voll mit lauter kleinen Bildern von 4000. Und über der Türe zum Klo ist das heute titelgebende Gemälde KOKAIN DISKO angebracht, zur Orientierung. Wir wollen uns vielleicht auch so einen Naziteller kaufen.

Max: Dichter
Damen – und –
und Denunzianten

Cora: wie feiern eigentlich –
die anderen

438. Daheim.

LICHT
THERAPIE

VI
7.7

Sonntag, 22.11.98, Berlin.

Sonntag: Ruhetag

Sonne
Ruhe
Tag und Licht
abends wird es dunkel

in den Häusern gehen die Lichter an
und die Menschen werden Sterne

eines kleinen Lichtgedichts

VII

ERSTE ÖFFENTLICHE WASSERSTOFF-TANKSTELLE DER WELT

*

DAS LETZTE KAPITEL

VII

1.1

Montag, 23.11.98, Berlin.

701. Schönheit der Arbeit, Blumen an den Fenstern.

744. Und so öffnen wir also noch einmal und schließlich zuletzt, an diesem kalten Wintermorgen, zu Beginn der neuen Woche, ein neues, das siebente und letzte Kapitel der sich hier abspielenden Geschichte, die für den Erzähler das Jahr der Tage war. Und irgendwann Abfall für alle gewesen sein wird.

1120. In diesem Sinne: ein kleines Tutti mit Herrn Ortmann. In Frankfurt hat es minus fünf Grad Kälte.

1231. Anruf von Cora: kleine Nachbesprechung. Du bist ja dann ganz polnisch verschwunden. Genau. Und ihr? Wie gings bei euch noch weiter?

1250. Kleiner Katolog: nimm ich, nimm ich, nimm ich nicht. Das auch nicht. Das schon, das nicht. Das da keinesfalls, das nervt. Das, das ist geil, das nehme ich, das auch, ich auch. Usw. So stelle ich mir die Lektüre glückliche Menschen vor, so lese ich selber auch.

ÜBERGABE DES
NEUBAUS DES BUNDESPRÄSIDIALAMTS

1350. Alexandra: kleine Kritik des gestrigen Ecstasy-Tatorts Berliner Weiße. Ich fand ihn toll, sie nicht. Musik von Inga Humpe und Tommi Eckart. Das las ich zufällig im Vorspann. TOLERATOR VII. One World, one Future.

1522. Nicole ruft an. Ich soll mir schon mal folgende Kleinigkeit vormerken: einen Vortrag zum Thema Milchkännchen, und die Band heißt die geteilten Zöpfe.

1538. Und noch ein kurzes Telefon mit dem Verlag. Die 100 Wörter des Jahrhunderts haben für Nachzügler noch bis Ende dieses Monats Zeit.

1553. Kleiner Text: Pop. Immer wieder fange ich neu von vorne an, das ist wie ein Witz. Weil ich denke, sowas muß sich in einem Schwung ergeben, gerade wenn die Redeweise fragmentarisch ist. Theoretische Texte: schwierig. Die Formvorgabe ist viel strenger als in anderen Texten, objektiv vom Gegenstand vorgegeben, vom Allgemeinen des Wissens, und vorallem von der speziellen Sprachform Begriff. Es geht eben genau nicht um die Nichtpräzision der Worte und ihre in sich widersprüchliche Verwendung, die im Ineinander von Bedeutungsvielfalten zu Klarheit und Präzision kommt, sondern um definierte Grenzen. Theorie will, daß jedes Wort begrifflich exakt bestimmt ist, zugespitzt gesagt, möglichst WENIG Unbestimmtes bedeutet. Alltägliche Sprachverwendung, Poesie natürlich auch, basiert darauf, daß jedes Wort unbestimmt bleibt, alles mögliche bedeutet. Die beste Schule für diese Fragen ist das Gespräch mit dem Wahn. Der nämlich nimmt wirklich wörtlich. Da wird man ganz bescheiden, vorsichtig und unherrscherlich, was die Herrschaft anbelangt über den Sinn dessen, was man wirklich alles sagt, wenn man spricht.

1613. Alle Ideen sind falsch. Das wanderte mir vorhin fast wie eine Leuchtschrift durch den Kopf, von seitlich vorne nach links hinten. Stimmt, dachte ich, richtete mich auf und notierte. Alle Ideen sind falsch. Bezogen auf alles, das Alte, Bisherige, hier Gedachte und Gesagte, aber natürlich auch auf sich selber.

1617. Mit Christian saß ich bei Max auf dem Sofa, die anderen waren draußen, und wir redeten über extreme Erinnerungen aus der Kinderzeit. Maxim hat mir vor vielen Jahren mal vorgeworfen, daß in meinen Büchern die Familie kein Rolle spielen würde, warum ich darüber nicht schreibe. Kein Ahnung, es fühlt sich so an, als könnte ich das nicht, direkt jedenfalls, als würde es nicht so leicht gehen. Maxim hat genau so angefangen, mit Familiengeschichten, es war für ihn wahrscheinlich so normal, darüber zu schreiben, wie für mich genau nicht. Der Start ist eine geheimnisvolle Festlegung, ein Vorgriff, der alles schon genau entwirft, man weiß nur nicht, was.

Zwischenurteil über den Grund
im Namen des Volkes
die Segnung
Klugheit, Einsicht, Tatkraft
es ist vollendet, es ist vollbracht
wir sind in Berlin und freuen uns

ein Aufjubeln der Zuschauer
Spiel auf ein Tor

es sieht so aus, als könnte Herta BSC

die Bundesliga wieder bißchen spannender gestalten

THRONREDE

VII
1.2

Dienstag, 24.11.98, Berlin.

802. Wecker
837. Schreibtisch
953. Fertig los.
1028. Anruf bei Herrn Ortmann, kurz zu München.

1058. Sie hat dicke Haare und versteckt sich darin, als wäre sie schüchtern. Das Wollige wird stark betont. Haut, Gesicht, Mund, Sprache. Männer? Wenn das geklärt ist, beginnt der nächste Akt. Traum. Sie ist eine verheiratete Frau. Regie: In Schauspielerinnen, ROMAN DER ENTHÜLLUNG.

1256. am Pop-Text
1306. Anruf von Daniel

1332. Neue Idee: Mittagspause. Panisch liege ich am Bett und springe dauernd wieder auf, um kurz was nachzukucken, zu lesen oder zu notieren. Wenn der Wille will, will ich auch, nicht nicht. Übertreibung, Erschöpfung. Maschine, Harald Schmidt, Gespräch Benjamin. Fahrige Impulse. Ich mache die Augen zu und lege einen Arm drüber.

1405. A ja, echt, und wieder auf.

1447. Beim Laufen. Das Interrogationssystem Öffentlichkeit sagt: weil ich über dich rede, mußt du mit mir sprechen. Die Logik ist eine Frechheit. Aber wer sich dagegen wehrt, wird zur Strafe dumm.

-können Sie mich mit rein lassen
-aber klar
-meine Mutti muß auf den Ohren sitzen, sie weiß zwar, daß ich komme
-aber sie hörts nicht
-aber sie hört et nich

1640. Interpretation: wo bleibt der Witz? Hier spricht Ihre Polizei. Es besteht der Verdacht, daß diese und jene Spur auf dies und jenes hinweist. Möglicherweise gibt es sogar Beweise. JA UND? Wie muß man drauf sein, daß man an sowas wirklich Spaß hat? Wie Patrick Bahners, der in den Sätzen, Aussprüchen und Gesten von Kohl rumbohrt, ganz sensibel und empfänglich fürs nebensächliche Detail. Das wird dann interpretiert.

1953. Büronachmittag, Führerschein, Disziplinversuch. Wenn ich es übertreibe, kriege ich so eine Wut auf mein Leben, daß der Agonieflügel putscht, die Macht übernimmt und den Betrieb völlig einstellt.

2004. Wieder am Rad, durch die Kälte dahin, mit Handschuhen, herrlich. Der lange Weg nach Mitte: so lang ist meiner eben genau NICHT. Und das gefällt mir ja auch an meinem komischen Wedding, seine Lage im Verhältnis zu Mitte.

2014. Große Hamburger Straße 17. Tender. William: 50. Großes Fest. Ja, ich will mitfeiern.

von Natur aus angstlos böse
ich lese ja sonst nichts, außer Bedienungsanleitungen
Frank: I travel
SÜNDE
Geschichte einer Liebe, Sommer 98

312. Licht aus

SOFORTPROGRAMM GEGEN DIE JUGENDARBEITSLOSIGKEIT

VII
1.3

Mittwoch, 25.11.98, Berlin.

905. Dunst. Jeden Tag eine Stunde später.
916. Am Schreibtisch.
1104. Okay, okay.
1111. Ich glaub, ich mach heut frei.

WONDERLAND

VII
1.4

Donnerstag, 26.11.98, Berlin.

945. Und? Wie war der freie Tag? Angenehm, kalt und winterlich. Ich lag im Bett und las Underworld. Und in der Abenddämmerung radelte ich zu Kiepert, um ein Führerscheinlehrbuch zu kaufen. Das Lernen mit den Fragen nervt, ich will endlich schneller MEHR. Ich will jetzt ALLES.

1036. Sie hat meine Hand so bestimmend, aber irgendwie ungekonnt zu sich hergezogen, das Gestörte dabei gemerkt und die Geste gleich wiederholt, nochmal, dann nochmal. Ich lachte, machte mit, ein Spiel, mit Anspielung.

1356. Am Pop-Text. Telefon mit Frau Böttle, wegen Jeff Koons. Mit Frau Fischer von der SZ, Claudius will mich sprechen, aber meine Faxweiche spinnt. Claudius spricht jetzt gerade, dann spricht er mit mir. Er fährt morgen nach Hamburg, Willi Winkler kriegt einen Preis. Ich soll mir Max kaufen, wegen Karasek. Ob ich über Kaiser schreiben kann? Und Benjamin schickt einen Artikel aus der Berliner Zeitung, in dem »Frankreichs Niederlage im Zweiten Weltkrieg« vorkommt. Dirk Baecker faxt wegen Luhmann. Sie planen ein kleines Buch mit Erinnerungen. Aber wie sollen die Texte dazu entstehen?

1406. Problem der Perspektive. Außerdem kann ich mich nicht richtig konzentrieren. Die Art, wie sich mir Menschen, Themen, Geschichten, Gegenstände und Probleme erschließen, ist eher punktuell, sprunghaft, eben genau dezentriert, staubig. Im Moment jedenfalls. Konzentration ist immer sofort Enge, Gewicht, Verkrampfung, Knast. Lauter komische Substantive, anstatt Flow. Im selben Moment denke ich: wenn ich weiß, daß es so ist, müßte es doch auch anders gehen können. Dann fange ich wieder an, konzentriert an was Bestimmtes zu denken, und sofort gehen alle Erkenntnisse weg, verschwindet alles, was ich weiß. Deshalb ist es viel schwieriger für mich, kurze Sachen zu schreiben, als lange. In den langen Sachen kann jedes einzelne Moment viel kürzer sein, kohärenzfreier, in sich abgekapselt. Der einzelne Aspekt erklärt sich auch aus dem Zusammenhang mit seiner Umgebung, und die ist was Diffuses, Ungefähres, irgendwie das Ganze von allem eben usw.

1432. Jetzt schnell raus.
1503. Maß und Ziel: nicht gerade Kategorien meiner Welt.

1507. Bei Kiepert. DER WOW EFFEKT liegt im Fenster. Die gestern bestellten Bücher sind schon da.
1524. Im Zeichenbedarf, Brunnen aus Heilbronn.
1541. Bei den Spirits. Bist du auch im Zwielicht geendet?
1551. Praxis Professor Klaus. Hätte er vielleicht noch einen Termin demnächst frei? Der Dezember ist gekommen, mich ziehts zurück ins Studio. Beim Rausgehen kommt mir Hille entgegen, Flashback.

1627. Wieder daheim. Klaus ist nächste Woche in Hamburg und will wissen, ob Krieg da läuft? Ich kucke nach, und rufe ihn an, leider nein. Beim Radeln dachte ich, ich könnte den von Claudius bestellten Artikel schreiben. Es würde trotz Zeitdruck gehen, es würde auch Spaß machen. Ich habe gleich jede Menge Ideen. Weiß sofort den ersten Satz, die Linie, alles. Ich müßte nur LOCKER bleiben. Und das ist die fast unlösbare Aufgabe. Wenn ich zusage, schnappt die Falle zu. Dann ist es vorbei. Ich versteh das nicht.

1817. Mit den neuen Büchern. Kraussers Oktober, Jean Pauls Ideengewimmel, Rudolf Gelpkes Räusche. Krausser HASST ja etwa so ähnlich gestört wie ich, z.B. auch mich. Mir macht das gute Laune, auch wo ich die Positionen überhaupt nicht teile. Die Zustimmung bezieht sich auf das Prinzip Position. Dieses Prinzip ist die Position der Produktion. Ich fasse das als AGITATION auf. Damit Entstehen sich ereignen kann, muß dieser komische Gegengrund von Nein, NEIN, Nein da sein, im Prinzip in allem, gegen alles. Und außerdem ist man natürlich dauernd ein einziger Urteilszustand gegenüber dem Entstehenden. Richtig falsch, ja nein, so so, so nicht, so aber schon. Es geht ja dauernd so, bei der sogenannten Arbeit, es gibt ja kein Entstehen, keine Produktion ohne diesen Vorgang. Und der lappt dann natürlich rüber ins ganze sonstige Leben, dauernd. Es ist das die alltägliche Seite der Lächerlichkeit, die dazugehören kann bei Produktiven, zu den Sachen, die sie machen.

1924. In der Volksbühne, in der ersten Reihe. Die Leute kommen mit ihren Rotweingläsern und Bierflaschen rein, die meisten sind Liebespärchen, die noch schnell rumknutschen müssen, bevor es los geht. Allein diese Leistung dieses Theaters, diese Öffnung geschafft zu haben, die Abschaffung der Bürgerlichkeit des Theaters, für mich ist das einfach herrlich, fertig. Krausser regt sich irre auf über Pop. Er hätte seiner »eigenen Generation den Krieg erklärt«. Das Thema der 90er Jahre wäre »Mut zur Bürgerlichkeit«. Neben mir sitzt eine Frau, die sehr gut riecht. Sie ist aber eine lässige Popfrau.

1939. Und nun beginnts: TERRORDROM von Tim Staffel, Regie Frank Castorf, Bühne und Kostüme Bert Neumann, Dramaturgie Matthias Pees.

ich seh euch, ihr Arschlöcher, ich seh euch

Licht, BLENDUNG, weiß, schön
Monologe: eben doch auch eine Struktur der Wahrheit
Theater für die Stadt, jedes Wort, das alle kennen: Freude
und dann doch Familie: was hast du gesagt?
HASS IST LEBEN
Was ist los mit dir? Bist du auf Speed?
Schwarzlicht
ich hab Bock auf eine Berührung
die Familie ZERSTÖREN
ein tanzendes Gemälde
ich liebe dieses Bild, Erklärung
weißt du, daß du den schönsten Rücken der Welt hast?
die Zange, das Atmen des Elends, im Lager
wir checken ein ins Paradies
Berlin, Berlin
MG-Salve, Tote, Heulen, wer hätte das gedacht?

2205. Aus und Applaus. Wunderbar.
2217. Novalisstraße.
2231. Wieder daheim. Blick aufs Fax, lange weiße Zunge. Ah.

2253. Marc Fischer schickt ein Fragefax. Unter der heißen Dusche überlegte ich die Antworten. Aber ich glaube, in den Fragen ist eh schon alles gesagt. Und so will ich das ausnahmsweise jetzt hier mal richtig ausführlich zitieren:

Hamburg, Donnerstag abend.

Lieber Rainald,

»Die Woche« will, daß ich etwas über die Tagebücher schreibe, die im Moment im Internet stehen oder als Bücher gedruckt werden, und da ich dein Tagebuch mag und es im Text vorkommen wird, wäre es super, wenn du mir ein paar Fragen dazu beantworten könntest.

Solche Fragen:
1. Was bringt das eigentlich, Tagebuchschreiben, und was ist das Ziel deines Tagebuchs?
2. Wann hattest du die Idee dazu, und wird das später mal als Buch gedruckt, und wenn ja, war das schon vorher klar, daß das ein Buch wird?
3. Verändert das was im Denken, das Tagebuchschreiben und Bilanzieren der Dinge, die einem passieren? Wird das, was man jeden Tag erlebt, wichtiger oder unwichtiger durch das Aufschreiben, rückt es näher oder rückt es weiter weg?

4. Lohnt sich das Tagebuchschreiben, wird man klüger und aufmerksamer dadurch? Was passiert im Kopf, während du das Tagebuch schreibst?
5. Ist das nicht furchtbar anstrengend, das Tagebuchschreiben, ist da nicht eine unfaßbare Disziplin nötig?
6. Schreibst du das Internet-Tagebuch so, als wäre es nur für dich selbst oder hast du die Tatsache, daß es veröffentlicht wird schon im Kopf? Wenn ja, was ändert das an der Form des Tagebuchs?
7. Wenn du das Buch rückblickend liest, denkst du dann: ganz okay, mein Leben, oder denkst du: passiert ja gar nicht so viel?
8. Wieviel ist wahr an dem Tagebuch, das du schreibst, und muß ein Tagebuch immer nur das Erlebte und Gedachte schildern und dabei auf Fiktion verzichten? Ist ein fiktives Tagebuch noch ein Tagebuch oder schon ein Roman oder sowas?
9. Kann man sich gut selbst betrügen mit einem Tagebuch und tust du das, indem du Dinge schönst oder dich so darstellst, wie du willst, daß du von dir selbst oder den Lesern gesehen wirst?
10. Schreibst du ALLES auf oder läßt du auch Dinge weg, und wenn ja, was läßt du weg und warum? (Anders gefragt: würdest du über den Sex schreiben, den du letzte Nacht gehabt hast?)
11. Hast du immer schon ein Tagebuch geschrieben oder ist es dein erstes richtiges?
12. Wann wird ein Tagebuch zu einem Dokument der Zeit und Welt, in der es entstanden ist, und wann ist es bloß die Darstellung eines beliebigen Innenlebens?

Wenn du die Fragen einzeln beantworten willst, fein, du kannst natürlich auch einen Text schreiben, wenn du magst, wichtig ist nur, daß du irgendwie erklärst, warum du und wie du Tagebuch schreibst und was das Aufschreiben anders macht.
Wenn du fertig bist, kannst du mir die Antworten als E-mail schicken oder auch als Fax, wenn aber als Fax, dann mußt du vorher anrufen, damit ich das anstelle. Und wenn du noch irgendwas wissen willst, kannst du eh anrufen, klar.

Bis dann und – falls du Zeit hast, das zu machen –

Danke.

Gruß,

Marc.

Und nochwas, Extrafrage: wie reagieren die Leute, die in dem Buch vorkommen, darauf, daß sie da vorkommen? Sind die stolz oder angepißt oder was? Marc.

2319. Jetzt aber, in dem Moment, geht die Harald Schmidt Show los. Und zwar mit den folgenden Worten: Und hier kommt der Moderator der besten Sendung der Welt, Harald Schmidt. Und zwar kommt er heute im silbergrauen Anzug, ja.

vielen Dank
meine Damen und Herren

schön, daß Sie mit dabei sind

UNGEDRUCKTES ZETTEL-MEER

VII
1.5

Freitag, 27.11.98, Berlin.

843. I wake up and call B.

1307. Immer auf der Flucht vor Anworten. Zu den Fragen von Marc Fischer. Was Disziplin verlangt: daß ich neue Glühbirnen kaufen muß, weil ich vorgestern versehentlich zwei mit der Tasche zerhaut habe, beim Aufräumen, mit zu viel Schwung. Zack, Licht aus. Daß ich endlich zum Fundbüro nach Tempelhof fahren möchte, um nach meinem Rad zu kucken. Daß ich die Matratzengeschichte so gerne zu einem Ende bringen würde, endlich, und vor allem die Sache mit dem Führerschein. Und daß ich bei alledem nicht in Panik gerate. Daß ich mit einer gewissen gleichbleibenden Ruhe, die aufrechtzuerhalten mich eine irrwitzige Energie kostet, das alltäglich viele um mich herum geschehen lasse. Fertig. Der Anti-Finstermänner-Kodex schreibt vor, daß der Text sich kein Wissen absichtlich vorenthalten sollte. Deswegen habe ich den Brief von Marc Fischer abgetippt, er stellt die Fragen, die sich automatisch stellen. Die die Sache auch beantwortet, finde ich, auf ihre Art. Ich glaube, daß auf jede da gestellte Frage irgendwo in Abfall eine Antwort steht. Oder eben genau NICHT. Denn vom allzu Naheliegenden sieht der Text ab, sonst kann er nicht entstehen. So will es die Regel des Zarten, der Logik, der Normalität. Liebst du mich? Die Frage würde ich lieber die Körper beantworten lassen als die Worte. Und die eigentliche Antwort des Tagebuchs auf alle Fragen ist doch sowieso dauernd die: wie siehst DU das denn?

1333. Anruf von Daniel Josefsohn. Er hat vormittags schon angerufen, er fährt jetzt los in Hamburg, jetzt ist er in Berlin. Wies jetzt bei mir ausschaut? Gut, zeitmäßig natürlich schlecht, mitten am Tag, ich bin in Eile, habe mit zwei Sachen Termin bis Montag. Ob er morgen kann? Nee, er fährt heute Abend wieder zurück. Und abends? Das wäre für ihn auch schlecht, da hat er eine Verabredung mit seiner Steuer. Am besten wärs halt jetzt gleich. Ist für mich absolut am allerschlechtesten, und dann kriege ich vor Horror und Druck einen Schweißausbruch am Telefon und wir verabreden uns für sofort.

1400. Daniel läutet und kommt hoch. Er bringt eine raf-Reliquie mit, ich lasse den Computer die Vormittagsarbeit ausdrucken, und wir gehen runter.

Waldorfschule
Schaden und Schaden
pink champagne
Deutschland ist schön
geben Sie mir bitte das Leder
das Sie seit 20 Jahren nicht verkauft haben

1510. Herrlich, wieder daheim. Vom ersten Moment an wars gleich richtig. Das ist die von allen schwierigen Disziplinaufgaben wahrscheinlich schwierigste, sich im richtigen Moment eben doch ablenken zu lassen. Wir steuerten ziellos dahin, und er erzählte mir in sieben Minuten sein Leben. Wir lehnten im Stehcafé und er zeigte mir seine große silberne Fotomappe. Wir saßen auf einer Bank im Friedhof, rauchten und redeten über die Idee seiner BIBEL. Wir gingen zur U-Bahn, umarmten uns, und ich rannte heim, innerlich jubilierend.

1744. Weiter am Antrag, Claudius abgesagt, Anruf von Kiepert, die deutsche Einheit ist da und liegt zur Abholung bereit. Dieses dicke Dokumenten-Buch habe ich neulich auch bestellt.

1751. Es ist wärmer geworden, fast frühlingshaft kommt mir die Luft vor, am Radl.

1928. Bei Max Hetzler, Buffet für Axel Hütte. Essen, Trinken, Rauchen, Reden. Das Buffet kommt von SARAH WIENER'S und schmeckt super, das Reden kommt aus der Kunst und unseren Köpfen und ist genauso toll. Deutschland in den Grenzen von 1937. Herold, NGBK. Wir reden über die tiefe Historizität der Kunst der frühen 80er Jahre. Wie viel enger, simpler, geordneter die Welt damals war. Wir reden darüber JETZT. Gegenwart, Gegenwart, Licht der Zeit.

bringst du mir was mit?

keine Flusen
keine Flusen drin
hier ist die Pause zu Hause
alle sind sich einig: gut gefickt
der erste Eindruck: alles sehr schön
scheißegal: DANKE FRAULAUTERN

WASTED

VII
1.6

Samstag, 28.11.98, Berlin.

1218. Das war lustig, gestern, wie Harald Schmidt im Gespräch mit Pipilotti Rist sein eigentliches Verhältnis zur KUNST, trotz vielfach gebrochener Zitate-Zitier-Brechung, doch nicht ganz unterdrücken konnte: NEID. Seine normalen Semi- und Mini- und Groß-Promi-Gäste und ihren Ruhm verachtet er ja in einem Ausmaß, das ist – : maßlos. Zur Strafe müssen sie sich von seinen gestört kaputten Komplimente-Standards erniedrigen und verhöhnen lassen. Trotzdem stehen immer neue Kandidaten bereit. Ich glaube, auf die Art wirkt die Faszination des Gäste-Teils auf mich. Weil es Harald Schmidt doch immer wieder gelingt, jedem Gast irgendwie das Gefühl zu geben, er stünde auch drüber, er wäre auch so einer wie Harald Schmidt selber, er wäre mit ihm auf einer Ebene. Wo in echt alle Subsignale nur eines schreien: du NULL, du Vollidiot, du letzte Armseligkeit und Endstation. Ich glaube, daß Harald Schmidt viel geistige Energie darauf verwenden muß, sich diese Gedanken, die er ja alle weiß, trotzdem so halbwegs vorzuenthalten, damit die tägliche Ordination nicht noch komplizierter und verkrampfter wird.

Aber mindestens zwei Sachen, das kommt immer wieder raus, beneidet, vielleicht sogar bewundert er wirklich: Leute mit GELD, also nicht mit paar Millionen, sondern mit RICHTIG Geld, Bill Gates, paar Milliarden. Dafür interessiert man sich erst, wenn man selber bißchen was hat. Und sich dann wundert, daß paar Millionen überhaupt keine Endlosigkeit von Geld bedeuten. Vieles kann man sich leisten, aber das meiste immer noch nicht, die totale Verachtung gegenüber jedem Gedanken an Summen. Dauernd die Feststellung: viel ist immer noch viel zu wenig, im Verhältnis zu richtig viel.

Der andere Neid-Bereich bei Harald Schmidt: die Kunst. Zugespitzt gesagt geht es um die simple Frage, ob die Video- und Installationen-Kunst von

Frau Pipilotti, oder eben nicht doch jede geglückte Ausgabe der Harald Schmidt Show, ihr Konzept und das Ganze dieser Sendung, das wichtigere Kunstwerk der Gegenwart ist. Dokumenta für Arme, für alle: so ähnlich hat Harald Schmidt die Show mal in einem Interview genannnt. Und es zeckt ihn ein bißchen, daß er bei allem Kultstatus doch DIESE Anerkennung nicht bekommt, die ihm durchaus zustünde, die Einladung, den deutschen Pavillion in Venedig z.B. zu bespielen. Da könnte er alle 500 bisherigen Sendungen zeigen, oder den gesamten bisher gesprochenen Text IN STEIN meißeln lassen. Es könnte auch alles leer bleiben und das Ding heißt einfach Harald Schmidt und die Leute gehen darin herum und reden. Ist ja ganz egal. Es geht um diese Ebene. Um die Zerstörung der Ordnung, die eindeutig regelt, daß Frau Pipilotti Kunst macht, weil sie ihre Sachen in diesem Kontext präsentiert, und Harald Schmidt nicht, weil sein Ding täglich im Fernsehen läuft.

Auf der Ebene beobachte ich auch das anhaltende Problem der Fortsetzung der Show. Um den Kopf frei zu halten, um locker zu bleiben, redet sich die Show selber dauernd ein, sie wäre was ganz einfaches, täglich neu, wie Zeitung, sie wäre Unterhaltung und sonst nichts. Das stimmt aber nicht. Deshalb klappt das mit der Bürokratisierung der Fortsetzung nicht, weil die Show Kunst ist, und Kunst an genau dieser Stelle immer ein Problem hat, am Rand des Neuen. Wie gehts weiter? Das ist offen, das bleibt riskant.

Behältervermüllung!
Bitte sorgen Sie für korrekte Befüllung
ansonsten erfolgt Behälterabzug!

1404. Zunächst müssen Sie Ihr Drehbuch für die Aaleskorte der Ölig zusammenstellen. – Ach? Echt? Muß ich? Nee, ich glaube nicht, ich glaube ich muß nicht. Aber so beginnt der Sieg-Beitrag von Pegasus, Internet-Literatur. Ich werde so wahnsinnig ungern zu irgendwas aufgefordert, das ist eines meiner dauernden Probleme im Internetzl. Den anderen geht das offenbar anders, die mögen das scheints.

-dankeschön
-schönen ersten Advent

1501. was? wie? jetzt schon? Advent? Wahnsinn. An der Fotokasse, im Karstadt. Und bei den sogenannten Miederwaren heißt es wieder mal, ohne daß ich irgendwas getan oder gesagt habe:

-immer mit der Ruhe!
-immer mit der Ruhe, sagen Sie?
-na aber! In der Ruhe liegt die Kraft.
-ach so ist das, na gut, wenn Sie es sagen.

-ja, ja.

Und sie lacht dabei ganz freundlich, zu ihrem na aber.

1715. Konferenz.

also, Bayern mit zwei zu null vorn
Blick auf die Uhr: vier Minuten sind noch zu spielen

2007. Onkel! Was machst du gerade? Olaf ruft an. Nudeln essen und Fernsehen schauen. Wir reden über Abfall. Ob Abfall wirklich endet jetzt? Ja, in sechs Wochen. Das war der Kick für mich von Anfang an, die Idee der zeitlichen Terminierung, täglich, für ein Jahr. Ich frage Olaf, ob er auch zu Rave on Snow fährt. Ja. Alle fahren heuer zu Rave on Snow. Neulich, im WMF, beim Helli-Gig, erzählte VV, daß sie jeden Tag mit Uli telefoniert, und wie Uli sie überredet hat, zu Rave on Snow mitzufahren. VV kann sogar genau nachmachen, wie er redet. Gemeinsam waren wir wieder so begeistert von ihm. Lieber Uli, herrlich, dein Rainald. Was Olaf heute Abend macht? Er sitzt jetzt noch beim Arbeiten, bei der Avantgarde. Nachher kommt Jerome zu ihm nachhause, schönen Gruß an Jerome, dann machen sie bißchen Musik. Und später gehen sie in die Muffi. Wir reden über die Muffi. Die Muffi ist eine Münchner Erfindung von nach meiner Zeit. Neulich, an dem einen Abend in München, waren wir ja auch sofort in der Muffi, mit Uli und Anna, hat mir gleich eingeleuchtet. Es hat sowas ewig Studentoides da, abgewetzt genug, um Schauplatz für neue Bespielung mit den ewigen Abenteuern der täglichen Nächte werden zu können. Es bestünde für ihn, meint Olaf, heute dort ANWESENHEITSPFLICHT. Wunderbar, verstehe, viel Spaß.

MÜRRISCHE MUSIK

2217. Ich liege da und lese Kraussers Tagebuch, möchte dauernd los, zur Jonathan Meese Performance, von der Bruno gestern erzählt hat, im Postfuhramt, – und kann mich einfach nicht losreißen. Es ist so faszinierend, anstrengend, fesselnd. Die anderen Bücher von Krausser sind nicht für mich gemacht, aber die Tagebücher. Der Typ hat derartig einen an der Klatsche, Wahnsinn. Mit Maxim Biller zusammen war ich mal bei einer Krausser-Lesung, vor vielen Jahren, da hat er aus den ersten Tagebüchern gelesen, noch bevor die erschienen sind. Ich habe mich totgelacht, während der Lesung. Er liest ja so raunend, absichtlich dämonisch, und schaut dabei extrem undämonisch aus, bieder, würde ich mal sagen, und diese Kombination wirkt natürlich voll gestört. Von Anfang an hat er in diesem Jünger-Style daherschwadroniert, inzwischen ist er wahrscheinlich Jünger. Meine ich ganz ernst. Tschuldigung, nee, echt. Totgelacht habe ich mich auch über die Ankündigung damals: zwölf Jahre lang, jedes Jahr einen Monat. Und wenn er stirbt, dachte ich, was dann? Er stirbt nicht, das ist ja der Witz. Das habe ich da nicht verstanden. Er sieht das vor sich, diese Arbeit, und macht das dann. Zwölf Jahre, sechs davon sind inzwischen vergangen. Wieso schreiben nicht ALLE Autoren Tagebücher? Die würde ich alle lesen. Ich kann mich nicht durch Thetis quälen, und würde sofort tausend Seiten Tagebuch von Alban Nikolai Herbst lesen. Das finde ich am ganzen Krausser-Projekt auch so toll, daß er alles macht, alle Formen bespielt. Romane, Stücke, Erzählung, Tagebuch, Drehbuch, sogar ein Opern-Libretto hat er geschrieben, und Gedichte schreibt er natürlich auch. Ist doch völlig richtig, wieso weniger machen, wenn man genauso gut mehr machen könnte, oder alles. Warum nicht? Warum denn nicht!

HONEY

026. Endlich doch draußen, an der Bar, beim ersten Bier und ich denke über Dekonspiratione nach, weil ich heute wieder damit angefangen habe, endlich. Es ist alles schon da, ich muß bloß noch einiges an erzählerischem Fiktionsgespaste loswerden, glaube ich. Fiktionen abzugeben, günstig. Eine Frau kommt rein, begrüßt die Barfrau, und hat um den Hals ein Kettchen mit Inschrift: HONEY steht da drauf. Und sie schaut auch echt süß aus. Im Postfuhramt war alles schon vorbei. Das ist der Nachteil, wenn man keine Anwesenheitspflicht hat, man kommt zu spät oder gar nicht. Andererseits ist das genau das Angenehme für mich hier, im Moment, keine Nachtpflichten zu haben.

054. Beim HARAKIRI Event in der galerie berlintokyo. Zuhören, zukucken, an der Wand lehnen, und rauchen und trinken. Sehnsucht ist ein schöner Zustand. Wozu bejahen, was man ist?

125. Ich befrage Martin Eberle zur Drehrichtung von Hakenkreuzen, das Foto neulich in der taz hatte so gut ausgeschaut. Dazu müßte ich mitkommen, BACKSTAGE. O ja! Wie ich diese Räume liebe, nebendran, hinten, unten, seitlich, mit Verhau. Grellhelles Licht. Wir kucken uns die Forschungsergebnisse des Erratik Instituts zum Thema Sex und Nationalsozialismus an. Abfotografierte Graffiti, es gäbe auch noch Kommentare. Mir reichen die Bilder völlig. Eine Frau ist mit im Raum, die zeigt auf ein Bild und sagt: das ist ein Schwanz. Reflexfrage: woran sieht man das?, sage ich und schaue sie an, aber sie lacht nicht. Sie fragt nach den Preisen der Bilder. Ich muß kurz aufs Klo.

138. Solovyev. So ähnlich hieß die Musik. Soundsovieltes Bier, langsam wirds bißchen wirr, angenehm. Alex legt jetzt auf, von Fucky, wir hätten in der Init-Bar schon mal geredet. Fuck, echt? Worüber ging denn das? Ah ja, stimmt, ich erinnere mich doch. Die Frau von vorhin, eine andere, erklärt mir

ein Projekt, ich soll mitmachen. Plötzlich kommt eine Liste vor, und ich sage, Moment, das muß ich kurz notieren. Sie bittet folgende Leute um die Illustration eines Lieblingssongs: Rockstars, Musiker, Künstler, Prominente, Freunde, Polizisten, Fremde. Verstehe, ich wills versuchen, ich gebe ihr mein Notizbuch und sie schreibt ihre Adresse rein: Evelin Höhne. Die Live-Band spielt. Ich gehe vor, wieder zurück, mal kucken, wie das ausschaut, die Band, da ist ja Frauke, im engen Gang, und wir stehen da und lassen uns rumschieben und reden. Sie ist übrigens eine echte Hamburgerin. Wir reden über die Volksbühne. Sie fand Terrordrom auch toll, JL hat ja etwa nur einen Stern dafür vergeben, wobei der Befund für mich ist, daß jemand wie JL da überhaupt hingeht, um zu kucken, was er davon hält. Frauke empfiehlt mir Castorfs Schmutzige Hände, heißt das so? Dieses Sartre Stück. Ich wills mir jedenfalls ankucken. Hoffentlich vergesse ich das nicht alles sofort. Alles so viel wieder, echt. Frauke holt sich was zu trinken. Willst du auch was? Nee danke, ich hab noch.

313. Unser Dorf soll schöner werden. Bunte Punkte, am U-Bahnhof Wedding, der new Beetle, in einer Leuchtwerbung, die sich irgendwie bewegt, während ich unter ihr durch radle.

414. Niemann, Neumeister, Werneburg. Umzug jetzt. Wer küßt mich 1999 glücklich? Licht aus.

SAUFE
SAUFE
SAUFE
*
DIE WIN-WIN-WIN-LÖSUNG
*
1. ADVENT

VII
1.7

Sonntag, 29.11.98, Berlin.

1529. Hundert Jahre Ladomat. Sie feiern im Kir. Motor, die Firma, der Laden, die Sekte. So muß das auch sein. Tim Renner ist kein schlechter Pate, übrigens der Pate auch dieser Veranstaltung hier. Das Logbuch vom Motor-Kapitän habe ich, solange es regelmäßig täglich neu geführt wurde, täglich gelesen, auf der Motor-Homepage. Wann war denn das? Vor zwei, drei Jahren vielleicht. Aus allen möglichen Berufsbereichen würde ich gerne diese tägliche Alltagserzählung geliefert bekommen, schriftlich. Dietmar »stochastische Verteilung« Dath ist neuer Spex-Chef, als Visdp verantwortlich, steht hinten im Impressum. Vorne, im Editorial, denkt man erst, man liest nicht richtig. Da steht ja ein Text, da steht ja was drin, das ist ja kein Blindtext, da stellt sich einer hin und sagt: halloo. Wie ich den Titelbild-Titel gestern im Zeitschriften-Geschäft sah, mußte ich laut auflachen: MÜRRISCHE MUSIK. Ja! Kann man es schöner sagen? Nein. Dazu ein Felix Reidenbachscher Satan, der offenbar ein irres Vergnügen an seiner satanischen Mürrischkeit hat. Die Geschichte der SERIE von Titelbildern des diesjährigen Spex wird in die Spex-Geschichte eingehen. Ich hatte Thomas Meinecke so verstanden, daß Dietmar Dath nur als Berater kommt. Aber so ist es ja richtig gut, das könnte ja wirklich einen Quantensprung geben. Talking about Spex: Ich hatte gestern beim Ausgehen einen hellgrauen Kapuzenpulli an, den Cora mir mal geschenkt hat, wo in schwarzer Runenschrift RAVELINE drauf steht. Talking about Rave: Benjamin hat einem Kölner Taxifahrer für 100 Mark eine tiefdunkelblaue Kappe abgekauft, um sie mir zum Flokati-Drescher-Event mitzubringen, denn in die Kappe sind in silberweißer Schrift die Worte eingestickt: RAVE CAP. In Weiß würden nur die Götter schreiben, hat neulich Hinrich Weidemann behauptet, der eine Hetzler-Maler, wie wir über seine schwarzweißen Bilder redeten. Er hat auch den Urheber des Spruchs gewußt, vielleicht Mallarmé?, Baudelaire?, die Ecke. Vergessen. Leider kann ich keine Mützen tragen. Aber ich werde Benjamins Rave Cap in Ehren halten. Es ist ein gemütlicher Sonntag. Es ist der erste Advent, und ein Lichtlein brennt.

ANANGARANGA

VII
2.1

Montag, 30.11.98, Berlin.

1032. Dekonspiratione: nicht die Fiktionen sind das Problem, der Sound stimmt irgendwie noch nicht ganz, vorallem weiter hinten.

1051. Zähle, mit den Fingern beider Hände:

1982
1983
1984
1985
1986
1987
1988
1989
1990

91
92
93
94
95
96
97
98

9 und 8 ist 17. 17 Jahre Schreiberleben.

1235. Das Fax für den Celebration-Umschlag ist da, mit der Anpassung an den dünneren Buchrücken. Wie Schrift und Bild zueinander stehen, das verschiebt sich jetzt nochmal bißchen, das habe ich gestern mit Oliver besprochen. Am Telefon mit Frau Knapitsch gehen wir paar Punkte durch.

1241. Allgemeine Überlegungen zum Metrischen, wie jetzt wieder in Kraussers Oktober: ich verstehe das nicht. Das ist doch nach einer Stimmigkeitsregel geregelt, die etwa genau so persönlich und individuell ist, wie das Ganze jeder echten Stimme auch, genau so unterschiedlich, wie die Art, in der jeder redet. Der neue Fraktionschef der SPD, wie heißt der gleich?, der hat doch ein anderes Metrum in sich, als, sagen wir mal, Otto. Peter Struck, genau, der würde doch andere Gedichte schreiben, als Otto oder Raoul Schrott usw. Überhaupt Überlegungen zum Stil, immer wieder komme ich darauf: man könnte genausogut die Musikalität des eigenen Genomsatzes analysieren, ändern tut das nichts.

1341. In der Post wartete ich zehn Minuten, vier lange Schlangen, Postbank, Auszahlung, neuer Monat. Endlich war ich dran. Ich brauche bitte nur einen gut lesbaren Stempel auf diesem Kuvert, das Datum ist wichtig. Sie geht weg, sie kommt wieder, sie haut einen Stempel drauf. Darf ich mal bitte sehen? Man kann es kaum lesen. Können Sie vielleicht daneben noch einen –? Wieso? Das sieht man doch, das reicht doch. Okay, okay. Bloß nicht streiten, mit den mir Vorgesetzten von der Post. Draußen sperre ich das Fahrrad auf und denke an die Titelworte aus dem Dorau-Lied, die Menschen sind kalt. Und dann gleich, in einem ganz automatischen Reflexgedanken des Medizinischen: stimmt ja gar nicht, die Menschen sind durch ihre Menschenkörper lebenslänglich warm, nicht kalt. Katrin erzählte neulich, daß sie die Single jetzt in die Hübner Hitparade bringen möchte. Das wäre mal ein Schritt für Dorau, nach vorn, vielleicht ja auch ins Warme.

1357. Ein Schaufenster, an dem ich immer vorbeiradle, in der Stromstraße, wo ich immer reinschaue. Brauche ich jetzt für den Winter eine gelbe Daunenjacke von Helly Hansen, eine hellblaue Windjacke von den Yankees, oder nicht doch irgendsoein ganz WEISSES Teil?

ITAL.KFZ WERKSTATT

1412. Bei den Spirits. Videobesprechung für BEAT BOX ROCKER mit Daniel und Max und den beiden Kollegen von der Produktionsfirma, Bernd und Jochen.

1600. Lessingbrücke, Abenddämmerung. Es ist eben eine Frage der Blickrichtung, was einen fasziniert. Krausser rechnet Raoul Schrott Fehler in der Catull-Übersetzung vor. Thorsten Becker sucht nach Erzählweisen, in denen heute Erlebtes wie aus einer Lessing-Zeit kommend klingen könnte. Und ich denke immer, das ist doch eh alles klar. Das ist doch Geschichte, das hat man doch irgendwie in sich, davon geht man aus. Und das Geheimnisvolle, was man zu erkennen versucht, wo man automatisch hinschaut, weil es einem einfach am interessantesten vorkommt, ist die Gegenwart.

1619. Daheim. Ein Fax von Max Hetzler zu Jeff Koons, und ein Fax an Wilfried und Herrn Ortmann.

1826. Tod abzuholen. Hier, jetzt. Komplett erledigt, vor dem Cinemaxx am

Potsdamer Platz. Ich bin hier um fünf vor halb mit Max verabredet.

1920. VELVET GOLDMINE.
2117. Fertig, aus. Nee, nee, absolut nicht, überhaupt nicht, nein.

016. SILVERLAKE LIFE. The View From Here.
145. Sterben, wie es ist.

INFORMATIONEN STABILISIEREN

VII
2.2

Dienstag, 1.12.98, Berlin.

1322. Die Leute kommen aus allen möglichen Weltbereichen. Rocker, Hysteriker, Normalos, Transen und Studenten. Sie machen sich auf den Weg, sie fahren durch die Stadt, es ist NACHT, die Lichter, die Autos, der Sound. Es ist Winter. Plakate, Baustellen, Scooter Live Tour 1999, Texte zur Kunst, Zeitungen, Zeitschriften, eine schöne Frau. Sie sagt: entweder Niklas Luhmann oder ich. Hell erleuchtete Tafeln, Neubau, Bundeskanzleramt, und die Tiefen und Weiten der Baugruben am Lehrter Bahnhof, gleißend. Schweres Gerät, Menschen mit Arbeit. Geld ist aus. Überwachungskamera, Geldzapfstelle. Wieder in den Bus, wieder aufs Motorad, wieder in den Wagen, weiter. Schering, Komplex im Licht, von innen glühend. Über den Wassern ist Dunst, der Fluß, die Brücken, Fabriken und Gleise. Wohin? Wohin, Herr, wohin? Ein Flyer, ein Kunstbuch, Papiere, Büro. Der Chef sitzt am Schreibtisch, er telefoniert. Er lehnt sich zurück, ah. Moment einer STILLE, extrem. Moment dieser Ruhe plötzlich: sehr angenehm. Sofort wieder draußen, und rasende Fahrt, die Szenen. Zeitlupe. Blicke, Gedanken und Worte, Gesichter, die sprechen, man weiß nicht, worüber. Man sieht die Erregung, sieht Langeweile, Stumpfsinn und Staunen. Wie? Wer? Wo? Die Platin-Style-Typen schauen auf, Schock. Ein Hinterraum, innen, wie immer, und neonweiß, alles voll Rauch. Stille. Sie sitzen um den kleinen Tisch, eingefroren. LÄRM. Von draußen. Wir sind endlich da. Die Party. Verstehe, das ist der Witz hier: KUNST. Überall Kunst, Kunstwerke, Bilder, Skulpturen. Videos, Fotos, ein Raum voller Bücher. A black guy doing his studies. Pumping, pumping, the party: and party. So viele Leute, so viele Geschichten, so viele Momente von Wahn und Bedeutung. Die Schuhe, die tanzen, nur so für sich, Routine. Da sitzt auch, erhoben, der Kardinal, auf einem Thron, in Rot und gütig und milde spendet er Gaben, was ist das? Was ist das, was der da verteilt? Gravur,

Metall, Weißgold, ein Schild, ein Live-Kunstwerk auch dies, und diese Antwort:

THE POPE
OF
TECHNOLECTROPOP

Aschenbecher, Scherben, Glitter, Glück. Dreckige Ecke, Geländer aus Stahl. Die Puppe, das Band, sie öffnet die Hose. Sie werden es tun. Man sieht sie die Frage nach Drogen nicht wieder neu stellen und nicht auch verneinen. Da tanzt einer vorne, das ist doch, ja: William, mein Gott ist das eng, ist das geil, ist das heiß. Was ist das? Ist das das, das immer Gemeinte, ist das jetzt das Ding und die Sache, wo sie reden immer und sagen: SEX? Ja. Genau. Es ist dasselbe wie immer, der Sex und die Party, es schiebt und es pumpt, und sie tanzen jetzt alle, hysterisch, relax, relax, just do it, relax, sie tanzen wie William. Sie sind alle drin. Ein Raum wie von Jonathan Meese, nur lebend, sie sind alle echt, echt lebende Menschen, sie tun es, sie tanzen, sie sind diese Kunst. Und wieder in Fetzen von draußen, die Straße, der Lärm und Ideen, das Denken in jedem und Alltag, ein Tisch, und ein Bunny, das ist Sarah Lucas, ein Foto vom Echten, von Josefsohn, Miststück, von Techno und Mode, und Julia als Frau mit ganz wenig Titten, kleiner Arsch: SCHÖN. Auch der da, der eine von vorhin, der Fette, der Typ mit dem Bart, der läßt sich doch glatt seine Wampe hier neu tätowieren, echt, in einer finsteren Ecke, im Licht, in einem leuchtenden Kegel von Helligkeit, strahlend die Schrift. Denn auch er ist so einer, einer, wie alle hier, jetzt im Moment, denn auch er ist, forever forever: BEAT BOX ROCKER. Und aus.

1440. Fax an Max.

1501. Es geht nicht um das, was man sagt, sondern darum, was man meint. Mehr noch, es geht darum, was der andere meint, daß man gemeint hat. Es geht darum, wie das rüberkommt, was man äußert, welche Effekte das hervorruft. Im Ungefähren liegt das Geheimnis und Problem der Präzision der Sprache, ganz extrem beim Schreiben. Das ist Politik der Schrift: das anzuerkennen, das Diffuse. Es ist auch nicht beseitigbar, je genauer man zu analysieren anfängt, umso irrer und weiter wird der Raum der Konnotationen. Umso klarer wird: auch was der simpelste Satz sagt, ist nicht eindeutig bestimmbar. – Das ist für mich der tolle Nebeneffekt dieser Debatte, daß dieses sprachliche Grundfaktum, während das Hauptaugenmerk natürlich den Inhalten gilt, hyperhysterisch vorgeführt wird. Walser und Dohnanyi fordern immer nochmal, daß genau gelesen werden soll, wörtlich. Das ändert alles nichts daran, daß Bubis recht hat. Sprache handelt nicht von Worten, sondern vom Gemeinten. Auch wenn Benn und Kraus das Gegenteil behaupten.

1700. Friedrichstraße, Ecke Französiche Straße, ein älteres Ehepaar auf Reisen in der fremden Stadt. In die Richtung? Oder in die? Er drängt:

-ist grün hier! komm!
-nein! es ist rot!
-ist eben rot geworden!

1711. In der Galerie Hetzler, bei Axel Hütte. Riesige Fotos: Blätter eines Baums, Brücke, Brücke, Nachthimmel mit Stadt, Moment der ersten Sonne. Bilder ohne Angst. Malerei, Poesie, Natur, eine fast schon mythenhaften Pathetik.

1740. Girls Casual Wear. Einmal H & M bitte, tour retour.

1843. Alhambra. Der Kinobesitzer schimpft: was ist los mit der MENSCHHEIT! Sagt er immer wieder. Dabei will ich nur eine Kinokarte bei ihm kaufen. Der Film läuft schon eine halbe Stunde, das wäre Geldverschwendung. Ich soll um 8 wiederkommen, da könnte ich den Film ganz sehen, da würde sich das lohnen, aber jetzt, das ist SINNLOS, verrückt, was ist los mit den Leuten, mit der Menschheit? Er ist geradezu bernhardmäßig in Rage und völlig out of proportion aufgebracht, supergrundsätzlich. Was ist los mit dem Kinobesitzer des Alhambra? Endlich gibt er mir die Karte, 8 Mark, redet noch hinter mir her, voller Verachtung. Ich gehe rein und setze mich vorne hin. SPIEL AUF ZEIT.

ATLANTIC CITY ARENA

1939. Wie weltenthoben komme ich aus dem Kino wieder raus, so gehts also auch. Trip.

2117. Bayern – Stuttgart: 3 - 0.

2208. Lust auf einen kurzen Moment arbeitsmäßiger Klarheit und Sammlung. Schreibtisch, Kopfschütteln. Ich fange einen Brief an und höre wieder auf. Und ich denke, okay okay, dann halt nur so bißchen ganz flach rumräumen und aufräumen und kriege davon sofort gute Laune. Getränk: A & P Zitronentee Getränk, heiß. Musik: Harakiri 9. Wann und wie konzentrieren sich eigentlich die anderen?

heute
meine Damen und Herren
stimmt das abgegriffene Wort

der Bundespräsident

hat dem schwer verletzten Soldaten
bereits gute Besserung gewünscht

Prof. Krankl
Graf Tunte

der Apfel bohrt sich in Gregors Rücken
entzündet sich dort
Gregor vereitert
stirbt
das Buch ist aus

aber wer weiß das noch in dieser schnellebigen Zeit

SPRUNG VON DES TIGERS RÜCKEN

VII
2.3

Mittwoch, 2.12.98, Berlin.

1219. Langes Telefon mit Max zum Video.

I'm just gonna rap it
read it
rap
the motherfucker rap it down
gonna read it rapid
rap it down

1409. Ich glaube das Pop-Textchen ist endlich fertig. Gestörtes Sinngedicht, noch doppelt zu lang. Vier einviertel Seiten. Habe ich da jetzt wirklich zwei Wochen hingemacht an dieses Ding? Nie wieder Auftrag. Keen Bock auf Themen, auf Vorgaben, auf Kontext für Text, der nicht textbestimmt ist, sondern irgendwie anders vorgegeben, von außen, formal. Für die Zeitung muß man Zeitungsartikel schreiben können, und das muß man eben auch können, lernen, üben. Da sind ganz andere Sachen gefragt, als in anderen Formaten.

1539. Treat me, treatment, treat me, treat me.

1554. Unterwegs mit dem Rad. It is eisig, and I like it. Dieser verfrühte Kalt-Winter, es könnte ja auch dauernd regnen. Kälte ist doch eine klare Sache.

1602. Da ist wieder die Hand, die nach unten greift, den Würfel faßt, der am Boden liegt, eine große Skulptur, Lessingstraße, Ecke Altonaer, eigentlich richtig riesig im Verhältnis zur Größe der echten Menschenhand. 80° EIN-BRENNLACKIERUNGEN. Ernst-Reuter-Haus. Haus des Deutschen Städtetages.

1609. Kiepert. Brian de Palma: gibts nichts. Wie? Ja, über den gibt es nichts. Komisch. Dann an der Kasse, mit dem bestellten Buch. Gerhard Nebel, Sprung von des Tigers Rücken, eine der kranken Zschorsch-Empfehlungen, von unserem Schuriburi-Abend neulich, auf der Buchmesse. Der Mann an der Kasse sucht die Isdn-Nummer, das Ding ist von 1970, es hat keine Nummer. Aber Klett hat es noch vorrätig, und es hat nur eine Woche gedauert, nicht länger, obwohl die Grossisten es nicht mehr hatten, es dann eben direkt beim VERLAG zu bestellen. Heute morgen kam der Anruf von Kiepert, das erste Telefon des Tages, Ihr Buch ist da und liegt zur Abholung bereit. Auch darum, um dieses wahrscheinlich ja wohl wirklich weltweit einzigartige System der Buchlagerhaltung, geht es angeblich bei dem Streit um die Buchpreisbindung auch. Nachmittags hat Heidi Paris angerufen, heute würden Unseld und Naumann in der Akademie diskutieren. Wir müßten uns alle zu Wort melden, diesbezüglich. Ich finde nur leider, daß man selber als der Betroffene der schlechteste Lobbyist für die eigenen Interessen ist. Arm ist doch jeder, alles wird immer schlechter für alle. Das weiß man doch. Das ist doch klar. Beschwer, beschwer. Alle erklären dauernd, was keinesfalls passieren darf. Sonst würde es ihnen noch schlechter gehen usw. Irgendwie funktioniert das nicht, oder wenigstens nicht mehr. Man schaltet automatisch ab, wenn ein Betroffener erklärt, was keinesfalls passieren darf. Ich kann nur sagen, ich bin der größte Fan des deutschen Buchhandels, in der Form, wie er heute existiert. Wenn es so bleibt, wäre es schön, und wenn es nicht so bleibt, wird es sich ändern und anders sein. Ja, tschuldigung, so voll hohl fatalistisch seh ich das leider.

1620. Vernimm mein Flehen. Titel in der Auslage. Ich will mein Rad aufsperren, der Satz wiederholt sich im Kopf, und ich denke: nein, so nicht, in Befehlsform nicht. Dann, daß ich ein Asozialer bin, herzlos. Dann, daß die Zumutung im Imperativ liegt. So imperativisch darf wahrscheinlich nur ein Gebet oder der Psalm seinen Gott anreden.

1630. Eine Ecke weiter, im Bücherbogen, liegt an der Kasse: Franz Blei, Glanz und Elend berühmter Frauen. Das klingt auch gut kaputt, vorallem das Wort Blei kommt in dem Zusammenhang gut.

1649. Bei den Spirits. Zwei Djs aus Kroatien sind zu Besuch. Cora packt Geschenke in eine Electric-Kingdom-Tüte. Die muß natürlich auch in dem Video vorkommen. Ein Penner geht mit zwei dicken Electric-Kingdom-Tüten den hell erleuchteten Weihnachts-Kudamm entlang, taper, taper. Alles ja immer nur in Fetzen, Momente, kurz stehende Bilder. Im Bücherbogen, an der Kasse, von draußen gesehen, die Leute, die Spiegelungen. William schaut ganz traurig. Ich glaube, es kommt ihm zu aufwendig vor. Nee, alles ganz billig, trashig, ohne viel Aufwand, low-fi-style. Max korrigiert das Interview, das er vorgestern für die Zeitschrift DJ-Slut gegeben hat. Es ging um seine Freizeit-Existenz. Er sagte zum Reporter am Telefon, ich arbeite so viel, daß ich mir eine Freizeit-Existenz für mich erst ausdenken und erfinden muß, für Sie. Auch das ist wieder Arbeit. Dann saß er da und machte eine Gliederung seiner Freizeit-Existenz-Bereiche. A black guy doing his studies. Auch der Afrika hätte neulich wieder so ein dickes Buch dabei gehabt, ein Weltverschwörungsbuch natürlich. Alles ist ja Fake, auch das Reagan-Attentat war Fake. Reagan kam dabei um, danach wurde ein Reagan-Humanoid als Reagan eingesetzt. Dieser Humanoid, der jetzt mit Alzheimer in die Abenddämmerung des Lebens geht. Humanoid. Das Video, eines der ersten Techno-Videos, an das man sich erinnert. Man kam druff nach Hause und sah dieses Video, und war extrem beeindruckt, so habe ich das in Erinnerung. Es wäre 1989 gewesen, sagt Max, relativ spät also. Und William hätte auf diese Kringel und kranken Zuckungen gezeigt und gesagt: kuck mal da. Das macht glücklich.

1710. Wieder unterwegs, mir fallen fast die Ohren ab, vor Kälte. WARME SPEISEN, Leuchtschrift, TIERGARTEN QUELLE.

1730. Mit den Zeitungen. Wagner: die Denunziation kommt endlich nach Hause. Christian hatte nachmittags angerufen, ob ich mir die Wagner-Internet-Seite schon angekuckt hätte. http://members.tripod.de/fjwagner. In der Berliner Zeitung wäre ein Bericht. Ich hatte das neulich in der taz schon gesehen. Und Wagner selbst, endlich mal selbst Betroffener, jammert ganz wehleidig los: es wäre bedauerlich, daß das Redaktionsgeheimnis auf diese Art unterminiert und der journalistischen Arbeit geschadet wird. Das ist also das Redaktionsgeheimnis, was der Chef für ein kaputter Typ ist. Wagner: »Das ist einfach grauenhaft und kriminell.« Herrlich, davon träume ich seit Jahren. Daß diese Leute ihre eigenen Methoden am eigenen Leib erleben müssen, das Geschnüffel, die Halbwahrheiten, die Insinuationen und ganz richtige Lügen. Und die Freundin und die Tochter von Wagner? Was ist bei denen kaputt, krank, gestört, ausgefallen? Oder so normal, daß man auch irgendwas draus machen kann? So geht das ja, das System Wagner. Das braucht einem niemand mehr erklären. Das muß man nur anwenden, auf ihn selber. Und das passiert da jetzt im Internet, das könnte sich wirklich durchsetzen. Öffentlichkeit herstellen, Macht zerstören, die asozialen Methoden des Boulevards angreifen, und bösen Menschen schaden. Die beste Meldung allerdings finde ich die, daß Wagners Dreck die Auflage nicht gehoben, sondern noch weiter NACH UNTEN gedrückt hat. Wagner ist nicht nur widerlich, er ist auch noch erfolglos.

2154. Herrmannplatz. Luhmann: daß alles, was geschieht, gleichzeitig geschieht. 599, A 8.

CITY BOWLING NEUE WELT

2200. Alexandra, Nana, Andreas und andere bowlen rum, und ick kucke mir den Prollirrsinn an, der hier abgeht. Besonders sehenswert ist die Art, wie abgeklatscht wird, in der Prollclique neben uns, Männer und Frauen, 35 bis 55 Jahre alt. Immer wenn alle neune fallen, das heißt, es sind ja mehr Kegel hier, wenn also einer abgeräumt hat, wird mit der Ratsche geratscht, und der Abräumer geht ganz bürokratisch zu jedem einzelnen hin und klatscht ab, unbeholfen ist kein Ausdruck, es ist Arbeit, Abklatscharbeit, so lasch verrichtet, wie man die Arbeit lebenslänglich eben so hinter sich bringt. Vielleicht soll es sogar so ausschauen wie im Fernsehen, wo sie es gesehen haben. Es schaut aber absolut jenseitig aus. Und jede Minute etwa räumt also einer ab und macht seine traurige Abklatschrunde, und sondert dazu bißchen Prolltext ab.

2246. Wir sitzen im Citroen CX Prestige von Andreas, hinten im Fonds, riesig viel Platz, und Nana erzählt, wie der Helli-Abend im WMF neulich in den Vormittagsstunden zu Woody-Musik so sensationell geendet hätte. Alle wären plötzlich auf der Tanzfläche gewesen, alle hätten sich angeschaut und es nicht glauben können, es wäre wieder mal der Moment des großen Zaubers gewesen. Mir war ja plötzlich so schwindlig geworden dort, schon um 4 oder 5, daß ich mich auf dem Weg vom Klo zurück so verirrt hatte, mitten im WMF, daß ich nicht mehr wußte, wo wir sitzen oder stehen, wo der DJ ist, und wo es raus geht. Da dachte ich: ich muß heim. Bloß wie finde ich hier jetzt raus?

CASINO
BERLIN

2300. Ich lasse mir von Marcus nochmal erklären, was wir hier feiern. Es gibt Sekt, es ist sehr voll. Alle sind da, und es ist wirklich sehr heiß. An der Türe, der eine Typ, wie heißt der gleich? Das ist doch Sascha Kösch? Es ist der etwa vierte Geburtstag der Mitte-Model-Agentur TYPE FACE. Ein großes Gesicht neben Alexandra leuchtet mich an. Ich kenne dich leider nicht, kennen wir uns? Ja, nee, sie wäre Mercedes. Mercedes Bunz? Ja. Ah, ich kenn dich nur vom Fernsehen. Sie haben in Berlin-House mal ein Interview über de-Bug gegeben. Ich erzähle, daß ich immer mal zu ihnen in die Redaktion kommen wollte, um mir den Rave-Verriß anzukucken, von dem mir irgendwer erzählt hat, der bei ihnen erschienen wäre. Nee, da weiß sie gar nichts darüber. Egal. Ich frage sie, wie es in Japan war. Sie erzählt von Markus Wernhard und Shibuya. Sofort verstehe ich auch den Verriß, den sie über das Mix-Büchlein damals in Spex geschrieben hat. Einfach nur dadurch, daß ich sie sehe und mit ihr rede. Mir gefällt das. Dann gehen wir Nana suchen und finden sie nicht und treffen die anderen wieder.

035. An der Türe, beim Gehen.

-willst du wiederkommen?
-nee, ich –
-dann wünsch ich dir eine geruhsame Nacht
-ah, danke, tschüß

043. Im Taxiradio reden die Leute vom Chaos Computer Club über Funktelefone und beantworten Hörerfragen. Open Source. Die Firmen müßten die Source Codes öffentlich machen, für die Geräte, die wir dauernd benutzen. Aha.

051. Ich mache den Fernseher an, und Sloterdijk sagt einen Satz über Luhmann. Zufall, Katastrophe, Militär, Mathematik. Bin ich betrunken, oder ist es wirklich toll, was sie reden? Ich esse eine Suppe, lese die alte Zeit, und auf Arte läuft ein Film über das Ebola-Virus. Reich-Ranicki schreibt über Walser.

meine Herren
es ist spät geworden
vielen Dank fürs Kommen
und Ihnen zuhause fürs Zuschauen
wir wünschen eine gute Nacht

MUTTER SPRACHE
MÜNCHEN

VII
2.4

Donnerstag, 3.12.98, Berlin.

1406. Noch einen Millimeter rüber bitte, sage ich zu Oliver am Telefon, via Fax geht es nochmal um das Celebration-Cover.

1438. Es wead scho glei dumpa, es wead scho glei Nacht.

1504. Benjamin: lieber Rainald! Ja? Du solltest jetzt Viva schauen! Aha, wieso? Das verrate ich dir lieber nicht. Die Überraschung wird umso größer sein. Ja, okay, dann schau ich jetzt Viva. Vielen Dank. Auf Viva läuft ein Video, dann Werbung. Und dann sitzt Harald Schmidt bei Mola, in Interaktiv, und zeigt seinen Bauch. Weil die Hose muß mehr auf Hüfte sitzen.

1606. Ich kann aber nicht fernsehen, im Moment, ich muß umschalten im Kopf, Fokus-Verstellung, für Dekonspiratione. Von sehr eng, scharf, hart auf einen Punkt hin konzentriert, wieder umstellen auf ganz weit, diffus, mehr ungefähr und offen. Je weniger es um Fiktion geht, je näher dran an Wirklichkeit man kommt, umso stärker fühlt es sich komischerweise an wie geträumt.

1727. Man müßte viel schneller oszillieren können, um widersprüchliche Aspekte gleichzeitiger im Auge haben zu können. Z.B. Kritik. Abwehr gegen die Abwehr-Ideologie, die alles automatisch dem Kritiker zurechnet, anstatt der kritisierten Sache, anstatt –

1738. Es läutet, ein Paket kommt, Sylke hat mir die Jacken geschickt, die ich in Hamburg im Hotel vergessen habe. Die eine ist von Nilly, eine dunkelblaue Carhartt mit Kapuze. Ich lag im alten Rave-City-Büro, am alten Flughafen, morgens in der Ecke zum Schlafen, und meine Sachen waren alle naß geschwitzt. Da hat sie mich mit ihrer Jacke zugedeckt.

1746. Was ich meine: Kritik zu verstehen versuchen, inhaltlich. Und doch gleichzeitg daran denken, daß das kritiserte Ding oft nur der ANLASS ist, die Nebensache, die dazu da ist, die Kritik entstehen zu lassen. Daß es bei einer Kritik um den Text der Kritik geht. Daß dieser Text geschrieben wird. Jemand will anfangen zu schreiben. Worüber? Egal, Musik halt, was man so macht, worüber man redet, was man denkt. Es soll endlich mal losgehen. Wie, wo? Wer läßt einen schreiben? Wer druckt die Sachen? Ich vergesse das immer wieder. Ich finde, das rechtfertigt alles, am Anfang ist alles erlaubt.

2236. Zu viel Text gestern. Ab einer bestimmten Menge von Daten kann mein Wortrechner das Feintuning nicht mehr nebenher verwalten. Das drängt sich dann dauernd vor, in die Mitte der Gedanken. Wie heißt das da? Echt? Klingt komisch. Moment, wie muß das sein? Was wollte ich sagen? Nee, geht doch, stimmt doch, nee, stimmt nicht. Dabei geht es immer um Obertöne und Subschwingungen, um das unabsichtlich Mitgesagte. Das betrifft Haltungen, die aus der Art von Erzählungen und Argumenten hervorgehen. Es betrifft aber auch auf der allerdirektsten sprachlichen Ebene einzelne Worte und die Empfindung für ihren gegenwärtigen Gebrauch. Siehe Praxis, klar. Was Worte alles mitbedeuten, in Umfeldern, unter Bedingungen, in Interferenz mit anderen Worten und allen nur irgendwie möglichen, denkbaren, anderen Bestimmungsmomenten. Dem hinterherzulauschen, das zu erspüren, ob man wirklich alles das sagen will, was man sagt. Ob man mit dem Text wirklich ganz übereinstimmt. Das ist der Zeit- und Gedanken-intensivste und zugleich irgendwie regellose, geistig wilde, schwer routinifizierbare Teil der Schreibarbeit. Am Ende will man doch immer wieder nur noch mal schnell paar Sätze oder Worte RAUS nehmen. Ah, ja, endlich, besser so, oder? Glaube schon, so besser, stimmt. Trotzdem kann, wie gesagt, kein Sprecher, kein Schreiber die ganze Nebenwelt seiner Äußerungen wirklich unter Kontrolle halten. Und die Erfahrung sagt, daß man eher locker dahinredend das rauskriegt, was man sagen will, als wenn man jedes Wort in sich schon von Anfang an unter Verdacht stellt und zu überwachen versucht. Aber im Nachhinein entsteht umso stärker das Bedürfnis, die geheime Welt des vom locker daher Gesagten irgendwie Mitgesagten doch nochmal verstehen und überprüfen zu wollen. Und plötzlich meldet der Rechner irgendwas von Überlastung, Arbeitsspeicher, Overflow. Tilt, tilt, tilt. So war das heute plötzlich.

BENACHRICHTIGUNG
ÜBER EINE ERSATZZUSTELLUNG

VII
2.5

Freitag, 4.12.98, Berlin.

859. Zunächst aber Werbung, Nachrichten, Wetter und Verkehr. Ganz feiner Eisschneepuder liegt hellweiß auf den Jacken und Pullis, die am Balkon hängen. Ich gehe raus und hole sie rein, und der Boden ist spiegelglatt überfroren, rutschig.

1200. Daniel von den Spirits faxt, zum Videotermin.
1217. Robert von den Hamburgern faxt, zur Party nach der letzten Krieg-Aufführung.
1256. Hans-Ulrich faxt, zu Celebration und Abfall.
1309. Kiepert: die englischsprachigen Bücher sind da und können im zweiten Stock abgeholt werden.

1433. Korrekturen am Poptext, heute mit Wut. Es reicht. Zum Beispiel war die Bonner Polke-Ausstellung vom letzten Jahr NICHT am selben Ort wie die Immerndorff-Ausstellung jetzt, sondern gegenüber. Und ich habe NICHT mitgemacht neulich, bei Christian, bei dem – duweißtschon, sondern nur beim Spielen des Spiels überhaupt. Dauernd drückt man sich mißverständlich aus, dauernd unterlaufen einem sachliche Fehler. Angst, Paranoia, Kontrolle, Anmaßung, Lähmung, Schluß. Es war einem aber auch aufgetragen, mit den Talenten zu wuchern, die einem gegeben sind.

1618. Putlitzbrücke. Kreativität: man hat Sachen im Ohr, alte vorallem. If I'd gone ahead and died in 1968. Warhol. Man schwingt damit mit, davon angestoßen, von den Tiefenstimmen her, aus dem ganzen Gehörschatz des Gehirns erfährt man, was man denkt. Man denkt es sich nicht aus, es kommt eher zusammen in einem.

1656. Straße des 17. Juni. Ein Jogger mit Mütze, im Dunklen, aus dem Tiergarten hochtrabend, lässig. Und Glühweingeruch.

1703. Hier FRÜHVERKAUF ab 7 Uhr.

1707. Ein Hubschrauber, das Knattern, der Suchscheinwerfer im Dunst, über der Brücke, wie auf dem riesigen Foto von Wolfgang Tillmans, das in den Kunstwerken hängt. Kurz darauf fliegt er ganz niedrig über die Föhrerstraße und links zwischen die Häuser rein, landet da, im Deutschen Herzzentrum. Nicht Polizei, sondern Rettung.

1801. Ich habe die hellblaue Jacke anprobiert und hätte sie fast gekauft, 250 Mark. Aber der Typ vom Laden hat es mir einmal ZU oft gesagt, daß es seine letzte ist, daß er keine mehr hat, in der Größe, in Medium, daß er sie erst wieder nach Weinachten kriegt. Das Argument der Knappheit: für mich der Instant-Abturn überhaupt. Wir haben nur noch ganz wenig davon da. Ist ja super, dann brauche ich es sicher nicht.

zum Schrecken meiner Leibwächter
machte ich mich dann zu Fuß auf den Weg
zu meinen anderen Terminen

kurz vor dem Abheben
in guter Stimmung: die Besatzung

um Mitternach öffnet die Stadt ihren Schädel

Wagner
Riehl-Heyse
Kahn, dieser Teufelskerl
Jauch
Schmidt

Luhmann
aus

ENERGY FLASH
FUCK DANCE, LET'S ART

VII
2.6

Samstag, 5.12.98, Berlin.

313. Wecker.

330. Schreibtisch.

532. Reise nach Paris.

DÉFENSE
D'AFFICHER

VII
2.7

Sonntag, 6.12.98, Paris.

Tag in Paris

artcritic
lifecritic

die Kirchenglocken läuten
Musée Gustave Moreau
wir gehen ja auch nicht zum Stones-Konzert

TUNNEL TRANCE FORCE VOL.7

VOUS AUSSI, VOUS ÊTES NOTRE MUSÉE

VII
3.1

Montag, 7.12.98, Paris.

Inbrunst
Verdacht
Humor

MODE ET SCIENCE
Reisetag

1217. Berlin, Schnee.
1249. Wieder daheim. Und jetzt wird hier aufgeräumt. Mit dem Blick des Heimkehrers.

1659. Bei den Spirits. Videobesprechung mit Max, Daniel, Bernd und Jörg. Bernd: die Ideen sind bei uns immer umsonst, die Ideen haben wir noch nie in Rechnung gestellt.
1942. Beim Essen in der Leibnizklause, mit Max und Klaus.
2108. Zoo. Okay, wir werden dann über alles sprechen, Musik, Video und die anderern verrückten Kunstprojekte.

heute macht der Schokoladenkönig
etwas früher Feierabend

MYTHEN, LEGENDEN, GENEALOGIEN UND DAS ERZÄHLEN DER ABENTEUER DER VORZEIT

VII
3.2

Dienstag, 8.12.98, Berlin.

1603. Abenddämmerung. Tastvorgang Theorie. Wieder an Dekonspiratione. Draußen geht ein Tag wie aus den Weihnachts-Skiferien in Garmisch zuende. Sonne, Schneereste, kalt und klar, und von den Kaminen steigt Rauch in den weißgrauen Himmel. Von Ralf Bauer weiß ich, daß meine Seele heute noch auf Reisen war, von Paris hierher. Die dauert immer einen Tag länger, angeblich, als der Körper, so das Wissen der Indianer, hat er neulich bei Harald Schmidt erzählt. Wird man von den Eindrücken erdrückt, oder vom Erlebten eher beflügelt? Man kommt halt komplett anders drauf. Die Risse gehen zu, die Subtraumen und Minidramen im Aktionsgefüge des Normalen werden überbrückt, geheilt, begütigt und beseitigt. Das Geheimnis der Normalität ist gelöst, es wird unerkennbar. Das Gefühl für den Text tritt zurück.

2032. Es geht ja nicht darum, daß man keine Vorstellung davon hätte, was nicht wünschenswert wäre, sondern nur um eine Art Vorsicht beim Aussprechen oder gar Dogmatisieren des zu Vermeidenden, des nicht Wünschenswerten, des letztlich Verbotenen. Was man sagen darf, worüber man reden darf, worüber nicht. Kommunikationen durch explizite Ideale regulieren zu wollen, ist ähnlich unmöglich wie das Steuern von Gedanken, von Bewußtseinsinhalten. Ich will nur noch das und das denken, dies keinesfalls. Interessanter Vorschlag, denkt das Denken, und krallt sich sofort am Ausgeschlossenen fest. Denn Negation ist seine Fortbewegungsform.

Mandarinen
Luhmann
Oxycotin

WIE SONST WURDE DIE ALTE ORDNUNG DER DINGE ZERSTÖRT?

VII
3.3

Mittwoch, 9.12.98, Berlin.

1501. Jeden Tag ist die Art der Textentstehung anders. Heute brauchte ich zur Korrektur von schließlich fünf Zeilen zweieinhalb Stunden. Da wirds natürlich grotesk. Wo liegt das Problem? Es ist immer dasselbe: die Sätze, die da stehen, klingen doof. Irgendwas stimmt also nicht. Und ich weiß nicht, was? Ist es Unsinn, was ich denke? Oder komme ich nur nicht genau genug dran, in der sprachlichen Erfassung? In Paris fiel mir plötzlich ein, daß mein Mißbehagen an meinem Poptextchen unbeseitigbar ist. Daß ich das Unternehmen abbrechen muß, so unangenehm das ist. Ich notierte mir folgende Gründe: falscher Hymnus. Pseudotheorie. Manifest zur Unzeit. Von der falschen Postition aus. Gefährdung der Arbeitsbasis. Zu starke Exposition, zu penetrante Identifizierbarkeit. Es fehlt so viel. Zu viel Poesie am falschen Ort. Mißbrauch von Rederecht. Der Zentralpunkt ist immer wieder das Problem und die Art der Widerspruchserfassung. Wenn man zu oft sagen muß: stimmt doch gar nicht, das Gegenteil des Gesagten oder Unterstellten stimmt auch und FEHLT hier, und zwar weil man Sätze von eben dieser Struktur gesagt hat, die eine derartige Antwort provozieren, kann das Ganze nicht stimmen. Dann steht der Text falsch, an der falschen Stelle, am falschen Punkt.

1648. Zum Leopoldplatz gelaufen, im Kalten, heiß im Gesicht, zum Zeitungen holen. Vorhin hieß es: von geminten Lawinen. Jetzt denke ich: warten auf das Hereinbrechen der Nacht, für die Arbeit, auf den nächsten Tag.

1917. Vorhersage für morgen, für hier: ein herrlicher Wintertag, aber klirrend kalt.

108. Brunner. Erinnern, Vergessen, Nachtstudio.

LICHTBILDMAPPE ZUM LICHTBILDGUTACHTEN

VII
3.4

Donnerstag, 10.12.98, Berlin.

1345. Ich friere, friere, friere.

1514. Wenn die Hitze nicht von innen kommt, aus der Sache, der Aufregung, den Plänen, aus der Arbeit selber, versuche ich Hitze künstlich herzustellen. Gestern durch Lesen und Laufen, heute durch Staubsaugern. Das Frieren hat mit den Außentemperaturen nichts zu tun, das ist ein Momentandefekt im Kopf, ein Defizit an Ausgriff, Perspektive, Selbstverständlichkeit des nächsten Schritts. Es ist Angst dabei und Schlafsehnsucht. Gestern dachte ich im Halbschlaf, wenn Schlafen schon so schön ist, wie schön wird es erst sein, wenn man tot ist. Sofort natürlich: Unsinn. Schlaf ist ja Höchstaktivität im Hirn, extrem lebendig. Ich wollte auch weiter träumen. Zuerst, im Freien, ellenlange Lines lagen auf einer Mauer aus Stein, wir wollten gar nichts nehmen, wir redeten gerade so, da kam die Polizei. Wir waren dann in der Zelle, Woody meinte, das dauert höchstens 15 Tage, die Festnahme, danach, der normale Knast etwa drei Jahre. Das war morgens. Später sezierte ich Leichen, ein junger Mann, irgendwas am Brustkorb war kaputt. Ich kannte das Krankheitsbild, besprach mich mit einem Kollegen, ich glaube, es war Clemens, er erklärte mir Genaueres, die Bilder im Lehrbuch.

1555. Putzen heißt auch: wer bin ich? Was ist hier da, um mich herum? Wie lebe ich? Was hatte ich vor? Was habe ich vergessen? Es ist nicht SO schlimm, wie ich eben noch dachte. Danach kennt man sich bei sich wieder bißchen besser aus, Zuversicht entsteht.

1653. Max: wir schreiben das Jahr zweitausend und fünfzig. Die Jagd beginnt. Beraten können viele, entscheiden muß doch einer.

1700. Es gibt keine falschen, blöden Gedanken – aber jede Menge falsche Sätze. Einspruch, weil ich sofort an Wittgenstein denke. Okay, ich meine durch Gebrauch erstarrte und dadurch falsch gewordene Sätze. Die schieben sich vor das Gedachte. Und beim Versuch darzustellen, was man denkt, stößt man zunächst meist eher auf diese Sätze, die um die Gedanken herum stehen, die denen nahestehen, die früher mal aus denen entstanden sind, anstatt unmittelbar auf die Gedanken selber. Wenn es gelingt, den Gedanken direkt sprachlich zu fassen, erfaßt man automatisch ein Risiko mit, die Antistruktur, das Möglicherweiseartige des Gedankens, sein Momentanes, das zu Fortsetzung und Widerspruch Neigende. Diese Art Gedanken-Satz ist noch gestützt auf die Gegenteile, aus denen er kommt, und lehnt sich schon wieder hinüber in die nächsten Einschränkungen, Widersprüche und Gegenteile, die aus ihm hervorgehen, gleich hervorgehen werden. – Das meinte ich gestern: ich komme nicht wirklich nahe genug dran an das, was ich denke. Ich bleibe hängen an den schon fertigen Sätzen drum herum.

Jeder Unsinn ist produktiv, jeder falsche Gedanke will ein richtiger werden, jeder richtige sich einschränken, präzisieren, weiterbewegen. Denken ist absolut dynamisch. Sätze sind das nicht, die sitzen eher, die stehen fest. In Sätzen speichert sich Erinnerung an die Bewegung von Gedanken, das oft ja geradezu explosionsartige Entstehen von Gedanken aus Gedanken – und diese Speicherform tendiert zum Statischen, erfriert ganz schnell. Je öfter ein Satz benutzt worden ist, umso weniger ist übrig von seiner ursprünglichen Dynamik und Motorik. Der Prozeß, Titel für Text. Auf der Suche nach der Aktualität des Momentanen, im Paradox der sprachlich eindeutig fixierten Form des einen Satzes. Schreiben heißt auch, das zu unterlaufen, das Abgeschlossensein des einen Geisteselements, das jeder Satz auch ist, heißt Sätze machen, die nicht allein sein wollen, die zusätzliche Sätze um sich brauchen, suchen, produzieren.

1840. Späte Stunde der Ekstase. Still, ganz leise, unbemerkt gekommen, beim Lesen in Hans Scherers Jetzt Berlin. Es lebe seine Seele.

Kerze
Schwan
Kaktus
Stuhl
Hand
Elefant
Fahne
Sanduhr
Pfeife
Trommler
Leuchttürme
Uhr

1846. Das hängt an der Wand. Vom Wort zum Bild: ein weiter Weg im Kopf. So soll man sich die Zahlen besser merken können, von eins bis zwölf.

1857. Dekonspiratione. Das formale Ideal der Erzählung: die experimentelle, antinarrative und zersprengte Wahrnehmungsseite der Realitätserfahrung in sich zu verbergen. Also zu enthalten, aber genau so wie die Realität selber auch, ohne damit anzugeben. An jeder Rißstelle von Wirklichkeit springt Fiktion von Kontinuität ein, jedes isolierte Element von Erleben sieht sich selbst sofort als Teil einer Geschichte, in einer Sukzession von vernünftigem Ablauf von Geschehen. Deshalb habe ich immer das Gefühl, je näher an der Wirklichkeit und realen Alltagserfahrungen ich dran bin, um so stärker bin ich mitten im Fiktiven.

2044. Die vielen Gesichter der Realität: so viele Formen realistischen Erzählens, realitätsorientierten Schreibens. Die Undogmatisierbarkeit speziell dieses poetologischen Programms, die antiformale Methode seiner Formfindung. Jedesmal, bei jedem Thema, für jeden Gegenstand schaut Realismus anders aus. Das ist das Zentralgeheimnis der Erzählung: ihr Verhaltnis zur Realität.

2315. Ich schreibe einen Satz und muß lachen. Dann stimmts normalerweise. Beim Lesen muß ich auch dauernd lachen. Liebe: warum lachst du? Weil es so schön ist.

Luhmann
Fernsehen
Zeitungen
Licht

PALAST BISTRO

VII
3.5

Freitag, 11.12.98, Berlin.

1146. Regina Schilling hat mir auf der Buchmesse von Sadie Plants Nullen und Einsen erzählt, jetzt lese ich gerade Dietmar Daths Artikel darüber im alten Spex. Das große I, sagte ich sofort zu ihr, ist ja auch so eine Eins, so ein Sex-Ding, hoch aufgereckt, der diesbezüglich extremste Buchstabe. Und ich fand es immer lustig, daß die Innen-Fraktion der einstmals neuen Sprachpolizei so heftig darauf beharrt hat, daß sie dieses große Innen-I mitten drin in sich, innen in jedem Wort haben will. Daß sie als Frauen Innen-Menschen sind, sein wollen, das betonen wollen. Und zugleich habe ich nie gehört, daß das ausgesprochen worden wäre: size does matter. Aber ist das denn wirklich das, was in dem Zusammenhang politisch fortschrittlich und zu betonen ist, daß Frau nur ist, was ihn per I groß innen in sich hat? Andererseits hat sich das Ergebnis inzwischen abgeschliffen durchgesetzt. Jeder Stoiber redet heute sicherheitshalber, daß bloß ja keiner sich ausgeschlossen fühlen muß, von den Mitbürgerinnen und Mitbürgern. Und ich freue mich jedesmal, wenn ich einfach im weiblichen Plural direkt eingeschlossen bin, zu einem der Autorinnen oder Leserinnen gemacht, einmal mehr als einer, obwohl ein Mann, unter vielen automatisch Frau.

1325. Sonne, und die morgendlichen Eisblumen an den Fenstern schmelzen, weißer Dunst von Kälte und dort draußen.

1356. Im Sozialen: ich auch. Im Text: und du? Ich nicht. Automatische Attraktoren einer gegensätzlichen Faszination. Irgendwann erscheint irgendwo der große Grundsatzartikel Walsers Stil. Minimale sprachliche Manöver stellen dauernd – ach nee, das soll wer anderes beweisen.

1511. An Dekonspiratione.

1537. Der heutige Jogger trabt direkt an der Togostraße quer über den Weg, bunt, pinkes Top, türkise Prolltrainingshose, und wippend in der rechten Hand hat er seine Langlaufski dabei, die hängen in den Schlaufen der Skistöcke. Praktisch gleichzeitig kommt ein starker Farbflash vom Horizont her, hinten am Ende der Seestraße, unter den dunkelgrauen Wolken ist der Himmel orangerot aufgerissen, fast möchte ich sagen cadmiumorangerot, aber es ist noch Weiß in der Farbe vom Licht. Und dann radle ich da drauf zu und schaue mir das an.

1556. Alles ist verbesserbar, nichts fehlerfrei. Wieder vor der Buchauslage von Kiepert, während ich das Rad absperre und überlege, ob ich neulich den Namen der Vernimm-mein-Flehen-Autorin hätte nennen sollen.

1614. Unvergessen. Roy Black. Max Goldt. Mathias Ernst. Nachregulierbedarf hat jeder. Man wird so und so verstanden, und hatte doch selber gedacht, man hätte dies und das sagen wollen. Wobei man sich da gar nicht unsicher genug sein kann, was die eigenen Intentionen wirklich gewesen waren, ursprünglich. Das wird durch die Resonanzen fast verdeckt. Auch durchs Fixe, Fertige des Resultats. Man sieht fast automatisch nur, was nicht geklappt hat. Und konstruiert vom Ergebnis her viel zu viel Präzision ins eher Diffuse des Intentionalen, das sich im Bezug auf was Bestimmtes auch auf alles damit Mögliche bezieht, einen ganzen Möglichkeitenhorizont eröffnet.

1712. Tiefste Nacht, wieder daheim. Andere Zerstörungsenergieen, andere Produktion. Beim Lesen in Tomboy. Ich bin so gespannt auf Alberts Selbstporträt mit leeren Händen, das er für eine Ausstellung bei Bärbel Grässlin jetzt gemalt hat. Daniel war bei ihm auf der Insel zu Besuch, der hat auch eines gemalt. Ich kann es mir schier nicht vorstellen, wie die Bilder ausschauen werden.

1751. Welche Sicht der anderen auf einen ist richtig? Enthält von einem selbst Vergessenes, Anfänge, Verworfenes, inzwischen Zurückgetretenes und vielleicht wieder zu Eroberndes? Ich hatte immer das Gefühl zu antworten, auf den Ruf schönster Erwartung, die einen anschaut.

1811. Artikel 1 bis 11 von 11. Meine Bücher im Internet, in buecher.de. Vor vielen Jahren redeten wir mal, Joachim Unseld und ich, über diese amerikanischen College-Jacken, für den Verlag. Ich würde gerne so eine Jacke tragen, wo hinten in amerikanischer Schreibschrift SUHRKAMP eingestickt ist. Joachim fragte, welche Nummer ich gerne hätte, und automatisch meinte ich: ich glaube, die 11 wäre für mich die richtige, die wäre doch schön. Okay, dann kriegst du die 11.

2013. Unruhig, Bücher, Kino, Lesen, Platten, Notieren, was ist denn los? Ich gehe ins Kino. Okay. Ich schau noch schnell nach, was im Fernsehen kommt. Das Literarische Quartett, da gehe ich natürlich nicht ins Kino, sie reden auch über Underworld, das muß ich sehen. Da kommt ein Fax von Carl Hegemann. Heute, Freitag Abend, 11. Dez. 98, um kurz nach 22 Uhr 15 reden Friedrich Dieckmann Ost und Diedrich Diederichsen West über Terrordrom, das neue Berlin, Apokalypse, Zukunft, Ende. Hier in der Volksbühne, im Sternfoyer nach der Vorstellung. STERNFOYER klingt gut. Deshalb also kam ich nicht los, um diese Nachricht zu erhalten. Ich habe wirklich überhaupt keine Lust, heute Abend das Haus noch mal zu verlassen und im Eisigen nach Mitte zu radeln. Aber hey, fuck, wozu bin ich hier, wenn nicht dazu? Um da zu sein, für solche Sachen.

2211. Was also jetzt: neue Gedanken? Oder alte Sätze, Sätze, die in einem schwingen? Ja, stimmt, Widerspruch. Muß ich später mal kären. Hier friert gerade meine Tinte ein, im Moment, im eisigen Wind.

2227. Volksbühne. Wo denn? Ich laufe hoch, eine Türe schwingt auf, da sind ja welche, das ist es doch, oder?, ja: freundlich leuchtet Tim Staffels Gesicht auf, der hockt da an der Wand. Ziemlich voll, die Leute stehen hinten, es sind noch Sitzplätze frei, ich gehe vor, vorne sitzt Diedrich, halloo, am Podium, eine Frau neben ihm, die fängt jetzt zu reden an. Friedrich Dieckmann widerspricht sofort. Anti-Pop wäre seine Devise, NEIN, das wäre eine Konjektur der Volksbühnen-Dramaturgie. Okay. Diedrich hat also im Tip eine Kritik von Terrordrom geschrieben, er legt das jetzt kurz dar. Ich bin absolut fasziniert, auf KEINEN EINZIGEN der Gedanken, die er erklärt, bin ich selber auch nur von Ferne gekommen. Dabei finde ich es alles plausibel, jeden einzelnen Punkt für sich. Gewalt, alte Scripts, altes Berlin, alte Ideologien, Muff über die Familie und alte Volksbühnen-Theatermittel. Diedrich kannte alles, das ging mir ganz anders. Dauernd fand ich es so angenehm, daß ich eigentlich nicht richtig kapiere, was los ist. Was das Argument ist. Worum es eigentlich wirklich ganz genau geht. Und Herr Dieckmann erzählt so ein irres, krudes Ostler-Wissen zu dem Ganzen dazu, in Zeitlupe. Ich glaube, daran ist der Sozialismus zugrunde gegangen, daß die alle so wahnsinnig langsam geredet haben, jeder Satz dauert etwa 40 Jahre. Diedrich platzt dann immer rein, erregt, mit der Normalität von Explosivität von Widerspruch. Am Schluß wird Tim Staffel gefragt, was er dazu sagt, und er windet sich, es gab ja keine FRAGE, direkt an ihn. Dann beschreibt er kurz, wie der Abend auf ihn gewirkt hat, und er beschreibt es genau so, wie ich es auch fand. Lebensnah, menschlich, melancholisch.

2332. Pathosformel Pathosformel. Und andere Titel von Diedrich. Ich will gleich heim, aber wir gehen doch noch in die Kantine, dort wird weiter diskutiert. Dort findet das dann statt, wovon vorhin die Rede war, das neue Berlin. An diesem Tisch, wie an ix anderen in der ganzen Stadt, diese Debatten überall. Obwohl wir fast neun Leute sind, die da sitzen und reden, werden die Positionen noch prägnanter, erkennbarer und präziser. Später. Carl bringt Bier, danke, darf ich von dir eine Zigarette bitte haben? Bitte. Vielen Dank.

114. Daheim. Ja ja, ja ja.

AKADEMIE ISOTROP
VERSCHIEDENE GEBIETE

VII
3.6

Samstag, 12.12.98, Berlin.

1503. Contemporary Fine Arts. Sophienstraße 21.

Pech
Glück
Kirche
Hut

das sind doch schöne kurze Worte. Tod. Von wem ist das? Von André Butzer. Echt? Ja. Und die Skulptur da drüben? Von Markus. Wer ist das? Den kennste auch, Markus Selg, wo ist denn der jetzt gerade? – Die Galerie ist wieder voll, wieder anders. An jeder Wand hängen mehrere Ensembles verschieden großer Bilder, gezeichnet, gemalt, Collagen, Computerdinger. Was ist drauf? Weiß nicht. Man kommt rein und sieht: ah, viel. Toll. Was denn? Wo denn, wie denn, wer denn? Aber da sind schon die Gesichter überall, milde, nachsichtig, ruhig, freundlich: die Künstler, die Leute, die die Akademie Isotrop machen, aus Hamburg.

Galerie
Nomadenoase

Ich fange an rumzureden, mit denen, die ich vom Sehen kenne, durch Albert, mit Birgit Megerle und ihrem Bruder Daniel, dann mit Roberto, mit Jonathan, mit Nicole und Bruno, mit André und Markus. Daniel Richter sitzt im Eck, heute ganz der große alte Herr, irgendwie übermüdet. Willst du auchn Rotwein? Nee, danke, ich nimm erst mal ein Wasser. Ich gehe rum und lasse mir erklären, welche Bilder von wem sind. Man kann natürlich praktisch gar nicht wirklich kucken, im Moment, im Moment findet das Eröffnungs-Kunstwerk statt. Der Buzz, die echten Menschen und der viele Geist, der aus all den Köpfen kommt, die das erdacht, gemacht und hergestellt haben. Jetzt ist es da, hängt an den Wänden, liegt und steht am Boden rum, und von dort wirkt es neu auf die, die es jetzt im Augenblick zum ersten Mal erblicken. Aha. Man sieht ein Gruppending, auf irgendeine Art, versteht es nicht. Das Gruppending strahlt etwas Herzliches aus. Ich kaufe mir ihre Zeitschrift, Isotrop # 3 ist gerade erschienen. NIEMAND SOLL WEINEN. Vielleicht geht es auch um sowas wie Figur, um Menschen, auch auf Bildern?

1606. Dann sitze ich auf einem Stuhl und kucke, und Jonathan ernennt mich, durch Ernennung, zu Themroc. Er sagt zu mir: du bist Themroc. JA. Es klingt gut, ich kenne den Film nicht, nur den Titel. Aber ich habe natürlich vollstes Vertrauen in Jonathans Ernennung. Ich erzähle Bruno von gestern Abend, das neue Berlin, Teil 2, heute hier. Ich dachte natürlich, Diedrich kommt auch. Gestern bin ich plötzlich so panisch los, vergaß zu fragen, ob wir uns hier sehen. Mit Nicole rede ich über die raf-Geschichte aus Dazed and Confused und sie hat sie sogar da und gibt sie mir. Bruno soll sich umziehen. Ich sage, sie muß SCHATZ dazu sagen, zieh dich bitte um, SCHATZ. Schatz ist Artproll. Ich habe das mal von Immendorff gehört, das hat sich mir so eingeprägt. Es enthält natürlich eine kleine Frechheit, aber eine nette. Wir reden über Theater. Auch Bruno wundert sich, warum Jeff Koons mit der Mercedes-Widmung losgeht. Heidi Paris fand das auch komisch. Habe ich es hier schon mal geschrieben, oder nur so oft erzählt? Es bezieht sich auf die Baracke, wo ich damals Shoppen und Ficken sah, begeistert davon, wie so viele andere auch. Und die Baracke, steht im Programmheft, ist von Mercedes gesponsert, habe ich damals gelesen, danke Mercedes. Auch sehe ich zum Wort Mercedes immer den Acconci-Mercedes vor mir, der auf der Spaktakel-Dokumenta IX vor vielen Jahren rumstand. Ich weiß gar nicht, was das bedeuten sollte, aber es ist doch klar, daß jeder Mercedes eines der allergrößten Kunstwerke überhaupt ist, fast so groß wie ein Mensch, bißchen weniger nur. Das ist gemeint. Der ganze Spaß im Umfeld aller Assoziationen zu Kapital und Kunst, die gute Laune, die durch die Vorstellung entsteht, daß auch die Art Ideenarbeit, die ein Stücktext ist, was Sponsorbares sein könnte usw usw.

1649. Bruno erzählt, daß er jetzt in Weihnachtsferien geht, daß er gut fertig ist, im Moment, daß es ein supertolles Jahr war, für sie, für die Galerie. Meine Meinung, absolut. Was alles war nochmal, im letzten Jahr? Er überlegt, wie es losging, halt, nee, andersrum. Rückwärts, nach hinten, stimmt, so erinnert man sich meistens, das war 1998 für Contemporary Fine Arts:

Akademie Isotrop
Daniel Richter
Jonathan Meese
Blixa Bargeld
Raymond Pettibone
Thomas Ruff
Maike Abetz & Oliver Drescher: UP AGAINST IT

Jedes Ding war ein Event für sich, für mich. Und andere Leute, die bißchen anders vernetzt sind, haben an 17 anderen Orten 164 andere tolle Geschichten erlebt. Es ist so geil zersprengt hier alles, so isoliert. Es sind so viele da, jeder hat irgendwas anderes vor, im Sinn, zu tun, gemacht. Man kennt sich nicht aus, das ist das Beste. Unverständlichkeit und Undurchschaubarkeit, die nicht absichtlich gemacht werden, sondern durch wirre Verhältnisse entstehen: schön.

2025. Holy shit, what a spirit at Low Spirit, at Low Spirit Studios, what a spirit, holy shit. Das neue Studio, die alte Fabrik, Schnee, Flutlicht, Fluß, totale Stille, mitten in der Stadt. Und wieder, die Häuser gegenüber, überall Licht, überall Menschen.

2047. Klaus: 44 tausend 1 hundert mal pro Sekunde, 44100/sec, so oft wird das Audiosignal vermessen, und der Taktgeber dazu nennt sich: Word-Clock.
2215. Max: Das ist mir alles noch zu sehr von Zuversicht geprägt.
2307. Da ist von der Zuversicht der frühen Tage nicht mehr zu viel übrig geblieben.
115. Vielleicht die Zuversicht des kleinen Versprechens. Ha.

232. Mit Klaus und Max an WORD II. Liegen.
400. Lesen, Text, Licht.

WOULD YOU GO TO BED WITH ME?

VII
3.7

Sonntag, 13.12.98, Berlin.

1055. Sturm, Tauwetter, das ganze Haus ächzt und stöhnt, und draußen ist aller Schnee weg. Gleich ist der Winter vorbei.

1449. Videos sollten nichts erzählen, keine Geschichte haben, keine Entwicklung vorführen. Das wirkt so läppisch, fast debil. So übertrieben wie das schlecht gespielte Schauspielern der Musiker. Hier Madonna, im Schachflirt, dann Kuß, dann verlassen. The Power of Goodbye. Geschichte ist doch eher ein Problem nur im Vorfeld, für die Ideenorganisation, die Entwicklung, die Produktion, und soll sich dann im Resultat bis auf Letztrudimente und Andeutungen bitte wieder verbergen. Das Signal Handlung ist einfach zu penetrant, das hält ein 4-Minuten-Video meistens gar nicht aus. Handlung ist Belästigung. Haben Sie mich eben unsittlich berührt?

I've noticed
you around
I find you
very attractive
would you go to bed with me?

BRAVO
HOT & HOLY
III

wir sind auf der Jagd, Mann
auf Frauen?
nee, auf Hasen

damn right too

1546. Draußen. Alter Schwede.

rain
dirt
cats
dogs

1551. Aral. Wenn nur endlich mal, nochmal zum Video, nichts passieren würde, außer Bildern, aber die dafür eben auf wirklich geile Art. Dann denke ich, wie ich mit den Sonntagszeitungen wieder zurück durch den Regen gehe, über Kritik, in Konkurrenz zum Blick der Liebe. Der sagt ja auch zur Kritik: ich weiß, was du meinst, ABER –. Dann kommt irgendwas Diffuses. Ein Gefühl, man weiß nicht so genau, man balanciert anders, man sieht die negativen Aspekte wohl, aber sie kommen einem nicht so wichtig vor. Man sieht nicht so genau auf Einzelheiten, man sieht mehr verschwommen, mehr das Ganze. Und die Debatte mit der Kritik dreht sich dann gar nicht darum, ob man die einzelnen Argumente triftig findet, sondern viel grundsätzlicher um die ganze Perspektive, um die Art des Blicks. Je mehr recht Diedrich hatte, in der Volksbühnen-Kantine vorgestern, in jedem einzelnen Punkt, umso weniger richtig fand ich insgesamt, was er sagt. Weil er in meinen Augen mit einer zu präzisen, zu genauen, zu hart schlußfolgernden Dekodierungs-Optik an diese Kunst des Theaters dran geht. Auch deswegen ist Theaterkritik so ein unerschöpfliches Schreibfach, weil die zu beobachtenden Variablen in einer so komplizierten, eiligen, reichen und in jedem Augenblick ja NEUEN Weise zum Ganzen dieses Kunstwerks zusammenkommen. Wenn im Hintergrund das Tombraider Video läuft, ist da einen Sekundenbruchteil lang ein Gedanke der Inszenierung zur Gewalt gemeldet, aber schon zwei Sätze später ist es viel wichtiger, ob sich der Blick der Protagonistin hebt oder senkt. Es liegt eben alles hier am menschlichen Körper, der ist der Träger dieser Kunst. Daher das Viele in jedem Augenblick, der Signalreichtum jeder Minimalbewegung, jeder Geste, jedes halben Tonfalls, jeder Andeutung von Zaudern. Wenn kritisierend gesagt wird, sie steigen da aus dem Kühlschrank, das wäre ja wohl bißchen platt. Heißt die Antwort: ja, stimmt, ist mir nur vergleichsweise komplett egal, weil einen Augenblick später dieses erste Bild der Menschen auf der Treppe so eine anrührende Choreographie hatte, daß auch das vielleicht übertrieben Spastische der Bewegungen der Leute für mich gar nicht mehr so störend war, es kam das GANZE des Anfangs dieses Theaterabends auf mich zu, IRGENDWIE, vielleicht als Frage: was ist hier eigentlich los? Ich finde, das ist ein guter Anfang. Auf die Art, auf der Ebene, könnte ich jede präzise Negativbeobachtung mit einem Diffuseindruck kontern, und nach paar Beispielen landet man eben bei dieser strukturellen Frage: welche Art von Beobachtung legt dieses Kunstwerk nahe? Wie genau will es beobachtet werden? Aus welcher Distanz? Mit wie scharfem Blick?

1605. Dann, wieder daheim. Im argumentativen Kontest sieht es ja gerne so aus, als wäre Genauigkeit von Beobachtung und Schlußfolgerung automatisch die überlegene Methode. Das stimmt aber nicht. Der Effekt ist ein Artefakt der agonalen Situation, in der Argumente normalerweise gegeneinander antreten. Zu viel Scharfsinn gibt es natürlich nicht, aber er muß dauernd mit eingrenzen, wann er in welchem Ausmaß gefragt ist, wann nicht. Deshalb glaube ich auch, daß man letztlich sogar auch argumentativ beweisen könnte, daß die Einwände gegen Terrordrom die Sache verfehlen. Man bräuchte dazu nur eine irrsinnige Menge von Text. Explikation dieser Zeigemomente, wo man sagt: schau, das, das ist doch toll. Das stimmt.

2041. Ich glaube, daß Kunst nicht vom Schönen handelt, sondern vom Menschsein. Sagt Ivan Nagel, im Tagesspiegel.

herrlich gemacht
sauber weggespitzelt

reguläre Spielzeit abgelaufen
zwei zu null
das ist
der passende Schlußpunkt
der Ball in den Händen von Oliver Kahn
also
der FC Bayern München
ist mit diesem Erfolg natürlich Herbstmeister
bis gleich liebe Zuschauer
wir haben noch was
für Sie

2225. Anruf von Frau Rutschky.
2233. Anruf von Max.

051. Balkon. Sie nannten es Frühling. Walser, Bubis, Naumann, Shulman, Hermann, Wagner, Gehrs.

108. Johannisstraße. Der Sturm hat die Zäune sogar entwurzelt. Der GMF-Mann am Einlaß macht mir einen Stempel auch ins Buch. CHIC. Westbam spielt schon. Wie lange spielst du schon? 20 Minuten. Und dann gehts los.

BODYROCK

-eigentlich müßten wir hier coole Chics casten, für das Video, die Frau da, mit den weißen T-Shirt, wo SUCK drauf steht
-welche?
-die da

tanze, trinke, rauche, tanze, träume: über Sex und Gnade, Kontinente lägen vor mir

und nackte Oberkörper, Männer, MÄNNER

-hey!
-du auch?
-ja
-ich hab dein Buch gekauft
-ECHT?
-du mußt ja doch auch deine Miete bezahlen
-DANKE!

sie geht tief in die Hocke, nach hinten gelehnt, die Männer springen hoch, kerzengerade – beat is back

Poppers
Schminken
verrutschte Brust
schwarzes Top

it's raining men
halleluja

HDK BERLIN
1998

it’s
raining men, amen

und andere Videos über den Köpfen

Cantare
Tee
Pizzetta
SPIELSALON MÜLLERSTRASSE 29
das Abenteuer meines Lebens
Peace

Gelpke: Gefühl der inneren Fülle
Licht

HELL
SUICIDE COMMANDO
STUDIO 1
GAS
GETEILTES LEID I

VII
4.1

Montag, 14.12.98, Berlin.

2241. Ganz okayer Tag, bißchen wirr. Walser, Walser, Walser. Ich bin jetzt doch endgültig Fan der ganzen Debatte, sogar Frank »the Gebiß« Schirrrmacher, wie er da gestern saß und plötzlich RAUCHTE, er raucht also!, das wußte ich nicht, aha. Und die ganze Bundesrepublik an so einem geistigen Wohngemeinschafts-Tisch, irgendwo in den Tiefen der 70er Jahre, diskutiert alles AUS, die Mißverständnisse, die Verletzungen, man redet wieder miteinander, gottseidank. Ich fand es wirklich – ja wie? – ich schaute absolut gebannt hin. Dann heute die Faz, die Fotos, die Überschriften, die Schlagzeile auf Seite 1, der Kommentar, und was Bubis am Anfang von sich selber erzählt. Es ist eben die UNENDLICHE GESCHICHTE, die das Ganze ist, und jetzt erst der Anfang ihrer Denkbarkeit. – Nachmittags fuhr ich zu den Spirits, Cora erzählte Irrsinn von Rave on Snow. Der gültige Spruch für alle, in Beckenbauer-Bayrisch, wäre gewesen: Ja is denn heut scho Weihnachten?! Dann saß ich bißchen mit William am Low Spirit Tisch. Er meinte, ich soll mir mal ihre Electric Kingdom Seite im Internet ankucken. Eigentlich wollte ich wieder ins Kino gehen, war aber zu naß, bißchen zu viel Sprühregen draußen, warm. Dann fuhr ich zum Wom, weil ich geträumt hatte, ich brauche die Platte: San Francisco, Das Meer. Vielleicht war Debussy gemeint? Pitschnaß kam ich endlich heim, voll beladen mit Zeug. Ich will für morgen packen, esse aber lieber Schokolade.

we speak railways

VII
4.2

Dienstag, 15.12.98, Berlin.

617. Der Wecker läutete um kurz nach 3. Das fand ich bißchen übertrieben,

stellte um auf 4, bin dann aber nicht mehr richtig eingeschlafen und doch gleich aufgestanden. Und räume seither rum, räume wiedermal, wie immer, räume wieder mal alles auf. SELECTED PAPER WORKS VOL. VII. Wie findet ihr eigentlich den Namen: Rezzo Schlauch?

625. Draußen kreischt ein versprengter Vogel. Klaus hat neulich davon erzählt, von solchen Vögeln, die sich zu früh hierher verirrt haben. Der Vogel denkt offenbar, es geht schon los mit Frühling jetzt. Ich: Jede Entschiedenheit im Verhalten, im Sozialen, im Privaten, im echten Leben, ist doof. Passiert einem aber natürlich dauernd, klar, anstatt daß man sich führen läßt, von den Situationen. Altes Lied. Dann wieder der Vogel: wie der schreit, das hat mit versprengt nichts zu tun, der ist wild entschlossen, der hört auch nicht auf.

756. Hey ho, let's go.

Bei Türstörung
Klappe öffnen
Lufthahn schließen
Türe von Hand betätigen

842. Im ICE 593 Walter Gropius. Wer war jetzt nochmal Walter Gropius genau? Ich kucke nach im Reiseplan: Deutsch-amerikanischer Architekt, gründete 1919 das Bauhaus, baute Fabriken und Wohnsiedlungen, geboren in Berlin, 18.5.1883, gestorben in Boston, 5.7.1969.

850. Ja, guten Morgen Frau Prinzhorn. Ham Sie gut genächtigt? Schön. In München ist herrliches Wetter? Na, dann freuen wir uns, hier ist es ganz düster, aber was soll man von Berlin schon erwarten? Bitte? Bitte? Weg isse. – Meint der Typ mit dem Handy, gar nicht besonders laut, aber direkt neben mir. Da sitzen zwei Münchner, die auf Montage in Berlin waren und jetzt zurückfahren und sich gegenseitig andröhnen, angebermäßig. Der Handytyp ist der Jüngere, aber der Chef. Vor dem Anruf hat er verkündet, wie toll sein Handy funktioniert, überall, immer. Jetzt muß er rumerklären, Funkloch, Bundesbahn, aber er ruft schon wieder an. Ja, ganz schnell die Frau Victory nochmal, ich war in som Funkloch eben. Bestellen, Zahlen, Nachnahme, guten Preis machen, so machen, weitergeben usw usw.

1002. Meine Damen, meine Herren, aufgrund einer Signalstörung verzögert sich die Weiterfahrt unseres Zuges um einige Minuten. – Die Zugchefin heute spicht mit einer supersexy Flötestimme wie die einstmals legendäre Susi Müller, oder wie hieß die noch, die dann im Herzblatt wiederauftauchte. Auch die Textvariante heute ist klasse, nach jedem Halt meint sie mit ihrer Stimme: guten Tag, meine Damen, guten Tag, meine Herren. Nicht einfach nur so: guten Tag, meine Damen und Herren. Nein: guten Tag, meine Damen, guten Tag, meine Herren. Immer wieder. Gerade die Herren sind naturgemäß die ihren.

1050. Passim: was heißt das eigentlich, passim? Luhmann 767. Überall so bißchen? Querbeet? An allen möglichen Stellen? Wo ist mein Fremdwörterlexikon? Daheim.

SOZIALE WELT

1124. Kassel-Wilhelmshöhe. Göttingen, Hildesheim, Braunschweig, Wolfsburg.

1132. Die Kollegen links, der Chef liest Bild, der Proll die Süddeutsche. Ob sie in München wieder mit dem Taxi in die Firma fahren? Natürlich, er möchte heute abend nicht wieder so lange bleiben. Er hat zwar keine Termine mehr heute, aber: ich muß schnell in die Firma, weil ich hab immer irgendwas am Schreibtisch liegen. Meint der andere: was normal ist. Ja, ja. Wenn nix da läg, wärs ja auch nix. Ja, ja. Der Chef muß das Gespräch abwürgen. Zwischendurch geht der Proll raus, zum Rauchen. Jedes dritte Mal kommt der Chef mit. Der Chef ruft wieder in der Firma an, er ist gerade allein, jetzt duzt er die Frau Prinzhorn, die er vorhin mit dem Kerner-Wort »genächtigt« begrüßt hat. Das Handy läutet wieder. Jetzt ist der Proll allein, berät sich im Selbstgespräch mit sich, ob er hingehen soll, hebt ab, nein, der Chef ist gerade nicht da, er nennt ihn auch so, der holt sich gerade was zu trinken. Dann kommt der Chef zurück, übernimmt das Gespräch, danach fragt er immer wieder, ob die denn angerufen hätten, aus der Firma? Ja, ja, die haben angerufen.

1253. Frankfurt.

1311. Galerie Bärbel Grässlin, Bleichstraße 48.

selbstporträts

Ich komme rein und mich hebts wiedermal echt hoch. Wahnsinn. Wahnsinn, Wahnsinn, Wahnsinn. Albert Oehlen, ohne Titel, 1998. Er schaut einen an wie ein Verrückter, er kommt fast raus aus dem Bild, mit zwei offenen Händen, gebend und empfangend zugleich, kommt direkt auf einen zu, mit nacktem Oberkörper, in schönstem Braun, mit weinroter Altmänner-Unterhose, zu hoch hochgezogen. Grell ORANGER Hintergrund. Schönheit hoch zehn. Deshalb hat Albert immer Angst vor Schönheit, sucht dauernd nach Auswegen, Anlässen, Entschuldigungen, Gags, weil er so viel Schönheit in sich hat. Das hält die Kunst nicht aus. Grellblau die stechenden Augen, die Haare stürmen stoppelig vor. Es ist wirklich ein Bild des Künstlers. Der Künstler als von Meisterschaft zerstörter, nicht mehr junger Mann, ein Wilder, beängstigend, erschütternd. Tschuldigung. Aber wer in Frankfurt wohnt und sich das nicht anschaut, der – . Egal. Es muß sich ja nicht jeder für Malerei interessieren.

1401. Im Verlag.

Besprechung mit Herrn Buchwald, wie es weiter geht, mit Heute Morgen.
Besprechung mit Herrn Berg, zu Abfall.
Besprechung mit Herrn Bormann, Oliver Vorbach und dem Lithomann, zum Celebration-Cover.

1601. Bahnsteig 7. Schneller schlafen!

1615. Wieder im Zug, gut k.o.

2015. Berlin.

pushing weight
I pushed rhymes
like weight
I pushed
rhymes like weight

VON FAHRTEN IN DEN WELTRAUM DER SEELE
*
WORLD NEWS SPECIAL
*
WE CAN SEE LIVE PICTURES AGAIN FROM BAGHDAD

VII
4.3

Mittwoch, 16.12.98, Berlin.

1238. Sonderfunktion von Klugheit: daß sie auch noch weiß, wann sie nicht mehr gefragt ist. Klingt so banal, ist aber bei klugen Menschen oft auffallend unterentwickelt. Dann nützt am Schluß, wie gesagt, die ganze Klugheit nichts. Dem Zermalmenden, Erobernden, alles an sich Reißenden und Unterwerfenden, Zerlegenden und Einordnenden des Klugen muß im Geistigen eine Art Scheu, Zurückzucken, etwas sehr Unherrscherliches und Unherrliches dauernd zur Seite sein und beistehen, eine Art Trauer des Geistes, die irgendwo ganz aus den Tiefen der dauernden Nähe von Wahrheit und Irren kommt. Die andererseits auch nicht mit ZU viel Weisheit und Resignation die ausgreifenden Abenteuer des Scharfsinns von vorneherein denunziert und entmutigt. Dauernd müssen diese widersprüchlichen Dinge eben gleichzeitig stattfinden, ablaufen, ohne sich gegenseitig zu neutralisieren: argumentative Präzision und leicht amüsiertes Kopfschütteln; selbstgewisse Erkenntnis und Genervtsein von der herausgehobenen Position, in die diese Erkenntnis das Erkennen bringt; Wille zum Dreck, zu Boden und unten, und Freude am Flug, am Blick des Adlers, an der vor und unter ihr der Erkenntnis sich darstellenden Welt; Höchst-Abstraktion, Maximal-Konkretion; Detailanalyse und das Erfassen von dumpfen Anmutungen, die vom Ganzen kommen, usw usw.

Besonders interessant sind diese Fragen, wenn ihr Gegenstand Bewußtsein oder Kommunikation ist. Wegen der sofort sich hochschaukelnden Rückkoppelungseffekte. Was darf ich über mein Denken wissen? Vieles nicht, das weiß ich, nein, nicht wirklich, ich spüre es aber, will es manchmal wissen, und höre fast gleichzeitig auch schon mehr oder weniger auf, weiter zu fragen. Was darf Kommunikation über sich selber direkt kommunizieren? Eher nur die Inseln aus Gelingen. Widerspruch, Nicken, verstehe ich nicht, nein, ja, aber usw. Wenn das dauernd hauptsächlich produzierte Scheitern explizit Thema wird, handelt alles sofort nur noch davon. Deswegen sind diese Probleme so beliebt, weil sie eine inhaltslose Fortsetzung von Kommunikation garantieren. Vielen Leuten macht genau das Spaß. Für mich sistiert Kommunikation in dem Moment. Wenn direkt thematisiert wird, was eh klar ist, welche Regeln gelten, was beobachtet wurde und zu beachten ist, was zu vermeiden und was erstrebenswert wäre, – das pfeift, das tut weh, das ist quälend. Das produziert Schweigen.

1444. Daß das Jahr immer noch weiter in sich zusammensinken kann, die Dämmerung wirklich immer NOCH früher kommen kann – das gibts doch nicht. Doch. Jetzt, genau jetzt. Eine Woche noch. Dann steht das kurz still, im Dunklen. Und schon gegen Ende des ersten Januar-Drittels, um den achten, neunten herum, wundert man sich: was? wie? Es geht schon wieder los, es geht schon wieder aufwärts? Ja. O Jahr, und ja, o Atem und Atmen der Zeit, der Sonnen- und Erden-Zeit-Zeiten.

1459. Gelpke, Kapielski, göttliches Wissen. Auf Detlefs Empfehlung hin las ich gestern auf der Heimfahrt von Frankfurt das letzte Kapitel von Kapielskis Merve-Buch »Davor kommt noch«, das mir Heidi Paris neulich beim ihrem Abend geschenkt hatte. Aber nur wenn du es wirklich willst! Ja, gerne, vielen Dank. Plötzlich war ich gestern, durch eigenes Erschöpftsein, offenbar ganz und gar in der richtigen Stimmung für das Buch, speziell für das wunderbar erledigte, kaputte und sich doch aufbäumende Ende dieser Geschichte, milde heroisch, weise, supermenschlich und weggewischt zugleich. Es geht ja um Gottesbeweise, so der Untertitel, und er war also auf einer Beerdigung der Mutter seiner Freudin gewesen, in München, dann fahren sie zusammen zurück nach Berlin, und er erzählt von Tod und LSD, von Nähe, Bier, Kaffee und Glück und dem Moment des eigenen Sterbens. Oder ist es, auch wegen der Liebe zur Geliebten, doch noch nicht soweit? Nein, ja. Er hat noch paar Sachen zu tun, zum Beispiel mußte er dieses Buch schreiben. Er hat vor Jahren einen extremen LSD-Trip erlebt, wo er ganz an die Ränder kam, speziell auch der Zeit, wo Ewigkeit, Todesmoment und Irren der Seele für immer auf Erden in Bezügen zueinander einsehbar wurden, und hat daraus im Prinzip die total verständliche Konsequenz gezogen, ein Biertrinker zu werden. Diese spezielle Art der Nähe zum göttlichen Wissen zu meiden in Zukunft. Meine etwas milderen LSD-Erlebnisse haben zu weniger eindeutigen, aber ähnlichen Folgerungen geführt. Auch LSD könnte ich, wie jede Droge, im Prinzip ununterbrochen nehmen, weil es so geil ist, so extrem, so abgefahren und gestört – und doch hatte ich jedesmal das Gefühl: was man da zu sehen bekommt, von sich und von allem, das steht einem nicht zu, als Mensch. Jedenfalls nicht dauernd. Vielleicht einmal im Jahr, vielleicht ja auch jedes Wochenende, keine Ahnung. Es ist natürlich ganz extrem eine Sache der individuellen Konstitution, der Brandoffenheit, in der das Zellulare in einem vorliegt, wie das mit dem Feuer der Säure interagiert. – An den Abenden davor hatte ich immer bißchen in Rudolf Gelpkes Fahrten in den Weltraum der Seele gelesen, ein Aufsatz von 1962, herrlich stummelige Beschreibungen von sogenannten SELBSTVERSUCHEN, so die damalige Selbstbezeichnung für Drogensucht, mit LSD und Psilocybin. Die Epiphanie des Wissens bekannter Dinge: das ist die Erkenntnis-Struktur, die die Textform Erlebnisbericht von der Drogenausfahrt auf immer neue Art variiert. Sicher gibt es im Internet eine Stelle, wo Leute sich dauernd ihre Drogenerlebnisse erzählen. Da könnte ich jeden Tag eine Dosis davon vertragen. – Das wollte ich alles jetzt noch genauer auf die intuitive Gewißheit des Bewußtseins beziehen, daß es bestimmte Dinge von sich selbst so genau nicht wissen möchte oder darf. Auf den Aspekt der Selbsteinschränkung von Klugheit, der genaueren Bestimmung des Anwenderfalls Scharfsinn, siehe oben.

1606. Bei den Spirits. Kunst ist romantisch. William, Klaus, Cora, Pete, Carsten, Sandra. Große Hektik. Ich soll nachher im Studio anrufen.

LEIBNIZ

OBST & GEMÜSE
SÜDLÄNDISCHE FRÜCHTE

1733. Wieder daheim. Peter Weber, via Norman Ohler, via taz und Netz:

Dämmerungszonen
Schattenfelder
Unschärfen
fließende Übergänge
vom Öffentlichen ins Eigene

Stefan
Max
Prince
Christoph
Luhmann
Walser: das Wort Suizid
Schirrmacher: linksliberales Milieu

2235. Ich kann kein CNN empfangen hier, das macht mich wahnsinnig.

Saddam Hussein
sucht die Entscheidung
die Uhr läuft

die Kollegen gehen davon aus
es hat einen Angriff gegeben

OPERATION DESERT FOX

Air strikes launched
CLINTON STATEMENT ON IRAQ EXPECTED SOON
Voice of Stephen Sackur, Washington
Voice of Jeremy Cook, Baghdad
Anti-aircraft guns fire in Baghdad
BREAKING NEWS BBC WORLD
Crisis in Iraq

air raid sirens
just a series of very loud explosions

LIVE

nun

804

der Krieg
hat ja begonnen

dazu braucht man keine Raketen
dazu braucht man ein paar Reagenzgläser

das sind Bilder, die noch nicht
die Bombeneinschläge zeigen
aber sie zeigen

we have no option
but to act
we act
because we must

what are people in Baghdad
doing tonight?

The White House

good evening
earlier today I ordered

ich habe ja erst mit 40 erfahren
daß es überhaupt eine Zahnbürste gibt

ich hoffe sehr
Sie wieder zu sehen
und bin mit vielen Grüßen
Ihr sehr ergebener
Benn

er sagte zu den Hunden immer
guten Abend meine Herren

und das Grab
war gerade ausgehoben

ich bin in vielen Gräbern gewesen

ein interner Branchenscherz
wie wir hier sagen

gern genommener Satz ist auch

ich bin dann weg

chaos and community
may God
bless America

MÜLLERHALLE

VII
4.4

Donnerstag, 17.12.98, Berlin.

Weapons of mass destruction
Küche
Irak
Schreibtisch
Wecker, bin doch schon
war doch schon
Rentnercity Wedding, früher Vormittag, draußen
Copyshop
Heute Morgen
Brief an Christoph
mit den Zeitungen daheim

Stefan ist da und geht in seiner alten Wohnung rum, wir trinken Kaffee, im Stehen und Gehen, und ich erzähle ihm Stories von den Nachbarn und vom Herrn Hausbesitzer, und wir lachen uns schlapp über alles.

KOLONIE FRISCHER WIND
Ikea
Couchtisch LACK
Toiletten Wickelraum Telefon
GOLIAT Schubladenelement
tschüß
bis bald

ABFALLBESEITIGUNGSWERK

Togo
Leiter

-kann ich Rainer sprechen bitte?
-der liegt volltrunken auf meinem Sofa
-soll ich Montag nochmal anrufen?
-nee nee, so schlimm ist es auch nicht

Dämmerung
Fax von Hans-Ulrich
Anruf von Cora
sie: ja is denn heut scho Weihnachten?
ich: ja is denn heut scho Weihnachten?
Anruf im Studio
BBC WORLD LIVE
Second wave of airstrikes under way
ATTACK ON IRAQ
Schwarzer Anruf

aufgrund des kommerziellen Mißerfolges
zog ich mich aus dem Literaturbetrieb zurück

und dieser Rausch der Liebe
ist in einer innigen Verbindung
mit dem Rausch der Arbeit

UK All Tornadoes return savely
THE WORLD TODAY SPECIAL

die irakische Flugabwehr feuert zurück
in der Stadt herrschte demonstrative Gelassenheit
ich wurde an einen Straßenkrater
und in Krankenhäuser geführt

Der Suchvorgang innerhalb des Dokuments ist abgeschlossen. Das gesuchte Element konnte nicht gefunden werden.

Am Rad. Kritik: badum.
Aber es kann doch nicht für alle sein!
WIESO?!

SCHÖNE ORTE DER WELT VOL. VII
im Studio
mit Max und Klaus

voll freudiger Erwartung
vollendet in den Raum gesprochen, so voller – Unsicherheit und Zweifel

mein nächstes Album wird ja König Zufalls treue Gefährten heißen
das neue Album: Poesie der Illusionen
und die Evolutionsoper FROM SCRATCH, das wäre natürlich ein ungeheuer profundes Werk, dieses ungeheuerliche Hauptwerk
voller Zuversicht: alles er

0000.00.

ich glaube, das ist doch eine ganz schöne Sache geworden, two hits on one record.

Word II. liegen. geht.

wieder am Rad: Tagebuch: Durchbruchsgeschehen
strukturell pubertäre Stimmung der künstlerischen Empfindung
und abenteuerlich

daheim, Video

wann wird dein Baby
zur Welt kommen?

im Mai

NEW SCHOOL FOR SOCIAL RESEARCH

VII
4.5

Freitag, 18.12.98, Berlin.

1220. Ein kleiner Käfer, ich dachte, der wäre tot, der sah so alt und grindig aus, ein Marienkäfer, der vorhin da lag, krabbelt jetzt gelähmt über den Fensterbrettlack richtung Kaffeetasse, vielleicht von der Heizung animiert, versucht sogar bißchen hoch zu springen, zu fliegen, jetzt schiebt er sich die Fensterscheibe rauf, in die Sonne. Wieder strahlendes Wetter, wie gestern, kühl, nicht eisig, freundlich. Benjamin rief an. Die Frau Postbotin läutete. Die Celebration-Umschläge kamen, immer noch zu bunt. Rotraut schickt ein Foto aus dem letzten Sommer, Pop Odyssee 2, House of the Rising Punk. Und Sylke hat mir, wie versprochen, fünf Krieg-Programmhefte geschickt, vielen Dank. Ich rief Herrn Bormann an. Dann Anruf bei Hans-Ulrich, Rückruf, und langes Telefon, Besprechung. Bericht vom Frankfurter Tag, Termine, Pläne, Lage. Die Aufgabe für mich jetzt heißt einfach nur: Ruhe bewahren.

1300. Licht. Von der Sonne kommt es her. Es fängt sich in der Wohnung. Für mich könnte alles hier einfach nur weiß sein. Weiß ist so schön hell, dunkel habe ich es sowieso innen im Kopf. Ich glaube, mein Schädelknochen ist besonders dick ausgefallen, dadurch habe ich ein lebenslängliches Helligkeitsdefizit im Hirn, so fühlt es sich jedenfalls an, aber natürlich ist das Unsinn, ist ja klar.

1321. Sich eindeutig verhalten: Brutalität. Normalerweise führt das Spielerische, Ambiguitäten, Interpretierbares, offene Optionen, usw, Uneindeutigkeiten eben. Hier ist auch der Ort von TERROR, wenn es Probleme gibt. Dann wird da gespielt. Extrem beliebt bei vielen, bei mir leider nicht. Leider meine ich ganz ernst, weil die Unlust an diesen Spielen ein Problem meiner Theatertexte ist, ein Defizit. Trotzdem würde ich, wenn es heißt, wie hätten Sies denn gern?, doch immer wieder sagen: eindeutig, bitte, trotzdem.

1331. Mehr Post ist da. Das neue Suhrkamp Taschenbuch Journal. Und die Zeitschrift Theater der Zeit, Arbeitsbuch. Dann eigene Sendungen zum Versenden fertig machen.

1338. Willst du denn als DER VERWAHRLOSTE erscheinen? Nein, das will ich nicht. Denn der bin ich nicht. Dann los.

HELLS ANGELS

1410. Putlitzbrücke. Neulich waren da nachts zwei Polizeiwagen, die Polizisten standen am Gitter über den Gleisen, vor einer großen metallenen Skulptur, ah, mit Stern, dramatisch auseinander gebogen. Ich fragte, was los ist? Nichts. Sie waren nicht sehr gesprächig. Fuhren dann weg, und ich schaute mir das Ding an, ein Kranz lag davor, Mahnmal, für die Abtransporte von hier, der Kranz war von den Grünen. Die Tafel meldete, daß hier ein Anschlag gewesen wäre, 92 oder so, danach hätte man es wieder repariert. Ich hatte das Ding immer gesehen, beim Vorbeiradeln, aber überhaupt nie an irgendwas gedacht, an eine Bedeutung, die Wahrnehmung war noch nicht mal bis zu der Frage vorgestoßen: was ist denn das? Da war einfach was, fertig. Davon reden sie doch dauernd, daß die Stadt voll wäre mit lauter einzelnen kleinen Gedenkstätten. Soll das große Mahnmal gebaut werden? Wie soll es ausschauen? Woher wissen die, die darauf eine Antwort wissen, ihre Antwort?

1422. Eigensinn. Die Unanwendbarkeit der eigenen Methoden auf fremdem Gebiet. Gestern wieder beim Musikmachen. Faszinierend, zu sehen, mit wie wenig Gespür man letztlich vorgeht, im Unterschied zu den Musikern, die sich ihrem Feld anvertrauen und von ihm führen lassen können. Eine Art stumpfer Eigensinn des Ausgedachten, das aus Momenten von Anziehung, Analyse und Äußerungsabsicht sich irgendwie viel zu ENG formuliert präzisiert. Im Grunde weiß man auf fremdem Feld viel zu genau, was man will. Hat aber all die Assoziationsaspekte, die vom Ausgedachten, Beabsichtigten aufgerufen sind, gar nicht genügend vielgestaltig und widersprüchlich in sich vorliegen, um den Plan im schon Vorhandenen richtig situieren und dagegen abgleichen zu können, ihn ja eigentlich daraus entstehen lassen zu können. Man will was machen, anstatt es kommen lassen zu können. Es gibt keine Doppelbegabungen. Aber das Bedürfnis, auch in anderen Künsten die Geheimnisse zu erleben, die sich nur der produktiven Praxis erschließen, – auch das Interesse, zusätzliche Erfahrungen mit dem Wirrwarr der eigenen Talentstruktur zu machen, – gerade indem man sie als hochspezielle Antwort auf Defizite an Begabung in Spannung zur Empfänglichkeit für das Spezifikum genau der Kunst, der man sich schließlich entgegengelebt hat, erlebt – usw usw – rechtfertigt, finde ich, die produktiven Versuche auf fremdem Terrain. Es macht einfach einen irren Spaß. Der Spaß heißt Mitmachen, Vorschlagen, Zuschauen, Staunen, Beobachten, sich Freuen, Mitmachen. Der Spaß der Kunst heißt Mimesis.

1511. Bei den Spirits. Pete kann den Beckenbauer-Spruch schon nicht mehr hören. Cora schenkt mir ein Weihnachtsgeschenk. Andi und Carsten stehen gerade an der Kaffeemaschine, kleines Halloo.

1531. Im Matratzenladen, Kantstraße. Sie ruft kurz mal in der Zentrale an. Mistral, Wind, ich würde sie hundert Mark billiger kriegen. Ich soll den Herrn König von ihr grüßen, den Charly, von Frau Hetterling. Sie hätten auch Parkplätze dort. Ich bin allerdings mit dem Rad unterwegs, Potsdamerstraße, ich glaube, das ist mir jetzt doch bißchen zu weit. Nein, das ist nicht weit, nur Mut, meint sie und lacht, fahren Sie da ruhig mal gleich hin.

1546. Autorenbuchhandlung. Starobinskis Montaigne, Safranskis Heidegger. In der Auslage liegt ein Buch, da sagt der Titel: Die Poesie hat immer recht. Eben nicht, sagt die Reflexantwort, eben genau nicht.

1617. Schwer bepackt, schwer k.o. wieder daheim.

ich ließ aber ausrichten
ich denke keinesfalls an Rücktritt

Daniel
Oliver
Isabelle
Jürgen Link

Tim Staffel
Durs Grünbein
Natalie Binczek
Manfred Hermes
Enzensberger
Max Goldt
Martina Gedeck
Falco
Rossacher und Dolezal
Joachim Kaiser
Claudius Seidl
Benjamin Henrichs
Ivan Nagel
Wolfgang Werth
William Gaddis
Paul Ingendaay
Thomas Bernhard
Harald Schmidt

Die Geliebte
von Uta König
© NDR 98

verbotene Spiele
im Raum der Empfängnis

VERSUCH
ÜBER DEN NORMALISMUS

VII
4.6

Samstag, 19.12.98, Berlin.

1102. Anruf bei Stefan.
1211. Anruf bei Stefan.
1224. Anruf im Bücherbogen.
1226. Anruf bei Uwe Böhms Mailbox.
1228. Anruf bei Peter Laudenbach.
1241. Korrektur am Text.

1435. Stefan war da. Er hat so eine superangenehme Art. Das fand ich schon als Kind immer so. Geschwisterlich: auch ein Inbild der sozialen Erfahrung, unter Gleichen, jeder anders, alles für alle, eine schöne Geschichte.

1643. Florian Illies schreibt in der Frankfurter Faz über Literatur aus Berlin. Er selber kommt aus Schlitz, steht im Faz-Autoren-Lexikon, er wäre im oberhessischen Schlitz auf die Welt gekommen, dort wurde er Mitarbeiter des Schlitzer Boten, von dort wäre er nach Fulda gegangen, an die Fuldaer Zeitung, dann nach Bonn, Oxford, Frankfurt. Ich muß mal eine Studie erfinden über den Zusammenhang von Provinz und Journalismus. Sie kennen sich so fabelhaft aus überall, die Provinzler, die Journalisten, der Gestus ist immer schon abgeklärt, von vorneherein abwinkend, man hat doch längst verstanden, alles ganz genau durchblickt. Gleich wird losgedröhnt, der ganzen Welt die Welt erklärt, als wäre alles immer wie daheim, alles eine einzige Provinz. Das stimmt aber nicht. Es gibt auch andere Weltzugänge und Welten. Erst neulich habe ich es in Paris wieder erlebt, wo ich in früheren Jahren schon so viele Monate, unendliche Stunden, Tage und Abende in der Stadt herumgeirrt bin, verloren, desorientiert und ratlos, als was für eine seltsame Wohltat es mir immer wieder vorkommt, in Strukturen zu sein, die unüberblickbar sind. Die einen überfordern, die einem nicht zugänglich sind, weil man sie nicht versteht, die aber auch etwas versprechen auf diese Art, vielleicht sogar sich doch erschließen wollen irgendwann, MIT DER ZEIT. Vieles kann man auf einen Schlag erfassen, sehr vieles Tolle aber doch eher nicht.

und jetzt verläßt Boris Becker
das Olympiastadion
zwei null
das Ding scheint durch zu sein
und Tor für Bayern
also
auch das klappt noch
drei zu null
für Bayern

das war sie
unsere letzte Konferenzschaltung im Jahr 1998
aber nächstes Jahr sind wir wieder da
das ist versprochen
zurück ins Studio

Wagner: wie finden Sie mich als Mann?
Wagner: ich geige ohne Unterhosen
Wagner: die Sünde war mein Schicksal

wir haben das Knochengerüst
noch nicht ganz freigelegt

das Wort normal
hat seine Tücken

055. Abend mit alten Zeitungen, dazu lief das Video vom letzten Freitag, wo ich bei der Terrordrom-Diskussion in der Volksbühne war. Erst das Literarische Quartett, mit Ingeborg Harms. Dann die Aspektesendung über Walser, dann nochmal die Walser-Aussprache mit Bubis, Schirrmacher, Korn. Nebenher machte ich Notizen für Dekonspiratione. Dann wollte ich ausgehen, aber der Regen war mir plötzlich zu stark. Eben fällt mir ein, daß ich heute morgen von Luhmann geträumt habe, die Kunstdebatte, abstrakte Bilder von ihm waren auf Zeitschriften-Covern abgebildet, ich war unterwegs mit Max.

Schamanismus der guten Laune
rituelle Wirklichkeit

MEHR MÄRCHEN AUS DER GROSSEN STADT

VII
4.7

Sonntag, 20.12.98, Berlin.

1558. Genterstraße, ich werde Zeuge eines Raubs. Vielleicht heißt das Ding in echt auch Diebstahl, und ich werde eher Zeuge der Flucht, als der Tat. Eine Wagensirene heult, zwei Typen rennen weg, aber nur paar Schritte, über die Straße, bremsen sofort ab, der eine hat einen Hund dabei, Sonntagsspaziergänger auf dem Gehweg der Seestraße jetzt. Er versucht einen Rucksack im Gehen unter seine Lederjacke zu packen. Der Hund muß schnüffeln, sie bleiben stehen, ich auch, sieben Meter weg, am Radweg. Rasendes Rattern der Gedanken, ich schau zurück zu dem aufgebrochenen Wagen, die Sirene heult noch, die Warnblinkanlage blinkt. Ich sehe sonst niemanden, der die Szene zu beobachten scheint, obwohl jede Menge Leute auf der Straße sind. Der Typ mit dem gestohlenen Rucksack schaut nicht so aus, als ob er auf eine eventuelle Intervention von mir den Rücksack mit einem Wort der Entschuldigung wieder zurück zum aufgebrochenen Mercedes bringt. Der Typ schaut eher so aus, daß ich Angst vor ihm habe. Daß ich überlege, ob er sieht, daß ich ihn beobachte, und ob das gefährlich ist, für mich, was ich da mache. Ob ich im Zweifelsfall fluchtbereit genug bin. Es ist aber zu spannend im Moment, um wegzufahren. Die beiden trennen sich jetzt, der Typ mit dem Rucksack ist ein kleiner, drahtiger, blasser, dunkelhaariger Typ, Ausländer, ich weiß nicht, welche Art. Ich glaube er hat auch einen dünnen Schnauzer. Erst jetzt fällt mir auf, daß ich ihn überhaupt nicht beschreiben könnte, und ich mache so komisch detektivische Beobachtungen, während er vor mir die Trambahninsel richtung Wurststand geht. Grünbraune Hose mit seitlichen Knietaschen, dunklere Jacke, wirklich Leder? Er turnt jetzt nochmal über ein Tramgleisegitter, überquert die Gegengleise, auch die andere Straßenseite, und ich fahre langsam und im Abstand hinterher. Er läuft jetzt, vorbei am Alhambra, über die Müllerstraße, und wieder zurück über die Seestraße, jetzt in die andere Richtung. Es ist viel Verkehr, er winkt einem abbiegenden Taxi, macht die Türe auf, da fällt eine dicke Geldbörse aus dem Rucksack, er bückt sich, hebt sie auf, der Hund springt ins Taxi, er hinterher, Türe zu. In dem Moment kommt der andere von hinten angelaufen, reißt die Türe wieder auf, dick, groß, Jeans, irgendwas Helles oben, vielleicht ein weißes T-Shirt, und steigt ein, und das Taxi fährt davon, richtung Reinickendorf. Ich schaue wieder auf die Uhr, 16 Uhr 1, das ging also ganz schön schnell. Dann radle ich richtung Mitte und kann mich gar nicht beruhigen. Daß ich mir nicht mal die Nummer des Taxis gemerkt habe. Daß ich den Raub des Geldes gar kein Problem fände, wenn sie den Leuten nur ihre Karten, Ausweise, privaten Papier lassen würden. Katrin hat neulich erzählt, ihre wäre eine Tasche im Nachtleben gestohlen worden, Geld und alles ärgerlich, aber es wäre auch ein Packen unersetzlicher Fotos dabei gewesen, ich glaube aus der Jugendzeit ihrer Mutter. Auch Kapielski hat so eine gestörte Überfallsstory erlebt, hat er neulich erzählt, er wird es sicher schreiben, in einer Kneipe. Wo die Leute sich auf den Boden legen mußten, dann ausgeraubt wurden, und nebenher wurden sie noch völlig sinnlos getreten und mißhandelt, nur so, weil die Typen blöde asoziale Arschlöcher sind. Daß aus deren Perspektive die Opfer wahrscheinlich einfach nur dumme Menschen sind, dumm genug, daß sie sich nicht schützen können, daß sie ihre Opfer werden. Daß ich bei solchen Sachen immer an Walter F. Ottos Buch über die Götter Griechenlands denken muß, von denen, wie gesagt, ALLES, was es gibt im Verhalten der Menschen, seine Vernunft irgendwie doch zugesprochen bekommt, trotz allem. Toll, aber natürlich auch sehr früh, kindlich und verblödet. Daß man doch auch selber eine ganze Kinderzeit lang mit irgendwelchen Abenteuerbüchern verbracht hat, in denen solche Stories passiert sind. Und man war dann Held, mit Freunden zusammen, hat fürs Gute gekämpft und die Sache verfolgt, die WAHRHEIT ermittelt, alles aufgedeckt. Und heute erlebt man das in echt, ganz unheldisch, aber mit der gleichen wilden Erregung. Usw usw usw.

1610. Wie ich an der Init-Halle vorbeifahre, denke ich an Alexandra, mit der ich hier gestern locker verabredet war, und werde von einem riesigen Taglicht-Flutscheinwerfer in der Ferne irritiert, im Augenwinkel. Was war denn das? Ich halte, kehre um, fahre zurück, fahre darauf zu, in den fabrikmäßigen Hinterhof rein, abendliche Filmszene, hochromantisch, wie aus dem Drogentatort neulich. Da tritt mir auch schon der obligatorische Filmkollege entgegen, Funke am Kopf, Handy am Ohr. Und meint:

-darf ich mal fragen, wo Sie hinmöchten?
-ja, ins Licht
-das ist aber – Arbeitsbereich
-ich weiß

Am Rad ist man gut dran, man fährt einfach weiter. Daß einem einer nachläuft, kommt nicht so oft vor. Ich fahre auf dieses Licht zu, ein Laster, Kabel, schlaff geschäftiges Treiben von Schlurfetypen in schwarzem Leder, drehe eine Runde, das wars schon. Ich hätte noch fragen können, welcher Film, vergessen, egal. Bin schon wieder draußen, radle weiter, träume vor mich hin.

1619. Brandenburgertor.

-entschuldigung, wissen Sie, worums hier geht?
-ja
-aha
-hä hä
-können Sie mirs vielleicht auch sagen?
-ja
-aha?
-kann ich schon
-aber Sie wollen nicht?
-doch
-worum gehts denn?
-die Trax
-Trax?
-hamse keine Zeitung gelesen?
-nee
-die Coca Cola Trucks
-ah
-sehen se
-ja ja

ich frage jetzt nicht noch mal nach, die beiden Frauen wollen mit mir flirten, ich will doch bloß informiert werden. Ich tue so, als wüßte ich was los ist. Die Coca Cola Trucks kommen, ich dachte es gibt eine Band, die heißt Trax, nein, es sind die berühmten Coca Cola Trucks, von denen ich noch nie gehört habe, auf die ganze Heerscharen von Berliner Prolls hier warten. Die Straßen um das Brandenburger Tor sind praktisch unpassierbar. Ich suche die Akademie der Künste, Pariser Platz 4, weil ich mir den dritten Teil der Berlin Berlinale ankucken wollte. Keine Chance. Kein Durch und kein Zurück, nur vor, unterm Tor durch, zwischen den Autos im Stau, an den Leuten vorbei. Junge Familien vorallem, Kinder, junge Eltern, Paare, Cliquen, der Typ Leute, wo die Frauen mit 39 zum ersten Mal Großmutter werden. Geil. Ich steuere nochmal vertrauenserweckende Gesichter an, der Familienvater ist ganz freundlich, der Sohn steht ihm bei. Ob ich es nicht im Fernsehen gesehen hätte? Die Coca Cola Trucks? Ja, mit so Aufbauten und so? Leider nein, vielen Dank auf jeden Fall. Dann stehe ich noch bißchen rum und kukke mir das an, den Auflauf, die Leute, die Szenerie.

1632. Irrwitzige Vogelschwärme, riesige Vögel sitzen massenweise in den Bäumen, in den Kränen, am Reichstag auf den Ecken, Kanten und Simsen. Dämonisch, echt. Ich kriege einen Moment richtig Angst und denke, daß ich froh bin, daß ich nicht verrückt bin. Weil dann würde man das hier als Zeichen empfinden, das man nicht so leicht einordnen könnte. Geräuschlos bewegen sich also RIESIGE Wolken riesiger Vögel direkt neben und über mir, im Himmel, ein kollektives Wogen, Schweben, etwa ein Spiel? Es ist fast Nacht, fast, ein letzter klarer tiefblauer Glanz ist noch da, dazu Flutlichter für die Arbeiter, der ganze Space dieser im Bau, im Aufbau befindlichen Geschichte hier. Ich radle immer weiter, schaue immer zurück, wie ein Verfolgter, nein, ein vom Irrwitz Angezogener, ein absolut Faszinierter. Es aufnehmen, wie es vergeht, genau so, wie es ist, wie ich es sehe, wie es sich abspielt, als Hintergrund, die Stimmung, der hochdramatische und zugleich völlig nebenher sich einfach so ereignende Moment. Ich wollte nur umkehren, zurückfahren, nach Mitte, aber das geht hier gar nicht, auf der Strecke, automatisch wird man weiträumig um die gewaltige Baustelle herumgeführt, erst am Lehrter Bahnhof kann man wieder zurück. Invalidenstraße, Hamburger Bahnhof, Neonglut. Vorne an der Ecke überlege ich: soll ich jetzt einfach so wieder heim fahren? Ohne irgendwas? Ich könnte mir ja ein Buch kaufen, in den Kunstwerken, und dort Melanie besuchen.

Emotions & Relations
Debis Haus
Potsdamer Platz Berlin
Recherchen im Reich der Sinne
Die zwölf Gespräche der Surrealisten über Sexualität

1702. Wozu ist Kunst eigentlich da? Daß wir die Welt besser verstehen. Die Antwort kommt mir selber bißchen komisch vor, aber ich glaube, das ist der Spaß, der für mich von Kunst ausgeht.

1732. Wieder daheim. Was war denn das für eine irre Sonntags-Exkursion?

2356. Wie gestern: alte Zeitungen, Fernsehen, Platten, Dekonspiratione und andere Notizen. Lesen, schreiben, atmen, denken, leben.

SPANK

VII
5.1

Montag, 21.12.98, Berlin.

Anruf bei Herrn Bormann
Anruf von Oliver
Anruf bei Moritz

1245. Ich hatte heute doch so viel vor. Was war denn das alles? Was muß ich denn jetzt heute alles gleich wieder tun?

Anruf bei Uwe Böhm
Anruf bei Rainer
Anruf im Bücherbogen

1345. Krausser macht dunkle Andeutungen, in seinem Tagebuch vom Oktober, auf der Buchmesse, was er alles für GESCHICHTEN weiß und kennt, aus dem Betrieb, den Verlagen, ganz und gar Unerzählbares, Unniederschreibbares usw. Als ob das was Besonderes wäre. Überall wirft das Leben so ein Wissen an, Beobachtungen, die diskongruent sind mit dem Selbstverständnis der Situationen oder Personen, um die es geht. Es gibt einen Höflichkeits-Automatismus, der einen die anderen tendentiell so sehen läßt, wie sie gesehen werden wollen. Wenn der durch irgendwas aussetzt, kommen auf der Stelle und völlig von selber zu 80 Prozent komplett unerzählbare Geschichten raus.

1441. Ich brauche also doch Geschenkpapier und war Bürozeug kaufen, am Leopoldplatz.

1526. Straße des 17. Juni. Gegenüber vom Ernst-Reuter-Haus sehe ich eben zum ersten Mal ein riesiges Gebäude, extrem auffallend, zwischen den Bäumen des Tiergarten-Ausläufers da, sicher eine Architekturlegende, vielleicht aus den 70er Jahren. Da fahre ich jetzt seit vielen Monaten fast jeden Tag einmal darauf zu und habe das bisher noch nie gesehen. Jutta Koether hat mal erzählt, wie von täglichen Wegen die Rede war, von zuhause in die Redaktion, in Köln, sie würde jeden Tag einen anderen Weg nehmen. Damit sie sich nicht langweilt. Ich erinnere mich, daß mich das richtig wütend gemacht hat, daß man so denken kann. Es wird doch alles umso interessanter, je öfter es sich wiederholt.

1534. Bei den Spirits. Alle sitzen ganz konzentriert um den großen Tisch und lesen. Daniel: willst du auch einen Kaffee? Gerne, danke. Ich erkläre Max, warum ich finde, daß Hellis Platte mit der Axt komponiert ist, tschuldigung Helli. Er hat neulich, in Berlin House, auf Diskos Frage, wie die Platte verkauft, so entwaffnend irritiert und zugleich selbstsicher geantwortet: das würde einem keiner sagen, wieviel er verkauft. Wie? Das habe ich ja noch nie gehört. Das ist doch eine Art Realitäts-Mutprobe, daß man das ausspricht, auf Anfrage, auch wenn die sich bißchen indiskret anfühlt, daß man sich durch dieses Aussprechen vor anderen den diesbezüglichen Fakten wirklich stellt. Daß man dadurch so bißchen runter kommt sozusagen. Im schönen Fall läuft es so wie bei Alexa Hennig von Lange, die neulich bei Harald Schmidt endlos strahlend bestätigt hat, ja, 20.000 Exemplare von Relax wären verkauft worden. Dann reden wir wieder über das Video. Alles viel weniger, so unser neues Motto.

1758. Wieder daheim. Vorhin, beim Wegfahren: wo ich schon wieder hinwill? Ich muß noch schnell Bücher holen. Welche Buchhandlung? Ich singe den Lobpreis der Buchhandlung Kiepert. In Mitte? Nee, die nicht, die am Ernst-Reuter-Platz. Neulich waren überall Berichte über Herrn Kiepert, er ist 70 geworden, aktiv involviert nach wie vor, würde da als markante Figur durch seinen riesigen Laden gehen und immer irgendwo irgendwas noch verbessern. Das strahlt die Buchhandlung auch aus, die starke Autorschaft EINES Menschen. Max meinte, er kommt mit, und dann radelten wir da zusammen hin, dann noch in die Autorenbuchhandlung. Abendglanz und fadendünner Mond, Spiegelungen, Lichter, Reden und Ideen.

2134. Joulia Straussowa ruft an. Stimmt, da wollte ich zurückrufen heute. Sie hat ein Fax geschickt, in dem sie die von ihr mit Skulpturen porträtierten Djs als SÜSSIS bezeichnet. Das fand ich so – süß.

FLOHMARKT
BERLIN
Dienstag – Sonntag
10-18 Uhr

2244. Cinemaxx Schönhauserstraße. Kino 5. Popcorn und Apfelschorle. Langnesewerbung, Rote Rosen Video.

2300. STUDIO 54.

Models und Mechaniker
Portiers und Prinzen
gibts du diesen Body bei uns ab, Süßer?
die wahren Prinzen von New York

was darf ich Ihnen bringen
wie kann ich Ihnen helfen
ich hab das beste Partypulver überhaupt
RED SONJA
aber wehe, die sehen nicht so aus wie du
ich bin immer ganz wild auf neue Talente
Ägypten
jetzt bist du da, wo du hinwolltest
Spank: and party
es lief alles wie am Schnürchen
was Frischeres als mich gibts gar nicht
der bezauberndste Troglodyt, der mir je begegnet ist
I CAN DO ANYBODY
führt der Pfad der Exzesse zu den Tempeln der Weisheit
wegschauen: im richtigen Moment, ganz einfach
der fliegt raus
sogar von hier aus wirken die Anzüge billig
also, Freunde?
Freunde

022. Written and directed by Mark Christopher. Herrlich. Genau so, ganz genau so.

WERKZEUGSET MIT PUTZLAPPEN DM 5,95

VII
5.2

Dienstag, 22.12.98, Berlin.

1121. Ich dachte die ganzen Tage, daß heute schon Weihnachten wäre, am Dienstag. Ich weiß gar nicht, wie ich darauf komme. Vielleicht durch Beckenbauer. Eben kuckte ich nach, was JL von Studio 54 hält. Nichts, gar nichts. Geil. Wie komplett unterschiedlich geurteilt wird. Für mich ist das ein wunderbarer Film über das Nachtleben, nicht mal der Kostümaspekt, vor dem ich Angst hatte, hat mich gestört. Die brüchige Art, wie dieser komische Steve Rubell dargestellt wird, die Mischung aus Drogenwrack, Herzlichkeit, Abzocke, Menschenkenntnis und Auflösungswünschen: so ist es. Vorallem die Bilder von der Party, vom Feiern, vom Tanzen finde ich so gut. Das dauernde

Ineinander, optisch, gefühlsmäßig, von Meditativem und totaler Hysterie. Man sieht beim Tanzen mit viel mehr Ruhe, oft, als das meist gezeigt wird, umgeben von Reizfluten. Auf irgendein Gesicht, eine Körperbewegung, eine Interaktion hat sich die Wahrnehmung unbemerkt hinfokusiert, das erscheint einem dann sehr herausgehoben, leuchtend, deutlich. Und wird durch Lichtwechsel, Berührungen, Bewegungen schon wieder fortgerissen irgendwie, man sieht was neues plötzlich, wieder fast wie stillgestellt. Es ist aber eine reiche Ruhe, weil sie dauernd bedrängt ist von allen Seiten durch neue MÖGLICHKEITEN, die die Aufmerksamkeitsmitte auf sich ziehen wollen. Alles findet sich ja toll und wichtig, ist das auch, einzigartig, besonders, vom Moment des Glücks total elektrisiert, und will das teilen, will, daß man es sieht, bejubelt. Und zu vorgerückter Stunde mehren sich die Szenen, wo man denkt, das hätte man lieber nicht gesehen. Wo die Sache äußerlich noch wirkt, wie zuvor, Feiern, Pumpen, Musik, aber man sieht jetzt plötzlich die ganze KAPUTTHEIT, die da dauernd auch dabei ist, schließt natürlich rück auf eigene Kaputtheit, sollte heimgehen, will noch bleiben usw usw. Spielt sich doch alles ixfach ab, jedes Wochenende. Und kam da alles vor, auf seine Art, in Studio 54. Wobei mich der historische Ort und die historische Wahrheit überhaupt nicht interessiert haben, ich habe das alles automatisch übersetzt, bezogen gesehen auf unsere heutigen Orte und Exzesse.

1335. Dunkler nie: heute. Heute ist Winteranfang. Ich dachte eben, schon halb drei? Nein, halb zwei. Aber heute ist dieser Tag, der Tag der Finsternis, der Nacht. Und dazu läuft Geteiltes Leid I. Die Platte wäre so gefloppt, stand in Bild am Sonntag. Ich würde mal gern ein Interview mit diesem Martin Haas lesen, der die ganzen Jazz-Harmonien von 3 P da auf dem Klavier vor sich hinklimpert. Immer noch mal eine. Was denkt sich so ein Mensch, wie ist der drauf, was ist der für ein Typ? Wahrscheinlich war es längst, großes Haas-Porträt in Keyboards.

1400. Telefon mit Thorsten, dann mit Frau Schutzbach. Klar, keiner hat die Absprache nicht eingehalten, bloß das Ergebnis ist ein komplett anderes, als abgesprochen.

Kummer
Trauer
Elend
Ärger
Wut
Zorn
Haß
Verachtung
Abscheu
Groll

Verdammnis
Horror
Ekel
Wut
Wut Wut Wut
und Kummer, Trauer, Elend, Ärger, Wut
Wut Wut Wut und usw usw usw

1822. Und alles das immer wieder noch mal von vorne und neu und nochmal neu durch. Ich lerne auch überhaupt nichts daraus, es entsteht nur ein unbeschreiblicher Menschenhaß. Und ein davon total zerstörter Nachmittag.

WEGEN ÜBERFALL
VORÜBERGEHEND GESCHLOSSEN

2015. Okay, das ging auch schief: verfroren, verdreckt, unverrichter Dinge und mit endgültig kurzschluß-zerbritzeltem Hirn wieder daheim. Das Architektur-Buch in Deutsch ist gekommen, ich wollte noch schnell zum Bücherbogen radeln, und mitten in der Pampa war plötzlich die Luft aus dem Vorderreifen draußen. Das geht recht schnell, wenn das Loch groß genug ist. Gute zwanzig Meter, von der Erstwahrnehmung, hopla, was ist denn da los?, bis zu: Platten, alles klar, super. Ich versuche mir dann immer vorzustellen, wie man sich als normaler Mensch in solchen Situationen zu verhalten hätte. Weil ich selber würde mich am liebsten einfach nur schreiend auf den Boden schmeißen. Weil ich so überhaupt nicht weiß, wie man solche Probleme löst. Die doch so etwa das objektiv unschlimmste sind, was es gibt auf Erden. Ich stand dann da einfach da, mit meinem armen lahmen Rad, und dachte dauernd: wie geht denn das? Was muß man denn da jetzt machen? Ah, eine Tankstelle, vielleicht haben die Luft, vielleicht ist es ja gar kein Platten, vielleicht ist ja nur die Luft raus. Vielleicht haben sie Werkzeug. Nee, kein Werkzeug, keine Luft, aber einen Rat: der Hertie hätte doch noch offen, bis acht. Welcher Hertie? Na der, da hinten, über die Brücke, zweite Straße links. Ah ja, vielen Dank, wiedersehen. Dann also das Rad dahinschieben und nachdenken über das Böse, in einem, durch das man dieses Mißgeschick verschuldet und auf sich gezogen hat. An Bösem ist in mir kein Mangel. Das steht jedenfalls fest. Eine Stunde später hatte ich den Reifen repariert und radelte wieder heim. Es hätte ja auch noch die Reparatur mißlingen können. Die aber glückte. In wievielen Unsinnswelten man innerlich gleichzeitig dauernd lebt, von allen Vernünften ganz unerreichbar.

BOHLEN BARACKE

VII
5.3

Mittwoch, 23.12.98, Berlin.

1300. Alles, öfter, interessanter: ist natürlich auch Blödsinn, natürlich wird überhaupt nicht alles immer umso interessanter, je öfter es sich wiederholt. Was ich vorgestern dachte, am Rad, wie ich die Architekturlegende sah, das blaue Haus mit den zwei rosanen gebogenen Riesenrohren, auf denen es steht. Weil es so klingt, als würde man gegen den totalen Schockkick was sagen, mit dem ERSTMALIGES machmal einfahren kann. Von wie vielen Musiknummern weiß man noch genau, wann man sie wo unter welchen Bedingungen zum ersten Mal gehört hat, wer sie gespielt hat, wie es einen da gehoben hat usw usw. Das STAUNEN, unwiederholbar, weil man eben noch nicht weiß, was kommt, was als nächstes kommt, was und wie. Einmal im Pulverturm zum Beispiel, ich hatte schon das Gefühl endlos getanzt zu haben in diesem einen neuen Flow, und es hörte nicht auf und fühlte sich immer noch toller an, und ich hatte diese Nummer auch definitiv noch nie gehört, und dachte dauernd: was ist denn das?, was ist das nur?, und ging schließlich zu Maté hin, um zu fragen. Und er meinte: wart mal, das wird noch irrer. Das war THROW. Wo am Schluß doch dieser Schrei kommt. Aus lauter solchen Erlebnisgeschichten der Erstmaligkeit könnte man das ganze Spektrum der Musik des letzten Jahrzehnts erzählen. – Es wird nicht unbedingt interessanter, was sich wiederholt, schon gar nicht alles, aber die Vorstellung, daß sich ein Weg abnützen könnte, das meinte ich, das kann ich mir nicht vorstellen.

CRAZY

1402. Ich will die ganze Zeit schon los und mache doch noch schnell das Kiepenheuer Kuvert auf, die Frühjahrs Kataloge sind da. Da, ganz vorn: Benjamin Lebert, sein erster Roman erscheint, sie hatten es auf der Buchmesse schon erzählt, er wird »Crazy« heißen. Crazy. Roman. Crazy, irgendwer sagt das dauernd, ich glaube Max.

1518. Wieder unterwegs, nochmal zu vorhin. In welcher Form liegt das Vertraute vor, im Kopf? So, daß man es übersieht, daß es einen nicht beschäftigt. Die Orientierungs-Maschine checkt die Lage auf Relevantes ab: Verkehr, Bewegung, Ordnung, Gefahr. Die umgebende Szenerie ist genau das, was als Gleichbleibendes nicht interessiert. Trotzdem hatte ich mal eine Zeitlang die Wahnvorstellung, daß sich alles, was die Augen sehen, im Hirn abspeichert, ALLES, was man je gesehen hat, auch ohne es dezidiert wahrgenommen zu haben, daß man wirklich den gesamten Film seines Lebens in sich hätte. Das war im Herbst 89, ich fuhr mit Stefan im Auto die amerikanische Westküste runter, von Portland aus, ganz klassisch, bis nach San Diego. Und da wollte ich ihm das immer erklären, wollte das immer mit ihm besprechen, diese Fragen der Bilder des Lebens in einem. Ihn hat das irgendwie genervt, und so habe ich es auf sich beruhen lassen und mir später auch gedacht: das war die Hysterie dieses Zeitmoments, die mir diesen hysterischen Gedanken eingegeben hat. Zeit, die andere Wahnvorstellung, die eine durch die andere ersetzt.

a

1543. Wieder daheim. Mit Andy Warhols a, a novel. Ich wußte gar nicht, daß das neu aufgelegt wurde, bei Albert stand es im Regal. Noch eines dieser angenehmen Bücher, die definitiv nicht durchgelesen werden wollen, was natürlich nicht heißt, daß man es nicht auch durchlesen könnte, wenn man will. Die Neuausgabe hat ein tolles Nachwort von Victor Bockris, eine Art Kurzführer durch Szenerie, Personal und Handlung. In der Form paßt der ganze Roman auf gut fünf Seiten. Claude Simon hätte seine Freude daran.

1646. Längeres Telefon mit Ulf. Er hat mir neulich die Einladung geschickt zur Präsentationsparty von DJ-Culture, in London, das Buch ist gerade in England erschienen. Und jetzt erzählte er, wie es war.

Schutz

1723. Und nochmal am Rad. Das Gedankenexperiment, wie auswendig man sehr vertraute Wege kennt. Sehr wenig auswendig. Man weiß noch nicht mal die Geschäfte, die da kommen, schon gar nicht die Häuser. Dann fährt man dort wieder entlang, und denkt sich nur dauernd: ja, klar, ist doch eh klar, was da ist. Das, das, das. Stimmt.

1743. Kunst handelt von Ideen, und das Material wird folgen: Form. Wie ich wieder vor einem kleinen Jonathan Meese Kunstwerk stehe, in der Akademie Isotrop Ausstellung. TOD, eingeritzt in einen mattblinden Aluspiegel, 9 auf 5 cm hoch, in Grabsteinform zurecht gehackt und ausgeschnitten, mit Tesa an die Wand geklebt. Auch auf André Butzers großer Zeichnung, wo ich dachte, das wäre ein abstraktes Bild, aber da sind ja doch zwei Leute drauf, oder vier, und so eine Eishockeystock-Sense, – steht: TOT, TOD, Hand, Schuh, Gesetz. Nicole erzählt, daß die jetzt Hundehütte genannte Skulptur ursprünglich »Schutz« hätte heißen sollen.

2307. Zum dritten Mal mit dem Rad unterwegs in die Stadt. Aber warum beobachtet man die Szenerie nicht wirklich? Weil man mit was völlig anderem beschäftigt ist. Weil der Automatismus der Verkehrsteilnahme eine ganz besondere Art von DENKEN freisetzt. Fast bewußtlos, schweifend, grundsätzlich und weit, das Ganze des Lebens irgendwie betreffend. Vielleicht ist auch das eines der Geheimnisse des Individualverkehrs, daß so viele Leute ALLEIN in diesen Autos sitzen wollen und dahin fahren, weil sie dabei auf eine Art über ihr Leben nachdenken können, wie nirgendwo sonst, wie nur unterwegs.

2317. Paris Bar. Bruno, Nicole, Michelle, seine Frau, und auf der Bank liegt das Töchterlein und schläft. Sie ist heute 15 geworden. Alles Gute zum Geburtstag.

WEIHNACHTEN

VII
5.4

Donnerstag, 24.12.98, Berlin.

1337.

1405.

1458.

1842.

1857.

2018.

2330. Mittags war der Celebration-Umschlag da, mit neuen Fehlern. Ich versuchte trotzdem einen normalen Arbeitstag hinzulegen, das wurde aber nichts. Draußen war es extrem still. Was ich anpackte, kam mir sinnlos vor. Zeitdruck, Pläne, Termine, Stillstand: langsam wurde es Panik. Und was ich für hier schrieb, fand ich auch doof. Dann hätte ich auch nach München fahren können, wenn das so läuft. Ärgern hilft aber bekanntlich erst recht nichts. Vielleicht schlafen.

immer wieder

entladen sich elektrische Felder
in gewaltigen Blitzen

THE NAMES

VII
5.5

Freitag, 25.12.98, Berlin.

1535. Löffel, Talla, Tanith, Hooligan, Tom Novy, Phil Fuldner, der ewig druffe Earl, Erzengel Erichson, Don Dreier, Bela Cox, Vau Vau, Jacob, Bernd Neff, Kerstin, Daniel, Frosch, Mickey, Paul Cooper, Sebbo, Orawan, Tobi, Cora, Olaf, Judith, Frederik Junginger, Sue, Mike, Patta, Jennifer, Tanja: Holgis Rave on Snow Bericht in Frontpage. Und an jedem Namen hängt noch der Fetzen eines Abenteuers oder ein besonders sprechendes Detail. Geschichte der Helden und Götter der Nacht, Vol VII.

1543. Philip-Lorca diCorcia, Jean-Marc Bustamente. Seit ich in einer Kritik gelesen habe, mit welcher Megaplattenkamera und wieviel Wasserwaage-Wägen Axel Hütte seine gigantischen Naturaufnahmen macht, interessiere ich mich doch, wider besseres Wollen, für die technische Seite der Herstellung dieser Bilder. Wie ein so extrem romantischer Realismus, wenn man ihn um sich sieht und abbilden will, dann auch wirklich, rein technisch, realisierbar ist.

1640. Bubis, Walser, Sloterdijk, Jürgens, Wright, Karasek, Bittermann, Gaddis, Blank, Schrott, Kunisch, Seidel, Bartels, Flimm, Richter, Kühl, Kaiser, Stein, Fischer, Schröder, Goldt, von Stuckrad-Barre, Hermann, Steidle, Kiessler, Behnisch, Ungers.

Labor und Forschungsräume
Sozialräume
Bibliothek und Vortragssaal
Flächen für Lagerhaltung
Werkstätten
Logistik
technische Betriebsräume

1751. Schmidt, Noack, Weizsäcker, Kohl, Glenn, Kuhlenkampf, Gottschalk, Buck, Boyle, Treichel, Gerkan, Marg und Partner, Enzensberger, Middelhoff,

Scheuring, Röbel.

Jochen Bessings Essen
Avantgarde Linienstraße
Die Herrscher der Nacht
Der Staub der Stadt
Vom Rand der Welt
Die Stimme des Erzählers
Geschichte aus dem Leben der Schatten
Martin
versteckt, enthüllt und vorgeführt
eine Wohnung, zwei Adressen
Berlin, Berlin

1832. Bosch, Massys, Gossaert, Mor, Lotto, Mantegna, Correggio, Memling, Bosch. War Bosch verrückt? Johannes auf Patmos. Um 1505. Erschreckt weicht der Dämon mit hochgeworfenen Armen zurück. Und das Licht scheint in der Finsternis, und die Finsternis – Hugo van der Goes, Die Anbetung der Könige. Albert van Ouwater, Die Auferweckung des Lazarus. Gertgen tot Sint Jans, Johannes der Täufer in der Einöde. Alle Bilder, die mich besonders ansprechen, sind von einem Menschen namens Rainald Grosshans auf wirklich zu Herzen gehende Weise beschrieben und durchdacht und einem so reich an Wissen und innig nahe gebracht. 200 Meisterwerke aus der Gemäldegalerie Berlin. Anbetung der Hirten. Bildnis einer jungen Dame.

1931. Thomas Ostermeier, Petra Kohse. Rainer Scharf: Daß die Zeit auch im mikroskopisch Kleinen eine Richtung hat und sich die Vergangenheit von der Zukunft unterscheidet, ist nur ein weiterer Beleg dafür, daß unsere Welt nicht –. Oliver Kuhn: In Kanada arbeiten Wissenschaftler sogar an einer Enzyklopädie der Geräusche, in der Hunderttausende Klänge penibel gesammelt werden. Der Münchner Klang-Sammler und Kunst-Dozent Walter Siegfried.

dabei wirkte ich zwar müde
sprach aber mit fester Stimme

es folgt die Weihnachtsansprache
des Bundespräsidenten

2105. Tim Staffel, Helmut Dietl, Jeff Koons, Michel Foucault, Diedrich Diederichsen, Hans Scherer, Theodeor W. Adorno, Aristoles, Don DeLillo, Julia Hummers, Niklas Luhmann, Albert Oehlen, Richard Meier, Andreas Baader, Claude Lévi-Strauss, Heiner Müller, Gerhard Richter, Woody uvam.

und da spielt es keine Rolle

ob viel Geld oder wenig Geld

aufgeben gilt nicht
und dabei sein ist alles

HOUSE OF YES

VII
5.6

Samstag, 26.12.98, Berlin.

2126. Sonne, Ruhe, Zeitungen. Wie gestern. Erst komme ich mir vor wie ein Verrückter, aber je länger es geht, je mehr Zeit- und Texttrance entsteht, je sinnloser es erscheint, umso besser, schneller, effektiver und vernünftiger geht es voran. Packen von 92 sind auch dabei, ich weiß überhaupt nicht, woher und wieso. Nebenher entsteht ein Rückblick auf das vergangene Jahr und paar Notizen für Dekonspiratione. Sammeln ist Hoffnung. Wegschmeißen Freiheit. Auf Arte läuft ein toller Film über Höhlenmalerei.

GEDICHTE AUS DEN ERSTEN VIERTAUSEND JAHREN

VII
5.7

Sonntag, 27.12.98, Berlin.

1959. Genau wie gestern, wieder mit den alten Zeitungen, mit paar Notizen, und Feriengefühl. Das war also Weihnachten 98: großer Durchbruch an der Messie-Front. Was folgt daraus? Eigentlich natürlich nichts. Ein bißchen Orientierung, Raum, Leere, Ideen, Pläne. Und Hoffnung auf neue Vernunft im neuen Jahr.

REPRO-STUDIO
LAZAROV & CO GMBH

VII
6.1

Montag, 28.12.98, Berlin.

649. Anruf bei Nomos, Herr Kalbhenn ist dran und kennt sich sofort aus. Die falschen Filme sind noch nicht da, er will sie, wenn sie kommen, gleich VERNICHTEN, wie er sagt. Das muß vielleicht nicht unbedingt sein, aber gedruckt sind sie auf jeden Fall noch nicht.

817. Telefon mit Herrn Lazarov vom Repro-Studio Lazarov. Ich erkläre ihm den Fehler der dritten Korrektur, und er sagt sofort: das gibts nicht. Er meint damit aber nicht, daß es nicht sein kann, sondern nur wie entsetzt er selber ist. Sie arbeiten heute natürlich nur mit halber Kraft, ist ja klar. Ich bin froh, daß ich überhaupt jemanden erreiche. Gestern war Jeff Koons wieder zu sehen, in einem Bericht über entstehende Kunst, all over the world, hier New York. Wie er in seinem Studio, mit angeblich 70 Angestellten, an seiner großen neuen Ausstellungs-Serie Celebration arbeitet. Die Obsession der Perfektion wirkt wie ein absolut perverser Defekt, was total Kaputtes und Verzweifeltes. Fast wie eine Strafe für Glück, ein Selbstzerstörungskrieg des Talents gegen sich selbst.

845. Anruf von Herrn Lazarov. Er nimmt jetzt vor, wie er sagt, Korrektur von Stand, so heißt offenbar das Bild-Text-Verhältnis. Dann geht es nochmal um die Farben. Keiner will mir glauben, wie blaß die sein sollen.

926. Anruf bei Herrn Kalbhenn von Nomos. Wir besprechen den weiteren Ablauf. Wenn man nur endlich einmal dabei sein könnte, beim Druck. Man würde alles sofort besser verstehen.

945. Die Sonne scheint, die Vögel zwitschern, und frühlingshafte Luft ist in der Luft.

1004. Ich rufe Herrn Brock an, Frau Biswanger ist dran. Die sind alle in Urlaub, bis zum 4. Sie ist die einzige, die da ist. Echt? Ja. Dann gibt sie mir doch die Nummer von Herrn Mock, die wäre aber nur für allerdringendste Notfälle. Der Herr Mock weiß zwar nicht, wie er sagt, wie der Herr Brock das programmiert hat, aber er schaut es sich an und versteht es sofort. Und kann meinen Eingabefehler hier ganz leicht beseitigen. Da ist noch eine Datei, wo die Einträge alle aufgelistet sind, die habe ich jetzt auch noch entfernt. Bin begeistert, vielen Dank.

Luftschlangen o. Girlanden kl. 1,99
Konfetti 50 g
Jumbo Sonnenbrille
Phantasiemützen, Tischfeuerwerk

1139. Abenteuerurlaub Vormittagseinkauf. Thekenkrieg der alten, traurigen Rentnerinnen und erschöpften, vergrämten Hausfrauen. Das ist wie ein Witz, wie man als Mann da behandelt wird, in den diversen Schlangen, als hätte man hier nichts zu suchen, als brächte man auch den nötigen Ernst und die wünschenswerte Sachkunde überhaupt nicht mit. Ist ja auch so, jedenfalls in meinem Fall.

1319. Anruf von Herrn Lazarov. Es ist jetzt alles fertig. Und er schickt es los per Post, express und über Nacht.

1920. Längeres Telefon mit Alex, wir reden über Walsers Rede, Walser, Bubis, die Debatte.

der Gastgeber hat vorallem blonde
und exotische Kellner bestellt

irgendwie rührt mich der Ernst
mit dem die Arbeiter fröhlich sind

NOMOS
VERLAGSGESELLSCHAFT
BADEN-BADEN

VII
6.2

Dienstag, 29.12.98, Berlin.

712. Es läutet, ich laufe runter. Der Bote kommt mir schon auf der Treppe entgegen, mit großen Schritten, und meint:

-ich hab hier eine Neun-Uhr-Sendung für Sie
-die erwarte ich mit Spannung

815. Anruf bei Herrn Kalbhenn von Nomos. Daß jetzt also alles stimmt, und ich ihm heute, wie besprochen, den letzten Proof schicke. Genau. Und dann geht alles seinen sozialistischen Gang, sage ich, daraufhin lacht er bißchen und redet mit mir die letzten Takte automatisch in Schwäbisch.

937. Anruf von Herrn Lazarov. Ob alles okay ist? Ja. Ob er die Druckerei jetzt anrufen soll. Das habe ich schon gemacht. Dann wünschen wir uns ausführlich und herzlich alles Gute zum Neuen Jahr. Ich hatte ihn ja neulich in Frankfurt kurz kennengelernt. Er wünscht mir alles, sagt er, was man nur wünschen könnte. Vielen Dank.

1005. Nomos. Gehört ja zu Suhrkamp. Unseld hat uns das ganze Ding mal gezeigt, vor paar Jahren. Treffen der jüngeren Autoren in Baden-Baden, Anfang Mai. Ich kam direkt von Mayday, mit dem Zug aus Dortmund, total hinüber und durch, noch ungewaschen. Dann stand ich mit Marcel Beyer da, wir rauchten, die Vögel zwitscherten, plötzlich war es so ruhig hier alles. Ein wunderbares Hotelchen im Grünen, die Luft. Ein erstes Bier, zum frühen Abend, herrlich. Das ging zwei Tage, Essen, Trinken, Reden. Mit einem Bus fuhren wir an einem Nachmittag raus aus Baden-Baden, aufs Land, zu Nomos. Ich redete mit Durs Grünbein über die letzten Jahre in der DDR, Staatssicherheit, wie er das empfunden und erlebt hat. Dann führten sie uns durch diese Druckerei, durch das riesige Buchlagerhaus. Der Nomos-Chef erklärte alles, die Maschinen, die Elektronik, die Automatiken, und wir waren echt beeindruckt, ich jedenfalls sehr. Suhrkamp. Angeblich hat Kling den Verlag jetzt verlassen, Thomas Hettche schon vor einiger Zeit. Das ist wirklich schade, wegen den Gesprächen, der Freundschaft, dem Gemeinsamkeitsgefühl im Verlag, und auch wegen den speziellen Positionen von genau den beiden. Die haben wichtige Flügel des Ganzen der jetztigen Literatur vertreten, für Suhrkamp. So ein Verlag, so ein Haus, mittelgroß, mit großer, dabei junger Geschichte, ist eben eine seltsame, ganz besondere Sache. Wenn man selber durch irgendwas, vielleicht durch zu starke Widerstände, intern, nicht mehr völlig davon begeistert ist, verliert man die Bereitschaft zur Einsicht, zur Nachsicht, zum Gerangel, das dazugehört, das Verständnis für die massiv involvierten Emotionalitäten, für den letztlich oft irrationalen familiären Aspekt. Und das ist natürlich genau das, was mir dort auch besonders gefällt.

Harzer Knaller 4,99
Euro 2000 Raketen Sortiment 17,99
Ab 50 DM Einkaufssumme 1 Packung China Böller frei

1132. Vom Einkaufen wieder daheim. Ich verfolge zur Zeit eine neue Theorie, den Unterschied alter Männer und alter Frauen betreffend. Wenn Ergebnisse entstehen, die nicht zu rassistisch sind, werde ich demnächst darüber berichten.

1142. Sabine Christ begrüßte die Zuschauer von House-TV neulich als »Freunde der elektronischen Tanzmusik«, hä hä, zwinker zwinker. Eben lese ich den Begriff, vermindert um die Freunde, in der Berliner Zeitung, in einer Ankündigung für Paul van Dyk, er spielt heute in der Arena.

1201. Oliver ruft an. Wie es dem Umschlag geht? Gut. Ich berichte von den neuesten Entwicklungen. Dann reden wir über die Abfall-CD-Rom. No gimmicks, no nothing, nur der Text. So billig wie möglich, so schön es geht.

1223. Wieder ein neues Wort, von JL, Trümmerbude, für kaputte Frau, richtung Nutte. Neulich, die Bohlen Baracke, war ja auch von ihm. JL war über Weihnachten daheim, in Frankfurt, ich dachte immer, er kommt aus Wiesbaden. Jetzt wird in Frontpage über die diversen neuen Frankfurter Lokalitäten berichtet, angenehm genervt und gehässig, so, daß für den Ahnungslosen und Außenstehenden gute Laune entsteht. Obs stimmt? Egal. Negativität saugt einfach sehr viel Informationen an, auf angenehme Art, liest sich gut. Das wäre auch ganz grundsätzlich zur Verteidigung des Hasses zu sagen. Ob die kurzen weihnachtlichen Stipvisiten daheim wirkliche Befunde über das dortige Leben erbringen, kann ich mir sowieso nicht vorstellen. Gestern, in der Käfer Doku-Soap über München, auf Arte, ich war ganz erstaunt: man versteht das überhaupt nicht mehr, ich, diesen ganzen komischen Münchner Irrsinn, auch wenn man geistig abstrakt der Münchner im Himmel schlechthin ist. Wenn man nicht mehr dort ist, nicht da lebt: aus. Man muß mitten drin sein, völlig verstrickt, nur dann gehts, sonst nicht.

2030. Zoo Palast, Kino 1, Reihe 5, mit Max und Hardy, mit Cola und gebuttertem Popcorn, salzig: Staatsfeind Nr. 1.

2245. Geiler Film, leider schon aus. Ich bin immer noch nicht satt geprügelt von der irren Optik-Oper. Wir stehen vor dem Zoo Palast und reden über den Film. Visuelle Überwältigung: das absolute Kinoglück. Hollywood, fertig.

RUBENS ALS HISTORIKER

VII
6.3

Mittwoch, 30.12.98, Berlin.

vormittags an Dekonspiratione
nachmittags bei Max, zur Videobesprechung

eingescannt von Joulia
abends: das Japanische Essen

CHRONIST
DES AUGENBLICKS

VII
6.4

Donnerstag, 31.12.98, Berlin.

1111.07.
1111.11.
1111.33.
1111.46.
1111.51.
1111.58.
1112.03.

1112.13.
1112.14.

1112.41. Chronist des Augenblicks. Ich wollte mal einen Tag lang hier nur Zeitziffern notieren, einfach so, jedesmal wenn ich auf die Uhr schaue, weil das so schön ausschaut, nur diese Ziffern, die so viel bedeuten, aber letztlich sind mir solche experimentellen Kaspereien dann eben doch immer wieder nach kürzester Zeit zu blöd. Oder, anders gesagt, was ist der Unterschied zwischen Hanne Darboven und On Kawara? Er ist weise, sie verrückt. Und weise bin ich nun mal eben nicht.

1117. Der Begriff Chronist des Augenblicks ist von Christoph Buchwald. Nach unserem Gespräch neulich, wie es mit Heute Morgen und nach Heute Morgen weiter geht, hatten wir darüber einen kleinen Briefwechsel, da kam das vor. Daß die Rolle des Chronisten des Augenblicks doch nicht auf immer und ewig mein Arbeitsfeld sein könnte. Und ich dachte sofort: aha, wieso, wieso nicht? Das klingt doch gut. Das ist doch ein schönes Arbeitsfeld, eine tolle Aufgabe. Auf immer und ewig: naja, okay, was heißt das? Zugespitzt ist das ja eigentlich eh identisch, die Definition genau von Augenblick. Aber Aufgaben, die weiter nach vorne pfeilen als paar Tage oder Wochen würde ich eigentlich in nächster Zeit, ha, überhaupt sehr ungern übernehmen. Da bin ich immer noch zu sehr gebranntes Kind von Praxis. Diese Aufgabe hatte ich über ein Jahr im Voraus übernommen, und schrecklich Angst gehabt davor, die ganze Zeit. Dann war das heuer also. Bißchen zu hart, zu kraß. Natürlich hat es mich auch brutal geschickt. Und im Nachhinein bin ich froh, daß ich nicht von vorneherein wußte, wie es wird, weil dann hätte ich es nicht gemacht.

1156. Vorhin lief ich den Müll-Leuten hinterher, die Papier-Tonnen wurden heute geleert. Sie hatten unser Haus ausgelassen. Meint der Kollege hinterm Steuer, hoch oben in seinem Fahrerführerbunker, ganz freundlich, ja Sie waren heute nicht dran. Ach? Ja. Sie sind nur alle zwei Wochen dran. Echt? Ja, ich kann ja nichts machen, ich kann ja nichts dafür, ich kanns ja nicht mitnehmen, wenn ich Sie nicht auf meiner Liste habe. Ist völlig logisch, vielen Dank.

1216. Bumm, krach, bumm. Seit Tagen ziehen die Jungsgangs umher, mit den Donnerschlägen, lassen es krachen, und zwar aber und wie. Es nervt. Wenn man es nur hört, macht es einen echt bißchen mürbe mit der Zeit, aber wenn man ihnen zukuckt, versteht man es auch. Sie halten sich selber die Ohren zu, der zur Schau getragene Gestus ist eher gelangweilt. Sie führen ihre Munition in Plasiktüten mit sich. Sie sind recht jung, eher sieben, als elf, eher neun, als zwölfeinhalb. Schließlich ist Krieg. Da wird eben geschossen. Sie sind so eine Rotte, eine marodierende Horde, und bald werden die Erwachsenen es auch einsehen, daß sie keine Kinder mehr sind, sondern: die JUGEND. Lärm und Schrecken verbreiten sie, endlich, in einer Welt, die ihnen egal ist, die den anderen gehört, die sie eben erst betreten, mit einem Donnerschlag. Gestern Abend in Charlottenburg war totale Ruhe, und hier dann, im Wedding, bis spät nachts, ununterbrochenes Feuern, Krachen, Raketen zünden und Signalwaffen abschießen. Und die Kämpfe hier halten unvermindert heftig an.

1317. Alt-Moabit. JUNGE MODE. Steht drüber, was drin hängt, im Schaufenster: für etwa ab 45.

1323. Die Akademie ist heute geschlossen. Sagt das Schild, hinter der Glastüre der Akademie. Drin sehe ich zwei ältere Frauen, frage, ob man vielleicht wenigstens den Katalog kaufen könnte. Heiner Müller, wer haust in meiner Stirn. Nein, unmöglich, das ist heute alles geschlossen, da müssen Sie morgen wiederkommen. Sie deuten beide auf die völlig ungeschlossene Theke, meinen wahrscheinlich die Kasse. Ich habe ganz stark das Gefühl, Heiner Müller selber führt hier gerade Regie. Ich wünsche den beiden Frauen ein gutes neues Jahr. Jetzt sind sie ganz freundlich, wo sie sehen, daß ich ohne Murren gehe. Lachen. Mit kaputten Zähnen.

1326. ATLAS. Dramatisches Gedicht von Heiner Müller, nach einer Baumaschine, die hier seitlich vor der Türe steht. Die ich gerne mit einer schweren Plattenkamera aufnehmen und dann als ein auf Originalgröße vergrößertes Inkjet-Gemälde ausstellen würde. Wegen ihrer Würde.

1333. Englischer Garten. Ganz anderes Berlin hier, hinter der Front, das Donnern der Kanonen ist kaum noch zu hören, ein fernes Grollen manchmal, sehr weit weg. Ich fahre auf einen Weiher zu, eine Senke, weißlich überfrorene Wiesen, Sonne fängt sich in den hohen Bäumen, und am Ufer tanzt eine Frau in einem minikleid-langen hellen Wollpulover, in Strumpfhose und Fellschühchen. Bei den Büschen steht ein Typ mit Videokamera, der filmt sie. Er gibt jetzt Kommandos, sie soll sich so und so drehen, von da kommen, nein, anders, zu früh, nochmal, falsches Licht. Sie stolpert, schaut ihn an. Eben noch sah es aus wie Heiterkeit und Überschwang, wie Liebe, auf den zweiten Blick wie Arbeit, Mühsal, Nerverei. Am Weiherweg gegenüber geht ein Mann im Mantel, er trägt eine Sonnenbrille, geht sehr zielstrebig, er schaut so entschlossen, schaut kurz zu mir, dann wieder nach vorn. Verstehe. Wo bin ich hier eigentlich? In Bellevue, beim Bundespräsidenten, da sehe ich auch schon den Bau, das edle Oval. Fahre drauf zu. Ein Garten, ein Knabe mit Pferd, Skulptur aus Bronze vielleicht, ein kleines Gespräch mit zwei freundlichen Fremden. Sie sind hier zu Besuch, sie kommen aus Essen, wir reden bißchen über dort, über Berlin. Sie heißen Karin und Sven, sein Handy läutet. Dann stehe ich an der Pforte, BUNDESPRÄSIDIALAMT, der Typ drin fährt das fahrbahre Gitter zurück. Ob man sich den Bau näher ankucken kann? Nein, hier kann man nicht rein. Das ist eine Behörde, Sicherheitsbereich. Wie ihm das Gebäude gefällt? Naja, meint er, man gewöhnt sich daran.

1438. Ob ich für sie was kaufen könnte, sie geben mir Geld. Im Supermarkt, die Jungs, sie umschleichen den Stand mit den Raketen, den Lärm- und Feuer-Wurf-Geräten. Nö, mache ich nicht.

Wunderkerzen
Tischfeuerwerk Karat
Party-Bomben
Silberkreisel
kleine Nachtfalter
dicke Brummer
Traumfontäne
Monsterfrogs
Morning Glory

1535. Neue Lieblings-Süßigkeit: Kinder MAXI KING. Von Ferrero. Haselnuß-Milch-creme-Spezialität in Soft-Waffel mit Milchschokolade überzogen. So nennt es sich selber, in roter Schrift, weiß: mit Milch, Nuß und Karamel. Das beste daran ist der absolut perfekte Dwaatsch-Faktor, im Inneren des Maxi King, im Mund, beim Essen, ideal abgestimmt auf den ebenso perfekten Süß-Faktor. Das müßte man alles so beschreiben, wie die Zigarrren-Tester in der Woche neulich ihre verschiedenen Zigarren. Das waren geile Gedichte. Das Delirium kaum faßbarer, kaum mitteilbarer Wahrnehmungen, die Vielfalt an Präzisismen und Aspekten, und all das für mich, weil ich es auf überhaupt keine Wirklichkeit beziehen kann, weil ich, glaube ich, noch nie eine Zigarre geraucht habe – reine Sprache, konkrete Poesie.

1917. Paar Notizen für Dekonspiratione, dann wieder zum Video. Joulia hatte gestern ihre Maschine in der Küche aufgebaut, den NON-CONTACT 3D DIGITIZER, von Minolta. In einer Sekunde wanderte der Abtast-Laser über das Gesicht. Dann konnte man sich auf einem kleinen LCD-Bildschirm die vom Lebenden runtergescannte Totenmaske ankucken. Dadurch kam das Gespräch auf den Tod. Wie es wohl sein wird. Neulich hatte ich wieder das Gesicht von Baader auf dem bekannten Todesbild lange angeschaut, mit großem Entsetzen. Was hat er gesehen, im letzten Moment? Später, beim Essen, ging es wieder, wie letzten Sommer, bei Hardys Geburtstag, auf dem Schiff, um die Struktur von Erzählung. Max ist sich sicher, jede Geschichte handelt vom Desaster. Dann erzählte er Anekdoten aus dem Leben von Kant.

2000. Tagesschau. Der Euro beginnt. 1 Euro = 1,95583 DM

2009. Schröder spricht. Er spricht uns direkt an, liebe Mitbürgerinnen und Mitbürger, aber er schaut dabei dauernd leicht an uns vorbei, rechts, an mir jedenfalls. Irgendwann werden sie darauf kommen, daß das nicht sehr gut wirkt, die Teleprompter-Lüge. Aber ab morgen ändert sich noch mehr. Bei den Finanzen, in der Landwirtschaft, vorallem beim Schaffen von Arbeitsplätzen, in Frieden und Wohlstand. Dabei werde ich besonders an einer internationalen Finanzarchitektur zu arbeiten haben, liebe Mitbürgerinnen und Mitbürger.

2016. Guten Abend, meine Damen und Herrn. Bongiorno Adorno.

2222.24.
2222.36.
2222.43.
2222.50.
2222.51.
2223.07.
2223.16.
2223.17.
2223.35.

2316. Ich glaube, ich muß jetzt so langsam in die Schicht, zum Feiern. Eben läutete schon das Telefon, aber ich gehe nicht hin.

2350. Ruhe. Draußen wird geschossen. Ich glaube, 98 war ein gutes Jahr. Andrian schickt ein nettes Fax, mit einer Botschaft aus Chinatown:

May the blessings
of this glorious season be with you
throughout the new year.

2354. Ich mache den Fernseher an. Draußen läuten schon die Kirchenglokken.

die Stimmung ist fantastisch
keine großen Zwischenfälle
zivile Preise
und gefeiert wird hier
in allen Medien

wir haben einen schönen Logenplatz

2359.47.

was geht dir jetzt im Augenblick durch den Kopf

1.1.1999

0000.19.
0000.30.
0000.38.
0000.45.
0000.51.
0000.58.
0001.07.

0012. Am Balkon. Selten bin ich so beschossen worden, ich kann überhaupt nicht denken, kann gar nicht so romantisch versammelt das vergangene und kommende Jahr erfassen, wie das manchmal beim Jahreswechsel passiert. Viel Mond ist jedenfalls auch am Himmel.

1.1.1999

VII
6.5

Freitag, 1.1.99, Berlin.

1234. Es wird einfach weiter geschossen, draußen, und ich gehe wieder auf den Balkon. Drunten wankt der Hausbesitzer um seinen silbernen Alt-Mercedes und untersucht ihn auf Schäden am Lack. Die Jungs gegenüber stochern in den beigeroten Restfetzen der explodierten Kracher, auf der Suche nach Blindgängern, und finden auch dauernd welche, rumps. Ein einsames kleines Negerlein steht am Spielplatz im Sandkasten und zündet da seine letzten Restkracher.

1340. Akademie. Ich sollte doch heute wiederkommen, hat es gestern geheißen, da bin ich. Heiner Müller haust in meiner Stirn. Neben der Frau, die mir die Karte verkauft, hängt ein Schild aus Steckbuchstaben, das sagt:

ABENDDIENST
BREIT

Grünbein
Schabowski
mit sozialistischem Gruß
AKTIVIST
Dokumenta 9
THEORIE, GESCHICHTE, POLITIK
Notizbücher
Material Getty Center
Verträge, Pressematerial, Die Korrektur

1431. Leider macht mich all das furchtbar traurig. Die alten Papiere, der Geist, der da war, wo jetzt Gekritzel, Notizen, Typoskripte und Korrekturen sind, Rudimente einer geistigen Aktiviät, einer Energie, die nicht mehr da ist, die tot ist, aus. Der Schriftsteller ist das Werk, in der fertigen Gestalt des Buches. Es gibt, anders als beim Maler, keine wirkliche Werkstatt des Schreibens. Dazu ist der ganze Vorgang der Produktion, von Tasten, Probieren, Verwerfen und Ergreifen einfach viel zu sehr auf der Seite eines rein abstrakten Geschehens. Das probeweise geschriebene Wort ist nicht wirklich eine Vorform des Textes, sondern eher nur, schon in dem Lebendigkeitsaugenblick, in dem die Notiz sich ereignet, die ERINNERUNG an einen Moment von Versuch. Man müßte also auf diese Materialien des Experimentierens nicht zu gehen, sondern sich abstoßen von ihnen, um sie zurückzuübersetzen in ihre echte Funktion. Da landet man dann bei dem Menschen, der das war, bei all den Anekdoten, den Fotos, der davon erzeugten Imago, einerseits, – und eben vorallem bei diesen Geistesobjekten direkt, bei den BÜCHERN. Endstation, alles aussteigen. Da ist alles da, worum es geht. Der Weg ins Werk führt übers Werk, durchs Werk, der Weg zum Autor in die Bücher.

Strindberg
Inferno

Celestografie

Wolkenstudien
Swedenborg
hochgelegene Orte
auf der Erde
an denen mächtige Wesen wohnen

1501. Betrübt, von so viel Wahn, am Rad.

1623. Daheim lese ich im Heiner Müller Katalog. Er notierte viel, nur wußte niemand, was. Es läutet schon, so früh, zu früh.

2246. Neujahr, Lieder ohne Worte, kleine Familienfeier in Kleinmachnow.

0001. In Bed with Heiner Müller. Delius, Grünbein, Kahl, Derrida, mehr, länger, mehr. Sympathie, Widersprüche, Leuchten, schön. Da fängt er wieder an zu leben.

VERWIRRTE SINNESEINDRÜCKE
ANITBARBARUS
OKKULTES TAGEBUCH

VII
6.6

Samstag, 2.1.99, Berlin.

1926. Aust hört auf, das ist schade. Ich fand es angenehm, durch ihn eine Art unsicheres, offeneres, dabei auch irgendwie verkniffeneres Temperament im

Gespräch vorgeführt zu bekommen, als das üblich ist, als der müde gelatschte Böhme es kultiviert hat, angespannter, rougher, auf eine Art echter, als man es von allen anderen Talksendungen kennt. Anders auch, als der Spiegel sich selber gerne sieht und in Spiegel-TV und den Moderationen dafür inszeniert, mit der ewig überlegenen Attitüde, abgehackt gesprochen, mit viel Luft, Wichtig-Style, cool, wo die entsprechende Floskel das »versteht sich« ist. Stefan »versteht sich« Aust ist als Anmoderator eine Witzfigur, die auf geradezu läppische Art alles im Check hat, auch weil, wie neulich zu lesen war, die Anmoderation im Zweifelsfall bei der Aufzeichnung bis zu sieben Mal wiederholt wird. Und in den Gesprächen, in Talk im Turm, hatte er eben erst angefangen, interessant zu werden. Da gehörte gerade auch ein Mangel an Durchblick, Überblick und Positionen, was diffus Ratloses und Überfordertes dazu. Das wirkte insgesamt relativ realitätsnah. Auf die Art oder so ähnlich versucht man sich zu orientieren, den vielen Problemen gegenüber, die man nicht wirklich versteht.

2008. Abends mit Strindberg, nachmittags an Dekonspiratione, und mittags kurz in der Gemäldegalerie, um die anderen da zu treffen. Canaletto, Panini, ein düsterer Triumph der Venus von Schönfeld, Gentileschi mit dem Hl. Christophorus, Claude Lorrain im Morgenlicht, Römische Ideallandschaft, Poussin mit Jupiter als Kind. Rolf Liebermann und Sebastian Haffner sind gestorben.

ich möchte eigentlich
in keinem anderen Jahrhundert gelebt haben

2339. Über eine Stunde mit Botho Strauß unterwegs, durch Sein und Zeit, in der Faz. Erst kopfschüttelnd, dann wütend, und irgendwann mußte ich dauernd nur noch brüllend lachen. Der Gestus ist so geil. Wie er den Zustand in seinem Kopf als Ferndiagnose irgendeines imaginären »wir alle« beschreibt. Bester Satz: »Kaum etwas, das nicht schwände.« Klar. Nur, warum nicht: schwünde? Oder schwönde? Aber er fordert ja Askese. Welcher Art Askese? Vielleicht eine ein bißchen flaue, lasche oder wurschtige Askese? Nein: »unerbittliche Askese«. Wie das Plakat, das ich mittags bei der Philhamonie sah:

SYMPHONIE IX
CARMINA BURANA

Klassik für Prolls, gehobene Sprache für geistig leicht Unterernährte, Ressentiments für Fernseh-Moderatorinnen und Kulturzeit-Redakteurinnen. Das ist der Zucker von Botho Strauß. Ich glaube, ich muß mit diesem Text auf Lesereise gehen. Zusammen mit Benjamin von Stuckrad-Barre, er liest Schrott, ich Strauß. Anschließend: Blumen. Für alle.

es macht Spaß
Millionär zu sein

und nun die Wettervorhersage
für morgen, Sonntag, dritter Januar

INTERAKTION UND GESELLSCHAFT

VII
6.7

Sonntag, 3.1.99, Berlin.

846. Ist doch schön. Stefans Geburtstag.

Spanische Allee
Meiereifeld
Teltow
Potsdam Babelsberg
Zentrale Poliklinik der DDR
Glienicker Brücke
Königstraße
Wannsee
Kleinmachnow
Avus
Hamburg Wedding Tegel
Funkturm
BERLINISCHE LEBEN
Stadtring
der Mond, der Mond
Aral
daheim

1953. Bruder: Baum, Haus, Frau, Sohn, Eltern, Beruf.

Hintergrundunsicherheit
Entscheidungsbedarf
Weisungsunterworfenheit
bürokratietypischer Angstfall
Bewußtseinsleistungen
Alternativität

Rationalitätsunterstellung
nichtsprachliche Sachverhalte
Unsicherheitsabsorption
unangetastete These
Bewegungsspielraum
Strukturprinzip Stelle
Lagerhaltung
Machtverteilung
Klosterdisziplin
Vollinklusion
Interdependenzunterbrechung

2103. Das Telefon läutet. Benjamin ruft an.

Dr. K. Frank-Cyrus
Dr. W. Konrad

Unwort des Jahrhunderts

Fr. E. Heiden-Reich
Prof. Horst Dieter Schlosser
Hr. Er. Eliz
Prof. Dr. Fr. A. Schwarzer
Dr. B. v. Stuckrad-Barre
Hr. v. Küppers-Busch

fünf Anregungen
zwei Superlative
das schleichende Gift
süffige Attribute
Stilkunde
gutes Deutsch
Produkte
Markt, Mann, Königsweg
Sprachkultur

wer liest, ist doof

Mediensprache
Jugendsprache
Umgangssprache
Politikersprache
Wissenschaftssprache

2342. Dekonspiratione, Luhmann, Zeitungen, Fernsehen, Notizen, Luhmann, Licht.

begleiten wir die Orion und ihre Besatzung
bei ihrem Patrouillendienst
am Rande
der Unendlichkeit

ERSTER
ELEKTRISCHER WELTKONGRESS

VII
7.1

Montag, 4.1.99, Berlin.

655. Der Wecker.
734. Am Schreibtisch.
832. Out there. Neue Woche, neues Glück.
857. Der Himmel ist bedeckt, die Kirchenglocken läuten.
926. Anruf von Frau Knapitsch, zu Celebration.
1008. Anruf bei Herrn Ortmann, wegen Berlin.
1029. Die Sonne kommt hervor.
1220. Anruf von Wilfried, zu Jeff Koons.
1436. Anruf von Max, zum Video.

1510. Peter Weiss, Notizbücher 1960 – 71. Daß doch auch die Spur der Mühen eine grundsätzliche Ermutigung bewirkt. Ich möchte es nur lieber gedruckt vorgeführt bekommen, nicht in der Form von Manuskripten gezeigt. Das ist mir zu direkt. Regina, Andrian, Delphine.

1606. Sommerhaus, später. Ja, irgendwie kickt es, mich auch. Den ganzen Tag mit Papieren und Büchern, blätternd, ordnend, mich verlesend und verlierend, auf der Suche danach, in die richtige Stimmung für Dekonspiratione zu kommen, hinüberzugleiten, hineinzugeraten. Ist aber nicht, war nicht, nicht wirklich. Nur Notizen. Es gibt natürlich doch auch noch ganz andere Notizen, als ich neulich meinte, eigentlich das Gegenteil dieser Inspirations-Relikte: fast bürokratische Selbstvergewisserungen, was man über das Beabsichtigte schon weiß, oder eher eigentlich nur heute gerade denkt, über irgendein Detail der Sache. Das wird dann ganz stumpf, ganz uninspiriert hingeschrieben, steht da, schaut nicht sehr gut aus, und beruhigt einen trotzdem bißchen. Man hats versucht. Es war nur leider nichts, war niemand da, der Geist war stumm.

1724. Okay, mit viel Überwindung habe ich mich also in die Fahrschule geschleppt. Neulich hieß es noch, ich brauche nur EINE praktische Stunde, jetzt ist gleich wieder von vier Doppelstunden die Rede, fürs Motorrad natürlich auch nochmal. Und ich sitze da bei denen im Büro und kriege gleich so einen Mutlosigkeitsanfall. Dabei sind sie beide eigentlich recht nett. Nur dieses gesamte System einer nicht endenden Abzocke macht mich langsam fertig. Dann gehe ich raus und denke, ich muß mich einfach fügen, ich muß es angehen, sonst wird das nie mehr was. Aber wozu brauche ich, zusätzlich zum 3er, auch noch den 1er? Überhaupt nicht. Er ist nur eine sehr aufgeladene Erinnerung daran, daß man früher ein Motorradfahrer war. An den irren Spaß, mit einer fetten Maschine in Bayern über die hügeligen Landstraßen dahinzufahren. Wann habe ich das das letzte Mal gemacht? Das ist so lange her, daß es schon gar nicht mehr wahr ist.

1812. Auch der Fotoband von Herlinde Koelbl war heute den ganzen Tag irgendwo aufgeschlagen. Im Schreiben zu Haus. Tolles Buch. Wie andere Schreiber leben, was sie dazu sagen. Daß sie sich überhaupt so ausgesetzt zeigen, so dezidiert zu diesen Fragen äußern wollen. Daß sie sich, vorallem sich selber gegenüber, so nahe ans Magische der Hardware, der alltäglichen Organisation, der seltsamen Rituale dran trauen. Ich halte mir das zu. Ich will es zu keinem fertigen Satz, zu keinem Bild, zu keiner klaren Vorstellung davon kommen lassen, für mich, wie das alles funktioniert. Werner Fritsch hat mal in Klagenfurt gesagt, wir brauchen einen Stift und einen Fetzen Papier: los gehts. Das gibt es nur beim Schreiben. Es ging da um den Unterschied zum Film, er hat ja auch Filme gemacht. Diese Basisausstattung, die Freiheit und Mobilität, die die verspricht, darauf würde ich mich auch einlassen. Und alles andere würde eigentlich sein können, wie es will. Die Romantik des Schreibens als Beruf, als eine Art zu leben, kommt aus etwas komplett Spurlosem: aus der Schönheit, in diesem Zustand der Konzentration zu sein. Aus dem Gefühl, das als Gabe bekommen zu haben, daß einem das Spaß macht, daß man das immer wieder sucht, daß das für einen das Tollste ist.

WORD FACTORY

VII
7.2

Dienstag, 5.1.99, Berlin.

755. Ich steh mal wieder außer Atem vor dem netten Fräulein von der Bahn: ganz falsch. Keine Hektik, ruhiger werden, der Fahrplan hat sich doch geändert. Der Zug fährt nicht um 8, der nächste fährt um 8 Uhr 39, die neue Strecke nach Hannover. Ich wußte es, ich hab es nur vergessen. Einmal Wolfsburg, tour retour, mit Zuschlägen und Bahncard: 71 Mark.

937. Wolfsburg. Neuer Bahnhof, schöne Schriften.

944. In der kleinen Vorhalle des Bahnhofs trinke ich einen Kaffee, das Museum öffnet erst um elf. Auf dem Stehtisch liegt das Stadtmagazin Indigo, und ich lese im Jahresrückblick über Mode: Modeevents sind in Wolfsburg mittlerweile nicht mehr wegzudenken. Die »Outfit« hat sich zum Kultevent etabliert. Die Brautmodenschau der Firma Rieß, die »Charisma« und unzählige Messeshows gaben umfangreiche Einblicke in die neuesten Trends.

1002. Es gibt einen kleinen Citybus, der einen umsonst durch die Fußgängerzone fährt, zum Museum. Kleiststraße. Und die Vorstellung, wie es wäre, wenn es einen durch die Liebe sowohin verschlagen würde, dann wäre vielleicht alles »Wolfsburg«, und das würde dann alles beinhalten und versprechen.

1016. Wolfsburger Allgemeine. Neun Rentner stehen davor, vor den hinter Glas ausgehängten Zeitungen und lesen ganz schweigsam und streng, als wäre man in China. Oder in der Sendlinger Straße in München, wo die Abendzeitung aushängt.

1022. Im Zeitungsladen liegt die Junge Freiheit direkt neben dem Rheinischen Merkur, direkt unter der Zeit. Ich dachte immer, die Junge Freiheit wird nur von paar durchgeknallten Hannoveraner Autonomen und dem letzten großen Rechten-Fan und -Forscher Mark Terkessides gelesen. Nein, es gibt auch noch etwa vierzehn Wolfsburger, die sich jede Woche auf die Junge Freiheit freuen.

1041. Im Eduscho, Modern Talking läuft, Moritz Rinke hatte eine Premiere, neben mir trinkt eine Elfjährige Kakao. Sie ist mit ihrem Vater und dem jüngeren Bruder da. Ihre Haare hängen ihr ins Gesicht, braun, mittellang, sie spielt mit einem Amerikaner, träumt vor sich hin und zwischendurch schaut sie ganz wild.

KISS

1134. Endlich bei Andy Warhol. Kiss, das ist doch einer dieser Konzept-Filme, wo überhaupt nichts passiert. Wieder falsch, stimmt gar nicht. Die küssen sich da wie verrückt, und zwar richtig, leidenschaftlich, absolut dramatisch, heiter. Es sind auch unterschiedliche Paare. Man kann das Geschlecht gar nicht erkennen, ja, das sind zwei Jungs jetzt.

Fisch
er
Mao
Kuh

I wish I could invent something
like bluejeans. Something to be remembered for.
Something mass.

grau
lila
lila
gelb-rosa

1159. Die beste Andy Warhol Ausstellung, die ich je gesehen habe. Ein Panorama des ganzen Werks, in seiner Historizität anerkannt, dadurch wirkt es so frisch. Oft macht einen ja gerade die Pop-Kunst der 60er Jahre so TRAURIG, weil die Bilder so ALT ausschauen, diese hysterisch aufs Neue hin gedachten Bilder wirken musealisiert oft fast schon richtig muffig. Hier gar nicht. Ein absolut geil verwirrender Wändeverhau drängt die 30 Jahre Arbeitszeit ganz eng zusammen. Immer wieder sieht man was Neues. Das ganze Spektrum seiner Farben, die Ideen.

PLEASE STAY
TUNED

hellblau
Monument for 16 Soldiers (Zeitgeistseries), 1982
Rohrschach in Gold
Fernseher
Schuhe
Oxidation Painting, 1978
gold, bronze, grünspan
schwarze Wand
weißschwarzes Portrait
Michael Heizer, 1978
Francesco Clemente, 1982

I'm reading
from the book of wisdom

but they are in peace
and the
great people came
just because the door was open
and the great people came
just to see who came

bunte Blumen

yellow Orchid, 1979
red Orchid, 1979
Kontaktbögen, das Sex- und Dildo-Ding

getting lost
in pictures and time

Farben, Space, Bedeutung, Kontext, Jahre

Gerard Malanga
hält eine Dichterlesung, ca. 1965
Ladies and Gentlemen, 1975
Torsos (Six), 1977

LIGHTWORKS VISIONS ULTRASOUNDS
NO MINIMUM

1244. Gerade als Fan hat man komische Vorlieben, die einem den Zugang zu den Sachen, die anders sind, erschweren. Lächerlicherweise will man irgendwie, daß alles so ausschauen sollte, wie das, was einem am meisten sagt. Unsinn. Diese Ausstellung hier MIXT das Ganze in seinen Einzelteilen so intensiv, daß man völlig neue Blicke auf die einem fremden Aspekte bekommt: ach so! So hat er das gemeint, verstehe, so hat er das gesehen. Als würde die Ausstellung das Werk wirklich so präsentieren, wie es sich für ihn selber angefühlt hat, in seinem Kopf, wie er es selber gesehen hat. Nahe, vielgestaltig, plan, logisch, ungeordnet. Die Logiken überlagern die reine eine Logik der Zeit, nach der gesammelte Werke im Nachhinein sich präsenteren, es gibt hier so viele Stränge und Bezüge, Gruppen, Themen, Formprinzien. Die Fernseher sind wie Bilder an den Wänden, die sprechenden Bilder des Lebens.

Still Life (Hammer and Sickle), 1976/77
Shadow, 1978
silber auf türkis: brutal schön
Kenny Sharf
Bar
Küssen
Telefonieren
Hello Again, The Cars, 1984, Americas Modern Talking
Area
The Obelisque Era
Blue Movie

THE COMPLETE DIALOGUE WITH OVER

100 PHOTOS

Cow 1966 Tapete, Stockholm 1968
Mao 1974 Tapete, Paris 1974
Self-Portrait 1978 Tapete, Zürich 1978
Fish 1983 Tapete, Bischofsberger 1983

Tavola
frisches Obst
riecht gut: Mario Merz, 1976
Thomas Schütte, Große Geister, 1996, Aluminium poliert
Andreas Gursky, Bundestag 1998, Farbfotografie
Spiegel Nr. 43

1411. Im Bus
1418. Im Zug
1516. In Berlin

-du bist ja wie ein Wandersmann gekleidet!

sagt die Tochter, 30, zu ihrem Vater. Und die supergroße Maus, 22, zu ihrem Freund, ganz erschreckt:

-warum erkennst du mich nicht mehr?!

1543. Daheim. Katalog. Wie er dachte: herrlich.

OHNE RÜCKSICHT AUF THEORIEÄSTHETIK

VII
7.3

Mittwoch, 6.1.99, Berlin.

918. Unruhige Nacht, leicht angeschlagen am Schreibtisch.

1438. Führerschein, Theorie. Das Lehrbuch nochmal wiederholt, jetzt die Bögen.

1506. Nicole, wegen Samstag.

1544. Warhol, der Katalog. Auch noch der beste Warhol Katalog, den man sich denken kann. Ein fetter kleiner Ziegelstein, prall voll mit BILDERN. Unterschiedslos gemischt riesige Gemälde und Polaroids, Plakate, Fotos, Filmstills, Zeichnungen, Fernsehbilder, kurze Warhol-Sprüche, Drucke, und wieder Gemälde. Vorne 20 Seiten Text, hinten ein Abbildungsverzeichnis, fertig. Das Papier ist matt, dick und bißchen flau, und ebnet auf die Art die Farben und die Unterschiede der Bildträgerorte zusätzlich ein. Was man sieht, ist die IDEE dieser Kunst, nicht so sehr ein einzelnes Werk. Den Blick auf die Welt, der da probiert wird. Und der ist auf jeden Fall tausend mal weniger logisch, als die meisten Warhol-Darstellungen und -Interpretationen es zugestehen. Vielleicht auch, weil Warhol selber sich heftig nach simplen, klaren Antworten und Einfachheiten gesehnt hat. Dabei hat er dauernd den Reichtum aller möglichen Widersprüche auf sich eindrängen gefühlt, den auch viel weniger passiv hingenommen, als die Legende es will. Er wollte immer so gerne »Warhol« sein, dieser Typ, und war das mindestens genauso sehr dauernd NICHT, wie natürlich immer wieder zwischendurch dann doch auch genau schon. Ist alles völlig klar und in der Summe der Resultate auch niedergelegt. Nur im Diskurs über Warhol ist das leicht unterbelichtet, weil der natürlich mehr auf die Texte reagiert, als auf die komplizierteren Aussagen-Ballungen der Bilder selber. Aber was ist die Idee dieser Kunst?

1633. Dann wünsch ich Ihnen toi toi toi – und wild flammende Himmel, rosa türkis – am Ende der Kameruner Straße. Wie ich aus der Fahrschule Hütt rauskomme, die Vorprüfung für die Theorieprüfung bestanden habe.

STADION
DER WELTJUGEND

1717. In der Galerie, Hängung der Bilder. Marco, Max, Daniel.

morgen
Celebration
Leben in Harmonie

Führerschein
Luhmann
Führerschein
Fernsehen

2308. Daniel vorhin, am Handy. Rabea und Disko rufen an. Er erzählt dann, was sie eben vorgeschlagen haben. Da wird dann darüber geredet. Kleine Notizen für Dekonspiratione.

denn wir waren

achtzehn Stunden am Feind manchmal
und mehr

BIS-MIL-LA-HIR RAH-MA-NIR RAHIM

VII
7.4

Donnerstag, 7.1.99, Berlin.

624. auf
714. am Schreibtisch
857. so vielleicht

1100. Führerschein-Lehrbuch. Jetzt habe ich es insgesamt dreimal durch, drei mal zwei mal vier Stunden, 100 Seiten drei bis vier Stunden, 200 Seiten hats. Es leuchtet mir auch alles voll ein. Ich müßte zukünftig als Autofahrer von meinem früheren Fun-Ding – asozial auffahren, die DDR-Bausparer auf der linken Spur wegdrängeln und im Zweifelsfall rechts überholen etc. – zur Vernunfts-Fraktion überwechseln. Legalist werden, so wurden in unserer Familie die Trottel genannt, die vor dem Einsteigen alle Scheiben schön sauber machen und Geschwindigkeits-Begrenzungen einhalten. Der Uli fährt zum Beispiel auch so, lustigerweise früher mit einem kanariengelben fetten Camaro, dann mit einem BMW. Bei ihm wirkt es aber einfach nur »die Ruhe weg haben« -mäßig, total relaxt und angenehm.

1110. Der wärmste Januar seit – irgendein Superlativ findet immer statt. Der Dienstag war in Berlin der wärmste 5. Januar dieses Jahrhunderts, steht in der Zeitung. Im Botanischen Garten in Dahlem würden Primeln und Stiefmütterchen schon zu blühen anfangen.

HYBRID-BUS

1122. Dekra. Kurt-Schumacher-Damm 28.

-guten Tag
-nehmense n kleinen Moment mal Platz noch bitte
-ich?
-SIE!

1124. Zweiter Stock: nee, hier sindse falsch, da müssense hoch in den dritten. Dritter Stock: hier ist nur MPU, Theorie ist ja nur unten, erster Stock. Die haben mich aber gerade zu Ihnen hoch geschickt. Macht ja nichts, fahrnse nochmal runter. Erster Stock: bin ich hier bei Ihnen richtig zur Theorie-Prüfung?

1152. Bestanden! Ha, wie sich das anfühlt. Während er den Bogen mit der Schablone in Zeitlupe kontrolliert hat, hat er ein ganz ausführliches Telefon mit einem Kollegen geführt, sie brauchen Schutzfolie für die neuen Schablonen. Oder sollte das Amt sich vielleicht sogar eine Laminier-Maschine kaufen? Das würde sich lohnen. Wo es die gibt, wieviel sie kostet, wer die noch mitbenützen könnte. Daß sich das »rechnen« würde. Und während er das alles seinem Kollegen erklärt hat, hat er mich die ganze Zeit so angeschaut, als würde er nur mit mir reden, mit erklärendem Minenspiel und Augenkontakt etc. Und ich dachte dauernd nur, jetzt korrigiers halt bitte endlich durch. Am Schluß meint er: und jetzt keine Punkte mehr in Flensburg und immer schön sauber bleiben und so. Ich: ja, genau, das wolln wir jetzt mal versuchen.

PRÄZISIONS-WERKZEUGE
BEIER & SILBERNAGEL

1212. Wieder daheim. Jutta hat einen Brief geschickt aus New York, mit bunt leuchtender Hinterkopf-Collage. HAPPY 99. Herz mit Stacheldraht. TALES FROM THE FRONT. Sie schreibt, daß in der Dia-Art-Foundation eine große Shadows-Ausstellung wäre. Mein Programm für 99 heißt zwar definitiv MEHR REISEN, und Albert hat jetzt am 10. in New York eine Eröffnung, aber ich glaube, ich bin bißchen zu pleite im Moment, zu sehr auch im Ruhebedarf, für die Termine. Ich schaue mir die Adresse im Briefkopf an und kriege allein von der Appartment-Bezeichnung # 6 H so brutale New York Sehnsucht.

1247. Telefon mit Herrn Berg zur Abfall-CD-Rom. Langsam wirds ernst. Alle wollen immer, daß auch was zu HÖREN ist. Falsch. Der Text ist STUMM, er LEUCHTET in der STILLE, wenn er SICHTBAR ist als SCHRIFT, darauf basiert das, das ist ihr DING, und seine WELT.

1312. Brief an Oliver.

Glasknochenkrankheit
Horst-Wessel-Lied
Roger Willemsen
Milchmädchenträume

1343. Stadion der Weltjugend, mit Max. Die Lichtleute sind noch nicht fertig in der Galerie. Er hat den Stempel für die Oblaten dabei. POP. In Disco-Schrift. Dann machen wir die Titel für die Bilder, die Bilder einer Ausstellung, naturgemäß. Warum naturgemäß, wurde in der Autorenbuchhandlung gefragt. Und Max meinte, eben der Natur der Sache entsprechend, der gemäß.

WESTBAM
SELBSTBILDNISSE

DAS ABENDMAHL, 1999
WE'LL NEVER STOP LIVING THIS WAY, 1998
MÄDCHEN MIT SCHÖNEN KNÖCHELN, 1996
SONIC EMPIRE, 1998
HARD TIMES, 1998
SPOON, 1999
SIEG ÜBER DIE MAYDAY HJ, 1996
CAMO WORLD, 1992
HOMOSEXUALITÄT, 1993
DESERT STORM, 1991
NIEMAND SOLL WEINEN, 1994

1506. Wieder daheim. Notizen. Gespräch geht über: Underground. Gegen Gefühle.

MIT SONNENBRILLE
ZUM FOTOTERMIN FÜR DIE PRESSE

1649. Brief an Thorsten.

1650. Prüfungsangst: nee: Prüfungsvertrauen. Hatte ich nur vergessen, weil ich schon so lange keine mehr gemacht habe. Das ist einer der vielen guten Seiten des Medizinstudiums: jedes Semester hat man zwei, drei Klausuren, für die Scheine, muß lernen. Die Prüfung schreiben, kucken, ob mans schafft. Ja. Geht doch. Erleichterung. Fünf Minuten später ist schon wieder die nächste Prüfung dran.

1833. An Dekonspiratione.

1857. Wieder in der Galerie. Gegenüber, halbseitig gelähmt beleuchtet:

Zur gemütlichen Stube

Aber der Kameramann findet die Spiegelungen störend, die mir gerade gefallen. Das könnte man eh nicht aufnehmen, das würde man nicht sehen, auf dem Film. Der Terror der Licht-Leute erinnert mich ans Fat Fugo. Wieviele zigtausend Mark da ins Licht gesteckt wurden. Und dann konnten wir alle die tolle Anlage NICHT bedienen, wirklich. Das war komplett grotesk. Die Licht-Leute spinnen. Die kennen nur eines: mit großem Laster ankommen, ausladen. Dann muß alles mit Krempel vollstehen, anschließend wird der Krempel flächendeckend verbaut, bis alles zugebaut ist. Ohne eine Sekunde Gedanke, obs das bringt. Ob man das braucht. Ob die extra angebrachten Traversen und Kabel nicht stören könnten beim Blick in die Räume. Dann kommt die Aufnahmeleiterin. Film: Kasperletheater, lächerlich. Nur beim Fernsehen sind sie noch blöder.

2200. Tragische Schönheit. Das wäre meine Antwort, das wäre für mich die Idee von Warhols Kunst. Und ich überlege dauernd, ob es nur die Lust am Unnaheliegenden ist, mit einer so grandios altbackenen Klassizität anzukommen, ausgerechnet bei Warhol, oder ob das wirklich stimmt. Ob das nicht die Idee jeder Kunst wäre? Nein. Jackson Pollock: Wut. Bernhard: Musik. Picasso: Licht und Heiterkeit. Das ist zum Beispiel überhaupt nicht drin bei Warhol: Fun, Leichtigkeit, das ist alles megaernst. Jeff Koons geht da den zeitentsprechenden, von der Zeit ermöglichten Schritt weiter. Ins Helle. Mike Kelley nicht, das stört mich so an Kelleys Kunst, das regressive Moment. Dali: Denken, nicht Schauen. Heiner Müller: die Gesellschaft.

2222. Wo bleibt eigentlich Maxim Billers Weihnachts-Erzählung heuer? Die immer in der SZ-Beilage war? Oder habe ich die übersehen?

Walser mit Voß
Aktion Rosenholz
Luhmann

gut k.o.
okay

I'M A BEAT BOX ROCKER
AND YOU'RE DANCING TO MY BEAT

VII
7.5

Freitag, 8.1.99, Berlin.

934. Wie gestern, noch bißchen früher. Wenn die Sinnfrage sich nicht stellt:

das wird als Glück empfunden.

1001. Fahrschule Hütt. Los gehts.

Sitz
Innenspiegel
Außen
Links
Rechts
Anschnallen
Brille
Kupplung
Handbremse
Kucken
Blinken
Außenspiegel
Toter Winkel
Kontrollblick
Fußgänger nehmen an der Vorfahrtsregel nicht teil
Kucken
Links
Schulterblick
Spiegel
Außen
Schulterblick

1102. Nicht so hektisch lenken. Herr Hütt ist die Ruhe selbst, der netteste Fahrlehrer, den ich je hatte. Erst habe ich ihn gebeten, daß er es mir vormacht, damit ich bißchen zuschauen kann, damit ich es sehe. Dann bin ich selber gefahren. Fasching vor drei Jahren habe ich den Führerschein abgegeben. Im Nachhinein war das natürlich auch wieder mal eine der besten Zäsuren meines Lebens. Helmut Schmidt: Es hat ja keinen Sinn, mit seinem Leben nicht zufrieden zu sein. Herr Hütt gibt mir im Büro die

Schüler-Karte

trägt auch die sogenannte Schüler-Listen-Nummer ein. Es ist die Nr: 159. Endlich wieder Schüler. Nächste Fahrstunde: Montag, 11.1.99, 8 Uhr 40.

1119. Moritz schickt eine Postkarte aus Davos, um das Stück des Jahres durchzugeben, Cher:

Do You Believe In Love?

Und in der ersten Jahreshälfte war es Madonna, Frozen. Zwei Liebeslieder, denn davon handelt Pop, von der Liebe. Die Karte zeigt das Skigebiet Jakobshorn, Hochgebirge, Gipfel, Seilbahnen, Buckelpiste, Schnee und blaue Schatten.

1127. Alles war eklig an Lola rennt.

der Titel
der Name des Regisseurs
seine dumpfen Statements
seine blöde Filmer-Wohnung
seine Hauptdarstellerin und Freundin
der ihr Name
ihr Bauch
der superblöde Moritz Bleibtreu
dem sein Name
der Hype
die Tour durch alle Talkshows
der Heike-Makatsch-Level des Gelalles
die insgesamtige deutsche Scheiße in Ballung
nur der Film war halbwegs okay

und jetzt kommt also die noch blödere Berliner CDU und haut unter all das ihren Amtlichkeits-Stempel drunter, indem sie den Titel, das Plakat, den Spruch und die hohle Nazi-Dynamik einfach kopiert. Lola rennt, für die CDU. So hat sich das von Anfang an angefühlt. Jetzt muß er prozessieren, der sogenannte Tom »Tykwer«. Viel Spaß.

1358. Anruf bei Herrn Brock, zur Vorbereitung der Beerdigungs-Formalitäten, für hier.

1418. Anruf von Max. Um vier gehts los.

1444. Den ganzen Tag war Regen, plötzlich wird es hell, der himmlische Lichtschalter geht an, und die Sonne kommt heraus.

1552. Halbe Gedanken, beschriebene Papiere.

1606. Wöhlertstraße 20. Licht, Leute, Video.

BUSEN

Catrin: rot
Chris: Kamera

Rose: my mate Bob
Joulia: Ritter des Ordens vom Weißen Schwan
Anja: London
Jenny: FRANKFURT
Tanja: Had-Ma-Harr
Daniel: Buch
Hardy: muß gleich nach Österreich
Lexy: DJ
Lupo: Disco
Tilmann: Australien
Marcella: Monokel
Flokati: Drescher
Hase: Hillu
Rupert: der neunte Mann des Abendmahls
Cora: man muß auch die Frau sein, die so begrüßt wird
Spoon: 1999
William: Würzburg
Sandra: Marusha
Marco: bleich
Klaus: kommt wieder
Sue: Helli, München, Uli

Max: I'm a beat box rocker
and you're dancing to my beat
and I never sound the same
and you're dancing
dancing, dancing
I'm a beat, beat, beat
and you're dancing, dancing
dancing to my, dancing to my
dancing to my beat
and you're dancing, dancing, dancing
dancing, dancing, dancing

alles ganz meditativ

ich hab heut überhaupt kein
betaumeltes Gefühl

ich schon

TAGESBERICHT
ÜBER DEN BAUBETRIEB

VII
7.6

Samstag, 9.1.99, Berlin.

1055. Im Traum ging das gestrige Gespräch mit Cora über heute Abend in Hamburg weiter, durchmachen, Böses machen und über Tee diskutieren. Da hatte ich dann plötzlich doch keine Lust mehr drauf. Zwei Bufferin fangen mal an, den Kopfschmerz zu attackieren.

1335. Es klingelt.

-Sie wünschen?
-Schönengutentag, siaufmachn?
-Warum?
-Ich Werbung, Sie aufmachen!

1426. Im Kaisers. Die Dinge, die man nicht kannte, wurden abschätzig behandelt, denunziert, ausgeschlossen, irgendwie ganz archaisch und primitiv. Fremdes: Gift. Clemens hat mal ein Theorie dazu gehabt, das leuchtet mir jetzt erst ein. Eigentlich sind alle komplizierteren Sozialverhältnisse von diesem subschizoiden Erbdefekt betroffen.

1602. Samstagnachmittag zuhause, in der Küche, mit den Zeitungen, mit der Post. Stephan Wackwitz hat gesagt, wir sollen The Who hören. Pete Townshend wäre angeblich so toll.

Bakire

Wagner: Hütchenspieler
Wagner: Dealer
Wagner: Taschendieb
Wagner: Aufenthaltsverbot

1810. Alt-Moabit. Man kann auf Aufmerksamkeit so schlecht aufpassen, das lenkt einen ab. Weil ich beim Radfahren an die gestrige Fahrstunde denke, den Ablauf der Bewegungen und der Aufmerksamkeits-Richtungen zu üben versuche. Und da fahre ich gleich so unsicher, mit meinem Rad, wie gestern im Auto. Aufmerksamkeit ist ein Tier, autonom, reizgesteuert, wenig dressierbar.

Institut für Anorganische
und
Analytische Chemie

1821. Ich suche den vom Tagesspiegel sogenannten Berlin Pavillon, bei der S-Bahn-Station Tiergarten. Ich dachte, vielleicht ist das sogar die Architektur-Legende. Gestern war hier eine Diskussion über Wolfsburg, die Bauten von Alvar Aalto in Wolfsburg. Die beiden Fremden aus Essen, die ich neulich im Englischen Garten beim Bundespräsidialamt traf, Karin und Sven, erzählten von ihrem Theater, ein berühmter Bau von Alvar Aalto, Anselm hat dort in diesen Tagen seine erste Opern-Premiere. Dann las ich nach über das Theater in Essen, in Hunger auf Bühne. Nee, in Zeitgenössische Architektur in Deutschland, 1970 - 1996, 50 Bauten. Dadurch komme ich auf Alvar Aalto. Jetzt stehe ich vor der Uni und denke ans Vorklinische Studium, das 1. Semester. Da drüben geht ein Typ mit Bierträger.

-verzeihung, wissen Sie wo der Berlin Pavillon ist?
-ja
-ah
-immer geradeaus, bei der S-Bahnbrücke unten durch, da ist links direkt der Berlin Pavillon
-vielen Dank

1823. Stimmt, Berlin Pavillon. Brülllauter Zupfgeigentechno läuft, ein Café sozusagen, groß. 64 Tische, 3 Gäste. Im Vorraum ist die Ausstellung.

ALVAR AALTO

Berlin
Bremen
Essen
Wolfsburg

Tagesbericht über den Baubetrieb
Datum
Bemerkungen

Feuerstelle
Oberlicht
Türklinken
Türgriffe
Türstopper
Messing und Holz
Lampen mit Lamellen

die unputzbare frühe Hochmoderne
Gilb und Schmuddel, Staub
Eingangsfoyer
Bücherei
Lesesaal
GROSSER HÖRSAAL
Spätwerk
Atelier
Zeitungslesesaal
Säulentyp

1920. Potsdamer Platz. Von weiten riecht es schon nach Popcorn, der Auflauf vor dem Cinemaxx ist riesig, aber sie spielen Ronin nicht.

1933. Nationalgalerie. Zwei Jungs sitzen auf einer Skulptur von Rückriem, und ein davon erheiterter Wärter erklärt ihnen, daß sie da runter müssen. Sie lachen, rutschen bißchen vor. Ob sie da sitzen dürfen, am Boden davor? Ja, ja, das geht. Das darf man zum Beispiel in Flebbes Cinemaxx nicht, das hat mir ein Flebbe-Knecht neulich verboten, wie ich auf Max wartete, vor Velvet Goldmine. Die Nationalgalerie ist in ihrem schönsten Zustand, der ganze obere Innenraum ist komplett leergeräumt. Am Boden liegen superflach die Rückriemschen Steinquader, und man hat ein Raumerlebnis, das ist wirklich grandios. Dazu die Spiegelungen, die Blicke durch Mies van der Rohes schwarzen Glas- und Stahl-Minimalismus nach draußen, die Kirche, das alte Museum, Scharouns Dächer, Staatsbibliothek und Philharmonie, dahinter Debis, Hyatt, Mercedes, Spielbank, und wieder Innenraum, Höhe, Farben von Stein und Holz und Leere, Leere. Ein Kind schreit. An der Gaderobe ist richtig Betrieb. Die Leute wollen alle runter, zu Gauguin.

1953. Gauguin, einer der Lieblingsmaler von Stefan, glaube ich, verstehe ich nicht. Ein wahnsinns Auflauf hier, Gedränge, Geschiebe, und immer wieder einzelne in überdeutlicher Versenkung, aber allen vorgetanzt, mit großem Selbstgefallen an der eigenen Berührbarkeit, Empfänglichkeit. Die Männer kucken immer nur ganz streng und bieder, ob auch alles stimmt und seine Richtigkeit hat, ob die Beschriftungen neben den Bildern so weit in Ordnung gehen. Ja, paßt. Weiter. Wie ich die Gemälde sehe, fällt mir der Fernsehbericht wieder ein. Das komische Sex-Ding, das er laufen hatte, mit den 12-jährigen Exotinnen. Daß das vielleicht auch ein Teil seiner Wirkung ist, Körper, Nackte, und so bunt: die Menschen. So muß es sein. Daß die Bilder und Gebilde bildende Kunst sich diesem Thema wahrscheinlich stellen muß, daß das eines ihrer Urthemen ist, Sex, und wie toll das bei Jeff Koons vorkommt, wie radikal, wie gestört, und wie superschön zugleich.

BEHINDERTEN WC

2050. Wieder daheim.

2153. Rückriem: Ich arbeite innerhalb des Volumens.
2208. Harald Schmidt: Unser Standpunkt ist: alles läuft gut, die alte Regierung war spitze, die neue ist es auch.

2319. Cinemaxx, Schönhauser Allee.
2321. RONIN.
2342. 1. Schießerei.
0000. System aktiviert. Systemcheck. Wiederhole: Systemcheck.
0005. 2. Schießerei.
0007. 3. Schießerei. Ich glaube, das wars. Ich hatte mir mehr Action erwartet, nicht so viel Handlung, Charakter, Koffergedöns. Und die besten Stunts aus dem Trailer sind jetzt abgefeuert. Es reicht.

daheim

Das Tragische
Partikel aus Praxis

Sinn – gestern – Leben – Korrektur

Luhmann
Spiegel
Licht

ABFALLS LETZTER TAG ABFALL FOREVER

7.7.7

Sonntag, 10.1.99, Berlin.

652. Noch dunkel. Innerlich, im Schlaf, war ich schon vorbereitet auf den Wecker, erwartete das Läuten. Ah, der Wecker.

849. Sonne, wolkenloser Himmel, Rauhreif auf den Jacken, die ich vom Balkon reinhole.

1007. So vielleicht? Jedes Mal, wenn die Eingabe funktioniert hat, wenn ich das sogenannte Dokument ins Eingabeformular kopiert und dort formatiert habe – arial, center, fett, end of fett, minus eins, end of center – wenn der neue Abfall dann drin steht, draußen, wenn ich sehe, wie es ausschaut, erfüllt mich eine solche Freude, so ein Glücksgefühl.

1021. Am Rad. Ein Wintertag wie aus dem Bilderbuch, klar, kalt, sonnig, blau.
1035. Zoo.
1048. Bei den Spirits.
1057. Bei Max.
1113. Wieder am Zoo, der zweite Zug aus Würzburg kommt um 1117.
1119. Und da ist aber natürlich jetzt auch niemand drin. Pech gehabt. Fahr ma, euer Gnaden, fahr ma wieder heim.

1127. Straße des 17. Juni. Der echte Berliner Kunst- und Kunsthandwerkermarkt. Beige-weiße Zeltdächer, Stände, Krempel und die Schlendernden und Suchenden. Einer deutet auf eine Lampe, fragend. Der Preis wird ihm gesagt, er nickt und geht weiter. Ich denke an Benjamin und Hölderlin.

1152. Seestraße, Guineastraße.

WORD III

Ampelklicken
Fahrzeugrauschen
Orchesterstimmenstimmung

1155. Wieder daheim.

Büro, Post
Korrekturen
Telefone
Faxinstallation

1415. Ah, Max ruft an. Sie gehen jetzt essen. Treffpunkt folgt.

1505. Treffpunkt ist die Infobox, um viertel vor vier.

1516. Daß wir das Jahr 1999 schreiben jetzt, habe ich zwar schon einige Male geschrieben, aber richtig realisiert habe ich es noch nicht. Denke ich eben, wie mich im Gang beim Blick auf die Tüte »Belege 2. Hälfte 98« ein ganz heftiger Gegenwartsflash durchzuckt. Ich bin innerlich immer noch in 98 unterwegs.

1522. Los gehts.

Müllerstraße
HELAL ET PAZARI
Potsdamer Platz
mit Max in der Infobox
SEE YOU TOMORROW

1616. Daniel gibt mir seine Handynummer, Catrin ein leuchtrotes Ferien Foto mit Rave. Adel hat durchgemacht und erzählt von der E-Werk-Party in der neuen Location. Hillu, Doris, Woody, Rabea. Eben stand er noch mit allen da. Bärchen wollte auch gerne kommen, schöne Grüße, er muß arbeiten. Hat jemand eine Zigarette für den Adel da? Ein Verpeilter läuft am Potsdamer Platz herum. Ich wollte eigentlich nach Hause gehen und schlafen. Urgedanke: mit den Jungs anfangen.

1627. Zünd mal das Licht an, Patrick, es geht gleich los. Adel steht vor einem U-Bahn-Ausgang. Schön grün, rufen alle, wie das Licht angeht. Außerdem ist das Wetter gigantisch, die Dämmerung im Moment, der Glanz, die rosa Wolken am Himmel.

1850. Daheim. Da ist ein sehr festtagliches Fax von Heidi da, zum Abschluß von hier. DANKE.

Und wie war dein Jahr?

1929. Die Menschen in meiner Nähe wurden durch Abfall in eine nicht unkomplizierte, seltsame Geschichte verwickelt, und ich war darauf angewiesen, daß man gemeinsam praktisch so tut, als gäbe es das gar nicht. Danke allen, die dieses Diskretions-Spiel so nachsichtig mit mir mitspielten. Es ist mir selber nicht ganz klar, was für ein Mechanismus das genau ist, der da wirkt. Es hat mit dem Verrat der Schrift zu tun, Thema von Dekonspiratione. Im träumerisch adressat-gerichteten Tasten ist eine Art abstraktes Du entstanden, von dessen Schweigen ich mich angezogen und geführt gefühlt habe meistens. Ich dachte, ich weiß dadurch, was hierher gehört, was nicht. Was man lesen will, in welchen Dosen, und wanns dann auch wieder reicht. JEDE echte Reaktion hat mich immens verunsichert. Sie wurde sofort so groß und wichtig, zog ungebührlich Reflexion auf sich. Und ich dachte dann, falsch, ich darf an gar nichts denken, dann wird es schon richtig, wenn nur die Reflexe reagieren. Dauerndes Umschalten, ganz automatisch, an alles denken, an nichts. Den Ton, den man hat, erstaunt begrüßen; annehmen, verachten; bespielen, bekämpfen; genießen, benützen und wegschmeißen; feiern und gar nicht kennen; verstehen, verstoßen, ersehnen und wieder vergessen, und all das wieder von vorn irgendwie. Der Tag ist ein göttliches Maß. Er hat eine sehr schöne Länge. Er beginnt morgens so groß und endet nachts tief gebückt und beladen. Schlaf kommt, und Trost, Träume und

Nacht. Und morgen wird die Sonne wieder scheinen.

1954. Meine Lieblingsvorstellung vom Effekt der Täglichkeit einer so abstrakten Nähe ist das Verschwinden des Texts im Leben des Lesers. Daß sich vielleicht nur ein leicht gesteigertes Gefühl für die eigene Zeit ergeben würde: 98, als Abfall lief, und ich ... – und da würde dann die jeweils individuelle Geschichte dieser Zeit beginnen, eine immer andere natürlich, und immer eine dieses einen Jahres eben, 98. Für die, die dabei waren. Die ich nicht kenne, stumme Gefährten meines Abenteuers, die – ich –

ich weiß nicht – es geht nicht – ich kann nicht.

2036. Worum gehts denn? Es geht um den Abschied, das fällt mir jetzt schwer, das nimmt mich so mit. Dankbarkeit und Aufwühlung, und – doch noch ist es nicht so weit, noch ist nicht aller Tage Abend.

eine Welt
in der der Mensch

Luhmann
Alltagsplausibilität
Gesellschaft

ja
das wars

allen alles

Licht